삼대록계 국문장편소설

소현성록

3

역주자 허순우(許珣宇)는 이화여자대학교 국어국문학과를 졸업하고 동 대학원에서 박사 학위를 받았다. 현재 이화여자대학교 등에서 강의를 하고 있으며 국문장편소설에 관한 연구 논문으로는 「현몽쌍룡기 연작 연구」, 「현몽쌍룡기 연작의 소현성록 연작 수용 양상과 서술시각」 등이 있다.

역주자 최수현(崔洙鉉)은 이화여자대학교 국어국문학과를 졸업하고 동 대학원에서 박사 학위를 받았다. 국문 장편소설의 여성인물과 서술시각에 관심을 가지고 공부하고 있으며, 논문으로 「임씨삼대록 여성인물 연구」, 「보은기우록의 구성과 갈등구조 연구」 등이 있다.

이화한국문화연구총서 8

소현성록 3

초판 인쇄 2010년 2월 20일 **초판 발행** 2010년 2월 25일
역주자 허순우 · 최수현 **펴낸이** 박성모 **펴낸곳** 소명출판 **출판등록** 제13-522호
주소 서울시 서초구 서초동 1621-18 란빌딩 1층
전화 02-585-7840 **팩스** 02-585-7848 **전자우편** somyong@korea.com **홈페이지** www.somyong.co.kr

값 33,000원

ISBN 978-89-5626-448-6 93810
ISBN 978-89-5626-445-5 (세트)

이 저서는 2005년 정부의 재원으로 한국연구재단의 지원을 받아 수행된 연구임(KRF-2005-078-AS0041)

이화한국문화연구총서 8

삼대록계 국문장편소설

소현성록 3

허순우 · 최수현 역주

소명출판

| 일 러 두 기 |

가. 현대어역 및 주해

1. 현대어 번역은 한글 맞춤법 체계에 의거해 어법에 맞는 자연스러운 현대 한국어 문장이 되도록 하였다.
2. 띄어쓰기와 관련해 한 인물에 대한 관직명이 연달아 나올 때는 붙여 쓰기로 한다.
3. 띄어쓰기와 관련해 '공'이나 '부인'과 같은 호칭이 성과 연달아 나올 경우, 원래는 띄어 써야 하나 독서의 편의를 위해 예외적으로 붙여 썼다.
4. 현대어로 번역한 표현이 작품 원문의 단어와 형태가 많이 달라졌을 경우, 각주에서 원문의 단어를 밝혀 주었다.
5 현대어역 본문에서 어려운 한자어는 한자를 병기해 주었다.
6. 판독(判讀)이 어려운 어휘나 문장은 가능하면 이본을 참조하여 보완하고 주석을 달아 그 사실을 명기(明記)하였다.
7. 이본을 참조해도 판독이 불가할 경우 그 사실을 각주를 통해 밝혔다.
8. 면이 바뀔 경우 바뀐 부분에 첫 글자 위에 방점(˙)을 찍고 원문의 면수를 표시하였다.
9. 작품 내용에 오류가 있을 경우 바로 잡고 그 사실을 밝혀 두었다.
10. 주해는 다음과 같은 경우에 하였다.
    1) 관직명, 인명과 같은 고유명사.
    2) 전고(典故)가 있는 한자어 및 지금은 사용하지 않는 한자어.
    3) 어학적 주석이 필요한 근대 국어 어휘나 표기 체계.
    4) 등장인물 및 그들 간의 관계, 앞 줄거리를 환기시킬 필요가 있을 경우.
11. 주석의 표제어는 현대어역 본문을 대상으로 하였다.
12. 문장 부호의 사용은 다음과 같다.
    1) 큰 따옴표(" ") : 직접 인용, 대화, 장명(章名).
    2) 작은 따옴표(' ') : 간접 인용, 인물의 생각이나 내적 독백.
    3) 『 』: 책명(冊名).
    4) 「 」: 편명(篇名)
    5) 〈 〉: 작품명
    6) ( ) : 한자어를 드러낼 경우.
    7) [ ] : 표제어에서 제시하는 단어와 한자어가 음이 같은 경우는 ( )로 표시하고, 만약 음이 일치하지 않는 경우에는 [ ]를 사용함.
    8) { } : 원문에 첨기되어 있는 구절을 현대역한 경우. 단, 각주에서는 원문에 표시된 어휘를 밝히기 위해 원문 내용을 그대로 옮긴 경우

나. 원문

1. 현대 맞춤법 체계에 의거해 띄어쓰기를 해 주었다.
2. 한자는 병기하지 않았다.
3. 면이 바뀌는 곳은 면 표시를 해 주었다.
4. 판독이 불가한 경우에는 □ 표시를 해 주었다.

소현성록 해제

『소현성록』은 17세기에 창작되었을 것으로 추정되는 작자 미상의 한글소설이다. 삼대록계 국문장편소설 현대어역의 저본으로 선택한 이화여자대학교 도서관 소장본 『소현성록』은 한글 필사본으로, 15권 15책으로 되어 있으며, '본전(권1~권4)'과 '별전(권5~권15)'이 완비된 완질본이다. 권5 마지막에 표기되어 있는 것처럼 '다음 회(回)로 회를 나누었으니 이를 보면 알 것이다.'와 같은 서술자의 언급이 있는 경우도 있지만, 회장체 소설은 아니다. 『소현성록』은 17세기 조선의 유교적 가부장제 강화 및 가문 수호에 대한 관심이 반영된 작품으로, 여러 이본 중 이대본은 특히 풍부하고 섬세한 묘사를 통해 등장인물들이 생동감 있게 형상화되어 있다. 특히 스스로의 수신(修身)을 통해 군자가 되려는 소현성의 서사와, 죽은 후에까지 아들 소현성의 지극한 효성을 받는 어머니 양부인의 서사는 이 작품의 중심 서사축을 형성하면서 독자들의 눈을 끈다.

『소현성록』이라는 표제가 붙은 이본들은 모두 16종인데 그 중 완질로 전하는 것은 5종이다. 완질 5종은 우선 15권 15책의 이화여자대학교 소장본, 21권 21책으로 된 서울대 규장각 소장본, 26권 26책으로 된 서울대학교 소장본, 16권 16책으로 된 박순호 소장본, 그리고 4권 4책의 국립도서관본이다. 서울대 규장각 21권본(이하 서울대 21권본으로 칭함), 서울대 26권본 및 박순호본에도 본전(소현성록)과 별전(소씨삼대록)의 이야기가 다 전한다. 이 세 개의 이본들은 이대본에 비해 권수가 더 많아 상대적으로 서술이 더 섬세할 것 같은데 막상 그렇지가 않다. 오히려 생략과 축약이 많아서 맥락이 분명하지 않은 부분이 보이기도 한다. 현재 남아있는 이본들 중 이대본 『소현성록』이 가장 선본(先本)이자 동시에 선본(善本)으로 인정되는 이본이다. 이대본 『소현성록』은 15권 모두 겉표지 왼쪽에 한문으로 된 '소현성록 권지□(蘇賢聖錄 卷之□)'이라는 표제가 붙어 있다. 그런데 내부 표제를 보면 권1부터 권4까지는 '소현성록'으로, 권5부터 권15까지는 '소시삼딕록'(혹은 '별뎐 소시삼딕록'이나 '별뎐 삼딕록')로 되어 있어 그 두 개의 작품이 합해져서 한 작품으로 받아들여졌음을 알 수 있다. 각권의 제목은 각권 시작 부분에 한글로 적혀 있다. 겉표지와 내부 표제를 확인해 본 결과, '소현성록'은 이 작품 전체를 아우르는 명칭이면서 동시에 권1부터 권4까지의 이야기를 가리키는 호칭으로 쓰였음을 알 수 있다. 이대본은 권4까지를 '본전(本傳)'으로, 그 이후를 '별전(別傳)'으로 지칭하여 분명하게 나누고 있는데, 『소현성록』의 여러 이본 중 '소씨삼대록'이라는 작품명이 분명하게 나타나는 이본은 이대본이 유일하다. 이대본 『소현성록』은 '소씨삼대록'의 존재를 분명하게 확인해 준다는 점에서도 의미가 있다. 『소현성록』 본전은 소현성과 그 부인들의 이야기가 주를 이루고, 별전은 소현성의 여러 아들들과 그 부인들의 이야기가 주를 이룬다.

『소현성록』은 국문장편소설의 효시로 불리는 작품으로, 이 작품의 창작 시기는 권섭(權燮)이 남긴 자기 집안의 분재기(分財記)를 통해 확인된다. 이 기록에 의하면 권섭은 자신의 어머니인 용인 이씨가 이 작품을 필사하였고 모두 15권 15책인데 이 소설은 장자가 상속하도록 하였다. 용인 이씨의 생몰 연대를 근거로 필사 시기를 추정하면 17세기 후반 정도가 된다. 필사 시기가 17세기 후반이라면 창작 시기는 그보다 선행할 것이 분명하므로 창작 시기를 17세기로 추정하는 데 무리가 없다.

이제 연구자들 사이에서는 『소현성록』의 소설사적 가치에 대해 새삼 논의할 필요가 없을 정도로 상당한 양의 연구사가 축적되어 있다. 17세기에 창작된 대표적인 작품으로는 『홍길동전』, 『구운몽』, 『사씨남정기』 등이 있는데, 이전 시대의 대표적 작품인 『금오신화』와 비교해 볼 때 17세기 작품들은 한글 표기, 서사 분량의 확대, 주제의 다양성, 향유층의 확대 등 여러 면에서 소설 창작과 수용이 본격적인 궤도에 올랐음을 보여준다. 여기에 더하여 국문장편소설의 효시로 일컬어지는 『소현성록』이 등장하는 것인데, 장편 대하소설의 창작, 유통은 조선의 서사물이 당대의 총체적 삶을 그려낼 수 있는 충분한 역량을 갖추었음을 반증하는 것이다. 또 두세 가문을 중심으로 한 국문장편소설은 17세기 이후 왕성하게 창작, 유통되는 하위 장르로 자리 잡게 되었다. 이런 의미에서 볼 때 한국소설사에서 『소현성록』이 차지하는 비중은 확고하다고 하겠다. 박영희의 박사논문인 「『소현성록』 연구」가 연구의 선편을 잡은 이후로 후속 연구가 꾸준히 이어지는 작품이 『소현성록』이다. 『소현성록』은 국문장편소설의 효시이고, 필사 시기가 가장 이르면서 서사의 맥락이 풍부하고 정교한 작품일 뿐만 아니라 가문을 다루는 소설이 통속적인 관심으로 옮겨가기 이

전 시대, 즉 그 하위 장르의 초기적인 관심사를 보여준다는 점에서도 중요한 작품이다.

『소현성록』 연작 15권 중 1권은 조혜란이, 2권부터 7권 및 14권 71면부터 15권은 정선희가, 14권 1면에서 70면까지 그리고 8권부터 10권 97면까지는 최수현이, 10권 98면부터 13권은 허순우가 일차 번역하였고, 최종 출판 형태인 4권 중 각 권 번역 책임에 따라 서로 수차례에 걸친 번역 검토 및 교정과 윤문 작업을 통해 번역 작업을 마무리하였다.

2010년 1월

조혜란

◎ 소현성록 3

차례

원문

소 현 성 록

8권

1 차설(且說). 부마도위 소운성이 아버지의 말씀을 새겨 슬픔을 마음에 담아둔 지[1] 4~5일이 지났다. 조회 길에 형씨의 집에 가니 문지기가 막고 들이지를 않자 운성이 화를 내며 말하였다.

"너희들은 어찌 이렇게 생각 없이 구느냐?"

문지기가 답하였다.

"저희들이 방자한 것이 아닙니다. 참정(參政) 어른께서 소저가 돌아가신 것이 모두 부마 때문이라 하시고 부마가 원수라고 말씀하시면서 문을 막으라고 하셨습니다. 저희들이 그 말씀을 받드는 데 어찌 게을리 하겠습니까?"

운성이 다 들은 후 발끈 성을 내며 소매를 떨치고 돌아와, '내가 형씨를 사모한 것이 본래 정과 의리에서 비롯된 것이지 미워한 것은 아니었는데 장인이 오히려 나를 원수로 일컫는다고 하니 어찌 구차히 가겠는가.'라고 생각하였다. 이렇게 생각하자 화가 몹시 일어나 형씨의 집을 찾지 않겠다고 다짐하였다. 그러다 곰곰이 헤아려보니 이것 또한 장인이 매몰차서 그런 것이 아니라 공주 때문이라고 생각되어 새삼 원통해하며 공주를 향한 마음이 더욱 시들해갔다.[2]

운성이 마지못하여 참으면서 부친을 곁에서 모신 지 몇 달이 지났다.
2 승상은 날마다 슬퍼하는 아들의 기색과 아침에 자고 일어나면 아들의 베개에 눈물 자국이 있는 것을 보고는 마음 속으로 안쓰럽게 여겼지만 모르는 체하며 마침내 말하지 않았다.

하루는 승상이 조정의 일을 마치고 대궐 아래서 형참정을 만났다. 승

---

1) 마음에 ~ 지 : {서리다마}. '서리다'는 어떤 생각을 마음 속 깊이 자리 잡게 한다는 뜻의 고어임.
2) 시들해갔다 : {섯긔니}. '섯긔다'는 '성기다'의 고어로, 물건의 사이가 벌어지거나 반복되는 횟수가 줄어들 때, 관계가 깊지 않고 서먹하다는 의미임. 문맥을 고려하여 이같이 옮김.

상이 아래 관리에게 장소를 마련하게 하고 형참정과 함께 모였다. 이때 어사와 한림 · 부마 · 시랑 등이 함께 따라와 들어가니 승상이 아들 네 명에게 돌아가라고 하였다. 세 명의 아들은 물러갔는데 부마가 홀로 가지 않자 승상이 꾸짖어서 보냈다.

소승상이 형참정과 함께 오랫동안 보지 못했다며 인사를 나누었다. 승상이 말하였다.

"제가 사람됨이 어리석고 미련해 정사(政事)를 다스리기도 쉽지 않아 요즘 들어 형님을 찾지 못하였습니다."

참정이 탄식하며 말하였다.

"저는 딸아이가 죽은 이후로 정신이 없어 사람으로서 해야 할 일에 생각이 미치지 못해서 형님을 찾지 못하였습니다. 그런데 무슨 까닭인지 형님의 수레바퀴는 한번도 저희 집 문에 오지 않으니 매우 박정하십니다."

승상이 대답하지 않고 한참 있다가 말을 하였다.

"제 못난 자식이 지난번에 공의 댁에 갔다가 쫓겨나 왔습니다. 그 일로 저는 부끄러움을 차마 견디지 못하겠습니다."

참정이 얼굴빛을 달리하고 말하였다.

"공의 아들은 저희 집 원수이니 제가 차마 어찌 보겠습니까? 딸아이를 저희 집 선산(先山)에 묻으면서도 소씨 집안 묘소 아래는 생각지도 않 3
았습니다."

승상이 또한 대답하지 않았다. 종이 차를 올리자 두 사람이 다 마신 후, 승상이 종을 물리치고 나지막한 소리로 물었다.

"알지 못하겠습니다만, 며느리의 병이 이제 다 나았을 것이며 또 출산하였을 터인데 태어난 아이의 성별은 무엇인지요?"

형참정이 얼굴색이 변하며 몹시 놀라 말하였다.

"딸아이가 구천(九泉)으로 돌아간 지 몇 개월이 지났습니다. 어찌 출산을 했겠으며 병의 유무를 물을 수 있겠습니까?"

승상이 말하였다.

"그럴 리가 있겠습니까? 제 못난 자식을 속이는 것은 그대 가문의 재앙과 어진 며느리의 액운을 피하기 위한 것이니 사소한 정도라면 괜찮지만 어찌 저까지 속이시렵니까? 형님은 다만 며느리의 안부와 태어난 아이의 성별을 말씀해 주십시오."

형참정이 다 들은 후 할 말이 없어 당황하여 허둥지둥하다가 일어나 사례하며 말하였다.

"저의 얕은 소견으로 어찌 감히 명공을 속일 수 있겠습니까? 과연 속인 게 맞습니다. 공의 아들이 고집이 세고 치우친 것이 유별나 딸아이의 약한 자질로는 그 바다같이 큰 의지를 돌리기가 어려워 보였습니다. 그러나 임금께서 죄를 책망하시는 것이 엄중하시고 공주께서 못마땅하게 생각하는 마음이 딸아이의 몸에 돌아갔습니다. 그래서 딸아이가 마음을 지나치게 써서 목숨이 위급하게 되었었습니다. 마침 제가 데려
4 와 위로하여 출산하는 지경에 이르렀는데, 다시 공의 아들에게 딸의 자취를 보이면 근심을 부르는 첩경(捷徑)이 될 것이었습니다. 그래서 두려움을 견디지 못하고 절박한 말을 했습니다. 일의 기미가 들킬까 두려워 공의 아들을 보지 않은 것은 실로 부득이 한 것이었습니다. 딸아이가 이제는 몸이 평소와 다름이 없으며 한 자[3] 백옥(白玉) 같은 남

[3] 자 : 길이의 단위로, 한 자는 한 치의 열 배로 약 30.3cm에 해당함.

자아이를 순산했습니다."

승상이 다 듣고는 미간에 기쁜 빛을 가득 띤 채 말하였다.

"내 처음부터 셋째며느리는 일찍 죽을 인물이 아니라고 어머니께 말씀드렸습니다. 어찌 어진 며느리가 복록(福祿)을 받지 않고 죽을 사람이겠습니까? 이런 까닭에 내가 그 행동거지를 그냥 두어 사람들에게 괴로움을 당해 액운을 떼게 한 것입니다."

다 들은 후 서로 기뻐하며 대화를 나누다가 손을 잡고 이별하였다.

이때에 운성은 장인과 부친이 조용히 말씀을 나누는 것을 보고는 '이 틈을 타 형씨의 집에 가 부인의 관(棺)을 보고 한번 목 놓아 울어야겠다.' 라고 생각하였다. 바삐 만리운[4]을 채찍질 해 옥루항에 위치한 형씨의 집에 이르렀다. 문이 반쯤 열려 있고 두어 명의 하인이 있다가 소운성을 보고 매우 놀라 급히 막아보려 하였으나 운성은 어렵게 여기지 않았다. 운성이 꾸짖어 물리치고 재빨리 안으로 들어가 중당(中堂)[5]에서 형한림 오형제를 만났다. 형한림 형제가 동시에 놀라 일어서며 말하였다.

"부마는 어찌 누추한 곳에 오셨습니까?"

운성은 대답을 하지 않고 형한림 형제를 밀어제치고 들어가고자 하였는데 한림 형제가 허둥지둥하면서 붙들고 말하였다.

"형 마음대로는 들어가지 못합니다."

운성이 불쾌한 빛을 드러내며 말하였다.

"너희 부자(父子)가 나를 원수라고 말하는데 내가 각별히 너희를 보고자 하는 것이 아니다. 다만 내 자식을 찾고 아내의 관(棺)에 조상(弔喪)

---

4) 만리운 : 소운성의 말의 이름임.
5) 중당(中堂) : 외당과 내당 사이에 있는 집.

하고자 하는 것이다."

형한림이 다만 소매를 꽉 잡고 말하였다.

"그대를 미워하는 것이 아니라 일의 형편이 어쩔 수 없어서 그대를 원수로 여기는 것입니다. 지금 아버지께서 계시지 않으며 내당(內堂)에는 여자 손님들이 모여 있습니다. 형은 불편해서 들어가지 못합니다."

운성이 화를 내며 말하였다.

"너희가 간사한 말로 나를 속이는 것일 게다. 내가 어찌 곧이 듣겠느냐?"

드디어 운성이 한번 떨치자 형한림 오형제가 모두 거꾸러졌다. 운성이 몸을 돌리려고 하였는데, 형한림이 일이 누설되는 것을 피하지 못할 줄 알고 다만 급히 말하였다.

"소형은 노여움을 가라앉히고 잠시 기다리십시오. 내가 먼저 들어가 손님이 피하도록 한 후 나와서 형을 데리고 가겠습니다."

운성이 비록 성격이 호탕하지만 예의를 알기에 내당(內堂)에 손님이 있
6 다는 것을 듣고는 감히 몸을 움직이지 않았다. 한림이 급히 들어가 모친께 전후 사정을 말씀드리자 두부인이 몹시 놀라며 어떻게 할 줄 몰라했다. 한림이 말하였다.

"일이 이 지경에 이르렀으니 미처 격식을 차리지는 못할 것입니다. 다만 큰 궤(櫃)를 구하여 누이의 방 가운데에 놓고 휘장 밖에 제사상을 차려 두는 것이 좋을 것 같습니다. 운 좋게 부마가 관을 알아차리지 못하면 다행이고 혹 알아본들 설마 어찌하겠습니까?"

두부인이 시험 삼아 그대로 하였다. 그 후 한림이 나가 운성을 청하여 들어왔다.

이때 운성은 사람들의 기색이 매우 이상하다는 생각이 들어 문득 모든 일을 살펴보고자 하는 마음이 생겼다. 그래서 천천히 걸어 영령(英靈) 앞에 다다르자, 푸른 비단은 은은하고 제사상 앞의 묵(墨) 향내가 코를 찔렀다. 마음 속에 슬픔이 가득하여 울려고 하다가 문득 다시 보니 명정(銘旌)[6]을 세운 곳이 없기에 돌연 물어 보았다.

"어찌 상 옆에 소장(素帳)[7]이 없고 영 위에 명정(銘旌)이 없습니까?"

형한림 형제들이 말하였다.

"이는 우리 집안의 예법입니다."

운성이 드디어 휘장을 들추고 보니 은은한 구석에 검은 관이 놓여있기에 허겁지겁 나아가 관을 붙들고 크게 울고자 하였다. 그런데 다시 보니 이것은 관이 아니라 큰 궤였다. 운성이 매우 놀라 다시 살펴보았다. 휘장
밖에서 웃음소리가 나는 것을 보고는 바야흐로 자신을 속인 줄 알고 마음 7
속으로 크게 성이 나서 휘장을 들추고 나왔다. 형한림 형제들이 동시에 달아나자 운성이 쓴웃음을 지으며 말하였다.

"너희 부자(父子)가 나를 아이 놀리듯 하고 거짓으로 관을 놓아 사람을 속이니 이 무슨 도리냐?"

한림이 얼굴빛을 바꾸고 말하였다.

"형은 잘못하였습니다. 순간적으로 화가 난다고 하여 아버지를 쉽게 욕보이십니까? 우리들이 일찍이 소현성을 욕한 적이 있습니까?"

운성이 말하였다.

"나의 아버지가 어찌 너희 아버지같이 사소한 희롱을 즐기시던가? 사

---

6) 명정(銘旌) : 죽은 사람의 관직과 성씨 따위를 적은 기로 일정한 크기의 긴 천에 보통 다홍 바탕에 흰 글씨로 쓰며, 장사 지낼 때 상여 앞에서 들고 간 뒤에 널 위에 펴 묻는 것을 뜻함.

7) 소장(素帳) : 장사 지내기 전에 궤연(几筵) 앞에 치는 하얀 포장.

람이 일을 잘못하면 천자(天子)라도 보잘 것 없는 사내에게 놀림을 듣게 되는데 하물며 참정 집 자식들이랴?"[8)]

형한림 형제들이 화가 나서 무슨 말을 하려고 하는데 두부인이 나오신다는 소리를 듣고 말을 그치고 두부인을 맞이하여 자리를 정하였다. 두부인이 부마를 대하여 안색을 바르게 하고 말하였다.

"우리 딸아이는 본래 변변치 못하였지만 다행히 어진 사위인 자네가
버리지 않았네. 그러나 이제 천은(天恩)이 자네에게 미쳐 복 없고 사나
운 팔자가 딸아이에게로 돌아오니 마땅히 하늘의 뜻을 따라 딸아이가
규방에서 일생을 마치는 것이 옳을 것이네. 그러나 사람이 무식하여
하늘의 뜻을 알지 못하고 딸아이를 그대 집에 보냈더니 재앙이 참혹했
8 네. 딸아이는 궁인에게 핍박당하는 욕을 받았고, 공주는 딸아이를 못
에 넣으려 하였으며, 나중에는 황후의 노여움을 만나 궁궐로 잡혀가지
않았는가.

내 딸아이가 비록 약하지만 일찍이 재상집에서 자라나 규중 밖을 모르고 지초와 난초 같은데 무슨 까닭으로 이런 욕을 보겠는가? 진실로 딸아이가 그대와 인연이 다한 것이니 만일 구태여 끝난 인연을 잇고자 한다면 반드시 큰 화(禍)가 일어날 것이네. 이래서 일부러 죽었다고 하여 서로에 대한 생각이 끊어지도록 한 것이니 어찌 다른 뜻이 있겠는가? 그대는 모름지기 이상하게 여기지 말고 박명한 딸아이를 다시는 생각하지 마시게. 그러면 우리가 다만 기쁠 뿐만 아니라 딸아이 또한 구천(九泉)에서 평안한 넋이 될 것이네."

---

8) 자식들이랴 : 원문에는 뒤에 나오는 '졔싱이 다'와 겹쳐져 생략되어 있으나 여기서는 문맥을 고려하여 이같이 옮김.

운성이 공경하며 다 들은 후 마지못하여 웃고 사죄하며 말하였다.

“제가 본래 용렬하고 어리석었는데도 늘 사랑해 주셨는데 불행히 일이
이러한 지경에 이르렀으니 비록 뉘우친들 어찌 하겠습니까? 형씨가 고
초를 겪은 것은 오로지 저 때문이니 매우 부끄럽게 생각합니다. 초나
라 공주도 백정의 아내가 되었는데, 형씨가 비록 귀중하지만 잠시 동안
지아비와 함께 고생하지[9] 못하겠습니까? 만일 장인 장모께서 하늘의
뜻을 밝게 알아 저를 멀리 거절하고자 하신다면 혼서(婚書)[10]를 돌려보내 9
시고 제가 한결같지 못하다고 말씀하십시오. 그 후 아름다운 사람을 얻
어 형씨를 맡기시면 제가 비록 댁의 소저를 귀하게 여기는 것이 산과
같이 클지라도 어쩔 수 없을 것입니다. 비록 제가 변변치 못하나 또한
바라는 바를 그치고 다시는 오지 않을 것입니다.

그런데 왜 장모께서는 이 두 가지 일을 하지 않으시고는 다만 죽었다고만 하십니까? 죽은 처자는 더욱 마음 속에서 버리지 못할 것입니다. 저를 원수라고 말씀하시는데 원수가 될 만한 일을 한 적이 없기에 매우 이상하다고 생각하였습니다. 그래서 찾아보고 원수라고 하시는 근본을 알고자 이곳에 이르렀는데, 오늘 장모의 말씀을 들으니 바야흐로 깨달았습니다. 제가 장차 장인을 기다려 혼서(婚書)와 제 자식을 찾고 형씨가 개가(改嫁)하여 다른 사람에게 가는 모습을 보고서야 비로소 물러갈 것이며 다음부터는 비록 청하실지라도 감히 오지 않겠습니다.”

운성이 말을 마치자, 붉은 입술에 흰 이가 비쳐 웃음을 머금었고, 수려한 미간에는 늠름한 노기(怒氣)가 어리어 기운이 서리 같아 얼굴에 위엄이

9) 고생하지 : {굿기지}. '굿기다'는 머뭇거리다, 고생하다, 어렵고 힘들다는 의미의 고어.

10) 혼서(婚書) : 혼인할 때에 신랑 집에서 예단과 함께 신부 집에 보내는 편지로 두꺼운 종이를 말아 간지(簡紙) 모양으로 접어서 씀.

있었다. 두부인이 비록 말씀이 민첩하지만 어찌 소운성의 너른 바다와 같은 웅장한 응대(應對)를 당할 수 있겠는가? 두부인이 다만 정색하고 말하였다.

"자네는 명문가 군자인데 무슨 이유로 공맹(孔孟)의 교훈을 잊어버리고 예(禮)가 아닌 것으로 정실(正室)을 욕하는가?"

운성이 몸을 굽히고 말하였다.

"장모의 말씀은 제가 거절한 일을 이야기하시는 것인데 이치로 아뢴 말이 그렇게 된 것이지 예(禮)가 아닌 것이 아닙니다."

말이 끝나기도 전에 형참정이 도착하였다. 형참정이 운성을 보고 놀라고 이상하게 여겼지만 정색하고 말하였다.

"자네가 어찌 내 집에 왔는가?"

운성은 일어나 맞이할 따름이었다. 형참정이 아들들을 돌아보며 말하였다.

"너희들은 부마를 모시고 조심스레 대하다 보내고 오래 있게는 하지 마라."

말을 마친 후 부인을 꾸짖었다.

"당신은 무슨 이유로 부마를 나와서 보십니까?"

운성이 다만 차게 웃으며 말하였다.

"이 집이 비록 상공의 집이지만 내가 있지 못할 곳이 아니니 군부(軍部)의 명(命)으로 묶여서 가는 것이 아니라면 일어나 가지 못하겠습니다."

형참정이 벌컥 노기를 띠고 꾸짖으며 말하였다.

"자네가 방자한 것이 이 정도일세. 내 딸을 무슨 일로 못에 동여서 넣으라고 했었는가? 이 일이 다 자네 때문인데 무슨 면목으로 서로 보겠는가? 빨리 돌아가라. 만일 돌아가지 않는다면 나 또한 너를 때리지 못하겠느냐?"

운성이 크게 웃고 말하였다.

"제가 과연 형씨를 몹시 미워해서 공주와 함께 마음을 같이하여 형씨
를 죽이고자 하였는데 일이 성공하지 못해 마음이 애달파서 형씨를 다 11
시 죽이고자 왔으니 어찌 그저 돌아가겠습니까? 상공은 조정 대신이며
아버지와는 친구사이시니 일의 기미를 보아서는 제가 거역하지 못하
겠습니다. 칠 대로 치소서. 저는 맞겠습니다."

형참정이 어이없이 여겨 노여움을 돌이키고 소리를 낮추어 이치로 경계하며 말했지만 운성은 듣는 둥 마는 둥 하였다. 형참정과 두부인이 모두 성을 내고 안으로 들어가자 운성이 시녀를 불러 형씨에게 말을 전하였다.

"부인이 나를 지아비라 하고 그 낳은 자식을 운성의 자식이라 한다면 빨리 나와 서로 봅시다."

형씨가 듣고 화를 내며 말하였다.

"사람을 몰아붙여 재촉하고 욕하는 것이 이같을 수 있습니까?"

두부인이 말하였다.

"운성의 마음을 돌이키기는 실로 어려오니 설마 어찌 하겠느냐? 이 말이 밖으로 나가지 않도록 못할 터이니 너는 빨리 나가서 타이르도록 해라."

부친이 또한 권유하니 형씨가 억지로 나와 운성을 보았다. 운성이 오로지 얼굴에 화난 기색이 가득하여서 말하였다.

"내가 비록 버릇이 없었지만 부인이 어찌 이토록 박대합니까? 빨리 아

이를 데리고 오십시오. 내가 반드시 처자(妻子)를 다 죽이고 따라 자결하여 마음을 정리하고자 합니다."

12 말을 마친 후 옷 사이에서 번득이는 보검을 꺼내 상머리에 놓고 눈을 부릅뜨니 문득 백면서생(白面書生)[11]이 변하여 위세가 바람 속의 맹호(猛虎)와 같았다.

이때 형한림이 창밖에 있다가 그 거동을 보고 몹시 놀라 급히 들어가 부친께 아뢰었다. 형참정[12]이 또한 놀라며 말하였다.

"내가 잊고 있었구나. 소승상이 말하기를 운성은 성질이 급하지 않고 화를 자주 내지는 않지만 만일 화를 내면 반드시 사람의 피를 보아야만 그친다고 하였다. 만일 운성이 손아래이지만 대적할 자를 만나면 오히려 깊이 생각하지 않는데, 오직 손윗사람을 보면 조용히 화를 가라앉혀 풀고 그렇지 않으면 어렵다고 했었다. 그러니 오늘 화를 내기 시작했다면 반드시 내가 구하는 것이 마땅하다."

형참정이 바삐 경운당으로 갔다. 운성이 바야흐로 아이 데려 오기를 기다리고 있었다. 형참정이 나아가 웃으며 그 칼을 빼앗고 위로하였다.

"자네는 나를 원망해서 딸아이를 해치고자 하는가?"

운성이 형참정을 보고 안색을 바르게 하였지만 대답하지 않고 다만 대나무로 만든 베개에 누웠다. 형참정이 거듭 좋은 얼굴로 위로하고 들어가며 형씨를 머물도록 하였다.

형씨는 운성이 칼을 꺼내는 것을 보고 마음이 편하지는 않았지만 운성의 본심이 아니라 도가 지나친 행동을 한 것이라고 여겨 앞으로 하는 거

11) 백면서생(白面書生) : 글만 읽고 세상일에는 전혀 경험이 없는 사람을 지칭함.
12) 형참정 : {형경}. '형공'으로 보아 이같이 옮김.

동을 보고자 하였다. 그런데 부친의 권유로 운성이 눕는 것을 보고 빨리 13
돌아가지 않을 것이라 짐작하고 몹시 민망하였지만 운성에게 말하기에는 좋지 않다고 여겨 아직 잠자코 있었다.

석양 무렵에 운성이 화난 것을 풀고 몸가짐을 바르게 하며 눈을 들어 부인을 보고 차를 달라고 하였다. 형씨가 시녀를 시켜 향기로운 차를 가져다주게 하였다. 운성이 차를 마신 후 바야흐로 일어나 옷을 가다듬고 아이를 데려오라 하였다. 아이를 다 본 후 아름다움을 견디지 못하여 웃으며 부인을 향해 말하였다.

"천지(天地)가 있은 지 오래된 까닭에 죽었던 사람이 다시 깨어나 옥동자를 낳으니 어찌 변고가 아니겠습니까?"

형씨가 눈을 가늘게 하고 단정하게 앉아 말을 하지 않자 운성은 부인이 화가 난 줄 알았다. 또 운성은 자신이 과격하다는 것을 스스로 알면서도 화가 나면 스스로 제어하지 못 하였다. 그래서 다시 말하지 않고 다만 가만히 웃을 따름이었다.

이럭저럭하여 밤이 깊으니 형씨가 일어나 들어가고자 하였다. 운성이 급히 나삼(羅衫)을 붙들어 앉기를 청하니 형씨가 얼굴색을 바꾸고 한번 뿌리쳤는데 소매가 떨어졌다. 장차 문밖으로 나가려고 하자 운성이 일어나 부인을 이끌어 침소(寢所)로 들어가니 부인이 할 수 없어 같이 앉았다. 운
성이 다시 말을 하며 은근한 의사가 간절함에 이르자 부인이 천천히 탄식 14
하며 말하였다.

"저 같은 무리는 곧 개미[13] 같은 인생인데 낭군이 용서하시어 남은 목숨을 부지하였습니다. 그런데 낭군은 어찌 선비이시면서 칼을 쓰는 것

13) 개미 : {가얌이}. '개미'의 고어임.

을 가볍게 하십니까? 저의 팔자가 두루 기구하여 오늘은 또 기이한 모습을 보았습니다."

운성이 깊이 뉘우치고 부끄러워하며 나아가 손을 모아 사과하며 말하였다.

"내가 어려서부터 지나친 일을 많이 해 아버지께서 염려하셨던 것을 부인인들 모르십니까? 과연 나는 천신만고하여 찾아왔는데, 장인 · 장모께서는 법도에 맞지 않게 거절하셨습니다. 그래서 화가 나 차라리 부인과 아들을 죽이고 나 또한 죽고자 하였습니다. 그대는 나를 구하였는데 나는 이같이 버릇없게 굴며 그릇된 고집과 가벼운 행동을 쉽게 하였습니다. 바라건대 용서하십시오."

형씨가 탄식하며 말하였다.

"저는 본래 낯이 두껍지 않은데 어찌 긴 말로 대답하겠습니까?"

운성이 웃으며 말하였다.

"부인은 어찌 운성을 꾸짖으시는 것이 이런 정도에 이르렀습니까? 죄인이라도 사과하면 용서를 해주는 것이니 부인은 그만 꾸짖으십시오."

형씨가 다시 말을 하지 않았는데 운성이 비록 대장부이지만 어찌 부끄러움이 없겠는가? 이 밤에 운성이 감히 부인과 함께 봉지(鳳池)[14]의 즐김이 없었다. 날이 밝자 형씨가 다시 운성을 향하여 죄를 청하며 말하였다.

"제가 공손하지 않고 간사하고 악독하여 죄를 받는 것이 본래 옳은데 오히려 낭군의 덕으로 다시 태어났습니다. 이제 규방에 깊이 물러나 있으면서 허물을 닦고자 합니다. 바라건대 그대는 괴롭게 오셔서 저의

---

14) 봉지(鳳池) : 거문고 바닥에 있는 구멍으로, 위의 구멍을 용지(龍池), 아래의 구멍을 봉지(鳳池)라고 함. 거문고와 비파가 잘 어울림을 나타내는 금슬(琴瑟)의 뜻으로 쓰임.

남은 목숨을 재촉하지 마십시오."

운성이 말을 하기도 전에 부인이 안으로 들어가니 운성이 탄식만 할 뿐이었다.

이때 소승상이 자운산으로 돌아와 보니 아들 셋은 왔는데 유독 운성이 없었다. 승상이 아들들에게 물어보니 돌아오지 않았다고 하였다. 승상이 즉시 석참정 집으로 사람을 보냈는데 석참정 집에서 운성이 없다고 하였다. 집안사람들이 어두워진 뒤에야 왔으니 벌써 문을 모두 닫아 다른 방도가 없었다. 승상이 다음날 아침에 운경을 불러 전후 사정을 말해주고 형공의 집에 가 운성을 찾아보라고 하였다. 어사 운경은 다 들은 후 형부인이 죽지 않았다는 것을 알고 놀라움과 즐거움을 견디지 못하였다.

운경이 급히 좋은 말을 타고 바로 형참정의 집에 도착해 참정께 명함을 드렸다. 참정은 운경을 청하여 보고는 운성의 어제의 모습을 말해주고 데리고 가라고 하였다. 운경이 다 들은 후 부친의 선견지명(先見之明)에 탄복하고 운성의 지나침을 어이없게 여겼다. 운경이 즉시 운성이 있는 곳으 16
로 가서 보니 운성이 아직도 누워 있는 것이었다. 운경이 정색하고 말하였다.

"네가 형제들을 물리치고 이곳에 와서 밤을 지내고 돌아올 줄을 모르니 이것은 무슨 도리냐?"

운성이 부드럽게 말하였다.

"형은 저를 꾸짖지 마십시오. 저라고 고인(故人)의 집에 와 죽은 처자의 조상(弔喪)도 못합니까?"

운경이 화를 내며 말하였다.

"너는 아버지와 형을 대수롭지 않게 여기고 처자를 중요하게 여기는구

나. 너 같은 무식한 필부(匹夫)가 어디에 있겠느냐? 이제 네가 끝내 아버지의 부르심과 내가 데리러 온 것을 우습게 여기는데, 빨리 돌아가고 이곳에 머물지 마라."

운성이 처량하게 탄식하며 말하였다.

"제가 비록 버릇이 없으나 어찌 감히 아버지와 형을 업신여기겠습니까? 나이가 어려 사사로운 감정을 억제하지 못한 것이니 청하건대 형이 아버지께 사흘 말미를 받아주시면 제가 그 은혜를 헤아리지 못하겠습니까?"

이야기를 마친 후 운성의 얼굴빛이 슬프고 참혹하니 운경이 마음이 더욱 약한데다가 동생을 사랑하는 것이 지극하였기에 지금 사랑하는 동생이 진정으로 애걸하는 것을 들으니 차마 다시 꾸짖고 데려가지 못하고 다만 위로하였다.

"너는 마땅히 일찍 돌아오너라. 내가 말씀을 드려는 보겠지만 아버지
17 께서 들어주실 리가 없을 것이다."

드디어 탄식하고 나와 형참정을 보며 말하였다.

"선생은 너무 매몰차게 하지 마시고 제수를 권유하여 동생[15]의 마음을 위로하라고 하시지요."

형참정이 웃으며 말하였다.

"형이 아우를 북돋워주고 가는 것은 어떤 일인가?"

운경이 또한 웃으며 대답하였다.

"젊은이의 마음은 다 한 가지이니 어찌 동생을 꾸짖겠습니까? 형제의 정이 간절하니 노선생과 어진 제수의 박정함이 한스럽습니다."

---

15) 동생 : {샤뎨[舍弟]}. 남에게 자기의 아우를 겸손하게 이르는 말임.

말을 마친 후 가볍게 웃고 돌아갔다. 형참정이 또한 웃으며 소씨 형제들의 특이함에 탄식하였다.

운경이 돌아가 부친께 운성이 같이 돌아오지 않았다고 전하였다.

"셋째의 사정이 매우 불쌍하여 차마 보기 어려우니 아버지께서는 잠시 며칠만이라도 허락하셔서 진정하게 해주십시오."

승상이 말하였다.

"안 된다. 이제 명현공주가 형씨가 죽은 것을 오히려 믿지 않아 의심하며 살피려 하는 중이다. 그런데 운성이 저 곳에 가 여러 날을 지내면 반드시 변고를 만들 것이니 그 때 가서 돌이켜 뉘우쳐도 소용이 없을 것이다."

소승상이 즉시 운현에게 빨리 가 운성을 불러 오라고 하니 시랑 운현이 명을 받아 형씨네 집에 이르렀다.

운현이 바로 운성이 숨은 곳으로 들어가 난간을 구르며 소란스럽게 말하였다.

"형수가 병에 걸리지 않았고 형이 어리석지도 않은데 어째서 아버지의 18
성품을 알면서 매번 일부러 어기십니까?"

운성이 웃으며 말하였다.

"너는 망령되게 나를 속이지 마라."

운현이 문득 탄식하며 말하였다.

"형이 어찌 평소의 총명은 어디에 두고 이 지경이 되었습니까? 아버지께서 지금 상소를 하여 형의 불효를 아뢰고자 하시는데 어머니께서 한두 마디 말씀으로 말리셨습니다. 아버지께서는 어머니의 행동이 잘못됐다고 생각하셔서 부모님의 사이가 서로 불편할 뿐더러 다시 형수의 죄를 알리고자 하셨는데 숙모께서 막으셨습니다. 형은 제가 거짓말을 한다고 하시는데 어찌 거짓말을 하겠습니까?"

이야기를 마친 후 운현이 문득 돌이켜 밖으로 나왔다. 운성이 반신반의(半信半疑)하며 또한 일어나 운현의 손을 잡고 어깨를 나란히 하고 나오며 웃으며 말하였다.

"네가 나를 속이는 것이 분명하다."

운현이 정색하고 말하였다.

"제가 어찌 감히 형을 놀리겠습니까? 다만 가서 보시면 알 것입니다."

운성이 급히 윗옷을 입었다. 운성과 운현이 형참정에게 하직을 하고 수레를 나란히 하여 자운산으로 돌아왔다.

운성이 운현에게 말하였다.

"아버지께서 이미 매우 노여워하실 것이니 네가 먼저 들어가 아뢰어라."

운현이 마음 속으로 웃으며 들어가 승상께 전후 사정을 말씀드리자 승
19 상이 가만히 웃고는 운성을 부르라 하였다. 운성이 들어가 계단 아래에서 죄를 청하며 말하였다.

"제가 아버지의 말씀을 거역한 죄는 만 번 죽어도 오히려 가벼울 것입니다."

승상이 올라오라고 하며 말하였다.

"나 같은 아비는 불초한 자식을 가르칠 길이 없구나. 네가 이후에도 방자하게 굴 것인데 꾸짖어 무엇 하겠느냐?"

운성이 용서를 구하며 잠자코 있었다. 승상이 공주에게는 사실을 이야기하지 않겠다고 조용히 말하자 운성이 바야흐로 감격하여 사례하였다.

이후로는 집안사람들이 형씨가 살아있는 줄 알면서도 입 밖으로 말하지 않으니 공주는 형씨가 죽었다고 여기고 의기양양해서 스스로 만족하였다. 운성은 마음을 잠시 진정하고 이후로는 몰래 왕래할 길이 있을 것이라고 생각하며 몹시 기뻐하였다. 승상이 또 말하였다.

"너의 거동을 보니 반드시 형씨네 집에 자주 가겠구나. 대장부는 행동을 구차하게 해서는 안 되니 너는 삼가 마음을 다잡아라."

운성이 다 듣고 나서는 문득 은밀한 길이 끊어졌음을 놀랐지만 당초에 형씨가 죽었다고 할 때와는 달리 괴롭고 슬픈 마음을 내려놓고 느긋하게 생각했다. 운성이 근심스런 얼굴을 펴고 지내자 집안사람들이 모두 기뻐하였다.

수십 일이 지난 후 운성은 아들과 부인을 잊지 못해서 외할머니를 뵙 20
고 오는 길에 형참정 집에 들렀다. 그런데 문정(門庭)[16]이 쓸쓸하고, 붉은 문 두 짝이 굳게 닫혀 있었다. 운성이 놀라고 의아하여 아래 관리를 시켜서 사람을 부르라 하였다. 한참 후에 늙은 종 한 명이 나와 운성을 보며 절을 하자 운성이 물어보았다.

"너희 어른 댁이 무슨 까닭으로 이렇게 조용하고 쓸쓸한 것이냐?"

종이 대답하였다.

"저는 알지 못합니다만 어르신께서 고향으로 가신다면서 벼슬을 버리시고 가족을 이끌고 가셨습니다."

운성이 몹시 놀라 아무 말도 못하고 있었는데, 노파 한 명이 나와 편지 한 통을 받들어 드리며 말하였다.

"어르신께서 떠나실 때 맡기시면서 부마께 전해드리라고 하셨습니다."

---

16) 문정(門庭) : 대문이나 중문 안에 있는 뜰.

운성이 급히 떼어보니 바로 형참정의 필적이었다.

딸아이가 실로 너와는 인연이 없는데도 네가 성가시게 왕래하니 화(禍)를 얻기가 쉬울 것이다. 그래서 벼슬을 버리고 딸아이와 너의 어린 아들을 데리고 고향으로 내려간다. 손자가 장성하면 아비를 찾으러 보낼 것이니 너는 염려하지 말고 오래도록 진중하여라.

운성이 다 본 후 길게 탄식하고 집으로 돌아왔다. 운성은 마음이 놀라
갑작스레 병들어 자리에 눕게 되었다. 모두 근심하며 의약으로 병을 다스
21 리고자 하였는데 조금도 차도가 없었다. 나날이 위중하여 한 달이 다 지
나가는데 다른 병들까지 생겨나 살아날 방도가 없었다. 의원은 운성의 병을 상사병이라고 하였는데 사람들이 모두 이상하게 여겼다. 다만 승상은 '지난번 형참정이 사직하고 전원으로 돌아간다 하더니, 그래서 운성이 형씨 때문에 다시 병이 생겼구나.'라고 생각하였다. 승상이 운성을 타이르며 꾸짖자 운성이 백방으로 변명하다가 나중에는 의원도 보지 않고 약도 먹지 않자 온 집안사람들이 안타깝게 여겼다.

이때에 운현이 구주(九州)의 수의총마어사(繡衣驄馬御史)를 하게 되어 대궐 아래서 사은숙배(謝恩肅拜)[17]를 하였다. 사흘 뒤에 길을 떠날 때 부모님께 하직을 드리니 온 집안사람들이 황제의 은혜에 감격하였다. 부모가 타이르며 말하였다.

"네 나이가 아직 스물이 되지 않았으나 작위가 높으니 삼가 맡은 임무를 잘 다스려 맑은 이름을 드러내고 부모를 욕보이지 마라."

---

17) 사은숙배(謝恩肅拜) : 임금의 은혜에 감사하며 공손하고 경건하게 절을 올리던 일.

운현이 두 번 절하고 말씀을 받든 후 나와서 운성과 이별할 때 형제가 붙들고 울었다. 운현이 떠날 때 운성이 말하였다.

"내 병은 장인 형공께서 전원으로 내려갔기 때문에 생긴 것이다. 네가 나를 살리려면 장인을 두루 찾아 보거라. 장인의 본향(本鄕)은 서주와 영주이다. 내가 옛날에 들으니 늘 서주에는 사람이 적다고 일컬었다. 네가 삼가 찾아보아라."

운현이 눈물을 머금고 위로하며 말하였다.

"제가 구주를 다 돌아 어떻게 해서라도 찾아내 형의 마음을 위로하겠 22
습니다."

드디어 운현이 일어나 하직하였다.

운현이 대궐 아래서 조서(詔書)를 받들고 절월(節鉞)[18]과 종을 거느려 떠났다. 총마어사(驄馬御史)[19]는 조정의 중신이기에 길가에 영접하는 사람의 수를 헤아리지 못할 정도였다. 광채가 밝게 비치니 운현은 이때 청춘의 소년이었기에 혈기가 왕성하고 용모가 깨끗하니 누가 보아도 뛰어난 풍채이며 하늘에서 귀양 온 이백(李白)[20]과 같았다. 금으로 꾸민 안장을 걸친 백마를 타고 구주를 돌면서 일을 처결하였는데 덕과 위엄을 함께 지니고 총명하면서도 예(禮)를 차리는 것이 남보다 뛰어나 아름다운 이름이 사방에 진동하였다.

---

18) 절월(節鉞) : 절부월(節斧鉞). 관찰사·유수(留守)·병사(兵使)·수사(水使)·대장(大將)·통제사들이 지방에 부임할 때에 임금이 내어 주던 물건임. '절'은 수기(手旗)와 같이 만들고 '부월'은 도끼와 같이 만든 것으로, 군령을 어긴 자에 대한 생살권(生殺權)을 상징함.

19) 총마어사(驄馬御史) : 후한(後漢) 때 환전(桓典)이 시어사(侍御使)가 되어서 항상 총마(驄馬)를 타고 다녔으므로 그렇게 불렀음. 환전이 엄정(嚴正)하였기 때문에 간인(奸人)은 항상 총마어사를 피하라고 하면서 두려워하였다고 한데서 유래함.

20) 이백(李白) : 당나라 때 시인으로 자는 태백(太白)이고 호는 청련거사(靑蓮居士)임. 두보(杜甫)와 함께 '이두(李杜)'로 병칭되는 중국 최대의 시인이며, 시선(詩仙)이라 불림.

어사 운현이 길을 떠나 서주 경계에 도착하였다. 자사(刺史)[21]가 맞이해서 별사(別舍)에서 정성껏 대접하자 운현이 감사하며 말하였다.

"저는 젊은 나이에 외람되게 조정의 중임(重任)을 맡아 여기에 오게 되었습니다. 이는 조정 신하와 군민이 성실하도록 경계하고 사치하는 것을 꾸짖으려 하는 것입니다. 그런데 어찌 감히 황제의 명(命)을 욕보여서 풍악을 시끄럽게 울리겠습니까? 물리치는 것이 마땅합니다."

자사가 부끄러운 얼굴로 즉시 잔치 연 것을 거두고는 조용히 말하는데, 문득 보니 어린 종 한 명이 작은 편지를 가져다가 자사를 주는 것이었다. 자사가 편지를 잠시 보고는 소매에 넣은 후 앞에 나아와 말하였다.

"어사께 의논드리고 결정할 일이 하나 있습니다."

운현이 말하였다.

23 "명공께서 말씀하고자 하시는 바가 무엇입니까?"

자사가 말하였다.

"저의 창기첩 유영은 얼굴이 아름답고 노래와 춤이 빼어나 능히 양귀비(楊貴妃)의 서양곡[22]을 부르고 우의무(羽衣舞)[23]를 춥니다. 그러니 잡다한 풍류를 그치고 이를 데려다가 어사께 보이고자 합니다."

운현이 답하였다.

"부르도록 하시오."

자사가 몹시 기뻐하며 곁에 있는 이들에게 유영을 데려오라고 하였다.

---

21) 자사(刺史) : 중국의 관직명. 한(漢)나라 때 군(郡)과 국(國)을 감독하기 위해 각 주(州)에 상주하던 검찰관을 말함.

22) 양귀비(楊貴妃)의 서양곡 : 양귀비가 예상우의무(霓裳羽衣舞)를 출 때 사용된 곡조로 추정되나 미상임.

23) 우의무(羽衣舞) : 양귀비가 당현종 앞에서 춘 춤으로 예상우의무(霓裳羽衣舞)를 가리킴. 당 현종(唐 玄宗)이 꿈에 본 달나라 선녀들의 모습을 본떠 만들었다는 춤으로, 이때 입었던 옷은 희고 긴 비단으로 만들어졌음.

이윽고 유영이 얼굴과 몸을 화려하게 꾸미고 어사 앞에 와서 머리를 숙이고 두 번 절하였다. 자사가 이를 보고 스스로 무척 기뻐하며 춤을 추라고 명령하였다. 유영이 교태를 머금고 붉은 소매를 떨쳐 맑은 노래와 묘한 춤을 추니 자사가 참지 못하고 스스로 흥을 돋워 유영의 가무(歌舞)를 도왔다. 운현이 가만히 거동을 보니 자사가 유영에게 혹한 것이 심하였고 유영의 태도가 간악하여 반드시 남의 집을 망하게 할 것 같았다. 어사가 벌컥 성을 내며 말하였다.

"자사가 국가의 녹을 먹으면서 국은(國恩)을 갚지 않고 백성의 피와 살로 매일 잔치를 벌여 스스로 즐긴다고 하더니 과연 소문이 틀리지 않았으며 이는 또한 유영 때문이다. 조그만 창녀가 어찌 감히 자사를 잘못되게 만들며 조정의 명관을 미혹하게 하도록 놔두겠는가? 그 머리와 몸을 온전하지 못하게 하는 것이 마땅하다."

운현이 말을 다한 후 도부수(刀斧手)[24]를 꾸짖어 "유영을 밀어내어 베 24
어라."라고 하자 자사가 허둥지둥하면서 나아가 간절하게 말렸다. 운현이 말하였다.

"내가 지금 조정 대신이 죄를 얻어도 오히려 용서하지 못하는데, 하물며 요사스런 여자 하나를 참수하는 것은 대장부의 의지와 기개일 것이다. 어찌 말릴 사람이 있을 것인가?"

말을 마치자 곁에서 유영의 머리를 바치니 운현이 말하였다.

"창녀 유영은 자사를 외입(外入)하게 하고 요사스런 거동으로 사람을 홀려서 정신을 차리지 못하게 하였으므로 이런 이유로 참수하였다."

군민이 다 시원하게 여기고 어사를 두려워하지 않는 사람이 없었으며

---

24) 도부수(刀斧手) : 큰 칼과 큰 도끼로 무장한 군사.

이로부터 당시 사람들이 첩에게 지나치게 혹해 풍속을 어지럽게 하지 않았다.

이때에 자사가 잠시 동안 넋이 나간 듯이 앉아 있다가 문득 눈물을 흘리며 말하였다.

"그대가 총마어사(驄馬御史)가 되었을 것 같으면 어찌 풍습을 교화하지 않고 남의 처자를 죽이는가?"

운현이 웃고는 천천히 말하였다.

"노형은 화내지 말고 잠시 앉아 들으십시오. 내가 이제 조정의 어사를 맡아 구주를 둘러보니 맡은 바가 적지 않았습니다. 비록 나이가 어리지만 아직까지 지위에 해당하는 체면을 잃어버린 곳이 없었습니다. 그런데 내가 이곳에 처음 왔을 때 이미 풍악을 물리치라 하였는데도 그대가 간사한 첩의 하찮은 편지를 보고 다시 풍악을 청하는 것이 몹시도
25 일의 형편을 모르는 것이었습니다. 유영이 스스로 자색과 가무(歌舞)의 묘함을 믿고 문득 사람들이 다 노형과 같은가 보다고 생각하여 방자하게 내 앞에 와서 풍류하기를 청하였습니다. 내가 이미 유영이 지나치다고 생각해 일부러 죽이고자 부른 것입니다. 그랬더니 유영이 교언영색(巧言令色)으로 간악한 풍류를 하였으며 형이 좇아서 마주서서 짝으로 춤을 추니 이 어찌 나를 업신여기는 것이 아니겠습니까? 만일 법도로 행한다면 내가 어찌 유영만 죽이겠습니까? 마땅히 그대도 삭탈관직(削奪官職)하여 풍속을 바르게 할 것이지만 오히려 후히 대접한 정에 감격하고 또 노형의 나이를 생각함이니 모름지기 이상하게 여기지 마십시오."

자사가 운현의 긴 이야기를 다 들어 보니 말마다 정직하였다. 마음 속

으로 부끄럽게 여기고 감사하게 생각하며 물러나 이후에는 다시 여색(女色)에 뜻을 두지 않았다. 사람들이 이르기를 '일흔 노인이 열일곱 소년에게 행실을 배워 허물을 고치니, 참으로 팽조(彭祖)와 같이 나이가 많아 8백 살이나 된 사람이 왕발(王勃) 같은 보잘 것 없는 작은 아이의 현명함에 부끄러워하던 것'[25]과 같다고 일컬었다.

어사 소운현이 여러 날 머무르며 정사(政事)를 마친 후 하인을 불러 물었다.

"이곳에 형참정이 왔느냐?"

하인이 대답하였다.

"형참정은 다름 아닌 서울의 명공(名公)이시죠? 지금 벼슬을 버리고 월출산에 숨어서 지내십니다."

운현이 기뻐하며 급히 좋은 말을 골라 타고 종자 여러 명을 거느려 월 26
출산으로 향하였다. 월출산에 도착하니 산이 끝이 없고 인가(人家)가 보이지 않아 이 지역 출신 하인에게 길을 인도하게 하여 한 곳에 이르렀다. 큰 소나무는 무성하고 시냇물이 잔잔하게 흐르는 것을 보자 운현은 마음이 구슬프고 애달팠는데, 더욱이 운성의 병을 생각하자 슬픔을 걷잡기 어려웠다. 운현이 문득 보니 동쪽 반송(盤松)[26] 아래에 소년 한 명이 남색 도포를 나부끼며 피리를 불고 있었다. 운현이 바라보고 급히 말에서 내려서 소년이 있는 곳으로 올라가 그 소년의 손을 잡으며 불렀다.

---

25) 팽조와 ~ 것 : {핑극 년다 팔빅이 왕즈안의 미명동즈지명의 붓그림과 ᄀᆞᆺ다}. "팽조(彭祖) 년다(年多) 팔백(八百)이 왕자안(王子安)의 미명동자지명(微命童子之明)의 붓그림"으로 보아 이같이 옮김. 왕자안은 왕발(王勃)로 자(字)가 자안(子安)이며 수(隋)나라 말의 유학자 왕통(王通)의 손자임. 조숙한 천재로 6세 때 문장을 잘하였고, 17세 때인 666년 유소과(幽素科)에 급제하였는데, 젊어서 그 재능을 인정받아 664년에 이미 조산랑(朝散郞)의 벼슬을 받았음. 특히 5언절구(五言絶句)에 뛰어났으며, 시문집 『왕자안집(王子安集)』 16권을 남겼음.

26) 반송(盤松) : 키가 작고 가지가 옆으로 퍼진 소나무.

"형불운[27]아. 네가 자취를 숨겨 장차 무슨 일을 하려 하느냐?"

그 소년은 다름 아닌 형한림이었다. 형한림이 매우 놀라 돌아보니 다름 아닌 서울의 이부시랑(吏部侍郎) 소운현이었다. 형한림이 깜짝 놀라며 물었다.

"그대가 어찌 이곳에 이르렀느냐?"

운현이 눈물을 흘리면서 말하였다.

"내가 이곳으로 온 것은 오직 망극한 일로 인하여 사돈어른[28]과 형수를 찾아보고자 함일세."

형한림이 놀라며 물었다.

"무슨 일이기에 형이 슬퍼하기를 이같이 하는가?"

운현이 말하였다.

"형수에게 먼저 전하고 형에게 알리도록 하겠네."

한림이 말하였다.

"우리는 운성의 치우친 성품 때문에 이곳으로 내려와 이 산 중에서 남은 인생을 마치려고 하기에 다시 세상에는 뜻이 없네."

27 드디어 형한림이 운현의 손을 이끌고 여러 걸음을 옮기니 소나무와 대나무 사이에 큰 집이 하나 있는데 크기가 궁궐 같고 웅장하고 화려하기가 대단하였다. 운현이 말하였다.

"이 산의 경치가 비록 좋지만 우리 자운산보다는 못하군."

형한림이 말하였다.

"풍수가 기이하고 경치가 매우 아름다운 것이 그대 사는 곳 만한 곳이

---

27) 형불운 : 소운성의 부인인 형씨의 남자형제 중 한 사람인 형한림의 자(字).

28) 사돈어른 : {년숙[緣叔]}. 아저씨라고 부를 만한 친지를 가리키는데, 여기서는 소운성의 장인인 형공을 말하므로 이같이 옮김.

없네.”

서로 말하며 문에 도착하여 별사(別舍)로 들어가자 형공이 갈건야복(葛巾野服)[29]으로 중당(中堂)에서 거문고를 타다가 운현을 보고 맞이하며 안부를 물은 후 말하였다.

“자네가 무슨 까닭으로 깊은 산속의 험한 골짜기까지 와서 찾는가?”

운현이 공손히 대답하였다.

“저희가 교외(郊外)에 있어서 어르신께서 시골에 내려가신 줄을 바로 알지 못하고 작별하는 예의를 갖추지 못하니 매우 부끄러웠습니다. 더욱이 형수와 조카가 내려가는 것을 보지 못하였으니 어찌 동생의 정이 야박하다고 하지 않겠습니까? 이제 아버지의 명을 받아 형수를 모셔가 형수가 형과 영원히 이별하는 슬픔을 위로하고자 천릿길도 멀다 하지 않고 왔습니다.”

형공이 정색하며 말하였다.

“소씨네 여러 형제들은 모든 행실에 있어 군자(君子)를 섬기는데 무슨 까닭으로 거짓말하기를 잘하느냐? 처음에 소어사가 듣기 좋은 말로 딸아이를 데려가서는 거의 죽을 뻔한 일을 겪게 하였다. 이제 내가 일의 돌아가는 것을 보니 어쩔 수 없어 이곳으로 내려온 것이다. 이런 결심이 작은 고집이 아닌데 너는 또 이곳으로 와서 거짓말을 꾸미니 이것 28
이 무슨 도리냐?

운현이 담담히 미소 지으며 대답하였다.

“상공이 저를 꾸짖으시는 것이 이 지경에 이르니 드릴 말씀이 없습니

---

29) 갈건야복(葛巾野服) : 갈건과 베옷이라는 뜻으로, 은사(隱士)나 처사(處士)의 거칠고 소박한 옷차림을 이르는 말.

다. 제가 비록 무례하나 어찌 감히 아버지의 명을 거짓으로 말씀드리며 병들지 않은 형을 위태롭다고 하겠습니까? 이미 저를 아무래도 믿지 않으시니 다시 말씀드리기가 어렵습니다. 그러나 반드시 형수는 만나보아야겠습니다."

형공이 마음 속으로 깊이 생각하기를 오래하다가 곁에 있는 이들에게 형씨를 불러오게 하였다. 형씨와 운현이 서로 오래도록 쳐다보면서 말없이 있다가 형씨가 먼저 물었다.

"천만 뜻밖에 넷째 상공께서 오시니 두려움을 견디지 못하겠습니다. 천기가 한결같지 않으니 알지 못하겠습니다. 할머님과 어머님, 아버님께서는 몸 성히 잘 계십니까?"

운현이 자리에서 물러나 다 들은 후, 다시 일어나 절하며 말하였다.

"부모님께서는 할머님을 모시고 평안히 계십니다만 운성 형의 병이 며칠 사이에 더욱 위태로워져서 더 이상 희망이 없습니다. 그러니 어찌 집안에 걱정이 없다고 하겠습니까? 제가 이곳으로 온 것은 오로지 형수를 모셔 가고자 함입니다. 형은 능히 가마를 보낼 기력이 없어 못하고, 부모님과 할머님이 다만 저에게 말씀을 전하라고 하셨습니다."

형씨가 옷깃을 여미고 자리에서 물러나며 말하였다.

29 "부모님과 할머님의 가르치심이 무슨 뜻입니까?"

운현이 대답하였다.

"아버지께서 형수에게 전하시기를, '며느리가 비록 공주로 인해 인연이 흐트러져서 얽혔지만 운성의 처이며 나의 며느리인데, 어찌 감히 어른의 말씀을 기다리지 않고 행동을 마음대로 할 리가 있겠느냐? 내가 매우 이상하게 여겼는데, 이미 운성의 병이 중하니 비록 괴롭더라도 빨리

와 구천(九泉)으로 돌아가는 운성의 넋을 위로하고 손자를 데려오라.'고 하셨습니다. 어머니와 할머니께서는 각별히 다른 말씀은 없으시고 다만 형수가 마음대로 행동하신 것을 한탄하실 따름입니다."

말을 마친 후 태도가 위엄 있고 당당하며 말이 엄숙하니 모든 사람이 어찌 거짓 핑계인 줄 알겠는가? 형씨가 다만 사죄하며 말하였다.

"저의 평생이 시부모님께 달려 있으니 어찌 감히 제 마음대로 행동하겠습니까? 그러나 이미 시댁을 떠나 친정 부모님께 저의 일생이 달려 있으므로 또한 거취를 마음대로 못하였고, 알리고자 하였으나 번거로웠습니다. 죄를 지어서 이곳으로 온 뒤에는 이른 아침부터 깊은 밤까지 마음이 갈팡질팡하여 어쩔 줄 모르고 있었는데 이제 아버님의 꾸짖으심이 있으니 두려운 것을 견디지 못할 따름입니다. 무슨 말을 하겠습니까?"

운현이 몸을 굽혀 잠시 웃고 다시 말하였다.

"제가 형의 병이 위급한 것을 보고 3일 만에 이곳에 도착하였으니 일이
급하므로 잠시라도 한가하게 이야기를 나누고 있을 사이가 없습니다. 30
형수께서는 채비를 빨리 차리십시오. 이제라도 떠나도록 합시다."

형공이 안색을 바꾸고는 말하였다.

"자네는 이상한 말로 딸아이를 협박하지 말게나. 차라리 딸아이를 소형에게 죄 지은 며느리가 되게 할지언정 공주에게 시달리는 시녀가 되게는 못하겠네."

운현이 불쾌한 빛을 얼굴에 드러내면서 말하였다.

"셋째 형은 색(色)을 좋아하고 호방해서 부인의 아름다운 얼굴을 취한 것이 아니라 믿음을 지킨 것입니다. 이제 목숨이 위태로워 아들과 형

수를 다시 만나 이별하고자 하는 것은 돌과 나무라도 감동할 일인데 상
공이 평소에 형을 그르게 여기시는 것이 어느 지경에 이르렀기에 마침
내 꿈쩍도 하지 않으십니까? 자고로 마음으로 사람을 위하면 스스로
몸도 아끼지 않거늘, 공께서 무슨 까닭으로 딸을 허락하시고는 주었다
가 빼앗아 남자로 하여금 마음이 병들게 하시며, 일을 홀로 주관하시면
서 믿음을 저버리십니까? 이제 형수가 공주에게 욕볼까 두려워하시니
이는 너무 예의를 차리지 못하시는 것입니다. 욕보는 것은 작은 일이
요, 지아비가 죽어가는데 가서 보는 것은 큰일이니 공께서 어찌 자녀를
가르치시는 것이 이 지경에 이르셨습니까? 만일 형수께서 즉시 가지
31 않으면 전에 군사들 사이에 가서 운성 형을 구하시던 명성이 사라져
머리는 범과 같으나 꼬리는 뱀과 같은 모양이 될 것입니다."

형공이 운현의 위엄 있는 기색을 대하고 매몰찬 말을 들으니 능히 더 이상 부탁하지도 못하며 말릴 말이 없어 한참이 지난 후에 말하였다.

"부마가 비록 병이 오래도록 낫지 않으나 인물이 기이하고 골격이 좋으며 기품이 소나무와 잣나무 같으니 무슨 까닭으로 일찍 죽겠는가?"

운현이 말하였다.

"비록 상공께서 관상을 보시는 것이 신통하실지라도 놀라 바라볼 만한 것은 형의 병이 죽을 지경에 이르렀다는 것입니다. 그러니 만일 상공의 말씀을 믿었다가 형이 불행하게 된다면 관상 본 것을 어디 가서 바로 잡겠습니까?"

형공이 어이없이 여겨 도로 웃고는 말하였다.

"설마 어찌 그렇게 하겠는가? 빨리 채비를 차려 서울로 보내겠네."

운현이 매우 기뻐하고 감사하면서 즉시 형씨에게 행장(行裝)을 준비하

라 하고 말하였다.

"제가 형수를 모시고 갈 위의(威儀)를 차려왔으니 이제 가서 데리고 오겠습니다."

말을 마친 후 즉시 나와 본부(本府)로 돌아왔다.

운현은 자신이 무거운 책임을 맡았지만 형씨를 데려갈 마음이 급하여 심복 하관 이량을 불러 분부하였다.

"네가 나의 도장을 가지고 두어 명 가신(家臣)과 함께 이곳에 머무르면서 노복을 안으로 들이지 마라. 그리고 소문을 내기를 내가 병들어 조리를 한다 하고 일절 누설하지 마라. 내가 한 달이면 돌아올 것이다." 32

이량이 명을 주의 깊게 듣고 물러갔다.

운현이 약간의 노복과 말을 거느리고 형공의 집으로 왔다. 운현이 형씨와 조카를 데리고 길을 떠날 때 형공이 탄식하며 말하였다.

"내가 당초에 이곳으로 온 뜻은 소씨 집안을 거절하고자 하여 온 것인데 일이 이루어지지 못하니 나도 또한 오래지 않아 올라갈 것이다."

형씨가 눈물을 흘리며 부모와 이별하고 밤낮으로 이동하여 열이레 만에 서울에 도착하였다.

운현이 계교 하나를 생각해 내어 자운산 밖 멀리 떨어진 곳에 조용한 집을 잡아 일행을 편안하게 머무르게 하였다. 편지를 여러 장 쓰고 심복 노자 송의에게 일일이 할 말을 가르쳐 집으로 보냈다.

이때에 운성의 병이 매우 위급하여 온 집안 식구들이 망극하여 했는데, 문득 운현에게서 편지가 왔다고 하였다. 승상이 놀라 급히 송의를 불러 물으니 송의가 엎드려 대답하였다.

"어사께서 네 개 주를 돌고 형주 근방에 이르셨는데, 우러러 부모님을 사모함을 이기지 못하고 부마 상공의 위태하신 병환을 알고자 저를 보내셨습니다.”

승상이 다 들은 후 겉봉을 봉한 편지를 떼어 보니 다음과 같이 적혀 있었다.

33 소자 운현은 두 번 절하고[30] 삼가 편지 한 통을 지어 부친께 아뢰옵니다. 부모님 슬하를 떠난 지 벌써 몇 달이 지났습니다. 우러러 곁에서 모시고자 하는 뜻이 일어나니[31] 이른 아침과 깊은 밤에 슬픈 마음을 견디지 못하겠습니다. 알지 못하겠습니다만, 요사이 셋째 형의 병세는 어떠합니까? 이 때문에 마음이 더욱 어지러워 장차 마음 다스리기가 어렵습니다. 요사이 조정의 정사(政事)는 어떠합니까? 소자는 기주, 청주, 유주, 병주 네 곳을 순행하고 형주 근방에 이르렀으니 수개월이 지난 후에야 돌아가 부모님의 말씀을 들을 수 있을까 합니다.

승상이 답서(答書)를 지어 송의에게 맡겼고, 또 여러 형제들이 별도의 시를 붙였다. 송의가 하직인사를 드리고 나와 몰래 부마가 앓는 곳을 살펴 사람이 없는 것을 보고는 운현의 편지를 시동에게 전하였다. 운성이 편지를 받아 보니 형씨를 데려온 이야기와 머무를 곳을 물어보는 내용이 적혀 있었다. 운성이 편지를 보고난 후 몹시 기뻐하며 급히 두어 줄 글을 지어 송의에게 보냈다. 송의가 돌아가 먼저 승상의 편지를 올렸는데 그 내용이 다음과 같았다.

30) 두 번 절하고 : {돈슈지빈[頓首再拜]}. 머리가 땅에 닿도록 두 번 절을 하는 것을 말함. 경의를 표한다는 뜻으로 주로 편지의 첫머리나 끝에 쓰는 말의 하나임.
31) 일어나니 : {ᄇᆡ야니}. ‘ᄇᆡ야다’는 보채다, 재촉하다, 돋구다는 의미의 고어임. 문맥을 고려하여 이같이 옮김.

뜻밖에 너의 필적을 보니 반갑고도 놀랍구나. 신하로서 몸을 나라에 허락하였으니 어버이를 떠나는 것은 예삿일이다. 슬퍼하지 말고 정사(政事)를 잘 다스려 어진 34
이름을 나타내 임금님의 명(命)을 욕보이지 말고 너를 길러준 부모를 빛나게 하는 것이 네가 할 바이다. 어찌 아녀자의 태도를 하느냐? 너의 형은 이미 보잘 것 없는 선비의 무리이다. 내가 아비가 되어 부끄러울 따름이니 어찌 다시 병의 경중(輕重)을 말할 것이 있겠느냐? 조정 정사(政事)는 사사로운 편지에서 말할 바가 아니니 또한 공경하며 삼가고 돌아오너라.

운현이 다 본 후 슬퍼하며 눈물을 흘리면서 말하였다.

"아버지의 가르치심이 이러하신대 우리들은 버릇이 없어서 능히 말씀을 따르지 못하는구나. 또 나는 아버지를 속이기까지 하는구나."

곧 이어 운성의 편지를 보니 대강 형씨를 데려온 것을 고마워하고, 형씨를 강정 윤부인이 계신 곳에다 머물게 하고 일을 누설하지 말라고 적혀 있었다. 운현이 즉시 형씨를 보고 말하였다.

"형의 병세가 잠시 나았지만 공주의 살피는 바가 엄하니 아버지께서 형수에게 강정 윤부인이 계신 곳으로 가서 몸을 피해 있으라고 하십니다."

형씨가 곧이듣고 말하였다.

"만일 상공께서 병이 나았다면 제가 다시 친정으로는 가지 못하겠습니까?"

운현이 말하였다.

"아버지의 말씀이 없는데 저희들이 어찌 스스로 결단하겠습니까? 형수
께서 강정에 가시면 일이 순조로우니 예전과는 같지 않을 것입니다." 35

형씨가 마음 속으로 이상하게 여겼지만 다른 방도가 없어 따랐다.

운현이 즉시 형수를 데리고 강정에 가 윤부인을 보니 윤부인이 놀라며 물었다.

"조카가 지난번에 외지로 갔다고 하더니 어찌 이리 빨리 돌아왔느냐?"

운현이 웃으며 가만히 자초지종을 말씀드리니 윤부인이 또 웃으며 말하였다.

"호방한 조카들이 오라버니를 속이니 어찌 지나치지 않느냐?"

운현이 사례하며 말하였다.

"이는 정말로 부득이 해서이지 방자한 것이 아닙니다. 그러니 바라건대 숙모께서는 비밀을 새게 하여 저와 형을 죄 얻게 하지 마십시오."

윤부인이 맑게 웃으며 말하였다.

"내가 너희들을 사랑하기를 친자식과 다름이 없는데, 어찌 부질없는 말을 해서 운성의 마음을 어지럽게 하며, 너의 몸에 죄가 돌아가게 하겠느냐? 안심하고 어서 돌아가 나랏일을 다스리도록 해라."

운현이 기뻐하며 감사하고 즉시 서주로 돌아갔다.

이때에 윤부인이 형부인을 맞아 서로 반가워하고 슬퍼하며 그 손을 잡고 눈물을 흘리며 말하였다.

"자네는 꽃다운 얼굴과 어진 덕으로 인해 액운이 끊이질 않아 앉았던 방석이 따뜻해질 때가 없었네. 늘 내가 자식들을 대하여 안타까워하는
36 것은 오라버니의 덕과 석부인의 사리에 밝음이 어째서 오히려 복(福)이 되지 못하고 자네들에게 궂은일을 참혹하게 겪게 하는가 하고 한탄하였던 점일세. 요사이는 운성이 자네 때문에 다시 병이 생겨 목숨이 위태하기에 자네를 데려왔으니 마음을 편히 하고 이곳에 있게나."

형씨가 감사하며 말하였다.

"숙모께서 저를 보살피고 사랑해주시니 늘 그리워하던 바가 시부모님 보다 못하지 않았습니다. 불행히도 서로 떨어져 있어 뵙는 것이 잦지 못하는 것을 슬퍼하였는데 이렇게 다시 뵙게 되니 매우 다행스럽습니다. 다만 의심하건대 저를 부르신 것이 부모님의 명이 아니라 문득 넷째 상공[32]이 꾸미신 일인가 두려우니 숙모께서는 밝게 가르쳐 주십시오."

윤부인이 사실을 말하기가 좋지 않아 다만 기분 좋게 위로하며 말하였다.

"조카가 비록 어리지만 자못 대의(大義)를 아는데 어찌 오라버니의 명을 얻지 못하고서 거짓으로 꾸밈이 있겠는가? 하물며 운성의 병이 위급하여 어머니께서 지나치게 염려하시니 오라버니가 그대를 부른 것인데 이상할 것이 있겠는가?"

형씨가 감히 다시 묻지 못하였다. 윤부인이 형씨의 어린 아들을 안아 보고 매우 기뻐하며 말하였다.

"용모와 기상이 완연히 오라버니와 같구나. 자네가 복이 많은 것을 축하하네."

형씨가 겸손히 말하였다.

"숙모께서 위로하시는 것이 과분하십니다. 어찌 감히 아버님을 당하겠습니까?"

윤부인이 서너 번 칭찬하고 즉시 조용한 처소를 골라 형씨의 거처로 37
삼고 사랑하며 후대하는 것을 자신의 며느리에게 하는 것에 지지 않았다.

32) 넷째 상공 : {숙숙(叔叔)}. '숙숙'은 작은아버지를 가리키거나 또는 '시아주버니'를 문어적으로 이르는 말로 사용됨. 여기서는 형부인의 입장에서 시동생인 소운현을 지칭하고 있어 문맥을 고려하여 이같이 옮김.

또 자식들과 유학사[33]에게 소부에는 전하지 말라고 당부했기 때문에 승상의 집에서는 까마득하게 알지 못하였다.

운성이 오래지 않아 병이 저절로 나으니 집안 식구 모두가 형씨를 생각하는 병이 아니었으리라고 생각하였다. 승상 또한 의원이 상사병이라고 하였던 것이 애매했던가 하며 기뻐하였다.

하루는 운성이 세수를 하고 머리를 빗은 후 일어나 부모를 뵙고 말을 하니 기질이 화려하고 언어가 도도하였다. 석부인과 소부인이 이상하게 여겨 까닭을 물으니 운성이 대답하였다.

"제가 처음에 잘못 살펴 마음을 좁게 먹었기로서니 어찌 구구히 상사병에 걸리겠습니까?"

소부인과 석부인이 그럴 수 있다고 여기면서도 또 의심을 하였다.

수십 일 후 운성이 문득 강정의 풍경을 구경하겠다고 부친께 말씀드리고 홀로 강정으로 달려갔다. 운성이 소옥정에 들어가 윤부인을 보았다. 윤부인이 몹시 반기고는 슬퍼하며 말하였다.

"네 병이 위급하다는 소식을 듣고는 밤낮으로 마음이 부서지는 듯하였는데 오늘 만나보니 무척 다행스럽구나."

운성 또한 슬퍼하며 함께 이야기를 나누고는 형씨가 있는 곳을 물었다. 윤부인이 운성을 데리고 뒤뜰 난간으로 가서 멀리 소나무와 대나무 사이
38 에 붉은 지게문[34]이 비치는 곳을 가리켜 말하였다.

"저곳이 너의 정인(情人)이 있는 곳이다."

운성이 웃고는 드디어 들어가 형씨를 보았다. 형씨가 몹시 놀라며 운

33) 유학사 : 윤부인의 남편인 학사 유기를 가리킴.
34) 지게문 : {지게}. 옛날식 가옥에서, 마루와 방 사이의 문이나 부엌의 바깥문을 말함. 흔히 돌쩌귀를 달아 여닫는 문으로 안팎을 두꺼운 종이로 싸서 바름.

성을 맞아들여 자리에 앉았다. 운성은 반가움과 기쁨이 교차하여 탄식하며 말하였다.

"그대는 나를 염려하는 것이 지나쳐서 나중에는 나를 버리고 친정으로 돌아가니 그것은 무슨 도리입니까? 다시 생각하니 나같이 구차한 남자가 어디 있겠습니까마는 스스로 모르지 않으며, 구차한 것이 내 일이지만 나조차도 이상하게 여기는 바입니다. 이곳이 조용하고 편안하게 머무를 곳이니 이후에는 나쁜 일이 없어 화락하면 평생의 다행한 일이 아니겠습니까?"

형씨가 슬퍼하며 말없이 묵묵히 길게 탄식하였다. 운성이 아들을 보고 새삼 사랑하여 웃으며 말하였다.

"부인은 슬퍼하지 마십시오. 살아서는 편안하게 화락하지 못하나 죽어서는 우리 두 사람이 함께 묻힐 것입니다. 이 아들을 두고 어찌 죽은 후를 근심하겠습니까?"

형씨가 미간을 찡그리며 말하였다.

"낭군의 말씀은 갈수록 정직하지 않으십니다. 제가 잠깐 기색을 보니 낭군께서 넷째 상공과 함께 아버님과 어머님을 속이고 저를 데려 오셨던 것입니다. 제가 비록 여자이지만 밤낮으로 황공하여 죄를 헤아리는데, 낭군께서는 어찌 함부로 하시는 뜻이 있으십니까? 저의 일을 정도(正道)로 하시지 않고 예의를 벗어나 권도(權道)로 하시는 게 많으니 매우 한심합니다."

운성이 공경하며 말하였다.

"부인은 말마다 잘못을 바로잡으시는 것이 금과 옥 같으시니 제가 어 39
찌 감히 감격하지 않겠습니까? 운현이 총마어사(驄馬御史)로 나가게 되어 제가 계교를 가르쳐 부인을 맞아왔으나 실로 부모형제가 다 모르는 일입니다. 내 이미 속인 죄는 벗어나기 어렵지만 또한 목숨이 살아났으니 이 역시 효도한 것입니다. 부인은 이전같이 매몰차게 굴지 마십시오."

형씨가 다 들은 후 운현이 자신을 속인 것이 한스럽고 자신 또한 따라온 것을 뉘우치나 믿지 못하여 길게 탄식하고 말을 하지 않았다. 운성이 며칠을 머물러 있으면서 사랑하는 마음을 새롭게 헤아리지 못하니 형씨가 얼굴빛을 좋게 하고는 권유하며 말하였다.

"제가 이곳에서 지내는데 윤부인이 사랑해 주시는 것이 어머님보다 더 하시니 몸이 평안하고 근심이 없습니다. 낭군은 고집부리지 마시고 돌아가 부모님을 모시고 공주의 청춘을 위로하시면 제가 또한 기쁜 웃음을 머금고 낭군이 찾아주시는 것을 기다리겠습니다."

운성이 형씨의 온화한 목소리를 들으니 마음이 다 시원해 기쁘게 웃고 진실한 마음으로 말하였다.

"부인의 말이 이와 같으니 내가 어찌 듣지 않겠습니까? 그대가 매번 나를 보면 괴로워하니 내가 또한 분하여서 부디 온화한 말을 들은 후에야 마음을 바꾸겠다고 항상 고집스럽게 생각하고 있었습니다. 지금 그대
40 가 유순한 빛으로 타이르시니 내가 무슨 까닭으로 정도(正道)를 행하지 않겠습니까? 이후에는 틈을 타 오겠습니다."

운성이 말을 마친 후 기뻐하며 아들을 안고 사랑하다가 좋게 여겨 이별하고 집에 돌아가니 형씨가 또한 기뻐하였다. 운성이 집으로 돌아오자 부모가 더디게 온 이유를 물었는데 좋은 말로 훌륭하게 대답하고 능히 기쁜 마음을 걷잡지 못하였다.

하루는 운성이 아버지를 모시고 자려 하는데 승상이 조용히 타이르며 말하였다.

"공주가 비록 부족함이 있으나 임금께서 맡기신 정실(正室)이다. 무시하는 것은 옳지 않으니 너는 빨리 공주가 있는 곳에 나아가 밤을 지내라. 형씨와는 아직은 어렵고 힘들게 떨어져 있지만 다른 날 연분이 적지 않을 것이다. 내가 형씨를 찾지 않고 버려두는 것은 너에게조차 비밀을 말하는 것이 가벼운 행동이기에 하지 않는 것이며 마침내는 영화가 끝이 없을 것이니 너는 형씨를 지나치게 생각하지 말고 공주에게 관대하여라."

운성이 다 들은 후 몹시 기뻐하며 머리가 땅에 닿도록 절을 하고 사례하며 말하였다.

"아버지의 교훈이 이러 하시니 제가 어찌 감히 말씀을 받들지 않겠습니까?"

드디어 운성이 일어나 명현궁으로 갔다. 공주가 부마가 온다는 것을 듣고 촛불을 밝히고 단정히 앉아 기다리고 있었다. 운성이 들어가 공주를 대하니 공주가 기운을 엄숙히 하고 운성을 본 체 만 체하였다. 운성이 그윽이 기뻐하지 않고 다만 온화한 얼굴로 위로하며 말하였다. 41

"제가 천은(天恩)을 입음으로부터 공주와 함께 화락하는 것이 마땅하나 늘 마음이 온전하지 못하여 공주께 나아옴을 얻지 못하였습니다. 오늘에야 병을 무릅쓰고 이곳에 이르렀습니다. 반 년 사이에 귀체(貴體)가 어떠하신지요?"

공주가 낯빛을 바꾸고는 말을 하지 않았다. 운성은 고집이 있지만 성품이 너그러웠다. 그래서 운성은 공주를 애처롭게 여기고 공주가 부끄러워하는가 보다 생각하였다. 운성이 마음을 풀고 촛불을 끄고 침상에 오르니 이는 본래 좋은 뜻이거늘 문득 공주가 말하였다.

"부마가 나의 위엄을 아느냐? 한마디 말을 해 칼 아래 고기가 될 뻔하였으니 이후에는 방자하게 굴지 마라."

운성이 공주의 말을 한번 듣고는 즐거운 흥이 사라지고 함께 즐기고자 하던 뜻이 없어지며 문득 화가 치밀어 오르며 공주가 미워졌다. 또한 정신이 식은 재와 같아져 한마디 말도 않고 즉시 나가고 싶어졌다. 그러나 아버지의 교훈과 형씨가 권하던 일을 생각하고는 공주의 말을 못들은 척하고 비단 이불에 누웠다가 날이 밝기 전에 나오니 같은 자리에서 잤지만 마음은 천리(千里)나 떨어진 것[35] 같았다.

부마가 돌아간 후 공주가 한상궁 모르게 은밀히 보모 양씨와 함께 의논하였다.

"부마가 지난밤에 좋은 낯빛으로 왔는데 밤에는 심히 쌀쌀맞으니 보모의 고견으로는 어떻게 해야 부마의 사랑을 얻을 수 있겠는가?"

42 양보모가 마음 속으로 깊이 생각한 후 한참이 지나 말하였다.

"저의 친척 중 소무신 소랑이라 하는 접신(接神)할 수 있는 자가 있는데 신기함이 당나라 때 원천강(袁天綱)[36]보다 뒤지지 않는 신령한 무당입니다. 또 하찮은 재주가 있어 능히 비법을 행하면 부부가 소중히 여기게 하거나 미워하게 하는 것이 각각 보응(報應)이 분명하니 옥주(玉主)[37]께서는 행하시겠습니까?"

---

35) 같은 ~ 것 : {동상[同牀]이 쳔니[千里]}. '동상'은 같은 자리에서 잔다는 뜻임. 즉 같은 자리에서 자지만 마음의 거리가 천리 길만큼 멀리 떨어져 있었다는 뜻으로 보아 이같이 옮김.

36) 원천강(袁天綱) : 당나라 때 관상가로 당시에 가장 유명한 관상가라고 전해지는데 그는 특히 눈이나 목의 상을 보고 앞일을 점쳤으며 그의 예언은 백발백중했다고 함.

37) 옥주(玉主) : 공주(公主)의 높임말.

공주가 매우 기뻐하며 말하였다.

"보모는 어찌해서 빨리 말하지 않았는가?"

즉시 소무신을 불러 두 손을 마주하고 비니 과연 신이하였다. 공주가 몹시 혹하여서 즉시 그 시키는 대로 계교를 행하였다.

이때에 소운성이 침소인 서당(書堂)에 온 지 여러 날이 되었다. 하루는 바로 잠이 깊이 들었더니 고운 부인 한 명이 앞에 나아와 운성의 팔을 잡으며 붉은 먹이 묻은 붓으로 글을 쓰라고 하였다. 운성이 크게 성을 내며 한번 밀치니 그 부인이 도로 물러나 자리 사이로 들어갔다. 운성이 깨닫고는 이상하게 여겼지만 꿈이란 것이 허탄한 것이기에 개의치 않았다. 이후로는 잠에 들면 매번 부인이 가까이 오고자 하다가도 운성이 물리치면 그냥 돌아가는 것이 10여 일에 이르렀다.

하루는 부인이 운성을 향하여 말하였다.

"그대는 참으로 바른 사람이로다. 조물이 어찌 범할 수 있겠는가? 그대가 마땅히 이부자리를 뜯어 나를 편하게 하여라. 내가 그대의 기운에 쏘여 정신이 밤낮으로 편하지 않았던 듯하구나." 43

운성이 묻고자 하다가 깨달아 마음 속으로 이상하게 여기고는 이부자리를 뜯어보니 두어 조각 종이에 공주와 자신이 사이좋아지기를 축원하는 비법이 적혀 있었다. 운성이 즉시 종이를 불 질러 없애고 마음 속으로는 꺼림직 했지만 말을 하지 않으니 그 사람됨이 이와 같았다. 공주가 요상한 비법을 행한 후 부마가 더욱 오지 않는 것을 보고 소무신을 불러 이유를 물으니 소무신이 점을 치며 말하였다.

"이는 독한 방법이 아니라 실로 무난한 방법인 까닭에 기운이 굳세고 팔자가 센 부마에게 효과를 드러내 보이지 못하는 것이니 어찌 하시겠습니까?"

공주가 문득 화를 벌컥 내며 말하였다.

"이미 이렇게 했는데 빨리 죽이는 것이 옳다."

소무신이 말하였다.

"만일 이렇게 하시고자 한다면 제일 독한 방문(方文)을 쓰겠습니다."

공주가 기뻐하며 소무신에게 금과 비단을 내렸다.

소무신이 목욕재계하고 지성으로 비법을 만들어 부마의 목숨이 그치기를 빌었다. 이 날 삼경(三更)[38]에 소무신이 조용한 방 가운데서 머리를 풀고 칼을 집고 귀졸(鬼卒)[39]을 호령하여 소운성의 넋을 풍도계(酆都界)[40]로 잡아가라 하였다. 귀졸이 명령을 듣고 물러가 소운성이 자는 곳에 이르러 죽이고자 하였다.

그런데 문득 땅으로부터 그리 높지 않은 허공에서 신선 세 명이 붉은
44 도포를 입고 옥홀(玉笏)[41]을 잡고 서서 말하였다.

"요사스런 무당 소무신이 삼태성(三台星)[42]을 해치고자 한다고 하니 네가 마땅히 소무신을 잡아 지옥에 넣어라."

문득 황건역사(黃巾力士)[43]가 귀졸을 꾸짖어 물리치고 소무신이 있는 곳으로 갔다. 귀졸이 다시 우러러보니 다만 밝은 하늘에 삼태성이 밝게 빛나고 있어 놀라 흩어졌다. 이때 소무신은 틀림없이 부마를 잡아올 것이

---

38) 삼경(三更) : 하룻밤을 오경(五更)으로 나눈 셋째 부분으로, 밤 열한 시에서 새벽 한 시 사이임.
39) 귀졸(鬼卒) : 온갖 잡스러운 귀신을 통틀어 이르는 말.
40) 풍도계(酆都界) : 도가에서 '지옥'을 이르는 말.
41) 옥홀(玉笏) : 옥으로 만든 홀로 옥정(玉珽)이라고도 함. 홀(笏)은 벼슬아치가 임금을 만날 때에 손에 쥐던 물건으로, 조복(朝服) · 제복(祭服) · 공복(公服) 따위에 사용하였으며, 일품부터 사품까지는 상아홀, 오품 이하는 목홀(木笏)을 썼음.
42) 삼태성(三台星) : 큰곰자리에 있는 자미성을 지키는 별. 각각 두 개의 별로 된 상태성(上台星) · 중태성(中台星) · 하태성(下台星)으로 이루어져 있음.
43) 황건역사(黃巾力士) : 누런 두건을 쓴 형상이며 신장(神將)의 하나로 힘이 세다고 함.

라고 생각하며 기다리다가 갑자기 칠규(七竅)[44]에서 피를 흘리고 죽었다. 이는 다름 아니라 요술은 끝이 있기 마련이며, 정인(正人)에게는 잡귀가 범접하지 못한다는 것이 과연 옳다는 것이었다.

이때에 운성이 깊이 잠이 들었더니 문득 몸을 잡아 흔드는 자가 있어 깨어보니 다름 아닌 승상이었다. 운성이 급히 일어나 물었다.

"아버지께서 어찌 와 계십니까?"

승상이 말하였다.

"내가 마침 잠이 없어서 앉아 있었더니 문득 찬바람이 일어나면서 두 귀신이 황건역사에게 쫓겨 가더구나. 반드시 요사스런 사람이 너를 해치고자 하다가 너의 주성(主星)[45]이 구한 것일 것이다. 너는 반드시 자지 말고 일어 나거라."

운성이 또한 놀라 이전에 자다가 가위에 눌린 일[46]과 이부자리 사이에 있던 요사스러운 일을 말씀드리니 승상이 기뻐하며 말하였다.

"너는 모름지기 행실을 올바르고 당당하게 하여라. 마음이 바르고 팔자가 굳세면 요사스러운 것이 가까이 못하는 법이다."

드디어 일기를 가져다가 친히 기록하고 부자가 손을 이끌고 승상의 숙 45
소로 돌아왔다. 이때 그믐달은 흐릿하게 빛나고 찬바람은 매섭게 불었다. 승상과 운성이 방으로 들어오니 문득 책상 위에 글 한 장이 있는데 글씨가 이상하여 다시 보니 공주가 소무신을 데리고 의논하던 말과 소무신이 귀졸을 보내고 기다리다가 죽은 것이며, 귀졸이 신선을 만나 돌아갈 때

---

44) 칠규(七竅) : 사람의 얼굴에 있는 일곱 개의 구멍. 귀 · 눈 · 코에 각 두 개씩 있으며 입에 하나가 있음. 칠성구멍이라고도 함.

45) 주성(主星) : 점성술에서, 어떤 사람의 운명을 맡고 있는 별.

46) 자다가 ~ 일 : {몽압(夢魘)}. 자다가 가위에 눌린다는 뜻임. 여기서는 소운성의 꿈에 여인이 등장하여 운성을 친압하려 하였던 상황을 가리킴.

다시 보니 삼태성이 밝았더라 하는 이야기가 처음부터 끝까지 적혀 있고 또 '그대의 가풍(家風)이 족히 후세에 전할 만하니 어찌 이리 신기함을 자세히 이르지 않겠는가?'라고 적혀 있었다. 부자가 다 본 후 서로 의아해하였다.

승상이 허탄하다고 여겨 기록하지 않았는데 기실참군(記室參軍)[47] 조양이 휘장 밖에 있다가 부자가 서로 나누는 말을 듣고 문득 붓과 벼루를 들고 들어와 꿇어앉으며 말하였다.

"제가 이미 은혜로운 상공 댁의 기실(記室)이 되었는데, 내당(內堂) 기실(記室)인 청경은 기록한 것이 많은데 저는 매번 상공께서 막으신 까닭에 신기한 사적과 허다한 행동거지를 빠트린 것이 많습니다. 오늘은 쓰도록 해 주시면 안 되겠습니까?"

승상이 깊이 생각하다가 대답하지 않았다. 기실(記室)이 이에 일기책을 내어보니 승상이 먼저 쓴 곳이 자세하지 않아 흐리게 하고 전후 사정을
46 자세히 기록하였다. 승상이 기뻐하지 않았으나 그가 자신의 소임을 차리는 것을 보고 말리지 못하였다.

각설(却說),[48] 양보모가 소무신이 죽은 것을 보고 몹시 놀라 허둥지둥하며 공주에게 알렸다. 공주가 매우 놀라 급히 소무신을 수놓은 비단으로 싸서 무신의 친척을 찾아주었는데, 아무리 치밀하게 했다고 한들 어찌 모르겠는가? 승상부에서 듣고 새삼 버릇없게 여기나 오히려 모르는 체하였다. 한상궁은 바야흐로 자세히 알고 몹시 놀라고 의아해하며 양보모를 불러 크게 꾸짖어 말하였다.

47) 기실참군(記室參軍) : 기록에 관한 사무를 맡아보던 벼슬.
48) 각설(却說) : 주로 고소설에서 화제를 돌려 다른 이야기를 꺼낼 때, 앞서 이야기하던 내용을 그만둔다는 뜻으로 다음 이야기의 첫머리에 쓰는 말.

"네가 황후마마의 뜻을 받들어 공주를 보호하기를 정도(正道)로 도와도 오히려 어질지 못할까 두려워해야 하는데 무슨 이유로 요사스런 술법과 불측한 방술로써 공주를 가르치느냐? 내가 당당히 대전(大殿)에 사정을 아뢰어 공주가 덕을 잃으신 것이 너 때문임을 밝힐 것이다."

양보모가 황공하여 사죄하고 물러났다. 한상궁이 공주에게 일곱 가지로 타이르며 다섯 가지로 죄를 물어 꾸짖으니 공주가 매우 부끄러워 말을 하지 않고 이후로는 한상궁을 더욱 미워하였다. 한상궁이 공주의 행동을 보고 탄식하며 말하였다.

"공주가 이미 인자하지 못하여 나의 충언(忠言)을 받아들이지 못하고
간사한 이를 믿으니 반드시 오래가지 못할 것이다. 내가 어찌 차마 스
승의 자리에 외람되이 앉아 공주가 망하는 것을 보겠는가? 요사이 부
마의 행동이 기분 좋아 보이니 그윽이 생각하건대 그 기뻐할 바는 반 47
드시 형씨 때문일 것이다. 하물며 부마의 병이 상사병이라고 하였는데
공연히 좋아졌겠는가? 그 가운데 뜻과 연고가 있을 것이다. 조만간에
큰 변이 일어날 것이니 일찍 피하는 것만 못할 것이다."

하루는 한상궁이 공주에게 말하였다.

"제가 나이가 오십이 되었고 정신이 쇠약하니 마땅히 공주를 보호하지 못할 것입니다. 제 동생인 한어사가 나이가 들어 벼슬에서 물러나 시골에서 살고 있으니 제가 물러나 남은 생을 마치고 싶습니다."

공주가 매우 기뻐하여 허락하고 금과 비단과 여러 기이한 물건을 주었는데 한상궁이 모두 받지 않고 명현각 상부 도장을 풀어 봉하고 표문(表文)을 지어 대궐에 아뢰고 공주와 이별하였다. 이때 한씨는 공주의 손을 잡고 눈물을 흘리며 슬픔을 견디지 못하였는데 공주는 조금도 유념하는

것이 없었다.

한씨가 중당(中堂)으로 나와 양보모를 불러 타이르며 말하였다.

"너는 삼가 주인을 바른 길로 돕되 의롭지 못한 일을 행하지 마라."

양보모가 절하여 명을 받았다.

한씨가 승상네 집에 와서 하직 인사를 할 때, 석부인이 조촐한 잔치를 베풀어 전송하니 한씨가 사례하며 말하였다.

"제가 이리 그만둔 궁인이거늘 부인이 성대한 잔치를 벌여 몸소 후히 대접하시니 몹시 감격스럽습니다. 알지 못하겠습니다만 부마를 뵐 수 있겠습니까?"

48 소씨, 화씨, 석씨 세 부인이 위로하며 말하였다.

"그대는 다름 아닌 공주의 스승입니다. 어찌 공주를 이유 없이 버리고 가십니까?"

한씨가 문득 눈물을 흘리며 말하였다.

"제가 공주의 스승이 되었으나 천은(天恩)을 저버리고 어진 일을 가르친 것이 없으니 어찌 부끄러움이 없겠습니까? 이런 이유로 스스로 그만둘 줄을 알아 물러나니 부인은 웃지 마십시오."

세 명의 부인이 또한 안타까워하며 시녀를 시켜 운성을 불렀다. 운성이 의관을 바르게 하고 들어와 자리를 정하였다. 운성이 먼저 물었다.

"듣자 하니 상궁이 시골로 돌아간다고 하는데, 헤어지는 슬픔을 견디지 못하겠습니다. 알지 못하겠습니다. 언제 떠나려 하십니까?"

한씨가 대답하였다.

"제가 나이가 들고 지혜가 열어 공주를 도울 재주가 없습니다. 이미 벼슬을 물리고 동생의 집으로 가 남은 생을 마치려 하여 지금 가는 길입니다. 제가 섭섭하고 우스운 말씀을 부마께 드리고자 하는데 능히 꾸짖지 않으시겠습니까?"

부마 소운성이 정색하고 단정히 앉아 공손히 물었다.

"이르시는 바가 이로운 즉 제가 어찌 좇지 않으며 비록 옳지 않더라도 어찌 꾸짖음이 있겠습니까?"

한씨가 오래도록 깊이 생각하다가 말하였다.

"제가 사람됨이 어리석어 공주에게 가르친 것이 전혀 없기에 공주의 행실이 한심하여 원래는 쫓겨날[49] 만합니다. 그런데 다행히도 승상과 49
부마의 어진 덕으로 편안하게 지내니 그 인정이 적지 않은데 어찌 감격하지 않겠습니까? 이제 제가 범아부(范亞父)[50]가 고향으로 돌아가다가 등창이 나서 죽은 일을 본받지는 못하지만 평생을 산중에서 마쳐 다시 속세에 뜻을 두지 않고자 합니다. 그런데 공주궁에는 어진 사람이 없으며 양보모가 우두머리로 있으니 보모라는 위인은 이미 부마의 고견으로 훤히 알고 있으실 것입니다. 공주는 나이가 어리고 곁에서 돕는 자가 어질지 않기에 공주가 지난 번 일로 체모를 잃으시고, 덕을 잃으신 것은 보지 않고도 족히 아실 것입니다. 다행스럽게도 부마가 공주의 지나침을 너그럽게 용서하고 얼마간 덕을 펴신다면 제가 또한 구천(九泉)으로 돌아가더라도 풀을 맺고 구슬을 머금어[51] 은혜를 갚음이 없

---

49) 쫓겨날 : {출부(出婦)}. 이혼하여 내보낸 여자나 시집으로부터 쫓겨난 여자를 지칭하는데, 문맥을 고려하여 이같이 옮김.

50) 범아부(范亞父) : 범증(范增)으로 항우(項羽)의 참모임. 어려서부터 기이한 계략 세우기를 좋아하였음. 70세 때 항우가 군사를 일으키자 항우를 잘 보필하여 제후에게 승리하였기 때문에 아부(亞父)로 존경을 받았음. 그러나 홍문(鴻門)의 회(會)에서 항우에게 유방(劉邦)을 살해하고자 하는 음모를 권유하였으나 받아들여지지 않았음. 훗날 한(漢)에 내통하는 것으로 의심을 받아 고향으로 낙향하다 종기로 목숨을 잃었음.

51) 풀을 ~ 머금어 : {풀을 믹고 손 구술을 머금어}. '결초함환(結草啣環)'을 우리말로 푼 것임. '결초'는 '결초보은(結草報恩)'을 뜻하는데, 죽은 뒤에라도 은혜를 잊지 않고 갚음을 이르는 말임.

겠습니까?"

말을 마친 후 한씨가 눈물을 하염없이 흘리니 운성이 갑작스럽게 낯빛을 고치고 위로하였다.

"그대의 간절한 말씀은 귀신도 감동시킬 것이니, 어찌 제가 홀로 감격하지 않겠습니까? 다만 공주가 온화하시면 제가 무슨 고집으로 박대하겠습니까? 그대는 염려하지 말고 안심하십시오."

한씨가 그의 말이 모호하고 즐거워하지 않는 것을 보고 달리 방도가 없어 절을 하고 작별하였다. 이때 운성이 한씨의 인물됨과 충성을 안타까워하여 이에 절구 50수를 지어 아름다운 이름을 칭찬하여 주니 한씨가 오래도록 사양하고 감히 받을 수 없다고 하였다.

50 드디어 모든 곳에 하직하고 옥교(玉轎)에 오르자 여러 시녀와 무수한 노복이 옹위하여 한어사의 집에 이르렀다. 한어사가 맞이하였는데 남매가 반가워하며 슬퍼하였다. 한씨가 정결한 당(堂)을 치우고[52] 머물렀다. 한씨가 남은 생을 편안하게 지내다가 나이가 여든이 되어 죽으니 나라에서 예식을 갖추어 장례 지내고 한어사가 둘째 아들로 그 제사를 잇게 하였다.

각설(却說). 명현공주는 한상궁이 돌아간 후에는 이미 기둥과 대들보가 없어졌다. 오직 양보모와 함께 계교를 실행하면 다 흉한 것이었고, 꾀를

중국 춘추 시대에 진나라의 위과(魏顆)가 아버지가 세상을 떠난 후에 서모를 개가시켜 순사(殉死)하지 않게 하였더니, 그 뒤 싸움터에서 그 서모 아버지의 혼이 적군의 앞길에 풀을 묶어 적을 넘어뜨려 위과가 공을 세울 수 있도록 하였다는 고사에서 유래함. '함환(啣環)'은 한나라 때의 양보(楊寶)의 이야기로 양보는 일곱 살 때에 화음산(華陰山) 북쪽에서 부상당한 꾀꼬리 1마리를 집으로 가져와 치료하여 날려 준 적이 있었음. 그 후 양보가 성장하여 꿈을 꾸었는데, 꿈길에서 나타난 꾀꼬리는 자신을 서왕모(西王母)의 사자라고 밝히며 입에 하얀 구슬 네 개를 물고 있었음. 그 구슬을 양보에게 바치며 후손들이 흰 구슬처럼 귀하게 될 것이라고 예언함. 그 후에 양보의 후손들이 실제로 영달을 누렸음.

52) 치우고 : {서리저}. '서리다'는 치우다는 의미의 고어임.

내면 오로지 요사스러운 것이었다. 명현궁 위 · 아래 사람들의 온화한 기색이 사라지고, 간사한 참언이 있으면 좋지 못한 얼굴로 순한 빛이 사라지니, 참으로 슬프다. 걸(桀)과 주(紂)[53]는 용방(龍逄)과 비간(比干)[54]이 없어 나라를 기울게 하였고, 공주는 한상궁이 없는 까닭에 집을 위태롭게 하니 진실로 국가와 개인의 집에 기둥과 들보가 없을 수 있는가?

공주는 부마가 매몰찬 것을 한스럽게 여기며 다시 계교를 의논하였는데 양보모가 계교를 내었다.

"마땅히 사람을 강주 심양으로 보내어 회심단(回心丹)[55]을 얻어와 부마에게 먹이는 것이 좋을 것입니다. 이 약의 신기함은 태상노군(太上老君)[56]의 환혼단(還魂丹)[57]과 마찬가지입니다. 일찍이 제가 어렸을 때 익히 들었는데 요사이에는 어쩐지 그런 말이 없지만, 심양에는 있을 것이니 마땅히 사람을 보내소서."

공주가 매우 기뻐하고 즉시 궁노(宮奴)[58]를 불러 천금(千金)을 맡기며 51
빠른 말을 주어 강주에 가서 회심단을 얻어 오라고 당부하였다. 궁노가 명을 받들어 강주에 갔다가 석 달 만에 돌아와 보고하였다.

"제가 강주에 가 단약을 사려고 하자 사람들마다 회심단이란 말을 처음 들어본다 하였습니다. 제가 있는 힘껏 널리 물으니 마지막에 한 사람이

53) 걸(桀)과 주(紂) : 중국 하(夏)나라의 걸왕과 은(殷)나라의 주왕을 지칭함. 포악한 임금의 상징으로 일컬어짐.
54) 용방(龍逄)과 비간(比干) : '용방'은 하나라 걸(桀) 임금의 충신이고, '비간'은 은나라 주(紂) 임금의 숙부로써 주왕의 음란함을 충정 어린 마음으로 간하다가 피살되었음.
55) 회심단(回心丹) : 마음을 돌이키게 하는 단약.
56) 태상노군(太上老君) : 도가의 시조로 알려진 노자(老子)가 도교에서 신으로 모셔질 때의 존칭. 5세기 북위의 도교기록인 『위서(魏書)』의 「석로지(釋老志)」에서 처음 나타나는데 최고신으로 취급되고 있음.
57) 환혼단(還魂丹) : 죽은 이의 넋이 살아 돌아오게 하는 단약.
58) 궁노(宮奴) : 궁방(宮房)에 딸리어 있던 사내종.

말하기를 전에는 단약(丹藥)이 세상에 전하였는데 10년 전에 소현성이란 승상이 안찰사로 왔을 적에 손수 단약을 만드는 진인(眞人)[59]을 꾸짖고 풀을 캐서 없애버렸다고 합니다. 비록 깊은 산속에 여러 도사가 있지만 감히 다시 그런 약을 만들지 않으니 비록 값이 수만금(數萬金)이라도 살 길이 없을 것이라고 하여 다른 방도가 없어 돌아왔습니다."

공주가 매우 한스러워하고는 꾸짖어 말하였다.

"소씨 집안은 대대로 원수로구나. 어찌 구구절절이 이렇듯 하리오?"

부마 소운성이 이후에는 마음이 시원하여 한 달에 한번씩 강정에 가면 혹 4~5일씩 머무르고 돌아오니 승상이 이상하게 여겼다. 하루는 운성이 강정에 가려고 승상에게 절을 하려고 할 때에 승상이 정색하고 물었다.

"네가 강정에 가는 것이 매우 잦으니 알지 못하겠구나. 무슨 풍경을 보기에 이토록 여러 번 가느냐?"

운성이 다 들은 후 조용히 대답하여 말하였다.

52 "제가 지난날에는 맡은 일이 많았고 마음이 온전하여 조정의 일을 마치고 남는 시간에는 부모님을 곁에서 모셨고 바깥출입이 적었습니다. 그런데 요사이에는 마음이 좋지 않아 두루 유람하여 뜻을 시원하게 하는 것이 소원입니다. 그러나 멀리서 노는 것은 아들 된 도리로 마땅하지 않기에[60] 강정에 가 화려한 노와 난꽃 무늬의 창이 있는 연꽃 같은 배를 띄우고 비단 그물을 나직하게 쳐 고기를 잡아 즐기며 흰 비단 같은 강물과 따스한 바람, 밝은 달이 한가히 빛나는 것을 보고자 함입니다."

---

59) 진인(眞人) : 도교의 깊은 진리를 깨달은 사람.

60) 멀리서 ~ 않기에 : 『논어(論語)』에 나오는 말로 "부모가 생존해 계시거든 먼 데서 놀지 말며, 놀더라도 반드시 일정한 장소가 있어야 한다[子曰, 父母在, 不遠遊 遊必有方.]"는 구절임. ""

승상이 탄식하며 말하였다.

"네 말이 비록 유려하지만 그 가운데 반드시 사랑하는 사람을 두고 왕래하는 것이다. 그러니 너는 모름지기 말을 꾸며 부모를 함부로 속이지 마라."

운성이 사례하며 말하였다.

"제 말을 믿지 않으시는데 어찌 감히 가겠습니까?"

드디어 옷을 벗고 곁에 앉으니 승상이 잠자코 말을 하지 않았다. 운성이 이후로는 예전같지 못해 강정에 감히 가지 못하였다.

하루는 공주가 와서 태부인께 문안을 드리고 이야기를 나누고 있었다. 태부인이 일기를 잘못 적었다 하여 기실(記實) 청경을 꾸짖으니 곁에서는 숨소리를 낮추고 모시고 있었는데 공주가 갑자기 웃으며 말하였다.

"할머니는 나이가 많으셔도 일이 돌아가는 형편을 모르십니다. 저 기실(記實)이 밤낮으로 붓을 들고 있어 괴로워서 잘못 쓴 곳이 있은들 그렇게나 꾸짖으십니까?"

곁에 있는 젊은 부인들과 여러 부인이 낯빛이 변하였고 석부인이 자리 53
에서 나아와 죄를 청하며 말하였다.

"오늘 공주의 패악한 말이 어머님을 범하였으니 저의 죄입니다."

드디어 석부인이 양보모를 불러 말하였다.

"공주가 비록 대부(大夫)[61]의 여자와 같지 않지만 나의 슬하에 있으면서 어찌 감히 어머님을 욕할 수 있겠는가? 이 죄는 마땅히 용서하기 어려우니 보모는 빨리 공주를 모시고 돌아가고 다시 문안드리러 오지 못

61) 대부(大夫) : {태우}. '태우'는 대부(大夫)를 뜻함. 대부는 중국에서 벼슬아치를 세 등급으로 나눈 품계의 하나로 주나라 때에는 경(卿)의 아래, 사(士)의 위였음.

하게 하여라."

말을 마친 후 곁에 있는 시녀에게 공주를 붙들어 궁으로 보내라고 하였다.

이때 석부인이 평소 온화하고 유쾌하던 기색이 변해 눈 위의 얼음 같으니 공주가 부끄러워하고 궁녀도 부끄러워 말을 못하였다. 태부인이 천천히 웃으며 말하였다.

"며느리가 나를 위해 이런 행동을 하는 것이 당연히 옳다. 그러나 공주가 무심코 한 것이니 무엇이 그리 큰일이겠느냐? 모름지기 며느리들은 침착하도록 하여라."

석부인이 옷깃을 여미어 바로잡고 말씀을 받들어 다시 말을 하지 않고 단정히 앉았는데 냉담함이 비길 데가 없었다. 문안을 마치니 석파가 웃으면서 말하였다.

"오늘 다행스럽게도 승상이 참여하지 않아 이 자리에 계시지 않으니 공주가 무사하군요. 비록 그렇지만 부인은 무슨 이유로 지금 공주 며느리를 대접하는 것을 경멸스럽게 하십니까?"

석부인이 말하였다.

"내가 어찌 공주를 경멸하겠습니까? 공경하는 것을 그만두었을 뿐입니다."

소부인이 웃으며 말하였다.

54 "석부인의 나직한 목소리가 문득 다른 사람의 높은 목소리보다 더 무섭네. 공주가 아무리 권세를 믿고 우리를 멸시하지만 시어머니의 냉담한 빛을 보고는 부끄러워하는 기색이 있구려. 석부인은 이른 바 한고조의 장량(張良)[62] 같은 이일세. 공주의 도량이 한고조 같지는 못하나

사람을 헤아리지 않는 것이 매우 비슷하고, 석부인의 조용한 기상이 장량(張良)과 같은 까닭에 공주이지만 굴복하니 어찌 어렵지 않겠는가?"

좌중이 크게 웃었다.

이때 형씨가 강정에 있은 지 오래되었다. 문득 만삭이 되어 아들을 낳으니 윤부인이 매우 기뻐하며 형씨를 대접하기를 더욱 극진히 하였다. 그러나 형씨가 부모를 생각하고 자신이 구차하게 숨어 있는 것을 마음 속으로 슬퍼하여 산후병이 생겼다. 운성이 이 소식을 듣고 기쁜 가운데 놀라워하였다. 부모님께 숙모가 부른다고 말하고는 의원을 데리고 빨리 소옥정으로 가 부인을 보니 부인의 병세가 가볍지 않았다. 운성이 매우 근심하고 의약을 힘써 다스렸다.

이때 나라에서는 후궁의 소생인 선혜공주가 혼인하여 부마 이기를 얻었다. 선혜공주는 비록 정궁(正宮)[63] 공주는 아니지만 그 어미 숙비가 어질고 지혜로웠으며 사대부였고, 공주가 또한 아름답고 유순하여 명현공주와는 같지 않았다. 부마 이기가 선혜공주와 화합하여 금슬이 좋으니 황
후가 애달파하며 후원에서 술자리를 벌였다. 황제가 두 명의 부마와 소 55
승상, 이사공[64]을 불러서 술자리를 즐기고자 명패(命牌)[65]를 내리셨다.

승상이 즉시 조복(朝服)[66]을 입고 운성을 불렀는데 운성이 강정에서 돌

---

62) 장량(張良) : 자는 자방(子房)이며, 시호는 문성공(文成公)임. 한나라 명문 출신으로, 진승(陳勝)·오광(吳廣)의 난이 일어났을 때 유방의 진영에 속하였으며, 후일 항우(項羽)와 유방이 만난 '홍문의 회(會)'에서는 유방의 위기를 구하였음. 소하(蕭何)와 함께 책략에 뛰어나 한나라 창업에 힘썼음. 그 공으로 유후(留侯)에 책봉되었음.

63) 정궁(正宮) : 임금의 정실로 왕비나 황후를 일컫는 말.

64) 이사공 : 선혜공주의 부마인 이기의 아버지. '사공(司空)'은 삼공(三公)의 하나로 태위(太尉)·사도(司徒)와 함께 국가의 대사를 관장하는 국가 최고의 관직으로서, 주로 수리(水利)와 토목(土木)을 담당했음. 녹봉은 4천 2백 석이었으며, 어사대부(御史大夫), 대사공(大司公) 등으로 명칭이 바뀜.

65) 명패(命牌) : 임금이 당상관을 부를 때 보내던, '명(命)'자를 쓰고 붉은 칠을 한 나무패.

66) 조복(朝服) : 조회 때 입던 붉은 비단으로 된 예복.

아오지 않았다고 하기에 사람을 보내 급히 운성을 불렀다. 남자종이 바삐 운성을 찾아와 승상의 말씀을 전하니 운성이 약을 짓다가 급히 일어나 옷을 찾으며 물었다.

"아버지께서 무슨 이유로 부르시는 것이냐?"

종이 아뢰었다.

"황제께서 후원에 술자리를 벌이시고 두 분의 부마와 두 분의 상공을 청하여 사돈과 사위와의 두터운 정을 나타내고자 하십니다. 이사공 부자(父子)는 지금 가 계시므로 큰 어르신께서도 지금 조복을 입고 공을 기다리시고 계십니다."

운성이 다 들은 후 벌컥 성을 내면서 얼굴빛을 바꾸고 말하였다.

"나는 자운산 풀 속에 묻힌 백성이다. 임금의 잔치에서 먹을 일이 없으니 아버지께 돌아가 말씀드려라. 마땅히 부르시는 명을 받들 만하나 마침 복통이 급하여 가지 못하니 차도를 얻은 후에 나아가 용서를 청하겠다고 하여라."

종이 감히 말을 하지 못하고 돌아와 승상께 말씀드리자 승상이 다 들은 후 물었다.

"운성이 무슨 일을 하고 있더냐?"

종이 대답하였다.

"셋째 상공이 처음에는 오려고 하시다가 명패 말씀을 듣고는 일부러 복통이 있다고 하셨습니다."

56 승상이 즉시 노복에게 강정에 빨리 가 운성의 병세가 비록 죽게 되었더라도 잡아오라고 하였다. 운성이 바야흐로 잡혀오자 승상이 물었다.

"네 안색이 평소와 같으니 어디가 아팠느냐?"

운성이 당황하며 꿇어 말씀드렸다.

"제가 정말로 병이 들어 약을 달이고 있던 것을 노복이 보았습니다."

승상이 말하였다.

"네가 처음은 오려 하다가 도로 오지 않겠다고 하였다니 그것은 무슨 뜻이냐?"

운성이 말하였다.

"제가 무슨 일로 오려 하다가 도로 오지 않겠습니까? 정말로 맹랑한 말입니다. 숙부이신 유학사가 보증하실 수 있습니다."

소승상이 매우 화를 내며 말하였다.

"네가 구구절절이 나를 속이며 시험하지 않는 일이 없구나. 그럼에도 내가 일부러 모른 체하였더니 네가 갈수록 이렇게 행동하는구나."

이때 운현이 구주를 돌아보고 돌아온 지 겨우 몇 개월이 안 되었다. 운현이 승상 곁에서 모시고 있으면서 몹시 두려워하였는데, 운성은 오직 한결같이 변명하며 속인 일이 없다고 하였다. 승상이 곁에 있는 자들에게 운현을 잡아내려 꿇게 하고 엄숙하게 물었다.

"네가 이번 행차에 반드시 형씨를 데려왔을 것이니 바로 말하여라."

두 사람이 사실을 말씀드리고자 하였지만 차마 하지 못했던 것은 부친의 위엄을 지나치게 두려워하였기 때문이었다. 두 사람이 서로 보며 대답을 하지 못하고 있었는데 문득 유학사가 금양관(金梁冠)[67]을 쓰고 조복을 입고 들어오다가 놀라서 물었다.

"형께서 무슨 이유로 두 아들을 잡아 내렸습니까?"

---

67) 금양관(金梁冠) : 문무관이 조복을 입을 때에 쓰던 관을 뜻함. 징두리의 앞이마 위의 양만 검은 빛으로 하고 그 밖은 모두 금빛으로 함.

승상이 정색하고는 물었다.

57 "무슨 이유로 요사이 형을 보지 못한 것입니까?"

유학사가 답하였다.

"내 요사이 북한(北漢)[68]에서 선서(先書)[69]가 와서 여러 관리들과 함께 들어오라는 명령을 받아 숙직하며 의논한지 5일 만인 오늘에야 나왔는데 자네를 보고 가려고 이곳에 이른 것이네."

승상이 다 들은 후 운성을 틀에 매라고 하고 말하였다.

"네가 말하기를 유학사 숙부가 증인이라 하더니 말이 어긋났으니 두 번 속인 죄는 벗어나지 못할 것이다."

유학사가 매우 놀라 말하였다.

"이 무슨 일인가? 알고 싶네."

소승상이 다 들은 후 그동안의 일을 자세하게 말하자 유학사가 오랫동안 침묵하다가 웃으며 말하였다.

"과연 이 사이에는 이유가 있으니 자네는 화를 가라앉히시고 조카들을 치지 말게나."

승상이 물어보자 유학사가 웃으며 말하였다.

"이는 다른 까닭이 아니라 지난 번 운성이 병들었을 때 운현이 어사로 나가니 형제 사이에 어찌 그 병을 낫게 하려고 하지 않았겠는가? 드디어 힘을 다하여 형씨를 찾아서 이러저러하게 속여서 데려와 내 집에 두었네. 운성은 병이 나아 때때로 왕래하였으나 늘 두려워하였네. 그러던 것이 이제 형씨가 만삭으로 아들을 낳은 후 문득 병들어 그 병세가

---

68) 북한(北漢) : 중국의 오대십국 가운데 후한이 멸망한 후 951년에 유숭(劉崇)이 태원(太原)에 세운 나라. 거란과 손을 잡고서 송나라에 대항하였으나 979년에 송나라에 의해 멸망함.

69) 선서(先書) : 사신이 오기 전에 먼저 보내온 글을 의미함.

깊네. 운성이 병을 구완하러 갔다가 즉시 오지 못한 것을 형이 의심하는 것일세. 내가 또한 이 사정을 안 지 오래지만 마음 속에 염두하지 않아 자네에게 전하지 못했네. 그 무엇을 꺼리겠는가? 용서하는 것이 좋겠네."

유학사가 원래 사람됨이 탁 트인 것이 이 같았다. 유학사가 평소에 이 58
말을 승상에게 하지 않았던 것은 속이려 한 것이 아니라 마음에 두지 않았기 때문이었다. 그런데 오늘 운성 등의 갑갑함을 생각하지 않고 그간 사정을 다 발설한 것은 이를 대수롭게 여기지 않은데다가 꾸며 인정 둘 줄을 모르기 때문이니 대강 유학사의 도량이 넓고 소탈한 까닭이었다.

각설(却說). 소승상이 유학사의 이야기를 듣고는 어이없이 여기고 운성과 운현은 땅에 엎드려 말을 하지 못하였다. 승상이 먼저 운성을 군부의 명령을 거역한 죄로 꾸짖어 곁에 있는 이들을 시켜 곤장 사십 대를 치고, 운현을 아버지의 명령을 알지 못하고 쉽게 형씨를 데려오고 끝내는 속인 죄로 육십 대를 친 후 끌어 내쳤다.

비로소 승상이 명패(命牌)를 따라 들어갔다. 황제가 부마 소운성이 오지 않자 이유를 물으셔서 승상이 아뢰었다.

"신의 자식이 버릇이 없어 죄를 지은 것이 많기에 약간 장책(杖責)[70]하였는데 마침내 들어오지 못하게 되었습니다."

황상이 웃으시고 종일토록 말씀을 하시면서 궁궐의 풍류를 보이시니 승상이 정색하고 아뢰었다.

"신이 처음에는 폐하가 군신과 함께 변방을 근심하시고 장졸을 불쌍히

70) 장책(杖責) : 태형으로 벌하는 것을 뜻함. '태형'은 오형(五刑) 가운데 죄인을 작은 형장으로 볼기를 치던 형벌임.

여겨 위로하는 것을 의논하시고자 하심인가 여겼습니다. 그런데 어찌 술을 마시고 화평하게 즐기면서 변방에 있는 장졸들과 백성의 굶주림
59 과 어려움을 염려하지 않으실 줄 알았겠습니까?"

황상이 깨달아 사례하며 말하였다.

"요사이 북한(北漢)을 평정한데다가 요(遼)[71]가 새로 침범한 것 때문에 마음이 편안하지 못해서 경들과 함께 즐기며 시름을 잊고자 하였더니 승상의 말이 옳구나. 짐이 어찌 따르지 않겠는가?"

드디어 풍악을 물리치고 조용히 정사(政事)를 의논하고 석양 무렵에 흩어졌다.

소승상이 자운산으로 돌아왔는데 술이 약간 취하였기에 감히 모친을 뵙지 못하고 다만 외당(外堂)에서 죄를 청하였다. 태부인이 승상을 불러 말하였다.

"네가 황제께서 내려주신 술에 취한 것은 영광스러운 일인데, 어찌 꾸짖겠느냐?"

운성 등이 수일 후에 일어나 부모님과 할머니께 죄를 청하였다. 집안 사람들이 운성과 운현에게 속이는 것이 능하다고 말하고 또 형씨가 아들을 낳은 것을 기뻐하였다. 태부인이 웃으며 말하였다.

"운현은 형의 병을 구하였는데 운성은 도로 운현에게 죄를 얻어주니 어찌 형제가 서로 반대되느냐?"

드디어 태부인이 두 사람을 불러 앞에 앉히고 물었다.

---

71) 요(遼) : 916년에 거란족의 야율아보기가 세운 나라. 몽골, 만주, 화북의 일부를 지배하였으며, 송나라로부터 연계(燕薊) 16주를 빼앗아 전연(澶淵)의 동맹을 맺어 우위를 차지함. 1125년에 금나라와 송나라의 협공을 받아 망하였으나 왕족인 야율대석이 중앙아시아로 도망하여 서요를 세움.

"너희들은 또 속이지 말고 형씨를 데려오던 일과 운성이 강정을 오고 가며 아비가 불렀는데도 고집하고 오지 않던 뜻을 이야기 하여라."

운성과 운현이 감히 속이지 못하고 운성이 임금의 명을 못마땅해하며 잔치 자리에 가지 않았던 이유, 운현이 서주에 가 형공을 달래어 형씨를
데려 오던 꾀, 거짓으로 소식을 알리고 송의를 보내 운성과 주고받은 말 60
을 일일이 말하였다. 태부인이 어이없어 크게 웃으며 말하였다.

"운성의 고집은 안 지 오래되었지만, 운현의 지략과 임기응변은 의외로구나. 그러나 바른 방법이 아니니 마땅히 후세에 논한다면 진평(陳平)[72]의 무리라고 할 것이다."

이파와 석파가 크게 웃으며 칭찬하고 말하였다.

"부인의 말씀이 옳으십니다."

곁에 있는 사람들 모두가 흔쾌히 웃었다. 태부인이 손자를 어루만지며 웃고는 말하였다.

"너희 두 사람이 나의 근심을 위로하였구나."

승상이 모친의 말씀을 듣고 잠시 웃고는 두 아들을 다시 꾸짖지 않았다.

이때 공주가 이런 이야기를 듣고 형씨가 살아있는 것에 몹시 놀라 급히 궁궐 안으로 들어가 황후께 아뢰었다. 황후가 매우 화를 내며 승상에게 죄를 주는 내용을 친히 조서에 적어 궁인을 주고 조용히 대궐문 밖으로 내보냈다. 궁인이 소승상집에 오자 소씨 집안사람들이 놀라 향안(香案)을

72) 진평(陳平) : 중국 한(漢)나라 초기 공신. 빈농 출신으로 항우(項羽)의 군에서 도위(都尉)를 지냈고 그 뒤 유방(劉邦)의 호군중위(護軍中尉)가 되어 한나라 통일에 이바지함. 통일 후 장군으로 활약, 모반을 진압하여 곡역후(曲逆侯)에 봉해지기도 함. 혜제(惠帝)때 좌승상 · 우승상이 되었고, 여후(呂后) 집정 아래에서 어려움을 겪었으나 여후가 죽은 뒤 주발(周勃)과 함께 여씨 일족을 주멸(誅滅)하고 문제(文帝)를 옹립함.

배설하고 조복을 입고 궁인을 맞이하여 까닭을 물어보니 궁인이 말하였다.

"부인네가 아실 바가 아닙니다. 황후께서 이미 친히 쓰신 조서를 노승상께 내리셨으니 승상이 맞이하셔야 합니다."

태부인이 매우 불쾌하게 여겼지만 마지못하여 사람을 시켜 승상에게 빨리 황후께서 내리신 명을 들으라고 전하였다. 승상이 정색하고 사람으로 하여금 궁인에게 말을 전하도록 하였다.

61 "궁중에서 시중드는 사람은 지존(至尊)을 가까이에서 모시는 사람이어서 가볍게 밖에 나오지 못합니다. 하물며 나라의 천자(天子)가 반석(磐石) 같으시고 내가 또한 종묘(宗廟)와 묘당(廟堂)의 중심이 되어 정사(政事)를 다스리는데 황후가 대신에게 비밀스런 조서를 내리실 까닭이 없고 또한 이곳이 공당(公堂)[73]이 아닌데 어찌 감히 궁인을 대하며 까닭 없는 비밀 조서를 받겠습니까? 조서 가운데 부득이 하실 말씀이 있으시다면 마땅히 통정사(通政司)[74]를 내리셔서 신에게 부치시고 구태여 이 전지(傳旨)[75]를 내리시고자 하신다면 이는 신이 당당하게 공당(公堂)에 가 명분이 정당하고 말이 이치에 맞아야 전지를 받을 것입니다. 사사로운 집에서는 감히 폐하의 조서와 다르니 받지 못하겠다고 전하시오."

이야기를 마친 후 결연한 태도로 흔들리지 않았다. 궁인이 멋쩍어 돌아가 부황후에게 아뢰었다. 황후가 더욱 노하여 오로지 공주와 함께 황상에게 백방으로 상공을 참소하였다. 황제가 또한 매우 노여워하시고 이 날

73) 공당(公堂) : 공무를 보던 곳.
74) 통정사(通政司) : 중국 명나라 때 내외의 상소를 관장하던 관청임.
75) 전지(傳旨) : 상벌 따위에 관한 임금의 뜻을 그 맡은 관아에 전달하던 일.

로 전지를 내리시어 운성은 북쪽에 있는 사타(沙陀)[76]에 귀양 보내고 형참정은 남만(南蠻)[77] 건영 땅에 유배 보내고 형씨와 형씨가 낳은 두 아들에게 사약을 내리라고 하였다. 전지가 내려지자 온 조정이 놀라지 않는 사람이 없었고 다음과 같이 말하였다.

"형옥은 시골로 돌아간 지 오래되었습니다. 무슨 이유로 이런 일이 있습니까?"

조정이 물 끓듯 하였다.

이 기별이 자운산에 이르니 소승상이 급히 조복을 갖추고 들어가 모친께 하직 인사를 드리며 말하였다. 62

"황상께서 덕을 잃으심이 이 같으시니 제가 들어가 간언(諫言)을 드리고자 합니다. 어머님은 마음을 놓으십시오."

태부인이 탄식하며 말하였다.

"너는 삼가 황상의 진노를 건드리지 말고 허술함 없이 일을 온전하게 하여라."

소부인이 허겁지겁 승상을 잡고 말리며 말하였다.

"이제 동생이 황상의 뜻을 거스르는 말을 하려 하는데, 그렇게 되면 이를 불과 사사로운 정 때문으로 아셔서 불 위에 기름을 붓는 일 같은 일이 일어날 것이니 혹여 그러한 마음을 가지지 말게."

승상이 답하였다.

---

76) 사타(沙陀) : 북아시아 서돌궐(西突厥)의 일파가 있었던 지명을 가리키는 것으로 보임. 당(唐)나라 초기에는 천산산맥(天山山脈) 동부에 있어서 고종(高宗 : 재위 649~683) 때 당나라의 간접지배를 받았으나, 토번(吐蕃)의 압박으로 북정(北庭) 방면으로 이주한 뒤 808년 당나라에 항복하였음. 당나라는 이들을 염주(鹽州)에 머물게 하고는 족장 주사집의(朱邪執宜)가 북서변 방위를 맡도록 하였음. 5대의 후진(後晉) · 후한(後漢)도 사타가 세운 왕조임.

77) 남만(南蠻) : 중국에서 자기 나라 남쪽에 사는 겨레들을 오랑캐로 업신여겨 일컫던 말.

"그렇지 않습니다. 임금이 잘못하시면 신하가 죽기로써 간하는 것이 도리입니다. 이런 큰일에 어찌 꺼리고 싫다고 하여 입을 닫고 있겠습니까? 누님은 근심하지 마십시오."

운성이 앞에 나아가 아뢰었다.

"제가 비록 북쪽으로 귀양을 가더라도 목숨은 하늘에 달려 있습니다. 설마 어찌 하겠습니까? 아버지는 이치에 어두운 황상의 노여움을 돋우어 헤아릴 수 없는 재앙을 얻지 마십시오."

승상이 눈을 높이 뜨고 몹시 꾸짖어 말하였다.

"네가 감히 방자한 말로 임금을 헐뜯으니 이 무슨 도리냐? 내가 간언을 드리고자 하는 것은 사사로운 감정이 아니다."

말을 마치고 옷을 떨치고 나오니 모두 감히 말리지 못하였다.

승상이 궁궐 아래에 도착하니 구공이 팔왕과 함께 소승상에게 말하였다.

"우리가 아까 상소하여 간언을 드렸으나 상께서 듣지 않으시며 형옥[78]은 딸자식을 잘못 낳은 죄라 하시면서, 형부인과 그 자식을 죽여 공주
63 의 후환을 덜어보겠다고 하셨습니다."

소승상이 대답하지 않고 의관을 풀고 대궐 아래에서 죄를 청하며 표문(表文)을 하나 올렸다. 그러자 상께서 소승상이 간언하는 표문을 올리고 죄를 청하고 있다는 소식을 듣고 면책하려 하시고 내실(內室)로 부르셨다. 승상이 이에 자정전에 들어가 조회(朝會)하니 황제의 용안에 노기(怒氣)가 가득한 채로 소리를 높여 꾸짖어 말하였다.

"경은 곧 존경받는 중신이며 실로 명공(名公)인데 무슨 까닭으로 자식

---

78) 형옥 : 형씨 부인의 부친이자 소운성의 장인인 형참정.

을 가르치는 것이 이 지경에 이르렀는가? 하물며 짐이 이미 죄를 내렸거늘 국법과 일이 돌아가는 것을 모르고 방자하게 표(表)를 올려 간언을 하니 임금과 신하의 의(義)를 마땅히 안다고 하겠는가?"

소승상이 관을 벗고 의대를 풀고 엎드려 아뢰었다.

"오늘 폐하가 노여워하시는 것은 또한 그 동안의 사정을 모르셔서 그러하신 것이니 신이 또한 생각한 바를 일일이 아뢰지 않을 수 있겠습니까? 소신의 부자(父子)가 천은(天恩)을 지나치게 입은 것은 이미 새삼스레 드릴 말씀이 아닙니다. 처음에 운성을 핍박하여 명현공주와 혼인하게 하셨는데, 자고로 혼인은 예법과 풍습을 교화하는 것에 깊이 관여하기에 어찌 군신의 위엄이 이런 곳에까지 미치겠습니까마는 신의 부자(父子)가 폐하께서 생각해주시는 것에 감격하여 이미 있던 조강지처를 이유 없이 폐하고 공주를 얻었습니다. 그러나 그윽이 부끄러워하는 바는 군신이 한나라 때보다 못함[79]을 탄식하였습니다.

공주가 이미 신의 집에 오셨으나 조금도 부녀의 도리를 하지 않으셨습 64
니다. 먼저 신의 어미와 마주 대하여 앉으시고, 이어 창첩 5인의 귀를 자르고 코를 베었으며, 셋째는 운성을 사형에 처하라고 비셨고, 넷째는 형씨를 데려와 못에 동여 넣으라고 하셨으며, 다섯째는 요사스런 무당 소무신을 청하여 운성의 목숨을 꾀하였고, 여섯째는 신의 어미를 욕하셨으니 폐하는 밝게 헤아려보십시오. 그 죄상이 마땅히 출부(出婦)가 될 뿐이겠습니까? 실로 그 목숨 보전한 것이 다행입니다.

---

79) 한나라 ~ 못함 : 중국 후한(後漢) 때 광무제(光武帝)의 신하 중 송홍(宋弘)과 관련된 일화임. 송홍은 청렴결백하고 유능하여 광무제의 신임을 받았음. 호양공주가 과부가 되자 광무제는 공주를 개가시킬 일이 걱정이었는데 공주가 은근히 송홍에게 마음이 있음을 알렸음. 광무제가 송홍에게 의사를 넌지시 물어보자 송홍이 "빈천지교(貧賤之交)를 잊어서는 안 되고 조강지처(糟糠之妻)를 버려서는 안 된다"고 이야기를 함.

이제 폐하께서 형옥의 부녀에게 죄를 다 무겁게 주시고 심지어 어린아이에게도 사약을 내리라 하시니 신이 통곡하고 슬퍼하는 것은 제가 죄를 받게 된 것을 슬퍼한 것이 아니라 그윽이 폐하의 어질지 못하심을 한탄한 것입니다. 신이 또한 운성의 아비인데 어찌 홀로 잘못을 저지른 책임이 없고, 형옥만 죄를 받겠습니까? 이제 성상이 온 세상을 맡으셔서 중원에 계시니 사해(四海)를 통일하신 이는 천자이십니다. 어찌 간악한 공주의 참소를 들으시고 이렇게 치우치게 사사로운 정을 행하셔서 후세(後世)의 놀림을 받으시겠습니까? 성상께서 순간의 분노대로 행하시면 뒷날 뉘우침이 적지 않을 것입니다. 폐하는 청컨대 신의 부
65 자를 죽이시고 또한 공주를 참수하셔서 정사(政事)를 어지르며 성충(誠忠)을 가리고 지아비를 해친 죄를 밝히시고 형옥 부녀의 죄를 용서하시면 매우 다행스러울 것입니다."

말을 마치고 난간에 머리를 두드려 간언을 드리니 황제가 몹시 놀라시며 친히 용상(龍床)에서 내려오셔서 승상의 손을 붙들어 일으키고 말씀하셨다.

"짐이 덕을 잃어버린 것이니 오래도록 더러운 이름이 남을 것이다. 승상은 그만하라. 깨달은 바가 있으니 오늘로 용서하는 글을 내리도록 하겠다."

즉시 성지(聖旨)를 내려 말하였다.

"짐이 밝지 못해서 죄 없는 사람을 사지(死地)로 보내려 하였는데 깨달은 바가 있으니 형옥 부녀와 소운성 부자를 다 용서하노라."

온 조정이 크게 기뻐하였다. 이때 황제가 내전(內殿)에 들어가 공주를 꾸짖으셨다.

"네 부도(婦道)[80]가 패악하여 덕을 잃어버린 것이 매우 심한데도 저 부자가 너를 머물게 한 것은 지극한 덕이거늘 어찌 거짓말을 지어내 짐의 총명을 가리느냐?"

공주가 묵묵히 말이 없었다. 황후가 까닭을 묻자 황제께서 소승상이 아뢴 말을 자세하게 전하니 황후 또한 공주가 잘못하였다고 하였다. 공주가 마음 속으로 소승상을 깊이 원망하며 이에 즉시 하직하고 소씨 집으로 돌아오니 승상이 아들들과 함께 묘당(廟堂)에 모여 말을 하느라고 아직 돌아오지 않았다. 모든 여자들이 태부인이 있는 곳에 모여 매우 근심하고 있다가 공주가 온다고 하자 소부인이 꾸짖어 말하였다.

"흉악하고 막된 여자가 무슨 변(變)을 만들려고 또 오느냐?" 66

소부인이 말을 마치기도 전에 셀 수 없이 많은 시녀와 궁인이 공주를 끼고 내당(內堂)에 올리자 모든 사람들이 정색하고 못 본 체하였다. 공주가 비단 소매를 높이 걷고 이마를 찡그리며 크게 소리를 질러 꾸짖으며 말하였다.

"석현의 딸[81]과 양문광의 딸[82]인 너희 간악한 부인네들이 몹쓸 자식을 낳아 나의 일생을 잘못되게 만들고 나중엔 거짓말로 임금께 참소까지 하느냐?"

태부인이 벌컥 성을 내며 말하였다.

"너희들은 어찌하여 저 행실 나쁜 공주를 들여왔느냐? 빨리 등을 밀어 내쳐라."

공주가 크게 성을 내며 난간을 박차면서 온갖 욕을 하는 것이 참혹하였

80) 부도(婦道) : 여성으로서 지켜야 하는 도리.
81) 석현의 딸 : 소운성의 생모인 석부인을 가리킴.
82) 양문광의 딸 : 소현성의 모친인 양부인을 가리킴.

다. 태부인도 매우 화를 내며 석부인과 함께 공주를 바로 처치하고자 했는데, 문득 승상이 아들들과 함께 들어왔다. 공주가 승상을 보고 몹시 화가 나 더욱 소리를 높여 말하였다.

"필부(匹夫) 소경아, 네가 무슨 이유로 내 허물을 황제께 참소하였느냐? 내가 너와 함께 한 칼에 죽으리라."

승상이 들은 체하지 않고 먼저 모친께 절하고 말하였다.

"황제께서 형공 부녀와 저희들을 모두 용서하시니 천은(天恩)이 망극합니다."

말을 마친 후 화난 기색을 참고 눈을 내리깔고 단정히 앉으니 당(堂)의 위아래에 가득한 사람들이 다 혀를 내두르며 숨을 낮추었다. 매우 애달프
67 고 원통한 것은 한상궁이 곁에 있지 않아 공주를 이끌고 돌아갈 사람이 없는 것이었다. 공주의 사나운 행실이 끝없이 이어지니 어찌 승상의 기색을 알겠는가? 또한 승상이 평소에는 온화하고 유순하여 집안에서 화를 내는 모습을 보이지 않았고 늘 모친 앞에서는 어린아이처럼 부드러웠다. 저 공주가 어찌 승상의 본심이 군상(君上)을 압두하고 천지(天地)를 두루 헤아리는 소견이 있는 줄을 알겠는가? 다만 공주가 승상을 가장 업신여겨 백가지로 모욕을 주는 것이 참혹하였다. 그런데 승상은 다만 손을 마주잡고 모친 곁에 꿇어 앉아 고요히 꾸짖음을 듣고 있었다. 이때 마지막으로 공주가 질책하며 말하였다.

"그대가 소광의 교훈을 알지 못하고 양씨의 패악함을 본받으며 자랐다 한들[83] 어찌 예의를 이토록 모르느냐?"

---

83) 소광의 ~ 한들 : 소광은 소현성의 아버지를 가리킴. 양씨는 소현성의 어머니를 가리킴. 문맥상 아버지의 가르침을 받지 못하고 성장한 것을 말함.

승상이 두 눈을 높이 뜨고 크게 소리를 질렀다.

"아무리 공주라도 이렇게는 못할 것이다. 곁에 있는 이들은 빨리 공주를 잡아 내려라."

말을 마치니 운성이 궁인과 시녀를 꾸짖어 내쳤다. 그러자 공주가 크게 꾸짖으며 말하였다.

"누가 감히 나를 범하겠느냐?"

곁에 있는 사람들이 비록 공주를 두려워하였지만 승상의 명령을 거역하지 못하고 공주를 핍박하여 전(殿)으로 내려오게 하니 승상이 명령을 내려 공주를 사옥(私獄)에 밀어 넣었다. 승상이 즉시 붓과 벼루를 내어와 상소를 짓고 곧장 묘당(廟堂)으로 들어가 먼저 형부상서 반영의를 불러 시아버지를 모욕한 것과 관련된 내용을 법전에서 알아 오라 하고 또 예부상 68
서 오문상을 불러 며느리가 시아버지 섬기는 예(禮)와 시아버지가 며느리를 대접하는 법을 알아 오라고 하였다. 한편으로는 집을 다스리지 못한 죄로 운성을 잡아 감옥에 넣고, 다른 한편으로는 공주의 행동을 금의부(禁義府)로 적어 보내고,[84] 또 상소 하나를 올려 공주의 모습을 진술하여 죽이고자 하는 뜻을 아뢰었다. 황제가 표문을 보시고 크게 놀라 급히 부황후와 상의하였다. 부황후가 크게 노여워하며 말하였다.

"필부(匹夫) 소경은 어떤 사람이기에 나의 공주를 이렇게 핍박하여 업신여깁니까?"

황제가 말하였다.

"황후는 노여워하지 마십시오. 소경은 묘당(廟堂) 대신으로 주도권을

84) 적어 보내고 : {이문(移文)하며}. '이문'은 중국 한대의 공문서 가운데 같은 등급의 관아 사이에 주고받던 공문서로, 때로는 격(檄)과 더불어 포고문의 성격을 띠기도 하였음. 문맥을 고려하여 이같이 옮김.

잡아 위엄이 짐의 바로 아래에 있습니다. 태자와 여러 왕들이라도 마음대로 처치할 것인데 하물며 공주가 그 슬하에 있으면서 방자하게 시아버지를 모욕하고 지아비를 죽이려 하니 그 죄가 가볍겠습니까? 모름지기 공주를 살리고자 하신다면 좋은 말로 소승상을 위로하는 것이 좋을 것이며 만일 예에 맞지 않게 노여워하면 반드시 소승상이 운성과 공주를 모두 죽이고 스스로 죄를 청할 것입니다. 소승상은 예사 신하와 같지 않으니 가볍게 여기지는 못할 것입니다."

드디어 팔왕을 불러 나가서 소승상을 타이르라고 하시고 비답(批答)[85]을 내려 말씀하셨다.

69 짐의 자식이 이렇게 패악하니 법은 인정(人情)이 있을 곳이 아니니 경은 마음대로 처치하라. 다만 운성은 죄가 없으니 용서하고 형씨를 상원위(上原位)[86]를 봉하니 이전과 같이 하지 말고 공주는 국법으로 다스리라.

소승상이 전교(傳敎)를 듣고 화가 잠시 가라앉았으나, 사람들에게는 공주를 아직 본부 옥에다 두고 금위부로 옮기는 것을 천천히 하라고 하였다.

각설(却說). 묘당(廟堂) 대신들이 소승상이 공주를 죽이고자 하는 것을 듣고 다 놀랐다. 석공이 급히 와서 말리며 말하였다.

"자네가 어려서부터 의리를 알 것이니, 하물며 집안의 작고 구차한 일을 타인에게 들리도록 하는 것이 좋지 않네. 또 며느리란 비록 자식이

85) 비답(批答) : 임금이 상주문의 말미에 적는 가부의 대답.
86) 상원위(上原位) : 본래의 위치로 올려 주었다는 뜻으로, 여기서는 첫째부인으로 다시 올린다는 뜻임.

라고 하지만 직접 낳은 아이와 다르며, 더욱이 공주는 금지옥엽이어서 존귀한데 국법을 쓰는 것은 옳지 않으며 남자와도 다르네. 그런데 무슨 까닭으로 대신의 도리로 여자의 허물을 말해 집안의 행실이 없음을 조정에 널리 알리는 과도한 행동을 하는가?"

승상이 정색하고 말하였다.

"명공(名公)이 또한 이러한 말씀을 하실 줄은 놀랍게도 생각하지 못하였습니다. 내가 비록 무식하고 성현(聖賢)의 책을 통달하지는 못했으나 예의를 조금 압니다. 집안의 여러 며느리가 있지만 만일 나보고 며느리의 부도(婦道)를 다스리라고 하면 마땅히 내치고 조용히 제어할 것입니다. 그러나 이 일은 그렇게 하지 못할 일입니다.

저 공주의 평소 기괴한 행동은 이미 끝이 없으니 집안 모든 사람들이 그 어지러운 바를 나에게 말하는데 생각지도 못할 부분이 많습니다. 70
그러나 내가 천성이 소탈하기 때문에 오히려 말한 사람을 꾸짖고 마음에 유의치 않았던 것은 집안사람들과 신명이 압니다. 공주가 끝내 지아비를 죽이려고 꾀를 내었는데 오히려 술법을 부리던 자가 죽었으니 마땅히 강상(綱常)[87]의 죄인입니다. 그런데도 내가 스스로 헤아려보기에 이미 그 뜻이 성공하지 못해 운성이 죽지 않았으니 어찌 이런 요사스런 일을 입 밖에 내겠는가 하여 집안사람들을 엄히 단속하여 입 밖으로 말하지 말라 하고 모르는 체하며 마지못해서 그대로 둔 것이 이 지경에 이르렀습니다. 공주가 이제는 편모(偏母)와 선친(先親)을 욕하니 이것은 사람이 할 바가 아닙니다.

---

87) 강상(綱常) : 삼강(三綱)과 오상(五常)을 아울러 이르는 말로 사람이 지켜야 할 변함없는 도리를 뜻함.

내가 이미 부모를 위하여 분노해 며느리를 죽이고자 하는데 어찌 말릴 사람이 있겠습니까? 며느리는 비록 친자식과 다르나 또한 자식입니다. 어찌 내 손 안에 있지 않겠습니까? 집안의 더러운 일을 다른 사람에게 들리도록 하는 것이 옳지는 않지만 내가 집안의 법을 엄격하게 집행하는 것은 얼음과 옥에 비겨도 부끄럽지 않습니다. 공주가 내 집을 더럽히는데 만일 꾸짖어 돌려보내면 반드시 긴 혀를 놀려 거짓말로 참소를 할 것이니 임금이 어찌 듣지 않으시겠습니까? 이렇게 하면 화근이 잦을 것입니다.

또한 공주는 여염집 여자와 달라 후대하고 공경할 적에는 극진히 하지
71 만, 한편으로 다스릴 적에는 소홀하게 못할 것이니 어찌 금지옥엽이라
고 해서 너그럽게 용서할 수 있겠습니까? 대장부가 되어서 며느리에게 압도당하고, 심지어 선친(先親)과 편모(偏母)를 욕 먹인 후에 오히려 크고 작은 것을 구별하여 작은 호의와 인정을 두어 부모가 모욕 받은 것과 내 몸의 구구한 것을 감수하고, 성인의 가르침에 더러운 것을 말하지 말라 하였다 해서 스스로 이 일을 깊이 감추어둔다면 성인과 경전의 가르침에 해롭지 않으며 후세 사람이 나의 못남을 꾸짖지 않겠습니까? 만일 나보고 도가 지나치다고 하는 사람이 있으면 이는 부모를 생각하지 않는 것입니다. 세상사람 중에서 며느리에게 어버이를 욕보이고도 위세와 호의를 꺼려 입을 봉할 자가 있겠습니까? 내가 부모님을 위하는 것에서 비로소 이 행동이 생겼으니 차라리 지나치다는 말을 들을지언정 구차하게 못나고 불효한 사람이 되지는 않을 것입니다. 옛 사람은 부모에게 맛있는 음식을 봉양하기 위해서 자식을 묻었는데 하물며 내 부모를 욕하는 자식을 죽이려 하는 것이 어찌 가능하지 않겠습니

까? 오늘 명공의 가르치심이 이에 이른 것은 생각하지 못한 바입니다. 감히 말씀을 받들지 못하겠습니다."

말을 마친 후 노여움이 크게 일어나 말을 점점 시원스럽게 하였다. 석공이 부끄러워하며 돌아갔다.

이때 팔왕이 상의 명령을 받고는 소승상을 찾아와 보았는데 소승상이 얼굴에 노여움이 어리어 다만 사례하며 말하였다. 72

"저는 황족(皇族)에게 죄를 지은 사람이거늘 어찌 대왕께서 와 보십니까?"

팔왕이 미소를 지으며 말하였다.

"승상은 국가의 대신일세. 어찌 작은 혐의로 이런 말을 하는가?"

소승상이 잠자코 대답하지 않았다. 팔왕이 조용히 말하였다.

"명현공주가 죄를 지은 것은 소홀히 할 일이 아니나 황상의 낯을 보아 용서하지 못하겠느냐?"

소승상이 오래도록 깊이 생각하다가 말하였다.

"원통한 것은 신의 부모를 욕한 일입니다. 그런 일들을 능히 용서하기 어렵습니다."

팔왕이 웃고는 말하였다.

"진실로 공의 말이 옳지만 어찌 마땅한 임시방편이 없겠는가? 상이 이미 법을 허락하셨는데 공이 감격하여 인정을 두지 않으면 군신(君臣)의 도리에 어긋나는 것일세."

소승상이 흔연히 웃고 칭찬하고 사례하며 말하였다.

"마땅히 대왕의 말씀을 받들 만하지만 일이 풍속을 교화하는 것에 관계하니 능히 존명(尊命)을 따르지 못하겠습니다."

팔왕이 기뻐하지 않으며 말하였다.

"내가 말하는 것이 가능하지 않은 것이 아닌데 그대가 장차 공주를 죽이고 무슨 면목으로 성상께 조회를 드리고자 하느냐?"

소승상이 말하였다.

"제가 비록 잔인하고 악하나 승상[88]의 자리에 있으면서 강상(綱常)의 죄인을 없애고 임금을 뵙는 것은 그 법을 무너뜨리는 바가 없습니다. 그러니 성상은 어찌 사사로운 정으로 신하를 꾸짖으실 것이며 내가 또
73 한 부끄러운 것이 있겠습니까?"

팔왕이 잠자코 말없이 돌아갔다. 소승상이 곧 형부상서를 불러 운성과 공주의 죄에 해당하는 법을 알아오게 하고자 하였는데 장자 운경이 들어와 말하였다.

"할머니께서 아버지에게 글을 보내시며 회보(回報)를 알아오라고 하십니다."

드디어 소매 가운데에서 꺼내어 받들어 드리니 소승상이 빨리 꿇어 앉아 두 손으로 받아 공손한 태도로 보았다. 편지에는 다음과 같이 쓰여 있었다.

너의 일이 비록 옳지만 공주의 사람됨은 네가 평소에 아는 바인데 어찌 따지겠느냐?[89] 모름지기 늙은 어미의 말을 받아들여 운성을 풀어주고 공주를 죽이지 마라.

---

88) 승상 : {티뎡[台鼎] 삼티[三台]}. '태정'은 삼정승을 뜻함. '삼태성(三台星)'은 큰곰자리에 있는 자미성을 지키는 별임. 각각 두 개의 별로 된 상태성(上台星), 중태성(中台星), 하태성(下台星)으로 이루어져 있음. 문맥상 소현성이 승상의 자리에 있는 것을 뜻함.

89) 따지겠느냐 : {죡수[足數] ᄒᆞ리오}. 문맥을 고려했을 때 따지다, 꾸짖다, 헤아리다 정도의 의미로 추정됨.

소승상이 다 본 후 능히 거역하지 못해 드디어 머리를 숙이고 깊이 생각하는데 구승상이 앞에 나아와 말하였다.

"형의 도량으로 어찌 주저할 뜻이 있겠습니까?"

소승상이 드디어 어머니의 글을 보고 말하였다.

"어머니의 가르치심이 이와 같으니 제가 실로 거역하지 못할 것입니다. 공주를 무사히 놓아주면 황제의 친척과 혈족의 교만함과 패악함을 돋우며 삼강 법도를 해이하게 만드는 것이 아니겠습니까?"

구승상이 탄식하며 말하였다.

"형은 이른 바 충효와 뛰어난 절개를 지닌 군자입니다."

드디어 권유하여 말하였다.

"저는 영존당(令尊堂)[90] 태부인과는 자주 왕래하여 숙모와 조카의 관계가 있습니다.[91] 숙모께서 어찌 형을 잘못된 방법으로 가르치시겠습니 74
까? 형은 모름지기 그 말씀을 따르십시오."

소승상이 좋아하지 않으며 마지못해 즉시 명을 내려 운성과 공주를 다 본부 옥중에 가두고, 죽이라고 하던 의논을 그쳤다. 칠왕과 팔왕 두 사람이 들어가 아뢰자 황제가 기뻐하였다.

이때 한상서가 소승상을 보고 말하였다.

"그대는 보통 사람들이 논의하기 어려운 사람이로다. 공주와 운성을 함께 벌을 주니 진실로 공정한 군자일세."

소승상이 듣고는 대답하지 않고 자운산으로 돌아왔다. 태부인이 승상의 행동이 이 같은 것을 보고 몹시 아름답게 여겨 마음 속으로 기뻐하였다.

---

90) 영존당(令尊堂) : 상대의 모친을 높여 이르는 말.

91) 자주 ~ 있습니다 : {통가슉딜지의[通家叔姪之義]}. 자주 왕래하다보니 숙모와 조카의 의리가 있는 관계라는 뜻임.

차설(且說). 명현공주가 갇힌 지 오래되었으나 구하는 사람이 없자 매우 화를 내며 옥중에서 꾸짖는 말이 다 승상을 욕하는 것이었다. 10여 일이 지나니 괴롭기가 심하고 마침내 위로하는 자가 없었다. 공주가 친히 옥리(獄吏)를 불러 말하였다.

"내 궁중 시녀가 천여 명인데 무슨 이유로 와서 나를 보지 않느냐? 빨리 부르라."

옥리가 즉시 시녀를 부르니 보모 양씨가 심복 여러 명과 함께 옥에 와서 서로 붙들고 통곡하였는데 공주가 물었다.

"성상과 황후가 무슨 이유로 나를 구하지 않으시느냐?"

양보모가 가슴을 두드리며 말하였다.

"공주가 계교를 이루지 못해 옥에 갇히신 후 소승상이 예부(禮部)에 법
75 을 살펴서 올리도록 하고 형부(刑部)의 법률을 알아보고 공주가 지아비를 죽이고자 하며 시아버지를 모욕하려고 한다고 알렸습니다. 온 조정이 입을 다물고 황상도 또한 말리지 못하셨습니다. 승상이 무슨 생각인지 공주를 금의옥(禁義獄)으로 옮기는 것을 천천히 하라고 하고 또 부마를 잡아 감옥에 가두니 조만간 공주를 죽이고 부마는 불과 몇 대 때려 풀어줄 것 같습니다. 승상이 하는 일은 광명 정대해 위로는 임금과 아래로는 모든 관리들이 말을 하지 않는데, 장차 우리는 어떻게 합니까? 아무리 황후께서 노여워하시고 공주를 구하고자 하셔도 성상이 움직이지 않으시고 버려두십니다. 우리가 늘 믿었던 것은 황상뿐인데 황상께서 구하지 않으시니 어찌 해볼 도리가 있겠습니까?"

공주가 다 들은 후 소리를 한번 지르고 혼절하니 곁에서 겨우 구하여 깨웠다. 공주가 매우 꾸짖었다.

"필부(匹夫) 소경을 죽이지 않으면 어찌 한(恨)을 씻겠는가? 황상과 황후는 무슨 뜻으로 나를 구하지 않으신다고 하느냐?"

양보모가 말하였다.

"잠시 들으니 황상께서 공주를 구하고자 한다면 소승상을 좋게 대접하라 하시고 승상의 상소 비답(批答)에는 마음대로 처치하라고 하여 계신다고 합니다."

공주가 말하였다.

"제가 무슨 단약으로 나를 죽이겠느냐? 그러나 감옥 안이 누추하고 황
량하니 내가 차마 머물지 못하겠구나. 이미 성상과 황후가 구하지 않 76
으신다면 장차 어찌 해야 하겠느냐? 내가 다시 생각해보니 상궁 한씨
는 식견이 넓고 컸다. 보모는 빨리 가보고 구원받을 방법을 청하여라."

보모가 또한 춘몽(春夢)이 깬 듯하여 즉시 나와 감히 교자(轎子)를 타지 못하고 얌전한 말을 타고는 급히 한어사 집을 찾았다. 보모가 한씨에게 명함을 드렸다. 한씨가 보모가 왔다는 것을 듣고 '내가 이리로 온 지 1년이 다 되었는데 그동안 공주가 사람을 보내 안부를 물어본 적이 없었다. 지금 문득 보모가 이곳에 왔으니 반드시 큰 연고가 있을 것이다.'라고 생각하였다. 사람을 시켜 보모를 청하니 보모가 중당(中堂)에 이르렀다. 보모가 섬돌 중간에서 예를 갖추어 인사드리니 한씨가 사양하며 말하였다.

"노신은 이제는 세상과의 인연을 끊고 궁인의 직품(職品)이 없는데 어찌 그대의 공경하는 예(禮)를 받겠습니까?"

드디어 잠시 읍하여 답례하고 자리를 주어 앉게 한 뒤에 물었다.

"나는 산과 들에 있는 늙은 여인입니다. 궁(宮)을 떠난 후 삭발하고 중이 되어 비구니의 무리가 되고자 하였습니다. 그런데 몸과 터럭을 상

하게 하는 것이 성인의 교훈을 저버리는 것이므로 옳지 않기에 동생에게 의탁하여 남은 인생을 계획하였습니다. 문이 있어도 늘 닫혀 있어 일년이 다 되어도 물어보는 사람이 없었습니다. 지금 그대가 찾아와
77 안부를 물어 보니 반가운 가운데 공주의 얼굴을 보는 것과 같아 슬픔을 견디지 못하겠습니다. 그런데 어찌 거친 땅에 이르렀습니까?"

보모가 자리에서 일어나 대답하였다.

"상궁이 이리로 오신 후 제가 명함을 자주 드리고자 하였는데 날짜를 미루게 되었습니다. 큰 어려움을 만나 공주께서 위태하신 것이 거꾸로 매달린 위급함과 같습니다. 공주가 저에게 명령을 내리셔서 상궁께 몸을 구할 방법을 구하십니다."

한씨가 놀라 말하였다.

"무슨 근심이 있습니까?"

보모가 드디어 전후 사정을 자세하게 이야기하였다. 한씨가 길게 탄식하며 말하였다.

"사람이 덕을 버리고 악을 접하면 어찌 평안하겠느냐? 공주가 늘 성질이 조급한데 너희들이 어질게 돕지 않아 이런 근심을 얻어 계신 것이다. 너는 빨리 돌아가 모든 계책을 생각해서 공주를 도와라. 나는 정신과 의지가 쇠약해져서 속세의 의롭지 못한 것을 잊었으니 어찌 이 근심을 풀어갈 계교가 있겠느냐?"

보모가 다 들은 후 허둥지둥하면서 머리를 조아려 말하였다.

"제가 공주의 명령을 받들어 이곳에 온 것은 노상궁의 가르치심을 원하였던 것입니다. 만일 이렇게 하신다면 제가 돌아가 공주께 무엇이라 아뢰겠습니까? 바라건대 상궁이 10여 년을 공주를 사랑하시고 교훈하

던 정을 생각하셔서 공주의 곤란한 액을 구하십시오."

한씨가 오래도록 깊이 생각하다가 붓과 벼루를 가지고 나와 대략 서간의 초를 잡아 석 장을 지어 보모에게 주며 말하였다. 78

"너는 마땅히 공주에게 드리고 '노첩이 궁중을 떠난 뒤로 늘 존안(尊顔)을 생각하고 슬퍼하였는데, 큰 액운을 얻어 감옥에 갇히셨다는 소식을 들으니 마음이 부서지는 듯합니다. 좋은 계교를 생각하지 못하여 삼가 엉성한 말씀으로 초(草)를 잡아 보내니 공주께서 이대로 옮겨 적어 부마와 승상과 태부인께 용서를 구하시면 감옥에서 풀려나는 것이 매우 쉬울 것입니다. 그러나 만일 듣지 않으시고 구차하게 여겨 분한 뜻을 글에 두신다면 공주께서 3년 동안 괴로움을 받으실 것이니 모름지기 명심하소서.' 하더라고 전하여라."

보모가 머리를 숙이고 사례한 후 급히 돌아왔다. 공주를 보고 전후 사정을 자세히 전하고 초고를 드리자 공주가 보고 땅에 던지며 말하였다.

"내가 차라리 죽을지언정 구차히 빌지는 못하겠다."

보모가 두세 번 말려 드디어 공주가 옮겨 적었다.

보모가 먼저 부마가 갇힌 옥으로 갔더니, 부마가 거적을 깔고 관을 벗고 팔을 베고 육도서(六韜書)[92]를 외우고 있었다. 보모가 황망히 꿇어 공주의 서간을 받들어 전하자 부마가 박차고 보지 않았다. 보모가 무안하여 물러나 정당(正堂)[93]으로 들어가니 승상이 태부인을 모시고 앉아 있었다. 보모가 드디어 부인과 승상께 글을 올리자 승상은 문득 놀라 말을 하지 79

---

92) 육도서(六韜書) : 중국 주(周)나라 태공망이 지은 병법서(兵法書). 무경칠서의 하나로 문도(文韜) · 무도(武韜) · 용도(龍韜) · 호도(虎韜) · 견도(犬韜) · 표도(豹韜)의 6장으로 되어 있음. 총 6권 60편임.

93) 정당(正堂) : 한 구획 내에 지은 여러 채의 집 가운데 가장 주된 집채.

않았으며 태부인은 그 서간을 보고는 화난 얼굴이 풀어져 서로 보며 이상하게 여겼다. 소부인이 나아가 보고 웃으며 말하였다.

"이 재주는 태학사(太學士)[94] 자리에 마땅하군요."

드디어 위씨를 불러 말하였다.

"어머니가 자세히 보지 못하고 계시니 그대가 마땅히 읽도록 하라."

위씨가 명령을 따르는데 화부인이 또 재촉하였다. 위씨가 거역하지 못하고 몸을 낮추어 나아가 상머리에 꿇어앉으니 여러 소년들이 벌이 뭉치듯 모여들었는데 승상이 기뻐하지 않았다. 태부인은 말릴 만한 일이 아니고 또 젊은 부인들의 일이라 잠잠히 있었더니 위씨가 화전(華箋)[95]을 펴고 맑은 목소리를 내어 읽었다. 그 글에 다음과 같이 적혀 있었다.

죄인 조씨는 백번 머리를 조아리고 삼가 편지 한 통을 할머님과 아버님 앞에 고합니다. 엎드려 생각건대 저는 궁중에서 자라 뜻은 높게 가지면서도 예법은 미처 알지 못하였습니다. 다만 어리석은 마음으로 생각하기를 '누가 감히 나를 업신여길 것인가'라고 여겨 이제 직품(職品)을 욕 먹이고 황상을 무안하게 하였습니다. 이 죄는 실로 삼생(三生)[96]에 속죄하기 어렵습니다. 제가 지은 죄는 정말로 죽을죄를 받는 것이 원래 마땅합니다. 다행히 아버님의 자식을 사랑하시는 덕과 가문의 용서를 받
80 아 여러 날 세상에 머무르니 또한 은덕이 적지 않습니다.

그러나 그윽이 생각하니 저의 죄는 만 번 죽어도 가볍지 않으니 죽이고자 하시거든 기꺼이 벌을 내리시고 또 만일 목숨 하나를 용서하고자 하신다면 정배(定配)[97]

---

94) 태학사(太學士) : 홍문관의 으뜸 벼슬을 뜻함.

95) 화전(華箋) : 남의 편지를 높여 이르는 말.

96) 삼생(三生) : 전생(前生) · 현생(現生) · 내생(來生)인 과거세 · 현재세 · 미래세를 통틀어 이르는 말.

97) 정배(定配) : 죄인을 지방이나 섬으로 보내 정해진 기간 동안 그 지역 내에서 감시를 받으며 생

를 정하시는 것이 진실로 옳습니다. 이제 옥중에서 여러 날 있으며 하늘을 보지 못하고 괴로이 목숨을 부지하여 사람들을 보게 되니 부끄러운 것이 산만큼이나 많습니다. 빨리 죽는 것만 못하니 아버님께서는 만일 아녀자의 마음을 생각하셔서 한 그릇 약을 주시면 매우 다행일 것입니다. 그 후 저의 혀를 빼 오랜 세월 강상(綱常)을 밝히시어 오래도록 불효한 죄인을 경계하십시오. 종이를 대하니 매우 부끄럽고 두려워 떨림을 이기지 못하니 말없이 죄를 용서해주시기를 감히 청합니다.

모두 듣고 비록 의심하였지만 다 잠잠하였다. 태부인이 말하였다.

"명현공주는 성상께서 사랑하시는 딸이다. 비록 체모를 잃어버린 일이 있었지만 너그러이 용서하는 도리가 있을 것이니 너는 능히 알겠느냐?"

승상이 대답하였다.

"어머님의 말씀대로 하겠습니다."

드디어 공주를 용서하고 시녀 여러 명을 시켜 공주를 옥에서 본궁으로 바로 데려가라 하고 사람을 시켜 명현궁 협문(夾門)을 막았다. 공주가 돌아간 지 3일 만에 운성을 놓아주니 모든 형제가 서로 놀리며 말하였다. 81

"너는 참으로 괴로운 인생이다. 어째서 부인 때문에 두 번이나 옥에 갇히는 지경을 당하느냐?"

운성이 웃으며 말하였다.

"내 팔자에 원래는 세 번 옥중(獄中)을 보고 올 것이니 아직 한 번 남았습니다."

모두 크게 웃었다.

활하게 하던 형벌.

공주가 돌아간 지 7일이 지나도록 시부모에게 죄를 청하는 일이 없었다. 공주가 사람을 시켜 한씨에게 사례하였다. 한씨가 심부름을 온 궁인에게 물었다.

"공주가 승상부에 죄를 청하셨느냐?"

심부름을 온 궁인이 말하였다.

"승상이 공주를 바로 궁으로 가라 하고 협문을 막으니 공주가 또한 원통해하며 서로 통하지 않고 계십니다."

한씨가 발을 구르며 말하였다.

"보모 양씨는 짐승이로다. 어째서 주인을 돕는 것이 이 지경이냐?"

궁인이 놀라 까닭을 물으니 한씨가 말하였다.

"이는 다른 이유가 아니다. 승상이 공주를 끝내 거절해 출부(出婦)로 만들고자 문을 막고 풀어줄 때 공주를 불러 보지 않은 것이다. 이는 황제의 명을 받들어 형씨를 데려와 부마의 첫째 부인을 삼고, 부마가 그 집에서 다시 형씨와 함께 금슬이 좋게 지내고 공주를 내쳐진 여자로 만들어 소씨 집안과 관계가 없어지게 하려는 것이다. 공주가 빌지 않을수록 부마가 더욱 다행스럽게 여기고 공주의 자취와 소문을 듣지 않고 즐길 것이니 어찌 어렵게 여겨 꺼리며 근심함이 있겠느냐? 이로부터 공
82 주가 평생 〈백두음(白頭吟)〉[98]을 외우게 될 것이다. 비록 장문(長門)[99]
의 외로움이 있어 능운부(凌雲賦)[100]를 짓는다 해도 저 부자는 철과 같

98) 〈백두음(白頭吟)〉 : 두터운 교분을 가까이에서 계속 이어 갈 수 없게 된 것을 읊은 시. 〈백두음〉은 본디 전한(前漢) 사마상여(司馬相如)의 처 탁문군(卓文君)이 지은 오언시로, 상여가 무릉(茂陵) 여인을 집으로 데려오려고 하자, 탁문군이 상여와는 백발이 되도록 정분을 잊지 못할 것을 내용으로 하여 지은 것임.

99) 장문(長門) : 장문부(長門賦)를 뜻함. 한(漢)나라 진 황후(陳 皇后)가 장문궁(長門宮)에 퇴거하여 시름에 잠겨 세월을 보내던 중, 사마상여(司馬相如)가 문장을 잘한다는 말을 듣고 황금 1백 근을 주고 시름을 푸는 글을 지어달라 함으로, 상여가 장문부를 지어 바쳤다고 함.

은 몸과 쇠와 같이 굳은 마음을 가졌는데, 어찌 다시 정한 뜻을 고치겠느냐? 전에는 비록 박대하였지만 오히려 부마가 보름에 두 번 왔고 소씨 집안사람들이 공경하고 후대하였다. 그런데 이제는 공주가 원통하고 한스러워 하며 그와의 관계를 끝내니 어찌 출부(出婦)가 되지 않겠느냐? 너는 모름지기 돌아가 내 말을 보고하여라."

궁녀가 정말 그렇다고 여겨, 돌아와 공주를 보고 전후사정을 자세하게 전하니 공주가 다 들은 후 몹시 놀라며 말하였다.

"만일 이렇다면 장차 어찌 해야겠느냐?"

궁녀가 또 고하였다.

"마땅히 승상부에 가서 죄를 청하시라고 하셨습니다."

공주가 정말 그렇다고 여기고 소부에 이르러 문밖에서 죄를 청하였다. 소승상이 기뻐하지 않으며 말하였다.

"나의 집은 선비의 집이다. 어찌 금지옥엽이 문밖에서 죄를 기다림이 있겠느냐? 빨리 돌아가 근신하고 있어라."[101]

소부인과 석파가 두세 번 타일러 불러보자고 말하니 승상이 또한 한쪽으로 치우치지 않고 공주를 청하였다. 서로 볼 때에 승상의 안색에 위엄이 있고 은근한 빛이 없으니 원래 소승상이 모친 앞에서는 스스로 기운과 낯빛을 가다듬어 편안하고 기쁜 얼굴빛을 지으나 그 마음은 눈과 서리 같고 외모는 가을 달 같았다. 무릇 아들들을 대하거나 부인들과 집안사람 83
들을 보면 본래의 기색을 드러내지 않고 엄한 기색을 드러내어 말을 붙이

100) 능운부(凌雲賦) : 한 나라 무제(武帝)가 신선(神仙)을 좋아한다는 것을 알고는 사마상여가 대인부(大人賦)를 지어 올리자, 무제가 보고는 몹시 기뻐 마치 자신이 직접 표표히 구름을 뚫고 솟아올라서 천지 사이를 유람하는 듯한 기분이 들었다고 함.

101) 근신하고 있어라 : {쇼셔[巢棲]ᄒᆞ라}. '소서'는 은거(隱居)와 같은 의미임. 문맥을 고려하여 이같이 옮김.

기가 어려웠다.

또한 승상이 자식과 며느리를 사랑하는 것이 지극하였지만 말씀이 적은 까닭에 일찍이 조용히 데리고 이야기를 나누는 적이 없었다. 다만 이따금 하는 말씀이 만인을 물리치고 혹 화순하여 며느리에게 은근한 자애를 끼칠 적은 감격함이 뼈에 사무칠 정도였다. 또한 여자의 허물과 흠을 세세히 보지 않아 참견하는 사람을 꾸짖고 마음에 두지 않았다. 하물며 공주는 더욱 자상하고 은근하게 대했었다. 소무신이 저주한 것을 이미 밝히 알고 있지만 스스로 눈으로 분명하게 보지 못하였다고 말하여 죄를 주지 않았었다. 그러다가 공주가 부모를 욕하는 것을 몸소 듣게 되자 크게 잘못했다고 여겨 이미 마음에 편하지 않은 뜻을 정했으니 어찌 바꾸겠는가? 한 조각 위로하는 말을 하지 않으니 태부인이 억지로 웃고 사례하며 말하였다.

"내가 자손을 어질게 가르치지 못하여 공주의 평생이 불행하니 슬픈 마음을 견디지 못하겠습니다."

공주가 자리에서 일어나 사죄하여 말을 하니 언어가 순순하여 옛날의 기색이 적었다. 공주가 돌아간 후 소부인이 석파와 함께 칭송하고 탄복하며 말하였다.

84 "승상은 진실로 군자구나. 우리들은 평소에 공주를 백 가지로 배척하며 능히 할 수 없다고 말하였다. 그런데 승상이 말을 할 때에도 공주가 들은 체 하지 않더니 한번 의논과 노기가 일어나 저 사납고 막된 여자를 제어하니 기특하지 않습니까?"

승상이 웃으며 아무 대답도 하지 않았다.

이후에는 공주가 3일에 한 번씩 문안을 드렸고 시부모가 공주를 대접하는 것이 전과 같았다. 그러나 운성은 공주에게 나날이 매몰차게 대하며 또한 형씨를 데려오고자 하니 소승상이 말하였다.

"이는 옳지 않으니 마음 속으로도 데려올 계교를 만들지 말고 너 또한 강정에 가지 마라."

운성은 대장부였다. 이미 공주를 제어하고 형씨에게 지위를 주었고 두 아들이 있으니 평생의 한이 풀어져 매우 기뻐하며 사사로운 정으로써 형씨를 사모하여 뒤돌아보는 것을 그만두고 이후에는 아버지의 말을 순순히 좇았다.

몇 달이 지나자 석부인이 운성을 불러 꾸짖었다.

"공주가 비록 버릇이 없다지만 또한 네가 한쪽으로 치우쳤기 때문에 여자의 원한이 일어나 잘못된 곳에 빠진 것이다. 그러니 어찌 대장부가 할 일이냐? 너는 마땅히 생각이 좁은 것을 자책하고 아녀자의 일생을 잘못 만들지 말고 오늘부터 공주를 너그럽게 대하고 임금의 은혜를 생각하여라. 만일 거역한다면 오늘부터 자식이라 일컫지도 않고 보지도 않을 것이다."

운성이 머리가 땅에 닿도록 두 번 절하고 말하였다.

"제가 비록 버릇이 없으나 어머님의 가르치심이 이러하신데 어찌 거역하겠습니까?"

드디어 일어나 명현궁으로 갔다. 공주가 운성을 보고 크게 화를 내며 85
꾸짖어 말하였다.

"내가 너와 더불어 무슨 원수가 있기에 박대하는 것이 이 지경에 미쳤느냐? 내가 반드시 너의 고기를 한 점 한 점 먹은 뒤에야 그칠 것이다."

운성이 불쾌한 얼굴빛을 하고 더는 말하지 않고 나갔다. 공주는 분한 것이 끝이 없어 병들어 누웠다. 칠왕이 친히 와서 보고 의약을 부지런히 하며 내시와 어의가 밤낮으로 그치지 않았으나 어찌 병이 좋아지겠는가? 황상과 황후가 근심하여 식음을 폐하였다.

소운성이 마음 속으로 '공주가 만일 죽는다면 그 평생이 어찌 불쌍하지 않겠는가?'라고 생각하여 하루는 촛불을 켜고 천천히 걸어 앓고 있는 곳에 이르렀다. 궁인들이 삼대가 늘어져 있듯이 서 있었고 공주는 비단 이불에 쌓여 있었는데 용안(容顏)이 수척하고 병세가 심하였다. 비록 공주를 늘 심하게 박대하였지만 운성이 본래 마음이 너그러워 문득 처량한 마음이 일어나니 평생 처음으로 가까이 앉아 안색을 온화하게 하고 소리를 나직하게 하여 물었다.

"며칠 사이에 아픈 몸은 어떠십니까?"

공주가 문득 화가 나 앞에 놓인 철여의(鐵如意)[102]를 잡아 있는 힘껏 운성을 때리니 운성이 맞았다. 운성이 순간 얼굴빛을 바꾸고는 말하였다.

"내가 진실로 어리석었도다. 공주는 나를 죽이고자 하는데 내가 들어
86 와 문병을 하여 위엄을 잃었으니 어찌 여자의 드셈을 한하겠는가?"

드디어 소매를 떨치고 나가자 모시던 사람들이 몹시 놀라며 공주를 애달파 하였다.

그 뒤로 공주가 나날이 위태로워져 살아나지 못하게 되었지만 운성이 다시 병세를 묻지 못하였다. 석부인이 매우 꾸짖으니 운성이 말하였다.

"어머니도 헤아려 보십시오. 제가 두 번 들어갔지만 공주가 때려서 도

---

102) 철여의(鐵如意) : 철로 만든 여의라는 뜻으로 여의는 법회나 설법 때, 법사가 손에 드는 물건을 말함. 대나무, 뿔, 쇠 따위로 '심(心)' 자를 나타내는 고사리 모양의 머리가 있고, 한 자쯤의 자루가 달려 있음. 본래는 등 따위를 긁는 도구였으나 중국이나 우리나라에서는 일반적으로 법구(法具)의 하나로 썼음.

망 나왔는데 뭐라고 하신들 또 어찌 들어가겠습니까?"

석부인이 말하였다.

"너는 장부이다. 어찌 아녀자에게 일일이 따져 죄를 주겠느냐? 네가 이미 두 번 들어갔으니 능히 세 번을 들어가 보지 못하겠느냐?"

화부인이 또 웃으며 말하였다.

"공주인들 네가 대접을 잘하면 원망하는 마음이 일어나지 않을 것이다. 너는 모름지기 공주의 원한이 감화될 수 있도록 하는 것이 옳다."

석파가 또 도우며 말하였다.

"부마의 행동이 매우 미우니 공주가 어찌 한하지 않겠습니까? 공주가 오히려 어질어서 그만하였으니 만일 사나웠더라면 철여의로 삼백 대만 쳤겠습니까?"

운성이 크게 웃자 좌중이 다 웃었다. 이어서 운성이 말하였다.

"두 분 어머니와 석조모가 이렇게 하시니 이 또한 부인이고 여자이셔서 오히려 공주의 흠을 모르시는 것입니다. 내가 만일 도가 지나쳤다면 아버지께서 어찌 권유하지 않으시겠습니까마는 아직 아버지께서 말씀하지 않으시니 저의 일이 잘못된 것이 아니지 않은가 합니다. 그러나 어머니의 말씀이 이러하시니 한번 가 문병하겠습니다." 87

석부인과 화부인이 웃고 운성이 순종하여 효성을 다하는 것을 기뻐하였다. 운성이 다음날 밤에 칠왕이 명현궁에 오지 않은 때를 타 공주의 침소에 이르니 병세가 지난번보다 위태로웠다. 나아가 비단 이불을 헤치고 공주의 머리를 짚으며 말하였다.

"제가 또 공주에게 매 맞으러 왔습니다. 그러나 수십 일 사이에 병세가 이토록 심해지셨습니까?"

공주가 눈을 들어 운성을 보고 다만 곁에 차는 칼이 놓여 있는 것을 보고 한 손으로 운성의 소매를 잡고 한 손으로 칼을 들어 바로 운성의 얼굴을 향하여 찌르니 운성이 순식간에 괴이한 변고를 당하게 되었다. 다만 벌떡 일어서니 공주가 그 소매를 굳이 잡고 따라 일어서며 칼을 꺼내 찔렀다. 운성은 마음 속으로 크게 성을 내되 '공주가 이미 병이 깊고 또 내가 매몰차게 하여 공주의 마음이 실성한 것을 알겠다.'라고 생각하였지만 낯빛을 억지로 하고 손으로 공주의 칼을 빼앗아 소매를 밀치고 밖으로 나갔다.

이후에는 비록 칠왕이 데리고 들어가고자 하여도 운성이 사양하며 말하였다.

"공주가 저를 보시면 반드시 죽이려고 하시니 제가 차마 들어가지 못하겠습니다."

칠왕이 잠자코 말이 없더니 다시 권유하지 않았다.

공주가 병이 위태로워 죽을 때가 가까워왔다. 석부인이 친히 가보고
88 소승상이 또 들어가 보고는 마음 속으로 안쓰럽게 여겨 그 패악한 죄를 용서하고 곁에 있던 사람을 시켜 운성을 불렀다. 그런데 운성이 오지 않고 죄를 청하며 말하였다.

"공주는 다름 아닌 저의 원수입니다. 어찌 차마 서로 보겠습니까?"

승상이 다 들은 후 외당(外堂)으로 나와 꾸짖었다.

"네가 지난 일로 인해 사람이 죽어가는데도 들어가 보지 않느냐?"

운성이 두 번 절하고 나서 이미 세 번 들어갔다가 나온 곡절을 말씀드리자 소승상이 놀라며 말하였다.

"내가 잘못 알고 너를 꾸짖었구나."

공주가 임종할 때 칠왕이 그 손을 잡고 눈물을 흘리며 물었다.

"누이가 전할 말이 있느냐?"

공주가 답하였다.

"제가 다른 까닭은 없는데 다만 원하는 바는 소운성과 형씨의 머리를 베어 저자거리에 호령하면 죽어도 즐거운 영혼이 될 것입니다."

공주가 말을 마치고 죽으니 나이가 19세였다.

칠왕이 실성통곡하고 궁중의 곡성이 천 리를 움직였다. 염습(殮襲)[103]할 때가 되어 칠왕이 공주의 손을 잡고 울다가 문득 공주의 오른쪽 팔위에 앵혈(鶯血)[104] 한 점이 사라지지 않은 것을 보았다. 칠왕이 몹시 놀라더니 또한 한탄하며 말하였다.

"공주가 비록 잘못한 것이 많지만 운성은 어찌 이토록 하느냐?"

이로부터 칠왕이 소운성을 매우 나쁘게 여겼다.

이때 승상은 그 요절함을 참혹하게 여기고 모든 부인과 며느리들이 비
록 평소에 공주를 우습게 여기고 괴로워하였지만 그 죽음을 보고는 다 눈 89
물을 흘리니 인심이 어짊이 이 같았다. 그런데 운성은 조금도 슬퍼하는 빛이 없고 오히려 온화하며 기뻐하니 화부인과 석부인이 꾸짖었다.

"사람의 인정이 어찌 이토록 매몰차냐? 진실로 몹쓸 것이로다."

운성이 또 웃으며 말하였다.

"오기(吳起)[105]와 요군소(堯君素)[106]가 그 처자를 쏘아 죽이니 그 처자

---

103) 염습(殮襲) : 염습은 죽은 사람의 몸을 씻긴 뒤에 옷을 입히고 염포로 묶는 일을 뜻함.

104) 앵혈(鶯血) : {잉도}. 문맥을 고려할 때 '앵혈'을 의미함. '앵혈'은 여자의 팔에 꾀꼬리의 피로 문신한 자국을 뜻함. 성교를 하면 이것이 없어진다고 하여 처녀의 징표로 여겼음.

105) 오기(吳起) : 중국 춘추전국시대의 병법가로 오자(吳子)로 통칭됨. 위(衛)나라 사람이며, 증자(曾子)에게 배우고 노군(魯君)을 섬겼음. 제(齊)나라가 노나라를 침공하였을 때 노나라는 그를 장군으로 삼으려고 하였음. 그는 제나라 여자를 아내로 삼고 있었으므로 의심을 받는다고 아내를 죽여 충성을 나타낸 뒤, 노나라 장군으로서 제나라 군대를 격파하였음.

가 무슨 죄가 있었습니까마는 화살 하나에 죽었습니다. 저는 평소에 형씨를 후대하였지만 그녀가 죽었다고 할 적에 주접떨며 울지 않았는데 하물며 공주에게 말입니까? 공주가 이미 저를 뼈 속 깊이 미워하여 죽을 때 유언하기를 저의 머리를 베라고 청하였는데, 제가 무슨 청승으로 슬퍼하겠습니까? 4, 5년을 저를 해치지 못해서 괴로워하다가 죽었으니 등에 졌던 가시를 벗은 듯하여 시원합니다."

이야기를 마치고 크게 웃고 나가니 석부인과 화부인이 어이없어 하였다.

각설(却說). 칠왕이 초상(初喪)을 다스리고 들어가 황제와 황후를 뵈니 황제와 황후가 매우 슬퍼하시고 운성을 원통하게 여겨 공주를 국가의 산에다 장례 지내고 소씨 선산에 묻지 말라고 하셨다. 소씨 집안에서는 이를 듣고 매우 기뻐하였다.

장례를 지낸 후 운성이 상소하여 말하였다.

90 신이 외람되게 초방(椒房)[107]에 간섭하였더니 불행하여 공주가 일찍 죽었습니다. 또한 신이 어질지 못하여 공주께 죄를 얻어 공주가 신을 죽이라 하였으니 이미 부부의 은혜와 사랑이 끊어졌습니다. 게다가 공주를 국가의 산에다 묻으시니 또한 예의를 저버리신 것입니다. 또 신이 공주에게서 얻은 일점 혈육이 없으며 부마의 작위를 받은 것이 본래 어색하였습니다. 삼가 인수(印綬)를 드리고 물러나 다시 20년을 글을 읽어 폐하를 돕겠습니다.

---

106) 요군소(堯君素) : 수나라의 장수로, 당나라 이세민과 하동성에서 접전을 벌임. 당황제 이연이 일찍이 요군소의 절개를 높이 사 그의 상관이었던 굴동통을 보내 회유하려 하였는데 실패함. 그 후 그의 아내를 보내 투항을 권유하자 아내를 활로 쏘아 죽였음.

107) 초방(椒房) : 후춧가루를 바른 방이라는 뜻으로, 왕비나 왕후가 거처하는 방이나 궁전 따위를 이르는 말. 후추나무는 온기가 있고 열매가 많은 식물로서, 자손이 많이 퍼지라는 뜻에서 왕후의 방 벽에 발랐음. 여기서는 문맥상 공주의 방을 뜻함.

황제가 처량히 눈물을 흘리시고 즉시 운성을 불러 보시고 슬퍼하시며 말하였다.

"공주가 비록 부덕(婦德)이 적으나 네가 어찌 그토록 박절하게 했느냐? 짐이 또한 너의 인륜을 어지럽게 만든 것을 후회했는데 공주가 이미 죽었구나. 특별이 명현궁을 네게 주어 지난날 장원각을 지어주지 못한 것을 표하고 공주와는 네가 실로 은혜와 사랑이 끝났으니 그 신위(神位)와 궁녀를 다 도성으로 데려와 별택에 둘 것이니 너는 그렇게 알아라. 또한 부마 인수(印綬)를 거두고 특별히 병부상서 태학사를 내리니 너는 이후에는 짐을 원망하지 말고 국가를 어질게 하도록 도와라."

소운성이 마음 속으로 웃고 다만 굳이 사양하여 관직을 거두실 것을 청하였으나 황제가 듣지 않으셨다. 운성이 사은숙배(謝恩肅拜)를 하고 물러나 즉시 궁녀와 양보모를 불러 공주 위패를 모시고 대궐로 들어가라고 하였다. 또 마음에 느끼는 바가 있어 평소에 공주를 심하게 박대한 것이 스 91
스로 야박했던 것임을 깨달았다.

공주의 위패와 궁인이 가는 날, 공주 궁에 이르러 제청(祭廳)에 나아가 통곡하고 이별하니 눈물 두어 줄이 흘러 내렸다. 곁에 있던 궁인들이 눈물을 흘리며 슬피 울었다. 황제가 내시를 시켜 공주의 위패를 거느려 간 후 이미 전교(傳敎)가 있어 명현궁을 내리시고 형씨를 복원하라 하셨다. 신하와 백성들이 그 성덕을 감동하여 탄복하였다. 운성이 마음이 다 상쾌하여 스스로 '내 목숨을 마칠 때까지 부모 슬하에 있을 것이니 어찌 명현궁[108]에서 처자와 함께 있겠는가? 하물며 명현궁은 선비가 있을 곳이 아

108) 명현궁 : {닷집}. '닫집'은 궁전 안의 옥좌 위나 법당의 불좌 위에 만들어 다는 집 모형을 말함. 또한 '닷집'은 '닷+집'으로 보아 소현성이 태부인을 모시고 있는 소부 본집이 아닌 '다른 집'으로 볼 수 있음. 문맥상 명현궁을 가리키기에 이같이 옮김.

니다.'라고 생각하였다.

드디어 사람을 시켜 궁을 허무니 금과 옥으로 된 천 간(間)이나 되는 명현궁이 한순간에 빈터가 되었다. 그 재목을 흩어 이웃사람들에게 주고 다시 바라보니 넓게 펼쳐진 화려한 담과 여러 층으로 되어 있는 화단뿐이요, 속절없이 넓은 뜰이 되었다. 경치를 느꺼워하여 짧은 시 한 수를 지어 읊었다. 집에 돌아오니 부모와 할머니가 한 곳에 모여 시원스럽게 처리한 운성의 행동을 아름답게 여겼다.

비로소 형씨를 맞아올 때 운성이 위의(威儀)를 거느려 강정으로 갔다. 형씨와 아들을 보니 이별한 지 8개월 만에 만나는 것이었다. 두 아들의
92 아름다움이 초승달 같고 부인의 맑고 깨끗함이 삼춘(三春)을 맞이해 부용화가 맑은 물에 비스듬히 서서 남풍(南風)을 맞는 듯, 가냘픈 골격과 기이한 풍채는 서시(西施)[109]를 뿌리치고 양귀비(楊貴妃)[110]를 비웃을 정도였다. 운성이 반가움과 은근한 생각이 구름 같으니 미간에 기쁜 기색이 영롱하고 낯빛에는 웃음이 어리어 덥석 아들을 안고 부인을 향하여 말하였다.

"내가 한번 돌아간 후 계절이 여러 번 바뀌고 이내 오지 못하니 어찌 사모하는 마음이 줄어들었겠냐마는 아버지의 명을 거역하지 못하여 오늘에야 왔습니다."

형씨가 옷깃을 여미고 슬프게 말하였다.

"저의 어리석은 뜻으로는 공주와 함께 부마의 건즐(巾櫛)[111]을 받들까

---

109) 서시(西施) : 서시는 중국 춘추 시대 월나라의 미인임. 오나라에 패한 월나라 왕 구천이 서시를 부차에게 보내어 부차가 그 용모에 빠져 있는 사이에 오나라를 멸망시켰음.

110) 양귀비(楊貴妃) : {옥진(玉眞)}. 양귀비를 말함. 백거이가 〈장한가〉에서 양귀비가 죽어 '옥진'이라는 선녀가 되었다고 하였음.

111) 건즐(巾櫛) : {건귀[巾簣]}. '건즐'과 같은 뜻으로 수건과 빗을 뜻함. 남편을 시중드는 것을 말함.

하였더니 공주가 마침내 돌아가시고 낭군이 기뻐하시는 것이 이 같으니 어찌 슬프지 않겠습니까? 알지 못하겠습니다만, 무슨 병으로 돌아가셨습니까?"

운성이 문득 기뻐하지 않으며 대답하였다.

"사람의 목숨은 하늘에 달려있습니다. 안회(顏回)[112]가 오히려 단명했으니 공주의 죽음이 어찌 이상하겠습니까? 청춘에 일찍 죽으니 가여울 따름입니다."

이어서 운성이 공주가 죽은 후 황상께서 하시던 말씀과 명현궁은 헐었고 공주 위패는 도성으로 들어간 사연을 이르니 형씨가 눈물을 흘리며 말하였다.

"진실로 부귀한 인생이 하루아침에 그렇게 되다니 새삼스럽군요. 금지옥엽으로 많은 고초를 겪고 스물이 채 못 되어 세상을 버리니 원혼이 93
하늘을 꿰뚫을 것입니다."

운성이 탄식하며 말하였다.

"이 또한 그의 운수입니다. 그 인생은 불쌍하지만 죄는 만 번 죽어도 가볍지 않으니 다시 말하는 것은 옳지 않습니다."

이어서 긴 이야기를 나누며 모든 일이 뜻과 같이 되었다. 하지만 운성이 공주가 자신을 칼로 찌르려고 하던 행동에 대해서는 끝내 말하지 않았다. 대개 공주가 살아있을 때에 운성이 공주를 비록 미워하긴 했지만 죽은 후에는 그 허물을 말하지 않았다.

다음날 형씨가 붉은 저고리에 푸른 치마를 입고 푸른 귀밑머리에 옥비녀를 꽂고, 꼬아 올린 머리에 봉관(鳳冠)[113]을 쓰고 수놓은 비단 치마와

---

112) 안회(顏回) : 중국 춘추 시대의 유학자. 공자의 수제자로 학덕이 뛰어났음.

촉나라 비단 적삼을 입고 두 줄 패옥(佩玉)을 차고 중당(中堂)으로 나오니 윤부인이 형씨를 몹시 아름답게 여겼다. 형씨가 두 아들의 옷매무새를 손수 챙기는데 문득 소운성이 유한림, 유낭중을 데리고 들어오니 윤부인이 웃으며 말하였다.

"조카는 어찌 오늘의 즐거움을 감추려고 하는가?"

운성이 미소 지으며 말하였다.

"이는 보통 있는 일입니다. 즐거운 것이 무엇입니까?"

이야기를 마친 후 맑은 눈동자로 형씨를 보며 넓은 소매 사이에서 부인의 첫째 부인 직첩을 내어 밀어주며 말하였다.

"오늘 황상께서 명(命)을 내리셨습니다."

형씨가 공경하여 받으니 모인 유생들이 운성을 놀리며 말하였다.

"그대는 이제 바라던 바가 이루어졌으니 병에 걸리는 일이 없을 것이다."

94 운성이 거짓으로 정색하고 말하였다.

"사람이 병에 걸린다고 어찌 상사병이겠는가? 말을 지어 보채는 것이 매우 한심하도다."

윤부인이 웃으며 말하였다.

"너는 말을 다르게[114] 마라. 네가 스스로 너의 모친에게 상사병이라고 일렀거든 누가 거짓말을 하겠느냐?"

상서 소운성이 크게 웃고 말하였다.

"다시는 이야기 하지 마시지요."

---

113) 봉관(鳳冠) : 옛 부인들이 머리에 쓴 봉을 장식한 예관(禮冠)을 말함.
114) 다르게 : {너도히}. '내도ᄒᆞ다'는 판이하다, 소원하다라는 의미의 고어임. 문맥을 고려하여 이같이 옮김.

좌중이 모두 웃었다. 금과 옥으로 장식한 수레를 대령하자 윤부인이 또 말하였다.

"내가 함께 가 어머니와 오빠를 보고 기쁨의 술을 마실 것이다."

드디어 동행할 때 운성의 기쁨은 이 가운데 있었다. 형씨가 가마에 오르니 형씨의 어린 아들은 유모가 안고 작은 가마에 탔고 운성이 스스로 가마의 문을 잠가 호송하였다. 이때 유한림 형제가 또 모친을 따라왔다. 운성과 함께 말을 나란히 하여 오는데 유생 3인이 모두 옥 같은 소년이었으나 유한림 형제는 소운성의 맑고 깨끗한 풍류를 당하지 못하였다. 운성이 금으로 꾸민 안장을 걸친 백마를 타고 붉은 양산을 받치고 수백 명의 종을 거느려 숙모와 부인 뒤에 있었다. 그 미간에는 산과 강의 맑은 정기가 어리어 기쁜 빛이 영롱하고 옥 같은 얼굴과 붉은 입술에는 빛이 모여 있으니 마땅히 이른 바 풍류군자이며 세상을 뒤엎을 영웅이었다.

길을 떠나 자운산에 도착하였다. 집안사람들이 한 당(堂)에 모여 형부
인을 맞이하였다. 그런데 생각지도 않은 윤부인이 웃으며 형씨를 이끌고 95
들어와 앉으며 예(禮)를 갖추어 인사하는 것을 마치니 모두 매우 반겼는데, 소부인은 허겁지겁 나삼(羅衫)을 붙들고 말하였다.

"윤씨 아우를 이별한 지도 몇 년이 되었구나. 오늘 만나니 어찌 기쁘지 않겠는가?"

태부인이 또한 웃으며 말하였다.

"너는 늙은 어미를 잊어버리고 몇 해 동안이나 오지 않으니 어찌 무정하지 않느냐?"

윤부인이 웃고 사죄하며 말하였다.

"제가 오지 못한 것은 다른 까닭이 있어서가 아니라 실로 형씨 지키기

를 부지런히 해서입니다. 만일 이 곳에 오면 기색이 탄로 날까 하였습니다. 그런 까닭에 운성이 저를 보면 제가 할머니를 뵙지 못하는 것을 한탄하며 자신의 탓이라고 했습니다."

이야기를 마친 후 좌중이 즐겁게 웃었다. 윤부인이 태부인을 곁에 모시고 앉으니 모두 바야흐로 형씨를 향하여 축하하고 반기며 지난날 이야기를 나누었다. 이때 형씨가 두 아들을 안고 좌중에 보이니 맏이는 세 살이고, 둘째는 두 살이었는데 부모를 꼭 닮았다. 석부인과 태부인이 매우 사랑스러워했으며, 승상도 두 손자를 불러 무릎에 앉히고 형씨를 향하여 말하였다.

"너의 액운이 다하였고 두 아이가 이토록 기이하니 어찌 아름답지 않겠느냐?"

승상의 말을 이어 모인 사람들이 축하하였다.

이날 형씨의 풍채와 얼굴이 빼어나게 아름다운 것이 새삼 맑고 깨끗하
96 며 여기에 더하여 두 아들의 아름다움이 수놓은 비단 위의 꽃과 같으니 소부인이 감탄하며 말하였다.

"네가 복이 있는 것이 진실로 가볍지 않을 것이다. 공주의 시기를 제어하고 네가 마침내 두 아들을 낳아 빛나게 돌아왔구나. 이는 참으로 초나라와 한나라가 서로 전쟁을 하였는데 강한 이가 망하고 인자로운 이가 왕을 했던 것과 같이 하늘의 운수이다. 공주의 패악함이 그 본심은 아닐 것이다."

문득 승상이 기뻐하지 않으며 소부인을 향하여 말하였다.

"사람이 죽은 사람의 허물을 이야기하는 것을 나는 진실로 잘못된 것으로 압니다. 그러니 공주의 허물은 오늘 다시 말할 것이 아닙니다."

소부인이 미소 지으며 대답하지 않았다. 이어 석파가 자리에 나와 말하였다.

"오늘 태부인을 비롯해 온 집안사람들이 윤부인과 형부인을 만났는데, 반가워하며 정이 두터운 것을 윤부인을 먼저 챙기시니 그 성덕이 이 같음을 제가 칭찬합니다. 그러나 윤부인은 두 조카의 몹쓸 청을 듣고 형씨를 깊이 감추어두고 우리를 속이셨으니 조카에게는 후하시지만 어른 된 모습은 적으십니다."

자리에 있는 사람들이 크게 웃으니 윤부인이 웃으며 말하였다.

"내가 비록 농담을 즐기며 성품이 급하지만 나이가 마흔이 거의 되었습니다. 어찌 매번 어렸을 적 모습이 있어 조카와 함께 일을 꾀하겠습니까마는 내가 형씨를 감추지 않았으면 운성이 죽었을 것입니다. 그것인들 절박하지 않았겠습니까?"

승상이 웃으며 말하였다.

"누이는 평소에는 단정하고 엄숙하여서 희롱을 하시지 않기에 뜻이 깊 97
다고 믿었더니 어찌 참으로 희롱하실 줄을 알았겠습니까?"

윤부인이 맑은 소리로 웃으며 말하였다.

"제가 오라버니의 어진 며느리와 옥 같은 두 손자를 보호하여 돌아오니 기쁨의 술을 마실까 하였는데 어찌 모든 사람들의 논란이 일어날 줄을 알았겠습니까?"

소부인이 웃으며 말하였다.

"자네는 기쁜 술을 구하지 말게. 예전에 보지 않았는가? 석서모가 형씨가 신부의 예(禮)를 행하던 날 축하주 먹던 모습을 오늘 그대가 교대로 하고자 하는가?"

윤부인이 조용히 웃었다. 모든 부인들이 함께 담소하며 작은 잔치를 베풀어 즐기기를 다하고 형씨가 죽오당으로 돌아가고 윤부인은 소부인과 함께 존당(尊堂)에서 태부인을 모시고 잤다.

차설(且說). 소운성이 평생의 한(恨)이 풀어져 서당에 머물러 부친을 모시니 승상이 또한 기쁜 마음이 있어 운성에게 말하였다.

"공주가 이제 죽고 너희 부부가 다시 모이니 기쁘지만 또한 사람으로서 오늘 즐기는 것은 어진 사람의 마음가짐이 아니니다. 비록 형씨가 새 사람이 아니고 알던 사람이지만 너의 야박한 행동이 이로운 것이 되지는 않을 것이다. 빨리 침소에 가 편히 쉬고 이후에는 날마다 모든 행실을 단속하여라."

운성이 감사해하며 말씀을 받들고 죽오당에 이르니 형씨가 난간의 붉
98 은 침상에 비스듬히 앉아 있었다. 운성이 옛 장소에서 옛 자취를 보는데, 금등(金燈)과 옥등(玉燈)이 두루 벌여 촛불 밑을 희롱하니 정신이 뛰놀고 희색이 얼굴에 가득하여 빨리 나아가 두 아들을 안고 둘째를 어루만지며 형씨에게 말하였다.

"그대는 지난날 나의 모습을 귀찮게 여기더니 이제 보니 두 아이의 모습이 어떠합니까?"

형씨가 탄식하며 말하였다.

"낭군은 허황된 말을 말고 모든 행실을 닦으십시오."

운성이 웃으며 말하였다.

"아까 아버지께서 저에게 교훈하시기를 행실을 닦으라고 하셨는데, 부인의 말이 또 그와 같으니 그 뜻을 모르겠습니다. 내가 비록 어질지 못하지만 신의를 지키는 대장부입니다. 어찌 행실을 닦을 것이 있겠습니

까?"

형씨가 고운 이를 드러내며 살며시 웃고 말하였다.

"낭군의 신의가 너무 굳음으로써 구차하니 그 구차한 것을 가다듬어 없게 하라고 하시는 것입니다."

운성이 또한 크게 웃었다.

며칠이 지나고 윤부인이 돌아갔다. 그 후에 형씨가 머무르면서 시부모님을 효성스럽게 봉양하고 아침에 일찍 일어나고 밤에 늦게 잠들었다. 성덕이 온 집안에 가득하니 옛날 고생하던 일은 한바탕 지나간 일로 일컬었다. 형씨가 운성의 박정함이 심하여 공주가 원한을 품고 요절한 것을 마음으로는 슬프게 여겨 예단을 후하게 하여 한상궁을 찾아보게 하고 공주의 상사(喪事)를 조문하고 지난날 후대하던 은혜를 사례하였다. 99

한씨가 공주가 죽은 후 밤낮으로 통곡하고 문을 닫고 나가지 않으면서 친척도 보지 않았다. 형씨의 유모가 예단과 편지를 전하니 한씨가 글을 보지 않고 예단과 함께 도로 주어 보내고 형씨에게 전할 말을 하였다.

"그 당시에 부인을 후하게 대한 것은 다름 아니라 일의 체모를 옳게 한 것입니다. 어찌 사례함이 있겠습니까? 공주가 돌아가신 후 늙은 인생이 빨리 죽지 않는 것을 괴롭게 여기니 어찌 다시 세상 사람과 오고 가겠습니까? 보낸 예단은 비록 후의는 매우 감사합니다. 그러나 내가 능히 공주를 붙들어 그 은덕을 갚지 못하고 속절없게 되었으니 비록 죽어서 주인을 따르지는 못하지만 백이(伯夷)와 숙제(叔齊)[115]의 염치를 흠

115) 백이(伯夷)와 숙제(叔齊) : 백이는 중국 은나라 말에서 주나라 초기의 현인으로 이름은 윤(允), 자는 공신(公信)임. 주나라 무왕이 은나라의 주왕을 치려고 했을 때, 아우인 숙제와 함께 간하였으나 받아들여지지 않고 주나라가 천하를 통일하자 수양산으로 들어가 굶어 죽었음. 숙제는 중국 은나라 말기의 현인으로 이름은 지(智), 자는 공달(公達)임.

모하는데 어찌 예단을 받을 수 있겠습니까?"

유모가 돌아와 한씨의 말을 전하니 운성과 형씨가 칭찬하기를 마지않았다.

이때 형참정이 복직하게 되어 서울로 돌아오니 소운성이 100리를 나가 맞이하였다. 서로 수레를 함께 하여 돌아오며 지나간 일을 말하는데 몹시 반가워하며 기뻐했다. 궁궐 아래에 이르러 사은숙배(謝恩肅拜)하고 옛 집에 돌아오니 문정(門庭)이 광활하고 단청이 전과 다름이 없으니 이는 형씨
100 가 먼저 와 깨끗이 치워두고 부친을 기다린 것이었다.

형씨가 부친을 맞아 반겼으며 또 며칠 뒤 모친과 여러 동생이 모이니 기쁨을 이기지 못하여 큰 잔치를 베풀어 즐겼다. 이때 운성 부부가 좌중에 있었는데 참정 자녀들 사이에서 더욱 뛰어나니 형참정 부인 두씨가 몹시 기뻐하였다. 형참정은 오히려 공주가 어린 나이에 죽은 것을 조문하였는데, 두부인은 매우 원통해하며 운성을 보고서도 말이라도 조문하고 위로함이 없으니 운성이 마음 속으로 안타까워하였다. 또한 소승상이 와서 시부모의 정을 말하며 두 명 손자들이 기이함을 칭찬하나 운성 부부가 다시 모인 것을 말하지 않았는데, 대개 공주가 죽어서 운성 부부가 다시 모인 까닭에 말하지 않은 것이었다. 또한 운성의 위엄과 행동이 예전과 매우 같지 않고 말하는 것마다 예의로 행동하니 부친을 따라와 잠시 잔치자리에 참석하였다가 즉시 돌아간 후에는 다시 오는 법이 없고 여러 날이 지나나 아들과 부인을 찾지 않았다. 두부인이 매우 이상하게 여겨 여러 아들들을 불러 그 까닭을 물으니 형한림이 웃으며 말하였다.

"천강이 어려서부터 뜻을 세우면 고집스러우니 누이와 더불어 즐기지 않는다고 어찌 다른 뜻이 있겠습니까?"

두부인이 말하였다.

"그렇지 않다. 운성이 딸아이를 소중하게 여긴 것은 너희도 아는 바이다. 하물며 공주를 얻은 후 슬퍼하던 모습은 은애가 마치 태산과도 같 101
았다. 그런데 이제 하루아침에 매몰차니 한 달이 지났는데 우리를 잔치에서 본 이후로는 다시 오지 않으며 딸아이를 부르는 법도 없으니 어찌 이상하지 않으냐?"

형한림이 말씀을 받들어 다음날 조회 길에 운경, 운현 두 사람을 만나니 물어보았다.

"소형은 무슨 이유로 한 달이 지났는데 우리를 찾지 않으십니까?"

어사 운경이 미소 지으며 말하였다.

"그대가 평소에 운성을 매부라 하고 찾아보지 않았으니, 운성이 무슨 일로 형을 귀찮게 따르겠습니까?"

운현이 또 거들며 말하였다.

"운성 형이 전일 체모를 잃었던 것을 뉘우치니 어찌 구차하게 형의 집에 가겠습니까?"

한림이 기색을 알 길이 없어하였는데, 문득 관리 한 사람이 홍포(紅袍)를 입고 옥대(玉帶)를 두르고 청총마를 타고 나는 듯이 달려왔다. 다름 아닌 상서 소운성이었다. 형한림이 웃으며 말하였다.

"자네는 왜 우리 집에 오지 않는가?"

운성이 웃으며 말하였다.

"너희 집이 뭐라고 날마다 가겠느냐?"

말을 마치고 세 사람이 크게 웃었다. 형한림이 또한 웃으며 말하였다.

"운성이 강도질하느라고 밤중에 구차하게 돌아다니더니 백주 대낮에 옳은 길을 찾고자 함이로구나."

모든 사람들이 또 웃으니 소운성이 가만히 웃고 정색하면서 모든 형제
102 를 재촉하여 돌아갔다. 형한림이 또한 이상하게 여겨 돌아와 모친께 말씀드리니 두부인이 매우 걱정하였다. 형씨가 모친의 거동을 보고 웃으며 말하였다.

"어머니께서는 어찌 쓸데없는 염려를 하십니까? 낭군이 비록 호탕하나 신의를 매우 중요하게 여기는 사람입니다. 하물며 제가 지은 죄가 없으니 어찌 무단히 박대하겠습니까?"

두부인도 그렇다고 여기면서도 오히려 마음을 놓지 못하였다.

하루는 소운성이 외가에 가 석공을 뵙고 모든 사촌과 함께 조용히 말을 나누고 있었다. 그런데 문득 들으니 석학사 부인 민씨가 중당(中堂)에서 말하기를 "소영은 어찌 나오지를 않았느냐?"고 하였다. 그 말을 듣는 순간, 운성은 삼혼(三魂)116)이 아득해지는 것을 느꼈다. 원래 운성이 공주 때문에 마음이 어지러운 가운데 형씨로 인하여 회포가 아름답지 않아 염려가 소영에게까지 미치지 못한 것이었다. 또 부친이 소영을 내쳐 그 거처를 몰랐으므로 비록 말하지 않고 있었지만 그 애원하고 단아함을 잊지 못하여 늘 마음 속에 맺혀 있었다. 오늘 민부인의 말을 듣고 운성이 크게 깨달아 일부러 이날 그대로 머물러 외조모 진부인 앞에 들어가 곁에 앉아 아양을 떨며 졸랐다.

"제가 소영을 어쩌지 못했는데 오늘 보니 소영이 이곳에 있습니다. 다행스럽습니다."

진부인이 놀라 물었다.

---

116) 삼혼(三魂) : 사람의 마음에 있는 세 가지 영혼으로 태광(台光), 상령(爽靈), 유정(幽精)을 말함.

"네가 어떻게 아느냐?"

운성이 말하였다.

"할머니가 저의 재주를 모르십니까? 궁궐[117]의 공주도 얻어 내고, 깊 103
은 규방에 있는 형씨도 엿보았는데 소영이 뭐라고 저의 손끝에서 도망가겠습니까?"

진부인이 크게 웃고 말하였다.

"네가 능수능란한 말로 나를 속이는구나. 네가 어찌 엿볼 수 있겠느냐? 여러 손자들이 가볍게 이야기를 했구나."

운성이 다만 웃고 보채며 말하였다.

"할머니가 소영을 주시지 않으면 제가 형씨를 아주 버리겠습니다."

진부인은 본래 운성을 사랑하였다. 하물며 부인의 마음이 굳세지 못하기 때문에 소영을 불러 운성에게 보이니 운성은 매우 반가워했는데 소영은 매우 부끄러워하며 즉시 일어나 들어갔다.

운성이 집에 돌아와 모친께 이 사연을 말씀드리고 소영을 데려오고자 하는 뜻을 알렸다. 석부인이 벌컥 화를 내고는 말을 하지 않으며 행동이 엄숙하였다. 운성이 황공하여 급히 석파와 함께 의논하였다. 석파는 바로 승상에게 말하고자 하였지만 승상의 기색이 듣지 않을 것이 분명해 계교 하나를 생각해냈다.

그래서 석파가 병이라 하고 자리에 누웠다. 승상이 하루 세 번씩 그녀를 친히 방문하고 열 번을 사람을 불러 물으며 손수 약을 다스리는 데에 게으름이 없었다. 그런데도 석파가 조금도 낫지 않으니 매우 근심하였는

117) 궁궐 : {금다}. '금달'로 보아 이같이 옮김. '금달(禁闥)'은 궐내에서 임금이 평소에 거처하는 궁의 앞문을 가리키는 말임.

데 석부인이 물었다.

"서모가 얼굴빛은 평소와 같은데 아픈 것이 위중하시니 알지 못하겠습니다. 무슨 까닭입니까?"

석파가 오랫동안 섭섭해 하며 말하였다.

104 "내가 이제 나이가 많아 사치스럽고 호화스러움을 누린 지 오래니 죽어도 한이 없습니다만 내가 자식이 없어서 부모 없는 소영을 길러 평생 동안 의지할까 하였습니다. 그런데 뜻밖에 셋째 공자의 나비 잡는 그물에 소영이 걸렸습니다. 비록 놀랐지만 다행히 형씨가 어질고 사리에 밝은 여자여서 소영의 일생이 평안할까 하였는데 문득 소영이 승상에게 내쳐진 이후에는 소식이 끊겼습니다. 밤낮으로 10여 년을 함께한 정을 생각하면 마음이 베어지는 듯하니 어찌 편안하겠습니까? 이 때문에 병이 든 것이니 만일 소영을 보지 못한다면 지하에서도 한이 될 것입니다."

석부인이 다 듣고는 잠자코 대답하지 않았다. 이날 밤 승상이 석부인 숙소에 이르러 서모의 병을 근심하자 석부인이 전후 사정을 전하니 승상이 탄식하였다.

"내가 자식의 방탕을 막느라고 서모의 마음을 불편하게 하였으니 어찌 나의 죄가 아니겠는가?"

즉시 석파를 보고 소영을 데려오라고 하였다. 석파가 속으로 기뻐하며 감사해하고 이후에는 약으로 다스리는 체하여 10여일 만에 일어났다. 석부인이 어찌 그 기색을 모르겠는가? 일부러 물어 말하였다.

"서모가 운성과 함께 꾀하신 계교가 빨리 이루어졌습니다. 내가 또한 축하드립니다."

석파가 놀라 크게 웃고 석부인 어깨를 치며 말하였다.

"나이가 들어 총명이 감했을까 하였는데 갈수록 이러하니 실로 괴롭습니다. 내가 이미 승상의 허락을 받아 소영을 데려오려고 하니 승상께 105
내가 꾀병이었다고 전하였다가는 실로 큰 일이 날 것입니다."

석부인이 미소 지으며 말하였다.

"서모가 꾀병이었다는 것을 안다고 하여 승상이 무엇이라고 하겠으며 또한 무슨 일이 나겠습니까?"

석파가 말리며 말하였다.

"내가 젊어서부터 승상과 부인을 길러내어 또 짝을 삼으니 어찌 모르겠습니까? 부인은 비록 승상께 불편한 일이 있더라도 오래 마음 속에 두지 않으시고 또한 말씀이 순리가 있으셔서 극히 노여운 일에도 매몰차지 않으십니다. 그러나 승상은 비록 평소에는 온화하게 행동하시나 그 마음은 가을의 찬 서리와 여름에 뜨겁게 내리는 태양같이 세차고 굳으셔서 속으로 불편하면 겉으로 더욱 태연하게 하고 예법으로 한 말만 하여도 부끄럽게 합니다. 이제 내가 거짓으로 병이 난 것인 줄 알면 예의가 없다고 여기시기에 충분합니다. 내가 또한 부끄러우니 부인은 부디 말씀하지 마십시오."

석부인이 웃으며 말하였다.

"서모가 진실로 망령이 드셨나 봅니다. 내가 아무리 가벼운들 서모의 꾀병을 무슨 큰 일로 여기겠습니까? 나는 본래 지아비에게 보고들은 것을 전하는 일을 못합니다. 서모가 일이 많으신 것은 여전하십니다. 고난을 겪고 난 형씨가 남은 인생에 꺼리고 싫어할 것은 생각하지 않으시고 소영을 구태여 데려와 호방한 아이에게 주시니 내가 정말로 서모를 이상하게 여깁니다."

소 현 성 록

9권

1 이때에 석부인은 소영을 데려오는 것을 못마땅하게 여겨 한바탕 이야기를 하였다. 그러자 석파가 미처 대답하지 못하고 있었는데 화부인이 들어와 웃으며 말하였다.

"서모가 사람들을 즐겁게 하며, 사람들에게 적국(敵國)[118]을 얻어준 것이 오래되었습니다."

석파가 눈으로 석부인을 보니 기색이 태연하였다. 석부인이 잠자코 미소 짓고는 짐짓 모르는 체하며 대답하였다.

"부인의 말씀이 옳으십니다. 실로 저 서모가 부지런하고 일을 많이 벌이십니다."

드디어 한가로이 이야기를 나누다가 돌아가니 석파가 몹시 탄복하며 말하였다.

"사람의 속이 옅으면서도 깊고, 가벼우면서도 넓은 것이 이처럼 다르구나."

이튿날 가마를 보내 소영을 데려왔다. 소영이 당(堂) 아래에 와서 태부인께 공경하는 마음으로 인사를 드렸다. 온 집안사람들이 소영의 무사함을 어여쁘게 여겼고, 석파가 소영을 반기는 것은 측량하지 못할 정도였다.

이날 소운성이 소영을 불러보고 위로하여 말하였다.

"내가 지난날 너와 즐겼는데, 네가 집에서 쫓겨나는 화를 만나자 마음속으로 불쌍하게 여겼다. 뜻밖에 나나 형부인은 공주 때문에 고생을 하였는데 진실로 너는 복이 있어서 오히려 쫓겨난 것이었더구나. 만일
2 네가 있었다면 고생하지 않았겠느냐? 이제 만나게 된 것은 하늘이 정

---

118) 적국(敵國) : '적국(敵國)'은 적대관계에 있는 상대 국가를 이르는 말이나 국문 장편소설에서 동렬 관계에 있는 처와 처, 혹은 처와 첩이 서로의 관계를 지칭할 때 사용됨.

한 운수이다. 형부인도 많은 고초를 겪고 다시 만나게 되었는데, 내가 부인을 공경하는 것과 부인이 어질다는 점은 네가 이미 아는 바이다. 마땅히 덕을 더욱 닦아 형부인을 예(禮)로 섬겨라."

소영이 부끄럽고 감격하여 감사해할 따름이었다. 소운성이 소영을 매우 총애하는 가운데 십여 일이 지났다. 하루는 사람을 보내 형씨에게 다음과 같이 전하였다.

할머니께서 비록 가사(家事)를 주관하시며 우리를 거느리시지만, 생각해보면 집의 일이란 것이 손님을 대접하는 것입니다. 그런데 60명이 하루도 집을 비운 적이 없으니 할머니께서 이루 다 살피지 못하실 겁니다. 매우 절박하여 소영을 데리고 가 돕고자 하나 소영 또한 오기가 쉽지 않으니 부인은 모름지기 일찍 돌아오십시오.

형씨가 다 본 후 냉소하며 말하였다.

"낭군이 도대체 나를 어떻게 생각하기에 소영 때문에 눈치를 보는가?"119)

드디어 답서에 다음과 같이 말하였다.

부녀(父女)의 정은 천륜(天倫)의 정입니다. 제가 몇 개월을 친정에 머무르면서 부모님을 효로 섬기고 위로하고 돌아갈 것이니 먼저 소영에게 모든 일을 살피도록 하셔서 제 빈자리를 대신하도록 하십시오.

---

119) 눈치를 보는가 : {ᄇᆡᆨ바드미 잇ᄂᆞ뇨}. 'ᄇᆡᆨ받다'는 문맥상 'ᄆᆡᆨ받다'로 보이는데, 'ᄆᆡᆨ받다'는 눈치를 보다는 뜻의 고어임.

운성이 편지를 보고 마음 속으로 웃고는 거마(車馬)를 보내어 형씨를 청하였다. 형씨 또한 한가한 이야기를 하지 않고 옳게 여겨 집으로 돌아와 시부모님을 뵈었다. 소영이 계단 아래에서 네 번 절을 하자 형씨가 기쁘게 반기며 당(堂)에 오르기를 권유하고 말하였다.

3 "네가 복(福)이 있는 것은 나에게 비할 바가 아니구나. 내가 고난을 두루 겪고 목숨을 보존하여 너를 보게 되니 마치 죽은 사람을 대하는 것 같구나."

소영이 엎드려 네 번 절을 하고 말하였다.

"제가 존안(尊顔)을 떠난 후 한 번도 뵈올 길이 없었습니다. 이른 아침부터 늦은 밤까지 사랑해 주시던 성덕을 그리워하고 슬퍼하였더니 하늘이 도우셔서 다시 뵙게 되었습니다. 오늘 죽어도 여한이 없습니다."

형씨가 문득 옛일을 생각하고 근심스럽고 슬퍼하며 오랫동안 탄식하고 침소로 돌아왔다. 마음에 감동을 받아 두 아들을 대하여 슬퍼하며 말하였다.

"슬프구나. 네 어미는 온갖 고초를 겪고 겨우 하늘과 해를 보게 되었지만 부모님 곁을 덧없이 떠나오니 마음의 슬픔[120]을 이기지 못하겠구나."

말을 하는 사이에 운성이 들어와 형씨를 보니 부인의 아름다운 얼굴에 눈물이 가득하고 두 눈에 눈물방울이 맺혀있어 촛불 아래 새삼 얼굴이 눈부셔 보여 물었다.

"부인이 친정을 떠난 것을 새삼 서운해 하는 것이 무슨 까닭이십니까?

120) 슬픔 : {아연(啞然)}. '아연'은 너무 놀라거나 어이가 없어서 또는 기가 막혀서 입을 딱 벌리고 말을 못하는 모양을 말함. 문맥을 고려하여 이같이 옮김.

조조(曹操)[121]는 적벽에서 패하고 남군성에 들어가 곽가(郭嘉)[122]를 부르며 울었는데, 부인은 참으로 고생하실 때에는 눈물이 없더니 누구를 생각하시고 평안한 시절에는 우십니까?"

형씨가 눈물을 흘리며 대답하지 않자 운성이 웃으며 말하였다.

"그대가 소영을 거리끼고 미워하시는 것입니까? 만일 불쌍하게 여기지 않는다면 내가 또한 내보낼 것입니다." 4

형씨가 속으로 깊이 생각하다가 탄식하며 말하였다.

"부부는 일일이 그 뜻을 안다고 하는데 제가 그대와 혼인[123]을 한 지 칠년입니다. 오히려 저의 마음을 군자가 모르시니 제가 무슨 말을 하겠습니까? 실로 소영과 관계가 없기에 대수롭지 않게 여기며, 이미 있는 것을 없애라고 할 것까지 없습니다. 하물며 제가 소영과 적국(敵國)으로 갓 만났습니까? 군자는 우스운 말을 내어 여자를 남의 눈치나 보게 하지 마십시오."

운성이 말없이 미소 지으며 잠자코 있더니 천천히 말하였다.

"저는 실로 부인의 통달함을 안 지 오래되었습니다. 그런데 요사이 장모께서 좁은 도량을 배워 오셔서 새삼 투기하시는 것인가 묻고자 하였

---

121) 조조(曹操) : 후한(後漢) 말기(末期)의 무장(武將). 자는 맹덕(孟德). 묘호(廟號) 태조(太祖). 시호는 무황제(武皇帝). 황건(黃巾)의 난(亂)을 다스려 군공(軍功)을 세웠으며, 군웅(群雄)을 물리치고 화북(華北)을 거의 통일하여, 위왕(魏王)이라 일컬었음. 적벽대전에서 유비(劉備) · 손권(孫權)의 연합군(聯合軍)에 패하여, 중국은 셋으로 나뉘었는데, 그 아들 조비(曹丕)가 한(漢)나라에 대신하여 위(魏)나라를 세우는 기틀을 닦았음.

122) 곽가(郭嘉) : 곽가는 조조의 모사(謀士)임. 순욱과는 동향인 영주 영음 사람으로 정욱의 천거로 조조 휘하에 가담하여 원소 격파에 공을 세우는 등 크게 활약했으나 뛰어난 계책을 써보지 못하고 38세에 병사했음. 조조가 적벽대전에서 대패했을 때 "곽봉효만 있었더라도 지진 않았을 터인데" 라고 말할 정도로 조조의 최고 모사였음.

123) 혼인 : {결발(結髮)}. '결발'은 관례를 할 때 상투를 틀거나 쪽을 찌던 일이나 머리를 말하거나 '성년(成年)'을 달리 이르는 말로 쓰였음. 혹은 원복(元服)을 입을 나이를 지칭하기도 했으며, '본처(本妻)를 달리 부르는 말로 사용하기도 했음. 문맥을 고려하여 이같이 옮김.

는데 부인의 말씀으로 인해 꺼내지 못했습니다."

형씨가 정색하며 말하였다.

"우리 어머니가 일찍이 무슨 편협함을 군자께 보이셨다고 저를 대하셔서 사사건건[124] 훼방하시는 것이 이 같으십니까?"

운성이 미미히 웃으며 문득 형부인의 손을 잡고 자리를 가까이 하여 말하였다.

"나같이 구차한 사람이 어찌 장모를 훼방함이 있겠습니까? 다만 도량이 넓지 못하시기에 바른 말을 한 것입니다. 그대는 화를 내지 마십시오."

형씨가 의심하고 염려하여 말을 그치고 생각하였다. 운성 또한 일어나고자 하였지만 부인이 우습게 여길까봐 주저하다가 웃으며 말하였다.

"나도 참지 못하겠고 부인도 알고자 하시니 품은 생각을 말하지 않을 수 있겠습니까? 명현공주가 비록 어질지 못하지만 이미 죽어 이제는 미울 것이 없습니다. 설사 부인이 공주에게 곤욕을 당하였으나 죽은 후에도 그 한(恨)을 두는 것은 잘못된 것입니다. 장인은 군자이시기에 조금도 남은 한(恨)이 없어 조문하시니 이 어찌 옳지 않겠습니까?

나 역시 일이 많고 바쁘며 마음이 편안하지 않는데도 부인에게 말하는 것은 부인이 또한 사리를 알기 때문입니다. 장모가 공주를 비록 미워하시나 어찌 그 죽은 후조차도 오히려 미움을 풀지 않으시고 나를 대하여 한 마디 위로의 인사말이 없으니, 이는 매우 마음이 좁으신 것입니다. 공주가 비록 어질지 못하나 황제의 딸이요, 나의 처자입니다. 장모가 조문을 하고 위로하시지 않는 것은 매우 잘못된 일입니다. 하물며

124) 사사건건 : {찰〃[察察]이}. '찰찰'은 지나치게 꼼꼼하고 자세하다는 뜻임. 문맥을 고려하여 이 같이 옮김.

내가 박대하다가 공주가 죽었으니 장모가 깊이 원통해할 이유가 없습니다. 이런 이유로 사람들이 너무 즐거워하며 인간된 도리를 그친 곳은 보기가 해롭고 편안하지 않아 내가 스스로 가지 않습니다."

형씨가 다 들은 후 용모와 자리를 단정히 하고 사례하며 말하였다.

"어머니가 공주를 원통해하셔서가 아니라 우리를 만나 사사로운 정에 반가움이 가슴에 넘쳐서 미처 말씀을 하지 못하신 것입니다. 낭군이 6
어찌 마음에 담아두고 화를 내시는 것에 깊은 뜻이 있는 줄 알았겠습니까?"

운성이 또한 기쁘게 웃고 사례하며 말하였다.

"내가 비록 소년 서생으로 식견이 적지만 사람의 허물은 압니다. 또한 공주를 아끼는 것이 아니라 일의 형세를 살펴 말한 것인데 이를 또 부인은 내가 정이 없는 것으로 말씀하시니 혹시라도 화내지 말고 장모께 전하지 마십시오."

형씨가 미소 지으며 대답하지 않으니 소운성이 또한 은근히 가만히 있었다.

운성은 사람의 도리를 따지는 데 있어 고집이 심하여 뜻을 세우느라 공주를 박대하였지만 형씨를 대해서는 말끝마다 그 마음의 깊고 얕음에 눈치를 보았다. 형씨가 기질이 총명하고 도량이 깊고 넓어 자신의 끝없이 깊은 뜻을 알아채는 것이 거울과 같은데도 아는 체를 하지 않고 마침내 공주에 대한 말을 꺼내지 않자 운성이 매우 존경하고 감탄하였다. 운성은 형씨의 눈치를 보다가 오히려 형씨의 계교에 빠져 은근한 정이 나날이 깊었었다.

그런데 오늘은 장모의 허물을 보고 말하자 형씨가 겉으로는 사례하나 마음 속으로 냉소하는 뜻이 있었다. 대개 형씨의 성덕이 특출하기는 하나 속마음이 한결같음은 석부인께 미치지 못하여 겉으로는 기뻐하지만 사람
7 의 허물을 보면 마음 속에 담아두는 것이 분명하였다. 그런데 석부인은 속으로 편안하지 않게 여기면 마음에 담아두지 않았고, 비록 말자(末者) 비첩(婢妾)이라도 정성으로 가르쳤으며 속마음이 한결같아 정성을 기울여 너그럽고 후덕하게 사람을 대접하였고 그 허물을 보면 바른 도리로 꾸짖을지언정 뒷이야기를 하지 않으며 마음에 담아 두지 않았다. 그런데 형씨는 이렇지 못하여 잠깐 간사한 마음을 품었기에 짐짓 성녀(聖女)는 되지 못하고 어질고 사리에 밝은 부인이라 하는 것이었다.

이후에는 운성이 소영을 총애하면서도 형부인을 은애하기를 산과 같이 하여 새삼 한순간이라도 떠나지 않으려고 하였다. 그러나 집안의 법도가 삼엄하여 마음을 다잡아 15일은 형씨와 있고 5일은 소영과 즐기며 10일은 부친 곁에서 시중을 들었다.[125]

소승상은 자식들이 자라고 나이가 많아지면서 여색(女色)을 더욱 우습게 여겼다. 지난날에는 10일씩 두 부인에게 들어가던 것을 오히려 줄여 수개월이 지난 후 3, 4일씩 부인 숙소에 머물고 밤낮으로 서헌에 있으면서 자녀들이 모인 곳에서도 부인에게 말을 걸고 웃는 법이 없었다. 더욱이 낮에 한 당(堂)에 모이는 경우는 없었다. 여러 자식들은 소년의 허황됨이 심하여 처자(妻子)를 중요하게 여기는 것이 무례할 정도였으나 부친의 행동을 보고는 자신들이 무례한 줄 알고 스스로 부끄러워하였다. 평상시
8 에는 어렵고 꺼림이 심하여 낮에는 가볍게 한 당에 모이지 못하고 부부가

125) 곁에서 ~ 들었다 : {샹딕[上直]ᄒᆞ니}. '상직'은 벼슬아치가 당직이 되어 관가에서 잠을 자거나, 혹은 집 안에 살면서 어른을 시중을 드는 것을 의미함.

서로 공경하였다. 또한 부친이 밤낮으로 외당(外堂)에서 지내기에 모든 아들들이 2명씩 번갈아 숙직을 들면서 10일씩 모시고 지냈다. 진실로 부형(父兄)이 어지니 자제들이 본받아 수행하는 것이 이와 같았다. 이때 운성은 20세요, 형씨는 19세요, 소영은 22세였다. 세 사람이 청춘소년의 원만한 부부로 서로 즐기는 것이 한 시대에 비하지 못할 정도였다.

하루는 어사 운경, 한림 운희, 시랑 운현, 오공자 운몽, 육공자 운의가 상서 운성과 더불어 완룡담 근처에 나와 배를 아름답게 꾸며서 띄우고 뱃놀이를 하였다. 이때는 여름의 끝이요, 가을의 초입이었다. 무수히 짙은 푸른 빛 모래는 용담을 둘러 있고 붉으며 하얀 연꽃은 푸른 나뭇잎 사이에서 솟아있었다. 남풍이 불어오자 향기가 전해오니 많은 골짜기와 산 가운데에 경치가 맑고 깨끗하여 문인재자(文人才子)의 흥이 높았다.

소씨 형제들이 잔에 따른 술을 내오고 〈채련가(採蓮歌)〉[126]를 불렀다. 이때 운성이 뱃전을 두드려 맑은 운치를 느끼게 하는 시를 읊는데 소리가 맑고 깨끗하여 규방에 있는 과부의 마음을 움직이게 하는 듯, 학의 무리가 교룡을 춤추게 하는 듯, 낭랑한 소리가 끝없이 긴 하늘에 어리니 모든 생들이 마음이 취한 듯 앉아있었다.

이때 소승상이 단선생과 더불어 소매를 이끌고 한가히 걸어 앞동산에 올랐다. 완룡담 가운데 작은 배 한 척을 띄우고 작은 동자가 삿대[127]를 9
희롱하여 배를 젓는데 배 위에 여섯 소년이 늘어 앉아 있으니 옥같이 아름다운 모습과 영웅과 같은 풍모가 훌쩍 세상을 벗어난 신선의 무리인 것

---

126) 채련가(採蓮歌) : 연밥을 따는 노래로 여러 문인들이 지었음.
127) 삿대 : {사와대}. 문맥을 고려할 때 '삿대'로 추정됨. '삿대'는 16세기에는 '사횟대', 17세기에는 '사홧대', 18세기 이후에는 '사앗대', '사엇대', '사아대', '상앗대' 등으로 다양하게 등장하며, 배질을 할 때 쓰는 긴 나무 막대를 말함.

같았다. 운성이 읊는 소리를 들으니 슬퍼하는 사람은 즐거워지고 근심하는 사람은 상쾌해졌다. 비록 무식한 행인이라도 걸음을 멈추거늘 단선생과 소승상이 이 소리를 듣고 어찌 아름다워하지 않으며 사랑하지 않겠는가. 두 사람의 얼굴에 기쁜 빛이 가득하더니 단선생이 먼저 칭찬하며 말하였다.

"아드님의 뛰어난 재주가 이와 같으니 실로 명공(名公)의 복이십니다."

소승상이 겸양하며 말하였다.

"아들의 재주는 모두 선생이 가르치신 은혜입니다. 깊이 감사드리거니와 인물이 성숙하지 못하니 경박한 문재(文才)에 불과합니다."

두 사람이 말을 마치고 다시 귀를 기울여 들었다.

이윽고 운성이 읊는 것을 마치고 운경과 운희가 〈채련가(採蓮歌)〉를 부르니 아름다운 소리가 비록 맑으나 넉넉하지 못하고 또 들림이 분명하지 않아 한결같지 못하였다. 단선생이 탄식하며 말하였다.

"안타깝군요. 단정하고 아담한 옥 같은 문사(文士)로 의지와 기개가 호탕하고 시원하나 골격이 뛰어나지 못하며, 목소리가 절묘하나 멀리 가지 못하니 반드시 그 목숨이 길지는 못할 것입니다."[128]

소승상이 말하였다.

"선생의 말이 옳습니다. 저 아들이 장수하며 귀하고 높이 될 만한 모습
10 이 셋째만 못하니 반드시 내가 죽은 후에 오래지 않아 죽을 것입니다."

단선생이 또 말하였다.

"어사와 한림이 모두 더러움이 없는 옥과 맑은 얼음 같아 뼈끝을 비추는 것 같은데 실로 두려워 보였습니다."

---

128) 길지 ~ 것입니다 : {낫브리로다}. 목숨이 나쁘다는 의미로 문맥을 고려하여 이같이 옮김.

소승상이 말하였다.

"선생의 관상 보는 법이 신묘합니다. 대개 운경과 운희는 지나치게 맑아 장수할 기상(氣像)입니다. 이제 얼음을 말하면서도 티끌이 있고, 맑지 않은 것은 반드시 녹기를 빨리 하고 맑은 것은 녹는 것이 더디다고 합니다. 세상 사람이 맑고 깨끗한 것을 근심하나 대개 매우 맑은 것을 얻지 못하고, 약간의 맑고 아름다운 것만을 타고난 자는 반드시 일찍 죽고, 기골이 크고 좋으며 비추어서 맑은 자는 오히려 오래 삽니다. 이는 관상 보는 법의 묘함이니 나의 두 아들이 비록 맑지만 60세는 넘도록 살 것입니다."

단선생이 또한 옳게 여겼다.

날이 저물어 소승상과 단선생 두 사람이 돌아와 서헌에서 쉬고 있었다. 소씨 형제들이 또한 뱃놀이를 마치고 들어오니 이날에야 운성이 단선생의 기쁜 안색을 보고 자리에서 나아가 말을 나누고 다시 제자의 도(道)를 이루었다.

운성은 본래 천하강산을 유람하고자 마음먹었으나 매번 부모님 곁을 떠나는 것을 어려워하였다. 하루는 소승상이 내당(內堂)에 들어가 서헌이 고요하였다. 우연히 운성이 난간에 홀로 앉아 풍월(風月)을 외우고 있는데
부친 숙소에서 울음소리가 났다. 운성이 놀라서 들어보니 이는 사람의 소 11
리가 아니었다. 천둥이 잠시 치는 것 같은데 마디마다 목소리가 있어 또한 사람이 곡하는 소리와 비슷하였다. 운성이 몹시 이상하게 여겨 급히 막대기를 들고 둘러보았으나 인적이 없었다. 다시 살펴보니 서쪽 벽 위에 한 줄기 무지개가 길게 있어서 길게 비치면 방 가운데를 가로지르고 걷어 올리면 고리에 감겼는데 밝게 비치며 소리가 진동하였다. 운성이 화를 내

며 말하였다.

"우리 아버지는 성스러운 군자이시다. 어찌 침소에 이상한 변이 있겠느냐?"

드디어 나아가 빛이 고리에 감길 때 자신의 손으로 빛을 잡아내리니 갑자기 불빛이 걷어지며 땅에 도로 떨어지는 것이 있었다. 급히 보니 다름 아닌 보검(寶劍)이었는데 빛나는 것이 눈빛과 같고 길이가 3척이었다. 자루 안에 '칠성참요(七星斬妖)' 네 글자가 분명하니 이는 15년 전에 소승상이 태상노군을 만나서 얻은 것이었다. 이미 도사가 운성을 염두에 두고 이 칼의 임자는 '구름 아래의 별'이라고 하였다. 소승상이 비록 알아들었으나 운성의 기질이 분수에 넘치는 일을 잘하고 생각하는 것이 호탕하여 장수의 기운이 있다고 생각하였다. 소승상이 늘 기뻐하지 않으면서 대대로 유학을 공부하는 문인의 가문에 무반(武班)[129]이 옳지 않다고 여겨 이 검을 운성에게 주어 호방한 기운을 돕게 하지 않았다. 누가 신기로운 검
12 이 임자를 만나지 못하였다가 오늘 스스로 칼집[130]에서 솟아나 한 번 울고 용을 써 운성에게 알게 할 줄을 알았겠는가? 운성이 이 검을 보고 몹시 기뻐하여 말하였다.

"이는 하늘이 나에게 주신 것이다."

드디어 부친께 알리지 않고 칼집에 꽂아 침소로 돌아와 벽에 걸고 매우 기뻐하였다. 소승상이 서헌에 나와 보니 벽 위에 걸었던 신검이 없는 것이었다. 매우 놀라 급히 아들들을 불러 물으니 운성이 조용히 말하였다.

"제가 오늘 우연히 휘장[131] 안을 보니 보검이 있었습니다. 미처 아버지

---

129) 무반(武班) : {호반(虎班)}. '무반'을 가리키는 말로 무관(武官)의 반열을 말함.
130) 칼집 : {갑플}. 칼집을 뜻하는 고어임.
131) 휘장 : {즘당}. '집장(緝帳)'의 고어로 '휘장'의 뜻임.

께 말씀드리지 못하고 가져가 보았습니다."

소승상이 말하였다.

"내가 원래 너에게 주고자 하던 것이니 너는 마땅히 삼가고 조심하여 신기한 검을 집에서 내보이지 마라."

운성이 매우 기뻐하며 절을 하였다. 여러 형제들이 물러나와 물었다.

"너에게는 좋은 검이 많더구나. 그럼에도 어째서 너에게만 이 검을 주신 것이며, 너는 또 왜 기뻐하는 것이냐?"

운성이 웃으며 말하였다.

"어떤 검이 감히 여기에 미치겠습니까?"

드디어 여러 형제를 데리고 서당에 와서 그 검을 보였는데 신령스러운 성질이 깨끗하고 묘하고 기특하며 너비가 3치[132]요 길이가 3자[133]였다. 운경이 시험 삼아 들어보고자 하였는데 잠자리[134]가 태산을 대적하는 것[135] 같았다. 모든 형제가 한꺼번에 힘을 합쳐 들자 겨우 움직였다. 운성이 미소 지으며 말하였다.

"모든 형제는 과연 가냘프고 약하도다. 아무리 선비인들 천근인 칼을 13
이기지 못합니까?"

드디어 한 손으로 가볍게 잡아 칼집에 꽂으니 운경이 웃으며 말하였다.

"우리 가문은 대대로 유학과 도학을 공부해 왔다. 그런데 네가 이제 이같이 뛰어난 힘이 있으니 석장군[136]과 교대를 하지 않겠느냐?"

운성이 말하였다.

---

132) 치 : 길이의 단위로 한 치는 한 자의 10분의 1 또는 약 3.33cm에 해당함.
133) 자 : 길이의 단위로 한 자는 한 치의 열 배로 약 30.3cm에 해당함.
134) 잠자리 : {존자리}. 잠자리를 뜻하는 고어임.
135) 대적하는 것 : {거욺}. '거우다'는 거스르다, 대적하다는 뜻의 고어임.
136) 석장군 : 석부인의 조부를 가리킴.

"그렇지 않습니다. 우리 아버지께서 도학에 극진하시지만 평생 동안 굳센 힘을 버리지 못하셔서 이 검 들기를 티끌[137]같이 하셨습니다. 제가 비록 무반이 아니지만 본래의 힘을 어찌 하겠습니까?"

모든 생들이 묵묵히 있었다.

수일 후 운성이 부친 앞에 아뢰었다.

"불초자가 천하를 한가롭게 유람하여 9개 주의 뛰어난 경치를 평생 동안 가슴속에 담아두고자 합니다. 요즘은 북쪽의 요(遼)[138]가 병사를 움직이지 않고 묘당(廟堂)[139]이 평안하니 석 달 말미를 얻고 싶습니다."

소승상이 허락하자 운성이 상소를 올려 다른 지방으로 유람 가는 것을 아뢰었다. 운성이 즉시 한 필의 말에 참요검(斬妖劍)만 차고 금돈 두어 꿰미[140]를 주머니에 넣은 후 부모와 할머니께 하직 인사를 드렸다. 승상이 타이르며 말하였다.

"네가 유산하는 것은 문인(文人)의 기개이다. 혈기가 왕성하고 벼슬이 높지 않으니 조심해서 행동해라. 무릇 여행에서는 일찍 자고 늦게 일어나 자못 조심하며 혈기(血氣)에 분노가 일어난다고 해서 다른 사람을 서운하게 하지 마라."

운성은 말씀을 공손히 받들고 소매를 떨치고 나와 말을 잘 듣는 만리
14 운[141]을 타고 채찍을 한번 휘둘렀다. 순식간에 운성과 말을 볼 수가 없었

137) 티끌 : {습개(拾芥)}. 티끌을 줍는 일이라는 뜻으로, 명예나 부귀 따위를 쉽게 얻음을 비유적으로 이르는 말.

138) 요(遼) : 916년에 거란족의 야율아보기가 세운 나라로 몽골 · 만주 · 화북의 일부를 지배하였으며, 송나라로부터 연계(燕薊) 16주를 빼앗아 전연(澶淵)의 동맹을 맺어 우위를 차지하였음. 1125년에 금나라와 송나라의 협공을 받아 망하였으나 왕족인 야율대석이 중앙아시아로 도망하여 서요를 세웠음.

139) 묘당(廟堂) : 사당이나 종묘를 가리킴.

140) 꿰미 : {쎄움}. '꿰미'는 물건을 꿰는 데 쓰는 끈이나 꼬챙이 따위나 또는 거기에 무엇을 꿴 것을 말함.

다. 이때 형씨가 운성이 유산을 떠나면서 이별 인사를 하지 않고 매우 급하게 떠난 것을 이상하게 여겼다.

운성이 한 사람도 데리고 가지 않고 말 한 필과 칼 하나만 가지고 길을 떠나 뛰어난 경치를 유람하였는데, 진실로 천지의 맑은 정기가 산천 곳곳에 맺혀있어 경치가 뛰어나지 않은 곳이 없었다. 운성은 의기가 호방(豪放)하고 정신이 맑고 깨끗하여 낮에만 둘러보는 것 뿐 아니라 달밤에는 겹겹이 둘러싸인 산중과 그윽한 시내를 구경하였는데 마음 속으로 조금도 두려워하지 않았다.

유람을 떠난 지 보름이 지났다. 하루는 날이 저물고 달빛이 호수와 땅에 비추니 운성이 홀로 말을 몰아갔다. 멀리 바라보니 큰 산이 하늘에 닿아 있었는데 불빛 두 줄기가 휘황찬란한 것이 달빛보다 더 밝았다. 운성이 매우 이상하게 여겨 점점 나아가니 그 불빛이 하나씩 환하다가 혹 동시에 환해져서 매우 흉하였다. 불빛이 나는 곳으로부터 수백 보의 거리를 두고 말이 걸음을 멈추자 운성이 타이르며 말하였다.

"저 불빛은 반드시 호랑이와 표범의 눈의 정기이다. 내가 이미 알았으니 너는 마땅히 물러갔다가 내가 저 업보 많은 짐승을 제어한 후 나오너라."

말을 마치고 말에서 내려 말을 멀리 몰아 보내고 푸른 두건으로 천천히 걸어 나아갔다. 길흉(吉凶)이 어떨지 알지 못하겠구나. 15

이 산중에 한 쌍의 호랑이가 있어서 지나가는 사람 중 백에 하나도 무사히 지나는 이가 없었다. 오늘 암수 호랑이 2마리가 수풀 안에서 사람을 엿보았는데 운성이 곧장 나아오는 것을 보고 수컷 호랑이가 먼저 휘파람

141) 만리운 : 소운성의 말 이름임.

소리를 내며 산악(山岳) 같은 기세를 내어 운성을 엎누르려 하였다. 운성이 잠깐 치달려 주먹으로 호랑이의 머리를 한번 치니 두골이 깨어져 죽었다. 암컷 호랑이가 수풀 사이에서 이것을 보고 몹시 화를 내며 벽력같은 소리를 지르고 달려드니 운성이 뒤쪽으로 내달아 꼬리를 잡고 공중에 휘둘러 바위에 내리쳐 뼈를 가루로 만들어 몸을 부수었다. 새끼 호랑이 5마리가 수풀 밖으로 내달리니 운성이 웃으며 말하였다.

"저 짐승이야 어이 족히 말할 것이겠느냐?"

모두 쳐서 죽이고 말을 찾아 타고 나오니 잠시 몸이 피곤하였다. 인가(人家)를 얻고자 하였는데 멀리서 경(經)을 외우는 소리가 들렸다. 찾아가니 큰 절이었다. 문을 두드려 온 것을 알리자 여러 승이 유람(遊覽)하는 선비인 줄 알고 공경하며 맞이하여 법당에 들이고 재를 올린 밥을 내어와 먹게 하니142) 운성이 칭찬하고 이어서 말하였다.

"나는 지나가는 사람이오. 밤이 깊었으니 쉬었다가 내일 날이 밝으며 갈 것이니 객실 하나를 빌리고자 하오."

여러 승이 말하였다.

"이 절에는 객실이 있어도 손님은 잠을 자지 못하니 그대는 잠시 앉아
16 계시오. 우리가 수륙재(水陸齋)143)를 마친 후에 같이 방장(方丈)144)으로 들어가 주무시지요."

운성이 말하였다.

"이미 객실을 두고 손님을 자지 못하게 하는 것은 무슨 까닭인가?"

---

142) 재를 ~ 하니 : {지식으로 뼈 먹이니}. '지식'은 재를 올린 밥을 뜻함. 문맥을 고려하여 '먹이니'를 '내어와 먹게 하니'로 옮김.

143) 수륙재(水陸齋) : {슈륙}. '슈륙'은 '수륙재(水陸齋)'의 준말로 바다와 육지의 여러 귀신을 위하여 올리는 재를 말함.

144) 방장(方丈) : 불교에서 화상(和尙) · 국사(國師) 등의 고승(高僧)이 거처하는 처소.

여러 승이 말하였다.

"그대는 모릅니다. 우리 절이 본래는 요괴가 없더니 10년 전부터 객당(客堂)에 요괴 다섯이 있어서 만일 손님이 하룻밤을 머물면 반드시 죽는데 어찌 거기에 가서 자겠습니까? 그러니 손님은 우리와 한 방에서 잡니다."

운성이 크게 소리 지르며 말하였다.

"너희들은 잘못되었다. 그것은 다름 아닌 도깨비와 잡귀[145]이다. 세상의 군자가 어찌 요괴를 피하겠는가? 너희는 빨리 객당(客堂)으로 안내해라. 내가 홀로 가서 요괴를 죽이고 너희 절을 편안하게 하겠다."

여러 승이 놀라며 말하였다.

"그대는 진실로 망령되었습니다. 어찌 이런 말을 해서 인생 100년을 헛되게 마치고자 합니까?"

운성이 말하였다.

"죽는 것은 내가 근심해야 하는 일이다. 너희들은 걱정이 많구나."

드디어 객당(客堂)을 안내하라고 보채자 여러 승이 어찌 구태여 남의 목숨을 아끼겠는가? 이에 서쪽으로 수십 걸음만 가면 작은 당(堂)이 있다 하고 등불을 주었다. 운성이 불을 들고 가니 과연 3칸 방 사이가 무너져 먼지[146]가 가득하였다. 운성이 불을 밝히고 칼을 집고 벽에 기대였더니 문득 한 줄기 찬 바람이 뼈에 스며들고[147] 문이 스스로 열리며 오색 옷을 입은 자가 길이가 다섯 장 되는 창을 들고 들어와 등불 아래에 섰다. 운성 17

145) 도깨비와 잡귀 : {니미망냥[魑魅魍魎]}. '이매망량'은 온갖 도깨비로 산천 · 목석의 정령에서 생겨난다고 함. '이매'는 얼굴은 사람 모양이고 몸은 짐승 모양으로 되어 있다는 네 발 가진 도깨비로 사람을 잘 홀리며 산이나 내에 있다고 함. '망량'은 도깨비를 말함.

146) 먼지 : {듯글}. 티끌을 뜻하는 고어임.

147) 스며들고 : {ᄉᆞ뭇고}. '사뭇다'는 사무치다, 통하다라는 뜻의 고어임.

이 조금도 움직이지 않고 단정히 앉아 눈으로 보니 그 요괴가 소리를 지르며 말하였다.

"너는 어떤 사람이기에 감히 우리를 보고는 업신여겨 요동도 않느냐?"

운성이 소리를 지르며 응대하였다.

"너는 다름 아닌 산 속에 업보 많은 요괴이다. 어찌 군자를 범할 수 있겠느냐?"

그 요괴가 몹시 화가 나 달려들자 운성이 칼을 들어 요괴의 다리를 베었다. 요괴가 거꾸러지거늘 보니 다름 아닌 꿩으로 크기가 큰 학만 하였다. 운성이 한 구석에다가 밀치고 앉아 있었는데 문득 보니 키가 매우 크며 허리는 가늘고 검은 옷을 입은 요괴 하나와 그 뒤에 누런 옷을 입은 얼굴이 옥 같고 담대해 보이는 요괴 하나가 들어와 있었다. 두 요괴가 소리를 지르며 말하였다.

"네가 무슨 까닭으로 나의 사형(舍兄)[148]을 죽이느냐?"

한꺼번에 두 요괴가 달려들자 운성이 참요검(斬妖劍)을 들어 먼저 누런 옷을 입은 요괴를 베니 다름 아닌 누른 털을 가진 하얀 얼굴의 여우였다. 검은 옷을 입은 요괴가 더욱 화를 내며 독기를 뿜으니 거센 바람이 크게 일어나고 정신이 혼란스러워 눈을 뜨지 못하였다. 운성이 조금도 두려워하지 않고 급히 검무(劍舞)를 이루어 검은 옷을 입은 요괴의 허리를 베자 요괴가 소리를 한번 지르고 뻗었는데 검은 뱀 1마리였다. 피 한 점이 운
18 성의 팔에 떨어져 통증이 심해졌는데 운성이 즉시 칼로 피 묻은 곳을 베어 버렸다. 그러자 베어진 곳이 공중에서 뛰놀기를 10여 번을 하다가 떨어졌다.

---

148) 사형(舍兄) : 형이 아우를 상대하여 자기를 이르는 일인칭 대명사로 사백(舍伯)이라고도 함.

이윽고 한바탕 비바람이 일어나며 두 요괴가 들어오니 모두 얼굴이 흉악하고 기세가 위험스러워 마땅히 먼저 왔던 세 요괴에 비하지 못할 바였다. 운성이 꾸짖으며 말하였다.

"네가 허락도 없이 군자가 자는 곳에 와서 핍박하니 만일 물러가지 않으면 세 요괴처럼 해를 입을 것이다."

두 요괴가 다만 화를 내며 꾸짖었다.

"우리가 일찍이 너와 더불어 원수진 일이 없는데 나의 사형(舍兄)을 죽이니 어찌 원한이 적겠는가?"

한꺼번에 나아와 싸울 때 운성이 또한 힘을 다해 싸웠다. 원래 운성의 기운이 속세를 벗어난 것과 같고 힘이 넘칠 뿐 아니라 참요검(斬妖劍)[149]의 신기함이 요괴를 제어하였기에 오래지 않아 또 요괴 하나를 베니 다름 아닌 거북의 정령이었다. 오직 요괴 하나가 남아서 삼경(三更)[150]에서부터 오경(五更)[151]까지 싸웠지만 승부가 나지를 않았는데 닭이 울고 새벽이 밝아오자 요괴가 문득 달아나고자 하였다. 운성이 유리한 형세를 타 요괴의 어깨를 치자 불빛이 솟구치며 땅에 엎어졌는데 다름 아닌 돌사자였다. 보니 어깨가 떨어져 있었다. 운성이 주검 다섯을 모아서 한 구석에 두고 누워서 쉬다가 잠시 잠이 들었다.

문득 밖이 시끄러우며[152] 사람의 음성이 자자하여 놀라서 깨어보니 모
든 중들이 생이 죽었는가 여겨 떠들며 오다가 운성을 보고 동시에 땅에 19
엎드려 말하였다.

149) 참요검(斬妖劍) : {칠셩검}. 앞에서 '참요검'에는 '칠성참요'가 적혀있다고 하였으므로 '칠성검(七星劍)'과 같은 것임.
150) 삼경(三更) : 하룻밤을 다섯으로 나누었을 때 셋째 부분으로 밤 11시에서 새벽 1시 사이임.
151) 오경(五更) : 하룻밤을 다섯으로 나누었을 때 마지막 부분으로 새벽 3시에서 5시 사이임.
152) 시끄러우며 : {드레며}. 시끄럽다는 뜻의 고어임.

"그대는 귀신이냐?"

운성은 정색하고 말하였다.

"너희들은 거짓말로 사람을 죽이는 요괴가 있다고 하였는데, 내가 오늘 와서 보니 사람에게 죽는 요괴가 있더라."

여러 승들이 매우 이상하게 여겨 동시에 나아가 방을 살펴보니 요괴의 주검이 쌓여 있었다. 매우 놀라서 동시에 절하며 말하였다.

"그대는 신인(神人)인데 우리를 조롱하십니까? 어찌 저 흉한 요괴 다섯을 두어 경(更)153) 사이에 죽이십니까?"

운성이 다만 웃으며 말하였다.

"이는 다름 아니라 군자가 할 일이다. 어찌 신인(神人)에게 비할 수 있겠는가?"

모든 중들이 기특하게 여기고 서로 말하기를 '반드시 부처가 변화하여 우리를 속인다.'하며 지극히 공경하여 법당으로 운성을 데려가고 요괴의 주검은 끌어 내쳤다.

운성은 아침을 먹고 두어 고승과 함께 산경(山景)을 유람하며 물었다.

"이 산의 이름이 무엇인가?"

승이 대답하며 말하였다.

"산의 이름은 계명산이며 절은 송간사라 합니다."

운성은 다 들은 후 붓과 종이를 구하여 절구 100여 수를 지었는데, 여러 승들이 보고 몹시 놀라 말하였다.

"우리 절벽 위에 있는 송풍시(松風詩)를 아무도 대적할 자가 없더니 참

---

153) 경(更) : 일몰부터 일출까지 하룻밤을 다섯으로 나누어 부르는 시간의 이름으로 밤 7시부터 시작하여 두 시간씩 나누어 각각 초경 · 이경 · 삼경 · 사경 · 오경이라고 말함.

으로 그 짝이로구나."

운성은 마음 속으로 천하의 문장을 낮추어 보기에 오늘 글씨로써 대적 20
할 만한 글이 있다는 것을 듣고 마음 속으로 믿지 않아 말하였다.

"어떤 사람이 시를 지어 벽에 붙였던가? 한번 얻어 볼 수 있는가?"

노승이 대답하였다.

"그대가 보고자 하신다면 무엇이 어렵겠습니까?"

즉시 데리고 법당에 도착하여 말하였다.

"이는 부처가 계신 곳이니 그대는 절을 하게나."

운성이 웃으며 말하였다.

"나는 성현(聖賢)의 글을 공부하는데 어찌 서역(西域)의 요사스럽고 권모술수를 행하는 신령을 보고 절을 하겠는가?"

여러 승이 잠자코 말이 없었다. 다만 벽 위의 글을 가리켜 보게 하였다. 운성이 눈을 들어보니 절구 30여 수가 있었다. 글씨가 정밀하고 묘하며 뜻이 맑고 산뜻하며 필법이 진주를 헤치고 철사(鐵絲)를 드리운 것 같아 자신의 문장은 마땅히 윗자리를 사양할 정도였고 부친의 재주로도 한층도 나은 것이 없어 나란히 하여 앞을 다툴 정도인가 여겼다. 매우 놀라서 곁에 있는 이들에게 물었다.

"이는 어떤 사람이 지은 것인가?"

그 중에 가장 늙은 중이 말하였다.

"이 시는 50년 전에 한 소년이 두어 선비를 데리고 와서 지은 것으로 벽에 붙인 후 아래에 이름을 적었습니다."

운성이 깨달아 돌아서서 그 아래를 보니 다음과 같이 쓰여 있었다.

처사 소광은 나이가 16세이다. 친구인 위랑과 유의와 함께 계명산 송간사에 와서
21 장자방(張子房)[154]의 퉁소 소리를 듣고 고적(古蹟)을 깊이 생각하여 졸시 30수를
기록하노라.

운성은 다 본 후 더욱 놀라며 '이것은 다름 아니라 우리 선조(先祖)가 지으신 것이구나.'라고 생각하였다. 드디어 감회를 이기지 못하여 그 끝에 이어서 글을 지어 벽에 붙이자 모든 승이 기뻐하며 말하였다.

"50년 후에 참으로 큰 인물이 나니 어찌 기특하지 않겠는가?"

운성은 또 조부의 글을 아껴서 다시 여러 장 절구를 지어주고 소처사의 글을 떼어내 바꾸어 주머니에 넣었는데 여러 승이 순종하였다.

운성이 며칠을 쉬고 다시 길을 떠나 한 곳에 도착하니 높은 고개가 막아섰다. 매우 험준하여 운성이 말 위에서 혼잣말로 중얼거렸다.

"삼산(三山)[155] 오악(五嶽)[156]이 가렸을지라도 나의 만리운이 어찌 근심하겠는가?"

홀연 그 말이 걸음을 멈추고 가지 않자 운성이 놀라며 '반드시 고개를 지나면 흉한 일이 있겠구나.'라고 생각하고 드디어 경계하며 말하였다.

"너의 뛰어난 재주를 내가 이미 아니 너는 마땅히 나를 보호하여라."

말을 마치자 그 말이 한번 뛰어서 고개에 올랐다. 도적 같은 무리[157]가

---

154) 장자방(張子房) : 장량(張良)의 성과 호를 함께 이르는 말로 장량은 중국 한나라의 건국 공신임. 한나라 고조를 도와 천하를 통일하여, 소하 · 한신과 함께 한나라 창업의 삼걸(三傑)로 일컬어짐.

155) 삼산(三山) : 삼신산(三神山)의 준말로 중국 전설에 나오는 봉래산 · 방장산 · 영주산을 통틀어 이르는 말임. 진시황과 한무제가 불로불사약을 구하기 위하여 동남동녀 수천 명을 보냈다고 함. 이 이름을 본떠 우리나라의 금강산을 봉래산, 지리산을 방장산, 한라산을 영주산이라 이르기도 함.

156) 오악(五嶽) : 중국의 이름난 다섯 산으로 태산(泰山) · 화산(華山) · 형산(衡山) · 항산(恒山) · 숭산(嵩山)을 가리킴. 이를 본 떠 우리나라의 동의 금강산, 서의 묘향산, 남의 지리산, 북의 백두산, 중앙의 삼각산을 말하기도 함.

앞에 보였는데 강도질하는 사람 50~60명이 가마 3개를 내려놓고 부녀자를 겁탈하려 하고 있었다. 운성이 매우 화를 내며 빨리 말을 몰아가니 모든 도적들이 말하였다.

"좋은 말이 오니 빼앗아 우리 장군께 드리자." 22

도적들이 동시에 달려들었다. 운성이 뛰어난 힘을 분발하여 10여 사람을 죽이자 남은 자들이 달아났다. 운성이 말에서 내려 세 여자를 보고 물었다.

"그대들은 어디 사람으로 도적에게 잡혀 왔느냐?"

세 여자가 울며 말하였다.

"우리는 마아산 아래에서 사는 사족(士族)으로 8월 보름이 가까워져 부처께 향을 올리려고 나갔다가 도적을 만났습니다. 그러자 종들이 달아나고 우리는 장차 욕을 보게 되었는데 선생이 구해주시니 이 은혜를 삼생(三生)158)에 어찌 다 갚겠습니까?"

운성이 마음 속으로 이상하게 여기며 '어찌 여자의 몸으로 중에게 가는가? 그 행실이 비천하나 액운을 만났으니 구해야겠다.'라고 생각하고 공경하여 말하였다.

"세 부인의 운수가 참혹하니 제가 마땅히 본가(本家)로 모셔다 드리겠습니다."

드디어 부인들에게 앞서서 가라고 하고 말에서 내려 천천히 길을 떠났다. 부인들이 자신들의 집 문 안으로 들어가는 것을 보고 운성은 주인이 나와 사례할까 두려워 바삐 말에 올라 떠났다. 그 여자들이 들어가 각각

157) 도적 ~ 무리 : {이미[魑魅]}. '이매'는 얼굴은 사람 모양이고 몸은 짐승 모양으로 되어 있다는 네 발 가진 도깨비로 사람을 잘 홀리며 산이나 내에 있다고 함. 문맥을 고려하여 이같이 옮김.

158) 삼생(三生) : 불교에서 전생(前生), 금생(今生), 후생(後生)을 이르는 말.

부모와 남편에게 전후 사정을 말하니 모두 매우 기쁘고 놀라서 급히 나와 보았는데 이미 종적이 없었다. 몹시 놀라서 반드시 신인(神人)이 구한 것인가 의심을 하며 그 덕을 잊지 못하여 모습을 그려두고 살아있는 것처럼 대하였다.

23 운성은 이미 강도를 죽이고 여자를 구해 돌려보낸 후 다시 길을 떠났는데 서쪽 강산을 보더니 파서(巴西) 땅에 이르렀다. 넓은 들 위에 무수한 사람들이 수풀같이 있었다. 운성이 나아가 보니 높이 단을 쌓고 관원 두 명이 사모관대(紗帽冠帶)[159]를 하고 앉아 있었고 군민과 장졸이 동서로 갈라 서 있었고 가운데 장사 한 사람이 서있는데 얼굴이 영악하여서 흉한 것이 금강[160]과 같았다. 두 눈을 부릅뜨고 기둥 같은 팔을 걷어 부치고 씨름을 하는데 동쪽 장사 50여 명을 잠깐 사이에 내려뜨리는 것[161]이 조금도 힘들어 보이지 않았다. 누대 위에 붉은 옷을 입은 관원과 서쪽에 서 있는 사람은 그 장사가 사람을 내려뜨릴 때마다 기뻐하고, 검은 옷을 입은 관원과 동쪽에 서 있는 사람은 갑갑해하기에 운성이 이상하게 여겨 사람에게 물었다.

"두 관원은 씨름하는 모습을 바라보는데 즐기는 것은 마찬가지거늘 어찌 한 쪽은 기뻐하고 다른 한 쪽은 근심하는 것이 상반되는가?"

곁에 있던 이가 대답하였다.

"그대는 모르도다. 저 붉은 옷을 입은 자는 촉군의 태수이고, 검은 옷을

159) 사모관대(紗帽冠帶) : 사모와 관대를 아울러 이르는 말로 본래 벼슬아치의 복장이었으나, 지금은 전통 혼례에서 착용함.

160) 금강 : 금강신(金剛神)을 말하는 것으로 여래의 비밀 사적을 알아서 오백 야차신을 부려 현겁(賢劫) 천불의 법을 지킨다는 두 신. 절 문 또는 수미단 앞의 좌우에 세우는데, 허리에만 옷을 걸친 채 용맹스러운 모습을 하고 있음. 왼쪽은 밀적금강으로 입을 벌린 모양이며, 오른쪽은 나라연금강으로 입을 다문 모양임.

161) 내려뜨리는 것 : {디우터}. '디우다'는 떨어뜨리다, 내리다, 내려뜨리다는 뜻의 고어임.

입은 자는 이웃 군의 태수인데 뜻이 서로 잘 맞지 않네. 이제 씨름을 해
서 이기는 편은 물 한 잔도 허비함이 없고 이기지 못한 편에게 매년 조
공을 하게 한다고 하네. 그런 까닭에 모두 피하는 것이 적지 않은데 저
장사 오악신은 진실로 소패왕(小霸王)[162]과 같은 이라. 촉군 태수가 데
리고 와서 파서 태수의 장사 60여 명을 한 손으로 돌려서[163] 끝내니 24
어찌 갑갑해 하지 않겠는가?"

운성이 다 들은 후 서서 보니 문득 그 장사 오악신이 의기가 호방하여 소리를 질러 말하였다.

"동서남북에서 아무나 나를 당할 자가 있거든 나아오라."

아무도 감히 움직이지 못하고 있었는데 운성이 마음 속으로 '저 장사가 어떤 필부(匹夫)이기에 천하에 적이 없는 체하는가? 매우 괘씸하니 마땅히 그의 기를 꺾으리라'라고 생각하고[164] 말에서 내려 사람들의 무리를 헤치고 나아가 소리를 지르며 말하였다.

"씨름하는 저 장사야. 네가 이제 적이 없으니 마땅히 나와 대적하겠느냐?"

모두 놀라서 보니 이는 다름 아닌 한 명의 소년 서생이었다. 얼굴은 백옥에 관을 쓴 듯하고, 가는 두 눈은 단봉(丹鳳)[165]의 눈과 붉고 가느다란

162) 소패왕(小霸王) : 삼국 시대 오(吳) 나라 손책(孫策)이 20세 때에 강동(江東) 지방을 평정하고 소패왕(小霸王)이라는 칭호를 얻었음. 손책은 손견(孫堅)의 큰아들로 아버지가 죽은 뒤 원술(袁術)의 부하가 되었음. 양주자사(揚州刺史) 유요(劉繇)를 토벌하여 강남(江南)으로 진출하고 일가(一家)를 각지에 파견하여 세력을 확장한 뒤 원술로부터 독립하여 강남에 할거하였음. 그는 용모가 뛰어나고 활달한 성격이었는데, 교묘히 사람을 부려 인심을 얻었다고 전해짐. 200년에 조조(曹操)와 원소(袁紹)가 관도(官渡)에서 대결했을 때 그 불화를 이용해 조조가 지배하는 본거지를 습격하고 한나라 황제를 맞이하려고 계획했으나, 출발 직전 자객에게 암살되었음.

163) 돌려서 : {두로텨}. '두로혀다'는 돌이키다, 돌리다는 뜻의 고어임.

164) 생각하고 : {분녁[奮力]ᄒᆞ여}. '분력'은 힘을 떨쳐 일으킨다는 뜻임. 문맥을 고려하여 이같이 옮김.

165) 단봉(丹鳳) : 목과 날개가 붉은 봉황을 말함.

실과 같았다. 흰 도포를 입고 당건(唐巾)[166]을 쓰고 환하게 걸어 나아오니 넓은 소매와 사뿐한 어깨와 걸음걸이는 수양버들 같았다. 풍채가 깨끗하고 골격이 맑아 진실로 그윽한 곳의 신선이 티끌 같은 속세에 내려온 것과 같아 끝없는 구름을 헤치고 하늘로 올라가 신선이 될 뜻이 있으니 어찌 티끌과 흙에 물듦이 있으며 또한 용력이 있어 보이겠는가? 사람들이 동시에 이상하다고 여기고 오악신이 매우 웃으며 말하였다.

"그대는 공맹(孔孟)이 남긴 글이나 접하였을 것인데 우리들 장사의 권법(拳法)을 어찌 알겠는가?"

운성은 웃으며 말하였다.

25 "이는 네가 근심할 일이 아니니 다만 겨루는 것이 마땅하다. 들으니 네 이미 촉군이라고 하니 나는 파서 태수의 편을 들어 겨루겠다."

단상에서 태수 2명이 함께 소리쳐 물었다.

"그대는 어느 땅 어떤 사람인가? 성명을 말하여라."

운성이 말하였다.

"나의 성명은 천천히 말할 것이니 다만 먼저 겨루는 것이 소원이다."

오악신이 마음 속으로 우습게 여겨 말하였다.

"그대가 이미 파서 태수의 편에 붙었으니 나와 함께 승부[167]를 겨루자."

운성이 응대하여 나아가니 오악신이 다시 크게 웃고 말하였다.

"그대가 만일 겨루고자 한다면 당건과 흰 도포를 벗고 오너라. 어느 씨

---

166) 당건(唐巾) : 중국에서 쓰던 관(冠)의 하나로 당나라 때에는 임금이 많이 썼으나, 뒤에는 사대부들이 사용하였음.

167) 승부 : {ᄌᆞ웅[雌雄]}. 본래는 암수를 이르는 말로 승부 · 우열 · 강약 따위를 비유적으로 이르는 말임.

름에 띠도 풀지 않느냐? 실로 죽는 것을 즐기는 것은 그대뿐이로다. 고향이나 말하여라. 시체[168]를 찾아 보내주겠다."

운성이 다만 웃고 말하였다.

"이는 내가 걱정해야 하는 것이다. 네가 염려하는 것이 많은데 다만 나를 내려뜨릴까 묘하다."

그러자 오악신이 소리를 한번 지르고 달려들어 옷을 잡아 운성을 두 손으로 가볍게 추켜들고 말하였다.

"그대를 마땅히 거꾸로 박을까 아니면 바로 내려뜨리랴?"

운성이 웃으며 말하였다.

"네가 마땅히 거꾸로 박아라."

오악신이 크게 웃고 운성을 거꾸로 들어 휘두르기를 대여섯 번을 하고 던져 버리고자 하였다. 그런데 문득 보니 운성이 두 팔을 가볍게 떨치며 몸을 반듯이 펴고 땅에 내리며 한 손으로 오악신의 팔과 다리를 모두 잡 26
고 한 발로 공중을 향하여 제기 차듯 차니 팔 척의 큰 키와 두 아름이나 되는 몸체의 장사가 아득하게 공중으로 올라갔다. 모두 크게 놀랐는데 문득 보니 그 소년이 소매를 떨치고 사람을 헤치며 한번 뛰어 말에 올라서 채찍질하니 이미 간 곳을 모르게 되어 이상하게 여겼다.

오악신이 반공(半空)[169]에 올라갔다가 떨어져 머리가 깨져 정신을 차리지 못하였는데 잠시 후 수건으로 머리를 묶고 제자를 데리고 쫓아갔다. 이때 운성은 수십 리를 떠나가 소나무 뿌리를 베고 자고 있었다. 문득 만리운이 소리를 질러 두어 마디 울자 운성이 깨달아 일어나 보니 이미 오

168) 시체 : {신톄[身體]}. 문맥을 고려하여 이같이 옮김.
169) 반공(半空) : 땅으로부터 그리 높지 아니한 허공을 말함.

악신이 따라오는 것이었다. 운성은 급히 말의 안장과 고삐를 정돈하고 말에 올라 꾸짖어 말하였다.

"네가 힘이 미치지 못하여 패했으니 마땅히 부끄러워해야 하거늘 어찌 감히 나를 따라 왔느냐?"

오악신이 몹시 화를 내며 달려들어 싸웠는데, 몇 합(合)[170]이 되지 않아 운성이 오악신을 베고 그 나머지 무리들을 쫓으니 바람에 떨어지는 낙엽 같았다. 돌아와서 보고하니 두 태수가 얼떨떨하여 서로 조공에 대해 말하지 못하고 흩어졌다.

운성은 길을 떠나면서 스스로 웃으며 말하였다.

"이번 유람에 부질없이 사람을 많이 죽였으니 아버지가 아시면 큰 죄를 내리실 것이다."

27 운성은 길을 떠나 순안 땅에 도착하였다. 한 채의 관사 같은 곳에 사람들이 구름같이 가득하고 높은 관원 한 명이 앉아 선비 한 사람을 엄하게 형벌하고 있었는데 형상이 참혹하였다. 운성이 몹시 불쾌하여 까닭[171]을 묻지 않고 달려들어 꾸짖었다.

"저 관원아. 너의 벼슬[172]은 겨우 어사인데 어찌 선비를 이토록 치느냐? 네 아비와 네가 또한 선비가 아니냐?"

그 관원은 몹시 화를 내며 소리를 질러 말하였다.

"나라에서 어사를 정하시는데 어찌 왕공후백(王公侯伯)[173]인들 경멸하

---

170) 합(合) : 칼이나 창으로 싸울 때 칼이나 창이 서로 마주치는 횟수를 세는 단위임.

171) 까닭 : {곡딕(曲直)}. 굽음과 곧음이라는 뜻으로, 사리의 옳고 그름을 이르는 말임. 문맥을 고려하여 이같이 옮김.

172) 벼슬 : {거동}. 문맥을 고려하여 이같이 옮김.

173) 왕공후백(王公侯伯) : 왕공(王公)은 왕과 공을 아울러 이르는 말로 곧 신분이 높은 사람을 말함. 후백(侯伯)은 제후나 높은 귀족을 이르는 말임.

겠는가? 이제 미친놈이 들어와 나를 욕하니 곁에 있는 자들은 빨리 잡아내려 저 놈과 같이 쳐라.”

그 선비는 계단 아래에서 슬피 울며 말하였다.

“군자(君子)야. 내가 본래 지은 죄가 없는데 어사와 선대(先代)에 원한이 있어 범마(犯馬)[174]를 구실로 이리 죽게 되니 원한을 품지 않겠느냐?”

운성이 몹시 화를 내며 하인을 헤치고 달려들어 어사의 사모(紗帽)를 벗기고 끌어내려 땅에 엎드리게 한 후 말하였다.

“너는 서울의 병부상서 소운성을 아느냐?”

말을 마치고 그 선비를 말에 오르게 하고 스스로 말을 몰아 달려가니 누가 감히 따르겠는가? 곁에 있는 자들이 오직 어사를 구하고 선비를 데려간 자가 누구인 줄 모르고 있었는데 하인 하나가 말하였다.

“그 선비가 스스로 소운성을 아느냐고 하였는데 그 뜻을 모르겠습니다.”

어사가 매우 분해하며 또 의심하여 두루 물으나 자취가 없었다. 다만 28
간악한 무리가 세력을 자랑하여 운성이라고 일컬은 것인가 여기고 깨닫지 못하였다.

운성은 그 선비를 데리고 촌가(村家)에 찾아들어가 성명을 물으니 병주 사람으로 성(姓)은 곽이고 이름은 군옥이었는데 당나라 곽영공(郭令公)[175]의 후손으로 가문이 쇠락하였다. 선조 대에 순안어사인 위명천과 작은 혐의가 있어서 어사가 선비를 미워해 거짓으로 범마(犯馬)를 핑계하여 때린

---

174) 범마(犯馬) : 아래 등급의 관원이 윗 등급 관원의 앞을 지나면서 말에서 내리지 않는 일을 말함.

175) 곽영공(郭令公) : 곽분양(郭汾陽). 이름은 자의(子儀)로, 당(唐) 나라 현종(玄宗) · 숙종(肅宗) 때 명장 임. 한 몸으로 천하의 안위를 맡게 됨이 20여 년이었으며 벼슬이 태위(太尉) 중서령(中書令)에 이르렀고 분양군왕(汾陽郡王)을 봉하여 세상에서 곽분양(郭汾陽)이라 명칭함.

것인데 운성의 구함을 만나게 된 것이라고 하였다. 운성이 안쓰럽게 여겨 주머니 속의 돈을 다 내어주어 양식을 하게 하여 고향으로 보냈다. 헤어질 때 곽생이 매우 고마워하며 운성의 이름을 물었으나 운성이 끝까지 말해주지 않았다. 곽생이 다만 감사해하며 고향으로 돌아갔다.

각설(却說).[176] 소운성이 곽생과 이별한 후 하루를 쉬고 이튿날 날이 밝으면 가려고 하였는데 문득 순안어사가 이곳에 운성이 있는 줄을 알고 바삐 한 필의 말로 찾아와서 서로 보게 되었다. 운성이 짐짓 사례하며 말하였다.

"어제는 미친 기운을 내어서 위엄을 해쳤으니 죄가 만 번 죽어도 가벼울 따름입니다."

어사가 사례하고 이어서 말하였다.

"제가 조정의 명령을 받아 왔으니 사사로운 정과 혐의를 두는 것이 옳지 않은데 선조 때에 끼친 원한이 커서 곽생을 다스리고자 하였습니다. 그러나 선생의 가르침을 얻으니 부끄러움을 이기지 못할 따름입니다.
29 다만 급히 돌아가셔서 미처 찾지 못하다가 오늘에야 겨우 알고 이르렀으니 선생의 성명은 어떻게 되시며, 경성의 소상서를 아시는지요?"

운성이 옷깃을 바로 하고 말하였다.

"저는 자고로 호방한 사람으로 임금의 가르침[177]을 알지 못하고 천하를 떠돌아다니니 본래 이름이 없으며 소상서를 들어보는 것은 처음입니다. 존관(尊官)은 어찌 아시고 소상서를 물으십니까?"

---

176) 각설(却說) : 주로 고소설에서 화제를 돌려 다른 이야기를 꺼낼 때, 앞서 이야기하던 내용을 그만둔다는 뜻으로 다음 이야기의 첫머리에 쓰는 말.

177) 임금의 가르침 : {셩됴[聖朝]}. 어진 임금이 다스리는 조정(朝廷)이라는 뜻으로 백성들이 당대(當代)의 왕조를 높여 이르는 말임. 문맥을 고려하여 이같이 옮김.

어사가 말하였다.

"어제 선생의 입에서 소운성을 일컫고 도로 모르는 체하십니까?"

운성은 거짓으로 놀라는 체하고 말하였다.

"내가 어찌 운성을 알겠습니까? 반드시 술을 마신 후에 헛소리를 한 것입니다. 존관(尊官)은 행여 곧이듣지 마십시오."

어사가 거듭 따져 물어보았으나 운성은 끝까지 모른다고 하였고 다른 말로 담소를 나누다가 흩어지니 어사가 비록 의심하였지만 끝내 깨닫지 못하였다.

운성이 만리운을 타고 변방으로 돌아올 때 계절이 이제 가을이었다. 단풍은 비단 장막을 친듯하고 국화는 만발하여 가을빛이 화려하니 운성이 말 위에서 풍월(風月)을 읊으며 옛 사람들의 고적(古蹟)을 조문하여 맑은 흥과 운치가 솟아났고 의기가 드세어 멀리 떨어진 서울의 일을 모두 잊어버렸지만 부모님에 대한 정과 부인의 아름다운 얼굴에 대한 생각은 깊어갔다.

말채찍을 재촉하여[178] 황하를 건너 삼관 미장산 밑에 다다르니 날이
저물었기에 인가(人家)를 찾아가[179] 머무르고자 하였다. 산 아래 촌가(村
家) 하나가 있어 그윽하고 조용하기에 사립문을 두드리니 안에서 노인 한 30
사람이 나왔다. 운성을 보고 맞이하여 객실로 데리고 가서 술과 음식을
내오며 공경하여 말하였다.

"군자는 어느 땅에 계신 사람으로 깊은 산 속에 와 계십니까?"

운성이 답하여 말하였다.

---

178) 재촉하여 : {ᄇᆞ야}. 'ᄇᆞ야다'는 재촉하다는 뜻의 고어임.
179) 찾아가 : {어더}. 문맥상 머무를 곳을 찾는다는 뜻이어서 이같이 옮김.

"저는 서울 사람으로 유람하다 이곳에 이르렀습니다."

주인이 다시 물어보며 말하였다.

"존객(尊客)의 풍채가 평범하지 않으시니 춘추(春秋)가 몇이십니까?"

운성이 말하였다.

"세상을 안 지 20년입니다."

노인은 매우 칭찬하고 안으로 들어가더니 다시 나와 말하였다.

"존객(尊客)께 간절한 말씀 하나를 청하니 들으시겠습니까?"

운성이 말하였다.

"무슨 일입니까?"

노인은 잠자코 묵묵히 있다가 말하였다.

"제가 늦게야 딸 하나와 아들 하나를 낳으니 아들은 어리지만 딸의 나이는 15세입니다. 자식이 기이(奇異)하기에 부디 딸과 같은 사위를 얻고자 하였습니다. 며칠 전에 딸이 꿈 하나를 꾸었는데 꿈속에서 한 신인(神人)이 '오래지 않아 너의 진정한 배필이 올 것이니 네가 마땅히 내치지 말라.'고 말하였다고 하기에 이상하게 여겼습니다. 그런데 오늘 존객(尊客)을 만나니 평생의 소원에 족하고 꿈이 맞은 것이었습니다. 청컨대 존객(尊客)은 약한 딸아이를 나무라지 마시고 부인[180]으로 허락하십시오."

운성은 다 들은 후 매우 의아해하며 대답하여 말하였다.

"나는 타향사람으로 부모와 친척이 서울에 있으니 내가 또한 서울을

31 떠나지 못할 것입니다. 데려간다면 귀한 딸의 앞날이 가련할 것이고,

180) 부인 : {쇼셩위}. '소성위'는 첩에 해당하는 지위임. 뒤에 소운성이 첩으로 맞이하겠다고 할 때 주인이 난색을 표시하고 있으므로 문맥을 고려하여 이같이 옮김.

주인은 딸과 헤어지게 되기에 일이 어렵습니다. 하물며 나는 처와 첩이 다 있으니 어찌 무단히 그대의 딸을 취하겠습니까?"

주인이 간청하며 말하였다.

"손님은 어찌 거절하시는 것을 이토록 하는가? 딸아이의 기질이 뛰어나니 비록 처와 첩이 있는 가운데서도 잘못이 없을 것이네. 오늘은 황도길일(黃道吉日)[181]이니 손님은 예(禮)를 이루어 딸아이를 사랑하게나. 여기서 서울이 가까우니 내가 또한 따라 올라갈 것일세."

운성이 매우 이상하게 여겼다. 즉시 소매 안에서 점괘 하나를 얻으니 '길 한 가운데 여우가 엎드려 있다'[182]란 괘가 나왔다. 운성이 또 '평생에 만나본 일이 없어 알지 못하는데 규방에 있는 딸의 혼인을 허락하니 이 가운데에는 이상한 일이 있구나.'라고 생각하고 기분 좋게 말하였다.

"주인의 간절한 뜻이 이와 같으나 내가 부모님께 미처 말씀드리지 못하였으니 그대의 딸을 정실(正室)로는 맞이하지 못할 것입니다."

주인은 문득 이 말을 듣고 난처하게 여겨 말하였다.

"나의 가문은 비록 거족(巨族)에는 미치지 못하나 또한 천인(賤人)은 아니네. 딸아이가 그대의 첩을 하기는 어렵네."

운성은 웃으며 말하였다.

"만일 이러하다면 내가 어찌 못나고 어리석은 일로 부모님께 말씀도 드리지 않고 혼인을 하겠습니까?"

주인이 일어나 들어가더니 이윽고 도로 나와 말하였다.

---

181) 황도길일(黃道吉日) : 황도(黃道)는 태양의 둘레를 도는 지구의 궤도가 천구(天球)에 투영된 궤도를 말함. 즉 태양이 운행하는 길을 말함. 천구의 적도면(赤道面)에 대하여 황도는 약 23도 27분 기울어져 있으며, 적도와 만나는 두 점을 각각 춘분점, 추분점이라 함. 길일(吉日)은 운이 좋거나 상서로운 날을 뜻함.

182) 여우가 ~ 있다 : {호복시}. 이본인 규장각본을 참고하였을 때 '호복시'는 '호복지(狐伏在)'로 보임.

"딸아이가 천명(天命)을 따라 비록 존객(尊客)의 시첩(侍妾)이 될지언정
32 그대를 따르려하니 오늘 예(禮)를 이루게나."

운성이 흔쾌히 허락하니 노인이 들어갔다.

원래 이 집 주인은 훌륭한 백성으로 그 마을[183]에서 높이 받들어 존경하여 선비라고 하였는데 나이 들어 아들 · 딸 하나를 낳았다. 모두 아름다운 가운데 여자아이가 더욱 기특하니 사랑하는 것이 지극하였다.

그런데 이 산 가운데 700년 묵은 여우가 있어 몰래 내려와 주인의 딸을 죽여서 감추고는 제가 스스로 그 처녀가 되어 있었다. 그러더니 하루는 주인 모르게[184] 산 위에 가 저의 무리들과 함께 말하였는데 그 중에 하나가 말하였다.

"요사이 삼태성(三台星)[185]이 인간 세상에 내려왔는데 유람하려고 계명산에 가서는 다섯 신령을 하룻밤에 죽이고 돌아왔다고 한다. 그러니 만일 아름다운 계집이 되어 그 정기를 빼앗으면 마땅히 모든 신령의 원수를 갚을 것이다."

그 요괴가 듣고 밤낮으로 기다리다가 이날 운성이 온 것을 듣고 기뻐하며 거짓으로 꿈을 빙자하여 운성을 가까이 한 후 해치고자 그 부모를 보채니 그 아비가 딸을 사랑하기에 즉시 말마다 다 들어주었다.

얼굴과 몸을 화려하게 꾸미고 향과 초를 잡고 많은 시녀를 데리고 나왔다. 운성은 그 여자의 거동을 보고자 하여 당건(唐巾)과 푸른 도포로 단정히 앉아 움직이지 않았다. 그 여자가 운성을 향하여 네 번 절을 하자 운성

---

183) 마을 : {향당(鄕黨)}. 자기가 태어났거나 사는 시골 마을을 말하거나 또는 그 마을 사람들을 가리킴. 예전에는 500집이 '당(黨)'이 되고 1만 2500집이 '향(鄕)'이 되었음.

184) 모르게 : {몰뇌여}. '몰뇌다'는 모르다는 뜻의 고어임.

185) 삼태성(三台星) : 큰곰자리에 있는 자미성을 지키는 별로 각각 두 개의 별로 된 상태성(上台星) · 중태성(中台星) · 하태성(下台星)으로 이루어져 있음.

이 한번 눈길을 주어보니 본래 조마경(照魔鏡)[186]과 같은 눈을 지닌 것은
아니지만 요괴를 알아 보는 것이 해와 달과 같았다. 그 여자의 아름답고 33
침착한 기질이 형부인의 깨끗함에는 미치지 못하지만 소영과 비슷한 무리였는데 분명히 요괴였다. 운성이 그 여자를 보고 마음 속으로 화를 내며 '제 어떤 요괴가 감히 나를 속이려 하느냐?'라고 생각하고 거짓으로 기쁜 기색을 하고 잠시 절하고[187] 마주대하여 앉았다. 한참이 지나 운성이 기쁘게 말하였다.

"나는 지나가는 선비인데 우연히 초대(楚臺)의 꿈을 이루어 미인을 만나니[188] 삼생(三生)에 운이 좋은 일이로다."

그 여자가 교태를 머금고 엎드려 말하였다.

"제가 세상을 안 지 15년입니다."

청아한 소리가 또한 사람의 모습이 아니었다. 운성이 짐짓 나아가 그 손을 이끌고 침상에 올랐는데 그 여자가 조금도 수줍어하는 태도가 없었다. 운성은 듣기 좋은 말로 과장하며 웃으며 말하였다.

"내가 미인과 함께 즐기고자 하는데 부모의 허락이 없어 감히 동락(同樂)하지 못하네. 내일 내가 그대와 함께 서울로 돌아가 백년을 화락하고자 하는데 미인이 기쁘게 가겠는가?"

---

186) 조마경(照魔鏡) : {조ᄆᆡ경[照魔鏡]}. 조마경은 마귀의 본성을 비추어서 그의 참된 형상을 드러내 보인다는 신통한 거울을 말함.

187) 절하고 : {읍ᄒᆞ고}. '읍(揖)'은 인사하는 예(禮)의 하나로 두 손을 맞잡아 얼굴 앞으로 들어 올리고 허리를 앞으로 공손히 구부렸다가 몸을 펴면서 손을 내리는 동작을 말함.

188) 초대(楚臺)의 ~ 만나니 : {초ᄃᆡ예 ᄭᅮᆷ을 일워 션인을 만나니}. 초대(楚臺)는 초나라 무산(巫山)의 양대(陽臺)를 말하는데, 양대(陽臺)는 송옥(宋玉)의 고당부(高唐賦)에 나오는 초왕(楚王)이 무산신녀(巫山神女)와 비밀스레 하룻밤을 즐겼다는 누대의 이름임. 초 회왕(楚 懷王)이 일찍이 고당(高唐)에 낮잠을 자는데, 꿈에 한 여인이 와서 말하기를, "저는 무산의 여자로 고당의 나그네가 되었는데, 임금님이 여기에 계시다는 소문을 듣고 왔으니, 원컨대 침석(枕席)을 같이 하소서." 하므로, 회왕이 하룻밤을 같이 잤는데 다음날 아침에 여인이 떠나면서, "저는 아침이면 구름이 되고 저녁에는 비가 되는데, 아침마다 양대(陽臺) 아래에 있습니다."라고 했다고 함.

그 여자가 거짓으로 탄식하고 말하였다.

"저의 몸이 군자께 달려있으니 말씀하시는 것을 어찌 거역하겠습니까?"

운성은 마음 속으로 더욱 괘씸히[189] 여겨 요괴와 함께 같은 침상에 누워 요괴를 달아나지 못하게 하였다. 요괴가 또한 미혹하게 하는 술법을 행하려고 하였으나 몸이 쇠로 만든 성과 돌로 만든 함에 들어 가 있는 것
34 같아 움직이지 못하였다.

닭이 울자 요괴가 일어나 들어가려 하였는데 운성이 굳이 잡고 놓지 않았다. 아침에 운성은 주인을 보고는 거짓으로 은근한 기색을 띠고 요괴를 데려가고자 하였다. 그러자 주인은 진정으로 딸아이를 총애하는가 보다 싶어서 몹시 기뻐하고 즉시 거마를 차려서 딸을 동행하라고 하니 그 여자가 사양하지 않고 따라갔다.

이때 운성은 요괴와 함께 6, 7일 만에 자운산에 도착하였다. 운성이 요괴를 원래 데려온 뜻은 소승상에게 보여서 알아보는가 알고자 함이요, 저 요괴가 따라온 것은 운성의 풍도를 흠모하여서 장차 총애를 얻고자 한 것이었다. 운성의 기운이 맑고 깨끗하고 골격이 엄숙하여 요망하고 간사한 기운이 해치지를 못하기에 곁에 오래 두고 점점 침혹하게 할지언정 급히 빠져들게는 못할 것이었다. 이러므로 따라와 그 요사스러운 작용을 행하려고 하였는데 누가 도로 자신을 알아보아 죽일 뜻을 두었는지 알았겠는가?

집에 도착하여서 운성이 문 밖에 그 여자를 머무르게 하고 부모와 할머니께 인사를 드렸다. 모두 몹시 반기고 산천 경치를 물으니 운성이 일일이 대답하였는데 높은 산의 물이 흐르는 듯, 산골까지에서 물이 솟아나는

---

189) 괘씸히 : {과심이}. 괘씸하다는 뜻의 고어임.

듯하여 모두 새삼 칭찬하고 감복하였다. 운성이 문득 아버지 앞에 꿇어 말하였다.

"제가 방자한 죄 하나를 이번 길에 저질렀으니 아버지의 선처를 바랍니다."

소승상이 말하였다.

"무슨 일이냐?"

운성이 두 번 절하고 말하였다. 35

"제가 삼관 미장산 밑에서 이러이러한 여자를 데려왔습니다."

소승상은 문득 낯빛을 바꾸고 말을 하지 않았는데 운성이 단정히 하고 나직하게 말하였다.

"제가 비록 버릇이 없으나 어찌 말씀도 드리지 않고 혼인을 하겠습니까? 스스로 마음 속으로 이상하게 생각되는 점이 있어서 당돌한 죄를 범했습니다."

소승상이 오래도록 잠자코 있다가 환히 알아채고 말하였다.

"그 여자를 빨리 불러라."

운성이 말씀을 받들어 곁에 있는 이들에게 문 밖에 가 그 계집을 데려오게 하였다.

이때에 그 요괴가 시골에서 있던 여우라 소현성의 범할 수 없는 위엄을 알지 못하고 다만 오로지 도술을 믿고 시녀를 따라서 겹겹의 난간을 지나 정당(正堂)에 이르렀다. 모든 사람이 그 재주와 용모에 기품이 있는 것을 칭찬하였는데 홀로 승상이 한번 바라보고는 즉시 일어나 서당으로 나가며 말하였다.

"운성은 그 여자를 데리고 외헌(外軒)으로 나오너라."

운성은 부친이 요괴를 알아보는 것을 보고 마음 속으로 탄복하여 요괴를 데리고 백화헌에 이르렀다. 여러 형제들과 낭자들이 모두 이상하게 여겨 뒤를 따라와 보았다.

이때 요괴가 마음 속으로 놀라서 겁을 내면서도 또한 승상이 자신의 색(色)을 보고 흠모하는 것인가 여겨 앞에 나아가 머리를 조아려 두 번 절하였다. 승상이 크게 꾸짖으며 말하였다.

"너는 어떤 업보 많은 짐승이기에 감히 요술로 사람의 모습을 하고 군
36 자를 속이고자 하느냐?"

승상이 한 마디로 호령하자 요괴가 자연스레 마음이 떨리고 두려워 저절로 당(堂)에서 내려와 머리를 숙였다. 승상이 다시 꾸짖으며 말하였다.

"네가 마침내 본래의 모습으로 도망치고자 하는구나."

승상이 말을 마치기도 전에 소리를 한번 지르고 금빛 털의 구미호가 되어 계단 아래에 엎드리니 운성이 차고 있던 칼을 빼어 두 동강 내어 죽였다. 모든 사람들이 동시에 소리를 지르며 놀라워했다. 운성이 칼을 집고 아버지께 여쭤보며 말하였다.

"이제 요괴가 사람의 인생을 해치고 스스로 그 딸인 체하여 저를 따라왔습니다. 그 부모는 반드시 자신의 친자식으로 알 것이니 데려온 노복을 불러 말하는 것이 옳습니다."

승상이 허락하니 운성이 즉시 그 집 노복을 불러 여우의 주검을 보이고는 전후 사정을 자세하게 기록하여 보냈다. 여자의 부모가 몹시 놀랐다. 바야흐로 딸이 죽은 줄을 알고 밤낮으로 울었지만 딸아이의 시체를 얻지 못했는데 이후에 영험한 점쟁이인 소강절[190]을 만나 백골을 찾아 묻었다.

---

190) 소강절 : 소옹(邵雍)의 시호로 송(宋)대에 유학 · 도학 · 역학 등에 능했던 이임.

이때에 운성이 부친을 모시고 들어와 계명산에서 요괴 다섯을 죽이고, 2마리 호랑이를 물리친 사연과 강도를 물리치고 부녀자를 구한 크고 작은 이야기를 일일이 말했다. 또한 주머니 속에서 소처사가 지은 글을 내어 드리고 송간사에 붙어 있었던 이야기를 말씀 드렸다.

승상은 부친의 시를 보자 새삼 슬픔을 견디지 못하고 눈물이 두 눈에 37
어렸지만 어머니가 보실 것을 두려워하여 시를 다시 보지 않고 다만 공경하며 손에 들고 머리를 숙여 정성을 지극히 하였다. 그러나 그 안색은 참혹했다. 자리에 있던 소년과 부인들이 모두 슬퍼하고 태부인이 또한 눈물을 어지럽게 흘리며 다만 말하였다.

"지난날 돌아가신 낭군께서 유람하시면서 계명산에 이르러 고인(古人)의 퉁소를 생각하며 글을 지으시고 매번 다시 가보시고자 하였으나 그 후 사정이 있으셔서 송풍시(松風詩) 아래에 유후(留侯)[191]에 대한 송덕시(頌德詩)를 지어서 이어 붙이지 못한 것을 한탄하셨다. 매번 나에게 말씀하시기를 '천하의 산천과 온 세상의 강물을 보지 않은 것이 없고 본 곳마다 글을 지어서 붙였는데 오직 계명산 송간사에 송풍시(松風詩)를 짓고 생각이 많이 남은 것을 친구의 재촉으로 바쁘게 쓰고 돌아왔으니 내가 만일 다시 가 본다면 한이 없을 것이고 설사 내가 불행하여 가지 못한다면 오직 아름다운 아들이 자라나서 내 글을 차운할 것이니 남은 한이 없을 것이네.'라고 하셨다. 네가 이제 유람하여 생각지도 않게 할아버지가 평생 말씀하시던 뜻을 이루어 차운하고 돌아오니 정령이 있다면 저승에서 기뻐하는 것이 클 것이고 남은 한이 없을 것이다."

---

191) 유후(留侯) : 한(漢) 나라 장량(張良)의 봉호(封號)임. 자는 자방(子房)임. 한(漢)나라 고조(高祖) 유방(劉邦)의 공신임.

38 말씀을 마치자 승상과 소부인이 오열하여 흐르는 눈물이 옷깃을 적시니 억지로 참고자 하나 능히 하지 못하였다. 운성이 또한 슬퍼하여 두 줄기 눈물을 뿌리고 자리에서 나아와 말하였다.

"지난날에 대한 말씀은 저의 슬픔을 부추기거니와 아버지와 고모께서는 세 번을 살피시어 할머니의 슬픔을 위로하시고 스스로 몸을 상하게 하지 마십시오."

승상이 오랫동안 탄식하고 말하였다.

"나는 일찍 입신한 후로는 몸에 일이 많고 어리석고 못나서 매사에 신경이 쓰여 비록 약간의 문재(文才)가 있지만 유람하는 호기(豪氣)가 없어서 수천 리를 두고 능히 아버지의 남은 한을 풀지 못하였다. 그런데 네가 이제 한번 길을 떠나 내가 민첩하지 못해 부끄럽게 생각했던 것을 씻고 너의 호방한 의기를 드러내니 내가 어찌 기쁜 가운데 슬퍼하는 것이 없겠느냐?"

운성이 절을 하고 사례하여 부친의 말씀을 감당하지 못하겠다고 말하였다. 모인 이들이 슬픔을 진정하고 운성의 용력의 기이함에 대해 말하였는데 운성이 씨름 하던 일과 어사와 겨루던 말을 끝까지 이야기하지 않은 것은 대개 부친의 질책을 받을까 두려워서였다. 이날 운성이 부친을 모시고 자고 다음날에 서당에서 형제들과 함께 헤어져 있던 동안의 정(情)을 나누었다.

이후 삼일 만에 운성이 죽오당[192]을 찾아가 형부인을 보매, 반가움을 이기지 못한 채 두 아들을 안고 웃으며 말하였다.

39 "내가 떠날 적에 바빠서 부인을 보지 못해 유람하는 길에 사사로운 염

192) 죽오당 : 형부인의 처소.

려가 많았으며, 더욱 두 아들을 잊지 못하여 모습이 수척하였습니다. 그런데 오늘 그대를 보니 화색이 도는 얼굴과 탐스러운 머리가 새삼 아름다우니 이별의 괴로움이 적었나 봅니다."

형씨가 미소 지으며 대답하였다.

"저는 용의 못과 호랑이의 입에 있을 때에도 괴로운 줄을 몰랐기에 소부인께서 별명을 '명완당'이라고 하셨습니다. 낭군과의 몇 개월 편안한 이별을 가지고도 얼굴이 늙으면 장차 저승 사람이 된 지 오래였을 겁니다. 비록 그렇지만 먼 길 험한 곳을 한 필의 말로 떠나셔서 염려가 많았는데 무사히 돌아오시니 축하드립니다."

운성은 다만 웃으며 지나온 풍경과 사람들을 말하는 가운데 밤이 깊은 줄을 깨닫지 못하니 석파가 와서 듣고 있다가 혀를 차며 말하였다.

"고결한 낭군아, 여우의 남편이 되어 혹하였다가 승상께서 여우를 죽이자 부끄러워서 잡담으로 형부인을 누그러뜨리고자 하는군요."

운성이 크게 웃고 말하였다.

"할머니가 나를 보챌 이유가 생겼으니 앞으로의 괴로움을 어찌 견디겠는가? 내게는 여우 첩이 없고 소영뿐일세."

석파가 또한 웃으며 말하였다.

"낭군에게는 돼지[193] 같은 첩이 다섯이나 있지 않습니까?"

운성이 웃으며 말하였다.

"청주의 다섯 창기는 다름 아닌 이름난 기녀인데 어찌 사람이 돼지이겠는가?"

석파가 말장난에서 져서 문에 서서 들어오지 않으니 형씨가 두세 번 간

193) 돼지 : {돗티}. 돼지를 가리키는 고어임.

청하였다.

40 "할머니는 어찌 들어오지 않으십니까?"

석파가 웃으며 말하였다.

"낭군의 거동이 싫어하는 듯하시니 내가 어찌 들어가겠습니까? 나를 빨리 가라고 하는 눈치입니다. 늙은이가 젊은 사람이 싫어하는 일은 하지 않으려 합니다."

운성이 말하였다.

"누가 석조모가 눈치를 모르고 바르지 못하여 망령 들었다고 하는가? 늙은 눈이 사람의 심정을 사뭇 아시는구려. 내가 본래 할머니를 괴롭게 여겨 가시라고 하였는데 어찌 염치없이 문에 서 있는가?"

석파가 크게 웃고는 들어와 앉아 말하였다.

"이 도적놈 소운성아, 네가 아무리 싫어하여도 내가 부디 있을 것이네."

운성이 형부인을 돌아보고 말하였다.

"매우 놀랍구려. 석조모가 순식간에 마음이 두 가지로 변하시니 반드시 죽을 기운이 들었습니다. 부인은 마땅히 청하여 약 하나를 들여오시게나."

석파가 운성의 등을 치며 꾸짖었다.

"자네의 아버지는 일찍이 나를 보면 일어나 맞이하고 방석을 피하여 꿇어앉고는 말마다 존경하는 것이 극진하였기에 승상의 공순함이 이와 같으면 승상의 아들 대에는 더욱 지나칠 것이라고 내가 생각하였습니다. 그런데 어찌 생각지도 않은 몹쓸 것이 있어 아비를 대수롭지 않게[194] 여기고는 특별한 예(禮)를 내어 나를 보면 사나운 눈으로 흘겨보

194) 대수롭지 않게 : {고담저이}. 대수롭지 않다는 뜻으로 추정됨.

고 능한 입으로 모욕할 줄 알았겠습니까? 그 중에 더욱 한을 품고 사나
운 것이 셋째 낭군입니다."
운성이 오직 웃음을 머금고 말하였다. 41
"내가 원컨대 긴 사연을 말할 것이니 할머니께서는 지저귀지 말고 들
으시게나. 우리 아버지가 할머니를 공경하시는 것은 효성의 예법을 닦
으시는 것뿐 아니라 할머니의 괴롭고 어수선한[195] 말씀을 듣지 않으시
려고 하시는 뜻이네. 우리같이 번성한 형제의 사나운 마음들로는 부모
가 나란히 계시고 할머니가 반석 같으시니 부모님과 할머니께 부족한
효성을 힘써 하느라고 미처 덧붙이 할미께 정성이 가지 못하였네. 그
러나 사랑하고 공경하는 마음은 끝이 없기에 할미가 고운 말이나 하고
다니면 밉고 싫은 마음이나 더하지 아니하련마는 동서로 다니며 한번
거짓말하여 죄를 받게 하고 두 번 헛말 하여 매를 맞게 하니 볼 때마다
싫증이 나서 자연스레 마음 속으로는 괴롭게 여기고 입속에서는 죽으
라는 말이 저절로 나오네. 바로보기는 싫은데 보지 않으면 화를 낼 것
이기에 억지로 참고 눈을 비비고 다시 보고자 하나 흘겨보는 줄을 깨닫
지 못하여 눈썹을 찡그리게 되었네. 우리 형제가 할머니를 괴로워하여
집안에서 화목한 분위기가 사라지니 진실로 사나운 사람으로 인해 불
행이 많구려. 현인과 군자 등이 어진 빛을 보이지 못하고 밤낮으로 찡
그리나 할머니가 오히려 모르시는가 보다 여겼는데 알면서도 짐짓 그
렇게 하실 것 같으시면 더욱 염치를 모르는 사람인가 싶으니 더욱이 어
지러운 것이 큰 근심일세." 42
석파가 어이가 없어 크게 웃고 운성이 또한 금박을 입힌 부채를 치며

195) 어수선한 : {부ᄉᆞ시ᄒᆞᄂᆞᆫ}. 문맥을 고려하였을 때 어수선하다는 뜻으로 추정되나 미상임.

크게 웃으니 이곳이 본래 벽운루[196]와 가까운 곳이었다. 석부인이 소승상과 함께 미소 짓고 승상이 역시 웃음을 머금었다. 밤이 깊어지자 석파는 돌아가고 운성과 형씨의 새로운 정이 측량하지 못할 정도였다. 이후로 운성이 형씨를 사랑하는 것이 새로워 정(情)이 날로 깊어갔다.

하루는 운성이 침소에서 옛글을 공부하고 있을 때 형씨가 일곱 가지 보석을 내어 구슬과 비취로 얽고 꾸미는데 매우 사치하는 것이었다. 운성이 잠시 불편하게 여겨 물어보며 말하였다.

"부인이 하고 있는 것이 무엇입니까?"

형씨가 대답하여 말하였다.

"이것은 여인네들이 머리에 꽂는 장신구입니다."

운성이 또 물어보며 말하였다.

"알지 못하겠습니다. 이것이 부인의 장신구[197]입니까?"

형씨가 운성의 뜻을 알고 일부러 그렇게 말하였다.

"저의 절친한 이가 경사스러운 잔치를 열면서 초청하기에 내일 갈 것입니다. 이러므로 단장하는 장신구들을 고치고 있습니다."

운성이 문득 정색하고 말하였다.

"내가 그대와 함께 해로한 지 6, 7년에 이렇게 사치하는 뜻을 두었는지 알지 못하였구려. 우리 소씨 집안이 교목세가(喬木世家)[198]로 800년을 내려왔는데 사치하는 일이 없이 대대로 학문을 닦아 우리 조상의 덕을 엄숙하게 여겼네. 이제 우리 형제가 비록 재상가 자제로 나이가 어리

---

196) 벽운루 : 석부인의 처소.
197) 부인의 장신구 : {ᄌᆞ장[資粧]}. '자장'은 여자의 몸단장에 관한 준비나 또는 여자가 화장하는 데 쓰는 물건들을 말함.
198) 교목세가(喬木世家) : 여러 대에 걸쳐 중요한 벼슬을 지내 나라와 운명을 같이하는 집안을 말함.

고 경박하여 공손하고 조심하는 일이 없지만 또한 선비의 덕을 마음에
새겨 조복(朝服) 이외에는 비단을 입지 않고 사치하는 사람을 우습게 43
여기네. 부인이 이미 어린아이가 아니며 남의 이목이 있는데 무슨 까
닭으로 이상하고 요사한 것을 모아 얽어서 치장하며 여러 사람들이 있
는 자리에서 빛나는 것을 자랑하고자 하는가? 이러는 것이 부인의 덕
이 아니며 우리 집의 검소한 덕을 무너뜨리는 것일세. 그대가 다시 저
런 이상한 것을 경대 속에 두고자 하거든 우리 집에 있지 말게."

형씨가 다 듣고 정색하며 말하였다.

"제가 불민하여 거룩한 가문의 예의를 상하게 하니 부끄러운 것을 견디지 못하겠습니다. 그러나 제가 칠보를 매만지는 것은 낭군께서 5년 동안 부마로 있으면서 사치한 형상에 비하면 우습기가 어떻습니까?"

드디어 칠보를 뜯었는데 아들이 앞에 오자 형씨가 손으로 밀며 나가라고 하니 그 아이가 가지 않다가 엎어져서 울었다. 운성은 형부인이 기뻐하지 않으며 자신이 부마가 되었던 것을 조롱하고 아들을 밀치는 것을 보고는 화가 벌컥 일어나 낯빛을 바꾸고 꾸짖어 말하였다.

"내가 비록 신의를 지켜 그대를 후하게 대하고 가권(家權)을 맡기나 그
대는 겨우 나의 수하에 있네. 잘못한 일이 있으면 옳은 말로 가르치는
것인데 마땅히 깨닫지 않고 불순한 기색과 방자한 말로 나를 조롱하고
아이를 밀치니 이는 나를 나이 어린 사내로 업신여기는 것이네. 그대
가 교만하고 방자한 것이 어찌 명현공주에게 지겠는가? 그대가 이미 44
나를 대신해 아이를 밀치니 내가 또한 아이를 때리지 못하겠느냐?"

형씨가 눈썹을 나직하게 하고 말을 한 마디도 하지 않자 운성이 큰 아들 세광을 불러 무수히 때리고 밖으로 나갔다. 형씨가 냉소하며 말하였다.

"낭군이 나를 가볍게 여기는구나."

운성이 이후로는 죽오당에 모습을 보이지 않고 소영이 있는 곳으로 자주 다녔다. 대개 운성이 형부인의 기상이 강렬하고 말씀이 냉담한 것을 은근히 기뻐하지 않았지만 정이 두터워 그동안 아는 체를 하지 않았던 것이다. 그런데 이 기회에 짐짓 기를 꺾고자 하여[199] 매우 매몰찬 낯빛을 지어 소영을 총애하고 외당에 머물며 모든 일을 극히 까다롭게 굴어서 형씨를 괴롭게 하였다. 그러나 형씨는 조금도 두려워하거나 걱정하지 않고 냉정하고 엄한 것이 마찬가지였고, 소영을 대접하는 것을 전보다 더 후하게 하며, 행동하는 것을 법도로 하여 몹시 위엄 있는 태도를 신중하게 하였다. 운성이 핑계가 없어서 다시 꾸짖지 않으나 매우 매몰찬 낯빛을 짓는 것이 오랫동안 계속 되었다.

하루는 운성이 어머니께 문안을 드리는데 형씨가 자리에 있는 것을 보고는 문득 마음을 바꿔서[200] 나갔다. 석부인이 놀라서 운성을 불러 물어보며 말하였다.

"네가 나를 보러 오다가 무단히 돌아가는 것은 어째서이냐?"

운성이 대답하여 말하였다.

"형씨가 저를 능멸하고 경시하니 서로 보는 것이 참혹하고 괴이하여 물러나 나가는 것입니다."

석부인이 꾸짖으며 말하였다.

45 "무릇 남자란 것은 행실을 법도에 맞게 하고 말을 예(禮)로 한 후에 여

199) 기를 ~ 하여 : {것디ᄅᆞ고져 ᄒᆞ야}. '것지ᄅᆞ다'는 꺾다, 무찌르다의 뜻임. 문맥을 고려하여 이같이 옮김.

200) 마음을 바꿔서 : {번신(飜身)ᄒᆞ야}. '번신'은 몸을 번드치는 것을 말하는데, '번드치다'는 물건을 한번에 뒤집는 것을 말하기도 하지만 마음 따위를 변하게 하여 바꾸는 것을 말하기도 함. 문맥을 고려하여 이같이 옮김.

자를 책망하는 것이니 네가 모자라고 부족한 인물로 공주를 나무라던 것도 우스웠는데 어찌 형씨의 잘못을 바로잡음이 있겠느냐? 평소에 너의 아버지는 공평하고[201] 엄정하여 내가 말을 하지 않아도 절로 덕이 후하였다. 비록 나의 몸이 허물과 시비(是非)가 없는 곳에 있어서 일찍이 편안하게 지냈지만 넉넉하게 마음에 품은 일도 행하지 못한다고 마음 속으로 생각하여서 은근히 한탄하고는 했다. 그런데 형씨를 얻고보니 넓은 마음과 꽃다운 화기와 아름다운 숙녀의 모습[202]이 있어 내가 뜻을 펴지 못한 것을 형씨가 이어서 족히 덕을 펼 것이라고 여겨 기뻐하였다. 하물며 형씨의 사람됨이 바르고 커 마땅히 너에게 스승이 됨직하니 어리석은 뜻으로 형씨를 제어할 의사를 두지 마라."

운성이 다만 공손히 받들어 미미히 웃고는 말씀마다 지당하시다고 일컬을 따름이었다. 이후에는 운성이 날마다 형부인께 사람을 보내 친정으로 돌아가라고 하니 형씨가 운성이 눈치를 보고 하는 거동인지 알았지만 매우 괴롭고 화가 났다.

하루는 형씨가 독촉하러 온 시녀를 돌려보내며 말하였다.

"마땅히 거마(車馬)를 주시거든 친정에 다녀오겠다고 하여라."

운성이 즉시 이홍을 불러 위의를 차리라고 하였다. 그러나 이홍이 마음대로 하지 못하여 즉시 승상께 말씀드렸는데 승상이 허락하지 않았다. 운성이 달리 할 방법이 없었는데 형씨에게 조롱을 들을까 더욱 한스러워 46
하였다.

하루는 형씨가 위부인과 함께 중당(中堂)에 모여 한가롭게 이야기를 나

---

201) 공평하고 : {공번되고}. '공번되다'는 '공변되다'의 고어임. '공변되다'는 행동이나 일 처리가 사사롭거나 한쪽으로 치우치지 않고 공평하다는 것을 뜻함.

202) 아름다운 ~ 모습 : {관져유풍}. 『시경』「관저(關雎)」에서 나온 '그윽히 아름다운 숙녀'를 말함.

누고 있었는데 한림의 처 강씨가 소영의 바둑 실력에 대해 말하였다. 형씨가 곁에 있는 이들을 시켜 소영을 불렀다. 소영이 앞에 오자 형씨가 웃으며 말하였다.

"네가 바둑 두기를 잘 한다고 하니 마땅히 한번 두어 보아라."

소영이 명을 받들었다. 강씨가 바둑판을 나오게 하여 소영과 함께 흑백을 겨루니 위씨와 형씨가 곁에서 훈수하고 있었는데 승부를 내지 못하고 있었다.

이때 재상 한 명이 옥 같은 얼굴에 술기운이 젖어 있어 백옥에 색을 입힌 것과 같았고 아홀(牙笏)[203]을 거꾸로 들고 금관을 쓰고 난간머리에 오르는데 패옥소리가 시끄러웠다. 자세히 보니 다름 아닌 운성이었다. 위씨와 강씨가 놀라서 다만 판을 밀치고 일어나 휘장 사이로 들어가고 형씨가 소영과 함께 저 모습을 보고 위씨와 함께 들어가고자 하나 본래 움직임이 신중하였다.

운성이 곁눈질로 형부인을 보고 몹시 편안하지가 않아 일부러 소영을 불러 조복을 벗기라고 하였다. 소영이 평소에 부인의 은덕에 대해 감격해하고 또 가볍게 여기지 않으며 너그러우면서도 맹렬한 것을 매우 두려워하여 비록 사모하면서도 공경하였다. 하물며 상서[204]가 평소에 부인과 함께 있으면서 자신에게 말을 한 적이 없었는데 오늘의 광경을 보고는 차
47 라리 상서에게 죄를 얻을지언정 부인께서 못마땅하게 여기시도록 하지
않겠다고 생각하여 운성의 말을 들은 체도 하지 않고 휘장 사이로 들어가 내당(內堂)으로 피하였다. 그러자 운성은 소영의 행사가 지나치다고 여기

---

203) 아홀(牙笏) : 조선 시대에 일품에서 사품까지의 벼슬아치가 몸에 지니던 홀로 무소뿔이나 상아로 만들었음.

204) 상서 : 소운성을 가리키는 것으로 소영의 입장에서 '상서'로 옮김.

고는 스스로 조복을 벗고 난간을 베고 누웠다.

형씨가 바야흐로 사뿐사뿐한 발걸음을 움직여 휘장 안으로 향하자 운성이 화를 내며 말하였다.

"내가 승냥이와 호랑이[205]도 아닌데 어찌 사람을 보고 피하는 것이 바람이 일어나는 것과 같습니까? 형부인이 앉아 계셔도 운성은 해치지 않을 것입니다."

형씨가 들은 체하지 않고 들어갔다. 운성이 그날 밤 서당에서 소영을 부르자 소영이 핑계를 대고 가지 않았다.

다음날 운성이 운취각에 가 숙모를 뵙고 이야기를 나눌 때 소부인이 물어보며 말하였다.

"네가 저번에 상사병이 들었을 때와 요사이의 행적이 다르니 왜 그러느냐?"

운성이 대답하여 말하였다.

"강물도 산천이 되고 태산도 무너지니 제가 비록 신의를 지켜서 마음의 병이 생겼었지만 어찌 여자를 좋아해서 정신을 잃어버리는 일이 있었겠습니까?"

소부인이 명랑하게 웃으며 말하였다.

"그리 말하지 마라. 네가 딴청부리는[206] 것에 무슨 다른 뜻이 있겠느냐?"

운성이 가만히 웃고는 또 말하였다.

"형씨는 가볍게 대접하지 못 할 처자이고 은인이라 할 것이니 혹 마음

---

205) 승냥이와 호랑이 : {싀회[豺虎] ㅣ]}. 승냥이와 호랑이를 아울러 이르는 말로 사납고 악독한 사람을 비유적으로 이르기도 함.

206) 딴청부리는 : {홀된}. 문맥을 고려하였을 때 '딴청부리다' 정도로 추정되나 미상임.

에 들지 않아도 큰 관계가 있겠습니까? 그렇거니와 천한 소영은 겨우 상림(桑林)[207]의 천한 사람인데 어찌 감히 방자하겠습니까마는 요사이 저를 업신여기는 것이 지나치니 한심합니다. 칼날을 다듬어 시험하고자 합니다."

48 소부인이 놀라며 말하였다.

"이상한 말을 하지 마라. 비록 천첩인들 부부의 정이 있는데 어찌 차마 죽일 뜻이 있느냐?"

운성이 말하였다.

"제가 이유 없이 해치고자 하는 것이 아니라 실로 집안을 다스리는 법도를 세우고자 하는 것입니다. 손무(孫武)는 군법을 세우고자 합려(闔廬)의 후궁을 베었는데[208] 제가 집안을 다스리고자 천한 첩 하나를 죽이지 못할 이유가 어디 있겠습니까."

소부인이 다만 농담으로 알고 웃을 뿐이었다.

소영이 마침 굽은 난간 사이에 앉아 있다가 자세히 듣게 되었다. 머리카락에 소름이 돋으며 '전에 들으니 상서가 형부인과 아들을 다 죽이고자 하였는데 형참정이 구하였다고 하였다. 이제 화를 내는데 나 같은 사람은 썩은 풀같이 죽게 될 것이니 내가 어찌 청년의 칼끝에 혼백이 되겠는가?'라고 생각하였다. 이후로 소영은 운성을 피해 다녔는데, 운성은 더욱 노

---

207) 상림(桑林) : {상님[桑林]}. 뽕나무 숲에서의 남녀의 만남을 이르는 것으로 보여, '행실이 가벼운 여자'를 뜻하는 것으로 추정됨. 문맥을 고려하여 이같이 옮김.

208) 손무는 ~ 베었는데 : {손무지 합녀의 후궁을 군법 세우려 버히니}. 손무(孫武)는 춘추(春秋) 시대 제(齊) 나라 사람으로 병법(兵法)으로 오왕(吳王) 합려(闔廬)에게 등용되어, 오(吳) 나라가 패왕(霸王)이 되게 하였음. 병법 13편을 저술했는데 이것이 곧 『손자(孫子)』임. 합려가 손무를 처음 초빙하였을 때 시험해보고자 궁중의 미희(美姬) 180여 명을 불러 내 둘로 나누고, 총애하는 총희(寵姬) 두 사람을 각각 대장으로 삼아 군령을 내리고 지휘해보게 하는데, 궁녀 무리들이 군령을 따르지 않자 손무가 총희를 베었던 일을 가리킴.

하였다.

하루는 서당에서 운성이 소영을 잡아 오라고 하자 소영이 석파에게 말하였다. 석파가 몹시 놀라서 보내지 않자 운성이 매우 화를 내고 이후로는 소영을 죽일 뜻을 결심하였다.

소영이 하루는 죽오당으로 가서 형부인이 하는 일을 도우며 공자와 놀고 있었는데 시비(侍婢)가 급히 말하였다.

"상서가 칼을 집고 오십니다."

소영은 몹시 놀라 얼굴빛이 바뀌었고, 형씨는 침착하게 말하였다.

"너는 빨리 피하여라."

소영이 다 들은 후 더욱 놀라고 다급하여 어찌할 바를 모르고 잘 움직이지를 못하였다.

운성이 벌써 들어와 난간 가의 앉으면서 시녀를 꾸짖고는 소영을 내어 49
오라고 하니 소영의 목숨이 경각에 달려 있었다. 운성의 기색이 좋지 않아 형씨는 감히 말리지 못하고 다만 시녀에게 눈치를 주어 석파를 부르라고 하였다.

홀연 위씨[209]와 홍씨[210]가 비단 치마와 푸른 적삼으로 이곳에 왔다가 운성이 칼을 들고 소영의 잘못을 들추어내고 있는 것을 보게 되었다. 홍씨는 몸을 돌이켜 돌아가고 위씨는 마음 속으로 '셋째 아주버니의 성미가 급하니 소영의 목숨이 위태하겠구나. 어찌 구하지 않겠는가?'라고 헤아리며 발걸음을 가볍게 하여 나아가니 시녀가 알리며 말하였다.

"위부인이 오십니다."

---

209) 위씨 : 소운경의 첫 번째 부인임.
210) 홍씨 : 소운몽의 첫 번째 부인임.

형씨는 급히 하던 것을 놓아두고 난간으로 나갔다. 운성이 화를 억지로 참고 칼을 놓고 계단 아래에 내려가 위씨를 맞이하였다. 위씨가 주저하며 당(堂)에 오르지 않자 운성이 팔을 밀며 말하였다.

"형수가 어째서 주저하고 계십니까?"

위씨가 가만히 웃으며 말하였다.

"제가 한가한 틈을 타 이곳에 왔는데 생각지도 않게 아주버니[211]가 소영을 형벌로 다스리고자 하시는 뜻을 흐트러지게 하니 몹시 부끄럽습니다."

운성이 흔쾌히 웃으며 사례하여 말하였다.

"천한 첩이 무례하여 잠시 다스려 법도를 세우고자 하였습니다."

이야기를 마친 후 운성이 다시 팔을 밀어 위씨를 당(堂)에 올리고 또한 난간머리에 공경하며 앉아 두어 마디 한가한 이야기를 나누더니 즉시 일
50 어나 외당(外堂)으로 가며 말하였다.

"시녀는 소영을 서헌으로 잡아 오너라."

모든 시녀가 소영을 이끌고 가고자 하였는데 위씨가 형씨와 함께 운성의 과격함에 대해 웃으며 소영을 석파가 있는 곳으로 보내고 시녀에게 분부하였다.

"석파랑이 빼앗아가니 감히 맞서지 못하였다고 하여라."

시녀가 운성에게 위씨가 일러준 대로 말하니 운성이 오래도록 말을 하지 않았다.

이때에 소영이 죽을 위기를 벗어나 석파에게 가서 석파를 보고 몹시 울

211) 아주버니 : {숙숙(叔叔)}. 작은아버지를 말하나, '시아주버니'를 문어적으로 이르는 말이기도 함.

며 말하였다.

"내가 본래 좋은 가문에서 태어났으나[212] 팔자가 기구하여 부모를 잃고 할머니에게 의지하였습니다. 비록 신분은 서얼이지만 어찌 여염 대부(大夫)의 적실 자녀에게 지겠습니까마는 상서가 나를 겁탈해서 상림(桑林)의 천한 사람으로 만들고 이제 와서는 죽이려고 하니 내가 차라리 자결하여 상서의 손에 죽지 않으렵니다."

석파가 몹시 놀라서 거듭 위로하고 이때부터 소영을 침소에 데려와 잠시도 떠나지 않았다. 이 때문에 운성이 틈을 얻지 못하였다.

하루는 모든 소씨 형제들이 문안을 드린 후 일회당에 있었는데 석파가 소영과 함께 앉아 있다가 소씨 형제들이 들어오는 것을 만나게 되었다. 매우 놀라서 보니 다른 소씨 형제들이 앞서고 뒤에 운성이 있어 순간 알아보지 못하고 다만 안심하며 앉았다. 소씨 형제들이 차례로 들어온 후 운성이 몸을 빼내 석파 곁에 가 앉으니 소영이 몹시 놀라 얼굴빛이 바뀌었다. 한림인 운희가 웃으며 말하였다. 51

"아주머니[213]가 운성을 보고 놀라는 것은 어찌된 일이오?"

운성이 웃으며 말하였다.

"은혜로운 정이 변하여 원수가 되었으니 몹시 놀라는 것이 당연한 일이다."

석파가 운성을 보고 노기(怒氣)를 띠며 말하였다.

"소영이 비록 낭군의 여자이나 마음이 정결한 것은 봉관(鳳冠)과 꽃신

---

212) 좋은 ~ 태어났으나 : {듀나라 금지옥엽으로}. 소영의 성씨(姓氏)가 나와 있지 않을 뿐더러 소영에 관한 상세한 설명이 없어 작품 안에서 소영과 주나라와의 관계를 유추해 내기가 어려움. 문맥을 고려하였을 때 이같이 추정됨.

213) 아주머니 : {아즈미}. 소운성의 첩 '소영'을 가리킴.

을 갖춘 이들을 부러워하지 않을 바이며 또한 창첩이 아닌 좋은 가문에 서 태어났는데 낭군이 몹시도 버릇이 없어서 겁탈하고 시첩을 만든 것도 분에 넘치거늘 어찌 사나운 성미를 내어 죽이고자 합니까? 소영을 죽이고자 한다면 내 목을 먼저 베시지요."

운성이 눈을 흘겨 석파를 보고 무릎을 치며 한가하게 웃으며 말하였다.

"누가 소영을 죽인다고 하던가? 저가 온갖 방법과 꾀로 나를 멸시하고 나중에는 할머니의 세(勢)를 두었다고 하고는 나의 부실로 일희당으로 도망쳐 달아나니 소영이 하늘로 솟아오르지 않고는 너무 방자하게 굴지는 못할 것일세."

석파가 몹시 화가 나 그 소매를 잡고 소리를 질러 말하였다.

"나를 썩은 풀같이 여기며 까닭 없이 사람을 죽이고자 하고 거짓말을 해서 발뺌하려고 하니 내가 장차 이 말을 승상께 말씀드릴 것입니다."

운성은 석파가 발악하는 것을 보고 정색하며 말하였다.

"할미가 아무리 사나울지라도 소운성을 제어하기는 어려울 것이네. 할
52 미는 겨우 할아버지의 소실로 아버지께서 공경하시지만 어찌 너무 명분을 차리지 않으시는가? 소영이 할미의 가까운 친척이 아니라 친조카라고 하더라도 나의 천첩일세. 어찌 죽이지 못하겠는가?"

말을 마친 후에 소매를 떨치고 일어나니 운경이 웃음을 머금고 말하였다.

"셋째는 어찌 말을 나오는 대로 하느냐?"

석파가 오직 그 소매를 잡고 더욱 발악하였다.

"그대가 나를 이토록 멸시하니 원하건대 죽어서 이렇게 서럽고 분통한 것을 잊을 것입니다. 내가 비록 그대의 서조모이지만 13세에 들어와

그대의 부모를 길러냈으니 내가 어찌 꾸짖지 못하겠습니까? 또 그대가 겨우 청년(靑年)에 등과하여 벼슬이 높은 것을 자랑하지만 어린아이인데 오히려 어린아이를 내가 무엇이라고 공경하겠습니까? 그대가 늙어서 흰 머리를 드리워도 내가 끝내 소운성이라 부르고 관직을 부르지 않을 것입니다."

운성이 다 들은 후 어이가 없어서 도로 웃고는 앉아서 말을 하지 않았고 여러 형제들은 동시에 크게 웃었다. 한참 후에 운성이 말하였다.

"석파라 하는 자는 실로 말하기 괴로운 무리이다. 내 흔쾌히 소영을 죽여 한을 씻을 것이나 발악하는 소리가 듣기 싫기에 용서할 것이니 이후로는 나대지 마시게."

석파가 대답하여 말하였다.

"낭군의 말을 어떻게 믿겠습니까?"

운성이 말하였다.

"내가 어려서부터 거짓말을 하여 사람을 속이지는 않았는데 하물며 부모를 길러낸 공이 있는 서조모에게 마음 속으로나마 속이겠는가?"

소씨 여러 형제들이 크게 웃고 석파도 할 수 없어 웃고는 운성의 언약 53
을 굳이 받은 후 화를 풀자 운성이 모든 형제를 재촉하여 나갔다. 이후로는 운성이 다시 소영을 죽일 뜻을 두지 않았으나 좋지 않게 여겼던 마음을 풀지는 않았고, 소영 또한 감히 모습을 보이지 못하였다.

운성은 겉으로는 인자하고 유순하며 기질이 소탈하였지만 본심은 철과 돌과 같았다. 소영의 죄를 용서하지 않는 것은 말하지도 말고 형씨의 한 마디 말을 꾸짖은 것이 여러 달이 지났는데도 갈수록 매몰찼다.

하루는 모든 낭자가 채운각에 모여 쌓인 정과 회포를 이야기할 때 이파와 석파가 도와서 담소를 즐겼다. 마침 운성이 주렴 안에 누워 있다가 듣게 되었는데 형씨가 탄식하며 말하는 것이었다.

"자리에 있는 이들 중 시름과 슬픔을 겪은 사람은 위부인과 나뿐입니다. 전생에 무슨 죄를 지었기에 그토록 고생스러운지요. 슬퍼지는군요."

위씨가 흐느껴 말하였다.

"부인이 당초 고생한 것은 저와는 다름이 없는데 지금에 와서는 부인의 팔자가 어찌 나에게 비기겠습니까? 부인은 친정 부모님이 무사하시니 남은 한이 없습니다."

형씨가 대답하여 말하였다.

"진실로 부인의 말씀이 옳습니다. 어사 상공의 어질고 후하신 덕이 남편의 과격함과는 다르시니 부인의 평생은 근심하지 않으셔도 될 것입니다."

말을 마치자 시랑의 처 조씨가 웃으며 말하였다.

54 "형님은 요사이 아주버님의 매몰차심을 한탄하시는 것이 아니십니까?"

형씨가 답하여 말하였다.

"부인은 실로 뜻밖의 말씀을 하십니다. 만일 이것을 슬퍼했다면 5년 동안 가슴 아픈 고생을 하다가 이미 오래 전에 죽었을 것입니다. 저는 본래 사리에 어두워 남편의 기쁨과 노여움을 모르니 어찌 근심하는 빛이 있겠습니까?"

말을 마치고 맑게 웃고는 바둑판을 가지고 나와 승부를 청하니 모든 사람들이 또한 담소를 나누다가 흩어졌다.

운성은 형씨의 슬프게 원망하는 말과 상쾌한 목소리를 듣고는 마음 속으로 기뻐하며 '내가 비록 기를 누르고자 했지만, 아내를 얻은 지 6, 7개월 동안 제가 털끝만큼도 부드러운 태도가 없으며 처신하기를 단정하고 엄숙하게 하기에 내가 또한 그런 생각을 품는 것이 옳지 않았다. 하물며 천신만고 끝에 겨우 부부가 같이 있게 되었는데 작은 일로 못마땅해 하는 것이 옳지 않다.'고 여겨 화를 풀고 10여일 후에 죽오당에 이르렀다.

형씨가 바람을 쐬어서 몸이 편안하지 못해 침상에 누워 있다가 운성을 보고는 안색을 태연하게 하며 특별이 놀라거나 화를 내지는 않으나 다만 묻는 말에 대답하지 않았다. 운성이 거짓으로 화난 기색을 짓고 죄를 따져서 꾸짖으나 형씨가 들은 체도 하지 않았다. 운성이 할 수 없어 함께 밤을 지내고 날이 밝자 홀로 앉아 형씨를 대하여 혹 꾸짖기도 하고 혹 달래기도 하여 말하는 것이 금과 돌을 녹일 것 같았는데 형씨는 눈썹을 찡그리고 말하였다.

"대장부가 조정의 신하가 되어 정사(政事)를 다스리는 것을 부지런히 55
해야 할 것인데 어찌 아녀자를 달래는 말이 이렇듯 많아서 괜한 말[214]을 허비하겠습니까?"

말을 마치고는 침착하고 고요하며 거스르지 않아 태도가 서리 같았다. 운성이 새삼 공경하고 또한 크게 웃으며 말하였다.

"내가 마음을 잡음이 굳세지 못하니 부인은 혹시라도 웃지 말게나."

형씨는 정색하고 대답하지 않았다. 운성이 공경하고 소중히 대하는 것이 여전하고 형씨가 오래지 않아 아들을 낳으니 집안 식구들이 더욱 사랑하였다.

---

214) 괜한 말 : {순셜[脣舌]}. 입술과 혀를 아울러 이르는 말로 수다스러움을 비유적으로 이르기도 함. '순설을 허비하다'는 아무런 보람 없이 괜한 말을 늘어놓는 다는 뜻의 관용적 표현임.

수일 후에 또 소영이 아들을 낳으니 석파가 몹시 기뻐하였다. 승상이 서모의 뜻을 받아 석부인과 함께 은근이 문병을 오고 7일 후에 아이를 데려다가 보니 또한 아름답고 단아하여 소영의 모습이 있었다. 태부인이 웃으며 말하였다.

"네가 형제들 중에 여러 아들을 두었고 모두 타고난 바탕이 남보다 뛰어나며 기상과 재주가 있으니 마땅히 복이 있다고 할 것이다."

곁에서 모두 웃었다.

소영이 아이를 낳은 후 기운이 편안하지 못해서 병이 다시 생기니 형씨가 유모를 들여 그 아들을 기르고 운성에게 권하여 의약을 때에 맞게 하라고 하자 운성이 머리를 흔들며 말하였다.

"내가 매번 죽이고자 하였는데 서조모인 석씨가 못하게 하였습니다. 이제 소영이 병이 들었으니 몹시 다행스럽습니다. 어찌 약을 짓겠습니까?"

형씨가 아연실색하여 탄식하고는 말을 하지 않자 운성이 웃으며 말하였다.

"부인은 저를 버릇없게 여기십니다."

56 드디어 석파에게 사람을 보내 소영의 병세를 물어서 약을 지어 보냈는데 이는 모두 형씨의 덕이었다. 오래지 않아서 소영이 약간의 차도가 있어서 일어났는데 운성은 끝내 물어보지 않았다.

하루는 달빛이 몽롱하여서 상서 소운성이 중헌(中軒)에서 두보(杜甫)[215]의 시를 읊고 있었는데 석파가 소영의 아들을 안고 즐겁게 장난하다가 운

215) 두보(杜甫) : 중국 당나라 때의 시인으로 자는 자미(子美)이며 호는 소릉(少陵)·공부(工部)·노두(老杜)임. 율시에 뛰어났으며, 긴밀하고 엄격한 구성, 사실적 묘사 수법 따위로 인간의 슬픔을 노래하였음. '시성(詩聖)'으로 불리며, 이백(李白)과 함께 중국의 최고 시인으로 꼽힘.

성을 보고 짐짓 나아가 말하였다.

"낭군아. 셋째 공자가 이렇게 기이하니 위의 두 형은 미치지 못할 것입니다."

원래 형씨가 출산한 아이는 낳은 지 4달째고 소영의 아들은 2달째였다. 석파가 거짓으로 형씨의 아들이라고 하고 운성을 속였는데, 운성은 본래 셋째 아들을 지극히 사랑하기에 바삐 나아와 웃으며 말하였다.

"밤이 깊어 한기가 몸에 스며드는데 어찌 아이를 이리로 내어 오는가?"

한편으로는 말을 하며 한편으로는 눈을 들어보니 비록 단아한 기상이나 맑은 기질이 형씨의 아들에게 미치지 못하였기에 운성이 웃으며 말하였다.

"이 어떤 짐승을 데려 왔는가?"

석파가 크게 웃으며 말하였다.

"이 아이가 낭군의 아들입니다. 지금까지 아비의 얼굴을 보지 못하였으니 어찌 불쌍하지 않겠습니까? 낭군은 바라건대 저 아이의 이름을 지어 아비의 소임을 하시지요."

운성이 달갑지 않았지만 석파의 무안함을 살펴 웃으며 말하였다.

"이름을 세희라 하게나."

석파가 기뻐하며 안고 돌아갔다.

운성이 이후에 다시 소영을 찾고자 하였지만 때가 좋지 않아 엄숙한 57
기색을 지으니 석파가 눈치를 알아채고 소영을 일희당에 두고 무릇 단장과 의복을 꾸며서 미모를 도왔다. 소영은 본래 기질이 빼어났는데 용모가 나날이 아름다워져서 월궁항아(月宮姮娥)[216]와 무산선녀(巫山仙女) 같았다.

---

216) 월궁항아(月宮姮娥) : 예(羿)의 아내임. 예가 서왕모에게 청하여 불사약을 얻어 왔는데 항아가

하루는 소부인이 화부인과 석부인 그리고 이파와 석파와 함께 모든 젊은 여자를 거느려 후원 부용당에 모였는데 모든 젊은 부인들의 아름다운 얼굴과 붉은 치마와 푸른 적삼이 해를 가릴 정도였다. 소부인이 며느리 네 사람과 조카며느리 등에게 못에 내려가 연꽃을 꺾어 향기를 맡으라고 말하자 모든 사람들이 말씀을 듣고는 못가를 배회하니 요지(瑤池)[217]의 선녀가 모여 있는 듯하였다. 그 가운데 형씨의 영특한 기질과 가벼운 풍채며 윤택한 광택이 비길 곳이 없어 젊은 부인들 가운데 특출하고 연꽃의 고운 색을 더럽게 여기게 하였다. 소영이 화려하게 꾸미고 형씨를 뒤에서 모시고 서 있으니 자태가 아름답고 모습이 탐스러워 조금도 녹록한 태도가 없었다. 화부인이 웃으며 말하였다.

"운성의 팔자가 좋구나. 저런 부인과 저런 첩을 두었으니 어찌 기특하지 않겠습니까?"

소부인이 또한 칭찬하며 말하였다.

"모든 질부가 늘어서 있는데 각각이 달을 가리고 꽃이 부끄러워 할 정
58 도의 얼굴이나 홀로 형씨의 빼어남이 평범한 사람에게 비길 바가 아닌데 소영이 또한 아름다우니 한갓 운성에게 복이 있을 뿐이겠는가? 진실로 석부인[218]의 경사일세."

석부인이 미소 지으며 말하였다.

"며느리의 아름다움은 사양하지 않습니다만 소영을 축하하는 것은 괴롭습니다. 저 아이 같은 자들은 천만 사람이 있어도 관계치 않습니다."

그것을 몰래 먼저 먹고 신선이 되어 달나라로 달아났다고 함.

217) 요지(瑤池) : 중국 곤륜산에 있다는 못으로 신선이 살았다고 하며, 주나라 목왕이 서왕모를 만났다는 이야기로 유명함.

218) 석부인 : {됴국}. '조국'은 석부인의 칭호임.

소부인이 맑게 웃으며 크게 웃을 때 운성이 여섯째 운의와 함께 구부러진 난간 뒤에서 듣고 있다가 주렴 사이로 바라보고는 그윽이 소영에게 정이 이끌렸다.

이날 밤 운성이 소영을 불렀는데 석파가 잡고 보내지 않자 운성이 듣고는 마음 속으로 못마땅하게 여겼다. 그는 본래 석파를 공경하여 모든 일에 몹시 못마땅한 것이 없었고 나이가 젊어 이미 유감스러웠던 일을 풀어버렸다. 그런데 잘 참지 못해서 다음날 아침에 문안 후 일희당에 들어가 석파를 보고 웃으며 말하였다.

"할머니가 무슨 이유로 나의 정인(情人)을 가두고는 보내지 않습니까?"

석파가 이에 머리를 흔들며 말하였다.

"소영이 팔자가 무상하여 6년 동안 집에서 내쫓김을 당하고 1년 박대를 겪었는데 이제 아들을 얻으니 마땅히 그 일생을 의탁할 만합니다. 낭군의 귀한 자취를 보지 않아도 넉넉히 살 것이니 늙은이가 살아있을 때에는 딸같이 여겨 소영과 한 방에서 지내고 죽은 후에는 또한 제 자 59
식에게 의탁하게 하고자 하니 낭군은 찾지 마세요."

운성이 대답을 하고자 할 때 시랑 운현이 큰 형 운경과 함께 들어와 웃으며 말하였다.

"셋째 형은 무슨 말을 간절히 청하시며 석조모는 또 무슨 속임수를 내어 머리를 흔드십니까?"

석파가 눈을 흘기며 말하였다.

"그대는 매번 나를 보면 보채십니까?"

운현이 웃으며 말하였다.

"내가 무슨 일로 할머니를 보채겠는가?"

운성이 투호(投壺)[219]를 가지고 나오며 웃으며 말하였다.

"할미는 나와 함께 승부를 겨루게나."

석파가 운성의 말을 좇아 투호살을 잡으며 말하였다.

"승부에 무슨 내기를 하시렵니까?"

운성이 말하였다.

"내가 이기면 할미가 절세 미인을 얻어 주고 할미가 이기면 내가 마땅히 삼일 동안 큰 잔치를 벌려 먹을 수 있도록 하는데 만일 시행하지 않으면 몹시 흉악한 마음을 지닌 것일세."

석파가 순식간에 생각지도 못하고 따르게 되었는데 이미 투호를 쳐서 운성이 두 판을 이기자 석파가 말하였다.

"마땅히 3판을 겨루지요."

운현이 일어나 투호살을 빼앗으며 말하였다.

"승부가 결정되었으니 할미는 내기를 시행하도록 하게나."

석파가 웃으며 말하였다.

"내가 어디에 가서 미녀를 얻겠습니까?"

운성과 운형이 다시 시행하라고 보채고 석파는 못 얻는다고 날뛰었는데, 돌아보니 운경이 조용히 앉아 소매 가운데에서 조보(朝報)[220]를 내어
60 서 보고는 장난하는 데에 간섭하지 않자 석파가 칭찬하며 말하였다.

"어질군요. 어사야. 참으로 부친의 품격을 닮았네요. 그러나 내가 미인을 얻을 길이 없는데 두 재상이 보채니 어찌해야 하겠습니까?"

---

219) 투호(投壺) : 두 사람이 일정한 거리에서 청 · 홍의 화살을 던져 병 속에 많이 넣는 수효로 승부를 가리는 놀이임.

220) 조보(朝報) : 승정원에서 재결 사항을 기록하고 서사(書寫)하여 반포하던 관보로 조칙, 장주(章奏), 조정의 결정 사항, 관리 임면, 지방관의 장계(狀啓)를 비롯하여 사회의 돌발 사건까지 실었음.

어사 소운경이 한편으로 두 눈으로 글을 보며 미미히 웃고는 대답하지 않자 석파가 다시 물었다. 운경이 바야흐로 말하였다.

"할미에게 미인이 없을 것 같으면 흔쾌히 소영을 운성에게 주게나. 운성이도 기뻐하고 할미도 욕을 면할 것이네."

석파가 웃으며 말하였다.

"어찌 낭군조차 이리 이상한 말씀을 하십니까?"

어사가 대답하여 말하였다.

"할미도 이상하거늘 내 말이라고 정답겠는가?"

상서 소운성과 시랑 소운현이 함께 말하였다.

"실로 큰형의 말씀이 옳습니다."

운성이 다시 말하였다.

"이러나저러나 시행치 않으면 욕을 들으실 것이니 버려두고 권하지 마십시오."

석파가 할 수 없어서 웃으며 말하였다.

"오늘부터 소영을 낭군께 드리니 욕은 먹지 않을 것입니다."

운성이 말하였다.

"내가 처음에 소영을 언급하지[221] 않고 절세 미인을 구하였는데 어째서 할미가 내기를 실행하는 것이 다르지 않는가?"

운경이 금박 입힌 부채를 치며 붉은 입술과 옥 같은 이를 열어 맑게 웃으며 말하였다.

"셋째는 뜻을 이루었으니 그만하고 물러나고 거짓으로 사양하지 마라."

---

221) 언급하지 : {드노티}. 언급하다의 뜻의 고어임.

모두 크게 웃고 흩어졌다.

수일 후 운성이 소영을 불러보고 죄를 따져 물으며 꾸짖었다.

61 "내 비록 변변하지 못하고 졸렬하지만 너의 남편이고 너는 겨우 천한 첩이다. 어찌 감히 업신여기겠느냐? 내가 매우 괘씸하게 여기는데 석 조모를 돌아보아서 오로지 용서하는 것이다. 만일 방자한 죄를 다시 범한다면 두 번 용서하기는 어려울 것이다."

소영이 머리를 조아리고 죄를 순순히 인정하고 다만 잘못하였다고 말을 하자 운성이 다시 꾸짖지 않고 은총(恩寵)이 옛날과 같아 처첩이 다시 방자하게 굴지 못하였다.

운성이 하루는 형씨네 집에 와서 여러 처남들과 함께 담소를 나누고 있었는데 형참정이 그 손을 잡고 등을 두드리며 말하였다.

"나의 사위는 다름 아니라 하늘의 신선이다. 성상이 만승지주(萬乘之主)[222]이시지만 너 같은 사위를 얻지 못하고 계신데 나는 무슨 복으로 너 같은 귀한 사위를 얻어 영화를 보느냐?"

운성이 미소 지으니 형참정이 두부인과 함께 운성을 사랑하는 것이 비길 곳이 없었다. 시녀가 들어와 말하였다.

"손공자가 와 계십니다."

형참정이 말하였다.

"어찌 손랑을 통성명(通姓名) 하겠는가? 빨리 불러라."

시녀가 나가더니 이윽고 들어와 말하였다.

"손공자가 수향당으로 들어가십니다."

222) 만승지주(萬乘之主) : 병거(兵車) 일만 채를 갖출 만한 힘이 있는 나라의 주인이라는 뜻으로, 천자 · 황제를 뜻함.

형참정이 말하였다.

"빨리 이리로 오라고 하여라."

시녀가 또 말하였다.

"손공자가 말씀하시기를 소병부가 가신 후에 나와서 뵙겠다고 하십니다."

곁에 있던 형씨 형제들과 참정 부부가 부끄러워 잠자코 서로 돌아보았다.

원래 이 손생이란 자는 형참정의 맏사위였다. 상서 손수연의 아들인데 62
비록 재상가 자제이나 사람됨이 변변하지 못해서 그 행동거지를 시험하여 말한다면 문(文)으로는 천지(天地) 두 자를 통달하지 못하고 무(武)로는 화살이 열 걸음을 넘지 못하고 말은 일상적인 인사말도 하지 못하였다. 손생 또한 자신을 스스로 알고 남에게 보이기를 부끄러워하였다.

천만다행으로 그의 아내 형씨가 성품과 행실이 온순하고 재주와 용모를 두루 갖추어서 남편의 어리석고 둔함을 한탄하지 않고 여러 자녀를 두었는데 모두 아름다움이 옥과 같으니 형참정 부부가 이것으로써 잠시 위안을 삼으나 이미 선녀와 같은 딸아이의 일생이 추물 같은 사람에게 속하게 된 것을 슬퍼하였다. 그러던 중 당대의 영웅으로 진평(陳平)[223]의 얼굴과 이태백(李太白)[224]의 풍도를 겸한 소운성을 사위로 얻어 사랑하는 것을 헤아릴 수가 없는 가운데 더욱 큰 딸을 생각하고 개탄하였다.

이날 손생이 운성을 피한다는 것을 듣고는 서로 돌아보고 무안해하는

---

223) 진평(陳平) : 중국 한나라의 정치가로 한고조를 도와 천하 통일을 이루었으며, 여씨의 난을 평정하였음.

224) 이태백(李太白) : {뎍션[謫仙]}. 중국 낭나라 시인 이태백(李太白)을 가리킴. 남성적이고 용감한 성품으로 환상적이고도 도교적인 풍모의 시를 씀. '적선'은 하지장(賀知章)이 이태백의 시를 읽고는 경탄하여 사람이 지은 것이 아니라 하늘나라에서 귀양 온 신선의 작품이라고 평 한데서 온 별명임. 하지장(賀知章)과 술에 빠져 '술 속의 팔선(八仙)'으로 불렸음.

데 운성은 일찍 손생을 보지 않았기에 어찌 그 인물의 우열을 알겠는가? 몹시 이상하게 여기고는 손생이 사람을 어려워하는 것을 보고 각별이 아는 체를 하지 않고 즉시 일어나 하직 인사를 하니 형참정이 또한 머물러 있으라고 하지 않았다.

운성이 몹시 수상하게 여겨 돌아와 형부인을 마주 대하여 말을 하다가 이야기를 꺼냈다.

"손상서의 아들 손생은 그대의 형부입니까?"

형씨가 답하여 말하였다.

63 "맞습니다."

"그 인물이 어떠합니까?"

형씨가 대답하여 말하였다.

"비록 관옥(冠玉)[225]처럼 좋지는 않지만 마땅히 시속 문사(文士)에는 부끄럽지는 않습니다."

운성이 말하였다.

"교만하지는 않습니까?"

형씨가 이상하게 여기며 대답하였다.

"낭군이 어찌 물어보는 것을 자세히 하십니까?"

운성이 말하였다.

"다른 이유가 있어서가 아니라 오늘 이런 모습을 보았으니 몹시 이상하여 물어보는 것입니다. 마음이 교만하고 뜻이 거만하고 오만해서 이렇게 행동하는 것인지 나를 피하는 이유를 모르겠구려."

형씨가 침착하게 말하였다.

---

225) 관옥(冠玉) : 관의 앞을 꾸미는 옥으로 남자의 아름다운 얼굴을 비유적으로 이르는 말.

"손생이 비록 잠영지족(簪纓之族)[226]에서 태어났으나 마음에 품은 의지가 호탕하고 시원하여 과거를 보지 않고 처신하기를 산 속 처사 같이 하니 낭군을 보지 않은 것은 아마도 낭군이 조정 대신인 줄 알고 싫어하는 것일 겝니다."

운성이 본래 탁 트여 그런가 보다 여겼으나 한편으로는 믿지 않았다.

이후에 운성이 틈을 얻어 손생을 한번 보고자 요구할 때 혹 참정집에 가 마주치면 손생이 허둥지둥 안으로 들어갔다. 이따금 여러 처남들과 글을 의논하면 형한림 형제가 재주가 비록 날쌔고 빠르나 운성에게 미치지 못하니 운성이 뛰어난 사람이 없는 것을 자부하면서 매번 업신여겼는데 형참정이 웃으며 말하였다.

"군자란 것은 덕을 기르고 공손하고 조심함을 귀하게 여기는데 재주를 자랑하고 사람을 업신여기는 것은 경박한 사람이 하는 행동이다. 일찍이 너보다 뛰어난 문장이 많으니 스스로 자랑하는 것은 겸손해하는 덕 64
이 아니다. 하물며 소승상의 침착하고 정직하고 공손하고 검소한 것을 보고서도 어찌 본받지 않았느냐?"

운성이 웃으며 대답하여 말하였다.

"제가 뛰어난 문장가[227]는 되지 못하나 마땅히 장인의 다섯 아들보다는 뛰어납니다."

형참정이 말하였다.

"나의 다섯 아들은 소소한 문인이다. 어찌 재주가 너에게 미치겠느냐?

---

226) 잠영지족(簪纓之族) : 잠영세족(簪纓世族)과 같은 말로 대대로 높은 벼슬을 하여 온 겨레붙이를 말함.

227) 뛰어난 문장가 : {팔두문장(八斗文章)}. '팔두'는 팔두재(八斗才)를 가리키며 뛰어난 시문(詩文)의 재주를 일컫는 말임.

오직 사람이 자부를 할 때에는 천하 사람을 압두하는 사람이 되었을 때이다. 너는 사람들과 비교하지 말고 너의 부친의 글을 살펴보아라. 소승상의 글은 조격(調格)[228]이 높고 구법(句法)[229]이 호탕하고 시원하여 큰 뜻을 품었으며 그 뜻이 양자강의 큰 물과 같다. 비록 너의 글이 날리는 눈과 흐르는 물 같으며 뜻이 상쾌한 것이 용이 변화하는 것과 같은 재주이지만 맑고 깨끗한 조격(調格)은 그에 미치지 못하는데 어찌 스스로 자랑하느냐?"

운성이 크게 웃으며 말하였다.

"장인은 저를 번번이 훼방하시는데 진실로 경박한 인물이라고 하시는 것은 감수하겠습니다만 장인의 뜻에 마땅하다고 여기시는 사위가 있으십니까?"

형참정이 웃으며 대답하여 말하였다.

"손생의 침착하고 정직한 점은 내가 사랑하는 바이다."

부친의 말을 이어받아 모든 형씨 형제들이 동시에 손생을 칭찬하자 운성이 우습게 여기고는 말을 하지 않고 집에 돌아왔다.

운성이 형씨를 대하여 말하였다.

"오늘 장인과 처남들이 나를 사사건건 나무라며 손생을 칭찬하니 손생은 진실로 어떤 사람입니까? 귀중함이 천자(天子)보다도 더 하고 뜻이
65 높은 것이 왕공(王公)보다 더 합니까? 어찌 그 얼굴을 보지 못합니까?"

형씨가 부드럽게 미소 지으며 말하였다.

"손생은 이른바 마음씨가 올바르며 학식과 덕행이 높고 어진 사람입니

---

228) 조격(調格) : 품격이나 인품에 어울리는 태도를 말하는데 시에서는 가락과 격식을 말함.

229) 구법(句法) : {귀법}. 문맥을 고려했을 때 '구법(句法)'으로 보임. '구법'은 시문(詩文) 따위의 구절을 만들거나 배열하는 방법을 뜻함.

다. 오빠가 칭찬하는 것이 당연합니다."

운성이 말하였다.

"그대의 형은 아름다운 것이 그대보다 더하지 않은데 어진 남편을 얻었습니다."

말을 마치니 이파와 석파가 함께 와서는 이 말을 듣고 웃으며 말하였다.

"낭군은 우스운 말을 하지 마세요. 우리 집 낭군 열 명이 사람들 사이에서는 신선과 같은데 비록 손낭이 기특하지만 어찌 그대의 풍류와 뛰어난 기상과 재주에 미치겠습니까?"

운성이 말하였다.

"부인의 말을 들으니 손생은 기특합니다. 어찌 운성에게 비길 수 있겠는가?"

석파가 또 웃으며 말하였다.

"손낭군이 학의 날개를 단 신선으로 자하의(紫霞衣)230)를 나부끼며 여러 빛깔의 구름 속에서 내려올지라도 낭군의 영리한 재주와 학의 골격과 봉의 모습같이 뛰어나고 고아한 풍채와 덧붙여 가을 달 같은 두 눈은 바라보지도 못할 것입니다. 형참정께서도 다섯 아들과 두 사위들 중 우리 셋째 낭군을 잘 얻으신 것이니 형부인의 팔자가 손낭군의 부인 팔자보다는 아무래도 나을 것입니다."

이파가 웃으며 칭찬하고 말하였다.

"우리 낭군들은 집에서만 아름다우신 것일까 하였더니 모든 백관들이 늘어서서 거동하실 때 반열로 가시는 모습을 보니 진실로 기특하여 사

230) 자하의(紫霞衣) : 신선이 입는 옷임.

람들 무리 중에서는 옥 같은 사람이고 까마귀들 무리에서 봉황과 같았습니다. 한갓 아름답고 고운 얼굴뿐만 아니라 깨끗하고 맑은 것이 해와 달의 정기를 받으시고, 씩씩하신 것이 가을 하늘의 새벽 달 같으며,
66 정결하신 것이 백옥[231]이 티끌을 씻은 것과 같습니다. 알지 못하겠습니다. 손낭군이 어떻기에 상서에게 비할 수 있겠습니까? 궁금합니다. 낭군은 형참정께서도 다시 얻지 못할 보배 같은 사위이십니다."

운성이 미소 지으며 말하였다.

"두 할미는 우스운 말씀을 마시게. 온 세상에 인물이 많으니 어찌 소씨 형제들을 압두할 사람이 없겠는가?"

석파가 나아가 앉으며 말하였다.

"내가 한 말씀 드리겠습니다. 우리 선처사[232]는 세속을 벗어난 골격을 지니고 계셔 맑으신 것이 과도하셨습니다. 존당의 태부인은 지금도 저러하시니 젊었을 적에야 말해 무엇 하겠습니까? 우리가 들어올 적 태부인의 나이가 23세였는데 오히려 15세로 보였으며 봄에 핀 붉은 매화 같았습니다. 한번 바라보니 다만 광채가 영롱하여 어른거리고 오색 빛이 눈동자에 비치어 해와 달로도 비하지 못할 것이었습니다. 얼굴이 빼어나게 아름다운 것이 한갓 기이하실 뿐 아니라 지극히 좋아서 다만 대략 비교해보건대 옥으로 만든 화분의 흰 모란과 옥 그릇 속의 얼음과 옥병의 흰 연꽃 같아서 오로지 소담스럽고 깨끗하고 빼어나 좋은 것을

231) 백옥 : {형산 초옥}. 형산 밑에서 변화가 옥을 들고 있었던 이야기를 말하는 것임. 변하(卞和)가 박옥(璞玉)을 캐서 초(楚)나라 여왕(厲王)에게 바쳤더니 왕이 돌맹이를 옥이라고 한다 하여 변화의 왼쪽 발꿈치를 깎아버렸음. 무왕(武王)이 즉위하자 변화가 또 바쳤는데 속인다고 하여 이번에는 오른쪽 발꿈치를 깎이게 되었음. 그후 문왕(文王)이 즉위하자 변화는 박옥을 안고 형산(荊山) 밑에서 울고 있었는데, 그때서야 왕이 보옥을 알아봄. 문맥을 고려해 이같이 옮김.

232) 선처사 : 소현성의 부친인 소광을 말함.

으뜸으로 갖추셨습니다. 또한 외모가 넉넉하면서도 깨끗하고 매우[233] 윤택하시니 모든 모습이 나쁜 곳이 없었습니다.

태부인이 승상과 소부인을 두시니 아버지와 어머니를 닮아서 좋으시고 고우셨습니다. 한상서가 풍류 호걸이지만 소부인의 좋으신 것에는 미치지 못하시며, 석부인의 아름다운 광택이 세상에 비할 데 없이 뛰어나지만 오히려 청결함은 소승상께 미치지 못하십니다. 나쁜 것이 떨어 67
진 것[234]이 아니며 맑은 것이 적은 것이 아니지만 자연히 함께 앉아있으면 석부인은 붉은 연꽃과 같고 승상은 흰 연꽃 같으십니다.

이제 여러 낭군과 소저가 다 기이하시니 풍채와 용모가 아름다운 것은 부모를 모두 닮으신 것이고 골격이 좋으신 것은 소씨 가문의 내력입니다. 이제 소씨 집안으로 시집 오신 모든 부인네들이 다 기특하여 얼굴이 아름다운 것이 혹 낭군들보다 나으실 수도 있습니다. 그러나 맑고 깨끗한 골격과 산천의 맑고 빼어난 기운과 밝은 기운이 어려 있는 것은 우리 낭군이 나으십니다. 이러므로 시방 셋째 낭군과 형부인이 마주 앉았을 때 비록 향기로우며 자태가 곱고 모습이 아름다운 것은 부인이시지만, 수수한 격조와 맑고 깨끗한 풍채와 태도의 늠름하고 맑은 것은 상서께서 나으십니다. 하물며 어떤 남자가 설사 미모가 있다고 한들 우리 낭군의 골격과 더불어 어깨를 나란히 할 만 하겠습니까?"

운성이 천천히 웃고는 말하였다.

"할미의 말씀은 우리를 칭찬하시는 것이 지나치시네. 진실로 두 분 형님들과 운현이 조정에 나가면 구태여 아름다운 것이 빼어나지는 않지

---

233) 매우 : {호억}. '호억하다'는 흡족하다는 뜻의 고어임. 문맥을 고려하여 이같이 옮김.
234) 떨어진 것 : {쪄디미}. '쪄디다'는 떨어지다, 처지다의 뜻의 고어임.

만 자연 맑고 깨끗하니 다른 사람들과는 골격이 다르더이다. 또 나를 형씨보다 낫다고 하는 것은 실로 유리한 일이네."

이파와 석파가 박장대소하며 말하였다.

"얼굴이 낫다는 것이 아니라 품격이 고상하고 운치가 있다는 것입니
68 다. 형부인의 아름다운 자태가 어찌 낭군께 지겠습니까? 짐짓 비슷한
부부입니다. 겸손해할 일이 아닙니다."

상서 소운성이 거듭 자신이 낫다고 말하자 형씨가 다만 은근히 웃으며 말을 하지 않고 이파와 석파가 서로 농담을 주고받다가 흩어졌다.

이때가 늦봄[235] 초순이었다. 형참정이 아들과 사위를 거느리고 변하에 배를 띄우고 고기를 잡고 놀고자 하였다. 형한림이 소운성을 찾아보고 함께 가자고 하였는데 운성이 머리를 흔들며 말하였다.

"근간에 관아에 일이 많고 연일 진법을 연습하니 어찌 강정에서 뱃놀이를 할 길이 있겠는가?"

형한림이 거듭 권유하였으나 상서 소운성이 응하지 않고 다만 큰 배 한 척을 주어 가서 놀라고 하자 형한림이 매우 섭섭해 하며 말하였다.

"우리가 아버지를 모시고 형을 데려가 함께 놀고자 하였더니 그대가 가지 않으니 흥미가 없네."

운성이 말하였다.

"내가 즐겁게 노는 것에 참여하지 못하는 것을 한탄하네. 그러나 중요한 일이 생겨 잘못하면 안 되기에 안타깝구려."

형한림이 돌아와 형참정에게 말하니 또한 곧이듣고 드디어 손생을 불러 말하였다.

---

235) 늦봄 : {계춘[季春]}. 음력 3월을 달리 이르는 말임.

"소병부가 가지 않는다고 하니 너는 나와 함께 경치를 구경하겠느냐?"

손생이 운성은 가지 않는다는 것을 듣고 기뻐하며 허락하고 함께 변하
에 다다랐다. 흰 비단 같은 강물은 하늘을 대하였고 채선(彩船)은 기세 좋
게 떠 있어 경치가 문사(文士)[236]들의 흥을 도왔다. 형참정이 배를 강의
중간에 흐르도록 띄우고 술과 안주를 성대히 마련하며 풍악을 울리도록 69
하자 고운 옷을 입은 기생의 그림자가 강물 속으로 떨어지고 노란 옷과
붉은 치마가 바람에 나부끼니 아름다운 팔을 놀려 술을 마시고 있었다.
시간이 오시(午時)[237]는 되었다.

이때에 소운성이 손생을 보고자 짐짓 가지 못한다고 하고 배에 가서 손생을 만나 도망치지 못하게 하고자 한 것이었다. 날이 늦은 후 부모께 하직하고 만리운을 타고 따르는 종을 뒤에 떨어뜨려놓고 운성이 바로 달려 변하에 가니 형참정의 배가 물 가운데 외로이 떠 있어 화려한 노와 난을 새긴 창문 사이에서 미인의 유려한 소리가 봄바람에 섞이니 운성이 선창(船艙)[238]을 놓아 건너 배 안으로 들어갔다. 이때 손생이 잔치에 참여하여 즐기고 있었는데 시동(侍童)이 급히 보고하여 말하였다.

"소병부가 한 필의 말로 달려오셔서 지금 들어오십니다."

손생이 몹시 놀라 허둥지둥하며 바삐 피할 곳을 찾았지만 한없이 넓고 푸른 강물 가운데서 어디로 도망가겠는가? 다만 한 구석에 부딪쳐서 서 있었는데 잠시 후 운성이 비단 도포에 옥으로 장식한 띠를 두르고 사모(紗帽)를 쓰고 왼쪽에는 병부(兵簿)[239]를 차고 허리띠에 금인(金印)[240]을

---

236) 문사(文士) : {소인(騷人)}. 시인과 문사(文士)를 통틀어 이르는 말로 중국 초나라의 굴원이 지은 〈이소부(離騷賦)〉에서 나온 말임.

237) 오시(午時) : 십이시의 일곱째 시로 오전 열한 시부터 오후 한 시까지임.

238) 선창(船艙) : 물가에 다리처럼 만들어 배가 닿을 수 있게 한 곳. 발판.

239) 병부(兵簿) : 병사의 이름 · 주소 따위를 적어 넣은 명부(名簿).

건 모습으로 천천히 들어와 먼저 형참정에게 인사를 마친 후 돌아서서 형한림 형제를 보고 기쁘게 안부를 나누고는 눈을 들어보았다. 형참정 뒤에 사람 하나가 서 있었는데 귀신과 같은 괴이한 모습으로 눈을 둥그렇게 뜨
70 고 서 있었다. 운성은 이미 짐작하고 일부러 가리켜 말하였다.

"저는 어떤 사람인가?"

형한림이 홀연 웃고는 말하였다.

"이는 손상서의 셋째 공자이니 우리의 매부일세. 그대가 보지 않아서 모르는 것일세."

운성이 황급히 몸을 움직여 소매를 들어 절하고는 말하였다.

"나 소운성은 다름 아니라 초가집의 보잘 것 없는 사내입니다. 외람되이 황제의 은혜를 입어 그대의 아버지와 육경(六卿)[241]의 수를 채워 어깨를 나란히 하니 교훈을 깊이 받았습니다. 오직 한탄했던 것은 존형과 일가(一家)의 친분이 있으나 속절없이 이름을 우러러 귀가 닳도록 듣고 꽃다운 얼굴을 보지 못했던 것입니다. 오늘은 어떤 날이기에 그대 앞에 알현하여 반평생 우러르고 그리워하던 해와 같은 모습을 보게 되었습니다. 매우 기쁘고 다행스럽습니다."

손생이 다만 두루 돌아보고 답할 바를 알지 못하니 형생이 소매로 입을 가리고 말하였다.

"손형은 앉는 게 좋겠네."

손생이 비로소 넌지시 말석에 앉으니 운성이 칭찬하며 말하였다.

"어질군요. 손형. 공손하고 조심하는 덕이 이 같으니 내가 미칠 바가

---

240) 금인(金印) : 황금으로 만든 도장.

241) 육경(六卿) : 중국 주(周)나라 때에 둔 육관(六官)의 우두머리를 말함. 대총재 · 대사도 · 대종백 · 대사마 · 대사구 · 대사공을 이름. 조선에서는 육조판서를 말함.

아니로군요."

모두 크게 웃었는데 운성이 손을 저으며 말하였다.

"장인은 그대들에게는 부형(父兄)이라 마땅히 허물이 없지만 좌중에 성인(聖人)이 계시니 가볍게 방자하게 굴지 마라."

형한림 형제들이 더욱 웃자 형참정이 꾸짖어서 그치게 하고 운성에게 물어보며 말하였다.

"네가 처음에는 어찌 못 온다고 하였느냐?" 71

운성이 대답하여 말하였다.

"요사이 병부(兵部)가 일이 많아 장관과 함께 진법을 연습하기에 겨를이 없어 가지 못 한다고 했는데 다시 생각해보고 급히 좌시랑과 우시랑으로 대신하게 하고 관아에서 바로 왔습니다."

형참정이 잠자코 있으니 형한림이 말하였다.

"소형이 우리를 따라와 놀고자 했다면서 어찌 술과 안주와 풍악을 대동하고 오지 않았느냐?"

운성이 말하였다.

"그렇지 않네. 문인재사(文人才士)의 뱃놀이에는 술과 안주가 옳고 풍류학사(風流學士)의 뱃놀이에는 창기(娼妓)를 모으네. 그런데 이제 말석에 성인이 앉아 있으니 나도 조심해 하는데 어찌 감히 부정한 것을 모아가지고 손생의 못마땅해 함을 받겠는가?"

이야기를 마치고 운성이 곁에 있는 이들을 불러 위에 입고 있던 금포옥대를 벗고 당건(唐巾)과 청나의(青羅衣)[242]로 세초띠[243]를 차고 평복(平服)

242) 청나의(青羅衣) : 나의(羅衣)는 얇은 비단으로 지은 옷을 말함. '청나의'는 푸른색의 얇은 비단옷을 말함.

243) 세초띠 : {세툐씌}. 문맥을 고려하였을 때 허리띠의 일종으로 추정됨.

으로 손에 반죽선(斑竹扇)[244]을 들고 앉으니 품위 있는 골격과 가뿐해 보이는 풍채가 은연히 학의 깃털이 달린 신선이었다. 손생과 비교하였을 때 진실로 개천의 흙과 먼지에 백옥이 섞여 있는 것과 같았다. 형참정이 마음 속으로 '천도(天道)가 고르지 않는 것은 이와 같구나. 나의 두 딸은 별 차이가 없지만 그 남편의 선악은 이렇듯 현격하게 다르니 어찌 안타깝지 않겠는가?' 하고 새삼 한스러워하였다.

운성이 난간머리에 단정하게 앉아 맑은 눈을 바르게 하고 눈길을 주어
72 손생을 바라보기를 뚫어질 듯하다가 잠시 후 물어보았다.

"손선생의 나이는 몇이나 됩니까? 보기에는 거의 80여 세를 지낸 것 같으니 몹시 공경합니다."

손생이 가뜩이나 어리석은 인물인지라 자기를 보고 때리지 않으며 꾸짖지 않는 것을 보고 저절로 황공하여 허둥지둥하면서 황망히 머리를 숙이며 대답하여 말하였다.

"저는 25세입니다."

또 운성이 물어보며 말하였다.

"이름은 무엇입니까?"

손생이 대답하여 말하였다.

"이름은 송기입니다."

원래 손생이 겁이 나서 대답할 때에 손기란 말을 잘못하여 송기라고 한 것이었다. 상서 소운성이 잠시 웃고 말하였다.

"내가 세상을 알게 된 지 21년입니다만 사람됨이 부족하여 만물의 기운을 알지 못하기에 오늘 선생의 아름다운 성씨를 손가로 알았고 송가

244) 반죽선(斑竹扇) : 무늬가 있는 대나무로 살을 만든 부채.

인 줄을 몰랐는데 바야흐로 이르시는 말을 듣고 선생의 존성이 두 가지 인 줄을 깨달았습니다."

손생이 주위를 돌아보고 머뭇머뭇하니 형생이 말하였다.

"손형이 순간 잘못 말한 것일세. 어찌 성이 두 가지이겠는가?"

운성이 또한 다시 묻지 않고 강산을 바라보다가 손생이 한 그루의 나무같이 앉아 있는 것을 보고 참지 못하고 돌아서서 형한림 형제들에게 말하였다.

"손형이 출가해서 참선을 하느냐? 어떤 까닭으로 이렇게 단정히 앉아 73
움직이지 않느냐?"

형한림 형제들이 크게 웃고 말하였다.

"그대가 사람을 보채는 것이 너무 심할세. 손형은 본래 앉는 것과 눕는 것을 가볍게 움직이지 않네."

상서 소운성이 탄복하며 말하였다.

"손선생은 고인(古人)이 말씀하신 재주와 용모를 두루 갖춘 군자(君子)로구나. 조용하고 침착하여 짐짓 장인의 뜻에 맞는 사랑스런 사위일세. 저 같은 성인을 얻어 계시니 나를 경박하고 무례하다고 나무라지 않으시겠는가?"

형참정이 어이없어 웃으며 말하였다.

"비록 외모와 언어가 너만은 못하지만 온순하고 인정이 두터운 것은 낫다."

운성이 대답하여 말하였다.

"진실로 옳으신 말씀입니다."

형참정이 마음 속으로 운성이 손생을 피곤하게 보채는 것을 민망하게 여겨 문득 말하였다.

"너희들 행동이 모두 옳지 않구나. 뛰어난 경치를 기록하는 것이 옳은 데 농담이 무슨 말이냐?"

모든 생들이 말씀을 받드는데 운성이 말하였다.

"오늘 우리 7인이 장인 앞에서 시를 짓는데 만일 지체하고 게으른 사람이 있거든 마땅히 변하의 물 10그릇으로 벌칙을 할 것이다."

형한림 형제들이 손생을 돌아보니 손생의 안색이 흙빛과 같기에 역시 민망하여 말하였다.

"손형은 어려서부터 사람들 사이에서는 글을 짓지 않으니 우리 6인만 함께 짓는 것이 마땅하네."

상서 소운성이 정색하며 말하였다.

"우리들은 비록 나이가 어리지만 남자가 되어서 입으로 말을 한 뒤 바꾸는 것은 예(禮)가 아니다. 어찌 손생을 구태여 꺼리겠으며, 어떤 군자
74 인들 강산의 아름다운 경치를 두고 글이야 못 짓겠는가?"

드디어 문방사우(文房四友)[245]를 앞에다가 늘어놓고 운성이 붓을 들어 휘두르니 붓끝이 닿는 곳마다 용과 뱀이 나는 듯이 움직여 뜻이 웅장하고 기상이 뛰어났다. 운성이 순식간에 지어놓고 형한림 형제들을 돌아보니 모두 초안을 잡았는데 홀로 손생이 빈 비단을 앞에 놓고 방석을 어루만지면서 어떻게 할 줄을 모르고 있었다. 운성이 팔을 들어 절하며 말하였다.

"나는 무식한 필부입니다. 일찍이 고서(古書)를 알지 못하고 주워들은 남의 글재주나 도적질하여 지었는데 오래 전에 들으니 선생이 큰 강을 헤치는 뜻과 긴 강을 기울이는 의사로 옛날부터 지금까지를 모두 아우

245) 문방사우(文房四友) : {문방ᄉᆞ보[文房四寶]}. '문방사우'와 같은 말로 종이 · 붓 · 먹 · 벼루를 말함.

르는 재주를 겸하여 계시다고 하니 위·아래 사람들이 우러르기를 북두칠성을 대하듯 하였습니다. 매번 형씨네 집에 가서도 선생은 나를 더럽게 여겨서 보지 않으셨습니다. 오늘 목욕재계하고 내가 이곳에 온 것은 선생의 해와 달 같은 존안(尊顔)을 보고자 한 것입니다. 옛사람들이 말씀하시기를 '한번 군자를 보는 것이 나의 학문을 깊게 한다'고 했으니 바라건대 선생은 높은 뜻을 낮추어 문장을 지으셔서 속세에 썩은 선비를 가르쳐 주십시오."

손생이 오래 있다가 말하였다.

"본래 나는 사람들을 피한 이일세. 사람들 가운데에서 글을 짓지 않는다는 것은 불운[246]이 아네. 그러니 진실로 글을 쉽게 내놓지 못할 것이네."

형한림 형제들이 박장대소하고 동시에 글을 바치니 형참정이 보고 운 75
성의 재주를 새삼 사랑하나 칭찬하는 것이 좋지 않아 다만 흔쾌히 웃자 운성이 말하였다.

"이 글은 7장일 것인데 어찌 다만 6장인고? 이 중에 짓지 않은 사람이 있으니 벌칙을 따르는 것이 마땅할 것이로다."

드디어 변하의 물 10그릇을 떠오라고 하며 한편으로는 짓지 않은 사람을 찾자 형한림이 민망하여 초고를 지어서 손생을 주다가 운성에게 들키게 되었다. 운성이 짐짓 모르는 체하고 말하였다.

"이 중에서 성인군자가 있어 매우 침착하고 정직하여 남의 글을 얻어 사람을 속이고자 하는 뜻이 있으니 몹시 애통하구나. 마땅히 변하의 물 10사발을 또 떠와야 할 것이로다."

이어서 형참정을 향해 말하였다.

---

246) 불운 : 소운성의 처 형부인의 남자형제 중 한사람인 형한림의 자(字).

"장인이 사랑하는 침착하고 정직한 사위가 너무 사람을 업신여깁니다. 마땅히 벌칙인 물 20그릇을 마다하지 못할 것입니다."

곁에 있는 이를 재촉하여 물그릇을 가져다가 손생 앞에 놓으며 말하였다.

"정인군자(正人君子)[247]야. 글짓기를 싫어하니 벌칙으로 물을 마셔라."

여러 가지로 놀리자 손생이 부끄러움을 견디지 못하고 문득 소리를 지르며 울었다. 주위에서 모두 놀라고 운성이 탄식하며 말하였다.

"천지의 조화가 손생에게 치우쳐서 모든 것이 평범한 사람보다 특출하
76 구나. 소리는 미친 개와 같고, 용모는 굶주린 말 같으며, 풍채는 잎 떨어진 나무 같고, 재주는 남의 글 도적하고, 사람으로서 해야 할 일에는 거짓말을 잘 하니 과연 영웅이라. 저렇거든 장인이 칭찬하지 않으시겠는가?

또한 모임 중에서 이상한 곡성을 내니 친척이 돌아가신 슬픔이 생긴 것이 아니냐? 놀랍구나. 형이 점복(占卜)을 신기하게 해서 집에서 친척이 뜻밖에 죽은 줄 알고 이리 우는 것이 아니냐? 알지 못하겠구나. 어떤 사람이 죽었는고? 아직 탄식하는 것을 천천히 하고 급히 알아오라고 하는 것이 옳을 것이다. 죽고 사는 것이 어둠과 밝음 같은 것이니 설마 어찌 하겠는가? 너무 슬퍼하지 마라."

이야기를 마치고 형한림 형제들과 함께 크게 웃으니 손생이 더욱 울었다. 형참정이 다만 아들을 꾸짖고는 정색하고 단정하게 앉으니 운성이 크게 웃고 일어나 말하였다.

"손생이 울어서 벌칙으로 물을 마시지 않았습니다. 나의 말이 실행되

247) 정인군자(正人君子) : 마음씨가 올바르며 학식과 덕행이 높고 어진 사람.

지 못하니 돌아갑니다. 장인은 사랑하는 사위와 함께 즐기시고 미운 사위인 소운성 때문에 불편해 하지 마십시오. 다만 평소에 손생을 매우 칭찬하시기에 소문을 높이 듣고 보고자 한 것입니다만 몹시 낮아 보입니다."

운성이 말을 마치고 또한 크게 웃고는 하직인사를 드리자 형생 등이 아연해하고 섭섭해하며 만류하고자 하였지만 운성이 있으면 손생을 보챌 것 같아 마지못해 운성을 놓아 보내니 형참정도 운성에게 머물러 있으라고 하지 않았다.

운성이 훌쩍 돌아와 부모님께 인사를 드리고 물러나 침소에 와서 형부인을 대하여 웃으며 말하였다.

"그대가 지난번에 손기를 칭찬하더니 오늘 보니 과연 비범한 사람이었 77
습니다."

형부인이 미소 지으며 말하였다.

"진실로 어진 사람입니다. 낭군이 만나보시고 얼마나 보채셨습니까?"

운성이 웃고는 말하였다.

"나 같은 소졸객(疏拙客)[248]이 어찌 정인군자(正人君子)를 보채겠습니까?"

형부인이 미소를 머금고 대답하지 않았다.

이때 손생이 운성을 보내고 나서 울음을 그치자 형참정이 그 거동을 보고 몹시 한심해했고, 형한림 형제들이 웃다가 꾸짖음을 받자 모두 흥이 사라져 뱃놀이를 일찍 끝마치고 들어왔다. 손생이 이후로는 운성을 더욱

248) 소졸객(疏拙客) : {소줄객}. 문맥을 고려할 때 '소졸객'으로 보임. '소졸'은 꼼꼼하지 못하고 서투르다는 의미임.

피하였다.

초여름 음력 보름께가 형참정의 생일이었다. 자녀들이 모이니 형씨가 또한 친정에 가서 형제들과 담소를 나누었는데 형한림이 웃으며 두 누이를 향해 손생이 하던 말을 일일이 전하자 형부인은 탄식하며 말하였다.

"사람의 호탕함이 어찌 이토록 심하겠는가? 실로 형부가 낭군 만나기를 불행하게 하였구려. 낭군은 어떤 성품이기에 집안에 들어가서도 사람을 보채는 것을 섭렵하니 실로 이상합니다."

손생의 처가 이야기를 침착하게 하며 말하였다.

"우리 낭군의 거동이 보챌 만해서 놀린 것이니 어떤 사람이 낭군을 보고 고지식하게 있겠느냐? 내가 남자라도 제부만큼은 보채었을 것이야."

형한림이 웃으며 말하였다.

"누이는 간사합니다. 속으로는 천강을 미워하면서 겉으로는 재미있게 말하느라고 안과 밖이 다른 말을 하십니다."

78 손생의 처가 맑게 웃으며 말하였다.

"우리 낭군의 사람됨이 이상하여 보챔을 당한 것인데 그만한 일로 제부가 미울 것이 있겠느냐?"

드디어 그 세 아들과 두 딸을 나오게 하여 자랑하며 말하였다.

"남편은 우습지만 이 아이들은 옥으로 새겼으니 내 평생에 귀중하게 여기는 바일세."

말을 마치고 탄식하자 부모가 탄식하고 형제가 애달파하였다.

삼일 동안 잔치를 크게 베풀어 즐긴 후 손님들이 흩어지니 촛불을 밝혀 아들과 사위와 딸과 며느리를 한 당(堂)에 모이게 하였다. 이야기를 나눌 때 운성이 또한 내당(內堂)에 들어와 형생 형제들의 부인들과 손생의 처를 등불의 빛과 같이 밝게 빛나는 눈으로 흘겨보니 손생의 처가 아름다운 것이 자신의 부인과 다름이 없었기에 몹시 칭찬하였다. 날이 저물어 잠을 자려고 새는 수풀 사이로 갔다.

다음날 소운성이 형씨와 함께 본가로 돌아왔다. 이후로는 형씨와 운성이 형가에 왕래를 자주 하고 부부가 화락하여 은정(恩情)이 나날이 새로워 자녀를 갖추어 두고 영화를 누렸다. 양가 부모가 처음에 슬퍼하던 것이 변하여 경사가 되니 무궁한 세월에 기뻐하는 것이 컸고 운성이 또한 형씨에게 매번 지난 날 고생을 겪었던 것과 형씨를 사모했던 일에 대해 말을 하며 탄식하고 한편으로는 웃으며 말하였다.

"명현공주는 실로 우리의 액운을 위하여 태어났던 것 같습니다. 이제와 생각하니 그토록 밉지는 않은데 그 때에는 공주를 볼 적마다 놀랐으니 내 마음이라도 실로 이상하게 여겨집니다." 79

형부인이 탄식하고 대답하지 않았다. 운성이 처첩을 순조롭게 거느려 백년해로하니 마땅히 기특하였다. 집안사람들이 모두 칭찬하며 말하였다.

"만일 형부인이 아니면 어찌 공주의 투기를 제어하여 잘 견디었으며, 상서가 아니었다면 위세를 두려워해[249] 공주 팔 위의 홍점을 완연히 둘 자가 있겠는가? 이 두 사람이 뜻을 세우는 것과 너그러움이 큰 것은 속인이 미칠 바가 아니로다."

이러저러하여 승상의 생일이 되었다. 여러 아들과 며느리가 잔치를 크게 베풀고 승상께 술을 드리고 태부인께 축하 술을 올릴 때 승상의 여섯

---

249) 두려워해 : {두리며 저허}. '두리다'와 '저허ᄒᆞ다'는 모두 두려워하다는 뜻의 고어임. '두려워하다'가 반복되기 때문에 한번만 옮김.

며느리와 열 명의 아들이 잔을 들어 태부인께 나아갔다. 한결같이 용모가 시원하고 아름다우며 여러 며느리의 아리따운 모양과 태도가 각양각색이었다. 그 중 운성의 뛰어난 거동과 윤택하고 호탕하고 시원스러운 얼굴과, 운경의 맑고 산뜻한 말과 행동과 한아한 풍채가 가볍게 나부끼는 신선의 모습 같았다. 태부인이 기뻐하고 사랑하는 것이 새삼스러웠다. 여러 손자며느리의 아름다움 중에서도 위씨와 형씨가 젊은 사람들 가운데 특이하여 광채가 주변을 놀래게 하였다. 양태부인이 탄식하며 말하였다.

"천도(天道)가 이러하구나. 오늘 너의 며느리 여섯 사람 중 위씨와 형씨 두 며느리가 빼어나서 고생을 참혹하게 하였으니 홍안박명(紅顔薄命)[250]은 옛날부터 일컬은 바이다. 비록 그러하나 그네들은 처음에 고
80 생하였으나 마침내 영화롭기를 바라네."

또 말하였다.

"화씨와 석씨 두 사람이 모두 며느리를 잘 얻었구나. 늙은 어미가 그대들에게 축하하네."

두 부인이 급하게 일어나 사례하고 두 소저가 또한 붉은 치마를 나부끼며 자리를 피하여 말을 하니 온화한 기질과 꽃다운 풍격이 우아하며 특출나 시부모가 새삼 사랑하였다. 태부인이 승상에게 말하였다.

"너의 여섯 며느리는 모두 아름다운 여인이다. 나이든 어미가 늙어서 복이 있어 여섯 며느리를 보았구나. 사람의 욕심은 만족할 줄을 몰라 남은 네 아이들의 아내를 맞이하는 것을 바삐 보고 싶구나. 운숙의 나이가 15세이니 어찌 혼인[251]을 늦추겠느냐?"

---

250) 홍안박명(紅顔薄命) : 얼굴이 예쁜 여자는 팔자가 사나운 경우가 많음을 이르는 말.

251) 혼인 : {동상턱부[東牀擇婦]}. '동상'은 사위를 고르는 일로 중국 진(晉)나라의 태위 극감이 사윗감을 고르는데 왕도의 집 동쪽 평상 위에 엎드려 음식을 먹고 있는 왕희지를 골랐다는 고사에

소승상이 말씀을 이어서 대답하여 말하였다.

"저 또한 이러한 뜻이 있으나 위에 여섯 아들이 모두 일찍 혼인을 하여 아내를 사랑하는 일로 사람으로서의 도리를 다 하지 못하고 학문을 그만두었습니다. 하물며 운숙은 성품과 행실이 몹시 약하고 속이 좁고 사리에 어두운 까닭에 며느리를 얻는 것을 바삐 하지 않았는데 오늘로 구혼을 하겠습니다."

이야기를 마친 후에 이파와 석파가 운숙을 놀리며 웃으니 운숙이 대답하지 않았다.

원래 운숙은 승상의 일곱 번째 아들이자 석부인의 네 번째 아들이었다. 용모가 흰 눈 같고 붉은 입술이 가느다란 실 같으며 풍채가 버드나무 같아 그 한가한고 준매함이 얼핏 부친의 모습이 많았다. 다만 조용하고 옹졸하여 단정한 것이 운경과 비슷하여 소승상이 기뻐하지 않으며 늘 말하기를, '아들 열을 두었지만 그 인물이 고르지 않으니 장부의 풍채를 가지 81
고자 한즉 모자란 것이 운성 같고, 군자의 풍모를 구한즉 운경이 너무 어질고 부드러워 강약이 상반한 것을 한탄하였는데, 운숙은 바르고 곧고 어질고 약한 것이 지나치니 내 팔자에 알맞은 자식을 두지는 못할 것이다.' 하였다. 소부인이 매번 말하기를 '그대가 저런 자식을 두고 오히려 나쁘게 여기니 나 같은 사람은 아들 여섯이 있다고 못할 것입니다.'라고 하였다.

이때 운숙의 나이가 15세였다. 소승상이 어머니의 말씀을 받들어 널리 구혼하여 평장사 성우경의 딸과 혼인하였는데 성소저가 자색(姿色)이 탁월하고 여공(女工)의 일이 기이하였다. 다만 사람됨이 성질이 편협하고 언

서 온 말임. '택부'는 며느리를 고르는 일을 말함.

어가 제멋대로이니 온 집안사람들이 부족하게 여기는 빛이 있었다. 그러나 소승상이 모르는 듯하였고 사랑하기를 다른 여러 며느리보다 덜하지 않았고, 석부인은 자애롭고 인자하고 후덕하게 대하였다. 석부인은 평소에 여러 며느리를 사랑하는 것을 지성으로 하여 친딸과 다름이 없게 했기에 신부가 비록 마음에 들지 않았지만 한결같이 대접하였다. 온 집안 식구들이 이미 시부모와 할머니가 신부의 허물을 보지 않는 것을 보고 또한 형씨와 조씨, 유씨에게 칭찬하듯이 하지는 않았지만 감히 흠을 놓지 못하였다. 형씨가 운성의 우애와 시부모님의 엄정함을 공경하며 또한 천성이
82 어질고 사리에 밝아 아래로 조씨와 유씨와 세 시누이를 거느려 신성혼정(晨省昏定)252)하는 예(禮)와 손님을 맞이할 때에 계절에 맞는 옷을 한가지로 하여 한 몸같이 하고 조금도 사사로운 뜻이 없으니 시부모가 더욱 예뻐하였다.

하루는 석파가 석부인을 대하여 성씨의 부족한 점을 말하였는데 석부인은 다만 웃고 입을 열지 않았다. 석파가 석부인의 마음을 측량하지 못하여 소승상에게 말하였다.

"성소저가 비록 자색과 기질이 단정하고 지혜로워 빼어나시지만 말씀이 조리가 없으며 가볍고 행동거지가 가소로우니 칠공자의 배필이 아닙니다."

소승상이 오래도록 잠자코 있다가 말하였다.

"어찌 그 아이의 말이 가볍고 행동거지가 가소로움을 보셨는가?"

석파가 드디어 많은 이야기를 전하니 승상이 또 물어보았다.

---

252) 신성혼정(晨省昏定) : 아침 일찍 부모의 침소에 가서 밤사이의 안부를 살피는 일과 잠자리에 들 때에 부모의 침소에 가서 잠자리를 살피고 밤 동안 안녕하기를 여쭈는 일.

"일찍이 서모가 말하여도 고치지 않던가?"

석파가 말하였다.

"내가 어찌 그 잘못하는 점을 가볍게 말하겠습니까?"

승상이 웃고 온화하게 말하였다.

"서모가 하나를 알고 둘은 깨닫지 못하고 있네. 성씨 며느리가 나이가 어리고 또한 다른 가문에서 태어나 자랐으니 어찌 모든 일이 우리 집 일과 우연히 들어맞겠는가?[253] 각각 성품과 행실과 뜻이 다르니 마땅히 집안사람들이 내 집 법도[254]를 일러주어 가르치는 것이 옳으며 어찌 제 스스로 알고 고치는 것이 쉽겠는가? 이후에는 모든 일을 가르치게."

석파가 무안하여 물러가니 승상이 이날 밤에 벽운루에 와 석부인에게 말하였다.

"며느리와 친딸을 사랑하기를 어떻게 하십니까?"

석부인이 대답하여 말하였다. 83

"며느리가 만일 아름답다면 어찌 친딸보다 못하겠습니까?"

승상이 말하였다.

"이제 부인이 며느리 넷에게 마음이 어떻습니까?"

석부인이 대답하여 말하였다.

"모두 극진하고 지극히 사랑하기를 세 딸과 같이 합니다. 어째서 물으시는 것입니까?"

---

253) 우연히 들어맞겠습니까 : {암합(暗合)ᄒᆞ리잇고}. '암합'은 '우합(偶合)'과 같은 말로 우연히 들어맞는 것을 말함.

254) 법도 : {규구(規矩)}. '규구준승(規矩準繩)'의 준말로 목수가 쓰는 그림쇠, 자, 수준기, 먹줄을 통틀어 이르는 말인데 일상생활에서 지켜야 할 법도를 가리킴.

승상이 냉소하며 말하였다.

"그대가 말을 꾸미는 것이 많구려. 내가 들으니 친딸을 거느리고 사랑하는 데에는 안과 밖이 없으며, 가르침을 극진히 하여도 만일 듣지 않는다면 큰 소리로 꾸짖어 경계한다고 하는데, 이제 부인의 며느리가 집안사람들에게 놀림을 받는데 한갓 말을 하지 않는 것만 지키고는 가르쳐서 다른 사람들의 비웃음을 면하는 것을 생각하지 않으니 이것이 진실로 친딸과 같이 헤아리는 것인가?"

부인이 천천히 대답하여 말하였다.

"상공의 말씀이 옳으시나 다만 생각하건대 며느리가 비록 사랑스럽고 귀중한 것이 딸아이와 다르지 않으나 또한 일의 형세가 다릅니다. 친딸은 이미 내 자식이라 때리고 가르치는 것이 당당한 일이지만 며느리는 다만 사랑을 할지언정 다른 집 사람이기에 저도 이미 나를 제 어미와 같이 여기지 못하여 공경하는 것이 지극합니다. 내가 또한 자주 가르치고 허물을 말하였는데도 며느리가 시행하지 않으면 오히려 정이 상하여 문득 속으로는 어려워하고 겉으로는 유순함이 많기가 쉽습니다. 제가 이러하여 다만 입을 봉하여 말을 허비하지 않으면 집안사람들의 의논이 자연히 사라질 것이니 어찌 쓸데없이 서두르겠습니까?"

승상이 다 듣고 정색하여 말하였다.

84 "이러면 부인이 무슨 연고로 말을 하기를 친자식같이 대한다고 하십니까? 만일 친딸이 이제 사람의 비웃음을 받는데 그대가 말을 하면 당연히 정이 상할 것이라고 여기고 딸아이가 자연히 알 것이라 여겨 입을 봉하시겠습니까? 정의가 손상한다고 하는 것은 이유가 있는 것입니다. 유죄, 무죄를 살피지 않고 대소사에 하나하나 아는 체하여 이르고, 허

물을 삼아 괴로이 구는 것을 오래도록 고집하여 슬하를 평안치 못하게 하고, 소소한 잘못을 거두어들여 시비(是非)를 만들게 될 것입니다. 그러면 비록 며느리가 아니라 친자식이 효를 지극하게 하더라도 효 이외에는 반드시 두려워하고 불안해 할 것입니다. 두려워하는 것이 오래되면 노한 것으로 변하게 되어 드디어 정의가 상하여 방자해지고 원망이 일어나 어미와 딸[255]이 겉으로는 친하다 해도 소원하는 바가 있을 것입니다.

이제 신부가 갓 들어와 집안 형세를 몰라 모든 사람의 논핵이 일어나니 그대가 조용히 불러 가만히 경계하여도 진실로 정의가 상하고 감격할 줄을 모른다면 어찌 인간의 탈을 쓴 짐승이 아니겠습니까? 부인이 마땅히 시험 삼아 내 말대로 하여도 만일 듣지 않고 그대를 원망하거든 즉시 나에게 말을 하게나. 내가 마땅히 법으로 다스려 내치도록 할 것이네. 세상에 시부모가 조용히 진정을 담아 가르쳐도 듣지 않는 며느리를 어찌 일시라도 용납하겠습니까?"

석부인이 조용히 웃고 사례하며 말하였다.

"제가 순간 실언을 하였습니다. 다만 상공의 말씀대로 성씨를 가르치 85
겠습니다. 그런데 실은 대단한 허물이 없는데 승상은 어찌 아시고 계십니까?"

승상이 웃으며 말하였다.

"저절로 들었으니 말한 사람을 찾아 무엇 하시겠습니까?"

이야기를 마친 후 두 사람이 기분 좋게 웃고 잤다. 이후로는 집안에서 사람의 잘못을 보는 일이 없었고 모든 젊은 며느리들이 시부모를 두려워

---

255) 어미와 딸 : {부자[父子]ㅣ}. 문맥을 고려하여 이같이 옮김.

하고 정(情)이 친부모보다 더하였다. 모두 승상과 석부인의 덕이었다. 운숙이 성씨와 오래도록 화목하게 살며 자녀를 두루 두어 복을 누렸다.

화설(話說).[256] 소승상의 여덟 번째 아들 운명은 화부인의 소생으로 하늘이 내려준 옥같이 아름다운 자태와 골격을 지녔고, 글재주가 매우 뛰어난 사람이었다. 당당하고 우아한 풍채와 슬기롭고 뛰어난 말과 행동이 족히 반악(潘岳)과 하안(何晏)[257]의 고움을 더럽게 여기고 송위[258]의 맑음을 나무라며, 나부끼는 것마다 바람 앞의 아름다운 나무와 같고, 희고 깨끗한 것이 구름 속 신선과 같았다. 또한 문장이 빼어나 조자건(曹子建)의 칠보시(七步詩)[259]를 대수롭지 않게 여기고 이태백(李太白)의 59수[260]를 압두하였다. 온 집안사람들이 모두 사랑하고 공경하는데 다만 운명의 사람됨이 문인재자(文人才子)의 가벼운 모양이 있고 성정이 확 일어나는 불같으며 마음이 좁았다. 그러면서도 운명이 맑고 아름다우며 선량하고 바르면서도 마음이 너그럽고 후덕한 태도가 운성에게 미치지 못하였고, 어질

256) 화설(話說) : 이야기의 첫머리 또는 말머리를 돌리 때 쓰던 말.

257) 반악(潘岳)과 하안(何晏) : {반하(潘何)}. 반악(潘岳)과 하안(何晏)은 중국 고대의 미남자임. 반악은 중국 서진(西晉)의 문인. 자는 안인(安仁). 문재(文才)가 뛰어나고 용모가 출중하여 낙양 거리에 나서면 그를 사모하는 여인들이 길에 나와서 그의 수레에 과일을 던져 넣었다고 함. 권세가인 가밀(賈謐)의 집에 드나들며 아첨하다가 뒤에 손수(孫秀)의 무고로 주살되었음. 하안은 자는 평숙(平叔)이며, 남양 사람으로 성품이 스스로를 보고 기뻐하며, 움직일 때나 가만히 있을 때나 항상 하얀 분을 손에서 놓지 않았으며 걸을 때는 자기의 그림자를 돌아보았다고 함.

258) 송위 : 맑은 시풍의 시를 썼던 두 명의 시인의 성으로 추정되나 미상임. '송'은 송옥(宋玉)으로 보이는데 전국시대 초나라 언(鄢)땅 사람으로 굴원의 제자로 『초사』를 썼음.

259) 조자건(曹子建)의 칠보시(七步詩) : {ᄌ건의 칠보시}. 자건은 조식(曹植)을 말함. 조식은 중국 삼국시대 위(魏)나라 조조의 셋째 아들로 자가 자건(子建)이며 시호가 사(思)임. 연회석상에서 형 문제가 일곱 걸음을 걷는 사이에 시 한 수를 짓지 못하면 대법(大法)으로 다스리겠다고 하자, 그 말이 끝나기가 무섭게 "콩을 삶기 위하여 콩대를 태우나니, 콩이 가마 속에서 소리 없이 우노라. 본디 한 뿌리에서 같이 태어났거늘 서로 괴롭히기가 어찌 이리 심한고[煮豆燃豆萁 豆在釜中泣 本是同根生 相煎何太急]"라 읊은 〈칠보지시(七步之詩)〉가 유명함.

260) 이태백(李太白)의 59수 : {태빅의 오십구슈}. 이백(李白)은 중국 성당기(盛唐期)의 시인으로, 자가 태백이며 호가 청련거사(青蓮居士)임. 두보(杜甫)와 함께 '이두(李杜)'로 병칭되는 중국 최대의 시인이며, 시선(詩仙)이라 불림. 그가 지은 「고풍(古風)」59수는 오언고시의 대표작임.

고 명석하기는 운경만 못하지만 무릇 풍채와 태도와 문재(文才)는 기특하였다. 사람들이 모두 칭찬하기를 화부인의 복이라고 하였다.

운명의 나이가 14세에 이르니 혼인할 곳을 널리 구하였는데 태상경(太 86
常卿)[261] 임수보가 운명을 보고 몹시 사랑하여 소승상에게 말하였다.

"제가 일찍이 명공(名公)의 덕을 입어 몸이 높고 귀하니 그 넓고 큰 은혜를 갚을 길이 없었는데 이제 그대의 귀한 아들을 보니 마음 속으로 흠모하는 것을 이기지 못하겠습니다. 못난 딸이 있는데 외람되지만 혼사를 이루기를 바랍니다."

소승상이 기뻐하지 않으며 대답하여 말하였다.

"형이 복이 있어 과거를 하게 된 것은 하늘의 명(命)인데 어찌 이런 말을 하십니까? 일찍 유형과 성형의 딸아이를 나의 슬하에 두었으니 다른 사람의 시비(是非)가 일어날 수 있습니다. 이제 또 형의 딸아이를 다시 맞아들이기에는 옳지 않습니다. 후의는 감사하지만 따르지 못하겠습니다."

임수보가 거듭 간청하며 말하였다.

"부탁을 물리치시니 감히 청하기에는 염치가 없지만 그대의 아들을 사랑하며 그리워하는 것이 깊습니다. 딸아이가 비록 용모가 볼 만하지는 않지만 사덕(四德)[262]을 두루 갖추었으니 그대의 아들을 욕보게 하지 않을 것입니다. 바라건대 물리치지 마십시오."

소승상은 성현군자(聖賢君子)이기에 태상 임수보의 말이 간절한 것을

---

261) 태상경(太常卿) : 태상시(太常寺)의 으뜸 벼슬. 태상시는 제사를 주관하고 왕의 묘호와 시호를 제정하는 일을 맡아보던 관아임.

262) 사덕(四德) : 여자로서 갖추어야 할 네 가지 덕으로 마음씨[婦德], 말씨[婦言], 맵시[婦容], 솜씨[婦功]를 말함.

보고 기꺼이 응하여 허락하며 말하였다.

"그대의 말이 이러하니 내 어찌 자식 하나를 아껴서 숙녀를 사양하겠습니까?"

임태상이 몹시 기뻐하며 얼굴을 맞대고 굳게 약속을 정하니 혼례가 십여 일이 남았다. 두 집안이 혼구(婚具)를 정성들여 갖추었다.

87 혼례 날이 되자 신랑이 대례(大禮)[263]를 미리 익혀 태상집에 도착하여 홍안지례(鴻雁之禮)[264]를 마치고 신부를 맞아 자운산으로 돌아왔다. 모든 젊은 여자가 화려하게 꾸미고 줄을 이루었으니 아름다운 얼굴과 아름다운 자태가 하얗게 꾸민 벽에 빛났다. 신랑과 신부가 아름답게 장식한 자리에서 교배(交拜)[265]를 마치고 폐백(幣帛)[266]을 들여 시부모께 나아갈 때 가득히 모인 사람들이 다투어 바라보았는데 신부가 다만 아름다운 것에서 벗어날 뿐 아니라 극히 흉해 모든 사람이 한번 바라보고는 문득 놀라는 것이었다. 낯이 누렇고 검으며 키가 몹시 작고 허리가 펴졌으며 얽고, 매사 형용이 이상할 뿐 아니라 얼굴에 큰 혹이 세 개가 좌우로 있으니 다름 아닌 무염(無鹽)[267]보다도 더한 박색이었다. 신랑이 한번 바라보고 넋이 뛰노니 안색이 찬 재와 같았다. 놀라지 않을 리가 없는데 유독 온화한 기색이 그대로인 것은 태부인과 소승상이었다. 화부인은 다만 실성하고 눈물을 흘리니 소부인이 꾸짖으며 말하였다.

"오늘은 지극히 좋은 날인데 그대가 어찌 이렇게 이상한 거동을 하는

---

263) 대례(大禮) : 혼례를 치르는 예식.
264) 홍안지례(鴻雁之禮) : 혼인 때에 신랑이 기러기를 전하는 의식.
265) 교배(交拜) : 전통 결혼식에서 신랑과 신부가 서로 절을 주고받는 예(禮).
266) 폐백(幣帛) : 신부가 처음으로 시부모를 뵐 때 큰절을 하고 올리는 물건으로 주로 대추나 포 따위를 말함.
267) 무염(無鹽) : 제나라의 무염읍 출신의 여자인 종리춘(鍾離春). 모습이 추하여 혼기가 지나도 결혼할 수 없었으나, 후에 선왕에게 간언하여 정부인이 되었음.

가?"

태부인이 또한 못마땅하게 여겼다. 화부인이 잠시 진정하여 슬픔을 참으니 곁에서 묵묵히 축하하는 말이 그쳤다. 신부가 폐백을 드리는 예를 마치자 술이 두어 순 돈 후에 소부인, 윤부인이 비단 치마와 푸른 적삼을 나부끼며 자리에서 일어나 옷깃을 여미고 먼저 태부인께 하례하며 말하였다.

"오늘 신부를 보니[268] 외모가 비록 운명과는 서로 구별이 되나 훌륭한 88
덕이 매우 많아 보이니 진실로 옛날의 숙류(宿瘤)[269]와 서로 앞서려고 나란히 다툴 것입니다."

태부인이 기뻐하며 웃으며 말하였다.

"진실로 너의 말이 옳다. 여자는 덕(德)을 귀하게 여기니 어이 색(色)을 취하겠느냐?"

두 부인이 돌아보고 승상에게 축하드리는 것이 지극히 자연스러워 칭송하는 것이 극진하고 머뭇거리는 것이 없으니 이는 소부인과 윤부인의 언변이 유려하기 때문이었다. 승상이 진심으로 오로지 기뻐하며 모든 사람의 축하하는 말을 사양하지 않고 기쁜 빛을 눈썹에 지으니 사람이 모두 이상하게 여겼다.

석양에 잔치를 마치자 신부의 숙소를 성화당으로 정하였다. 이날 신랑의 놀란 혼백이 구름에 떠 차마 신방(新房)에 들어가지 못하여 외당(外堂)에서 밤을 지내었고, 화부인은 침소에 들어와 식음을 폐하고 울었는데 석부인이 와서 위로하며 말하였다.

---

268) 오늘 ~ 보니 : {금일 신부롤로 보니}. 문맥을 고려하였을 때 '로'가 잘못 쓰인 것으로 보임.

269) 숙류(宿瘤) : {숙류녀[宿瘤女]}. '숙류'는 중국 고대 제(齊)나라 민왕(閔王)의 황후로 목에 큰 혹이 나 있어 매우 흉측하게 생겼지만 덕이 있었음.

"오늘 신부가 비록 아름답지는 않으나 또한 온화하고 부드러워[270] 보이니 이는 다행입니다. 어찌 좋지 않은 얼굴을 하고 있습니까? 운명이 성질과 마음이 편협하기에 신부의 거동을 보면 금슬(琴瑟)이 상할까 두렵습니다."

화부인이 다 들은 후 가만히 탄식하며 말하였다.

"내 일찍이 세상에 나서부터 저런 흉측한 외모를 본 적이 없습니다. 운
89 명은 아들 중에 단정하기에 몹시 사랑하여 복을 누릴 것이라고 여겼습니다. 그런데 뜻밖에 소의 머리에 귀신의 얼굴과 같이 흉한 아이가 나의 천금 같은 아들의 평생을 어지럽게 할 근본이 되니 어찌 한스럽지 않겠습니까?"

석부인이 또한 운명의 재주와 용모를 신부에게 비교해 보니 하늘과 땅 같은 차이가 나 위로하기를 은근히 하였지만 마음 속으로는 애석해 하였다.

다음날 아침에 임씨가 수수한 차림으로 패옥(佩玉)을 끄르고 색이 없는 비단 옷과 푸른 비단 치마를 끌고 연지와 분을 물리치고 다만 검은 머리를 꿰고 여러 며느리의 항렬에 서 있었다. 이때 위씨 등 7인은 푸른 적삼과 붉은 치마를 입고 봉관(鳳冠)[271]을 숙이고 옥패(玉佩)를 울리며 금팔찌를 찼으며 나는 듯한 어깨와 가는 허리의 슬기롭고 민첩한 풍채가 가벼운 선녀 같고 달과 같은 미모가 봄에 웃는 모란 같아 뛰어나고 품위가 있으며 위엄이 있고 당당하여 완연히 요지연(瑤池淵) 못가의 꽃이었다. 그런데 임씨는 신부로서 의상과 행동거지가 촌스럽고[272] 외모와 풍채가 흉악하

270) 온화하고 부드러워 : {유환}. 문맥을 고려하였을 때 '유한(幽閑)'으로 보아 이같이 옮김.
271) 봉관(鳳冠) : 옛 부인들이 머리에 쓴 봉황 문양을 장식한 예관(禮官).
272) 촌스럽고 : {하암젓고}. '하암젓다'는 촌스럽다는 뜻의 고어임.

니 진실로 하늘의 선녀가 구름 속에 있는데 곁에서 흑살천신이 모시고 있는 것과 같았다. 곁에서 새삼 슬퍼하는데 승상이 더욱 임씨의 검소함을 기이하게 여겨 온화한 낯빛으로 신부를 나아오라 하여 물어보았다.

"그대가 이제 나의 자식이 되니 장차 무슨 일로 나의 아들을 내조하겠느냐?"

임씨가 공경하여 다 들은 후 천천히 일어나 절하고 두 손을 맞잡고 대답하여 말하였다.

"제가 일찍이 배운 행실이 없고 아는 예의와 법도가 없으니 어떻게 높 90
이 물으시는 것을 당하겠습니까? 그러나 지아비를 섬기면서 옳은 일을 행하거든 도와서 행하고 잘못된 일이라면 듣지 말고 거스름으로써 충고를 해 그러한 마음을 갖지 못하게 하는 것이 옳다고 생각합니다."

말이 올바르고 당당하며 목소리가 옥을 부수는 것 같으니 오히려 곁에서 서로 웃었는데 승상이 다시 물어보며 말하였다.

"지아비는 소천(所天)[273]이다. 비록 잘못하는 일이 있어도 순종하는 것이 옳거늘 만일 뜻을 따르지 않고 순종하지 않으면 반드시 애정이 상할 것이니 이렇게 되면 여자의 평생이 불행할 것이다. 어찌 그 마음을 거슬리고자 하느냐?"

임씨가 몸가짐을 조심하고 단정히 하며 대답하였다.

"부부란 것은 함께 살지만 또한 임금과 신화와 같은 관계이니 뜻을 아첨하는 자는 간악한 사람입니다. 지아비에게 직언(直言)으로 간하여 지아비가 옳은 방향으로 향하면 다행이며, 지아비가 무식하여 간언(諫言)을 받아들이지 않고 오히려 푸대접한다면 이 또한 하늘의 운수입니다.

273) 소천(所天) : 아내가 남편을 이르는 말.

어찌 지아비가 자신을 소중하게 대접해 주는 것을 크게 여겨 아첨하는 말과 행동을 하여 지아비의 허물을 돕겠습니까?"

승상이 말하였다.

"너의 말이 옳다만 다만 지아비가 어찌하면 잘못을 하는 것이고 어찌하면 옳게 행동하는 것이겠느냐?"

임씨가 엎드려 말하였다.

"남자는 충효(忠孝)와 우애(友愛)를 행하고 자신을 수양하고 집안을 다스려야 한다는 것은 옛글에서 말하였으니 다시 이르지 않겠습니다. 혹 집안을 다스리는 위엄이 없고 친구에게 신의가 없으며 관직에 머무르
91 고 있으면서 탐욕스럽고 외람된 일이 있다면 마땅히 잠자코 있으면서 지아비가 그 뜻을 세운 것을 끝까지 하도록 하는 것은 옳지 않습니다."

승상이 말하였다.

"다만 여자란 것이 사치하고 교만한 것은 잘못된 일이지만, 신부로 들어와 검소함이 너무 지나치니[274] 어떤 뜻이냐?"

임씨가 순간 깨달아 고개를 숙이고 두 번 절하고 말하였다.

"무릇 여자는 정결한 것을 으뜸으로 할 따름이니 의복을 다듬어 치장하는 것은 잘못되었고 비록 신부라고 하여도 유생(儒生)의 아내가 어찌 사치를 하겠습니까? 천하의 국모(國母)로 있는 귀한 사람도 고운 비단을 입지 않았던 이가 있습니다. 하물며 여염집 서생(書生)의 아내는 검소한 차림을 하는 것이니 어찌 여러 빛깔과 무늬가 있는 옷을 입겠습니까? 이런 까닭에 맹광(孟光)이 베로 지은 옷을 입자[275] 어질다고 하였

---

274) 검소함이 ~ 지나치니 : {너모 검박ᄒᆞ믄 과도ᄒᆞ니 그더 이제 져러틋 검소ᄒᆞ니}. 너무 검소하다는 의미가 두 번 반복되어 문맥을 고려하여 이같이 옮김.

275) 맹광(孟光)이 ~ 입자 : {밍광이 포군을 닙으매}. 한(漢)나라 때 선비 양홍은 집안이 가난하였으

으니 첩이 비록 어리석고 둔하여 옛 사람을 우러르지는 못하지만 또한 본받고자 합니다."

승상이 다 들은 후 매우 기뻐하고 몹시 칭찬하며 말하였다.

"어진 며느리는 마땅히 오늘날의 맹광(孟光)이다. 우리 아들이 양홍(梁鴻)의 덕이 없으나 그대가 마땅히 내조에 힘써 가문을 빛내도록 하여라."

이야기를 마친 후 시녀에게 명령하여 대대로 전해 내려오는 남전(藍田)[276] 땅에서 난 옥료(玉鐐)와 예교(禮敎) 3권을 임씨에게 상으로 주니 임씨가 두 번 절하며 감사드리고 물러났다. 곁에서 소승상의 뜻을 이어받아 함께 칭찬하며 말하였다.

"진실로 숙류(宿瘤)와 맹광(孟光)과 같구나."

화부인이 몹시 비웃고 운명은 묵묵히 부끄러워하는 기색이었다.

여러 날이 지났으나 운명을 타이르는 일이 없었고, 신부를 박대하는 92
것을 들었으나 근심하지 않았다. 홀로 태부인이 자주 권하여,

"임씨가 비록 얼굴이 사나우나 그 행실은 보기 싫은 용모를 가릴 것이다. 네가 마땅히 공경하여 대접하여 운성의 고집을 본받지 마라."

하였다. 운명이 홀연 임씨가 싫어져 눈물을 흘리며 할머니 무릎 앞에 오래도록 꿇어 슬피 고하였다.

"제가 비록 못나고 어리석으나 부모님이 낳아주시고 길러주신 은혜를 입어 이미 풍채와 용모가 다른 사람보다 낫습니다. 형씨 형수 같은 이

나 절개를 숭상하는 사람이었음. 같은 마을에 맹씨(孟氏)의 딸 맹광이 몹시 못생겼는데 31세가 되어도 결혼하려 들지 않자 부모가 연유를 물으니 양홍(梁鴻)같이 훌륭한 이여야 혼인을 하겠다고 함. 양홍이 이 말을 듣고 그에게 장가들었는데 장식이 대단히 화려하여 7일이 지나도 말을 하지 않았음. 그러자 맹광이 포의(布衣)로 앞에서 일을 하니 양홍이 기뻐하였다고 함. 또한 맹광이 양홍의 밥상을 차려 들고 올 때 밥상을 눈썹과 가지런하게 하여 공경했다고 전해짐.

276) 남전(藍田) : 섬서성 서안 인근에 있는 지명으로 예부터 좋은 옥의 산출지로 유명함.

는 바라지 못하지만 평생 원하는 바는 위씨 형수의 온화하고 넉넉함을 견줄 만한 여자를 얻고자 하였는데 뜻밖에 저런 귀신같은 형상을 만나니 실로 바라던 것이 그치고 마음이 어지럽습니다. 장차 아버지의 명(命)이 기구한 것을 한스러워하고 또 임씨를 제 집에 보내 그 얼굴을 집안에서 보이지 않게 하여 실로 놀라움을 덜고자 합니다."

태부인이 놀라고 걱정되어 몹시 매섭게 꾸짖었다.

"네가 어려서부터 글을 읽어 예법을 알고 또한 고사를 두루 아는데 어찌 이유 없이 정실(正室)을 내치려 하는 것이 도리에 매우 옳지 않다는 것을 모르느냐? 제가 비록 용모가 평범하지 않으나 사덕(四德)이 뛰어나니 네 아비와 함께 안팎으로 공경하여 소중히 여기는 바이다. 어찌 얼굴을 나무라서 설움을 끼치려 하느냐? 생심(生心)으로도 망령된 뜻을 품지 마라."

93 운명이 다시 생각을 말하지 못하고 다만 외당(外堂)에 머물러 시를 짓는 일로 온 종일을 보내며 또 몰래 창기를 모았는데 총애하는 이가 4~5인이었다. 여러 형제들이 운명의 가련한 회포를 불쌍하게 여겨 함께 속이고 풍악(風樂)으로 그 마음을 위로하게 하니 운명이 더욱 방자하여 밤낮으로 미녀를 끼고 침소에 발길을 그쳤다. 또한 온 집안 사람들이 임씨를 만나면 조롱하며 놀리고 마음을 시험해 보고자하며 비웃었다. 그러나 임씨가 타고난 바가 맑고 고결하며 말이 유순하고 법도가 있어 조금도 개의치 않고 몸가짐을 여유 있게 하고 하는 일마다 태임(太任)과 강후(姜后)[277]를 본받고 하는 말마다 마황후와 등황후[278] 같았다. 5개월이 지나자 온 집안

---

277) 태임(太任)과 강후(姜后) : {임강(任姜)}. 주(周)나라 문왕(文王)의 모친 태임과 주나라 선왕(宣王)의 비인 강후를 말함. 모두 현덕(賢德)이 있었음.

278) 마황후와 등황후 : {마등(馬鄧)}. 한(漢)나라 명제(明帝)의 마황후와 화제(和帝)의 등황후를 말

사람들이 임씨를 비웃던 것이 오히려 칭찬하게 되고 화부인도 잠시 위로하였지만 매번 운명을 보고 임씨를 보면 자연스럽게 애달파져 혀를 차는 것을 마지않았다.

세월이 빠르게 흘러 이때는 다음 해 새해 첫 무렵이었다. 천하가 불행하여 태종 황제가 돌아가셨는데 재위한 지 20여 년이었다. 칠왕이 슬퍼하며 조상하는 것을 천하에 전하고 즉위하시니 시호가 진종황제였다. 문무백관의 작위를 모두 높여 주시고 소승상을 강릉후로 봉하시니 소승상이 문무백관과 함께 천추진하(千秋進賀)[279]를 마치고 여러 아들과 함께 집에 돌아왔다.

태부인으로부터 집안 부녀가 다 소복을 입고 소승상과 여러 소씨 형제 94
들을 맞이하여 통곡하며 조상을 마치자 승상이 눈물을 뿌리며 말하였다.

"국은(國恩)이 망극하여 황제께서 돌아가시는 일을 당하니 신하와 백성의 슬픔을 헤아릴 수 있겠습니까? 상례와 장례에 가르침이 있어 오래도록 자식으로서 아침 · 저녁 문안드리는 것을 그만두었지만 어머니가 그리운 것을 참을 수가 없습니다. 수십 일간 몸은 어떠하십니까?"

태부인이 눈물을 흘리며 울면서 말하였다.

"선황제께서 돌아가신 것은 온 백성의 불행이구나. 슬프지만 또한 어찌할 수가 없구나. 너는 지나치게 몸을 상하지 않도록 해라."

말씀을 이어서 소부인과 윤부인과 이파와 석파가 연달아 위로의 말을 전할 때에 여러 생들이 모두 잠자코 곁에 모시고 앉아 있는데, 운성이 슬퍼하는 것이 마찬가지여서 눈물이 얼굴에 가득하여 상복이 젖었다. 석파

함. 둘 다 현명함으로 이름이 높았음.

279) 천추진하(千秋進賀) : 천 년, 만 년 사시라는 축하를 드리는 일을 말함. '진하'는 나라에 경사가 있을 때에 벼슬아치들이 조정에 모여 임금에게 축하를 올리던 일임.

가 참지 못하여 나서며[280] 웃고 물어보며 말하였다.

"상서가 지나치게 몸을 상하게 슬퍼하는 것은 반드시 명현공주로 인해 장인과 사위의 정성이 각별하기 때문이군요."

운성이 정색하고 말하였다.

"군신유의(君臣有義)[281]는 오륜(五倫)[282] 가운데에서 으뜸입니다. 사람 된 자가 국가의 녹을 먹고 천은(天恩)을 입어 은혜와 사랑이 아버지와 아들의 관계와 같은데 이제 황제께서 돌아가시니 신하된 자의 망극함은 당연한 것인데 할머니께서 희롱하시는 것이 가소롭군요."

말이 위엄 있고 정중하고 기운이 가을 하늘 같아 곁에 있던 사람들이 모두 칭찬하였다.

이날 모든 여자가 모두 잠자코 있는데 위씨·형씨·임씨 세 사람이 시
95 부모님께 비통한 이야기를 나직이 말씀드렸다. 위씨의 말은 온순하여 자연스럽고, 형씨의 말은 애원하고 비창하며, 임씨의 말은 통달하고 분명하였다. 소승상이 조용히 듣기를 마치고는 슬프게 탄식하고 국은(國恩)이 불행하고 신하와 백성의 망극함을 말할 때 지극히 서러워하는 것이 몹시 측은하여 곁에 있던 이들이 모두 슬퍼하였다. 승상이 고기나 생선이 들어있지 않은 밥상을 내오게 하고, 스스로를 상중(喪中)에 있는 사람으로 여겼다. 여러 생들은 감히 부인과 함께 한 당(堂)에 모이지 못하였는데 이는 모두 승상의 엄숙한 교훈 때문이었다.

태부인이 탄식하며 말하였다.

---

280) 나서며 : {낫드라}. '낫돌다'는 달려 나아가다는 뜻임. 문맥을 고려하여 이같이 옮김.
281) 군신유의(君臣有義) : 임금과 신하 사이의 도리는 의리에 있음을 뜻함.
282) 오륜(五倫) : 유학에서 사람이 지켜야 할 다섯 가지 도리. 부자유친(父子有親), 군신유의(君臣有義), 부부유별(夫婦有別), 장유유서(長幼有序), 붕우유신(朋友有信)을 이름.

"네가 고집하며 슬퍼하는 것이 더할 수 없는 상중(喪中)에 있는 사람이로구나. 다른 날 내가 죽으면 반드시 몸을 보전하지 못하겠구나."

소승상이 듣고 들어와 위로하였다.

"제가 비록 불민하나 몸이 어찌 상할 줄을 모르겠습니까? 돌아가신 황제의 성은(聖恩)을 생각하면 마음이 망극하지만 이후에는 고기국물을 내오도록 하고 모든 일을 억지로라도 하겠습니다."

태부인이 듣고 기뻐하니 소승상이 이후에는 여러 아들들에게 고기를 먹도록 권유하고 각각 그 부인이 있는 곳으로 돌아가라고 하였다. 여러 생들이 스스로 물러나 사양하고 장사를 지낸 후 부인이 있는 곳을 찾았는데, 승상은 고기나 생선이 들어있지 않은 밥을 일 년 동안 먹고 흰 옷을 삼년 동안 입으며 나라에서 종제(終制)[283]를 지낸 후에야 부인 두 사람과 보았다.

각설(却說). 운명이 유생으로 있어서 조정의 일에 걸린 일이 없었다. 안
으로 부부생활의 즐거움을 잃고[284] 밖으로는 창녀를 모아 모임을 가지는 96
것으로 시간을 보냈는데[285] 이로 인하여 방탕함이 심하였다.

하루는 소부인이 침당(寢堂)에서 조카며느리와 조카딸을 모이게 하고 자신의 며느리와 딸을 함께 불러 조용히 여유로운 이야기를 나누고 있었다. 이때 소부인이 곁에 있는 이들을 시켜 운명의 창첩을 불러들여 웃으며 말하였다.

"임씨 며느리는 저 두 여자가 어떻게 보이느냐?"

---

283) 종제(終制) : 탈상의 의례를 말함.
284) 잃고 : {긋고}. '긋다'는 끊어지다, 그치다는 뜻의 고어임. 문맥을 고려하여 이같이 옮김.
285) 시간을 보냈는데 : {소견(消遣)ᄒᆞ매}. '소일(消日)'과 같은 말로 하는 일 없이 세월을 보내는 것을 말함.

임씨가 천천히 대답하여 말하였다.

"저의 어리석은 소견으로는 아름다워 보입니다."

소부인이 크게 웃고 창기 두 명을 시켜 잔을 붓게 하니 두 창기가 아름다운 팔로 차례대로 권하여 임씨에게 이르렀는데 그 얼굴이 흉한 것을 보고 은근히 우습게 여겼다. 잔을 들고 그 앞에 와서 입을 가리고 웃으니 방자하고 못된 것이 심하였는데 임씨가 조금도 불평하는 것이 없이 흔쾌히 잔을 마시고 창기 두 명이 물러나 말석에 앉은 후에 임씨가 안색을 씩씩하게 하며 시녀 위란을 불러 말하였다.

"저 창기 두 명이 나를 우습게 여기니 네가 마땅히 먼저 잡아 내어가 상공께 '첩이 비록 볼 것 없으나 극진히 맞이한 신부인데[286] 어찌 천한 창기가 첩을 대함에 비웃을 수가 있겠습니까? 이는 투기에 간섭하는 것이 아니니 만일 첩이 투기하는 마음으로 이러한 행동을 한다면 진실로 웃을 만한 일이기에 머뭇거릴 것입니다. 그러나 이는 천인(賤人)이

97 사족(士族)을 업신여기는 죄를 한스러워하여 보내는 것입니다. 떳떳한 법이 있을 것이니 다스리십시오.'라고 전하여라."

시녀가 명을 받드니 또 다시 분부하였다.

"이리 말씀드려도 듣지 않으시면 그러한 까닭은 상공께 있다고 말하여라."

시녀가 창기 두 명을 끌어내어 가니 모두 놀라 서로 보며 그 뜻을 헤아리지 못했다. 소부인이 크게 웃고 일어나 중당에 이르러 소승상을 보고 전후 사정을 자세히 전하며 말하였다.

---

286) 극진히 ~ 신부인데 : {빅냥[百兩]으로 취흔 배라}. '백량'은 '백량우귀(百兩于歸)'에서 나온 말로 백 대의 수레로 신랑이 신부를 맞이한다는 말임. 몹시 극진히 신부를 맞이함을 뜻함.

"아우가 임씨 며느리를 늘 칭찬하는 것을 그치지 않더니만 과연 그 역량과 식견이 크고 바르고 엄숙하여 한갓 유순한 여자가 아니며 또 잔약한 것에서 벗어난 바더군요. 만일 위씨 등은 그러한 말과 행동을 당해도 반드시 태연자약하고 속으로만 머금을지언정 감히 이러한 행동을 못할 것입니다. 그런데 임씨가 이제 창녀가 주는 잔은 나의 명령이라 하여 흔쾌히 먹고 창녀가 비웃는 것을 여유 있게 처리하는데 엄격하고 바르니 이는 진실로 어질고 지덕(知德)이 뛰어난 여자이며 여자 가운데서 군자(君子)입니다. 운명이 장차 그 일을 어찌 다스리는가 보는 것이 마땅합니다."

소승상이 다 들은 후 웃으며 말하였다.

"위씨와 형씨 두 사람은 편안하고 조용하며 어질고 사리에 밝은 부인입니다. 그런데 임씨는 진실로 선비와 군자의 모습이 있으니 어찌 세속 여자에게 비하겠습니까? 반드시 운명이 일을 잘못하여 서투름을 보일 것이니 바삐 불러 꾸짖는 것이 옳습니다."

드디어 승상이 조용히 깊이 생각하고는 상서 운성을 불러 말하였다. 98

"네 동생이 일을 잘못 처리할 것이니 네가 마땅히 가서 가르치도록 하여라."

운성이 말씀을 받들어 빨리 서당(書堂)으로 나와 운명을 보니 바야흐로 임씨가 창기 두 명을 잡아 보낸 것을 이상하게 여기며 노기를 띠고 앉아 있는 것이었다. 운성이 웃으며 말하였다.

"형이 들으니 네가 부인의 투기를 만났다고 하는데 창기 두 명을 어떻게 다스리고자 하느냐?"

운명이 대답하여 말하였다.

"제가 지금 처리하지 못하고 있으니 형님은 가르쳐 주십시오."

운성은 웃고 말하였다.

"다른 말 말고 네가 마땅히 창기 두 명을 매우 쳐서 내쳐라."

운명이 말하였다.

"어떻게 이럴 수가 있습니까? 제가 임씨와 더불어 은혜로운 정(恩誼)이 없거늘 임씨가 당돌한 거조를 하니 마땅히 몹시 나쁘다고 여겨집니다."

운성이 정색하고 말하였다.

"네가 평소에는 영리하고 슬기로웠는데, 식견이 좁고 얕아 저렇게 하니 마땅히 애달프구나. 무릇 부부란 것은 이성의 친합을 맺어 정(情)을 두텁게 하며, 정이 얕아지면 원수가 된다. 이제 임씨 제수는 너와 함께 부부간이지만 애정이 없으니 짐짓 헛된 이름으로는 부부이지만 실제로는 남이다. 어찌 무슨 까닭으로 창기 두 명에게 투기하는 것이 있겠느냐? 다만 창기 두 명이 방자하게 굴기에 위 아래의 체면을 바르게 하고자 너에게 보낸 것이다. 이는 다름 아니라 처첩(妻妾)의 위의가 없어 집안의 도(道)가 풀어지는 것을 다스리고 체면을 가다듬은 것이다.

네가 마땅히 모르는 체하고 창기 두 명을 밝게 다스리면 임씨 제수가
99 마땅히 마음으로부터 복종하는 것이 있을 것이다. 그러나 만일 다스리지 않는다면 다른 사람의 생각으로도 너의 바르지 않고 무식함을 한심하게 여길 것이고 여자의 마음으로도 복종하지 않으며 문득 모든 일을 업신여길 것이니 너는 모름지기 명심하여라. 대장부가 세상에 태어나서 어찌 한 여자의 소견을 제치고 항복 받지는 못한 채 오히려 서투름을 보이겠느냐?"

운명이 오래도록 잠자코 있다가 말하였다.

“형님의 말씀이 비록 옳으시나 그 흉한 외모가 원통하고 분하니 저는 차마 그 뜻을 따르지 않겠습니다. 차라리 편협하다는 책망을 들을지언정 창기 둘을 다스리지는 못하겠습니다.”

상서 소운성이 순간 안색을 바꾸고 말하였다.

“내가 이미 바른 길로 가르치거늘 어찌 작은 소견을 구태여 우기느냐? 내가 너에게 이르기를 이미 잘못하였구나. 내가 손수 다스릴 것이다.”

크게 소리를 질러 창기 둘을 잡아들이라고 하여 꾸짖으며 말하였다.

“너희들은 비록 팔공자의 행동을 받들지만, 방자하고 교만하게 굴어 정실(正室)을 멸시하니 죽어 마땅한 죄를 지었다. 그런데 오히려 너그럽게 용서를 하니 다시는 문정(門庭)[287]에 오지 마라. 만일 다시 이곳에 이르러 팔공자와 남몰래 연락한다면 죽을죄를 더할 것이다.”

이야기를 마친 후 사졸(私卒)을 호령하여 창기 두 명을 30여 장씩 매우 쳐서 내치니 위엄이 늠름하였다. 집안사람들이 창기 두 명을 날아다니는 티끌같이 내쳤다.

상서 소운성이 이에 소매를 떨치고 안으로 들어가니 운명이 평소에 운 100
성의 성질이 곧고 머리가 명석하며 엄숙한 것을 두려워하였는데 이날 매
우 부끄러워하고 황공하여 말을 하지 못하고 앉아 있었다. 운성이 들어가
전후 사정을 부친께 알리자 소승상이 즉시 운명을 불러 크게 꾸짖고 또한
주부(主簿)[288] 이홍을 불러 말하였다.

“내가 그대를 충성스럽고 부지런하다고 믿어 집안 일을 맡겼는데 어찌

---

287) 문정(門庭) : 대문이나 중문 안에 있는 뜰.

288) 주부(主簿) : 각 아문의 문서와 부적(符籍)을 주관하던 벼슬.

운명의 뜻을 받아들여 요물을 집안에 들였느냐?"

이홍이 황공하여 용서를 구하고 물러나니 이후로는 운명이 다시 창녀를 모으지 못하고 마음 속 회포가 울울한 채로 지냈다.

화부인이 때때로 운명을 위로하였는데, 온 집안사람들은 임씨의 어짊을 칭찬하고는 운명을 나쁘다고 하였다. 운명이 마음 속으로 이상하게 여겨 생각하기를 '흉악한 인물이 칭송을 받으니 매우 수상하구나. 마땅히 한 번 들어가 보아야겠다.' 하였다.

하루는 소운명이 임태상[289]에게 가니, 임태상 부부가 운명을 은근히 관대하였다. 술이 두어 순 돌자 소운명의 흰 눈 같은 얼굴에 붉은 빛이 점점 일어나고 눈이 몽롱하였다. 아담한 풍채와 맑고 편안한 미모가 아름다운 신랑이었다. 임태상이 몹시 사랑하며 손을 잡고 흔쾌히 웃으며 말하였다.

"나의 딸아이가 추한 용모이지만 재주와 덕은 너의 아래에 있지 않을
101 것이니 양홍(梁鴻)의 덕을 생각하여 지나치게 박대하지 마라. 훗날 너의 집을 맑게 하고 집안의 명성을 이어서 다스릴 자는 내 딸이 될 것이다."

운명이 몹시 냉소하나 또한 내색하는 것이 옳지 않아 웃고는 칭사하는 대답을 자상하고 은근하게 하였다. 임태상이 또한 화답하여 전혀 박대하는 일을 아는 체 하지 않았다.

석양이 지기 시작하자 운명이 하직 인사를 드리고 돌아와 문안을 마치고 임씨의 침소에 이르렀는데 혼인한 지 3년 만에 비로소 처음이었다. 여자의 깨끗한 마음이 어찌 부끄럽지 않으며 놀라지 않겠냐마는 저 임씨는 엄연히 투철한 사군자(士君子)이기에 운명이 들어오는 것을 보고도 조금

289) 임태상 : 임씨 부인의 부친으로 소운명의 장인임.

도 놀라지 않고 천천히 일어나 맞았다.290) 운명이 기운을 참고 눈을 나직이 하여 자리를 정하고 잠자코 잠시 있은 후에 소리를 온화하고 부드럽게 하여 말하였다.

"장인이 나를 사랑하시어 부부간의 즐거움을 가질 것을 허락하셨습니다. 그러나 내가 사람됨이 못나고 어리석어 공부하는데 반딧불이 비치기를 괴롭게 기다리느라고 독서에 틈을 얻지 못하여 이 당(堂)을 찾지 못하였습니다. 그러니 어진 그대에게서 하찮게 여김을 받을 것입니다."

임씨가 단정히 앉아 듣기를 마치고 천천히 대답하여 말하였다.

"낭군은 색(色)을 귀하게 여기고 덕(德)을 천하게 여깁니다. 첩의 못생긴 외모가 서시(西施)291)를 바라지 못하니 어찌 군자의 박대를 이상하게 여기겠습니까?"

운명이 다 들은 후 잠자코 대답하지 않더니 홀연 장난스럽게 웃고는 102
흔쾌히 대답하여 말하였다.

"그대의 말씀은 저를 몹시 꾸짖으시는 것입니다. 어찌 부끄럽지 않겠습니까? 지난 일을 떨쳐버리고 오늘부터 화락하는 것이 옳지 않겠습니까?"

임씨가 정색하고 대답하지 않았다. 운명이 눈을 들어보니 연갑(硯匣)292) 위에 여러 장의 시전지(詩箋紙)293)가 놓여 있기에 문득 장인인 임태상이 딸이 재주가 있다고 하였던 것을 생각하여 물어보며 말하였다.

---

290) 천천히 ~ 맞았다 : {날호여 니러 완〃히 마즈매}. '날하다'와 '완완히' 모두 '천천히'의 뜻임. 문맥을 고려하여 한번만 옮김.

291) 서시(西施) : 중국 춘추 시대 월국(越國)의 미녀임. 저라산(苧羅山) 근처에서 나무장수의 딸로 태어났는데, 절세미녀였기 때문에 그 지방의 여자들은 무엇이든 서시의 흉내를 내면 아름답게 보일 것이라 생각하여, 병이 들었을 때의 서시의 찡그리는 얼굴까지 흉내를 냈다고 함. 오나라에 패한 월나라 왕 구천이 서시를 부차에게 보내어 부차가 그 용모에 빠져 있는 사이에 오나라를 멸망시켰음.

292) 연갑(硯匣) : 벼루 · 붓 · 먹 · 연적 · 종이 따위를 넣어 두는 조그만 책상.

293) 시전지(詩箋紙) : 시나 편지 따위를 쓰는 종이.

"제가 일찍이 방외(方外)에 친구를 사귀는 일이 없기에 소견이 어둡습니다. 이제 들으니 어진 부인은 문장 짓는 것을 스스로 할 만하다고 여겨 고인(古人)을 압두한다고 하니 마땅히 하나나 둘 정도를 얻어 볼 수 있겠습니까?"

임씨가 대답하여 말하였다.

"규중의 여자가 어찌 시를 읊는 재주가 있겠습니까? 군자는 허탄히 전하는 말을 믿고 듣지 마십시오."

운명이 친히 나아가 연갑을 열고 여러 장의 시부(詩賦)를 내어 보니 비단 위에 구름 그림자가 어리고 필적은 용이 뛰노는 것과 같아 눈이 놀라웠다. 내려 보자 문체가 맑고 깨끗하고 뜻이 맑고 새로워 진실로 재주였다. 자신의 문장이 비록 뛰어나나 능히 미치지 못할 바였다. 몹시 놀라고 기뻐 급히 책상을 쳐 칭찬하며 말하였다.

"아름다운 재주이며, 아름다운 재주구려. 소약란(蘇若蘭)의 직금도(織錦圖)[294]라도 오히려 윗자리를 사양할 것입니다."

드디어 붓과 벼루를 내오게 하여 여러 장의 글을 차운(次韻)하니 이 또
103 한 구슬과 옥과 수놓은 비단과 같았는데 임씨에게는 미치지 못하였다.

운명이 칭찬하고 탄성을 내며 기뻐하여 차마 손에서 놓지 못하다가 눈을 들어 임씨를 보니 용모가 비록 흉하나 앉으며 눕는 법도가 신중하고 처신에 위엄과 덕망이 나타났다. 운명이 몹시 칭찬하고 기뻐 날뛰므로 임씨가 그윽이 살피며 각별이 사양하지도 않고 깊이 생각에 잠긴 채 옷깃을

294) 소약란(蘇若蘭)의 직금도(織錦圖) : 진(晉) 나라 때 장군(將軍) 두도(竇滔)가 사막(沙漠)에 가게 되자, 그의 아내 소약란이 비단을 짜면서 전후좌우로 아무렇게 보아도 다 말이 되는 매우 처절한 내용의 회문선도시(回文旋圖詩)를 지어 넣어서 남편에게 보냈던 데서 온 말로 그 시는 모두 8백 40자(字)로 되었다고 함.

바로 하여 두 눈을 기울여 보는데 눈빛이 샛별 같아 사람이 바라보지만 그 깊이를 헤아리지 못할 것이었다. 운명은 임씨의 침착하고 단정함을 새삼 공경하여 기운을 가다듬고, '저의 목소리가 옥퉁소 같고 눈빛이 별 같으며 행동거지가 위엄이 있고 신중하니 마땅히 이른바 숙녀로구나. 다만 한스러운 것은 평범한 얼굴도 내지 못하여 혹이 좌우로 드리워 있는 것이다. 만일 박대한 즉 나에게 색(色)을 취하는 필부(匹夫)라고 할 것이고 후대하고자 한즉 마음이 편안하지 못하니 진실로 아버지의 명(命)이 기구하구나.'라고 조용히 생각하였다. 생각이 여기에 미치자 옥 같은 얼굴에서 온화한 기색이 사라지고 눈길에 눈물이 어리었는데 더욱 빛나고 아름다워 임씨와 비기면 하늘과 땅처럼 현격이 차이가 났다. 조물(造物)이 다 시기하는 것을 알만하구나.

운명이 한바탕 번뇌하다가 마음을 바꾸어, '하늘이 나 같은 옥인(玉人)
을 내시고 설마 무염(無鹽)으로 생을 마치게 하겠는가? 내 앞길이 구만 리 104
이다. 다른 날 용의 뿔을 붙들어서 몸이 임금 계신 곳으로 가 조회를 할 것인데 당당히 절대 미인을 얻어 한을 풀 것이다.'라고 생각하였다. 소운명이 잠시 진정하고 또한 임씨의 훌륭한 덕과 문재(文才)를 공경하여 원앙이불에 나아갔다.

다음날 태부인과 부모께 아침 문안을 드릴 때에 석파가 웃으며 말하였다.

"여덟째 공자가 오늘 신랑이 되었으니 마땅히 동상례(東床禮)[295]를 시키는 것이 옳습니다."

석부인이 눈을 들어 웃으며 말하였다.

295) 동상례(東床禮) : 혼례가 끝난 뒤에 신부 집에서 신랑이 자기 벗들에게 음식을 대접하는 일.

"서모는 나이가 많으신데 부지런하신 것이 심하셔서 일일이 살피고 다니는가? 어찌 저리도 잘 아는가?"

석파가 크게 웃으며 말하였다.

"내가 어려서부터 득도하여 밤에 두루 다니며 몹쓸 낭군네 자는 곳에서 엿들어 전하니 어찌 모를 일이 있겠습니까?"

운명은 미소를 머금었고, 운성이 웃으며 말하였다.

"밤마다 늙은 귀신이 와 우리를 방해하니 가위에 눌렸는데 석조모의 영혼이군요."

모든 사람들이 크게 웃었다.

이후로는 한 달에 10여일씩 임씨의 침소를 찾아 부부의 정을 폈고 임씨의 큰 덕이 온 집안을 감화하게 하니 소승상이 지극히 사랑하고 온 집안사람들이 칭찬하였다. 그러나 운명이 마음이 본래 굳세지는 못하였기에 임씨를 공경하고 후히 대접했지만 매번 그 얼굴을 보면 탄식하고 슬퍼하니 화부인이 몹시 가련하게 여겨 재취(再娶) 할 뜻이 있었는데 감히 말하지는 못하였다.

105 화설(話說). 진종천자가 한가위를 맞이하여 장(場)을 열어 인재를 발탁하시니 운숙이 운명과 함께 대과에 급제하여 계수나무 가지와 푸른 적삼으로 고삐를 나란히 하여 유가(遊街)[296]하였다.

소승상이 경사스런 잔치를 열어 태부인께 보일 때 조정의 모든 신하가 모두 자리를 이루어 즐기며 과거에 새로 합격한 두 사람을 불러냈다. 두 사람이 옥 같은 얼굴에 꽃을 드리우고 준수한 풍채에 비단 옷과 옥으로

296) 유가(遊街) : 과거에 급제한 사람이 보통 사흘 동안 광대를 데리고 풍악을 울리며 거리를 돌며 좌주 · 선배 · 친척 등을 찾아보던 일.

만든 허리띠를 갖추어 나아가고 물러나 즐기니 아담하고 훌륭한 것이 더욱 아름다웠다.

운경, 운희, 운성, 운현 4인이 다 이름난 선비며 재상으로 소승상을 받들어 공경하는 백관(百官)을 맞이해 뛰어난 얼굴과 말로 손님을 대접하였다. 운희와 운현은 낭랑한 담소와 기쁘고 즐거운 우스개 소리로 좌중의 흥을 돕고, 운경과 운성은 침착한 의논과 법도의 말씀으로 침착한 위의를 지었으니 사람들이 공경하고 흠모하였다. 하물며 소승상의 높은 말과 깨끗한 행동과 엄숙한 위의가 사방을 놀라게 하고 상쾌한 풍채가 젊은 여러 아들 보다도 더하니 자식 된 자가 즐겁고 아비 된 자가 기뻐할 것이었다. 가득한 손님들 가운데 부러워하지 않는 자가 없어 떠들썩하게 칭찬하여 좋게 여길 따름이었다.

술이 절반으로 줄자 운성이 옥대(玉帶)를 끌어 올리고 자리에 나아가 말씀을 올렸다.

"운명과 운숙이 이미 보채는 것이 심합니다. 자리에 참여하게 하십시오."

승상 구준이 웃으며 말하였다. 106

"병부[297]의 말이 옳으니 빨리 자리에 오르라."

병부 소운성이 공손히 사례하고 두 동생을 불러 자리에 올리니 평장 왕공 등이 웃으며 물어보았다.

"일찍이 여섯 명의 소씨 형제들에게 친애하는 창기가 있을 것인데 어째서 내어서 춤을 추도록 하는 일이 없습니까?"

소승상은 대답하지 않고 운경이 대답하여 말하였다.

---

297) 병부 : 소운성의 관직명으로 소운성을 가리킴.

"일찍이 모으지 않았으니 잔치 자리에 어찌 내어 올 것이 있겠습니까?"

평장이 또 웃으며 말하였다.

"다른 이는 알지 못하겠습니다만 소병부의 청주의 다섯 창기는 어디로 갔습니까?"

상서 소운성이 물음에 응하여 대답하여 말하였다.

"청주의 기녀는 이미 고향으로 돌아간 지 오래되었습니다. 명공께서 놀리시는 것이 옳지 않습니다."

자리에 있던 이들이 함께 평장이 잘못하였다고 하였다. 자리에 있던 유학사와 한상서가 문득 운성의 지난날의 행동을 이야기 했다. 유학사가 운성이 강정에 형씨를 두고 속이다가 승상이 알고 죄를 다스리려 하자 학사 소운명에게 미루다가 들려 나가 장책을 받은 전후 사정을 가져다가 이야기하니 좌중이 크게 웃고 운성을 놀리는 것이었다.

운성이 오직 잠잠히 듣다가 미소 지으며 말하였다.

"숙부가 말씀을 진실로 유창하게 하셔서 사람이 곧이 듣도록 하십니다. 그러나 제가 미친 사람이 아닌데 어찌 이 같은 거짓말로 없는 사실을 만드셔서 희롱하십니까?"

유학사가 웃으며 말하였다.

"네가 진실로 그러한 행동을 하지 않았느냐?"

107 운성이 미소 지으며 말하였다.

"제가 비록 원통하고 억울하지만 숙부가 우기시며 또한 이 때문에 호걸의 이름을 들으신다면 다행입니다."

이야기를 마치고 태연히 웃으니 사람들이 평소 소운성을 지극히 바르고 곧은 대신으로 알았기에 오히려 유학사가 놀리려고 거짓말을 한 것인가 하였다.

이날 형참정이 또한 좌중에 있어 사위의 씩씩한 기상과 위엄 있고 당당한 풍채와 골격이 여러 사람이 가득히 모인 자리에서 빼어나니 기뻐하고 즐거워하는 것이 더하였다. 하루 종일의 기쁨이 다하고 석양이 고개 가운데로 돌아가니 여러 손님이 흩어졌다.

소승상이 여러 아들과 함께 내당(內堂)에 들어가 모친을 뵙고 화부인과 석부인이 운숙과 운명을 나오게 하여 웃으며 말하였다.

"너의 형제가 모두 어린 나이에 과거에 급제하여 벼슬이 높고 이제 청춘에 높은 지위에 오르니 우리가 무슨 뛰어난 복으로 장차 이 같은 영화를 보느냐? 다만 운몽이 과거를 보지 않아서 차례를 건너뛰었으니 이것이 흠이로구나."

이파가 웃으며 말하였다.

"두 부인은 욕심도 중하십니다. 슬하의 옥 같은 아들이 세 명씩이나 급제하였는데도 오히려 부족해하십니까?"

석부인이 웃으며 말하였다.

"운숙은 너무 어린데 입신(立身)하고 운몽과 운의는 빠졌으니 운숙이
하지 말고 두 아이와 바꾸면 좋을 것이라는 말입니다. 어찌 나빠서 더 108
바라는 것이겠습니까?"

소부인이 웃으며 칭찬하고 말하였다.

"석아우의 말이 유리하니 만일 운의가 입신(立身)했다면 반드시 운숙을 이어서 바랬을 것이니 아무래도 탐이란 말은 면하지 못할 것입니다."

석부인이 맑게 웃었다.

다음날 성지(聖旨)가 내려 운숙, 운명을 한림원에 올리시어 두 사람이

옥당(玉堂)[298]에 오르니 그 처와 자식에게 봉관(鳳冠)과 꽃신을 주어 영광스런 총애를 빛낼 때 성씨는 흔쾌히 기뻐하는데 임씨는 조금도 기쁘고 만족스러워함이 없었다.

이파가 이상하게 여겨 가만히 물어보며 말하였다.

"낭군이 금마옥당(金馬玉堂)의 주인이 되어 그 빛남이 낭자에게 미쳤거늘 이제 소저가 조금도 기뻐하는 빛이 없는 것은 어째서입니까?"

임씨가 웃고 천천히 말하였다.

"가문이 쇠하지 않아 화려한 덮개와 붉은 바퀴가 이 골짜기에 가득 있고 패옥(佩玉)[299]과 금인(金印)이 상자에 가득하니 낭군 한 사람이 입신(立身)함으로 더 빛날 일이 없을 것이고, 소년 서생(書生)으로 소임이 중대하니 국은(國恩)을 갚을 길이 중합니다. 녹봉을 헛되이 먹지 못하니 맡은 임무를 처리하는데 괴로움이 많을 것이니 조그만 영화로 근심을 잊어버리겠습니까?"

이파가 몹시 칭찬하고 돌아와 태부인에게 알리자 소승상이 임씨를 더욱 소중히 생각하였다. 운명이 급제한 후에는 더욱 재취(再娶)하고자 하는
109 뜻이 일어나나 감히 발설하지 못하고 밤낮으로 번민하며 계교를 생각하였다.

298) 옥당(玉堂) : 한(漢)나라 때 금마문(金馬門) 옥당전(玉堂殿)은 문학(文學)하는 선비가 출사(出仕)하는 관아(官衙)였음. 후세에 한림원(翰林院)을 일컫는 이름이 됨, 금마옥당(金馬玉堂)은 한림원의 별칭임.

299) 패옥(佩玉) : 왕과 왕비의 법복이나 문무백관의 조복(朝服)과 제복의 좌우에 늘이어 차던 옥. 흰 옥을 이어서 무릎 밑까지 내려가도록 하였음.

소 현 성 록

10권

1 화설(話說). 소운명이 뛰어난 재주를 지닌 젊은이로 몸이 높은 자리[300]에 올라 옥당(玉堂)을 밟으니 명성과 덕망이 조정에 진동하였고 문장은 이태백(李太白)과 두보(杜甫)를 압두하였다. 그러자 사람마다 탄복하여 그 재취자리를 바라며 구혼하는 매파가 문을 시끄럽게 하였으나[301] 소승상이 허락하지 않자 운명이 마음 속의 회포가 울적하고 답답해 늘 탄식하였고 부친의 명(命)이 기구한 것을 한탄하였다.

이 해 초겨울에 운명이 산서지방의 순안어사로 나갈 때 소승상이 타이르며 말하였다.

"너의 소임이 무거운데 비해 나이는 젊으니 마땅히 밤낮으로 근심하여 늘 청렴하고 급한 성미를 보이지 마라. 옥사(獄事)를 처리할 때에는 공정하게 하고 청탁을 듣지 말며 의지할 곳이 없는 사람을 보호하고 풍악과 술과 안주를 베풀지 마라. 만일 가르침을 거역하여 창기를 모으고 잡된 무리를 사귀어 어지럽게 예(禮)를 잃어버려 집안의 명성을 더럽게
2 한다면 내 눈앞에 보이지 마라."

소부인이 이어서 말하였다.

"무릇 사람을 대함에 품행이 단정하지 못하거나 난잡하지 않으면서 자애롭고 인자하며 후덕한 것이 군자가 할 일이니 너무 매몰차게 하지 않도록 하여라."

운명이 머리를 숙이고 사례하며 말하였다.

"오늘 아버지와 숙모께서 주신 밝은 가르침을 저버리지 않겠습니다."

드디어 하직할 때에 온 집안사람들이 모두 섭섭해 하였고, 화부인은 눈

300) 높은 자리 : {령쥐[瀛州]]}. '영주'는 삼신산의 하나인 영주산을 가리키는 말로 높은 자리를 비유적으로 표현하는 데 사용됨.

301) 시끄럽게 하였으나 : {드레더}. '드레다'는 큰소리로 떠들거나 시끄럽게 하는 것을 뜻하는 고어임.

물을 흘리며 이별 하였다. 운명이 대궐 아래에 가서 조서를 받고 나서는 절월(節鉞)[302]을 지니고 산서지방으로 향할 때 십 리까지 잔치를 베풀어 이별하였다.

운명이 길을 떠나 산서지방에 이르렀다. 부임을 한 뒤 덕과 위엄을 두루 갖추어 공무를 보자 몇 개월 사이에 교화가 크게 베풀어졌다. 사람들이 일찍이 소운현이 총마어사(驄馬御史)[303]를 할 때의 덕을 흠모하더니 운명의 행동이 운현에게 뒤지지 않는 것을 보고 별명을 짓기를 '맑고 현명한 두 명의 소씨 선비'라고 하였다.

세월이 빨리 지나가 다음 해 2월에 운명이 노복과 말을 갖추어 두루 순행하였다. 안무현에 이르러 산수(山水)가 뛰어난 것을 보고는 일을 처리한 후에 거느린 종과 행장을 모두 물리치고 유람을 하고자 하였다. 3

각설(却說). 산서 안무현에 이름난 재상 한 사람이 있었는데 이름이 이원기였다. 이원기는 사람이 맑고 깨끗하고 성품이 강직하고 곧았으며 뛰어난 재주로 인해 명성이 자자하였다. 일찍이 과거에 급제하여 벼슬이 이부상서(吏部尙書)[304]에 오르자 그 명망이 세상이 요란하였는데, 오래전부터 앓고 있던 병이 침노하여 드디어 벼슬을 버리고 고향에 돌아와 여생을 마쳤다. 곧 이어 부인 여씨가 죽었다. 슬하에 오직 외동딸이 있었는데 이름은 옥주이며 나이가 11세였다. 다른 친척이 없고 오로지 부모를 의지하였다가 하루아침에 부모를 잃어버리는 아픔[305]을 만나니 혈혈단신으로

302) 절월(節鉞) : 절부월(節斧鉞)의 줄임말. 지난날 관찰사 · 유수(留守) · 병사(兵使) · 수사(水使) · 대장(大將) · 통제사들이 지방에 부임할 때에 임금이 내어 주던 물건임. 절은 수기(手旗)와 같이 만들고 부월은 도끼와 같이 만든 것으로, 군령을 어긴 자에 대한 생살권(生殺權)을 상징하였음.

303) 총마어사(驄馬御史) : 후한(後漢) 때 환전(桓典)이 시어사(侍御使)가 되어서 항상 총마(驄馬)를 타고 다녔으므로 그렇게 불렀음. 환전이 엄정(嚴正)하였기 때문에 간인(奸人)은 항상 총마이사를 피하라고 하면서 두려워하였다고 한데서 유래함.

304) 이부상서(吏部尙書) : 중국에서 이부(吏部)의 으뜸 벼슬.

약간의 노비와 함께 겨우 부모의 장사를 지냈고 집안의 재산은 모두 흩어져 버렸다. 그래서 밤낮으로 슬퍼하며 푸른 하늘을 우러러 부모의 신령을 부를 따름이었다.

며칠이 지나지 않아 도적이 들어와 소란을 피워 집을 차지하고 자신들의 소굴로 삼자 이소저가 겨우 몸을 벗어났다. 시비 춘앵과 함께 홀몸을 의탁할 곳이 없어 죽고자 하였는데 춘앵이 겨우 붙들어 구하여 말하였다.

4 "이제 길 위에서 죽어 주인님과 부인의 신령을 의탁할 곳이 없게 하는 것은 옳지 않습니다. 옛날 제영(緹縈)[306]은 아비의 죄를 신원하고 목란(木蘭)[307]은 아비를 대신하여 국경을 지켰으니 사람이 낳아서 길러준 은혜를 잊어버리고 자기 몸의 괴로움을 잊어버리려고 긴 목숨을 끊어 제사를 버리는 것은 지극한 불효입니다. 소저는 생각하여 보십시오."

이씨가 슬픔을 진정하고 억지로 남복(男服)을 입고 춘앵과 서로 붙들고는 갈 곳이 없음을 통곡하며 말하였다.

"어려서부터 대대로 높은 벼슬을 누려온 가문에서 자라나 아름다운 집에서 비단 옷도 무겁게 느껴지고 맛있는 음식 또한 입에 맞지 않게 되었다. 그런데 이제 생각지도 못한 이런 곤란한 액운을 만나 죽지도 않고 도로에서 걸식하게 되니 이는 위로는 집안의 명성을 더럽게 하는 것이고 아래로는 나에게 더러운 소문이 있을 것이니 결코 살지 못할 것이다."

---

305) 부모를 ~ 아픔 : {뉵아지통[蓼莪之痛]}. 『시경(詩經)』 육아편(蓼莪篇)을 가리킨 것으로 부모의 은공을 갚지 못하였음을 한탄하는 말임. 문맥을 고려하여 이같이 옮김.

306) 제영(緹縈) : 한 문제 때의 효녀. 아버지인 순우공(淳于公)이 죄를 얻자 천자에게 편지를 써 자신이 관비(官婢)가 되어서 아버지의 죄를 대신하겠다고 하니 천자가 감동해서 형벌을 면하게 해 주었음.

307) 목란(木蘭) : 양(梁)나라 여자로, 남자옷을 입고 아버지를 대신하여 전쟁에 나가 이기고 열두 해 만에 돌아왔던 효녀임.

춘앵이 백방으로 마음을 너그럽게 가지도록 하였다. 그러던 가운데 산 밑에 도착하였는데 봄바람이 냉담하고 꽃들은 생기가 있으니[308] 두 사람이 참혹하고 비통하여 한바탕 크게 울고 모란 떨기 속에 엎드려 쉬고 있었다.

이때 마침 순무 소운명이 유람을 하고 있었다. 소운명이 곁의 노비를 5
다 물리치고 동자 한 명만 거문고를 가지고 따라 오라고 하였다. 대나무 지팡이를 꺾어 짚고 신발을 끌고 유생(儒生)의 옷차림으로 산수(山水)를 둘러보았다. 문인의 흥치가 높으니 몸이 가볍고 걸음걸이가 나는 것 같았는데 한 곳에 이르자 그윽한 산 속에 소나무와 잣나무가 울창하여 시냇물에 비치고 온갖 꽃이 만발하고 동풍(東風)이 화창하게 불어오는 것이 비단 장막을 두루 친 듯하였다.

운명이 키가 작고 옆으로 퍼진 소나무 아래에 있는 바위에 올라 앉아 거문고를 가지고 곡조 하나를 타자 맑은 흥과 운치가 일어났다. 입으로는 송옥(宋玉)의 백주시[309]를 부르며 깊이 들어가는 줄을 깨닫지 못하였는데 50걸음을 지나자 꽃과 나무들 사이에 소년 한 명이 흰 두건을 쓰고 베로 지은 옷을 입고 비스듬히 서 있었다. 그는 마치 흐린 구름 속의 밝은 달과 같고 진흙 가운데에 좋은 옥이 묻혀 있는 것 같아 광채가 영롱하였다. 소운명이 한번 바라보자 마음이 급해져 바삐 나아가 인사를 하며 말하였다.

"청명(清明)[310] 절기에 유람을 하는 것은 문인의 의지와 기개입니다만 6

---

308) 꽃들은 ~ 있으니 : {화류[花類ㅣ] 셕〃 ᄒᆞ니}. '셕셕하다'는 씩씩하다는 뜻의 고어임. 문맥을 고려하여 이같이 옮김.

309) 송옥(宋玉)의 백주시 : 송옥은 전국시대 초나라 언(鄢)땅 사람으로 대부임. 굴원의 제자로 『초사』를 썼음. 송옥이 쓴 백주시는 미상임. 백주시(柏舟詩)로 유명한 것은 위(衛) 나라 세자(世子) 공백(共伯)의 아내 공강이 남긴 작품임. 공백이 일찍 죽자 공강은 수절하고 있는데, 부모가 개가시키려 하므로 공강은 백주시를 지어 수절을 맹세하였다고 함.

310) 청명(清明) : 이십사절기의 하나로 춘분(春分)과 곡우(穀雨)의 사이에 들며, 4월 5일 무렵.

수풀 사이로 선인(仙人)이 더러운 속세에 수고롭게 왕림하시는 것은 무슨 까닭입니까?"

그 사람이 놀라서 눈을 들어 보니 다만 재주가 뛰어나 보이는 사람[311]인 것 같은 이가 있었다. 붉은 입술과 흰 이로 학의 울음과 같은 목소리를 내어 물어보는 것을 보고 빨리 일어나 답례를 하고 대답하며 말하였다.

"소생은 본토 사람으로 일찍 부모를 이별하고 몸이 죄인이 되었습니다. 의지할 곳이 없어 낙엽같이 떠돌아다니니 어찌 노닐며 즐길 사이가 있겠습니까? 존사(尊師)는 어떤 사람이시기에 외로이 혼자서 무엇을 보십니까?"

소운명이 슬픈 얼굴과 애절한 말을 듣고 몹시 흠모하여 물어보며 말하였다.

"그대의 성명은 무엇입니까? 또 왜 의지할 곳이 없다고 하십니까?"

이씨가 처량하고 슬퍼 눈물을 흘리면서 다만 자신을 이상서의 아들로 소개하며 도적이 집을 빼앗아 화를 피해 걸식한다는 사연을 자세하게 전하였다. 소운명이 몹시 놀라 황급히 인사를 하고 말하였다.

"원래 이상서 댁의 공자이십니까? 제가 알지 못하여 무례하고 거만하였으니 죄를 청합니다."

7 드디어 동자를 불러 돗자리를 펴고 마주 앉아 조용히 말을 하는데 또한 근본을 모두 이야기하고 친애하는 것을 한 어머니에게서 태어난 동생과 같이 하여 말하였다.

"그대의 나이가 몇이나 됩니까?"

---

311) 재주가 ~ 사람 : {옥슈[玉樹]]}. '옥수'는 아름다운 나무라는 뜻으로, 재주가 뛰어난 사람을 이르는 말임.

이씨가 대답하여 말하였다.

"세상을 안 지 12년입니다. 어버이가 돌아가신 지는 일 년이 되어가니 첫 제사가 멀지 않았습니다."

운명이 말하였다.

"제가 이제 객지에 외로이 있어 주변에 아는 이가 없고 몹시 적막합니다. 그대도 의지할 곳이 없는데 형제로 약속을 맺고 나와 함께 관아로 돌아가 서로 위로하며 지내다가 함께 서울로 나아가 과거에 힘써 만일 입신하면 금의환향(錦衣還鄕)하는 것이 쉬울 것입니다. 이러는 것이 마땅히 부모의 혼령을 위로하는 것이니 그대의 뜻은 어떠합니까?"

이씨가 사양하며 말하였다.

"저의 운명이 기구하여 이 지경을 당하니 다시 세상에 뜻이 없습니다. 비록 존형의 후덕한 인정어린 마음은 감격스럽지만 감히 두터운 인정을 받아들이지는 못하겠습니다."

운명이 다시 간청하며 말하였다.[312] 8

"그대를 처음으로 보지만 10년을 같이 공부한 것보다 친애하여 머뭇거려지는[313] 말을 꺼냈는데 거절함을 들으니 부끄럽고 창피한 것을 견디지 못하겠습니다. 그러나 오히려 참을 수 없는 것은 그대를 차마 떠나지 못하는 것입니다. 만일 형이 있을 곳이 있다면 그만두겠지만 처음 했던 말과 같이 의지할 곳이 없다면 저의 정을 막지 마십시오."

춘앵이 곁에서 소저가 고집하는 것을 보고 문득 나서며 말하였다.

"우리는 동서(東西)로 떠돌아다니니 만일 상공이 거두신다면 은혜가 넓

---

312) 간청하며 말하였다 : {ᄀᆞᆫ청}. 필사 과정에서 '왈(曰)'이 빠진 것으로 보임. 문맥을 고려하여 이같이 옮김.

313) 머뭇거려지는 : {서의ᄒᆞᆫ}. '서의하다'는 머뭇거리다는 뜻의 고어임.

고 큰 하늘과 같이 끝이 없을 것입니다. 어찌 사양하겠습니까?"

운명이 몹시 기뻐하며 말하였다.

"너는 천한 사람이지만 식견이 원대하구나. 이형은 장차 어찌하시려고 합니까?"

이씨가 민망하여 눈길을 들어 춘앵을 보고 오래도록 가만히 있으니 춘앵이 마음 속으로 짐작되는 것이 있어서 짐짓 또 말하였다.

"우리 낭군이 주저하시는 것은 상(喪)을 당한 사람으로서 번화한 곳을 싫어하셔서 차라리 걸식을 할지언정 화려한 것을 보지 않으려 하는 것
9 이니 상공이 그윽한 후당(後堂)에 두어 평안하게 하신다면 어찌 가지 않으시겠습니까?"

이씨가 바야흐로 눈길을 내리고 말하였다.

"이러한 말은 모두 아랫것의 방자함입니다. 다만 제가 날아다니는 티끌 같아 친척이 없으니 서울에도 의지할 만한 사람이 아무도 없습니다. 그러니 비록 형이 아껴주시는 것에는 감격하지만 만리(萬里)를 가는 길이 부질없기에 차라리 고향의 흙이 될지언정 타향에 떠돌아다니는 혼이 되지 않으려 하는 것입니다."

운명이 탄식하며 말하였다.

"그대가 나이가 어리나 일찍이 시서(詩書)를 읽어 예의를 알 것인데 어찌 친구의 정이 이렇게 박합니까? 내가 한번 형을 보고 정과 의리가 두터우니 잠시라도 떨어져 있고 싶지 않습니다. 나는 몸이 나랏일에 매여 있고 부모가 계셔서 감히 마음대로 하지 못하지만 지금 그대는 무엇을 거리껴 거절합니까? 서울에 친척은 없지만 내가 있는데 왜 머뭇거립니까? 내 뜻은 정하였으니 그대는 사양하지 마십시오."

이씨가 마음 속으로 민망하였지만 인정을 생각하고는 마지못하여 사례하며 말하였다.

"저는 박명한 인생인데 상공이 어여쁘게 여기시니 은혜가 몹시 큽니다. 죽을 때까지 크고 훌륭한 덕을 명심할 것이니 삼가 큰 가르침을 받 10
들겠습니다."

운명이 몹시 기뻐하였다. 동자를 시켜 본부 아역(衙役)[314]과 아래 관리를 불러 돌아갈 때 이씨가 사례하며 말하였다.

"제가 몸이 남자이지만 처신을 아녀자처럼 하여 일찍이 감히 말을 타지 못하였으니 걸어가겠습니다."

순안어사 소운명[315]이 듣고 나서 황급히 일어나 말하였다.

"내가 순간 어진 사람을 대하는 법을 잊어버렸습니다. 그러니 매우 부끄럽습니다."

드디어 자신의 가마를 드려 이씨를 태우고 자기는 화총마(花驄馬)에 금으로 만든 안장을 갖추고 말 위에 올라 관아로 돌아왔다.

지현(知縣)[316]이 문안하고 고을의 사대부들이 서로 보고자하였기에 운명이 마지못하여 손님들을 맞이하였다. 이씨를 별채 깊은 곳에 편안히 모시라고 분부하고 친히 가보지는 못하니 마음 속으로 걱정스러워 하였다.

이씨가 춘앵과 함께 소운명을 따라 관아에 도착하니 사치스럽고 화려한 음식들과 정결하게 늘어놓은 방석들이 몹시 호사스러웠다. 그러나 오직 근심이 끝이 없어 눈썹을 찡그린 것을 펴지 않고 전전긍긍하여 밤낮으
로 번뇌하자 춘앵이 위로하며 말하였다. 11

---

314) 아역(衙役) : 아노(衙奴)와 같은 뜻으로 수령이 지방 관아에서 사사롭게 부리던 사내종.
315) 순안어사 소운명 : {안디}. '안대'는 안찰사를 뜻하는 말로 소운명을 가리킴.
316) 지현(知縣) : 중국 송나라·청나라 때에 둔 현(縣)의 으뜸 벼슬아치.

"무릇 일은 형편을 보아서 하면 됩니다. 왜 속절없이 근심을 해서 다른 사람의 의심을 사시려 하십니까?"

이씨가 한숨을 쉬며 슬프게[317] 탄식하고 말을 하지 않았다.

3일 후 소어사가 관원의 옷을 입은 채 별채에 이르러 서로 볼 때에 손님과 주인으로 자리를 정하였다. 눈을 들어 이씨를 보니 어렴풋한 신선의 자태와 침착한 기질이 이미 선녀의 모습을 빼앗은 것과 같았고, 맑고 깨끗한 풍채와 용모와 맑은 골격이 사방에 비쳤다. 또 봉황과 같은 눈이 위엄이 있고 푸른 눈썹이 어여쁘며 가는 허리가 아름다워 서시(西施)와 양귀비(楊貴妃)[318]의 얼굴도 미치지 못할 바였다. 운명이 몹시 흠모하면서 감탄하며 물어보았다.

"누추한 집이 더러워 형이 객지에서 느끼는 쓸쓸한 심정이 편안하지 못할 것입니다."

이씨가 사례하며 말하였다.

"상공의 큰 덕으로, 의지할 곳 없이 외로이 상(喪)을 당한 사람의 거처가 사치스럽고 화려한 것이 과분하니 잊을 수 없는 은혜입니다."

이야기를 마친 후 곁눈질로 어사 소운명을 보니 만일 반악(潘岳)과 위개(衛玠)[319]가 환생한 것이 아니면 신선의 풍모와 진평(陳平)의 아름다운 모

317) 한숨을 ~ 슬프게 : {우연히}. 문맥을 고려하여 '위연히'로 보아 이같이 옮김. '위연(喟然)'은 '한숨을 쉬며 서글프게'의 뜻임.

318) 양귀비(楊貴妃) : {옥진(玉眞)}. 양귀비(楊貴妃)를 말함. 백거이는 장한가에서 양귀비가 죽어 '옥진'이라는 선녀가 되었다고 하였음. 양귀비는 17세에 당 현종의 제18왕자 수왕(壽王)의 비(妃)가 되었으나 현종의 무혜비(武惠妃)가 죽은 후 현종의 총애를 받게 되어 27세에 귀비(貴妃)로 책립되었음. 친척 오빠인 양국충과의 반목(反目)이 원인이 되어 안녹산(安祿山)이 반란을 일으키자, 도주하던 중 길가의 불당에서 목을 매어 죽었음. 절세의 풍만한 미인으로 가무(歌舞)에 능했다고 함.

319) 위개(衛玠) : {위가}. 문맥상 위개로 보이므로 이같이 옮김. '위개'는 진(晉)나라 안읍(安邑)의 사람인데 항(恒)의 아들로 자(字)는 숙보(叔寶). 다섯 살부터 수려한 인품을 갖추었으므로 아저씨였던 왕제(王濟)가 감탄하여 '위개와 함께 놀고 있으면 곁에 명주가 반짝반짝 빛나는 것 같아

습이 있는 것이었다. 옥 같은 흰 얼굴과 붉은 입술이 세상에 뛰어나고 맑은 눈썹과 별 같은 눈동자[320]가 세상을 벗어난 것과 같으니 몹시 기특하게 여겼다. 12

재자가인(才子佳人) 두 사람이 마주하여 조용히 이야기를 이루어 반나절이 지나자 더욱 친애하는 정이 측량할 수 없었다. 소운명이 말하였다.

"그대의 품격 있는 기질과 온화한 얼굴은 저로서는 처음 본 바입니다. 원컨대 형제의 예로 약속하기를 바랍니다."

이씨가 황급히 사양하며 말하였다.

"저는 이미 천한 사람이고 상공은 이름 높은 문벌로 조정의 중신입니다. 어찌 감히 형제[321]가 되겠습니까?"

어사 소운명이 대답하여 말하였다.

"주저하는 말을 내었다가 형의 위로하는 말을 들으니 수줍음을 이기지 못하겠습니다. 돌아가신 어른은 이른바 이부(吏部)의 수장[322]이시고 우리 아버지는 정승이시며 저는 순안어사이고 그대는 유생이니 비록 이름과 벼슬이 다르지만 한 나라의 신하이며 같은 사족입니다. 지난날 사마우가 이르기를 '온 세상 사람들이 모두 형제라'고 했으니[323] 어찌

그 빛이 낭랑하게 사람에게 쪼인다'라고 하였음. 어릴 때에 수레를 타고 저자거리에 오면 온 도시의 사람들이 그의 뛰어난 외모를 보기 위해 모여들었다고 함.

320) 눈동자 : {눈ᄍᆡ}. 눈동자를 가리키는 고어임.

321) 형제 : {안항(雁行)}. 기러기의 행렬이란 뜻으로, 남의 형제를 높여 이르는 말임.

322) 이부(吏部)의 수장 : {텬관통진[天官總宰]}. '천관'은 육조 중 으뜸이라는 뜻으로 이부를 가리킴.

323) 사마우가 ~ 했으니 : {ᄉᆞ마위 닐오ᄃᆡ ᄉᆞ히지ᄂᆡ 다 형뎨라 ᄒᆞ니}. 『논어』에 나오는 구절로 다음과 같음. 사마우가 근심하며 말하기를 "사람이 다 형제가 있는데 유독 나만 없습니다." 그러자 자하가 말하기를 "내가 듣기에 죽고 사는 것이 운명에 달려 있고 부유함과 귀함이 하늘에 달려 있다 했습니다. 군자가 조심하여 실수하는 일이 없고 남과 접촉하는 데 공손하고 예의가 있으면 온 세상 사람들이 모두 형제입니다. 군자가 어찌 형제가 없는 것을 걱정하겠습니까?[司馬牛憂曰, 人皆有兄弟, 我獨亡. 子夏曰, 商聞之矣, 死生有命, 富貴在天. 君子敬而無失, 與人恭而有禮, 四海之內, 皆兄弟也. 君子何患乎無兄弟也.]"라고 답함.

13 구구한 말을 해서 의지와 기개를 낮추겠습니까?"

운명이 곁에 있는 이들을 시켜 향과 촛불과 제문을 차려놓고 이씨에게 형제로 굳게 약속하는 글을 쓰라고 하였다. 이씨가 비록 심지가 굳세고 당당하나 이미 소운명에게는 선녀같이 예쁜 여인으로 인식되어 있었다. 소운명이 광풍 같은 행동과 흘러가는 구름 같은 말로 이소저의 정신을 혼란스럽게 만드니 저 연약한 이소저가 어찌 능히 우기겠는가? 다만 넋이 어린 듯하여 그 지시대로 글을 쓰고 마찬가지로 예를 갖추어 절을 하고 형제가 되니, 소운명은 16세이고 이씨는 12세였다. 하늘에 빌기를 마치고 운명이 위에 앉고 이씨가 아래 앉아 술과 안주를 차려 놓고 술을 부으니 순배가 이씨에게 돌아오자 사양하며 말하였다.

"제가 비록 형의 후의에 감격하지만 저는 상(喪)을 당한 사람입니다. 어찌 감히 예법을 어겨 술을 먹겠습니까?"

운명이 슬프게 탄식하며 말하였다.

"나의 성품이 사리에 어둡고 세상물정을 잘 몰라 그대가 나를 무식하게 여기도록 행동했군요. 그대는 모름지기 허물치 마오."

드디어 다시 권하지 않고 스스로 잔에 술을 부어 4, 5 순배에 이르니 이
14 미 술에 취하여 눈이 몽롱하고 두 뺨이 복숭아 같아 진실로 아득한 신선과 같았다. 술이 취하자 재자(才子)의 기운이 더욱 호방해졌다. 눈을 들어 어사가 이씨를 보니 흰 두건을 숙이고 구름 같은 귀태와 옥 같은 얼굴이며, 맑은 눈동자며 붉은 입술이 아리따운 것이 절묘하고 소담스러우며 침착하기에 어사가 더욱 사랑하고 항복하여 물었다.

"그대의 이름을 알지 못하였으니 일찍이 무엇이라고 합니까?"

이씨가 천천히 말하였다.

"저의 천한 이름은 원경이고 자(字)는 주성이라 합니다."

운명이 또 물어보며 말하였다.

"선대인(先大人)[324]과 자당(慈堂)[325]의 연세가 몇이십니까?"

이씨가 홀연 슬퍼하며 눈물을 옥 같은 얼굴에 줄줄 흘리며 대답하였다.

"부모님의 연세가 두 분 모두 47세입니다."

이야기를 마친 후 몹시 슬픔을 느껴 억제하지 못하니 애원한 얼굴빛과 근심하는 태도가 옥련화(玉蓮花) 가지 하나가 휘몰아치는 바람 속에 나부끼는 것과 같아 운명이 스스로 깨닫지 못하는 사이에 황급히 상을 밀치고
나아가 소매로 눈물을 닦아주며[326] 어깨를 짚어 위로하며 말하였다. 15

"아우는 어찌 과도히 슬퍼하여 약질을 위태롭게 하느냐? 천지간에 부모를 잃은 사람이 그대뿐만이 아니네. 우리 집 숙모 두 분도 그러하네. 유학사 부인도 그러해서 아버지가 데려다가 선(善)을 행하시고 왕평장 부인 가씨도 또한 물에서 죽으려 하는 것을 구하여 평장과 혼인하였네. 그래서 지금은 부인 두 분이 우리 집을 친정같이 여기네. 그런데 그대는 더욱이 남자의 몸일세. 내 비록 아버지의 어질고 의로움을 바랄 정도는 못되지만 또한 그대에게 믿음을 저버리지는 않을 것이네. 다만 나를 믿게나."

이씨가 어사 소운명이 가까이 앉는 것을 보고 몹시 두려워하며 얼떨떨해하면서 고운 눈썹을 찡그리고 붉은 입술을 열어 사례하며 말하였다.

"형의 큰 덕을 제가 어찌 잊겠습니까? 다만 서울에 가서 한 칸 심당(深堂)을 얻어 저의 연약한 심정을 평안하게 해주시면 이 어찌 큰 은혜가

---

324) 선대인(先大人) : 돌아가신 남의 아버지를 높여 이르는 말.
325) 자당(慈堂) : 남의 어머니를 높여 이르는 말.
326) 닦아주며 : {스스며}. '슷다'는 훔치다, 닦다, 문지르다는 뜻의 고어임.

아니겠습니까?”

어사가 이씨의 대답을 좋게 여기고 말마다 허락하였다.

16 날이 저물자 어사가 침소로 돌아갔다. 이후로는 날마다 이곳으로 와서 시간을 보내니 이씨가 비록 민망해하나 그 의기(義氣)를 감사하여 마침내 형매(兄妹)로 일컬을 날을 그윽이 생각하였다.

소운명이 산서지방에 머문 지 7개월 만에 조정에서 예부시중(禮部侍中)으로 부르시니 역마(驛馬)로 길을 떠났다. 이때에 이씨는 매번 가마를 타고 길을 따르고 숙소에 들어가서는 온갖 방도를 내어 다른 곳에서 잤다.

하루는 여관에 머무르고 있는데 밤이 가까워 오니 해[327]는 약목(若木)[328]으로 지고 달[329]이 동쪽에서 떠올라 상쾌하고 밝게 빛나는 빛이 자리에 자욱하고 별빛이 온 하늘에 가득하였다. 소운명이 잠이 오지 않고 몹시 적막하여 홀연 ‘이생이 눈빛이 깨끗하고 말이 뛰어나게 유려하니 반드시 재주가 있을 것이다’라고 생각해 마땅히 청하여 율시(律詩)[330] 하나씩을 짓는 것이 좋겠다 여기고 시동(侍童)을 시켜 공자를 모시고 오라고 하였다.

이씨가 마지못하여 춘앵과 함께 왔다. 소어사가 한번 바라보니 이씨가
17 계수나무 그늘 사이로 흰 옷을 나부끼며 달빛을 띠어 천천히 걸어오는 모습이 완연히 무릉선녀가 요지연에 오르는 것과 같고 견우(牽牛)와 직녀(織女)가 오작교에 배회하는 것과 같았다. 소담한 기상과 맑은 풍채며 가벼운 걸음으로 넓은 뜰을 밟으며 오는 것이 나는 듯 가벼워 보여 나부끼는

---

327) 해 : {금오(金烏)}. ‘해’를 달리 이르는 말로 태양 속에 세 개의 발을 가진 까마귀가 있다는 전설에서 유래함.

328) 약목(若木) : 예전에 해가 지는 곳에 서 있었다는 나무로 해가 지는 곳을 이르는 말.

329) 달 : {옥토(玉兎)}. 옥토끼라는 뜻으로 달을 달리 이르는 말.

330) 율시(律詩) : {ᄉᆞ운[四韻}. 네 개의 운각(韻脚)으로 된 율시를 말함.

듯 하였고 약한 자질에 상복(喪服)이 더욱 소담하여 오히려 옷을 이기지 못할 듯 하였다. 소운명이 마음을 빼앗겨 정신이 날아오르는 것 같아 급히 당(堂) 아래로 내려와 그 소매를 이끌어 웃으며 말하였다.

"달빛이 환하게 비치니 아우를 청하여 달[331]의 광명을 찬송하고자 하였는데 이제 아우를 보니 무색해진 달빛을 위하여 글을 짓고자 하는 것이 가소롭구나."

이씨가 몹시 놀라고 부끄러웠지만 겉은 여리나 안은 철석같은 고로 마지못하여 웃으며 말하였다.

"형님의 과장하는 말을 들으니 제가 부끄러워 죽겠습니다."

어사 소운명이 웃으며 말하였다.

"내가 어찌 과장해서 칭찬하겠느냐?[332] 이는 진정으로 하는 말이다."

드디어 자리를 비스듬히 하여 붓과 벼루를 내오게 하고 말하였다.

"내[333]가 너와 함께 글을 지어 뛰어난 경치를 창화(唱和)하는 것이 어 18
떠하냐?"

이씨가 이에 나직이 말하였다.

"제가 나이가 어리며, 일찍이 어려서 부모를 잃어 시부(詩賦) 짓는 것을 알지 못합니다. 다만 형이 지으면 제가 배워 차운(次韻)하겠습니다."

어사 소운명이 몹시 기뻐하며 즉시 절구(絶句) 여덟 구를 지어 읊으니 진실로 비단에 아름답게 수를 놓은 것과 같은 문장이었다. 이씨가 몹시 칭찬하고 스스로 종이를 펼치고 고운 손으로 산호붓을 잡으니 붓 끝에 구

---

331) 달 : {태음(太陰)}. '달'을 태양에 상대하여 이르는 말.

332) 과장해서 칭찬하겠느냐 : {위자[慰藉] ᄒ미 이시리오}. '위자'는 위로하고 도와준다는 뜻임. 문맥을 고려하여 이같이 옮김.

333) 내 : {우형(愚兄)}. 말하는 이가 아우뻘 되는 사람에 상대하여 자기를 낮추어 이르는 일인칭 대명사.

슬과 옥이 어려 마치 필체가 용이 꿈틀거리며 솟아오르는 것 같았다. 운명이 놀라면서도 흠모하여 읽으면서 한편으로는 이씨의 손을 잡으며 말하였다.

"사랑하는 아우의 재주가 이 같으니 아우에게 더욱 정이 솟아나 장차 제어하기가 어렵구나. 모르겠구나. 세상에 너 같은 이가 또 있겠느냐. 사마상여(司馬相如)[334]와 반악(潘岳)과 두연(斗衍)[335]의 재주와 미모라도 너에게는 윗자리를 사양할 것이다."

이씨가 버들 같은[336] 눈썹을 찡그리고 앵두 같은 붉은 입술을 열어 말하였다.

19 "제가 운명이 기구하여 부모를 일찍 여의고 배운 바가 누추하니 족히 형의 뛰어난 솜씨를 당하지 못할 줄을 스스로 아는데 보잘 것 없는 시를 지은 것[337]은 두터운 은혜를 막을 수 없어서 입니다. 형이 지나치게 칭찬하시니 오히려 편안하지 않군요."

목소리가 깨끗하고 말이 바르고 크니, 운명이 순간 자기도 모르게 말하였다.

"아름답고 향기로운 사람이구나. 만일 너 같은 아내를 얻으면 죽어도 한이 없을 것이로다."

이씨가 더욱 부끄러워하며 옥 같은 얼굴을 붉히고 손을 가지런히 하고 단정히 앉아 있다가 홀연 일어나 말하였다.

334) 사마상여(司馬相如) : {ᄉᆞ마댱경[司馬長卿]}. 사마상여를 가리킴. 중국 전한(前漢)의 문인으로 자는 장경(長卿)임.

335) 두연(斗衍) : {두여}. 문맥을 고려하여 '두연'으로 옮김. '두연'은 중국 송나라 사람으로 잘 생긴 것으로 유명했음.

336) 버들 같은 : {버술 같은}. 문맥을 고려하여 이같이 옮김.

337) 지은 것 : {식칙[塞責]ᄒᆞᆫ 문}. 맡은 것만 해 낸다는 뜻임. 문맥을 고려하여 이같이 옮김.

"밤이 깊었으니 머물러 쉬고 내일을 맞이하기 원합니다."

소운명이 말리며 말하였다.

"길고 푸른 하늘에 뜬 구름 한 조각 없고 밝은 달[338]이 계수나무에 걸리어 온 사방을 밝게 하니 어찌 잠자는 것으로 달을 사랑하는 마음을 허송하겠는가? 하물며 네가 나와 함께 형제가 된 지 오래되었는데 매
번 다른 곳에서 자니 흥미가 없구나. 오늘은 함께 자는 것이 좋겠다." 20

이씨가 다 들은 후 생각을 제대로 하지 못하여 행여 자신의 근본을 아는가 두려워하면서 몹시 다급해져 오로지 병이 있음을 핑계대고 몸을 빼어내 돌아가고자 하였다. 운명이 본래 재주가 있는 문인(文人)으로 사람을 사귀는 데 다정하였기에 이씨를 지극히 사랑하였는데 이씨의 매몰참을 보고 나이가 어려 겸손하고 부끄러워하는 것인가 여겨 급히 나아가 손을 잡으며 웃으면서 말하였다.

"그대가 나를 피하기를 마치 함께 있어서는 안될 사람처럼 하니 어찌 이상하지 않겠는가?"

그 팔을 어루만져 피부가 연한 것을 보고 사랑하여 소매를 밀어 올려 달빛에 그 아름다운 팔을 보고자 하였다. 한번 상복(喪服)을 밀어보니 굵은 베옷 사이에 눈빛 같은 살이 아름답게 빛나고 앵혈(鶯血)[339] 한 점이 가련하게 찍혀 있어 더욱 고왔다. 어사 소운명이 혼비백산하여 팔을 놓아버리고 홀린 듯이 앉아 말을 하지 못하다가 길게 탄식하면서 묵묵히 한숨을 쉬었다. 이씨가 운명의 행동을 보니 어쩔 수가 없어 오직 사실을 말하
고 선처를 바라고자 하였다. 그렇게 뜻을 정하고 안색을 바르게 하여 자 21

338) 밝은 달 : {일뉸태음[一輪太陰]}. '일륜'은 밝은 달을 비유적으로 이르는 말.

339) 앵혈(鶯血) : {쥬표[朱標]}. '앵혈'과 같은 의미임. '앵혈'은 여자의 팔에 꾀꼬리의 피로 문신한 자국으로 성교를 하면 이것이 없어진다고 하여 처녀의 징표로 여겼음.

리를 벗어나 두 번 절한 후 소리를 온화하게 하고 말을 침착하게 하여 말하였다.

"오늘 형이 분명히 아시기에 제가 감히 실상을 고하지 않을 수가 없으니 용납하시겠습니까?"

어사 소운명이 바야흐로 정신을 바르게 하여 옷과 띠를 가다듬고 공경하여 말하였다.

"저는 속된 세상의 필부(匹夫)입니다. 황제의 명을 받아 이곳에 이르렀는데 뜻밖에 소저를 만나니 다만 마음을 알아주는 친구를 사귀는 것[340]만을 생각했지 혼인하는 경사[341]가 있을 줄은 생각하지 못하였습니다. 오늘 비로소 제가 어리석다는 것과 소저의 놀림을 당하고 있었음을 알았으니, 청하건대 밝게 가르쳐 저의 아득함을 깨닫도록 하십시오."

이씨가 다 들은 후 안색을 씩씩하게 하고 두 줄기 눈물을 흘리며 말하였다.

"제가 비록 어리석고 둔하나 대신의 딸입니다. 규방에서 자라나 담장
22 바깥의 세상을 몰랐는데 불행히도 하늘에 죄를 얻어 부모를 잃어버리는 슬픔을 만났습니다. 또 도적이 집을 차지하여 배고픔과 목마름의 괴로움을 당하니 비록 진평(陳平)이 다시 살아나고 제갈량(諸葛亮)[342]이

340) 마음을 ~ 것 : {관표[管鮑]의 디음[知音]}. 아주 친한 친구 사이의 사귐을 이르는 말로 중국 춘추 시대의 관중과 포숙아의 우정이 아주 돈독하였다는 고사에서 유래함.

341) 혼인하는 경사 : {관뎌[關雎]의 경식}. '관저'는 『시경』「국풍(國風)」「주남(周南)」의 첫째 장에 문왕이 배필을 구하는 내용을 노래한 것임.

342) 제갈량(諸葛亮) : 중국 삼국 시대 촉한의 정치가로 자(字)는 공명(孔明), 시호는 충무(忠武)임. 뛰어난 군사 전략가로, 유비를 도와 오(吳)나라와 연합하여 조조(曹操)의 위(魏)나라 군사를 대파하고 파촉(巴蜀)을 얻어 촉한을 세웠음. 유비가 죽은 후에 무향후(武鄕侯)로서 남방의 만족(蠻族)을 정벌하고, 위나라 사마의와 대전 중에 병사하였음.

죽지 않았을지라도 선처할 방도가 없었을 것입니다. 여러 번 생각해도 당당히 한번 죽어야 옳았습니다. 그러나 부모의 후사가 끊어지기에 차마 목숨을 버리지 못하여 남복(男服)하고 구차하게 사나 실은 죽을 뜻이 급하였습니다. 다행히 밝은 하늘의 돌아보심을 입어 그대의 성덕(聖德)을 입으니 사실을 고하고자하나 차마 못하였습니다. 오늘에서야 사정을 말씀드리니 비록 외람되나 형제(兄弟)의 결의를 고쳐 다시 형매(兄妹)의 정으로 의탁하신다면 제가 평생 동안 큰 은혜로 여길 뿐 아니라 지하에 계신 부모님이 은혜를 갚을 것343)입니다."

소운명이 다만 깊은 뜻이 있기에 어찌 즐거이 형매(兄妹)라고 하겠는가? 오로지 흔쾌히 사례하며 말하였다.

"오늘 소저의 슬픈 회포를 들으니 사람이 돌과 나무가 아닌데 제가 어
찌 감격하지 않겠습니까? 다만 남자와 여자가 7세이면 자리를 같이 하 23
지 않고 식사를 같이 하지 않는다고 합니다. 제가 소저와 함께 서로 다
른 가문의 여자와 남자로 이미 손을 이끌고 자리를 나란히 하여 성현의
법도를 어지럽혔습니다. 결약을 바꾸어 가다듬는 것이 가소롭습니다.
그윽이 생각건대 제가 부부생활의 즐거움이 없고 소저가 혼인하는 내
용의 글344)을 읊음이 없으니 형제의 법을 고쳐 부부가 되는 것이 옳습
니다. 소견이 어떠십니까?"

이씨가 갑자기 정색을 하고 차고 있던 칼을 빼어 손에 들고 말하였다.

"제가 들으니 그대의 아버지와 할아버지가 모두 도학(道學)을 섭렵하여

343) 은혜를 ~ 것 : {함호결초}. '함환결초(含環結梢)'의 오기로 보임. '함환'은 후한 때 양보(楊宝)라는 사람이 올빼미에 쫓겨 나무 밑에 떨어진 황작(黃雀)을 구해서 백여 일 동안 치료를 해서 살려주자 그날 밤 황의동자가 나타나 보답으로 흰 팔찌를 주었다는 데에서 온 말임.

344) 혼인하는 ~ 글 : {도요(桃夭)의 글}. '도요'는 『시경(詩經)』의 편명으로 혼인할 때를 상징함.

예의를 아신다고 하는데 어찌 이토록 무례한 말을 하십니까? 그대가 조금이라도 예(禮)를 넘어서 저를 가볍게 여긴다면 보는 곳에서 목을 찔러 욕을 면하겠습니다.”

어사 소운명이 몹시 무안하여 황급히 사례하며 말하였다.

24 “제가 견문이 좁아 대의를 알지 못하니 그윽이 부끄럽습니다. 다만 제가 소저를 가벼운 여자로 여기는 것은 아닙니다. 한림원의 높은 벼슬에 비하면 제가 비루하지만 일찍이 조상의 음덕으로 명성이 다른 사람에게 부끄럽지 않으니 함께 서울에 나아가 부모님에게 말씀드리고 육례(六禮)[345]를 갖추는 것이 마땅합니다. 저인들 어찌 이곳에서 혼인을 하자고 하겠습니까? 소저가 만일 저의 뜻을 따르고자 하시면 굳은 약속을 하여 정하시고 듣지 않으려 하시면 제가 또한 선처할 방법이 있습니다.”

이씨가 대답하려 하는데 춘앵이 나아오며 말하였다.

“어사 상공이 만일 비례(非禮)를 행하지 않고 육례를 바르고 크게 하시면 우리 소저가 어찌 감격하지 않으시겠습니까? 오직 어사는 정도(正道)를 행하여 여자의 마음을 편안하게 하십시오.”

돌아서 소저에게 말하였다.

“저희가 이미 이곳에 와서 소상공의 은혜와 덕택을 깊이 입었는데 그것은 몸이 망가져도 갚지 못할 은혜와 의리였습니다. 종과 주인의 몸으로 그 뜻을 따르는 것이 옳습니다. 하물며 상공은 명문가의 정실(正
25 室) 소생으로 소년 재상이고 풍채가 뛰어나 소저를 욕보이지 않을 것입

---

345) 육례(六禮) : 전통적으로 내려오는 혼인의 여섯 가지 예법을 말함. 납채 · 문명(問名) · 납길 · 납폐 · 청기(請期) · 친영을 말함.

니다. 모름지기 고집하지 말고 순순히 허락하여 다른 날 화촉(華燭)346) 아래서 보시는 것이 좋겠습니다."

어사 소운명이 몹시 기뻐하며 말하였다.

"너는 천인(賤人)이지만 아는 것이 시원스러우니 마땅히 호걸이 될 만하구나."

이씨가 탐스러운 머리를 숙이고 말을 하지 않는데 운명이 자세를 바꾸어 일어나 두 번 절하고 말하였다.

"제가 당돌하나 맑은 거울이 앞에 있으니 어찌 더러운 심사를 감추겠습니까? 제가 일찍이 불행하여 조강지처 임씨를 얻었습니다. 비록 인물이 현명하지만 기골이 옛날의 무염(無鹽)과 같아 오래도록 한스러워하는 마음이 가슴에 맺혔는데 오늘 소저를 보니 평생 바라던 것에 족합니다. 하늘이 유의하신 것이 아니면 어찌 이토록 신기하겠습니까? 소저가 만일 끝내 고집하여 저를 물리치시면 제가 부끄러워함을 머금어
평생 한이 될 것입니다." 26

이야기를 마친 후 나아오고자 했지만 감히 그러지 못하였다. 이씨가 그윽이 생각해보니 소운명에게 벌써 의탁한 사람이 되었기에 형세가 달리 어찌할 방법이 없어 부득이 얼굴을 단정하고도 엄숙히 하고 말하였다.

"제가 운명이 기구하여 문득 아버지와 어머니의 제사를 스스로 행하니 오래도록 부끄럽습니다. 이 지경에 이르러 권도(權道)를 지키기는 하지만 또한 한심합니다. 비록 나중에 군자가 저를 첩으로 집에 두실 때에 무례하고 거만한 일이 없으면 제가 오직 은혜를 명심할 것입니다."

소운명이 다시 절하고 말하였다.

---

346) 화촉(華燭) : 빛깔을 들인 밀초로 흔히 혼례 의식에 씀.

"제가 어찌 감히 소저를 업신여기겠습니까? 다만 사람의 일은 바뀌는 법이니 오늘 소저의 말씀이 비록 기쁘지만 나중에 바뀔까 두렵습니다. 외람되지만 이 달을 대하여 맹세를 굳게 하시면 제가 곧 명심하겠습니다."

이씨가 정색하고 말하였다.

27 "지난날 오원(伍員)이 진공주가 틈을 엿본다 하여 혼인을 못하게 했으니[347] 지금 그대의 행동은 옛날 사람에게 죄를 얻었고, 저도 밝은 가르침에 죄인이 될 것입니다. 제가 오히려 염치를 잊어버리고 군자의 후의를 감격하여 이미 평생을 허락하였는데 어찌 약속을 바꾸는 일이 있겠습니까? 군자는 다시는 어지러운 말을 하지 마십시오."

이야기를 마친 후에 이씨가 일어나 춘앵을 데리고 침소로 돌아가니 소운명이 한편으로 놀라고 한편으로는 기뻐하며 넋이 나간 듯이 있었다.

이후로는 소운명이 더욱 이씨를 데리고 가기를 극진히 하면서 감히 무례하게 대하지 못하고 오직 공경하였다. 수일 후 서울에 도착하여 황제에게 사은숙배(謝恩肅拜)를 하고 이씨에게 말하였다.

"소저는 남복(男服)으로 우리 집에 가서 아버지를 뵙고, 아직은 근본을 말하지 마십시오."

이씨가 부끄러운 기색을 하면서 소운명을 따라 자운산에 이르렀다. 이때 소승상의 집에서 운명이 온다는 것을 듣고 기뻐하며 급히 불러보고는

---

347) 지난날 ~ 했으니 : 춘추시대 초(楚)나라의 대부인 비무기(費無忌)가 진나라의 여자를 태자비로 맞이해 와서는 태자가 아니라 아버지인 평왕에게 진상하여 출세한 뒤, 태자의 복수를 두려워하여 모함하였음. 평왕은 태자의 스승이었던 오사(伍奢)에게 과연 그러한지를 확인하였는데 오사는 이 일이 비무기의 모함일 뿐이라고 충간하였음. 이 일로 오사가 옥에 갇히고 두 아들 오상과 오원도 불러들여 함께 처단하려 하였으나 둘째 아들 오원은 굴욕을 참고 오나라로 망명하여 아비와 형의 원수를 갚았음.

그간의 일을 이야기하였다. 소운명이 버들 같은 빰[348]을 붉히고 두 눈을 28
내리뜨고는 주관을 가지고 옥사를 처결하고 정사(政事)를 다스리던 일을 말하자 온 집안사람들이 새삼 칭찬하였다. 마지막에 운명이 자리에서 물러나 이상서의 아들을 만나 형제로 지내기로 하고 데려왔다고 하자 모두 놀라며 슬프게 여겼다. 소승상이 외당(外堂)에 나와 부르니 이씨가 차마 나아가지 못하자 춘앵이 가만히 말하였다.

"소승상은 이 시대의 성인(聖人)입니다. 소저가 마땅히 나아가 보시는 것이 옳습니다. 하물며 어사의 부친이니 어찌 주저하십니까?"

마지못하여 이씨가 나아갈 때에 서헌(書軒)에 이르러 보니 운명의 여러 형제와 시동(侍童)이 당(堂)의 위·아래에 나와 줄을 이루고 있었다. 그 가운데 한 사람이 나이가 40세 정도 되어 보이고 몸에 푸른 빛깔의 베로 만든 도포를 입고 머리에 소상반죽관(瀟湘班竹冠)[349]을 쓰고 허리에 검은 세초띠를 두르고 있었다. 검소한 의관 가운데 맑고 깨끗한 기운이 뛰어나 하늘[350]에 쏘이고 풍채가 늠름하며 골격[351]이 풍치가 있고 아담하며 얼
굴이 뛰어나 이루 헤아릴 수 없을 정도였다. 그러니 이는 다름 아닌 바르 29
고 큰 기운이 어리어 있는 사람이었다. 의자에 앉아 있다가 천천히 당(堂) 아래에 내려와 맞이할 때 이씨가 사양하며 말하였다.

"소자는 시골의 천한 사람입니다. 어찌 정승께서 이렇게 존대하시는 것을 받겠습니까?"

소승상이 다시 팔을 들어 말하였다.

---

348) 버들 ~ 빰 : {유엽}. 규장각본에는 '뉴협[柳頰]'으로 되어 있어 문맥을 고려하여 이같이 옮김.
349) 소상반죽관(瀟湘班竹冠) : 소상강에서 나는 좋은 대나무로 만든 관.
350) 하늘 : {두우(斗牛)}. 28수 가운데 두성과 우성을 아울러 이르는 말. 문맥을 고려하여 이같이 옮김.
351) 골격 : {골결}. 규장각본에는 '골격'으로 되어 있음. 문맥을 고려하여 이같이 옮김.

"손님과 주인[352]의 도(道)가 그렇지를 못하니 그대[353]는 지나치게 겸손하지 마라."

드디어 당(堂)에 올라 예(禮)를 마치자 소생 열 사람이 곁에 갈라서서 있다가 또한 한꺼번에 예(禮)를 마친 후 자리를 정하여 앉았다. 승상이 천천히 여유로운 이야기를 하면서 한번 눈을 들어 이생을 보았는데, 만약 남전(藍田)의 흰 옥이 티끌을 씻은 것이 아니면 진주가 푸른 바다에서 솟아난 것 같아 한갓 아름답고 고울 뿐 아니라 침착하고 어여쁘며 무척이나 호리호리하여 옷을 이기지 못하는 듯하니 어찌 세상에 이런 남자가 있겠는가? 마음 속으로 몹시 이상하게 여겨 멍하니 생각하였는데 승상의 총명

30 함은 본래 다른 사람보다 뛰어났다. 스스로 깨닫는 것이 밝으니 마음 속으로 몹시 안쓰럽게 여겨 그 근본을 자세히 물어보고 두어 마디 한가한 이야기를 마친 후 즉시 북서쪽에 있는 당에 처소를 정하여 보내고 길게 탄식하며 말하였다.

"가련하구나. 이공의 천금 같은 여식이 저렇게 길에 다니며 걸식하니 이 또한 하늘의 뜻이구나."

드디어 여러 아들을 불러 경계하며 말하였다.

"이공자는 나이가 어리고 상중(喪中)[354]에 있는 사람이다. 내가 깊은 방으로 처소를 정하였으니 너희들이 자주 가 그 마음을 심란하게 하지 마라."

여러 아들이 다만 그 뜻은 모르고 부친의 말을 옳게 여겨 소승상의 명에 따라 가지 않았는데, 운명은 본래 그 근본을 익히 알기에 어찌 즐겨 가

---

352) 손님과 주인 : {빙쥬}. 문맥을 고려하여 '빈주(賓主)'로 보아 이같이 옮김.
353) 그대 : {니슈즈[李秀才]}. '이씨 젊은 유생' 정도의 뜻임. 문맥을 고려하여 이같이 옮김.
354) 상중(喪中) : {초토(草土)}. 거적자리와 흙 베개라는 뜻으로, 상중에 있음을 이르는 말.

지 않겠는가? 날마다 왕래하여 친근하게 마주 대하니 이씨가 밤낮으로 잠자는 것이 편안하지 않고 자신의 앞날이 어떻게 될지 알지 못하여 오래도록 슬퍼하였다.

수일 후 소승상이 벽운누에 들어와 석부인을 시켜 딸아이인 수빙의 옷 31
을 꺼내 잘 싸고 절구 한 수를 지어 자신의 집 유모에게 맡겨 북서쪽에 있는 당으로 보냈다. 석부인이 몹시 이상하게 여겼지만 승상이 말을 하지 않았기 때문에 다시 물어보지 못하였다.

이때 유모가 북서쪽에 있는 당에 와서 이씨를 보고 봉한 것을 드리며 말하였다.

"승상께서 저를 시켜 그대에게 전하라고 하십니다."

이씨가 급히 사례하고 봉한 것을 열어보니 이는 여자의 옷 한 벌이었다. 몹시 놀라 급히 글을 펴보니 필적이 깨끗하고 뜻이 밝았다. 무척 놀라서 다시 살펴보니 다름 아니라 자신의 근본을 알아보고 깊이 숨어 있게 하고자 한 뜻이었다. 보기를 마치고 몸과 마음이 너무 놀라 반나절을 주저하다가 유모를 대하여 말하였다.

"삼가 밝은 가르침을 따르고자 한다는 뜻을 전하게나."

유모가 돌아가 승상에게 말씀드렸다. 승상이 즉시 구승상과 정사(政事)
를 의논하라며 운명을 보내고 친히 운성과 함께 북서당에 이르렀다. 춘 32
앵이 맞이하여 방으로 안내하자 승상이 이씨를 보고는 천천히 물어보며 말하였다.

"일찍이 보잘 것 없는 시를 써 보냈는데 살펴보았느냐? 궁금하구나."

이씨가 슬픈 마음을 이기지 못하여 눈물을 흘리고 머리를 숙이고 죄를 청하며 말하였다.

"제가 운명이 기구하여 천신만고를 겪고 겨우 하늘과 해를 보나 차마 본모습을 내지 못하였습니다. 그런데 어르신의 밝으심이 해와 달과 같으시니 감히 다시 음양(陰陽)을 바꾸지는 못하겠습니다."

승상이 슬퍼하며 말하였다.

"소저가 슬프고 원망스러운 생각을 비록 말하지 않으나 어찌 모르겠는가? 나에게 여러 자식이 있어도 모두 방탕하여 족히 미덥지 않으나 오직 이 셋째 아들은 나이에 비해 어른스러운 기상과 정신이 있기에 데려왔네. 다만 두려워하는 바는 비록 내 집이지만 몹시 요란하니 고요한 곳을 얻어 소저를 편안하게 있게 하려고 하는데 지금 딱히 떠오르지는 않는구나."

운성이 말하였다.

33 "강정 윤부인이 계신 곳이 그윽하고 안정되니 소저의 평생이 무사할 것입니다. 이제 급히 모셔다가 두고 어진 선비를 골라 혼인을 하는 것이 늦지 않습니다."

승상이 고개를 끄덕끄덕하고[355] 작은 가마를 내어 이씨의 옷차림을 고쳐 운성을 시켜 보냈다.

운성이 이씨를 데리고 강정에 가 윤부인을 보고 전후 사정을 자세히 말씀드렸다. 윤부인이 몹시 놀라서 빨리 청하여 보니 그 얼굴과 풍채가 속세를 초월한 것 같아 예쁘게 여기고 또한 그 사정을 슬프게 여겨 길게 탄식하고 자신의 집 협실(夾室)에 두어 친딸과 같이 대하였다.

운성이 이씨를 편안하게 있도록 하고 돌아와 부친에게 말씀드린 후 일찍이 입 밖으로 발설하지 않았다. 석부인이 시녀가 전하는 말을 듣고 운

---

355) 끄덕끄덕하고 : {좃고}. '좃다'는 조아리다는 뜻의 고어임.

성을 불러 물어보았다.

"들으니 네가 어떤 여자를 교자에 태워 가더라고 하는데 어떤 사람이냐?"

운성이 거짓으로 놀라며 말하였다.

"제가 서당에 가서 스승님을 모시고 하루 종일 있었는데 어디에서 거 34
짓말이 생겼습니까?"

석부인이 화난 기색으로 말하였다.

"내가 이미 아는 일인데 그 무슨 큰일이라고 말을 하지 않느냐?"

운성이 대답을 하고자 할 적에 운명이 들어왔다. 운성이 말을 그치고 문득 급히 일어나 나가니 석부인이 어이없어 소부인과 함께 웃으며 말하였다.

"사내자식이 머뭇거리는 것이 이 같으며, 무슨 일이기에 승상과 마음을 맞추고 나까지 속이는 것일까요?"

이날 밤에 운명이 북서당에 가니 이소저의 자취가 없고 빈방만 황량히 남아있었다. 몹시 놀라 자세히 살펴보니 동쪽 벽 위에 절구 한 수를 지어서 썼는데 다음과 같았다.

> 본래 그대가 베푼 지음(知音)을 감격합니다. 다만 나를 업신여기는 것을 상림(桑林)의 여자같이 하여 때때로 무례하게 하는 것이 많았습니다. 뜻밖에 욕을 얻을까 두려워 그대의 집을 하직하고 친척을 찾아 가니 다른 날 은혜는 사례하겠습니다.

운명이 다 본 후 몹시 놀랐다. 머리를 숙이고 가만히 생각해보니 이씨
가 비록 친척을 찾아간다고 하였지만 일찍이 사고무친(四顧無親)이라고 35

하였던 것이 여러 번이었는데 어찌 갑작스럽게 친척이 있겠는가 싶었다. 설사 있다고 하여도 이씨가 혼자 생각하고 가는 것이지 앞일을 알고 가는 것이 아니며, 또 집안사람은 반드시 가는 줄을 알았을 것이니 형제들에게 물어봐야겠다고 생각하였다.

몹시 급히 죽서당에 이르렀는데 큰형 운경은 병이 들어서 치료를 하고 있어 물어보지 못하고 둘째 형인 운희를 보고 물어보며 말하였다.

"원경[356]이 북당에 없으니 알지 못하겠습니다. 그가 간 곳을 아십니까?"

한림 소운희가 말하였다.

"내가 여러 날을 외가에 갔다가 막 돌아왔으니 어찌 알겠느냐?"

운명이 더욱 급하여 두루 물어보는데 무용헌 돌계단 위에 셋째 형 운성이 앉아 〈채련가(採蓮歌)〉를 부르고 있었다. 운명이 나아가 이씨의 종적을 물으니 운성이 천천히 정색을 하고 말하였다.

"너는 어린아이인데 무슨 까닭으로 머뭇거리며 속이느냐? 이생[357]이 있으나 없으나 나에게는 아무 이득이 없는데 너의 어지러운 거동이 지
36 나치지 않느냐?"

운명이 황급히 대답하여 말하였다.

"제가 어찌 감히 형을 속일 리가 있겠습니까? 진실로 이생의 종적이 없었습니다."

상서 소운성이 오래도록 가만히 있다가 말하였다.

"단선생님께 갔는가 보구나. 이생이 어디로 갔을 것이라고 여겨 그토

---

356) 원경 : 이소저의 자(字)임.
357) 이생 : 이소저를 가리키는 말로 아직 이소저가 남복한 상태이므로 이같이 이른 것임.

록 가볍게 구느냐?"

이야기를 마치고 옷을 떨치고 일어나 이리저리 거닐며 풍월을 읊으면서 운명을 유의치 않았다. 운명이 평소에 운성 형이 무슨 일에도 가볍게 움직이는 법이 없고 모든 일에 해이하거나 거리끼는 것[358]이 없기에 이번 일도 그런 것인가 보다 여겼다. 운명이 물러나와 먹고 자는 것을 다 그만두고 이생의 종적을 알아보았는데[359] 마침내 알지 못하니 마음 쓰기를 매우 해 장차 병이 생겼다.

이때에 소승상이 이씨의 평생을 염려하여 운성을 시켜 어진 선비를 알아보라고 하자 상서 소운성이 승상의 말씀에 이어서 나직하게 말하였다.

"제가 은밀히 생각하니 이씨의 혼인을 다른 곳에서 정하려는 것은 옳 37
지 않은 것 같습니다. 지금에서 여덟째 아우인 운명이 함께 같은 곳에서 석 달을 지내면서 여자인 줄을 모르지 않았을 것입니다. 이미 여자임을 알아보았다면, 운명이 평소에 임씨 제수의 덕을 공경하지만 자색을 한스러워 하였기에 반드시 이씨의 얼굴을 흠모할 것인데 이렇다면 어찌 무심할 수 있었겠습니까? 또한 무심하지 않았다면 반드시 예의를 지나쳐 방자한 일이 있었을 것입니다. 만일 다른 가문에 보낸다면 동생의 일이 더욱 불행해질 것이고 이씨의 정절에도 해로울 것입니다. 아버지는 이씨를 운명의 두 번째 부인으로 정하셔서 임씨 제수와 함께 운명의 내조를 하도록 하십시오."

소승상이 문득 기뻐하지 않으며 천천히 말하였다.

"운명의 행실이 가벼우니 반드시 알아보았다면 바르게 돌아왔을 리가

---

358) 모든 ~ 것 : {범ᄉᆡ 프러디고 빅ᄉᆞᄅᆞᆯ 거리ᄭᅵᄂᆞᆫ 일}. 문맥을 고려하여 '범사'와 '백사'가 겹쳐 한번만 옮김.

359) 알아보았는데 : {듯보아}. '듯보다'는 알아보다는 뜻의 고어임.

없을 것이다. 이씨의 사람됨이 지극히 강렬하여 진실로 송백희(宋伯姬)[360]와 추결부(秋潔婦)[361]의 무리인데 나이가 어려 잠시 약한 기운이 있
38 으나 훗날 나이가 들면 기운이 나타날 여자이니 운명의 배필이 됨직하다. 그러나 얼굴과 덕을 모두 두루 갖추어 임씨의 권세와 총애를 빼앗는다면 이 또한 옳지 않을 것이다. 또한 운명이 각별히 마음에 둔 일이 없는데 내가 어찌 자식이 도리에 맞지 않은 일을 하는 것을 돕겠느냐? 너는 빨리 재주 있는 선비를 택하여라."

상서 소운성이 다 들은 후 몸을 굽혀 대답하여 말하였다.

"밝은 가르침이 지극히 옳으십니다. 다만 제 생각으로는 요사이 운명이 이씨의 간 곳을 몰라 밤낮으로 정신을 잃은 사람과 같으니 방탕한 흔적이 곧 드러날 것 같습니다. 급히 혼인을 하면 남들의 말도 없을 것이고 피차 모두 순조로울 듯합니다. 그러니 어찌 구태여 운명이 저지른 허물과 정이 많은 행실을 드러내 일을 어지럽게 한 후 부득이하게 혼인하겠습니까? 임씨 제수 때문에 가르침을 구차히 하여 아버지가 자식에게 은혜를 베푸는 일을 잊으시겠습니까? 하물며 임씨 제수가 이씨를 적인(敵人)[362]으로 삼는다면 이씨도 어질기에 서로 덕을 길러 대접하면 족히 갈담(葛覃)[363]의 밝은 빛이 있을 것입니다. 어찌 작은 정절을

360) 송백희(宋伯姬) : 춘추시대 노나라 선공(宣公)의 딸. 송나라의 공공(共公)에게 시집간 지 10년 만에 과부가 되어 수절하였음. 양공(襄公) 30년에 송나라 궁에 불이 났는데 대신들이 피하라고 권하였으나 '부인이 밤에 외출할 때는 보모가 없으면 마루에도 내려서지 않는다'고 하고는 불에 타 죽었음.

361) 추결부(秋潔婦) : 노(魯)나라 추호자(秋胡子)의 아내. 추호자는 혼인한 지 닷새만에 이웃나라에 관직을 받고 집을 떠나 오년이 지난 뒤에 돌아오다가 집 가까이에 와서 길가의 뽕을 따는 여인을 보고 돈을 주겠다며 수작을 걸었으나 거절당했음. 그런데 추호자가 집에 가서 부인을 만나 보니 바로 뽕을 따던 여자였음. 추호자가 부끄러워하자 부인은 남편에게 이런 사람의 아내가 될 수 없다고 하고는 집을 떠나 동쪽으로 가서 강에 몸을 던져 죽었음.

362) 적인(敵人) : 남편을 사이에 두고 대적할 관계라는 말로, 같은 반열의 부인이 된다는 뜻임.

363) 갈담(葛覃) : 『시경(詩經)』의 시로, 집안의 번성과 화목을 노래한 것임.

거리끼겠습니까?" 39

승상이 듣기를 다한 후 웃으며 말하였다.

"너의 말이 자못 이롭구나. 그러나 자세히 살펴서 처리할 것이며 또한 이씨의 뜻을 볼 것이니 한번에 결정할 일이 아니다."

즉시 구혼하여 재상가 공자들의 글을 받아 가지고 강정으로 갔다. 윤부인을 본 후 글 두 장을 내며 소승상이 윤부인에게 말하였다.

"내가 이씨를 구해주고자 재주 있는 자의 글을 얻어 왔으니 누이가 마땅히 가져가 이씨에게 우열을 정하라고 하십시오. 그 아이가 마땅히 여기는 글로 혼처를 정하지요."

윤부인이 칭찬하며 말하였다.

"어집니다. 오라버니께서 쌓은 덕은 천 년 동안 한 명 있을 듯합니다. 오늘 이씨의 외로움이 곧 나와 같으니 나의 마음이 유독 슬프지 않겠습니까?"

드디어 윤부인이 글을 가지고 협실에 들어가 이씨를 보고 말하였다.

"나와 낭자는 어머니와 딸 같은 사이이고 또 생각하는 것이 거의 같으므로 각별히 유념하고 있으니 어찌 서로 내외하는 일이 있겠는가? 그대가 부모가 계시면 규중의 아녀자가 되서 본인이 혼인을 간섭하여 의 40
논하지 않겠지만 이제 그대가 의지할 데가 없으니 마땅히 평생의 일을 스스로 결정해야 할 것이다. 오라버니가 본래 선(善)을 베푸는 마음이 많기에 지금 그대를 위해 구승상의 막내아들 구의와 팔왕의 셋째 초국공 조격을 택하였네. 이 두 사람이 모두 슬기롭고 영리하며 풍채가 빼어나고 다른 사람보다 뛰어나며 글재주가 비슷한데 그대의 뜻을 알고 정혼하고자 하여 시부(詩賦) 두 장을 가지고 왔으니 그대가 마땅히 선택하게나."

이씨가 다 들은 후 옷깃을 여미고 수습하여 말하였다.

"저는 시골의 외로운 인생입니다. 일찍이 배운 예의와 법도는 없지만 잠깐 들으니 남자와 여자가 7세가 되면 자리를 함께하지 않는다고 하며 식사를 같이하지 않는다고 합니다. 제가 삼생(三生)의 죄가 깊어 하늘을 우러러 부르짖는 아픔을 만나고 도로를 떠돌아다니니 이미 여자로서의 도를 잃었고 가문의 명성을 더럽혔습니다. 한번 죽는 것이 본래 옳은데 다만 주저하고 차마 실행에 옮기지 못한 바는 일찍이 선친의
41 후사가 끊어지는 것을 볼 수 없어서입니다. 부득이 부끄러운 안면으로 마지못하여 걸식하였는데 소어사를 만나 함께 돌아오니 소어사가 비록 신생(申生)[364]과 같이 어루만지며 사랑함도 없으나 남매로 결약할 뜻 또한 조금도 없었습니다. 제가 약한 여자로 모든 일이 몹시 두려워 부득이 평생을 허락하니 이 또한 예법에 죄를 얻은 것입니다. 하물며 부모의 3년 상이 끝나지 않았으니 혼인을 말할 때가 아닙니다. 제가 스스로 법도에서 벗어난 죄를 부끄러워하여 오직 평생토록 부인의 좋은 말씀을 우러르고 부부의 뜻은 그치고자 합니다. 비록 조식(曹植)과 이태백(李太白)의 재주가 있을지라도 제가 바라는 바가 아닙니다."

윤부인이 오랫동안 묵묵히 있다가 말하였다.

"그대의 말이 옳은 듯하나 어찌 여자로 태어나 세상에 홀로 늙은 자가 있겠는가? 또한 3년 상을 마치는 것을 기다리는 것이 옳은 일이네만 운명이 구혼을 하지 않았는데 스스로 구혼하는 것은 더욱 옳지 않을 것이

364) 신생(申生) : 중국 춘추시대 진헌공(晉獻公)의 태자로 헌공이 다른 아들인 해제를 태자로 세우기 위해 축출하고 죽이려 하자 스스로 자결하였음.

라 여기네.” 42

이씨가 대답하여 말하였다.

“제가 미약한 여자이지만 신의를 중요하게 여깁니다. 소어사가 지금 구혼함이 없지만 지난날 제가 그의 은혜를 자못 입고 그 언약을 들었으니 비록 소어사는 일을 잊어버려도 저는 마음을 저버린 사람이 되지 않을 것입니다. 저는 소어사에게 의탁하여 평생을 조용한 규방에서 거처하는 것이 소원입니다. 다만 죽은 후 모셔줄 사람이 없는 외로운 혼이 되지 않기만을 바랄 뿐 부부의 즐거움은 살아있는 동안 원하는 바가 아닙니다.”

윤부인이 그 뜻이 굳은 것을 보고 즉시 외당(外堂)으로 나와 소승상을 보고 전후사정을 자세히 전하자 승상이 웃으며 말하였다.

“이는 반듯이 운명이 이씨를 핍박하여 언약을 굳이 정한 이유로 이씨가 차마 저버리지 못하는 것이니 어찌 그 약속이 귀하지 않겠습니까? 서운한 마음으로 혼인을 시키기는 하겠지만 그냥은 못할 것입니다. 운명을 한 번은 많이 때려야 마음도 시원하게 풀릴 것입니다. 그 죄를 처벌해 일을 공정하게 한 후에 이번 일을 정할 것입니다.”

윤부인이 말리며 말하였다.

“이미 혼인을 할 것으로 정했다면 좋게 할 것인데 구태여 무겁게 다스 43
리려고 하는 것은 무슨 뜻입니까?”

소승상이 머리를 흔들며 말하였다.

“제가 다른 일은 개의치 않으나 다만 이런 일에 있어서는 차마 잠자코 있지 못하겠습니다. 약간의 죄를 준 이후에야 내 마음이 편안해질 것입니다.”

윤부인이 대답하지 않았다.

소승상이 집으로 돌아와 어머니를 뵙고 전후사정을 자세히 말씀드리니 태부인이 놀라고 웃으며 말하였다.

“운명의 사람됨이 다정하고 호방하여 일찍이 임씨의 얼굴을 한스러워하며 매번 미인을 구하는 뜻이 간절하였는데 오직 너를 두려워하여 말하지 못하고 있으니 그 마음이 너그럽고 어진 것이 아니지만 또한 안쓰럽구나. 이씨를 맞아들여도 방해 될 것이 없고 예부터 재자가인(才子佳人)에게 이런 일이 많으니 모름지기 변으로 알지 말고 은근히 선처하여라.”

소승상이 오로지 공경하여 말씀을 받들어 얼굴색을 온화하게 하고 절을 하여 말하였다.

“어머니의 가르침을 마음 속에 밝게 새겨서 잊지 않도록 하겠습니다.
44 다만 운명의 행동을 가만히는 두지 못하겠으니 잠시 다스리고자 합니다.”

태부인이 고개를 끄덕이시니 승상이 물러나 서당에 와서 운명을 불렀다. 운명이 무슨 일인 줄을 모르고 말씀을 받들어 아버지 앞에 왔다. 운명이 눈을 한번 들어 아버지를 보자 기운이 서리 같고 눈썹에 차가운 빛이 맺혀 있어 엄숙하고도 단정했는데 그 모습이 마치 찬바람과 뜨거운 태양과 같아 몹시 황공하고 송구스러워 다만 상 아래에 꿇어 대답을 하였다. 소승상이 눈을 낮추어 잠시 동안 말을 하지 않고 있다가 곁에 있는 이들을 시켜 운명의 관을 벗기고 계단 아래 잡아내려 죄를 주었다.

“네가 황제의 명을 받아 산서지방으로 가서는 정사(政事)를 다스리지는 않고 아름다운 여자의 말소리와 얼굴빛으로 풍속과 교화를 상하도록 한 것이냐? 자세히 말하여라."

운명이 머리를 숙이고 두 번 절하며 말하였다.

"제가 비록 무지하지만 또한 아버지의 낳고 기르신 은혜와 스승의 가르침을 받아 일찍이 예(禮)가 아닌 것을 보지 않고 예(禮)가 아닌 것을 듣지 않고 삼갔습니다. 비록 유영을 죽였던 운현 형의 위엄 있는 풍채[365]를 바라지는 못하지만 또한 여색(女色)을 취하지는 않았으니 어 45
찌 감히 풍속과 교화를 상하게 하는 일이 있겠습니까?"

소승상이 다 들은 후 노복을 꾸짖어 매를 들라고 하였다.

"네가 이제 나를 속이는 일이 없는 것처럼 하니 어찌 사람의 자식으로 할 바이겠느냐? 묶어서 곤장을 매우 칠 것이다. 너의 죄는 네가 스스로 알 것이니 내가 또한 수고롭게 말하지 않을 것이로다."

드디어 운명의 말을 기다리지 않고 때릴 때마다 따져 물었다. 매가 30대에 이를 즈음 시동이 한상서가 왔음을 알렸다. 한상서가 천천히 들어오다가 놀라서 말하였다.

"저 아이는 옥당(玉堂)의 학사입니다. 상의 은총이 큰 것이 승상보다 더 하신데 어찌 지나치게 몹시 때리십니까? 모름지기 제 얼굴을 보고 성상이 사랑하시는 일을 생각하여 어지간히 화를 가라앉히십시오."

소승상이 마지못하여 운명을 끌어 내치고 한상서와 담소를 나눌 때 한상서가 그 까닭을 물어보며 말하였다.

"무슨 까닭으로 그대의 사랑하는 아들을 저토록 때립니까? 듣고자 합니다."

승상이 기꺼이 사실을 다 말하고 탄식하며 말하였다. 46

---

365) 유영을 ~ 풍채 : 소운현이 어사로 나갔을 때 창기 유영을 죽인 일을 말함.

"제가 예의가 없어 자식을 가르치는데 엄하지 못하였기에 아들의 방탕하고 패악한 것을 전해 들어 알게 되었으니, 바야흐로 사람의 아비 되는 것이 어렵습니다."

한상서가 손뼉을 치면서 크게 웃으며 말하였다.

"남자의 호색풍류는 다름 아닌 장부가 할 바입니다. 어찌 그대 같은 자가 고금(古今)에 있겠습니까? 나의 여섯 자식은 모두 문필과 인물이 남들과 비슷하나 처첩을 여러 명 두었으니 어찌 번성하고 화려하여 기쁘지 않겠습니까?"

소승상이 홀연 안색을 바꾸고 말하였다.

"이는 대신(大臣)이 할 말이 아닙니다. 형의 심지가 이 같은 줄 몰랐습니다. 무척 한심하니 무슨 답할 말이 있겠습니까?"

한상서가 소승상의 매우 엄하고 매서움을 보고 내당(內堂)으로 들어가 소부인을 보고 말하였다.

"그대의 동생이 평상시에 나를 몹쓸 사람으로 알고 있었는가 봅니다. 부끄럽구려."

드디어 승상의 말을 전하자 소부인이 차갑게 웃으며 말하였다.

"사람의 낯이 두꺼운 것이 이 같습니다. 승상의 말이 상서의 평생 행실
47 을 부끄럽게 하는군요. 무슨 얼굴로 여섯 아들의 처첩이 많이 있다고 자랑하십니까?"

한상서가 말없이 웃음을 머금을 뿐이었다.

소승상은 비록 온화하여 사람을 사랑하고 후히 대접하나 잘못한 일이 있으면 너그럽게 용서하지 않고 매섭게 꾸짖어 그 허물을 감추지 않았다. 그러나 다른 사람에게 그 사람의 허물을 감추고 다 말하지 않았는데 이는

다름 아니라 군자였기 때문이었다. 그래서 옛날부터 소승상을 모시는 사람들은 공경하고 사랑하는 것을 부모처럼 하고 모든 일을 믿어 승상의 꾸짖음을 들으면 오로지 황공하고 감격하여 감히 원망하지 않고 오히려 다행으로 여겼다.

이때에 운명이 장책(杖責)[366]을 받고 곰곰이 헤아려보니 이씨의 일이 발각된 줄을 깨닫고 놀라며 기운을 잃었으니, 마음의 넋이 나간 것 같았다. 그러나 또 다시 생각해보니 '이씨가 간 곳을 몰랐는데 아버지께서 일을 아시는 것을 보니 반드시 그 거처를 알고 계실 것이다.' 싶어 기뻤다. 여러 형들이 혹 알까 하여 형제들을 만나면 넌지시 물어보았다. 그러나
모두 모른다고 하거나 알지 못하다고 하였다. 운성은 비록 알았지만 더 48
욱 모르는 척하였다.

운명이 밤낮으로 안타까워하다가 홀연 병에 걸려 곤장을 맞은 자리의 어혈이 풀리지 않았다. 화부인이 몹시 급하여 석부인과 소부인 두 사람과 함께 이씨의 종적을 찾아내어 다시 혼인할 수 있도록 힘쓰고자 하였다. 그러나 태부인이 엄숙하고 바르며 승상이 부인의 편협한 말을 듣지 않는 것이었다. 석부인의 침착하고 바르며 엄숙한 소견으로도 승상을 압두하지 못하는데 하물며 화부인이 어찌 머뭇거리며 운명의 두 번째 혼인을 말하겠는가? 초조함을 머금어 장차 식음을 폐하니 석파가 위로하며 말하였다.

"여덟째 낭군의 병이 비록 깊지만 또한 오래지 않아 회복할 것이니 부인은 지나치게 괴로워하지 마십시오."

화부인이 눈썹을 찡그리며 탄식하고 말하였다.

366) 장책(杖責) : 태형으로 벌함.

"내 아이는 사람 가운데 뛰어난 아이인데 임씨의 흉악한 얼굴이 평생
49 을 휘저으니 어찌 한스럽지[367] 않겠는가? 이씨를 맞이하면 일이 순조
로워 좋을 것인데 무슨 고집으로 이씨를 어디에다가 두고 운명을 몹시 때려 무단이 병이 생기게 하니 어찌 이상하지 않겠는가? 서모는 바라건대 승상께 간청하여 운명의 두 번째 혼인을 권하여 저 아이의 병을 낫게 하고 이씨를 맞이하여 오게."

화부인이 말을 마쳤다.

석파는 다름 아닌 영웅의 자손이었다. 이미 시세종[368]의 지혜와 용기 그리고 석수신(石守信)[369]의 용맹한 모습이 있기에 안하무인(眼下無人)으로 말을 활발하게 하며 기운이 넘쳐나 은근히 장수 집안 자손의 모습이 있었다. 그래서 밖으로는 너그럽고 활달하나 본심은 철석같아 굳은 것이 산과 바다와 같으며 몹시 사려 깊었다. 오늘 화부인의 말을 듣고 속으로 헤아려보고는 우습게 여겼지만, 고집스런 말을 길게 하면 너무 박정하고, 하지 않으면 재미가 없을 듯하여 다만 기세 좋게 웃으며 말하였다.

"제가 또 여덟째 낭군의 두 번째 혼인을 돕다가 임부인이 휘두르는 어
50 장검(魚腸劍)을 만나면 흰 머리를 나부끼며 늙은 얼굴이 칼끝에 놀란 주
검이 될 것이니 감히 말씀을 받들지 못하겠습니다."

이야기를 마친 후 박장대소하니 화부인이 몹시 부끄러워 말을 하지 못하였다.

소승상이 운명의 병을 짐작하고 즉시 운명을 이씨와 혼인을 하게 하였

---

367) 한스럽지 : {ᄒᆞᆫᄒᆞᆸ디}. 'ᄒᆞᆫᄒᆞᆸ다'는 한스럽다의 뜻의 고어임.
368) 시세종 : 석파의 외조부임.
369) 석수신(石守信) : 태조(太祖) 조광윤(趙匡胤)을 도와 북송(北宋)을 세운 공신으로 금위군(禁衛軍) 장수를 지냄.

는데 운성에게 모든 일을 주관하며 물어보고 기다린 후 시행하라고 하였다. 운성이 운경과 함께 길일(吉日)을 정하여 모든 일을 정성들여 하니 혼인까지 몇 개월이 지났다. 운경이 웃으며 말하였다.

"아버지가 크게 용서하셔서 운명의 혼인을 이토록 쉽게 정하시니 어찌 훌륭하지 않느냐? 우리가 운명에게 들어가 축하하고 꾸짖어서 일어나게 하는 것이 어떻겠느냐?"

상서 소운성이 사례하고 말하였다.

"형의 말이 자못 이로우니 이제 들어가 보도록 하십시다."

어사 소운경이 옳다고 여겨 두 사람이 운명이 누워 있는 서당(書堂)에 이르렀다. 운명이 바야흐로 괴로워 신음하면서 정신이 혼미한 채 있었다. 운경이 나아가 웃음을 머금고 소리를 온화하게 하여 그 손을 잡고 물으며 말하였다. 51

"너의 병이 무슨 일로 이토록 오래가느냐? 너의 소원이 이루어졌으니 너무 염려하지 말고 원기를 회복하여 일어나도록 하여라."

운명이 형의 위로하는 것을 듣고 눈을 뜨고 마음을 바르게 하여 말을 하고자 하였는데 홀연 보니 셋째 형 운성이 안색을 씩씩하게 하고 말하였다.

"형은 부질없는 말을 마십시오. 저의 어리석은 소견으로는 운명이 이상하게 생각됩니다. 아버지가 운명의 죄를 용서하시고 이미 혼인을 정하여 그 소원을 이루어지게 하셨는데도 고집스럽게 병이 있다고 핑계하고 일어나지 않으니 이는 아버지를 원망하는 것입니다. 그러니 몹시 한심합니다."

운경이 또한 말하였다.

"아버지가 이미 너의 소원을 이루어지게 하셨으니 즉시 일어날 것인데 무슨 까닭으로 지금 병이 있다고 하느냐?"

운명의 두 형의 단정하고 엄숙함을 보고 두려움을 이기지 못하여 잠자코 있기를 오래하다가 말하였다.

"저의 질병은 운수에 달린 것입니다. 어찌 아버지를 원망하여 병을 핑
52 계댈 것이며 마음 속으로 거리끼거나 얽매여 생각하는 것이 있겠습니까?"

두 사람이 차갑게 웃으며 일어나 말하였다.

"혼인날이 십여 일이 남았는데 신랑 된 자가 병이 있다고 하니 파혼할 따름이구나."

드디어 내당(內堂)에 들어오다가 임씨를 만났는데 오랜 근심에 골몰하여 겉모습이 남루하고 머리가 흐트러져 거동이 더욱 흉악하고 참혹하여 보기에 놀라울 지경이었다. 두 사람이 마음 속으로 놀라서 생각하기를 '운명은 아픈 가운데에서도 비단 이불에 쌓여 있는 모습이 더욱 기특하고 맑고 깨끗하나 임씨 제수는 이렇듯 다르니 어찌 남자의 한스러움이 없겠는가?' 하였다. 주저하다가 팔을 밀어 임씨에게 자리를 정하여 앉도록 하고 운명의 병이 위태로움을 위로하였다. 이에 대한 임씨의 대답이 바르고 순하고 기색이 화려하니 두 사람이 탄복하였다. 갑자기 운성이 앞으로 나와 손을 마주 잡고 예를 표하며[370] 말하였다.

"운명의 마음이 다른 곳에 있어서 병이 깊으니 정말 밉습니다. 그러니 제수가 그를 염려하시는 것이 비록 어진 일이지만 사람이 가질 수 있는

370) 손을 ~ 표하며 : {공슈[拱手]ᄒᆞ고}. 왼손을 오른손 위에 놓고 두 손을 마주 잡아 공경의 뜻을 나타내는 것이나 그러한 예를 말함.

마음이 아닌 듯합니다." 53

임씨가 천천히 대답하여 말하였다.

"남자의 일처일첩(一妻一妾)은 성인이 허물하지 않으신 것이니 어찌 세상에 처자 한 사람으로 늙은 자가 있겠습니까? 아버님[371]의 엄숙하고 바른 교훈이 비록 두려우나 낭군이 또한 두 번째 혼인을 하고자 하는 것은 당당한 일입니다. 어찌 한스러워하겠으며, 또한 지아비의 병을 염려하는 것이 어찌 인정 밖의 일이겠습니까? 아주버님의 말씀이 무슨 뜻인 줄을 모르겠으며 몹시 이상할 따름입니다."

운성과 운경이 서로 돌아보고는 운경이 웃으며 말하였다.

"저의 조그만 헤아림으로 제수의 역량을 헤아려보고자 한 것이 당돌하고 외람됩니다. 제수의 큰 덕이 이와 같으니 이를 훌륭하게 여기고 탄복할 따름입니다. 운명의 혼인이 이루어져 현명한 제수의 어질고 너그러운 마음씨의 맑은 빛이 『시경(詩經)』의 〈갈담(葛覃)〉 석장의 가르침을 다시 보는 것과 같습니다."

임씨가 용모를 단정하고 바르게 한 뒤[372] 사양하며 감당할지 못할 말이라 하였다.

운명이 두 형의 말을 들은 후에는 믿으려하다가 의심하기도 하여[373] 임씨를 보고 진위를 물어보자 임씨가 흔쾌히 축하하며 말하였다. 54

"황천후토(皇天后土)[374]가 밝게 살피셔서 군자의 지극한 바람이 이루어지니 오래지 않아 요조숙녀를 맞이할 것입니다. 제가 아름다운 사람을

---

371) 아버님 : {존고(尊姑)}. 규장각본에는 '존구(尊舅)'로 되어 있음. 문맥을 고려하여 '존구'로 옮김.

372) 용모를 ~ 뒤 : {념용젹식}. 문맥을 고려하여 '염용정색(斂容正色)'으로 옮김.

373) 믿으려다가 ~ 하여 : {쟝신쟝희}. 규장각본에는 '장신장의(將信將疑)'로 되어 있음. 문맥을 고려하여 이같이 옮김.

374) 황천후토(皇天后土) : 하늘의 신과 땅의 신.

구경할 수 있을 영광을 가지게 되었으니 군자는 빨리 회복하여 길일을 삼가 받아들이십시오. 저도 또한 요사이에는 신랑 신부의 치장 준비에 겨를이 없습니다."

운명이 다 들은 후 정신이 놀라 움직이고 임씨의 성덕에 감격하여 웃으며 사례하고 말하였다.

"부인의 덕택이 이와 같으니 제가 무슨 마음으로 감격하지 않겠습니까? 내 치장이나 할 것인데 신부의 치장까지 다스리십니까?"

임씨가 또한 웃으며 말하였다.

"예의를 다하여 가서 다른 아내를 얻어오는 낭군도 밉지마는 억지로 참으면서 빛나게 준비하는데, 채단(采緞)[375]을 받들어서 예로 맞아 오는 신부가 무슨 죄가 있다고 옷과 장식을 준비해 주지 않겠습니까? 하물며 시어머니가 시키시니 어찌 거스르겠습니까? 그러니 다만 귀한 몸
55 을 잘 지키시어 길일에 병든 기색을 보이지 마십시오."

임씨가 이야기를 마치고 침착하게 웃으며 일어나 나갔다. 운명이 임씨의 사람됨을 시원스럽게 여기고 언어가 구차하지 않은 것을 보고 또한 웃으며 몹시 존경하고 감복하였다. 이때부터 막혔던 일이 풀리고 병에 차도가 생겨 나날이 나아졌다.

길일이 되자 운명이 취성전[376]에 들어가 예(禮)를 올리는데 양태부인이 관복을 꺼내어 임씨에게 입히라고 하였다. 임씨가 나아가 옷을 받드는데 기색이 태연하여 이미 마음 속에 거리끼는 일이 없는 듯하자 곁에 있는 소씨 형제들이 기특하게 여겼고 승상은 몹시 즐거워 안면에 흔쾌한 빛

375) 채단(采緞) : 혼인 때 신랑 집에서 신부 집으로 미리 보내는 푸른색과 붉은색의 비단으로, 치마나 저고릿감으로 씀.

376) 취성전 : 태부인의 처소.

을 머금었다. 한상서와 유학사가 정다운 말과 즐거운 웃음으로 운명을 희롱하였다. 석파가 자리에서 나아와 말하였다.

"제가 오늘 임씨부인의 부드럽고 온화한 기색을 보니 지난 날의 석부인[377]을 어찌 족히 귀하다고 하겠습니까?"

태부인이 말하였다.

"임씨의 온유한 거동이 어진 석부인의 성덕에 지지 않으니 이는 가문의 큰 경사이구나. 어찌 운명만의 즐거운 복이겠느냐? 실로 소씨와 양
씨 두 가문의 조상들이 보호하신 음덕이구나." 56

말을 이어 주위에서 동시에 칭찬을 할 때에, 석부인은 본래 조용하고 말이 없었기에 모든 사람들의 담소를 들을 따름인지라 침착하고 단정하게 앉아 말을 하지 않았다. 화부인과 소부인 그리고 윤부인과 이파와 석파가 모두 함께 담소를 나누었는데 소부인과 윤부인의 맑고 화려한 음성과 버들 같은 말씀이 여자 가운데서도 호걸이었다. 좌우의 사람들이 두 부인의 얼굴을 우러러 보느라 음식 먹는 것을 잊어버렸다. 한상서가 홀연 웃으며 태부인에게 말하였다.

"오늘 장모가 석부인과 임씨를 표창하시고 유독 제 부인만 칭찬하시지[378] 않으시니 제가 그윽이 이상하게 여깁니다. 석부인의 성덕이 비록 기특하시지만 자문[379]이 극진히 공경하여 대접하였고, 황제의 명으로 부득이하게 여씨를 취하였을 때 비록 투기를 하지 않았지만 또한 특별할 정도는 아닙니다. 제 부인은 제가 몹시 박대하였고 이유 없이 아내를 다시 얻어도 조금도 원망하지 않으니 어찌 또한 부덕이 열다고 하

377) 석부인 : {성녀(聖女)}. 문맥상 석부인을 가리킴으로 이같이 옮김.
378) 칭찬하시지 : {드ᄂᆞᆺ티}. '드ᄂᆞᆺ다'는 높이 언급하다의 뜻의 고어임.
379) 자문 : {ᄌᆞ문}. 승상 소현성의 자(字)임.

겠습니까?"

이야기를 마치자 자리에 있던 모든 사람들이 웃었고 양태부인도 흔쾌히 웃으며 사례하여 말하였다.

"딸아이가 비록 패악한 도가 없지만 어찌 어진 사위가 과장하는 것을 받겠는가?"

한상서가 또한 웃으며 말하였다.

"우리 부인은 무슨 까닭으로 한 마디도 하지 않으십니까?"

57 드디어 한상서가 여섯 아들을 불러 앞에 앉히고 그 여섯 며느리에게 명하여 소부인을 모시고 앉으라고 하였는데, 모인 한생들의 늠름한 골격과 빼어난 얼굴이 소씨 형제들에게 지지 않고 그 처자가 모두 뛰어난 여자였다. 한상서가 술이 취하고 흥이 올라 스스로 기쁨을 걷잡지 못하였다. 양태부인이 기쁨을 머금어 곁을 돌아보시니 홀로 승상만이 자신의 평상 아래에 단정히 꿇어 앉아 있고 화부인과 석부인과도 멀리[380] 자리를 정하였으니 씩씩하고 엄정하여 엄숙하게 공경할 마음이 생겨나는 것이었다. 태부인이 몹시 사랑스러워하였지만 또한 웃으며 말하였다.

"오늘 어진 사위가 기뻐하는 것을 보고도 네가 홀로 즐거워함이 없으니 늙은 어미에게는 흠이 되는 일이로구나."

소승상이 사례하며 말하였다.

"제 마음이 어질지 못하여 미처 생각하지 못했습니다."[381]

드디어 그 뜻을 받들어 여러 자식들과 며느리들을 모두 불러 흔쾌히 웃으며 말하였다.

---

380) 멀리 : {널리}. 규장각본에는 '멀리'로 되어 있음. 문맥을 고려하여 이같이 옮김.

381) 생각하지 못했습니다 : {싱각디 ᄒᆞ과이다}. 규장각본에는 '싱각지 못ᄒᆞ과이다'로 되어 있음. 문맥을 고려하여 이같이 옮김.

"오늘 너희들은 남녀의 자리를 구분하여 부인과 내 곁에 앉아라."

모든 며느리들이 빛깔이 있는 저고리와 붉은 치마를 나부끼며 화부인 58
과 석부인 두 분의 시어머니를 모셨고, 어사의 형제들은 남색 도포와 통이 넓은 소매를 입고 승상을 모시고 곁에 섰다. 또한 유학사도 자녀를 모두 불러내어 참여하도록 하였는데 패옥 소리가 어지러이 나고 의복이 휘황찬란하였다. 그리하여 이파와 석파가 몹시 칭찬하였고, 한상서가 좌우의 시녀들에게 술을 가지고 오라고 하여 옥잔에 부어 양태부인께 드리며 사례하여 말하였다.

"제가 13세에 장모님 슬하에 외람되게 들어왔는데 본래 재주는 둔하고 어리석으며 신의가 없고 진중하지 못하여 부인을 까닭 없이 박대하였기에 죄를 많이 지었습니다. 그런데 장모의 밝은 교화가 아내에게도 흘러 마침내 저의 집을 온전하게 하고 법도로 다스려 평안하게 하니 이는 모두 장모님 덕택입니다."

양태부인이 다만 고마움을 표하고 겸손하게 사양하여 조금도 함부로 하는 것이 없었으니 사위는 백년손님이라고 하는 것이 옳은 말이었다. 주위에서 모두 즐거워하는데 홀로 소부인이 화려한 담소를 그치고 옷깃을 여미고 단정하게 앉아 한상서의 은근한 말이 간절한 것을 보고 얼굴빛을
표연히 하고 두 눈을 흘겨 말하였다. 59

"혼인날 신랑에게 길복을 입히고 앉아 있으면서 날이 다 저물어 가는데 무슨 잡담을 계속 하십니까?"

이야기를 마치자 소승상이 미소를 머금고 일어나 운명을 데리고 가기를 재촉하였다. 한상서와 유학사도 또한 웃고 일어나 함께 강정에 가 백량의 수레로 이씨를 맞이하여 자운산으로 돌아왔다.

손님들과 여러 젊은이[382]들이 예에 맞게 단장을 하고 차례로 자리를 정하였다. 두 명의 신랑과 신부가 맞절을 할 때에 이씨가 약한 몸으로 화려하게 단장한 것을 이기지 못하면서 선삼(蟬衫)[383]과 인대(麟帶)[384]에 수놓은 비단 치마를 끌고 고운 손에는 칠보부채를 들며 맞절을 마쳤다. 걸음걸이를 돌이켜 폐백을 받들어 시부모님께 나아오니 맑은 골격은 푸른 물의 기운을 품었고 옥같이 기이한 걸음걸이는 수정을 새긴 것 같아 가볍고 경쾌하였다. 가는 허리는 버드나무 가지 하나가 광풍에 나부끼는 것 같았고, 흰 이마는 하얀 눈이 엉겨 있는 듯하고, 나비 같은 눈썹은 초승달이 구름 사이에서 엿보는 것 같았다. 푸른 머리털과 붉은 귀밑머리, 별 두
60 개가 걸려 있는 것처럼 반짝이는 두 눈이 태연자약하고 뛰어나 나는 봉황과 같았다. 또한 풍채는 여유롭고 예절에 맞는 몸가짐은 조용하고 그윽하여 진실로 요지연(瑤池淵)의 서왕모(西王母)라도 자신의 아름다움을 주장하지 못하고 월궁항아(月宮姮娥)도 부끄러움을 머금을 것이었다.

모든 사람들이 소리를 이어 칭찬하는 것을 그치지 않았고 태부인은 기쁨을 이기지 못하여 눈썹 위에 맑고 아름다운 웃음을 띠었다. 신랑은 기쁨과 즐거움을 견줄 데가 없어 붉은 입술에 옥 같은 이를 반쯤 열고 수려한 두 눈썹 사이에 기쁜 빛을 드러냈다. 또 모든 형제가 다투어 축하하는 소리가 귀를 어지럽혔다. 운명이 여러 사람의 놀림을 정다이 여기고 참았는데 오히려 사람들의 축하를 들으면 자연히 웃음이 솟아나고 대답이 물 흐르 듯하여 기쁨을 감출 길이 없었다. 셋째 형 운성이 웃으며 말하였다.

"오늘 운명의 모습을 보니 임씨 제수의 얼굴이 새삼 놀랍고 신부의 얼

382) 여러 젊은이 : 소생, 한생, 유생들을 가리킴.
383) 선삼(蟬衫) : 매미 날개 같은 옷으로 아름답고 화려한 복장을 말함.
384) 인대(麟帶) : 기린의 문채가 있는 허리띠.

굴이 더욱 빛나는 것 같구나. 외모의 높고 낮음은 제수 두 사람을 논하지 못하겠거니와 성덕의 너그럽고 어진 것은 임씨 제수가 많이 낫구나."

운현이 말하였다.

"형이 무슨 까닭으로 임씨 제수의 재주와 덕을 이씨보다 낫다고 하십 61
니까?"

운성이 말하였다.

"임씨 제수의 도량은 넓으실 뿐 아니라 얼굴에 덕이 감추어져 있다."

운희가 웃으며 말하였다.

"네 말이 이상하구나. 얼굴에 무슨 덕이 감추어져 있겠느냐?"

운성이 말하였다.

"임씨 제수는 흉 가운데 천하를 다스릴 지략을 감추었으니 이는 평범한 사람이 아닙니다."

이야기를 마치자 곁에 있던 젊은 며느리들이 입을 가리고 웃음을 참지 못하였고, 석부인이 상서 소운성을 꾸짖으며 말하였다.

"너희들이 술을 먹으며 놀리는구나. 성영당이 아니면 하지 못할 행동을 하니 어찌 이리 방자하느냐? 빨리 나가라."

상서 소운성이 웃으며 나가자 모든 사람이 웃으며 임씨를 돌아보았는데 임씨가 조금도 개의치 않고 어려워함이 없이 태연히 담소를 나누자 사람들마다 탄복하였다.

신부가 폐백의 예를 마치고 자리를 정하여 앉은 후에 눈길을 들어 손님을 살폈는데 모두 아름다웠다. 특히 손위와 손아래 동서 6명은 세상의 빼어난 기질을 갖추고 있었는데 각각이 선녀와 같았다. 특출한 사람은 위씨

와 형씨로 모두 상쾌하고 깨끗하고 찬란하여 서시(西施)와 양귀비(楊貴妃)
62 라도 자취를 피할 정도였다. 몹시 칭찬하며 이어서 보니 끝에 혹 하나를
드리운 부인이 검소한 옷차림으로 봉관(鳳冠)을 숙이고 앉아 있는데 보기
에 놀라웠다. 매우 이상하게 여기며 누군지 알지 못하고 있었는데 윤부인
이 웃으며 말하였다.

"낭자는 이 자리가 초면이니 오직 친한 사람은 좌중에 나뿐이구나."

드디어 좌우로 앉아 있는 여자들을 가리켜 알려주고 임씨를 가리켜 말하였다.

"이 사람은 운명[385]의 첫째 부인 임씨이니 그대와 적국(敵國)이 되는 사이일세."

이씨가 공경하여 듣고 바야흐로 임씨인 줄을 알았다.

이날 종일토록 즐거움을 다하고 석양에 손님들이 흩어진 후 신부 숙소
를 취봉각으로 정하였다. 이씨가 들어가 단의(襢衣)[386]와 치마를 입고 자
리에 앉아 춘앵과 함께 집안이 번성하고 사람들이 특별함을 감탄하였다.
이윽고 옥 같은 얼굴과 거룩한 모습의 운명이 술이 취해 들어와 이씨를
보니 꽃 같은 얼굴과 탐스러운 머리[387]가 영롱하고 맑고 깨끗하여 광채
가 촛불 아래에서도 눈부셨다. 반가움과 다행스러움이 두루 솟아나니 나
63 아가 흔쾌히 웃으며 말하였다.

"오늘 부인의 덕과 용모를 보니 내가 무슨 복으로 선녀를 대하여 평생 부부의 즐거움을 이루게 되었는지 기쁘고 다행스러움을 견디지 못하

385) 운명 : {시듕}. 문맥을 고려했을 때 소운명을 가리킴.
386) 단의(襢衣) : 왕후의 복색 가운데 하나로. 세간에서는 공경대부(公卿大夫) 등 고관의 부인이 입는 옷이었음. 흰 바탕에 무늬가 있는 옷이라고도 하고 일설에는 붉은색 옷이라고도 함.
387) 탐스러운 머리 : {운빙}. 문맥을 고려했을 때 '운빈(雲鬢)'으로 보임. 여자의 귀밑으로 드려진 탐스러운 머리털을 말함.

겠습니다."

이씨가 마음을 가다듬으며 말을 하지 않자, 운명이 춘정(春情)을 걷잡을 수가 없어서 급히 손을 잡고 희롱하며 말하였다.

"오늘 부인의 성덕을 대하니 지난 날[388] 남장(男裝)으로 나와 함께 형제로 결약할 적보다 더 부끄러워하는데 왜 그리합니까? 일찍이 부인과 함께 부부의 즐거움을 이루지 못할까하여 밤낮으로 몹시 걱정하였는데 오늘 평생의 한이 풀어지니 죽어도 한이 없습니다. 이후로는 살아서는 함께 살고 죽어서는 한 곳에 묻힐 것이며 아들과 딸을 낳고 장인의 사당(祠堂)을 만들어 제사를 지내 부인의 걱정을 위로할 것입니다."

이씨가 슬프게 탄식하고 옥 같은 소리로 온화하게 일러 말하였다.

"저의 운명이 기구하여 부모를 잃어버린 슬픔을 만나고 나서 군자의 후한 덕을 입었습니다. 그러나 두려운 것은 예전에 떠돌아다녔던 일입니다. 다행히 군자가 덕성과 신의를 두텁게 하여 저의 외로운 사정을 64
살피셨지만, 군자는 저와 의남매를 맺을 뜻이 조금도 없으셨습니다. 제가 나약한 여자이기에 부득이하여 언약을 하였지만 어찌 오늘 같은 날이 있을 줄을 알았겠습니까? 하늘이 살피셔서 신방의 촛불 아래에서 서로 보게 되었지만 부모님을 생각하니 새삼 슬퍼집니다. 무슨 말을 할 수 있겠습니까?"

운명이 다 들은 후 더욱 참혹하여 다만 은근이 위로하고 기이한 만남임을 일컬으며 은근한 정을 비할 곳이 없으니 함께 원앙을 수놓은 비단 이불에 나아가고자 하였다. 그런데 이씨가 안색을 바르게 하고 굳이 사양하

388) 성덕을 ~ 날 : 원문에는 빠져 있는 부분으로 규장각본에 '금일 부인의 셩덕을 디하니 젼일 남장으로'를 참고하여 이같이 옮김.

며 말하였다.

"제가 삼가지 못한 몸으로 이미 군자를 모시는 사람이 되었기에 그대의 뜻을 따르지 않는 것은 옳지 않습니다. 그러나 제가 도로를 떠돌아다녔기에 사람들이 비루하게 여길 것입니다. 그래서 귀한 가문에 들어왔지만 부끄러운 것이 가득하니 어떤 사람이 저의 옥과 같고 얼음처럼 맑은 행실을 알겠습니까? 낭군을 모시는 것은 앞으로 많은 시간이 남았으며, 부끄러움을 씻는 것은 중요한 일입니다. 바라건대 군자는 길게 생각하시고, 첫째 부인이 계시니 정침(正寢)[389]으로 돌아가십시오."

운명이 놀라서 안색을 바꾸고 천천히 말하였다.

65 "부인은 무슨 말씀을 하십니까? 제가 부인을 구하기를 천신만고(千辛萬苦) 하여 겨우 하늘이 맺어준 인연을 이루었거늘 어찌 이리 거절하십니까? 비록 부인의 덕과 정절을 말하지 않았으나 어떤 사람이 그대를 낮게 여기며 의심을 하겠습니까? 바라건대 부인은 고집하지 말고 함께 잠자리에 들기를 바랍니다."

이야기를 마치고 장차 다가가려 하자 이씨가 안색을 엄하게 하고 말하였다.

"제가 비록 가냘프고 약한 여자이지만 말 한마디를 입에서 내뱉은 것을 바꾸지는 않을 것입니다. 어찌 하루살이의 조급함으로써 가슴에 맺혀있는 것을 풀기를 그치겠습니까? 군자는 다시 헛된 이야기를 하지 마십시오."

운명이 이씨를 보니 연약하고 온화한 기상이 변하여 맹렬하기가 매화가 서리를 맞은 것과 같기에 들이 밀어 말을 붙이기가 어려웠다. 은근한

389) 정침(正寢) : 거처하는 곳이 아니라 주로 일을 보는 곳으로 쓰는 몸채의 방.

정이 급하였지만 감히 나타내 보이지 못하여 씩씩히 탄식하고 말하였다.

"나의 은근한 정은 돌과 나무도 감동시킬 것입니다. 그런데 부인의 마음은 돌과 나무보다도 굳으니 이도 또한 내 운명이 기구한 탓입니다. 설마 어떻게 하겠습니까?"

이씨가 옷깃을 여미고 사례하며 말하였다.

"저의 몸이 이미 군자에게 속하였으니 앞으로의 날이 길거늘 어찌 이 66
렇게 말하십니까? 모름지기 군자는 큰 뜻을 지키고 작은 일에 구차히
하지 마십시오."

운명이 마음 속으로 이씨의 절조 있고 바른 소견과 굳은 기상에 더욱 항복하여 다만 오래도록 방황하였다.

문득 멀리 있는 마을의 닭이 새벽을 알리고 시간을 알리는 북소리가 크게 울리니 이씨가 일어나 꾸미지 않은 얼굴을 단정하게 하고 시부모와 태부인께 혼정신성(昏定晨省)의 예(禮)를 올렸다. 태부인은 그 태도가 기이하고 골격이 맑고 깨끗함을 사랑하였고, 석부인이 자리를 지정하여 이씨를 임씨 곁에 앉게 하니 봉황이 까막까치와 무리지어 있는 것 같았다. 운명이 마음 속으로 더욱 다행스럽게 여겼다. 태부인이 천천히 눈을 들어 모든 손자며느리들의 우열을 정해보았는데 문안을 마친 후 석파가 칭찬하며 말하였다.

"위부인과 형부인이 특출하셨는데, 이소저의 곱고 아름다움은 형부인보다도 더합니다."

소부인이 웃으며 말하였다.

"서모가 사람 알기를 밝게 하지 못하십니다. 이씨가 비록 맑고 아름다우며 소담하지만 맑은 것이 지나치며 가냘프고 약하여 나부끼는 듯하

니 이는 다름 아닌 조비연(趙飛燕)[390]의 가볍고 날랜 모습입니다. 형씨
67 는 씩씩하고 맑고 깨끗하며 매우 윤택하여[391] 이슬을 맞은 꽃송이 같으니 이는 서시(西施)와 탁문군(卓文君)[392]의 미모라도 부족할 것입니다. 이씨의 인물은 냉담하고 온순하며 형씨는 온화하고 씩씩한데 또한 상쾌하니 이른바 형씨는 영웅 같고 이씨는 군자 같습니다. 품격이 서로 비슷하나 그 장점과 상서로운 태도를 가지고 말한다면 나는 확실히 형씨가 낫다고 할 것입니다."

태부인이 옳다고 하자 윤부인이 웃으며 말하였다.

"나는 어떻게 된 사람이기에 지인지감(知人知鑑)이 없어 여러 사람을 보았으나 선악의 우열을 가리지 못하겠습니다. 언니는 내 며느리들의 좋고 나쁨도 말씀해주세요."

소부인이 웃으며 말하였다.

"아우는 간사하구나. 그대가 영리하고 슬기로운 사람으로 민첩한 기질을 지녀 사람의 속마음을 꿰뚫어[393] 보는데도 어찌 비루한 나의 소견을 구하는가?"

윤부인이 말하였다.

"언니는 옛글을 보지 않았습니까? 공자께서 말씀하시기를 '아는 사람

390) 조비연(趙飛燕) : 한나라 성제(成帝)의 황후로 태생이 미천했으나 가무에 뛰어났던 미인. 여동생 합덕(合德)과 함께 후궁이 되어 총애를 받았으나 성제가 죽은 뒤 합덕은 자살하고, 비연은 평제(平帝) 때 서민으로 내침을 받아 자살함.

391) 윤택하여 : {흐억ᄒᆞ야}. '흐억하다'는 흡족하다, 무르녹다는 뜻의 고어임. 문맥을 고려하여 이같이 옮김.

392) 탁문군(卓文君) : 한(漢)나라 촉군(蜀郡)의 부호인 탁왕손(卓王孫)의 딸. 과부가 되어 집에 와 있을 때 사마상여(司馬相女)가 탁왕손의 잔치에 왔다가 거문고를 타면서 문군의 마음을 유혹하자 문군이 그 소리에 반해 사마상여(司馬相如)와 부친의 반대에도 불구하고 도망을 가서 그의 아내가 되었음. 뒤에 사마상여가 다른 여자를 첩으로 삼으려 하자 〈백두음(白頭吟)〉을 지어 말렸음.

393) 꿰뚫어 : {ᄉᆞᄆᆺ}. 'ᄉᆞᄆᆺ다'는 꿰뚫다는 뜻의 고어임.

이 모르는 사람에게 물으라'고 하셨습니다. 또한 서서(徐庶)[394]가 재주
와 지혜로 방통(龐統)의 연환계(連環計)[395]에 대해 알았으면서도 또한
몸을 지킬 계책을 방통에게 물어서 행하였으니 소견이 다 제각각이었 68
습니다. 제가 사람을 알아보는 것과 언니가 사람을 알아보는 것이 다
른데, 어찌 간사하다고 하십니까?"

소부인이 웃으며 말하였다.

"동생의 말이 나를 놀리는 것이나 내가 윤씨 아우에게 아이들을 가르치는 것에 대해 모두 말할 것이니 웃지 말게나."

드디어 차례로 그 며느리 네 명의 잘못을 말하자 윤부인이 맑은 소리로 크게 웃으며 말하였다.

"언니의 여섯 며느리에 대해서는 어찌 흠을 말씀하지 않으십니까?"

소부인이 말하였다.

"나의 여섯 며느리가 모두 깊고 미묘하며 맑고 예뻐서 나무랄 곳이 없으니 시어머니라고 해서 무슨 흉을 보겠는가?"

석부인이 미소를 머금고 말하였다.

"형님도 한쪽으로 치우치십니다. 윤부인의 며느리들을 참혹하게 나무라시고 자신의 며느리는 각별하게 칭찬하시니 공정한 의논이 아닙니다."

모두 크게 웃고 윤부인이 나아가 앉아 말하였다.

---

394) 서서(徐庶) : 영천(穎川) 출신으로 자는 원직(元直)으로 뛰어난 지략을 가진 재사였음. 효성이 지극한 인물로 선복(禪福)이란 가명을 쓰면서 유비(劉備)를 위해서 공을 세우나 조조(曹操)가 어머니를 볼모로 잡자 그에게 갔음. 몸은 위(魏)에 있었지만 항상 마음은 촉(蜀)에 있었다고 전해짐. 유비에게 와룡(臥龍)인 공명을 천거하였고 위나라에서 벼슬하다 병사함.

395) 방통(龐統)의 연환계(連環計) : 방통은 양양(襄陽) 출신으로 자는 사원(士元)이며 유비(劉備)의 부군사(副軍師)로 시호는 정후(靖侯)임. 봉추(鳳雛)라 불리며 와룡공명(臥龍孔明)과 이름을 떨쳤음. 적벽대전(赤壁大戰) 때 주유(周瑜)의 부탁을 받고 조조를 꼬여 연환계(連還計)를 성공시켰음. '연환계'는 간첩을 적에게 보내어 계교를 꾸미게 하고, 그사이에 자신은 승리를 얻는 계교를 말하는 것임.

"내 마음도 인정이 있는데 내 자식의 허물을 듣고도 언니의 자식의 몹쓸 흠을 말하지 않겠습니까?"

드디어 여섯 며느리의 허물을 내어 자세하게 말을 하니 부인 두 사람의 흐르는 물 같은 말이 붉은 입술과 흰 이 사이에서 맑고 깨끗하게 나오고
69 목소리는 옥을 때리는 것과 같고 잘못은 거침없이 이야기되었다. 이 또한 구경함직 하였으며 그 태도가 새삼 젊은이의 빛을 줄어들게 하였다. 모든 사람이 소부인과 윤부인 두 사람의 얼굴을 우러르며 어린 듯이 앉아 있었는데, 소부인이 크게 웃으며 말하였다.

"윤씨 동생이 오늘 나의 천금 같은 며느리들을 논핵하니 어찌 애달프지 않겠는가? 그대의 며느리가 슬기롭지 못한 것 때문에 어찌 내 며느리까지 모두 나무라겠는가?"

이렇듯 실없는 말로 웃으며 담소를 태연하게 했는데 화부인과 석부인 두 사람은 태부인 면전이기에 다만 소부인과 윤부인의 희롱을 보고 미미하게 웃을 따름이고 감히 이야기를 하지 않았다. 좌중의 한 사람이 앞으로 나와 말을 하였다.

"제가 모든 부인들께서 다투시는 말 끝자락에 드릴 말씀이 있습니다."

모두들 보니 이는 다름 아닌 석파였다. 소부인과 윤부인이 함께 물어보아 말하였다.

"서모의 생각은 무엇인가?"

석파가 천천히 웃고 말하였다.

"오늘 부인 두 분이 서로 젊은 며느리들을 칭찬하고 나무라시는데, 칭찬하는 자는 선녀와 같고 나무라는 자는 무염(無鹽)과 같습니다. 이는
70 서로 놀리는 것이라고는 하지만 모든 낭자들과 부인들은 미모가 뛰어

나 꽃과 같고 달과 같습니다. 그럼에도 불구하고 모두 나무랄 곳이 많고 흠 잡을 곳이 있는데 우리 소부인과 윤부인 그리고 석부인은 실로 기특하시니 어찌 희롱하며 나무라심이 있겠습니까? 그러나 늙은 저에게 자태를 의논하라고 하신다면 세 부인의 자태로도 고하(高下)를 정하고 나무랄 곳이 있습니다."

소부인이 웃으며 말하였다.

"서모가 무슨 말을 궁리하셨기에 잠깐 돕는다고 하시고는 긴 말씀을 하는가? 시험 삼아 우리의 흠을 말씀해보게."

이때 태부인은 윗자리에 단정히 앉아 미소를 머금은 채 말을 하지 않았다. 소승상은 모든 손자들을 나오라고 하여 가상히 여기고 감탄하다가 석파의 말을 듣고는 아이를 내려놓고 문득 귀를 기울여 들었다. 석파가 그 거동을 보고 더욱 대수롭게 나아 앉아 말하였다.

"사람의 색(色)이라고 하는 것은, 백가지 모습에 부족한 점이 없고 모든 일이 두루 맞아야, 제일의 경국지색(傾國之色)은 되는 것입니다. 옛날 장강(莊姜)[396]으로부터 오늘 날에 이르기까지 비록 국색(國色)은 많으나 어찌 우리 세 부인과 같겠습니까마는 오히려 이분들은 한 가지씩 부족
하십니다. 소부인은 외모가 넉넉하시며 윤택하셔서 피부는 옥 같고, 71
눈썹은 봉황 같으며, 눈은 아름답고 가늘고, 입술은 붉어 금칠한 화분 속의 모란 같습니다. 윤부인은 피부는 맑은 얼음 같고, 눈썹은 나비 같으며, 수정을 깎은 것과 같은 흰 치아와 복숭아 꽃 같은 두 뺨이 아름답고 자태가 사랑스러워 떠날 줄 모르게 할 만한 태도가 있습니다만 두 눈이 엉기어 빼어나기가 별과 같아 조금 가늘고 긴 것이 소부인만 못하

---

396) 장강(莊姜) : 제나라 제후의 딸로, 위나라 장공(莊公)의 부인임. 미모가 뛰어났음.

시니, 다른 자태는 소부인보다 나으시나 두 눈에 흐르는 빛이 미치지 못합니다. 윤부인은 씩씩하고 선량하시며, 소부인은 엄숙하고 위엄이 있으며 화려하십니다. 또한 윤부인의 도량이 넓고 크셔서[397] 이른바 어질고 넓으시지만 소부인의 끝없이 큰 덕량과는 겨루지 못할 것입니다. 비록 그렇지만 부인 두 분은 거의 적수가 되실만합니다."

이야기를 마치자 소승상이 무척이나 크게 웃으며 말하였다.

"오늘 서모가 두 누이를 한나라를 창업한 군주에 비유하시니[398] 어찌 우습지 않겠습니까? 그러나 두 누이는 또한 영웅이 되셨습니다."

곁에서 흔쾌히 웃었는데, 윤부인이 말하였다.

72 "서모의 말씀을 들으니 언니는 진실로 한고조 같이 사납고 저는 어진 사람이 되었군요. 실로 헤아리기를 밝게 한 것이니 이는 언니의 사나움을 아시는 것입니다."

소부인이 웃으며 말하였다.

"내가 어진데 어찌 이토록 사납다고 하는가?"

석파와 이파가 말하였다.

"부인이 어지시기는 하지만 교묘한 생각과 맹렬한 것이 있기에 어지시지만은 않으십니다."

소부인이 크게 웃으며 말하였다.

"어찌 화부인과 석부인은 논하지 않고 나만 사납다고 하는가?"

석파가 또 웃으며 말하였다.

---

397) 넓고 크셔서 : {어위차}. '어위차다'는 넓고 크다는 뜻의 고어임.
398) 한나라를 ~ 비유하시니 : 앞 발화에서 한나라 창업 군주에 비유한 직접적인 대목은 없으나 이본인 규장각본에는 대화에서 직접적으로 드러나 이를 고려하여 이같이 옮김. 이본의 내용은 다음과 같음."(셕픽) 쳡으로뼈 그 고하롤 의논홀진지 윤부인은 한틱조 갓고 소부인은 학광무 갓트시나 어질고 너르시기는 소부인의 가업순 웅댱을 밋지 못흐시나 냥부인은 거의 젹쉬니이다"

“화부인은 선량하고 온순하신데 드센[399] 기운이 가득하여 인정이 적으시고, 자색도 매화의 아담함을 선천적으로 타고나 계시나 소부인과 윤부인 두 분께는 미치지 못합니다. 우리 석부인은 버들 같은 눈썹과 눈 같은 보조개, 구름 같은 귀밑[400]과 가을 물결 같은 두 눈, 앵두 입술에 흰 이는 백옥으로 만든 듯하고, 맑고 깨끗하며 무르녹아 꽃과 달과 옥이 미치지 못할 자색을 갖추셨습니다. 또한 성질이 유순하시며 말씀이 엄숙하며 의논이 공정하여 사람들이 얼굴을 보아도 속을 알지 못하게
합니다. 품격이 승상과 같은데 처신이 화평하니 그 도량의 깊음이 소 73
부인보다 나으십니다. 또 모든 일을 거리끼지 않으며 간섭하지 않아 태연히 풀어 버리시니 이는 선비나 군자의 행동입니다.”

소부인과 윤부인이 웃으며 말하였다.

“서모의 칭찬을 들으니 진실로 옳습니다. 우리는 제왕(帝王)에게 비기고 석부인은 선비나 군자라고 하였으니 비록 어떻게 이야기한다 해도 우리가 으뜸이 됩니다.”

모두 크게 웃었다. 석파가 또 말하였다.

“석부인은 인물과 얼굴이 승상에게 지지 않으시는데 승상은 두 눈에 뛰어난 기상과 재기가 남다르실 뿐 아니라 눈이 봉황의 가는 눈과 같아 그 눈이 석부인보다 나으십니다.”

태부인이 천천히 말하였다.

“자식을 칭찬하는 것은 옳지 않으나 석파의 말이 진실로 맞구나. 어진 석씨 며느리의 아름다움이 뛰어나지만 경[401]의 봉황 같은 눈과 흰 연

---

399) 드센 : {쵸쥰[峭峻]}. 험준하다는 뜻임. 문맥을 고려하여 이같이 옮김.
400) 귀밑 : {구믯}. ‘구믿’은 귀밑, 살적을 말하는 고어임.
401) 경 : 승상 소현성을 가리킴.

꽃을 꽂은 듯한 귀밑머리에 미치지는 못할 것일세. 또한 한갓 얼굴뿐 아니라 행실도 두텁네. 네가 이제 아들 열 명을 두었지만 모두 부족한 부분이 많아 말과 행실이 어른스럽지 못하니 군자의 정도(正道)를 얻기가 어려울 것이다. 이러므로 네가 비록 아들 열 명을 두었지만 내 아들
74 하나만 못하고 다섯 딸이 있으나 내 딸 하나의 허술함 없이 완벽한 계교와 뛰어난 행동만 못할 것이다."

승상이 소부인과 함께 사례하고 소씨 여러 형제들이 물러나 서로 웃으며 말하였다.

"할머니가 오늘 숙모와 아버지를 칭찬하시고 우리를 나무라시니 비록 옳으신 말씀이지만 우리인들 어찌 군자(君子)가 되지 못하겠습니까?"

하고 또 웃었다.

운명이 이씨를 얻으니 평생의 한이 풀어졌다. 하루는 정말로 소중하게 여겨 밤낮으로 마주하여 떠날 줄을 몰랐으니, 임씨의 방에는 운명의 발길이 아주 끊어졌다. 오로지 이씨가 마음을 잡아매고 함께 즐기기를 허락하지 않기에 혼인을 한 지 십 여일이 되었지만 부부가 동침하는 일이 없었다.

운명이 홀로 모친 숙소에 있으면서 곁에서 모친을 모시고 있다가 물러나고자 하였다. 이때에 이씨가 꽃과 달같이 아름다운 모습으로 가벼운 단장을 하고 들어와 부인의 누우실 자리를 펴고 베개를 받들어 방을 정돈하자 화부인이 몹시 총애하여 웃으며 말하였다.

"오늘 너희 부부가 짐짓 짝을 만났으니 어깨를 나란히 하여 자리에 앉아라."

75 이씨가 말씀을 받들어 고개를 숙이고 부끄러워하는 빛을 띠어 주저하

니 애원한 경색과 기이한 용모가 새삼 사랑스러워 평범한 사람이라 하여도 넋을 잃으려고 할 것인데 하물며 소운명의 풍류와 금슬로써 어찌 능히 정을 이기겠는가? 두 눈썹에 기쁜 웃음을 머금고 모친께 말씀드렸다.

"제가 비록 부모님의 은덕으로 이씨를 취하였지만 아직 부부의 즐거움[402]을 알지 못하니 어머니는 엄명을 내리셔서 소자의 한을 풀게 하십시오."

화부인이 웃으며 또 물어보았다.

"무슨 말이냐? 네가 마땅히 생각을 숨기지 말고 사실대로 말하여라."

운명이 절을 하고 말하였다.

"제가 이씨를 얻은 날 마땅히 부부가 동침하는 것이 옳았습니다. 그런데 이씨가 지난날 미천하게 떠돌아다니던 일을 스스로 꺼려 저를 거절하였습니다. 팔 위에 앵혈을 온전히 하여 굳은 뜻을 자랑하고자 마침내 용납하지 않으니 어찌 이상하지 않겠습니까?"

화부인이 다 들은 후 매우 의아하여 말하였다.

"너의 부부가 만난 지 한 달이 지났는데, 신부의 고집스러움이 이 같은 줄을 생각하였겠느냐?"

드디어 그 딸아이를 시켜 이씨의 소매를 들고 그 앵혈(鶯血)을 내보이 76
라고 하였다. 화부인이 앵혈을 한번 보고는 이씨를 몹시 어여삐 여겨 웃으며 말하였다.

"어진 며느리가 진실로 기이한 고집이 있으니 사람들이 따르지 못할 뜻이로구나. 너의 높은 행실은 비록 앵혈을 보지 않더라도 누가 모르

402) 부부의 즐거움 : {환우(歡偶)의 낙(樂)}. 규장각본에는 '환열(歡悅)훈 낙'으로 되어 있음. 문맥을 고려하여 이같이 옮김.

겠느냐? 내 아들의 심사가 편안하지 못하니 몹시 불쌍하게[403] 여기게 되는구나. 너는 고집스럽게 사양하지 마라."

이씨가 머리를 숙인 채 손을 마주잡고 예를 표하며 감히 말을 하지 못하였다. 화부인이 돌아가라고 하자 두 사람이 물러나와 운명이 웃으며 말하였다.

"그대가 오늘 어머니의 말씀을 익히 들었으니 사양하지 마십시오."

이씨가 안색을 편안하게 하고 소리를 나직하게 하여 말하였다.

"청춘이 아직 많이 남았고 녹발(綠髮)도 막 시작되었습니다.[404] 어찌 군자의 조급하신 것이 이와 같으십니까? 제가 비록 혼인을 하였지만 돌아가신 부모님의 사당을 세우지 못하였고 다른 사람이 저의 맑고 깨끗한 절개를 알지 못하니 마음 속으로 부끄러워하는 것이 간절합니다. 죽는 것은 마땅히 명대로 하겠지만 이 말씀은 차마 듣지 못하겠습니다."

운명이 그 간절한 심사를 슬프게 여겨 탄식하고 물러 앉아 말을 하지 않았다.

77 다음날 아침 문안을 드릴 때 화부인이 운명 부부를 보고 좌중에 그 일을 이야기하였다. 그러자 이파와 석파가 급히 나아가 이씨의 팔을 내어 앵혈을 보고는 몹시 놀라며 또한 칭찬하였다. 석부인이 아름답게[405] 미소를 머금고 말하였다.

"앵혈과 관련한 일은 가장 은밀한 것인데 어찌 화부인이 여러 사람들이 모여 웃고 떠드는 가운데 적발하여 드러내십니까?"

---

403) 불쌍하게 : {어엿비}. '어엿브다'는 불쌍하다는 뜻의 고어임.
404) 막 시작되었습니다 : {ᄇᆞ야히라}. 'ᄇᆞ야ᄒᆞ로'에서 온 말로 어떤 행동이 막 시작된 것을 뜻함.
405) 아름답게 : {난언(爛焉)히}. '난언'은 '난연(爛然)'과 같은 말로 찬란하고 아름답다는 뜻임.

여러 사람이 모두 웃었다.

운명이 공역(工役)을 모아 이상서의 사당을 세우고 영위(靈位)를 봉안하자 이씨가 몹시 슬퍼하며 감격스러워 하였는데 부모의 제사에 소씨의 덕을 마침내 입은 것이었다. 이씨가 성덕이 총명하고 슬기로우며 사람됨이 견고하고 재주와 덕을 두루 갖춰 태부인과 시부모 섬기는 것을 삼가며 매우 조심스럽게 하고 반드시 공경하고 경계하여 효행이 깊고 예의와 법도가 엄숙하였으며 임씨와 함께 화목한 것이 그림자가 따르는 것과 같이 하고 사덕(四德)이 온전하여 서로 공경하니 온 집안사람들이 칭찬하였다.

운명은 이씨에게 은근한 정이 끝없었지만 이상서의 신주를 사당으로
모셔와 봉안하자마자 즉시 동침하기를 청하는 것은 꺼림칙하여 깊은 뜻 78
을 두고 다만 옛날과 같이 각각의 자리에 누워 이씨의 마음을 탄복하게
하려고 하였다.

하루는 소승상과 소씨 형제들이 조정에서 연 잔치에 가고 집안이 고요하였다. 그런데 여승 한 사람이 와서는 뵙고 싶다고 하니 문지기가 가로막자 그 여승이 웃으며 말하였다.

"나는 산동지방의 득도한 사람이다. 태부인 양씨께 아뢸 말이 있어 왔는데 만일 막는다면 어찌 구태여 들어가겠는가?"

이야기를 마치고 돌아가려 하자 문지기가 급히 머물게 하고 내당(內堂)에 알렸다. 태부인이 곁에 있는 이들에게 여승을 불러 들어오라고 하였다. 여승은 나이가 40여 세는 되었고 청렴하고 고결하여 세속 사람들 사이에서 빼어났다. 태부인이 한번 보고 공경하여 말하였다.

"그대를 일찍이 안 적이 없는데 수고롭게 찾아왔으니 궁금하네. 무슨 가르침이 있는가?"

여승이 합장을 하고 말하였다.

"노승은 운수동에 있는 여관(女冠)[406]입니다. 요사이 매번 귀댁을 바라보니 성대한 복과 흡족한 영화[407]가 가득하여 복덕(福德)[408]이 하늘에 닿을 것과 같이 높이 솟은 기운이 두우(斗牛)에 쏘여 있었습니다. 그래
79 서 몹시 기특하였지만 점괘에 나타난 말 가운데 재앙이 어지럽게 일어날 기운이 섞여 있었습니다. 그래서 근처 마을에 사는 천한 이 사람의 정이 간절하여 각별히 찾아뵙고 존안(尊顔)을 바라보아 화복(禍福)을 말씀드리고자 한 것입니다."

태부인이 흔쾌히 자리를 내리며 말을 하였다.

"죽을 날이 멀지 않은 나 같은 사람은 슬하에 여러 자손을 두었으니 죽어도 한이 없는데 자손들에게 재앙이 있는지 살펴보게나."

드디어 의자를 바로 하고 단정히 앉자 여승이 잠시 태부인의 얼굴을 우러러 보고 물러나 앉아 말하였다.

"부인의 낯빛이 맑고 깨끗하며, 눈썹이 길어 눈 밖으로 나고, 입이 앵두 같으시며, 눈동자가 모두 가지런하셔서 오래 살고 복을 누리실 일을 두루 갖추셨습니다. 귀밑머리가 흰 눈을 싼 듯하고 두 뺨에 연지를 희미하게 찍은 것 같으시니 너무 아름답고 맑고 깨끗하십니다. 그러니 만일 초년을 참혹히 고생하셨다면 노년에 흠이 없어 금슬이 온전하였을 것이지만 처음에 편안하여 홍안박명(紅顔薄命)[409]을 이루셨습니다. 두 눈에 신령스러운 기운이 남들보다 뛰어나시나 깊이 감추어져 있으니

406) 여관(女冠) : 도교에서 여자 도사를 이르는 말.

407) 성대한 ~ 영화 : {복셩화흡}. 문맥을 고려할 때 '복성화흡(福盛華洽)'으로 보아 이같이 옮김.

408) 복덕(福德) : 선행의 과보(果報)로 받는 복스러운 공덕.

409) 홍안박명(紅顔薄命) : 얼굴이 예쁜 여자는 팔자가 사나운 경우가 많음을 이르는 말.

향수(享壽)는 100세를 넘으실 것입니다. 다만 이마에 맑은 빛이 과중하 80
시니 반드시 자식이 부족하시고 인중 아래로부터 윤택한 빛이 과중하니 자손은 번성할 것입니다. 비록 그렇지만 두 눈썹 사이에 푸른 기운이 모여 있으니 오래지 않아서 슬하의 자식과 서로 헤어져 있는 탄식을 만나 일 년을 근심에 싸여서 지내실 것이지만 마침내는 무사할 것입니다."

태부인이 탄식하고 말하였다.

"그대의 말이 자못 영험이 있구나. 내 과연 자식이 적고 청춘의 박명(薄命)을 끼쳐 슬하의 여러 자손을 두고 세월이 오래 지났지만 부모님을 잃은 슬픔이 맺혀 있으니 어찌 부귀영화를 족히 생각하겠느냐? 비록 그러하나 여러 자손이 모두 좋기를 바라지 못하니 어느 아이가 고생을 할까 보고자 하는데 모두 나간 때이니 애달프구나."

석부인이 아뢰어 말하였다.

"마땅히 여러 아이의 처자를 보이면 지아비의 길흉선악(吉凶善惡)을 분간할 것입니다."

태부인이 깨달아 즉시 여러 손자들의 며느리를 다 불러 들여 보이라고 하니 여승이 말하였다.

"모두 오래 살 것이며 복을 누릴 것이며, 재앙이 없습니다."

형씨를 보고 여승이 꿇어 말하였다.

"나중에 천승지국(千乘之國)[410]에 외람되이 높은 자리를 차지하여 태임 81
(太任)과 태사(太姒)의 덕을 펼 사람이 이 여자가 아니면 누구이겠습니

410) 천승지국(千乘之國) : '천승지국'은 병거 천 대를 갖출 힘이 있는 나라라는 뜻으로, 제후가 다스리는 나라를 이르는 말. 문맥상 후에 운성이 왕이 되고 형씨가 왕비가 될 것을 예언하는 것임.

까?"

또 임씨를 가리켜 말하였다.

"어질군요. 거친 돌 속에 전국옥(傳國玉)[411]이 들어있는 줄을 누가 알겠습니까? 소씨 가문을 빛나게 할 사람은 형씨이고 소씨 가문을 번성하게 할 사람은 임씨입니다."

화부인과 석부인 두 사람이 모두 기뻐하였는데 여승이 다시 말하였다.

"형부인이 일 년 동안 공방(空房)[412]을 겪으실 운수가 있는데 이는 천도(天道)이기에 떳떳하게 피하지는 못할 일입니다. 운수와 재액의 불리함이 석부인과 형부인이 같으시고, 화부인은 6년 공방(空房)을 겪으셔서 단장곡(斷腸曲)[413]이 일어날 관상이십니다만 마침내 또한 무사할 것입니다."

화부인과 석부인 두 사람이 몹시 놀랐지만 석부인은 본래 단정하고 정중하기에 경거망동하지 않았다. 화부인이 장차 급하여서 말하였다.

"그대의 말로 보건대 마땅히 신명께 빌어 면할 수 있겠는가?"

여승이 말하였다.

"이는 하늘의 운수이니 어찌 공양하여서 막을 수가 있겠습니까?"

여승이 말을 할 때에 이씨가 부친의 기일(忌日)이어서 숙소에 들어가 나
82 오지 않았다가 존당(尊堂)에 신령스런 여승이 와서 관상을 보는 것이 특이하다고 하는 데다가 또 태부인이 부르시는 명이 있었기에 자리에 나왔다. 여승이 오랫동안 이씨를 바라보고 몹시 놀라서 은밀히 탄식하자 모든 사

411) 전국옥(傳國玉) : {면국옥}. 진나라 이후 황제들에게 전해 내려오던 인장으로 일명 '전국새(傳國璽)'라고도 함. 옥새를 가리키는 말로 쓰임.

412) 공방(空房) : 사람이 들지 않거나 거처하지 않는 방으로 오랫동안 남편 없이 아내 혼자서 거처하는 방을 말함.

413) 단장곡(斷腸曲) : 애끊는 듯이 몹시 슬픈 곡조.

람들이 이상하게 여기고 석부인이 물어보았다.

"이 젊은 며느리가 이렇게 너무 맑고 약하여 오래 살 골격이 아닌가 하니 그대가 밝게 살피라."

여승이 오랫동안 잠자코 있다가 탄식하며 말하였다.

"이상하고 이상하니 저 젊은 부인은 남해 용왕의 셋째 딸의 관상과 조금도 다름이 없는데 어찌 놀랍지 않겠습니까? 그러나 이부인의 관상이 어린 옥과 찬 얼음 같아서 하늘에서 내린 운명이 슬프게 되었으니 목숨이 스물을 넘지 못할 뿐 아니라 액운이 참혹하여 일 년을 구렁에 빠질 관상이며 귀한 아들 둘을 두고 청춘에 요절할 관상입니다."

모든 사람들이 슬퍼서 묵묵히 있는데 이씨가 조금도 거리끼지 않고 담소를 침착하게 나누자 모두들 이씨의 안정되고 광대함을 칭찬하였다.

태부인 또한 놀라 구할 계책을 말하라고 하자 여승이 말하였다.

"저 부인이 지아비와 인연이 적고 자질이 오래 살지 못할 기질을 지녔 83
으니 만일 그 지아비와 오랫동안 보지 못하게 깊이 두고 여러 적국(敵國)을 두어서 지아비의 총애를 나누게 하고 한편으로는 공양하여 기도하기를 힘쓰면 액운이 사라지고 수(壽)가 30세를 넘을 것입니다. 만일 이부인의 액운이 사라지면 화부인의 공방하는 슬픔도 다섯 해를 감할 것이니 피차가 좋을 것입니다. 무릇 물역(物役)[414]이 300냥은 들 것입니다."

태부인과 모든 부인이 물역을 물어서 써 놓고는 곧 의논하였는데, 갑자기 시비가 들어와 아뢰었다.

"승상과 모든 상공들의 돌아오시는 행차가 동쪽 언덕에 들어오십니다."

---

414) 물역(物役) : 집을 짓는 데에 쓰는 벽돌, 기와, 모래, 흙 따위를 통틀어 이르는 말.

모든 여자들이 다 놀라고, 태부인이 말하였다.

"승상이 불사(佛事)를 구하지 않으니 여승을 내어 보내라. 물역을 준비하여 운수동으로 보내리니 그대는 빨리 나가라."

여승이 하직하고 나갔는데 바로 협문에서 병부상서 운성을 만나 미처 피하지 못하여 한 편에 피하여 섰더니 상서 소운성의 눈이 어찌 무심히
84 넘기는 일이 있겠는가? 여승을 보고 몹시 이상하게 여겨 걸음을 멈추고 머리를 돌려 잠시 보다가 여승을 잡아매고자 하였는데 그 나이가 많고 여승인 것을 보고 용서하여 다만 본 체하지 않고 안으로 들어오니 벌써 승상과 형제들이 모여 있었다.

운성이 할머니와 두 모친을 보니 기색이 좋아 보이지 않았다. 원래 승상과 운성이 불도(佛道)를 용납하지 않아 황제에게 아뢰고 모든 중을 성안에서 방자하게 다니지 못하게 하고 불도를 숭상하는 선비와 벼슬하는 이들을 조정에 경계하고 타일러 부처의 공양에 대해 언급하니 여러 형제들도 또한 불도를 훼방하는 것이 심하였다. 운성이 이에 대한 논의를 할 때에는 마치 아랫사람에게 달려들 때와 같았다.

운성이 오늘 중의 무리가 집안에 들어오는 것을 보고 몹시 놀라고 이상스럽게 여겨 분명 젊은 여자들 중에서 사리(事理)를 모르는 사람이 스스로 불러들인 것인가 생각하고 눈썹에 화난 기운이 드러난 채 오래도록 말을 하지 않다가 승상께 나아가 말씀을 드렸다.

"은성문[415]을 지키는 수장(守長)이 엄숙하지 못하고 어리석어 바깥사람을 오는 대로 들이고 더욱이 중 같은 요물을 집안에 들였으니 마땅히
85 매우 쳐서 끌어 내리고 교대할 사람을 새로 정하고 싶습니다."

415) 은성문 : 소승상의 집에 들어갈 때 처음으로 지나가야 하는 가장 바깥에 위치한 문.

승상이 말하였다.

"무슨 일이 난잡하였느냐?"

상서 소운성이 드디어 여승을 본 이야기를 자세하게 말씀드렸다.

"이는 반드시 집안에 어리석은 여자가 중을 불러 들여 집을 망하게 하고 아버지와 소생들에게 비방을 듣게 하여 불도(佛道)를 다시 일으키려는 기틀을 마련하고자 이러한 행동을 하는 것입니다."

말이 엄숙하고 단정하며 위엄이 있어 당당하고 목소리가 맹렬하니 곁에 있던 젊은 여자들이 모두 두려워하여 서로 돌아보았다. 승상이 다 들은 후 갑작스레 안색을 바꾸고 소리를 엄하게 하여 물어보며 말하였다.

"여승을 집으로 들인 사람과 문지기를 그냥 두지는 못할 것이니 찾아내라."

아버지의 말을 받들어 소씨 형제들이 잘못을 들춰내기를 거칠게 하면서 소리를 높이고 눈을 높이 떠 각각의 부인을 호령하여 불러들인 자를 물으니 모두 모른다고 하였다. 석부인이 천천히 운성 등을 꾸짖으며 말하였다.

"너희 위에 승상이 계시고, 집안엔 너희의 형수와 제수들 그리고 처자뿐 아니라 할머님과 우리가 있는데 어찌 모든 일을 살피지도 않고 말을 나오는 대로 하느냐?"

소씨 형제들이 미처 대답을 하지 못하고 있는데 승상이 말하였다. 86

"어떤 사람이 여승을 들였는지 알고자 하는데 어찌 다 모른다고 하느냐?"

태부인이 천천히 말하였다.

"내가 아까 고요한 때에 여승이 문 밖에 왔다 하기에 불러보니 관상을 보는 법이 신묘하였다. 그런데 이씨의 액을 지적하니 그 아이가 몹시 측은하여 운수동에 가 수륙재(水陸齋)를 올려 평안하게 하고 장수하게 하려고 한 것이었다. 그런데 네가 막고 여러 손자들이 잘못을 들추니 무척이나 실망스럽구나. 불도(佛道)가 비록 패도(覇道)이나 어찌 부인네 여자들이 공양하는 것도 비방을 받아야 할 까닭이 있겠느냐?"

승상과 소씨 형제들이 모두 놀라 서로 돌아보았는데 승상이 급히 꿇어앉아 말하였다.

"저의 무식한 소견이 어머니의 밝은 가르침을 거스르게 한 것은 잘못하였습니다. 그러나 무릇 불도란 것이 부모를 버리고 인륜을 폐하며 몸을 상하게 하고 산중에 깊이 들어가 있는 이상한 물건입니다. 요사스러운 것이 일어나 곡기를 끊게 하고 음(陰)의 정기가 모여 상서로운 기운과 사리[416]가 되어 죽은 후에는 불에다가 태워 공양한 뒤 부처라
87 고 하며 신령으로 일컬으니 이는 요사스럽고 무상하여 패륜을 하는 사람입니다. 하물며 중국 귀신도 아니고 서역 오랑캐의 신령입니다. 어찌 차마 높이 받들어 존경하겠습니까? 자고로 당나라 때 부혁(傅奕)[417]이 요승을 제어하고 사리를 깨쳤으며 성인(聖人)께서는 패악한 도라고 하셨으니 이 어찌 옳은 일이 아니겠습니까?

바라건대 어머니는 세 번 생각하시어 수륙재(水陸齋)를 그만두도록 하십시오. 이씨가 오래 살지는 못하더라도 35세는 족히 살 것입니다. 앞날의 재앙은 하늘에 달려 있으니 비록 1년은 고생을 하겠지만 20여 년은 영화롭게 지내고 명사(名士) 아들 둘을 둘 것이니 이는 다름 아니라

---

416) 사리 : 석가모니나 성자의 유골을 가리켰는데, 후에는 화장한 뒤에 나오는 구슬 모양의 것만 이름.

417) 부혁(傅奕) : 당나라에서 불교를 간(諫)한 사람.

하늘이 정한 운수입니다. 어찌 요사한 신령의 덕을 바라겠습니까? 이 일은 단연코 옳지 않습니다."

태부인이 비록 옳게 여겼지만 승상이 자신의 뜻을 거스르는 것이 오늘 처음으로 대단하였기에 이러한 모습을 더 보고자 하여 다시 말하였다.

"이 말이 옳지만 신령스러운 스님의 말도 분명하며 또 내가 이미 허락을 하였으니 바꾸지 못할 것이다."

승상이 기운을 나직하게 하고 눈썹을 온화하게 하여 다시 간언을 드리며 말하였다.

"어머니가 만일 이씨가 장수하기를 바라셔서 수륙재를 할 뜻이 계신다 88
면 제가 자연스럽게 장수하게 할 것이니 수고롭게 수륙재를 하지 마십시오. 제가 자식의 장수함을 기뻐할 것이지 무슨 일로 고집을 피우겠습니까마는 진실로 이는 부질없는 일입니다. 바라건대 어머니는 소자의 얼굴을 돌아보십시오. 만일 구태여 수륙재를 하신다면 제가 차마 조정에 다니지 못할 것입니다."

이렇게 간언을 하는 것이 능히 온화하지만 단정하고 엄숙하여 위엄이 당당하였다. 태부인은 기쁨이 가슴속에 가득하여 다만 미소 지으며 말하였다.

"일의 이치가 이와 같다면 내가 또한 어찌 불도를 구하겠느냐? 너는 마음을 쓰지 마라."

승상이 명을 받들어 절을 하였고, 소씨 형제들은 어린 듯 말을 하지 않고 승상을 모시고 나갔다. 그 후에 태부인이 말하였다.

"지난날 공자께서 말씀하시기를 '내가 안회(顔回)를 어리석다고 여겼는데 이제 보니 안회가 어리석지 않구나.'[418]라고 하셨는데, 성인의 말씀이 깨우쳐 주지 않는 것이 없구나. 승상이 평소에 말마다 맑고 깨끗하고 순종하니 너무 풀어져서 강직하고 현명하지 못하다고 여겼는데, 오
89 늘 간쟁하는 것을 보니 또한 풀어지지 않았구나."

드디어 수륙재를 그치니 이 또한 천명(天命)이었다.

화부인이 몹시 의심하고 염려하여 이씨를 운명과 따로 두어 함께 액을 없애고자 하여 태부인께 간절히 말씀드렸다. 태부인이 본래 속설에 주의를 기울이지 않지만 여승의 말이 이롭다고 여겼기에 드디어 다음날 운명을 불러 말하였다.

"네 어미는 나이가 많고 딸린 일이 번다하여 매번 내가 기거하는 것[419]을 살피지 못하는구나. 또 석씨 며느리는 요즘 병이 잦고 일이 많은 것이 마찬가지이니 늙은 할미가 몹시 적막하구나. 또 네 다섯 누이는 모두 어리고, 네 형들의 처자가 있다지만 손님을 맞이하여 살피는 일이 많으니 데려오는 것이 옳지 않구나. 오직 네게 부인이 두 명 있는데 임씨는 첫째 부인이니 가볍게 데려오는 것이 너에게 섭섭하겠기에 이씨를 옮겨 협방(夾房)에 두고 늙은이의 수족으로 삼고자 한다."

운명이 황급히 꿇어 말하였다.

"할머니가 주관하시는데 어찌 저에게 물어보십니까?"

90 태부인이 웃고는 즉시 이씨에게 취성전 남쪽 협실로 옮겨오며 침구를 가져오라고 하였다. 이씨는 여승의 말을 들었기에 짐짓 사례하고 기쁜 빛

418) 공자께서 ~ 않구나 : {공지 닐오샤딕 안연을 내 어린가 너겻더니 이제 보니 회어리디 아니토다}. 『논어』 위정편에 나오는 말로 '공자께서 말씀하시기를, 내가 안회와 더불어 온종일 이야기를 하였으나, 내 말을 어기지 않아 어리석은 사람인 듯하더니, 물러간 뒤에 그 사생활을 살펴봄에 충분히 발명하니 안회는 어리석지 않구나![子曰 吾與回言終日 不違如愚 退而省其私 亦足以發 回也不愚]'라는 구절임.

419) 기거하는 것 : {좌아}. 문맥상 '좌와(坐臥)'로 보아 이같이 옮김.

을 띠고 이날부터 취성전을 떠나지 않았는데 무릇 영리하고 슬기롭고 자애롭고 인자하게 행동하는 것이 능히 석부인과 견줄 만 하였다. 태부인이 지극히 사랑하여 한시도 떠나지 못하게 하시고 운명에게는 이씨의 얼굴을 보지 못하게 하였다.

이때에 운명은 할머니의 명으로 이씨가 협실로 옮겨가지만 곁에서 모시는 일이기에 잠자리에서 만나는 것에는 별다른 일이 없다고 생각했었다. 그러나 예기치 않게 얼굴도 보지 못하고 거처를 아주 정한 것을 보고 몹시 놀라 어머니께 물어보았다.

"제가 이씨를 취한 후로 하루도 화락하지 못하였습니다. 그런데 또 할머니가 무슨 일로 이씨를 큰 전(殿)으로 데려 가시니 진실로 저로 하여금 애간장을 태우게 하는 일입니다."

화부인이 웃으며 말하였다.

"난들 어머님이 하시는 일을 감히 막을 수 있겠느냐? 네 어미는 평소에 말이 서툴러서 어머님과 이야기를 나눈 적이 없구나. 내가 말씀드리기 91
는 어려울 것이니 네가 가히 석부인과 소부인 두 사람을 부추기면 이씨를 내어오는 것이 쉬울 것이다."

운명이 잠자코 헤아려보니 할머니께 말씀을 드렸을 때 할머니가 모두 들어주시는 것은 석부인이었다. 또 석부인은 말소리와 얼굴빛이 유순하여 엄한 기운이 적었기에 운명이 몹시 고민하다가 벽운루에 도착하였다. 석부인이 바야흐로 고요히 앉아 소약란(蘇若蘭)의 직금도(織錦圖)를 어루만져 읊고는 차운할 뜻을 생각하고 있었다. 운명이 기뻐하며 천천히 나아가 손을 마주잡으며 예를 표한 후 곁에 서자 석부인이 운명의 행동을 알아채고 천천히 앉을 것을 명하였다. 운명이 공경하여 모시고 앉으니 석부인이 붓을 들어 화전(華箋)에 글을 쓰며 물었다.

"요즘 너의 발길이 벽운누에 닿지 않았는데, 무슨 이유가 있는지 궁금하구나."

운명이 사례하며 말하였다.

"요사이 제가 나랏일에 바빠서 어머니를 뵙지 못하였으나 어머님을 생각하는 것은 간절하였습니다."

92 석부인이 다 들은 후 잠자코 다시 물어보는 말이 없었다. 원래 석부인
은 평소에 흔연스러운 기색을 띠며 담소가 유순하고 기질이 화평하였지만, 본래 엄숙한 기색이 있어 옹졸한 모습과는 거리가 있었다. 오늘 석부인이 운명의 태도를 알아채고 안색을 수습하여 말을 하지 않자 운명이 대범하지만 어찌 감히 가볍게 말을 할 수가 있겠는가? 오직 머뭇거리며 오래도록 가만히 있는데 능히 일어나지 못하고 다만 거동이 연연하니 석부인이 천천히 기운을 바르게 하고 씩씩하게 말하였다.

"네 모습은 아마도 나에게 이씨의 말을 부탁하고자 하는 것인 듯한데 네가 말하지 않더라도 내가 어찌 모르겠느냐? 비록 그렇지만 나이가 어려 철이 없는 행동이구나. 옳지 않을 뿐더러 소부인께 가서도 가볍고 철딱서니 없는 말을 아뢰지 마라. 나는 그래도 네 어미고 여러 형제들도 친형제들이니 허물이 없다. 비록 소부인도 친어머니와 다르지 않으시니 허물이 없지만 한씨 조카들은 중표형제(中表兄弟)[420]로 친형제와는 다르기에 너의 철없음을 비웃을 것이다. 그러니 절대로 입 밖에 낼 생각
93 을 하지 마라. 어머님이 너에게 아내가 두 명이 있어 하나를 신임하시
는구나. 그런데 네가 어찌 찾고자 하느냐? 행동이 한심하구나."

420) 중표형제(中表兄弟) : 내외종(內外從)을 말함.

이야기를 마친 후 기세가 엄격하여 운명이 부끄럽고 황공하여 한마디도 하지 못하고 다만 엎드려 잇달아 소리 내어 말하였다.

"저의 불초한 행동은 명교(名敎)에 죄를 얻기가 쉬운데 어머니의 밝은 교훈을 받아 이후로는 마음과 뜻을 가다듬고 조심하여 허물을 고치고 마음을 닦을 것입니다."

석부인이 머리를 끄덕이고 대답하지 않았다. 운명이 겸연쩍고 부끄러워 물러난 후 이후에는 다시 이런 기색을 두지 않았다. 석부인의 공정하고 엄숙함이 이러하였다.

운명이 이로부터 더욱 이씨를 보지 못하자 마음 속으로 야속해하기를 그치지 않아 일찍이 눈썹에 근심이 잠겨 있었다. 모든 형제들이 서로 놀렸고 태부인도 그 액운을 사라지게 하려고 짐짓 모르는 척하였다. 운명은 마음이 더욱 급하였는데 이씨는 할머니의 아침 저녁 문안에 참여하였다가도 운명을 보면 즉시 피하여 협실로 들어가자 모인 사람들이 모두 이상하게 여겼다. 승상이 어머니께 그 이유를 물어보자 태부인이 말씀하시기 94
를 이씨의 행혈이 전과 다름이 없어 운명과 함께 서로 내외하고 몸을 단속하여 운명을 보면 피한다고 하였다. 승상은 그런가보다 여겼지만 오직 운성은 믿지 않아 형씨에게 꼬치꼬치 캐물어 말하였다.

"내가 일찍이 들으니 할머니가 여승의 말로 인해 이씨를 감추신다고 하는구려. 그대는 자세히 알 것이니 나를 속이지 마십시오."

형씨가 입을 닫고 아무 말도 하지 않자 운성이 거듭 핍박하여 물어보았다. 형씨가 정색하고 말하였다.

"낭군은 집안 식구들과 친하지만 저는 바깥사람입니다. 그런데 어찌 첩에게 물어보십니까?"

그러자 상서 소운성이 소영을 보고 성난 얼굴빛을 하고 위엄을 지으며 물어보았다.

"들으니 네가 여승을 집에 들여 할머니에게 보였고, 이부인을 존당(尊堂)으로 옮긴 것도 여승의 말이더구나. 그러니 내가 아버지께 말씀드리고 이 죄를 다스릴 것이다."

소영이 듣고 나서 몹시 놀라 저의 애매함을 밝히고자 일의 근본을 세세히 이야기하였다. 운성이 자세히 들어보니 자신의 생각과 일치하기에 몹시 화를 내어 말하였다.

95 "할머니가 평소에 정도(正道)를 남보다 뛰어나게 행하셔서 일찍이 예(禮)가 아닌 것을 꾸짖으시더니 어찌 이런 일을 하셨는가?"

성난 기운을 억제하지 못해 안색이 찬 재와 같아져서 나가니 소영이 몹시 놀라 급히 석파에게 말하자 석파가 또한 놀랐다. 문득 운성이 밖에 나가서 여승을 집으로 들인 문지기와 내당 시아(侍兒)를 잡아내어 차례로 중형(重刑)을 더해서 처리하니 집안이 끓는 물과 같았다. 석부인, 소부인, 화부인 등 세 사람이 사람을 보내 말리자 운성이 죽을 결심을 하고[421] 듣지 않았다. 석부인이 할 수 없어 취성전에 들어가 전후사정을 자세히 알리고 말하였다.

"평소에 운성에게 의논이 지나친 면이 있습니다. 그래서 어머님께서 불도(佛道)를 숭상하는가 여기고, 또 이씨를 운명과 떨어져 있게 해서 협실에 머물게 하신 것도 불가(佛家)를 믿음인가 생각하고는 도리에 어긋나게 하는 것이 이와 같으니 어머님의 엄한 꾸짖음을 바랍니다."

---

421) 죽을 ~ 하고 : {죽기로 ᄀᆞ음ᄒᆞ야}. 'ᄀᆞ음알다'는 관장하다, 다스리다는 뜻의 고어임. 문맥을 고려하여 이같이 옮김.

태부인이 다 듣기도 전에 화를 몹시 내고는, 잠자코 말을 하지 않았다.
이 날 저녁 문안에 승상과 운성 뿐아니라 모두의 등을 밀어 내치고 보지
않으시자 손자들과 손자며느리들이 매우 놀랐고, 석부인도 운성을 꾸짖 96
고 보지 않았다. 운성은 이미 짐작한 일이기에 각별히 근심하지 않았다.
그러나 승상은 무슨 까닭인 줄을 알지 못하여서 몹시 놀라고 두려워하며
감히 다시 뵙기를 구하지 못하고 서헌(書軒)에서 근심스러워하며 즐거워
하지 않고 여러 아들들을 불러 그 까닭을 물어 보았는데 모두 모른다고
하자 승상이 더욱 마음이 급해져 하늘을 우러러 탄식하며 말하였다.

"내가 비록 효성이 없으나 오늘의 죄는 생각지도 못한 것이로구나. 날이 장차 저물어 가는데 어머니의 모습을 뵈올 길이 없기에 마음이 울적하니 너희들은 물러가라."

드디어 저녁을 물리치고 근심하며 염려하므로 날이 밝도록 잠을 이루지 못하였다.

6, 7일 후에 태부인이 승상을 부르자 승상이 급히 들어가 중계(中階)에서 죄를 청하였다. 태부인이 소리를 엄숙히 하여 꾸짖었다.

"네가 비록 홀어미 밑에서 배운 것이 없지만 또한 만 권의 시서(詩書)를
읽었으니 사리를 알 것이다. 네가 일찍이 나라를 위하여 신하가 되어
서 명재상으로 은덕과 위엄이 세상에 진동하니, 무릇 정사(政事)를 너 97
그럽고 올바르게 주관하고 적은 조목을 거리끼지 않는 것이 대장부의
기상에는 옳은 것이다. 그러나 불도(佛道)가 비록 패악한 도이지만 또
한 한나라 때부터 3대를 내려왔기에, 예전에도 명재상과 마음이 올바
른 이가 많았음에도 불구하고 불도를 없애지는 못하였다. 네가 지금
황제를 섬기고 나라에 충성하며 밝은 정사(政事)를 행하는 것이 옳다만,

무릇 일에 있어 새로운 법률과 제도를 만들지 말고, 불도를 내버려두어 네 소임을 평안하게 하여라. 네가 너무 싫어한다면[422] 지나치게 승상하지 않으면 될 뿐이다. 어찌 숭상하는 남까지 논박하여 논의를 과도하게 하느냐? 내가 평상시에 불도에 대한 네 행동들을 기뻐하지 않았지만 네가 바른 도를 지탱하게 해주는 명교(名教)를 지키는 것이라 생각하여 구태여 말리지 않았고 내가 불도를 취하지 않았다. 그런데 신령한 승려가 와서는 관상을 보는 것이 영험하더구나. 성인(聖人)도 재앙은 피하여 면하라고 하였다. 세상을 살아가는 데 있어 임기응변을 갖
98 춰 처신해도 해롭지 않기에 수륙재를 하고자 한 것이다. 그런데 이때 네가 간언을 하였기에 그 말이 유리하다고 생각되어 수륙재를 그치고 이씨를 협실에 옮긴 것은 속설에 혹하는 것이 굳이 아니고 그 아이를 나의 수족처럼 두기 위함이다. 그런데 운성이 내당의 시종 아이에게 중한 벌을 주고 말 또한 도리에 어긋나고 오만하게 하니 이 어찌 사람이라 할 수 있겠느냐? 내 이렇기 때문에 너희 부자를 한스럽게 여기는 것이다."

승상이 공경하여 들은 후 목소리를 낮추어 말했다.

"제가 비록 어질지 못하지만 어찌 조정에 가서 의논(議論)을 과도히 하여 남들로부터 이상한 여김을 받겠습니까? 옛적에 공신 조원우가 따르는 종들을 데리고 친히 절에 가 법사로 하여금 향을 올리게[423] 하고 그 처자가 가서 보았다는 사실이 전해지자, 대신의 집안 풍도(風度)가 한심

422) 싫어한다면 : {슬흘단대}. '슬흐이다'는 싫어하다는 뜻의 고어임.

423) 법사로 ~ 올리게 : {증명진향(證明進香)}. 증명(證明)은 불교에서 법회의 선악을 판단하는 법사를 의미함. 진향(進香)은 조선시대에 왕위를 계승하던 사람과 그 배우자가 죽었을 때 종척이 빈궁(殯宮) 또는 빈전(殯殿)에 향을 올리며 제사 지내던 일임.

해지고 체면이 손상된 것을 안타깝게 여겨 신하들이 왕 앞에 나아가 아뢰고 허물을 탄핵했습니다. 또한 후에는 그로 인하여 매우 심하게 배척을 했습니다. 그러니 우리 집안에서 수륙재(水陸齋)를 지내면 제게 허물이 있다고 할 것이고 업신여김과 놀림을 받을 것 같아 당초에 말씀드린 것입니다. 그러나 운성의 방자함은 전혀 몰랐으니 이 또한 제가 못난 탓입니다."

말을 마치고 사죄한 후 당에 올라 태부인의 옆에 앉았다. 태부인은 운
성을 불러 큰 벌을 주고 책망하여 말하였다. 99

"너희들이 죽고 사는 것은 내 손 안에 있다. 내가 비록 늙어서 정신이 흐릿하다지만 네가 어찌 감히 나를 압두(壓頭)하여 내 종 아이의 죄를 따져보지도 않고 심하게 때렸느냐? 너의 무심하고도 소홀한 죄는 용서하기 어렵도다."

드디어 친히 시종을 부르라고 한 후 상서[424]를 매우 때리며 화를 냈다.[425] 운성이 조모의 위엄과 불 같은 성격을 알기 때문에 모자를 벗고 죄를 청하여 말했다.

"제가 감히 할머님을 업신여긴 것이 아닙니다. 요사한 승려가 집안에 출입하는 것은 집을 망하게 하는 징조이기 때문에 문 지키는 군사를 꾀어 승려를 집 안으로 들인[426] 시녀를 꾸짖은 것일 뿐 다른 뜻이 없었습니다."

태부인이 더욱 화를 내자 승상이 천천히 말하였다.

---

424) 상서 : 소운성.
425) 화를 냈다 : {셩상이 급ᄒᆞ니}. 성상(性狀)은 사람의 성질과 행실을 아울러 이르는 말임. 문맥을 고려하여 이같이 옮김.
426) 꾀어 ~ 들인 : {초인(招人)ᄒᆞ야 드린}. 초인(超人)은 어떤 사람을 꾀어 끌어냄을 의미함.

"운성의 죄는 비록 죽어도 속죄받기 어렵지만 저의 급한 성질이 시비를 일으킨 것일 뿐, 어머님을 업신여긴 것이 아닙니다. 청컨대 제가 운성의 방자함을 다스리겠습니다.".

부인이 들은 체도 하지 않고 노비를 시켜[427] 운성을 30여 대를 친 뒤
100 끌어 내친 후 모든 손자와 며느리들을 물리치시니, 젊은이들이 바삐 물러
났다. 화부인과 석부인 그리고 소부인 또한 그 엄숙한 안전에서 오래 모시고 앉아 있는 것이 두려워 모두 물러나 휘장 밖에서 기다렸다.

승상이 얼굴빛을 좋게 하고 소리를 나직이 하여 손을 모으고 상(床) 아래 꿇어앉은 후로 삼경(三更)이 지났지만 부인의 기분[428]이 좋아지지 않았다. 이부자리를 깐 후 베개를 들고 놓을 곳을 여쭈었지만 부인이 대답을 하지 않았다. 승상이 두 손으로 베개를 받들고 꿇어앉아 대답하시기를 기다리는 것이 바야흐로 두어 각(刻)[429]이 지나서야 드디어 부인이 놓을 곳을 말하였다.

공이 저녁문안의 예를 마치고 물러나 휘장 밖에서 지키며 잠을 잤는데, 옷을 입은 채 책상[430]에 엎드려 자며 새벽문안 하는 것을 삼일 동안 하였다. 그러자 드디어 부인의 안색이 부드러워져서 말씀을 하시니 집안이 화평해졌다. 승상이 다행스럽게 여겼음은 가히 알 만하다.

사오일 후 상서 운성이 글을 올려 죄를 청하고 들어와 뵈었지만 부인이
101 잠잠하게 말없이 엄한 안색을 띠니 운성이 이후로 감히 다시 화해의 말씀
을 드리지 못했다. 운명도 이씨를 데려올 방법이 막막하고 어려워 밤낮으

427) 시켜 : {ᄡᆞ지저}. 문맥을 고려하여 이같이 옮김.
428) 기분 : {사색(辭色)}. 문맥을 고려하여 이같이 옮김.
429) 각(刻) : 시간의 단위. 1각은 약 15분 동안으로 본래 시헌력(時憲曆)을 채택하기 이전에 하루의 100분의 1이 되는 14분 24초 동안을 나타내던 단위임.
430) 책상 : {셔한}. 서안(書案)의 오기임.

로 고민하며 만나볼 틈만 엿보았다.

하루는 모든 젊은이들이 뒤뜰에 모여 담소를 나누며 즐기다가 다 흩어지고 이씨와 위씨만 남게 되었다. 위씨 또한 운경이 조참(朝參)에 가려고 관복을 찾는다 하여 자리에서 일어나 돌아가고 이씨 혼자 굽은 난간에 기대어 하늘가를 바라보며 서글퍼 하다가[431] 때마침 운명을 만나게 되었다. 생이 너무나 반가워 나는 듯이 달려와서는 넘어질 듯 이씨의 비단 치마를 붙들며 물었다.

“오늘은 어쩐 일로 부인을 만나 옥 같은 얼굴, 꽃 같은 모습을 보게 되었을까요? 우리 두 사람이 갖은 고생 끝에 겨우 하늘의 도우심으로 부부되는 인연을 얻었는데, 부인의 고집 때문에 원앙을 수놓은 비단 이불이 쓸쓸하고 외롭습니다. 그러나 이미 부인을 내 사람이라고 생각하기 때문에 조급하게 여기지 않고 그대의 뜻을 따랐습니다. 그런데 생각지도 못한 요사한 중의 말에 할머님이 혹하여 부인을 새장에 가두시고 그
물을 단단히 치시니 방탕한 나비가 어느 틈을 타서 옥 같은 꽃을 찾겠 102
습니까? 오늘 그대를 만났으니 비록 할머님께 또 혼이 날지라도 보내지 못하겠습니다.”

이렇게 사모하는 정을 말하고 기운 없이 슬퍼하며 옥 같은 얼굴에 눈물을 흘리니 돌이나 나무 같은 심장을 가진 사람이라도 감동할 듯한데, 하물며 그 가득한 정이 오로지 자신을 향한 것이니 그 구구절절함을 보고 어찌 이씨가 감격하지 않을 수 있겠는가? 그러나 엄한 명령이 두려워 마음을 수습하고 정색하며 말했다.

“군자의 뜻은 비가 갠 뒤의 맑은 바람과 달처럼 큰 도량을 가진 어진 군

431) 서글퍼 하다가 : {툐량ᄒ더니}. 미상임. 문맥을 고려하여 이같이 옮김.

자가 되는 것에 있을 것입니다. 그러니 어찌 일개 여자를 사모하느라 죄수의 형상을 하겠습니까? 낭군은 모름지기 예에 어긋나고 우스운 행동으로 인해 주변 사람들로부터 희롱을 듣는 일이 없도록 하십시오. 할머님이 급히 부르실 테니 화를 내시기 전에 빨리 가 문안을 드리십시오."

생이 목소리를 나직이 하고 안색을 가다듬고는 두 손으로 이씨의 소매를 붙든 채 일어날 뜻을 보이지 않으니, 이소저가 매우 민망하여 이치를 풀어 말하며 돌아가도록 간절히 빌었다. 그러나 생이 그 말을 듣지 않고 말하였다.

103 "내가 전부터 부인에게 속은 것이 많으니 결단코 꾸며대는 말을 믿지 않을 것입니다."

이씨가 할 수 없어 거짓으로 목소리를 부드럽게 하여 대답하였다.

"낭군의 정이 이렇게 깊으신데 첩이 돌이나 나무가 아닌 이상 어찌 감동을 하지 않겠습니까?"

기뻐하는 표정으로 웃으며 답하니 생이 속으로 매우 기뻐하며 이야기[432]를 나누고 마음을 놓았다. 이 틈을 타 이씨가 소매를 뿌리치고 굽은 난간을 돌아 장막 사이로 들어가니 생이 앵무새의 희롱에 빠졌다가 놀라서 급히 따라갔다. 가다가 갑자기 이파를 만나게 되니 감히 이씨를 따라가지 못하고 헛되이 돌아왔다. 그러나 그 옥 같은 얼굴, 아름다운 모습이 눈에 선하니 미칠 것 같아 속절없이 풍월을 읊으며 시간을 보냈다. 임씨는 평소 운명이 이씨를 잊지 못하는 것을 보고 위로 했고 또한 이씨의 형편[433]이 외로운 것을 슬프게 여겨 이씨를 사랑하고 공경하기를 형제같이

432) 이야기 : {정ᄉᆞ[情思]}. 문맥을 고려하여 이같이 옮김.
433) 형편 : {정사[情事]}. 문맥을 고려하여 이같이 옮김.

하였다. 그러므로 온 집안사람들이 다 임씨를 칭찬하였다.

이때 참정 정창은 여섯 아들과 세 딸을 두었는데, 첫째 딸 강선이 고운 104
얼굴이 출중하고 기질이 매우 아름다웠다. 정창이 첫째 딸의 배필을 고르다가 예부시중(禮部侍中) 소운명의 풍모와 법도를 보고 너무나 좋게 여겨 사위로 삼고자 했다. 그런데 기회를 보아 뜻을 전할 만한 때를 얻지 못해 매우 근심하였다.

이 무렵 진종황제의 정궁(正宮)434) 장황후가 승하하셔서 황후의 자리가 비었으므로 궁궐이 처량하니 재상의 딸들 중에서 황후를 간택하려 하였다. 소씨 가문 여자들은 다 어리고 오직 예부 상서(尙書)435) 한공의 딸과 강정(强定)436)의 학사(學士)437) 유공의 딸만 간택될 나이였다. 태학사(太學士)438) 유공이 하늘과 백성의 뜻에 따라 황후의 자리에 추천하니, 이 사람이 곧 장헌 명숙황후였다. 재주와 용모를 두루 갖췄고 덕과 위엄이 있고 엄하면서도 바르니 진종이 지극하게 대하여 주시고, 온 조정대신과 백성들이 공경하여 우러러 사모하였다. 국법에 따라 부친 유학사에게는 동제왕을, 모친 윤씨에게는 왕비의 직책을 내리셨다. 온 집안에 영광이 가득하니 이것이 다 소현성이 선행을 쌓은 덕분이었다. 윤부인이 기쁘고 다행
스러워 하면서도 조심스럽게 딸이 왕비가 되는439) 귀함을 누렸고 황후 105

434) 정궁(正宮) : 황후나 왕비를 후궁에 상대하여 이르는 말.

435) 상서(尙書) : 중국 진나라 이래 천자와 신하 사이에 오가는 문서에 관한 일을 맡아보던 벼슬. 이 벼슬이 점차 높아져서 당나라와 송나라 때에 중앙 정부의 수위(首位)에 앉아 육부의 장관이 되었다가 뒤에는 중앙 정부의 장관이 되었음.

436) 강정(强定) : 중국 사천성 지방의 지명.

437) 학사(學士) : 학술 연구에 전념하는 사람. 고려시대에는 뛰어난 학자로 뽑혀 왕에게 시종하였던 문관을 가리킴. 조선 전기에는 중추원에 속한 종이품 벼슬이고 조선 후기에는 경연청 · 규장각 · 홍문관에 속한 칙임 벼슬이었음.

438) 태학사(太學士) : 문맥상 홍문관(弘文館) 대제학(大提學)을 달리 이르던 말인 태학사 벼슬을 가리킴.

439) 딸이 왕비가 되는 : {슉방}. 초방(椒房)의 오기로 보임. '초방'은 후춧가루를 바른 방이라는 뜻으

또한 소씨 집안을 모친의 은인으로 알아 가족(家族)[440] 같은 정으로 대하니, 황제의 성대한 은혜가 새삼 새로웠다. 유학사가 황친(皇親)의 국척(國戚)[441]이 되고나서는 더욱 소승상과 친하게 지내고 소승상을 아끼며 태부인께도 한껏 정성을 다했다.

황후가 일찍이 후궁 정귀와 함께 말씀을 나누면서 조카가 몇 명인지 물었는데 귀비는 정참정(參政)의 사촌누이였다. 이에 문득 한 계교를 생각하여 정귀비가 황제와 황후의 앞에서 나직이 말하였다.

"신첩의 친척 조카 정씨는 정창의 딸인데 나이가 차도록 군자를 사모하여 가볍게 정혼을 한 곳이 없습니다. 예부시중 소운명을 보고는 뜻을 두어 섬기고자 했지만 그 집의 뜻을 알지 못하기에 평생을 혼자 늙으려 합니다. 바라건대 성상(聖上)과 황후(皇后)[442]께서는 소씨 집안에 명을 내리시어 아름다운 교화를 빛내시고 정씨에게는 한이 없게 해주시옵소서."

황제가 듣고 기뻐 웃으며 돌아앉아 황후에게 말하였다.

106 "이 일은 좋은 일입니다. 짐과 왕비가 함께 주관하여 중매하는 것이 어떻겠습니까?"

황후가 눈썹을 찡그리며 아뢰었다.

"신첩이 일찍이 소씨 가문의 풍도를 잘 압니다. 검소하고 청렴하여 부인을 여럿 두지 않으며, 소현성 이하 모든 자녀들이 다 창기를 첩으로

로, 왕비나 왕후가 거처하는 방이나 궁전 따위를 이르거나 혹은 황후를 달리 이르는 말임. 윤부인의 딸이 왕후가 되었으므로 문맥을 고려하여 이같이 옮김.

440) 가족(家族) : {절족[節族]}. 뼈와 살이 이어진다는 뜻으로, 골육(骨肉) 관계가 있는 집안 식구를 이르는 말. 문맥을 고려하여 이같이 옮김.

441) 국척(國戚) : 임금의 인척.

442) 황후(皇后) : {낭〃(娘娘)}. 왕비나 귀족의 아내를 높여 이르는 말임.

두지도 않았습니다. 운명이 이미 조강지처와 두 번째 부인 이씨를 얻었으니 어찌 또 세 번째 부인을 얻겠습니까?"

상이 웃으며 말했다.

"왕비는 소견 좁은 말씀을 마십시오. 현성이 그 둘째 부인 석씨를 취할 때 고습(故習)이 무궁하더니 그 여풍(餘風)이 자손에게도 내렸습니다."

드디어 황제가 교지를 내려 정창의 딸을 운명의 셋째 부인으로 정하라 하시니, 정창은 기뻐했으며 소승상과 모든 형제들은 천자의 은혜에 감격하면서도 외람되어 두려워했다.

즉시 날을 택하여 혼인을 하는데 임씨와 이씨[443]의 기색이 태연하며 차분했다. 혼례복을 서로 도와가며 만들고 조금도 시기하는 태도가 없으니, 위씨와 형씨[444] 등이 희롱하여 말하였다.

"두 부인은 무기를 갖춰 싸울 뜻도 없이 날마다 한가로이 이야기나 하
니, 무기를 잊고 있다가 뜻밖에 강적을 만나면 갖추지 않은 무기로 어 107
찌 능히 적을 이기려 합니까?"[445]

임씨가 상냥하고 부드럽게 미소를 지으며 말하였다.

"첩은 싸움을 일삼는 대신 어짊과 의로 화목하게 지내려 합니다."

이씨 역시 웃으며 말하였다.

"저같이 용기 없는 사람은 깃발을 기울어뜨리고 창을 거꾸로 들며 갑옷을 벗어 항복의 표를 올리고 스스로 신하라고 칭하는 것이 옳습니다. 어찌 무기를 갖춰 서로 앞서려고 다투겠습니까?"

---

443) 임씨와 이씨 : 소운명의 첫째, 둘째 부인.
444) 위씨와 형씨 : 소운경과 소운성의 부인.
445) 이기려 합니까 : {벙으리와드려 ᄒᆞ시ᄂᆞ뇨}. '벙으리왇다'는 거역하다, '거부하다', '막다'의 의미를 나타내는 고어임.

형부인이 맑은 소리로 웃으며 말하였다.

"그대 두 사람이 모두 흔쾌하게 말을 하지만 만나면 반드시 좋지 않은 기색이 발동할 것이오."

임씨가 가만히 웃음을 머금고는 말하였다.

"옛날에 셋째 아주버님[446]께서 제 별명을 지으시면서 혹 가운데에 살기(殺氣)가 있다고 희롱하시더니 또 오늘은 이런 말을 하여 형님의 놀림을 받는군요?"

위씨는 크게 웃었고 형씨는 옥 같은 손을 저으며 말하였다.

"소상서의 말은 나와 상관없는 일이니 그대는 다시는 나에게 말하지 말라."

좌우가 다 웃었다.

이러구러 혼기가 가까워 오는데 마침 태부인에게 병이 생겨 치료하게 되었다. 승상이 취성전에서 매일 모시고 자니 이씨는 잘 곳이 없었는데
108 태부인은 이런 사정을 알지 못하였다. 승상이 이씨가 편하게 지내지 못하는 것을 알고 명하였다.

"요사이 며칠째 너희들이 매우 고생하였는데 오늘은 어머님의 병세에 차도가 있다. 그러니 너희는 다 각자의 집에 돌아가라. 이씨도 내가 어머님을 곁에서 지킬 것이니 곁방에 있지 말고 취봉각[447]으로 가서 쉬며 묵어라."

명령이 떨어지자 며느리들이 다 물러나고 이씨 또한 감히 거역하지 못하여 침소에 돌아와 시비 춘앵과 더불어 쉬려고 했다. 이때 뜻하지 않게

---

446) 셋째 아주버님 : 소운성을 가리킴.
447) 취봉각 : 이씨의 처소.

소운명이 기뻐하는 웃음을 띠며 들어와서 웃으며 말하였다.

"부인이 매번 나를 속이더니 또 무슨 꾀를 내려 하십니까?"

이씨가 고개를 숙이고 말하였다.

"이전의 일은 할머님의 명령을 받들어 따른 것이지 방자하여 그렇게 한 것이 아닙니다."

생이 춘앵에게 이불을 깔게 하고 이부자리 위로 오르니, 소저가 매우 민망하여 백 가지로 마음을 돌리도록 권유하고 천 가지로 달래고 빌며 거절하였다. 그러나 소생이 거짓으로 취하여 못 듣는 척하니, 그 은근한 정이 샘물 같고 뜻이 무르녹아 간절한 마음이 운우지정(雲雨之情)에 빠진 듯 했다. 원앙이나 공작, 혹은 비취새라도 생의 은정에는 미치지 못할 정도 109
였다. 이씨는 남편의 뜻을 거스르지는 못하겠지만 너무나 부끄럽고, 또 할머님의 금지 명령이 있었으니 사사롭게 행동하는 것은 옳지 않다고 여겼다. 그러므로 비록 승상의 명으로 이곳에 왔으나 서러운 마음에 온갖 회포를 머금은 눈물을 흘렸다. 그러면서 계속하여 소생의 은정을 받아들이지 못했다. 끝내 생의 정을 받아주지 않자 생이 박정하다고 책망했다.

이날 이씨가 꿈을 꾸었는데 아름다운 한 사람이 손에 보검을 들고 소저를 꾸짖으며 말하였다.

"당신은 전생에 망령되게 잘난 척하면서 나를 압도하여 남자를 따라 귀향(歸鄕) 가는 것을 자원했습니다. 그러고는 나에게 말하기를 마땅히 십년을 장부와 거리를 두어 나와의 언약을 저버리지 않겠다고 했는데 이렇게 약속을 어겼습니다. 그러니 어찌 그대를 평안히 지내게 하겠습니까?"

말을 마치고는 칼을 들어 바로 찌르려 하니 상황이 위급하였다. 마침

소생이 들어오자 그 여자가 황급히 돌아갔다. 소저가 이에 놀라 깨니 덧없는 꿈이었고, 때는 이경(二更)[448] 사점(四點)[449]이었다.

생이 또한 잠에서 깨어나 바라보니 이씨의 얼굴에 놀란 빛이 가득하며
110 두 눈에는 눈물이 어리어 있으므로 놀라서 그 까닭을 물었다. 이씨가 탄식하며 말하였다.

"우연히 흉한 꿈을 꾸어 가위에 눌렸습니다."

생이 위로하며 말하였다.

"꿈은 허탄한 것이니 믿을 것이 못됩니다. 그러니 부인은 염려 마십시오."

이씨가 탄식하며 말을 하지 않았다.

취봉각에 십여 일을 머무는 동안, 생이 날마다 은근하고 곡진하게 대하여 정이 산같이 쌓이게 되니, 이씨가 민망하여 어찌 할 바를 몰랐다. 화부인 또한 비록 민망하지만 능히 운명을 취봉각에 오지 못하도록 금지하지는 못하였다. 어미 된 사람이 이렇게 약하니 엄한 기운이 없다는 점에 있어서 태부인과 상반되었다.

수십 일 후 태부인의 병세가 차도를 보이며 기운이 평소와 같게 되었다. 태부인은 이씨가 취봉각으로 간 것을 알고 놀라서 즉시 도로 불러 협실에 머물게 하고 승상을 내보냈다. 이 때부터 이씨가 다시 운명을 피하게 되자 생이 또 그 정을 억제하지 못했다.

시간이 빠르게 흘러 운명이 세 번째 부인을 맞이하는 길일이 되니 태부인이 큰 잔치를 열어 신부를 맞이하며 황제의 명을 공경하여 축하하였다.

---

448) 이경(二更) : 하루의 밤을 다섯으로 나눈 둘째 때의 밤. 9시에서 11시 사이를 말함.
449) 사점(四點) : 점(點)은 1경을 5로 나눈 것으로 24분을 의미함. 따라서 사점은 1시간 36분을 의미함.

운명이 옥 같은 얼굴, 꽃 같은 풍모로 예복을 입고 금으로 꾸민 안장을 얹은 백마를 타고 정씨 집에 도착하여 기러기를 전했다. 그리고 구슬로 된 111
가마를 잠그는 것을 마치니 따르는 사람들과 요객(繞客)[450]이 십리에 가득했다. 자운산에 돌아와 취성전에 자리를 정결하게 하고 신랑 신부가 합친(合親)[451]하는 절을 마친 후 폐백을 받들어 할머님과 시부모님께 예를 드렸다. 옥 같은 얼굴이 수려하고도 탐스러워 배꽃이 푸른 연못에 잠기고 해당화가 이슬을 마신 것 같으니 짐짓 낙포(洛捕)[452]의 선녀와 같았다. 자리에 가득하던 사람들이 다투어 칭찬하며 말하였다.

"시중이 복이 많아서 세 부인이 다 특별하니 이것이 또한 승상과 존당의 복입니다."

화부인이 기뻐하며 좋은 기운을 띠었고 사람들도 다 기뻐하였다. 그러나 승상과 양부인은 좋은 기운이 사라지고 기쁜 빛이 없으니 칭찬하던 사람들이 할 말이 없었다.

이날 운명은 정씨와 더불어 새로운 정이 흡족하여 서로 즐기는 것이 비길 데 없었다. 그러나 애원하는 듯하면서도 정조가 굳고 행실이 깨끗한 이씨의 모습을 잊지 못하여 탄식하며 잠을 이루지 못하니 신부가 이상히 여겼다.

다음날 신부가 담백한 차림으로 시부모께 문안 인사를 마치고 동서들과 한 자리에 모였다. 비록 위씨의 그윽하며 엄숙한 분위기와 형씨의 깨 112
끗한 기운의 무르녹음에는 미치지 못했지만 여타 며느리들에 비하여 떨

450) 요객(繞客) : 혼인 때 가족 중에서 신랑이나 신부를 데리고 가는 사람.

451) 합친(合親) : '합근친영(合巹親迎)'의 준말로 '합근(合巹)'은 전통 혼례에서 신랑 신부가 잔을 주고 받는 절차를 가리킴. '친영(親迎)'은 육례의 하나로 신랑이 신부의 집에 가서 신부를 직접 맞이하는 의식을 가리킴.

452) 낙포(洛捕) : 무산신녀(巫山神女)가 놀던 장소.

어지지 않으니 화부인이 매우 흐뭇하게 여겼다. 이때 태부인이 말하였다.

"이씨는 왜 나오지 않느냐?"

시녀에게 부르라고 하니, 시녀가 돌아와 말하였다.

"이소저는 막 문안을 오려 하는데 신발의 진주가 떨어져 고치는 중이었습니다. 명을 듣고 바삐 띠를 묶고 옥패를 차셨습니다."

태부인이 웃으며 말하였다.

"그 아이가 요즘 몸이 편치 않으면서도 남이 투기 할까 두려워서 마지못하여 다니니 가히 어여쁘고도 아름답다."

승상과 모든 부인이 또한 이씨의 인자함과 맑고 고결함을 칭찬하였다. 잠시 후 옥 소리가 청아하게 울리고 향기로운 바람이 일며 한 미인이 매미 날개 같은 옷에 기린 같은 띠를 두르고 붉은 비단 치마를 끌고 쌍관(冠)을 숙이며 팔찌를 늘어뜨린 채 연꽃 같은 걸음으로 가볍게 걸어 나와 할머님과 시어머니께 인사를 마치고 물러났다. 소부인이 정씨에게 말하였다.

"저 사람은 운명의 둘째 부인 이씨다. 서로 초면일 것이니 인사해라."

정씨가 명을 받들어 일어나 예를 드리고 나서 자리에 앉아 눈을 들어

113 이씨를 바라보았다. 맑고 연약한 것은 소상강(瀟湘江)[453]의 맑은 얼음과도 같고 초산(楚山)[454]의 빛나는 옥과도 같았다. 몸의 가늚은 날아다니는 나비나 새 같아서 가볍고 민첩하게 자유로이 날아갈 것 같았으며, 몸이 가볍고도 연약하여 비단옷조차 이기지 못할 듯하였다. 그러나 키가 크고 안색이 윤택하며 피부 또한 부드러운 흰 눈 같았다. 입술은 매우 붉고 눈

453) 소상강(瀟湘江) : 소수와 상수. 호남성 동정호 남쪽에 있는 강.
454) 초산(楚山) : 전국시대 초나라 변화씨(卞和氏)라는 사람이, 초산에서 매우 뛰어난 옥의 원석을 발견하였음. '화씨지벽(和氏之璧)' 고사의 배경임.

썹은 짙푸르며 눈빛 또한 깨끗하니 온갖 꽃이 무색할 듯했다. 그 미모가 달을 가리며, 물고기도 가라앉게 하고 날아가던 기러기도 떨어지게 할 만큼 뛰어났다. 광채가 사방에서 반짝이니 이씨의 미모에 대적할 만한 사람은 형부인이 아니면 가당치도 않았고, 그 청아함은 이씨가 조금이나마 더 나을 것으로 생각되었다. 정씨가 매우 놀라 머리를 숙이고 생각하였다.

'사람의 피와 살을 가진 이가 어찌 이렇게 아름다울까? 분명 귀신이 희롱하는 것이다. 내 이미 저 같은 적국(敵國)을 얻었으니 앞길에 많은 방해가 있을 것이다.'

이런 생각이 들자 마음이 좋지 않았다. 그래서 곁눈질로 주변을 잘 살피고 있었다. 이씨는 정씨의 강하고도 굳세며 영리함을 사랑스러워 했지만 정씨의 얼굴을 보고는 전일(前日) 꿈에서 자신을 해치려던 여자인 줄을
분명히 깨달아 매우 놀랐다. 그러나 억지로 놀란 기운을 가라앉히고 옥 114
같은 맑은 음성을 좋게 하여 나이를 묻고 인사를 하였다. 그 말이 맑고도 편안하며 얼굴빛이 태연하여 같은 자리에 앉은 사람들이 다 칭찬하고 탄복했다. 이에 정씨가 매우 놀랐다. 임씨가 또한 화답을 하였는데 임씨와 이씨는 서로 정성으로 아꼈지만 정씨는 혼자 겉으로는 친한 척하면서도 속으로는 소원하게 대했으므로 임씨는 정씨의 뜻을 짐작하고는 그에 맞게 대접하였다. 그러나 이씨는 홀로 더욱 정성되고 간곡하게 대하였다. 그래서 액을 만난 것이다. 이 또한 하늘의 뜻이니 어찌하겠는가?

운명이 세 명의 부인을 두었는데, 임씨는 비록 재주와 덕행은 특출하지만 풍모(風貌)가 아름답지 못하여 젊은이의 풍류와 정으로써는 참고 견디기가 어려웠다. 그래서 집안을 통솔하도록 하여 본처로서의 자리를 존중하고 공경하긴 했지만 사사로운 정은 없었다. 정씨는 새로 만난 정도 있

고 얼굴이 아름다우며 일을 처리함에 있어서도 영리하고 민첩하니 정이 은근하긴 하였으나 한가하고도 느긋한 풍모가 없어 잠깐 마음을 줄 뿐이었다. 오직 이씨에 대해서는 친부모가 없고 사정 상 의지할 곳 없이 외로운 것을 슬프게 여겼다. 그럴 뿐 아니라 이씨의 어진 행실과 맑은 덕이며
115 신기한 꽃과 밝은 달 같은 풍채와 용모를 대하면, 마음이 무르녹고 뼈 마디 마디가 감격스러워 평생토록 같이 즐길 것을 기약하고 한 시각이나마 함께 있는 것을 경사로 알았다. 그런데 부부의 중대한 정을 그치게 하고는 보여주지도 않고 깊이 감추니 어찌 아무 일이 없겠는가?

평소 두 부인과 더불어 담소를 천연스럽게 나누다가도 침상에 오르면 길게 탄식하고 상사(相思)의 시를 읊어 부부의 정을 알지 못하는 것을 표현했다. 그리고 여럿이 모인 가운데에서도 오로지 이씨만을 바라보며 온전히 이씨에게만 마음을 쏟았다. 두 부인에게는 겉으로는 친한 척 하면서 안으로는 소원하게 대하고 밤낮으로 이씨만 생각하고 염려하였다.

임씨는 아주 많은 것[455]도 알아보는 통찰력이 있는 여자이기 때문에 생의 이 같은 행동을 보아도 조금도 한스러워하지 않았다. 다만 생과 이씨가 부부 사이이면서도 깊은 정을 가지고 화락하지 못하는 것이 안타까워 좋은 말로 위로할 뿐 조금도 거리낌이 없었다. 생이 이에 또한 감격하고 항복하여 마음 가운데 품은 뜻을 임씨에게는 속이지 않으니 서로 헤아려 이해하며 모든 일을 행하였다. 그러나 정씨는 홀로 매우 불평을 하며 생각하였다.

'임씨는 귀신같은 형상이며 괴이한 용모인데도 온 집안이 총애하니 나
116 의 미모와 재주라면 소생의 정을 온전히 누릴 수 있을 것이다. 그런데

455) 아주 ~ 것 : {천균대량}. 천균대량(千鈞大量)으로 보아 이같이 옮김.

이씨의 빛나는 얼굴과 기질이 나보다 한 수 위에 있어 남편[456]의 총애가 모두 이씨에게 돌아가고 남은 정만 내게 오니 사람이 세상에 나서 어찌 여자 하나를 없애지 못할 것인가?'

흉한 생각이 한번 일어나니 그것을 억누르기 어려웠다. 그러나 정씨는 갓 들어와 친한 사람이 없고 이씨는 시어른[457]과 형제 그리고 숙질(叔姪)의 인심을 두텁게 얻어 모두 칭찬하는 소리가 귀에 쟁쟁하였다. 그래서 감히 계교를 내지 못하고 거짓으로 좋은 척하며 인심을 얻고 생의 뜻과 비위를 맞춰 총애를 받도록 꾀를 내었다. 생도 남자의 풍모와 정이 있으므로 정씨에 대한 새로운 정이 은근하며 자상하고 곡진하였다.

하루는 운명이 술에 취해 들어와서는 정씨와 함께 촛불 아래에서 말을 하게 되었는데, 정씨가 생을 부추기며 말하였다.

"낭군이 요즘 연달아 제 침소에 오시니 저는 마음이 불안합니다. 두 부인의 침소로 돌아가세요."

생이 웃으며 말하였다.

"부인과 나는 황제의 명령을 받고 부부가 된 것인데 어찌 사양하십니까? 임씨는 조강지처로 가권(家權)을 맡기긴 하였으나 벌써 두 아들을 두었으니 어찌 늘 옛날과 같이 변함없이 지내겠습니까? 게다가 이씨는 117
깊이 들어가 나를 피합니다. 그래서 이리로 왔습니다. 그런데 그대마저도 거절하면 이 어리석은 나는 어디로 가겠습니까?"

정씨가 일부러 말하였다.

"낭군은 어찌하여 이부인이 피한다고 말하십니까? 첩이 들어온 지 오

456) 남편 : {가부(家夫)}. 남에게 자기 남편을 이르는 말.
457) 시어른 : {존당구고(尊堂舅姑)}. 문맥상 시할머니와 시부모님을 통칭하는 의미로 쓰였으므로 문맥을 고려하여 이같이 옮김.

래되지 않아서 자세히는 모르지만 이부인에게는 친부모가 없어 매우 외로운 듯합니다. 그런데 그 까닭을 모르니 궁금합니다."

생이 갑자기 온화하던 기운이 없어지면서 탄식하고 슬퍼하다가 말했다.

"이씨는 전임 이부(吏部) 총재(冢宰)[458] 이공의 딸입니다. 이리저리 하다가 만났는데, 처음에는 여자인 줄 몰랐다가 마지막에 주표(朱標)를 보고 서로 언약을 이루게 되었습니다. 그러고 나서 안에서도 두려워하고 밖에서도 말을 엄숙하게 하며 나를 멀리했지만 박하게 하지는 않았고 냉담하되 굳세었습니다. 수십여 일 동행하면서도 일찍이 조금도 뜻을 어기지 않고 한 잔의 술도 마시지 않으며 예절이 삼엄하고 법도가 굳건하고 바르니, 비록 언약을 이루긴 했으나 친압(親狎)할 계교를 내지 못하여 공경하여 데려왔습니다. 하혜(下惠)와 미자(微子)[459]도 부럽지 않도
118 록 행동한 것은 진중하지 못한 경박한 행동이나마 예의를 차리려 한 것이 아니라 진실로 이씨의 얼음과 옥 같은 몸이 부서질까 두려웠고 또 엄한 말과 엄숙한 뜻으로 나를 책망할까 두려웠기 때문입니다. 그래서 이렇게 말하니 아버님께서 은혜로운 뜻으로 하늘의 마음을 따르시어 부부가 되게 해 주셨습니다. 이는 일세의 기이한 만남이니 어찌 옛 사람의 낮은 행적에 비교하겠습니까?

그렇지만 이씨는 자신이 거리에서 떠돌아다닌 것 때문에 타인이 비루하게 여기지는 않을까 걱정하여 얼음같이 차갑게 한번 마음을 정하고

---

458) 총재(冢宰) : 이조판서의 다른 말.

459) 하혜(下惠)와 미자(微子) : 유하혜(柳下惠)와 미자(微子)를 가리킴. 유하혜는 춘추시대 노나라의 대부 전금(展禽). 미자는 상나라 주왕의 서형(庶兄)으로 주왕에게 여러 번 간언을 했으나 듣지 않자 그 나라를 떠난 인물. 두 사람 모두 현인으로 이름이 높음.

는 옛 정을 오히려 가볍게 대했습니다. 비록 나도 남자인지라 풍류를 즐기고픈 불같은 마음이 있지만 다 드러내지는 못하여[460] 단지 이공의 사당을 다시 열고 영위(靈位)[461]를 모시고 제사를 받들면서 이씨의 마음을 감동하게 해서 잠깐 함께 즐기는 즐거움을 얻었습니다.

그런데 할머님께서 속설을 굳게 믿으셔서 이씨를 곁방에 있도록 하시니 이씨는 또한 정결한 여자로서 조금도 애정에 대하여 마음 속에 깊이 간직함이 없었습니다. 그러나 나의 마음은 매일 초조하니 이씨의 얼음 같고 달 같은 하얀 얼굴과 온화한 풍모와 아름다운 모습을 집안에서 보면 어찌 간장이 마르지 않겠습니까? 비록 그대들과 화락하고 바다와 육지의 온갖 좋은 것을 물리도록 먹고 비단옷을 입어도 이씨와 함께 119 한 방에서 쾌락을 즐기지 못하니, 잊히지 않고 걱정이 되어 마음을 억제하기 어렵습니다."

말을 마친 후 슬프게 탄식하며 두 줄기 눈물을 옥 같은 얼굴에 흘렸지만 스스로는 그것을 깨닫지 못하였다.

정씨가 생의 말이나 그 슬퍼하는 것을 듣고 보니 생의 이씨에 대한 굳은 정이 산과 바다 같음을 알게 되어 속으로는 더욱 기뻐할 수 없게 되었지만 마지못하여 화평한 얼굴빛을 띠고 탄식하며 말하였다.

"낭군은 진실로 믿음이 있는 사람입니다. 할머님께서 비록 이부인을 감추었지만 액운이 곧 지나고 나면 함께 지내도록 모으시리니 속절없는 근심은 하지 마십시오."

생이 탄식하면서 즐거워하지 않았다.

---

460) 다 ~ 못하여 : {발뵈디못ᄒᆞ야}. '발뵈다'는 '발보이다'의 준말로, 재주를 자랑하느라고 일부러 드러내 보이거나 무슨 일의 끝만을 잠깐 드러내 보이는 것을 이름.

461) 영위(靈位) : 혼백(魂魄), 신주(神主) 따위의 신위(神位)를 통틀어 이르는 말.

하루는 정씨가 문안을 마치고 중당(中堂)에서 모든 부인들과 함께 이야기를 나누었다. 이때 이씨가 바둑판을 가지고 나오자 정씨가 함께 승부를 다투었다. 이씨가 얼음과 옥같이 고운 손으로 바둑을 벌였다. 눈썹을 나직이 한 채 별과 같은 눈동자를 가늘게 뜨고 마치 붉은 비단으로 흰 옥을 묶어 세워놓은 것 같은 붉은 입술과 흰 치아 사이로 맑은 목소리를 내어 우아하고 정숙하게 말을 하니, 돌과 나무 같은 사람도 요동하게 할 만하
120 여 사랑하지 않을 사람이 없었다. 연달아 다섯 판을 이씨가 이기자 정씨가 무료함을 느끼다가 문득 희롱하는 말을 하였다.

"그대의 재주가 이와 같으시니 낭군의 사랑하심이 각별하여 간장이 탄다는 것이 거짓이 아닙니다."

이씨가 듣고는 정숙하게 대답하였다.

"현명하신 아우의 희롱이 제게 부끄럽고 창피함을 부추기니 다만 입을 닫고 답을 하지 않는 것이 옳겠습니다."

정씨가 스스로 말을 잘못한 줄 깨달아 문득 말을 하지 않았다. 이씨 또한 안색이 안 좋아지며 잠시 평안하지 못하고 혼미한 듯하였지만 옷깃을 단정히 하고 바르게 앉으니 그 냉담한 것이 차가운 매화와 같아서 계속 말을 붙이기 어려웠다. 좌우에 있던 사람들이 다 웃으며 이야기를 나누다가 흩어졌다.

이때 임씨가 또 아들을 낳았는데 임씨는 이미 세 명의 아들을 둔 상태였다. 어머니의 재주와 아버지의 얼굴을 본받아 모든 아들이 다 빼어나게 아름다우니[462] 사람들이 모두 그 복을 축하하였다. 그러나 이씨는 해가

---

462) 빼어나게 아름다우니 : {션인옥동[仙人玉童]}. '선인(仙人)'은 신선을 의미하고, '옥동(玉童)'은 옥경에 있다는 맑고 깨끗한 용모를 가진 가상적인 동자를 의미함. 문맥을 고려하여 이같이 옮김.

지나도록 부부가 다른 곳에 거처했기 때문에 잉태하는 경사가 없었다. 이에 운명이 이씨가 너무 맑고 순수하고 약하여 복이 갖추어지지 못하거나 팔자가 박복할까봐 늘 두려워하였으며 애석해하는 뜻이 깊어서 자식이 늦도록 없음을 매우 한스러워 하고 슬퍼했다. 아침 저녁 문안 때에 이씨 121
의 얼굴을 보면 정신이 어질 어질했지만 그래도 오히려 마음을 놓을 수 있었다. 그러나 이씨를 보지 못하면 시녀에게 이씨의 안부를 물어 평안하다고 하면 곧 미간을 펴고 담소를 했으며, 만일 평안하지 못하다고 하면 마음 속의 기쁨을 다 잃어 식음을 전폐하고는 허둥거리며 정신없이 행동하니 모든 형제들이 위로하였다. 운성이 웃으며 말하였다.

"너의 거동을 보니 나는 대장부로구나."

운경이 말하였다.

"내가 보기엔 까마귀의 자웅(雌雄)같아서 누가 나은지 분별하지 못하겠다."

모든 젊은이들이 큰 소리로 웃었다.

삼춘가절(三春佳節)에 승상이 잔치를 베풀어 태부인의 생신을 축하하였다. 태부인이 술에 반쯤 취하였을 때 승상이 일어나 모친께 잔을 올렸고 두 부인도 잔을 들었다. 화부인의 아름답고 우아한 자태와 석부인의 끝없는 광채가 젊은이들의 아름다움을 무색하게 하였다. 이에 부인이 각별히 기뻐하며 총애하여 말하였다.

"어진 며느리가 내 집에 들어와 가모(家母)가 된 것이 수십 년이다. 이제야 이르건대 행실이 높으니 어찌 아름답지 않겠는가? 집안이 평안하고 위아래로 화목한 것은 다 어진 며느리의 덕이다. 밖으로 나타내지 122
않지만 유순한 성품과 덕은 〈갈담(葛覃)〉 세 장[463]에 비견되리니 이 늙

463) 〈갈담(葛覃)〉 ~ 장 : 『시경(詩經)』의 「주남(周南)」에 있는 작품명. 문맥상 부인의 덕을 칭송하

은 어미의 기쁨이 적지 않다."

두 부인이 머리를 숙여 사례하고 물러나니 모든 손자와 손자며느리가 차례로 술잔을 올렸다. 손자들의 늠름한 골격과 훤칠하고 우아한 풍채, 그리고 손자며느리들의 조심스러운 예모(禮貌)와 고상하고 깔끔한 얼굴이 세상에 독보적이니, 윤부인이 그 자리에 참여했다가 칭찬하며 말하였다.

"오늘 어머님의 유복하심과 오라버님의 경사를 제가 새롭게 먼저 축하드립니다."

소부인이 웃으며 말하였다.

"그대는 천승지국(千乘之國)의 왕비이고 딸은 초방(椒房)의 귀함을 누리고 있습니다. 그대의 경사로서 어찌 이 조그마한 경사를 치하합니까?"

윤부인이 탄식하며 말하였다.

"비웃지 마세요. 딸아이가 황후의 자리에 있으나 슬하에 두고 사랑하는 것만 못합니다. 그러니 어찌 나의 부귀로써 오라버님의 평화로운 영화를 부러워하지 않겠습니까? 제 딸아이가 황후가 되었기에, 이른 아침부터 늦은 밤까지 걱정하였는데 하늘이 도우셔서 태자를 즉시 낳

123 으시니 마음이 평안하긴 하지만 아직 마음을 놓을 수가 없습니다."

운성이 웃으며 말하였다.

"숙모는 저희를 친 숙질(叔姪)과 다름없게 대하시지만 유생[464] 등은 모두 저희를 남이라고 말하고 황후 낭랑(娘娘)과 문언박의 부인은 끝내 우리를 피하고 보지 않습니다. 그러니 어찌 절친한 뜻이 있다고 하겠습니까?"

는 말로 쓰임.

464) 유생 : 윤부인의 아들들.

승상이 말하였다.

"윤씨 누이는 비록 우리를 칭하여 형제 자매지간이라고 명하지만, 너희와 유씨 조카들은 거리가 있는 사이이다. 그러니 어찌 규중(閨中) 여자를 자주 볼 수 있겠느냐?"

원래 윤부인은 승상의 은덕을 잊지 못하고 한가한 때만 있으면 칭호를 동기로 하여 태부인께 모녀지간의 예로써 대하였다. 그러나 그 자식들 간에는 골육지친(骨肉之親)이 아니고 또 윤씨를 태부인의 양녀라고 확실히 정한 것이 없으니 유생 등이 겉으로는 친한 척하여도 안으로는 소원하여 은인으로는 대할지언정 절친으로서의 은근한 정이 없었다.

소씨 집안의 모든 아들들은 본래 관대하고 어질기 때문에 극진히 유씨 형제를 사촌이라고 말했다. 그러나 유황후와 황후의 아우 그리고 문언박의 아내는 모두 소생 등이 자란 후에 대하였고 또 볼 기회가 없었으며 게다가 황후로 즉위한 후에는 자신의 친척(親戚)과 외척(外戚)[465]을 국가에 아뢰게 되니, 더욱 소씨 집안과 서먹하게 되었다. 그러나 윤부인이 모든 자녀들을 엄하게 꾸짖고 유학사에게 맹세하며 말하였다. 124

"만일 소현성이 아니었다면 어찌 오늘이 있었겠습니까? 비록 나라에서 막는다고 해도 저는 끝까지 소승상 모자와의 결의(結義)를 상하게 하지 않을 것입니다."

그러고는 더욱 양태부인께 효성으로 대하고 승상과 더불어 동기간의 정을 두텁게 하니 유공이 감동해서 사위로서의 도리를 극진히 하였다. 그러나 유생 등은 은인이라고 말할 뿐 안에 들어와 부인들을 뵙지도 않으니, 소승상이 인정 없는 것을 보고 다만 알고 지내던 의리상[466] 조카뻘

465) 친척(親戚)과 외척(外戚) : {ᄂᆡ외족부[內外族父]}. 문맥을 고려하여 이같이 옮김.

되는 친척이라 칭할 뿐 구태여 친 조카로 여기지 않았다. 이렇게 하여 유생 등이 소생 등과 더불어 사촌의 의를 끊게 되었다. 모든 젊은이들이 배은망덕하다고 하자 소승상이 말하였다.

"왕평장(平章) 부인 가씨와 그 밖에도[467] 평장이 나의 덕을 입은 것이 윤씨보다 훨씬 많음에도 불구하고 그 자식과 더불어 한 달에 한번도 와서 보지 않고 소원하게 지내어 남이 되었다. 그러나 윤씨는 지금까지 나와 더불어 형과 누이의 관계를 유지하면서 한 달에 열흘은 어머니께 와서 지내며 은혜와 덕을 갚았다. 또 그 자식 대에 이르러는 우리를 은
125 인으로 여기며 극진히 섬겼고 너희와 더불어 애정을 갖고 친하게 지내고 있으니 은혜를 저버린 것이 아니다. 짐짓 사촌이라고 한다면 지나치게 명교(名敎)를 넘는 것이니 피차 이상할 것이다. 옛날 삼결도원(三結桃園)[468]도 만고에 굳은 약속이었지만 성(姓)을 고치지 않았다. 대신 장비의 자식으로써 후주(候主)의 처를 삼았다.[469] 친 골육도 여러 대(代)가 지나면 소원해지는 것인데 하물며 다른 가문인데 소원하다고 하여 그것을 말하겠느냐? 목숨을 구해준 사람을 끝까지 형과 누이 사이라고 칭하고 모녀 사이라고 말 하면 되었지 어찌 그 자식까지 친척(親戚)이 되라고 하겠느냐? 게다가 저들이 우리를 까맣게 잊어버린 것도 아니다. 오가며 서로 만나는 일이 잦고 서로 친절하게 하며 말마다 감

466) 알고 ~ 의리상 : {통가지의(通家之儀)}. '통가(通家)'는 대대로 서로 친하게 사귀어 오는 집안을 의미함. 문맥을 고려하여 이같이 옮김.

467) 그 밖에도 : {다뭇}. '다만'의 전라도 방언으로 다른 것이 아니라 오로지의 의미로 쓰임. 혹은 앞의 말을 받아 예외적인 상황이나 조건을 덧붙일 때 쓰이기도 함. 문맥을 고려하여 이같이 옮김.

468) 삼결도원(三結桃園) : 젊신을 삼으며 지내던 유비가 관우와 장비의 싸움을 화해시키고 세 사람이 의형제를 맺어 죽을 때까지 충절을 지키자고 맹세한 일. 도원결의(桃園結義)라고 부름.

469) 대신 ~ 삼았다 : 장비의 딸을 유비의 아들인 촉한의 후주(候主) 유선(劉禪)에게 시집보낸 일을 가리킴.

격스러운 말을 하고 거동 또한 형제사이 같은데 어찌 배은망덕하다고 꾸짖겠느냐? 이는 유생 등이 마음 씀이 좁고 법제(法制)를 정하는 폭이 적은 것일 뿐 무례한 것은 아니다. 그러니 너희는 복잡한 말을 하지 말거라."

모든 젊은이들이 묵묵히 답이 없었다.

이 날 운성이 참지 못하여 이런 말을 하니 윤부인이 매우 부끄러워하며
자녀들의 고집을 한탄하였다. 원래 유생 등이 비록 아름답긴 하지만 인 126
자한 풍모가 없어서 소씨 가문과의 친족의 예를 그치게 되었다.

이 날 종일토록 즐기고 석양 무렵에 사람들이 흩어지는데, 운명이 석양에 빛나는 이씨의 얼굴과 청아한 풍채를 보고는 이씨에 대한 생각이 한층 더해졌다. 이에 화부인이 민망하고 안쓰러운 마음이 들어서 이씨를 데려오고자 했으나 감히 어떻게 말씀은 드리지 못하고 애만 태웠다.

어느 추운 날 한상서가 석양에 들어와 태부인을 모시고는 밤이 깊도록
물러나지 않고 술과 안주를 들이며 날을 새려 하니 이씨가 있을 곳이 없
어서 선향당으로 갔다. 시누이들이 다 어려서 이씨를 대접하려는 예를 보
이지 않고 매우 서먹하게 대하였다. 난간머리에 비껴 서서 밝은 달을 바
라보니 마음이 슬퍼졌다. 주변에 인적이 드물고 맑은 바람이 불어 수가
놓인 장막이 흔들리며 초승달의 밝은 빛이 구슬발에 비치니, 부모 생각도 127
나고 또 시어머니가 온화함이 부족하여 이렇게 외로운 때에도 감히 모시
고 자지 못하는 것이 한스러워서 탄식이 나왔다. 자신의 팔자가 기구한
것이 슬퍼 시비 춘앵을 불러서는 깊이 흐느끼며 몹시 슬프게 말하였다.

"내가 일찍이 한 부모의 딸로 태어나 갖은 고생을 겪은 후 번성한 가문에 의탁하게 되었다. 소씨 집안의 은혜가 매우 커 부모의 제사도 지내

주고 나를 분에 넘치게 대접해 주지만 이런 때가 되면 매우 거리감이 느껴지게 되니 장차 어디로 가서 지내야 한단 말이냐? 슬픈 마음이 생기니 그것을 제어하기가 어렵구나. 저 달이 부모님의 무덤을 비추는 것 같으니 또 내 오장이 끊어지는 듯하다. 애가 타는 것이 이와 같으니 얼마나 오래 살겠느냐? 속이 바싹 말라서 죽을 것 같다."

춘앵 역시 슬퍼하며 말했다.

"존당과 승상께서 너그럽게 대하여 주시고 정당(正堂)의 화부인 또한 사랑해 주시지만, 화부인은 성격이 매몰차셔서 겉으로는 친한 척하면서도 안으로는 거리를 두시는 것 같습니다. 이렇게 외로운 때 석부인 같은 분이라면 소저가 어찌 가서 뫼시고 밤을 함께 지내지 못하시겠습

128 니까마는 감히 그렇게 못 하시니 구구절절이 소저의 팔자는 남과 같지 못한 것 같습니다."

이씨가 탄식하며 말하였다.

"어머님께서 지금쯤 잠자리에 드시는 때이기 때문에 감히 내가 가서 놀라시게 하지 않는 것이지 어찌 겉으로는 친한 척하면서도 안으로는 거리를 두시기 때문이겠느냐? 너는 말을 경망스럽게 하지 마라."

원래 화부인이 모든 며느리를 사랑하는 것 같으면서도 사람의 그릇이 크지 못하여 매우 거리감 있게 대하였다. 평소에 침상에서는 절대 보지도 않고 모든 일에 예를 갖추어 대답하니 며느리들이 다 모시는 것을 싫어하고 꺼리는 일이 많았다. 그래서 며느리들도 모두 화부인과 관계가 서먹했으며 공경은 하면서도 마음으로는 전전긍긍(戰戰兢兢)하며 지내게 되고 평안할 때가 없었다.

반면 석부인은 며느리들을 거느리는 데 있어서 친밀히 대하고 사랑해

주는 것이 친딸보다 못하지 않으니, 때때로 며느리들을 불러 길쌈도 시키고 수놓기도 가르쳐주며 글도 읽게 하여 듣기도 했다. 또 눈앞에서 잡다한 놀이도 하게 하니 위아래가 서로 화평하여 좋은 기운이 가득했다. 이렇게 담소를 나누고 즐기면서도 조금도 예의에 어긋나는 것이 없으니 모든 며느리들이 두려워하면서도 정성스럽게 대하기를 친어머니를 섬기는 것보다 더 하였다. 춘앵 역시 이것이 부러워 이 날 이씨와 함께 진심으로 탄식했다.

이때 소운명이 존당(尊堂)에서 나오다가 선향당 난간 사이에서 은은한 129
말소리가 들리는 것 같아 걸음을 멈추고 들으니, 그 것은 바로 이부인이 슬픈 마음을 춘앵과 함께 나누는 소리였다. 생이 이를 듣고는 또 새삼 이씨가 애처롭고 불쌍하여 가만히 그 뒤로 걸어가서 이씨를 붙들며 말하였다.

"부인은 달이 밝은 밤에 한낱 시비와 함께 이야기를 나누고 계십니까?"

이씨가 조금의 움직임도 없이 정색을 하고 말하였다.

"낭군께서는 무례하십니다. 부부란 것이 비록 친한 관계라고는 하지만 어찌 이렇게도 무례하십니까? 제가 예를 갖춰 낭군과 혼인했으니 군자께서는 저를 천대하지 마십시오."

생이 사례하며 말하였다.

"부인의 지극한 말씀이 나의 무식함을 밝혔습니다. 이후로는 마음에 굳게 새기고 경계하여 삼가 조심하겠습니다."

이씨가 또한 사례하고는 춘앵에게 눈짓으로 술과 안주를 가져오라고 하니 생이 웃으며 말하였다.

"부인이 나를 이렇게 대하니 내가 비루한 사람인 것 같아서 부끄럽습니다. 그래도 구차하지만 바라는 바는 내가 부인에게 은혜를 끼친 사람이니 비록 싫고 괴로워도 잠깐이나마 마지못해서 해주는 것이라도 좋으니 은혜와 덕을 갚으셨으면 합니다."

이씨가 옷깃을 여미며 자세를 바로 한 후 말하였다.

130 "기질이 지혜롭지 못한 제가 그대의 아내가 되어 고귀한 부인이 되었습니다.[470] 또한 시부모님의 은혜가 하늘과 같아서 외람됨을 다 용납하셨고 군자의 밝은 덕은 선친에게까지 미쳤으니 이 은혜 삼생(三生)을 살아도 갚기 어렵습니다. 그러니 어찌 감히 싫어하여 꺼리겠습니까? 다만 박명한 사람은 하는 일마다 순탄치 않아서 액운이 끼니, 할머님께서 이것을 매우 근심하시어 저를 협실로 옮겨 액을 막으려 하셨습니다. 제가 이에 감격하여 더욱 군자를 잘 보필하고 기쁘고 즐겁게 살아야지 하는 뜻을 마음에 새기고 할머님의 존엄하신 명을 받들어 따른 것입니다. 그런데 이렇게 책망하시니 부끄러움을 참지 못하겠습니다."

생이 말없이 있다가 잠시 후 탄식하며 말하였다.

"부인의 흰 옥과 같은 심장은 갈수록 얼음같이 얼고 황금같이 굳어지니, 비록 풍류를 아는 선비라 한들 어찌 감히 범하겠습니까?"

나직이 자신의 마음을 말하니 쇠나 돌로 된 심장을 지닌 사람이라도 능히 그 말을 따르게 만들 만하였다. 그러나 이씨가 옥 같은 얼굴을 바르게 하고 목소리를 온화하게 한 후 자신의 뜻을 고치지 않고 조용조용 말을
131 하니 마치 심장이 쇠나 돌로 된 사람같이 보였다. 생이 매우 애석하여 차마 일어나지 못하자 이씨가 민망하여 진심으로 권하며 돌아가라고 하는

---

470) 고귀한~되었습니다 : {봉관항녈[鳳冠行列]이 되디 아니리오마는}. '봉관(鳳冠)'은 봉황의 장식이 있는 예관(禮冠)으로, 한(漢) 때에는 태황태후(太皇太后)·황후가 종묘에 들어가 예를 올릴 때만 썼는데, 후에는 귀족 여자와 내명부도 썼으며 평민의 딸이 시집갈 때에도 썼음. 문맥을 고려하여 이같이 옮김.

모습이나 또 스스로 피할 곳을 찾지 못하여 당황해하는 모습이 마치 꽃이 바람을 만나고 달이 구름에 싸인 것 같았다. 빛나는 영롱한 자태와 얼음 같고 수정 같은 풍채와 태도가 난초에 무르녹으니 생이 마음이 어리석어지고 뜻이 녹아져서는 속절없이 두 눈으로 소저의 자태를 바라볼 뿐이었다. 이것을 보고 춘앵은 매우 감격스러워했지만 이씨는 신경도 쓰지 않고 비단 치마를 떨치며 비취빛 소매를 모으고는 가볍게 걸어 안으로 들어가서 석파가 있는 곳으로 갔다.

이때 석파가 자고 있으니 이씨가 또한 곤란하여 문 밖에 앉아 있다가 한상서가 승상과 함께 나가자 취성전으로 들어갔다. 태부인이 웃으며 말하였다.

"마침 길게 이야기를 나누다가 네가 있을 곳이 없다는 것을 알고 물러났다. 혹 몸이 축나지는 않았는지 걱정이 되는구나."

이씨가 자세를 고쳐 앉으며 자신을 걱정해주신 것에 감사를 드리고 대답을 하는데, 그 태도가 온순하고 공손하면서도 애처로우니 태부인이 이씨를 더욱 어여쁘게 여기셨다.

이러구러 다음 해 첫 날에 승상이 궐에 들어가 임금께 하례(賀禮)를 드 132
리고 난 후에 여러 아들과 더불어 묘당(廟堂)으로 나와 여러 대신들과 함께 신년인사를 마쳤다. 그러고 나서 향은주를 부은 잔을 돌려 추위를 피한 후 모임을 파하고 돌아갔다. 여러 관료들 가운데 아들을 데리고 온 사람들이 많았지만 승상의 위엄과 지위와 명성을 당할 사람이 없었다. 또 운성과 운희 등 여섯 아들이 다 일대에 이름난 선비로서 높고 맑은 명망을 몸에 지닌 채 금으로 꾸민 안장과 옥으로 된 장식[471]을 하고 추종들과

471) 옥으로 된 장식 : {옥뉴[玉瑬]}. '류(瑬)'는 면류관의 늘어뜨린 옥 장식을 말함.

벽제(辟除)[472]를 나란히 하고는 부친의 뒤에 서 있었다. 그러니 마치 티끌이 해를 가리는 듯했으며, 좋고 깨끗한 의복과 뛰어난 풍채는 만조백관(滿朝百官) 중에서 빼어났다. 팔왕과 구준(寇準)[473] 등이 소공의 복이 당나라 때 곽자의(郭子儀)[474]보다 더하니 진실로 복이 무성하고 가득 찬 것이 대단하다고 말하며 부러워하였다.

승상이 자운산에 돌아와 태부인을 뵙고 모든 아들들과 함께 조복(朝服)
을 입은 채 줄지어 늘어서니 씩씩한 풍채와 용모와 늠름한 골격이 새삼
좋아보였다. 또한 모든 아들 며느리들이 곱게 화장한 채 옷을 갖춰 입
고[475]는 어깨를 나란히 하고 줄지어 서 있으니, 꽃 같은 얼굴과 얼음과
달 같은 자태, 가느다란 허리, 날렵한 어깨, 뛰어난 풍채, 깨끗한 기질이
133 어느 누구보다도 특출하였다. 이에 태부인이 기쁨을 이기지 못하여 눈썹
에는 기쁜 빛을 역력히 띠고 양쪽 어깨를 들썩이며 웃고는 말하였다.

"오늘날 너희들이 집안에 가득한 모습을 보니 하늘에 돌아가 선친을 만나도 할 말이 있고 살아서도 한이 없을 것 같다."

모든 손자와 손자며느리가 다 처연(凄然)해 하면서 인사를 했다.

이때 운경 등이 그 부인들이 단장하여 남다르게 아름다운 태도가 새로운 것을 보고 가만히 눈을 들어 바라보았다. 운성은 어려운 소원이 이루어져[476] 부부가 다시 모인 후에는 여러 사람 가운데서 엄숙한 것이 승상과 다를 바가 없었다. 그러나 유독 운명은 마음의 뜻을 굳게 세우지 못하

---

472) 벽제(辟除) : 지위가 높은 사람이 행차할 때 구종(驅從) · 별배(別陪)가 잡인의 통행을 금하던 일.

473) 구준(寇準) : 송(宋)대의 명 재상(宰相).

474) 곽자의(郭子儀) : {곽 정공}. 중국 당(唐)의 실존인물 곽자의(郭子儀 : 697~781)를 가리킴. 안녹산의 난을 평정하고 높은 공을 세워 분양왕에 봉해져 영화를 누린 인물임.

475) 곱게 ~ 입고 : {응작셩식}. '응장성식(凝粧盛飾)'의 오기임.

476) 어려운 ~ 이루어져 : 형씨가 쫓겨났다 되돌아 온 일을 가리킴.

여서 더욱 이씨를 잊지 못하고 두 눈이 이씨에게 향하여 있으니 모두들 서로 바라보며 웃음을 머금었다.

승상이 나간 후 모든 생들이 운명을 희롱하며 말하였다.

"너는 어찌 이부인을 지나치게 바라봐서 아버님이 이상하게 생각하시도록 하느냐?"

생이 웃으며 답을 하지 않으니, 태부인이 나오라고 하여 경계하고 꾸짖어 말하였다.

"너는 모름지기 경박한 행동을 하지 말고 행동거지를 높고도 무겁게 해야 할 것이다. 그런데 무슨 까닭인지 하는 행동마다 잘못된 것이 많
고 염치 불구하고 하는 행동들이 많으니 정말 한심하구나. 불과 몇 년 134
후면 너희 부부를 함께 지내도록 할 것이니 지나치게 염려하지 말거라."

생이 공손히 절할 뿐 말이 없었다.

이때 나라에서는 진종황제가 간신 왕흠약(王欽若)[477]에게 일체의 권한을 주고 말만 하면 모두 다 들어주셨다.[478] 그러던 중 황제가 위보동대로 놀러 갔다가 대요(大遼)[479]의 무리에 싸이게 되니 나라가 위태해졌다. 조정은 두어 명의 대신만이 지키고 나머지 대신들은 다 황제를 호위하며 따라갔으므로 소승상이 태후, 황후와 태자를 보호하고 왕도(王都)에 있으면서 각 처에 급히 알리는 글을 보내어 황제에게 충성을 다하라고 했다. 그리고 한편으로는 십만 명의 병사를 모아 보내고 조정에서 정사를 의논하게 되었다.

---

477) 왕흠약(王欽若) : 북송(北宋) 진종조의 재상.
478) 말만 ~ 들어주셨다 : {언통계죵ᄒᆞ시매}. '언청개종(言請皆從)'의 오기로 보임.
479) 대요(大遼) : 거란족이 세운 국가. 대요국(大遼國) 혹은 대거란국이라고 함.

이때 또 운남국이 반역하여 쳐들어와서 일의 낌새가 매우 위급하다는 보고가 있으니 승상이 탄식하며 말하였다.

"군사가 사방에서 일어나고 주상은 적에게 싸여 있으니 나라가 위태하며 성쇠(盛衰)의 위급함[480]이 있는데 운남국이 또 반역하여 미친 기운을 일으키니 어찌 다스려야 하겠는가?"

구공이 답하였다.

"주상이 비록 적에게 포위되어 계시지만 삼군(三軍)[481]의 양 군대가 군
135 사를 일으켜 갔고, 또 팔대왕의 십만 군사가 갔으니 전쟁에서 이기는 것은 손바닥 뒤집기처럼 쉬운 일입니다. 그러니 근심하지 말고 우리 둘 중 한 사람이 운남을 치러 가는 것이 좋을 듯합니다."

소승상이 말하였다.

"공의 말씀이 맞긴 하지만 제가 어젯밤에 천체가 변화하는 여러 형상을 살펴보니 운남왕의 기운은 허약하여 크게 근심할 만한 것이 아니었습니다. 그러니 주상이 나라로 돌아오신 후에 가서 쳐도 늦지 않을 것으로 생각됩니다."

구공이 말하였다.

"그렇지 않습니다. 옛말에 이르기를 배가 고파서야 밭을 갈고 목이 마르게 되어서야 우물을 파면 미처 배고픔과 갈증을 면하지 못한다 하였습니다. 운남이 비록 무지하지만 크게 미친 짓을 하려는 기운이 일어 삼십만 명의 무리를 이끌고 쳐들어오니 가히 적은 수의 도적이 침략하

480) 성쇠(盛衰)의 위급함 : {쇼쟝(消長)의 급흠}. 소장(消長)이 쇠하여 사라짐과 성하여 자라남을 의미하므로 문맥을 고려하여 이같이 옮김.

481) 삼군(三軍) : {삼관}. '삼군(三軍)'의 오기로 보아 이같이 옮김. '삼군'은 예전에 군 전체를 이르던 말.

는 것이라고 할 수 없습니다. 만일 이대로 내버려두면 점점 융성해져서 한번에 제어하기 어렵게 될 것입니다. 주상이 돌아오시기를 기다리기에는 너무 시간이 많이 남았으니 마땅히 신속하게 병사를 일으켜 치는 것이 좋겠습니다. 그러니 공은 생각해보십시오."

소승상이 말하였다.

"말씀이 맞습니다만 삼군의 병력(兵力)이 이미 다 출정하였고 황성에는 어림군(御臨軍)[482]만 있으니 격서(檄書)를 지어서 군사를 모으는 한편 우리 두 사람 중 한 사람이 직접 가서 운남국을 쳐야 할 것입니다."

구공이 옳다고 하였다. 소승상이 정사(政事)를 파하고 집에 돌아와 모 136
친께 인사를 드리며 모친이 연세가 많이 드신 것을 보니 슬하를 떠나야
한다는 것을 차마 말하지 못하였다. 그리하여 눈썹을 찡그리며 오래 주저
하였다. 그러나 계속 생각해보니 나라의 은혜가 더 컸다. 이에 얼굴빛을
좋게 하고 무릎을 꿇은 채 아뢰었다.

"제가 일찍이 성현의 글을 읽었고 어렸을 때부터 어머님의 밝은 교훈을 받았는데, 이르기를 '효는 힘을 다하고 충은 죽기를 돌아보지 않는다[483]'하였습니다. 깊이 옛 글을 마음 속으로 새겨보건대, 불행하게도 주상은 요적에게 싸여계시고 운남국은 미친 듯이 쳐들어오는 상황이니 마땅히 누군가는 가서 쳐야 할 것입니다. 그런데 구공은 병(病)이 많으니 적을 치다가 큰일을 그르칠까 걱정스러워 소자가 무리를 이끌고

---

482) 어림군(御臨軍) : 왕이나 왕후를 호위하는 군사.

483) 효는 ~ 않는다 : 『논어(論語)』 「학이(學而)」 편 "어진이를 어질게 여기되 색(色)을 좋아하는 마음과 바꿔하며, 부모를 섬기되 능히 그 힘을 다하며 임금을 섬기되 능히 그 몸을 바치며, 붕우와 더불어 사귀되 말함에 성실함이 있으면 비록 배우지 않았다고 말하더라도 나는 반드시 그를 배웠다고 이르겠다[賢賢易色, 事父母, 能竭其力, 事君, 能致其身, 與朋友交, 言而有信, 雖曰未學, 吾必謂之學矣]."라는 구절에서 왔음.

도적을 치려합니다. 집 안에서는 모자의 정이 중하지만 몸이 임금을 섬기는 자이니 사사로운 정을 다 헤아리지 못하겠습니다. 어머님 슬하를 떠나 장차 멀지 않아 출사할 것입니다. 그래도 효를 행하려는 마음
137 은 비할 데 없습니다. 미친 도적이 족히 상대할 정도도 되지 않으니 일년이 지나지 않아서 승리를 아뢰며 돌아오겠습니다. 어머님은 지나치게 염려하지 마십시오."

말씀을 마치니 좌우에 가득하던 사람들이 뜻밖의 일에 크게 놀라 얼굴빛이 흙빛이 되었다. 그러나 태부인은 조금도 요동함이 없고 낯빛 또한 변치 않으면서 엄하고도 절도 있게 말하였다.

"군신유의(君臣有義)는 오륜(五倫)가운데 가장 으뜸이다. 네가 일찍이 주상의 은혜를 입었기에 여태껏 대신으로 지내는 것이고 여러 아들이 다 관직과 녹봉이 과중한 것이다. 그러니 마땅히 충성을 다하여 나라에 은혜를 갚아야지 어찌 사사로운 정을 돌아보려 하느냐? 하물며 주상께서 허락하셔서 네가 평소에도 내게 효를 극진하게 행하였으니 국가가 위태로운 지경에 있을 때 충성을 행하는 것은 당연하다. 너는 생각이 낡고 쓸모없는 선비처럼 변변치 못한 행동을 하지 마라."

승상은 기쁘게 말씀을 받들고 이에 결심하여 구공에게 답을 보내었다. 그리고는 즉시 장수를 모으니 삼일 만에 이십만 대군이 소승상의 휘하에 모이게 되었다. 승상이 황후께 나아가 아뢰니 황후가 친히 보시고는 상방검[484]을 주시고 승상에게 대도독(大都督)[485] 제로(制虜) 도총병(都總兵)의

484) 상방검 : 대장군 혹은 대원수가 되어 출전할 때 임금이 하사했던 칼의 일종. '상방보검'으로 지칭하는데, 임금의 권위를 상징하는 역할을 하여 부하나 군졸 등이 명을 거역할 때 임금에게 보고하지 않고 대장군 마음대로 그들의 생사를 주관할 수 있도록 했음.

485) 대도독(大都督) : 옛 중국에서 전군을 지휘하고 통솔하던 벼슬.

지위를 맡기시며 백모(白旄)486)와 황월(黃鉞)487)을 내려주시니 승상이 은 138
혜에 감사를 드렸다. 그러고는 조정(朝廷) 대신들을 모은 자리에서 구공에게 말하였다.

"조정의 모든 정사가 현형께 달려 있으니 형은 바라건대 정치를 잘 하여 백성을 편하게 하고 주상이 돌아오시기를 기다려 뜻을 아뢰십시오."

구공이 말하였다.

"궁궐 안의 백성을 다스리는 것에 관해서는 형께서 제게 당부하지 않으셔도 잘 할 것이고, 궐 밖에서 적국을 치는 일은 제가 형께 당부하지 않아도 잘 하시리니 형은 안심하십시오."

드디어 소승상이 황제에게 바치는 글 하나를 추밀사(樞密使)488) 여운에게 주며 말하였다.

"나중에 주상께 드리면서, 소경이 변방이 위급하여 하직인사를 못 드린 것을 사죄한다고 전해주시오."

말을 마치고 자운산으로 돌아왔다.

486) 백모(白旄) : 장대 끝에 쇠꼬리를 장식한 군기로 전군을 지휘할 때 씀.
487) 황월(黃鉞) : 반역한 자를 토벌하는 장군에게 내리는 노란색의 도끼.
488) 추밀사(樞密使) : 옛날 중국에서 군사에 관한 일을 관장한 정부기관이 추밀원(樞密院)이고 추밀사(樞密使)는 그곳의 장관을 가리킴.

소 현 성 록

11권

1 화설(話說).[489] 승상이 자운산에 돌아오니 집안 위 아래 사람들의 온화한 기운이 다 사라지고 울음을 터뜨릴 것 같은 빛을 하고 있었다. 승상이 이미 대장이 되었지만 융복(戎服)[490]을 입지 않고 다만 푸른 두건에 초록빛 두루마기를 입고 병부(兵部)의 황금 도장만 차고 들어와서 모친께 하직 인사를 고하였다. 승상이 가만히 눈을 들어 태부인의 기색을 살펴보니 태부인의 얼굴빛은 태연하였고 조금도 슬픈 기운을 띠지 않고 있었다. 태부인이 기분 좋게 작은 술자리를 열어 전송하니 모자가 서로 마주앉아 술을 마시며 담소를 태연하게 나누는데, 이씨와 석씨 두 노파가 탄복하며 멀리 헤어지게 된 것에 대한 슬픔을 말하였다. 이때 시어사(侍御史)[491] 운경과 병부상서 운성이 나와 아뢰었다

"아버님께서 명을 받들어 만 리까지 행차하시니 소자들도 뒤를 좇아서 적은 계교나마 내어 조금이라도 돕고 싶습니다. 그러니 군대의 행차에 따라가겠습니다."

승상이 말없이 생각하다가 잠시 후 말하였다.

"너희는 모두 나이가 어리고 혈기가 아직 안정되지 않았으니 풍토(風
2 土)[492] 때문에 상하기 쉬울 것이다. 어찌 가볍게 종군(從軍)하려 하느냐?"

두 사람이 다시 꿇어앉아 간절히 말하였다.

"아버님께서는 타국의 전쟁터에 가시는데 소자 등이 여러 형제들과 더불어 국가의 녹을 먹으면서도 충효를 모두 저버린다면 무슨 면목으로

489) 화설(話說) : 고대 소설에서 이야기를 시작할 때 쓰는 말.
490) 융복(戎服) : 철릭과 주립으로 된 옛날 군복의 한 가지.
491) 시어사(侍御史) : 어사대에 속한 종오품 벼슬.
492) 풍토(風土) : {슈퇴[水土]}. 물과 흙, 또는 물과 풍토를 의미함.

사람들 사이에 서겠습니까? 살고 죽는 것에 다 운명이 있는데 어찌 풍토 때문에 큰 의리를 잃겠습니까? 아버님께서 만일 구태여 데려가지 않으신다면 차라리 눈앞에서 죽기를 원합니다."

소승상이 길게 한숨을 지으며 말하였다.

"내가 본래는 서생(書生)이지만 적진으로 달려가는 것은 국가의 은혜를 갚으려 하는 것이고 너희가 이러는 것도 사리에 옳은 일이다. 내가 어찌 아비가 되어서 구태여 막겠느냐? 그러나 운경은 기질도 약하고 또 집안의 맏아들이니 마땅히 집안에 없어서는 안 될 것이다. 그러니 삼가 할머님을 받들어 집안 일을 다스리도록 하여라. 운성은 기질이 견고하고 강하여 군중에서 쓰일 일이 많을 것이니 나를 따라 가도록 하자."

운성이 매우 기뻐하며 감사하였고, 운경은 다시 한번 따라가게 해달라고 청했지만 승상이 허락하지 않자 눈물을 머금고 물러났다. 술이 두어 차례 돌게 되자 태부인이 술을 부어 승상에게 주며 말하였다.

"병기(兵機)는 흉기이다. 너는 마땅히 군사를 거느림에 있어서 조금도 3
도를 넘어서지 말고 장수와 졸개들을 어여삐 여겨라. 그리고 사졸을 치지 말며 나라에 이로운 자는 비록 네게 미운 짓을 해도 반드시 칭찬을 하고 상을 중히 주거라. 잘못이 적다고 해도 벌을 미덥게 하여 형벌을 위엄 있게 하고, 마음 쓰기를 공정하게 하며, 칭찬하고 상주기를 공정하게 하는 등, 어질게 하기를 힘쓰되 해이하게 하지 말거라. 이르는 곳마다 조심하고 만전을 기하여 몸이 위험한 곳을 밟지 않도록 하며 인과 의로써 적을 평정한 후 돌아오면 이 늙은 어미는 죽어도 한이 없을 것이다. 그러나 만일 잔인하고 난폭하게 하여 이기고 돌아오면 나는 결코 너를 보지 않을 것이다. 그러니 너는 나의 말을 마땅히[493] 저버리지 말고 선조를 욕보이지 말거라."

승상이 공경하여 명을 받들고 술을 먹는데, 효자의 지극한 성정에 감동하여 차마 술을 마시지 못하고 머리를 숙이고 공손히 대답하기만을 오래 하다가 잔을 기울였다. 그러고 나서 일어나 하직하는데 눈물 두어 줄기가 비단 두루마기에 떨어지는 것도 알지 못한 채 말하였다.

4 "어머님의 가르침을 삼가 마음에 새기겠습니다. 일 년 내에 돌아오겠사오니 귀하신 몸을 한결같이 살피시어 평안하십시오."

좌우의 모든 자녀들과 며느리 그리고 윤부인과 소부인 두 부인이 모두 슬픔을 억지로 참았다가 승상이 슬퍼하는 것을 보고 일시에 눈물을 옷에 떨어뜨리며 흐느끼는 소리를 그치지 않으니 승상이 홀연 눈물을 거두었다. 태부인이 꾸짖으며 말하였다.

"네가 이제 대장군(大將軍)이 되었으면서도 눈물을 이렇게 줄줄 흘리니 어떻게 거느리는 무리를 돌보겠느냐?"

승상이 다시 절하고 소부인과 윤부인 두 누이와 더불어 이별을 하는데, 소부인은 무사히 돌아오기만을 말하고 눈물을 흘리며 물러났다. 승상이 모든 며느리들을 불러 잘 지내라고 말하고 손자들을 불러 일일이 안고 가상히 여기면서 연연하여 어머니 앞을 차마 떠나지 못하였다. 그러다가 물러나 중당(中堂)으로 나와서는 시녀에게 명하여 두 부인을 모셔오라고 하였다. 소승상이 팔을 들어 자리를 정하고 한번 눈을 들어 그 기색을 바라보니, 화부인은 맑은 눈물로 꽃 같은 뺨을 적셨지만 석부인은 행동거지가 평소와 같으며 조금도 근심스러운 빛이 없었다. 승상이 말하였다.

493) 마땅히 : {맛망이}. 오기로 보아 이같이 옮김.

"나라의 운명[494]이 불행하고 임금이 근심 속에 계시니 신하된 자가 평
안을 얻기 어렵습니다. 내가 평소 임금께서 나를 알아주신 덕을 갚고 5
자 만리 적국에 들어가 전쟁을 하게 되었습니다.[495] 사람의 죽는 것은
하늘에 달린 것이니 근심할 것이 아닙니다. 그러나 정예 병사와 용맹
한 장수가 다 없고 나 또한 군사 업무를 잘 알지 못하니 국가의 대사를
그르쳐 온 집안에 근심이 생길까 두렵습니다. 그렇지만 어떻게 할 방
도가 없어 오늘 출병하는 길입니다. 두 부인은 지나치게 염려하지 말
고 오직 어머님을 받들어 마음의 근심을 위로하십시오. 근심스러운 빛
으로 어머님의 슬픔을 돋우지 말고 편히 모시면 이는 한갓 부인의 덕을
다하는 것일 뿐 아니라 또한 나를 매우 감격하게 하는 것일 겁니다. 운
성이 함께 가기를 청하니 데려 갑니다. 부자가 서로 의지하면 군중에
서의 외로움은 적겠지만 석부인과 형씨의 마음은 한 층 더 걱정스러울
것입니다."

화부인이 슬픈 눈물을 줄줄 흘리며 겨우 말하였다.

"저 같은 쓸모없는 사람이 승상의 본처가 되는 것이 본래 가능한 일이
아니되 공의 은혜를 입었습니다. 공께서 불행하게도 불모지로 향하시
니 첩의 마음은 끊어지는 듯합니다. 만일 승전하였다는 소식을 듣지 6
못하면 죽어서 당당히 승상의 뒤를 따르겠습니다."

소승상의 안색이 갑자기 변하였다. 석부인이 옷깃을 여미고 소리를 온유하게 하여 말하였다.

"남자가 몸을 국가에 허락함에 있어서 사지(死地)를 사양하지 않을 것

---

494) 나라의 운명 : {국은}. 국운(國運)의 오기로 보아 이같이 옮김.

495) 전쟁을 ~ 되었습니다 : {봉(鋒)을 ᄃᆞ토매}. '봉(鋒)'이 창, 칼 따위의 날을 의미하므로 문맥을 고려하여 이같이 옮김.

입니다. 승상이 군대를 인솔하여 가게 된 것은 집안으로서는 불행이지만 무사히 돌아오시게 되면 오늘의 슬픈 일이 바뀌어 경사가 될 것입니다. 대장부가 군융(軍戎)[496] 대원수(大元帥)가 되어서 아녀자와 더불어 이별하는 것을 거리끼는 것 또한 자질구레한 일입니다. 바라건대 군자는 국가의 위엄을 빌어 적들을 깨뜨리고 일찍 돌아오시기를 원합니다. 어머님께 맛있는 음식을 드리며 봉양하는 것은 어찌 군자의 이르심을 기다리겠습니까? 아무쪼록 이런 염려는 하지 마십시오."

승상이 칭찬하며 감사의 말을 하였다.

"부인의 통쾌한 말을 들으니 저의 꽉 막힌 마음 속 생각이 시원해집니다. 하물며 성아[497]의 기색이 원대하여 전진(戰陣) 사이에 가서도 족히 아비를 구하고 적을 깨뜨릴 것이니 이 또한 부인의 덕이라고 하겠습니다."

석부인이 안색을 바르게 하고 단정히 앉아서 조금도 근심스러운 빛을
7 두지 않았다. 승상이 또한 다시 할 말이 없어서 소매를 떨치고 밖으로 나가며 팔을 들어 두 부인에게 들어가 어머님을 모시라고 하였다. 모든 자녀들이 아버지를 따라가 전송하는 동안 운성이 홀로 떨어져 할머님과 이별하고 모친께 하직하니, 석부인이 두 눈에 눈물이 가득 고인 채 운성의 등을 어루만지며 타일러 말하였다.

"대장부가 군명(軍命)을 받들면 집을 잊고 북소리를 들으면 머리를 베일까 하는 염려를 잊는다 하니, 너는 아버지를 모시고 흉적(凶賊)을 소멸하여 이름을 빛내라."

496) 군융(軍戎) : 군사의 우두머리.
497) 성아 : 소운성.

운성이 위로하며 말하였다.

“소자는 아버지의 위엄 있는 풍채에 의지하여 무사히 돌아 올 테니 어머님은 염려하지 마십시오.”

드디어 침소에 들어가 형씨와 더불어 이별을 하니 형씨는 정신이 아득했지만 마음을 굳게 하여 참으며 어린 자녀를 품고 생에게 진중하라고 말하였다. 생이 비록 대의를 중하게 여겨 부친을 모시고 나가기로 했지만 모친에게 있어 맏아들로서 모든 일을 잘 처리하며 모시다가 멀리 가게 되니 석부인이 좌우 손발을 잃은 듯할 것과, 형씨의 아름다운 얼굴에 떤 처 8
참함이 마음에 사무쳐 슬펐다. 그래서 길게 슬퍼하며 말하였다.

“남자가 임금의 성은을 중하게 받들게 되면 규방의 사사로운 정을 끊게 되고, 엄하신 아버지의 낳아주신 은혜를 입게 되면 어머님이 젖 먹여주신 것이 도리어 가벼워지게 됩니다. 충효를 지켜 백면서생(白面書生)[498]이 석 자 칼을 들고 만 명의 군사 가운데로 싸우러 가게 되었으니 어찌 마음이 편안하겠습니까? 그러나 국가의 녹을 많이 받는 대장부가 당당히 죽어 말가죽에 싸이는 영광을 얻는 것 또한 아주 다행입니다. 충심이 한번 정하여졌으니 죽어서 지하에 간다 한들 무슨 한이 있겠습니까? 부인은 연로하신 할머님과 어머님을 어질게 섬겨 전쟁터로 나가는 나의 마음을 위로하고 슬하의 어린아이를 잘 거느리며 길이 평안하게 지내십시오.”

형씨가 듣기를 마치니 슬픔이 일어났지만 억지로 참으면서 목소리를 흔쾌히 하여 말하였다.

“군자께서 효를 세워 아버님을 모시고 가는데 제가 어찌 할머님과 어

498) 백면서생(白面書生) : 한갓 글만 읽고 세상일에는 전혀 경험이 없는 사람.

머님 봉양하는 일을 게을리 하여 낭군의 큰 효를 상하게 하겠습니까?
군중을 향하여 가시면서 불길한 말씀을 하시고 슬픈 빛을 두시니 오히
9 려 영웅의 기운은 짧고 아녀자 같은 정이 긴 것 같습니다. 제가 심히
참기 어려우니 오직 군자는 천만보중(千萬保重)하여 돌아오십시오."

운성이 길게 탄식하며 말하였다.

"내가 비록 녹녹한 서생이지만 일찍이 옛글을 읽어 충효를 삼가 알고
있으니, 어찌 아녀자와 같이 비천한 짓을 하겠습니까? 그러나 모친에
게 여러 아이가 있어도 다 오활하고 또한 거리낌이 많은 인물들이기 때
문에 적은 의논을 피하려하다가 범사를 보호하지 않을 것이니 내가 방
심하지 못하겠습니다. 그러니 부인은 어머님의 곁을 떠나지 말고 집안
에 의논할 일이 있을 경우 운현과 함께 의논하여 행하면, 운현이 비록
소견이 지나치게 앞서가기는 하지만 사람됨이 영리하고 지식이 명쾌
하니 충분히 큰 일을 꾀할 것입니다. 맏형이 비록 어질고 지혜로우시
지만 굳센 기운이 없고 어른의 말씀에 대하여서는 주장하지를 못하시
니 집안에 큰 일이 있어도 반드시 제대로 판단하지 못할 듯합니다. 그
러니 부인은 조심하여 할머님과 어머님을 섬기고 제수 가운데서는 위
씨, 임씨, 이씨와는 친하게 지내되, 정씨는 사람됨이 음란하고 방탕하
니 모름지기 겉으로는 친한 척하더라도 안으로는 거리를 두어 자못 멀
10 리하여 화를 입지 않도록 조심하십시오. 화씨 어머님 섬김을 또한 어
머님 섬기는 것과 같이 하여 잘잘못을 불러일으키지 마십시오."

크고 작은 일 가르치기를 한바탕 자세히 한 후 아이를 어루만져 사랑하며 또한 형씨의 아름다운 손을 잡고 차마 떠나지 못하니 형씨가 가기를 재촉하였다. 운성이 두 번 세 번 잘 지내기를 당부하고 아이의 손을 잡고

모친 앞에 나아가 눈물을 머금고는 모친의 소매를 붙들며 말하였다.

"제가 아버님을 모시고 가니 어머님을 다시 뵐 것을 약속을 할 수 없습니다. 어머님께서는 불초자를 크게 염려하지 마시고 귀하신 몸을 보존하십시오. 아버님께서 집안에 계실 때는 화평하였지만 아버님께서 나가시니 집안에 평안치 못한 일이 많을 것입니다. 어머님께서는 어떤 일이든 범연히 하지 마시고 조심하십시오. 모든 아이들이 나이가 어려 미숙하고 의견이 없으니 매사를 살피시되 운현과 상의하시고 다른 아우들의 망령된 말을 따르지 마십시오."

석부인이 말하였다.

"집안 일은 할머님께서 계시고 내가 비록 불민하긴 하지만 충분히 알 11
아서 할 테니 너는 집안 일은 염려하지 말고 다만 아버님을 모시고 개선가를 부르며 돌아오도록 하여라."

운성이 두 번 절하며 하직하고 일어나 밖으로 나가다가 다시 들어와 모친의 옷을 붙들고 떠나가지를 못하니 부인이 정색을 하며 꾸짖어 빨리 가라고 하였다. 이에 생이 눈물을 흘리며 숙모와 제수 등과 이별하고는 급히 달려 군중으로 갔다.

남문 밖에 승상이 장막을 치고 삼군을 나눠 앞뒤 대열을 호령하며 선봉을 정하여 행군을 하니, 깃발이 해를 가리고 종과 북소리는 하늘을 흔들며 칼과 창은 서리와 눈같이 끝이 없었다. 군대의 위용이 엄격하게 정돈되어 있으면서도 씩씩하여 흡사 회음후(淮陰侯)[499]의 위풍과 주아부(周兒父)[500]의 호령이 있는 것 같았다. 만조백관(滿朝百官)이 서로 돌아보며 말

---

499) 회음후(淮陰侯) : 한신(韓信)을 가리킴. 한신은 한군을 지휘하여 조 · 위 · 연 · 제 나라의 군대를 격파, 군사 면에서 큰 공을 세워 초왕(楚王)이 되었음.

500) 주아부(周兒父) : 한신의 휘하에서 초나라를 멸망시키는데 공을 세운 인물. 오초7국(吳楚七國)

하였다.

"소현성이 일찍이 시문(詩文)이나 서화(書畫)[501]에 정통하고 예법을 섭렵했다는 것은 안 지 오래지만, 어찌 이렇듯 대장군의 재주가 있는 줄 알았겠는가? 가히 선장수서[502]는 알겠지만 삼척동자의 마음자리는 측
12 량키 어렵다 함을 오늘에서야 깨달았도다."

구공이 또한 놀라서 칭찬하며 말하였다.

"내 일찍이 족형(族兄)과 더불어 벼슬한 지 20여 년이 지났는데 이 같은 재주를 몰랐습니다."

소승상이 다만 겸손할 뿐 길게 칭찬하는 것을 사양하였다.

날이 늦어지자 승상이 명하여 백모(白旄) 황월(黃鉞)과 개근[503] 정동[504]을 세우고 북을 세 번 치라 하고 절월(節鉞)을 움직여 남으로 향하였다. 사람은 용맹한 호랑이 같고 말은 나는 용 같아 한번 일으킨 바람을 따라 날아가는 티끌처럼 가니, 온 대신들이 바라보고 감탄하기를 오래 하다가 돌아갔다.

이때 운성은 선비의 옷을 벗고 금색 갑옷과 홍색 도포에 봉황이 날개를 편 모양의 투구를 쓰고 흰 옥으로 장식한 두 가닥의 띠를 둘렀다. 손에는 칠성참요검(七星斬妖劍)을 든 채 청총만리운(青驄萬里雲)을 타고 무리 사이에서 나아가니, 뛰어난 빛과 빼어난 영웅성이 만인 가운데서 솟아나 은은한 것이 마치 용 같았다. 이에 참정 위공이 감탄하며 말하였다.

"범(虎)이 또 범을 낳으니 현성공이 영웅 운성을 두었구나. 아비는 제갈

의 반란을 평정한 인물임.

501) 시문(詩文)이나 서화(書畫) : {믄묵}. 문묵(文墨)의 오기임.

502) 선장수서 : {션댱수셔}. 미상.

503) 개근 : 미상.

504) 정동 : {경동}. 미상.

공명(諸葛孔明) 같고 아들은 한신(韓信)[505]같으니 만고에 비할 자가 없도다."

이때 운경 등 아홉 사람이 아버지와 작별하는데 승상이 타일러 말하였다. 13

"너희들은 할머님을 잘 섬기고 집안에 어떤 일이 있어도 마땅히 어머님에게 여쭌 후 다스리고, 어머니가 결정하지 않으시거든 내가 돌아오기를 기다려서 처치하여라."

허다한 가르침을 마치니 모든 자녀들이 눈물을 머금고 작별한 후 돌아왔는데, 집안이 쓸쓸하고 주위가 다 처량하였다. 모든 생들이 눈물을 흘리며 슬픔을 이기지 못하는 가운데 어사[506]가 탄식을 하며 말하였다.

"우리 집이 계속 영화가 일어나 복선화음(福善禍淫)[507]이 타인이 부러워하는 바였는데, 하루아침에 이렇게 되니 어찌 슬프지 않은가? 그러나 이미 물이 엎어진 것과 같으니 한갓 하늘의 도우심을 바라면서 할머님과 어머님을 모시고 위로하며 지낼 것이다."

운현이 맑은 눈물을 뿌리며 말하였다.

"이것 또한 하늘의 운명입니다. 아버님의 지혜와 셋째 형의 영웅다움이 있는데 무엇을 의심하겠습니까? 우리 등이 만일 근심하며 슬퍼하는 빛을 두면 할머님과 두 모친을 누가 위로하겠습니까?"

드디어 눈물을 거두고 들어가 취성전에 이르니 태부인이 소부인, 윤부인, 화부인, 석부인 등 네 부인과 모든 젊은 며느리들과 더불어 앉아 매우 14
슬퍼하고 있었다. 생들이 기뻐하는 낯빛을 하고 유쾌한 말씀으로 위로하

---

505) 한신(韓信) : 중국 전한의 무장, 한(漢) 고조를 도와 조 · 위 · 연 · 제 나라를 멸망시키고 항우를 공격하여 큰 공을 세움. 한나라가 통일된 후 초왕에 봉하여졌으나 여후에게 상해되었음.

506) 어사 : 소운경.

507) 복선화음(福善禍淫) : {복셩화음}. 복선화음(福善禍淫)의 오기임. 착한 사람에게는 복을 주고 악한 사람에게는 재앙을 줌을 의미함.

기를 극진히 하니 태부인이 탄식하며 말하였다.

"내가 비록 일개 아녀자로 듣고 본 것이 고루하지만, 능모의 복검술도 수용하고 서모의 자녀를 꾸짖어 항전하게 한 일도 공경하여 우러러 사모한다. 그러니 어찌 녹녹히 슬퍼하여 경의 가는 마음을 편하지 않게 하고 나의 치졸함을 드러내겠는가? 그렇지만 남편을 여의고 저[508]를 기르면서 다행히 재주가 있고 행실이 말할 만하니 마음 속으로 기쁨을 감추었다. 또 잠깐 떨어져 지내는 것도 오랜 시간처럼 여겼는데 이제 만 리나 떨어진 적진에 보내어 사생화복(死生禍福)을 알지 못하니 비록 현성이 보는 데서는 말을 흔쾌히 하였으나 본심이 어찌 즐겁겠느냐?"

말을 마치고 눈물을 비 오듯 흘리니 좌우에 있던 사람들이 소리 내어 탄식하고 흐느껴 눈물 흘리는 것을 그치지 못하였다. 모든 생들이 또한 낯을 가리고 우는데 석부인이 기운을 나직이 하여 아뢰었다.

"흉노가 많으나 승상의 지혜와 대 송나라의 위엄과 기세가 있습니다. 그러니 어찌 적군 물리치는 것을 염려하겠습니까? 하물며 앞으로 오랜 시간을 보내야 하는데 이렇듯 지나치게 근심하시면 몸이 평안치 못하실 것입니다. 승상이 돌아오면 불효했다는 생각이 들어 매우 속상해할 것입니다. 그러니 엎드려 바라건대 마음을 누그러뜨리십시오."

태부인은 길게 탄식하였으며, 좌우 사람들은 석부인의 심장이 쇠나 돌보다도 굳고 뜻이 원대한 것을 알게 되었다. 이후로 집안에 좋은 기운이 끊어지고 승상이 거처하던 내서헌(內書軒) 백화당이 적적하게 비어 깊이 잠겼다. 그리고 외서헌(外書軒) 취우각에도 여러 관료들은 모이지 않고 이따금 소생들을 찾는 선비들만이 왕래할 따름이었다. 모든 부인들은 취성

508) 저 : 소현성을 가리킴.

전에서 할머님을 모시며 지내고, 젊은 여자들만 자기 당으로 가서 침소를 정하였다.

아침 저녁 문안 때 모든 생들이 들어오는 것을 보면 태부인이 더욱 슬퍼하며 말하였다.

"평소에는 현성이 앞서고 너희 무리들이 뒤를 좇았는데 하루아침에 사람 일이 이렇게 변하니 어찌 슬프지 않겠느냐?"

소부인이 곁에서 여러 가지로 위로하였고, 석부인도 슬프지만 참으면
서 어머니의 음식 봉양하는 것과 이부자리 보는 것을 맡아서 부지런히 하
였다. 또한 매일 좋은 안색으로 받들어 모시며 곁에서 지키고 자니 부인
이 그 효성스런 뜻과 성스런 덕에 감격하여 사랑하고 중히 여기는 것이 16
더하였다. 화부인은 마음이 혼란스럽고 슬픔이 자주 일어 밤낮으로 침소
에 들어가 아침 저녁으로 문안하는 것 외에는 밖에 다니니 않으니 태부인
이 이상하게 여겼다. 그러나 승상이 귀중하게 대하던 사람이기 때문에 마
음을 놓지 못하여 늘 불러 위로하였다.

약 20일 정도가 지난 후 태부인이 모든 손자와 손자며느리를 다 불러 앉히고 소부인, 윤부인, 화부인, 석부인을 대하여 말하였다.

"내가 예전에 남편을 여의었을 때에도 매우 심한 고통을 능히 견뎠고 부모의 죽음을 만나 아픔을 겪었음에도 또한 목숨을 부지하면서 오히려 집 떠날 생각을 하지 않았다. 그런데 지금 이별한 것은 사별한 것이 아니고 만날 기한이 있는 이별임에도 불구하고 때때로 놀라 참기 어렵다. 또한 새벽이면 현성이 새벽 문안을 드리던 소리를 듣는 듯하고 날이 어두워지면 온화한 얼굴이 곁에 있는 것 같고 온유한 거동으로 잠자리를 살피는 것을 보는 것 같다. 그러나 실은 그의 모습이 요원하니 사

람이 견디지 못할 일이다.

내가 이렇게 특별히 슬퍼하는 것은 남편이나 부모와의 사별보다 더 슬퍼서 그런 것이 아니라 내가 나이가 많아 쇠약하고 늙어서 두루 믿을
17 곳 없이 저만 의지하고 있다가 하루아침에 서로 이별하게 된 것을 참지 못하여 그러는 것이다. 이렇게 있어봤자 장차 근심을 위로할 길이 없으니 강정의 정자에 가서 현성이 거처하던 자취를 보지 않음으로써 약간이나마 근심을 풀고자 한다. 그러니 모든 손자들은 길 떠날 차비를 해라."

운경이 명을 받들어 수레와 말을 준비하니 태부인이 말하였다.

"나의 앉고 눕는 것을 살펴 편하게 해주는 것은 어진 석부인이오, 나의 마음을 위로하는 사람은 딸이니 이 두 사람은 나를 따르라. 화부인은 자녀들과 함께 집을 다스리고 집 안팎을 어지럽게 하지 말며, 모든 일에 있어 내외의 법과 제도를 고치지 말고 경의 뜻을 이어 며느리들을 골고루 대접하고 종과 노복을 은혜로 대접하여 나의 마음을 저버리지 말거라."

화부인이 맑은 눈물을 뿌리며 명을 받드니 태부인이 이에 소부인과 석부인을 데리고 장차 집을 떠나려 하면서 다시 화부인을 불러 분부하였다.

"이씨의 액운으로 말하자면 내가 단단히 방비를 하여 운명의 마음이 초조해졌다. 그러나 내가 이제 세상 거리낌이 마음에 없어 강정으로
18 가는 것이니, 이씨의 종적은 네가 능히 뜻대로 처리해라. 모든 손자와 손자며느리들의 금슬이 좋고 사람의 마음에 흡족하되 홀로 운명만이 세 부인을 두고도 사랑하고 싫어하는 것이 치우쳐있다. 임씨는 어진 여자라 괜찮지만 정씨는 심히 질투심이 강하고 사나워 가슴속에 날카

로운 칼을 감췄다. 운명이 예에 어긋나게 행동하기는[509] 하지만, 이씨의 외로움을 살펴 보호해라."

또 이파와 석파를 불러 말하였다.

"내가 본래 너희 두 사람을 데려가려 했으나 집안 일을 살피고 정할 사람이 없기에 머물게 하는 것이니 마땅히 마음을 합하여 화부인을 도와 집안을 평안히 하고, 무릇 앞서 하던 것을 거슬러 옛 법도를 고치지 마라."

두 사람이 울며 명을 받들었다. 형씨가 애원하는 낯빛으로 옷깃을 여미고 옥 같은 뺨에 구슬 같은 눈물을 흘리며 말하였다.

"제가 할머님과 어머님의 은혜와 사랑을 많이 받으면서 일찍이 그 곁을 떠난 적이 없으니 오늘날 가시는 길의 뒤를 따라 앉고 눕는 곁을 떠나지 않기를 원합니다."

태부인이 탄식하며 말하였다.

"소씨 가문의 일은 가히 예측하기 어렵도다. 어진 석부인이 나가면 이를 대신할 사람이 없으니 집을 비우는 것이 옳지 않다. 일이 되어가는 19
형세를 보아 선처할 것이니 아직은 집안에 있어라."

석부인이 옥 같은 손을 잡고 맑은 눈물을 뿌리며 말하였다.

"그대를 어찌 데려가고 싶지 않겠는가마는 집에 있으면 여러 아이들 때문에 어머님께 번잡하고 요란함이 있을까 두렵고, 그대마저 가면 사람들이 일의 형편은 살피지 않고 우리만 어머님의 총애를 입는다고 할 것이니 순탄한 방법이 아닐 것이다. 어진 그대가 평소 지식이 뛰어나고 사람의 일을 처리함에 있어 영리하니 어찌 근심할 것이 있겠는가?

---

509) 예에 ~ 행동하기는 : {연도[顚倒]ᄒᆞ나}. 차례, 위치, 이치, 가치관 따위가 뒤바뀌어 원래와 달리 거꾸로 됨을 의미함. 문맥을 고려하여 이같이 옮김.

여러 자녀들과 더불어 좋게 지내고 화부인께 효성으로 극진히 하며 위씨, 임씨와 화목하고 우애 있게 하여 앉고 눕는 것을 함께 하여라. 강정이 가까우니 때때로 찾아뵈어도 방해되지 않을 것이다."

드디어 운현, 운의, 운숙, 운필 등을 불러 형씨를 후히 대하고 집안 일을 상의하라고 두 번 세 번 분부하고 이파와 석파에게 당부하여 말하였다.

"나의 자녀와 며느리들은 다 서모를 믿습니다."

또 운경의 부인 위씨를 불러 태부인이 자못 집안의 큰일을 다 가르치고, 임씨를 불러 화목하게 지내라고 일렀다. 그 후 이씨가 나와 함께 모시
20 고 가기를 청하자 운명이 곁에 있다가 매우 민망해하니 화부인이 힘써 머무르라고 하였다. 이때 태부인은 수많은 슬픈 일 때문에 만사가 다 어찌되어도 상관없다고 생각하던 차였다. 또 이씨의 시어머니인 화부인이 집에 있으라 하는데 어찌 구태여 데려가겠는가 싶어 태부인이 이씨에게 말했다.

"너의 액운이 심하다 하여 깊이 감추었던 것인데 이미 해가 지나갔다. 재앙과 악이 없어졌을 뿐 아니라 내 마음이 혼란스러워 만사에 뜻이 없으니 너는 여기에 있으면서 덕을 닦고 하늘의 뜻을 따르라."

이씨가 감히 다시 말을 못하고 물러나니 운명이 속으로 매우 기뻐하였다. 양태부인이 석부인과 소부인과 함께 사당에 가서 하직인사를 하고 가마에 들어갔다. 가마가 승상이 거처하였던 백화정을 지날 때 이를 보고 슬프게 눈물을 흘리며 말하였다.

"봄바람이 화창[510]하고 온갖 꽃이 만발하여 경치는 예전 그대로인데, 어여쁜 내 아이는 외로이 타향의 객이 되어 전쟁터 중에서 자고 먹는

510) 화창 : {냉담(冷淡)}. 원문에 '냉담'으로 되어 있다가 문맥을 고려하여 '화창'으로 고친 표시가 있음.

것이 불안하구나."

좌우에 있던 사람들이 다 흐느끼며 눈물을 흘렸다. 태부인이 돌아보며 다시금 화부인과 모든 손자, 손자며느리를 경계하고 가마에 들어갔다.

한상서[511]가 호송하여 강정에 이르니 윤부인이 자녀들과 함께 다 나와 맞으며 기뻐하였다. 정당을 청소하고 머물 방을 정하여 드리니 이때부터 21
모든 손자들이 자주 왕래하고, 소·윤·석 세 부인이 밤낮으로 곁에서 모시며 위로하고 혹 누각에 올라가 풍경도 바라보시라고 하니 잠시 마음을 누그러뜨리며 지냈다.

승상과 운성이 출정하고 태부인이 소부인과 석부인을 데리고 강정으로 가니 자운산은 영화가 바뀌어 슬픔이 되었다. 형씨가 밤낮으로 하늘에 빌며 전쟁에서 이기기를 원하여 홍안(紅顔)에 붉은 빛의 땀방울[512]이 맺히도록 기도했다. 그러나 여러 자녀들과 모든 시아주버니들이 아침 저녁으로 위로하였으므로 슬픈 회포를 서리서리 담아두고, 위로는 화부인을 공경하며 섬기고, 가운데로는 동서와 시누이와 우애 있게 지내며 아래로는 종과 노복을 어여삐 여기는 등 옛 법제를 고치지 않았다. 이를 보고 이파, 석파 두 노파가 놀라고 탄복하여 말하였다.

"후일 소씨 가문의 풍속을 이을 사람은 형씨구나."

화부인이 중한 권한을 위임받아 태부인이 하던 대로 하려 하였지만 모든 일에 있어 서툴고[513] 조급했으므로 이파와 석파가 서로 잘못을 바로잡아 주었다. 그러나 화부인은 이파에 대해서는 심복으로 생각했지만 석파는 부족하게 여겼다. 또한 집안의 큰일을 쥐고는[514] 내외를 호령하며 22

511) 한상서 : 소월영의 남편. 태부인의 사위.
512) 붉은 ~ 땀방울 : {ᄌᆞ안}. 미상. 문맥을 고려하여 이같이 옮김.
513) 서툴고 : {서위ᄒᆞ고}. 서어(鉏齬)의 오기로 보임. 익숙하지 않아서 서름서름함을 의미함.

원인 모를 일도 군이 알아내어 꼬투리를 잡았다. 석파와 석부인 소속 사람들에게는 반드시 제철에 알맞은 옷과 물건을 부족하게 주어 자신의 친속들과 차등 두는 것을 명백히 했다. 이에 조씨, 유씨, 성씨 등이 속으로 원망하니 형씨가 말리며 말하였다.

"같은 항렬의 사람끼리도 재물과 이익을 말하는 것이 예가 아닌데, 하물며 시어머님의 하시는 일에 대해서겠습니까? 부인네는 다만 입을 다물고 말을 하지 않는 것이 옳습니다."

또 조정에서 승상과 상서의 녹봉(祿俸)과 옷감을 별전(別殿)으로 보내 처자를 위로하셨는데, 형씨는 그것을 받아 반드시 창고에 넣고는 조금도 마음대로 쓰지 않았다. 다만 자기 친정에서 보내는 것이 있으면 반드시 조씨 등에게 나눠주니 운현 등이 이 말을 듣고 탄복함을 참지 못하여 각자의 부인들을 경계하고 책망하며 말을 조심하라고 하였다. 형씨는 또한 불평한 일을 보아도 오직 효도로 섬길 뿐이었다. 운경은 타고난 성품이 인자하여 그 모친의 마땅치 않은 것을 보고 이따금 말씀을 드려 말렸다.

운명은 모친을 달래어 이씨를 취봉각으로 옮긴 후 이룬 정이 진중하여
23 평생의 한을 푼 듯했다. 그러나 이씨는 홀로 기운이 없으며 즐거워하지도 않았다. 석파는 화부인의 인정 없음을 보고 아무 말도 하지 않았다. 대신 그가 주는 것을 조금도 쓰지 않고 깊이 넣어두었다가 훗날 그가 박대하던 치졸함을 드러내려 하였으며 옳고 그름에는 관여하지 않았다. 이파가 그 기색을 보고 말리며 말하였다.

"모든 일은 편한 것이 좋으니 그대는 마음에 두지 말라."

석파가 냉소하며 말하였다.

---

514) 집안의 ~ 쥐고는 : {가듕대관의술롤 쥐여}. 미상. 문맥을 고려하여 이같이 옮김.

"내가 비록 지위는 낮지만 돌아가신 어르신[515]을 모실 때 태부인도 나를 멸시하지 않으셨는데 화부인은 나를 늙은 시비만큼도 대접을 하지 않습니다. 내 한바탕 전쟁을 치룰 일이지만 지금은 싸움을 할 때가 아니므로 은근히 참는 것입니다. 그러니 그대는 아무 말을 마시지요."

하고는 일희당에 들어가서 모든 일에 관여하거나 참견하지 않았으나 화부인은 조금도 두려워하지 않았다.

이때 운명이 오직 이씨하고만 기쁘게 즐기니 정씨가 매우 못마땅해 하며 그윽이 간사하고 교활한 계교를 생각하였다. 이씨의 액운은 하늘이 주신 것이니 참혹히 궂은일을 당하리라. 이는 하회(下回)를 보면 알 것이고, 운남을 친 일을 먼저 기록하는 것은 이야기의 선후를 살피는 것이다. 장차 일이 어찌 될지 알지 못하겠구나. 승부가 어떻게 된 것인지는 다음 회를 분석하라.

각설. 좌승상(左丞相) 겸 구석(九錫)[516] 평남(平南) 대원수(大元帥) 제로(制 24
虜) 도총병(都總兵) 소경[517]이 진종 함평 6년[518]에 남방 운남국이 반역한 것을 듣고 현역 대신으로 자원하여 출정하였다. 군사 이십만 명과 이름난 장수 삼십여 명을 모두 거느리고 춘2월 초3일에 병사를 일으키니, 천장(擅場)[519] 호연기를 앞쪽의 선봉으로 삼고 그 다음 장수 반세를 부원수(副元帥)로 삼았다. 절도사 조위를 후군 구응사(救應士)로 삼아 삼군이 대열을 가지런히 하여 남으로 향하는데 호령이 엄숙하고 상벌이 법도에 맞게 절

---

515) 돌아가신 어르신 : 소현성의 아버지인 소광을 가리킴.
516) 구석(九錫) : 임금이 공신에게 내리는 아홉 가지 물건. 여기서는 이것을 하사받은 신하의 직책을 의미함.
517) 소경 : 소현성.
518) 진종 ~ 6년 : 서기 1003년임.
519) 천장(擅場) : 그 자리에서 대적할 사람이 없는 제 일인자.

도 있으니, 지나는 길을 조금도 범하지 않아 닭도 개도 놀라지 않았고 풀과 나무가 조금도 상하지 않았다. 백성들이 단사호장(簞食壺漿)[520]으로 대군을 맞으며 사람마다 탄복하여 인자의 군대라고 하였다.

행군하여 장차 전당강(錢塘江)[521]에 이르자 전투선(戰鬪船)을 골라서 타고 강을 건넜다. 소승상이 행군한 이후로 운성은 앉거나 눕거나 간에 부친의 곁을 떠나지 않았다.

이 날도 또 같은 배에 올라 항해하는 중 홀연 큰 바람이 일어나 일만 결(結)[522]이나 되는 큰 물결이 뛰놀며 흉흉하니 수천 척의 전투함이 위태하게 되었다. 배 안의 모든 사람들이 매우 놀라 정신이 없는데 홀로 소승상은 요동하지 않으니 이는 무슨 일일까?

이때 전당강 가운데서 순찰을 하던 야차(夜叉)[523]가 용왕의 명을 받아 수정궁 밖으로 나왔다가 길은 어둡고 햇빛이 희미한데 종과 북소리가 진동하자 놀라서 급히 몸을 솟아오르게 하고는 물결 사이에 숨어서 보았다. 무수한 군병과 배들이 큰 강을 덮은 채, 지나가는 곳에 꽹과리와 북소리[524] 그리고 함성이 크게 진동하였다. 야차가 즉시 수정궁으로 들어가 전당강의 황제에게 고하여 말했다.

"제가 대왕의 명을 받들어 돌아다니다가 물속이 어두워 가만히 나가보니 수없이 많은 배가 물위를 덮었습니다. 또 꽹과리와 북소리가 어지러워 용궁을 어지럽게 하기에 제가 분하여 대왕께 아룁니다."

---

520) 단사호장(簞食壺漿) : 원래는 대나무로 만든 밥그릇에 담은 밥과 병에 넣은 마실 것이라는 뜻으로, 넉넉하지 못한 사람들의 거친 음식을 이르는 말이지만, 이 문맥에서는 백성이 군대를 환영하기 위하여 갖춘 음식을 의미함.

521) 전당강(錢塘江) : 중국 절강성(浙江省)에서 제일 큰 강.

522) 결(結) : 넓이의 단위. 1결은 1동의 열 배로, 그 넓이는 시대에 따라 다름.

523) 야차(夜叉) : 불법을 지키는 여덟 신장 가운데 하나. 모질고 사나운 귀신의 하나.

524) 꽹과리와 북소리 : {징붑}. '징(錚)북'의 오기로 보임.

왕이 매우 화가 나서 신기한 위엄을 발하니 몸이 만여 장(丈)[525]이나 되는 붉은 용이 되어서 바람과 구름, 천둥과 번개를 몰아 바로 물결사이로 솟아올랐다. 이 용이 배위의 사람들을 다 잡아먹으면서 배를 엎으려 하니 모든 장수들이 겁에 질리는 등 위급한 상황에 처했다. 그러자 병부상서 운성이 부친을 곁에서 모시다가 급히 아뢰었다.

"바람의 형세가 불안합니다. 이는 분명 제사를 드리지 않고 건넌 것에 26
용신(龍神)이 노한 것입니다. 아버님께서 향촉(香燭)과 제전(祭典)을 드려 빌면 무사할 것입니다."

승상이 말하였다.

"네가 참견할 일이 아니다. 너는 마음을 놓아라."

말을 마치기도 전에 전투선들이 사면으로 흩어지면서 흰 물결 사이에서 핏빛같이 붉은 용이 비늘을 날카롭게 세우고 번개 같은 눈을 부릅뜨며 여의주를 문 입을 열어 벽력같은 소리를 지르는데 산이 무너지고 바다가 헤쳐지는 듯하였다. 용이 몸의 반은 물 밖으로 나오고 허리 아래는 감춰진 채로 소승상 쪽으로 와서 해치려 하니 좌우에 있던 사람들이 다 얼굴을 가리고 엎어졌다. 운성 또한 강한 마음으로도 간담이 서늘해지는 것을 이기지 못하고 있는데, 소승상은 안색이 태연자약한 채 조금의 흔들림도 없이 큰 소리로 꾸짖으며 말하였다.

"너는 이 강 가운데 묻힌 업이 있는 짐승이구나. 넓으신 하늘의 은혜로 너희 형제들에게 큰 바다를 지키게 하니 작위가 사해(四海)의 왕과 다름없다. 그러니 너는 마땅히 조심하여 땅을 주관하며 행인을 좋게 건네주는 것이 옳을 것이다. 그런데 망령되게도 스스로 높은 척하면서 강

525) 장(丈) : 길이의 단위. 한 장은 한 자의 열 배로 약 3미터에 해당함.

물을 평안하게 하여 사람을 쉽게 건네주는 적이 없고 사나운 성질을 내
27 어 사람들을 상하게 한 일이 수없이 많구나. 요나라 시절 구년 동안의
홍수[526]와 당나라 적 가뭄[527]이 다 너의 죄이지만 상제께서 일찍이 용
서하신 까닭은 너희들이 스스로를 책망하며 허물을 고치기를 기다리
셨기 때문이다. 그런데 갈수록 방자해져서는 나의 군병들을 놀라게 하
고 나에게 대항하니 이 죄는 결코 용서할 수 없도다."

전당의 왕이 곧 노기를 드러내 무찌르려 하다가 승상의 꾸지람을 듣고,
또 승상이 조금도 요동하지 않는 것에 마음이 동하여 살펴보았다. 보니
승상의 얼굴에 북두칠성이 있고 어깨에 삼태성(三台星)이 돋았으며 머리
위에 있는 붉은 기에 흰 글자로 '태청(太淸)[528] 녕보도군(靈寶道君) 계(階)'
라는 글이 쓰여 있었다. 또 타고 있는 배에 길이가 일만 장이나 되는 옥룡
이 서려 전선(戰船)을 옹위하고 있으니, 위풍이 늠름하고 풍채와 용모가
자신 있어 보였다. 전당의 왕이 크게 놀라 급히 바람과 비를 거두고 붉은
도포와 옥색 띠를 띠고 홀(笏)을 잡은 한명의 관원으로 변신하여 배 위에
올라가 두 번 절하였다. 그러자 승상이 정색을 하며 죄를 물었다.

"너는 용신(龍神)이므로 이미 내가 가는 길을 몰랐을 리 없다. 이는 짐
짓 나를 얕본 것이다"

28 말을 하고는 좌우를 돌아보아 곁에 서있는 운성에게 명하여 용왕을 잡
아 꿇리게 하고 쇠 채찍으로 수 백 대를 쳐 그 죄를 물었다. 그 후 크고 작
은 배들을 모아 삼군이 꽹과리 소리를 그치고 북을 치며 큰 강을 건너 남

526) 구년 ~ 홍수 : {구년지슈[九年之水]}. 오랫동안 계속되는 큰 홍수, 중국 요나라 때 9년 동안이나 계속되었다는 큰 홍수에서 유래한 말임.
527) 가뭄 : {경슈[澒水]의 해(害)}.
528) 태청(太淸) : 도교에서 신선이 산다는 삼청(三淸)의 하나. 하늘을 의미함.

쪽 언덕에 올랐다. 그러고는 용왕을 놓아 보내니 전당의 임금이 절하여 감사하고 돌아갔다. 크고 작은 군졸들은 그 사정을 몰랐고 오로지 승상을 호위하는 병사들만이 그 신령한 위엄을 알아서는 서로 전하며 칭찬하고 탄복하였다.

이렇게 행하여 수개월 만에 운남국의 경계에 도착하자 목책(木柵)을 세워 안전하게 주둔한 후 비로소 격서(檄書)를 보냈다. 운남국의 왕 서영이 승상 달원과 야율성을 불러 상의하며 말하였다.

"송나라가 고아와 과부를 속여 천하를 빼앗았으니 인자의 나라가 아니다. 그래서 내가 나라를 다스리는 병사를 일으켜 송 천하를 쳐 만 리 강산을 우리 땅으로 하고자 했다. 그런데 이제 송나라 장수가 대군을 거느리고 왔으니 너희들이 무슨 소견으로 적을 치겠느냐?"

달원이 아뢰었다.

"대왕께서는 근심하지 마십시오. 제 부하 가운데 두 명의 대장이 있는데 쓰지 못할 곳이 없습니다. 제가 십만 군을 거느리고 나가 한번에 송나라 군사를 무찌르고 송나라 황제를 산채로 잡아 대왕께 드리겠습니다."

말을 마치기도 전에 군신들이 송나라 진영의 격서가 도착하였다고 하 29
여 운남국의 왕이 보니 그 글에는 다음과 같은 내용이 쓰여 있었다.

송나라 대원수 상방검 제로(制虜)[529] 도총병(都總兵) 소 아무개는 운남국 국왕에게 글을 보낸다. 송나라가 태조 무덕황제 이후 삼대(三代)를 내려오면서 일찍이 그대의 나라에 은혜를 베푼 것이 적지 않고 또 은혜를 저버림이 없었는데, 무슨 까닭

529) 제로(制虜) : {대로}. 제로(制虜)의 오기로 보아 이같이 옮김.

인지는 모르지만 무단히 배신하고 반역하여 죄악이 가득 찼다. 마땅히 삼족을 벌하는 것이 옳겠지만 우리 주상이 성품이 후덕하시고 인품이 덕스러우셔서 너희들의 죄를 사하셨다. 그리고 나로 하여금 정벌하라고 하시기에 병사 수십만과 명장 천 명을 거느리고 여기에 이르렀다. 만일 첫 뜻을 돌이켜 항복하면 한 나라로서의 귀함을 그대로 누리게 하겠지만 그렇지 않으면 옳고 그름을 판결할 것이다. 두 번 세 번 잘 생각하여 뒤늦게 후회하는 일이 없도록 하라.

국왕이 보기를 마친 후 신하들에게 보여주니 달원이 말했다.

30 "송나라의 격서(檄書)가 매우 무례합니다. 제가 내일 결전을 벌이겠사오니 회답을 하지 마시고 다만 사신을 불러 이 말을 이르십시오."

왕이 옳다고 여겨 사신을 불러 내일 성 아래에 모이겠다고 말하였다. 사신이 돌아와 보고하니 좌우에 있던 장수들이 분노하여 말하였다.

"운남국이 이렇게 방자하게 원수의 글에 회답을 하지 않으니 맹세코 이 무례한 나라를 짓밟으리라."

승상이 웃으며 말하였다.

"너희들은 속절없이 혈기를 부리지 마라. 저 반역자들이 천자의 위엄에도 항거하였는데 어찌 나를 두려워하겠으며 예의를 알아 격서에 대답이나 하겠느냐?"

드디어 대군을 거느려 북청산 밑에 진을 치고 적을 바라보니, 오랑캐가 구름같이 모였으며 안개가 지핀 것 같이 빽빽하게 장사진을 치고 있었다. 장대하고도 준수한 대장이 수하에 두 우두머리 장수를 거느리고 나오는데, 검은 깃발에 큰 글씨로 '승상 달원'이라 썼고 좌우의 두 장수는 다 금색 갑옷과 홍색 도포를 입었다. 위풍(威風)이 거룩하니 이들은 운남의 최고 명장 타기와 타룡이었다. 둘 다 무적(無敵)의 용맹함이 있어서 달원이 심복으로 삼았는데 이날 우두머리가 되어서는 한 필의 화총마를 타고 진 31
(陣)에 나와 큰 소리로 매우 꾸짖으며 말했다.

"우리나라가 본래 봉각(鳳閣)[530]을 지켜 조금도 범하지 않았고, 교지국(交趾國)[531]만 쳤을 뿐, 일찍이 송나라 안의 일에 간섭하지 않았는데 무슨 까닭으로 병사를 이끌고 침범하여 병사를 불러일으키느냐?"

송나라 진의 문이 열리는 곳에 백모(白旄), 황월(黃鉞)을 들고 갑옷을 입고 청동과 황금으로 된 부월(斧鉞)을 든 병사들이 흘러나와 좌우로 갈라섰다. 그런 후 바퀴가 하나인 붉은 수레에 누런 도포를 씌운 여섯 말을 메어서는 범처럼 용맹스러운 장수 하나가 그것을 밀어냈다. 수레 가운데 한 사람이 금관조복(金冠朝服)[532]을 입고 옥띠를 띠고 손에 깃털 부채를 들고 있는데 이 사람이 곧 대원수 소승상이었다.

좌우를 시켜 전하여 운남국 국왕에게 대화를 하자고 하자 운남왕이 문무신하들과 함께 나와 송나라 진영을 바라보니, 깃발이 가지런하고 진의 형세가 특이한 것이 능히 대국으로서의 위풍을 알게 하였다. 또한 소승상의 위엄 있는 풍모와 몸의 기운은 사람 가운데서도 으뜸이었다. 운남국 국왕이 매우 놀라 먼저 공경하여 절하는 줄도 깨닫지 못하고 몸을 굽혀 인사를 하고는 말하였다.

"우리 작은 나라가 일찍이 큰 나라를 저버리지 않았는데 원수께서는 무슨 까닭으로 수만 리 떨어진 이곳까지 오셨습니까?"

---

530) 봉각(鳳閣) : 당나라 중서성(中書省)의 별칭. 중국 수나라, 당나라, 송나라, 원나라 때에 일반 행정을 심의하던 중앙 관아를 가리킴.

531) 교지국(交趾國) : 중국 한(漢)나라 때에 지금의 베트남 북부 통킹, 하노이 지방에 둔 행정 구역. 전한(前漢)의 무제가 남월(南越)을 멸망시키고 설치함.

532) 금관조복(金冠朝服) : 조선 시대에 벼슬아치들이 입던 금관과 조복을 아울러 이르는 말.

32 승상이 소리를 지르며 꾸짖었다.

"너희들 오랑캐가 예의를 알지 못하고 또 망령되게 교지국(交趾國)을 치고 대국을 넘보니 천자께서 진노하시어 나를 보내셨다. 네가 만일 진군하던 군대를 한 곳에 멈추어 두고 병사를 거두어 고향으로 돌아가면 임금으로서의 기쁨533)을 온전하게 누릴 수 있을 것이지만 그렇지 않다면 대군을 모아 너희의 성과 영토를 쳐 없애겠다."

운남 국왕이 매우 화가 나서 좌우를 돌아보며 말했다.

"누가 능히 송나라 장수를 잡아서 위엄을 빛내겠느냐?"

좌군(左軍) 중에 있던 한 장수가 날쌔게 나섰는데 그는 곧 타기였다. 창을 들고 몸을 달려 적수가 없는 것처럼 거짓으로 위협하니 송나라 선봉장 호연기가 큰 도끼를 휘두르며 나왔다. 두 말이 서로 다투어 삼십여 번을 겨루며 뒤척이는 와중에 야율류가 창을 들어 타기를 돕고, 송나라 진영에서는 조위가 나와 호연기를 도왔으며 번왕534)은 북을 쳐서 형세를 돋웠다. 운남국 장수 장하가 활을 들어 조위의 위쪽 어깨를 맞추니 몸을 뒤척이며 말에서 떨어졌고 송나라 군사가 급히 구하였다. 호연기가 계속 싸움에 져서 달아나니 운남 병사들이 오랫동안 대적(對敵)하였다. 병부상서(兵部尙書) 호위장군(護衛將軍) 운성이 말을 잡고 그것을 보다가 분한 마음이 돌연 넘쳐나 이에 칼을 들고 아버지 앞에 나아가 말하였다.

33 "애원하건대 나가 싸우겠습니다."

소승상이 놀라서 말했다.

"너는 백면서생(白面書生)이다. 어찌 적진의 장수와 맞서 싸우겠느냐?"

---

533) 임금으로서의 기쁨 : {남면지락(南面之樂)}. 남면(南面)은 임금의 자리에 오르거나 임금이 되어 나라를 다스림을 의미함. 임금이 남쪽을 향하여 신하와 대면한 데서 유래했음.

534) 번왕 : 운남국의 왕을 다르게 이르는 말임. '번(番)'은 오랑캐의 나라를 뜻함.

운성이 말하였다.

"제가 처치하겠으니 아버님은 북을 치시면서 졸개들을 격려해주십시오."

말을 마치고는 몸을 날려 말에 올라타고 바로 적진으로 달려와 타기와 야율류를 맞아 겨루어 다투는데, 마치 용이 큰 바다에 있는 것 같고 호랑이와 표범이 산에서 날뛰는 것 같았다. 한번 물러나며 한번 칼 부딪치기를 오십여 합(合)에 이르렀다. 운남왕이 두 장수가 적을 꺾지 못하는 것을 보고 타룡과 타호 두 사람을 더 내보내니 운성이 그들 네 장수가 온 힘을 다하여 싸우는 것을 보고 큰 소리를 지르며 칼을 들어 야율류를 베어 두 동강을 냈다. 타기 등이 매우 화가 나서 운성을 에워싼 채 이십여 합(合)에 이르니, 운성이 갑자기 칼을 들어 엉뚱한 곳을 찌르며 거짓으로 패한 척 달려가자 세 장수가 뒤따라 왔다. 운성이 가만히 활을 조준하니 화살 하나가 바로 타룡의 가슴으로 들어가 등을 뚫었고 곧 말 아래로 시체가 떨어졌다. 그러자 타기와 타호 두 사람이 감히 따라오지 못하여 일제히
달아나니 운성이 말을 돌려 따라가려 했다. 승상이 운성을 잃을까 염려 34
하여 꽹과리를 쳐 군사를 거두니 이날 운남국의 병사들이 크게 패하고 돌아갔다.

승상이 채책(砦柵)[535]에 돌아와 운성을 부르니 운성이 두 운남국 장수의 머리 벤 것을 드렸다. 장수들이 앞 다퉈 칭찬하였다.

"오늘 첫 싸움에서 도적의 날카로운 기세를 꺾었으니 가히 적을 물리치는 것을 근심하지 않아도 되겠습니다."

승상이 삼군에게 상을 주고 운성에게 나오라고 하여 물었다.

535) 채책(砦柵) : 방어하기 위해 대나무 같은 것으로 쳐 놓은 울타리.

"내가 일찍이 너의 무예 솜씨를 알지 못하였다. 오늘 싸움에서 혼자 네 명의 장수를 대적했으니 능히 용맹한 대장부라고 말할 만하다. 아버지라는 사람이 그것을 알지 못하였으니 참으로 부끄럽구나. 언제 그렇게 무예를 익혔느냐?"

운성이 황급히 엎드려 절하며 말하였다.

"제가 아버님께 숨긴 것이 아닙니다. 어렸을 때 부질없이 권법(拳法)을 배워 희롱하고 『육도삼략(六韜三略)』[536]을 스스로 읽어 그것 하나를 알고 있었으나 쓸 곳이 없었습니다. 오늘 화가 나서 출전하긴 했으나 이길 것이라고 생각하지는 못했습니다."

승상이 말하였다.

"내 일찍이 네가 칠검[537]을 가볍게 다루는 것을 보고 장수가 될까 의심
35 했는데 무공(武功)에만 힘쓰면 무식하게 될 수 있으므로 엄하게 금하였다. 하지만 이런 상황에서 어찌 재주를 감추겠느냐? 그래도 평소에 내가 고집하던 것이 옳으니 너는 비록 적을 만나 무예를 쓰더라도 너무 번잡하게는 하지 말거라."

운성이 매우 기뻐하며 감사드리고 물러났다.

여러 날 후 승상이 모든 장수들을 모아 의논하며 말했다.

"운남국이 멀어서 우리 왕의 교화를 입지 못하여 무식함이 심한 까닭에 미친 듯이 사납게 날뛰며 반역을 하였다가 진 하나를 잃었다. 그러고 나서 다시 나서지 않는 것은 분명 북청산 작은 길을 따라 우리의 양식 운반하는 길을 끊고 앞뒤에서 협공하려 하는 것이다. 내가 지난 밤

---

536) 『육도삼략(六韜三略)』 : 중국의 오래된 병서(兵書). 『육도(六韜)』와 『삼략(三略)』을 아울러 이르는 말.

537) 칠검 : 소현성이 도인에게 받아두었던 소운성의 칼, 칠성검을 이름.

하늘의 문양을 보니 삼일 내로 큰 비가 와 십일 후에 그칠 것이 분명했다. 절도사 조위는 거느리고 전면의 유성곡에 매복하였다가 적이 지나간 후에 계곡의 입구를 막아라. 삼일 후에 적이 지나갈 것이니 반쯤 지나가거든 일시에 적을 쳐라. 호연기와 반세는 수만 명의 군사를 거르니고 북청산의 좁은 길을 따라 소성산 협곡에 숨어 있어라. 도적이 우리의 양식 길을 끊으러 가다가 반드시 이곳에서 밥을 지을 것인데 그때는 방비를 하지 않아서, 일만 명의 군사가 쇠뇌[538]를 놓아 둘 것이다. 그러면 일만 명의 군사들과 함께 일시에 쳐라. 능히 전쟁에서 이길 36
수 있을 것이다."

또 부장 석량과 조위[539]에게 팔천의 군사를 거느려 운남국 진영에 매복했다가 진영이 패하여 모두 병영(兵營)으로 되돌아오면 그 소요하는 틈을 타 요새(要塞)를 쳐서 빼앗으라고 하였다. 그러자 여러 장수들이 명령을 받들고 흩어졌다. 소승상이 또 운성을 불러 말했다.

"너는 일만의 병사를 거느리고 유성국을 지나 운남성 밖에 숨었다가 이렇게 이렇게 해라."

생이 명을 받들어 군사들을 이끌고 가니 승상이 모든 군사들에게 분발하라고 격려하며 우구(雨具)[540]를 대령하였다.

각설(却說). 운남왕이 크게 패하고 돌아간 후 승상 달원에게 말하였다.

"내가 예전에는 송나라 군대를 업신여겼는데 오늘 전장에서 송나라가 두 명의 우리 장수를 죽이는 바람에 우리나라의 사기가 꺾였다. 이제

538) 쇠뇌 : 쇠로 된 발사 장치가 달린 활. 여러 개의 화살을 연달아 쏘게 되어 있는 것으로, 주로 낙랑 무덤에서 나옴.
539) 조위 : {됴휘}. 조위로 통일함.
540) 우구(雨具) : 비를 가리기 위하여 사용하는 물건을 통틀어 이르는 말. 삿갓, 도롱이 따위를 이름.

앞으로 어떻게 물리칠 것이냐?"

달원이 말하였다.

"승부는 흔히 있는 일입니다. 어찌 한번 패하였다고 겁을 내겠습니까? 송나라가 대군을 거느리고 깊숙이 들어와 있으니 양식이 모자랄 것이고, 또 길이 익숙하지 않아서 분명히 말에게 줄 풀도 떨어질 것입니다."

번왕은 그가 말을 마치자마자 바로 타기와 타호 두 장수에게 북청산[541]의 좁은 길로 가서 송나라가 양식 조달하는 길을 끊으라고 했고 야
37 율성에게는 오만의 병사를 거느리고 가서 도와주라고 하였다.

타호 등이 병사를 이끌고 가다가 길에서 큰 비를 만나 갑옷을 다 적시고 간신히 숲속에 병사들을 머물게 하였다. 십여 일 만에야 비와 바람이 그쳐 군사와 무기를 정비하고 소성산 아래 다다랐는데 삼군이 배가 고픈 듯하여 모든 군사들에게 머물라 하고는 밥을 짓고 있었다. 이때 문득 장막 아래에서 함성이 크게 진동하고 북과 나팔소리가 일제히 울리면서 두 무리의 호랑이 같은 군사가 내달리는데 이 사람들은 바로 송나라의 반세와 호연기의 무리였다. 일만의 활을 함께 쏘니 운남국 군사들이 미처 손과 발을 놀리지도 못하고 태반이 죽었다. 운남 장수가 급히 말에 올라타고 에워싼 것을 헤치면서 달아나자 두 장수가 승승장구(乘勝長驅) 하면서 따라가 습격하였다. 그러다가 갑자기 야율성을 만나게 되었는데 야율성이 타기 등을 도와 싸우니, 운남 병사들이 한편으로는 싸우면서 또 한편으로는 달아나 유성국에 다다를 즈음, 절도사 조위가 대군을 거느리고 양쪽 길에서 협공을 하여 운남국 병사들이 크게 패했다. 그 무리들이 운남국 진영에 빨리 이르니 진영에서는 달원이 이기고 돌아오는 줄 알고 진영

541) 북청산 : {북천산}. 북청산으로 통일함.

의 문을 열어 맞이하였다. 그런데 갑자기 함성이 크게 진동하면서 왼쪽에 는 한기, 오른쪽에는 마홍 두 장수가 타기 등을 따라 진영 중으로 들어오 38
니 운남국 군대가 크게 놀랐다. 달원이 황급히 말에 올라타고 군사들을 거두어 성으로 달아났다. 조위와 반세 등 다섯 장수가 따라와 밤낮으로 그치지 않고 싸우니, 운남국 군사 삼십만이 다 죽고 남은 사람이 수천 명 뿐이었다.

낙담하고 혼이 나간 달원이 운남성에서 십 리나 떨어진 설화산 밑에 이르러서야 쫓는 병사들이 따라오지 않고 사람도 피곤하고 말도 지치고 해서 잠깐 쉬려 하였다. 이때 갑자기 골짜기 사이에서 당직을 서던 군사들이 일어나고 징과 북소리가 일제히 울리면서 표범 같은 복병이 쏜살같이 출몰하니, 달원 등이 매우 놀라 황망히 진의 형세를 바라보았다. 한 무리의 군사들이 팔문금쇄진(八門擒鎖陣)[542]을 쳤으며 바람이 붉은 깃발을 뒤척이는데, 깃발에 크게 이름이 쓰여 있기를 '대송 병부상서 호위장군 소운성'이라고 하였다. 깃발 아래 한 대장이 머리에 봉황이 날개를 편 모양의 투구를 쓰고 몸에는 황금 갑옷에 백화수전포를 껴입고 옥띠를 띠고 청총만리운을 타고 손에는 칠성검을 들고 그 그림자를 문 앞에 드러냈다.
얼굴[543]이 맑은 달 같으니 흰 옥을 깎은 것 같고, 두 눈빛은 새벽별이 돋 39
는 것 같았다. 붉은 입술에 흰 이는 분명 절세미인답고 가는 허리와 날렵한 어깨는 봉황이 날아가는 것 같으니 완연한 천상의 신이었다. 운남 군사들이 간담이 서늘하여 서로 돌아보는데 운성이 목소리를 가다듬고는 꾸짖으며 말했다.

---

542) 팔문금쇄진(八門擒鎖陣) : 여덟 방향으로 통로가 나도록 병사들을 배치하여 진으로 들어온 적군이 빠져나가지 못하도록 막는 진법.

543) 얼굴 : {미목(眉目)}. 눈썹과 눈이 얼굴 모습을 좌우한다고 하여 이르는 말임.

"너희 무지한 오랑캐가 믿음과 절의를 잊고 망령되게 상국(上國)[544]을 치니 그 죄는 죽어 마땅하다. 그런데도 오히려 죽을 줄도 모르고 감히 명령에 저항하며 대적하려 하느냐?"

달원이 정신을 가다듬고는 소리를 지르며 말하였다.

"승부는 병가상사(兵家常事)다. 너희가 뜻한 대로 일이 이루어졌다고 자랑하지만 어찌 늘 좋겠느냐? 하물며 너는 햇병아리 같은 어린아이이다. 자못 이 상황을 잘 모를 것이니 빨리 물러가라."

운성이 매우 화가 나서 칼을 비스듬히 들고 적진으로 달려드니 타기 등이 일제히 대적하였다. 불과 몇 번을 겨루지 않았는데 운성이 손을 들어 나는 듯이 칼을 번득이며 타기의 목을 베고 타호를 생포하여 송나라 진으로 던지니 졸개들이 일시에 잡아서 묶었다. 야율성과 달원이 죽기를 무릅쓰고 진을 둘러 달아나니, 운성이 활을 들어 화살을 쏘아 달원의 뒤통수
40 를 맞혀 입을 뚫고 나가게 하는 것을 백보 밖에서 했다. 달원이 죽자 야율성이 갑옷을 다 버리고 달아났지만 운성이 따라가지 않고 군사를 거둬 본진으로 돌아오니 승상이 큰 상으로 공적을 치하했다. 운성이 달원과 타기의 머리 벤 것을 바치고 무사가 타호를 묶어 오니 소승상이 좌우 사람들에게 맨 것을 끄르라 하고 술과 음식을 주어 놀란 마음을 진정하게 한 후 말하였다.

"네가 순순히 항복하면 내가 너를 군중에 두고, 만일 그렇게 하기를 기꺼하지 않는다면 너를 놓아 보낼 것이다."

타호가 매우 감격하여 오로지 고향으로 돌아가기를 원하니 소승상이 매우 기뻐하며 빈객의 예로서 손님을 대접[545]하였다. 이날 밤 소승상이

544) 상국(上國) : 송(宋)을 가리킴.

장막 가운데에서 자려고 하는데 갑자기 사람의 슬픈 울음소리가 들렸다. 좌우의 사람들에게 찾아서 잡아오라 하여 보니 곧 타호였다. 승상이 화를 내며 말하였다.

"내가 네 목숨을 죽이지 않고 귀한 손님으로 대접하였는데 무슨 까닭으로 군중에서 통곡하여 나의 법과 제도를 어지럽히느냐?" 41

타호가 엎드려 울며 말하였다.

"승상께서 살려주신 은혜 분골쇄신(粉骨碎身)하여도 갚을 길이 없는데 어찌 감히 군중을 어지럽히겠습니까? 다만 늙은 어미의 나이가 80이고 다른 동생이 없어서 제가 맛난 음식을 어머님께 드렸었는데 이렇게 잡혀온 후 늙은 어머니가 분명 배가 고프고 외로워서 죽었을 것 같기에 어머니를 그리워하는 정을 잊지 못하여 달 아래에서 울부짖어 통곡한 것입니다. 승상의 법도를 어겼으니 일만 번 죽어 마땅합니다."

승상이 홀연히 감동하여 눈물을 흘리면서 명령을 내려 황금 오백 금을 주고 타호를 놓아 보내니 타호가 절하여 감사드리고 갔다.

다음날 운성이 장막 가운데에 올라가 말하기를, 운남 병사가 세력이 약하여졌으니 이때를 틈타 성을 치려 한다고 하였다. 승상이 옳다고 여겨 즉시 삼군을 지휘하여 이끌고 운남성을 에워싸고 쳤으나 며칠 동안 싸워도 물리치지 못하였다. 그러던 중 운남의 국왕이 야율성이 패했다는 소식을 듣고, 꾀를 짜내어 자객 양손기를 보내 송나라 적진 중에 가서 소승상을 해치려고 했다. 그래서 손기가 보검 한 자루를 들고 가만히 송나라 진영에 이르렀다. 42

이 날 소승상이 장막 안에서 병법서를 읽다가, 문득 운남 진영에서 계

---

545) 빈객의 ~ 대접 : {상빙}. 상빈(相賓)의 오기인 듯함. 문맥을 고려하여 이같이 옮김.

교가 궁해지면 분명 간사한 꾀를 내어 자객을 보낼 것이니 방비를 해야겠다는 생각이 들어서 명을 내리려고 하였다. 이때 갑자기 운성이 칼을 끌고 급하게 들어와서는 말하였다.

"제가 하늘을 살펴보니 살기가 진영 안으로 쏘이고 있었습니다. 그윽이 그 뜻을 생각해보니 적이 자객을 보내려 한다는 의미가 아닌가 싶어 걱정입니다."

승상이 웃으며 말하였다.

"내가 안 그래도 너를 부르려고 했다. 자객이 반드시 오늘 밤에 올 것이다. 너는 군중들이 소동을 피우지 않도록 하고 여기에서 방비를 하여라."

운성은 명을 받들어 갑옷과 투구를 정돈한 후 보검을 들고 장막 사이에 숨고 승상은 침상을 세 개 붙여놓고 그 위에 이불을 덮어 사람이 자는 것처럼 모양을 만든 후 가만히 끝에 있는 침상에 가서 누웠다. 자객이 과연 사경(四更)[546]에 들어와서 보니, 장막 안에 촛불 빛이 휘황하고 사방에 인적이 없는 가운데 세 명의 사람이 누워 있었다. 마음 속으로 구석에 누워 있는 사람이 분명 소승상일 것이라고 생각하여 뛰어 들어가 칼을 휘두르려 하는데 갑자기 등 뒤에서 벼락같은 큰 소리가 났다. 소리가 난 후 운성
43 이 자객을 잡아 엎드리게 하고 끈으로 묶은 후 북을 한번 쳐서 졸개들을 모으니 장막 아래 있던 군졸들이 구름같이 모였다. 자객을 보낸 사람이 누군지 따져 물었으나 자객이 얼이 빠져서는 다만 우러러보았다. 소승상이 높은 자리에 단정히 자리를 잡았고 모든 장수들과 어림군(御臨軍)이 둘러서서 호위하고 있는데 그 위엄이 엄숙했다. 그러자 자객이 머리를 찧으

546) 사경(四更) : 하룻밤을 다섯으로 나눈 것 중 셋째 부분, 새벽 1시에서 3시 사이를 이름.

면서 운남왕의 사신임을 말하니 승상이 맨 것을 끄르라 명하고 당에 올라오라고 하여서는 술을 먹이며 말하였다.

"너는 돌아가서 국왕에게 우리 송나라는 아직 운남을 버리지 않았으니 너희가 항복하면 이전의 죄를 사해 줄 것이요, 만일 어리석은 것을 버리고 복종하지 않는다면 성을 완전히 깨뜨려 잘잘못을 구분할 것이다. 그러니 두 번 세 번 생각하고 군사를 거느리고 와서 나라의 자웅(雌雄)을 결정하라고 전하여라. 또 너의 죄가 크지만 내가 죽이지는 않겠으니 빨리 돌아가라. 만일 또 자객의 일을 하려 한다면 칼을 빛나게 갈고 일의 형세를 잘 살펴서 다시는 잡히지 마라."

양손기가 엎드려 감히 머리를 들지 못하였으며, 그의 말을 듣고는 매우
감동하여 백 번 절하여 감사하고 눈물을 흘리며 돌아갔다. 장수의 무리 44
들이 소승상의 관대하고 인자한 덕을 칭찬했다.

자객이 돌아가 운남의 국왕에게 일의 처음과 끝을 말하니, 왕이 또 감격하여 여러 신하들을 모아 항복할 것을 의논하였다. 모든 장수들이 옳다고 여기며 말하였다.

"송나라는 본래 우리의 부모격인 나라로 우리가 송을 섬긴 지 오래 되었는데 승상 달원 때문에 사이가 멀어졌습니다. 송나라 대장 소경이 지혜를 겸비했고 덕이 깊어 병법 쓰는 것을 귀신도 예측하지 못합니다. 또 그 자녀 운성이 한신(韓信)과 경포(黥布)[547]의 용맹함을 갖췄으니 감히 저항하기가 어렵습니다. 임금의 교지를 드려 항복하면 죽음을 면하고 종묘(宗廟)와 사직(社稷)을 보전할 것입니다."

국왕이 뜻을 결정하여 항복하는 글을 쓰고 항복의 기를 세웠다. 이때

547) 경포(黥布) : 한나라의 개국 공신. 항우의 군사를 괴멸시킴.

에 왕의 정궁(正宮) 달목왕후 팽환[548]은 남해 사람인데 용모가 빼어나고 힘이 남보다 세서 능히 구정(九鼎)[549]을 들 수 있고 용맹하며 혈기 왕성하니 혼자서 많은 적과 대항할 만한 지혜와 용기를 갖춘 사람이었다. 왕이 항복하려 한다는 것을 듣고 왕후가 말하였다.

"송나라 장수 운성이 용맹하다고 사람마다 말하지만 저는 설복하지 못
45 하겠습니다. 내일 소경이 들어와 대왕과 함께 잔치를 할 때 제가 송나
라 장수와 함께 무예를 하는 척 하겠습니다. 나를 당할 사람이 없을 테니 그 자리에서 소경을 쳐서 죽이고 송나라 군사를 물리치는 것이 옳고 만일 일이 어그러진다면 진심으로 항복하는 것이 옳을 것입니다. 그러니 군대의 위용을 갖추어 주십시오."

왕이 옳다고 여겨 준비를 하고 즉시 항복의 글을 송나라 진영으로 보내니 승상이 사신을 너그럽게 대접하였다. 좌우에 명하여 군사를 정렬한 후 호연기, 반셰, 마홍, 조위 등에게 십만 명의 군사와 함께 본진을 지키게 하여 운남 사람들이 반역할 것을 미리 방비하였다. 그리고 나머지 여러 장수들과 군사를 이끌고 운남왕의 항복을 받은 후 군대와 병기를 준비하여 성으로 들어갔다. 마을의 백성과 노인들이 향을 피우고 길을 닦아 승상을 맞이하는 가운데 소승상이 운남왕과 함께 궁중에 들어갔다. 왕이 승상을 가운데 자리에 앉히고 스스로 말석(末席)에 꿇어앉으니 승상이 편히 앉으라고 하며 좋은 말로 위로하기를 극진하게 하였다. 또 명령을 내려 군졸들이 백성을 침략하지 못하게 하니 성안 사람들이 모두 숙연해졌다.
46 운남의 군사들에게 차례로 자리를 주고 잔치를 베풀어 삼군을 위로하면

548) 팽환 : 일반적으로 '팽환'으로 표기되는데, 이 부분에는 '패환'으로 쓰여 있음. 팽환으로 통일함.
549) 구정(九鼎) : 중국 하(夏)나라의 우왕 때에 전국 아홉 주(州)에서 거두어들인 금으로 만들었다는 솥.

서 먼저 송나라의 풍류를 운남국의 왕과 신하들에게 보였다. 그 후 왕이 본국의 풍악을 연주하니 손님과 주인이 함께 즐거워하였다. 술이 두어 차례 돌 즈음 보니 운남왕의 뒤에 한 여장수가 갑옷과 투구를 갖추고 당당하게[550] 서 있는데 살기가 얼굴에 가득하였다. 이에 승상이 물었다.

"저 사람은 어떤 부인이냐?"

왕이 머리를 조아리며 말하였다.

"저희 나라의 왕비[551]입니다. 오늘 승상의 위엄과 덕을 구경하러 왔습니다."

소승상이 매우 의심이 되었지만 임시방편으로 자리를 내어 주고 눈을 들어 바라보지 않았다. 왕후 팽환이 소승상의 예절과 법도가 삼엄하고 위풍이 늠름한 것을 보고 매우 감탄하며 자신의 용맹함을 자랑하기 위해 앞으로 나가 말하였다.

"우리 운남국은 본래 여성 장수(將帥)가 많습니다. 승상과 제가 힘을 겨뤄 자웅을 한번 결정해보는 것이 어떻겠습니까?"

승상이 말하였다.

"너희가 이미 항복을 했으면서 번복하는 것은 무슨 까닭이냐?

팽환이 말하였다.

"번복하는 것이 아닙니다. 송나라 진영에 특출한 장수가 있다고 하기에 무예를 겨뤄 고하를 결정하고 싶은 것이지 다른 뜻은 없습니다." 47

말을 마치고 궁전(宮殿) 아래로 내려가서는 큰소리로 말하였다.

---

550) 당당하게 : {표연(飄然)}. 훌쩍 나타나거나 떠나는 모양이 거침없음을 의미함. 문맥을 고려하여 이같이 옮김.

551) 왕비 : {형포(荊布)}. 가시나무로 비녀를 하고 삼베옷으로 치마를 만들어 입는다는 '형차포군(荊叉布裙)'의 준말. 검소한 차림을 의미함. 문맥상 번왕이 자신의 아내를 가리키는 것이므로 이같이 옮김.

"누구든 나를 당할 자가 있으면 나오라."

그러자 자리에서 한 사람이 큰소리로 꾸짖으며 말하였다.

"운남국의 저 여자는 어떤 사람이기에 감히 대국의 사람을 업신여겨 적수가 없는 것처럼 거짓으로 위협하느냐?"

무리가 소리 지른 사람을 바라보니 그는 개미허리에 원숭이 같은 팔을 지니고, 키가 팔 척(尺) 오 촌(寸)[552]이며 굳세고 용감한 것이 두드러지게 뛰어나고 미목(眉目)이 수려하여 훤칠하고 씩씩한 자였다. 무리의 이목을 놀라게 한 그 사람은 바로 무예가 삼군 중에서도 으뜸인 호위 장군 운성이었다. 팽환이 화를 내며 말하였다.

"네가 우리의 용맹한 장수들을 다 죽였다고 들었다. 그렇다면 짐짓 영웅일 것이니 나와 한번 겨뤄보는 것이 어떠하냐?"

운성이 매우 기뻐하며 봉황과 같은 눈을 부릅뜨고 궁전 아래로 달려 내려가며 말했다.

"내가 너와 결투하는 것이 더럽지만 네가 원하는 대로 할 테다. 어떤 것으로 겨루겠느냐?"

팽환이 말하였다.

"천하에 일천 근(斤)[553] 하는 무쇠 솥이 두 개 있으니 이것을 한 손으로 들어 공중을 향해 던져 세 번을 받고 땅에 놓았을 때 얼굴색이 변하지 않는 사람을 영웅으로 정하자."

48 운성이 팽환에게 먼저 하라고 하였다. 팽환이 즉시 솥을 들어 공중에 던져 받기를 세 번 하고도 안색이 태연하니 좌우에서 일제히 칭찬하였다.

---

552) 촌(寸) : 손가락 하나 굵기의 폭. 길위의 단위.
553) 근(斤) : 무게의 단위. 한 근은 양지(洋紙) 500장의 무게.

운성이 즉시 옷을 걷고 나가 솥을 들어 휘두르며 공중에 던져 올려 발로 제기차기를 수십 번 했으나 호흡이 가빠지지 않고 한번도 멈추지 않으며 솥과 몸이 우뚝 공중으로 떠오르니, 보는 자 가운데 간담이 서늘하지 않은 사람이 없었다. 운성이 솥을 내려놓고 팽환을 보며 말하였다.

"힘의 고하(高下)가 어떠하냐?"

팽환이 말하였다.

"그대가 비록 힘은 있으나 능히 활쏘기로 겨룰 수 있겠는가?"

운성은 본래 백보천양(百步穿楊)[554]을 압도하였기 때문에 냉소하며 마음대로 하라고 말했다. 팽환이 즉시 백보 밖에다 나뭇가지 하나를 걸고 그 끝에 버들잎을 매어 활을 조준하고는 연달아 세 번의 활을 맞추니 운성이 말하였다.

"어찌 버들잎에다 맞추겠는가?"

좌우의 사람들을 시켜 잠자리 날개를 가져다가 가지 끝에 달고 360근 정도 무게가 나가는[555] 쇠 활을 조준하여 다섯 번을 쏘아 모두 구슬을 꿴 듯 맞추니 삼군의 장수 무리가 일제히 놀라며 칭찬하였다. 팽환은 심신이 산란하여 황망히 엎드리며 말하였다.

"장군은 진실로 하늘에서 내려온 신이십니다. 작은 변방 나라의 여인 49
이 사람을 알아보는 눈이 없어서 외람되게 맞선 죄 씻기 어렵습니다."

운성이 조금도 교만한[556] 빛을 띠지 않고 공경히 예로써 대하며 다시 자리에 앉아서 술을 먹었다. 소승상이 팽환의 당돌함을 보고 마음이 편치

---

554) 백보천양(百步穿楊) : 활 쏘는 솜씨가 매우 뛰어남을 이르는 말. 중국 초나라 때 양유기(養由基)라는 사람이 백 걸음 떨어진 곳에서 활을 쏘아 버드나무 잎을 꿰뚫었다는 데서 유래함.

555) 360근 ~ 나가는 : {삼셕[三石] 무긔}. 석(石)은 120근을 의미함.

556) 교만한 : {교긍}. 교긍(驕矜)'의 오기임. 교만하여 지나치게 자신을 가짐을 의미함.

앉아서 말하였다.

"우리나라는 본래 여성 장수(將帥)를 한 자리에 들이는 법도가 없다."

팽환이 부끄러워하며 들어갔고 운남국 무리들 가운데 운성의 강하고 용맹함에 항복하지 않는 자가 없어 승상께 치하하였다. 그러자 승상이 말하였다.

"어리석은 아이를 어찌 능히 일컬을 만하겠는가? 우리나라에는 지혜로운 꾀가 있고 뜻이 원대한 선비가 그 수를 세지 못할 만큼 많고 우리 아이 같은 자는 수레로 싣고 말로 된다고 해도 헤아리기 어렵다."

운남 사람들이 이 말을 듣고 모두 두려워하였다.

종일토록 기쁘게 즐긴 후 승상이 성에서 편하게 머무르며 병영에 목책(木柵)을 세우고 운성을 불러 상을 주니, 운성이 머리를 숙여 감사드리고 물러나 장막으로 돌아왔다. 절도사(節度使)[557] 조위 등이 서로 운성의 용맹을 칭찬하며 술을 올려 축하하니 운성이 반쯤 취하여 말했다.

"운남국 사람들이 약속을 뒤집으니 믿지 못할 사람들이다. 조심해야 할 것이니 술을 그만 마시는 것이 좋겠다."

50 하고 흩어져서 진영 중으로 돌아오니 운남 왕후 팽환이 와 있었다. 운성이 매우 놀라서 물었다.

"왕후가 어찌 이곳에 왔는가?"

"제가 조금 전 모인 자리에서 군후(君侯)[558]의 영웅 같은 모습을 보고 흠모하는 마음을 참지 못하여 여기에 왔습니다. 군후께서는 운우(雲雨)의 즐거움을 아시지요?"

557) 절도사(節度使) : 다른 말로 '번진(藩鎭)'이라고 함. 중국 당나라 때에 변방에 설치하여 군대를 거느리고 그 지방을 다스리던 관아의 으뜸 벼슬.

558) 군후(君侯) : 제후(諸侯)를 높여 부르는 말.

운성이 정색을 하고는 크게 꾸짖었다.

"너는 바다 밖의 오랑캐 여자요 나는 중국의 큰 신하이다. 서로 대하는 것만으로도 더럽게 여기는데 어찌 만고의 강상(綱常)[559]을 어그러뜨리겠느냐? 계집의 행실이 이 같으니 너를 베어서 죄를 밝히고 싶다만 그렇게 하면 양국 간의 평화로운 분위기가 없어질까 두려워 그렇게 하지는 않을 것이니 어서 물러나라."

기색이 엄하고 바르니 팽환이 매우 부끄러워하면서 돌아갈 수밖에 없었다. 그래도 화가 나서 소리를 질렀다.

"송나라 장수가 운남 왕후를 겁탈하려 하는데도 대장이 알지 못하니 어찌된 까닭이오?"

승상이 매우 놀라 급히 장막 가운데에 올라가서 소리치는 자를 잡아오라고 하였다. 팽환을 잡아오니 승상이 놀라서 물었다.

"무슨 까닭으로 왕후가 한밤중에 와서는 이상한 말을 하느냐?"

팽환이 대답하였다.

"아까 소장(蘇將)이 군중에 들어가서는 첩을 데리고 와서 겁탈하려하니 51
사정이 위급하여 소리를 질렀습니다."

승상이 듣기를 마치고는 매우 화가 나서 무사를 시켜 운성을 끌어내어 베라고 하였다. 운성이 크게 부르짖으며 말하였다.

"아버지께서 어찌하여 간사한 말을 정말로 들으시고 저를 죽여 운남 사람의 원수를 갚으려고 하십니까?"

소승상이 물었다.

"네가 무슨 억울하고 답답한 것이 있느냐?"

---

559) 강상(綱常) : 삼강(三綱)과 오상(五常)을 아울러 이르는 말. 곧 사람이 지켜야 할 도리를 이름.

운성이 상황을 처음부터 끝까지 자세하게 말하였고, 모든 장수들이 한꺼번에 말하기를 운성이 자신들과 더불어 있다가 떠나 방금 장막으로 왔으니 이런 일은 있을 수 없다고 하였다. 이에 승상이 운성을 놓아주고 팽환을 돌려보내니, 운성이 분노를 참지 못해 칼을 빼 들고 맹세하였다.

"이 발칙한 여자를 죽이지 못한다면 어찌 한을 풀겠는가?"

조위가 말리며 말하였다.

"공이 만일 그 여자를 해친다면 이는 장군의 명령을 거역하는 것이 되며, 운남국이 다시 반역하여 우리들이 수고한 것이 그림의 떡이 될 것입니다."

부원수 반세가 웃으며 말하였다.

"이 일은 다 운성 그대의 풍채와 태도 때문에 발생한 것이니 누구를 원망하겠는가?"

화를 풀라고 권하고는 다시 사람들을 모아 술을 마시며 밤을 새웠다.

다음날 아침 운남의 국왕이 문안을 하고 곧바로 이야기를 나누고 있는
52 데 갑자기 운성이 팽환의 머리를 베어서 사람들이 모여 있는 곳에 던지고 국왕에게 처음부터 끝까지 상황을 말하였다. 왕이 비록 오랑캐 나라의 사람이긴 하지만 예의를 아는 사람이기에 크게 부끄러워하며 팽환을 죽인 것이 마땅하다고 여겼다. 소승상이 담소하고 은근히 위로하며 팽환을 성의 있게 장례하라고 하였다. 그런 후 운성이 장군의 명령을 거역하였으므로 그의 벼슬을 빼앗고 백의종군(白衣從軍)[560]하도록 하였다. 모든 사람들이 그 법률과 명령이 엄한 것을 보고 칭찬하고 탄복하였으며 분위기가 숙연해졌다.

---

560) 백의종군(白衣從軍) : 벼슬 없이 군대를 따라 싸움터로 감.

승상이 삼군을 쉬게 한 후 날을 택하여 본국으로 돌아가니,561) 운남국의 임금과 신하가 백 리 밖 장정(長亭)562)에 와서 배웅하였다. 승상이 예법과 충효를 가르쳐주고 서로 이별을 하니 운남국 사람들이 다 눈물을 흘렸으며 승상의 위대한 덕을 잊지 않고 비(碑)를 세우고 '생사당(生祠堂)'563)을 지어 네 계절에 맞추어 제사를 지냈다.

운남국을 치고 큰 공을 이룬 것이 비록 승상의 지혜와 위엄 있는 풍모의 덕도 있겠지만 운성의 공 덕분이었다. 모든 장수들이 그 전공(戰功)을 말하였고, 그래서 행군할 때에 다시 옛 벼슬을 주었다. 그러나 그 공적을 장부에 적어 올리지는 않으니 모든 군사들과 장수들이 다 불쾌하게 여겼다. 이에 승상이 말하였다.

"아버지와 자식이 서로 의지하는 것은 천지 간의 인정상 당연한 것이
다. 내가 어찌 자식을 자랑하고 또 공을 중하게 여기고 싶지 않겠는가 53
마는 운성이 이제 겨우 백면서생(白面書生)일 뿐이니 행여 아버지를 구하고 적을 대적했다고 해도 어찌 족히 땀 흘려 싸운 공564)이 있다고 하겠는가?"

끝내 무리들의 말을 치부책(置簿冊)에 쓰지 않고 운성의 공을 칭찬하지 않으니 모두들 아까워하였다.

한번 본국으로 향하기로 하니 나라로 돌아가고자 하는 마음이 화살 같았지만 임무가 막중하여 하루에 백여 리 씩 행군을 한 후에는 쉬고 군사

---

561) 본국으로 돌아가니 : {절월[節鉞]을 두로혈식}. 절월(節鉞)은 천자가 출정하는 장수에게 주는 신표와 도끼를 말하며, '두로혈식'는 돌이킴을 의미함. 문맥을 고려하여 이같이 옮김.

562) 장정(長亭) : 예전에 먼 길을 떠나는 사람을 전송하던 곳.

563) 생사당(生祠堂) : 감사나 수령의 선정을 찬양하는 표시로 그가 살아 있을 때부터 백성들이 제사 지내는 사당.

564) 땀 ~ 공 : {한마지공(汗馬之功)}. 전투장에서 말을 타고 힘겹게 싸움을 의미함.

를 자주 생각하며 또한 경치도 유람하면서 갔다. 그러다보니 떠난 지 여러 날이 지났음에도 경성에 이르지 못하였고 출정(出征)한 지는 이미 일 년이 지나 춘정월(春正月)[565] 망간(望間)[566]이 되었다.

재설(再說).[567] 자운산 승상의 부중에서 양태부인이 소부인, 석부인 두 사람과 함께 강정으로 가고 집안의 크고 작은 일상사를 경국부인 화씨가 총괄하여 행하니 집안 일이 산란하고 법도가 없었다. 이때 운명이 세 부인과 더불어 매일매일 즐기면서도 오로지 이씨에게만 깊은 정이 날로 더해졌다. 그래도 임씨는 조금도 투기하지 않았지만 정씨 혼자 앙앙[568]하여 심복(心腹) 시녀 취란 등과 함께 조용히 의논했다.

54 "집안에 나를 거리끼는 사람이 없으니 작은 계교로 진평(陳平)이 범증(范增)[569]을 이간하던 꾀[570]를 써서 적국을 쓸어버리는 것이 가능할 것이다. 어떻게 생각하느냐?"

두 사람이 말하였다.

"집안에 사람이 많고 또 이씨가 인심을 굳게 얻고 있으니 계략을 펴는 것이 어렵지 않을까 합니다."

정씨가 손사래를 치고 웃으며 말하였다.

"너희들은 알지 못하느냐? 이 집안에서 청렴하면서도 공정하고 명백한

---

565) 춘정월(春正月) : 봄이 시작되는 음력 정월.
566) 망간(望間) : 음력 보름 쯤.
567) 재설(再說) : 이미 한 이야기를 다시 함. 다른 이야기를 하다가 다시 처음 이야기를 잇대어 할 때 그 첫머리에 쓰는 말.
568) 앙앙 : 매우 마음에 차지 않거나 야속함을 의미함.
569) 범증(范增) : 진나라 말기 항우의 모사(謀士).
570) 이간하던 꾀 : 항우의 진영에서 유방에게 사신을 보내자 유방이 잔치를 베풀며 사자에게 "이런 범증의 사자인가 했더니 항우의 사자였던가?"라고 말하고 준비한 귀한 요리를 모두 물리고 형편없는 요리를 가져오게 함. 사자가 돌아가서 이러한 상황을 항우에게 보고하였고 이로 인해 범증은 항우의 신뢰를 잃게 됨. 이것은 진평의 계책으로 항우로부터 유방의 내통자로 의심을 받은 이후 실권을 빼앗기고 항우를 떠나 팽성으로 돌아가던 중 범증은 등창이 터져 죽게 됨.

사람은 승상과 양부인이어서 그들은 비록 진평(陳平)과 제갈량(諸葛亮)이 다시 살아난다고 해도 속이지 못할 것이다. 또한 석부인과 소부인 두 사람은 밝고 현명하며 마음이 너그럽고 어질어 사람들이 참소하는 말을 듣지 않는다. 병부상서 운성은 영민한 것이 남보다 뛰어나 잠자코[571] 다니면서 한번 흘겨만 봐도 기색을 알아채서는 조용하던 일을 들춰낸다. 또 골격이 굳세고도 용맹하여 어떠한 일도 헤아리지 않고 자기의 뜻에 의심이 들면 반드시 찾아내는 사람이다. 그러니 내가 만일 이씨를 해하려 했다가 일의 기미가 세어나가면 부끄러울 것이다. 지금 이 네다섯 사람이 없으니 다행이다. 하늘이 내게 기회를 주신 것이니 어찌 이때를 잃겠느냐? 때를 틈타 없애면 화근이 없어질 것이다." 드디어 계책을 냈다.

승상의 가객(佳客)[572] 성영이 본래 인물이 간교하였다. 정씨가 뇌물을 55
흩어 주어 집안사람들의 인심을 사고 또 돈과 비단을 성영에게 주어 여차여차 하라고 하였다. 슬프다! 이씨에게 액운이 닥쳐오는구나.

이때 진종황제가 위보에서 적들에게 둘러 싸였던 것을 헤치고 돌아오시니, 조정에서 운경과 운현에게 황제의 가마를 맞이하라고 하였다. 두 사람이 길을 떠나니 집안에는 더욱 꺼리거나 어려워할 사람이 없었다. 정씨가 매우 기뻐하면서 급히 간악한 계교를 행하였다.

하루는 운명이 모든 벗들과 함께 외당에서 술을 먹고 취하였는데, 성생이 갑자기 눈물을 흘리고 탄식하며 한숨을 짓고는 상사의 시를 읊었다. 운명이 웃으며 말하였다.

---

571) 잠자코 : {숨〃코}. 미상. 문맥을 고려하여 이같이 옮김.

572) 가객(佳客) : 반갑고 귀한 손님이라는 의미지만, 집에 머물러 있도록 한 손님이라는 의미로 쓰였음.

"형이 고향을 떠난 지 오래되어서 어버이에 대한 그리움이 깊은 것입니까? 왜 근심스러워 하고 슬퍼합니까?"

성생은 답이 없었으며 매우 취하여서 소매 속으로부터 한 통의 편지가 떨어지는 것도 알지 못하였다. 소생이 보니 얼핏 이씨의 글씨와 같아 보였다. 매우 이상했으나 그럴 리가 없다고 생각하고는 별 의미를 두지 않고 다른 말을 하다가 흩어졌다.

56 운명이 피곤해서 마루 가운데 누워 있는데 난간 아래에서 사람의 조용한 말소리가 들려 저절로 귀를 기울이게 되었다. 들으니 이소저의 시녀 옥난과 매섬의 소리였는데 서로 웃으며 말하고 있었다.

"상공이 설사 여러 날을 안 들어 오신들 그 사이 상공을 잊고 부녀자의 행실을 버리고 성생과 사통하다니, 과연 사람 속 깊이는 측량하기 어려워. 소저가 그리 정결하고 아름답다고 하더니만 이렇게 더러운 행실을 기꺼이 할 줄 누가 알았겠어?"

운명이 이상한 생각이 들어서 물어보려고 하다가 방해가 될 것 같아 그만두었다. 그 후부터 의심이 되긴 했지만 정이 간절하여 발길을 끊지는 못하였다. 그래도 이씨에 대한 사랑이 줄어들긴 했다.

하루는 모든 형제들은 나가고 없는데 봄빛이 빛나고 명현궁 동산에 온
갖 꽃이 만발하였기에 운명이 성생을 불러 함께 풍경을 감상하였다. 이때
갑자기 성생이 숲 사이로 가서는 어떤 사람과 함께 조용히 말을 나누며
그윽하게 글을 보기에 운명이 자세히 보니 그 사람은 이씨의 시녀 옥난이
57 었다. 운명이 가만히 생각하기를 성생이 옥난과 사통하는 것인가 싶어
불러서는 희롱하면서 말하였다.

"성형은 누구랑 숲에서 무슨 일을 합니까? 어여쁜 여인이 편지를 전하

는 것입니까?"

성생이 듣기를 마치고는 거짓으로 놀라는 척하며 급히 몸을 돌이켜 숲에서 나오고 옥난은 놀라며 숨어서 달아났다. 운명이 매우 의심이 되어[573] 성생의 소매를 붙들며 보던 글을 한번 보자고 하니 성생이 평생의 힘을 다하여 강하게 거부하며 보여주지 않았다. 그래서 운명이 더는 강제로 청하지 않았다.

이날 취봉각에 가서 이씨를 보니 소저가 단의(襢衣)를 입고 수수하고 엷게 화장을 한 채 책상을 마주하고 앉아서는 예교에 대한 책을 읽고 있었다. 애처로운 태도와 세상에 뛰어난 풍채가 촛불 아래서 빛나니 새삼 생의 정이 무르익었다. 그러나 시녀의 말을 들은 후로는 괘씸한 생각이 들어서 속으로 깊이 생각하며 말을 않고 눈썹 위에 노기(怒氣)를 가득 띠고 있었다. 이씨 또한 마음 속으로 이상하게 생각했지만 아는 척하지 않고 잠자리로 나갔다.

운명이 일의 근본을 알고 싶어서 다음날 또 성생을 불러서 한가하게 이야기를 주고받는데 성영이 말하였다.

"제가 이제 고향에 돌아가려고 하니 ˙스승님을 다시 뵙지 못할 것 같아 58
슬픕니다."

소생이 말하였다.

"형이 일찍이 우리와 함께 지낸 지 10여 년 동안 돌아가겠다는 말을 하지 않더니 무슨 이유로 갑자기 돌아가려고 합니까?"

영이 길게 탄식하고는 말을 하지 않다가 오랜 후에 말하였다.

---

573) 의심이 되어 : {호의(狐擬)업디 못ᄒᆞ야}. 여우가 의심이 많다는 뜻으로 매사에 지나치게 의심함을 이르는 말.

"제 마음 속의 깊은 뜻을 형은 모를 것이니 고향에 돌아가게 되는 날 그 까닭을 말하겠습니다."

운명이 웃으며 말하였다.

"무슨 일인지 미리 말하지 않겠습니까?"

영이 머뭇거리다가 다가와 앉은 후 말하였다.

"그대의 집안에 이씨라고 하는 시녀가 있습니까?"

소생이 한참을 생각하다가 말하였다.

"집안에 시녀가 많으니 성을 어찌 알겠습니까? 왜 형이 그것을 묻습니까?"

영이 두 번 세 번 머뭇거리다가 눈물을 흘리며 탄식하였다.

"제가 이미 고향에 아내가 있고 또 여색에 빠진 적이 없었는데, 올 해 1
월 1일 밤에 형의 집 시녀라고 하는 한 미녀가 나와서 나를 부르더니
그윽한 난간에서 정과 회포를 말하였습니다. 이후로 왕래가 빈번하니
내 마음에 무심하게 대하지 못하겠어서 서로 저버리지 않겠다는 언약
59 도 굳게 하였습니다. 그런데 요사이 그 여자가 잉태를 하였습니다. 어
찌 나의 골육이 귀하지 않겠습니까마는 늙으신 어머니께서 병드셨다
는 기별을 듣고 사람 된 자로서 차마 객지에 머물지 못하겠어서 급히
돌아가려 했습니다. 그랬더니 그 여자도 따라가겠다고 여러 번 청하였
습니다. 그렇지만 사부의 은혜가 깊으신데 시녀를 도적질해서 도망가
는 것은 옳지 않으니, 둘의 정이 어찌 애틋하지 않겠습니까? 그래서 그
대에게 부탁합니다. 내가 지금 가면 빨리 돌아올지 더디게 올지 정하
지 못할 것입니다. 형은 나의 골육을 어여삐 여기시어 아이를 낳고 난
후 사부께 말씀드리고 은혜를 입어 자라거든 아버지를 찾게 해 주십시

오."

소생이 듣기를 마치고 물었다.

"그 여자가 어떤 사람인지 알 수가 없습니다. 행여 필적(筆跡) 같은 것이 있으면 자세히 알아 두었다가 보호해 주겠습니다."

성생[574]이 그렇다 하고 응낙하며 소매 속에서 두 통의 편지를 꺼냈다. 운명이 한번 보니 그것은 바로 이씨의 필적이었다. 글 속의 간절한 형상은 차마 보지 못할 정도였다. 운명이 다 보고나니 매우 화가 나고 또 부끄러워서 온 얼굴이 벌개져서 말없이 탄식하다가 말하였다.

"제가 모친께 말해서 시녀 가운데 성씨를 물어 형에게 답을 주겠습니 60
다."

성영이 두 번 세 번 감사를 하고 돌아갔다. 운명이 속으로 매우 화가 나서 글을 가지고 바로 취봉각으로 갔다. 가서 이씨를 보니 화가 하늘을 찌를 듯하여 크게 꾸짖으며 말하였다.

"음란한 여자 이씨는 무슨 면목으로 여기서 나가지 않고 있느냐?"

이씨가 매우 놀라고 의아해서 낮은 목소리로 물었다.

"제가 비록 불민(不敏)하지만 오늘 군자께서 책망하는 말씀하시는 것은 기꺼이 받아들일 수가 없습니다. 무슨 까닭으로 이렇게 구박하시는지 알지 못하겠습니다."

생은 본래 성정이 조급한 사람인지라 별안간에 눈동자가 둥글어지고 안색이 찬 잿빛이 되어서는 아무 말도 못하고 또 분노를 몰아내지도 못하여 화를 억제하지 못한 채 팔다리를 떨면서 차고 있던 칼을 빼 난간을 두드렸다. 그러면서 소리를 질러 봉당(封堂)[575]에 있던 시녀들을 다 잡아 내

574) 성생 : {셩식}. 성생의 오기임.

형벌 도구를 갖추고 차례대로 따져[576] 소저와 성영이 사통하던 것을 트집 잡아 물으니 그 광경이 매우 놀라웠다. 소저가 생의 거동을 보고 하늘을 우러러 탄식할 뿐 말을 하지 않았다. 소생이 이미 다른 시녀들에게 따
61 진 후 옥난과 매섬 등에게 이르니, 두 시녀가 울면서 거짓으로 말하였다.

"저희는 부인의 휘하에 있는 시녀[577]이니 어찌 사리를 알겠습니까? 다만 부인이 글을 주시면 주인의 명을 어길 수 없어서 성생에게 전한 것뿐입니다. 이밖에 딴 것은 진짜로 아는 것이 없습니다."

생이 듣고는 분노가 백장(百丈)이나 솟아나서 춘앵을 불러 소저가 잉태를 하였는지 아닌지 물으니 앵이 감히 속이지 못하여 이소저가 잉태한 지 다섯 달이 되었다고 사실을 말하였다. 이는 정씨가 옥난 등과 뜻을 같이 하여 알아낸 것으로 성생에게 전하여 계교를 짠 것이다. 생이 소저의 잉태한 사실을 모르기 때문에 이 일을 엮으면 더욱 상황이 분명해질 것이라고 여겨서 이씨를 처치할 계교로 생각했던 것이다. 이파가 와서 그 거동을 보고 놀람을 이기지 못하여 자세히 물어 듣고는 기운 없이 탄식하며 천천히 말하였다.

"우리 집안이 밝고 고요하여 물 같고 안팎이 엄한 것이 현격하며 시녀 아이라도 중문(中門) 밖을 나가지 못하는데 부인 소저가 외당(外堂)에 가서 손님을 어찌 만나겠습니까? 천한 시녀 중 하나가 성생과 간통한 것
62 이며 시녀가 실토한 것은 중한 형벌을 견디지 못하여 그런 것이니 낭군은 맹랑한 말을 듣고 믿어서는 엉뚱하게 소저를 의심하지 마십시오."

생이 침묵하며 답이 없으니 이파가 다시 말렸다. 그러나 생이 오히려

575) 봉당(封堂) : 안방과 건넌방 사이의 마루를 놓을 자리에 마루를 놓지 않고 흙바닥 그대로 둔 곳.
576) 따져 : {져워}. '져주다'는 따지다, 고문하다의 의미임.
577) 휘하에 ~ 시녀 : {당하(堂下) 시연}. '시연'을 시녀(侍女)로 보아 이같이 옮김.

새겨 듣는 빛 없이 밖으로 나갔다. 이파가 돌아와서 눈물을 흘리면서 석파에게 말하였다.

"우리 집안에 태부인과 승상이 안 계시니 이런 일이 생긴 것입니다. 어찌 놀라운 일이 아니겠습니까?"

석파가 하늘을 우러러 보며 탄식하였다.

"흥하고 쇠락하는 것은 다 운명에 따른 것입니다. 저 모자[578]는 이미 예의와 법도를 버렸고 행하는 일마다 다 권도(權道)와 패악한 술수들입니다. 편협하여 직언도 듣지 않으니 몸과 마음을 닦아 수양하고 집안을 다스리는 것이 산란한 것은 예삿일입니다. 우리는 다만 일을 처치하는 것을 볼 뿐 그것에 간여하여 근심할 것이 못됩니다."

이파가 말이 없었다.

이때 이씨는 뜻밖에 운명이 화를 내는 것을 본 후 정신을 차리고 생각
하니 자기 한 몸에 천 가지 슬픔과 원망이 모두 있는 것 같았다. 푸른 하
늘을 우러러 하소연을 해도 알 수 있는 것이 없고 좌우를 돌아보아도 의
지할 만한 사람이 없으니[579] 한번 죽어서 저승 아래 있는 부모의 신령을 63
따르고 싶었다. 그러나 뱃속에 있는 아이를 생각해서 일생의 오명을 씻겠
다는 큰 뜻을 먹고 마음을 넓게 가지며 서러운 것을 참았다. 그러면서 날
이 새도록 비단으로 된 지게문을 굳게 닫고는 사람을 보지 않은 채 이불
속에 누워 있었다.

이때 갑자기 정씨가 온 얼굴에 살기를 띠고는 엎어질 듯 이르렀다. 소저가 놀라서 황급히 비단 이불을 헤치고 일어나 맞았다. 정씨가 옷 사이

---

578) 저 모자 : 화씨와 소운명.
579) 의지할 ~ 없으니 : {ᄉᆞ구무친}. 'ᄉᆞ고무친[四顧無親]'의 오기로 보아 이같이 옮김.

에서 서리 같은 칼을 빼서는 분간할 틈도 없이 바로 소저를 향해 지르려고 하는데, 마침 시녀도 다 나가고 방문도 굳게 닫혀 있어 창졸간에 피하기가 어려우니 상황이 매우 위급하였다.

이때 운명의 소리가 가까이에서 나니 정씨가 칼을 감췄다. 소생이 들어와 앉는데 눈썹 위에 화가 난 기색이 가득하였다. 이씨가 정신이 혼란스러운 가운데 생을 보고는 한스러움이 저절로 나오니 세 사람이 다 좋은 기색이 없었다. 갑자기 시녀가 밖에 문학사[580]가 와있다고 고하니 운명이 문득 일어나 나갔다. 그리고 시녀들이 모이니 정씨 또한 모호하게 급히 돌아갔다.

64 이씨가 그 뜻을 알아채고 스스로 지난날의 꿈을 풀어보면서 마음 속으로 탄식하며 생각했다.

'하늘은 도리가 밝아서 보응하는 것이 분명하니 나는 이미 저와 전생의 원수였다가 이번 세상에서 잘못의 대가를 받는 것이다. 어찌 다른 사람을 탓할까? 이 때문에 정씨가 나를 해치려 하는 것이 분명하니 고초를 겪고 원통함과 억울함을 감내하며 훗날 밝은 하늘의 광명을 기다려야 할 것이다.'

하고는 이 일을 입 밖에 내지 않았다.

운명이 외당에 나와서 문언박을 만나 조용히 말을 나누다가 문생이 간 후 혼자 앉아있는데 갑자기 성영이 들어와서 하직인사를 하였다. 성생을 일단 보게 되자 심사가 안 좋아 인사말을 마치고는 말을 하지 않으니 성생이 말하였다.

"형은 내가 말한 정인(情人)을 찾았습니까?"

580) 문학사 : 문언박을 가리킴. 소승상의 문하생임.

운명이 문득 얼굴색이 변하여서는 말하였다.

“일이 너무 많아서 까마득하게 잊어버렸습니다. 조용히 찾아볼 것이니 형은 마음 놓으십시오.”

성생이 슬프게 탄식하며 하직인사를 하고 나가다가 이씨의 시녀 매섬을 만나자 반가워하며 말하였다.

“이낭자는 편안하시냐? 내가 너를 정말 만나고 싶었다.”

그러고는 소매 속에서 편지 한 통을 꺼내 매섬에게 주니 매섬이 급히 65
받아 안으로 들어가서는 곧 답장을 가져와 성영에게 주며 말하였다.

“소저가 낭군을 보지 못하며 멀리 이별하는 것을 슬퍼하시지만 집안의 법도가 삼엄하여 함부로 나오지는 못하고 한 통의 편지로 사례하고 진주 비단 주머니로 정을 표하셨습니다.”

성영이 그것을 받고 탄식하며 이윽히 힘없이 있다가 매섬과 헤어져 돌아갔다. 이 상황이 만일 요사스런 무리가 한마음으로 짠 것이 아니면 어찌 이렇게 공교롭게 맞을 수 있겠는가?

이때 운명이 난간에 기대어 섰다가 이 광경을 훔쳐보고는 화를 참지 못하여 바로 이씨의 침소로 가서 좌우를 살펴보았다. 슬프구나. 이씨는 어떻게 이 액운을 벗어날까? 성영의 편지가 이씨의 경대 속에 들어가 있으니 소생이 간사한 사람들이 훼방을 놓는 것인줄 어찌 알겠는가? 더욱 의혹이 생겨 떨쳐 일어나서는 편지를 가지고 녹운루[581]에 들어가 모친에게 일의 처음과 끝을 자세히 말하였다. 화부인이 처음에는 믿지 않다가 편지를 보고 나머지 일을 듣고는 마음이 매우 편치 않아서 정색을 하며 말하였다.

581) 녹운루 : 화부인의 처소.

66 "이는 평범한 허물이 아니다. 이 일은 매우 중대한 것이니 마땅히 다스리기를 가볍게 하지 말거라."

운명이 흔연히 명을 듣고 좌우를 돌아보니 이파, 석파 두 서조모가 앉아 있기에 물었다.

"두 할머님의 소견은 어떠한가?"

석파가 길게 울며 말하였다.

"나 같은 노인이 어찌 남몰래 한 일을 알겠습니까?"

이파가 말하였다.

"첩인들 어찌 소견이 있겠습니까? 다만 성생이 말하기를 1월 1일 밤에 이소저가 자신을 불렀다고 하니, 문을 지켰던 종을 힐문하여 그 밤에 왕래했던 사람을 조사하면 진실인지 거짓인지 알 것입니다."

운명이 옳다고 여겨 좌우의 협문을 지킨 창두(蒼頭) 백여 명에게 따지니, 취봉각 동산의 문을 지키던 종 영녕이 죄를 실토하였다.

"소인이 승상의 엄명을 받았는데 어찌 지키기를 게으르게 하겠습니까마는 이부인이 많은 뇌물을 주시고 문을 열어달라고 하셔서 소인이 감히 거역하지 못하고 명을 따랐습니다. 받아둔 금과 비단을 증거로 가지고 있습니다. 어찌 조금이라도 속이는 것이 있겠습니까?"

하고는 숨겨두었던 것을 드렸는데, 그것은 오백 금과 은을 싸고 그 위에
67 이씨의 필체로 물건을 싼 종이에 무언가를 쓴 것이었다. 운명이 이것을
보고 더욱 화가 나서 급히 내당으로 들어와 사람들에게 이 말을 고하니
화부인이 매우 꾸짖으며 말하였다.

"원래 저가 길에 떠돌면서 행실이 천하였고, 또 네가 세 명의 부인을 두었으면서도 애증이 고르지 않았으니, 이를 한스러워 하여 이런 행동을

한 것이다. 마땅히 죽여 한을 씻을 것이다."

하고는 모든 며느리들과 자녀들을 모아 이씨의 죄를 말하고 다스릴 방도를 의논하였다. 이때 운경과 운현이 돌아오지 못하였고 운성이 승상을 따라 출정하였으니 한림 운희가 맏이로 있었다. 그는 본래 타고나기를 완전히 그 어머니를 닮아서 이씨의 애매한 일을 보고도 한심하게 앉아 있었다. 운의, 운숙, 운필은 관(冠)을 숙이고 얼굴색이 보랏빛이 되어서는 집안이 산란하여 멋대로 되는 것을 다만 슬퍼할 뿐이었다.

부인이 자신의 아들들은 다 옳다고 여기는데 운의 등[582]이 말을 믿지 않는 것을 보고 안색을 고치며 말하였다.

"내가 비록 너희들을 낳지는 않았지만 모자지간의 의리[583]가 있다. 어찌 소견을 말하지 않느냐?"

운의는 침착하고 정직하며 밝고 현명한 사람이었다. 운숙과 운필이 다 68
성품이 어질고 약하여 애매한 것을 알면서도 능히 내어 말하지 못하고 묵묵부답하자 운의가 엎드려 말하였다.

"생각해 보건대 부족한 소견으로는 어머님의 밝으심에는 비록 미치지 못합니다. 그러나 일찍이 아버님을 모시고 익히 듣기로 이씨의 사람됨이 옛적의 열녀보다 낫다고 하셨습니다. 그러니 어찌 이런 일을 하겠습니까? 집안에 어질지 못한 사람이 때를 틈타 어질고 사리에 밝은 여자를 잡으려 하는 것입니다. 운명이 망령되게 그 말을 곧이듣고 경박한 행실을 하여 어지러운 말을 하니 아름답지 않은 일이 점점 일어나 온 집안의 너그러움을 잃게 했으며 아버님께서 규방 교화 하시던 일을

582) 운의 등 : 석부인의 아들이 운성, 운현, 운의, 운숙, 운필이므로 이들을 가리킴.
583) 모자지간의 의리 : {모ᄌᆞ의지}. 모자지의(母子之義)의 오기임.

손상시켰습니다. 이 때문에 우리 소씨 집안의 높은 절개가 무너지고 집안의 명성에 욕이 되었습니다. 저의 어리석은 소견으로는 여덟째 아우를 엄하게 꾸짖으시고 매섬과 옥난 그리고 영신 등을 집안의 옥에 가둬 두었다가 아버지께서 돌아오신 후 이씨가 아이를 낳으면 운명의 피와 섞어서 진실인지 거짓인지 분변하면 쉬운 일이라고 생각됩니다."

화부인이 기뻐하지 않고 얼굴색이 변한 채 말하였다.

69 "이는 썩은 선비의 물정 모르는 소견이다. 이씨의 죄악이 분명하게 드러났는데 왜 사람을 기다리며 수고스럽게 피를 섞어 보겠느냐? 며느리들의 소견은 어떠하냐?"

맏며느리 위씨가 두 번 절하고 말하였다.

"이씨가 평소에 행동을 가을의 찬 서리같이 하니 비록 종의 말과 필적이라는 증거물이 있지만 저는 그것이 진짜인지 알지 못하겠습니다. 오직 바라건대 어여삐 여겨주십시오."

둘째 며느리 강씨가 대답하였다.

"제 생각으로는 필적이 범상한 글자체가 아니니 다른 사람이 대신 쓴다고 해도 누가 능히 저것처럼 쓸까 싶습니다."

셋째 형씨가 자세를 고쳐 엎드려서는 말하였다.

"집안이 불행하여 이런 변이 있으니 저희들의 어둡고 우매한 소견이 어찌 밝게 물으시는 것을 당하겠습니까? 그러나 성인이 말씀하시기를 좌우에서 분명 죽이라고 해도 죽이지 말고 재상[584)]이 가히 죽일 만하다고 해도 듣지 말며, 천하 사람이 죽일 만하다고 하여도 듣지 말고 오직 내 눈으로 친히 본 후 죽이라[585)]고 하였습니다. 사람의 마음은 측량

584) 재상 : {태위(台位)}. 삼공(三公)의 자리라는 뜻으로 재상(宰相)을 달리 이르는 말임.

하지 못할 것이니 이것이 오히려 이씨를 애매하게 만들고 일을 헷갈리 70
게 하려는 사람이 이런 짓을 한 것이라 해도 누가 능히 알겠습니까? 이씨의 평소 행실이 얼음같이 좋고 옥같이 맑은 것은 사람마다 아는 일입니다. 어찌 이전의 높은 행적을 구태여 믿지 않고 이런 맹랑한 일을 믿겠습니까? 하물며 시녀와 노복의 입에서 나온 말과 허무한 두어 장의 글로써 가볍게 증거를 삼는 것은 한심한 일입니다. 청컨대 어머님께서는 이씨의 음란한 일을 친히 보시기 전까지는 이런 맹랑한 말씀을 듣고 믿지 마십시오."

넷째 며느리 조씨가 웃으며 말하였다.

"이씨를 잡으려 하는 사람은 멀리 있지 않습니다."

다섯째 홍씨, 여섯째 유씨, 일곱째 성씨 등은 서로 바라볼 뿐 진실과 거짓을 알지 못하였다. 여덟째 임씨가 옷깃을 바로하고 절하며 말하였다.

"저는 이씨와 일명 적국(敵國)입니다. 그렇지만 어찌 작은 사사로운 정이나 꺼리는 마음으로 어머님 전에 감추는 것이 있겠습니까? 이씨는 평소 덕행이 견고하고 엄숙한 태도가 맑고 높아서 백희(伯姬)가 불에 타서 죽은 것[586]과 반비(班妃)가 궁궐의 문[587]을 나서지 않은 것[588]을 본받고 일찍이 함부로 당에서 내려오지도 않았습니다. 그런데 어찌 집안

585) 성인이 ~ 죽이라 : 『맹자(孟子)』 「양혜왕(梁惠王)」 장구(章句) 상(上)에 "성인이 말씀하시기를 좌우에서 분명 죽이라고 해도 죽이지 말고 재상이 가히 죽일 만하다고 해도 듣지 말며, 천하 사람이 죽일 만하다고 하여도 듣지 말고 오직 내 눈으로 친히 본 후 죽이라[左右皆曰可殺, 勿聽, 諸大夫皆曰可殺, 勿聽, 國人皆曰可殺, 然後察之見可殺焉]."는 내용이 있음.

586) 백희(伯姬)가 ~ 것 : 노(魯)나라 선공의 딸인 백희가 결혼한 지 17년이 지난 해, 백희의 궁에서 불이 났는데 보모와 부모가 없이는 밤에 당을 내려갈 수 없다는 예법을 지키다가 불에 타 숨진 사건을 가리킴.

587) 궁궐의 문 : {국문}. '궁문(宮門)'의 오기임.

588) 반비(班妃)가 ~ 것 : 성제(成帝)의 비(妃) 조비연(趙飛燕)의 모략으로 임금의 사랑을 잃은 반첩여(班婕妤)가 태후를 모시고 장신궁(長信宮)에 머물면서 절개를 지키며 지낸 것을 가리킴.

71 손님을 알겠습니까? 설사 안다고 한들 금과 비단을 어디에서 얻어 문지기에게 주고 또 어디로 가서 성생을 찾아 데려왔겠습니까? 게다가 옥난이 명현궁 화원에 가서 성생과 함께 글을 주고 이야기를 나눴다고 하니 더욱 이치에 맞지 않습니다. 성생이야 설사 이씨가 시녀인 줄 알아 거리낌이 없었다고 하더라도 옥난은 낭군을 거리낄 텐데, 어찌 구태여 낭군과 성생이 환담을 나누는 곳에 따라가서 가만히 통하였겠습니까? 이것은 분명 이씨를 해치려는 사람이 옥난 등과 한 마음을 먹고 거짓으로 숨기는 척하면서 실제로는 낭군이 알도록 하려 했던 것입니다. 경대 속 성생의 편지는 반드시 같은 마음을 먹은 시녀가 경대 속에 이씨 몰래 넣어둔 것입니다. 만일 진짜로 이씨가 한 일이면 어찌 글을 없애지 않고 경대에 던져두었겠습니까? 음란하고 방탕하며 간사하고 교활한 일을 만들어 어머님의 총명을 가리고 낭군의 화를 돋우니, 이 일을 지어낸 자는 바깥 사람도 아니고 또 귀신도 아닙니다. 분명히 이 자리에 있으니 바라건대 어머님께서는 밝히 살펴주십시오."

72 정씨가 이에 얼굴색을 고치고 거짓으로 탄식을 하며 이씨의 애매함을 지극히 발명(發明)하니, 화부인이 듣고는 화를 내며 말하였다.

"네가 나는 사리에 어둡다고[589] 하면서 이씨를 치켜세우니 자못 일의 사리에 맞지 않다. 만일 다시 방자한 말을 한다면 내가 또한 시어미 된 자로서 부끄러워 죽을 것이다."

모두 각각 물러나니 운명이 화를 머금고 말하였다.

"모든 형제와 형수들의 말씀이 비록 이러하지만 결단코 이씨를 살려두지는 못하겠습니다. 죄를 다스리겠습니다."[590]

---

589) 사리에 어둡다고 : {호남타 ᄒᆞ고}. '혼암(昏闇)타 ᄒᆞ고'의 오기로 보아 이같이 옮김.

운희가 말하였다.

“모름지기 강정에 가서 여쭙고 일을 행하여라.”

드디어 화부인이 운명과 상의하여 편지를 써서 태부인께 올리니 운명이 모친의 편지를 가지고 그날로 강정에 이르렀다.

이때 태부인은 소부인, 윤부인, 석부인 등 세 부인과 함께 승상을 염려하고 있었는데, 운명을 보고는 반가워하며 온 까닭을 물으니 생이 소매 속에서 모친의 편지를 올리고 사연을 말하였다. 태부인이 화부인의 글을 읽고는 그 편지 속의 일이 사리에 맞지 않고 아름답지 못한 것을 보고 다만 묵묵히 말이 없었다. 잠시 후에 생이 할머님의 기색을 알아차리고[591] 73
주머니 속에서 이씨와 성생의 편지를 꺼내 드리며 의심할 것 없음을 말하니 부인이 말하였다.

“내가 너희 모자를 사람같이 여겼는데, 진실로 사람의 얼굴을 했으면서도 짐승의 마음을 가져서는 나의 법규와 제도를 어지럽히고 소씨 가문의 맑은 덕을 상하게 하는구나. 사람의 인물을 보면 짐작하여 알 것이니, 이씨의 사람됨이 네 어미에게 미칠 바가 아닌데 어찌 오히려 의심을 하느냐? 집안에 소경과 내가 없다 하여 너희 모자가 집안을 산란하게 하여 견융(犬戎)의 집이 되게 하였으니 어찌 한심하지 않겠느냐? 나는 본래 이런 더러운 글은 보지 않는데 왜 가져왔느냐?”

하고는 좌우로 하여금 불을 가져오게 하여 편지를 태우니 생이 부끄럽고 황공하여 감히 말을 못하고 조용히 일어났다. 소부인이 답답해 하고 탄식하며 말하였다.

---

590) 죄를 다스리겠습니다 : {옥ᄉᆞ[獄事]ᄅᆞᆯ 일울디라}. 옥사(獄事)는 반역, 살인 따위의 크고 중대한 범죄를 다스림을 의미함.

591) 알아차리고 : {뿟티고}. ‘ᄡᅳ치다’는 생각하다의 의미임. 문맥을 고려하여 이같이 옮김.

"자식에게 부모의 흔단(釁端)을 말하는 것이 옳지는 않지만 네 모친은 모든 일을 이같이 하니 정말 어른스러운 점이 없구나."

석부인이 말하였다.

"이게 어찌 화부인의 탓이겠습니까? 운명이 조급하고 사리에 밝지 못
74 하여서 의리를 모른 것이지요. 이씨가 어찌 이런 사람이겠습니까? 운명 너는 모름지기 두 번 세 번 살피고 서두르지 말거라."

윤부인은 낭랑히 웃을 뿐이니 생이 오히려 부끄러워 잠시 후 하직인사를 하며 물었다.

"이 일을 장차 어떻게 하면 되겠습니까?"

태부인이 잠시 후 말하였다.

"네 어미에게 전하여라. 이씨는 이럴 리가 없으니 간사한 사람이 개입하여 꾸며낸 것이다. 모름지기 어떤 일이 있어도 가만히 놔두고 듣지 마라. 또한 모든 일을 짐작만 하여 급하게 하지 말고 일마다 이씨를 보호하여라. 또 내가 머지않아 돌아갈 것이고 경도 7~8 개월 후면 돌아올 것이니 자연히 처리할 것이다. 그러니 혼자서 결정하지 말라고 하여라."

생이 내심 불쾌하였지만 참고 명을 받드니 부인이 다시 말하였다.

"네가 어렸을 때부터 성질이 급하니 이것은 남자다운 태도와 골격이 아니다. 하물며 이씨가 고집이 있고 맑으며 고결한 것은 네가 또한 다 아는 것인데 하루아침에 말 한마디를 곧이들어 부부의 정을 끊으려 하다니 매우 무식하구나. 내 말을 잊지 말고 간사한 말을 물리치며 분노
75 할 일이 있어도 참고 있다가 내가 돌아가서 처리하기를 기다려라."

생이 엎드려 명을 받들고 물러나 자운산에 이른 후 모친을 뵙고 일의

처음부터 끝까지를 일일이 말하였다. 화부인이 듣고는 얼굴색이 변한 채 답이 없더니 갑자기 냉소하며 말하였다.

"어머님께서 평상시에도 사랑하고 미워하시는 것이 한쪽으로 치우쳐 석씨만 사랑하셨다. 석씨 또한 총애를 힘입어 스스로 어머님의 음식을 받들며 효성이 있는 체하더니, 이제는 어머님을 모시고 강정에 가서 내 잘못을 전부 헐뜯는구나. 그래서 어머님이 나를 마땅치 않게 여기던 차에 너에게 책망하시는 것이다. 이씨는 내 손안에 있는 사람이니 뭐하러 시어머님을 기다리겠느냐?"

마침내 매우 화가 나서 소부인과 석부인을 욕하고 태부인을 원망하니 생이 말하였다.

"이씨의 죄는 말할 것 없지만 어머님이 왜 할머님을 원망하시며 숙모와 석부인을 나쁘다고 하십니까? 부질없는 말씀을 하셔서 여러 사람들의 말을 듣게 하지 마십시오."

바야흐로 화부인이 화를 멈추지 않고 있을 때, 이파가 난간 밖에서 듣고 원통함을 이기지 못하여 급히 일희당에 와서 석파에게 이 말을 다 전하고 탄식하며 말하였다. 76

"석부인과 소부인의 유순하며 공정한 것은 말할 것도 없고 우리 태부인도 공정하고 엄숙한 것으로 말하자면 조금도 편벽된 것이 없습니다. 그런데 화부인이 저렇게 원망을 하다니 진짜 사람 되기 어렵겠습니다."

석파가 웃고 말을 하지 않았다.

화부인이 이후부터 석부인의 식솔들 박대하기를 전보다 더했다. 또 이씨를 불러 온갖 방법으로 죄를 물으며 운명을 시켜 후원의 심희당에 가두라고 하니 생이 매우 기뻐하면서 모친의 명령을 받들어 따랐다. 운명이

친히 이씨의 당(堂) 안에 가서 온갖 능욕을 하며 시녀를 꾸짖은 후 이씨를
후원으로 데려가라 하였다. 그러고는 이씨의 시녀를 다 빼앗으니 춘앵이
울면서 죽기를 작정한 채 이씨를 모시고 따라갔다. 슬픈 눈물을 여러 줄
흘리며 후원으로 가는데 그 거리가 멀었다. 춘앵이 흰 보자기를 얻어서
이씨의 얼굴을 가리고 종과 주인이 서로 붙들고 한번 걷고 두 번 엎어지
면서 가니 그 모습이 몹시 슬퍼 차마 볼 수가 없었다. 모든 젊은이들이 다
맑은 눈물을 흘리며 차마 보지를 못하여 얼굴을 가리고 각자 흩어지니 임
77 씨가 자신의 남은 옷 두어 가지를 점검하여 가만히 보내었다. 이것을 마
침 화부인이 보고는 가운데서 빼앗아 보내지 않고 임씨를 불러서 매우 꾸
짖었다.

"이씨는 음란하고 천한 여자다. 목숨을 부지하는 것만으로도 족하니 네가 만일 이씨의 의복과 돈을 염려한다면 내 눈앞에는 보이지도 말거라."

임씨가 화부인의 편협함을 한탄하고 말없이 탄식하니 소생 등이 누구는 이씨가 죄가 있다고 하고 누구는 애매하다 하며 의논이 분분하였다. 이때 운희는 혼자 아무 말도 않고 방황하며 서당으로 나갔다.

운명이 이씨를 후원의 작은 당에 가두고 밖에서 문을 굳게 잠근 후 소매를 떨치고 돌아와 임씨를 보니 임씨가 답답해하며 말이 없었다. 생이 이씨의 죄상을 말하면서 분노를 참지 못하였으나 임씨는 끝내 한 마디도 하지 않았다. 정씨는 매우 기뻐하면서도 겉으로는 이씨의 일을 슬프다고 말하며 어질고 착한 척하니 생이 매우 어질다고 여겨 정씨를 사랑하는 마음이 날로 더하였다.

화부인 또한 정씨만을 사랑하며 형씨 등을 더욱 박대하였으나 형씨 등
78 이 성품이 온화하고 효성이 출중[592]한 까닭에 조금도 불순함이 없었다.

다만 견디지 못하는 사람은 석부인의 세 딸이었다. 세 명의 소저가 다 나이가 어리고 부모를 그리워하는 마음이 자주 생겨 편지를 써서 모친께 보내며 따라가고 싶다고 했다. 석부인은 딸들의 글을 보고 속으로 매우 불쌍히 여겼으며 또 그 모습을 보지 않고도 섭섭한 일이 많을 줄 짐작하였지만 정황 상 데려올 수 없기 때문에 꾹 참고 답장을 써 보냈다.

너희의 아버지께서 충(忠)을 지키시니 나 또한 효(孝)를 세우기 위해 연세 드신 할머니를 모시고 여기에 왔다. 너희들을 생각하는 마음이 적은 것은 아니지만, 모녀지간의 외로운 정을 끊고도 너희가 평안히 지낼 것이라고 믿는 까닭은 너희들이 있는 곳에 동생과 이, 석 두 서모가 계시기 때문이다. 또 내가 없지만 당(堂)에 너희의 모친[593]이 계시니 그분이 분명히 너희를 친히 낳은 것이나 다름없이 대해줄 것이기 때문이다. 너희가 나를 생각하지 말고 오직 화부인을 잘 모시면 분명 섭섭한 것이 적어지리니 모름지기 슬퍼 말고 잘 지내라.

• 세 명의 소저가 서로 붙들고 눈물을 흘리니 형씨와 위씨 등이 두 번 세 79
번 위로하였고 간혹 잡기(雜技)를 하여 서로 시름을 잊었다.

화부인이 이씨를 가둔 후 강정에 의견을 물을 뜻이 전혀 없어보였다. 운희와 운몽 등이 서로 의논하기를 할머님께서 이씨의 일을 처리할 테니 일을 끝내지 말라고 하였음에도 불구하고 하루아침에 이씨를 잡아서 가두고 의견도 여쭙지 않으니 장차 큰일이라고 하였다.

하루는 강정에서 태부인의 편지가 와서 그것을 화부인에게 주었는데

---

592) 출중 : {츌졍}. 출중(出衆)의 오기임.
593) 너희의 모친 : 화부인을 가리킴.

그 안에는 큰일을 잘 다스리는 법도와 이씨를 보호할 방법을 일렀고 또 만일 다른 일이 있어도 자신에게 의견을 물은 후 행하라고 쓰여 있었다. 또 이파와 석파에게 분부하기를 화부인의 잘못을 바로 잡고 이씨를 보호하라고 쓰여 있었다. 화부인이 마음 속으로 생각하기를 자신을 부족하게 여기는 것인가 싫어 조급하게 화를 내며 답장을 쓰게 되니 매우 공손하지 못한 말이 많았으며 또한 이씨는 애매할 것이 없어서 잡아 가두었다고 썼다. 이파와 석파도 편지에 이씨를 가두던 상황과 화부인이 태부인을 원망
80 하던 일의 경과와 원인을 써서 보내니, 태부인이 편지를 보고는 평생 처음으로 크게 웃으며 말하였다.

"화씨의 행실이 이렇게 버릇없으니 어찌 한심하지 않겠는가?"

말을 마치고 편지를 접어 주머니에 넣고는 태연히 화제를 바꿔 다른 말을 하고 그 사연을 소부인과 석부인에게도 말하지 않으니 두 부인이 무슨 영문인지 알지 못하였다.

운경과 운현이 임금의 가마를 맞이하여 수도로 돌아온 후 운경은 이부상서(吏部尙書)가 되고 운현은 동평장사(同平章事)[594]가 되었다. 그러고 나서 강정에 가 태부인을 뵙고 오래 떠나 있던 동안의 일을 아뢴 후, 승상이 돌아올 때가 멀었음을 걱정하며 반나절 동안 이야기를 나눴다. 이때 태부인이 운경에게 말하였다.

"네 어미가 나를 매우 헐뜯으며 편지를 보냈는데 제멋대로 하는 것이 심하였다. 하지만 이게 어찌 그 아이의 죄겠느냐? 마땅히 너는 돌아가서 네 어미의 분별없는 행동을 가르쳐라."

운경이 듣고는 매우 의아하여 그 까닭을 물으니 화부인이 스스로 자신

594) 동평장사(同平章事) : 중국 당나라 · 송나라 때에 재상의 실권을 장악하던 벼슬.

의 죄를 알 것이라고 태부인이 말했다.

상서[595]가 바삐 하직인사를 드리고 운현과 함께 자운산에 돌아와 모친께 인사를 드리니 온 집안이 반가워하였다. 인사를 마친 후 상서가 할머님께 어떤 편지를 하였는지 나직이 물으니 화부인이 말하였다. 81

"근간에 내가 연달아 편지를 드린 것은 맞는데 그것을 네가 어떻게 아느냐?"

상서가 다시 물었다.

"무슨 일로 편지를 쓰셨습니까?"

드디어 부인이 이씨의 일에 대해 길게 말하고 편지에 썼던 글을 외워서 말하니 상서가 다 듣기도 전에 통곡하며 말하였다.

"우리 집에 어찌 이런 변이 있습니까? 아버님과 할머님께서 안 계셔서 모든 일이 해이해진 것도 슬픈데, 규중에서 더러운 말을 지어내어 예부터 전해 내려오던 강상(綱常)의 물을 흐리고 인륜(人倫)에 큰 변고를 일으키니 어찌 차마 사람이 들을 수 있는 일이겠습니까? 집안에 요사스런 사람이 있어서 어머님을 업신여기고 이런 맹랑한 일을 꾸며냈으니 이는 분명 아는 사람이 한 일입니다.

시녀가 이유도 없이 이씨 제수를 해하지는 않을 것이니 이는 반드시 젊은 부인이 시기하고 투기하는 마음으로 자색에 대해서도 질투하고[596] 운명이 총애하는 형세도 꺼려하다가 이런 행실이 생겨난 것이니 내 처자의 시비(侍婢)부터 제수의 시비까지 중형(重刑)으로 따져 물으면 이 일이 밝혀질 것입니다."

---

595) 상서 : 소운경.
596) 질투하고 : {새오고}. 질투하다, 샘을 내다는 의미의 고어임.

말도 마치기 전에 화부인이 매우 화를 내며 꾸짖었다.

"이씨가 하늘을 거스르고 도리에 어긋나게 행동하며 음란하고 매우 악
82 하여 강상을 더럽혔으니 그 죄는 용서할 수 없는 죄이다. 그러니 목숨
을 살려주고 후원에 안치한 것도 너그러운 용서[597]이다. 너는 일의 처
음과 끝도 모르면서 어리석은 말을 하는데 도대체 어떤 사람이 공연히
이씨를 해하려 하겠느냐? 할머님과 승상이 안 계시기로, 가뜩이나 안
좋은 내 집을 어지럽혔으니 너희 등이 의논하여 죽여야 할 것이다."

상서가 울며 다시 말하였다.

"제가 어머님의 잘잘못을 따지는 것이 아닙니다. 이씨의 사람됨을 볼 때 음란할 리 만무하니 사람들이 곧이듣지 않고 오직 어머님만을 현명하지 못하다고 여길 것이라 생각되기 때문에 드린 말씀입니다. 그러니 절대 이씨를 가두지는 마십시오. 옥난과 매섬 그리고 영신 등이 모두 간사하고 음험하며 천한 사람입니다. 그런데 그 말을 취하여 믿으며 이씨를 가두고 세 사람은 놓아주시니 이게 무슨 법도입니까?"

또 운희 등을 꾸짖었다.

"너희들이 어찌 바르게 어머님께 말씀드리지 않고 집안에 근심을 일으키느냐?"

운현이 탄식하였다.

"둘째 형 이하 모든 형제가 다 '옷 입은 나무'입니다."

운희가 화를 냈다.

---

597) 너그러운 용서 : {관뎐[寬典]}. 관전(寬典)은 관대지전(寬大之典)의 준말로 관대한 은전(恩典) 혹은 은사(恩赦)를 의미함. 은전(恩典)은 나라에서 은혜를 베풀어 내리던 특전을 뜻하고 은사(恩赦)는 나라에 경사가 있을 때에 죄과가 가벼운 죄인을 풀어 주던 일을 의미함. 문맥을 고려하여 이같이 옮김.

"네가 어찌 나를 욕하느냐?"

운현이 소매를 떨치고 밖으로 나가 옥난과 매섬과 영신 등에게 칼[598]을 씌워 옥에 가두고 운명을 꾸짖으며 말하였다.

"네가 마땅히 이씨를 다스려 법도를 행하고 예에 어긋나는 말을 내지 83
않는 것이 옳거늘, 경박하게 발설해서 사람들마다 누구의 며느리, 누구의 아내 행실이 이러이러하다라고 알게 하였으니, 이씨는 말할 것도 없고 우리 아버님께 누를 끼치는 것이다. 이 얼마나 부끄러운 일이냐? 소씨 가문의 맑은 덕과 가풍을 더럽힌 것이 다 네 죄니 어느 면목으로 훗날 부친을 뵈며 저승 아래 있는 조상을 대하겠느냐? 네가 스스로 우쭐해서 정실부인을 구박하고 할머님의 가르침도 듣지 않고 어머님을 재촉하여 매우 태만한 편지를 하게 하였으니, 이 또한 어머님께서 덕을 잃도록 하는 불효를 네 스스로가 얻은 것이다. 부끄럽지도 않느냐?"

평소 운명이 운성과 운현을 매우 어렵게 여겨 꺼리고 두려워하였기 때문에 이들에게 이씨의 분명한 죄목을 말하니 운경이 또 나와 일장 훈계를 하였다. 이에 생이 매우 민망하여 좌우에 있던 사람들을 내보냈다.

화부인이 태부인께서 불편해 한다는 말을 듣고 다시 글을 써서 변명하기를 일을 옳게 행하는데도 태부인께서 헐뜯는 말만 듣고 불편하게 여기
시는 것이라고 하였다. 또한 집안 일을 버려두고 자신은 친정에 가겠으 84
니 석부인에게 대신 시키라면서 불만스런 사연을 적는 등 불충한 말을 매우 무례하게 하니 태부인이 다 보고나서 천천히 웃으며 말하였다.

"이 아이가 교만하고 무례하게 행하는 것이 이 지경이구나."

598) 칼 : 죄인에게 씌우던 형틀. 두껍고 긴 널빤지의 한 끝에 구멍을 뚫어 죄인의 목을 끼우고 비녀장을 질렀다.

소부인이 매우 꾸짖으며 말하였다.

“어찌 감히 어머님을 이유도 없이 경멸하며 이같이 방자하게 굽니까? 내가 마땅히 직접 가서 무슨 까닭으로 어머님께 이런 말로 고집을 부리는지 물어야겠습니다.”

양태부인이 웃으며 말하였다.

“너무 화내지 말거라. 화씨의 일은 내가 익히 아는 바이다. 첫째, 처음에 내가 이리로 올 때부터 석씨를 데려온 것에 불만이 있었다. 또 이씨의 일에 있어서 나와 너희들이 다 화씨가 잘못했다고 하면서 내가 그 어리석은 행동을 꾸짖었으니 이로 인하여 화가 쌓인 것이 그 둘째요, 운경이 어머니가 잘못했다고 말하니 화가 난 것이 그 셋째다. 화씨에게 규율을 세워 사람들을 바르게 다스리라고 했으면 즐거워했을 것이지만, 이 · 석 두 사람에게 바로잡고 도우라고 했으니 자신을 나쁘게 여기는 것인가 싫었을 것이다. 또 경이 나가고 내가 이리로 와서 모든 일에서 손을 놓은 가운데, 화씨의 손 안에 있게 되었으니 교만하고 건방
85 진 기운이 일어나 스스로 생각하기를 자기가 이제 여러 자녀와 모든 며느리들을 끼고 있으니 시어머니라도 제어하지 못할 것이라고 여겨 문득 내 말을 조롱하고 연달아 글을 지어 방종한 행동을 하는 것이다. 그러니 매우 한스러운 일이긴 하지만 내가 또한 꾸짖지[599] 못할 것이니, 파리 때문에 화가 난다고 해서 칼을 빼어 드는 것이 어찌 부질없지 않겠느냐? 내가 한번 뜻을 고쳐먹으면 화씨가 비록 황후의 위엄과 세력이 있을지라도 내 며느리이니 어찌 감히 나에게 거역하겠느냐? 화씨를 내치고 그 자녀를 내모는 것이 상책이겠지만, 오직 모든 손자들의

599) 꾸짖지 : {족슈[足數]티}. 문맥을 고려하여 이같이 옮김.

낯을 보아 20여 년 동안 자애의 정으로 참아왔던 것이다. 이제 다만 두어 줄 글을 적어서 잘못된 것을 일러주고 모든 일을 없애서 평안케 하며 저의 마음도 스스로 허물을 고치게 할 것이니 어찌 수고롭게 가서 꾸짖을 필요가 있겠느냐?"

소부인이 탄복하여 말이 없었다. 태부인이 붓을 들어 글을 지어 보내고 좌우를 살펴보니 소부인이 없었다. 시녀에게 물으니 시녀가 말하였다.

"소부인이 아까 금덩을 재촉하여 자운산으로 가셨습니다."

태부인이 웃으며 말하였다.

"평소에는 무게가 있더니 어찌 이렇게 참지를 못하는가?"

이때 양태부인의 편지가 먼저 소부(蘇府)에 도착하여 화부인이 받아보았는데, 편지는 다음과 같았다. 86

연달아 편지를 보냈는데 그 가운데 적힌 뜻이 심히 무례하고 한심하다. 다른 말은 할 것도 없고 이씨의 죄가 범상치 않으나 그 실상은 매미의 허물과 같아서 이씨가 애매한 상황에 처하였다는 것이 명백한데 일의 이치를 밝게 하지 못하고 집안을 어지럽히니 내가 네게 혼미하고 사리에 어둡다고 꾸짖지 못할 일이 아니다. 그런데 어디다 감히 편지로 희롱하면서 무례하게 행동하느냐? 내 네가 처음부터 집안 일을 다스리지 못할 줄 알고 이미 이 · 석 두 사람으로 너를 도우라고 하였으니 네가 만일 시어미의 말을 듣는다면 이 · 석 두 사람을 헐뜯고 겉으로는 친한 척하면서 안으로는 거리를 두고 말도 듣지 않을 수 있었겠느냐? 그래놓고 이제는 나를 원망하여 내가 마음이 치우쳤다며 헐뜯었다는데 이는 네가 할 도리가 아니다. 시어미에 대해 지레 짐작하여 원망하고, 비록 적국(敵國)이지만 그의 애매함을 만드는 것은 심히 사람의 행할 일이 아니다. 내 집이 비록 무행하고 너의 지아비가 멀리 갔지만 내가 아

87 직 살아있는데 어찌 너의 경멸을 받겠느냐? 네가 나의 가르침을 괴로워한다면 마땅
히 물러나야 할 것이다. 네가 자녀들의 기세를 등에 업고 나를 공경하지 않는 것은
도리가 아니다. 내 아들이 지금은 없지만 너는 그 아이의 부인이다. 그러니 너의 평
생의 좋고 나쁨을 만들어 내는 것이 내 손에 있으니 너무 방자하게 굴면 네 스스로
에게 해로울 것이다.

슬프다! 사람이 허물을 고치지 않는 것이 이와 같으니 네가 사람의 얼굴을 하고
짐승의 마음을 가졌다는 것을 오늘에야 깨달았구나. 경이 평소 너를 박대하지 않았
고, 또 길을 떠나면서 효행과 절의를 당부했으니 사람이 돌과 나무가 아니라면 감동
할 것이다. 그런데 불과 몇 달 만에 잊어버리고는 나를 오히려 조롱하는구나. 아침
에 뜨는 해 같은 진중한 지아비도 배반하고 잊어버렸으니, 태산의 지는 해 같은 시
어미를 헤아리지 않는 것은 예삿일도 아니구나. 내가 이미 석씨를 데려왔는데 네가
화가 나서는 집안 일을 석씨에게 맡기라고 하는 것은 투기하는 것이다. 내 또 묻겠
는데 네가 평상시에 나의 앉고 눕는 것 살피는 것을 석씨처럼 했느냐? 내가 비록 한
쪽만 사랑하고 한쪽만 지나치게 미워한다 하더라도 내 슬하의 며느리라면 가히 원
88 망하지 못할 것인데 네가 이제 속 좁게 성질을 내며 나를 책망하고 편벽되게 한 사
람만을 사랑한다고 조롱하며 희롱하니 이것은 네가 할 만한 행동이 아니다.

또한 집안 일은 석씨가 잘못할까 싶어 맡기지 않은 것이 아니었다. 네가 비록 사리에 어둡지만 경의 첫 번째 부인이기 때문에 이치에 따라 너에게 맡긴 것이다. 집안 일을 석씨에게 맡기라고 하는데, 네가 첫째 부인의 자리에 있으면서 석씨에게 집안 일을 총괄하라고 하는 것은 내 집의 법도를 어지럽히는 것이다. 부디 온전한 도를 헤아려 집안 일을 석씨에게 맡기고자 한다면 너의 첫째 부인 자리를 아울러 석씨에게 주고 운성을 호적상의 지위를 올려 큰 아들로 삼고 법도를 세운 후 집안 다스릴 권한을 줄 것이다. 만일 집안 일 다스리는 것을 괴로워하면서 고집스러운 말을

한다면 내 굳이 너에게 맡기지 않겠다. 속히 첫째 부인의 직분을 이리로 보내고 물러나 네 집으로 가면 자녀들을 처리할 것이다. 그러나 오히려 짐작하는 바가 있으니 마음 속 생각을 자세히 답하여 알려라.

화부인이 읽기를 마친 후 부끄럽고 황공하여 후회하며 어찌할 줄을 몰라 하였다. 이때 갑자기 좌우에 있던 사람들이 분주히 행동하면서 한상서 부인[600]이 오셨다고 고하니 모두가 놀라며 일시에 맞아 중당(中堂)에 이 89
르렀다. 소부인이 눈썹 위에 노한 기운을 가득 띠고 거침없이 들어와 자리를 정하고 모든 조카와 조카며느리들을 다 불러 앉히고 이파와 석파를 청하여 차례로 앉게 한 후 안색을 바꾸고는 말하였다.

"위씨 등은 며느리이고 운경 등은 아들이다. 내가 차마 자녀들을 대하여 말할 바가 못 되니 두 서모에게 화씨의 말을 하겠다. 화씨 또한 보는 눈이 있으니 듣고 보아라. 당초에 내 아우가 두 번째 부인을 얻었는데, 석씨가 일찍이 일을 행함에 있어 얌전하고 정숙한 것이 네가 미칠 바가 아니지만 내 동생이 조금도 치우침이 없고 오히려 공경하고 중히 여김에 있어 조강지처를 으뜸으로 하였다. 또 우리 모친이 너의 앞뒤의 치졸함을 감추시고 애중하시기를 화씨와 석씨 두 사람에게 차등을 두지 않으신 것은 모든 조카들이 또한 증인이다. 그런데 한 쪽으로 치우쳤다고 원망하는 것을 뼈에 사무칠 정도로 하느냐? 비록 어머님이 한 사람만을 사랑한다 하더라도 너는 경의 부인이니 감히 글로써 시어머님을 마주 대하여 책망하지 못할 것이다. 그런데 어머님께 보낸 편지를 한번 보니 매우 한심하였다. 그래서 생각건대 화씨가 경의 부인으로서 90

600) 한상서 부인 : 소월영을 가리킴.

는 이렇게 할 수 없으니 반드시 우리 집을 배반한 것이다 싶어 이에 이르러 보려 한 것이다."

말을 마치자 화부인이 자신 앞에 놓인 상을 박차며 말하였다.

"형님께서 비록 존귀하신 분이지만 사람을 능욕하시는 것이 매우 심하십니다. 제가 또한 시녀가 아니니 어찌 부인에게 할 말이 없겠습니까? 제가 이전까지 잘못한 일이 없는데도 어머님께서 이유도 없이 책망하시니 원통한 심정을 아뢴 것입니다. 올린 편지에 어떤 말로 책망하는 것이 있었습니까?"

소부인이 봉황 같은 눈을 낮게 뜨고 냉소하며 말하였다.

"그대가 서모에서부터 나까지 욕을 하고도 오히려 만족하지 못하고 모친까지 욕을 하니 칠거지악(七去之惡)[601]을 다 범하였다. 잘못을 반성할 줄은 모르고 나와 겨루려고 하니 내가 아무리 가냘프고 약하다고 해도 그대에게 굴하지 않을 것이다. 그러니 속 좁고 생각 없는 태도를 보이지 말라. 그대가 비록 진씨의 효성[602]은 없다고 해도 경이 나간 지 일년도 안 되어 지아비의 부탁을 잊고 시어머니를 욕하고 시누이를 면책
91 하는데 내가 어찌 그대를 존중하겠는가? 존중할 만한 시어머니도 공경하지 않는데 나 같은 시누이는 티끌같이 여길 테니 그대의 행동거지가 한심하다. 그런데 이제 그릇을 박차고 성급하게 화를 내니 내가 비록 지치고 쇠약하긴 하지만, 그대의 행실이 천한 사람만도 못하니 훗날 무

601) 칠거지악(七去之惡) : 예전에 아내를 내쫓을 수 있는 이유가 되었던 일곱 가지 허물. 시부모에게 불손함, 자식이 없음, 행실이 음탕함, 투기함, 몹쓸 병을 지님, 말이 지나치게 많음, 도둑질을 함 등임.

602) 진씨의 효성 : 진효부(陳孝婦)의 남편이 전쟁터로 가면서 효부에게 늙은 어머니를 자신이 돌아오지 못해도 잘 봉양해달라고 함. 남편이 전장에서 죽은 후 친정 부모가 개가를 권하자 효부가 자살을 하려하여 감히 권하지 못했던 이야기를 가리킴.

슨 면목으로 어머님과 경을 보려고 하는가? 그대의 나이가 마흔이 넘었는데도 아는 예의와 법도가 없다. 내가 화평장[603]의 딸인 그대는 때리지 못하겠지만 그 어미의 죄를 빌미로 그 아들이야 어찌 못 때리겠는가? 내 또한 부질없이 성질을 내는 것이 아니라 어머님을 공경하지 않은 것 때문에 말을 하는 것이다."

좌우를 호령하여 상서[604] 등 5인[605]을 다 잡아와서는 꾸짖었다.

"너희들이 비록 아버지가 멀리 가셨다지만, 그 사이에 네 어머니가 할머님을 능멸하며 글로써 말을 거칠게 하는데도 능히 가르치지 않았으니 이것을 어찌 사람의 할 도리라고 하겠느냐? 내가 너희 아비와 다를 바 없고 너희 등이 내 친자식과 똑같으니 어찌 다스리지 못하겠느냐?"

하고는 5인을 차례로 이십 대씩 쳐서 내치고 좌석에서 일장 설파(說破)[606]
하여 화부인을 꾸짖는데, 열열하고 단정하며 엄숙하였다. 그 소리를 들으
니 모발(毛髮)[607]이 송연(竦然)하였다. 좌우의 젊은이들이 서로 돌아보면 92
서 숨소리를 나직하게 하고 곁에서 모시고 있었다. 화부인이 또한 화가 북받쳤지만 소부인의 엄하고 위엄 있는 태도와 거침없는 언사의 교훈 때문에 칼을 숨긴 것 처럼 미워하는 마음을 속으로 가질 수 밖에 없었다. 소부인이 실컷 꾸짖었으나 이씨의 일과 석씨의 자녀를 소홀하게 대하는 것은 모르는 척하였다. 소매를 떨치며 일어나 화부인의 거처를 둘러 본 후 일희당에 이르러 두 서모와 말씀을 나눴다. 이파와 석파가 반기면서 슬퍼하고 그간의 안부를 물었다. 소부인이 오자 집과 내외가 다 어렵게 여기

603) 화평장 : 화씨의 부친. 평장(平章)은 중서문학성(中書門下省)에 속한 정 2품의 관직임.
604) 상서 : 소운경을 가리킴.
605) 5인 : 운경 · 운희 · 운몽 · 운명 · 운변을 가리킴.
606) 설파(說破) : {설판}. 설파(說破)의 오기로 보임.
607) 모발(毛髮) : {보발}. 모발(毛髮)의 오기로 보임.

며 꺼리고 두려워하여 차환 시녀 등도 다들 형세를 살폈다. 석파 등이 입을 가리고 웃으며 예전의 상황과 이씨의 일을 전하였다. 소부인이 다만 묵묵히 옳고 그름을 말하지 않았는데 그 까닭은 비록 화부인을꾸짖기는 했으나 남과 더불어 시비를 않으려 한 것이니, 이는 정직한 가문의 풍모 때문이었다. 오직 반찬과 그 외의 일에 관해 시녀를 절제하여 호령하였으며, 이날은 집에 머물면서 조카며느리, 조카딸 그리고 두 서모와 이야기를 나누었다.

93 이때 화부인이 화를 참지 못하여 침소에서 소부인을 비난하고 있었는데 상서[608]가 고모의 엄한 훈계를 들은 후 들어와서 할머님의 편지를 보고 눈물을 흘리며 모친에게 말하였다.

"할머님이 평소 편벽되게 하셨을지라도 어머님이 원망을 이렇게까지 하지는 못하실 것입니다. 하물며 공평하시고 사랑하심이 차등이 없었고 중히 여기시는 것으로 보자면 오히려 어머님을 더 생각해 주셨는데도 감격함을 잊고 이렇게 하시니 할머님이 어찌 화가 나지 않겠습니까? 또 고모[609]의 책하심이 틀린 것이겠습니까? 이제 답장을 잘 하시어 죄를 청하시면 무사하겠지만 조금이라도 잘못하면 할머님이 어찌 너그러이 용서하시겠습니까? 어머님은 부디 고모님께 사죄하시고 구원의 계책을 청한 후 이 일에 대해 상의하시면 좋은 계교가 있을 것입니다."

화부인이 화를 내며 말하였다.

"소씨가 나를 썩은 풀같이 여기니 그에게 무슨 계교를 묻겠느냐? 저가

608) 상서 : 소운경을 가리킴.
609) 고모 : {숙모[叔母]}. 소부인을 가리킴. 숙모(叔母)는 작은 어머니를 의미하지만 문맥을 고려하여 이같이 옮김.

아니면 편지의 내용을 쓰지 못하겠느냐?"

상서가 탄식하였다.

"어머님이 어찌 알지 못하십니까? 어머님은 어떻게 하셔도 사죄를 잘 못하시고 그 뜻에 맞춰 대답을 하지 않으시니 큰일이 날 것입니다. 우
리들도 시(詩)와 부(賦), 가사(歌辭)나 상소(上疏)의 글에는 익숙하지만 94
말마다 간절하고 조분 조분하게 편지하여 할머님의 화를 풀고 뜻을 맞추는 것은 숙모님만 못할 것입니다. 숙모께서 한 때 꾸짖으셨으나 본성이 너그럽고 어지시니 어머님께서 사죄하시면 반드시 화를 그치시고 가르쳐주실 것입니다. 이렇게 하는 것이 가장 사리에 맞는 것입니다. 숙모께서 비록 우리를 때리시고 모친을 꾸짖으셨지만 지극히 정직하시고 자애로우며 인자하시니, 이 사연을 가르쳐주신 후에도 흠을 보지 않으시고 또한 남에게 발설하여 자랑하지도 않으실 것입니다. 숙모는 여자 중에서도 군자입니다. 어찌 모친께서 숙모 같으신 분을 경멸하며 또한 나쁘다고 여겨 평소 감격하던 덕택을 모르십니까? 어머님은 세 번 생각하시고 숙모께 비십시오."

화부인이 드디어 깨닫고 일희당에 이르니 소부인이 기운을 단정하며 엄하게 하고는 본 체도 하지 않았다. 화부인이 자못 부끄럽고 창피하여 머뭇거리다가 나아가 앞을 향하여 고하여 말하였다.

"저의 불민하고 조급한 성질은 형님께서 밝히 아시는 바입니다. 늘 허
물과 화를 자책하면서도 중심이 없어 어머님과 형님께 죄를 지은 것이 95
많으니 진심으로 부끄럽고 창피합니다. 비록 만 번을 뉘우친들 또한 누구를 원망하겠습니까? 오직 형님께서 너그러이 용서하시기를 바랍니다."

소부인이 정색을 하며 말하였다.

"그대가 어찌 남에게 청죄를 다 하는가?"

화부인이 다시 빌기를 두어 차례 하니, 소부인이 드디어 잠시 화를 그치고 화평한 안색으로 그간의 안부를 말하였다. 화부인이 이에 나직하게 말하였다.

"제가 지금 어머님께 책망을 받았는데 구태여 마음이 노하며 원망하는 것이 아니었음에도 불구하고 말이 서툴러 늘 사연이 무례해지니 스스로 민망합니다. 형님께서 은혜를 내리시어 편지의 내용을 가르쳐 주시기 바랍니다."

소부인이 듣기를 마치고 말하였다.

"어찌 구태여 남의 가르침으로써 어머님을 공경하려 하는가? 마음이 온화하면 기운이 화평해지는 것이다. 속에 있는 것이 겉으로 드러나는 것이니 그대 만일 원망하는 뜻을 마음에 두지 않는다면 자연히 말씀이 분별없게 되지 않을 것이다."

화부인이 말이 없었다. 이윽고 상서가 들어와서 숙모께 애걸하니 소부
96 인이 드디어 초안을 적어서 화부인에게 던지며 말하였다.

"들어라. 우리는 평생 사람을 평안하게 해주기 위해 허물을 덮어주는데 도리어 원망을 하니 이것이 가소롭지 않으냐?"

상서가 안색이 벌개져서 감히 대답을 못하였다. 다음날 소부인이 돌아갈 때가 되어서도 끝내 이씨의 일을 묻지 않고 두 서모에게 집안의 형세도 묻지 않고 돌아가니, 이파와 석파가 서로 칭찬하며 말하였다.

"사람의 무게 있고 넓고 큰 것이 이와 같으니 여자 가운데 성인군자다. 어찌 한갓 온순한 여자이겠는가?"

이때 태부인이 화부인의 답장을 보았는데 그 내용은 다음과 같았다.

소첩 천한 며느리 화주옥은 돈수백배(頓首百拜)[610] 하고 삼가 한통의 편지를 써
어머님 전에 고합니다. 소첩이 일찍이 젊은 나이에 슬하에서 외람되게도 널리 가르
치심과 두터이 어여삐 여기심을 받으니 성은이 하늘 같았습니다. 어리석은 마음에
우러르기를 친히 저를 낳아주신 어머니같이 하니 두려워하는 마음이 없어져서 방자
하게 굴고 아양을 떨어 행실을 이렇게 잘못하게 되었습니다. 그러고도 오히려 어리 97
석게 잘못한 것을 깨닫지 못하였는데 다시 밝히 책망하시는 엄한 가르침을 받으니
비로소 죄를 스스로 헤아리게 되었습니다. 그러니 만 번 죽어도 벌이 가벼울 정도로
죄가 무겁습니다. 오직 머리를 찧고 피눈물을 흘리며 어머님의 좋은 말씀을 배반하
고 지아비가 이르던 말을 저버린 것을 후회하지만 죄를 씻기에는 미치지 못할 것입
니다. 친히 가시나무를 짊어지고 옷을 벗으며 당 아래에서 죄를 빌고 싶지만 또한
당돌한 행동인 듯하여 오직 편지를 적어 바르게 아뢰고 엎드려서는 꾸짖어주시기만
을 기다립니다. 어찌 감히 천한 마음 속 생각을 아뢰어 저의 죄를 더하겠습니까?

그러나 애초에 두 서모로부터 매우 염려하시는 덕을 입었으니 마음이 기쁘고도
다행스러워 집안 일의 잘못을 바로잡아 주시기를 기다렸습니다. 그런데 서모께서
나이가 많고 병이 있으셔서 능히 예전과 같지 못하시기에 소첩이 스스로 청하여 다
스리는 임무를 맡았지만 편치는 않았습니다. 오직 어둡고 우매한 소견으로 헤아리
되 마땅히 제가 모든 일을 다스려 서모를 받들어야지 어찌 감히 서모께서 저를 받드
시게 하겠는가 싶었습니다. 집안의 크고 작은 일에 일찍이 청하여 참여하지 못하게
한 것은 마음이 편치 않았기 때문입니다. 오늘 생각하니 이 또한 죄입니다. 심지어 98
참소하는 말을 들으셨다고 하는 것은 혹 안팎을 오가는 시녀가 헛된 말을 아뢴 것인

610) 돈수백배(頓首百拜) : 머리가 땅에 닿도록 수없이 계속 절 함.

가 싫어 영리하지 못하게 성을 낸 것이니, 진실로 이 죄에서는 도망하기 어렵습니다. 어찌 감히 입과 혀를 놀려 변명을 하겠습니까?

또한 석씨는 저와 더불어 친형제 자매같이 하던 사이입니다. 게다가 어머님의 총애와 지아비의 대접이 한결 같으시니 제가 비록 매우 심하게 투기하는 부인이라 하더라도 어찌 차마 이런 때에 시기하고 질투하는 마음을 내겠습니까? 다만 말이 무례하고 방자하여 미워하고 꺼리며 피해야 할 일을 저질렀습니다. 그러니 오직 어머님께서 밝히 살펴주시기를 바랍니다. 집안 일에 관하여서는 사람이 어둡고 우매하여 집안 일 세우는 것을 엄하게 하지 못하니 오직 밤낮으로 우려하는 바 죄를 얻을까 하는 것이었습니다. 또한 여러 달이 지나도록 얼굴을 뵙지 못하니 이 불민한 정성이 비록 적으나마 근심이 많아서 잠깐 석씨를 대신하여 나아가 10일 정도 곁에서 모셔 저의 뜻을 위로하고 싶어서 아뢴 것입니다. 그런데 말씀이 모호하여 저의 속 마음을
99 표현하지 못했으니 이 또한 저의 큰 죄입니다. 붓과 벼루를 대하고 보니 심신이 당황스럽고 떨려서 엎드려 벌을 기다릴 뿐입니다.

보기를 마칠 즈음 문득 소부인이 들어와 인사를 드리고 밤새 안녕하셨는지를 물으니 태부인이 웃으며 말하였다.

"너는 어찌 그토록 바삐 말도 하지 않고 갔느냐?"

소부인이 웃으며 말하였다.

"마음이 분하고 화가 치밀어 참기 어려워 급히 가서 한바탕 꾸짖고 모든 조카들을 때렸습니다."

일의 처음부터 끝까지를 말하고 편지에 대해서는 거짓으로 모르는 체하며 물었다.

"화씨의 편지가 왔습니까?"

태부인이 내어주며 말하였다.

"아까 왔는데 매우 공손하니 드디어 자신이 며느리인 줄을 깨달은 듯 하구나."

소부인이 한번 내려 보고는 웃으며 말하였다.

"편지의 내용을 보니 매우 후회하면서 뉘우쳤군요."

태부인이 고개를 저으며 말하였다.

"내가 제 며느리[611] 고생시키는 것을 보고 꾸짖었기로 이를 괴로워하니 이 어찌 사람의 할 바이냐?"

이후로 다시 혼내는 말이 없었다. 또 모든 손자들에게 집안 일을 묻지 않으니 모든 생들이 상의하여 말하였다. 100

"할머님께서 아버님을 생각하시느라 심사가 불안하시니 집안의 번거로운 일들은 아뢰지 말고 마음을 한가하게 하시도록 해야 할 것이야."

이후로 이씨를 후원에 가둬두고는 편안히 있다고 전하면서 모든 일을 숨기며 말하지 않았다. 태부인이 또한 화부인의 일로 화가 나서 이씨를 구하는 말을 하지 않으니, 홀로 석부인만이 이씨의 일을 잊지 못하여 늘 자녀를 경계하고 타이르기를 이씨를 보호하라고 하였다. 모든 생들이 어머님의 명을 받들어 운명을 말리고 화부인에게 간청하여 이씨를 두둔하고 보호하는 바가 많았다.

차설(且說). 화부인이 소부인과 이별하고 태부인께 글을 올린 후 생각하니 모든 근심이 이씨 때문에 생긴 것이었다. 마음 속으로 더욱 밉게 여겨 고함을 지르고 꾸짖고 욕하며 생에게 명하여 이씨의 사당에 불을 지르고 신위를 깨뜨리라 하였다. 생이 이씨를 미워하긴 하지만 이 일 일에 대

611) 제 며느리 : 소운명의 처 이씨를 가리킴.

해서는 주저하는 빛이 있었다. 운경, 운희 등이 어머니의 뜻을 거스르며
말씀을 드리니 비로소 분분한 의견이 그쳤다. 그러자 화부인이 운현을 좋
지않게 생각하여 길게 고집스러운 말로 꾸짖으니 운현이 애가 닳아서 들
101 어가 변명을 하려 하자 운의가 말리며 말하였다.

"우리가 불민해서 어머님이 화가 난 것이니 우리는 몸을 조심해야 한다. 어찌 괴롭게 간쟁(諫爭)하여서 불 위에 기름을 더하겠는가?"

이후로 형제가 입을 봉하고 이씨를 구하려 하지 않았다.

운명이 하루는 취봉각에 가서 보니, 펼쳐져 있는 경치[612]가 완연한 것이 마치 이씨의 옥 같은 얼굴, 꽃 같은 풍모가 벌여 있는 듯하였다. 마음이 불안해져서는 답답하게 탄식을 하며 풍월을 읊어 상사의 정을 드러냈다. 본래 정씨가 있는 곳이 멀지 않았는데 생이 빈 당에서 배회하면서 슬프게 있는 것을 정씨가 보고는 매우 싫어서 계교를 하나 내어 시녀 소의에게 부탁하였다.

"네가 만일 이씨를 죽이면 내가 반드시 큰 상을 주겠다."

소의가 명을 받아서 그날 밤 칼을 품고 엎어질 듯 허둥거리며 후원으로
갔는데 장원(牆垣)이 높고 크며 문이 높고 험하여 나는 새라도 담을 넘기
어려워보였다. 두루 방황하다가 낮은 곳을 가려서 올라갔다. 이때 운명이
102 마음이 좋지 않아서 달빛이 있는 후원에 나왔는데 보니 심희당 남쪽 담장
으로 한 사람이 기어오르고 있었다. 바삐 나아가 살펴보니 시녀 소의였
다. 급히 불러서 말하였다.

"네가 어찌 여기에 왔느냐?"

612) 펼쳐져 ~ 경치 : {포딘[布陣]격물}. '격물'은 '경물(景物)'의 오기로 보임. '경물(景物)'은 계절에 따라 달라지는 경치를 의미함.

소의가 깜짝 놀라서 내려오니 그녀를 잡은 후 들어가려 하던 까닭을 따져 물었다. 소의는 정씨의 심복이므로 자기가 정씨에게 죽을 줄 알고 엎드려 말하였다.

"소인이 이유도 없이 담장을 넘으려던 것이 아니라 이부인이 소인을 부르시니 마지못하여 들어가려 하던 것입니다."

생이 매우 화가 나서 소의를 가두고 모든 형제들을 찾아가서 이 말을 하고 처리할 것을 의논하려 하였다. 운경과 운희는 나갔고 운현이 있기에 이 일을 물으니 평장(平章)이 돌연 안색을 달리 하면서 말하였다.

"네가 어찌 형에게 이런 일을 묻느냐? 네 처자 때문에 우리가 매우 괴로운데 네 스스로 너의 아내를 다스릴 것이지 어찌하여 괴롭게 묻느냐?"

말을 마치고 화가 난 기세를 보이니 생이 부끄러워 하며 물러나서는 어머님께 말하였다. 화부인이 더욱 한스러워 하면서 말하였다.

"종 20인을 시켜 심희당을 순시하게 하여라."

생이 명을 받들어 좌우 사람들에게 종을 불러 순찰하라고 하였다. 이 103
일이 도리어 이씨의 구원병이 된 것이니, 옛적에 조조(曹操)가 조자룡(趙子龍)을 장판교에서 잡으려고 활을 쏘지 말라 한 덕분에 자룡(子龍)이 벗어난 일[613]과 같았다. 곧 정씨가 이씨를 해치려 하다가 오히려 보호하게 된 것이다.

이후로 집안이 흉흉하고 화부인의 조급한 화와 지나친 호령이 밤낮으로 그치지 않았으며 집안의 시녀가 벌을 받는 일이 많았고 며느리들은 꾸중을 듣고 책망 받는 일이 많았다. 게다가 운현 등과 형부인은 다른 부인

---

613) 옛적에 ~ 일 : 장판교 전투에서 조조(曹操)가 조자룡(趙子龍)을 생포하기 위해 활을 쏘지 못하게 하여 오히려 조자룡이 놓여난 일을 가리킴.

의 자녀이기 때문에 매우 꺼리고 미워하며 늘 푸대접을 하니 운현 등이 갈수록 효에 힘쓰고 형씨도 동서들과 함께 화부인 섬기기를 친 시부모같이 부족함이 없게 하고 정성을 다했다. 그럼에도 마음 속으로는 늘 두려워하였다.

하루는 형씨가 난간의 앞머리에 기대어 있는데 봄바람은 따뜻하고 달은 빛났다. 이에 슬퍼하며 승상의 덕과 석부인의 사랑해주시던 일을 생각하니 그 마음 속의 회포를 측량할 길이 없었다. 상서[614]의 은근한 말씀과 화평한 기상이 눈앞에 펼쳐져 있는 것 같은데, 아이는 아버지를 부르고
104 맑은 바람은 산들산들 달을 부러워하며 높은 하늘로 올라가니 모든 일이 쓸쓸하고 두려웠다. 상서가 계시면 집안이 이 지경에 이르지는 않았을 것이며 자신의 괴로움도 없겠다 싶은 생각이 드니 간장이 말라지는 듯하며 오장이 베이는 듯하였다. 두 줄기 구슬 같은 눈물을 비단 치마에 떨어뜨리고 아이의 머리를 쓰다듬으며 말하였다.

"네 어미가 전생에 무슨 죄가 있기에 어려서 애가 끊어지는 시기를 지내고 또 다시 이런 지경을 지내는 것일까? 옷 입고 밥 먹고 거처하는 것은 말할 것도 없고 집안에 흉흉한 말이 날마다 발생하니, 남의 일 같지 않고 내가 당한 것처럼 위축되고 두려워 깊은 연못 위의 살얼음을 디디는 듯하다. 알 수가 없구나. 언제 쯤이나 할머님과 어머님을 모시고 옛날처럼 즐길 수 있을지. 네 아버지가 평안히 돌아오신다는 기별을 들으면 죽어도 한이 없겠다."

말을 마치고 소혜란[615]의 "녕운세봉구면 하니, 해월년년죠득천"이라

---

614) 상서 : 소운성을 가리킴.

615) 소혜란(蘇蕙蘭) : {소혀란}. 전진(前秦) 두도(竇滔)의 처 소혜(蘇蕙)의 자가 약난(若蘭)이므로 소약난과 소혜를 합하여 쓴 것으로 보임.

는 글귀[616]를 외우며 길게 탄식하다가 정신이 황홀해져서는 잠깐 잠이 들었다. 꿈에서 갑자기 한 사람이 나타나 말하였다.

"부인은 이별한 후로 아무 탈 없이 잘 지냈습니까? 내가 공을 이뤘으나 105
운남국 황후 때문에 아버님께 죄를 얻었으니 다시 보기 어려울 것 같습니다."

형씨가 놀라서 눈을 들어보니 이 사람은 바로 소운성[617]이었다. 융복을 입고 몸이 묶인 채 구렁에 빠진 형상이 위급해 보여 부인이 황급히 나아가 물어보려 하는데 상서가 스스로 매어진 밧줄을 끊고 일어서며 말하였다.

"부인은 부디 염려하지 마십시오."

하고는 긴 팔을 뻗어 형씨의 어깨를 붙드는데 형씨가 몸과 마음이 놀라서 깨니 남가일몽(南柯一夢)[618]이었다. 부인이 매우 의심스러워 하면서 정신이 나간 듯이 앉아 있다가 길흉(吉凶)을 알 길이 없기에 급히 조씨[619]의 당으로 갔다. 조씨가 맞이하며 말하였다.

"제가 모란정[620]을 생각하였는데 형님께서 찾아주시니 영광스럽고 행복하지만 제가 거만한 것인가 싶어 황송하고 부끄럽습니다."

---

616) 소혜란의 ~ 글귀 : 『진서(晉書)』「열녀전(列女傳)」〈두도처소씨(竇滔妻蘇氏)〉에 두도(竇滔)의 처 소혜(蘇蕙)가 유사(流沙)로 쫓겨난 남편을 그리워하며 비단 옷감 위에 회문시(廻文詩)를 지어 보낸 고사가 있음. 남편이 돌아오기를 바라며 읊은 시이므로, 비록 소현성이 쫓겨난 것은 아니지만, 집을 나간 남편을 그리워 한다는 정황 상의 유사점이 있음. 인용된 구절은 '영운세세봉군면 해월년년조득편(嶺雲歲歲逢君面 海月年年照得遍 : 뫼부리의 구름은 해마다 그대의 낯을 만나고, 바다의 달은 해마다 그대 곁을 비최도다)'임.

617) 소운성 : {병부(兵部)}. 이는 '병부시랑(兵部侍郎) 소운성을 가리키므로 이같이 옮김.

618) 남가일몽(南柯一夢) : 꿈과 같이 헛된 한때의 부귀영화를 이르는 말. 중국 당나라의 순우분(淳于棼)이 술에 취하여 홰나무의 남쪽으로 뻗은 가지 밑에서 잠이 들었는데 괴안국(槐安國)으로부터 영접을 받아 20년 동안 영화를 누리는 꿈을 꾸었다는 데서 유래함.

619) 조씨 : 석부인의 아들 소운현의 아내를 가리킴.

620) 모란정 : 형부인의 처소.

형씨가 길게 한숨을 쉬고는 말하였다.

"형제가 왕래하는 것이 일상적인 일인데 어찌 겸양을 하십니까?"

드디어 자리에 앉은 후 조씨가 형씨를 보니 얼굴색이 놀란 빛이고 눈가에 눈물이 맺혀 있었다. 이에 조씨가 놀라서 물었다.

106 "형님의 심사를 측량할 길이 있겠습니까마는 오늘 또 새삼 슬퍼하시니 혹 어머님께 꾸중을 들으신 것입니까?"

형씨가 한동안 말이 없다가 탄식을 하며 말하였다.

"못난 이 형이 비록 마음이 편협하기는 하지만 의리를 아는데 어찌 감히 어머님께 꾸중을 들었다고 눈물을 머금고 편치 않은 빛을 내겠습니까? 다만 마음 속에 놀라운 뜻이 가득하기에 안색이 먼저 달라졌는데, 그것을 부인이 이상하게 여기는 것이지요."

조씨가 안타까워서 그 까닭을 물으니 형씨가 꿈속의 일을 말하였다.

"서방님[621]이 점을 보는 능력이 신기하시기에 꿈속의 일이 길한지 흉한지 알고 싶습니다."

말을 마치기도 전에 평장 운현이 들어와서는 형수(兄嫂)를 보고 공손하게 인사한 후 자리에 앉아서 조카 네 명을 나오게 하고는 온화하게 웃으며 말하였다.

"이 아이들이 형이 계실 때에는 매우 부지런하게 글을 읽었는데 요사이에는 글을 조금도 읽지 않고 놀기만 하니 매우 괘씸합니다. 존경하는 형수께 말씀드리니 엄하게 꾸짖고 가르쳐주십시오."

형씨가 잠깐 웃고는 화답하였다. 그 후 조씨가 꿈속의 일을 말하니 평
107 장이 또한 놀라서 깊이 생각하다가 소매 안에서 점괘 하나를 얻은 후 눈

621) 서방님 : 소운현을 가리킴.

썹 위에 기쁜 빛을 영롱하게 띠고는 축하하며 말하였다.

"꿈속의 일이 매우 좋으니 형과 아버님께서 돌아오실 것은 의심할 것이 없습니다. 결박된 사람이 구렁에 빠지는 것은 좋지 않은 일이지만 스스로 묶은 것을 끊고 일어났으니 분명 군중에서 작은 액운을 얻었으나 금세 놓여나신 것을 의미하니 점괘를 볼 때 매우 길합니다. 그러니 지나치게 염려하지 마십시오."

형씨가 비로소 마음을 평안히 하며 조용히 말을 하자 조씨가 갑자기 탄식하며 말하였다.

"이소저가 강상(綱常)을 어긴 죄인(罪人)622)이 되어 후원에 안치되어 있으니 어찌 슬프지 않겠습니까?"

하고는 집안의 형편과 시녀들의 무례한 것에 대해 말하니, 평장이 갑자기 얼굴을 붉힌 채 말을 하지 않았다. 형씨의 아이들 입은 옷이 그 시절 옷이 아닌 것을 보고, 옷감이 부족하여 조카들이 벗고 있는 것인가 싶어 일을 맡은 시녀 난의를 불러서는 푸른 비단 두 필을 창고에 가서 내어오라고 했다. 그러자 난의가 말하였다.

"정당(正堂)의 화부인께서 허락하지 않으시면 어떻게 할까요?"

평장이 매우 화를 내며 창을 열고 꾸짖었다.

"어머님께서 어찌 내가 쓰려고 비단 두 필을 내어오는데 막으시겠느냐? 너희 등 천한 사람들이 집안을 다스리는 권세를 쥐고는 매달 받는 108
옷감을 가져갔으면서 어찌 이처럼 무례하냐? 셋째 형의 월포(月布)623)

622) 강상(綱常)을 ~ 죄인(罪人) : 예전에 삼강오상(三綱五常)에 어긋나는 행위를 한 죄인을 이르던 말. 부모나 남편을 죽인 자, 노비로서 주인을 죽인 자, 또는 관노(官奴)로서 관장(官長)을 죽인 자 등을 이름.

623) 월포(月布) : 달마다 받는 옷감.

가 있는데 그 처자가 혜택을 왜 입지 못 하느냐?"

형씨와 조씨가 평장이 화 내는 것을 보고 급히 말리며 말하였다.

"상공이 어찌하여 한 때의 기운을 발하여서 재물에 대한 시비를 불러 일으킵니까?"

형씨가 천천히 웃고는 나직이 말하였다.

"달마다 옷감을 받아서 썼습니다. 어찌 시녀가 도적질 했겠습니까? 아이가 오늘 추워하기에 옷을 바꿔 입혔으니 아주버님은 염려하지 마십시오."

평장 운현이 비로소 화를 그치고 길게 탄식하며 머리를 숙인 채 잠시 있은 후 척연히 슬퍼하며 눈물을 흘리고 말하였다.

"집안 형편이 이렇게 되니 어찌 마음이 태연하겠습니까? 형수님께서 고생하시는 것을 저희들이 보호하지 못하였으니 훗날 셋째 형을 뵐 낯이 없습니다. 시녀의 방자한 행동 때문에 원통한 것이지 어찌 조금이라도 재물을 꺼려 말한 것이겠습니까?"

형씨가 눈을 숙이고 말을 부드럽게 하며 고생스럽지 않다고 말한 후 운
109 현이 염려해주는 것에 감사하니 운현이 묵묵히 탄식하였다. 형씨는 즉시 침소로 돌아갔다.

난의는 화부인의 심복이므로 평장의 꾸지람을 듣고는 그 밤 정당에 가서 화부인에게 일의 처음과 끝을 고하였는데, 반 이상이나 꾸며서 전하였다. 부인이 듣고는 화를 억제하지 못하여 다음날 운경을 불러들여 난의가 전한 말을 하고 운현을 욕하며 말하였다.

"네 아우가 나를 죽이라고 했다 하니 나 또한 할 말이 있다."

또 형씨를 불러 정신없이 책망하는데 집 안팎이 모두 진동하였다. 운

경이 감히 말을 하지 못하고 물러나 외당에 와서 근심하고 염려하니 심신이 불안했다.

이때 운현이 조정에 참례를 하고 들어오는데 술에 많이 취하였다. 상서 운경이 눈썹을 찡그리며 부질없이 망령된 말을 해서 집안을 어지럽힌다고 운현에게 말했다. 평장이 취하여 옥띠를 벗어서 후려치며 사모(紗帽)를 베고 누워서는 말하였다.

"제가 무슨 일을 하여 어지럽게 했습니까?"

운의가 정색을 하며 말하였다.

"형이 평소 콩과 보리를 구별하시더니 무슨 까닭으로 인륜에 관계되는 큰 말을 지어내어 하루아침에 죄인이 되셨습니까?"

평장이 눈을 크게 뜨고 꾸짖으며 말하였다. 110

"네가 어찌 이상한 말을 하느냐? 내가 무슨 큰 말을 했다는 것이냐?"

운경이 일의 처음과 끝을 자세히 전하며 말하였다.

"네가 만일 그런 말을 했다면 어찌 사람 된 자의 도리라고 하겠느냐?"

평장이 듣기를 마치고는 매우 놀라서 일어나 앉아 말하였다.

"제가 비록 무례하다고 해도 어찌 감히 어머님을 재물 때문에 원망했겠습니까? 결코 가만히 있지 못하겠으니 마땅히 들어가 억울함을 말하겠습니다."

운경과 운희 등 모든 형제가 말리며 말하였다.

"어머님이 화가 나셨으니 구태여[624] 말씀드리는 것은 옳지 않다. 하물며 네가 술에 많이 취했으니 들어가면 안 되겠다."

---

624) 구태여 : {촉범(觸犯)ᄒᆞ야}. 꺼리고 피해야 할 일을 저지르는 것을 의미함. 문맥을 고려하여 이같이 옮김.

평장이 그 말을 듣지 않고 우기며 들어가니 운명과 운숙이 붙들어 말렸다. 그러자 평장이 뿌리치며 말하였다.

"내가 당하면 되는 것인데 네가 왜 괴롭게 막느냐?"

하고는 의관을 고치고 바로 녹운루로 올라갔다. 이때 화부인은 화를 거침없이 내면서 형씨를 단단히 꾸짖고 있었다.

"너는 운현에게 나의 허물을 지어내서 말했고, 현은 또한 내가 운성의
111 녹봉(祿俸)과 월포(月布)를 겁탈하고 그대에게 주는 옷감을 도적질한다
했다니 아무리 피폐한 시어미라 하여도 그렇게 하지 못할 것이다."

책망하는 말이 끝없이 이어지니 형씨가 다만 자세를 겸손히 한 채 들을 뿐 감히 대답하며 변명하지 못하였다. 평장이 안색을 바르게 하고 들어가 자리에 앉으니 형수와 동생들이 모두 모여 있었다. 화부인이 운현을 보고 돌연 안색을 고치니 평장이 천천히 물었다.

"형수께서 무슨 일로 이렇게 책망을 받으십니까?"

화부인이 매우 화가 나 꾸짖으며 말하였다.

"네가 아무리 벼슬이 이품(二品)에 올랐고 나의 친 자식이 아니라고 하지만 또한 내가 네 어미와 동렬(同列)이고 네 아버지가 나를 내치지 않으셨으니 너의 어미라고 할 수 있다. 그런데 어찌 나를 도적이라고 꾸짖느냐?"

평장이 웃으며 말하였다.

"어머님께서 말씀하지 않으셔도 어찌 모자지간의 의리를 모르겠습니까? 그런데 소자가 그런 말을 할 때 누가 들었습니까?"

부인이 더욱 화가 나 말하였다.

"내가 직접 들었다. 어찌 변명을 하려 하느냐?"

평장이 말하였다.

"어머님께서 들었다고 하시다니, 이는 소자 등이 배 다른 자식이기에 민자(閔子)의 계모[625]처럼 명백히 소자들을 죽이려 하시는 것입니다." 112

부인이 매우 화가 나서 책상을 치며 말하였다.

"네가 술에 취하여서는 내 안전에서 나를 능욕하며 공손하지 못한 말을 하는구나."

평장이 그럼에도 불구하고 계속 웃으며 말하였다.

"제가 어찌 감히 천지간에 사람의 무리 안에 들면서 차마 어머님을 욕하겠습니까? 어머님께서 우리 친어머님을 꺼리는 마음 때문에 그 벌을 괜히 우리들에게 내리시는 것이니 조만간 우리에게 약그릇을 붙들게 하실까 두렵습니다. 그 외에 염려되는 바는 모친께서 연로하시면서도 어른 같은 태도를 보이지 않으시고 젊은이처럼 투기를 하시며 다른 부인의 자식이라 하여 매우 고집을 부려 저를 억울하게 사지로 보내려 하시는 것입니다. 이것이 어찌 어머님께서 하실 만한 일이겠습니까? 죄를 명백히 입어 죽을 때 죽더라도 할 말은 참지 못하겠습니다."

부인이 꾸짖어 말하였다.

"내가 너를 잡는 것이 아니다. 네가 어제 난의를 불러 나의 죄를 따져 물었으니 내가 너를 왜 책망하지 못하겠느냐?"

평장이 옷을 여미고 나아가 말하였다.

"난의는 모친이 우리를 사랑하지 않으시기 때문에 지어서 말한 것입니다. 어미가 자식을 진심으로 사랑한다면 어떤 간 큰 시녀가 거짓으로 113

625) 민자(閔子)의 계모 : 민자는 공자의 제자 민자건(閔子騫)을 가리킴. 그의 계모는 심성이 고약하여 한겨울이 되면 자기가 낳은 아들에게는 두툼한 솜옷을 입히고, 민자건에게는 갈대 잎을 넣은 옷을 입히는 등 전처의 자녀를 박대하였음.

말씀을 드리겠습니까? 난의를 불러 물어보시면 될 것입니다."

드디어 난의를 불러 안전에서 꾸짖고 물으니 난의가 감히 거짓말을 하지 못하여 바르게 말하였다.

"넷째 상공이 저를 여차여차 책망하시니 화가 나서 부인께 말을 보태어 아뢰었습니다."

화부인이 말이 없었다. 평장이 물러나서 엎드려 말하였다.

"어머님은 저희들을 사랑하시지 않고 시녀의 말만 듣고 불편해 하십니다. 그러나 저희 들이 죽기를 각오하고 직언을 올립니다. 제가 술을 먹었지만 취하지 않았고 또한 속에 없는 말은 겉으로 나오는 것이 아니니 오직 진정으로 말씀드립니다. 우리들이 아버님과 이별하고 친어머님, 그리고 할머님과 이별한 후 바라고 우러르는 사람이 어머님이고 믿고 의지하는 바가 어머님입니다. 그러니 비록 친자녀가 아니라고 한들 불쌍하지 않겠습니까?

또한 형부인은 셋째 형이 나가시고 외롭게 지내시니 어머님께서 특별히 보호하고 어여삐 여기셔서 무릇 모든 일을 각별히 염려해주시면 어
114 찌 덕이 아름답다고 하지 않겠습니까? 그런데 진실로 저지른 죄도 없는데 미워하시고 매 달 주어야 하는 명주와 비단을 그치셨습니다. 우리 집 부녀자들은 개인적인 재물이 없어서 다 창고만 바라보고 있습니다. 그런데 그것을 그치고 안 주시니 어찌 저 형수가 슬프고 외롭지 않겠습니까? 소자 등의 처자는 비록 누더기[626] 옷을 입어도 불쌍하지 않습니다. 모친께서 옷감을 안 주신다고 형수께서 배가 고프고 고생스러

626) 누더기 : {현순빅결[懸鶉百結]}. 옷이 해어져서 백 군데나 기웠다는 뜻으로, 누덕누덕 기워 짧아진 옷을 이르는 말임.

워 죽게 될 리는 없습니다. 다만 사람들이 형수를 불쌍히 여겨 어머님이 덕을 잃으신 것만 비웃을 것이니 어찌 부질없지 않겠습니까? 묻겠사오니 창고 안에 재물이 없습니까? 비록 우리들은 주지 않으신다고 해도 형수는 도와주시기를 원합니다."

화부인이 속으로는 미운 마음이 극에 달했으나 평장의 안색이 고상하고 절개와 지조가 있으며 말씀이 온화하며 강직하니 그 위엄을 거스를 길이 없고 말마다 이치가 있으므로 능히 두루 끄집어내지[627] 못하여 화를 머금은 채 말이 없을 뿐이었다. 평장이 이에 소리 높여 말하기를 두어 번 하니 화부인이 바야흐로 화를 그치고 웃으며 말하였다.

"내가 시녀의 말을 듣고 너를 의심하였으니 진심으로 잘못했다. 또한 115
형씨에게 매달 주어야 하는 옷감을 늘 잊고 주지 않았으니 이후로는 명심하겠다. 어찌 투기하는 뜻이 있어서 그랬겠느냐?"

평장이 절하며 감사드리고 말하였다.

"난의가 어머님의 성스런 덕을 가려 방자하게 저를 모함하였으니 상하 체면이 매우 깎였습니다.[628] 그 죄를 용서하지 못하겠으니 다스려주십시오."

부인이 듣지 않으니 평장이 다시 고하였다.

"어머님께서 만일 다스리기를 허락하지 않으신다면, 난의의 방자한 행동이 더해질 것이니, 그 아이를 결코 가만히 두지 못하겠습니다."

드디어 소매를 떨치고 일어나 외당에 나와서는 난의[629]를 잡아내어 형

627) 끄집어내지 : {끄리지}. 미상. 문맥을 고려하여 이같이 옮김.

628) 깎였습니다 : {이서뎟는디라}. 이서(已西)는 이미 서쪽으로 기욺이라는 의미로, 체면이 기울었다는 의미로 보아 이같이 옮김.

629) 난의 : {난희}. 난의의 오기임.

벌기구를 갖추고 좌우로 하여금 결박하게 하였다. 평장이 매우 화가 나 두 눈을 둥글게 뜨고 머리털을 곤두세우고는 책상을 치며 눈을 부릅뜨고 꾸짖었다.

"천한 너는 고작 당(堂) 아래의 시녀이다. 어찌 감히 긴 혀를 놀려서 나를 모함하는 말을 모친께 아뢰어 윤리와 기강을 어지럽게 하였느냐?"

말을 마치고는 사졸에게 호령하여 큰 매를 골라서 때리니 한번 치자 살
116 점이 떨어지고 성혈(腥血)이 뚝뚝 떨어졌다. 칠십여 대에 이르니 이미 난의는 당 아래에서 죽었다. 모든 형제들이 함께 말리며 말하였다.

"우리 집이 일찍이 조부에서부터 삼대에 이르기까지 종이나 시녀를 죽인 일이 없었고, 또한 난의는 우리 집에서 시집까지 간 사람이다. 그런데 네가 어째서 어른에게 의견도 여쭤보지 않고 죽였느냐?"

평장이 본래 사람에게 우스갯소리를 잘 하고 선량[630]해서 일찍이 집안의 위아래 사람들에게 성을 낸 일이 없었으나, 본래는 성정이 모질었던 차에 난의가 거짓말 한 일이 분하고 놀라워서 죽이려고 마음먹었다. 형제가 말리는 것을 보고 더 화가 나서는 백 대를 때리고도 죽은 것을 더 죽이지 못하여 그 혀를 잘라 모든 사람들에게 보이며 참언한 죄를 갚고 시신을 끌어 내치게 하였다. 그런 후 소매로 얼굴을 덮고 누워 반나절 만에 겨우 화를 진정하고 얼굴색을 평안하게 하며 의관을 고치고 들어가 화부인에게 난의를 죽였다고 말하였다. 부인이 놀라서 혼백이 하늘로 올라가는 듯하니 침묵하고 말을 하지 않았다.

117 이 후로 집안이 숙연해지면서 감히 이간하는 말을 못했고 화부인도 평장이 신경 쓰여서[631] 형씨와 그 식솔들을 후대하였다. 형씨 등은 감격

630) 선랑 : {냥정}. 양정(良正)의 오기로 보임.

했으며 조씨는 남편인 운현에게 말했다.

“군자께서 난의를 매로 때려 죽이고 어머님의 뜻을 거슬렀으니 근심이 있을까 두렵습니다.”

운현이 정색을 하면서 말하였다.

“못된 시녀를 죽인 것인데 어찌 근심이 있겠습니까? 무릇 부모를 섬기면서도 잘못하시는 일이 있으면 눈앞에서 곧은 말로 끝까지 간언(諫言)해야 합니다. 그런 후 물러나 늘 봉양하며 기뻐하실 일을 생각해야지 어찌 부모께서 해하실까 두려워 하며 의심하여 모자간에 내외하는 마음을 두겠습니까? 부인의 말이 이 모양이니 매우 한심합니다.”

조씨가 부끄러워 답을 하지 못했다. 운현은 사람됨이 공명정대하니, 조씨가 혹 화부인을 의심하는가 싶어서 책망한 것이다.

각설(却說). 이씨가 심희당에 갇힌 채 봄이 지나가고 여름이 되니 평생의 액운을 슬퍼하면서 구슬 같은 눈물로 꽃 같은 얼굴을 적셨다. 또한 억울하고 원통한 것이 간장에 맺혔으므로 춘앵과 함께 흐느껴 울 뿐이었다.
시간이 흐르는 물같이 가서 칠월 보름 후에 남자 아이를 낳으니 춘앵이 118
매우 기뻐하였으나 이씨는 더욱 슬퍼하며 말하였다.

“이 아이는 만고에 죄인이다. 무엇에 쓰겠느냐?”

춘앵이 말하였다.

“부인이 어찌 이런 말씀을 하십니까? 아드님이 태어났으니 훗날 태부인과 승상께서 돌아오셔서 상공과 합혈(合血)[632]을 하여 억울함을 씻으시면 부인의 애매함도 벗고 공자도 더욱 빛날 것입니다. 그러니 어찌

---

631) 신경쓰여서 : {슬히 너겨}. 문맥을 고려하여 이같이 옮김.

632) 합혈(合血) : 피가 서로 합함. 예전에 아버지와 아들의 피를 물에 떨어뜨리면 반드시 섞인다고 하여 재판할 때에 부자지간인가 아닌가를 검사하는 방법으로 사용됨.

앞날에 방해가 있겠습니까?"

이씨가 탄식하였다.

이때 날씨가 매우 더운데도 이씨가 출산 후에 약이 없고 또 바람과 더위를 막지 못하여 옥 같은 약질이 위태해져서 죽고 사는 것이 경각에 달려 있었다. 이씨가 춘앵에게 말하였다.

"내 팔자가 기구해서 육아(蓼莪)의 슬픔을 만나고 또 강상(綱常)의 죄인
이 되어 함정에 빠졌으니 위로는 가문의 명성을 욕되게 한 것이고 아래
로는 나의 부끄러움을 벗을 길이 없다. 죽어 지하에 가서 조상 신령을
뵐 낯이 없고 살아서 부모님 제사를 이어 향촉을 드릴 길이 끊어졌으니
인륜에 있어서 불효는 용납되지 못할 것이다. 세상에 나 같은 사람이
어디에 또 있겠느냐? 다만 의지할 데 없는 마음이지만 아버님께서 밝
119 은 처치를 하시어 너른 덕택으로 다스려주시는 것을 받게 되면 비록
죽어도 한이 없을 것이다 싶어 밤낮으로 기다렸던 것이다. 그런데 이
제 원수의 자식 때문에 내 병이 살 길을 얻지 못하게 되었으니 이 소원
을 풀지 못하면 죽어서도 눈을 감지 못할 것이다. 앵아, 이를 어찌하겠
느냐? 내가 죽은 후 이 아이를 기르면서 아버님이 돌아오시기를 기다
렸다가 나의 서러운 뜻을 말씀드려 주어라."

말을 마치고는 깊이 흐느끼며 옥 같은 두 뺨에 구슬 같은 눈물을 줄줄 흘리니 춘앵이 실성할 정도로 눈물을 흘리고 울며 엎어질 듯 밖으로 나왔다. 그러고는 순찰하는 종 가운데 자신의 친족인 원성을 문틈으로 불러 말하였다.

"내가 요사이 배고픈 것을 견디지 못하겠으니 그대가 친척간의 정을 생각해서 흰 쌀과 그릇[633]을 마련해주시오."

하고는 꼈던 반지를 빼서 주고 말하였다.

“종이나 주인이나 몸에 지니고 있던 것밖에 가져온 것이 없고 옷도 없어서 매우 절박하니 비단 두어 필을 사서 가져다 주시오.”

원성이 불쌍하게 생각하여 즉시 원하는 대로 해주니 춘앵이 감사하고는 음식을 갖춰 이씨를 간호하였다. 그러나 병세에 차도가 없으니 춘앵 120
이 망극하여 다시 문틈으로 가서 원성을 불러 말하였다.

“내가 갑자기 복통이 급하니 약을 몰래 지어 주시오.”

말을 하고는 약명을 일러주니 원성이 즉시 나가서 약 다섯 복634)을 지어다 주었다. 춘앵이 약을 달여 부인을 간호하면서도 이씨가 해산한 것을 끝내 원성에게도 숨기고 말하지 않았다. 앵이 원래 영리하여 운명이 들으면 아이를 죽이려 할 것을 알았기에 끝내 입 밖으로 내지 않고 약물과 음식을 차고 따뜻하게 맞춰 부인을 보호하고 위로하였으며 아침 해와 저녁 달을 대하면 눈물을 흘리고 울며 소저의 생명을 비니 주공(周公)이 성왕(成王)을 위하는 정성635)도 이에는 미치지 못할 것이었다. 하늘이 감동을 하여 이씨가 점점 차도를 얻어 옥 같고 꽃다운 몸이 평소와 같아졌다. 원성이 준 비단으로 종과 주인이 옷을 지어 입고 고생을 겪으며 하루 한 끼 구멍으로 들여 주는 밥도 고맙게 생각하면서 명을 이으니 능히 슬프고 괴로운 것을 알 수 있었다.

이때 운명이 이씨를 가두자 헐뜯는 말이 연달아 일어나니 매우 미워서 121
굶주려 죽게 하려고 이씨에게 음식을 주지 말라고 하였다. 그러나 임씨가

633) 그릇 : {즙믈}. 집물(什物)의 오기로 보임. 집물은 집 안이나 사무실에서 쓰는 온갖 기구를 의미하므로 문맥을 고려하여 이같이 옮김.

634) 복 : 약의 분량을 나타내는 따위를 의미하는 우리말. 복은 한번 먹을 분량을 의미함.

635) 주공(周公)이 ~ 정성 : 주공(周公)은 어린 조카를 왕위에서 물러나게 하고 자신이 군권(君權)을 장악할 수 있는 지위에 있었지만 끝까지 성왕(成王)을 정성껏 도와 주나라의 기틀을 닦았음.

자주 부탁을 하고 말려서 먹을 것을 공급하였다. 그런데 원성이 약을 지어 주는 것을 본 사람이 많으니 그 소식이 생의 귀에까지 갔다. 생이 의심을 하면서 원성을 잡아 따져 물으니 원성이 겁이 나 사실을 말하였다.

"소인의 사촌 누이 춘앵이 복통 때문에 약을 지어달라고 하여 지어준 것이지 다른 이유는 알지 못합니다."

생이 또 물었다.

"그 약의 이름이 무엇이냐?"

원성이 바른대로 대답하였다. 원성은 약의 묘리를 모르지만 생은 약효를 잘 알므로 가만히 생각해보니 이 약은 산부(産婦)가 먹는 것으로 분명 이씨가 해산을 하여 약을 구한 것이다 싶었다. 이씨는 족히 마음대로 죽이지 못하지만 그 자식은 자신의 골육이 아니니 만일 살아나면 남의 자녀를 길러 근심을 남기는 것이 되므로 지금 죽여서 후환을 없애야겠다고 생각하였다. 또 예전 성생의 거동과 편지를 생각하니 매우 원통하고 한스러워서 중당(中堂)에 가서 칼을 갈았다. 그러자 임씨가 물었다.

122 "상공께서 칼을 왜 급히 가십니까?"

생이 대답하지 않고 의관을 고치고 칼을 차고 나가니 임씨가 매우 이상하여 급히 일희당에 가서 석파에게 말하였다.

"군자께서 또 무슨 헐뜯는 말을 들으셨는지 화난 빛을 띠고는 칼을 차고 후원으로 갔습니다. 그 뜻이 좋지 않습니다. 할머님이 아니라면 그 근심을 풀지 못할 것이니 급히 가서 구하여 주십시오."

석파가 근래에 화가 나서 문 밖 출입을 하지 않았는데 이 말을 듣고 태부인이 이씨를 보호하라고 했던 일을 생각하며 어쩔 줄 몰라 급히 후원으로 향했다. 또한 시녀에게 모든 상궁들을 부르라 하고는 심희당으로 가보니 벌써 운명이 문을 열고 들어가고 있었다. 석파가 급한 마음을 이기지 못하여 넘어질 듯 급히 걸어서 들어가 보니 이씨가 춘앵과 함께 난간에 우두커니 앉아 있고 생은 간 자취가 없으므로 석파가 물었다.

"낭군이 어디에 계시느냐?"

춘앵이 울며 말하였다.

"공자를 죽이려고 방안에 들어가셨습니다."

석파가 매우 놀라서 소리를 지르며 달려 들어갔다. 원래 생이 바로 방
으로 들어와서 아기를 찾았는데 아기가 잠이 깊이 들었으므로 얼굴을 덮 123
어 뉘어놓았다. 그래서 순간 들어와서는 아기를 보지 못하고 눈을 이곳저곳으로 두고 있었다. 이때 석파가 들어와 소리를 지르자 아기가 깨어 급하게 우니 생이 이를 알아채고 죽이려고 하였다. 석파가 급히 아기를 안고 막으며 꾸짖었다.

"어찌 부자간의 인연을 모르고 이렇게 무식하게 굽니까?"

생이 말하였다.

"할머니는 알지 못합니다. 이 아이는 내 자식이 아닙니다. 만일 죽이지 않으면 저 아이가 반드시 나를 해칠 것입니다. 어찌 할머니는 그것을 생각하지 못하십니까?"

석파가 말하였다.

"그렇지 않습니다. 그대가 어려서부터 유가(儒家)의 책을 읽어서 의리를 알 것이니 평소 승상이 이씨를 사랑하셨던 것은 그대도 알 것입니다. 비록 그대의 처자이지만 마음대로 못할 것이니 조급하게 성을 내지 말고 이 아이 모자를 머물게 하였다가 승상이 오시면 명백히 이 일의 까닭을 고하고 공명정대하게 다스리는 것이 옳습니다. 어찌 칼을

들고 집안을 왔다 갔다 하며 멋대로 행동하여 미친 사람과 같은 모습을 보입니까?"

생이 화를 이기지 못하다가 문득 보니 여덟 형제가 모두 들어와 있었
124 다. 운경이 정색을 하고는 망령됨을 꾸짖었으며, 운현, 운의 등은 침묵하고 말을 하지 않다가 웃으면서 조롱하였다.

"여덟째는 자신의 골육을 이유도 없이 죽이려 하다니 가히 장부이다. 어찌 한낱 어린아이만 죽이겠느냐? 이부인을 죽여야 네 이름이 빛날 것이다."

운경이 돌아보며 꾸짖었다.

"너희는 성급한 아이의 화를 왜 돋우느냐?"

운현 등이 일시에 크게 웃고 운명[636]을 끌어내어 데리고 나간 후 석파가 이씨와 마주하고는 길게 슬퍼하며 말하였다.

"부인의 억울하고 원통한 것을 누가 모르겠습니까? 하지만 낭군이 연애에 빠진 사람이 되었고 화부인이 정씨를 총애하며 그녀의 꾸며대는 말에 빠져 있으니 우리가 사실을 말할 길이 없습니다. 태부인이 또한 화부인이 어질지 못한 것이 한스러워서 모든 일을 버려두셨으니 부인의 억울함을 씻을 날은 오직 승상을 기다려야만 올 것입니다. 천만 뜻밖에 순산하고 공자를 낳았으니 훗날 영광이 빛날 것입니다. 부인은 얼음 같고 옥 같은 꽃다운 몸을 보중하십시오."

이씨가 근심스러우며 슬프고 두려워 목메어 울다가 눈물을 머금고 소
125 리를 삼키며 마음을 말하였다.

"저의 행실이 복이 없어서 참혹한 누명을 얻은 것이니 당연한 일입니

636) 운명 : {운경}. 문맥상 운명이 맞으므로 이같이 옮김.

다. 그러니 누구를 원망하겠습니까? 다만 제가 평소 정씨에게 원수 될 일을 한 적이 없었는데 사람을 해하려 하는 것이 이러하니 원통하고 억울하여 하늘에 고했지만 알아주지 않았습니다. 할머님의 돌아봐주심을 입고 위로하시는 말씀을 들으니 삼생(三生)으로도 은혜를 갚기가 어렵습니다."

석파가 참혹함을 이기지 못하여 서로 잡고 울기를 반나절이나 하고 돌아오니, 화부인이 화를 내며 말하였다.

"서모는 정말 일도 많습니다. 이씨를 데리고 무슨 말씀을 하셨습니까?"

석파가 냉소하며 말하였다.

"내가 한 말이 무슨 큰일이라고 부인께 외워 바치겠습니까?"

부인이 말하였다.

"사나운 이씨와 더불어 우리 모자를 헐뜯었는가 싶어 물어본 것입니다."

석파가 화부인의 말하는 태도가 좋지 않은 것을 보고 겨루지 않으려고 다만 태연하게 웃고 침소에 돌아와서 손으로 가리키며 꾸짖었다.

"내가 만일 저 악독한 여자[637]에게 근심스러운 일을 만들어 주지 않는다면 어찌 못난 사람이 아니겠는가?"

이파가 어이가 없어서 웃으며 말렸다.

이때 운남에서 기별이 도착하여 승상의 평안함과 승전 소식을 전하였 126
다. 온 집안 위 아래 식구들의 기뻐하는 소리가 진동하였으며 모두들 영광스러워 하고 행복해 하는 것은 말할 것도 없었다. 또한 조정에서도 공적을 공경하시어 은혜를 강정의 별전(別殿)[638]으로 내리며 양태부인에게

637) 악독한 여자 : {독보}. 독부(毒婦)의 오기로 보아 이같이 옮김.

문안을 하고 그 처자를 어루만져 위로하니 새로운 영광과 온화한 기운이 온 집안에 가득하였다. 모든 젊은이들이 색깔 옷을 입고 미모를 다스리며 맞을 준비를 하니 집안의 화려하고 즐거운 기운은 마치 봄바람이 무르녹는 듯하였다. 그러나 이씨는 혼자 심희당에 갇혀서 억울하고 답답한 마음을 품고 눈물로 지내고 있으니 슬픔과 기쁨이 서로 상반되었다. 정씨는 승상이 돌아온다는 것을 듣고 매우 놀라서 말하였다.

"만일 이 부자가 돌아온다면 내가 어찌 능히 보전할까? 빨리 다시 자객을 시켜 이씨를 죽이도록 할 것이니 이 일을 더 늦추지 못하겠다."

하고는 남몰래 심복 종인 장기를 불러서 돈과 비단을 많이 주고 계교를 가르쳐주니 장기가 인적이 없는 틈을 타 심희당으로 가서 순찰하는 군사
127 가 자는 모습을 보고 담을 넘으려고 하였다. 때마침 운명이 심란해서 옷을 입고 두루 걸어 다니다가 취성전 뒤로 들어가서 동산을 바라보는데 한 사람이 담을 넘으려고 하는 것이 보였다. 생이 이전에도 있었던 일이라는 생각이 들어 소리를 질러 도적이 있으니 잡으라고 하였다. 순찰하던 종이 일시에 일어나 잡아 묶어 외당에 가서 따져 물으니 자객이 말하였다.

"이부인이 부르셔서 갔습니다."

그러나 가슴속에 날카로운 칼을 감췄으니 생이 반신반의하며 옥에 가둔 후에도 마음을 진정시키지 못했다. 연달아 계교를 성공하지 못한 상황인데 승상이 돌아온다는 것을 듣고는 정씨가 길게 탄식하며 말하였다.

"이것이 곧 하늘의 운명이구나!"

---

638) 별전(別殿) : 본궁(本宮) 가까운 곳에 따로 지은 궁전.

소현셩록 원문

소현셩녹 권지팔(별뎐 소시삼ᄃᆡ록)[1]

1면

챠셜 소도위 부명으로 슬프믈 서리다마 ᄉᆞ오일이 디난 후 됴회 길ᄒᆡ 형가의 니ᄅᆞ니 문니 막고 드리디 아니커ᄂᆞᆯ ᄉᆡᆼ이 노왈 너희 등이 엇디 이러틋 무상ᄒᆞ뇨 문니 ᄃᆡ왈 쇼복 등의 방ᄌᆞᄒᆞ미 아니라 참졍 노애 쇼져의 기셰ᄒᆞ시미 젼혀 부마의 연괴라 ᄒᆞ샤 원슈로 일ᄏᆞᆺ고 문을 막으라 ᄒᆞ시니 쇼복 등이 명을 밧드러 엇디 ᄐᆡ만ᄒᆞ리잇고 ᄉᆡᆼ이 텽파의 블연 대로ᄒᆞ야 ᄉᆞ매ᄅᆞᆯ ᄯᅥᆯ티고 도라와 ᄉᆡᆼ각ᄒᆞᄃᆡ 내 형시ᄅᆞᆯ 권년ᄒᆞ미 본ᄃᆡ 졍의예 비로ᄉᆞᆫ 배오 믜워ᄒᆞ미 아니러니 형공이 도로혀 원슈로 일ᄏᆞᆺᄂᆞᆫ다ᄒᆞ니 내 엇디 구챠히 가리오 이리 ᄉᆡᆼ각ᄒᆞ매 노긔 대발ᄒᆞ야 ᄆᆡᆼ셰ᄒᆞ야 형가ᄅᆞᆯ 그ᄎᆞ리라 ᄒᆞ다가 셰〃히 샹냥ᄒᆞ매 이 ᄯᅩ 참졍의 ᄆᆡ몰ᄒᆞ미 아니라 공쥬의 연괴로다 ᄒᆞ야 새로이 통ᄒᆞᆫᄒᆞ니 더욱 공쥬향ᄒᆞᆫ 의ᄉᆡ 섯긔니 오직 ᄆᆞ음을 강잉ᄒᆞ야 부친 겻ᄐᆡ 뫼션디 수월의 니ᄅᆞ매 승샹이 ᄋᆞᄌᆞ의 긔ᄉᆡᆨ이 날노 슬허ᄒᆞ고 ᄉᆡᆼ각ᄒᆞ

2면

야 아츰의 자고 니ᄅᆞ면 벼개예 누흔이 이시믈 보고 심하의 어엿비 너기ᄃᆡ 가디록 모ᄅᆞᄂᆞᆫ톄ᄒᆞ야 ᄆᆞᄎᆞᆷ내 니ᄅᆞ디 아니터니 일〃은 파됴ᄒᆞ고 궐하의셔 형공을 만나니 승샹이 하리로 ᄒᆞ야 곰 하쳐를 잡아 참졍으로 더브러 모들ᄉᆡ 어ᄉᆞ와 한님과 부마 시랑 등이 일시의 ᄯᆞᆯ와 드러가니 승샹이 ᄉᆞᄌᆞᄅᆞᆯ 도라가라 ᄒᆞ니 삼ᄌᆞᄂᆞᆫ 물러가ᄃᆡ 부매 홀로 가디 아니니 승샹이 ᄭᅮ지저 ᄇᆞ리고 참졍으로 더브러 오래 보디 못ᄒᆞ던 말을 펼ᄉᆡ 승샹 왈 소뎨 인물이 노둔ᄒᆞ야 졍ᄉᆞ 다ᄉᆞ리미 쉽디 아닌고로 근ᄂᆡ예 년형을 ᄎᆞᆺ디 못ᄒᆞ과라 참졍이 탄왈 소뎨ᄂᆞᆫ 소녜 죽으므로브터 ᄆᆞ음이 실셩ᄒᆞ야 인ᄉᆞ의 념이 밋디 못ᄒᆞ기로 형을 ᄎᆞᆺ디 못ᄒᆞ거니와 인형은 엇딘 연고로 술위박휘 ᄒᆞᆫ 번 문의 님티 아니ᄒᆞ니 박ᄒᆞ미 태심ᄒᆞ더이다 소공이 답디 아니코 냥구 후 닐오ᄃᆡ 돈ᄋᆡ 뎌적 귀부의 갓더

1) 원문에는 '소현셩녹 권지오 별뎐삼ᄃᆡ록'으로 되어 있음. 별뎐삼ᄃᆡ록은 생략하기로 함.

니 박툑ᄒᆞ믈 닙어 도라 왓ᄂᆞᆫ디라 소데 황괴ᄒᆞ물 이긔디 못게라 참졍이 변ᄉᆡᆨ 왈 녕낭은 내 집 원슈라 소데 엇디 ᄎᆞ마 보리오 녀ᄋᆞ를 내 집 션산

3면

의 장ᄒᆞ고 소가 묘하는 ᄉᆡᆼ각디 아닛ᄂᆞ이다 승샹이 ᄯᅩᄒᆞᆫ ᄃᆡ답디 아니터니 추죵이 차를 올리니 이 인이 마시기를 다 하매 승샹이 추죵을 믈리티고 ᄂᆞᄌᆞ기 문왈 아디 못게라 ᄌᆞ부의 병이 이제는 쾌차ᄒᆞ며 ᄯᅩ 희만ᄒᆞ매 ᄉᆡᆼ산ᄒᆞᆫ 배 므어시러뇨 형공이 면ᄉᆡᆨ이 차악ᄒᆞ야 급히 닐오ᄃᆡ 녀ᄋᆡ 구쳔의 도라간디 수 월이라 엇디 ᄉᆡᆼ산ᄒᆞ미 이시며 병의 유무를 무ᄅᆞ리오 승샹 왈 불연ᄒᆞ다 돈ᄋᆞ난 긔이미 존문의 화와 현부의 ᄋᆡᆨ을 피ᄒᆞ미니 비록 쇼쇄ᄒᆞ나 가커니와 엇디 소데조차 긔이리오 인형은 다만 ᄌᆞ부의 평부와 쇼ᄋᆞ의 남녀를 니를디어다 참졍이 텽파의 ᄒᆞᆯ 말이 업서 황망이 니러 샤례 왈 소데의 여튼 소견이 엇디 감히 명공을 긔이리오 과연 소기미라 실로 영낭이 고집과 편벽이 고이ᄒᆞ니 쇼녀의 셰우 ᄀᆞᆺ튼 약질이 그 하히 ᄀᆞᆺ튼 의논을 두로 혀리오마는 님군이 죄칙이 엄ᄒᆞ고 공쥬의 그룻 너기미 아녀의 몸의 도라오니 임의 용녀ᄒᆞ미 과도ᄒᆞ야 ᄉᆞᄉᆡᆼ이 위급ᄒᆞᆫ디라 내 마ᄎᆞᆷ ᄃᆞ려와 위로ᄒᆞ야 회슌ᄒᆞᄂᆞᆫ 디경의

4면

니ᄅᆞ나 다시 녕낭의 자최 니ᄅᆞ러 환 부ᄅᆞ미 쳡경이라 두리오믈 이긔디 못ᄒᆞ야 졀박ᄒᆞᆫ 말을 내고 ᄉᆞ긔 들니일가 두려 녕낭을 보디 아니미 실로 브득이 ᄒᆞ미라 소녜 이졔ᄂᆞᆫ 몸이 여샹ᄒᆞ고 슌산ᄒᆞ매 이 ᄒᆞᆫ 자 ᄇᆡᆨ옥이니 이 곳 남ᄋᆡ라 승샹이 듯기를 ᄆᆞᄎᆞ매 희ᄉᆡᆨ이 미우의 ᄀᆞ득ᄒᆞ야 ᄀᆞᆯ오ᄃᆡ 내 원ᄂᆡ 당초븟터 쇼부ᄂᆞᆫ 이 조요ᄒᆞᆯ 품질이 아니라 ᄒᆞ야 ᄌᆞ져의 고ᄒᆞ얏ᄂᆞ니 엇디 현뷔 복녹을 밧디 아니ᄒᆞ고 죽을 재리오 내 이러므로 그 거지를 더뎌 두어 사ᄅᆞᆷ의게 곤ᄒᆞ믈 바다 ᄋᆡᆨ운을 ᄊᆡ게 ᄒᆞ미러니라 셜파의 서ᄅᆞ 깃거 말숨ᄒᆞ다가 손을 ᄂᆞᆫ화 니별ᄒᆞ니라 어시의 운셩이 형공과 부친의 조용히 말숨ᄒᆞ믈 보고 ᄉᆡᆼ각ᄒᆞᄃᆡ 내 이 ᄣᆡ를 타 형가의 가 부인의 관을 보고 ᄒᆞᆫ 번 통탕히 울리라 ᄒᆞ고 밧비 만니운을 채텨 옥누항 형부의 니ᄅᆞ니 문을 반만 여럿고 두어 하인이 잇다가 소ᄉᆡᆼ을 보고 대경ᄒᆞ여 급히 막으랴 ᄒᆞ니 ᄉᆡᆼ이 엇디 어려이 너기리오 ᄭᅮ지저 물리티고 ᄲᅢᆯ리 안흐로 드러갈ᄉᆡ 듕당의셔 경히 형한님 오형데를 만난

5면

디라 일시의 놀라 니러셔며 왈 부마는 엇디 더러 곳의 님ᄒᆞ뇨 싱이 ᄃᆡ답디 아니코 다만 안흐로 쎄텨 드러가려 ᄒᆞ니 황망이 붓드러 왈 형이 ᄆᆞ음ᄃᆡ로 드러가디 못ᄒᆞ리라 소싱이 작쇡 왈 너희 부지 날노뻐 원슈로 일ᄏᆞᄅᆞ니 각별 너희를 보려ᄒᆞ미 아니라 다만 나의 ᄌᆞ식을 ᄎᆞᆽ고 쳐ᄌᆞ의 관을 됴상ᄒᆞ려 ᄒᆞ미라 형한님이 다만 ᄉᆞ매를 구디 잡고 닐오ᄃᆡ 그ᄃᆡ를 믜워ᄒᆞ미 아니라 ᄉᆞ셰 브득이 그ᄃᆡ를 원슈로 ᄒᆞ미니 이제 대인이 아니겨시고 ᄂᆡ당의 녀긱이 모닷ᄂᆞᆫ디라 형이 비편ᄒᆞ야 못드러 가리라 싱이 노왈 너희 간사ᄒᆞᆫ 말노 날을 소기ᄂᆞᆫ디라 내 엇디 고디 드ᄅᆞ리오 드ᄃᆡ여 ᄒᆞᆫ 번 쩰티매 다ᄉᆞᆺ 형뎨 다 구러디니 믄득 몸을 두로혀고져 ᄒᆞᆫ대 한님이 일이 누셜ᄒᆞ기를 면티 못ᄒᆞᆯ 줄 알고 다만 급히 닐오ᄃᆡ 소형은 식노하고 잠간 이시라 내 몬져 드러가 손이 피ᄒᆞᆫ 후 나와 형을 ᄃᆞ려 가리라 소싱이 비록 ᄆᆞ음이 활발ᄒᆞ나 녜의를 아ᄂᆞᆫ디라 ᄂᆡ텽의 손이 이시믈 듯고 감히 몸을 동티 아니커ᄂᆞᆯ 한님이 급

6면

피 드러가 모친긔 슈말을 고ᄒᆞ니 부인이 대경ᄒᆞ야 아모리 ᄒᆞᆯ 줄 모ᄅᆞ더니 한님이 닐오ᄃᆡ 일이 이 디경의 이시니 미처 출히디 못ᄒᆞ리니 다만 큰 궤를 어더 소ᄆᆡ 방듕의 노코 당 밧긔 졔상을 버려두어 소싱이 만힝으로 관을 츌혀 보디 아니ᄒᆞ면 다힝ᄒᆞ고 혹 아라본들 현마 엇디 ᄒᆞ리잇가 부인이 시험ᄒᆞ야 그대로 ᄒᆞᆫ 후 한님이 나가 소싱을 쳥ᄒᆞ야 드러올ᄉᆡ 싱이 뎌 사ᄅᆞᆷ들의 긔쇡을 크게 고이히 너겨 범ᄉᆞ를 믄득 술피려 ᄒᆞᄂᆞᆫ 의ᄉᆡ 니러나니 날호여 거러 녕텽 알픠 다ᄃᆞᄅᆞ니 푸른 깁댱은 은〃ᄒᆞ고 졔상 압픠 묵향내ᄂᆞᆫ 웅비ᄒᆞ야 슬프미 심두의 ᄀᆞ득ᄒᆞ야 울고져 ᄒᆞ다가 믄득 다시 보니 명졍이 셰운 ᄃᆡ 업ᄉᆞ니 믄득 무러 왈 엇디 상측의ᄂᆞᆫ 소댱이 업고 녕 위예ᄂᆞᆫ 명졍이 업ᄂᆞ뇨 졔싱 왈 이ᄂᆞᆫ 우리 집 가례라 싱이 드ᄃᆡ여 댱을 들고보니 은〃ᄒᆞᆫ 구석의 거믄 관이 노혀시니 뎐도히 나아가 붓들고 쟝ᄎᆞᆺ 크게 울려 ᄒᆞ더니 다시 보니 이 관이 아니오 큰 궤라 싱이 대경ᄒᆞ야 다시 술피니 다만 댱 밧긔셔 우음 소ᄅᆡ

7면

나거ᄂᆞᆯ ᄇᆡ야흐로 소긴 줄 알고 심즁의 대로ᄒᆞ야 댱을 들고 나오니 졔싱이 일시의 ᄃᆞ라나거ᄂᆞᆯ 싱이 ᄂᆡᆼ소 왈 너희 부지 날로 아희 희롱ᄐᆞᆺ ᄒᆞ고 거ᄌᆞᆺ 관을 노화 사ᄅᆞᆷ을 소

기니 이 므슴 도리뇨 한님이 변쉭 왈 형이 그르다 일시의 분으로 야〃를 가ㅂ야이 욕ᄒᆞᄂᆞ뇨 우리 등이 일쯕 소현셩을 욕ᄒᆞ더냐 운셩 왈 내의 부친이 엇디 너의 야〃굿티 소쇄ᄒᆞᆫ 희롱을 즐기시더냐 사ᄅᆞᆷ이 일을 그릇ᄒᆞ면 텬ᄌᆞ라도 필부의게 긔롱을 듯거든 ᄒᆞ물며 참정가 졔ᄉᆡᆼ이 다 노ᄒᆞ야 말을 ᄒᆞ고져 ᄒᆞ더니 믄득 부인이 나오신다 ᄒᆞ니 졔ᄉᆡᆼ이 말을 그치고 마자 좌를 뎡ᄒᆞ매 부인이 부마를 ᄃᆡ하야 안싁을 졍히 ᄒᆞ고 골오ᄃᆡ 내의 녀ᄋᆡ 본ᄃᆡ 용녈ᄒᆞ되 힝혀 현셔의 ᄇᆞ리디 아니믈 어덧더니 이제 텬은이 낭군긔 미ᄎᆞ매 박명이 쇼녀의게 도라오니 맛당이 하늘을 슌ᄒᆞ야 쇼녀는 도장의셔 ᄆᆞᄎᆞ미 올커늘 사ᄅᆞᆷ의 무식ᄒᆞ므로 텬명을 아디 못ᄒᆞ고 쇼녀를 귀부의 보내엿더니 앙얼이 참혹ᄒᆞ야 쇼녜 궁인의

8면

핍박ᄒᆞᄂᆞᆫ 욕과 공쥬의 모시 녀흐랴 ᄒᆞᄂᆞᆫ 경샹을 ᄀᆞ초 보고 나중은 낭〃의 노를 만나 궐뎡의 잡혀 드니 내의 녀ᄌᆡ 비록 약ᄒᆞ나 일쯕 ᄌᆡ상가의 ᄌᆞ라 규문 밧글 모ᄅᆞ고 ᄌᆞ라미 지란굿거늘 엇딘고로 이런 욕을 보리오 실노 녀ᄋᆡ 현셔로 더브러 인연이 진ᄒᆞ야시니 만일 구ᄐᆞ야 긋춘 거슬 니을딘대 반ᄃᆞ시 큰 홰 니러날디라 이러므로 짐즛 죽다 ᄒᆞ야 서ᄅᆞ 의싀 망단킈 ᄒᆞ미니 엇디 다른 ᄠᅳᆺ이리오 현셔는 모ᄅᆞ미 고이히 너기디 말고 박명ᄒᆞᆫ 숙녀를 다시 ᄉᆡᆼ각디 아니면 우리 등이 ᄒᆞᆫ갓 깃불만 아니라 제 ᄯᅩᄒᆞᆫ 구쳔의 평안ᄒᆞᆫ 넉시 되리라 ᄉᆡᆼ이 공경ᄒᆞ야 듯기를 ᄆᆞᄎᆞ매 다만 강잉ᄒᆞ야 웃고 사죄 왈 쇼셰 본ᄃᆡ 용우ᄒᆞ야 슉야의 ᄉᆞ랑ᄒᆞ시믈 닙ᄉᆞ왓더니 불힝ᄒᆞ야 일이 여ᄎᆞᄒᆞᆫ ᄃᆡ경의 이시니 비록 뉘웃ᄎᆞ시나 엇디 ᄒᆞ리잇가 형시의 고초ᄒᆞ믄 젼혀 쇼셔의 연괴라 깁피 참괴ᄒᆞ거니와 초공쥐 ᄇᆡᆨ명의 쳬 되야시니 형시 비록 귀듕ᄒᆞ나 잠간 지아비로 더브러 굿기디 못ᄒᆞᆯ 일이며 만일 악부뫼 텬수를 블기 아ᄅᆞ셔 깁히 쇼셔를 먼니 거졀

9면

코져 ᄒᆞ실딘대 혼셔를 도라 보내시고 쇼셔의 무상ᄒᆞ믈 챵셜ᄒᆞᆫ 후 형시로 ᄒᆞ야곰 아름다운 사ᄅᆞᆷ을 어더 맛긔시더면 쇼셰 비록 녕ᄋᆞ 쇼져를 귀듕ᄒᆞ미 여산ᄒᆞᆯ디라도 ᄒᆞᆯ 일이 업ᄉᆞᆯ 배오 비록 용녈ᄒᆞ나 ᄯᅩᄒᆞᆫ ᄇᆞ라미 그처 다시 오디 아니리니 엇디 악모는 이 두 일을 아니시고 다만 죽다ᄒᆞ시니 죽은 쳐ᄌᆞ를 더옥 ᄇᆞ리디 못ᄒᆞᆯ 배오 원슈라 일ᄏᆞᄅᆞ나 지은 원슈 업ᄉᆞ니 극히 고이ᄒᆞ야 ᄇᆞᄃᆡ ᄎᆞ자 보고 ᄯᅩᄒᆞᆫ 원슈라 ᄒᆞ시는 근본을 알

고져 이에 니ᄅᆞ럿더니 금일 악모의 말ᄉᆞᆷ을 듯ᄌᆞ오니 ᄇᆞ야흐로 ᄭᆡᄃᆞᄅᆞᆫ디라 소셰 쟝ᄎᆞᆺ 악당을 기ᄃᆞ려 혼셔와 내 ᄌᆞ식을 ᄎᆞᆺ고 형시 ᄀᆡ가ᄒᆞ야 타인의게 가ᄂᆞᆫ 양을 보고 비로소 물너간 후ᄂᆞᆫ 비록 쳥ᄒᆞ실디라도 감히 오디 아니리이다 셜파의 듀슌의ᄂᆞᆫ 옥치 비최여 우음을 머금고 슈려ᄒᆞᆫ 미우의ᄂᆞᆫ 늠〃ᄒᆞᆫ 노긔 어ᄅᆡ여 긔운이 서리 ᄀᆞᆺ고 쇼안이 쥰졀ᄒᆞ니 부인이 비록 말ᄉᆞᆷ이 민쳡ᄒᆞ나 엇디 소ᄉᆡᆼ의 ᄉᆞ히ᄀᆞᆺᄐᆞᆫ 웅장ᄒᆞᆫ 슈응을 능히 당ᄒᆞ리오 다만 졍식 왈 현셔ᄂᆞᆫ 이

10면

곳 명문의 군ᄌᆡ어ᄂᆞᆯ 엇딘 연고로 공ᄆᆡᆼ의 교훈을 닛고 졍쳐를 비례로 욕ᄒᆞᄂᆞ뇨 ᄉᆡᆼ이 흠신 ᄃᆡ왈 악모의 말ᄉᆞᆷ이 쇼셔 거졀ᄒᆞ믈 니ᄅᆞ실ᄉᆡ ᄉᆞ리로 알왼 말이 ᄌᆞ연 도라가미오 비례 아니니이다 언미필의 형참졍이 니ᄅᆞ러 ᄉᆡᆼ을 보고 놀라고 우이 너기나 이에 졍ᄉᆡᆨ고 닐오ᄃᆡ 소랑이 엇디 내 집의 왓ᄂᆞ뇨 ᄉᆡᆼ이 니러 마ᄌᆞᆯ ᄯᆞ름이라 공이 졔ᄌᆞ를 도라 보와 ᄀᆞᆯ오ᄃᆡ 너희ᄂᆞᆫ 부마를 뫼셔 ᄇᆡ송ᄒᆞ고 오래 잇게 말나 셜파의 부인을 ᄎᆡᆨ왈 그ᄃᆡᄂᆞᆫ 므슴 연고로 뎌를 나와 보ᄂᆞ뇨 ᄉᆡᆼ이 다만 ᄂᆡᆼ소ᄒᆞ고 왈 이 집이 비록 샹공의 부듕이나 내 가히 못 이실 곳이 아니니 군부의 명으로 ᄆᆡ야가미 아닐딘ᄃᆡ 니러 가디 못ᄒᆞ리라 형공이 블연 노ᄉᆡᆨ고 ᄭᅮ지저 왈 그ᄃᆡ 방ᄌᆞᄒᆞ미 이ᄃᆡ도록 ᄒᆞ거니와 내 ᄯᆞᆯ을 므ᄉᆞ 일노 모ᄉᆡ 동여 녀흐랴 ᄒᆞ더뇨 이 일이 다 너의 연괴라 어ᄂᆞ 면목으로 셔로 보리오 ᄲᆞᆯ리 도라가라 만일 가디 아닐딘ᄃᆡ ᄯᅩᄒᆞᆫ 너를 당ᄎᆡᆨ디 못ᄒᆞ랴 ᄉᆡᆼ이 크게 웃고 왈 쇼셰 과연 형시 믜오미 심ᄒᆞ야 공듀로 더브러 동심ᄒᆞ야 죽이

11면

랴 하다가 일이 이디 못ᄒᆞᆫ디라 ᄆᆞᄋᆞᆷ의 애ᄃᆞᆯ와 다시 죽이랴 와시니 엇디 그저 도라 가리오 샹공이 됴뎡 대신이오 부친과 친붕이시니 ᄉᆞ긔의ᄂᆞᆫ 거역디 못ᄒᆞᆯ디라 틸ᄃᆡ로 티쇼셔 쇼셔ᄂᆞᆫ 마ᄌᆞ리이다 참졍이 어히업시 너겨 노를 도로혀 소ᄅᆡ를 ᄂᆞ초와 ᄉᆞ리로 경계ᄒᆞᄃᆡ ᄉᆡᆼ이 오딕 귀밧긔 듯ᄂᆞᆫ디라 공과 부인이 다 노ᄒᆞ야 안흐로 드러가니 ᄉᆡᆼ이 오직 시녀를 불러 형시긔 뎐어 왈 부인이 날노ᄡᅧ 지아비라 ᄒᆞ고 그 나흔 바 ᄌᆞ식을 운셩의 ᄌᆞ식이라 ᄒᆞ거든 ᄲᆞᆯ니 나와 셔ᄅᆞ 보라 형시 듯고 노왈 사ᄅᆞᆷ 겁틱ᄒᆞ야 욕ᄒᆞ미 이 ᄀᆞᆺᄐᆞ냐 부인 왈 소랑의 ᄆᆞᄋᆞᆷ 두로혀기ᄂᆞᆫ 실로 어려오니 현마 엇디 ᄒᆞ리오 이 말이 아니 나가게 못ᄒᆞᄂᆞᆫ 배니 너ᄂᆞᆫ ᄲᆞᆯ니 나가 ᄀᆡ유ᄒᆞ라 부친이 ᄯᅩᄒᆞᆫ 권ᄒᆞ니 형시 강잉ᄒᆞ

야 나와 소싱을 보매 오직 안싀의 노긔 ᄀᆞᄃᆞᆨᄒᆞ야 ᄀᆞᆯ오ᄃᆡ 내 비록 무상ᄒᆞ나 부인이 엇디 이ᄃᆡ도록 박ᄃᆡᄒᆞᄂᆞ뇨 쾌히 ᄋᆞᄌᆞ를 내여오라 ᄂᆡ 반ᄃᆞ시 쳐ᄌᆞ를 다 죽이고 조초 ᄌᆞ문ᄒᆞ야 ᄆᆞᄋᆞᆷ을 결ᄒᆞ리라 셜파의 옷 ᄉᆞ이로셔 젼광 ᄀᆞᆺᄐᆞᆫ 보검을 ᄦᅢ

12면

혀 상머리의 노코 눈을 부릅ᄯᅳ니 믄득 ᄇᆡᆨ면셔싱이 변ᄒᆞ야 위풍이 풍듕의 ᄆᆡᆼ호 ᄀᆞᆺᄐᆞ니 이ᄡᅴ 한님이 창밧긔 잇다가 뎌 거동을 보고 대경ᄒᆞ야 급히 드러가 부친긔 고ᄒᆞ니 형경이 역경 왈 내 ᄂᆞᆺ과라 소공이 닐오ᄃᆡ 운셩이 셩이 급디 아니코 ᄯᅩᄒᆞᆫ ᄌᆞ로 내디 아니ᄃᆡ 만일 발분ᄒᆞᆫ즉 반ᄃᆞ시 사ᄅᆞᆷ의 피ᄅᆞᆯ 보고 그치ᄂᆞ니 만일 슈ᄒᆞ여나 샹뎍ᄒᆞᆫ 재 만나면 오히례 혜디 아니ᄒᆞᄃᆡ 다만 슈샹을 본 후 셩이 ᄂᆞ즉ᄒᆞ야 풀고 그러티 아니면 어려오니라 ᄒᆞ더니 오ᄂᆞᆯ 반ᄃᆞ시 노ᄅᆞᆯ 발ᄒᆞ야시면 내 맛당이 구ᄒᆞ리라 ᄒᆞ고 밧비 경운당의 니ᄅᆞ니 소싱이 ᄇᆡ야흐로 ᄋᆞᄌᆞ 내여오믈 기ᄃᆞ리거ᄂᆞᆯ 형공이 나아가 웃고 그 칼흘 앗고 위로 왈 그ᄃᆡᄂᆞᆫ 노부ᄅᆞᆯ ᄒᆞᆫᄒᆞ야 녀ᄋᆞᄅᆞᆯ 해코져 ᄒᆞᄂᆞ냐 싱이 형공을 보고 안싀을 뎡ᄒᆞ야 말을 아니코 다만 듁침의 누으니 형공이 ᄌᆡ삼 됴흔 안면으로 위로ᄒᆞ고 드러가며 녀ᄋᆞᄅᆞᆯ 머물우더라 형시 소싱의 칼 ᄲᅢ히믈 보고 ᄆᆞᄋᆞᆷ의 미온ᄒᆞ나 본심이 아냐 셩의 과도ᄒᆞ미라 ᄒᆞ야 ᄒᆞᄂᆞᆫ 거동을 보랴 ᄒᆞ더니 부친의 권유ᄒᆞ므로ᄡᅧ 누으믈 보고 ᄯᅩ

13면

수이 가디 아닐 줄 짐쟉고 민망ᄒᆞ믈 이기디 못ᄒᆞᄃᆡ 아직 말ᄒᆞ기 됴티아냐 좀〃ᄒᆞ엿더니 셕양의 싱이 셩을 ᄂᆞ리오고 신싀을 뎡ᄒᆞ야 눈을 드러 부인을 보고 차ᄅᆞᆯ 구ᄒᆞ거ᄂᆞᆯ 형시 시녀로 ᄒᆞ야곰 향다ᄅᆞᆯ 가져다가 주니 싱이 먹은 후 ᄇᆡ야흐로 니러나 의관을 슈렴ᄒᆞ고 ᄋᆞᄌᆞᄅᆞᆯ 내여오라 ᄒᆞ야 보기ᄅᆞᆯ 다ᄒᆞ매 아름다오믈 이긔디 못ᄒᆞ야 이에 우ᄉᆞ며 부인을 향ᄒᆞ야 닐오ᄃᆡ 텬디 판츌ᄒᆞ미 오란 고로 죽엇던 사ᄅᆞᆷ이 다시 ᄭᆡ야 옥동을 나흐니 엇디 변이 아니리오 부인이 명목을 ᄀᆞᄂᆞ리 ᄒᆞ고 온팀단좌ᄒᆞ야 말을 아니니 싱이 그 노ᄒᆞ야 ᄒᆞ민 줄 알고 ᄯᅩᄒᆞᆫ 과격ᄒᆞ믈 스ᄉᆞ로 아나 셩 곳 나면 스ᄉᆞ로 제어티 못ᄒᆞᄂᆞᆫ디라 다시 뎨긔티 아니코 다만 ᄆᆡᆨ〃히 우술 ᄯᆞᄅᆞᆷ이라 이러구러 밤이 깁프니 형시 니러 드러가랴 ᄒᆞᄂᆞᆫ디라 싱이 급히 나삼을 븟드러 안ᄌᆞ믈 쳥ᄒᆞ니 형시 변싀고 ᄒᆞᆫ 번 ᄯᅥᆯ티매 ᄉᆞ매 ᄡᅥ러디니 쟝ᄎᆞᆺ 몸이 문을 나매 싱이 니러나 구ᄐᆞ야 부인을 잇그러

침소의 드러오니 부인이 홀 일이 업서 훈 가지로 안주매 싱이 다시 말솜을 일워 은근

14면

훈 의식 근졀훈매 미처는 부인이 날호여 탄식고 왈 쳡 깃튼 뉴는 이 곳 가얌이 깃튼 인싱이라 군주의 용샤훈믈 닙어 잔명이 사랏거니와 쏘훈 엇디 션비 되야 칼브리믈 경히 후리오 쳡의 팔지 ᄀ초 긔구훈디라 쏘 오놀 긔관을 디내과라 싱이 심히 뉘웃고 븟그려 나아가 손을 고자 샤례 왈 나 후싱이 주쇼로 과도훈 일이 무궁후니 가친의 념녀후시던 배라 부인인들 모르리오 과연 나는 쳔신만고후야 추자오니 악댱 악뫼 비법으로 거졀후니 분훈이 니러나 출히 부인과 으주를 죽이고 내 쏘훈 죽고져 후미라 그듸는 날을 구후거놀 싱은 이깃티 무상후니 죡히 오긔 박힝을 감슈후누니 그듸는 힝혀 용샤후라 형시 탄왈 쳡은 본듸 늣치 둣겁디 아니니 어이 무궁훈 말을 듸답후리오 싱이 쇼왈 부인이 엇디 운셩 칙망후미 이 디경의 니르럿누뇨 죄인이라도 디만을 노흐면 용샤후누니 부인은 그만 칙후라 형시 다시 말을 아니니 싱이 비록 대댱뷔나 엇디 븟그러오미 업스리오 추야의 감히 부인으로 더브러 봉디

15면

의 즐기미 업더니 날이 새매 형시 다시 부마를 향후야 청죄 왈 쳡이 불슌후고 간악후야 죄를 닙으미 본듸 올흐듸 힝혀 군주의 덕으로 지싱훈디라 이제 심규의 물러 이셔 허믈을 닷그리니 ᄇ라누니 그듸는 괴로이 니르러 잔명을 지촉디 말나 싱이 말을 뭇미처후야셔 부인이 안흐로 드러가니 싱이 탄식분이러라 이때 소승샹이 주운산의 도라오니 삼주는 와시듸 홀로 부매 업는디라 졔주드려 무르니 아니 왓다 후거놀 승샹이 즉시 사룸을 셕참졍 집의 가 추주니 업더라 후고 가인이 어두운 후 와시니 블셔문을 다〃실디라 홀 일이 업서 명됴의 운경을 불러 슈말을 니르고 형공 집의 가 추자보라 후니 어시 텽파의 형부인 죽디 아냐시믈 알고 경희후믈 이긔디 못후야 총망이 됴흔 믈을 트고 바로 형부의 니르러 참졍긔 명함 드리니 공이 청후야 보고 소싱의 작일 경샹을 니르고 드려가라 후는디라 어시 텽파의 부친의 션경지명을 항복후고 운셩의 념

16면

나믈 어히 업서 바로 운셩 잇ᄂᆞᆫ 곳의 니ᄅᆞ러 ᄉᆡᆼ을 보니 ᄉᆡᆼ이 오히려 누엇ᄂᆞᆫ디라 어ᄉᆡ 정ᄉᆡᆨ고 닐오ᄃᆡ 네 형데ᄅᆞᆯ 물뇌고 이 곳의 와 밤을 디내고 도라올 줄을 모ᄅᆞ니 이 므슴 도리뇨 부매 완〃히 ᄃᆡ왈 형당은 소데ᄅᆞᆯ 칙디 마ᄅᆞ쇼셔 쇼데라 고인의 집의 와 죽은 쳐ᄌᆞ 됴상 못ᄒᆞ리잇가 어ᄉᆡ 노왈 네 부형을 경히 너기고 쳐자ᄅᆞᆯ 듕히 너기니 너 ᄀᆞᆺᄐᆞᆫ 무식 필뷔 어ᄃᆡ 이시리오 이제 네 동시 야〃의 부ᄅᆞ심과 나의 ᄃᆞ리라 오ᄆᆞᆯ 우이 너기도다 ᄲᆞᆯ니 도라가고 이에 머므디 말나 ᄉᆡᆼ이 츄연 탄왈 쇼데 비록 무상ᄒᆞ나 엇디 감히 부친과 형당을 업슈이 너기리오 나히 져믄ᄃᆡ ᄉᆞ정을 억제티 못ᄒᆞ미니 청컨대 형당은 야〃긔 삼 일 말미ᄅᆞᆯ 바다 주시면 쇼데 엇디 은덕을 층냥ᄒᆞ리잇가 셜파의 ᄉᆞᄉᆡᆨ이 참연ᄒᆞ니 어ᄉᆞᄂᆞᆫ ᄆᆞᄋᆞᆷ이 인약ᄒᆞ고 동ᄉᆡᆼ ᄉᆞ랑이 지극ᄒᆞᆫ디라 금일 ᄉᆞ랑ᄒᆞᄂᆞᆫ 아이 진정을 ᄋᆡ걸ᄒᆞ믈 드ᄅᆞ니 ᄎᆞ마 다시 ᄭᅮ지저 ᄃᆞ려가디 못ᄒᆞ야 다만 위로ᄒᆞ야 ᄀᆞᆯ오ᄃᆡ 네 맛당이 일즉 도라오라 내 고ᄒᆞ야ᄂᆞᆫ 보려니와 야애

17면

드ᄅᆞ실니 업ᄉᆞ니라 드ᄃᆡ여 탄식고 나와 형공을 보와 ᄀᆞᆯ오ᄃᆡ 션ᄉᆡᆼ은 하 ᄆᆡ물이 마ᄅᆞ시고 형수ᄅᆞᆯ 권ᄒᆞ야 샤데의 ᄆᆞᄋᆞᆷ을 위로ᄒᆞ라 ᄒᆞ쇼셔 참정이 쇼왈 형이 아을 도도고 가믄 엇디오 어ᄉᆡ 쇼이 ᄃᆡ왈 쇼년의 ᄆᆞᄋᆞᆷ이 다 ᄒᆞᆫ 가지니 엇디 샤데ᄅᆞᆯ 칙ᄒᆞ리오 동긔예 정이 근절ᄒᆞ매 노션ᄉᆡᆼ과 현수의 박정ᄒᆞ믈 ᄒᆞᆫᄒᆞᄂᆞ이다 셜파의 낭〃이 웃고 도라가니 형공이 역시 웃고 소시 제ᄉᆡᆼ의 특이ᄒᆞᄆᆞᆯ 차탄ᄒᆞ더라 어ᄉᆡ 도라가 부친을 보고 운셩의 아니오ᄆᆞᆯ 고ᄒᆞ고 인ᄒᆞ야 고ᄒᆞᄃᆡ 삼데의 정ᄉᆡ 가히 잔잉ᄒᆞ니 대인은 잠간 수 삼 일을 허락ᄒᆞ야 딘뎡케 ᄒᆞ쇼셔 승상 왈 불가ᄒᆞ다 이제 명현공줘 형시 죽다ᄒᆞᄆᆞᆯ 오히려 밋디 아냐 의심ᄒᆞ고 긔찰ᄒᆞᄂᆞᆫ 듕이어든 셩ᄋᆡ 더 곳의 가 여러 날이 되면 반ᄃᆞ시 변을 지으리니 뉘우ᄎᆞ나 밋디 못ᄒᆞ리라 즉시 운현으로 ᄒᆞ야곰 ᄲᆞᆯ니 가 부마ᄅᆞᆯ 브ᄅᆞ라 ᄒᆞ니 시랑이 슈명ᄒᆞ야 형가의 니ᄅᆞ러 바로 운셩의 숨은 곳의 드러가 난간을 구ᄅᆞ며 흔동ᄒᆞ야 ᄀᆞᆯ오ᄃᆡ 형시 병드

18면

디 아니코 어리디 아니커ᄂᆞᆯ 어이 야〃의 셩품을 알며 ᄆᆞ양 짐즛 범ᄒᆞᄂᆞ뇨 ᄉᆡᆼ이 미쇼왈 현데ᄂᆞᆫ 망녕도이 날을 소기디 말나 시랑이 믄득 탄왈 형이 엇디 평일 총명이 업서

이 디경의 잇ᄂᆞ뇨 부친이 시방 샹소를 지어 형의 불효를 알외려 ᄒᆞ시니 모친이 두어 말숨으로 말니신디라 야애 크게 그릇 너기샤 부뫼 다 서ᄅᆞ 미온ᄒᆞ시며 형부인의 죄를 일우려 ᄒᆞ시니 숙뫼 막으시ᄂᆞᆫ디라 형이 만일 쇼데로ᄡᅥ 허언을 ᄒᆞᆫ다 ᄒᆞᆯ딘대 현마 엇디 ᄒᆞ리오 셜파의 믄득 두로혀 밧글 나가니 싱이 반신반의 ᄒᆞ야 ᄯᅩᄒᆞᆫ 니러나 시랑의 손을 잡고 엇게를 ᄀᆞᆯ와 나오며 우서 왈 네 반ᄃᆞ시 날을 소기ᄂᆞ니라 시랑이 정식 왈 쇼데 엇디 감히 형을 긔롱ᄒᆞ리오 다만 가셔 보면 아ᄅᆞ시리이다 싱이 급히 웃옷 닙고 형뎨 참졍긔 하딕고 수레를 갈와 ᄌᆞ운산의 도라오니 싱이 시랑 다려 왈 야애 임의 크게 노ᄒᆞ실딘대 네 몬져 드러가 알외라 시랑이 심하의 우ᄉᆞ며 드러 승상긔 슈말을 고ᄒᆞᆫ대 승상이 잠쇼ᄒᆞ고 싱을

19면

브ᄅᆞ라 ᄒᆞ니 싱이 드러가 계하의셔 청죄 왈 쇼ᄌᆡ 야〃의 명을 거역ᄒᆞᆫ 죄 만ᄉᆞ유경이로소이다 승상이 다만 올나오라 ᄒᆞ야 ᄀᆞᆯ오ᄃᆡ 날 ᄀᆞᄐᆞᆫ 아비ᄂᆞᆫ 불쵸ᄌᆞ를 가ᄅᆞ칠 길히 업ᄉᆞ니 므어시라 칙ᄒᆞ리로 네 다만 ᄎᆞ후란 방ᄌᆞᄒᆞᆯ ᄯᆞᄅᆞᆷ이로다 싱이 샤죄 묵연이러라 공이 인ᄒᆞ야 죠용히 실졍으로ᄡᅥ 공쥬의게 누설티 말 ᄯᅳᆺ을 니ᄅᆞ니 싱이 ᄇᆡ야흐로 감격ᄒᆞ야 샤례ᄒᆞ고 ᄎᆞ후ᄂᆞᆫ 가듕상해 혹 형시 잇ᄂᆞᆫ 줄 아나 구외예 내디 아니니 공쥬ᄂᆞᆫ 죽은가 너겨 양〃ᄌᆞ득ᄒᆞ고 운셩은 ᄆᆞ음을 잠간 딘뎡ᄒᆞ야 ᄎᆞ후ᄂᆞᆫ ᄀᆞ마니 왕ᄂᆡᄒᆞᆯ 길히 잇도다 혜고 깃브믈 이긔디 못ᄒᆞᆫ대 승상이 ᄯᅩ 닐오ᄃᆡ 너의 거동이 반ᄃᆞ시 형가의 ᄌᆞ로 가려 ᄒᆞᄂᆞᆫ디라 대쟝뷔 자최를 구〃히 ᄒᆞᆯ 거시 아니니 너ᄂᆞᆫ 삼가 셥심ᄒᆞ라 싱이 텽필의 믄득 ᄀᆞ만ᄒᆞᆫ 길히 긋처디믈 악연ᄒᆞ나 당초 죽다 ᄒᆞᆯ 적과ᄂᆞᆫ 오히려 위회ᄒᆞ야 ᄆᆞ음을 널니ᄒᆞ고 우용과 수미를 펴 디내니 가듕인이 다 깃거ᄒᆞ더라 수 십일 후 싱이 ᄋᆞᄌᆞ와 부인을 닛디 못ᄒᆞ야 외조모를

20면

보고 오ᄂᆞᆫ 길히 형참졍 집의 다ᄃᆞᄅᆞ니 문뎡이 ᄂᆡᆼ낙ᄒᆞ고 두 ᄧᅡᆨ 불근 문이 구디 다텨시니 싱이 경아ᄒᆞ야 하리로 ᄒᆞ여곰 사ᄅᆞᆷ을 브ᄅᆞ라 ᄒᆞ니 냥구 후 일개 노창뒤 나와 싱을 보며 절ᄒᆞ거ᄂᆞᆯ 싱이 무러 왈 너희 노야의 틱샹이 엇딘고로 이리 젹노ᄒᆞ뇨 창뒤 ᄃᆡ왈 쇼복은 아디 못ᄒᆞ거니와 노애 반ᄃᆞ시 고향으로 가신다 벼ᄉᆞᆯ을 ᄀᆞᆯ고 혈가ᄒᆞ야 가시니이다 싱이 대경ᄒᆞ야 말을 못ᄒᆞ더니 ᄯᅩ ᄒᆞᆫ 노패 나와 일 봉셔를 밧드러 드려 왈 노애

님힝의 맛디시며 부마긔 드리라 ᄒᆞ시더이다 싱이 밧비 써혀 보니 이 곳 참졍의 필젹이라 ᄒᆞ야시ᄃᆡ 아녜 실로 널노 더브러 인연이 업ᄉᆞᆫ 거ᄉᆞᆯ 괴로이 왕ᄂᆡᄒᆞ니 화를 어드미 쉬온디라 드ᄃᆡ여 벼ᄉᆞᆯ을 ᄀᆞᆯ고 고향으로 ᄂᆞ려 갈ᄉᆡ 녀ᄋᆞ와 그ᄃᆡ 유ᄌᆞ를 ᄃᆞ려가ᄂᆞ니 손ᄋᆡ 만일 당셩ᄒᆞ면 아비를 ᄎᆞᄌᆞ라 보내리니 그ᄃᆡᄂᆞᆫ 쇼려ᄒᆞ고 기리 딘듕ᄒᆞ라 ᄒᆞ엿더라 싱이 견필의 기리 탄식고 집의 도라와 ᄆᆞᄋᆞᆷ이 놀나와 믄득 병드러 누으니 모다 근심ᄒᆞ야 의약을 다ᄉᆞ리ᄃᆡ 죠곰도 ᄒᆞ리티 아니코 날노 팀듕

21면

하야 쟝ᄎᆞᆺ 일삭이 디나니 ᄇᆡᆨ병이 다 발ᄒᆞ니 싱되 어려이 된디라 의원은 샹ᄉᆞ로 지졈ᄒᆞ니 인〃이 다 고이히 너기고 승샹이 ᄉᆡᆼ각ᄒᆞᄃᆡ 뎌적 형참졍이 ᄉᆞ직ᄒᆞ고 뎐원의 도라간다 ᄒᆞ더니 ᄋᆞ지 반ᄃᆞ시 형시로 인ᄒᆞ야 다시 병이 나도다 ᄒᆞ야 다만 싱을 경계ᄒᆞ야 칙ᄒᆞᆫ 즉 싱이 ᄇᆡᆨ단으로 발명ᄒᆞ며 나죵은 의원을 보디 아니코 약을 먹디 아니니 일개 망극하야 ᄒᆞ더니 이 적의 운현이 구쥐 슈의총마어ᄉᆞ를 ᄒᆞ야 궐하의 ᄉᆞᆨ샤ᄒᆞ고 삼일 후 발힝ᄒᆞᆯᄉᆡ 부모긔 하딕ᄒᆞ니 일개 텬은을 감격ᄒᆞ며 부뫼 경계 왈 네 나히 이십이 못ᄒᆞ고 쟉위 놉프니 삼가 소임을 션티ᄒᆞ야 쳥명을 나타내고 부모를 욕디 말나 싱이 지비 슈명ᄒᆞᆫ 후 나와 운셩을 니별ᄒᆞᆯᄉᆡ 형뎨 븟들고 울며 써날ᄉᆡ 운셩 왈 내 병이 실노 형공이 뎐원의 간 빌미라 너ᄂᆞᆫ 날을 살과라 ᄒᆞ거든 두로 ᄎᆞ자보라 형공의 본이 셔쥐와 영쥐라 내 녯날 드ᄅᆞ니 ᄆᆞ양 셔쥐를 일ᄏᆞ라 사람 즉다ᄒᆞ던디라 네 삼가 ᄎᆞ자보라 운현이 눈물을 머금고 위로 왈 쇼뎨 구쥐를 다

22면

도라도 엇도록 어더 형의 ᄆᆞᄋᆞᆷ을 위로ᄒᆞ리라 드ᄃᆡ여 니러나 하딕고 절하의 봉됴ᄒᆞ야 절월과 추죵을 거ᄂᆞ려 힝ᄒᆞ니 총마어ᄉᆞᄂᆞᆫ 이 됴뎡 듕신이라 일노의 영졉ᄒᆞᄂᆞᆫ 배 그 수를 혜디 못ᄒᆞᄂᆞᆫ디라 광치 됴요ᄒᆞ고 운현 이ᄯᆡ 쳥츈쇼년이라 혈기방강ᄒᆞ고 용뫼 쇄락ᄒᆞ야 공연ᄒᆞᆫ 션풍도골이오 뎍강 니ᄇᆡᆨ이라 ᄇᆡᆨ마금안으로 구쥐를 도라 일을 쳐결ᄒᆞ매 덕위 병힝ᄒᆞ고 총명과 인ᄉᆡ 과인ᄒᆞ니 녕명이 ᄉᆞ히예 진동ᄒᆞ더라 어ᄉᆡ 힝ᄒᆞ야 셔쥐 디계예 니ᄅᆞ니 ᄌᆞᄉᆡ 영졉ᄒᆞ야 별사의 관ᄃᆡᄒᆞᆯᄉᆡ 싱이 샤례 왈 혹싱은 죠고만 사ᄅᆞᆷ으로 외람이 됴뎡 듕임을 밧자와 이에 니ᄅᆞᄆᆞᆫ 됴관과 군민을 셩실키를 경계ᄒᆞ고 샤치ᄒᆞᆷ 칙ᄒᆞ미니 엇디 감히 황명을 욕ᄒᆞ야 풍악을 어ᄌᆞ러이 ᄒᆞ리오 물리티미 가ᄒᆞ다

ᄌᆞ식 참안ᄒᆞ야 즉시 셜연ᄒᆞᆫ 바ᄅᆞᆯ 거두어 앗고 죠용히 말ᄒᆞᆯᄉᆡ 믄득 보니 ᄒᆞᆫ 쇼동이 져근 편지ᄅᆞᆯ 가져다가 ᄌᆞᄉᆞᄅᆞᆯ 주니 ᄌᆞ식 잠간 보고 ᄉᆞ매예 녀흔 후 알ᄑᆡ 나아와 고왈 어ᄉᆞᄭᅴ ᄒᆞᆫ 질졍ᄒᆞᆯ 일이 잇ᄂᆞ이다 운현 왈 명공의

23면

니ᄅᆞᄂᆞᆫ ᄯᅳᆺ이 어ᄃᆡ 듀ᄒᆞ엿ᄂᆞ뇨 ᄌᆞ식 ᄀᆞᆯ오ᄃᆡ 쇼관의 창쳡 뉴영이 용뫼 긔이ᄒᆞ고 가뮈 졀뉸ᄒᆞ야 능히 양태진의 셔양곡을 브ᄅᆞ고 우의무ᄅᆞᆯ 추니 번잡ᄒᆞᆫ 풍뉴ᄅᆞᆯ 그치고 이ᄅᆞᆯ 내여 어ᄉᆞᄭᅴ 뵈고져 ᄒᆞᄂᆞ이다 어ᄉᆡ 답왈 쳥컨대 브ᄅᆞ라 ᄌᆞ식 대희ᄒᆞ야 좌우로 ᄒᆞ야곰 뉴영을 ᄃᆞ려오라 ᄒᆞ니 이윽고 영이 셩장을 일우고 어ᄉᆞ의 알ᄑᆡ 다ᄃᆞ라 고두지빅ᄒᆞᆫ대 ᄌᆞ식 뎌ᄅᆞᆯ 보고 스ᄉᆞ로 깃브ᄆᆞᆯ 이긔디 못ᄒᆞ야 명ᄒᆞ야 춤추라 ᄒᆞᆫ대 영이 교틱ᄅᆞᆯ 머금고 홍슈ᄅᆞᆯ ᄰᅥᆯ텨 ᄆᆞᆯ근 노래와 묘ᄒᆞᆫ 춤을 추니 ᄌᆞ식 춤디 못ᄒᆞ야 스ᄉᆞ로 풍뉴ᄅᆞᆯ 일워 뎌의 가무ᄅᆞᆯ 돕ᄂᆞᆫ디라 어ᄉᆡ ᄀᆞ마니 거동을 보니 ᄌᆞ식 뉴영의게 혹ᄒᆞ미 심ᄒᆞ고 영의 틱되 간악ᄒᆞ야 반ᄃᆞ시 사ᄅᆞᆷ의 집을 망ᄒᆞᆯ디라 불연 대로 왈 ᄌᆞ식 국녹을 먹어 국은을 갑ᄉᆞᆸ디 아니코 빅셩의 혈육을 ᄌᆞᄭᅴ 년일 연낙ᄒᆞᆫ다 ᄒᆞ더니 과연 그ᄅᆞᆫ디 아니코 이 ᄯᅩᄒᆞᆫ 뉴영의 연괴라 죠고만 창녜 엇디 감히 ᄌᆞᄉᆞᄅᆞᆯ 그릇 ᄆᆡᆫ들며 됴뎡 명관을 혹게 ᄒᆞ리오 가히 그 머리와 몸을 완젼케 못ᄒᆞ미 가ᄒᆞᆫ디라 셜파

24면

의 도부슈ᄅᆞᆯ ᄭᅮ지져 뉴영을 미러내여 버히라 ᄒᆞ니 ᄌᆞ식 황망이 나아가 ᄀᆞᆫ졀이 말닌대 어ᄉᆡ 왈 내 이제 됴뎡 대신이 죄ᄅᆞᆯ 어더도 오히려 샤티 못ᄒᆞ려든 ᄒᆞᄆᆞᆯ며 요괴로온 일 녀ᄅᆞᆯ 참ᄒᆞ미 대댱부의 지긔라 엇디 말닐 재 이시리오 셜파의 좌위 뉴영의 슈급을 헌ᄒᆞ니 어ᄉᆡ 명ᄒᆞ야 호령 왈 챵녀 뉴영이 ᄌᆞᄉᆞᄅᆞᆯ 외입게 ᄒᆞ고 요괴로온 거동으로 사ᄅᆞᆷ을 고혹게 ᄒᆞ니 이러므로 참ᄒᆞ노라 ᄒᆞ니 군민이 다 쾌히 너기고 아니 두려ᄒᆞ리 업ᄉᆞ며 일로조차 당셰인이 쳡의게 과혹ᄒᆞᄆᆞᆯ 나타내여 어ᄌᆞ럽디 아니터라 어시의 ᄌᆞ식 반향이나 어린ᄃᆞ시 안잣다가 믄득 눈물을 흘리며 왈 명공이 총마어ᄉᆡ 되야실쟉시면 엇디 풍화ᄅᆞᆯ ᄀᆞᄃᆞ담디 아니코 사ᄅᆞᆷ의 쳐ᄌᆞᄅᆞᆯ 죽이ᄂᆞ뇨 어ᄉᆡ 웃고 날회여 ᄀᆞᆯ오ᄃᆡ 노형은 노ᄒᆞ야 말고 잠간 드르라 내 이제 됴뎡 슈의ᄅᆞᆯ 밧ᄌᆞ와 구쥐ᄅᆞᆯ 둘너보니 소임이 젹디 아닌디라 비록 년쇼ᄒᆞ나 일즉 쟉위 톄면을 일흔 곳이 업더니 이 곳의 니ᄅᆞ매 당초의 내 임의 풍악을 물니티라 ᄒᆞ엿거ᄂᆞᆯ 그ᄃᆡ 간쳡의 쇼찰을 보고 다시 쳥ᄒᆞ미 심히

25면

사톄를 모르미오 뉴영이 스스로 즈식과 가무의 묘ᄒᆞ므로뻐 믄득 사름마다 노형 ᄀᆞ틀가 ᄒᆞ야 방즈히 내 알픠와 풍뉴ᄒᆞ기를 청ᄒᆞ니 내 임의 과심이 너겨 짐줏 죽이려 부ᄅᆞ매 이에 교언녕식으로 간악ᄒᆞᆫ 풍뉴를 ᄒᆞ고 형이 조차 드러 ᄃᆡ무ᄒᆞ니 이 엇디 날을 업슈이 너기미 아니리오 만일 법도를 힝홀딘대 엇디 뉴영을 죽일분이리오 당〃이 족하를 샤직ᄒᆞ여 풍화를 졍히 ᄒᆞᆯ 거시로ᄃᆡ [오히려] 후ᄃᆡᄒᆞᄂᆞᆫ 졍의를 감격ᄒᆞ고 ᄯᅩᄒᆞᆫ 노형의 년셰를 공경ᄒᆞ미니 모르미 고이히 너기디 말나 즈식 어스의 허다 셜화를 드르매 즈〃히 졍딕ᄒᆞ니 ᄆᆞ음의 붓그려 샤례ᄒᆞ고 믈너나 추후 다시 녀식의 ᄯᅳᆺ을 두디 아니니 일시 사름이 닐오ᄃᆡ 칠십의 노인이 십칠 셰 소년의게 힝실을 ᄇᆡ화 ᄀᆡ가ᄒᆞ니 진짓 핑국 년다 팔빅이 왕즈안의 미명동즈지명의 붓그림과 ᄀᆞᆺ다 ᄒᆞ더라 소어시 수 일을 머므러 졍스를 ᄆᆞ춘 후 하인을 블너 문왈 이 곳의 형참졍이 왓ᄂᆞ냐 ᄒᆞᆫ 하인이 ᄃᆡ왈 형참졍은 이 경스 명공이라 이제 벼슬을 ᄇᆞ리고 월츌산의 은거ᄒᆞ엿ᄂᆞ니이다 어시 대희ᄒᆞ

26면

야 밧비 됴흔 ᄆᆞᆯ을 골히야 ᄐᆞ고 동쟈 수인을 거ᄂᆞ려 월츌산의 니ᄅᆞ니 산이 무궁ᄒᆞ고 인가를 보디 못ᄒᆞ야 본토 하인으로 길흘 인ᄒᆞ야 ᄒᆞᆫ 곳의 다ᄃᆞᄅᆞ니 당숑은 낙〃ᄒᆞ고 시내ᄂᆞᆫ 잔〃ᄒᆞ니 ᄆᆞ음이 쳐창ᄒᆞ며 운셩의 병을 ᄉᆡᆼ각ᄒᆞ니 슬프믈 것잡기 어렵더니 믄득 보니 동녘 반숑 하의 ᄒᆞᆫ 쇼년이 청삼을 브치며 단뎍을 희롱ᄒᆞ니 소어싀 먼니 ᄇᆞ라보고 급히 ᄆᆞᆯ을 물리티고 몸을 ᄂᆞ라 올나 가 그 쇼년의 손을 잡으며 불너 왈 형불운아 네 자최를 ᄀᆞ마니 ᄒᆞ야 쟝ᄎᆞᆺ 므ᄉᆞ 일을 구ᄒᆞᄂᆞᆫ다 그 쇼년은 곳 형한님이라 대경ᄒᆞ야 도라보니 이 곳 경듕 니부시랑 소운현이라 악연 문왈 그ᄃᆡ 엇디 이 곳의 니르럿ᄂᆞ뇨 소ᄉᆡᆼ이 눈물을 흘녀 왈 내의 이리오믄 젼혀 망극ᄒᆞᆫ 일노 년슉과 형슈를 ᄎᆞ자보랴 ᄒᆞ미라 한님이 놀나 왈 무ᄉᆞ 일이 잇관ᄃᆡ 형이 슬허ᄒᆞ기를 이ᄀᆞᆺ티 ᄒᆞᄂᆞ뇨 소ᄉᆡᆼ 왈 아직 수〃ᄀᆡ 몬져 뎐ᄒᆞ고 형의게 고ᄒᆞ리라 한님 왈 우리ᄂᆞᆫ 텬강의 편벽ᄒᆞ믈 인ᄒᆞ야 이리 ᄂᆞ려와 이 산듕의셔 텬년을 ᄆᆞᆺᄎᆞ려 ᄒᆞ시니 다시 셰상의 ᄯᅳᆺ이 업세라 드ᄃᆡ여

27면

손을 잇글고 수 십 보ᄂᆞᆫ 나아가니 숑듁 ᄉᆞ이 ᄒᆞᆫ 큰집이 이시ᄃᆡ 크기 궁궐 ᄀᆞᆺ고 장녀

ᄒᆞ미 극ᄒᆞ더라 운현 왈 이 산 경티 비록 됴흐나 우리 ᄌᆞ운산만 못ᄒᆞ도다 형싱 왈 풍쉬 긔이ᄒᆞ고 경티 가려ᄒᆞ믄 너희 사ᄂᆞᆫ 곳 ᄀᆞᄐᆞᆫ ᄃᆡ 업ᄉᆞ니라 서ᄅᆞ 말ᄒᆞ며 문의 다ᄃᆞ라 별샤의 드러가니 형공이 갈건야복으로 듕당의셔 거문고를 타다가 소싱을 보고 마자 녜필의 문왈 현딜이 엇딘 연고로 심산궁곡의 니ᄅᆞ러 서ᄅᆞ ᄎᆞᆺᄂᆞ뇨 싱이 공경 ᄃᆡ왈 쇼딜 등이 교외예 잇ᄂᆞᆫ 고로 슉부의 귀향ᄒᆞ신 줄을 즉시 아디 못ᄒᆞ고 빅별ᄒᆞ믈 폐ᄒᆞ니 지극 붓그리며 더옥 수〃와 딜ᄌᆞ의 ᄂᆞ려가시믈 보디 못ᄒᆞ니 엇디 동싱의 졍이 박디 아니리잇가 이제 가친의 명을 밧ᄌᆞ와 존수를 뫼셔 가 형으로 더브러 영결ᄒᆞᄂᆞᆫ 슬프믈 위로코져 불원쳔니ᄒᆞ야 니ᄅᆞ럿ᄂᆞ이다 참졍이 졍쇡 왈 소시 졔싱은 이 빅힝ᄉᆞ군ᄌᆞ로 엇딘 연고로 거즛말 ᄒᆞ기를 잘ᄒᆞᄂᆞ뇨 처엄의 소어싀 감언미어로 아녀를 ᄃᆞ려가거의 ᄉᆞ화를 만날 번 ᄒᆞ고 이제 내 ᄉᆞ셰 브득이 ᄂᆞ려오미 져근 집심이 아니어ᄂᆞᆯ 현딜이

28면

ᄯᅩ 니ᄅᆞ러 허언을 ᄭᅮ미니 이 므슴 도리뇨 소싱이 ᄌᆞ약히 웃고 ᄃᆡ왈 년슉이 쇼딜 칙ᄒᆞ시미 이 디경의 이시니 ᄒᆞᆯ 말이 업서이다 쇼딜이 비록 무상ᄒᆞ나 엇디 감히 가친의 명을 위주ᄒᆞ며 병드디 아닌 형을 위틱타 ᄒᆞ리잇고 임의 밋디 아니미 심ᄒᆞ시니 다시 말ᄉᆞᆷᄒᆞ미 어려온디라 모ᄅᆞ미 수〃긔 뵈와지이다 형공이 팀음ᄒᆞ기를 오래 ᄒᆞ다가 좌우로 ᄒᆞ야곰 형시를 불너 수슉이 서ᄅᆞ 보매 피ᄎᆡ 묵연 냥구의 형시 몬져 무러 왈 쳔만의외예 뎨ᄉᆞ 샹공이 니ᄅᆞ시니 비황ᄒᆞ믈 이긔디 못거이다 뎐디 불일ᄒᆞᆫ디라 아디 못게라 존당과 구고의 셩톄 무양ᄒᆞ시니잇가 소싱이 피셕ᄒᆞ야 듯기를 ᄆᆞᆺ고 다시 니러 절ᄒᆞ야 ᄀᆞᆯ오ᄃᆡ 부뫼ᄂᆞᆫ 존당을 뫼셔 평안이 ᄒᆞ시ᄃᆡ 다만 삼형의 질병이 수월지ᄂᆡ예 더옥 위틱ᄒᆞ야 임의 ᄇᆞ랄 일이 업ᄉᆞᆫ디라 엇디 가듕이 무양타 ᄒᆞ리잇가 쇼싱의 이리오믄 젼혀 존수를 뫼셔 가려ᄒᆞ미라 형은 능히 슉여를 붓틸 긔운이 업서 못ᄒᆞ시고 부모와 존당이 다만 쇼싱으로 하야곰 말ᄉᆞᆷ을 알외라 ᄒᆞ시더이다 형시 옷기ᄉᆞᆯ 념의고 경금피셕 왈 구고 존당의 셩

29면

괴 므슴 ᄯᅳᆺ이니잇고 시랑이 ᄃᆡ왈 대인긔셔 존수긔 뎐ᄒᆞ시ᄃᆡ 식뷔 비록 공쥬로 인ᄒᆞ야 인연이 허트러시나 이 곳 삼ᄌᆞ의 쳬오 나의 식뷔니 엇디 감히 힝지를 임의로 ᄒᆞ야

취품티 아니미 이시리오 내 심히 고이히 너기ᄂᆞ니 임의 운셩이 병이 듕ᄒᆞ니 비록 괴로오나 쏄니 와 삼ᄌᆞ의 구쳔의 도라가ᄂᆞᆫ 넉술 위로ᄒᆞ고 손ᄋᆞ를 ᄃᆞ려오라 ᄒᆞ시더이다 모친과 조모긔셔ᄂᆞᆫ 각별 다른 말숨이 아니샤 다만 수〃의 ᄌᆞ힝ᄌᆞ지를 흔ᄒᆞ실 ᄯᆞᄅᆞᆷ이니이다 언필의 거되 늠연ᄒᆞ고 말숨이 엄슉ᄒᆞ니 모든 재 엇디 가탁인 줄 알니오 형시 다만 샤죄 왈 쇼쳡의 평싱이 구고긔 이시니 엇디 감히 ᄌᆞ힝ᄒᆞᄂᆞᆫ 넘나미 이시리오 마ᄂᆞᆫ 임의 존문을 써나 부모긔 일싱이 ᄃᆞᆯ녀시므로 ᄯᅩᄒᆞᆫ 거취를 ᄆᆞ음으로 못ᄒᆞ고 취품코져 ᄒᆞ매 번거흔디라 죄를 범ᄒᆞ야 이리오므로부터 슉야의 황〃ᄒᆞ야 ᄒᆞ더니 이제 대인의 칙ᄒᆞ시미 겨시니 불승젼뉼홀 ᄯᆞᄅᆞᆷ이라 므슴 말을 ᄒᆞ리잇가 소싱이 몸을 굽펴 잠간 웃고 다시 ᄀᆞᆯ오ᄃᆡ 쇼싱이 형의 병이 위급ᄒᆞᆷ을 보고 사흘 만의 이 곳의 와시니 일이 급ᄒᆞ

30면

야 다쇼 한셜홀 ᄉᆞ이 업ᄉᆞᆫ디라 수〃ᄂᆞᆫ 힝도를 쏄니 출호쇼셔 이제라도 발힝ᄒᆞ사이다 형공이 변식 왈 소랑은 고이흔 말노 녀ᄋᆞ를 협박디 말나 녀ᄋᆡ 출히 소형의게 ᄃᆞᆨ죄흔 며ᄂᆞ리 될디언뎡 공쥬의게 보채이ᄂᆞᆫ 시녜 되디 못ᄒᆞ리라 소싱이 믄득 작식 왈 삼형이 탐식호방ᄒᆞ야 부인의 ᄌᆞ식을 취ᄒᆞ미 아냐 신을 ᄃᆡ희미라 이제 텬명이 위틱ᄒᆞ야 ᄋᆞᄌᆞ와 고인을 다시 보와 니별코져 ᄒᆞ믄 이 셕목이라도 감동홀 배어ᄂᆞᆯ 샹공이 평일의 가형 그릇 너기미 어ᄂᆡ 디경의 니ᄅᆞ럿관ᄃᆡ ᄆᆞ춤내 요동티 아니시ᄂᆞ니잇가 ᄌᆞ고로 의식 사ᄅᆞᆷ을 위ᄒᆞ면 스ᄉᆞ로 그 몸도 앗기디 아니커ᄂᆞᆯ 대인이 엇던 연고로 일 녀ᄌᆞ를 사ᄅᆞᆷ의게 허ᄒᆞ야 두고 아ᄉᆞ며 주어 남ᄌᆞ로 ᄒᆞ야곰 ᄆᆞ음을 병 들게 ᄒᆞ시며 ᄉᆞ졍을 젼쥬ᄒᆞ고 대신을 폐ᄒᆞ시ᄂᆞ뇨 이제 공쥬의게 수쉬 욕 볼가 저허ᄒᆞ시니 이ᄂᆞᆫ 너모 녜의를 출히디 못ᄒᆞ미라 욕 보믄 져근 일이오 지아비 죽어 가ᄂᆞᆫᄃᆡ 가셔 보믄 대ᄉᆡ니 슉부 엇디 ᄌᆞ녀 가ᄅᆞ치미 이 디경의 겨시뇨 만일 수쉬 즉시 아니 가실딘대 젼 일 군듕 ᄉᆞ졸 ᄉᆞ이예 가 삼형을 구ᄒᆞ시던 녕명이

31면

ᄉᆞ라뎌 범의 머리예 ᄇᆡ암의 ᄉᆞ리 ᄀᆞᆺᄐᆞ리이다 형공이 소싱의 듄절흔 긔식과 ᄆᆡ물흔 언ᄉᆞ를 드ᄅᆞ매 시러곰 츄탄디 못ᄒᆞ며 밀막을 말이 업서 냥구커야 닐오ᄃᆡ 청현이 비록 질병이 미류ᄒᆞ나 품질이 긔이ᄒᆞ고 골격이 쇄락ᄒᆞ며 긔품이 숑빅 ᄀᆞᄐᆞ니 므ᄉᆞ 일

조ᄉᆞᄒᆞ리오 소싱 왈 비록 샹공의 샹법이 긔특ᄒᆞ실디라도 당시ᄒᆞ야는 형의 병이 죽게 되야시니 만일 샹공 말숨을 미덧다가 형이 불힝홀딘대 샹법을 어ᄃᆡ 가 변졍ᄒᆞ리잇 형공이 어히 업시 너겨 도로혀 웃고 골오ᄃᆡ 현마 엇디 ᄒᆞ리오 쌜니 힝도를 출혀 경도로 보내리라 소싱이 대희ᄒᆞ야 샤례ᄒᆞ고 즉시 형시로 ᄒᆞ야곰 힝장을 다ᄉᆞ리라 ᄒᆞ고 닐오ᄃᆡ 쇼딜이 부인 뫼셔갈 위의를 출혀 와시니 이제 가 ᄃᆞ려오리이다 셜파의 즉시 나와 본부의 도라와 몸의 듕임이 이시나 형시 ᄃᆞ려갈 ᄆᆞ옴이 급ᄒᆞ야 심복 하관 니량을 불너 분부 왈 네 가히 나의 인신을 가지고 두어 가신으로 더브러 이에 가신으로 더브러 이에 머므러 츄죵을 안히 드리디 말고 말을 내ᄃᆡ 내 병드러 됴리

32면

ᄒᆞᆫ다 ᄒᆞ고 일졀 누셜티 말나 내 일삭이면 도라오리라 니량이 텽녕ᄒᆞ고 물너나니 어식 약간 노마를 거ᄂᆞ려 형공 집의 니ᄅᆞ러 형시와 딜ᄋᆞ를 거ᄂᆞ려 길 날식 형공이 탄왈 내 당초 이리 온 뜻은 소가를 거졀코져 왓더니 일이 이디 못ᄒᆞ니 내 ᄯᅩᄒᆞᆫ 오라디 아냐셔 올나 가리라 형시 안슈를 ᄲᅳ려 부모를 니별ᄒᆞ고 듀야 ᄇᆡ도ᄒᆞ야 십칠 일만의 경셩의 니ᄅᆞ니 소어식 ᄒᆞᆫ 계규를 ᄉᆡᆼ각고 ᄌᆞ운산 밧긔 먼니 그윽ᄒᆞᆫ 집을 잡아 일힝을 안둔ᄒᆞ고 심복 노ᄌᆞ 송의로 ᄒᆞ야곰 여러 댱 글월을 닷가 일〃히 말을 ᄀᆞᄅᆞ쳐 소부로 보내니 이 적의 운셩의 병이 십분 위급ᄒᆞ니 일개 망극ᄒᆞ야 ᄒᆞ더니 믄득 운현의게셔 글월이 왓다 ᄒᆞ는디라 승샹이 ᄯᅩᄒᆞᆫ 놀나 급히 송의를 불너 뭇거늘 송의 복디 왈 어식 ᄉᆞ쥐를 돌고 이에 형쥐 디경의 니ᄅᆞ샤 우러러 ᄉᆞ모ᄒᆞ믈 이긔디 못ᄒᆞ시고 부마 샹공의 위태ᄒᆞ신 병환을 알고져 ᄒᆞ샤 쇼복을 보내시더이다 승샹이 텽파의 봉셔를 ᄠᅥ혀보니 기셔 왈 쇼ᄌᆞ 운현은 돈슈ᄌᆡᄇᆡᄒᆞ고 삼가 일 봉셔를 닷가 부친 대인긔 알외읍

33면

ᄂᆞ니 ᄒᆞᆫ 번 슬하를 ᄠᅥ나므로부터 블셔 수 월이 되엿는디라 우러러 시좌코져 ᄯᅳᆺ이 ᄇᆡ야니 슉야의 샹감ᄒᆞ믈 이긔디 못홀소이다 아디 못거이다 근간은 삼형의 병세 엇더ᄒᆞ니잇가 일노ᄡᅥ ᄆᆞ음이 더옥 황난ᄒᆞᆫ디라 쟝ᄎᆞᆺ ᄆᆞ옴을 졔어키 어렵도소이다 요ᄉᆞ이 됴뎡 경ᄉᆞ는 엇더 ᄒᆞ니잇가 쇼ᄌᆞ는 긔쳥유병 샤쥐를 슌힝ᄒᆞ고 형쥐 디경의 니ᄅᆞ러시니 수삼 월 디난 후야 도라가 복명홀가 하ᄂᆞ이다 ᄒᆞ엿더라 승샹이 답셔를 지어 맛디고 졔싱이 ᄯᅩᄒᆞᆫ 별시를 브티니 송의 하딕고 나와 ᄀᆞ마니 부마의 병소를 슬펴 사ᄅᆞᆷ이 업

거놀 어스의 글월을 동즈로 던ᄒᆞ니 운셩이 바다보매 이 곳 형시를 ᄃᆞ려온 쯧이오 쥬쳐홀 곳을 무럿ᄂᆞᆫ디라 싱이 견필의 대희ᄒᆞ야 급피 두어 줄 글을 붓텨 보내니라 송의 도라가 믄져 승샹의 슈셔를 올니니 ᄒᆞ야시ᄃᆡ 의외예 너의 필젹을 보니 반가오미 놀납도다 신지 몸을 나라히 허ᄒᆞ매 어버이 ᄡᅥ나믄 이 녜ᄉᆡ라 오ᄋᆞᆫ 슬피 말고 졍ᄉᆞ를 션티ᄒᆞ야 어

34면

딘 일홈이 나타나 님군의 명을 욕디 말며 싱휵ᄒᆞᆫ 부모의게 빗나믈 닐위미 너의 홀 배라 엇디 ᄋᆞ녀의 틱를 ᄒᆞ리오 여형은 임의 미싱의 일 뉘라 내 아비되야 븟그러올 ᄶᅡ름이니 엇디 다시 병의 경듕을 일ᄏᆞᄅᆞ미 이시리오 됴뎡 졍ᄉᆞᄂᆞᆫ ᄉᆞ〃 셔찰의 일ᄏᆞ를 배 아니니 ᄯᅩᄒᆞᆫ 경신ᄒᆞ고 도라오라 ᄒᆞ엿더라 싱이 견필의 쳑연 함누 왈 야〃의 ᄀᆞᄅᆞ치시미 이러틋 ᄒᆞ시ᄃᆡ 우리 등이 무상ᄒᆞ야 능히 슈명티 못ᄒᆞ고 내 ᄯᅩᄒᆞᆫ 부친을 소기과라 조초 운셩의 글을 보니 대강 형시 ᄃᆞ려오믈 샤례ᄒᆞ고 강뎡 윤부인 겨신 ᄃᆡ다가 두ᄃᆡ ᄉᆞ긔를 누셜티 말나 ᄒᆞᆫ 쯧이러라 싱이 즉시 형시를 보와 ᄀᆞᆯ오ᄃᆡ 형의 병셰 잠간 낫고 공쥬의 긔찰이 엄ᄒᆞ니 대인이 현수로 하야곰 강뎡 윤부인 겨신 ᄃᆡ 가셔 몸을 피ᄒᆞ야 겨쇼셔 ᄒᆞ시더이다 형시 고디 듯고 다만 닐오ᄃᆡ 만일 샹공 병이 나을딘대 쳡이 다시 친뎡의 가디 못ᄒᆞ리잇가 운현 왈 부친 명녕이 업ᄉᆞ니 쇼싱 등이 엇디 ᄌᆞ단ᄒᆞ리잇가 존쉬 강뎡

35면

의 가시매 일이 슌편ᄒᆞ야 젼일과 ᄀᆞᆺ디 아니ᄒᆞ니이다 형시 심하의 고이히 너기나 ᄯᅩᄒᆞᆫ 홀 일이 업서 슌죵ᄒᆞ니 싱이 즉시 수〃를 ᄃᆞ리고 강뎡의 가 윤부인을 뵐ᄉᆡ 부인이 경문 왈 현딜이 뎌 즈음긔 외방의 갓다 ᄒᆞ더니 엇디 이리 수이 도라오뇨 싱이 우ᄉᆞ며 ᄀᆞ마니 슈말을 고ᄒᆞ니 부인이 역쇼 왈 호방ᄒᆞᆫ 딜ᄌᆞ들이 아비를 ᄀᆞ리오니 엇디 과심티 아니리오 싱이 샤례 왈 이ᄂᆞᆫ 실노 브득이 ᄒᆞ미오 방ᄌᆞᄒᆞ미 아니니 슉모ᄂᆞᆫ ᄇᆞ라건대 누셜ᄒᆞ야 쇼딜과 가형을 죄 엇게 마ᄅᆞ쇼셔 부인이 낭연 대쇼 왈 내 너히 등 ᄉᆞ랑ᄒᆞ미 친ᄌᆞ의 다ᄅᆞ미 업ᄉᆞ니 엇디 브졀 업ᄉᆞᆫ 말을 ᄒᆞ야 운셩의 ᄆᆞᄋᆞᆷ을 난케ᄒᆞ며 너의 몸의 죄를 도라가게 ᄒᆞ리오 안심ᄒᆞ고 어셔 도라가 국ᄉᆞ나 다ᄉᆞ리라 싱이 대희ᄒᆞ야 빅샤ᄒᆞ고 즉시 셔쥐로 도라가니 어시의 윤부인이 형부인을 마자 서ᄅᆞ 반기며 슬허

그 손을 잡고 쳥누를 쓰려 왈 그ᄃᆡ의 곳다온 용안과 어딘 덕으로뻐 익운이 무궁ᄒᆞ야 안존 방셕이 더울 적이 업ᄉᆞ믈 보건대 ᄆᆞ양 ᄌᆞ녀를 ᄃᆡᄒᆞ야 탄셕ᄒᆞ믄 거〃의 젹덕과 셕부인의 현텰ᄒᆞ미

36면

어이 도로혀 복이 되디 못ᄒᆞ고 슬하의 긋기미 참혹ᄒᆞ고 ᄒᆞᆫ탄ᄒᆞ더니 요ᄉᆞ이는 운셩이 그ᄃᆡ로 인ᄒᆞ야 다시 병이 니러나 위티홀식 그ᄃᆡ를 ᄃᆞ려와시니 ᄆᆞ음을 편히 ᄒᆞ고 이에 이시라 형시 샤례 왈 슉뫼 권익ᄒᆞ시믈 닙ᄉᆞ와 샹시 ᄇᆞ라오미 존고긔 감티 아니ᄒᆞ옵더니 불힝ᄒᆞ야 셔ᄅᆞ 각니ᄒᆞ야 뵈오미 ᄌᆞᆺ디 못ᄒᆞ믈 슬허ᄒᆞ옵는 배러니 이러ᄐᆞᆺ 다시 뵈오니 만힝ᄒᆞ믈 이긔디 못ᄒᆞ오나 다만 의심ᄒᆞ건대 쳡 ᄇᆞᄅᆞ미 존구의 명이 아니오 믄득 슉〃의 위주ᄒᆞ시민가 두리옵ᄂᆞ니 슉모는 블기 ᄀᆞᄅᆞ치쇼셔 윤부인이 니ᄅᆞ기 됴티 아냐 다만 ᄒᆞᆫ연히 위로 왈 소딜이 비록 년쇼ᄒᆞ나 ᄌᆞ못 대의혹홀아니러나 엇디 거〃의 명을 엇디 못ᄒᆞ야셔 위주ᄒᆞ미 이시리오 ᄒᆞ믈며 혹홀고 병고 듕ᄒᆞ믈 모친이 더욱 과려ᄒᆞ시ᄂᆞ니 거〃의 ᄇᆞᄅᆞ미 고이ᄒᆞ리오 형시 감히 다시 뭇디 못ᄒᆞ니 부인이 형시의 유ᄌᆞ혹홀안아 보기를 ᄆᆞᄎᆞ매 크게 깃거 왈 용모 긔샹이 완연히 거〃 ᄀᆞᄐᆞᆫ러나 그ᄃᆡ의 유복ᄒᆞ믈 티하ᄒᆞ노라 형시 ᄉᆞ양 왈 슉모의 위쟈ᄒᆞ시미 과분ᄒᆞᆫ러나 엇디 감히 당ᄒᆞ리잇고 부인이 ᄌᆡ삼 칭찬ᄒᆞ고 즉시 그윽ᄒᆞᆫ 심당을

37면

ᄀᆞᆯ히여 형시의 거쳐를 삼고 ᄉᆞ랑ᄒᆞ며 후ᄃᆡᄒᆞ미 친부의 감티 아니코 제ᄌᆞ와 뉴혹ᄉᆞ를 당부ᄒᆞ야 소부의 뎐티 말나 ᄒᆞᆫ 고로 승샹부의셔는 아득히 아디 못ᄒᆞ더라 운셩이 오라디 아냐 병이 스ᄉᆞ로 ᄒᆞ리니 샹해 다 형시 ᄉᆡᆼ각는 병이 아니런가 너기고 승샹이 ᄯᅩᄒᆞᆫ 샹ᄉᆡ라 ᄒᆞ미 ᄋᆡᄆᆡ턴가 ᄒᆞ야 깃거ᄒᆞ더니 일〃은 운셩이 소세ᄒᆞ고 니러나 부뫼긔 뵈ᄋᆞ니 인ᄒᆞ야 말솜ᄒᆞ매 긔질이 화려ᄒᆞ고 언에 도〃ᄒᆞ니 모친과 소부인이 고이히 너겨 연고를 무른즉 ᄒᆞᆫ연 ᄃᆡ왈 쇼ᄌᆡ 처엄의 그ᄅᆞᆺ 솔펴 ᄆᆞ음을 조ᄇᆡ야이 ᄒᆞ얏더니 쇼ᄌᆡ 엇디 구〃히 샹ᄉᆞᄒᆞ리잇가 소부인과 셕부인이 그러히 너기나 ᄯᅩᄒᆞᆫ 의심ᄒᆞ더라 수십 일 후 ᄉᆡᆼ이 믄득 강뎡 풍경 귀경ᄒᆞ믈 부친긔 고ᄒᆞ고 혼자 ᄃᆞᆫ녀 소옥뎡의 드러가 윤부인을 보니 부인이 크게 반기고 슬허 왈 너의 병 듕ᄒᆞ믈 듯고 듀야 ᄆᆞ음이 ᄇᆞᄋᆞ는ᄃᆞᆺᄒᆞ더니 오늘 만나보니 다힝ᄒᆞ믈 이긔디 못ᄒᆞ리로다 ᄉᆡᆼ이 역시 츄연ᄒᆞ야 ᄒᆞᆫ가지로 말솜

홀싀 형시의 잇는 곳을 무르니 부인이 ᄃᆞ리고 후뎡 난간의 다ᄃᆞ라 먼니 숑듁 ᄉᆞ이 불근 지게 비최는 곳을 ᄀᆞᄅᆞ

38면

쳐 왈 뎨 곳 너의 졍인이 잇는 곳이라 ᄉᆡᆼ이 웃고 드ᄃᆡ여 형시를 드러가 보니 형시 악연 대경ᄒᆞ야 마자 좌를 뎡ᄒᆞ매 ᄉᆡᆼ이 반가옴과 깃브미 교집ᄒᆞ니 다만 탄식고 닐오ᄃᆡ 그ᄃᆡ는 소ᄉᆡᆼ 염려ᄒᆞ미 빅츌ᄒᆞ야 나죵은 ᄇᆞ리고 도라가니 긔 므솜 도리러뇨 다시 ᄉᆡᆼ각ᄒᆞ니 날ᄀᆞᆺ티 구챠ᄒᆞᆫ 남ᄌᆡ 어ᄃᆡ 이시리오마는 ᄉᆞᄉᆞ로 모ᄅᆞ디 아니며 구챠ᄒᆞ니 내 일이나 고이ᄒᆞ야 ᄒᆞ노라 이 곳이 죠용ᄒᆞ고 안신ᄒᆞᆯ 곳이니 이휘나 마싀 업서 화락ᄒᆞ면 평ᄉᆡᆼ의 영ᄒᆡᆼ이 아니리오 부인이 쳑연히 말이 업서 묵〃당탄ᄒᆞ니 ᄉᆡᆼ이 ᄋᆞᄌᆞ를 보고 새로이 ᄉᆞ랑ᄒᆞ야 쇼왈 부인은 슬허 말나 ᄉᆡᆼ시는 편〃히 화락디 못ᄒᆞ나 ᄉᆞ후는 우리 냥인이 동혈ᄒᆞ디니이다 이 아ᄃᆞᆯ을 두고 엇디 ᄉᆞ후를 근심ᄒᆞ리오 부인이 미우를 �기여 왈 샹공의 언ᄉᆞ는 가디록 졍딕디 아니토다 쳡이 잠간 긔식을 보니 군ᄌᆡ ᄉᆞ 샹공으로 더브러 구고를 긔이고 쳡을 ᄃᆞ려왓는디라 쳡은 비록 녀ᄌᆡ나 듀야 황공ᄒᆞ야 죄를 혜아리ᄂᆞ니 군ᄌᆡ 엇디 방약ᄒᆞᆫ 의긔 이시리오 ᄌᆞ가 일이 졍도로 ᄒᆞ시미 업고 녜 밧 권되 만흔디라 기리 한심ᄒᆞ이다 ᄉᆡᆼ이 공경 왈 부인은 말마다

39면

규졍ᄒᆞ미 금옥 ᄀᆞᆺᄐᆞ니 혹ᄉᆡᆼ이 엇디 감히 감격디 아니리오 운현이 춍마어ᄉᆡ로 나가매 계규를 ᄀᆞᄅᆞ쳐 부인을 마자와시ᄃᆡ 실로 부모 형뎨 다 모ᄅᆞ는디라 내 임의 긔망ᄒᆞᆫ 죄는 도망키 어렵거니와 ᄯᅩᄒᆞᆫ 목숨이 사라나니 이 곳 효되라 부인은 이젼ᄀᆞᆺ티 ᄆᆡ물히 구디 말나 형시 텽파의 운현의 소기믈 흔ᄒᆞ고 온 줄을 뉘웃ᄎᆞ나 밋디 못ᄒᆞ야 기리 탄식고 말을 아니터라 ᄉᆡᆼ이 수 일을 머므러 은졍이 새로이 측냥티 못ᄒᆞ니 형시 됴흔 안면을 지어 권유 왈 쳡이 이 곳의 이시매 윤부인이 과ᄋᆡᆨᄒᆞ시미 ᄌᆞ모의 디나시니 몸이 평안ᄒᆞ고 근심이 업는디라 군ᄌᆞ는 고집디 말고 도라가 부모를 시봉ᄒᆞ고 공쥬의 청츈을 위로ᄒᆞ시면 쳡이 ᄯᅩᄒᆞᆫ 깃븐 우음을 머금어 군ᄌᆞ의 ᄎᆞᄌᆞ시믈 기ᄃᆞ리리이다 소ᄉᆡᆼ이 부인의 온화ᄒᆞᆫ 옥셩을 드ᄅᆞ매 심혼이 다 ᄉᆡ훤ᄒᆞᆫ디라 쾌히 웃고 진졍을 펴왈 부인의 말이 이 ᄀᆞᆺᄐᆞ니 내 엇디 듯디 아니리오 내 샹시 고집ᄒᆞ믄 그ᄃᆡ ᄆᆞ양 날을 보면 괴로와 ᄒᆞ니 ᄉᆡᆼ이 ᄯᅩᄒᆞᆫ 분ᄒᆞ야 브ᄃᆡ 화ᄒᆞᆫ 말을 드ᄅᆞᆫ 후 요동ᄒᆞ려 ᄒᆞ더니 이제 그ᄃᆡ 유슌

ᄒᆞᆫ 빗ᄎᆞ로 기유ᄒᆞ니 내 ᄆᆞᄋᆞᆷ 뜻으로

40면

경도롤 쓰디 아니리오 ᄎᆞ후란 틈을 타 오리라 셜파의 환희ᄒᆞ야 ᄋᆞᄌᆞ롤 안고 ᄉᆞ랑ᄒᆞ다가 가연히 니별ᄒᆞ고 집의 도라가니 형시 또ᄒᆞᆫ 깃거ᄒᆞ더라 소ᄉᆡᆼ이 집의 도라오매 부뫼 더ᄃᆡ온 연고롤 뭇거놀 됴흔 말ᄉᆞᆷ으로 능녀히 ᄃᆡ답ᄒᆞ고 능히 깃븐 ᄆᆞᄋᆞᆷ을 것잡디 못ᄒᆞ더니 일〃은 ᄉᆡᆼ이 야〃롤 뫼셔 자려 ᄒᆞ더니 승샹이 죠용히 경계ᄒᆞᄃᆡ 공쥐 비록 브죡ᄒᆞ미 이시나 이 님군의 맛긔신 바 졍실이라 경시ᄒᆞ미 불가ᄒᆞ니 아ᄒᆡ는 쌜니 뎌 곳의 나아가 밤을 디내라 형시 아ᄃᆡ 굿기고 니별ᄒᆞ나 타일은 연분이 젹디 아니리니 내의 ᄎᆞᆺ디 아니코 ᄇᆞ려두믄 너ᄃᆞ려도 누셜ᄒᆞ미 경ᄒᆞᆫ고로 아니커니와 필경의 영쾌 무궁ᄒᆞ리니 오ᄋᆞ는 뎌롤 과도히 ᄉᆡᆼ각 말고 공쥬롤 관ᄃᆡᄒᆞ라 ᄉᆡᆼ이 텽파의 대열ᄒᆞ야 돈슈 샤례 왈 야〃의 교훈이 이러틋 ᄒᆞ시니 쇼ᄌᆡ 엇디 감히 명을 밧ᄌᆞᆸ디 아니리잇가 드ᄃᆡ여 니러나 명현궁의 니ᄅᆞ니 공쥐 부마의 오물 듯고 촉을 ᄇᆞᆰ히고 좌롤 졍히 ᄒᆞ야 기ᄃᆞ릴ᄉᆡ ᄉᆡᆼ이 드러가 샹ᄃᆡᄒᆞ매 공쥐 긔운을 ᄉᆡᆨ〃히 ᄒᆞ고 본 톄 아니커놀 ᄉᆡᆼ이 그윽이 깃거 아냐 다만 화ᄒᆞᆫ 안ᄉᆡᆨ으로 위로

41면

ᄒᆞ야 골오ᄃᆡ 쇼ᄉᆡᆼ이 텬은을 닙ᄉᆞ오므로브터 공쥬로 더브러 화락ᄒᆞ미 맛당ᄒᆞᄃᆡ ᄆᆞ양 심ᄉᆡ 온젼티 못ᄒᆞ야 나아오믈 엇디 못ᄒᆞ엿더니 오늘이야 병을 무릅뻐 이에 니ᄅᆞ과이다 반년지닉에 귀톄 엇더 ᄒᆞ시니잇가 공쥐 변ᄉᆡᆨ고 말을 아니커놀 ᄉᆡᆼ이 또ᄒᆞᆫ 고집이 이시나 셩품이 관후ᄒᆞᆫ디라 또ᄒᆞᆫ 잔잉히 너기는 바는 뎨 븟그려 ᄒᆞ민가 ᄒᆞ야 ᄆᆞᄋᆞᆷ을 프러먹고 촉을 ᄭᅳ고 상의 오ᄅᆞ니 이 본ᄃᆡ 됴흔 뜻이어놀 공쥐 믄득 닐오ᄃᆡ 부매 내의 위엄을 아ᄂᆞ냐 ᄒᆞᆫ 말을 발ᄒᆞ매 검하의 고기 될 번ᄒᆞ니 이휘나 방ᄌᆞ티 말나 ᄉᆡᆼ이 ᄒᆞᆫ 번 드ᄅᆞ매 즐거온 흥이 쇼삭ᄒᆞ고 동낙고져 ᄒᆞ던 의ᄉᆡ 프러뎌 믄득 분긔 니러나 믜오미 발ᄒᆞ며 졍신이 ᄎᆞᆫ 재 ᄀᆞᄐᆞ야 ᄒᆞᆫ 말도 아니코 즉시 나가고져 뜻이 ᄇᆞ야ᄃᆡ 야〃의 교훈과 형시의 권ᄒᆞ던 일을 ᄉᆡᆼ각고 문이불텽ᄒᆞ야 금〃의 ᄡᅥ엿다가 미명의 나오니 동상이 쳔니 ᄀᆞᆺ더라 부매 도라간 후 공쥐 한샹궁을 물뇌여 ᄀᆞ마니 냥시로 더브러 의논ᄒᆞᄃᆡ 부매 작일야의 됴흔 ᄂᆞᆺ비ᄎᆞ로 왓더니 밤의는 심히 ᄂᆡᆼ낙ᄒᆞ니 보모의 고견은 엇디 ᄒᆞ여야 뎌의 통을 어드리

42면

오 보뫼 팀음냥구의 ᄀᆞᆯ오ᄃᆡ 내의 친쳑 소무신 쇼랑이라 ᄒᆞ리 졉귀ᄒᆞᆫ 재 이시니 신긔ᄒᆞ미 당적 원텬강의 ᄂᆞ리디 아니ᄒᆞᆫ 신복이오 ᄯᅩ ᄒᆞᆫ갓 ᄌᆡ죄 이셔 능히 방법을 힝ᄒᆞᆫ 즉 부뷔 딘듕ᄒᆞ고 믜워ᄒᆞ미 각〃 보응이 명〃ᄒᆞ니 옥쥐 힝ᄒᆞ시리잇가 공쥐 대열 왈 보모ᄂᆞᆫ 엇디 볼셔 니ᄅᆞ디 아닌다 즉시 쇼무신을 불너 츅수ᄒᆞ매 과연 녕이 ᄒᆞᆫ디라 공쥐 크게 혹ᄒᆞ야 즉시 그 시기ᄂᆞᆫ 대로 계교ᄅᆞᆯ 힝ᄒᆞ엿더니 이 적의 소ᄉᆡᆼ이 침소 셔당의 와 여러 날이 되매 홀ᄂᆞᆫ 졍히 ᄌᆞᆷ을 깁피 드러시니 ᄒᆞᆫ 고운 부인이 알ᄑᆡ 나아와 부마의 ᄑᆞᆯ흘 잡으며 쥬필노 글을 ᄡᅳ랴 ᄒᆞ거ᄂᆞᆯ ᄉᆡᆼ이 대로ᄒᆞ야 ᄒᆞᆫ 번 밀티매 그 부인이 도로 믈너 자리 ᄉᆞ이로 들거ᄂᆞᆯ ᄉᆡᆼ이 ᄭᆡ다라 고이히 너기나 몽듕[이] 허탄ᄒᆞ므로ᄡᅥ 개회티 아니터라 ᄎᆞ후ᄂᆞᆫ ᄌᆞᆷ 곳 들재 ᄆᆞ양 부인이 갓가이 오고져 ᄒᆞ다가도 ᄉᆡᆼ의 믈니티믈 닙어 도라가기ᄅᆞᆯ 십여 일 이러라 홀이오 부인이 ᄉᆡᆼ을 향ᄒᆞ야 ᄀᆞᆯ오ᄃᆡ 그ᄃᆡᄂᆞᆫ 진짓 졍인이라 조물이 엇디 범ᄒᆞ리오 그ᄃᆡ 가히 침금을 ᄯᅳ더 날을 편케 ᄒᆞ라 ᄂᆡ 그ᄃᆡ의 긔운이 ᄉᆡᆼ이ᄆᆞᆯ 닙어 졍신이 듀야의 편

43면

티 아냐라 ᄒᆞᄂᆞᆫ디라 ᄉᆡᆼ이 뭇고져 ᄒᆞ다가 ᄭᆡᄃᆞ라 심듕의 고이히 너겨 금침을 ᄯᅳ더보니 두어 조각 죠희예 방법을 ᄡᅳ고 공쥬와 ᄌᆞ가로ᄡᅥ 화동ᄒᆞᄆᆞᆯ 츅원ᄒᆞ얏ᄂᆞᆫ디라 즉시 불 딜너 업시 ᄒᆞ고 다시 ᄆᆞ음의 거리ᄭᅵ며 언어의 니ᄅᆞ디 아니니 그 위인이 이러틋 ᄒᆞ더라 공쥐 요법을 힝ᄒᆞᆫ 후 부마의 자최 더욱 오디 아니ᄆᆞᆯ 보고 쇼무신을 불너 연고ᄅᆞᆯ 무ᄅᆞ니 무신이 점복ᄒᆞ야 왈 이ᄂᆞᆫ 독ᄒᆞᆫ 방법이 아니라 실노 됴흔 법인 고로 부마의 긔운이 굿고 팔ᄌᆡ 세므로ᄡᅥ 발븨디 못ᄒᆞ미니 엇디 ᄒᆞ리오 공쥐 믄득 분연 왈 임의 이럴딘대 쾌히 죽이미 올흐니라 쇼무신 왈 만일 이리 곳 ᄒᆞ시면 뎨일 독ᄒᆞᆫ 방문을 ᄒᆞ리이다 공쥐 깃거 금빅을 샹ᄒᆞ니라 쇼무신이 목욕ᄌᆡ계ᄒᆞ고 지셩으로 작법ᄒᆞ야 부마의 명 굿기ᄅᆞᆯ 빌ᄉᆡ 이 날 삼경의 그윽ᄒᆞᆫ 방듕의셔 머리 풀고 칼[흘] 딥고 귀졸을 호령ᄒᆞ야 소운셩의 넉슬 풍도계로 잡아 가라 ᄒᆞ니 귀졸이 명을 듯고 물너가 소ᄉᆡᆼ의 자ᄂᆞᆫ 곳의 니ᄅᆞ러 하슈코져 ᄒᆞ더니 믄득 반공 듕의 세 신션이 홍포ᄅᆞᆯ 닙고 옥

44면

홀을 잡고 셔셔 ᄀᆞᆯ오ᄃᆡ 요무 쇼무신이 삼ᄐᆡ셩을 해코져 ᄒᆞᆫ다 ᄒᆞ니 네 가히 쇼무신을

잡아 디옥의 녀흐라 ᄒᆞ니 믄득 황건녁ᄉᆡ 귀졸을 ᄉᆞ지저 물니티고 쇼무신의 잇ᄂᆞᆫ 곳으로 가거ᄂᆞᆯ 귀졸이 다시 우러러 보니 다만 쳥텬의 삼틱셩이 ᄇᆞᆰ앗더라 귀졸이 놀나 헤여디니 이ᄣᆡ 쇼무신이 졍히 부마의 졍녕 잡아오믈 기ᄃᆞ리다가 믄득 칠규로 피를 흘니고 죽으니 이 졍히 요슐이 궁진ᄒᆞ고 졍인의게 샤불범졍이 과연 올터라 어시의 운셩이 졈을 깁히 드럿더니 믄득 몸을 잡아 흔들 재 잇거ᄂᆞᆯ ᄭᆡ야 보니 이 곳 승샹이라 급히 ᄂᆞ려 문왈 대인이 엇디 와 겨시니잇고 승샹 왈 내 마ᄎᆞᆷ 졈이 업서 안잣더니 믄득 ᄎᆞᆫ ᄇᆞ람이 니러나며 두 귀신이 황건녁ᄉᆞ의게 ᄶᅩ치여 가니 반ᄃᆞ시 요인이 너를 해ᄒᆞ려 ᄒᆞ다가 너의 쥬셩이 구ᄒᆞᆫ더라 너ᄂᆞᆫ 모ᄅᆞ미 자디 말고 니러나라 ᄉᆡᆼ이 ᄯᅩᄒᆞᆫ 놀나 이젼 몽압홈과 금침 ᄉᆡ이 요괴로온 일노ᄡᅧ 알외니 공이 깃거 왈 네 모로미 힝실을 졍대히 ᄒᆞ라 ᄆᆞ음이 졍ᄒᆞ고 팔ᄌᆞ 굿세면 요괴로운 거시 갓가이 못ᄒᆞᄂᆞᆫ 디라 드ᄃᆡ여 일긔를 가

45면

져다가 친히 긔록ᄒᆞ고 부ᄌᆞ 손을 잇그러 승샹 슉소로 도라올ᄉᆡ 미월이 몽농ᄒᆞ고 삭풍이 늠〃ᄒᆞ니 이에 방 듕의 드러오매 믄득 셔안 우희 ᄒᆞᆫ 댱 글이 이시ᄃᆡ 글시 고이커ᄂᆞᆯ 다시 보니 이 곳 공쥬의 쇼무신을 ᄃᆞ리고 의논ᄒᆞ던 말과 쇼무신이 귀졸 보내고 기ᄃᆞ리다가 죽으며 귀졸이 신션 만나 도라갈ᄉᆡ 다시 보매 삼틱셩이 볼갓더라 ᄒᆞᄂᆞᆫ 셜화를 동두지미히 ᄡᅧ 골오ᄃᆡ 그ᄃᆡ의 가풍이 족히 후셰예 뎐ᄒᆞ염즉 ᄒᆞ니 엇디 이리 신긔ᄒᆞ믈 표〃히 니ᄅᆞ디 아니리오 ᄒᆞ엿더라 부ᄌᆞ 보기를 다ᄒᆞ매 서ᄅᆞ 경아ᄒᆞ야 승샹이 허탄ᄒᆞ므로ᄡᅧ 긔록디 아니ᄒᆞᆫ대 긔실 참군 됴양이 즘당 밧긔 잇다가 부ᄌᆞ의 서ᄅᆞ 니ᄅᆞᄂᆞᆫ 말을 듯고 [믄득] 필연을 들고 드러가 ᄭᅮ러 왈 쇼관이 임의 은샹 틱샹의 긔실이 되야 닉당 긔실 쳥경의 긔록ᄒᆞᆫ 거ᄉᆞᆫ 만ᄉᆞ오ᄃᆡ 신은 ᄆᆞ양 은샹의 막으시므로 신긔ᄒᆞᆫ ᄉᆞ젹과 허다 힝지를 ᄡᅡ디오미 만흐나 금일은 ᄯᅩ ᄡᅳ디 아니리잇가 승샹이 팀음 브답ᄒᆞᆫ대 긔실이 이에 일긔칙을 내여 승샹의 몬져 ᄡᅳᆫ 곳은 ᄌᆞ셔티 아니므로 흐리오고 젼후시말을 ᄌᆞ시 긔록ᄒᆞ니 승샹이 깃거 아

46면

니나 뎨 소임 츌히믈 보고 말니디 못ᄒᆞ더라 각셜 냥보뫼 쇼무신의 죽으믈 보고 크게 놀나 황망이 공쥬긔 고ᄒᆞᆫ대 공쥐 대경ᄒᆞ야 급히 금슈로 다ᄉᆞ려 제 친쳑을 ᄎᆞ자주니

아모리 쥬밀흔들 엇디 모르리오 승샹부의셔 듯고 새로이 무상이 너기나 도로혀 모르는 테흐고 한샹궁은 브야흐로 즈시 알고 경아흐믈 이긔디 못흐야 냥보모를 불너 크게 수지저 왈 네 냥〃 셩지를 밧즈와 공쥬를 보호흐매 졍도로 도아도 오히려 어디〃 못홀가 두리려든 엇딘 연고로 요괴로온 방법과 불측흔 슐노뻐 공쥬를 ᄀ르치ᄂ뇨 내 당〃이 대닉예 진주흐야 옥쥬 실덕흐미 내 일인 줄 붉히리라 보뫼 황공흐야 샤죄흐고 믈러나니 한시 공쥬를 딕흐야 닐곱 가지로 기유흐며 다숫 가지로 수죄흐야 칙흐니 공쥐 대참흐야 말을 아니코 추후ᄂ 한시를 더욱 슬희여 흐니 한시 공쥬의 거동을 보고 탄왈 뎨 임의 불인흐야 나의 튱언을 불납흐고 간샤를 시임흐니 반드시 오라디 아닐디라 내 엇디 ᄎ마 스싱 위예 모텸흐야 뎌의 망흐믈 보리오 요스이 부마의 힝지 흔연

47면

흐니 그윽이 싱각건대 그 흔희흐ᄂ 배 반드시 형시라 흐믈며 병이 샹스로 나실딘대 공연히 됴흐리오 그 가온대 뜻과 연괴 이시리니 조만의 큰 변이 니러날 거시니 가히 일죽 피홈만 ᄀ디 못흐다 흐고 일〃은 공쥬드려 왈 쳡의 나히 오십이 되얏고 졍신이 쇠모흐니 가히 공쥬를 보존티 못홀디라 쳡의 오라비 한어식 퇴로흐고 교외예 사ᄂ니 믈너가 텬년을 ᄆ차지이다 공쥐 대희흐야 허락흐고 금빅과 그 스〃 긔물을 주니 다 밧디 아니코 명현각 상부인을 글너 봉흐고 표 지어 대궐의 알외고 공쥬로 더브러 니별홀식 한시 공쥬의 손을 잡고 눈물을 흘녀 슬프믈 이긔디 못흐딕 공쥐 죠곰도 뉴렴흐미 업더라 한시 듕당의 나와 냥보모를 불너 경계 왈 네 삼가 졍도로 쥬인을 돕고 불의를 힝티 말나 보뫼 절흐야 명을 밧더라 한시 이에 승샹부의 니르러 하딕홀식 셕부인이 쇼연을 베퍼 젼송흐니 한시 샤례 왈 쳡은 이리 페흔 궁인이어늘 부인이 셩연을 기당흐샤 스스로 후딕흐시니 감격흐믈 이긔디 못거이다 아디 못게라 부마긔 뵈오믈 어드리잇가 소화

48면

셕 삼 부인이 위로흐야 ᄀ로딕 귀인은 이 공쥬 스싱이라 엇디 무단히 ᄇ리고 가시ᄂ니잇가 한시 믄득 눈물을 흘녀 ᄀ로딕 쳡이 텬은을 져ᄇ리고 공쥬의 스싱이 되야 ᄀ르친 어딘 일이 업스니 어이 붓그러오미 업스리오 이런 고로 스스로 그칠 줄을 아라

물너나니 부인은 웃디 마ᄅᆞ쇼셔 삼 부인이 ᄯᅩᄒᆞᆫ 차셕ᄒᆞ야 시녀로 운셩을 부ᄅᆞ니 의관을 곳티고 드러와 좌를 뎡ᄒᆞ매 부매 몬져 문왈 드ᄅᆞ니 샹궁이 뎐니로 도라간다 ᄒᆞ니 결연ᄒᆞ믈 이긔디 못ᄒᆞ리로다 아디 못게라 힝도를 언제 ᄒᆞ려ᄒᆞ시ᄂᆞ니잇가 한시 ᄃᆡ왈 쳡이 나히 쇠ᄒᆞ고 디혜 여터 쥬를 도울 ᄌᆡ죄 업ᄂᆞᆫ디라 임의 티ᄉᆞᄒᆞ고 동ᄉᆡᆼ의 집의 가 텬년을 마ᄎᆞ려 ᄒᆞᄂᆞ니 시방 갈 길히로소이다 쳡이 임의 서의코 우은 말을 부마긔 붓티리니 능히 ᄎᆡᆨ디 아니시리잇가 ᄉᆡᆼ이 정ᄉᆡᆨ 단좌ᄒᆞ야 공경 문왈 임의 니ᄅᆞ시ᄂᆞᆫ 배 유리ᄒᆞᆫ 즉 ᄒᆞᆨᄉᆡᆼ이 엇디 좃디 아니며 비록 불가ᄒᆞ나 엇디 ᄎᆡᆨᄒᆞ미 이시리잇가 한시 팀음냥구의 ᄀᆞᆯ오ᄃᆡ 쳡이 사ᄅᆞᆷ 되오미 불민ᄒᆞ야 공쥬를 젼혀 ᄀᆞᄅᆞ친 일이 업기로 공쥬의 힝ᄉᆡ 한심ᄒᆞ야 본ᄃᆡ 출뷔 되염즉 ᄒᆞ

49면

ᄃᆡ 힝혀 승샹과 부마의 인덕으로 안신ᄒᆞᆫ 후의 젹디 아닌디라 엇디 감격디 아니리오 이제 쳡이 범아부의 져발ᄇᆡᄉᆞ를 효측디 못ᄒᆞ나 평ᄉᆡᆼ을 산듕의셔 ᄆᆞ차 다시 인셰예 뜻을 두디 아니랴 ᄒᆞ매 궁듕의 어딘 사ᄅᆞᆷ이 업고 냥보뫼 머리 지으니 보모의 위인은 임의 부마의 고견의 블기 아라 겨실디라 공쥬 년쇼ᄒᆞᆫᄃᆡ 좌우의 돕는 재 어디〃 아니니 그 젼두의 실톄ᄒᆞ고 실덕ᄒᆞ믄 보디 아냐셔 족히 알디라 힝혀 부마는 부인의 과도ᄒᆞ믈 관샤하고 져기 덕을 펴면 내 ᄯᅩᄒᆞᆫ 구쳔의 도라가나 풀을 ᄆᆡ[고] ᄉᆞᆫ 구술을 머금어 갑프미 업ᄉᆞ랴 셜파의 누싊 산연ᄒᆞ니 ᄉᆡᆼ이 번연히 ᄂᆞᆺ 빗출 고티고 위로 왈 궁인의 근졀ᄒᆞᆫ 말숨이 귀신을 감동ᄒᆞᆯ디라 내 엇디 ᄒᆞᆯ노 감격디 아니리오 다만 공쥬 온화ᄒᆞ시면 ᄒᆞᆨᄉᆡᆼ이 므ᄉᆞᆫ 고집으로 박ᄃᆡᄒᆞ리오 궁인은 념녀 말고 안심ᄒᆞᆯ디어다 한시 그 언에 모호ᄒᆞ야 쾌티 아니믈 보고 ᄒᆞᆯ 일이 업서 비별ᄒᆞᆯᄉᆡ ᄉᆡᆼ이 뎌의 인물과 튱셩을 차셕ᄒᆞ야 이에 졀구 오십 슈를 일워 고명ᄒᆞ믈 찬ᄒᆞ야 주니 한시 기리 ᄉᆞ양ᄒᆞ야 당티 못ᄒᆞ야라 ᄒᆞ더라 드ᄃᆡ여 모든 ᄃᆡ

50면

ᄒᆞᄃᆡᆨ고 옥교의 오ᄅᆞ매 빵〃 ᄒᆞᆫ 시녀와 무수ᄒᆞᆫ 노복이 옹위ᄒᆞ야 한어ᄉᆞ 집의 니ᄅᆞ니 어ᄉᆡ 마자 남ᄆᆡ 반기며 슬허ᄒᆞ고 정결ᄒᆞᆫ 당을 서리저 머무ᄅᆞ다 한시 일ᄉᆡᆼ이 평안ᄒᆞ고 싊 팔십의 션죵ᄒᆞ매 나라히셔 녜장ᄒᆞ시고 어ᄉᆞ의 ᄎᆞᄌᆞ로 그 졔ᄉᆞ를 니으니라 각셜 명현공쥬 한상궁이 도라가므로븟터 임의 듀셕동냥이 폐ᄒᆞᆫ디라 오직 냥보모로 더

브러 계규를 일우면 다 흉ᄒᆞ고 쇠를 베프면 오로 샤긔로오니 명현궁 샹하의 화긔 쇼연ᄒᆞ고 간츰이니 이시면 흉샤ᄒᆞᆫ 얼골노 슌ᄒᆞᆫ 빗치 희연ᄒᆞ니 가히 슬프다 결쥬의 농방 비간이 업ᄉᆞ므로 나라흘 기우리티고 공쥬의 한상궁 업슨 연고로 집이 위틱ᄒᆞ니 진실로 국가와 ᄉᆞᄉᆞ집의 ᄒᆞᆫ 동냥이 업슬건가 공쥐 부마의 ᄆᆡ몰ᄒᆞᆷ을 ᄒᆞᆫᄒᆞ야 다시 쇠를 의논ᄒᆞ매 보뫼 헌계 왈 가히 사ᄅᆞᆷ을 강쥐 심양의 보내여 회심단을 어더와 부마를 먹이미 가ᄒᆞᆫ디라 이 약의 신긔로오미 태샹노군의 환혼단과 일뉘이다 내 일즉 어려실 ᄯᅥᆨ 니기 드ᄅᆞᆫ 배라 요ᄉᆞ이 엇디ᄒᆞᆫ디 그런 말이 업거니와 심양은 이시리니 가히 사ᄅᆞᆷ을 보ᄂᆡ쇼셔 공쥐 대희ᄒᆞ야

51면

즉시 궁노를 불너 쳔금을 맛디며 쥰마를 주어 강쥐 가 회심단을 어더오믈 당부ᄒᆞ니 궁뇌 슈명ᄒᆞ야 갓더니 셕 ᄃᆞᆯ 만의 도라와 보ᄒᆞᄃᆡ 쇼복이 강쥐 가 단약을 사려 ᄒᆞ니 사ᄅᆞᆷ마다 회심단이란 말은 처엄 듯노라 ᄒᆞ거ᄂᆞᆯ 쇼복이 진녁ᄒᆞ야 광문ᄒᆞ니 최후의 ᄒᆞᆫ 사ᄅᆞᆷ이 닐오ᄃᆡ 젼의ᄂᆞᆫ 단약이 셰샹의 뎐ᄒᆞ더니 십 년 젼의 소현셩 승샹이 안찰ᄉᆞ로 와실 적 친히 단약ᄒᆞᄂᆞᆫ 진인을 ᄭᅮ짓고 풀을 ᄏᆡ야 업시ᄒᆞ니 비록 심산의 여러 도ᄉᆡ 이시나 감히 다시 그런 약을 ᄒᆞ디 아니 ᄒᆞᄂᆞ니 비록 갑시 수만 금이라도 어더 살 길히 업ᄂᆞ니라 ᄒᆞ니 ᄒᆞᆯ 일이 업서 도라왓ᄂᆞ이다 공쥐 크게 ᄒᆞᆫᄒᆞ야 ᄭᅮ지저 왈 소가ᄂᆞᆫ 셰〃 원쉬로다 엇디 절〃이 이러톳 ᄒᆞ리오 ᄒᆞ더라 소부매 ᄎᆞ후ᄂᆞᆫ ᄆᆞ음이 훤츌ᄒᆞ야 일삭의 ᄒᆞᆫ 번식 강뎡의 가면 혹 ᄉᆞ오 일식 머므러 도라오니 승샹이 고이히 너겨 ᄒᆞᆯᄂᆞᆫ ᄉᆡᆼ이 강뎡의 가려 절ᄒᆞᄂᆞᆫ ᄯᅢ를 당ᄒᆞ야 졍식고 문왈 너의 강뎡의 가미 심히 ᄌᆞᄌᆞ니 아디 못게라 므ᄉᆞᆷ 풍경 보미 이대도록 여러 슌이뇨 ᄉᆡᆼ이 텽파의 안셔히 ᄃᆡ왈 쇼ᄌᆡ 젼일은 소임이 다ᄉᆞᄒᆞ고 심ᄉᆡ 온젼ᄒᆞ

52면

니 졍티 여가의ᄂᆞᆫ 슬하의 시측ᄒᆞ야 츌입이 희소ᄒᆞ옵더니 근간은 심ᄉᆡ 아ᄅᆞᆷ답디 아냐 두로 유람ᄒᆞ야 ᄯᅳᆺ을 훤츌히 ᄒᆞ미 원이로ᄃᆡ 멀니 놀미 인ᄌᆞ의 가티 아닌 고로 강뎡의 가 화도난창으로 년엽쥬를 ᄯᅴ오고 깁그물을 ᄂᆞᄌᆞ기 텨 고기 잡아 즐기고 빅깁강슈와 혜풍소월의 한가히 빗난 거ᄉᆞᆯ 보고져 ᄒᆞ미로소이다 승샹이 탄왈 내 아히 말이 비록 유리ᄒᆞ나 그 가온대 반ᄃᆞ시 유졍지인을 두고 왕반ᄒᆞ미 잇ᄂᆞ니 네 모ᄅᆞ미 말을 ᄭᅮ며

부모를 간대로 소기디 말나 싱이 샤례 왈 히으의 말을 밋디 아니 ᄒᆞ시니 엇디 감히 가리잇고 드ᄃᆡ여 오술 벗고 시좌ᄒᆞ니 승샹이 잠〃코 말을 아니터라 싱이 ᄎᆞ후는 젼일과 갓디 못ᄒᆞ야 강뎡의 감히 가디 못ᄒᆞ얏더니 일〃은 공쥐 니ᄅᆞ러 존당의 문안ᄒᆞ고 셜화홀시 태부인이 긔실 쳥경을 일긔 그ᄅᆞᆺ 닷갓다 ᄒᆞ고 수죄ᄒᆞ야 칙ᄒᆞ니 좌위 호흡을 ᄂᆞᆽ초와 뫼셧더니 공쥐 믄득 내ᄃᆞ라 우어 왈 태부인은 년긔 만하도 사톄를 모ᄅᆞ는도다 뎌 긔실이 듀야 븟을 들고 이시매 괴로워 그ᄅᆞᆺ 쁜 곳이 이신들 그대도록 ᄭᅮ짓ᄂᆞ뇨 좌우 쇼년과 졔 부인이 블연 변ᄉᆡᆨ고 셕부인이

53면

좌의 나 쳥죄 왈 금일 공쥬의 패악ᄒᆞᆫ 언ᄉᆡ 존당을 범ᄒᆞ니 이 다 쳡의 죄로소이다 드ᄃᆡ여 냥보모를 불너 ᄀᆞᆯ오ᄃᆡ 공쥐 비록 태우의 녀ᄌᆞ와 ᄀᆞᆺ디 아니나 나의 슬하의 이셔 엇디 감히 존당을 욕ᄒᆞ미 이시리오 이 죄는 결연히 샤키 어려오니 보모는 ᄲᆞᆯ니 뫼셔 도라가고 다시 문안의 오디 못ᄒᆞ게 하라 셜파의 좌위 시녀로 ᄒᆞ야곰 공쥐를 븟드러 궁으로 보내라 ᄒᆞ니 이ᄯᅢ 셕부인이 평싱 온화ᄒᆞ고 유열ᄒᆞ던 ᄉᆞ긔 변ᄒᆞ야 셜샹가빙 ᄀᆞᄐᆞ니 공쥐 참괴ᄒᆞ며 궁녜 븟그려 말을 못ᄒᆞ더니 태부인이 날회여 우어 왈 현뷔 노모를 위ᄒᆞ야 이 거조를 ᄒᆞ미 ᄌᆞ못 올커니와 공쥐 무심코 ᄒᆞᆫ 배라 긔 므어시 대ᄉᆡ리오 모ᄅᆞ미 현부는 짐쟉ᄒᆞ라 셕부인이 졍금승명ᄒᆞ매 다시 말을 일우디 아니코 단좌ᄒᆞ니 닝담ᄒᆞ미 비길 ᄃᆡ 업더라 문안을 파ᄒᆞ매 셕패 웃고 왈 오늘 만힝으로 승샹의 참예티 아냐 겨시니 공쥐 무ᄉᆞ토다 슈연이나 부인이 엇딘 고로 오늘 공쥬 며ᄂᆞ리 ᄃᆡ졉ᄒᆞ미 경멸ᄒᆞ뇨 셕부인 왈 내 엇디 공쥬를 경멸ᄒᆞ리오 공경ᄒᆞ믈 그만ᄒᆞ야 두엇ᄂᆞ이다 소부인이 쇼왈 셕시의 ᄂᆞ즉ᄒᆞᆫ 셩식이 믄득 타

54면

인의 놉흔 셩의 디난디라 공쥐 아모리 셰를 ᄭᅵ고 우리를 멸시ᄒᆞ나 그 싀어미 닝담ᄒᆞᆫ 빗출 보고는 참식이 이시나 셕뎨는 니ᄅᆞᆫ 바 한고조의 댱냥 ᄀᆞᄐᆞ미라 공쥐의 우량이 한고조 ᄀᆞᆺ디 못ᄒᆞ나 사름 혜디 아니키는 심히 방불ᄒᆞ고 셕뎨의 죠용ᄒᆞᆫ 긔샹이 ᄌᆞ방 ᄀᆞᄐᆞᆫ 고로 공쥐로ᄃᆡ 굴복ᄒᆞ니 긔 아니 어려오냐 좌듕이 대쇼ᄒᆞ더라 이 적의 형시 강뎡의 이션 디 일월이 오라매 믄득 만삭ᄒᆞ야 싱ᄌᆞᄒᆞ니 윤부인이 대희ᄒᆞ야 ᄃᆡ졉이 더욱 극진ᄒᆞᄃᆡ 형시 부모를 ᄉᆡᆼ각고 일신이 구〃히 곰초여시믈 ᄆᆞ음의 슬허ᄒᆞ니 산후

병이 니러난디라 소싱이 듯고 깃븐 가온대 놀나와 이에 부모긔 슉뫼 브른다 일캇고 쌜니 의원을 드리고 소옥뎡의 가 부인을 보니 병세 가ㅂ얍디 아닌디라 크게 근심ᄒ야 의약을 힘뻐 다ᄉ리더니 이쌔 나라히셔 후궁의 쇼싱 션혜공쥬를 길네ᄒ야 부마 니긔롤 어드니 션혜공쥐 비록 정궁 공쥐 아니나 기모 슉비 현텰ᄒ미 ᄉ족이라 공쥐 또ᄒᆫ 아름답고 유슌ᄒ미 명현공쥬의 뉘 아니라 부매 서ᄅ 화합ᄒ야 금슬이 맛ᄀᄌ니 냥〃이 기리 애들와 ᄒ야 후원의 셜

55면

작ᄒ고 상이 냥 부마와 소승상 니ᄉ공을 부ᄅ샤 음연ᄒ려 ᄒ시고 명패를 ᄂ리오시니 승상이 즉시 됴복을 닙고 운셩을 부ᄅ니 강뎡의셔 도라오디 아냣거놀 사름으로 ᄒ야곰 급히 부ᄅ니 시뇌 총망이 운셩을 ᄎ자보고 승샹 명을 뎐ᄒ니 싱이 약 깃다가 급히 니러나 오슬 ᄎᄌ며 문왈 야얘 므슴 연고로 브ᄅ시더뇨 시뇌 고왈 텬지 후원의 셜작ᄒ야 냥 부마와 냥 노야를 청ᄒ야 인친과 ᄌ셔의 후의를 나타내랴 ᄒ시매 니ᄉ공 부ᄌᄂᆫ 시방 가 겨신 고로 대노애 시방 됴복을 닙고 상궁을 기ᄃ리시ᄂ이다 싱이 텽파의 불연 변식 왈 나는 ᄌ운산 플 속의 므틘 빅셩이라 님군의 잔치 먹을 일 업ᄉ니 야〃긔 도라가 알외라 당〃이 브ᄅ시ᄂᆫ 명을 밧드럼즉 ᄒ되 마츰 복통이 급ᄒ야 가디 못ᄒ니 차도를 어든 후 나아가 ᄉ죄를 청ᄒ리이다 ᄒ라 시뇌 감히 말을 못ᄒ야 도라와 승샹긔 고ᄒᆫ대 공이 텽파의 무러 왈 오ᄋ 므ᄉᆫ 일ᄒ더뇨 시뇌 ᄃ왈 삼 상공이 처엄은 오려 ᄒ시다가 명패 말솜을 듯고 짐줏 복통이 이셰라 ᄒ시더이다 공이 즉시 노 수인으로 ᄒ야곰 쌜니 가 병셰 비록 죽게 되여

56면

도 잡아오라 ᄒ니 싱이 ㅂ야흐로 잡혀 왓ᄂᆫ디라 승샹이 문왈 네 츈싀이 의구ᄒ니 어ᄃ를 알터뇨 싱이 황망이 ᄉ러 고왈 히ᄋ 실노 병드러 약을 다ᄉ리믄 시뇌 본 배니이다 승샹 왈 네 처엄은 오려ᄒ다가 도로 안터라 ᄒ니 긔 므슴 쓰디러뇨 운셩 왈 히ᄋ 므ᄉ 일노 오려ᄒ다가 도로 아니 오리잇가 실노 밍낭한 말이라 뉴혹ᄉ 슉뷔 본증이니이다 소공이 대로 왈 네 졀〃이 날을 소기ᄂᆫ 배 시험티 아닌 일이 업ᄉ되 내 짐줏 모ᄅᄂᆫ 톄ᄒ니 네 가디록 이러틋 ᄒ도다 이쌔 운현이 구쥐를 슌시ᄒ고 도라완 디 계유 수월이라 또ᄒᆫ ᄀ의 뫼셔시므로 ᄃ리오믈 이긔디 못ᄒ더니 싱이 오직 ᄒᆫ골ᄀ티

발명ᄒᆞ야 소긴 일이 업세라 ᄒᆞ거ᄂᆞᆯ 승샹이 좌우로 ᄒᆞ야곰 운현을 잡아 ᄂᆞ리와 ᄭᅮᆯ니고 엄문 왈 네 이번 힝도의 반ᄃᆞ시 형시를 다려와실 거시니 바로 알외라 이인이 실노 뼈 고코져 ᄒᆞᄃᆡ ᄎᆞ마 못ᄒᆞ믄 부형의 위엄을 과도히 두리미라 졍히 서ᄅᆞ 보며 말을 못ᄒᆞ더니 믄득 뉴혹ᄉᆡ 금관됴복으로 드러오다가 경문 왈 년형이 므ᄉᆞᆷ 연고로 냥ᄌᆞ를 잡아 ᄂᆞ리왓ᄂᆞ뇨 승샹이 졍ᄉᆡᆨ 문왈 엇딘 연고로 년형은 요ᄉᆞ

57면

이 보디 못ᄒᆞᆯ너뇨 혹ᄉᆡ 왈 내 요ᄉᆞ이 북한 션셰 와시므로 여러 동관으로 더브러 의논ᄒᆞ야 쇼틱ᄒᆞ므로 입번 오일만의 오ᄂᆞᆯ이야 나와시니 그ᄃᆡ를 보고 가려 이에 니ᄅᆞ럿노라 승샹이 텽파의 운셩을 ᄆᆡ라 ᄒᆞ야 ᄀᆞᆯ오ᄃᆡ 네 닐오ᄃᆡ 뉴혹ᄉᆞ 슉뷔 본증이라 ᄒᆞ더니 말이 어긔여시니 두 번 소긴 죄는 도망티 못ᄒᆞ리라 혹ᄉᆡ 놀나 왈 이 므ᄉᆞᆷ 연괴뇨 청컨대 아라지이다 소공이 텽파의 슈말을 ᄌᆞ시 니ᄅᆞ니 혹ᄉᆡ 팀음냥구의 우서 ᄀᆞᆯ오ᄃᆡ 과연 이 ᄉᆞ이의 연괴 잇ᄂᆞ니 형은 식노ᄒᆞ고 딜ᄌᆞ를 티디 말나 승샹이 무른대 혹ᄉᆡ 쇼왈 이는 다른 연괴 아니라 뎌적 운셩이 병드러실 적 운현이 어ᄉᆞ로 나가니 형뎨지간의 엇디 그 병이 ᄒᆞ리과랴 아니리오 드ᄃᆡ여 갈녁츄심ᄒᆞ야 형시를 여ᄎᆞ〃 소겨 ᄃᆞ려와 내 집의 두고 운셩은 병이 나아 시〃로 왕ᄂᆡᄒᆞ나 ᄆᆞ양 두리더니 이제 형시 만삭ᄒᆞ야 ᄉᆡᆼ자ᄒᆞᆫ 후 믄득 병이 듕ᄒᆞ니 운셩이 반ᄃᆞ시 구병ᄒᆞ라 갓다가 즉시 오디 못ᄒᆞ니 형이 의심ᄒᆞᄂᆞᆫ도다 내 ᄯᅩᄒᆞᆫ 아란 디 오라ᄃᆡ ᄆᆞᄋᆞᆷ의 유의티 아니므로 형의게 뎐티 못ᄒᆞ과라 긔 므어시 관겨ᄒᆞ리오 용샤ᄒᆞ미 가ᄒᆞ다 ᄒᆞ니 이는 원ᄂᆡ 사ᄅᆞᆷ되오미 소활ᄒᆞ미 이 ᄀᆞᆺ튼

58면

디라 뉴혹ᄉᆡ 평일 ᄎᆞ언을 공ᄃᆞ려 아니미 긔이려 ᄒᆞᄂᆞᆫ ᄯᅳᆺ이 아니라 ᄆᆞᄋᆞᆷ의 두디 아니미오 금일 발셜ᄒᆞ매 다 닐러 뎌 운셩 등의 급〃ᄒᆞᆷ을 도라보디 아니미 ᄯᅩᄒᆞᆫ 관겨히 아니 너겨 ᄉᆞ미며 인졍 둘 줄을 모ᄅᆞ니 이 대강 뉴공의 도량이 너ᄅᆞ고 소탈ᄒᆞ미러라 각셜 소승샹이 뉴혹ᄉᆞ의 셜화를 드ᄅᆞ매 어히 업시 너기고 운셩 운현은 ᄡᅡ히 업드여 말을 일우디 못ᄒᆞᄂᆞᆫ디라 승샹이 좌우를 ᄭᅮ지저 몬져 운셩의 군부의 녕을 거역ᄒᆞᆫ 죄를 결곤 ᄉᆞ십 댱을 티고 운현의 부명을 아디 못ᄒᆞ야 경히 ᄃᆞ려오고 죵시 긔인 죄로 뉵십 댱을 텨 ᄂᆡ어 내티고 비로소 명패를 ᄯᆞᆯ와 드러가니 상이 부마의 오디 아니ᄆᆞᆯ 무ᄅᆞ시

거늘 승상이 주왈 신의 주식이 무상호야 죄 지으미 만흔 고로 약간 당칙호매 드듸여 드러오디 못호엿누이다 상이 우으시고 죵일토록 말숨호실시 어젼 풍뉴롤 나오시니 승상이 정식 주왈 신이 처엄은 폐해 군신으로 더브러 변방을 근심호고 장졸을 무휼 호믈 의논호시민가 호더니 엇디 음쥬화락호야 엇디 변쟝과 빅셩의 긔손을 염녀티 아니실 줄 알니 잇

59면

고 샹이 씌드라 샤례 왈 요스이 북한을 평경호고 대뇌 셔루 침범호매 무음이 불평흔 고로 경등으로 더브러 즐겨 시름을 닛고져 호더니 승샹의 말이 올흔디라 딤이 엇디 힝티 아니리오 드듸여 풍악을 물리티고 죠용히 경스를 의논호야 셔양의 흐터디니 소공이 즈운산의 도라오매 술이 잠간 취호얏는디라 감히 모친긔 뵈옵디 못호고 다만 외당의셔 청죄호는디라 부인이 불너 굴오듸 네 임의 스쥬의 취호미 그 은영이라 엇디 칙호리오 운셩 등이 수 일 후 니러나 부모 존당의 청죄호매 일개 그 소기미 능흔 줄을 일쿳고 또 형시의 싱즈호믈 환희홀시 태부인이 쇼왈 운현은 형의 병을 구호얏거늘 운셩은 도로혀 죄를 어더 주니 엇디 형뎨 서루 샹반호뇨 드듸여 이 인을 블너 알픽 안치고 무러 왈 너희 등은 또 긔이디 말고 형시 드려오던 일과 운셩의 왕반호야 아비 부루매 고집호야 아니 오던 쥬의를 니루라 호니 싱이 감히 긔이디 못호야 운셩이 님군의 명을 역경호야 대궐 연셕의 아니 가랴 호던 쥬의와 운현의 셔쥐 가 형공을 보고 다래며 형시 드

60면

려오던 쇠와 거즛 소식 알녀 송의를 보내여 운셩의게 통흔 말을 일〃히 고호니 태부인이 어히 업서 대쇼호고 왈 셩ᄋᆞ의 고집은 아란 디 오라거니와 현ᄋᆞ의 디뫼라 긔변이 호리로다 연이나 졍되 아니니 가히 후셰예 의논홀딘대 딘평의 뉘로다 니셕 이패쇼이 찬왈 부인 말숨이 올흐시이다 좌위 다 쾌히 웃고 부인이 싱을 어루문져 우어 왈 너희 냥인을 인하야 나의 우회를 위로쾌라 호니 승샹이 모친 말숨을 듯고 잠간 웃고 이즈를 다시 칙디 아니터라 이때 공쥐 이런 셜화를 듯고 형시의 사라시믈 악연호야 급히 대닉예 드러가 낭〃긔 알외니 휘 대로호야 친히 슈됴로 승샹을 수죄호야 ᄀ마니 대궐 문의 내여 보내니 궁인이 소부인의 니루니 일개 놀나 향안을 빅셜호고 됴복

을 넙고 궁인을 마자 연고를 무ᄅᆞ니 궁인 왈 부인ᄂᆡ 아ᄅᆞ실 배 아니라 낭〃이 임의 슈됴를 노승샹긔 ᄂᆞ리와 겨시니 승샹이 마ᄌᆞ시리이다 태부인이 크게 불쾌히 너기ᄃᆡ 마디 못ᄒᆞ야 사ᄅᆞᆷ으로 ᄒᆞ야곰 승샹긔 뎐ᄒᆞ고 쌜니 뎐교를 듯ᄌᆞ오라 ᄒᆞ니 승샹이 경 ᄉᆡᆨ고 사ᄅᆞᆷ으로 ᄒᆞ야곰 궁인ᄃᆞ려 닐ᄋᆞᄃᆡ

61면

궁듕 시인은 이 지존의 근시라 가ᄇᆡ야이 밧긔 나오디 못ᄒᆞᆯ 배라 ᄒᆞ믈며 나라히 뎐지 반셕 ᄀᆞᆺᄐᆞ시고 내 ᄯᅩᄒᆞᆫ 묘당의 권을 잡아 졍ᄉᆞ를 다ᄉᆞ리니 낭〃이 대신의[게] 밀됴 ᄂᆞ리오실 연괴 업고 ᄯᅩᄒᆞᆫ 이 공당이 아니라 엇디 감히 궁인을 ᄃᆡᄒᆞ며 무고ᄒᆞᆫ 밀됴를 밧ᄌᆞ오리오 죠셔 가온대 브득이 니ᄅᆞ실 ᄉᆞ괴 잇거든 맛당이 통졍ᄉᆞ로 ᄂᆞ리와 신의게 브티고 구ᄐᆞ야 이 뎐지를 ᄂᆞ리오고져 ᄒᆞ실딘대 신이 당〃이 공당의 가 명졍언순히 밧ᄌᆞ오려니와 ᄉᆞ실의셔ᄂᆞᆫ 감히 폐하 죠셔와 다ᄅᆞ니 밧ᄌᆞᆸ디 못ᄒᆞᄂᆞ이다 ᄒᆞ라 셜파의 단연히 요동티 아니니 궁인이 무류히 도라가 주ᄒᆞᆫ대 부휘 더욱 노ᄒᆞ야 오직 공쥬로 더브러 샹긔 ᄇᆡᆨ단으로 ᄎᆞᆷ소ᄒᆞ니 샹이 ᄯᅩᄒᆞᆫ 대로ᄒᆞ샤 즉일의 뎐지를 발ᄒᆞ야 운셩은 ᄃᆡᆨ북 사타의 원찬ᄒᆞ고 형참졍은 남만 건녕 ᄯᅡ히 안티ᄒᆞ고 형시와 그 나흔 바 두 아ᄃᆞᆯ을 ᄉᆞ약ᄒᆞ라 ᄒᆞ시니 뎐지 ᄂᆞ리매 만되 아니 놀나 리 업서 왈 형옥은 뎐디로 도라간 디 수 년이라 므ᄉᆞᆷ 연고로 이런 일이 잇ᄂᆞ뇨 됴뎡이 물 끌틋 ᄒᆞ니 이 긔별이 ᄌᆞ운산의 니ᄅᆞ매 소공이 급히 됴복을 ᄀᆞ초고 드러가 모친긔 하

62면

ᄃᆡᆨ 왈 군샹이 실덕ᄒᆞ미 이 ᄀᆞᆺᄐᆞ시니 ᄒᆡ읫 드러가 간ᄒᆞ려 ᄒᆞᄂᆞ니 모친은 안심ᄒᆞ쇼셔 태부인이 탄식 왈 네 삼가 셩노를 쵹범티 말고 일을 만젼히 ᄒᆞ라 소부인이 뎐도히 승샹을 잡고 말녀 왈 이제 현뎨 샹의를 거ᄉᆞ리매 불과 ᄉᆞ졍으로 아ᄅᆞ시고 불 우히 기ᄅᆞᆷ ᄀᆞᆺᄐᆞᆫ 일이 이시리니 ᄉᆡᆼ심도 가디 말나 승샹이 답왈 불연ᄒᆞ다 님군이 그ᄅᆞ시매 신해 죽기로 간ᄒᆞ미 도리라 이런 대ᄉᆞ의 엇디 혐의롭다 ᄒᆞ고 입을 봉ᄒᆞ리오 져〃ᄂᆞᆫ 근심티 마ᄅᆞ쇼셔 운셩이 알픠 나아가 고왈 쇼ᄌᆡ 비록 ᄃᆡᆨ북의 원찬ᄒᆞ나 명이 하ᄂᆞᆯ긔 잇ᄂᆞᆫ디라 현마 엇디ᄒᆞ리잇가 대인은 혼군의 노를 도〃와 불측ᄒᆞᆫ 화를 엇디 마ᄅᆞ쇼셔 승샹이 눈을 놉히 ᄯᅳ고 크게 ᄭᅮ지저 왈 네 감히 방ᄌᆞᄒᆞᆫ 말노 님군을 훼방ᄒᆞ니 이 므ᄉᆞᆷ 도리오 내의 간ᄒᆞ려 ᄒᆞ미 ᄉᆞ졍이 아니라 셜파의 오ᄉᆞᆯ ᄯᅥᆯ티고 나오니 모다 감히 말니

디 못ᄒᆞ난디라 승샹이 궐하의 다ᄃᆞᄅᆞ니 구공이 팔왕으로 더브러 소공ᄃᆞ려 왈 우리 앗가 샹소ᄒᆞ야 간ᄒᆞ니 샹이 듯디 아니시며 형옥은 녀ᄌᆞ를 못 나흔 죄라 ᄒᆞ고 형부인과 그 ᄌᆞ식을 죽여 공쥬의 후환을 더러ᄇᆞ리리라

63면

ᄒᆞ야 겨시더이다 소공이 ᄃᆡ답디 아니코 의관을 그ᄅᆞ고 궐하의 ᄃᆡ죄ᄒᆞ며 ᄒᆞᆫ 표를 올니니 샹이 소공의 간표와 ᄃᆡ죄ᄒᆞ물 듯고 면칙ᄒᆞ려ᄒᆞ샤 ᄂᆡ실로 브ᄅᆞ시니 승샹이 이에 ᄌᆞ뎡뎐의 드러가 됴회ᄒᆞ매 샹이 농안의 노식이 ᄀᆞ득ᄒᆞ야 소ᄅᆡ를 놉혀 칙ᄒᆞ야 ᄀᆞᆯ오ᄃᆡ 경은 이 대로원신이오 긔실명샹이라 엇딘 연고로 ᄌᆞ식 ᄀᆞᄅᆞ치미 이 디경의 잇ᄂᆞ뇨 ᄒᆞ믈며 딤이 임의 죄를 ᄂᆞ리 왓거ᄂᆞᆯ 국법과 ᄉᆞ톄를 모ᄅᆞ고 방ᄌᆞ히 표를 올녀 간ᄒᆞ미 군신지의를 가히 안다 ᄒᆞ랴 소공이 면관히의ᄃᆡᄒᆞ고 부복 주왈 금일 폐해 텬노를 발ᄒᆞ시미 ᄯᅩᄒᆞᆫ 기간 곡졀을 모ᄅᆞ시미니 신이 ᄯᅩᄒᆞᆫ 품은 바를 일〃히 주티 아니리잇가 쇼신의 부ᄌᆞ 텬은을 과도히 닙ᄉᆞ오믄 임의 새로이 ᄒᆞᆯ 말숨이 아니옵거니와 초의 명현공쥬로ᄡᅧ 핍박ᄒᆞ야 운셩과 혼인을 일우시니 ᄌᆞ고로 혼인은 녜법 풍화의 대관이라 엇디 군신 위엄이 이런 곳의 가리잇고마ᄂᆞᆫ 신의 부ᄌᆞ 폐하의 권념ᄒᆞ시믈 감격ᄒᆞ야 임의 조강을 무죄히 폐ᄒᆞ고 공쥬를 어드나 그으기 붓그리ᄂᆞᆫ 배 군신이 다 한 적만 못ᄒᆞ믈 탄ᄒᆞ옵더니 공쥐 임

64면

의 신의 집의 오시나 죠곰도 부녀의 도리를 아냐 몬져 신의 어미로 ᄃᆡ좌ᄒᆞ시고 조ᄎᆞ 창쳡 오인을 귀를 갓고 코흘 버히고 세재ᄂᆞᆫ 운셩을 경형으로 버히시믈 비ᄅᆞ시고 네재ᄂᆞᆫ 형시를 ᄃᆞ려와 모ᄉᆡ 동여 녀흐랴 ᄒᆞ시고 다ᄉᆞᆺ재ᄂᆞᆫ 요무 쇼무신을 청ᄒᆞ야 운셩의 명을 ᄡᅬᄒᆞ고 여ᄉᆞᆺ재ᄂᆞᆫ 신의 어미를 욕ᄒᆞ시니 폐하ᄂᆞᆫ 블기 혜아려 보쇼셔 그 죄상이 가히 츌뷔 될 ᄲᅮᆫ이리잇가 실노 그 목숨 보젼ᄒᆞ미 만힝이라 이제 폐해 형옥의 부녀를 죄를 다 듕히 주시고 지어 유하지ᄋᆞ를 다 ᄉᆞ약ᄒᆞ라 ᄒᆞ시니 신이 통곡ᄒᆞ야 슬허ᄒᆞ믄 뎌의 죄 닙으믈 슬허ᄒᆞ미 아니라 그으기 폐ᄒᆞ의 불인ᄒᆞ시믈 탄ᄒᆞ옵ᄂᆞ니 신이 ᄯᅩᄒᆞᆫ 운셩의 아비라 엇디 홀노 죄칙이 업고 형옥이 죄를 닙으리오 이제 셩샹이 만방을 님ᄒᆞ샤 ᄡᅥ곰 듕국의 쳐ᄒᆞ시니 통일 ᄉᆞ히ᄂᆞᆫ 텬ᄌᆡ라 엇디 간악ᄒᆞᆫ 공쥬의 춤소를 드ᄅᆞ샤 이러ᄐᆞ시 일편된 ᄉᆞ졍을 힝ᄒᆞ야 후셰예 긔롱을 취ᄒᆞ시ᄂᆞ니잇가 셩샹이 일시 분노

를 힝ᄒᆞ시나 타일의 뉘우ᄎᆞ미 젹디 아니리니 폐하ᄂᆞᆫ 쳥컨대 신의 부ᄌᆞ를 죽이시고 ᄯᅩᄒᆞᆫ 공쥬를 참ᄒᆞ샤 졍ᄉᆞ를 어ᄌᆞ러이며

65면

셩총을 ᄀᆞ리오고 지아비 해ᄒᆞᆫ 죄를 ᄇᆞᆰ히시고 형옥 부녀의 죄를 샤ᄒᆞ시면 힝심ᄒᆞ리이다 말을 ᄆᆞᄎᆞ여 난간의 머리를 두ᄃᆞ려 간ᄒᆞ니 샹이 차악ᄒᆞ샤 친히 뇽샹의 ᄂᆞ리ᄃᆞ라 손을 븟드러 니ᄅᆞ혀고 ᄀᆞᆯ오샤ᄃᆡ 딤의 실덕ᄒᆞ미 만고의 매명이 될디라 승샹은 그치라 ᄡᅵᄃᆞᄅᆞ미 이시니 즉일의 샤쇼를 노흐리라 즉시 뎐디 왈 딤이 불명ᄒᆞ야 무죄ᄒᆞᆫ 사ᄅᆞᆷ을 ᄉᆞ디로 보내려 ᄒᆞ더니 ᄡᅵᄃᆞᄅᆞ미 이시니 형옥 부녀와 운셩 부ᄌᆞ를 다 샤ᄒᆞ노라 ᄒᆞ시니 만되 대열ᄒᆞ더라 어시의 샹이 ᄂᆡ뎐의 드러가 공쥬를 칙ᄒᆞ시ᄃᆡ 네 부되 패악ᄒᆞ야 실덕ᄒᆞ미 극ᄒᆞᄃᆡ 뎌 부ᄌᆡ 너를 머믈오미 지극ᄒᆞᆫ 덕이어ᄂᆞᆯ 엇디 거즛말을 지어 딤의 총명을 ᄀᆞ리오ᄂᆞᆫ다 공쥐 묵연 브답이어ᄂᆞᆯ 황휘 연고를 무ᄅᆞᆫ대 샹이 소공의 주ᄉᆞ를 ᄌᆞ시 뎐ᄒᆞ시니 휘 ᄯᅩᄒᆞᆫ 공쥬를 그ᄅᆞ다 ᄒᆞᄂᆞᆫ디라 공쥐 심듕의 소공을 깁히 원망ᄒᆞ야 이에 즉시 하딕고 소부의 니ᄅᆞ니 승샹이 졔ᄌᆞ로 더브러 묘당의 모다 말ᄒᆞ노라 아직 도라오디 아냣ᄂᆞᆫ디라 모든 녀ᄌᆡ 다 존당의 모다 졍히 근심ᄒᆞ더니 공쥐 온다 ᄒᆞ거ᄂᆞᆯ 소부인이 ᄭᅮ지저 왈 발뷔 므솜 변

66면

을 지으려 ᄯᅩ 오ᄂᆞᆫ고 언미필의 수 업ᄉᆞᆫ 시녀와 궁인이 공쥬를 ᄲᅧ ᄂᆡ당의 올니매 제인이 다 경식고 본 톄 아니커ᄂᆞᆯ 공쥐 취슈를 놉피 것고 아미를 거ᄉᆞ리며 크게 소ᄅᆡ 딜너 ᄭᅮ지저 왈 셕현의 ᄯᆞᆯ과 양문광의 ᄯᆞᆯ은 너희 등 간뷔 못ᄡᅳᆯ ᄌᆞ식을 나하 나의 일싱을 그ᄅᆞᆺ ᄆᆡᆫ돌고 나죵은 거즛말노 님군긔 하리ᄒᆞ뇨 태부인이 블연 노식 왈 좌우인은 엇디 뎌 발부를 드려 왓ᄂᆞ뇨 ᄲᆞᆯ니 등 미러 내티라 공쥐 대로ᄒᆞ야 난간을 박ᄎᆞ며 온갓 슈욕이 참혹ᄒᆞᆫ디라 태부인이 크게 노ᄒᆞ야 셕부인으로 더브러 졍히 쳐티코져 ᄒᆞ더니 믄득 승샹이 졔ᄌᆞ를 더브러 드러오거ᄂᆞᆯ 공쥐 뎌를 보매 분긔 대발ᄒᆞ야 더욱 고셩 왈 필부 소경아 네 므솜 연고로 내의 허믈을 셩샹긔 츰소ᄒᆞᆫ다 내 널노 더브러 ᄒᆞᆫ 칼히 죽으리라 승샹이 드른 톄 아니코 몬져 모친긔 절ᄒᆞ고 인ᄒᆞ야 ᄉᆞᆯ오ᄃᆡ 샹이 형공 부녀와 운셩 부ᄌᆞ를 다 샤ᄒᆞ시니 텬은이 망극ᄒᆞ이다 셜파의 긔운을 춤고 눈을 ᄂᆞᄌᆞ기 ᄒᆞ야 단좌ᄒᆞ니 당샹당하의 ᄀᆞ독ᄒᆞᆫ 사ᄅᆞᆷ이 다 혀를 두르며 숨을 ᄂᆞ초ᄃᆡ 가히 애들오며

가히 통분ᄒᆞᆫ 공쥐 한상궁이 잇디 아니키

67면

로 잇그러 도라가 리 업ᄂᆞᆫ디라 사오나온 셩이 무궁히 발ᄒᆞ니 엇디 긔식을 알며 ᄯᅩᄒᆞᆫ 승샹이 평일 온화ᄒᆞ고 유슌ᄒᆞ야 ᄉᆞᄉᆞ 영녀예 그 노긔를 보디 못ᄒᆞ고 샹시 모친 알퓌셔ᄂᆞᆫ 어린 아히 브드러옴 ᄀᆞᆺᄐᆞᆫ디라 뎌 공쥐 엇디 승샹 본심이 군샹을 압두ᄒᆞ고 텬디를 두로혀ᄂᆞᆫ 소견이 잇ᄂᆞᆫ 줄을 알니오 다만 ᄀᆞ장 업슈이 너겨 온가지로 슈욕ᄒᆞ미 참혹ᄒᆞᄃᆡ 승샹이 다만 손을 곳고 모친 겻틔 ᄭᅮ러 안자 고요히 ᄭᅮ지ᄌᆞᆷ 드ᄅᆞᆯᄉᆡ 최후의 공쥐 즐왈 그ᄃᆡ 소광의 교훈을 아디 못ᄒᆞ고 양시의 이픠를 바다 ᄌᆞ라신들 녜의를 엇디 이대도록 모ᄅᆞᄂᆞ뇨 ᄒᆞᆫ대 승샹이 냥목을 놉히 ᄯᅳ고 크게 소ᄅᆡ 딜너 ᄀᆞᆯ오ᄃᆡ 아모 공쥐라도 이러ᄐᆞᆺ 못ᄒᆞ리니 좌우ᄂᆞᆫ ᄲᆞᆯ니 잡아ᄂᆞ리오라 말을 ᄆᆞᄎᆞ매 운셩이 궁인 시녀를 다 ᄭᅮ지저 내티니 공쥐 대매 왈 뉘 감히 날을 범ᄒᆞ리오 좌우인이 비록 공쥬를 두리나 승샹 명을 거역디 못ᄒᆞ야 이에 공쥬를 핍박ᄒᆞ야 뎐의 ᄂᆞ리오니 공이 명ᄒᆞ야 ᄉᆞ옥의 미러녀코 즉시 필연을 나와 샹소를 짓고 즉시 묘당으로 드러가 몬져 형부샹셔 반녕의를 불너 싀아비 슈욕ᄒᆞᆫ 뉼뎐을 아라

68면

오라 ᄒᆞ고 ᄯᅩ 녜부샹셔 오문상을 블너 며ᄂᆞ리 싀아비 셤기ᄂᆞᆫ 녜와 싀아비 며ᄂᆞ리 ᄃᆡ졉ᄒᆞᄂᆞᆫ 법을 샹고ᄒᆞ라 ᄒᆞ고 일변으로 운셩의 졔가 못ᄒᆞᆫ 죄로 잡아 뎡 위예 ᄂᆞ리오고 일변으로 공쥬를 금의부로 이문하며 ᄯᅩᄒᆞᆫ 샹소를 올녀 공쥬의 경상을 진주ᄒᆞ고 죽이려 ᄒᆞᄂᆞᆫ ᄠᅳᆺ을 알외니 샹이 표를 보시고 대경ᄒᆞ샤 급히 냥〃으로 샹의ᄒᆞ매 휘 크게 노ᄒᆞ야 왈 소경 필부ᄂᆞᆫ 하등지인이완ᄃᆡ 나의 공쥬를 이러ᄐᆞᆺ 핍박ᄒᆞ야 업슈이 너기ᄂᆞ냐 샹이 ᄀᆞᆯ오ᄃᆡ 후ᄂᆞᆫ 노ᄒᆞ야 마ᄅᆞ쇼셔 소경이 묘당 대신으로 권을 잡아 위엄이 딤의 버금이라 태ᄌᆞ 졔왕이라도 임의로 쳐티ᄒᆞ리니 ᄒᆞ믈며 공쥐 그 슬하의 이셔 방ᄌᆞ히 싀아비를 슈욕ᄒᆞ고 지아비를 죽이려 ᄒᆞ니 그 죄 가ᄇᆡ야오리오 모ᄅᆞ미 공쥬를 살오려 ᄒᆞᆯ딘대 됴흔 말노 위로ᄒᆞ면 가커니와 만일 뎐도히 노ᄒᆞ면 반ᄃᆞ시 소경이 운셩과 공쥬를 아오로 죽이고 ᄉᆞᄉᆞ로 청죄ᄒᆞ리니 뎌ᄂᆞᆫ 범연ᄒᆞᆫ 신하와 ᄀᆞᆺ디 아니니 가ᄇᆡ야이 못ᄒᆞ리이다 드ᄃᆡ여 팔왕을 불너 나가 뎌를 ᄀᆡ유ᄒᆞ라 ᄒᆞ시고 비답을 ᄂᆞ리와 ᄀᆞᆯ오ᄃᆡ 딤의 ᄌᆞ식이 여ᄎᆞ 패악ᄒᆞ니 법은 인졍이 이실 곳이 아니라 경은 임

69면

의로 쳐티ᄒᆞ라 다만 운셩은 무죄ᄒᆞ니 용샤ᄒᆞ고 형시로 샹원위를 봉ᄒᆞᄂᆞ니 뎐굣티 말고 공쥬란 국법으로 다ᄉᆞ리라 ᄒᆞ니 소공이 뎐교를 듯ᄌᆞᆸ고 노긔 잠간 뎡ᄒᆞ니 사ᄅᆞᆷ으로 ᄒᆞ야곰 공쥬를 아직 본부 옥의 두고 금의부로 이문을 날회라 ᄒᆞ니라 각셜 묘당 대신이 소승샹의 공쥬 죽이랴 ᄒᆞᆷ을 듯고 다 놀나 셕공이 급히 니ᄅᆞ러 말녀 왈 현셰 ᄌᆞ쇼로 의리를 알니니 ᄒᆞᆷ믈며 가듕 셰쇄ᄒᆞ고 구챠ᄒᆞᆫ 일을 타인의게 들념즉디 아니코 쏘ᄒᆞᆫ 며ᄂᆞ리란 거시 비록 ᄌᆞ식이나 친싱과 다ᄅᆞ고 다시 공쥬는 금지옥엽이라 존ᄒᆞᆫ듸 국법을 쓰기 가티 아니ᄒᆞ고 쏘ᄒᆞᆫ 남ᄌᆞ와 다ᄅᆞ거ᄂᆞᆯ 엇딘 연고로 대신의 도리에 녀ᄌᆞ의 허물을 일워내야 가듕 무힝ᄒᆞᆷ을 만됴의 풍쟈ᄒᆞ고 과도ᄒᆞᆫ 거조를 ᄒᆞᄂᆞ뇨 승샹이 졍식 왈 명공이 쏘ᄒᆞᆫ 이 말ᄉᆞᆷᄒᆞ실 줄은 경의 싱각디 못ᄒᆞᆫ 배로다 내 비록 무식ᄒᆞ고 셩현셔를 통티 못ᄒᆞ나 잠간 녜의를 아ᄂᆞ니 가듕의 여러 ᄌᆞ뷔 이시나 만일 다른 며ᄂᆞ리 브도를 ᄒᆞᆯ딘대 쾌히 내티고 죠용히 졔어ᄒᆞ려니와 이는 그러티 못ᄒᆞ리니 뎌 공쥐 평일 긔괴ᄒᆞᆫ 거조는 임의 무궁ᄒᆞ니 가듕 샹해 그 흔단을 날ᄃᆞ

70면

려 니ᄅᆞ미 가히 측냥티 못ᄒᆞᄂᆞᆫ 조각이 만흐나 ᄂᆡ의 텬셩이 소탈ᄒᆞ므로뻐 도로혀 그니ᄅᆞᄂᆞᆫ사ᄅᆞᆷ을 ᄭᅮ짓고 ᄆᆞ음의 유의티 아니믄 가인과 신명이 아는 배라 공쥐 나죵은 그 지아비를 주기려 쐬를 ᄒᆞ다가 그 작법ᄒᆞ던 재 도로혀 죽으니 이 가히 강샹의 죄인이로듸 내 스ᄉᆞ로 혜오듸 임의 그 ᄯᅳᆺ이 되디 못ᄒᆞ야 셩이 죽디 아냐시니 엇디 이런 요괴로온 일을 개회ᄒᆞ리오 가듕인을 엄금ᄒᆞ야 구외예 내디 말나 ᄒᆞ고 모ᄅᆞᄂᆞᆫ 톄ᄒᆞ야 지어 강잉ᄒᆞ미 이 디경의 미쳣더니 공쥐 금일 내의 편모와 션친을 욕ᄒᆞ니 이 사ᄅᆞᆷ의 ᄒᆞ올 배 아니라 내 임의 위친발분ᄒᆞ야 며ᄂᆞ리를 죽이려 ᄒᆞ매 엇디 말닐 재 이시리오 며ᄂᆞ리 비록 친ᄌᆞ식과 다ᄅᆞ나 쏘ᄒᆞᆫ 슬해라 엇디 내의 댱듕의 잇디 아니며 가듕의 더러온 일을 타인의게 들니미 불가ᄒᆞ나 내 가듕의 집법 슈힝ᄒᆞ믄 가히 빙옥의 비겨도 붓그럽디 아니리니 공쥐 내 집을 더러이니 만일 ᄭᅮ지저 도라 보내나 반ᄃᆞ시 긴 혀를 놀녀 허언으로 춤소ᄒᆞᆯ딘대 님군이 엇디 듯디 아니시리오 이러틋 ᄒᆞ야 화근이 ᄌᆞ〃리니 쏘ᄒᆞᆫ 녀염 녀ᄌᆞ와 달나 후듸ᄒᆞ고 공경ᄒᆞᆯ 적은 극진ᄒᆞ려니와 쏘ᄒᆞᆫ 다ᄉᆞ릴 적은 등

71면

한이 못ᄒᆞ리니 엇디 금지옥엽이라 ᄒᆞ야 요ᄃᆡᄒᆞᆯ 배 이시리오 대댱뷔 되야 며ᄂᆞ리게 압두ᄒᆞ고 지어 션친과 편모를 욕먹인 후 오히려 ᄉᆡ리와 머리를 두며 져근 호의와 인졍을 두어 부모의 슈욕과 내 몸의 구〃ᄒᆞᆫ 거ᄉᆞᆯ 감심ᄒᆞ고 ᄉᆞᄉᆞ로 셩교의 더러온 거ᄉᆞᆯ 내디 말나 ᄒᆞ엿다 ᄒᆞ며 이 일을 깁히 곰출딘대 셩경지계 해롭디 아니며 후셰인으로 ᄒᆞ야곰 나의 용녈ᄒᆞᆷ을 ᄉᆞ짓디 아니리오 만일 사ᄅᆞᆷ이 날노ᄡᅥ 과도타 ᄒᆞᄂᆞᆫ 재 이시면 이ᄂᆞᆫ 부모를 혜디 아닛ᄂᆞᆫ 뉘라 셰샹 사ᄅᆞᆷ이 며ᄂᆞ리게 어버이 욕뵈고 위셰와 호의를 ᄡᅧ 입을 봉ᄒᆞᆯ 쟤 이시리오 나의 위친의 비로서 이 거죄 나시니 출히 과도탓 말을 드ᄅᆞᆯ디언뎡 구챠 용녈ᄒᆞ며 불효읫 사ᄅᆞᆷ이 되디 아니리니 고인은 부모 감지를 위ᄒᆞ야 ᄌᆞ식을 무더시니 ᄒᆞ믈며 나의 부모 욕ᄒᆞᄂᆞᆫ 슬하를 죽이려 ᄒᆞ미 엇디 불가ᄒᆞ리오 금일 명공의 ᄀᆞᄅᆞ치미 이에 니ᄅᆞ믄 ᄉᆡᆼ각디 못ᄒᆞᆫ 배라 감히 명을 밧ᄌᆞᆸ디 못ᄒᆞᄂᆞ이다 언필의 노긔 대발ᄒᆞ야 말을 졈〃 쾌히 ᄒᆞᄂᆞᆫ디라 셕공이 참괴ᄒᆞ야 도라가다 어시의 팔왕이 샹명을 밧ᄌᆞ와 소공으로 와 볼ᄉᆡ 소공이

72면

면싀의 노긔 어릐여 다만 샤례ᄒᆞ야 ᄀᆞᆯ오ᄃᆡ 혹ᄉᆡᆼ은 이 황족의 득죄ᄒᆞᆫ 사ᄅᆞᆷ이어ᄂᆞᆯ 대왕이 엇디 니ᄅᆞ러 보시ᄂᆞ니잇고 왕이 미쇼 왈 승샹이 국가 대신이라 엇디 져근 혐의로ᄡᅥ 이런 말을 ᄒᆞᄂᆞ뇨 소공이 묵연 브답이라 왕이 죵용히 ᄀᆞᆯ오ᄃᆡ 명현공쥬 [죄] 지으미 등한티 아니나 황샹 ᄂᆞᆺ출 보와 공이 샤티 못ᄒᆞᆯ소냐 소공이 팀음냥구의 ᄀᆞᆯ오ᄃᆡ 통ᄒᆞᆫᄒᆞᄂᆞᆫ 바ᄂᆞᆫ 신의 부모 욕ᄒᆞᆫ 일관을 능히 샤키 어려워 ᄒᆞᄂᆞ이다 왕이 웃고 ᄀᆞᆯ오ᄃᆡ 진실노 공의 말이 올커니와 엇디 가히 권되 업ᄉᆞ리오 샹이 임의 법을 허ᄒᆞ시매 공이 감격ᄒᆞᆫ 인졍을 두디 아니면 군신이 샹반ᄒᆞ리라 소공이 흔연히 웃고 칭샤 왈 족히 대왕의 명을 밧드럼즉 ᄒᆞᄃᆡ 일이 풍화의 관겨ᄒᆞ니 능히 존명을 봉승티 못ᄒᆞᆯ소이다 왕이 깃거 아냐 왈 과인의 니ᄅᆞᄂᆞᆫ 배 불가티 아니커ᄂᆞᆯ 명공이 쟝ᄎᆞᆺ 공쥬를 죽이고 어ᄂᆡ 면목으로 셩샹긔 됴회ᄒᆞ려 ᄒᆞᄂᆞ뇨 소공이 왈 혹ᄉᆡᆼ이 비록 잔약ᄒᆞ나 ᄐᆡ뎡삼ᄐᆡ예 이셔 강샹 죄인을 업시 ᄒᆞ고 님군긔 뵈오매 그 법을 므허ᄇᆞ리미 업ᄉᆞ리니 셩샹이 엇디 ᄉᆞ졍으로ᄡᅥ 신하를 칙ᄒᆞ시며 내 ᄯᅩᄒᆞᆫ 븟그러오미 이시리잇

73면

고 왕이 묵연ᄒᆞ야 말이 업서 도라가고 공이 졍히 형부 상셔를 불너 운셩과 공쥬의 죄예 눌뎐을 아라오라 ᄒᆞ고져 ᄒᆞ더니 당ᄌᆞ 운경이 드러와 ᄀᆞᆯ오ᄃᆡ 조모긔셔 대인긔 글을 브티시며 회보를 아라오라 ᄒᆞ시더이다 드ᄃᆡ여 ᄉᆞ매 가온대로셔 내야 밧드러 드리매 소공이 ᄲᆞᆯ니 ᄭᅮ러 두 손으로 바다 공경ᄒᆞ야 보매 다만 ᄡᅥ시ᄃᆡ 너의 일이 비록 올흐나 뎌의 인물은 네 샹시 아ᄂᆞᆫ 배라 엇디 족수ᄒᆞ리오 모ᄅᆞ미 노모의 말을 슌슈ᄒᆞ야 운셩을 노코 공쥬를 주기디 말나 ᄒᆞ얏더라 소공이 보기를 ᄆᆞᄎᆞ매 시러곰 거역디 못ᄒᆞᄂᆞᆫ디라 드ᄃᆡ여 머리를 수기고 팀음ᄒᆞ거ᄂᆞᆯ 구승샹이 알픠 나아와 ᄀᆞᆯ오ᄃᆡ 형의 도량이 엇디 듀뎌ᄒᆞᆯ 의ᄉᆡ 잇ᄂᆞ뇨 승샹이 드ᄃᆡ여 모친 글을 뵈고 왈 편모의 ᄀᆞᄅᆞ치시미 여ᄎᆞᄒᆞ니 쇼데 실노 거역디 못ᄒᆞᆯ디니 공쥬를 무ᄉᆞ히 노화 황친국족의 교만홈과 패악ᄒᆞᄆᆞᆯ 도으며 삼강법도를 프러 ᄇᆞ리미 아니리오 구공이 탄왈 인형은 닐은바 튱효대졀의 군ᄌᆡ로다 드ᄃᆡ여 권유 왈 녕존당 태부인은 ᄯᅩᄒᆞᆫ 통가슉딜지의 잇ᄂᆞ니 슉뫼 엇디 형을 그ᄅᆞᆫ 도로 ᄀᆞ

74면

ᄅᆞ치시리오 형은 모ᄅᆞ미 그 명을 조ᄎᆞ라 소공이 심히 쾌티 아니나 마디 못ᄒᆞ야 즉시 녕을 내여 운셩과 공쥬를 다 본부 옥듕의 가도고 죽이랴 ᄒᆞ던 의논을 그치니 칠팔 냥왕이 드러가 주ᄒᆞᆫ대 샹이 깃거ᄒᆞ더라 이ᄣᆡ 한샹셰 소공을 보아 ᄀᆞᆯ오ᄃᆡ 그ᄃᆡᄂᆞᆫ 가히 사ᄅᆞᆷ으로 ᄒᆞ야곰 의논ᄒᆞ기 어려온디라 공쥬와 운셩을 아오로 벌ᄒᆞ니 진실노 공졍군ᄌᆡ로다 소공이 문이브답ᄒᆞ고 ᄌᆞ운산의 도라오매 태부인이 승샹 힝ᄉᆡ 이 ᄀᆞᆺᄐᆞᄆᆞᆯ 보고 크게 아ᄅᆞᆷ다이 너겨 심듕의 두굿기더라 ᄎᆞ셜 명현공쥐 가도연 디 날이 오라ᄃᆡ 구ᄒᆞ리 업ᄂᆞᆫ 고로 크게 노ᄒᆞ야 옥듕의셔 ᄭᅮ짓ᄂᆞᆫ 말이 다 승샹을 욕ᄒᆞᄂᆞᆫ 배러니 십여 일이 되니 괴롭기 심ᄒᆞ고 ᄆᆞᄎᆞᆷ내 위로ᄒᆞᆯ 재 업ᄂᆞᆫ디라 친히 옥니를 불너 ᄀᆞᆯ오ᄃᆡ 내 궁듕 시녜 쳔여 인이라 엇딘 연고로 날을 와 보디 아닛ᄂᆞ요 가히 부ᄅᆞ라 옥니 즉시 시녀로 브ᄅᆞ니 보모 냥시 심복 수 인으로 더브러 이에 니ᄅᆞ러 서ᄅᆞ 븟들고 통곡ᄒᆞ더니 공쥐 문왈 셩샹과 낭〃이 엇딘 연고로 날을 구티 아니시ᄂᆞ뇨 보뫼 가슴을 두ᄃᆞ려 왈 공쥐 계교를 일허 하옥ᄒᆞ신 후 소승샹이 네부의 법을 샹

75면

고ᄒᆞ고 형부의 뉼뎐을 아라 지아비를 죽이려 ᄒᆞ며 ᄉᆡ아비를 슈욕ᄒᆞ랴 ᄒᆞᆫ다 ᄒᆞ니 만뫼 결구ᄒᆞ고 황샹이 쏘ᄒᆞᆫ 말니디 못ᄒᆞ시ᄃᆡ 뎨 엇디 ᄉᆡᆼ각ᄒᆞᆫ디 옥쥬를 금의옥의 이문ᄒᆞ믈 날회고 쏘 부마를 잡아 뎡위예 가도니 조만의 옥쥬를 죽이고 부마ᄂᆞᆫ 불과 형뎡ᄒᆞ야 노흘디니 뎌의 ᄒᆞᄂᆞᆫ 일이 광명졍대ᄒᆞ니 우흐로 님군과 아래로 ᄇᆡᆨ관이 말을 아니커든 우리 쟝ᄎᆞᆺ 엇디ᄒᆞ리오 아모리 낭〃이 노ᄒᆞ야 ᄒᆞ시고 옥쥬를 구ᄒᆞ려 ᄒᆞ셔도 셩샹이 요동티 아니샤 ᄇᆞ려두시니 우리 샹시 밋ᄂᆞᆫ 배 황샹분이어ᄂᆞᆯ 샹이 구티 아니시니 엇디 볼 일이 이시리오 공쥐 텽필의 ᄒᆞᆫ 소ᄅᆡ를 디ᄅᆞ고 혼졀ᄒᆞ니 좌위 계유 구ᄒᆞ야 ᄭᆡ오니 크게 ᄭᅮ지저 왈 소경 필부를 죽이디 아니면 엇디 셜ᄒᆞᆫᄒᆞ리오 뎨휘 므ᄉᆞᆫ ᄯᅳ스로 구티 아니신다 ᄒᆞ더뇨 보뫼 왈 잠간 드ᄅᆞ니 황샹이 ᄒᆞ시ᄃᆡ 공쥬를 구ᄒᆞ려 ᄒᆞᆯ딘대 소경을 됴히 ᄃᆡ졉ᄒᆞ리라 ᄒᆞ시고 뎌의 샹소 비답의도 ᄆᆞ음대로 ᄒᆞ라 ᄒᆞ야 겨시다 ᄒᆞ더이다 공쥐 왈 제 므ᄉᆞᆷ 단약으로 날 죽이리오 연이나 옥듕이 누추ᄒᆞ고 황냥ᄒᆞ니

76면

내 ᄎᆞ마 머므디 못ᄒᆞᆯ디라 임의 셩샹과 낭〃이 구티 아니실딘대 쟝ᄎᆞᆺ 엇디ᄒᆞ리오 내 다시 ᄉᆡᆼ각ᄒᆞ니 샹부 한시ᄂᆞᆫ 식견이 광대ᄒᆞᆫ디라 보뫼 ᄊᆡᆺ니 가 보고 구원지계를 쳥ᄒᆞ라 보뫼 쏘ᄒᆞᆫ 츈몽이 ᄭᆡᆫ ᄃᆞᆺᄒᆞ야 즉시 나와 감히 교ᄌᆞ를 ᄐᆞ디 못ᄒᆞ고 평안ᄒᆞᆫ 말을 타 급피 한어ᄉᆡ 집을 ᄎᆞ자 이에 한샹궁긔 명함 드리니 한시 보모의 와시믈 듯고 ᄉᆡᆼ각ᄒᆞᄃᆡ 내 이리 완 디 일 년이 진ᄒᆞᄃᆡ 공쥐 사ᄅᆞᆷ 보내여 존문ᄒᆞ미 업더니 이졔 믄득 보뫼 니ᄅᆞ러시니 반ᄃᆞ시 큰 연괴 잇도다 ᄒᆞ고 사ᄅᆞᆷ으로 ᄒᆞ야곰 쳥ᄒᆞ야 듕당의 니ᄅᆞ니 보뫼 듕계예셔 녜를 ᄆᆞᄎᆞ매 한시 ᄉᆞ양 왈 노신이 이제ᄂᆞᆫ 셰샹을 긋고 궁인의 직품이 업ᄉᆞ니 엇디 그ᄃᆡ의 공경ᄒᆞᄂᆞᆫ 녜를 바드리오 드ᄃᆡ여 잠간 읍ᄒᆞ야 답녜ᄒᆞ고 좌를 주어 안친 후 문왈 나는 산야의 늘근 녀인이라 귀궁을 하딕ᄒᆞ므로브터 삭발위니ᄒᆞ고 니고의 무리 되고져 ᄒᆞ나 신톄발부를 샹ᄒᆡ와 셩인의 교훈을 져ᄇᆞ리미 가티 아닌 고로 동ᄉᆡᆼ의게 의탁ᄒᆞ야 텬변을 제교ᄒᆞ매 문이 이시나 덧〃이 닷겨 일 년이 진ᄒᆞᄃᆡ 무를 사ᄅᆞᆷ이 업더니 그ᄃᆡ ᄎᆞᄌᆞ믈 어드니 반가온

77면

듕 옥주의 얼굴을 보ᄋᆞᆸᄂᆞᆫᄃᆞᆺ 샹감ᄒᆞ믈 이긔디 못ᄒᆞᄂᆞ니 엇디 거츤 ᄯᅡ히 니ᄅᆞ럿ᄂᆞ뇨

보뫼 피셕 딕왈 샹공이 이리 오신 후 쳔인이 명함 드리미 좃고져 원이로딕 일지 쳔연 ᄒᆞ더니 대환을 만나 옥쥬 위틱ᄒᆞ시미 도현의 급홈 굿ᄐᆞ니라 삼가 쳔인을 명ᄒᆞ야 샹 궁긔 보신지칙을 구ᄒᆞ시더이다 한시 놀나 왈 므슴 환이 잇ᄂᆞ뇨 보뫼 드딕여 슈말을 ᄌᆞ시 고ᄒᆞᆫ대 기리 탄식 왈 [사름]이 덕을 ᄇᆞ리고 악을 졉홀딘대 엇디 평안ᄒᆞ리오 공쥬 샹시 셩되 조급ᄒᆞᆫ딕 너히 등이 어디리 돕디 아니니 이 환을 어더 겨신디라 너ᄂᆞᆫ 쌜니 도라가 만젼지계를 ᄉᆡᆼ각ᄒᆞ야 쥬를 도으라 내 졍신 의ᄉᆡ 쇠모ᄒᆞ야 셰쇽 물의를 니저 시니 엇디 이 환을 풀 계괴 이시리오 보뫼 텽파의 황망이 머리 조아 ᄀᆞᆯ오딕 쇼인이 옥쥬의 명을 밧ᄌᆞ와 이에 니ᄅᆞ믄 노샹궁의 ᄀᆞᄅᆞ치시믈 원ᄒᆞ더니 만일 이러틋 ᄒᆞ실딘 대 쳔인이 쟝ᄎᆞᆺ 도라가 옥쥬긔 므어시라 알외리오 ᄇᆞ라건대 샹궁은 십여 년 옥쥬 ᄉᆞ 랑ᄒᆞ시고 교훈ᄒᆞ던 졍의를 ᄉᆡᆼ각ᄒᆞ야 옥쥬의 곤액을 구ᄒᆞ쇼셔 한시 팀음냥구의 필연 을 나와 셔간 초 석

78면

댱을 지어 보모를 주고 닐오딕 네 가히 옥쥬긔 드리고 ᄀᆞᆯ오딕 노쳡이 궁듕을 써나므 로브터 ᄆᆞ양 존안을 ᄉᆡᆼ각고 슬허ᄒᆞ더니 듕익을 어더 하옥ᄒᆞ시믈 드ᄅᆞ니 ᄆᆞ음이 ᄇᆞ아 디ᄂᆞᆫ 둧ᄒᆞᆫ디라 됴ᄒᆞᆫ 계교를 ᄉᆡᆼ각디 못ᄒᆞ니 삼가 셔의ᄒᆞᆫ 말슴으로 초 잡아 보내옵ᄂᆞ 니 옥쥬 가히 이대로 졍셔ᄒᆞ야 부마와 승샹과 태부인긔 샤죄ᄒᆞ시면 노히미 여반장이 어니와 만일 듯디 아니시고 구챠히 너겨 분연ᄒᆞᆫ 뜻을 샹셔의 둘딘대 뎡ᄒᆞ야 옥쥬 삼 년 괴로오믈 바드시리니 모ᄅᆞ미 샹심ᄒᆞ쇼셔 뎐ᄒᆞ라 보뫼 돈슈샤례ᄒᆞ고 급히 도라와 공쥬를 보고 슈말을 ᄌᆞ시 니ᄅᆞ고 글초를 드리니 공쥐 보고 싸히 더뎌 왈 내 출히 죽 을디언뎡 구챠히 비디 못ᄒᆞ리로다 보뫼 ᄌᆡ삼 말녀 드딕여 졍초ᄒᆞ야 몬져 부마의 가 티인 옥듕의 니ᄅᆞ니 부매 거적을 셜고 관을 벗고 풀흘 베고 늑도셔를 외오거ᄂᆞᆯ 보뫼 황망이 ᄉᆞ려 공쥬의 셔간을 밧드러 뎐ᄒᆞ니 ᄉᆡᆼ이 박ᄎᆞ고 보디 아니ᄒᆞ거ᄂᆞᆯ 보뫼 무안 이 퇴ᄒᆞ야 졍당으로 드러가니 승샹이 태부인을 뫼셔 좌를 일웟거ᄂᆞᆯ 보뫼 드딕여 부 인긔와 승샹긔 글을 올

79면

니니 승샹이 믄득 놀나 말을 아니코 태부인이 쏘ᄒᆞᆫ 그 셔간을 보매 노ᄉᆡᆨ이 프러뎌 서 ᄅᆞ 보며 고이히 너기니 소부인이 나아가 보고 쇼왈 이 ᄌᆡ조ᄂᆞᆫ 태혹사의 가ᄒᆞ도다 드

되여 위시를 [불너 골오되] 모친이 ᄌᆞ시 보디 못ᄒᆞ야 겨시니 그ᄃᆡ 가히 닑으라 위시 승명ᄒᆞ매 화부인이 ᄯᅩ한 ᄌᆡ촉ᄒᆞᄂᆞᆫ디라 위시 거역디 못ᄒᆞ야 ᄂᆞᄌᆞ기 나아가 상머리의 술매 졔 쇼년이 벌 뭉긔듯 모드니 승상이 깃거 아니나 태부인이 말닐 일이 업고 ᄯᅩ 소부인의 일이라 줌〃ᄒᆞ엿더니 위시 화젼을 펴고 쳥음을 여러 닑으니 그 ᄉᆞ의 왈 죄쳡 됴시는 빅빅고두ᄒᆞ고 삼가 일봉 샹셔로뻐 존구 대인 안젼의 고ᄒᆞᄋᆞᆸᄂᆞ니 복념 쇼쳡은 궁듕의 ᄌᆞ라 ᄯᅳᆺ 가지믄 놉고 녜법은 미처 아디 못ᄒᆞᄂᆞᆫ디라 다만 어린 ᄯᅳᆺ의 혜오ᄃᆡ 뉘 감히 날을 업슈이 너기리오 ᄒᆞ므로뻐 이제 쟉품을 욕 먹이고 님군을 무안킈 ᄒᆞ니 이 죄는 실노 삼싱의 쇽기 어렵도소이다 쳡의 지은 죄는 진실노 ᄉᆞ죄를 바드미 본ᄃᆡ 올흐ᄃᆡ 힝혀 대인의 슬하 ᄌᆞᄋᆡ지덕과 존문의 용샤ᄒᆞ시므로 여러 날 셰샹의 머므오니

80면

ᄯᅩ흔 은덕이 젹디 아니랴 연이나 그ᄋᆞᆨ이 ᄉᆡᆼ각ᄒᆞ니 쳡의 죄는 만ᄉᆞ유경이니 죽이거든 쾌히 벌을 ᄂᆞ리오고 ᄯᅩ 만일 일명을 용샤코져 ᄒᆞ실딘대 뎡비를 뎡ᄒᆞ시면 진실노 가흔디라 이제 옥듕의 여러 날 이시매 텬일을 보디 못ᄒᆞ고 괴로이 투ᄉᆡᆼᄒᆞ야 사ᄅᆞᆷ을 보매 붓그러오미 듕여산이라 쾌히 죽음만 ᄀᆞᆺ디 못ᄒᆞ니 대인이 만일 ᄋᆞ녀ᄌᆞ의 졍을 뉴렴ᄒᆞ야 ᄒᆞᆫ 그릇 약을 주시면 힝심이오 인ᄒᆞ야 쳡의 혀를 ᄲᅡ혀 쳔고 강상을 ᄇᆞᆰ히시며 만고 브효읫 죄인을 경계ᄒᆞ쇼셔 됴희를 님ᄒᆞ매 황〃슈괴ᄒᆞ고 불승진뉼ᄒᆞ니 무언ᄉᆞ죄 감쳥이라 ᄒᆞ엿더라 모다 듯고 비록 의심ᄒᆞ나 다 줌〃ᄒᆞ엿더니 태부인이 닐오ᄃᆡ 명현공쥬는 셩샹의 통녜라 비록 실톄ᄒᆞ미 이시나 관샤ᄒᆞᄂᆞᆫ 도리 이시리니 오ᄋᆞᄂᆞᆫ 능히 아는다 승샹이 ᄃᆡ왈 태〃 명대로 ᄒᆞ리이다 드ᄃᆡ여 시녀 수인으로 ᄒᆞ야곰 공쥬를 샤ᄒᆞ야 그리로셔 본궁으로 바로 ᄃᆞ려가라 ᄒᆞ고 사ᄅᆞᆷ으로 명현궁 협문을 막으니 공쥬 도라간 삼일 만의 운셩을 노흐니 모든 형뎨 서ᄅᆞ 기롱

81면

ᄒᆞ야 왈 샤뎨는 가히 괴로온 인ᄉᆡᆼ이라 엇디 부인의 연고로 두 번 하옥ᄒᆞᄂᆞᆫ 디경의 잇ᄂᆞ뇨 ᄉᆡᆼ이 쇼왈 나의 팔ᄌᆡ 본ᄃᆡ 세 번 옥듕을 보고 올디니 오히려 ᄒᆞᆫ 번 나맛다 ᄒᆞ니 모다 크게 웃더라 공쥐 도라간 칠일 만의 구고긔 쳥죄ᄒᆞᄂᆞᆫ 일이 업ᄉᆞ며 사ᄅᆞᆷ으로 ᄒᆞ야곰 한샹궁게 샤례ᄒᆞ니 샹궁이 ᄂᆡ인을 ᄃᆡᄒᆞ야 무러 왈 옥쥐 승샹부의 쳥죄ᄒᆞ시냐

닉인 왈 승샹이 바로 궁으로 가라 ᄒᆞ고 협문을 막으니 옥쥐 ᄯᅩᄒᆞᆫ 분연ᄒᆞ야 서ᄅᆞ 통티 아냣ᄂᆞ이다 한시 발 굴너 ᄀᆞᆯ오ᄃᆡ 보모 냥시는 이 금쉬로다 엇디ᄒᆞ야는 쥬인 돕기를 이 디경의 잇ᄂᆞ뇨 궁녜 놀나 연고를 무른대 샹궁 왈 이 다른 연괴 아니라 승샹이 공쥬를 깁히 거절ᄒᆞ야 츌부를 뮌ᄃᆞ노라 문을 막고 노흘 제 불너 보디 아니미 이 곳 샹명을 밧드러 형시를 ᄃᆞ려와 부마의 샹원을 뎡ᄒᆞ고 부매 그 가듕의셔 다시 형시로 더브러 금슬이 화락ᄒᆞᆫ즉 공쥐 내티인 녀ᄌᆡ 되야 소부를 긋고 비디 아닐수록 뎨 더옥 다힝ᄒᆞ야 옥쥬의 자최와 소문을 듯디 아니코 즐기리니 엇디 긔탄ᄒᆞ며 슈렴ᄒᆞ미 이시리오 일노조차 옥쥬의 평ᄉᆡᆼ이 빅두음

82면

을 외오리니 비록 당문의 외로오미 이셔 능운부를 지으나 뎌의 부ᄌᆞ는 이 텰신 금심이라 엇디 다시 뎡ᄒᆞᆫ ᄯᅳᆺ을 고티리오 젼일은 비록 박ᄃᆡᄒᆞ나 오히려 부마의 자최 일망의 두 번 오미 잇고 소부 샹해 공경ᄒᆞ고 후ᄃᆡᄒᆞ던디라 이제 옥쥐 분ᄒᆞᆫ으로 뎌를 좃시 그ᄎᆞ매 엇디 츌뷔 되게 아니리오 네 모ᄅᆞ미 내 말노ᄡᅧ 회보ᄒᆞ라 궁녜 ᄯᅩᄒᆞᆫ 과연ᄒᆞ야 도라와 공쥬를 보고 슈말을 ᄌᆞ시 뎐ᄒᆞ니 공쥐 텽파의 대경 왈 만일 이럴딘대 쟝ᄎᆞᆺ 엇디ᄒᆞ리오 궁녜 ᄯᅩ 고ᄒᆞᄃᆡ 가히 승샹부의 가 청죄ᄒᆞ쇼셔 ᄒᆞ시더이다 공쥐 과연히 너겨 이에 소부의 니ᄅᆞ러 문 밧긔셔 죄를 청ᄒᆞ니 소공이 깃거 아냐 ᄀᆞᆯ오ᄃᆡ 내 집은 포의지개라 엇디 금지옥엽의 문밧긔셔 ᄃᆡ죄ᄒᆞ미 이시리오 ᄲᆞᆯ니 도라가 쇼셔ᄒᆞ라 소부인과 셕패 지삼 ᄀᆡ유ᄒᆞ야 불너 보기를 니ᄅᆞ니 승샹이 ᄯᅩᄒᆞᆫ 일편된 집법이 업는 고로 청ᄒᆞ야 셔ᄅᆞ 볼ᄉᆡ 안ᄉᆡᆨ이 쥰절ᄒᆞ야 은근ᄒᆞᆫ 빗치 업ᄉᆞ니 원ᄂᆡ 소공이 모친 알핀셔는 스ᄉᆞ로 긔운과 ᄂᆞᆺ빗출 ᄀᆞ다듬아 화열ᄒᆞᆫ ᄉᆞᆨ식을 ᄌᆞ아내나 그 마음은 셜상 ᄀᆞᆺ고 외모는 츄월 ᄀᆞ툰디라 므ᄅᆞᆺ 졔ᄌᆞ를 ᄃᆡᄒᆞ며 부인과 가

83면

인을 본즉 본 긔ᄉᆡᆨ을 짓디 못ᄒᆞ기로 ᄡᅧ 일향 ᄉᆡᆨ〃ᄒᆞ야 드리미러 말 브티기 어렵고 ᄯᅩᄒᆞᆫ ᄌᆞ식과 며ᄂᆞ리 ᄉᆞ랑ᄒᆞ미 극ᄒᆞᄃᆡ 말숨이 젹은 고로 일즉 죠용히 ᄃᆞ리고 셜화ᄒᆞ미 업는디라 다만 잇다감 ᄒᆞ는 말숨이 만인을 물니티고 혹 화슌ᄒᆞ므로ᄡᅧ ᄌᆞ부의게 은의를 기텰 적은 감격ᄒᆞ미 텰골ᄒᆞ매 미ᄎᆞ며 ᄯᅩᄒᆞᆫ 녀ᄌᆞ의 허물과 흔단을 셰쇄히 보디 아냐 간츔ᄒᆞ는 사름을 ᄭᅮ짓고 유의티 아니니 ᄒᆞ믈며 공쥬는 더욱 위곡 은근ᄒᆞ던디라

쇼무신의 져주ᄒᆞ미 임의 불기 안 배로ᄃᆡ 스ᄉᆞ로 눈의 명〃히 보디 못ᄒᆞᆫ 배라 ᄒᆞ야 발언ᄒᆞ야 죄를 일우디 아냣다가 공쥬 부모를 욕ᄒᆞᆷ을 친히 드ᄅᆞ므로뻐 크게 그릇 너겨 임의 미안ᄒᆞᆫ 뜻을 뎡ᄒᆞ니 엇디 고티미 이시리오 ᄒᆞᆫ 조각 위로ᄒᆞᄂᆞᆫ 말을 내디 아니니 태부인이 강잉ᄒᆞ야 웃고 샤례 왈 노신이 ᄌᆞ손을 어디리 ᄀᆞᄅᆞ치디 못ᄒᆞ므로뻐 공쥬 평싱이 불힝ᄒᆞ니 샹감ᄒᆞᆷ을 이긔디 못거이다 공쥬 피셕 사죄ᄒᆞ야 말을 일우니 언에 슌편ᄒᆞ야 녯 긔식이 젹은디라 공쥬 도라간 후 소부인이 셕파로 더브러 칭복 왈 현뎨ᄂᆞᆫ 진실노 군지라 우리 등이 평일 공쥬를 빅가지로 빅

84면

쳑ᄒᆞ야 닐오ᄃᆡ 시러곰 ᄒᆞᆯ 일이 업고 그ᄃᆡ 또ᄒᆞᆫ ᄀᆡ구ᄒᆞ야 드른 톄를 아니터니 ᄒᆞᆫ 번 의논과 노긔 발ᄒᆞ매 뎌 발부를 졔어ᄒᆞ니 긔특디 아니리오 승샹이 쇼이브답이러라 ᄎᆞ후 공쥬 삼 일의 ᄒᆞᆫ 번식 문안ᄒᆞ고 구괴 또ᄒᆞᆫ ᄃᆡ졉이 젼과 ᄀᆞᆺᄐᆞᄃᆡ 운셩이 날노 ᄆᆡ믈ᄒᆞ며 또ᄒᆞᆫ 형부인을 ᄃᆞ려 오고져 ᄒᆞ니 소공이 ᄀᆞᆯ오ᄃᆡ 가티 아니ᄒᆞ니 싱심도 ᄃᆞ려 올 계교 말고 네 또 강뎡의 가디 말나 싱은 곳 대댱뷔라 임의 공쥬를 졔어하고 형시로 녜위를 주며 냥지 이시니 평싱 ᄒᆞᆫ이 프러딘디라 십분 환희ᄒᆞ니 ᄉᆞ경의 권년ᄒᆞᆷ을 긋치고 ᄎᆞ후ᄂᆞᆫ 부명을 승슌ᄒᆞ야 수 월의 다ᄃᆞᄅᆞ매 셕부인이 싱을 불너 칙ᄒᆞᄃᆡ 공쥬 비록 무상ᄒᆞ나 또ᄒᆞᆫ 너의 편벽ᄒᆞ므로뻐 녀ᄌᆞ의 원이 니러나 그른 곳의 ᄲᆞ디니 이 엇디 대댱부의 ᄒᆞᆯ 배리오 네 모ᄅᆞ미 ᄌᆞ협ᄒᆞᆫ 거ᄉᆞᆯ ᄌᆞ칙ᄒᆞ고 ᄋᆞ녀ᄌᆞ의 일싱을 그릇 ᄆᆞᆫᄃᆞ디 말고 금일노브터 뎌를 관ᄃᆡᄒᆞ야 님군의 은혜를 싱각ᄒᆞ라 만일 거역ᄒᆞᆯ딘대 오ᄂᆞᆯ브터 너를 ᄌᆞ식이라 일ᄏᆞ라 보디 아니리라 싱이 돈슈지비 왈 쇼ᄌᆡ 비록 무상ᄒᆞ나 ᄌᆞ괴 이러ᄐᆞᆺ ᄒᆞ시니 엇디 거역ᄒᆞ리잇고 드ᄃᆡ여 니러 명

85면

현궁의 니ᄅᆞ니 공쥬 싱을 보고 대로ᄒᆞ야 크게 ᄭᅮ지저 왈 널로 더브러 므ᄉᆞᆷ 원쉬 잇관ᄃᆡ 박ᄃᆡᄒᆞ미 이 디경의 미첫ᄂᆞ뇨 내 반ᄃᆞ시 너의 고기를 뎜〃이 먹은 후 그치리라 싱이 작ᄉᆡᆨ고 다시 말을 아니코 나가니라 공쥬 분ᄒᆞᆫ이 무궁ᄒᆞ야 병드러 누으니 칠왕이 친히 니ᄅᆞ러 보고 의약을 브즈러니 ᄒᆞ며 ᄂᆡ시와 어의 듀야 긋디 아니나 엇디 병이 됴흐리오 뎨휘 근심ᄒᆞ야 식음을 폐ᄒᆞ시니 소부매 ᄆᆞᄋᆞᆷ의 또ᄒᆞᆫ 싱각ᄒᆞ되 뎨 만일 죽을딘대 그 평싱이 엇디 잔잉티 아니리오 ᄒᆞ야 ᄒᆞᆯᄂᆞᆫ 촉을 혀고 날회여 거러 병소의 니ᄅᆞ

니 궁인은 삼버ᄃᆞᆺ ᄒᆞ얏고 공쥐 금〃의 ᄡᆞ여시니 용안이 수쳑ᄒᆞ고 병셰 위악ᄒᆞ니 비록 샹시 박ᄃᆡᄒᆞ미 극ᄒᆞ나 본ᄃᆡ ᄆᆞ음이 관인ᄒᆞᆫ 고로 믄득 츄연ᄒᆞᆫ ᄆᆞ음이 발ᄒᆞ니 평ᄉᆡᆼ 처엄으로 갓가이 안자 안ᄉᆡᆨ을 온화히 ᄒᆞ고 소ᄅᆡ를 ᄂᆞᄌᆞ기 ᄒᆞ야 문왈 수일 ᄉᆞ이는 병톄 엇더ᄒᆞ시니잇가 공쥐 믄득 노ᄒᆞ야 알ᄑᆡ 노흔 바 텰여의를 잡아 분녁ᄒᆞ야 티니 ᄉᆡᆼ이 임의 마ᄌᆞᆫ디라 블연 변ᄉᆡᆨ 왈 내 진실노 어린디라 공쥬ᄂᆞᆫ 날을 죽이라 ᄒᆞ거ᄂᆞᆯ 내 드러와 문병으로 임의 위의를 일허시니 엇디 녀ᄌᆞ의 챵궐ᄒᆞ믈

86면

ᄒᆞᆫᄒᆞ리오 드ᄃᆡ여 ᄉᆞ매를 ᄯᅥᆯ티고 나가니 시위인이 다 차악ᄒᆞ야 공쥬를 애ᄃᆞᆯ와ᄒᆞ더라 ᄎᆞ후ᄂᆞᆫ 공쥐 날노 위ᄐᆡᆨᄒᆞ야 사디 못ᄒᆞ게 되ᄃᆡ 부매 다시 뭇디 못ᄒᆞᄂᆞᆫ디라 셕부인이 대ᄎᆡᆨᄒᆞ니 ᄉᆡᆼ이 ᄀᆞᆯ오ᄃᆡ 모친도 혜여보쇼셔 쇼ᄌᆡ 두 번 드러갓다가 뎌의 즐타ᄒᆞ믈 닙어 견패주ᄒᆞ얏ᄂᆞ니 아모린들 ᄯᅩ 어이 드러가리잇가 부인 왈 너는 당뷔라 엇디 ᄋᆞ녀ᄌᆞ를 족수ᄒᆞ야 죄 주미 이시리오 네 임의 두 번 드러가시니 능히 세 번을 드러가 보디 못ᄒᆞᆯ소냐 화부인이 ᄯᅩᄒᆞᆫ 쇼왈 공쥔들 네 ᄃᆡ졉 곳 잘 ᄒᆞ면 뎌 원심이 나디 아니리니 너ᄂᆞᆫ 모ᄅᆞ미 뎌 원이 감화토록 ᄒᆞ미 올흐니라 셕패 ᄯᅩ 찬주 왈 부마의 힝지 심히 믜오니 공쥐 엇디 ᄒᆞᆫ티 아니리오 공쥐 오히려 어디러 그만 ᄒᆞ얏ᄂᆞ니 만일 사오나올딘대 텰여의로 삼ᄇᆡᆨ만 틸낫다 ᄉᆡᆼ이 대쇼ᄒᆞ고 좌듕이 다 웃더라 ᄉᆡᆼ이 인ᄒᆞ야 ᄉᆞᆯ오ᄃᆡ 두 모친과 셕조뫼 이러ᄐᆞᆺ ᄒᆞ시니 이 ᄯᅩᄒᆞᆫ 부인 여ᄌᆡ시므로 공쥬의 흔단을 오히려 모ᄅᆞ시미로다 내 만일 과도ᄒᆞᆯ딘대 야애 엇디 권유티 아니시리오마ᄂᆞᆫ 아직 야〃ᄂᆞᆫ 니ᄅᆞ디 아니시니 쇼ᄌᆞ의 일이 그ᄅᆞ디 아닌가 ᄒᆞᆸ거니와 모친의 말ᄉᆞᆷ이 이러ᄐᆞᆺ ᄒᆞ시니 ᄒᆞᆫ 번 가 문병ᄒᆞ

87면

리이다 두 부인이 웃고 그 슌효ᄒᆞ믈 두굿기더라 ᄉᆡᆼ이 인ᄒᆞ야 ᄎᆞ일야의 칠왕이 오디 아냐 겨시거ᄂᆞᆯ ᄢᅢ를 타 공쥬의 침연의 니ᄅᆞ니 병셰 뎌적도곤 듕ᄒᆞᆫ디라 나아가 금〃을 헤티고 머리를 딥허 왈 쇼ᄉᆡᆼ이 ᄯᅩ 공쥬ᄭᅴ 매 마ᄌᆞ랴 왓ᄂᆞ이다 연이나 수십일 ᄉᆞ이 병셰 이대도록 듕ᄒᆞ시니잇가 공쥐 눈을 드러 부마를 보고 다만 겻ᄐᆡ ᄎᆞᄂᆞᆫ 칼히 노혀시믈 보매 ᄒᆞᆫ 손으로 부마의 ᄉᆞ매를 잡고 ᄒᆞᆫ 손으로 칼흘 드러 바로 ᄂᆞᆺ출 향ᄒᆞ야 디ᄅᆞ니 ᄉᆡᆼ이 창졸의 이변을 만난디라 다만 황망이 ᄂᆞᆲ더셔매 공쥐 그 ᄉᆞ매를 구디 잡고

쏠와 니러셔며 칼노뻐 나와 다 디ᄅᆞ니 ᄉᆡᆼ이 심듕의 대로ᄒᆞ되 뎨 임의 병이 듕ᄒᆞ고 ᄯᅩ ᄌᆞ가의 ᄆᆡ몰ᄒᆞ므로뻐 뎌의 ᄆᆞ음이 실셩ᄒᆞᆷ을 아는디라 신ᄉᆡᆨ을 강잉ᄒᆞ야 손으로뻐 칼흘 앗고 ᄉᆞ매를 ᄆᆡ티고 밧그로 나간 후ᄂᆞᆫ 비록 칠왕이 ᄃᆞ리고 드러가려 ᄒᆞ셔도 ᄉᆡᆼ이 ᄉᆞ양 왈 공쥐 신 곳 보시면 반ᄃᆞ시 죽이려 ᄒᆞ시니 신이 ᄎᆞ마 드러가디 못ᄒᆞ리로소이다 왕이 묵연ᄒᆞ야 다시 권티 아니터라 공쥐 병이 위틱ᄒᆞ야 죽기를 님ᄒᆞ매 셕부인이 친히 가보고 소공이 ᄯᅩᄒᆞᆫ 드러가[보]매 심하이 잔잉히 너

88면

겨 그 패악ᄒᆞᆫ 죄를 샤ᄒᆞ고 좌우로 ᄒᆞ야곰 운셩을 부ᄅᆞ니 ᄉᆡᆼ이 오디 아니코 쳥죄 왈 공쥐ᄂᆞᆫ 이 곳 쇼ᄌᆞ의 슈인이라 엇디 ᄎᆞ마 서ᄅᆞ 보리잇고 승샹이 텽파의 외당의 나와 칙ᄒᆞ되 네 젼일노 인ᄒᆞ야 사ᄅᆞᆷ이 죽어가ᄂᆞᆫᄃᆡ 드러가 보디 아닛ᄂᆞ냐 ᄉᆡᆼ이 ᄌᆡᄇᆡᄒᆞ고 드ᄃᆡ여 세 번 드러갓다가 나온 곡졀을 고ᄒᆞ니 소공이 경왈 내 그ᄅᆞᆺ 알고 아ᄒᆡ를 칙ᄒᆞ과라 ᄒᆞ더라 공쥐 님죵의 칠왕이 그 손을 잡고 눈물을 흘녀 문왈 현ᄆᆡ 가히 니를 말이 잇ᄂᆞ냐 공쥐 답왈 쳡이 다른 연괴 업ᄉᆞᄃᆡ 다만 원ᄒᆞᄂᆞᆫ 바ᄂᆞᆫ 소운셩과 형시의 머리를 버혀 져재 거리예 호령ᄒᆞ면 죽어 즐거온 녕혼이 되리로소이다 언필의 망ᄒᆞ니 츈취 십구셰라 칠왕이 실셩 통곡ᄒᆞ고 궁듕의 곡셩이 텬디를 움즉이더라 습염ᄒᆞ기를 당ᄒᆞ야 왕이 그 손을 잡고 우다가 믄득 보니 공쥐 우 비샹의 잉도 일ᄆᆡ 가ᄉᆡ디 아냣ᄂᆞᆫ디라 왕이 대경ᄒᆞ더니 ᄯᅩᄒᆞᆫ 탄ᄒᆞ야 ᄀᆞᆯ오ᄃᆡ 공쥐 비록 그ᄅᆞ미 만흐나 운셩이 엇디 이대도록 ᄒᆞ리오 이를 조차 소ᄉᆡᆼ을 십분 그ᄅᆞᆺ 너기더라 이ᄣᅢ 승샹은 그 조요ᄒᆞᆷ을 차목히 너기고 모든 부인과 소년이 비록 평일의 우

89면

이 너기고 괴로워 ᄒᆞ나 그 죽으믈 보매ᄂᆞᆫ 다 눈물을 ᄂᆞ리오니 그 인심이 어딜미 이 ᄀᆞᆺᄐᆞ되 부매 죠곰도 쳑연ᄒᆞᆫ 빗치 업서 도로혀 화열ᄒᆞ니 화셕 두 부인이 칙ᄒᆞᄃᆡ 사ᄅᆞᆷ의 인졍이 엇디 이대도록 ᄆᆡ몰ᄒᆞ리오 진실노 못 쁠 거시로다 ᄉᆡᆼ이 ᄯᅩᄒᆞᆫ 우으며 ᄀᆞᆯ오ᄃᆡ 오긔와 요군쇠 그 쳐자를 ᄡᅩ아 죽이니 그 쳐ᄌᆡ ᄆᆞᄉᆞᆷ 죄 잇더니잇가마ᄂᆞᆫ ᄒᆞᆫ 살히 죽엿ᄂᆞ니 히ᄋᆡ 평일 형시를 후ᄃᆡᄒᆞ다가도 그 죽엇다 ᄒᆞᆯ 적 주접 드리우디 아냣ᄂᆞ니 ᄒᆞ믈며 공쥬니잇가 뎨 임의 쇼ᄌᆞ를 골슈의 박혀 ᄆᆡ워ᄒᆞ야 죽을 제 유언ᄒᆞ야 내 머리 버히기를 쳥ᄒᆞ니 히ᄋᆡ ᄆᆞᄉᆞᆷ 쳥승으로 슬허ᄒᆞ리오 ᄉᆞ오 년 여희디 못ᄒᆞ야 괴로워ᄒᆞ더

니 죽으니 등의 젓던 가싀 버슨 ᄃᆞᆺ하야 싀훤ᄒᆞ이다 셜파의 크게 웃고 나가니 두 부인
이 어히 업서 ᄒᆞ더라 각셜 칠왕이 초상ᄉᆞ를 다ᄉᆞ리고 드러가 데후긔 뵈오니 데휘 크
게 슬허 ᄒᆞ시고 운셩을 통ᄒᆞᆫᄒᆞ야 공쥬를 국산의 장ᄒᆞ고 소가 션산의 뭇디 말나 ᄒᆞ시
니 소가의셔 듯고 대희ᄒᆞ야 ᄒᆞ더라 임의 장ᄉᆞ를 디내매 운셩이 샹소ᄒᆞ야 ᄀᆞᆯ오ᄃᆡ 신
이 외람히 쵸방의 간셥ᄒᆞ얏더니 불힝ᄒᆞ야

90면

공쥐 조졸ᄒᆞ고 ᄉᆡᆼ이 ᄯᅩᄒᆞᆫ 어디〃 못ᄒᆞ기로ᄡᅥ 공쥬긔 득죄ᄒᆞ야 공쥐 신을 죽과랴 ᄒᆞ
니 임의 부〃의 은ᄋᆡ 그쳣고 공쥬로ᄡᅥ 국산의 장ᄒᆞ시니 ᄯᅩᄒᆞᆫ 녜의를 건넨디라 신이
ᄯᅩᄒᆞᆫ 공쥬긔 일뎜혈육이 업고 부마의 쟉위를 바드미 본ᄃᆡ 서의ᄒᆞᆫ디라 삼가 인슈를
드리고 물너나 다시 이십 년 글을 닑어 폐하를 도아지이다 샹이 츄연히 함누ᄒᆞ샤 즉
시 ᄉᆡᆼ을 불너 보시고 슬허 왈 공쥐 비록 부덕이 젹으나 네 엇디 박멸ᄒᆞ미 그대도록
ᄒᆞ더뇨 딤이 ᄯᅩᄒᆞᆫ 너의 인뉸 어ᄌᆞ러이믈 뉘웃더니 공쥐 임의 죽은디라 특별이 명현
궁으로ᄡᅥ 너를 주어 젼일 장원각 못 지어주믈 표ᄒᆞ고 공쥬ᄂᆞᆫ 실노 은의 그처시니 그
녕위와 궁녀를 다 도셩으로 드려와 별틱의 두ᄂᆞ니 경은 디실ᄒᆞ라 ᄯᅩᄒᆞᆫ 부마 인슈를
거두고 특별이 병부샹셔 태혹ᄉᆞ를 ᄒᆞ이ᄂᆞ니 경은 ᄎᆞ후나 딤을 원티 말고 국가를 어
디리 도으라 소ᄉᆡᆼ이 심하의 웃고 다만 구디 ᄉᆞ양ᄒᆞ야 직명 거두시믈 쳥ᄒᆞ니 샹이 불
텽ᄒᆞ신대 ᄉᆡᆼ이 샤은ᄒᆞ고 믈너나 즉시 궁녀와 냥보모를 불너 공쥬 녕위를 뫼셔 대궐
노 드러가라 ᄒᆞ고 ᄯᅩᄒᆞᆫ ᄆᆞ음이

91면

감동ᄒᆞ니 평일 공쥬 심히 박ᄃᆡᄒᆞ미 스ᄉᆞ로 박ᄒᆞᆫ 줄 ᄭᆡᄃᆞ라 그 녕위와 궁인이 가ᄂᆞᆫ 날
공쥬궁의 니ᄅᆞ러 졔텽의 나아가 통곡ᄒᆞ야 빅별ᄒᆞ매 눈물 두어 줄이 ᄂᆞ리니 좌우 궁
인이 실셩톄읍이러라 샹이 닉시를 명ᄒᆞ야 공쥬 녕위를 거ᄂᆞ려 간 후 임의 뎐괴 이셔
명현궁을 ᄉᆞ급ᄒᆞ고 형시로 복합ᄒᆞ라 ᄒᆞ니 신민이 그 셩덕을 열복ᄒᆞ고 운셩이 심니
다 상쾌ᄒᆞ니 스ᄉᆞ로 니ᄅᆞᄃᆡ 내 몸이 ᄆᆞᆺ도록 부모 슬하의 이시리니 엇디 닷집의 쳐ᄌᆞ
로 더브러 이시리오 ᄒᆞ믈며 명현궁은 이 션비 이실 곳이 아니라 ᄒᆞ야 드ᄃᆡ여 사ᄅᆞᆷ으
로 ᄒᆞ야곰 집을 허니 명현궁 쳔간 금옥지개 일시의 뷘 터히 된디라 이에 그 ᄌᆡ목을
흐터 닌인을 주고 다시 ᄇᆞ라보니 다만 너른 분쟝과 층〃ᄒᆞᆫ 화계 ᄲᅮᆫ이오 속졀 업시 너

른 쓸히 되야시니 격물을 샹감ᄒᆞ야 쇼시 일슈를 지어 음영ᄒᆞ고 집의 도라오니 부모 존당이 ᄒᆞᆫ ᄃᆡ 모다 ᄉᆡᆼ의 힝지 쾌단ᄒᆞᆷ을 아름다와 ᄒᆞ며 비로소 형시를 마자올ᄉᆡ ᄉᆡᆼ이 위의를 거ᄂᆞ려 강뎡의 니ᄅᆞ러 부인과 ᄋᆞᄌᆞ를 볼ᄉᆡ 임의 니별ᄒᆞ연 디 팔 삭의 만나니 낭ᄌᆞ의 교연ᄒᆞ미 신

92면

월 ᄀᆞᆺ고 부인의 쇄락ᄒᆞ미 삼츈을 당ᄒᆞ야 부용홰 쳥슈의 빗겨 남풍을 당ᄒᆞᆫᄃᆞᆺ 혜힐ᄒᆞᆫ 골격과 긔이ᄒᆞᆫ 풍치 셔시를 쌴리티며 옥진을 우을디라 ᄉᆡᆼ이 반가옴과 은근ᄒᆞᆫ 의ᄉᆡ 구름 ᄀᆞᆺᄐᆞ니 미우의ᄂᆞᆫ 희긔 녕농ᄒᆞ고 안ᄉᆡᆨ의ᄂᆞᆫ 우음이 어릐여 뎐도히 ᄋᆞᄌᆞ를 안고 부인을 향ᄒᆞ야 ᄀᆞᆯ오ᄃᆡ 내 ᄒᆞᆫ 번 도라간 후 제졀이 밧고이ᄃᆡ 오디 못ᄒᆞ니 엇디 ᄉᆞ모ᄒᆞᄂᆞᆫ ᄆᆞ음이 헐ᄒᆞ리오마ᄂᆞᆫ 대인의 명을 거역디 못ᄒᆞ야 금일이야 니ᄅᆞ과라 형시 옷기슬 념의고 츄연히 닐오ᄃᆡ 쳡의 어린 ᄯᅳᆺ은 공쥬로 더브러 부마의 건긔를 소임ᄒᆞᆯ가 ᄒᆞ더니 공쥐 ᄆᆞᄎᆞᆷ내 기셰ᄒᆞ고 낭군의 희락ᄒᆞ미 여ᄎᆞᄒᆞ니 엇디 츄연티 아니리오 아디 못게라 므ᄉᆞᆫ 질환의 기셰ᄒᆞ시니잇가 ᄉᆡᆼ이 믄득 깃거아냐 ᄃᆡ왈 사ᄅᆞᆷ의 슈단이 텬명이라 안회 오히려 단명ᄒᆞ니 공쥬의 죽으미 엇디 고이ᄒᆞ리오 쳥츈의 조망ᄒᆞ니 잔잉터이다 인ᄒᆞ야 공쥬 죽은 후 님군의 ᄒᆞ시던 말ᄉᆞᆷ과 명현궁을 헐고 공쥬 녕위ᄂᆞᆫ 도셩으로 드러간 ᄉᆞ연을 니ᄅᆞ매 형시 옥누를 ᄂᆞ리와 ᄀᆞᆯ오ᄃᆡ 진실노 부귀인ᄉᆡᆼ이 일됴신이라 금지 옥

93면

엽으로 ᄇᆡᆨ만고쵸를 겻고 이십도 못ᄒᆞ야 셰샹을 ᄇᆞ리니 원혼이 창텬의 ᄊᆡ티리로소이다 ᄉᆡᆼ이 탄식 왈 이 ᄯᅩᄒᆞᆫ 그 쉬라 그 인ᄉᆡᆼ이 잔잉ᄒᆞ나 죄ᄂᆞᆫ 만ᄉᆞ유경이니 다시 니ᄅᆞ미 불가ᄒᆞ이다 인ᄒᆞ야 긴 셜화를 펴 만ᄉᆡ 여의ᄒᆞ나 오히려 공쥬의 ᄌᆞ가 티며 칼노 디ᄅᆞ랴 하던 경상을 좃시 니ᄅᆞ디 아니니 대강 사라실 적 비록 믜워ᄒᆞ나 죽은 후ᄂᆞᆫ 그 흔단을 니ᄅᆞ디 아니미라 명일 형시 단의남샹으로 프른 귀밋틔 옥줌을 고ᄌᆞ며 쒸온 머리의 봉관을 ᄡᅳ고 슈나샹과 쵹나삼을 닙으매 두 줄 패옥을 ᄎᆞ고 듕당의 나오니 윤부인이 아름다오믈 이긔디 못ᄒᆞ야 형시 두 아ᄃᆞᆯ을 친히 장속ᄒᆞ더니 믄득 소샹셰 뉴ᄒᆞᆫ님 뉴낭듕을 ᄃᆞ리고 드러오매 윤부인이 우어 왈 현딜은 엇디 오ᄂᆞᆯ 쾌ᄒᆞᆷ을 깃잡ᄂᆞᆫ다 ᄉᆡᆼ이 잠쇼 왈 이 곳 네ᄉᆡ라 쾌ᄒᆞᆫ 배 므어시리잇가 셜파의 낭모로ᄡᅧ 형시를 보며

광슈 ᄉᆞ이로셔 부인 원비 직텹을 내야 미러 왈 오늘 텽명의 ᄂᆞ리와 겨시더이다 형시 이에 공경ᄒᆞ야 바드매 모든 뉴싱이 긔롱ᄒᆞ야 ᄀᆞᆯ오ᄃᆡ 그ᄃᆡ 이제ᄂᆞᆫ 단원이 프러뎌 병드ᄅᆞ미 업ᄉᆞ리로다 싱이 거즛

94면

경식고 닐오ᄃᆡ 사ᄅᆞᆷ의 병이 이시매 엇디 샹식라 ᄒᆞ리오 말 지어 보채미 ᄀᆞ장 한심토다 윤부인이 쇼왈 현딜은 말을 ᄂᆡ도히 말나 네 스ᄉᆞ로 네 모친ᄃᆞ려 닐럿거든 뉘라셔 거즛말을 지으리오 샹셰 대쇼ᄒᆞ고 다만 닐오ᄃᆡ 다시 니ᄅᆞ디 마ᄅᆞ쇼셔 ᄒᆞ니 좌듕이 다 웃더라 이에 금긔옥뉸을 ᄀᆞᆺ초매 윤부인이 ᄯᅩᄒᆞᆫ 닐오ᄃᆡ 내 ᄒᆞᆫ 가지로 가 모친과 거〃를 보고 희쥬를 먹으리라 드ᄃᆡ여 동힝ᄒᆞᆯ식 샹셔의 깃브믄 이 가온대 잇ᄂᆞᆫ디라 부인이 뎡의 들매 형부인 유ᄌᆞᄂᆞᆫ 유뫼 안아 쇼교를 ᄐᆞ고 샹셰 스ᄉᆞ로 뎡문을 ᄌᆞᆷ가 호송ᄒᆞᆯ식 뉴한님 형뎨 ᄯᅩᄒᆞᆫ 모친을 ᄯᆞᆯ와 올식 샹셔로 더브러 ᄆᆞᆯ을 ᄀᆞᆯ와오매 뉴싱 삼인이 다 옥 ᄀᆞᆺ튼 쇼년이나 소싱의 쇄락ᄒᆞᆫ 풍뉴를 당티 못ᄒᆞ니 샹셰 ᄇᆡᆨ마금안으로 불근 냥산을 바티고 수ᄇᆡᆨ 추풍을 거ᄂᆞ려 슉모와 부인의 뒤ᄒᆡ 이시니 미우의ᄂᆞᆫ 산쳔졍홰 어릐여 희식이 녕농ᄒᆞ고 옥면단슌의 빗난 거시 모드여시니 가히 니른 풍뉴군ᄌᆞ며 개셰영웅이라 힝ᄒᆞ야 ᄌᆞ운산의 니ᄅᆞ니 일개 ᄒᆞᆫ 당의 모다 형부인을 마ᄌᆞᆯ식 싱각디 아닌 윤부인이 우으며 형시를 잇글

95면

고 드러와 좌의 녜를 ᄆᆞᄎᆞ매 모다 크게 반겨 쇼부인이 뎐도히 나삼을 븟들고 닐오ᄃᆡ 윤데를 니별ᄒᆞ연 디 수년이라 오늘 만나니 엇디 깃브디 아니리오 태부인이 ᄯᅩᄒᆞᆫ 우어 왈 너ᄂᆞᆫ 노모를 니저ᄇᆞ려 수년토록 오디 아니니 엇디 무졍티 아니리오 윤부인이 웃고 샤죄 왈 쇼네 오디 못ᄒᆞ미 다른 연괴 아니라 실노 형시 ᄃᆡᆨ히기를 근신히 ᄒᆞ므로뻐 만일 이 곳의 왓다가 긔식이 현누ᄒᆞᆯ가 ᄒᆞ미라 그러므로 운셩 곳 보면 태〃긔 뵈옵디 못ᄒᆞᄂᆞᆫ 줄을 탄ᄒᆞ야 제 타시라 ᄭᅮ짓더니이다 셜파의 좌듕이 쾌히 웃고 윤부인이 태부인 겻틔 시좌ᄒᆞ매 모다 ᄇᆡ야흐로 형시를 향ᄒᆞ야 티하ᄒᆞ고 반기며 디난 말을 일ᄏᆞ라 셜화를 펼식 그 두 아ᄃᆞᆯ을 안아 좌듕의 뵈매 ᄆᆞᆺ은 삼 셰오 ᄎᆞᄂᆞᆫ 이 셰라 완연히 부모를 달맛ᄂᆞᆫ디라 셕부인과 태부인이 ᄉᆞ랑ᄒᆞᄆᆞᆯ 이긔디 못ᄒᆞ야 ᄒᆞ고 승샹이 ᄯᅩᄒᆞᆫ 냥손ᄋᆞ를 불너 무릅희 안치고 형시를 향ᄒᆞ야 ᄀᆞᆯ오ᄃᆡ 현부의 ᄋᆡᆨ운이 진ᄒᆞ고 냥ᄋᆡ 이러

틋 긔이ᄒᆞ니 엇디 아름답디 아니리오 말을 니어 만좨 티하ᄒᆞᄂᆞᆫ 빗치러라 이 날 형시 풍용의 슈려ᄒᆞ미 새로이 쇄락ᄒᆞ고 겸ᄒᆞ

96면

야 냥ᄋᆞ의 아름다오미 금슈 우히 곳 ᄀᆞᄐᆞ니 소부인이 탄왈 그ᄃᆡ의 유복ᄒᆞ미 진실노 등한티 아니토다 공쥬의 싀긔를 졔어ᄒᆞ고 그ᄃᆡ ᄆᆞᄎᆞᆷ내 냥ᄌᆞ를 나하 빗내 도라오니 이 진짓 초한이 교병ᄒᆞ매 강ᄒᆞ 니ᄂᆞᆫ 망ᄒᆞ고 인의ᄒᆞ 니ᄂᆞᆫ 왕홈 ᄀᆞᄐᆞ야 텬뎡긔쉬라 공쥬의 패악ᄒᆞ미 그 본심이 아니로다 [믄득] 승상이 깃거 아냐 이예 소부인을 향ᄒᆞ야 ᄀᆞᆯ오ᄃᆡ 사ᄅᆞᆷ의 망인의 흔단ᄒᆞ미 쇼뎨ᄂᆞᆫ 실노 그른 줄로 아ᄂᆞ니 공쥬의 허물을 오ᄂᆞᆯ 새로이 니ᄅᆞᆯ 배 아니니이다 소시 쇼이브답이러라 인ᄒᆞ야 셕패 좌의 나 ᄀᆞᆯ오ᄃᆡ 금일 존당 상해 윤형 두 부인을 만나매 반기고 돈〃ᄒᆞ야 ᄒᆞ미 윤부인을 몬져 ᄒᆞ시니 그 셩덕이 이 ᄀᆞᄐᆞᆫ 고로 노쳡이 칭찬ᄒᆞᄂᆞ이다 연이나 윤부인은 형부인을 두 족하의 못쁠 청 듯고 깁히 ᄀᆞᆷ초와 긔이시니 딜ᄋᆞ의게ᄂᆞᆫ 후ᄒᆞ시나 어른된 양은 젹으시이다 만좨 대쇼ᄒᆞ니 윤부인이 쇼왈 내 비록 희힉를 즐기고 셩품이 급ᄒᆞ나 ᄉᆞ십이 거의라 엇디 ᄆᆞ양 쇼년 적 일이 이셔 딜ᄋᆞ와 동모ᄒᆞ리오ᄆᆞᄂᆞᆫ 형시를 ᄀᆞᆷ초디 아니면 운셩이 죽을디라 귄들 아니 졀박ᄒᆞ니잇가 승상이 쇼왈 져졔 평

97면

일 단엄묵〃ᄒᆞ샤 희롱을 아니시니 ᄯᅳᆺ의 깁히 미덧더니 엇디 진짓 희롱ᄒᆞ실 줄 알니잇고 윤부인이 낭연 쇼왈 쳡이 거〃의 현부와 옥 ᄀᆞᄐᆞᆫ 두 손ᄋᆞ를 보호ᄒᆞ야 도라오니 희쥬를 먹을가 ᄒᆞ엿더니 엇디 즁논힉이 니러날 줄 알니오 소부인이 쇼왈 현데ᄂᆞᆫ 희쥬 구티 말나 엇디 보디 아냣ᄂᆞ냐 셕셔모의 형시 신부례 날 하쥬 먹던 경샹을 그ᄃᆡ 교ᄃᆡ코져 ᄒᆞᄂᆞᆫ다 윤시 ᄌᆞ약히 웃고 모든 부인내 ᄒᆞᆫ가지로 담쇼ᄒᆞ며 쇼연을 베퍼 즐기기를 다ᄒᆞ매 형시ᄂᆞᆫ 듁오당의 도라가고 윤부인은 소부인으로 더브러 존당의 시침ᄒᆞ니라 ᄎᆞ셜 소샹셰 평싱 ᄒᆞᆫ이 프러디니 셔당의 머므러 부친을 뫼시매 승샹이 ᄯᅩᄒᆞᆫ 깃븐 ᄆᆞ음이 잇ᄂᆞᆫ디라 싱을 ᄃᆡᄒᆞ야 ᄀᆞᆯ오ᄃᆡ 공쥐 이제 죽고 너의 부쳬 다시 모ᄃᆞ니 깃브거니와 ᄯᅩᄒᆞᆫ 사ᄅᆞᆷ으로ᄡᅥ 즐기믄 인쟈의 ᄆᆞ음이 아니라 슈연이나 형시 새 사ᄅᆞᆷ이 아냐 고인이니 너의 박힝이 니익의 무리ᄂᆞᆫ 되디 아니리로다 ᄲᆞᆯ니 침소의 가 편히 쉬고 ᄎᆞ후란 일신 빅힝을 슈렴ᄒᆞ라 싱이 감샤 슈명ᄒᆞ고 듁오당의 니ᄅᆞ니 부인이 불근

상의 비겨 난간의

98면

안자시니 녯 고딕 녯 자최를 보고 겸ᄒᆞ야 금등 옥등이 두로 버러 촉하를 희롱ᄒᆞ니 정신이 쒸놀고 희식이 만안ᄒᆞ야 뎐도히 나아가 냥자를 안고 ᄎᆞᄌᆞ를 어ᄅᆞ만져 부인ᄃᆞ려 왈 그딕 젼일 내의 자최를 괴로이 너기더니 이제 보건대 냥ᄋᆞ의 경식 엇더뇨 부인이 탄왈 군ᄌᆞᄂᆞᆫ 허랑된 말을 말고 빅힝을 닷그쇼셔 샹셰 쇼왈 앗가 대인이 ᄒᆨ싱을 교훈ᄒᆞ시매 힝실을 닷그라 ᄒᆞ시더니 또 부인의 말이 ᄒᆞᆫ 가지니 그 뜻을 모ᄅᆞ리로다 나 ᄒᆨ싱이 비록 어디〃 못ᄒᆞ나 신의를 딕히ᄂᆞᆫ 대댱뷔라 엇디 힝실 닷글 배 이시리오 부인이 옥치 현영ᄒᆞ야 미쇼 왈 군ᄌᆞ의 신의 너모 구드므로뼈 구챠ᄒᆞ니 그 구챠ᄒᆞᆫ 거술 셥심ᄒᆞ야 업시ᄒᆞ쇼셔 ᄒᆞ미로소이다 싱이 또ᄒᆞᆫ 대쇼ᄒᆞ더라 수일 후 윤부인이 도라가고 ᄎᆞ후 형시 머므러 효봉구고와 슉흥야미ᄒᆞ야 셩덕이 합가의 ᄀᆞ득ᄒᆞ고 녯날 굿기던 일은 일댱 고ᄉᆞ로 일ᄏᆞ라 심듕의 싱의 박졍이 태심ᄒᆞ야 공쥬의 함원요졀ᄒᆞᆷ을 슬피 너겨 이에 녜단을 후히 ᄒᆞ야 한샹궁을 ᄎᆞ자보고 공쥬의 상ᄉᆞ를 됴문ᄒᆞ고 셕일 후딕

99면

ᄒᆞ던 은혜를 사례ᄒᆞ니 한시 공쥬 죽으므로부터 듀야 통곡ᄒᆞ고 폐문불츌ᄒᆞ야 친쳑도 보디 아니ᄒᆞ더니 형부인 유뫼 녜단과 샤셔를 뎐ᄒᆞ매 한시 글을 보디 아니코 녜단과 ᄒᆞᆫ 가지로 도로 주어 보내고 뎐어 왈 당년의 부인 후딕ᄒᆞ믄 이 곳 ᄉᆞ톄를 올히 ᄒᆞ미라 엇디 샤례ᄒᆞ미 이시리오 옥쥐 기셰ᄒᆞ므로브터 늘근 인싱이 수이 죽디 아니믈 괴로이 너기ᄂᆞ니 엇디 다시 셰샹인을 샹통ᄒᆞ리오 보낸 바 녜단은 비록 후의를 다샤ᄒᆞ나 쳡이 능히 쥬를 븟드러 그를 은덕을 갑디 못ᄒᆞ고 쇽졀업시 되니 비록 죽어 쥬인을 쏠오디 못ᄒᆞ나 이졔의 념치를 흠모ᄒᆞᄂᆞ니 엇디 녜단을 바드리오 유뫼 도라와 뎐ᄒᆞᆫ대 샹셔와 부인이 칭찬ᄒᆞ기를 마디 아니ᄒᆞ더라 이 적의 형참졍이 복직ᄒᆞ시믈 닙어 경ᄉᆞ의 도라오니 소샹셰 빅니의 가 마자 서ᄅᆞ 구레를 ᄒᆞᆫ 가지로 ᄒᆞ야 도라오며 디난 말을 니ᄅᆞ식 반기며 깃브믈 이긔디 못ᄒᆞ더라 궐하의 니ᄅᆞ러 슉사ᄒᆞ고 고턱의 도라오니 문뎡이 광활ᄒᆞ고 단청이 의연ᄒᆞ니 이ᄂᆞᆫ 형시 몬져 와 슈소ᄒᆞ고 부친을 기

100면

ᄃᆞ리미라 마자 반기며 ᄯᅩ 수일 후 부인과 여러 동싱이 모드매 깃브믈 이긔디 못ᄒᆞ야 대연을 딘셜ᄒᆞ야 즐길ᄉᆡ 소싱의 부뷔 좌등의 이시매 참졍 ᄌᆞ녀 듕의 더욱 소사나니 부인이 두긋긔오믈 이긔디 못ᄒᆞ야 ᄒᆞ며 형공은 오히려 공쥬의 조ᄉᆞᄒᆞ믈 됴문ᄒᆞᄃᆡ 부인이 블승통흔ᄒᆞ야 ᄒᆞ던디라 소싱을 보나 언어의도 됴위ᄒᆞ미 업ᄉᆞ니 싱이 심하의 가탄ᄒᆞ더라 소승샹이 ᄯᅩᄒᆞᆫ 니ᄅᆞ러 고구의 졍을 니ᄅᆞ고 냥ᄌᆞᄋᆞ의 긔이ᄒᆞ믈 일ᄏᆞᄅᆞ나 부〃의 합환ᄒᆞ믈 일ᄏᆞᆺ디 아니니 대강 공쥐 죽음으로 뎌의 부체 다시 모든 고로 발티 아니ᄒᆞ며 싱이 ᄯᅩᄒᆞᆫ 위의 힝지 크게 젼과 ᄀᆞᆺ디 아냐 언〃단〃의 녜의를 슉힝ᄒᆞ니 부친을 ᄯᆞᆯ아와 잠간 연셕의 참예ᄒᆞ엿다가 즉시 도라간 후ᄂᆞᆫ 다시 니ᄅᆞ미 업고 여러 날이 디나나 ᄋᆞᄌᆞ와 부인을 ᄎᆞᆺ디 아닌대 참졍 부인 두시 크게 고이히 너겨 졔ᄌᆞ를 불너 그 연고를 무른대 한님이 쇼왈 소텬강이 ᄌᆞ쇼로 ᄯᅳᆺ이 고집ᄒᆞ니 부인으로 더브러 흔연티 아니나 엇디 다른 ᄯᅳᆺ이 이시리잇고 부인 왈 불연ᄒᆞ다 젼일 소낭이 녀ᄋᆞ를 딘듕ᄒᆞ믄 너히도 아ᄂᆞᆫ 배오 ᄒᆞ믈며

101면

공쥬 어든 후 슬허ᄒᆞ던 경상은 은의 태산 ᄀᆞᆺ던디라 이졔 일됴의 믜믈ᄒᆞ야 일삭이 디나ᄃᆡ 우리를 셜연 날 본 후 다시 오디 아니며 녀ᄋᆞ를 부ᄅᆞ미 업ᄉᆞ니 엇디 고이티 아니리오 한님이 슈명ᄒᆞ야 명일 됴회 길히 운경 운현 냥소를 만나 무러 ᄀᆞᆯ오ᄃᆡ 소형은 엇던 고로 일삭이 딘ᄒᆞᄃᆡ 우리를 ᄎᆞᆺ디 아닛ᄂᆞ뇨 어ᄉᆞᄂᆞᆫ 미쇼 왈 현형은 평싱의 믜부라 ᄒᆞ고 ᄎᆞ자보디 아니니 텬강이 므ᄉᆞ 일노 형을 괴로이 ᄯᆞᆯ으리오 운현이 ᄯᅩ 찬주 왈 삼 형이 젼일 실톄ᄒᆞ믈 뉘웃ᄂᆞ니 엇디 구챠히 형의 집의 가리오 한님이 긔식을 알 길히 업서 ᄒᆞ더니 믄득 ᄒᆞᆫ 됴관이 홍포를 닙고 옥ᄃᆡ를 ᄡᅴ여 쳥총마를 ᄐᆞ고 ᄂᆞᄂᆞᆫᄃᆞ시 ᄃᆞᆯ녀오니 이 곳 소샹셰라 형한님이 쇼왈 그ᄃᆡ 엇디 우리 집의 오디 아니ᄒᆞᄂᆞ뇨 싱이 쇼왈 네 집을 므어시라 날마다 가리오 셜파의 삼인이 대쇼ᄒᆞ니 형싱이 역쇼 왈 텬강의 강도질ᄒᆞ랴 밤반의 구챠ᄒᆞᄂᆞ니 빅듀의 졍노로 ᄎᆞᆺ과랴ᄒᆞ미로다 졔인이 ᄯᅩ 우ᄉᆞ니 소싱이 잠쇼 경식ᄒᆞ고 모든 형뎨를 ᄌᆡ촉ᄒᆞ야 도라가ᄂᆞᆫ디라 한님이 ᄯᅩᄒᆞᆫ 고이히 너겨 도라와 모친

102면

긔 고흔대 부인이 십분 우려ᄒᆞ더니 형시 모친의 거동을 보고 웃고 ᄉᆞᆯ오ᄃᆡ 태〃 엇디 브졀업ᄉᆞᆫ 념녀를 ᄒᆞ시ᄂᆞ니잇고 소ᄉᆡᆼ이 비록 호방ᄒᆞ나 신의를 크게 너기ᄂᆞᆫ 사ᄅᆞᆷ이라 ᄒᆞ믈며 쇼네 지은 죄 업ᄉᆞ니 무단히 박ᄃᆡᄒᆞ리오 부인이 그러히 너기나 오히려 방심티 못ᄒᆞ더라 일〃은 소샹셰 외가의 가 셕공긔 뵈옵고 모든 ᄉᆞ촌으로 더브러 죠용히 말숨ᄒᆞᆯᄉᆡ 믄득 드ᄅᆞ니 셕혹ᄉᆞ 부인 민시 듕당의셔 닐오ᄃᆡ 쇼영은 엇디 나오디 아닛ᄂᆞ뇨 ᄒᆞ니 ᄉᆡᆼ이 뎡파의 삼혼이 비월ᄒᆞ니 원ᄂᆡ 운셩이 공쥬로ᄡᅧ 심ᄉᆡ 어즈러온 가온대 형시로 인ᄒᆞ야 회푀 아룸답디 아니매 념네 미처 뎌의게 가디 못ᄒᆞ고 ᄯᅩ 부친이 내텨 그 거쳐를 모ᄅᆞ므로 비록 일캇디 아니나 그 ᄋᆡ원ᄒᆞ고 단아ᄒᆞᆷ을 닛디 못ᄒᆞ야 ᄆᆞ양 일념의 ᄆᆡ쳣더니 금일 민부인 말을 듯고 크게 ᄭᆡᄃᆞ라 짐ᄌᆞᆺ 이 날 머므러 외조모 진부인 알ᄑᆡ 드러가 겨ᄐᆡ 안자 이ᄅᆡᄒᆞ며 다래여 ᄀᆞᆯ오ᄃᆡ 쇼손이 쇼영을 엇디 못ᄒᆞ야 ᄒᆞ더니 오ᄂᆞᆯ 보니 영이 이곳의 잇ᄂᆞᆫ디라 다ᄒᆡᆼᄒᆞ이다 진부인이 경문 왈 네 엇디 아ᄂᆞᆫ다 ᄉᆡᆼ 왈 조뫼 쇼ᄌᆞ의 ᄌᆡ조를 모ᄅᆞ시ᄂᆞ니잇가

103면

금다ᄂᆞᆫ 공쥬도 어더내고 심규 형시도 여어 보왓ᄂᆞ니 쇼영이 무어시라 나의 슈단을 도망ᄒᆞ리잇가 부인이 크게 웃고 왈 손ᄋᆡ 능언능어로 날을 소기도다 네 엇디 여어보미 이시리오 졔손의 경셜ᄒᆞ미라 ᄉᆡᆼ이 다만 웃고 보채여 ᄀᆞᆯ오ᄃᆡ 조뫼 쇼영을 아니 주시면 손ᄋᆡ 형시를 아조 ᄇᆞ리이이다 진부인이 본ᄃᆡ 운셩을 ᄉᆞ랑ᄒᆞᄂᆞᆫ디라 ᄒᆞ물며 부인의 ᄆᆞ음이 굿디 못ᄒᆞᆫ 고로 쇼영을 불너 ᄉᆡᆼ을 뵈니 ᄉᆡᆼ이 심히 반겨ᄒᆞ고 쇼영은 크게 븟그려 즉시 니러 드러가더라 ᄉᆡᆼ이 집의 도라와 모친긔 이 ᄉᆞ연을 고ᄒᆞ고 쇼영 ᄃᆞ려오고져 ᄒᆞᄂᆞᆫ 뜻을 알외니 부인이 블연 노ᄉᆡᆨ 고 말을 아니〃 거되 엄쥰ᄒᆞᆫ디라 ᄉᆡᆼ이 황공ᄒᆞ야 급히 셕파로 더브러 의논ᄒᆞ니 셕패 이에 승샹을 보고 니ᄅᆞ고져 ᄒᆞᄃᆡ 소공의 긔ᄉᆡᆨ이 듯디 아닐지라 ᄒᆞᆫ 계귀를 ᄉᆡᆼ각고 칭병ᄒᆞ야 누으니 승샹이 ᄒᆞᄅᆞ 세 번식 친문ᄒᆞ고 열 번 사ᄅᆞᆷ 브려 무ᄅᆞ며 친히 약을 다ᄉᆞ려 게어ᄅᆞ미 업ᄉᆞᄃᆡ 죠곰도 낫디 아니ᄒᆞ니 크게 근심ᄒᆞ더니 셕부인이 무ᄅᆞᄃᆡ 셔뫼 츈ᄉᆡᆨ이 의구ᄒᆞᄃᆡ 병셰ᄂᆞᆫ 듕ᄒᆞ시니 아디 못게라 므슴 연괴니잇가 셕패 기리 탄탕ᄒᆞ야 ᄀᆞᆯ오ᄃᆡ 내 이제 나히 늙고 호화를 누련

104면

디 오라니 죽어도 훈이 업거니와 다만 내 ᄌ식이 업고 쇼영을 부모 업순 거술 기르미 죵신토록 의지홀가 ᄒ더니 의외예 삼낭의 나븨 잡는 그물의 걸니〃 비록 악연ᄒ나 힝혀 형시 현텰훈 녀ᄌ라 저의 일싱이 평안홀가 ᄒ더니 믄득 승샹의 구튝ᄒ믈 바다 내틴 후는 쇼식이 업ᄉ니 쥬야 십여 년 은졍을 싱각고 ᄆ음이 버히는 ᄃᆺᄒ니 엇디 편ᄒ리오 일노뻐 병이 드니 만일 쇼영을 보디 못홀딘대 디하의 유훈이 되리로소이다 셕부인이 쳥파의 묵연브답이러니 ᄎ야의 승샹이 부인 슉소의 니ᄅ러 셔모의 병을 근심ᄒ거늘 부인이 슈말을 뎐훈대 소공이 탄왈 내 ᄌ식의 방탕을 막노라 셔모의 ᄆ음을 불평케 ᄒ니 엇디 나의 죄 아니리오 즉시 셕파를 보와 쇼영을 ᄃ려오라 ᄒ니 패 암히ᄒ야 칭샤ᄒ고 ᄎ후의 약을 다ᄉ리는 톄ᄒ야 십여 일 만의 니러나니 셕부인이 엇디 그 긔식을 모ᄅ리오 짐ᄌᆺ 무러 왈 셔뫼 운셩으로 동모ᄒ야신 계귀 수이인디라 내 ᄯᅩ훈 티하ᄒᄂ이다 셕패 놀나 대쇼ᄒ며 부인 엇게를 텨 ᄀᆯ오ᄃᆡ 나히 쇠훈 후나 총명이 감ᄒ실가 ᄒ더니 가지록 이러ᄒ니 실로 괴롭도다 내 임의 승

105면

샹 허락을 바다 쇼영을 ᄃ려오려 ᄒᄂ니 승샹긔 나의 칭병인 줄 뎐ᄒ엿다가는 실노 큰 일이 나리이다 부인이 미쇼 왈 셔모의 칭병인 줄 아나 승샹이 무어시라 ᄒ며 ᄯᅩ훈 므ᄉ 일이 나리잇가 패 말녀 왈 내 ᄌ쇼로 승샹과 부인을 길너내야 ᄯᅩ ᄲᅡᆨ을 사무니 엇디 모ᄅ리오 부인은 비록 미안ᄒ신 일이 이시나 오래 유심티 아니시고 ᄯᅩ훈 말숨이 ᄌ연 텬연ᄒ야 극히 노호온 일도 믜물티 아니시거니와 승샹은 비록 평일 슈[턴]양긔 ᄀᄐ시나 그 심디는 츄상녈일 ᄀᄐ며 속으로 미안ᄒ면 것ᄎ로 더욱 ᄌ약ᄒ고 녜법으로 훈 말만 ᄒ여도 븟그럽게 ᄒ니 이제 내 탁병인 줄 알면 족히 무상이 너기시ᄂ니잇가 내 ᄯᅩ훈 븟그러올디니 부인은 브ᄃᆡ 마ᄅ쇼셔 셕부인이 쇼왈 셔뫼 실노 망녕되야 겨시이다 내 아모리 경도훈들 셔모의 탁병ᄉ를 므솜 대ᄉ로 ᄒ리오 나는 본ᄃᆡ 지아비를 ᄃᆡᄒ야 문견 뎐키를 못ᄒᄂ이다 슈연이나 셔뫼 다ᄉᄒ시믄 쇠티 아냐 형시의 화란의 남은 인싱인 줄 긔렴티 아니시고 쇼영을 구ᄐ여 ᄃ려와 호방훈 아히를 쥬시니 내 실노 셔모를 괴이ᄒ다 ᄒᄂ이다

소현셩녹 권지구

1면

어시의 셕부인이 쇼영 ᄃᆞ려오ᄆᆞᆯ 브족ᄒᆞ야 일당을 셜파ᄒᆞ여 니ᄅᆞ니 셕패 미처 ᄃᆡ답디 못ᄒᆞ여셔 화부인이 드러와 쇼왈 셔모의 듕인 즐기고 사ᄅᆞᆷ 뎍국 어더주문 의구토다 셕패 눈으로 셕부인 긔ᄉᆡᆨ을 보니 ᄉᆞ긔 타연ᄒᆞ여 ᄌᆞ약히 웃고 짐ᄌᆞᆺ 몰나 듯ᄂᆞᆫ 톄ᄒᆞ야 ᄃᆡ답ᄒᆞᄃᆡ 부인의 말ᄉᆞᆷ이 올흐셔이다 실노 뎌 셔뫼 브즈런 다ᄉᆞᄒᆞ시니이다 드ᄃᆡ여 한담ᄒᆞ다가 도라가니 셕패 탄복ᄒᆞ믈 마디아냐 왈 사ᄅᆞᆷ의 여트며 깁기와 경ᄒᆞ며 너ᄅᆞ미 이ᄀᆞ티 다ᄅᆞ도다 ᄒᆞ더라 이튼날 교ᄌᆞᄅᆞᆯ 보내여 쇼영을 ᄃᆞ려오니 영이 당하의 다ᄅᆞ라 존당의 ᄇᆡ현ᄒᆞ니 일개 그 ᄌᆞ연ᄒᆞᄆᆞᆯ 어엿비 너기고 셕파의 반기믄 측냥티 못ᄒᆞ더라 이 날 소ᄉᆡᆼ이 쇼영을 불러보고 위로ᄒᆞ여 닐오ᄃᆡ 내 젼일 널로 즐기다가 네 츌화ᄅᆞᆯ 만나니 ᄆᆞ음의 잔잉ᄒᆞ여 ᄒᆞ더니 의외예 공쥬로뻐 굿기니 네 실노 유복ᄒᆞ여 도로혀 내 티인디라 만일 잇던들 엇디 굿기디 아니리

2면

오 이제 모드미 텬쉬라 부인이 ᄇᆡᆨ만 고쵸ᄅᆞᆯ 격고 다시 만나니 내의 공경홈과 뎌의 어딜믄 네 임의 알디라 맛당이 덕을 더옥 닷가 졍실을 녜로 셤기라 쇼영이 븟그럽고 감격ᄒᆞ야 샤례ᄒᆞᆯ ᄯᆞᄅᆞᆷ이라 ᄉᆡᆼ이 십분 통히ᄒᆞ야 심여 일의 니ᄅᆞ더니 일〃은 사ᄅᆞᆷ으로 ᄒᆞ여곰 형부인긔 븟티ᄃᆡ 조뫼 비록 가ᄉᆞᄅᆞᆯ 자바 우리ᄅᆞᆯ 거ᄂᆞ리시나 내의 ᄉᆞ〃ᄃᆡ긱이오 뉵십인이 ᄒᆞᄅᆞ도 ᄯᅥ난 적이 업ᄉᆞ니 존당이 니ᄅᆞᄉᆞᆸ히디 못ᄒᆞᆯ디라 십분 졀박ᄒᆞ여 쇼영을 ᄃᆞ려다가 돕고져 ᄒᆞ되 뎨 ᄯᅩᄒᆞᆫ 오미 쉽디 아니니 부인은 모ᄅᆞ미 일즉 도라오쇼셔 ᄒᆞ얏더라 형시 견필의 ᄂᆡᆼ쇼 왈 소샹셰 날을 엇던 녀ᄌᆞ로 아라 쇼영으로 ᄇᆡᆨ바드미 잇ᄂᆞ뇨 드ᄃᆡ여 답셔 왈 부녀지졍은 텬뉸지졍이라 쳡이 수월을 머므러 ᄉᆞ친지회ᄅᆞᆯ 위로ᄒᆞ고 도라가리니 몬져 쇼영으로 범ᄉᆞᄅᆞᆯ ᄉᆞᆸ히게 ᄒᆞ샤 쳡의 잇디 아니믈 ᄃᆡᄒᆞ쇼셔 ᄒᆞ니 소ᄉᆡᆼ이 보고 심하의 웃고 거마ᄅᆞᆯ 보ᄂᆡ여 청ᄒᆞ니 형시 ᄯᅩᄒᆞᆫ 한셜을 아니코 가연히 도라와 구고긔 뵈고 쇼영이 니ᄅᆞ러 계하의셔 ᄉᆞᄇᆡᄒᆞ니 형시 흔연이 반겨 청ᄒᆞ여 당의 올니고 닐오ᄃᆡ 너의 유복

3면

ᄒᆞ믄 나의 밋촐 배 아니로다 나ᄂᆞᆫ 환난을 ᄀᆞ쵸 디내고 인ᄉᆡᆼ이 부디ᄒᆞ야 너를 보니 디하인을 ᄃᆡ흠ᄀᆞᆺ도다 영이 피셕 ᄉᆞ빅 왈 쇼쳡이 존안을 ᄯᅥ나므로브터 ᄒᆞᆫ 번 뵈올 길히 업ᄂᆞᆫ디라 슉야 견이ᄒᆞ시던 셩덕을 앙모ᄒᆞ고 슬허ᄒᆞᄋᆞᆸ더니 텬되 도으샤 다시 안젼의 뵈오니 금일 죽어도 무ᄒᆞᆫ이로소이다 형시 믄득 녜일을 ᄉᆡᆼ각고 쳑연히 슬허ᄒᆞ야 기리 탄식고 침소의 도라오니 ᄆᆞᄋᆞᆷ이 감동ᄒᆞᆫ디라 냥ᄌᆞ를 ᄃᆡᄒᆞ여 슬허 왈 슬프다 네 어미 빅단고초를 격고 겨유 텬일을 보나 부모 안젼을 덧업시 ᄯᅥ나오니 ᄆᆞᄋᆞᆷ이 아연ᄒᆞ믈 이긔디 못ᄒᆞ리로다 졍언간의 샹셰 드러와 부인을 보매 옥면의 누흔이 ᄀᆞ득ᄒᆞ야 냥안의 누쉬 미쳐시니 새로온 용광이 측하를 보이ᄂᆞᆫ디라 이에 문왈 부인이 친뎡을 ᄯᅥ나오미 새로이 결연ᄒᆞ믄 무슴 연괴뇨 조〃ᄂᆞᆫ 젹벽의 패ᄒᆞ고 남군셩의 드러가 곽가를 브ᄅᆞ여 우럿거니와 부인은 누를 ᄉᆡᆼ각고 진짓 ᄀᆞᆺ질제ᄂᆞᆫ 눈물이 업더니 평안ᄒᆞᆫ 시졀의 우ᄅᆞ시ᄂᆞ뇨 부인이 톄슈브답ᄒᆞ니 ᄉᆡᆼ이 쇼왈 그ᄃᆡ 아니 쇼영을 혐의ᄒᆞᄂᆞ뇨 만일 불관이 너길딘대 내 ᄯᅩᄒᆞᆫ 내

4면

여 보내리라 형시 일당 팀음ᄒᆞ야 탄왈 부〃ᄂᆞᆫ 일〃의 그 ᄠᅳᆺ을 안다ᄒᆞᄂᆞ니 쳡이 그ᄃᆡ로 결발ᄒᆞ얀디 칠년이라 오히려 나의 ᄆᆞᄋᆞᆷ을 군직 모ᄅᆞ시니 쳡이 므슴 말숨을 ᄒᆞ리오 실노 뎍국이 유관ᄒᆞᆫ 일이 업서 블관ᄒᆞ거니와 임의 잇ᄂᆞᆫ거ᄉᆞᆯ 업과랴 ᄒᆞᆯ 일은 업ᄉᆞᆯ디라 ᄒᆞ믈며 쳡이 쇼영을 ᄀᆞᆺ 만난 뎍국이러냐 군ᄌᆞᄂᆞᆫ 우온 말을 내여 녀ᄌᆞ를 믹밧디 마ᄅᆞ쇼셔 ᄉᆡᆼ이 무언 쇼이 부답이러니 날ᄒᆞ여 ᄀᆞᆯ오ᄃᆡ 혹ᄉᆡᆼ은 실노 부인의 통달ᄒᆞᆷ을 아란디 오라거니와 요ᄉᆞ이 악모계셔 협칙ᄒᆞ신 도량을 빅화와셔 새로이 투긔ᄒᆞ민가 믓더니 부인의 말숨의 견패ᄒᆞ과라 형시 졍식 왈 우리 모친이 일즉 므슴 협냥을 군ᄌᆞ긔 뵈엿건ᄃᆡ 쳡을 ᄃᆡᄒᆞ야 찰〃이 훼방ᄒᆞ미 이 ᄀᆞᆺᄐᆞ뇨 ᄉᆡᆼ이 미〃히 우오며 믄득 부인의 셤슈를 잡고 좌를 갓가이 ᄒᆞ여 ᄀᆞᆯ오ᄃᆡ 날 ᄀᆞᆺᄐᆞᆫ 구차지인이 엇디 악모를 훼방ᄒᆞ미 이시리오 다만 도량이 너ᄅᆞ디 못ᄒᆞ시니 바른 말을 ᄒᆞ미라 그ᄃᆡ 노티 말나 형시 의려ᄒᆞ나 말숨을 그치고 ᄉᆡᆼ각ᄒᆞ거ᄂᆞᆯ ᄉᆡᆼ이 ᄯᅩᄒᆞᆫ 니ᄅᆞ고져ᄒᆞ나 부인이 우이 너길

5면

가 ᄌᆞ져ᄒᆞ다가 쇼왈 나도 ᄎᆞᆷ디 못ᄒᆞ고 부인도 알고져 ᄒᆞ시니 품은 바를 니ᄅᆞ디 아니

리오 명현공쥐 비록 어디〃 못ᄒᆞ나 임의 죽어시나 이제는 믜올 배 업ᄉᆞᆯ디니 셜ᄉᆞ 부인이 뎌의게 곤욕을 보와시나 죽은 후는 그 흔을 두미 그른디라 악당은 군ᄌᆞ시라 죠곰도 유흔ᄒᆞ미 업서 됴문ᄒᆞ시니 이 엇디 올티 아니시리오 내 역시 다ᄉᆞᄒᆞ고 브즈런ᄒᆞ거니와 ᄆᆞ음의 부족ᄒᆞ매 부인ᄃᆞ려 니ᄅᆞ믄 부인은 ᄯᅩ흔 ᄉᆞ리를 아는고로ᄒᆞ미라 악뫼 비록 뮈오시나 엇디 그 죽은 후 조차 오히려 프디 아냐 날을 ᄃᆡᄒᆞ야 흔 ᄌᆞ 위쟈 인ᄉᆞ의 말이 업ᄉᆞ니 심히 심디 조빅야오신디라 뎨 비록 불인ᄒᆞ나 님군의 녀ᄌᆞ오 나의 쳐ᄌᆞ라 악뫼 됴위 아니시믄 ᄀᆞ장 그ᄅᆞ시니이다 내 ᄒᆞ믈며 박ᄃᆡᄒᆞ다가 죽어시니 악뫼 깁히 통흔ᄒᆞ실 일이 업ᄉᆞᆯ디라 내 이러므로 스ᄉᆞ로 사ᄅᆞᆷ의 너모 ᄉᆞᆯ기고 인ᄉᆞ 폐ᄒᆞ는 고든 보기 혜롭고 블평ᄒᆞ야 아니 가더이다 형시 쳥파의 넘용졍금 샤례 왈 모친이 공쥬를 통흔ᄒᆞ시미 아니라 우리를 만나 샤졍의 예 반가오미

6면

흉격의 도측ᄒᆞ매 미처 셜화 환훤을 못ᄒᆞ시미라 군ᄌᆞ 엇디 유심 함노ᄒᆞ미 지극흔 고ᄃᆡ 미첫는 줄 알니오 싱이 ᄯᅩ흔 흔연히 웃고 샤례 왈 내 비록 쇼년 셔싱으로 식견이 젹으나 사ᄅᆞᆷ의 허믈은 아ᄂᆞ니 공쥬를 유졍ᄒᆞ미 아니나 ᄉᆞ톄를 ᄉᆞᆯ피믈 니ᄅᆞ미니 이 ᄯᅩ흔 부인으로 ᄂᆡ의지졍이 업ᄉᆞᆫ고로 발ᄒᆞ미니 힝혀 노ᄒᆞ야 말고 악모씌 뎐티 마ᄅᆞ쇼셔 부인이 미쇼 브답ᄒᆞ니 소싱이 ᄯᅩ흔 은근 자약ᄒᆞ더라 싱이 사ᄅᆞᆷ이ᄅᆞ ᄀᆞ디 고집이 극ᄒᆞ여 ᄯᅳᆺ을 셰우노라 공쥬를 박ᄃᆡᄒᆞ나 언〃단〃의 형시를 ᄃᆡᄒᆞ야 그 심쳔을 ᄆᆡᆨ바드ᄃᆡ 형시 긔질이 영오ᄒᆞ고 도량이 팀졍ᄒᆞ여 뎌의 ᄀᆞ업ᄉᆞᆫ 깁픈 ᄯᅳᆺ을 비최미 거울 ᄀᆞᄐᆞ되 아는 톄를 아니코 ᄆᆞᄎᆞᆷ내 공쥬의 말을 내디 아니ᄒᆞ니 소싱이 임의 십분 경복ᄒᆞ고 감탄ᄒᆞ야 형시 ᄆᆡᆨ바드랴 ᄒᆞ다가 도로혀 부인의 계교의 ᄲᅡ뎌 은졍이 날노 듕ᄒᆞ더니 금일 악모의 허믈을 보매 부인이 밧그로 샤례ᄒᆞ나 심듕의 ᄂᆡᆼ쇼ᄒᆞ는 ᄯᅳᆺ이 이시니 대강 형시 셩덕이 특츌ᄒᆞ나 ᄂᆡ의 ᄆᆞ음이 흔굴 ᄀᆞᄐᆞᆫ 셕부인긔 밋디 못ᄒᆞ여 밧그로 흔연ᄒᆞ나 사ᄅᆞᆷ의 흔단을 보면 심듕의 티부ᄒᆞ미

7면

명ᄇᆡᆨᄒᆞ니 셕부인은 안흐로 미안ᄒᆞ면 ᄆᆞ음의 두디 아냐 비록 말자 비쳡이라도 졍셩으로 ᄀᆞᄅᆞ치고 ᄂᆡ의지심이 흔굴 ᄀᆞᄐᆞ야 사ᄅᆞᆷ ᄃᆡ졉이 졍을 기우려 관인 후덕ᄒᆞᄃᆡ 그 허믈을 보면 졍도로 면칙홀디언뎡 뒷공ᄉᆞ를 아니며 속ᄆᆞ음을 두디 아니ᄃᆡ 형시는 이러

티 못ᄒᆞ여 잠간 간사ᄒᆞᆫ 품이 잇ᄂᆞᆫ고로 진짓 셩녜 되디 못ᄒᆞ여 현텰ᄒᆞᆫ 부인이라 ᄒᆞᄂᆞ니라 ᄎᆞ후 ᄉᆡᆼ이 쇼영을 통ᄋᆡᄒᆞ나 부인긔 구산 ᄀᆞᄐᆞᆫ 듕경이 새로와 일시를 ᄯᅥ나고져 아니ᄒᆞᄃᆡ 가법이 ᄉᆞᆷ엄ᄒᆞᆫ디라 ᄆᆞ음을 것잡아 십오 일은 부인긔 잇고 오 일은 쇼영으로 즐기며 십 일을 부친긔 샹딕ᄒᆞ니 소승상이 ᄌᆞ네 ᄌᆞ라고 년긔 만흐므로브터는 녀ᄉᆡᆨ을 더옥 우이 너기ᄂᆞᆫ디라 젼일 십일 식 두 부인긔 드러가던 거ᄉᆞᆯ 오히려 감ᄒᆞ여 수삼월이 디난 후 삼ᄉᆞ일 식 그 부인 슉소의 머믈고 듀야 셔헌의 이시며 일즉 ᄌᆞ녀 모든 듕의도 부인으로 언순ᄒᆞ미 업ᄉᆞᆫ디라 더옥 나ᄌᆡ ᄒᆞᆫ 당의 모ᄃᆞ미 업ᄉᆞ니 졔ᄉᆡᆼ이 쇼년 허랑이 듕ᄒᆞ여 쳐ᄌᆞ를 듕ᄃᆡᄒᆞ미 셜만ᄒᆞ나 그 부친의 ᄒᆡᆼᄉᆞ를 보매 저히 무례ᄒᆞᆫ 줄 스ᄉᆞ로 붓그려 평일 긔탄ᄒᆞ미 듕ᄒᆞᆫ고로 나ᄌᆡ 가ᄇᆡ야이 ᄒᆞᆫ 당의 못

8면

디 못ᄒᆞ고 부뷔 서로 공경ᄒᆞ며 ᄯᅩᄒᆞᆫ 부친이 듀야 외당의셔 디내니 졔ᄉᆡᆼ이 둘식 들려 번 드러 열흘 식 뫼셔 디내ᄂᆞᆫ디라 진실노 부형이 어딜매 ᄌᆞ네 본바다 슈ᄒᆡᆼᄒᆞ미 이 ᄀᆞᆺ더라 이ᄯᅢ 운셩은 이십 셰오 형시는 십구 셰오 쇼영은 이십이 셰라 삼인이 단원ᄒᆞᆫ 부〃로 쳥츈 쇼년이라 서ᄅᆞ 즐기미 일셰예 비티 못ᄒᆞᆯ러라 일〃은 어ᄉᆞ 운경과 한님 운희와 시랑 운현과 오공ᄌᆞ 운몽과 뉵공ᄌᆞ 운의 샹셔 운셩으로 더브러 완농담 ᄀᆞ의 나와 ᄎᆡ션을 ᄲᅮ며 ᄯᅴ오고 션유ᄒᆞᆯ ᄉᆡ 시졀이 하말 츄최라 만당 녹ᄉᆞᄂᆞᆫ 농담을 둘러잇고 홍ᄇᆡᆨ 부용은 녹엽의 소사시니 남풍이 건듯 불매 향긔 습인ᄒᆞ니 만협 산듕의 격물이 쇼쇄ᄒᆞ야 문인ᄌᆡᄌᆞ의 흥이 놉흘디라 졔쇠 ᄇᆡ듀를 나오고 ᄎᆡ련가를 챵화ᄒᆞᆯᄉᆡ 운셩이 ᄇᆡ젼을 두ᄃᆞ려 쳥시를 음영ᄒᆞ매 소ᄅᆡ 쳥쇄ᄒᆞ여 심규의 니부를 움즉이고 군학의 즘교를 춤추인 ᄃᆞᆺᄒᆞᆫ디라 낭〃ᄒᆞᆫ 옥셩이 당공의 어ᄅᆡ니 졔ᄉᆡᆼ이 ᄆᆞ음이 ᄎᆔᄒᆞᆯ ᄃᆞᆺᄒᆞ여 안잣더니 이ᄯᅢ 승샹이 단션ᄉᆡᆼ으로 더브러 ᄉᆞ매를 잇글고 한가히 거러 압동산의 오ᄅᆞ매 완농담 가온대 일쳑 쇼션을 ᄯᅴ워

9면

져근 동ᄌᆡ 사와대를 희롱ᄒᆞ야 ᄇᆡ를 젓고 션샹의 여ᄉᆞᆺ 쇼년이 버러 안자시니 옥모 영풍이 표연이 탈쇽ᄒᆞ여 신션 일뉴어ᄂᆞᆯ 운셩의 음영ᄒᆞᄂᆞᆫ 소ᄅᆡ를 드ᄅᆞ매 슬허ᄒᆞᄂᆞᆫ 사ᄅᆞᆷ이 즐겁고 근심ᄒᆞᄂᆞᆫ 재 상활ᄒᆞᆯ디라 비록 무식ᄒᆞᆫ ᄒᆡᆼ인이라도 거ᄅᆞᆷ을 머추거ᄂᆞᆯ 션ᄉᆡᆼ과 승샹이 드ᄅᆞ매 엇디 두굿겁고 ᄉᆞ랑홉디 아니리오 냥인이 희식이 만안이러니 션ᄉᆡᆼ이

몬져 티하 왈 녕낭의 지혜 여ᄎᆞᄒᆞ니 실노 명공의 복이로소이다 승샹이 겸양 왈 돈ᄋᆡ 직죄 이시미 다 션ᄉᆡᆼ의 ᄀᆞᄅᆞ치신 은혜라 다샤ᄒᆞ거니와 인믈이 노셩티 못ᄒᆞ니 경박 문ᄌᆡ 블관ᄒᆞ니라 냥인이 말을 ᄆᆞᄎᆞ매 다시 귀를 기우려 듯더니 이윽고 운셩이 음영 ᄒᆞᄂᆞᆫ 소ᄅᆡ 그치고 운경 운회 치련가를 브ᄅᆞ매 옥음이 비록 쳥아ᄒᆞ나 유여티 못ᄒᆞ고 또 들리미 분명티 아냐 ᄒᆞᆫ골 ᄀᆞᆺ티 못ᄒᆞᆫ디라 션ᄉᆡᆼ이 탄왈 가셕이라 단졍ᄒᆞ고 아담ᄒᆞ야 옥 ᄀᆞᆺᄐᆞᆫ 문ᄉᆡ로ᄃᆡ 지긔 호상ᄒᆞ고 골격이 츌눌티 못ᄒᆞ며 셩음이 슈묘ᄒᆞ나 멀니 가디 못ᄒᆞ니 반ᄃᆞ시 그 쉬 낫브리로다 승샹 왈 션ᄉᆡᆼ의 말이 션타 내 아ᄒᆡ 댱슈ᄒᆞ며 달샹이 삼ᄋᆞ만 못ᄒᆞ니 반ᄃᆞ시 내 죽은 후

10면

오라디 아냐 망ᄒᆞ리라 션ᄉᆡᆼ이 ᄯᅩᄒᆞᆫ 닐오ᄃᆡ 어ᄉᆞ와 한님이 다 틔 업ᄉᆞᆫ 옥과 ᄆᆞᆯ근 이름 ᄀᆞᄐᆞ야 ᄭᅢ긋티 비최ᄂᆞᆫ 둧ᄒᆞ니 실노 두리워 뵈더이다 승샹 왈 션ᄉᆡᆼ의 샹법이 묘ᄒᆞ거니와 대강 운경 운회 과도히 ᄆᆞᆰ음으로ᄡᅥ 댱슈ᄒᆞᆯ 긔샹이니 이제 어름으로 의논ᄒᆞ야도 틔 잇고 ᄆᆞᆰ디 아닌 거ᄉᆞᆫ 반ᄃᆞ시 녹기를 수이ᄒᆞ고 ᄆᆞᆯ근 거ᄉᆞᆫ 녹으미 더ᄃᆡ니 셰샹 사ᄅᆞᆷ이 쳥슈ᄒᆞ믈 근심ᄒᆞ나 대강 곡진이 ᄆᆞᆰ기를 엇디 못ᄒᆞ고 약간 쳥아ᄒᆞᆫ 거ᄉᆞᆯ 품슈ᄒᆞᆫ 쟈ᄂᆞᆫ 반ᄃᆞ시 단명ᄒᆞ고 긔골이 놉고 조흐며 빗최여 ᄆᆞᆯ근 쟈ᄂᆞᆫ 도로혀 댱슈ᄒᆞᄂᆞ니 이ᄂᆞᆫ 샹법의 묘ᄒᆞᆫ디니 내의 냥ᄋᆡ 비록 쳥슈ᄒᆞ나 뉵십은 너므리라 션ᄉᆡᆼ이 ᄯᅩᄒᆞᆫ 올히 너기더라 날이 져믈매 냥인이 도라와 셔헌의셔 쉬더니 졔ᄉᆡᆼ이 ᄯᅩᄒᆞᆫ 파ᄒᆞ여 드러오니 이 날의야 운셩이 션ᄉᆡᆼ의 흔연ᄒᆞᆫ 비ᄎᆞᆯ 보고 좌의 나아가 말ᄉᆞᆷᄒᆞ고 다시 뎨ᄌᆞ의 도를 일우니라 운셩이 본심이 텬하 강산을 유람코져 ᄒᆞ되 ᄆᆞ양 부모 슬하 ᄯᅥ나믈 어려워 ᄒᆞ더니 일〃은 승샹이 ᄂᆡ당의 들고 셔헌이 고요ᄒᆞ엿거ᄂᆞᆯ ᄉᆡᆼ이 우연히 난두의 홀노 안자 풍월을 외오더니 부친 ᄉᆞᆨ소의셔 우ᄅᆞᆷ 소ᄅᆡ 나

11면

ᄂᆞᆫ디라 ᄉᆡᆼ이 놀나 드ᄅᆞ니 이 사ᄅᆞᆷ의 소ᄅᆡ 아니라 잠간 우ᄂᆞᆫ 텬동 ᄀᆞᄐᆞ되 ᄆᆞᄃᆡ마다 셩음이 이셔 ᄯᅩᄒᆞᆫ 사ᄅᆞᆷ의 곡셩과 방불ᄒᆞ니 ᄉᆡᆼ이 크게 고이히 너겨 년망이 댱을 들고 둘너보ᄃᆡ 인젹이 업ᄉᆞ니 다시 ᄉᆞᆲ히매 션녁 벽샹의 ᄒᆞᆫ 줄 무지게 길게 이셔 길게 빗티면 방 듕의 ᄀᆞᄅᆞ 닐니고 거둣티면 골희예 감기니 빗치 됴요ᄒᆞ고 소ᄅᆡ 딘동ᄒᆞᄂᆞᆫ디라 ᄉᆡᆼ이 노ᄒᆞ여 ᄀᆞᆯ오ᄃᆡ 우리 야〃ᄂᆞᆫ 신셩 군ᄌᆡ라 엇디 침소의 고이ᄒᆞᆫ 변이 잇ᄂᆞ뇨 드ᄃᆡ여

나아가 그 골히예 감길제 손으로 잡아 ᄂᆞ리오니 믄득 화광이 거드며 쌰히 도로 써러디는 거시 잇거ᄂᆞᆯ 급히 보니 이 곳 보되라 빗치 셜광 ᄀᆞᆺ고 기릐 삼쳑이라 ᄌᆞ로 ᄂᆡ 칠셩참요 네지 분명ᄒᆞ니 이는 십오년 젼의 소승샹이 태샹노군을 만나 어든 배라 도식임의 운셩을 일ᄏᆞ라 이 칼 님자는 구름 아래 별이라 ᄒᆞ니 소공이 비록 아라드ᄅᆞ나 싱이 긔질이 넘나고 의식 호방ᄒᆞ여 장슈의 긔운이 잇는디라 소공이 ᄆᆞ양 깃거 아냐 그 ᄃᆡ〃로 유쟈 문인의 가문의 호반이 가티 아니타 ᄒᆞ여 ᄯᅩᄒᆞᆫ 이 칼흘 주어 그 긔운을 돕디 아니니 뉘 그 신긔로온 칼히 님자를 만나디 못ᄒᆞ엿다가 금일 스ᄉᆞ로

12면

갑플의 소사나 ᄒᆞᆫ 번 울고 용을 내여 소싱을 알게 ᄒᆞᆯ 줄 알니오 싱이 이 칼흘 보고 십분 대희ᄒᆞ여 닐오ᄃᆡ 이는 하ᄂᆞᆯ이 날을 주시미로다 드ᄃᆡ여 부친긔 고티 아니코 갑플의 ᄡᅡ와 침소의 도라와 벽의 걸고 환희ᄒᆞᆷ믈 이긔디 못ᄒᆞ더니 승샹이 셔헌의 나와 보니 벽샹의 거럿던 신검이 업는디라 대경ᄒᆞ여 급히 졔ᄌᆞ를 불너 무른대 운셩이 안셔히 술오ᄃᆡ 쇼ᄌᆡ 금일 우연히 즘당 안흘 보니 보ᄇᆡ예 칼히 잇는디라 미쳐 대인긔 알외디 못ᄒᆞ고 가져다가 보앗ᄂᆞ이다 승샹이 닐ᄋᆞᄃᆡ 내 원ᄂᆡ 너를 주고져 ᄒᆞ던 거시니 네 맛당이 삼가 조심ᄒᆞ여 신듀를 집의 내디 말나 싱이 대희ᄒᆞ야 ᄇᆡ샤ᄒᆞ니 졔싱이 물너와 무러 왈 네의게 됴ᄒᆞᆫ 칼이 무궁ᄒᆞ거ᄂᆞᆯ 엇디 홀노 이 칼흘 주시매 깃거ᄒᆞᄂᆞ뇨 싱이 쇼왈 엇던 칼히 감히 여긔 미ᄎᆞ리오 드ᄃᆡ여 여러 형뎨를 ᄃᆞ리고 셔당의 와 그 칼을 뵈니 셩녕이 경묘ᄒᆞ고 긔특ᄒᆞ야 너븨 셰치오 기릐 석지히라 운경이 시험ᄒᆞ야 들랴ᄒᆞ니 즌자리 태산 거움 ᄀᆞᆺᄐᆞ니 모든 형뎨 일시의 드러 합녁ᄒᆞ여 계유 움즉이니 운셩이 미쇼 왈 졔 형뎨는 과연 잔약ᄒᆞ도다 아모리 션빈들

13면

[일]쳔 근든 칼흘 이긔디 못ᄒᆞ리잇가 드ᄃᆡ여 ᄒᆞᆫ 손으로 가ᄇᆡ야이 잡아 집의 고ᄌᆞ니 운경이 쇼왈 우리 가문이 ᄃᆡ〃로 유혹 도혹이라 네 이제 이 ᄀᆞᆺᄐᆞᆫ 용녁이 이시니 아니 셕쟝군의 교ᄃᆡ를 ᄒᆞᆯ다 싱왈 블연ᄒᆞ다 우리 부친이 도혹의 극진ᄒᆞ시ᄃᆡ 평싱 강녁은 ᄇᆞ리디 못ᄒᆞ샤 이 칼 들기를 습개ᄀᆞᆺ티 ᄒᆞ시니 쇼뎨 비록 무반이 아니나 본ᄃᆡ 힘을 엇디 ᄒᆞ리잇고 졔싱이 묵연이러라 수일 후 싱이 부친의 안젼의 고ᄒᆞᄃᆡ 블쵸ᄋᆡ 평싱의 텬하를 한유ᄒᆞ야 구쥐 승경을 흉듕의 거두어 녀코져 ᄒᆞᄋᆞᆸᄂᆞ니 근간의 북뇌 병을 동

티 아니코 묘당이 평안ᄒᆞ니 석둘 말ᄆᆡ를 어더지이다 승샹이 허락ᄒᆞ니 ᄉᆡᆼ이 샹소ᄒᆞ여 츌유ᄒᆞ믈 고ᄒᆞ고 즉시 필마로 참요검만 ᄎᆞ고 금돈 두어ᄢᅦ옴으로ᄡᅥ 낭듕의 녀흔 후 부모 존당의 하딕 홀ᄉᆡ 승샹이 경계 왈 네의 유산ᄒᆞ미 문인의 디긔나 혈긔 미뎡ᄒᆞ고 품직이 경약ᄒᆞ니 삼가 힝ᄒᆞ나 므롯 조죠의 일자며 늣긔야 니러 ᄌᆞ뭇 조심ᄒᆞ고 혈긔예 분으로ᄡᅥ 사름과 결연티 말나 ᄉᆡᆼ이 ᄇᆡ샤 슈명ᄒᆞ고 ᄉᆞ매를 ᄯᅥᆯ티고 나와 청죵 만니운을 ᄐᆞ매 ᄒᆞᆫ 번 채를 두ᄅᆞ니 슌식 간의 사

14면

름과 ᄆᆞᆯ을 보디 못홀러라 이ᄢᅢ 형시 샹셔의 유산ᄒᆞᄃᆡ 니별티 아니코 그 탹급ᄒᆞᄆᆞᆯ 고이히 너기더라 운ᄉᆡᆼ이 ᄒᆞᆫ 사름도 ᄃᆞ리디 아니코 필마 단도로 힝ᄒᆞ야 일노의 승경을 유안홀ᄉᆡ 진실로 텬디의 ᄆᆞᆯ근 경긔 곳〃이 산쳔의 ᄆᆡ쳐 경개 졀승티 아닌 곳이 업순디라 소ᄉᆡᆼ이 의긔 호방ᄒᆞ고 졍신이 쇄락ᄒᆞ여 ᄒᆞᆫ 갓 나지 둘너 불쌩아니라 월야의는 더옥 만텹 산듕과 그윽ᄒᆞᆫ 시내를 귀경ᄒᆞᄃᆡ 죠곰도 ᄆᆞ음의 두립디 아니ᄒᆞ여 힝ᄒᆞ연디 반월이러니 일〃은 날이 져믈고 월ᄉᆡᆨ이 즌디의 빗취니 ᄉᆡᆼ이 홀노 ᄆᆞᆯ을 모라 가더니 멀니 ᄇᆞ라보니 큰 뫼히 하늘히 다핫ᄂᆞᆫᄃᆡ 두 줄 화광이 휘황ᄒᆞ야 월ᄉᆡᆨ을 이긔ᄂᆞᆫ디라 소ᄉᆡᆼ이 십분 고이히 너겨 졈〃 나아가매 그 화광이 ᄒᆞ나 식 보히다가 혹 일시의 블가심히 흉ᄒᆞᆫ디라 블빗 나는 곳으로 수ᄇᆡᆨ 보는 두고 ᄆᆞᆯ이 거름을 머츄니 소ᄉᆡᆼ이 이에 경계 왈 뎌 화광이 반ᄃᆞ시 호표의 눈 경긔라 내 임의 아랏ᄂᆞ니 네 맛당이 믈너갓다가 내 뎌 업튝을 졔어ᄒᆞᆫ 후 나아오라 셜파의 ᄆᆞᆯ게 ᄂᆞ려 ᄆᆞᆯ을 멀니 모라 보내고 쳥당건으로 완〃히 거러 나아가니 아디 못게라 길흉이 엇던

15면

고 이 산듕의 ᄒᆞᆫ 빵 악호 이시니 힝인이 ᄇᆡ의 ᄒᆞ나토 무ᄉᆞ히 디나리 업순디라 금일 ᄌᆞ웅 냥호 숩플 안히셔 사름을 엿더니 소ᄉᆡᆼ의 바로 나아오믈 보고 웅호 몬져 프람ᄒᆞ며 산악 ᄀᆞᆺ튼 셰를 내여 소ᄉᆡᆼ을 업누ᄅᆞ려ᄒᆞ거ᄂᆞᆯ ᄉᆡᆼ이 잠간 쳑ᄃᆞᄅᆞ며 주머긔로 머리를 ᄒᆞᆫ 번 티니 두 골이 ᄭᆡ여뎌 죽은디라 ᄌᆞ호 님 즁의셔 이를 보고 대로ᄒᆞ야 벽녁ᄀᆞ튼 소ᄅᆡ를 디ᄅᆞ고 ᄃᆞ라드니 소ᄉᆡᆼ이 뒤흐로 내ᄃᆞ라 ᄭᅩ리를 잡아 공듕의 둘너 바회예 ᄇᆞ드티니 ᄯᅩᄒᆞᆫ 분골쇄신ᄒᆞᆫ디라 삿기 범 다ᄉᆞᆺ시 수플 밧긔 내ᄃᆞᄅᆞ매 ᄉᆡᆼ이 쇼왈 뎌 업튝이야 어이 족히 니ᄅᆞ리오 홈ᄭᅴ 텨 죽이고 ᄆᆞᆯ을 ᄎᆞ자 ᄐᆞ고 나오니 몸이 잠간 곤ᄒᆞᆫ디

라 인가를 엇고져 ᄒᆞ더니 드ᄅᆞ니 멀니셔 경ᄌᆞ 소ᄅᆡ 나거ᄂᆞᆯ ᄎᆞ자가니 큰 뎔이라 문을 두ᄃᆞ려 왓ᄂᆞᆫ 줄을 알외니 졔승이 유산ᄒᆞᄂᆞᆫ 션빈 줄 알고 공경ᄒᆞ야 마자 법당의 드라고 지식으로뻐 먹이니 ᄉᆡᆼ이 칭샤ᄒᆞ고 인ᄒᆞ야 닐오ᄃᆡ 나ᄂᆞᆫ ᄒᆡᆼ인이라 밤이 깁프니 쉬여 ᄂᆡ일 계명의 갈 거시니 ᄒᆞᆫ ᄀᆡᆨ실을 빌니라 졔승 왈 이 뎔의ᄂᆞᆫ ᄀᆡᆨ실이 이셔도 손이 자디 못ᄒᆞᄂᆞ니 슈ᄌᆡ 잠간 안자시라 이제 우리 슈륙을 ᄆᆞᆺ고 ᄒᆞᆫ

16면

가지로 방댱의 드러가 자사이다 ᄉᆡᆼ왈 임의 ᄀᆡᆨ실을 두고 ᄀᆡᆨ이 자디 못ᄒᆞᆫ다 ᄒᆞ믄 엇디오 졔승 왈 슈ᄌᆞᄂᆞᆫ 아디 못ᄒᆞ리니 우리 뎔의 본ᄃᆡ 요괴 업더니 십년 젼의 ᄀᆡᆨ당의 다ᄉᆞᆺ 요괴이셔 손이 만일 일야를 머므던대 반ᄃᆞ시 죽ᄂᆞ니 엇디 게 가 자리오 이러모로 ᄒᆡᆼᄀᆡᆨ이 우리와 ᄒᆞᆫ 방의셔 자ᄂᆞ니이다 ᄉᆡᆼ이 크게 소ᄅᆡ 딜너 ᄀᆞᆯ오ᄃᆡ 너희 등이 그ᄅᆞ다 더ᄂᆞᆫ 이 곳 니ᄆᆡ 망냥이라 셰상 군ᄌᆡ 엇디 요괴를 피ᄒᆞ리오 너희 ᄲᆞᆯ니 ᄀᆡᆨ당을 ᄀᆞᄅᆞ치라 내 홀노 가 요괴를 죽이고 너희 뎔을 평안케 ᄒᆞ리라 졔승이 경왈 이 슈ᄌᆡ 진실노 망녕되다 엇디 이런 말을 ᄒᆞ여 인ᄉᆡᆼ ᄇᆡᆨ년을 헛도이 ᄆᆞᆺᄎᆞ려ᄒᆞᄂᆞ뇨 ᄉᆡᆼ왈 죽으믄 내 근심홀 배오 너희 등의 용녀ᄒᆞ미 다ᄉᆞᄒᆞ다 드ᄃᆡ여 ᄀᆡᆨ당을 ᄀᆞᄅᆞ치라 보채니 졔승이 엇디 구ᄐᆞ여 ᄂᆞᆷ의 명을 앗기리오 이에 셧녁흐로 수십 보만 가면 져근 초당이 잇다 ᄒᆞ고 등불을 주거ᄂᆞᆯ ᄉᆡᆼ이 블을 들고 가니 과연 삼간 방 섀으로 믈허뎌 듯글이 ᄀᆞ독ᄒᆞ엿ᄂᆞᆫ디라 ᄉᆡᆼ이 블을 ᄇᆞᆰ히고 칼흘 딥고 벽의 의지ᄒᆞ얏더니 믄득 ᄒᆞᆫ딘 ᄎᆞᆫ ᄇᆞ람이 ᄲᆡ를 ᄉᆞᄆᆞᆺ고 문이 스ᄉᆞ로 열니며 오ᄉᆡᆨ 옷 닙은 재 다ᄉᆞᆺ 간

17면

창을 들고 드러와 등하의 셔니 ᄉᆡᆼ이 분호도 요동티 아니코 단졍히 안자 눈으로뻐 본대 기인이 소ᄅᆡ 딜너 닐오ᄃᆡ 너ᄂᆞᆫ 하등 지인이완ᄃᆡ 감히 우리를 보고 업수이 너겨 요동티 아닛ᄂᆞ뇨 ᄉᆡᆼ이 녀셩이응 왈 너ᄂᆞᆫ 곳 산듕 업튝이라 엇디 군ᄌᆞ를 범ᄒᆞ리오 기인이 대로ᄒᆞ여 ᄃᆞ라드니 ᄉᆡᆼ이 칼흘 드러 그 다리를 버히니 것구러디거ᄂᆞᆯ 보니 이 곳 산계라 크기 큰 혹만ᄒᆞ더라 ᄉᆡᆼ이 ᄒᆞᆫ 구석의 밀티고 안잣더니 믄득 보니 ᄒᆞᆫ 요괴 드러오니 킈 ᄀᆞ장 크고 허리 ᄀᆞ늘고 거믄 오ᄉᆞᆯ 닙고 뒤히 ᄒᆞᆫ 요괴 셔시니 황의를 닙으며 얼골이 옥 ᄀᆞᆺ고 담대ᄒᆞ더라 두 요괴 녀셩 왈 네 므ᄉᆞᆷ 연고로 내의 ᄉᆞ형을 죽이뇨 일시의 ᄃᆞᆯ녀드니 소ᄉᆡᆼ이 참요검을 드러 몬져 황의쟈를 버히니 이 곳 누른 털 흰 ᄂᆞᆺ치 여

이라 흑의쟈 더옥 노ᄒᆞ여 독긔롤 색므니 광풍이 대작ᄒᆞ고 졍신이 홀난ᄒᆞ여 눈을 쓰디 못ᄒᆞᄂᆞᆫ디라 소싱이 조곰도 두려 아니ᄒᆞ고 급히 검무롤 일워 흑의쟈의 허리롤 버히니 ᄒᆞᆫ 소릐롤 디ᄅᆞ고 펴디니 ᄒᆞᆫ 거믄 빅얌이라 피 ᄒᆞᆫ 뎜이 소싱의 ᄂᆞᆺ히 쎠러디며 알프미 급ᄒᆞ거ᄂᆞᆯ 싱이 즉시

18면

칼노뼈 피므든 거술 버혀 ᄇᆞ리니 공듕의 쒸놀기롤 십여 번을 ᄒᆞ다가 ᄂᆞ려디더라 이윽고 일딘 비풍이 니ᄂᆞᆫ듸 두 사ᄅᆞᆷ이 드러오니 다 얼골이 흉악ᄒᆞ고 긔셰 위험ᄒᆞ여 가히 몬져 왓던 삼요의 비티 못홀러라 싱이 즐왈 네 무단히 군ᄌᆞ의 자ᄂᆞᆫ 듸 니ᄅᆞ러 핍박ᄒᆞ니 만일 믈너 가디 아닐딘대 삼요의 해롤 닙으리라 두 요괴 다만 노ᄒᆞ여 ᄭᅮ지ᄌᆞ듸 우리 일즉 널노 더브러 원쉬 업거ᄂᆞᆯ 내의 ᄉᆞ형을 죽이니 엇디 원쉬 젹으리오 일시의 나아드러 빠홀 ᄉᆡ 운셩이 ᄯᅩᄒᆞᆫ 분녁ᄒᆞ야 빠ᄒᆞ니 원ᄂᆡ 운셩의 긔운이 탈쇽ᄒᆞ고 용녁이 과인홀 분 아니라 칠셩검의 신긔ᄒᆞ미 요긔롤 졔어ᄒᆞᄂᆞᆫ고로 오라디 아냐셔 ᄯᅩ ᄒᆞ나흘 버히니 이 곳 거북의 졍녕이라 오직 ᄒᆞᆫ 요긔 남아셔 삼경으로브터 오경ᄭᆞ지 빠호듸 승뷔 업더니 효계 챵ᄒᆞᆫᄒᆞ고 동방이 희여오니 요긔 믄득 ᄃᆞ라나고져 ᄒᆞᄂᆞᆫ디라 운셩이 승셰ᄒᆞ여 그 엇게롤 티니 화광이 병텬ᄒᆞ며 ᄡᅡ히 업더디거ᄂᆞᆯ 보니 이 곳 셕ᄉᆞ직라 엇게 쎠러뎟더라 싱이 다ᄉᆞᆺ 죽검을 모화 ᄒᆞᆫ 구석의 두고 누어 쉬다가 잠간 좀 드럿더니 믄득 밧기 드레며 인셩이 쟈〃커ᄂᆞᆯ 놀나 ᄭᆡ야보니 모

19면

든 승들이 싱이 죽엇ᄂᆞᆫ가 너겨 지져긔며 오다가 싱을 보고 일시의 ᄡᅡ히 업더여 ᄀᆞᆯ오듸 슈직 아니 귀신이냐 싱이 졍ᄉᆡᆨ 왈 너희 등이 거즛말노 사ᄅᆞᆷ 죽이ᄂᆞᆫ 요괴 잇다 ᄒᆞ더니 내 오ᄂᆞᆯ 와셔 보니 사ᄅᆞᆷ의게 죽ᄂᆞᆫ 요괴 잇더라 졔승이 크게 고이히 너겨 일시의 나아가 방듕을 보니 요괴 죽엄이 빠혓ᄂᆞᆫ디라 대경ᄒᆞ야 일시의 절ᄒᆞ고 왈 슈ᄌᆞᄂᆞᆫ 아니 신인으로셔 우리롤 죠롱ᄒᆞ시ᄂᆞ냐 엇디 뎌 흉ᄒᆞᆫ 요괴롤 다ᄉᆞᆺ토록 두어 경 ᄉᆞ이의 죽이시니잇가 싱이 다만 웃고 왈 이ᄂᆞᆫ 곳 군ᄌᆞ의 홀 배라 엇디 신인의 비기리오 모든 즁들이 긔특이 너겨 서로 닐오듸 반ᄃᆞ시 부톄 변화ᄒᆞ야 우리롤 소긴다 ᄒᆞ고 지극히 공경ᄒᆞ야 법당으로 ᄃᆞ려가고 그 죽엄은 ᄉᆞ어 내티다 싱이 조반을 먹고 두어 고승으로 더브러 산경을 유람ᄒᆞ야 문왈 이 산의 일홈이 므엇고 듸왈 산명은 계명산이오 뎔

은 숑간ᄉᆡ라 ᄒᆞᄂᆞ니이다 ᄉᆡᆼ이 텽파의 필찰을 구ᄒᆞ야 절구 ᄇᆡᆨ여 슈를 지으니 졔승이 보고 크게 놀나 ᄀᆞᆯ오ᄃᆡ 우리 졀 벽샹의 지은 숑풍시를 아모도 ᄃᆡᄒᆞ리 업더니 진짓 그 ᄶᅡᆨ이로다 ᄉᆡᆼ이 심듕의 텬하 문장을 묘시ᄒᆞᄂᆞᆫ디라 금일 이

20면

글ᄌᆞ로ᄡᅥ ᄀᆞᄐᆞᆫ 글이 잇다ᄒᆞᆷ을 듯고 듕심의 밋디 아냐 ᄀᆞᆯ오ᄃᆡ 엇던 사ᄅᆞᆷ이 □를 지어 부벽ᄒᆞ던고 가히 ᄒᆞᆫ 번 어더 보랴 노승이 ᄃᆡ왈 슈지 보고져 ᄒᆞ실딘대 므어시 어려오리오 즉시 ᄃᆞ리고 졍뎐의 다ᄃᆞ라 ᄀᆞᆯ오ᄃᆡ 이ᄂᆞᆫ 부톄 겨신 고디니 슈지 비블ᄒᆞ라 ᄉᆡᆼ이 쇼왈 ᄂᆞᄂᆞᆫ 셩현의 글을 닷그니 엇디 셔역 요긔로온 패도지슐의 신녕을 보고 절ᄒᆞ미 이시리오 졔승이 묵연 무언ᄒᆞ여 다만 벽샹의 글을 ᄀᆞᄅᆞ쳐 뵐 ᄉᆡ 소ᄉᆡᆼ이 눈을 드러 보니 임의 졀구 삼십 쉬라 슈필이 졍묘ᄒᆞ고 ᄉᆞ의 쳥신ᄒᆞ며 필법이 진쥬를 헤티고 텰ᄉᆞ를 드리온 ᄃᆞᆺᄒᆞ야 ᄌᆞ가 문쟝이 진실노 샹좌를 ᄉᆞ양ᄒᆞᆯ 배오 그 부친의 ᄌᆡ죄 ᄒᆞᆫ 층도 오ᄅᆞ미 업서 병구징션ᄒᆞ미 가ᄒᆞᆫ디라 크게 놀나 좌우ᄃᆞ려 무러 ᄀᆞᆯ오ᄃᆡ 이 엇던 사ᄅᆞᆷ의 지은 배뇨 그 듕의 ᄀᆞ장 늘근 즁이 닐오ᄃᆡ 이 시ᄂᆞᆫ 오십 년 젼의 ᄒᆞᆫ 쇼년이 두어 셔ᄇᆡ를 ᄃᆞ리고 니ᄅᆞ러 이 글을 지어 부벽ᄒᆞ고 아래 뎨명ᄒᆞ니이다 ᄉᆡᆼ이 ᄭᆡᄃᆞ라 고텨 그 아래를 보니 ᄀᆞᆯ와시ᄃᆡ 쳐ᄉᆞ 소광은 년긔 십뉵셰라 친우 위량과 뉴의로 더브러 계명산 숑간ᄉᆞ의 와 댱ᄌᆞ방의 퉁쇼 소ᄅᆡ를 듯고 고젹을 ᄉᆞ려ᄒᆞ여 졀시 삼

21면

십 슈를 긔록ᄒᆞ노라 ᄒᆞ엿더라 ᄉᆡᆼ이 견필의 더옥 놀나 ᄉᆡᆼ각ᄒᆞᄃᆡ 이 곳 우리 션조의 지으신 배로다 드ᄃᆡ여 감회ᄒᆞᆷ을 이긔디 못ᄒᆞ야 그 긋침 니어 글을 지어 부벽ᄒᆞ니 졔승이 대회ᄒᆞ야 ᄀᆞᆯ오ᄃᆡ 오십 년 후의 진짓 ᄃᆡ지 나니 엇디 긔특디 아니리오 ᄉᆡᆼ이 ᄯᅩᄒᆞᆫ 조부의 글을 앗겨 이에 다시 여러 댱 절구를 지어주고 소쳐ᄉᆞ 글을 ᄡᅧ혀 밧고 와 낭듕의 녀흐니 졔승이 ᄯᅩᄒᆞᆫ 슌둉ᄒᆞ더라 ᄉᆡᆼ이 수일을 쉬여 다시 ᄒᆡᆼᄒᆞ야 ᄒᆞᆫ 고ᄃᆡ 다ᄃᆞᄅᆞ니 놉흔 녕이 ᄀᆞᄅᆞ 막혓ᄂᆞᆫ디라 극히 험쥰ᄒᆞ니 ᄉᆡᆼ이 마샹의셔 혼잣 말노 닐오ᄃᆡ 삼산 오악이 ᄀᆞ려실디라도 내의 말니운이 엇디 근심ᄒᆞ리오 ᄒᆞ더니 홀연 그 ᄆᆞᆯ이 거름을 머추고 가디 아니커ᄂᆞᆯ ᄉᆡᆼ이 경아ᄒᆞ여 혜오ᄃᆡ 반ᄃᆞ시 녕을 디나면 흉ᄒᆞᆫ 일이 잇도다 드ᄃᆡ여 경계ᄒᆞ야 ᄀᆞᆯ ᄋᆞᄃᆡ 네의 신긔를 내 임의 아ᄂᆞ니 네 맛당이 날노 ᄒᆞ야곰 보호ᄒᆞ라 셜파의 그 ᄆᆞᆯ이 ᄒᆞᆫ 번 ᄶᅱ여 녕의 오ᄅᆞ니 이미 알ᄑᆡ ᄇᆡᄂᆞᆫ고로 젼경질ᄒᆞᄂᆞᆫ 사ᄅᆞᆷ 오

늑십 인이 세 교ᄌᆞ를 ᄂᆞ리와 노코 부녀를 겁간코져 ᄒᆞ거ᄂᆞᆯ 소ᄉᆡᆼ이 십분 대로ᄒᆞ야 ᄊᆡ니 ᄆᆞᆯ을 모라가니 모든 도적들이 닐오ᄃᆡ 됴흔 ᄆᆞᆯ이 오니 아사 우리 장군긔 아

22면

리쟈 ᄒᆞ고 일시의 내ᄃᆞ르니 ᄉᆡᆼ이 용녁을 분발ᄒᆞ여 년ᄒᆞ여 십여인을 죽이니 나믄 재 ᄃᆞ라나거ᄂᆞᆯ ᄉᆡᆼ이 ᄆᆞᆯ게 ᄂᆞ려 세 녀ᄌᆞ를 보고 무러 왈 그ᄃᆡᄂᆞᆫ 어ᄃᆡ 사ᄅᆞᆷ으로셔 도적의게 잡히여 왓ᄂᆞ뇨 삼 녀ᄌᆡ 울며 왈 우리ᄂᆞᆫ 마아산하의셔 사ᄂᆞᆫ ᄉᆞ족이러니 듕츄 망일이 갓가오니 부텨긔 진향ᄒᆞ라 가다가 도적을 만나 ᄃᆞ려가던 재 다 ᄃᆞ라나고 우리ᄂᆞᆫ 장ᄎᆞᆺ 욕을 보리러니 션ᄉᆡᆼ의 구ᄒᆞ시ᄆᆞᆯ 만나니 이 은혜를 삼ᄉᆡᆼ의 엇디 다 갑프리오 ᄉᆡᆼ이 심듕의 고이히 너겨 왈 엇디 녀ᄌᆞ의 몸으로셔들 즁의게 가리오 그 ᄒᆡᆼ실이 비쳔ᄒᆞ나 ᄋᆡᆨ을 만나시니 구ᄒᆞᆯ 거시라 ᄒᆞ야 공경ᄒᆞ야 ᄀᆞᆯ오ᄃᆡ 삼부인의 운싀 차목ᄒᆞ니 쇼ᄉᆡᆼ이 맛당이 본ᄐᆡᆨ의 뫼셔다가 드리리이다 드ᄃᆡ여 앏셔라 ᄒᆞ고 ᄆᆞᆯ게 ᄂᆞ려 완〃히 ᄒᆡᆼᄒᆞ야 그 집 문의 들믈 보고 ᄉᆡᆼ이 쥬인이 나와 샤례ᄒᆞᆯ가 두려 춍망이 ᄆᆞᆯ게 올나 가니라 그 녀ᄌᆞ들이 드러가 각〃 부모와 가부를 ᄃᆡᄒᆞ야 슈말을 니ᄅᆞ니 모다 크게 깃브고 놀나 급피 나와보니 임의 죵적이 업ᄂᆞᆫ디라 대경ᄒᆞ야 반ᄃᆞ시 신인이 구ᄒᆞᆫ가 의심ᄒᆞ며 그 덕을 닛디 못ᄒᆞ야 샹을 그려 두고 ᄉᆞ실졔ᄒᆞ더라 운셩이 임의 강도

23면

를 죽이고 녀ᄌᆞ를 구ᄒᆞ야 도라보낸 후ᄂᆞᆫ 다시 ᄒᆡᆼᄒᆞ야 셔촉 강산을 보더니 파셔 싸히니ᄅᆞ니 너른 들 우희 무수 군인이 수플 ᄀᆞᆺᄐᆞ엿거ᄂᆞᆯ ᄉᆡᆼ이 나아가 보니 놉히 단을 뭇고 두 관원이 사모관ᄃᆡᄒᆞ고 안잣ᄂᆞᆫᄃᆡ 군민 장졸이 동셔로 갈나 셧고 가온대 ᄒᆞᆫ 장ᄉᆡ 셔시니 얼골이 녕악ᄒᆞ야 흉ᄒᆞ미 금강 ᄀᆞᆺᄐᆞᆫ디라 두 눈을 부릅 쓰고 기동ᄀᆞᆺᄐᆞᆫ ᄑᆞᆯ흘 것고 시름ᄒᆞᆯ ᄉᆡ 동녁희 장ᄉᆞ 오십여 인을 잠간 ᄉᆞ이 디우ᄃᆡ 죠곰도 슈고티 아니 ᄒᆞᄂᆞᆫ디라 ᄃᆡ샹 홍포 닙은 관원과 셧녁히 셧ᄂᆞᆫ 쟈ᄂᆞᆫ 뎌 장ᄉᆡ 사ᄅᆞᆷ 디울 적마다 깃거ᄒᆞ고 흑포 닙은 관원과 동녁히 셧ᄂᆞᆫ 쟈ᄂᆞᆫ 급〃ᄒᆞ여 ᄒᆞ거ᄂᆞᆯ ᄉᆡᆼ이 고이히 너겨 사ᄅᆞᆷᄃᆞ려 무ᄅᆞᄃᆡ 두 관원이 시름ᄒᆞᄂᆞᆫ 양을 장관ᄒᆞ매 즐기미 ᄒᆞᆫ가지어ᄂᆞᆯ 엇디 깃브며 근심ᄒᆞ미 상반ᄒᆞ뇨 ᄃᆡ왈 그ᄃᆡᄂᆞᆫ 모ᄅᆞᄂᆞᆫ도다 뎌 홍포쟈ᄂᆞᆫ 쵹군 태싊오 흑포쟈ᄂᆞᆫ 닌군의 이셔 쓰디 서ᄅᆞ 블목ᄒᆞ니 이졔 시름ᄒᆞ여 이긔ᄂᆞᆫ 편은 믈ᄒᆞᆫ 잔도 허비 업고 못 이긔ᄂᆞᆫ 편은 년〃의 됴공ᄒᆞ게 ᄒᆞ니 뎌러 모로다 피오미 젹디 아닌ᄃᆡ 뎌 장ᄉᆞ 오악신은 진짓 쇼패

왕이라 쵹군 태쉬 ᄃᆞ리고 와 파셔 태슈의 장ᄉᆞ 뉵십여 인을

24면

ᄒᆞᆫ 손으로 두로텨 파ᄒᆞ니 엇디 급〃ᄒᆞ여 아니리오 소ᄉᆡᆼ이 듯기를 ᄆᆞᆺ고 셔셔 보니 믄득 그 장ᄉᆞ 오악신이 의긔 호방ᄒᆞ여 소ᄅᆡ 딜너 ᄀᆞᆯ오ᄃᆡ 동셔남북으로셔 아ᄆᆡ나 날을 당ᄒᆞᆯ 재 잇거든 나아오라 ᄒᆞᄃᆡ 아모도 감히 움즉이디 못ᄒᆞ거ᄂᆞᆯ 소ᄉᆡᆼ이 심듕의 분녁ᄒᆞ여 ᄉᆡᆼ각ᄒᆞᄃᆡ 제 엇던 필뷔완ᄃᆡ 텬하의 무뎍ᄒᆞᆫ 테ᄒᆞ리오 십분 괘심ᄒᆞ니 맛당이 그 예긔를 것그리라 ᄒᆞ고 ᄆᆞᆯ게 ᄂᆞ려 즁인 총듕을 헤티고 나아가 웨여 ᄀᆞᆯ오ᄃᆡ 시름ᄒᆞᄂᆞᆫ며 장ᄉᆡ야 네 이제 무젹ᄒᆞ미 죡히 날을 ᄃᆡ뎍ᄒᆞᆯ소냐 모다 놀나 보니 이 곳 ᄒᆞᆫ 쇼년 셔ᄉᆡᆼ이라 얼골은 ᄇᆡᆨ옥을 관쓰인 ᄃᆞᆺ ᄀᆞᄂᆞᆫ 낭목은 단봉의 눈 ᄀᆞᆺ고 블근 단사를 쥐홈 ᄀᆞᆺ튼디라 ᄇᆡᆨ포 당건으로 현〃이 거러 나아오니 너른 ᄉᆞ매와 표연ᄒᆞᆫ 엇게와 부치ᄂᆞᆫ 슈양ᄀᆞᆺ튼디라 풍치 쇄락ᄒᆞ고 골격이 쳥슈ᄒᆞ야 진실노 옥쳑 신션이 듯글의 뎍강ᄒᆞ엿ᄂᆞᆫ디라 앙〃히 구름을 헤티고 등션ᄒᆞᆯ 뜻이 이시니 엇디 신토의 ᄆᆞ들미 이시며 또ᄒᆞᆫ 용녁이 이셔 뵈리오 일시의 소ᄅᆡᄒᆞ야 고이히 너기고 오악신이 대쇼 왈 슈ᄌᆞᄂᆞᆫ 공ᄆᆡᆼ의 기틴 글이나 셥ᄒᆞᆯ디언뎡 우리 장ᄉᆞ의 권법을 엇디 알니오 ᄉᆡᆼ이 쇼왈 이ᄂᆞᆫ 네 근

25면

심ᄒᆞᆯ 배 아니니 다만 결우미 가ᄒᆞᆫ디라 드ᄅᆞ니 네 임의 쵹군이라ᄒᆞ니 나ᄂᆞᆫ 파셔 태슈의 편을 드러 결우리라 단상의 냥 태쉬 흠긔 소ᄅᆡᄒᆞ야 문왈 슈ᄌᆞᄂᆞᆫ 어ᄂᆞ 따 엇던 사ᄅᆞᆷ이뇨 셩명을 니ᄅᆞ라 ᄉᆡᆼ왈 내의 셩명은 날호여 고ᄒᆞ리니 다만 몬져 결우미 원이로다 오악신이 심듕의 우이 너겨 닐오ᄃᆡ 슈ᄌᆡ 임의 파셔를 븟들딘대 날노 더브러 ᄌᆞ웅을 결우쟈 소ᄉᆡᆼ이 응셩ᄒᆞ여 나아가매 오악신이 다시 대쇼ᄒᆞ고 닐오ᄃᆡ 슈ᄌᆡ 만일 결울딘대 당건 ᄇᆡᆨ포 광삼을 벗고 오라 어ᄂᆞ 시름의 씌도 그ᄅᆞ디 아녓더뇨 실노 인ᄉᆡᆼ ᄆᆞᆺ기 즐기믄 이 슈ᄌᆞ ᄲᅮᆫ이로다 본향이나 니ᄅᆞ라 신테를 ᄎᆞ자 보내리이다 ᄉᆡᆼ이 다만 웃고 왈 이ᄂᆞᆫ 내 근심ᄒᆞᆯ 배오 네의 념녜 다ᄉᆞᄒᆞ니 다만 날을 디우미 묘ᄒᆞ다 오악신이 이에 ᄒᆞᆫ 소ᄅᆡ를 니ᄅᆞ고 ᄃᆞ라드러 오술 잡아 소ᄉᆡᆼ을 두 손으로 가ᄇᆡ야이 추혀들고 닐오ᄃᆡ 슈ᄌᆞ를 맛당이 갓구로 박으랴 바로 디우랴 ᄉᆡᆼ이 쇼왈 네 맛당이 것구로 박으라 오악신이 크게 웃고 ᄉᆡᆼ을 것구로 드러 두로기를 대엿 번이나 ᄒᆞ야 경히 ᄇᆞ리려ᄒᆞ더니 믄득 보니 소ᄉᆡᆼ이 두 ᄑᆞᆯ을 가ᄇᆡ야이 ᄲᅧᆯ티며 몸이 번드텨 ᄶᅡ히 ᄂᆞ리며 ᄒᆞᆫ 손

26면

으로 오악신의 ᄉᆞ족을 모도 잡고 ᄒᆞᆫ 발로 공듕을 향ᄒᆞ여 ᄃᆞ기 ᄎᆞ니 팔쳑 당신과 두 아름 몸 ᄎᆡ예 장ᄉᆡ 운셩의 ᄒᆞᆫ 번 ᄎᆞ므로ᄡᅥ 아오라히 공듕으로 오ᄅᆞ니 모다 대경ᄒᆞ더니 믄득 보니 그 쇼년이 ᄉᆞ매를 ᄯᅥᆯ티고 사ᄅᆞᆷ을 헤티며 ᄒᆞᆫ 번 ᄲᅱ여 ᄆᆞᆯ게 올나 채티니 임의 간 바를 모ᄅᆞᄂᆞᆫ디라 아니 고이히 너기리 업더라 오악신이 반공의 올나 갓다가 ᄂᆞ려디니 머리 ᄭᆡ여뎌 인ᄉᆞ를 모ᄅᆞ더니 반향의 슈건으로 머리를 동히고 그 뎨ᄌᆞ를 ᄃᆞ리고 조차 가니 이ᄢᆡ 운셩이 수십 니를 ᄡᅥ나가 숑근을 볘고 자더니 믄득 말니운이 소ᄅᆡ 딜너 두어 ᄆᆞᆯ놀 울거ᄂᆞᆯ ᄭᆡᄃᆞ라 니러보니 임의 오악신이 ᄯᆞ라오ᄂᆞᆫ디라 ᄉᆡᆼ이 급히 안비를 뎡둔ᄒᆞ고 ᄆᆞᆯ게 올나 ᄭᅮ지저 왈 네 힘이 밋디 못ᄒᆞ여 패ᄒᆞ니 맛당이 븟그릴 배어ᄂᆞᆯ 엇디 감히 날을 ᄯᆞᆯ와왓ᄂᆞ뇨 오악신이 대로ᄒᆞ여 ᄃᆞ라드러 ᄡᅡ화 젼불 수합의 오악신을 버히고 기여 냥뉴를 휘조ᄎᆞ니 ᄇᆞᄅᆞᆷ의 낙엽ᄀᆞᄐᆞᆫ디라 도라와 보ᄒᆞ니 두 태싊 어린 ᄃᆞᆺᄒᆞ야 서ᄅᆞ 됴공을 니ᄅᆞ디 못ᄒᆞ고 흐터디니라 운셩이 스ᄉᆞ로 가며 우어 ᄀᆞᆯ오ᄃᆡ 이번 유산의 ᄇᆞ졀 업ᄉᆞᆫ 사ᄅᆞᆷ을 만히 죽여시니 부친이 아ᄅᆞ시면 큰 죄 이시라 ᄒᆞ고 힝ᄒᆞ야

27면

슌안 ᄯᅡ히 다ᄃᆞᄅᆞ니 ᄒᆞᆫ 관샤 ᄀᆞᄐᆞᆫᄃᆡ 추죵이 구름 ᄀᆞᆺ고 ᄒᆞᆫ 놉픈 관원이 안자 ᄒᆞᆫ 션ᄇᆡ를 엄형ᄒᆞ니 경샹이 차목ᄒᆞᆫ디라 소ᄉᆡᆼ이 십분 불쾌ᄒᆞ여 곡딕을 뭇디 아니ᄒᆞ고 ᄃᆞ라드러 ᄭᅮ지ᄌᆞ되 뎌 관원아 네 거동이 블과 어ᄉᆡ라 엇디 션ᄇᆡ를 뎌대도록 티ᄂᆞ뇨 네 아비와 네 ᄯᅩᄒᆞᆫ 션ᄇᆡ 아니냐 기관이 대로ᄒᆞ야 소ᄅᆡ 딜러 ᄀᆞᆯ오ᄃᆡ 나라히 어사를 뎡ᄒᆞ시매 엇디 왕공 후ᄇᆡᆨ인들 경멸ᄒᆞ리오 이제 미친 놈이 드러와 날을 욕ᄒᆞ니 좌우ᄂᆞᆫ ᄲᆞᆯ니 잡아 ᄂᆞ리와 뎌 놈과 ᄒᆞᆫ 가지로 져주라 그 션ᄇᆡ 계하의셔 슬피 울며 닐오ᄃᆡ 뎌 군ᄌᆡ야 내 본ᄃᆡ 지은 죄 업ᄉᆞᄃᆡ 어ᄉᆞ로 션셰 원ᄒᆞᆫ이 범마 핑계로 이리 죽게 되니 원민티 아니냐 소ᄉᆡᆼ이 십분 대로ᄒᆞ야 하인을 헤티고 ᄃᆞ라드러 어ᄉᆞ의 사모를 벗기고 ᄭᅳ어 ᄂᆞ리와 ᄯᅡ히 업디룬 후 닐오ᄃᆡ 네 경셩 병부샹셔 소운셩을 아ᄂᆞᆫ다 셜파의 그 션ᄇᆡ를 ᄆᆞᆯ게 올니고 스ᄉᆞ로 ᄆᆞᆯ을 모라 ᄃᆞᄅᆞ니 뉘 감히 ᄯᆞᆯ으리오 오직 어ᄉᆞ를 구ᄒᆞ야 아므 사ᄅᆞᆷ 인줄 모ᄅᆞ더니 ᄒᆞᆫ 하인이 닐오ᄃᆡ 그 션ᄇᆡ 스ᄉᆞ로 소운셩을 아ᄂᆞᆫ다 ᄒᆞ니 그 ᄠᅳᆺ을 모ᄅᆞ리러이다 어ᄉᆡ 크게 분ᄒᆞ며 ᄯᅩᄒᆞᆫ 의심ᄒᆞ야 두루 무ᄅᆞᄃᆡ 죵적이 업ᄂᆞᆫ디

28면

라 다만 간악ᄒᆞᆫ 무리 세를 쟈랑ᄒᆞ야 운셩을 일ᄏᆞᄅᆞ민가 너기고 ᄡᅵ돗디 못ᄒᆞ더라 소싱이 그 션비를 ᄃᆞ리고 촌가의 드러가 이에 그 셩명을 무ᄅᆞ니 병쥐인이라 셩은 곽이오 명은 군옥이니 당적 곽녕공의 휘라 문회 쇠미ᄒᆞ고 슌안어ᄉᆞ 위명츈과 조고만 혐규이 션도의 잇더니 글노뻐 믜워ᄒᆞ야 거줏 범마 핑계ᄒᆞ야 티더니 군ᄌᆞ의 구ᄒᆞᆷ을 만날와 ᄒᆞ거ᄂᆞᆯ 싱이 츄연ᄒᆞ야 낭듕의 금돈을 다 내여주어 낭식ᄒᆞ야 본향으로 보낼ᄉᆡ 곽싱이 빅비 샤례ᄒᆞ고 셩명을 무ᄅᆞ니 소싱이 ᄆᆞᄎᆞᆷ내 니ᄅᆞ디 아닛ᄂᆞᆫ디라 다만 ᄉᆞ샤ᄒᆞ고 본토로 도라가니라 각셜 소싱이 곽싱을 니별ᄒᆞ고 ᄒᆞᆯᄂᆞᆯ 쉬여 이튼 날 평명의 가려ᄒᆞ더니 믄득 슌안어ᄉᆡ ᄎᆞ자 임의 이에 잇ᄂᆞᆫ 줄 알고 밧비 필마로 니ᄅᆞ러 서ᄅᆞ 볼ᄉᆡ 싱이 짐줏 샤례 왈 어제ᄂᆞᆫ 밋친 긔운을 발ᄒᆞ여 존위를 범ᄒᆞ고 죄 만ᄉᆞ유경이로소이다 어ᄉᆡ 샤례ᄒᆞ고 인ᄒᆞ야 ᄀᆞᆯ오ᄃᆡ 하관이 됴뎡 녕을 밧ᄌᆞ와시니 ᄉᆞ정과 ᄉᆞ혐을 두미 가티 아니ᄒᆞᄃᆡ 션조의 기틴 ᄒᆞᆫ이 듕ᄒᆞᆫ 고로 곽싱을 다ᄉᆞ리려 ᄒᆞ더니 션싱의 ᄀᆞᄅᆞ치믈 어드니 블승슈괴ᄒᆞᆫ디라 다만 급피 도라오시매 미리 ᄎᆞᆺ디 못ᄒᆞ여 금일이야 계유

29면

알고 니ᄅᆞ럿ᄂᆞ니 션싱이 일쟉 경셩 소샹셔를 아ᄅᆞ시며 ᄯᅩᄒᆞᆫ 셩명의 뉘시리잇가 소싱이 정금 ᄃᆡ왈 쇼싱은 ᄌᆞ고로 호협지인으로 셩교를 아디 못ᄒᆞ고 텬하의 유〃ᄒᆞ니 본ᄃᆡ 셩명이 업고 소샹셔ᄂᆞᆫ 듯ᄂᆞ니 처엄이로소이다 존관은 엇디 아ᄅᆞ시고 소샹셔를 무ᄅᆞ시ᄂᆞ뇨 어ᄉᆡ 왈 어제 션싱의 입의셔 소운셩을 일ᄏᆞᆺ고 도로혀 모ᄅᆞᄂᆞᆫ 톄ᄒᆞ시ᄂᆞ니잇가 소싱이 양경 왈 내 엇디 운셩을 알니오 반ᄃᆞ시 쥬후광언이라 존관은 힝혀 고디 듯디 말나 어ᄉᆡ 직삼 힐문ᄒᆞᄃᆡ 소싱이 ᄆᆞᄎᆞᆷ내 모로노라 ᄒᆞ고 다른 말노 이시히 담쇼ᄒᆞ다가 흐터디니 어ᄉᆡ 비록 의려ᄒᆞ나 ᄆᆞᄎᆞᆷ내 ᄡᅵ돗디 못ᄒᆞ더라 소싱이 말니운을 ᄐᆞ고 변경으로 도라올ᄉᆡ 시졀이 셰츄 망시라 단풍은 비단댱을 틴 돗ᄒᆞ고 국화ᄂᆞᆫ 만발ᄒᆞ야 츄식이 화려ᄒᆞ니 싱이 마샹의셔 풍월을 읇프며 고인의 고젹을 됴문ᄒᆞ야 청흥이 소사나고 의긔 비양ᄒᆞ니 만니 향ᄉᆞ를 돈연히 망각ᄒᆞᆯ 배로ᄃᆡ ᄉᆞ친지정과 규리 홍안의 ᄉᆞ경이 듕ᄒᆞᆫ디라 믈채를 ᄇᆞ야 황하를 건너 삼관 미당산 밋틔 다ᄃᆞᄅᆞ니 날이 져믈거ᄂᆞᆯ 인가를 어더 쥬인ᄒᆞᆯᄉᆡ 산하의 ᄒᆞᆫ 촌개 이셔 그윽ᄒᆞ고 심팀

30면

ᄒᆞ거늘 싀비를 두ᄃᆞ리니 안흐로셔 ᄒᆞᆫ 노인이 나와 ᄉᆡᆼ을 보고 마자 ᄀᆡᆨ실의 드리고 쥬찬을 드리며 공경ᄒᆞ여 ᄀᆞᆯ오ᄃᆡ 군ᄌᆞᄂᆞᆫ 어ᄂᆡ 짜히 겨신 사ᄅᆞᆷ으로셔 심산 광디의 니ᄅᆞ러 겨시니잇고 ᄉᆡᆼ이 답왈 ᄒᆞᆨᄉᆡᆼ은 경도인으로 유ᄒᆞᆨᄒᆞ여 이 곳의 니ᄅᆞ럿노라 쥬인이 다시 문왈 존ᄀᆡᆨ의 풍치 비샹ᄒᆞ시니 츈츄 몃치시니잇고 ᄉᆡᆼ왈 셰샹을 아란디 이십 년이로소이다 노인이 극히 칭찬ᄒᆞ고 안흐로 드러 가더니 다시 나와 ᄀᆞᆯ오ᄃᆡ 존ᄀᆡᆨ긔 ᄒᆞᆫ 근졀ᄒᆞᆫ 말ᄉᆞᆷ을 쳥ᄒᆞᄂᆞ니 드ᄅᆞ시리잇가 ᄉᆡᆼ왈 므ᄉᆞ 일이니잇가 노인이 팀음 냥구의 왈 노인이 늣긔야 일녀 일남을 나흐니 아들은 어렷거니와 ᄯᆞᆯ의 나히 십오셰라 ᄌᆞᄉᆡᆨ이 긔이ᄒᆞ니 브ᄃᆡ ᄯᆞᆯ과 ᄀᆞᄐᆞᆫ 사회를 엇고져 ᄒᆞ더니 수일 젼의 ᄯᆞᆯ이 ᄒᆞᆫ ᄭᅮᆷ을 ᄭᅮ매 ᄒᆞᆫ 신인이 닐오ᄃᆡ 오라디 아냐 네 진짓 빅필이 오리니 네 맛당이 [외] 내티디 말나 ᄒᆞ니 고이히 너기더니 금일 존ᄀᆡᆨ을 만나니 평ᄉᆡᆼ 원이 족ᄒᆞ고 ᄭᅮᆷ이 마즌디라 쳥컨대 존ᄀᆡᆨ은 약질을 나모라디 마ᄅᆞ쇼셔 쇼셩위를 허ᄒᆞ쇼셔 운셩이 텽파의 십분 의아ᄒᆞ야 ᄃᆡ왈 나ᄂᆞᆫ 타향사ᄅᆞᆷ으로 부모 친쳑이 경ᄉᆞ의 이시니 내 ᄯᅩ ᄯᅥ나디 못ᄒᆞᆯ

31면

거시니 귀녀의 젼뎡이 가련 ᄒᆞᆯ거시오 ᄃᆞ려갈딘대 쥬인이 녀ᄌᆞ를 ᄯᅥ나리니 ᄉᆞ셰예 어렵고 ᄒᆞ믈며 내의 쳐쳡이 다 ᄀᆞᄌᆞ니 엇디 무단히 그ᄃᆡ의 녀ᄌᆞ를 취ᄒᆞ리오 쥬인이 근쳥 왈 ᄀᆡᆨ이 엇디 거졀ᄒᆞ미 이대도록 ᄒᆞ리오 쇼녜 긔질이 츌뉴ᄒᆞ니 비록 뎍국 춍듕이나 그ᄅᆞ미 업술디니 오ᄂᆞᆯ이 황도 길일이니 ᄀᆡᆨ으로 녜를 일워 권실ᄒᆞ라 예셔 경셩이 갓가오니 내 ᄯᅩᄒᆞᆫ ᄯᆞᆯ와 올라 가리라 소ᄉᆡᆼ이 ᄀᆞ장 고이히 너겨 즉시 ᄉᆞ매 안히셔 ᄒᆞᆫ 졈과를 어드니 길ᄒᆞᆫ 가온대 호복ᄉᆡ 란 괘 나니 ᄉᆡᆼ이 ᄯᅩᄒᆞᆫ ᄉᆡᆼ각ᄒᆞᄃᆡ 평ᄉᆡᆼ의 일면 부디로ᄡᅥ 심규 일녀를 허혼ᄒᆞ니 이 가온대 고이ᄒᆞᆫ 일이 잇도다 ᄒᆞ야 흔연이 닐오ᄃᆡ 쥬인의 근졀ᄒᆞᆫ ᄯᅳ디 이러틋 ᄒᆞ니 내 부모긔 미처 알외디 못ᄒᆞ야시니 졍실노ᄂᆞᆫ 못ᄒᆞ리로다 쥬인이 믄득 ᄎᆞ언을 듯고 난쳐이 너겨 ᄀᆞᆯ오ᄃᆡ 내의 가문이 비록 거족의 밋디 못ᄒᆞ나 ᄯᅩᄒᆞᆫ 쳔인이 아니니 슈ᄌᆞ의 쳡을 ᄒᆞ기ᄂᆞᆫ 어려웨라 ᄉᆡᆼ이 쇼왈 만일 이럴딘대 내 엇디 블쵸ᄒᆞᆫ 일노 블고이취를 하리오 쥬인이 니러 드러가더니 이윽고 도로 나와 ᄀᆞᆯ오ᄃᆡ 쇼녜 텬명을 슌ᄒᆞ야 비록 존ᄀᆡᆨ의 시쳡이 될디언졍 조ᄎᆞ려 ᄒᆞ니

32면

오늘노 녜ᄅᆞᆯ 일우리라 ᄉᆡᆼ이 쾌히 허락ᄒᆞ니 노인이 드러가더라 원ᄂᆡ 이 집 쥬인은 조ᄒᆞᆫ ᄇᆡᆨ셩으로 향당이 츄존ᄒᆞ야 션ᄇᆡ라 ᄒᆞ니 만년의 일남 일녀ᄅᆞᆯ 나하 다 아ᄅᆞᆷ다오ᄃᆡ 녀ᄌᆡ 더옥 긔특ᄒᆞ니 ᄉᆞ랑ᄒᆞ미 지극ᄒᆞ더니 이 뫼 가온대 칠ᄇᆡᆨ년 무근 여이 이셔 ᄀᆞ마니 ᄂᆞ려와 쥬인의 ᄯᆞᆯ을 죽여 ᄀᆞᆷ초고 제 스ᄉᆞ로 그 쳐녜 되여 잇더니 ᄒᆞᆯᄂᆞᆫ 우연히 물뇌여 산샹의 가 제 동뉴로 더브러 말ᄒᆞ더니 그 듕의 ᄒᆞ나히 닐오ᄃᆡ 요ᄉᆞ이 삼ᄐᆡ셩이 인간의 ᄂᆞ려왓더니 유산ᄒᆞ라 계명산의 가 다ᄉᆞᆺ 실녕을 ᄒᆞᄅᆞ 밤의 죽이고 도라온다 ᄒᆞ니 만일 아ᄅᆞᆷ다온 겨집이 되여 그 졍긔ᄅᆞᆯ 아ᄉᆞ면 가히 모든 신녕의 원슈ᄅᆞᆯ 갑프리라 ᄒᆞᆫ대 그 요괴 듯고 듀야 영ᄃᆡᄒᆞ다가 이 날 소ᄉᆡᆼ의 와시ᄆᆞᆯ 듯고 대희ᄒᆞ야 거즛 ᄭᅮᆷ으로 빙뉸ᄒᆞ야 뎌ᄅᆞᆯ 갓가이 ᄒᆞᆫ 후 해코져 ᄒᆞ야 그 부모ᄅᆞᆯ 보채니 그 아비 ᄯᆞᆯ을 ᄉᆞ랑ᄒᆞᄂᆞᆫ디라 즉시 언〃슌텽ᄒᆞ야 셩장을 일우고 항쵹을 잡아 무수 시녀ᄅᆞᆯ ᄃᆞ리고 나오거ᄂᆞᆯ 소ᄉᆡᆼ이 ᄒᆞᄂᆞᆫ 거동을 보려ᄒᆞ야 당건쳥삼으로 단졍히 안자 요동티 아니니 그 녀ᄌᆡ ᄉᆡᆼ을 향ᄒᆞ야 네 번 절ᄒᆞ매 ᄉᆡᆼ이 ᄒᆞᆫ 번 츄파ᄅᆞᆯ 드러 보매 이 본ᄃᆡ 됴ᄆᆡ경이 아니로ᄃᆡ 요괴 아

33면

라보미 일월 ᄀᆞᄐᆞᆫ디라 비록 아ᄅᆞᆷ답고 쟈약ᄒᆞᆫ 긔질이 형부인 쇄락ᄒᆞ매 밋디 못ᄒᆞ나 쇼영의 일뉘로ᄃᆡ 분명ᄒᆞᆫ 요긔어ᄂᆞᆯ ᄉᆡᆼ이 보고 심하의 노ᄒᆞ여 ᄉᆡᆼ각ᄒᆞᄃᆡ 제 엇던 니ᄆᆡ 망냥이 감히 날을 소기려 ᄒᆞᄂᆞ뇨 ᄒᆞ야 거즛 ᄒᆞᆫ연ᄒᆞᆫ ᄉᆞᄉᆡᆨ으로 잠간 읍ᄒᆞ고 ᄃᆡᄒᆞ여 안잣더니 냥구 후 ᄉᆡᆼ이 ᄒᆞᆫ연 왈 나ᄂᆞᆫ 디나가ᄂᆞᆫ 션ᄇᆡ러니 우연히 쵸ᄃᆡ예 ᄭᅮᆷ을 일워 션인을 만나니 삼ᄉᆡᆼ의 ᄒᆡᆼ이로다 그녀ᄌᆡ 교ᄐᆡᄅᆞᆯ 먹음고 피셕 ᄃᆡ왈 쇼쳡이 셰샹 아란디 십오 셰로소이다 쳥아ᄒᆞᆫ 소ᄅᆡ ᄯᅩᄒᆞᆫ 인형이 아니어ᄂᆞᆯ ᄉᆡᆼ이 짐즛 나아가 그 손을 잇그러 침상의 오ᄅᆞᄃᆡ 조곰도 슈습ᄒᆞᄂᆞᆫ ᄐᆡ되 업ᄉᆞ니 ᄉᆡᆼ이 호언을 과쟝ᄒᆞ야 쇼왈 내 미인으로 더브러 즐기고져 ᄒᆞᄃᆡ 부모의 명이 업서 감히 동낙디 못ᄒᆞ니 명일의 날과 ᄒᆞᆫ가지로 경ᄉᆞ의 도라가 ᄇᆡᆨ년을 화락ᄒᆞ리니 미인이 즐겨 ᄒᆡᆼᄒᆞᆯ다 그 녀ᄌᆡ 거즛 탄식고 닐오ᄃᆡ 쳡의 몸이 군ᄌᆞ긔 ᄃᆞᆯ녀시니 ᄒᆡᆼᄒᆞᄆᆞᆯ 엇디 거ᄉᆞ리리오 ᄉᆡᆼ이 심하의 더옥 과심이 너겨 요괴로 더브러 동침의 누어 뎌ᄅᆞᆯ ᄃᆞ라나디 못ᄒᆞ게 ᄒᆞ니 요괴 ᄯᅩᄒᆞᆫ 미혹게 ᄒᆞᄂᆞᆫ 슐을 ᄒᆡᆼᄒᆞ려 ᄒᆞ나 몸이 쇠셩과 셕함의 든 ᄃᆞᆺᄒᆞ니 움ᄌᆞᆨ

34면

여 힝티 못ᄒᆞ더니 ᄃᆞᆰ이 울매 니러 드러가랴 ᄒᆞ니 ᄉᆡᆼ이 구디 잡아 노티 아니코 명됴의 쥬인을 보매 거즛 은근ᄒᆞᆫ ᄉᆞᄉᆡᆨ으로 ᄃᆞ려가려 ᄒᆞ니 쥬인은 진졍으로 통ᄋᆡᄒᆞ민가 너겨 십분 대희ᄒᆞ야 즉시 거마를 출혀 ᄯᆞᆯ을 동힝ᄒᆞ라 ᄒᆞ니 그 녀ᄌᆡ ᄉᆞ양티 아니코 ᄯᆞᆯ와갈 ᄉᆡ ᄉᆡᆼ이 ᄒᆞᆫ가지로 뉵칠 일만의 ᄌᆞ운산의 다ᄃᆞᄅᆞ니 원ᄂᆡ ᄃᆞ려오ᄂᆞᆫ ᄠᅳᆮ은 소승샹을 뵈여 아라보ᄂᆞᆫ가 알녀ᄒᆞ미오 뎌 요괴 ᄯᆞᆯ와오믄 운셩의 풍도를 흠모ᄒᆞ야 쟝ᄎᆞᆺ 통을 엇고져 ᄒᆞ더니 운셩의 긔운이 쳥쇄ᄒᆞ고 골격이 졍슉ᄒᆞ여 요샤의 긔운이 능범티 못ᄒᆞ니 오래두고 졈〃 팀혹게 홀디언뎡 급박히 혹게 못홀디라 이러모로조차 니ᄅᆞ러 그 요괴로온 작용을 놀리려 ᄒᆞ니 뉘 도로혀 저를 아라보아 죽일 ᄠᅳᆺ 두엇ᄂᆞᆫ 줄 알니오 밋 집의 다ᄃᆞᄅᆞ매 문 밧긔 그 녀ᄌᆞ를 머므르고 부모 존당의 뵈오매 모다 크게 반겨 산쳔 경믈을 무ᄅᆞ니 ᄉᆡᆼ이 일〃히 응ᄃᆡᄒᆞ매 고산의 물이 흐ᄅᆞᄂᆞᆫ ᄃᆞᆺ 산협쉬 솟ᄂᆞᆫ ᄃᆞᆺᄒᆞ니 모다 새로이 칭복ᄒᆞ더니 운셩이 믄득 부젼의 ᄭᅮ러 ᄀᆞᆯ오ᄃᆡ 쇼ᄌᆡ ᄒᆞᆫ 방ᄌᆞᄒᆞᆫ 죄를 ᄎᆞ힝의 어덧ᄉᆞᆸᄂᆞ니 대인의 셔쳐ᄒᆞ시믈 ᄇᆞ라ᄂᆞ이다 소공 왈 므ᄉᆞ 일이뇨 ᄉᆡᆼ

35면

이 ᄌᆡ비 ᄃᆡ왈 쇼ᄌᆡ 삼관 미당산 밋ᄐᆡ 와 이러〃ᄒᆞᆫ 녀ᄌᆞ를 ᄃᆞ려 왓ᄂᆞ이다 소공이 믄득 변ᄉᆡᆨ고 말을 아니ᄒᆞ거ᄂᆞᆯ ᄉᆡᆼ이 념용ᄒᆞ고 ᄂᆞ족이 ᄂᆞᆯ오ᄃᆡ 히ᄋᆡ 비록 무상ᄒᆞ오나 엇디 블고이취를 ᄒᆞ리잇고 ᄉᆞᄉᆞ로 ᄆᆞᄋᆞᆷ의 고이히 너기ᄂᆞᆫ ᄠᅳ디 이셔 당돌ᄒᆞᆫ 죄를 범ᄒᆞ이다 소공이 팀음냥구의 셕연돈우ᄒᆞ야 믄득 ᄂᆞᆯ오ᄃᆡ 그 녀ᄌᆞ를 쾌히 ᄇᆞᄅᆞ라 ᄉᆡᆼ이 응셩 슈명ᄒᆞ야 좌우로 ᄒᆞ여곰 문 밧긔 가 그 겨집을 ᄃᆞ려올 ᄉᆡ 그 요괴 진짓 촌의 뭇틴 여이라 소현셩의 신위를 아디 못ᄒᆞ고 다만 도슐을 구디 미더 시녀를 ᄯᆞᆯ와 겹〃 난간을 디나 졍당의 니ᄅᆞ니 모든 사ᄅᆞᆷ이 그 ᄌᆡ용의 한아ᄒᆞ믈 경찬ᄒᆞᄃᆡ 홀노 승샹이 ᄒᆞᆫ 번 ᄇᆞ라보고 즉시 니러 셔당으로 나가며 왈 삼ᄋᆞᄂᆞᆫ ᄎᆞ녀를 ᄃᆞ리고 외헌으로 나오라 ᄉᆡᆼ이 부친의 아라보믈 보고 심하의 탄복ᄒᆞ야 그 요괴를 ᄃᆞ리고 빅화헌 니ᄅᆞ니 졔ᄉᆡᆼ과 졔낭ᄌᆡ 다 고이히 너겨 뒤흘 ᄯᆞᆯ와 볼ᄉᆡ 요괴 심듕의 경겁ᄒᆞᄃᆡ ᄯᅩᄒᆞᆫ 승샹이 제의 ᄉᆡᆨ을 보고 흠모ᄒᆞ민가 ᄒᆞ야 ᄉᆞᆲ픠 나아가 돈슈 ᄌᆡ비ᄒᆞᆫ대 승샹이 크게 ᄭᅮ지저 왈 네 엇던 업튝이완ᄃᆡ 감히 요슐로 인형을 ᄡᅵ고 군ᄌᆞ를 소기고져

36면

ᄒᆞᄂᆞ뇨 ᄒᆞᆫ 소ᄅᆡ 호령이 나매 그 요괴 ᄌᆞ연 ᄆᆞ음이 쎨니고 두리워 ᄌᆞ연이 하당 고두ᄒᆞ매 승샹이 다시 즐왈 네 ᄆᆞᄎᆞᆷ내 본형을 도망코져 ᄒᆞᄂᆞᆫ다 언미필의 ᄒᆞᆫ 소ᄅᆡ를 디ᄅᆞ고 금모 구미회 되여 계하의 업데니 운셩이 ᄎᆞᆫ 칼흘 ᄲᅢ혀 냥단의 긋ᄎᆞ니 당샹당해 일시의 소ᄅᆡ 딜러 놀라ᄂᆞᆫ디라 운셩이 칼흘 딥고 부친긔 품왈 이제 요괴 사ᄅᆞᆷ의 인ᄉᆡᆼ을 해ᄒᆞ고 스ᄉᆞ로 그 ᄯᆞᆯ인 톄ᄒᆞ야 희ᄋᆞ롤 조차 니ᄅᆞ럿ᄂᆞᆫ디라 그 어버이ᄂᆞᆫ 반ᄃᆞ시 진짓 ᄌᆞ식으로 알 거시니 그 ᄃᆞ려온 노복을 불너 니ᄅᆞ미 올흐이다 승샹이 허락ᄒᆞ니 ᄉᆡᆼ이 즉시 그 집 노복을 블너 여의 죽엄을 뵈고 슈말을 ᄌᆞ시 긔록ᄒᆞ여 보내니 그 부뫼 크게 놀나 ᄇᆡ야흐로 ᄯᆞᆯ이 죽은 줄 알고 쥬야 울며 신톄를 엇디 못ᄒᆞ야 ᄒᆞ더니 후ᄅᆡ예 신복쇼강졀을 만나 ᄇᆡᆨ골을 ᄎᆞ자 므ᄃᆞ니라 어시의 운셩이 부친을 뫼시고 드러와 다쇼 셜화를 펴 계명산의 다섯 요긔 죽이며 두 악호를 틘 ᄉᆞ연과 강도를 헤티고 부녀 구ᄒᆞᆫ 말을 일〃히 고ᄒᆞ고 낭 듕으로조차 소쳐ᄉᆞ 지은 글을 내여 드리고 숑간ᄉᆞ의 븟텻던 말을 고ᄒᆞ니 승샹이 부친의 시를 보매 새로이

37면

비창ᄒᆞ믈 이긔디 못ᄒᆞ야 눈물이 봉안의 어ᄅᆡ니 모친이 보실가 두려 다시 보디 아니코 다만 공경ᄒᆞ야 손의 들고 머리를 수겨 안식이 참연 ᄌᆞ샹ᄒᆞ니 만좌의 소년과 부인이 다 슬허ᄒᆞ고 태부인이 ᄯᅩᄒᆞᆫ 쳥뉘 환난ᄒᆞ야 다만 닐오ᄃᆡ 셕의 션군이 유완ᄒᆞ야 계명산의 니ᄅᆞ러 고인의 퉁쇼를 ᄉᆡᆼ각고 글을 지으롸ᄒᆞ시고 ᄆᆞ양 다시 가보고져ᄒᆞ되 그 후 연긔 치디ᄒᆞ야 숑풍시 아래 뉴후 숑덕시를 니어 지어 브티디 못ᄒᆞ믈 한ᄒᆞ고 샹시 날노 더브러 닐오ᄃᆡ 텬ᄒᆞ 산텬과 ᄉᆞ힉 대하를 보디 아닌 고디 업고 본 곳마다 글을 지어 븟티ᄃᆡ 홀로 계명산 숑간ᄉᆞ의 숑풍시를 짓고 나믄 의ᄉᆡ 만흔 거ᄉᆞᆯ 붕우의 ᄌᆡ쵹으로 총망이 ᄡᅳ고 도라와시니 내 만일 다시 가디을딘대 무흔이오 내 셜ᄉᆞ 블힝ᄒᆞ야 가디 못ᄒᆞ나 오직 아름다온 아ᄃᆞᆯ이 ᄌᆞ라나셔 내 글을 ᄎᆞ운홀딘대 나믄 ᄒᆞᆫ이 업ᄉᆞ리로다 ᄒᆞ시더니 네 이제 유산ᄒᆞ야 ᄉᆡᆼ각디 아냐셔 조부의 평ᄉᆡᆼ 일ᄏᆞᆺ던 ᄯᅳ들 일워 ᄎᆞ운ᄒᆞ고 도라오니 졍녕이 이실딘대 쳔양 ᄒᆞ의 두긋기미 듕ᄒᆞ고 기틘 ᄒᆞᆫ이 업ᄉᆞ리로다 말ᄉᆞᆷ을 ᄆᆞᄎᆞ매 승샹과 소부인이 오열ᄒᆞ여 다만 흐ᄅᆞᄂᆞᆫ 눈믈

38면

이 옷기ᄉᆡ 저ᄌᆞ니 강잉코져 ᄒᆞ나 능히 못ᄒᆞᄂᆞᆫ디라 운셩이 ᄯᅩᄒᆞᆫ 슬허 ᄣᅡᆼ누를 ᄲᅮ리고 좌의 나샤 왈 셕일 말ᄉᆞᆷ은 인ᄌᆞ의 슬프믈 돕ᄉᆞᆸ거니와 대인과 슉모ᄂᆞᆫ 세 번 ᄉᆡᆼ히샤 대모의 비회를 위로ᄒᆞ시고 ᄉᆞᄉᆞ로 셩톄를 샹히오디 마ᄅᆞ쇼셔 승샹이 기리 탄식고 닐오ᄃᆡ 나ᄂᆞᆫ 일쯕 닙신ᄒᆞ므로브터 뎐신의 다ᄉᆡ 극ᄒᆞ고 인ᄉᆡ 혼암ᄒᆞ여 ᄆᆡ사의 걸니여 비록 약간 문ᄌᆡ 이시나 능히 유산ᄒᆞᄂᆞᆫ 호긔 업서 수쳔 니를 두고 능히 션인의 유훈을 ᄑᆞ디 못ᄒᆞ엿거ᄂᆞᆯ 네 이제 ᄒᆞᆫ 번 힝ᄒᆞ매 내의 븟그러운 블민을 ᄡᅵᆺ고 네의 호의를 드러내니 내 엇디 깃브며 슬프미 업ᄉᆞ리오 ᄉᆡᆼ이 돈슈 샤례ᄒᆞ여 감탕티 못ᄒᆞ믈 일ᄏᆞᆺ더라 모다 슬프믈 딘뎡ᄒᆞ매 운셩의 용녁의 긔이ᄒᆞ믈 일ᄏᆞᄅᆞᄃᆡ ᄉᆡᆼ이 시름ᄒᆞ던 일과 어ᄉᆞ와 결우던 말을 ᄃᆞᆼ시 니ᄅᆞ디 아니ᄒᆞ니 대개 부친의 ᄎᆡᆨ을 바들가 두리미러라 이 날 ᄉᆡᆼ이 부친을 뫼셔 자고 명일 모든 형뎨로 더브러 셔당의셔 별ᄂᆡ지경을 편 후 뎨 삼일 만의 듁오당을 ᄎᆞ자가 부인으로 더브러 서ᄅᆞ 보매 반가오믈 이긔디 못ᄒᆞ고 냥ᄌᆞ를 안고 쇼왈 혹ᄉᆡᆼ이 갈 적 총망ᄒᆞ여 부인을 보디 못

39면

ᄒᆞ니 일노의 ᄉᆞ렴이 듕ᄒᆞ며 더옥 ᄒᆞᆫ ᄡᅡᆼ ᄋᆞᄌᆞ를 닛디 못ᄒᆞ야 형용이 수쳑ᄒᆞ더니 금일 그ᄃᆡ를 보니 화안과 운빙이 새로이 슈려ᄒᆞ니 니별의 괴로오미 젹낫다 형시 잠쇼 ᄃᆡ왈 쳡은 뇽담호구의 이실 적도 괴로온 줄을 모ᄅᆞ니 소부인이 별명ᄒᆞ시ᄃᆡ 명완당이라 ᄒᆞ시던디라 낭군으로 수월 평안ᄒᆞᆫ 니별을 인ᄒᆞ야 얼골이 쇠토록ᄒᆞ면 쟝ᄎᆞᆺ 구천지인이 되연디 오라리로소이다 슈연이나 원노 험디의 필마로 힝ᄒᆞ시니 념네 만터니 평안이 환가ᄒᆞ시니 티하ᄒᆞᄂᆞ이다 ᄉᆡᆼ이 다만 우으며 디난 풍경과 인물을 니ᄅᆞ매 밤이 깁ᄂᆞᆫ 줄을 ᄭᆡ돗디 못ᄒᆞ니 셕패 다ᄃᆞ라 듯고 혀ᄎᆞ며 닐오ᄃᆡ 쇼쇄ᄒᆞᆫ 낭군아 여의 가부되여 혹ᄒᆞ엿다가 승샹긔 여ᄋᆞ 죽이고 븟그려 잡담으로 형부인을 억녹이ᄂᆞᆫ도다 ᄉᆡᆼ이 크게 웃고 닐오ᄃᆡ 조모의 날 보챌 연긔 나시니 긴 날의 괴로오믈 어이 견ᄃᆡ리잇고 내게ᄂᆞᆫ 여ᄋᆞ 쳡이 업고 초영 ᄲᅮᆫ이로소이다 셕패 역쇼 왈 낭군의게 ᄃᆞᆺ티 쳡이 다ᄉᆞᆺ토록 아니 잇더냐 ᄉᆡᆼ이 쇼왈 쳥쥐 오창은 이 명기라 엇디 인뎨리오 셕패 인ᄒᆞ야 문의 셔셔 드디 아니니 형시 ᄌᆡ삼 근쳥ᄒᆞᄃᆡ 조뫼 엇디 드디 아

40면

니ᄒᆞ시ᄂᆞ니잇가 셕패 쇼왈 낭군의 거동이 슬ᄒᆞ여ᄒᆞ시니 내 엇디 들니오 날을 수이 가과랴 ᄒᆞᄂᆞᆫ 눈칙라 노인이 쇼년의 슬ᄒᆞ여ᄒᆞᄂᆞᆫ 일은 아니려 ᄒᆞᄂᆞ이다 싱왈 뉘셔 셕파랑이 눈칙 모ᄅᆞ고 브졍ᄒᆞ여 망녕되다 ᄒᆞ더뇨 늘근 눈이 사ᄅᆞᆷ의 심경을 ᄉᆞᄆᆞᆺ 아ᄂᆞᆫ 디라 내 본ᄃᆡ 조모ᄅᆞᆯ 괴로와 가시과랴 ᄒᆞᄂᆞ니 엇디 념티 업시 문의 셔시리오 셕패 대쇼ᄒᆞ고 드러 안ᄌᆞ며 닐오ᄃᆡ 이 도적놈 소운셩아 네 아모리 슬ᄒᆞ여ᄒᆞ여도 내 브ᄃᆡ 이시리라 싱이 이에 형시ᄅᆞᆯ 도라보아 ᄀᆞᆯ오ᄃᆡ ᄀᆞ장 놀납다 셕조뫼 경긱의 ᄆᆞ음이 두 가지로 변ᄒᆞ시니 반ᄃᆞ시 샤긔ᄅᆞᆯ 들녓ᄂᆞᆫ디라 부인은 가히 쳥ᄒᆞᆫ ᄒᆞᆫ 약을 프러오라 셕패 그 등을 티며 ᄭᅮ지ᄌᆞᄃᆡ 그ᄃᆡ 부친은 일즉 날을 보면 니러나 마ᄌᆞ며 방셕을 피ᄒᆞ여 ᄭᅮᆯ고 언어의 존경ᄒᆞ미 극ᄒᆞ거ᄂᆞᆯ 내 ᄯᅳᆺ의 혜오ᄃᆡ 승샹의 공슌ᄒᆞ미 이 ᄀᆞᄐᆞ니 승샹의 아ᄃᆞᆯ의 다ᄃᆞ라ᄂᆞᆫ 더옥 과도ᄒᆞ리로다 ᄒᆞ엿더니 엇디 싱각디 아닌 못ᄡᅳᆯ 거시 이셔 아비ᄅᆞᆯ 고담저이 너겨 별네ᄅᆞᆯ 내여 날 곳 보면 사오나온 눈으로 흘긔여 보며 능ᄒᆞᆫ 입으로 슈욕ᄒᆞᆯ 줄 알니오 기둥의 더옥 포한ᄒᆞ고 사오나온 거ᄉᆞᆫ 소삼낭이라 싱이 오직 함쇼

41면

왈 내 원컨대 긴 ᄉᆞ연을 펴리니 조뫼 지져괴디 말고 드ᄅᆞ쇼셔 우리 대인의 조모 공경ᄒᆞ시ᄂᆞᆫ 바ᄂᆞᆫ 효셩의 녜법을 닷그실 ᄲᅮᆫ 아니라 조모의 괴롭고 부ᄉᆞ지ᄒᆞᄂᆞᆫ 말ᄉᆞᆷ을 듯디 아니랴ᄒᆞ시ᄂᆞᆫ ᄯᅳᆺ이 어니와 우리 ᄀᆞᄐᆞᆫ 셩번ᄒᆞᆫ 형뎨의 사오나온 ᄆᆞ음들이 부뫼 ᄀᆞᄌᆞ시고 존당이 반셕ᄀᆞᄐᆞ시니 부모 존당의 여ᄒᆞᆫ 효셩을 갈녁ᄒᆞ니 미처 덧브티 할미긔 졍셩이 가디 못ᄒᆞ니 ᄉᆞ랑홉고 공경ᄒᆞ은 ᄆᆞ음은 바히 업ᄂᆞᆫᄃᆡ 고온 말이나 ᄒᆞ고 ᄃᆞ니면 슬믠 ᄆᆞ음이나 더으디 아니련마ᄂᆞᆫ 동셔로 ᄃᆞᆫ니며 ᄒᆞᆫ 번 거즛 말ᄒᆞ여 슈칙게 ᄒᆞ고 두 번 헷말ᄒᆞ여 매 맛치니 볼 적마다 ᄉᆡᆨ툿ᄒᆞ니 ᄌᆞ연이 ᄆᆞ음의ᄂᆞᆫ 괴로이 너기고 입속의ᄂᆞᆫ 죽으랏 말이 ᄌᆞ출ᄒᆞᄂᆞᆫ디라 바로 보기ᄂᆞᆫ 슬코 아니보면 노ᄒᆞ여 ᄒᆞᆯ 거시니 강잉ᄒᆞ여 괄목ᄒᆞ려 ᄒᆞ니 믄득 흘긔여 보ᄂᆞᆫ 줄을 ᄭᆡ닷디 못ᄒᆞ여 미우ᄅᆞᆯ �긔니 집안희 우리 형뎨 조모 괴로워 ᄒᆞ기로 화긔 ᄉᆞ라디니 진실노 사오나온 사ᄅᆞᆷ의 홰 비경ᄒᆞᆫ고로 현인 군ᄌᆞ 등이 어린 빗출 내디 못ᄒᆞ고 듀야 �긔ᄂᆞ니 조뫼 오히려 모ᄅᆞ시ᄂᆞᆫ가 너겻더니 알고도 짐즛 그리ᄒᆞᆯ 쟉시면 더옥 념티ᄅᆞᆯ 모ᄅᆞᄂᆞᆫ 사ᄅᆞᆷ인가 시브니 쥬쳐 어ᄌᆞ러오미

42면

큰 근심이로소이다 셕패 어히업서 크게 웃고 싱이 쏘훈 금션을 티며 대쇼후니 본디 벽운뉘 갓가온디라 셕부인이 승상으로 더브러 그으기 웃고 소공이 역시 함쇼후더라 밤이 깁프매 셕패 도라가고 싱이 형시로 더브러 새로온 은졍이 측냥티 못후더라 일노조차 운셩이 형시를 견권후미 새로와 은졍이 날노 듕터니 일〃은 싱이 침소의셔 녯 글을 슈련훌시 형시 칠보를 내여 쥬취를 얽고 쑤미디 심히 샤치후는디라 싱이 잠간 미편히 너겨 무러 왈 부인의 다수리는 배 므어시뇨 형시 디왈 이 슈식졔귀라 싱이 쏘 문왈 아디 못게라 이 부인의 주장가 형시 뎌의 뜻을 알고 짐줏 닐오디 쳡의 졀친이 경연후며 쳥후니 명일 갈디라 이러므로 단장졔구를 고티누이다 싱이 믄득 정식고 닐오디 내 그디로 더브러 히로후연디 뉵칠 년의 이러틋 샤치훈 뜻 두엇는 줄 아디 못후닷다 우리 소문이 교목셰가로 팔빅년을 누려오디 샤치훈 일이 업서 디〃 교훅을 닷가 우리 부조의 덕을 슉연후더니 이제 우리 형데 비록 직샹주데로 년쇼 경박후야 공근팀졍훈 일이 업수나 쏘훈 션빅 덕을 셥

43면

심후여 됴복 밧근 능나를 닙디 아니후고 샤치훈 사름을 웃누니 부인이 임의 쇼익 아니오 이묵이 잇거늘 엇딘고로 고이코 요괴로온 거술 모도와 얽고 다수려 만좌의 빗난 거술 쟈랑코져후미 이 부인의 덕이 아니오 우리 집 검박훈 덕을 물히브리미라 그디 다시 뎌런 고이훈 거술 장념의 두고져 후거든 우리 집의 잇디 말나 형시 텽파의 역시 졍식 디왈 쳡이 불민후야 셩민네의를 샹히오니 불승 슈괴후이다 연이나 쳡의 칠보 다수리미 낭군의 오년 부마의 샤치훈 경샹과 우옵기의 엇더뇨 드디여 칠보를 뜻더니 그 우지 알핀 니루매 형시 손으로 미러 나가라 후니 그 아히 가디 아니후다가 업더뎌 우는디라 샹셰 부인의 불열훈 수식과 우주를 밀티며 부마 되믈 됴롱후믈 보고 불연 대로후여 변식고 쑤지저 왈 내 비록 신의를 딕회여 그디를 후디후고 가권을 맛디나 그디 불과 내의 슈히라 그른 일이 이시매 올훈 말노 구루치니 맛당이 씌듯디 아니코 불슌훈 수식과 방주훈 언어로 날을 죠롱후며 우주를 밀티니 이는 날을 어린 수나히로 업슈이 너기미라 교만코 방주후미 엇디 명현공쥬의 디리오 그디

44면

임의 내 ᄃᆡ신의 밀티니 내 쏘ᄒᆞᆫ 아히를 티디 못ᄒᆞ랴 형시 아미를 ᄂᆞ즉이 ᄒᆞ고 일언을 아니커ᄂᆞᆯ ᄉᆡᆼ이 댱ᄌᆞ 셰광을 불러 무수히 티고 밧그로 나가니 형시 ᄂᆡᆼ쇼 왈 소랑이 날을 홍모ᄀᆞ티 너기ᄂᆞᆫ도다 ᄒᆞ더라 ᄉᆡᆼ이 ᄎᆞ후ᄂᆞᆫ 자최를 듁오당의 긋고 쇼영의 잇ᄂᆞᆫ 쇼당의 ᄌᆞ로 ᄃᆞ니니 대개 부인의 긔샹이 강녈ᄒᆞ고 말ᄉᆞᆷ이 ᄂᆡᆼ담ᄒᆞ니 그으기 깃거 아니ᄃᆡ 경이 후ᄒᆞ므로뻐 아ᄂᆞᆫ 톄를 아니터니 이 ᄣᅢ를 타 짐줏 것디ᄅᆞ고져 ᄒᆞ야 극히 ᄆᆡ몰ᄒᆞᆫ 빗출 지어 쇼영을 툥ᄋᆡᄒᆞ고 외당의 머므러 ᄆᆞᄅᆡ 일을 극히 가찰이 구러 부인을 괴롭게ᄒᆞᄃᆡ 형시 죠곰도 구겁디 아냐 ᄂᆡᆼ엄ᄒᆞ미 ᄒᆞᆫ가지오 쇼영 ᄃᆡ졉이 젼의셔 더 후ᄒᆞ며 힝신ᄒᆞ믈 법도로 ᄒᆞ여 크게 위의 신듕히니 ᄉᆡᆼ이 핑계 업서 다시 칙디 아니나 극히 ᄆᆡ물ᄒᆞᆫ 빗출 지으미 오라더니 일〃은 ᄉᆡᆼ이 모친긔 문안ᄒᆞ매 형시 좌의 이시믈 보고 ᄆᆞᆫ득 번신ᄒᆞ야 나가ᄂᆞᆫ디라 셕부인이 경아ᄒᆞ여 ᄉᆡᆼ을 불러 문왈 네 날을 보라 오다가 무단이 도라가믄 엇디오 ᄉᆡᆼ이 ᄃᆡ왈 형시 쇼ᄌᆞ를 능멸 경시ᄒᆞ니 셔ᄅᆞ 보매 참괴ᄒᆞ야 믈러나더이다 부인이 칙왈 므릇 남ᄌᆡ란 거시 힝실

45면

이 법답고 말ᄉᆞᆷ을 녜로ᄒᆞᆫ 후 녀ᄌᆞ를 칙망ᄒᆞᄂᆞ니 녜의 미치고 브경ᄒᆞᆫ 인믈노 공쥬 나므람도 우읍거든 엇디 형시를 규졍ᄒᆞ미 이시리오 내 평일의 네 부친이 공번되고 엄경ᄒᆞ야 내 말이 허비티 아냐셔 스ᄉᆞ로 덕이 후ᄒᆞᄂᆞ니 ᄆᆞ음의 ᄉᆡᆼ각ᄒᆞᄃᆡ 내의 몸이 허믈과 시비 업ᄉᆞᆫ 고ᄃᆡ ᄲᅡ디니 일즉 평안ᄒᆞ나 유여 ᄆᆞ음의 품은 일도 힝티 못ᄒᆞ니 그으기 탄ᄒᆞᄂᆞᆫ 배러니 형시를 어드니 너른 ᄆᆞ음과 곳다온 화긔 관져유풍이 이시니 내 뻐곰 깃거ᄒᆞᄂᆞᆫ 바ᄂᆞᆫ 내의 펴디 못ᄒᆞᆫ ᄯᅳ디 형시긔 니이여 족히 덕을 펴리로다 ᄒᆞᄂᆞ니 ᄒᆞ믈며 인물의 경대ᄒᆞ미 가히 너의 종요로온 스승이 되염즉 ᄒᆞ니 어린 ᄯᅳᆺ으로 졔어ᄒᆞᆯ 의ᄉᆞ를 두디 말나 ᄉᆡᆼ이 다만 복슈ᄒᆞ여 미〃히 함쇼ᄒᆞ고 언〃이 맛당ᄒᆞ믈 일ᄏᆞ를 ᄯᆞᄅᆞᆷ이더라 ᄎᆞ후 ᄉᆡᆼ이 날마다 부인긔 사름브려 나가라 ᄒᆞ니 형시 ᄆᆡ밧ᄂᆞᆫ 거동을 아라시나 십분 괴롭고 노호와 ᄒᆞᆯᄂᆞᆫ 시녀 독촉ᄒᆞᄂᆞᆫ ᄣᅢ의 회부 왈 가히 거마를 주셔든 근친ᄒᆞ야지라 ᄒᆞ니 ᄉᆡᆼ이 즉시 니홍을 블너 위의를 출히라 ᄒᆞ니 홍이 ᄆᆞ음으로 못ᄒᆞ여 즉시 승샹긔 품ᄒᆞᆫ대 승샹이 허티 아니니 ᄉᆡᆼ이 ᄒᆞᆯ 일이 업서

46면

부인의게 됴롱을 드롤가 더옥 흔흐더니 일〃은 형시 위부인으로 더브러 듕당의 모다 한담흐더니 한님 쳐 강시 쇼영의 바독을 일캇거놀 형시 좌우로 영을 블러 알픽 니루매 쇼왈 네 바둑 두기를 능히 혼다 흐니 가히 두라 영이 슈명흐매 강시 판을 나오혀 쇼영으로 더브러 흑빅을 버리매 위시 형시 좌우의셔 훈슈흐매 졍히 승부를 분변티 못흐여셔 패옥 소릭 어즈럽고 훈 직상이 옥면의 쥬긔 져〃 빅옥의 취식홈 곳트며 아홀을 것구로 들고 금관을 쓰고 난두의 오루거놀 출혀 보니 이 곳 운셩이라 위시 강시 놀나 다만 판을 밀티고 니러 댱 수이로 드러가고 형시 쇼영으로 더브러 뎌를 보고 위시로 더브러 홈씌 드러가고져 흐나 본딕 움즉이미 신듕혼디라 샹셰 투목으로 부인을 보고 십분 미온흐야 짐즛 쇼영을 블너 됴복을 벗기라흐니 쇼영이 평일 부인의 은덕을 감격흐고 쏘훈 그 간대로 보디 아냐 어위추며 밍렬흐물 구장 두려 비록 수랑흐나 공경흐던디라 흐믈며 샹셰 평일 부인과 훈 딕셔 저드려 말훈 적이 업다가 금일 이 광경을 보고 출히 샹공긔 죄를 어들디언뎡 부인긔

47면

그릇 너기믈 밧디 아니랴흐야 드른 톄 아니코 듬댱 수이로 드러 닉당으로 피흐니 샹셰 임의 과심히 너겨 스수로 됴복을 벗고 난간을 볘고 누으니 형시 브야흐로 금년을 움즉여 당안흐로 향흐니 싱이 노왈 나 혹싱이 식회 아니로딕 엇디 사름이 보고 피흐미 싱풍흐느뇨 형부인이 안자 계셔도 운셩이 해흐든 아니리라 형시 드른 톄 아니코 드러가더라 싱이 추야의 셔당의셔 쇼영을 브루니 영이 칭탁흐고 가디 아닌디라 이튼날 소싱이 운취각의 가 슉모를 뵈웁고 말숨홀식 소부인이 문왈 딜익 젼일 샹수로 병든 적과 요수이 힝젹이 닉도흐니 엇디오 싱이 딕왈 하히도 산뎐이 되고 태산도 믈허디느니 쇼딜이 비록 신을 딕희여 심병이 나시나 엇디 부녀를 팀혹홀니 이시리잇고 부인이 냥쇼 왈 니루디 말나 너의 홀된 의식 므숨 다른 쓰디리오 싱이 잠쇼흐고 쏘 닐오딕 형시는 가브야이 딕졉디 못홀 쳐지오 은인이라 흐리니 혹 블합흐나 대단흐리잇가 큭니와 지어 쇼영 쳔녀는 블과 상님의 쳔인이라 엇디 감히 방즈흐리잇고마는 요수이 쇼딜 업슈이 너기미 태심흐니 한심혼디라 칼눌흘 다드마 시험코져 흐느이다

48면

소부인이 경왈 고이ᄒᆞᆫ 말을 말나 비록 쳔쳡인들 부〃의 지의로 엇디 ᄎᆞ마 죽일 ᄯᅳ디 잇ᄂᆞ뇨 ᄉᆡᆼ왈 쇼딜이 무단히 해코져 ᄒᆞ미 아냐 실로 졔가의 법도를 셰우미니 손무ᄌᆡ 합녀의 후궁을 군법 셰우려 버히니 딜ᄋᆡ 졔가ᄒᆞ려 쳔쳡 ᄒᆞ나 죽이미 못ᄒᆞᆯ 일이 아니니이다 소부인이 다만 희언으로 알고 우을 ᄲᅮᆫ이라 쇼영이 마ᄎᆞᆷ 곡난 ᄉᆞ이의 안자 ᄌᆞ시히 드ᄅᆞᆫ디라 낫발이 숑연ᄒᆞ야 ᄉᆡᆼ각ᄒᆞᄃᆡ 젼의 드ᄅᆞ니 형부인과 공ᄌᆞ를 다 죽이려ᄒᆞ니 형참졍이 구ᄒᆞ다 ᄒᆞ던디라 이제 셩이 발ᄒᆞ매 날 ᄀᆞᆺᄐᆞᆫ 사ᄅᆞᆷ은 석은 플ᄀᆞ티 죽으리니 내 엇디 청년의 칼그ᄐᆡ 혼ᄇᆡᆨ이 되리오 ᄒᆞ야 ᄎᆞ후ᄂᆞᆫ 운셩을 피ᄒᆞ야 ᄃᆞ니니 ᄉᆡᆼ이 더옥 노ᄒᆞ야 일〃은 셔당의셔 쇼영을 잡아오라 ᄒᆞ니 영이 셕파의게 고ᄒᆞᆫ대 셕패 대경ᄒᆞ야 보내디 아니ᄒᆞᆫ대 샹셰 크게 노ᄒᆞ야 ᄎᆞ후로ᄂᆞᆫ 죽일 ᄠᅳᆺ을 아조 결ᄒᆞ얏더니 쇼영이 ᄒᆞᆯᄂᆞᆫ 뉵오당의 가 부인의 ᄒᆞᄂᆞᆫ 일을 돕고 공ᄌᆞ를 희롱ᄒᆞ더니 시비 급히 닐오ᄃᆡ 샹셰 칼흘 ᄃᆡᆸ고 오시ᄂᆞ이다 쇼영이 대경 실ᄉᆡᆨᄒᆞ고 형시 안셔히 닐오ᄃᆡ 너ᄂᆞᆫ ᄲᆞᆯ니 피ᄒᆞ라 영이 텽파의 더옥 창황ᄒᆞ야 능히 움즉이디 못ᄒᆞ니리 운

49면

셩이 블셔 드러와 [난간ᄀᆞ의] 안ᄌᆞ며 시녀를 ᄭᅮ지저 쇼영을 미러오라ᄒᆞ니 목숨이 슈유의 이시ᄃᆡ 형시 뎌의 긔ᄉᆡᆨ이 됴티 아닌디라 감히 말니디 못ᄒᆞ고 다만 시녀를 눈주어 셕파를 브ᄅᆞ라 ᄒᆞ더니 홀연 위시 홍시 금군 취삼으로 이에 니ᄅᆞ러 운셩의 칼흘 들고 쇼영 수죄ᄒᆞ믈 보고 홍시ᄂᆞᆫ 몸을 도로혀 도라가고 위시 심하의 샹냥ᄒᆞᄃᆡ 삼슉의 셩이 급ᄒᆞ니 쇼영의 목숨이 위ᄐᆡᄒᆞᆫ디라 엇디 구티 아니리오 ᄒᆞ야 년보를 가ᄇᆡ야이 나아가니 시녜 보왈 위부인이 오시ᄂᆞ이다 형시 급히 ᄒᆞ던 거술 ᄇᆞ리고 난간의 ᄂᆞ리니 샹셰 노긔를 강잉ᄒᆞ야 칼흘 노코 계하의 ᄂᆞ려 위시를 마ᄌᆞ니 위시 듀뎨ᄒᆞ고 당의 오ᄅᆞ디 아니커늘 샹셰 ᄑᆞᆯ흘 미러 ᄀᆞᆯ오ᄃᆡ 존쉬 엇디 듀뎨ᄒᆞ미 겨시니잇고 위시 잠쇼왈 쳡이 한헐ᄒᆞᆫ ᄯᆡ를 여어 이 고ᄃᆡ 왓더니 ᄉᆡᆼ각디 아닌 슉슉이 사ᄅᆞᆷ 힝형ᄒᆞ려ᄒᆞ시ᄂᆞᆫ 의ᄉᆞ를 허틀오니 슈괴ᄒᆞ믈 이긔디 못거이다 ᄉᆡᆼ이 흔연이 우ᄉᆞ며 샤왈 쳔쳡이 무례ᄒᆞ매 잠간 다ᄉᆞ려 법도를 셰우고져 ᄒᆞ더니이다 셜파의 다시 ᄑᆞᆯ흘 미러 위시를 올리고 ᄯᅩᄒᆞᆫ 난두의 공경ᄒᆞ야 안자 두어됴 한훤을 파ᄒᆞ매 즉시 니러 외당으

50면

로 가며 왈 시녀는 쇼영을 셔헌으로 잡아오라 모든 시녜 잇그러 가려ᄒᆞ니 위시 형시로 더브러 샹셔의 과격ᄒᆞᆷ을 웃고 쇼영을 셕파의 고드로 보내고 시녀를 분부ᄒᆞ듸 셕파랑이 아사 가니 감히 항형티 못홀와ᄒᆞ라 ᄒᆞ니 시녜 샹셔의게 ᄀᆞᄅᆞ친대로 고ᄒᆞᆫ대 싱이 오라도록 말을 아니터라 ᄎᆞ시 쇼영이 ᄉᆞ화를 버서나 셕파를 가셔 보고 크게 울며 왈 내 본ᄃᆡ 듀나라 금지옥엽으로 팔지 박ᄒᆞ야 냥친을 일코 파〃씌 의탁ᄒᆞ니 비록 명위 셔얼이나 엇디 녀염ᄉᆞ태우의 뎍실ᄌᆞ녀의 디리오마는 소싱이 겁틱ᄒᆞ야 상님의 쳔ᄒᆞᆫ 뉴로 민ᄃᆞᆯ고 나둥은 죽이려ᄒᆞ니 내 출히 ᄌᆞ결ᄒᆞ야 소싱의 손의 죽디 아니리라 셕패 대경ᄒᆞ야 지삼 위로ᄒᆞ고 일노브터 쇼영을 침소의 ᄃᆞ려와 일시를 ᄯᅥ나지 아니니 싱이 일노조ᄎᆞ ᄶᅢ를 엇디 못ᄒᆞ여ᄒᆞ더니 일〃은 졔싱이 문안 후 일회당의 니ᄅᆞ니 셕패 쇼영으로 더브러 안잣다가 졔싱이 드러오믈 만나니 ᄀᆞ장 놀나 보니 다른 소싱 등이 압셔고 운셩이 뒤히 잇는디라 창졸의 아라보디 못ᄒᆞ고 다만 안심ᄒᆞ여 안잣더니 어ᄉᆞ 형데 니어든 후 운셩이 조초 니ᄅᆞ러 몸을 ᄲᅢ혀 셕파의 겨틔 가 안ᄌᆞ니 쇼영이 대경실ᄉᆡᆨ

51면

ᄒᆞᆫ대 한님 운희 쇼왈 아ᄌᆞ미 운셩을 보고 놀나믄 엇디오 운셩이 쇼왈 운의 변ᄒᆞ여 구싊 되여시니 심한 골경ᄒᆞ미 샹ᄉᆡ라 셕패 운셩을 보고 노ᄉᆡᆨ 왈 쇼영이 비록 낭군의 금차지녈이나 ᄆᆞ음의 졍결ᄒᆞ믄 봉관 화리를 불워 아닐 배오 ᄯᅩᄒᆞᆫ 챵쳡이 아냐 쥬국지엽이니 낭군이 만분 무상ᄒᆞ야 겁틱ᄒᆞ고 시쳡으로 ᄒᆞᆷ도 외람커늘 엇디 포려ᄒᆞᆫ 졍을 내여 죽이려 ᄒᆞᄂᆞ뇨 쇼영을 죽이고져 홀딘대 내 목을 몬져 버히라 샹셰 봉안을 흘녀 셕파를 보고 무릅흘 티며 한가히 우어 왈 뉘셔 쇼영을 죽이려 ᄒᆞᆫ다 ᄒᆞ더뇨 제 쳔방빅계로 날을 멸시ᄒᆞ고 나죵은 조모의 셰를 두엇노라ᄒᆞ야 내의 흔단을 일회당의 푼쥬ᄒᆞ니 쇼영이 하늘노 소사오ᄅᆞ디 아냐셔는 너모 방ᄌᆞ히 구디 못ᄒᆞ리이다 셕패 대로ᄒᆞ야 그 ᄉᆞ매를 잡고 소릭 딜러 골오ᄃᆡ 날을 석은 플ᄀᆞ티 ᄒᆞ며 무단히 사름을 죽이려ᄒᆞ고 거즛 말을 지어 발명ᄒᆞ니 내 쟝ᄎᆞᆺ ᄎᆞ언으로ᄡᅥ 승샹긔 고ᄒᆞ리라 운셩이 뎌의 발악ᄒᆞᆷ을 보고 졍ᄉᆡᆨ 왈 조뫼 아ᄆᆞ리 사오나올디라도 소운셩 졔어ᄒᆞ기는 어려오리이다 조뫼 블과 션조의 쇼실노 부친이 공경ᄒᆞ나 엇

52면

디 너모 명분을 출히디 아니ᄒᆞ시ᄂᆞ뇨 쇼영이 조모의 원족이 아냐 친딜이라도 내의 천쳡이라 엇디 죽이디 못ᄒᆞ리오 셜파의 ᄉᆞ매를 썰티고 니러나니 운경이 함쇼 왈 삼 뎨 엇디 언어를 나는대로 ᄒᆞᄂᆞ뇨 셕패 오직 그 ᄉᆞ매를 잡고 더옥 발악ᄒᆞᄃᆡ 그ᄃᆡ 날을 이대로록 멸시ᄒᆞ니 원컨대 죽어 이 셟고 통분ᄒᆞᆫ 거ᄉᆞᆯ 니ᄌᆞ리라 내 비록 그ᄃᆡ 셔조뫼나 십삼 셴 젹의 드러와 그ᄃᆡ 부모를 길너 내여시니 내 엇디 ᄭᅮ짓디 못ᄒᆞ며 그ᄃᆡ 블과 쳥년의 등과ᄒᆞ야 벼ᄉᆞᆯ 놉프믈 쟈랑ᄒᆞ나 구샹유취 오히려 잇거ᄂᆞᆯ 내 무어시라 공경ᄒᆞ리오 그ᄃᆡ 늘거 흰 실이 드리워져도 내 ᄆᆞᄎᆞᆷ내 소운셩이라 브ᄅᆞ고 직명으로도 일ᄏᆞᆺ디 아니리로다 ᄉᆡᆼ이 뎡파의 어히 업셔 도로혀 우ᄉᆞ며 안자 말을 아니ᄒᆞ고 졔ᄉᆡᆼ이 일시의 대쇼ᄒᆞ더라 냥구ᄒᆞᆫ 후 운셩이 닐오ᄃᆡ 셕파라 ᄒᆞᄂᆞᆫ 쟈ᄂᆞᆫ 실노 말ᄒᆞ기 괴로온 뉘라 내 쾌히 쇼영을 죽여 셜ᄒᆞᆫᄒᆞᆯ 거시로ᄃᆡ 발악 소ᄅᆡ 염ᄒᆞ야 샤 ᄒᆞᄂᆞ니 ᄎᆞ후란 닒드니 마ᄅᆞ쇼셔 패 답왈 낭군의 말을 어이 미드리오 ᄉᆡᆼ왈 내 ᄌᆞ고로 거ᄌᆞᆺ말 ᄒᆞ야 사ᄅᆞᆷ을 소기디 아냣ᄂᆞ니 ᄒᆞ믈며 부모 길너내여 유공ᄒᆞᆫ 셔됴모를 ᄉᆡᆼ심이나 소기리잇가

53면

졔ᄉᆡᆼ이 대쇼ᄒᆞ고 셕파도 ᄒᆞᆯ 일이 업서 우ᄉᆞ며 ᄉᆡᆼ의 언약을 구디 바든 후 노싀을 프니 운셩이 모든 형뎨를 ᄌᆡ쵹ᄒᆞ야 나가 ᄎᆞ후ᄂᆞᆫ 다시 죽일 ᄯᅳ들 두디 아니ᄒᆞ나 미운ᄒᆞᆫ ᄯᅳᆺ을 프디 아니니 영이 ᄯᅩᄒᆞᆫ 감히 뵈디 못ᄒᆞ더라 ᄉᆡᆼ이 거ᄌᆞ로 인후유슌ᄒᆞ며 긔질어 소탈ᄒᆞ나 본심은 텰셕 ᄀᆞᄐᆞᆫ디라 쇼영의 죄를 프디 아니믄 니ᄅᆞ도 말고 부인의 일언을 칙ᄒᆞ미 여러 ᄃᆞᆯ이 되여시ᄃᆡ 가지록 ᄆᆡ물ᄒᆞ더니 일〃은 모든 낭ᄌᆡ 취운각의 모다 졍회를 니를 ᄉᆡ 니셕 이패 찬조ᄒᆞ야 담쇠 ᄌᆞ약ᄒᆞ니 마ᄎᆞᆷ 운셩이 쥬렴 안히 누어 드ᄅᆞ니 형시 탄식고 닐오ᄃᆡ 좌듕의 시름과 슬프믈 겻근 쟈ᄂᆞᆫ 위부인과 쳡이라 젼ᄉᆡᆼ의 므ᄉᆞᆷ 죄를 짓고 그대로록 ᄀᆞᆺ긴고 슬허ᄒᆞᄂᆞ이다 위시 늣겨 왈 부인의 당초 ᄀᆞᆺ기믄 쳡으로 다ᄅᆞ미 업거니와 이 ᄢᅢ를 당ᄒᆞ여셔ᄂᆞᆫ 부인의 팔ᄌᆡ 엇디 내게 비기리오 친당이 무ᄉᆞᄒᆞ야 나믄 ᄒᆞᆫ이 업ᄉᆞ니이다 형시 ᄃᆡ왈 진실로 부인 말ᄉᆞᆷ이 올커니와 어ᄉᆞ 샹공 인후ᄒᆞ신 덕이 샹셔의 과격홈과 다ᄅᆞ시니 부인의 평ᄉᆡᆼ은 근심티 아니시리이다 셜파의 시랑 쳐 조시 쇼왈 형이 소슉〃의 근간 ᄆᆡ믈ᄒᆞ시믈 탄ᄒᆞ

54면

시미니잇가 형시 답왈 부인은 실로 의외에 말숨을 ᄒᆞᄂᆞᆫ디라 만일 일노뻐 슬허홀딘대 오 년 단당의 죽엇디 오라디라 쳡은 본ᄃᆡ 명완ᄒᆞ니 소랑이 희로를 모ᄅᆞ니 엇디 쳑〃히 ᄒᆞ리오 언필의 낭〃이 웃고 바둑판을 나오혀 승부를 쳥ᄒᆞ니 졔인이 ᄯᅩᄒᆞᆫ 담쇼ᄒᆞ다가 흐터디니 싱이 부인의 ᄋᆡ원ᄒᆞᆫ 말숨과 상활ᄒᆞᆫ 옥음을 드ᄅᆞ매 심하의 깃거ᄒᆞᄃᆡ 내 비록 것디ᄅᆞ고져 ᄒᆞ여 득쳐 뉵칠 삭이나 뎨 일호도 녹〃ᄒᆞᆫ 틔되 업서 쳐신ᄒᆞ미 단엄ᄒᆞ니 내 ᄯᅩᄒᆞᆫ 품으미 가티 아니코 ᄒᆞ믈며 쳔신 만고ᄒᆞ야 계유 부뷔 모드매 져근 일노 불합ᄒᆞ미 가티 아니타ᄒᆞ여 노긔를 플고 십여 일 후 뉵오당의 니ᄅᆞ니 형시 촉풍ᄒᆞ여 신긔 블평ᄒᆞ므로뻐 상의 누엇다가 소싱을 보고 안싀이 텬연ᄒᆞ야 각별 경동ᄒᆞ며 노ᄒᆞ야 아니코 다만 뭇ᄂᆞᆫ 말을 ᄃᆡ답디 아니니 싱이 거즛 노싀을 지어 수죄ᄒᆞ야 칙ᄒᆞ나 드른 톄 아니니 싱이 홀 일이 업서 ᄒᆞᆫ가지로 밤을 디내고 명됴의 싱이 홀로 안자 부인을 ᄃᆡᄒᆞ여 혹 [칙ᄒᆞ며 혹] 다래여 말숨이 금셕이 녹ᄂᆞᆫ 둣ᄒᆞ니 형시 이에 아미를 찡긔고 닐오ᄃᆡ 대쟝뷔 됴뎡 신ᄌᆞ되여 경ᄉᆞ 디ᄉᆞ리미 브즈

55면

런 홀디라 엇디 ᄋᆞ녀ᄌᆞ로 더브러 유셰ᄒᆞᄂᆞᆫ 말이 이러틋 다ᄉᆞᄒᆞ야 슌셜을 허비ᄒᆞ리오 셜파의 팀졍혜슌ᄒᆞ여 틔되 서리 ᄀᆞᄐᆞ니 소싱이 돈연히 공경ᄒᆞ고 ᄯᅩᄒᆞᆫ 대쇼 왈 혹싱이 ᄆᆞ음 잡으미 굿디 못ᄒᆞ니 부인은 힝혀 웃디 말나 형시 경싀 브답이라 싱이 공경ᄒᆞ고 듕ᄃᆡᄒᆞ미 여젼ᄒᆞ고 형시 오라디 아냐 싱남ᄒᆞ니 일개 더옥 ᄉᆞ랑ᄒᆞ더라 수일 후 쇼영이 ᄯᅩ 싱ᄌᆞᄒᆞ니 셕패 크게 깃거ᄒᆞ니 승샹이 셔모의 ᄯᅳ들 바다 셕부인으로 더브러 은근히 문병ᄒᆞ고 칠일 후 아히를 ᄃᆞ려다가보니 ᄯᅩᄒᆞᆫ 아름답고 단아ᄒᆞ야 모습이 잇ᄂᆞᆫ디라 태부인이 쇼왈 셩ᄋᆡ 형뎨 듕 여러 아ᄃᆞᆯ을 두어 지어 쳔싱이 다 과인ᄒᆞᆫ 영긔 이시니 족히 유복다 ᄒᆞ리로다 좌위 다 웃더라 쇼영이 산후 긔운이 블평ᄒᆞ야 병이 복발ᄒᆞ니 형시 유모를 드려 그 ᄋᆞᄌᆞ를 기ᄅᆞ고 샹셔를 권ᄒᆞ야 의약이 ᄣᅢ예 밋게 ᄒᆞ라 ᄒᆞ니 싱이 머리를 흔드러 왈 내 ᄆᆞ양 죽이과라ᄒᆞᄃᆡ 셕파로 못ᄒᆞ더니 이제 병이 드러시니 십분 다힝ᄒᆞᆫ디라 엇디 약을 닐위리오 형시 아연히 탄식고 말을 아니ᄒᆞ니 싱이 대쇼 왈 부인이 혹싱을 무상히 너기ᄂᆞᆫ도다 드ᄃᆡ

56면

여 셕파의게 보내여 병셰를 무러 약을 지어 보내니 이 다 형시의 덕이라 오라디 아냐 쇼영이 향차ᄒᆞ여 니러나ᄃᆡ 샹셰 ᄆᆞᄎᆞᆷ내 뭇디 아니터니 일〃은 월식이 몽농ᄒᆞᆫᄃᆡ 샹셰 듕헌의셔 두시를 음영ᄒᆞ더니 셕패 쇼영의 아ᄃᆞᆯ을 안고 유희ᄒᆞ다가 운셩을 보고 짐즛 나아가 ᄀᆞᆯ오ᄃᆡ 낭군아 이 삼공ᄌᆡ 이러ᄐᆞᆺ 긔이ᄒᆞ니 우흐로 두 형이 밋디 못ᄒᆞ리로다 ᄒᆞ니 원ᄂᆡ 형시의 신ᄉᆡᆼ남은 난 디 넉ᄃᆞᆯ이오 쇼영의 아ᄃᆞᆯ은 두ᄃᆞᆯ이라 셕패 거즛 형시의 옥ᄌᆡ라 ᄒᆞ야 운셩을 속이니 ᄉᆡᆼ이 본ᄃᆡ 삼ᄌᆞ를 극ᄋᆡᄒᆞᄂᆞᆫ디라 밧비 나아와 우서 ᄀᆞᆯ오ᄃᆡ 야긔 깁프니 한긔 습인ᄒᆞ거ᄂᆞᆯ 엇디 히ᄋᆞ를 이리 내여 오시니잇고 일변 니ᄅᆞ며 일변 눈을 드러보니 비록 단아ᄒᆞᆫ 긔샹이나 쳥쇄ᄒᆞᆫ 긔질이 형ᄋᆞ의 밋디 못ᄒᆞ니 소ᄉᆡᆼ이 쇼왈 이 엇던 산금야슈를 ᄃᆞ려왓ᄂᆞ뇨 셕패 대쇼ᄒᆞ고 닐오ᄃᆡ 이 아ᄒᆡ 본ᄃᆡ 아ᄃᆞᆯ이라 지금 아비 ᄂᆞᆺ출 못보아시니 엇디 측은티 아니리오 낭군은 ᄇᆞ라건대 일홈을 지어 아비 소임을 ᄒᆞ라 ᄉᆡᆼ이 ᄂᆡ도ᄒᆞ나 셕파의 무안ᄒᆞᆷ을 ᄭᅳ려 웃고 왈 일홈을 셰희라 ᄒᆞᄂᆞ이다 셕패 깃거 안고 도라가니 샹셰 ᄎᆞ후

57면

로 다시 쇼영을 ᄎᆞᆺ고져 ᄒᆞ되 됴티 아냐 식〃ᄒᆞᆫ 빗출 지으니 셕패 눈치를 알고 이에 쇼영을 일희당의 두고 므롯 단장과 의복을 티셰ᄒᆞ야 ᄉᆡᆨ을 도으니 영이 본ᄃᆡ 긔질이 츌뉴ᄒᆞᆫ디라 용뫼 날노 슈려ᄒᆞ야 월궁홍아와 무산 션녀ᄀᆞᆺ더라 일〃은 소부인이 화셕 두 부인이 니셕 이파로 더브러 모든 쇼년 녀ᄌᆞ를 거ᄂᆞ려 후원 부용당의 모ᄃᆞ니 졔 소년의 옥모 화안과 홍군 취삼이 일ᄉᆡᆨ을 ᄀᆞ리오ᄂᆞᆫ디라 소부인이 그 ᄌᆞ부 네 사ᄅᆞᆷ과 뎔쳐 등을 명ᄒᆞ야 디당의 ᄂᆞ려 년화를 것고 향긔를 뽀이라 ᄒᆞ니 졔인이 명을 니어 못ᄀᆞ의 ᄇᆡ회ᄒᆞ니 요디 션녀 모닷ᄂᆞᆫ ᄃᆞᆺᄒᆞᆫ 듕 형시의 혜힐ᄒᆞᆫ 긔질과 표연ᄒᆞᆫ 풍치며 윤ᄐᆡᆨᄒᆞᆫ 광영이 비길 곳 업서 쇼년 가온대 특츌ᄒᆞ고 부용의 고운 ᄉᆡᆨ을 더러이 너기ᄂᆞᆫᄃᆡ 쇼영이 셩장을 일우고 뒤히 뫼셔시니 ᄌᆞᄐᆡ 쳥아ᄒᆞ고 품질이 소담ᄒᆞ야 일호도 녹〃ᄒᆞᆫ ᄐᆡ되 업ᄉᆞ니 화부인이 쇼왈 셩ᄋᆞ의 팔ᄌᆡ 됴탓다 뎌런 부인과 뎌런 쳡을 ᄀᆞ초니 엇디 긔특디 아니리오 소부인이 ᄯᅩᄒᆞᆫ 칭찬 왈 모든 뎔뷔 버러이니 개〃히 폐월슈화의

58면

용안이나 홀로 형시의 츌뉴ᄒᆞ미 범인의 비길 배 아니어ᄂᆞᆯ 쇼영이 역시 아ᄅᆞᆷ다오니

혼갓 딜ᄋᆞ의 유복홀 ᄲᅮᆫ이리오 실노 됴국의 경ᄉᆡᆨ니라 셕부인이 잠쇼 왈 ᄌᆞ부의 아름다오믄 ᄉᆞ양티 아니커니와 쇼영의 티하는 괴로온디라 저 ᄀᆞᄐᆞᆫ 뉴는 쳔만 인이 이셔도 블관ᄒᆞ이다 소부인이 낭연 박쇼홀ᄉᆡ 운셩이 뉵데 운의로 더브러 곡난 뒤히 이셔 듯고 쥬렴 ᄉᆞ이로 ᄇᆞ라보아 그윽이 쇼영의게 졍이 잇글리니 ᄎᆞ야의 쇼영을 브ᄅᆞ니 셕패 잡고 보내디 아니ᄒᆞ니 ᄉᆡᆼ이 듯고 심하의 그릇 너기나 본ᄃᆡ 셕파를 공경ᄒᆞ니 범ᄉᆞ를 깁히 미온ᄒᆞ여 ᄒᆞ미 업고 나히 쇼년이라 임의 유감ᄒᆞᆷ을 프러 ᄇᆞ린 후는 능히 춤디 못ᄒᆞ야 명됴 문안 후 일희당의 드러가 셕파를 보고 쇼왈 조뫼 므슴 연고로 내의 가인을 가도고 보내디 아닛ᄂᆞ뇨 셕패 이에 머리를 흔들며 왈 쇼영이 팔ᄌᆡ 무상ᄒᆞ야 뉵 년 츌화와 일 년 박ᄃᆡ를 겪고 이제 아ᄃᆞᆯ을 어드니 족히 그 일ᄉᆡᆼ을 의탁홀디라 낭군의 귀ᄒᆞᆫ 자최를 보디 아냐도 유여 살리니 노신이 ᄉᆡᆼ젼의란 ᄯᆞᆯ ᄀᆞ티 동실의 쳐ᄒᆞ고 ᄉᆞ후는 ᄯᅩᄒᆞᆫ

59면

제 ᄌᆞ식을 의탁게 ᄒᆞ려 ᄒᆞᄂᆞ니 낭군은 ᄎᆞᆺ디 말나 ᄉᆡᆼ이 ᄃᆡ답고져 홀 적 시랑 운현이 ᄇᆡᆨ형 운경으로 더브러 드러와 웃고 왈 삼형은 므슴 말을 근졀히 쳥ᄒᆞ시며 노고는 ᄯᅩ 므슴 ᄒᆞᆯ을 내여 ᄇᆡᆨ두를 흔드ᄂᆞ뇨 셕패 눈 흘긔여 골오ᄃᆡ 그ᄃᆡ는 므양 날을 보면 보채려 ᄒᆞ는다 운현이 쇼왈 내 므ᄉᆞ 일노 조모를 보채리오 운셩이 투호를 나오혀 쇼왈 셕조모는 날노 더브러 승부를 결우사이다 셕패 조차 살흘 잡으며 왈 승부 간의 므슴 나기를 홀고 운셩 왈 나 곳 이긔면 셕조뫼 일등 미인을 어더주고 조뫼 이긔면 내 맛당이 삼일 대연ᄒᆞ여 먹이ᄃᆡ 만일 시힝티 아니면 인면슈심이라 셕패 창졸의 ᄉᆡᆼ각디 못ᄒᆞ고 낙죵ᄒᆞ니 임의 투호를 텨 운셩이 두 판을 이긔니 셕패 왈 맛당이 삼판의 결ᄒᆞ리라 운현이 넓써나 살흘 앗고 닐오ᄃᆡ 승뷔 결ᄒᆞ여시니 조뫼 나기를 시힝홀만ᄒᆞ쇼셔 셕패 쇼왈 내 어ᄃᆡ 가 미녀를 어드리오 운셩 운현이 다시 시힝ᄒᆞ라 보채고 셕파는 못어들다 닓드다가 보니 운경이 고요히 안자 ᄉᆞ매 가온대 됴보를 내야 보고 희롱의 간예티

60면

아니ᄒᆞ니 셕패 칭찬 왈 어디다 시 어ᄉᆡ야 진짓 부친의 품격을 습ᄒᆞ엿도다 연이나 내 미인을 어들 길히 업ᄉᆞᆫᄃᆡ 두 ᄌᆡ샹이 보채니 엇디ᄒᆞ리오 어ᄉᆡ 일변 낭목으로 글을 보

며 미〃히 웃고 답디 아니커늘 셕패 다시 무른대 어식 ᄇᆡ야흐로 닐오ᄃᆡ 조모ᄭᅴ 미인이 업술딘대 쾌히 쇼영을 운셩을 주시면 저도 깃거ᄒᆞ고 조모도 욕을 면ᄒᆞ시리이다 셕패 쇼왈 낭군조차 엇디 이리 고이ᄒᆞᆫ 말숨을 ᄒᆞ시ᄂᆞ뇨 어식 답왈 조뫼 고이ᄒᆞ시니 내의 말이야 즉히 경다오리잇가 샹셔 시랑이 흠긔 닐오ᄃᆡ 실노 ᄇᆡᆨ형의 말숨이 올흐셔이다 운셩이 고텨 닐오ᄃᆡ 이러나 뎌러나 시힝티 아니면 욕을 먹으리시니 ᄇᆞ려두고 권티 마ᄅᆞ쇼셔 패 홀 일이 업서 쇼왈 오늘브터 쇼영을 낭군ᄭᅴ 드리ᄂᆞ니 욕은 아니 먹으리로다 운셩 왈 내 처음의 쇼영을 드느티 아냐 일등 미인을 구ᄒᆞ야시니 엇디 조모의 나기 시힝이 ᄂᆡ도티 아니시리오 운경이 금션을 티며 단슌옥치를 여러 낭연이 쇼왈 삼데ᄂᆞᆫ ᄠᅳᆺ을 일워시니 그만ᄒᆞ야 믈너나고 거즛 ᄉᆞ양 말나 모다 크게 웃고 흐터디다 수일 후 운셩이 쇼영을 불너 보고 수죄ᄒᆞ야 칙ᄒᆞᄃᆡ 내

61면

[비]록 용널ᄒᆞ나 너의 가뷔오 너ᄂᆞᆫ 블과 쳔쳡이라 엇디 감히 업슈이 너기리오 내 심히 괘심이 너기ᄃᆡ 오직 관샤하ᄂᆞᆫ 바ᄂᆞᆫ 셕파를 도라보미라 만일 방ᄌᆞᄒᆞᆫ 죄를 다시 범홀딘대 두 번 샤키 어려오리라 영이 돈슈복죄ᄒᆞ고 다만 그릇ᄒᆞ믈 일ᄏᆞᄅᆞ니 상셰 다시 칙다 아니코 은통이 녯날과 ᄀᆞᄐᆞ되 쳐쳡이 다시 방ᄌᆞ티 못ᄒᆞ더라 싱이 일〃은 형가의 니ᄅᆞ러 여러 쳐남들노 더브러 담쇼ᄒᆞ더니 형공이 그 손을 잡고 등을 두ᄅᆞ려 ᄀᆞᆯ오ᄃᆡ 아셔ᄂᆞᆫ 이 샹텬 션인이라 셩샹이 만승지쥐시로ᄃᆡ 너 ᄀᆞᄐᆞᆫ 사회를 엇디 못ᄒᆞ야 겨시거늘 나ᄂᆞᆫ 므슨 복으로 너 ᄀᆞᄐᆞᆫ 긔셔를 어더 영화를 보ᄂᆞ뇨 싱이 미쇼ᄒᆞ니 참졍이 부인으로 더브러 ᄋᆡᄃᆡᄒᆞ미 비길 곳이 업더니 시네 드러와 고ᄒᆞᄃᆡ 손공ᄌᆡ 와 겨시이다 참졍 왈 엇디 손낭을 통명ᄒᆞ리오 섈니 브ᄅᆞ라 시녜 나가더니 이윽고 드러와 ᄀᆞᆯ오ᄃᆡ 손공ᄌᆡ 슈향당으로 드러가시이다 참졍 왈 섈니 이리로 오라 ᄒᆞ라 시녜 ᄯᅩ 닐오ᄃᆡ 손공ᄌᆡ 하시ᄃᆡ 소병뷔 가신 후 나와 뵈오랴 ᄒᆞ시더이다 좌우 형싱과 참졍 부쳬 다 참안ᄒᆞ야 묵연히 면〃샹고ᄒᆞ니 원ᄂᆡ 이 손싱이란 쟈ᄂᆞᆫ 형공의 당

62면

셰라 샹셔 손슈연의 아들이니 비록 ᄌᆡ상 ᄌᆞ데나 사름되오미 용널ᄒᆞ니 그 힝ᄉᆞ를 시험ᄒᆞ야 의논홀딘대 문은 텬디 두 ᄌᆞ를 통티 못ᄒᆞ고 무ᄂᆞᆫ 십보의 살히 넘디 못ᄒᆞ고 말은 평〃ᄒᆞᆫ 한훤을 일우디 못ᄒᆞ되 ᄯᅩᄒᆞᆫ 그 인물을 스ᄉᆞ로 알고 ᄂᆞᆷ 뵈기를 븟그려 ᄒᆞ난

디라 텬힝으로 기쳐 형시 셩힝이 온슌ᄒᆞ고 ᄌᆡ용이 겸젼ᄒᆞ야 가부의 블민을 ᄒᆞᆫ티 아니코 여러 ᄌᆞ녀를 두어 다 아ᄅᆞᆷ다오미 옥 ᄀᆞᄐᆞ니 형공 부뷔 일노뼈 잠간 위회ᄒᆞ나 임의 션아 ᄀᆞᄐᆞᆫ 녀ᄌᆞ의 일ᄉᆡᆼ이 추물 지인의게 쇽ᄒᆞ믈 슬허ᄒᆞ더니 소ᄉᆡᆼ을 어더 당금영웅으로 딘평의 얼골과 뎍션의 풍도를 겸ᄒᆞ여시니 ᄉᆞ랑ᄒᆞ믈 측냥티 못ᄒᆞᄂᆞᆫ 듕 더옥 당녀를 ᄉᆡᆼ각고 개탄ᄒᆞ더니 이 날 손ᄉᆡᆼ이 운ᄉᆡᆼ 피ᄒᆞ믈 듯고 서ᄅᆞ 도라보아 참안ᄒᆞ니 운셩은 일죽 보디 아냣ᄂᆞᆫ디라 엇디 그 인믈의 우렬을 알니오 십분 고이히 너기ᄃᆡ 뎌 사ᄅᆞᆷ의 어려워ᄒᆞᄆᆞᆯ 보고 각별이 아른 톄 아니코 즉시 니러 하딕ᄒᆞ니 참졍이 ᄯᅩᄒᆞᆫ 머믈디 아니ᄒᆞ니 ᄉᆡᆼ이 ᄀᆞ장 슈샹이 너겨 도라와 부인을 ᄃᆡᄒᆞ야 말 ᄒᆞ다가 닐오ᄃᆡ 손샹셔의 아ᄃᆞᆯ 손ᄉᆡᆼ이 그ᄃᆡ의 형뷔냐 형시 답왈 올흐니이

63면

다 그 인물이 엇더뇨 형시 ᄃᆡ왈 비록 관옥의 가ᄉᆡ 아니나 죡히 시쇽 문ᄉᆞ의 븟그럽디 아니〃이다 ᄉᆡᆼ왈 아니 교만ᄒᆞ냐 형시 고이히 너겨 ᄃᆡ답ᄒᆞᄃᆡ 낭군이 엇디 뭇기를 ᄌᆞ셔히 ᄒᆞᄂᆞ뇨 ᄉᆡᆼ왈 다른 일이 아니라 오ᄂᆞᆯ 이러ᄐᆞᆺ ᄒᆞᆫ 경샹을 보아시니 십분 고이ᄒᆞ여 뭇ᄂᆞᆫ 배라 ᄆᆞ음이 교만ᄒᆞ고 ᄯᅳ디 거오ᄒᆞ야 이러 ᄒᆞ민가 날을 피ᄒᆞᄂᆞᆫ 연고를 몰라 ᄒᆞ미라 형시 안셔히 ᄀᆞᆯ오ᄃᆡ 손ᄉᆡᆼ이 비록 ᄌᆞᆷ영지족의 나시나 심디 호상ᄒᆞ야 과거를 보디 아니ᄒᆞ고 쳐신ᄒᆞ물 닙하 쳐ᄉᆞᄀᆞ티ᄒᆞ니 아니 보미 블과 낭군의 뎡듕 대신인 줄 아쳐ᄒᆞ미라소이다 ᄉᆡᆼ이 본ᄃᆡ 소활ᄒᆞᆫ디라 그런가 너기ᄃᆡ ᄯᅩᄒᆞᆫ 밋디 아냐 ᄎᆞ후ᄂᆞᆫ 어더 보기를 요구ᄒᆞᆯᄉᆡ 혹 참졍 집의 가 마조티면 뎐도히 안흐로 드러가니 ᄉᆡᆼ이 ᄒᆞᆫ 번 보려 ᄒᆞ며 잇다감 졔ᄉᆡᆼ으로 글을 의논ᄒᆞ면 형한님 형뎨 ᄌᆡ죄 비록 민쇽ᄒᆞ나 운셩의게 밋디 못ᄒᆞ니 ᄉᆡᆼ이 ᄌᆞ부무인ᄒᆞ야 ᄆᆞ양 업슈이 너기니 형공이 쇼왈 군ᄌᆡ란 거시 덕을 길우고 공근ᄒᆞ미 귀ᄒᆞ니 ᄌᆡ조를 쟈랑ᄒᆞ고 사ᄅᆞᆷ을 업슈이 너기믄 이 경박ᄌᆞ의 ᄒᆞᆯ 배라 일죽 너에셔 더ᄒᆞᆫ 문장이 만흐니 스ᄉᆞ로 쟈랑ᄒᆞ미 겸손ᄒᆞᄂᆞᆫ

64면

덕이 아니라 ᄒᆞᄆᆞᆯ며 승샹의 팀졍공검ᄒᆞᄆᆞᆯ 목견ᄒᆞ며 엇디 본밧디 아닛ᄂᆞ뇨 운셩이 쇼이 ᄃᆡ왈 쇼셔ᄂᆞᆫ 이 팔두 문장이 되디 못ᄒᆞ나 죡히 악당의 다ᄉᆞᆺ 아ᄃᆞᆯ은 압두ᄒᆞ리로소이다 형공 왈 내의 오ᄋᆞᄂᆞᆫ 쇼〃 문인이라 엇디 ᄌᆡᄌᆞ긔 미ᄎᆞ리오 오직 사ᄅᆞᆷ의 ᄌᆞ부ᄒᆞ미 텬하인을 압두ᄒᆞ미 되리니 너ᄂᆞ 사ᄅᆞᆷ을 비기디 말고 네 부친의 글을 ᄉᆞᆲ혀 보라 됴

격이 놉고 귀법이 호상ᄒᆞ되 함튝은용ᄒᆞ야 그 ᄯᅳ디 댱강 대하 ᄀᆞᆺᄐᆞ니 비록 네 글이 놀니ᄂᆞᆫ 눈과 흐ᄅᆞᄂᆞᆫ 믈 ᄀᆞᄐᆞ며 의ᄉᆡ 상쾌ᄒᆞ미 놓의 변화홈 ᄀᆞᄐᆞᆫ 지죄나 신쳥ᄒᆞᆫ 됴격은 밋디 못ᄒᆞ거니 엇디 스ᄉᆞ로 자랑ᄒᆞᄂᆞᆫ다 운셩이 대쇼 왈 악뷔 쇼셔를 찰〃이 훼방ᄒᆞ시니 진실로 경박ᄒᆞᆫ 인물이라 ᄒᆞ시믄 감쉬어니와 다만 악부의 ᄯᅳᄃᆡ 맛당이 너기실녀셰 잇ᄂᆞ니잇가 형공이 쇼이 답왈 손ᄉᆡᆼ이 텸경ᄒᆞ믄 내 ᄉᆞ랑ᄒᆞᄂᆞᆫ 배라 말을 니어 졔ᄉᆡᆼ이 일시의 손ᄉᆡᆼ을 칭찬ᄒᆞ니 운셩이 우이 너겨 말을 아니코 집의 도라와 부인ᄃᆞ려 왈 금일 악댱과 형ᄉᆡᆼ 등이 날노ᄲᅥ 개〃히 나ᄆᆞ라ᄒᆞ며 손ᄉᆡᆼ을 기리니 진실로 엇던 사ᄅᆞᆷ인고 귀듕ᄒᆞ미 텬ᄌᆞ긔 디나고 ᄯᅳᆺ 놉프미 왕공의 더은가 엇디 그 얼골을 보

65면

디 보디 못ᄒᆞᆯ너뇨 형시 완〃히 미쇼 왈 손ᄉᆡᆼ은 니ᄅᆞᆫ 바 졍인군ᄌᆡ라 거〃의 기리미 올흐니이다 ᄉᆡᆼ왈 그ᄃᆡ 형은 아ᄅᆞᆷ다오미 그ᄃᆡ긔 더으디 못ᄒᆞ되 어딘 가부를 어덧도다 언미필의 니셕 이패 흠긔 다ᄃᆞ라 듯고 쇼왈 낭군은 우은 말 말나 우리 집 열 낭군이 인듕션ᄌᆡ라 비록 손낭이 긔특ᄒᆞ나 엇디 샹셔의 풍뉴 영긔를 미ᄎᆞ리오 운셩 왈 부인의 말을 드ᄅᆞ니 손ᄉᆡᆼ이 긔특ᄒᆞᆫ디라 엇디 운셩의게 비기리잇고 셕패 ᄯᅩ 웃고 왈 손낭이 학우션인으로 ᄌᆞ하의를 븟쳐 ᄎᆡ운 속으로셔 ᄂᆞ려 올디라도 낭군의 총쥰 영긔와 학골 봉형으로 션풍도골을 겸ᄒᆞ야 츄월ᄀᆞᄐᆞᆫ 낭목은 ᄇᆞ라보도 못ᄒᆞ리니 형참졍긔셔도 다ᄉᆞᆺ 아ᄃᆞᆯ과 두 사회 듕 우리 삼낭을 잘 어더 겨시리니 형부인 팔ᄌᆡ 손낭의 부인긔셔 아ᄆᆞ리 ᄒᆞ여도 나으리이다 니패 쇼이 찬왈 우리 낭군들을 집의셔ᄂᆞᆫ 다만 아ᄅᆞᆷ다오실 만ᄒᆞᆫ가 ᄒᆞ엿더니 모든 ᄇᆡᆨ관 듕의 버러 셔〃 거동ᄒᆞ실제 반열노 가시ᄂᆞᆫ 양을 보니 진실로 긔특ᄒᆞ야 인듕의 옥인이오 오쟉 듕 봉항 ᄀᆞᄐᆞ야 ᄒᆞᆫ갓 미려지용 ᄲᅮᆫ 아냐 쇄락ᄒᆞ미 일월의 졍긔를 품슈ᄒᆞ시고 ᄉᆡᆨ〃ᄒᆞ시미 츄텬의 ᄒᆞᆫ월 ᄀᆞᄐᆞ며 졍결ᄒᆞ미

66면

형산 초옥이 듯글을 ᄲᅥᄉᆞᆷ ᄀᆞᄐᆞ니 아디 못게라 엇던 손낭이 더옥 샹셔를 밋ᄎᆞ리오 형참졍긔셔도 다시 엇디 못ᄒᆞᆯ 보ᄇᆡ의 사회이시리이다 운셩이 미쇼 왈 냥 조모ᄂᆞᆫ 우은 말 마ᄅᆞ쇼셔 ᄉᆞ히지ᄂᆡ의 인믈이 만흐니 엇디 졔소를 압두ᄒᆞᆯ 사ᄅᆞᆷ이 업ᄉᆞ리오 셕패 나아 안자 ᄀᆞᆯ오ᄃᆡ 내 ᄒᆞᆫ 말 ᄒᆞ리이다 우리 션쳐ᄉᆡ 셰쇽의 버서난 골격이시라 ᄆᆞᆰ으시과도ᄒᆞ시고 존당 태부인이 이제도 뎌러ᄒᆞ시니 쇼년 적이야 더옥 니ᄅᆞ리잇가 우리 드

러올 적 년ᄀᆡ 이십 삼세시되 오히려 삼오이팔의 홍옥츈이라 ᄒᆞᆫ 번 ᄇᆞ라보니 다만 광치 녕농ᄒᆞ야 어론기고 오ᄉᆡᆨ 빗치 안모의 빗최여 일월노도 비티 못ᄒᆞᆯ 거시오 용안의 슈미ᄒᆞ미 ᄒᆞᆫ갓 ᄀᆡ이ᄒᆞ실 ᄲᅮᆫ 아니라 지극히 조ᄒᆞ셔 다만 서의히 비컨대 옥분의 ᄇᆡᆨ모란과 옥반의 어롬이며 옥병의 흰 년화 ᄀᆞᄐᆞ여 젼쥬 소담 청슈ᄒᆞ야 도흔 거술 쥬ᄒᆞ시ᄃᆡ ᄯᅩᄒᆞᆫ 풍영쇄락ᄒᆞ고 흐억윤ᄐᆡᆨᄒᆞ시니 ᄇᆡᆨ티 낫분 고디 업더니 승샹과 소부인을 두시니 부풍모습ᄒᆞ야 도흐시고 고으시니 한샹셰 풍뉴 호걸이나 소부인의 조ᄒᆞ신 거ᄉᆡᄂᆞᆫ ᄆᆡᆺ디 못ᄒᆞ시고 셕부인 광염이 만고 일인이로ᄃᆡ 오히려 청결ᄒᆞ믄 승샹ᄀᆡ ᄆᆡᆺ디 못ᄒᆞ시ᄂᆞ니

67면

글은 거시 ᄶᅥ디미 아니오 ᄆᆞᆰ은 거시 젹으미 아니로ᄃᆡ ᄌᆞ연 ᄒᆞᆫ ᄃᆡ 안자시면 셕부인은 홍년화 ᄀᆞᆺ고 승샹은 ᄇᆡᆨ년화 ᄀᆞᄐᆞ신디라 이제 여러 낭군과 쇼졔 다 ᄀᆡ이ᄒᆞ시니 풍용의 미려ᄒᆞ믄 부모ᄅᆞᆯ 다 달마겨시ᄃᆡ 골격의 조ᄒᆞ시믄 소시 문습이라 이제 모든 드러오신 쇼부인ᄂᆡ 다 ᄀᆡ특ᄒᆞ야 용안의 미려ᄒᆞ믄 혹 낭군ᄂᆡᄀᆡ셔 나으시미 잇거니와 츄슈 ᄀᆞᆺᄐᆞᆫ 골격과 산쳔슈ᄀᆡ와 졍명지ᄀᆡ 어ᄅᆡ여시믄 우리 낭군이 나으시니이다 이러모로 시방 삼낭군과 형부인이 ᄃᆡ좌ᄒᆞ야시니 비록 향ᄀᆡ롭고 ᄌᆞᄐᆡ로이 션연염모ᄂᆞᆫ 부인이시나 슈〃격됴와 쇼쇄ᄒᆞᆫ 풍도의 늠〃청아ᄒᆞ믄 샹셰 나으시니 ᄒᆞᄆᆞᆯ며 엇던 남ᄌᆡ 셜ᄉᆞ 미뫼이신들 우리 낭군ᄂᆡ 골격을 더브러 병구ᄒᆞ리오 운셩이 날ᄒᆞ여 웃고 닐오ᄃᆡ 조모의 말ᄉᆞᆷ의 우리 기리시믄 과도ᄒᆞ거니와 실로 우리 이 형과 운현이 만됴의 나면 구ᄐᆞ여 아름다오미 ᄲᅡ혀나디 아니ᄃᆡ ᄌᆞ연 청슈ᄒᆞ고 쇄락ᄒᆞ니 태인과ᄂᆞᆫ 골격이 다ᄅᆞ더이다 연이나 날 ᄀᆞᄐᆞᆫ 거시야 ᄂᆞᆷ의 뉴의 드러 엇디 귀티 아니리오 슈연이나 형시의셔 낫다ᄒᆞ시믄 실로 유리ᄒᆞ니이다 니셕 이패 고쟝 쇼왈 얼골이 나으미 아니라 품격이 조아ᄒᆞ시거니와

68면

형부인의 슌염교완이 엇디 낭군ᄭᅴ 디리오 진짓 샹덕ᄒᆞᆫ 부뷔라 겸손ᄒᆞᆯ 배 아니니이다 샹셰 ᄌᆡ삼 나을와 일ᄏᆞᄅᆞ니 형시ᄂᆞᆫ 다만 미〃히 웃고 말을 아니코 이패 서ᄅᆞ 희답ᄒᆞ다가 흐터디다 ᄎᆞ시ᄂᆞᆫ 계츈 초슌이라 형참졍이 ᄌᆞ서ᄅᆞᆯ 거ᄂᆞ려 변하의 ᄇᆡᄅᆞᆯ 씌워 고기 잡고 놀녀 ᄒᆞ니 한님이 소ᄉᆡᆼ을 ᄎᆞ자보고 ᄒᆞᆫ가지로 가쟈ᄒᆞ니 샹셰 머리ᄅᆞᆯ 흔드러

왈 근간의 마을이 다ᄉᆞᄒᆞ고 년일 습딘ᄒᆞ니 엇디 강뎡의 션유ᄒᆞᆯ 길히 이시리오 한님이 지삼 권ᄒᆞᄃᆡ 샹셰 응티 아니코 다만 큰 ᄇᆡ ᄒᆞᆫ 쳑을 주어 가셔 놀나 ᄒᆞ니 형싱이 극히 섭〃ᄒᆞ여 닐오ᄃᆡ 우리 부친을 뫼시고 형을 ᄃᆞ려가 ᄒᆞᆫ가지로 놀녀ᄒᆞ더니 그ᄃᆡ 써디니 흥미 업도다 소싱 왈 내 승유를 참관티 못ᄒᆞ믈 ᄒᆞᆫᄒᆞᄃᆡ 대ᄉᆞ를 맛나 그릇디 못ᄒᆞ니 가셕도다 한님이 도라와 참졍긔 고ᄒᆞ니 ᄯᅩᄒᆞᆫ 고디 듯고 드ᄃᆡ여 손싱을 불러 ᄀᆞᆯ오ᄃᆡ 소병뷔 아니 간다ᄒᆞ니 너ᄂᆞᆫ 날노 더브러 경을 귀경ᄒᆞ라 손싱이 운셩의 아니가믈 깃거 허락ᄒᆞ고 ᄒᆞᆫ가지로 변하의 다ᄃᆞᄅᆞ니 빅깁 강슈ᄂᆞᆫ 하ᄂᆞᆯ을 ᄃᆡᄒᆞ얏고 치션은 호〃히 ᄢᅵ여시니 격믈 풍광이 소인의 흥을 돕ᄂᆞᆫ디라 형공이 ᄇᆡ를 강 듕의 듕뉴ᄒᆞ야

69면

ᄢᅵ오고 쥬찬을 셩비ᄒᆞ며 풍악을 졔진ᄒᆞ니 홍샹 지녀ᄂᆞᆫ 그림재 강호 소긔 ᄲᅥ러지고 황의 홍샹이 ᄇᆞ람의 나븟기니 옥비를 놀녀 경장을 거호ᄅᆞ니 경히 날이 오시ᄂᆞᆫ ᄒᆞ엿더니 이적의 소싱이 손싱을 보려 짐즛 못가노라 ᄒᆞ야 손싱을 ᄇᆡ예 가 만나 도망티 못ᄒᆞ게 ᄒᆞ미라 날이 느즌 후 부모긔 하딕고 만니운을 ᄐᆞ고 추죵 벽디를 뒤히 ᄡᅥ디오고 바로 들려 변하의 가니 형공의 화션이 슈듕의 외로이 ᄡᅥ 화도난창으로 미인의 옥뎌 소ᄅᆡ 츈풍의 섯도니 싱이 션창을 노하 건너 듀듕의 드러가니 이ᄣᅢ 손싱이 잔치의 참예ᄒᆞ야 즐기다가 시동이 급히 보왈 소병뷔 필마로 들녀오샤 시방 드러오시ᄂᆞ이다 ᄒᆞ니 손싱이 대경 대황ᄒᆞ야 총망이 피ᄒᆞᆯ 고들 어드나 만경창파의 어드러 도망ᄒᆞ리오 다만 ᄒᆞᆫ 구석의 브드텨 셧더니 슈유의 소싱이 금됴 옥ᄃᆡ로 사모를 쓰고 쟈녁히 병부를 ᄎᆞ고 ᄢᅵ예 금인을 거럿더라 쳔〃이 드러와 몬져 형공긔 녜필 후 도라 한님형뎨를 보고 흔연이 한훤을 펴고 눈을 드러 보니 참졍의 뒤히 ᄒᆞᆫ 사ᄅᆞᆷ이 셔시니 귀형 괴상으로 눈을 둥그러케 ᄯᅳ고 셧거ᄂᆞᆯ 싱이 임의 짐쟉고 거즛 ᄀᆞᄅᆞ

70면

쳐 왈 뎌ᄂᆞᆫ 엇던 사ᄅᆞᆷ인고 한님이 흘연 웃고 ᄀᆞᆯ오ᄃᆡ 이ᄂᆞᆫ 손샹셔의 셋재 공지니 일즉 아둥의 ᄆᆡ뷔라 현형이 보디 아냣기로 모ᄅᆞ닷다 싱이 년망이 몸을 움즉여 ᄉᆞ매를 드러 읍ᄒᆞ여 ᄀᆞᆯ오ᄃᆡ 나 소운셩은 이 초려 필뷔라 모텸텬은ᄒᆞ야 외람이 녕대인으로더브러 뉵경의 츄수ᄒᆞ야 엇게를 ᄀᆞᆯ오니 교훈ᄒᆞ시믈 깁히 닙ᄉᆞ오ᄃᆡ 오직 ᄒᆞᆫᄒᆞᄂᆞᆫ 바ᄂᆞᆫ 존형으로 일가지분이 이시ᄃᆡ 쇽절 업시 녕명을 우레 귀예 진흠ᄀᆞᆺ티 듯고 곳다온 용안

을 보디 못ᄒᆞ믈 탄ᄒᆞ더니 금일은 하일이완ᄃᆡ 존젼의 현알ᄒᆞ여 반싱 앙모ᄒᆞ던 여일지 광을 보ᄂᆞᆫ고 불승희힝이로소이다 손싱이 다만 두로 도라보고 답홀 바를 아디 못ᄒᆞ니 형싱이 ᄉᆞ매로 입을 ᄡᅡ고 닐오ᄃᆡ 손형은 안ᄌᆞ미 올흐니라 손싱이 비로소 넌ᄌᆞ시 말셕의 안ᄌᆞ니 샹셰 칭찬 왈 어디다 손형이야 공근ᄒᆞᄃᆡ 덕퇴이 이 ᄀᆞᄐᆞ니 아등이 밋출 배 아니로다 모다 대쇼ᄒᆞᆫᄃᆡ 운셩이 손을 저어 왈 악당은 그ᄃᆡ ᄂᆡ의 부형이라 가히 허믈이 업거니와 좌듕의 셩인이 겨시니 가ᄇᆡ야이 방ᄌᆞ티 말라 졔싱이 더옥 웃거ᄂᆞᆯ 참졍이 ᄭᅮ지저 긋치게 ᄒᆞ고 샹셔ᄃᆞ려 문왈 현셰 쳐엄의 엇디 못올

71면

다ᄒᆞ더뇨 싱이 ᄃᆡ왈 요ᄉᆞ이 병뷔 다ᄉᆞᄒᆞ야 쟝관으로 더브러 습딘ᄒᆞ기의 결을이 업서 못오랑을 ᄒᆞ엿더니 다시 ᄉᆡᆼ각ᄒᆞ니 심히 아연ᄒᆞ여 좌우 시랑으로 ᄃᆡ신ᄒᆞ고 마을로셔 바로 오이다 참졍이 즘〃ᄒᆞ엿더니 한님 왈 소형이 우리를 ᄯᆞᆯ와 놀고져 ᄒᆞᆯ딘대 쥬육과 풍악을 엇디 가져오디 아냣ᄂᆞ뇨 운셩 왈 불연ᄒᆞ다 문인 ᄌᆡᄉᆞ의 션유의ᄂᆞᆫ 쥬찬이 가ᄒᆞ고 풍뉴 혹ᄉᆞ의 션유ᄂᆞᆫ 챵기를 모호려니와 이제 좌하 말셕의 셩인이 안자시니 이 졍히 아등의 조심ᄒᆞ염즉 ᄒᆞᆫ 고디니 내 엇디 감히 브딕ᄒᆞᆫ 거ᄉᆞᆯ 모도와 손션싱의 그ᄅᆞᆺ 너기믈 바드리오 셜파의 좌우를 불러 우히 닙엇던 금포 옥ᄯᅴ를 벗고 당건 쳥나의로 셰쵸ᄯᅴ를 ᄯᅴ고 평복으로 손의 반듁션을 들고 안ᄌᆞ니 한아ᄒᆞᆫ 골격과 표연ᄒᆞᆫ 풍치 은연히 학우신션이라 손싱과 ᄃᆡᄒᆞ여시매 진실로 ᄀᆡ쳔의 디애왜 빅옥의 섯김 ᄀᆞᄐᆞ니 형공이 심하의 탄왈 텬되 고로디 아니미 이 ᄀᆞᄐᆞ니라 나의 냥녜 층분이 업ᄉᆞ되 그 가부의 션악은 이러ᄐᆞᆺ 현격ᄒᆞ니 엇디 차셕디 아니리오 새로이 회ᄒᆞᆫᄒᆞ더라 운셩이 션찬난두의 단좌ᄒᆞ야 명목을 졍히ᄒᆞ고 츄파를 드러 손싱

72면

ᄇᆞ라미 ᄯᅮ러딜 ᄃᆞᆺᄒᆞ더니 반향이 디난 후 므러 ᄀᆞᆯ오ᄃᆡ 손션싱의 츈취 몃치나 ᄒᆞ시뇨 보옵기의 거의 팔십여 셰를 디내여 겨신 ᄃᆞᆺᄒᆞ니 십분 공경ᄒᆞᄂᆞ이다 손싱이 ᄀᆞᆺ득 어린 인ᄉᆡ 뎌를 보고 저를 티디 아니며 ᄭᅮ짓디 아니ᄃᆡ ᄌᆞ연 황공ᄒᆞ야 황망이 복슈 ᄃᆡ왈 쇼싱의 츈취ᄂᆞᆫ 이십 오셰로소이다 우문 왈 명ᄌᆡ 므어시뇨 ᄃᆡ왈 셩명이 송긔로소이다 ᄒᆞ니 원ᄂᆡ 황겁ᄒᆞ야 ᄃᆡ답홀제 손긔란 말을 그ᄅᆞᆺ 송긔라 ᄒᆞᆫ디라 샹셰 잠간 웃고 닐오ᄃᆡ 혹싱이 셰샹을 아란디 이십 일 년이로ᄃᆡ 인ᄉᆡ 미셰ᄒᆞ므로 만물지긔를 아디 못ᄒᆞ

ᄂᆞᆫ고로 금일 션ᄉᆡᆼ의 아셩을 손가로 아랏고 송갠 줄을 모ᄅᆞ더니 ᄇᆡ야흐로 니ᄅᆞ시ᄂᆞᆫ 말로조차 션ᄉᆡᆼ의 존셩이 두 가진 줄 ᄭᆡᄃᆞᄅᆞᆫ디라 아디 못게라 텬하 사ᄅᆞᆷ이 ᄒᆞᆫ 셩이로ᄃᆡ 션ᄉᆡᆼ은 엇딘고로 두 가지뇨 블기 ᄀᆞᄅᆞ치라 손ᄉᆡᆼ이 좌우로 도라보고 머믓〃ᄒᆞ니 형ᄉᆡᆼ 왈 이 형이 일시의 그릇 니ᄅᆞᆫ 배라 엇디 셩이 두 가지리오 운셩이 ᄯᅩᄒᆞᆫ 다시 뭇디 아니코 강산을 텸관ᄒᆞ더니 손ᄉᆡᆼ은 ᄒᆞᆫ 나모 사ᄅᆞᆷᄀᆞᄐᆡ 안자시믈 보고 ᄎᆞᆷ디 못ᄒᆞ야 도라 형ᄉᆡᆼ 등 ᄃᆞ려 왈 손형이 아니 츌가ᄒᆞ야 참션을 ᄒᆞᄂᆞ냐 엇딘고로

73면

이러틋 단좌ᄒᆞ야 움즉이디 아닛ᄂᆞ뇨 졔ᄉᆡᆼ이 크게 웃고 ᄀᆞᆯ오ᄃᆡ 그ᄃᆡ 사ᄅᆞᆷ 보채미 너모 심ᄒᆞ도다 손형이 본ᄃᆡ 좌와를 경동티 아닛ᄂᆞ니 샹셰 탄복 왈 손션ᄉᆡᆼ은 고인의 니ᄅᆞᆫ 바 ᄌᆡ뫼 겸젼ᄒᆞᆫ 군ᄌᆞ라 팀졍은듕ᄒᆞ여 진짓 앗당의 ᄠᅳᆺ의 마ᄌᆞᆫ ᄋᆡ셰라 뎌 ᄀᆞᄐᆞᆫ 셩인을 어더 겨시거든 혹ᄉᆡᆼ을 경박 무례타 나모라 아니시리잇가 참졍이 어히 업서 웃고 왈 비록 외모와 언에 그ᄃᆡ만 못ᄒᆞ나 슌후ᄒᆞ기ᄂᆞᆫ 나으니라 ᄉᆡᆼ이 ᄃᆡ왈 진실로 올흐이다 참졍이 심하의 그 곤히 보채믈 민망이 너겨 믄득 닐오ᄃᆡ 너희 일이 모다 그ᄅᆞ이나 지어 승경을 긔록ᄒᆞ미 올커늘 희담은 므ᄉᆞ 일이뇨 졔ᄉᆡᆼ이 슈명ᄒᆞ매 운셩 왈 오ᄂᆞᆯ 우리 칠인이 악당 면젼의셔 시를 일우ᄃᆡ 만일 디톄ᄒᆞ고 게으른 재 잇거든 맛당이 변하믈 열 그릇슬 벌ᄒᆞ리라 졔ᄉᆡᆼ이 손ᄉᆡᆼ을 도라보니 면ᄉᆡᆨ이 여토ᄒᆞ여시니 역시 민망ᄒᆞ야 닐오ᄃᆡ 손형은 ᄌᆞ쇼로 글짓기를 듕인 듕의 아닛ᄂᆞ니 우리 뉵인 만 ᄒᆞᆫ가지로 지으미 가ᄒᆞ다 샹셰 정식 왈 우리 등이 비록 년쇼ᄒᆞ나 몸이 남ᄌᆡ되야 입의 말을 내고 고티미 녜 아니라 엇디 손ᄉᆡᆼ을 구ᄐᆞ여 ᄡᅥ디오며 아모 군ᄌᆡᆫ들 강산

74면

승경을 두고 글이야 못지으랴 드ᄃᆡ여 문방ᄉᆞ보를 압마다 버리고 ᄉᆡᆼ이 ᄎᆡ필을 드러 휘호ᄒᆞ매 붓긋티 ᄲᅳ리ᄂᆞᆫ ᄃᆡ마다 뇽새 비등ᄒᆞ야 ᄉᆞ의 웅장표일ᄒᆞ야 슌식간의 지어 노코 졔ᄉᆡᆼ을 도라보니 다 쵸 잡으ᄃᆡ 홀로 손ᄉᆡᆼ이 뷘 깁을 압픠 노코 방셕을 어ᄅᆞ만져 아모리 ᄒᆞᆯ 줄을 모ᄅᆞ니 ᄉᆡᆼ이 ᄑᆞᆯ흘 드러 읍샤 왈 혹ᄉᆡᆼ은 무식 필뷔라 일즉 고셔를 아디 못ᄒᆞ고 ᄂᆞᆷ의 굿드ᄅᆞᆫ 글ᄌᆞ나 도적ᄒᆞ야 일우더니 오래 드ᄅᆞ니 션ᄉᆡᆼ이 대하를 헤티ᄂᆞᆫ ᄠᅳᆺ과 댱강을 거후로ᄂᆞᆫ 의ᄉᆞ로 만고 통금지ᄌᆡ를 겸ᄒᆞ야 겨시다 ᄒᆞ니 샹해 울얼기를 북두ᄀᆞᆺ티 ᄒᆞᄂᆞ니 ᄆᆞ양 형가의 가도 션ᄉᆡᆼ이 혹ᄉᆡᆼ을 더러이 너겨 보디 아니시므로

금일은 모욕티지ᄒᆞ야 이에 니ᄅᆞ믄 션싱의 일월 ᄀᆞᄐᆞᆫ 존안을 보고져 ᄒᆞ미라 고인이 운ᄒᆞᄃᆡ 일견 군ᄌᆞᄂᆞᆫ 심아학이라 ᄒᆞ니 ᄇᆞ라건대 션싱은 놉픈 ᄯᅳᆺ을 ᄂᆞᆺ초와 ᄲᅧ곰 문쟝을 발ᄒᆞ야 홍딘의 석은 션ᄇᆡ를 ᄀᆞᄅᆞ치라 손싱이 냥구케야 닐오ᄃᆡ 본ᄃᆡ 인간을 피ᄒᆞᆫ 무리라 쇽인총듕의셔 글짓디 아니믄 불운이 아ᄂᆞ니 진실노 글을 경히 내디 못ᄒᆞᆯ소이다 형가 졔싱이 박쟝 대소ᄒᆞ고 일시의 글을 밧티

75면

니 참정이 보고 소싱의 ᄌᆡ조를 새로이 ᄉᆞ랑ᄒᆞᄃᆡ 기리미 됴티 아냐 다만 흔연이 우ᄉᆞ니 소싱 왈 이 글이 닐곱 당일 거실ᄃᆡ 엇디 다만 여ᄉᆞᆺ 당인고 이 듕의 아니 지으 니 이시니 녕을 준봉ᄒᆞ미 가ᄒᆞᆫ디라 드ᄃᆡ여 변하 믈 열 그ᄅᆞᆺ슬 ᄲᅧ오라 ᄒᆞ며 일변 아니 지으니를 ᄎᆞᄌᆞ니 형한님이 민망ᄒᆞ여 쟝ᄎᆞᆺ 초를 일워 손싱을 주다가 샹셔의게 들니인 배 된디라 샹셰 짐ᄌᆞᆺ 모ᄅᆞᄂᆞᆫ 톄ᄒᆞ고 닐오ᄃᆡ 이 듕의 셩인군ᄌᆡ이셔 극히 팀졍ᄒᆞ므로ᄲᅧ ᄂᆞᆷ의 글을 어더 사ᄅᆞᆷ을 속이고셔 ᄯᅳᆺ이 이시니 십분 통히ᄒᆞᆫ디라 가히 변하 슈 열 사발을 ᄯᅩ ᄲᅧ올 거시라 인ᄒᆞ야 참졍을 향ᄒᆞ야 ᄀᆞᆯ오ᄃᆡ 당공의 침졍ᄒᆞᆫ ᄋᆡ셰 너모 사ᄅᆞᆷ을 업슈이 너기ᄂᆞᆫ디라 가히 벌슈 ᄉᆞ므 그ᄅᆞᆺ슨 마디 못ᄒᆞ리이다 좌우를 ᄌᆡ촉ᄒᆞ야 믈 그ᄅᆞ슬 갓다가 손싱의 알ᄑᆡ 노코 닐오ᄃᆡ 졍인군ᄌᆡ야 글짓기를 슬ᄒᆞ여 ᄒᆞ니 벌을 먹으라 온가지로 긔롱ᄒᆞ니 손싱이 븟그러오믈 이긔디 못ᄒᆞ야 믄득 소ᄅᆡ 딜러 우ᄂᆞᆫ디라 좌위다 놀나고 샹셰 탄왈 텬디의 조홰 손싱의게 편벽히 모다 범뉴와 특츌ᄒᆞᆫ고로 소ᄅᆡᄂᆞᆫ 밋친 개 ᄀᆞᆺ고 용모ᄂᆞᆫ 주린 ᄆᆞᆯ ᄀᆞᄐᆞ며

76면

풍치ᄂᆞᆫ 닙 ᄲᅥ러딘 나모 ᄀᆞᆺ고 ᄌᆡ조ᄂᆞᆫ ᄂᆞᆷ의 글 도젹ᄒᆞ고 인ᄉᆞᄂᆞᆫ 거ᄌᆞᆺ 말을 능히 ᄒᆞ니 과연 영웅이라 뎌러커든 악당이 아니 기리시랴 더옥 모든 듕의 고이ᄒᆞᆫ 곡셩을 내니 아니 상쳑ᄒᆞᆫ 슬프미 니ᄅᆞ거냐 놀납다 아니 형이 졈복을 신긔히ᄒᆞ야 집의셔 졀친이 블의예 죽은 줄 알고 이리 우ᄂᆞ냐 아디 못게라 엇던 사ᄅᆞᆷ이 죽은고 아직 ᄐᆞᆫ셩을 날회고 급히 아라오라 ᄒᆞ미 올ᄒᆞᆫ디라 ᄉᆞ싱이 유명이니 현마 엇디리오 하 슬허 말나 셜파의 졔싱으로 더브러 일시의 대쇼ᄒᆞ니 손싱이 더옥 우ᄂᆞᆫ디라 형공이 다만 졔ᄌᆞ를 칙ᄒᆞ야 졍ᄉᆡᆨ단좌ᄒᆞ니 운셩이 크게 웃고 니러나 ᄀᆞᆯ오ᄃᆡ 우ᄅᆞᆷ의 디ᄒᆞ야 손싱이 벌을 먹디 아닛ᄂᆞᆫ디라 나의 녕이 힝티 못ᄒᆞ니 도라가ᄂᆞ이다 악당은 ᄋᆡ셔로 더브러 즐기시고

증셔 소운셩을 미안ᄒᆞ야 마ᄅᆞ쇼셔 다만 평일 하 기리시니 소문을 놉히 듯고 보온디라 ᄀᆞ장 ᄂᆞ자 뵈ᄂᆞ이다 언필의 ᄯᅩᄒᆞᆫ 대쇼ᄒᆞ고 하딕ᄒᆞ니 형싱 등이 아연 섭〃ᄒᆞ여 말뉴코져 ᄒᆞᄃᆡ 이시면 손싱을 보챌디라 마디 못ᄒᆞ야 노하 보내니 참졍도 머믈긔 아니ᄒᆞ더라 운셩이 돌연이 도라와 부모긔 뵈온 후 물러 침소의 와 부인을 ᄃᆡᄒᆞ야 쇼왈 그ᄃᆡ 젼일 손

77면

긔를 기리더니 오늘 보니 과연 비범ᄒᆞᆫ 사ᄅᆞᆷ이러라 부인이 미쇼 왈 실로 어딘 사ᄅᆞᆷ이니이다 샹공이 보시고 언메나 보채시니잇가 싱이 웃고 닐오ᄃᆡ 날ᄀᆞᄐᆞᆫ 소졸ᄀᆡᆨ이 엇디 졍인군ᄌᆞ를 보채리오 부인이 함쇼브답이러라 이ᄣᅢ 손싱이 운셩을 보내고 우름을 긋치니 참졍이 그 거동을 보고 불승 한심ᄒᆞ고 졔싱은 웃다가 슈칙ᄒᆞ니 다 흥이 업서 일즉 파ᄒᆞ여 드러와 손싱이 ᄎᆞ후로 더옥 운셩을 피ᄒᆞ더라 초하 망간의 형공 싱일이라 ᄌᆞ녜 모드매 형시 ᄯᅩᄒᆞᆫ 근친ᄒᆞ야 형뎨 담쇼ᄒᆞ더니 한님이 우ᄉᆞ며 두 누의를 향ᄒᆞ야 손소 이 싱의 ᄒᆞ던 말을 일〃히 뎐ᄒᆞ니 형부인은 탄식 왈 사ᄅᆞᆷ의 호탕ᄒᆞ미 엇디 이대도록 심ᄒᆞ리오 실노 손슉이 샹셔 만나기를 불힝이 ᄒᆞ엿ᄂᆞ니 엇딘 셩품이완ᄃᆡ 집안히 드러셔도 사ᄅᆞᆷ 보채기ᄅᆞᆯ 셥렵ᄒᆞ니 실로 고이ᄒᆞ니이다 손싱 쳬 담쇼를 ᄌᆞ약히ᄒᆞ여 왈 거동이 보챌가 시블ᄉᆡ 긔롱을 ᄒᆞᄂᆞ니 손낭을 보고 엇던 재 고디식이 이시리오 날노 ᄲᅧ 남ᄌᆡ 되어셔도 소랑만치ᄂᆞᆫ 보채이리다 한님이 쇼왈 현ᄆᆡᄂᆞᆫ 간사ᄒᆞ다 속으로 소텬강을 믜워ᄒᆞ며 거ᄎᆞ로 ᄌᆞᄆᆡ를 들니노라 ᄂᆡ의지언을 ᄒᆞᄂᆞᆫ도다 손

78면

싱 쳬 낭연 쇼왈 손낭의 인ᄉᆡ 고이ᄒᆞ야 보차엿ᄂᆞᆫᄃᆡ 그만 일의 믜올 일이 이시리오 드ᄃᆡ여 그 삼ᄌᆞ 이녀를 나호여 쟈랑 왈 손낭은 우옵거니와 이 아히ᄂᆞᆫ 옥으로 사겻ᄂᆞ니 나의 평싱 귀듕히 너기ᄂᆞᆫ 배로다 셜파의 탄식ᄒᆞ니 부뫼 희ᄒᆞᆫᄒᆞ고 형뎨 애들와ᄒᆞ더라 삼일 대연ᄒᆞ야 즐긴 후 빈ᄀᆡᆨ이 흐터디매 촉을 니어 ᄌᆞ셔 녀부를 ᄒᆞᆫ 당의 모화 말숨홀ᄉᆡ 소샹셰 ᄯᅩᄒᆞᆫ ᄂᆡ당의 드러와 모든 형싱의 부인과 손싱 쳐를 볼ᄉᆡ 등광의 명목을 흘녀 보니 손싱 쳬 아름다오미 ᄌᆞ가 부인으로 다ᄅᆞ미 업순디라 소싱이 십분 칭찬ᄒᆞ더라 일모셔산ᄒᆞ고 슉되 후림ᄒᆞ매 명일의 부인으로 더브러 본부의 도라오니 ᄎᆞ후로 부인과 싱이 형가의 왕ᄂᆡ 빈〃ᄒᆞ고 부뷔 화락ᄒᆞ야 은졍이 날노 새로와 ᄌᆞ녀를 ᄀᆞ초 두

고 영화를 누리니 냥가 부뫼 당초의 슬허ᄒᆞ던 거시 변ᄒᆞ야 경식 되니 무궁ᄒᆞᆫ 셰월의 두굿기미 듕ᄒᆞ고 ᄉᆡᆼ이 ᄯᅩᄒᆞᆫ 쇼져로 더브러 ᄆᆞ양 셕일 굿기고 ᄉᆞ모ᄒᆞ던 말을 니ᄅᆞ고 탄식ᄒᆞ고 일변 우서 닐오ᄃᆡ 공쥐 실로 우리 익운을 위ᄒᆞ야 난 거시라 이제 ᄉᆡᆼ각ᄒᆞ니 그대도록 됩디 아니ᄃᆡ 그 ᄣᅢ를 당ᄒᆞ야는 본 적마다 놀나오니 실로 나의 ᄆᆞ음

79면

이나 고이히 너기더니라 쇼졔 탄식 브답ᄒᆞ니 ᄉᆡᆼ이 쳐쳡을 슌히 거ᄂᆞ려 빅슈히로ᄒᆞ니 가히 긔특ᄒᆞᆫ디라 가듕인이 다 칭찬 왈 만일 형부인 곳 아니면 엇디 공쥬 투긔를 졔어 ᄒᆞ여 능히 견ᄃᆡ여시며 샹셔 곳 아니면 위셰를 두리며 저허 공쥬의 비샹 홍뎜을 완연히 둘리이시리오 ᄎᆞ 이인의 닙지와 관홍ᄒᆞ믄 쇽인의 미출 배 아니로다 ᄒᆞ더라 이러구러 승샹 ᄉᆡᆼ일이 다ᄃᆞᄅᆞ매 졔ᄌᆞ 졔뷔 대연을 긔당ᄒᆞ여 승샹긔 헌슈ᄒᆞ고 존당의 하쥬를 올닐 ᄉᆡ 승샹의 뉵부와 십ᄌᆡ 잔을 드러 태부인긔 나아가매 ᄒᆞᆫ골ᄀᆞ티 표연쥰아ᄒᆞ며 졔부의 교용염틔 츌치ᄒᆞ나 기듕 운셩의 쥰매ᄒᆞᆫ 거동과 윤튁호상ᄒᆞᆫ 얼골이며 운경의 청신ᄒᆞᆫ 거도와 한아ᄒᆞᆫ 풍ᄎᆡ 표연ᄒᆞᆫ 신션이라 존당이 두굿기고 ᄉᆞ랑ᄒᆞ미 새롭고 즁식부의 아름다옴과 위시 형시 즁 쇼년 듕 특이ᄒᆞ야 왕ᄎᆡᄉᆞ좌를 놀래ᄂᆞᆫ디라 양부인이 탄왈 텬되 이러ᄐᆞᆺᄒᆞᆫ디라 금일 경의 며ᄂᆞ리 여ᄉᆞᆺ 사ᄅᆞᆷ 듕 위형 냥 쇼뷔 ᄲᅢ혀나므로 굿기믈 참혹히 ᄒᆞ야시니 홍안 박명이 녜브터 일ᄏᆞ른 배라 슈연이나 그ᄃᆡᄂᆡ 당초 굿겨시나 필경이 영화로올가 ᄇᆞ

80면

라노라 우왈 화시 셕시 냥인이 다 통부를 잘 어덧ᄂᆞᆫ디라 노뫼 원ᄒᆞ야 하례ᄒᆞ노라 두부인이 뎐도히 니러 샤례ᄒᆞ고 이 쇼졔 ᄯᅩᄒᆞᆫ 홍군을 나븟기며 피셕ᄒᆞ야 말솜을 일우니 온화ᄒᆞᆫ 긔질과 곳다온 풍격이 아〃히 특츌ᄒᆞ니 구디 새로이 견ᄋᆡᄒᆞ며 태부인이 승샹ᄃᆞ려 왈 너의 뉵뷔 다 아름다온 녀ᄌᆡ라 노모의 만ᄂᆡ 유복이어니와 인욕이 족ᄒᆞᆫ 줄을 아디 못ᄒᆞ야 뉵부를 보매 나믄 녜 아ᄒᆡ 취쳐ᄒᆞ믈 밧비 보고 시븐디라 운슉의 년셰 십오 셰니 엇디 동상 ᄐᆡᆨ부를 늦추리오 승샹이 [명을] 니어 ᄃᆡ왈 ᄒᆡᄋᆡ ᄯᅩᄒᆞᆫ 이 ᄯᅳᆺ이 이시ᄃᆡ 우흐로 뉵ᄌᆡ 다 조혼ᄒᆞ야 ᄋᆡ쳐의 인ᄉᆡ 샹ᄒᆞ고 혹문을 폐ᄒᆞ니 ᄒᆞ믈며 슉은 셩ᄒᆡᆼ이 잔졸ᄒᆞ여 혼암ᄒᆞᆫ고로 취쳐를 밧바 아니 ᄒᆞ엽더니 즉일노 구혼ᄒᆞ리이다 셜파의 니셕 이패 운슉을 긔롱ᄒᆞ야 우ᄉᆞ니 ᄉᆡᆼ이 쇼이브답이라 원ᄂᆡ 운슉이 승샹 뎨 칠ᄌᆡ오

셕부인 뎨 ᄉᆞ직라 용뫼 빅셜 ᄀᆞᆺ고 쥬슌이 단사 ᄀᆞᆺᄐᆞ며 풍치 양뉴 ᄀᆞᄐᆞ니 그 한가ᄒᆞ고 준매ᄒᆞ미 얼프시 부친 여풍이 만흐ᄃᆡ 다만 죠용ᄒᆞ고 졸ᄒᆞ야 단졍ᄒᆞ미 운경으로 방불ᄒᆞ니 소공이 깃거 아냐 샹히 닐오ᄃᆡ 열 아ᄃᆞᆯ을 두어

81면

그 인물이 맛ᄀᆞᆺ디 아니니 댱부의 풍치를 가지고져 ᄒᆞᆫ즉 모디ᄅᆞ미 셩ᄋᆞ ᄀᆞᆺ고 군ᄌᆞ지풍을 구ᄒᆞᆫ즉 운경이 너모 어딜고 브드러워 강약이 샹반ᄒᆞ믈 ᄒᆞᆫᄒᆞ더니 운슉의 단ᄃᆡᆨ인 약ᄒᆞ미 과도ᄒᆞ니 내 팔ᄌᆞ 맛ᄀᆞ존 ᄌᆞ식을 두디 못ᄒᆞ리로다 ᄒᆞᆫ즉 소부인이 ᄆᆞ양 닐오ᄃᆡ 그ᄃᆡ 뎌런 ᄌᆞ식을 두고 오히려 낫바ᄒᆞ니 날ᄀᆞᄐᆞᆫ 사ᄅᆞᆷ은 뉵ᄌᆞ를 잇다 못ᄒᆞ리로다 ᄒᆞ더라 이ᄯᆡ 운슉의 년이 삼외라 승샹이 모명을 니어 너비 구혼ᄒᆞ여 평장ᄉᆞ 셩우경의 쇼녀와 혼인ᄒᆞ니 셩쇼졔 ᄌᆞᄉᆡᆨ이 탁월ᄒᆞ고 녀공지식 그이ᄒᆞᄃᆡ 다만 사ᄅᆞᆷ되오미 셩질이 편협ᄒᆞ고 언에 뎐도ᄒᆞ니 일개 브족ᄒᆞᆫ 빗치 이시ᄃᆡ 승샹이 모ᄅᆞᄂᆞᆫ ᄃᆞᆺᄒᆞ고 ᄉᆞ랑ᄒᆞ미 졔부의 감티 아니코 셕부인이 ᄌᆞ인후덕ᄒᆞᆫ디라 평일 졔부 ᄉᆞ랑ᄒᆞ미 지셩으로 ᄒᆞ야 친녀의 디미 업ᄂᆞᆫ고로 신뷔 비록 낫브나 ᄒᆞᆫ골ᄀᆞ티 ᄃᆡ졉ᄒᆞ니 가듕 샹해 임의 구고 존당이 허믈을 보디 아니믈 보고 ᄯᅩᄒᆞᆫ 형시와 조시 뉵시ᄀᆞ티 칭찬ᄒᆞᄂᆞᆫ 일이 업ᄉᆞ나 감히 하ᄌᆞ를 노티 못ᄒᆞ고 형시 운셩의 우ᄋᆡ와 구고의 엄졍ᄒᆞ믈 공경ᄒᆞ며 ᄯᅩᄒᆞᆫ 텬셩이 현텰ᄒᆞᆫ 녀ᄌᆡ라 아래로 조뉴 세 금쟝을 거ᄂᆞ려 신

82면

셩 혼뎡ᄒᆞᄂᆞᆫ 녜와 ᄃᆡ각 쳘복을 ᄒᆞᆫ가지로 ᄒᆞ야 일톄ᄀᆞ티 ᄒᆞ고 죠곰도 ᄉᆞᄉᆞ로온 ᄯᅳ디 업ᄉᆞ니 구괴 더옥 흠ᄋᆡᆨᄒᆞ더라 일〃은 셕패 셕부인을 ᄃᆡᄒᆞ야 셩시의 브족ᄒᆞ믈 니ᄅᆞᆫ대 부인이 다만 웃고 입을 여디 아닛ᄂᆞᆫ디라 패 그 심디를 탁냥티 못ᄒᆞ야 승샹ᄃᆞ려 닐오ᄃᆡ 셩쇼졔 비록 ᄌᆞᄉᆡᆨ과 긔질이 단혜ᄒᆞ야 츌뉴ᄒᆞ시나 언에 뎐경ᄒᆞ고 힝지 가쇼로오니 칠공ᄌᆞ의 ᄡᅡᆼ이 아니로소이다 승샹이 팀음냥구의 닐오ᄃᆡ 엇디 ᄡᅧ 뎌의 말이 경ᄒᆞ고 힝지 가쇼로오믈 보시니잇고 패 드ᄃᆡ여 허다 셜화를 니ᄅᆞ니 공이 ᄯᅩ 문왈 일즉 셔뫼 닐러도 고티디 아니터니잇가 패왈 내 엇디 그 흔단을 경이히 니ᄅᆞ리잇고 승샹이 웃고 온화히 닐러 ᄀᆞᆯ오ᄃᆡ 셔뫼 그 ᄒᆞ나흘 알고 둘흘 ᄭᆡᆺ돗디 못ᄒᆞ시ᄂᆞ이다 뎌 셩시 년긔 어리고 ᄯᅩᄒᆞᆫ 타문의 ᄉᆡᆼ댱ᄒᆞ야 엇디 범ᄉᆡ 우리 집일과 암합ᄒᆞ리잇고 각〃 셩품과 힝실 ᄯᅳ디 다ᄅᆞ니 가히 가듕인이 내 집 규구를 닐너 ᄀᆞᄅᆞ치미 올흔디라 엇디 뎨 ᄉᆞᄉᆞ로

알고 고티미 쉬오리오 이후란 범ᄉᆞ를 ᄀᆞᄅᆞ치쇼셔 셕패 무안ᄒᆞ여 믈러가니 승샹이 ᄎᆞ야의 벽운누의 와 셕부인ᄃᆞ려 왈 며ᄂᆞ리 친녀와 ᄉᆞ랑흡기 엇더ᄒᆞ더뇨 부인이

83면

답왈 ᄌᆞ뷔 만일 아름다올딘대 엇디 친녀의 디리오 승샹이 닐오ᄃᆡ 이제 부인의 네 며ᄂᆞ리 ᄠᅳᆺ의 엇더뇨 ᄃᆡ왈 다 극진ᄒᆞ고 듕ᄋᆡᄒᆞ미 삼녀와 일반이라 엇디 무ᄅᆞ시ᄂᆞ니잇가 승샹이 ᄂᆡᆼ쇼 왈 그ᄃᆡ 언에 ᄉᆞ미미 만토다 나는 ᄃᆞᄅᆞ니 친녀를 거ᄂᆞ리고 ᄉᆞ랑ᄒᆞ미 ᄂᆡ의 업고 ᄀᆞᄅᆞ치믈 극진이 ᄒᆞ야 만일 듯디 아닐딘대 즐타ᄒᆞ야 경계ᄒᆞᄂᆞ니 이제 부인의 ᄌᆞ뷔 가듕인의 긔쇼를 바드ᄃᆡ ᄒᆞᆫ갓 말 아니키만 ᄃᆡᆨ희고 ᄀᆞᄅᆞ쳐 타인의 우음 면키를 ᄉᆡᆼ각디 아니니 이 진실로 친녀와 ᄀᆞᆺ티 혜ᄂᆞᆫ쟉가 부인이 안셔히 답왈 샹공의 말ᄉᆞᆷ이 올흐시나 다만 ᄉᆡᆼ각건대 ᄌᆞ뷔 비록 ᄉᆞ랑흡고 듕ᄒᆞ미 녀ᄋᆞ와 다ᄅᆞ디 아니나 ᄯᅩᄒᆞᆫ ᄉᆞ톄 샹반ᄒᆞ니 친녀는 임의 내 ᄌᆞ식이라 티고 ᄀᆞᄅᆞ치미 당〃ᄒᆞᆫ 일이어니와 ᄌᆞ부는 다만 ᄉᆞ랑홀디언뎡 외인이라 뎨 임의 날을 제 어미와 ᄀᆞ티 못ᄒᆞ야 공경ᄒᆞ미 극ᄒᆞ니 내 ᄯᅩᄒᆞᆫ ᄌᆞ로 ᄀᆞᄅᆞ치고 허믈을 닐러 뎨 시힝튼 아니코 도로혀 졍의 샹ᄒᆞ야 믄득 안흐로 어려워ᄒᆞ고 밧그로 유슌ᄒᆞ미 지극 쉬온디라 쳡이 이러모로 다만 입을 봉ᄒᆞ여 말을 허비티 아니면 가듕 의논이 ᄌᆞ연 스러디리니 엇디 다ᄉᆞ히 셔들니잇고 승샹이 텽파의 졍ᄉᆡᆨ 왈 이

84면

러면 부인이 므슴 연고로 말을 지으ᄃᆡ 친ᄉᆡᆼᄌᆞᄋᆞ ᄀᆞᆺ다 ᄒᆞᄂᆞ뇨 만일 친녜 이제 사ᄅᆞᆷ의 우임을 어드면 그ᄃᆡ 가히 졍의 샹ᄒᆞ리니 졔 ᄌᆞ연 알니라 ᄒᆞ고 입을 봉ᄒᆞ시리잇가 지어 졍의 손샹ᄒᆞᆫ다 ᄒᆞ믄 연괴 잇ᄂᆞ니 유죄 무죄를 ᄉᆞᆲ히디 아니코 대쇼ᄉᆞ의 녁〃히 아른 톄ᄒᆞ야 니ᄅᆞ며 허믈을 사마 괴로이 굴며 길게 견집ᄒᆞ야 슬하를 평안티 못ᄒᆞ게 ᄒᆞ고 쇼〃ᄒᆞᆫ 흔단을 포렴ᄒᆞ야 시비를 닐윌딘대 비록 며ᄂᆞ리 아냐 친ᄌᆞ식이라도 지극ᄒᆞᆫ 대 효 밧근 반ᄃᆞ시 두려ᄒᆞ고 블안ᄒᆞ야 그 두려온 거시 지리ᄒᆞᆫ 즉 화ᄒᆞ야 노ᄒᆞ오미 되여 드ᄃᆡ여 졍의 상ᄒᆞ야 방ᄌᆞᄒᆞ고 원망이 이러 부지 외친ᄂᆡ소ᄒᆞᄂᆞᆫ 배 이시려니와 이제 신뷔 ᄀᆞᆺ 드러와 가듕 형셰를 모ᄅᆞ고 듕인의 논힐이 니러나니 그ᄃᆡ 죠용히 불러 ᄀᆞ마니 경계ᄒᆞ야도 진실로 졍의 샹ᄒᆞ야디고 감격ᄒᆞᆫ 줄을 모를딘대 엇디 인면슈심이 아니리오 부인이 가히 시험으로 내 말대로 ᄒᆞ야셔 만일 듯디 아니코 그ᄃᆡ를 원망ᄒᆞ거

든 즉시 날드려 니르라 내 가히 법으로 다스려 내티리라 셰샹의 싀부뫼 죠용히 진졍으로 ᄀᆞᄅᆞ쳐 듯디 아닛는 며ᄂᆞ리를 엇디 일시나 용납ᄒᆞ리오 부인이 미〃히 웃고 샤례 왈 쳡이 일시

85면

의 실언ᄒᆞᆫ디라 다만 샹공 말ᄉᆞᆷ대로 셩시를 ᄀᆞᄅᆞ치려니와 실은 그 대단ᄒᆞᆫ 허믈이 업ᄂᆞ니 승샹은 엇디 ᄲᅧ 아ᄅᆞ시ᄂᆞ니잇고 승샹이 쇼왈 ᄌᆞ연 드러시니 언손을 ᄎᆞ자 므엇ᄒᆞ리오 셜파의 냥인이 흔연이 웃고 자니라 ᄎᆞ후로 가듕의셔 사ᄅᆞᆷ의 흔단 보ᄂᆞᆫ 일이 업고 모든 쇼년 녀ᄌᆡ 구고를 두려ᄒᆞ고 경이 부모긔 더으니 이 다 승샹과 셕부인 덕이라 운슉이 셩시로 ᄇᆡᆨ년 동듀ᄒᆞ고 ᄌᆞ녀를 ᄀᆞ초 두어 [복을] 누리니라 화셜 소승샹의 팔ᄌᆞ 운명은 화부인의 소ᄉᆡᆼ이라 하ᄂᆞᆯ이 품슈ᄒᆞᆫ 배 경ᄌᆞ옥골이오 슈구금심이라 헌아ᄒᆞᆫ 풍치와 총쥰ᄒᆞᆫ 거되 족히 반하의 고으ᄆᆞᆯ 더러이 너기고 송위의 ᄆᆞᆯ그믈 나므라 표〃히 풍젼의 옥슈오 교〃히 운니 신션이라 ᄯᅩᄒᆞᆫ 문장이 ᄲᅡ혀나 ᄌᆞ건의 칠보시를 묘시ᄒᆞ고 태ᄇᆡᆨ의 오십 구슈를 압두ᄒᆞᄂᆞᆫ디라 일개 크게 ᄋᆡ경ᄒᆞᄃᆡ 다만 ᄉᆡᆼ이 사ᄅᆞᆷ되오미 문인 ᄌᆡᄌᆞ의 경도ᄒᆞᆫ 품이 잇고 셩졍이 븟ᄂᆞᆫ ᄇᆞᆯ ᄀᆞᄐᆞ며 ᄆᆞ음이 조ᄇᆡ오나 ᄯᅩᄒᆞᆫ 쳥아낭졍ᄒᆞᄃᆡ 관후ᄒᆞᆫ 위의 운셩의게 밋디 못ᄒᆞ고 인명ᄒᆞ기 운경만 못ᄒᆞ나 므릇 풍도 문ᄌᆡᄂᆞᆫ 긔특ᄒᆞᆫ디라 인〃이 다 칭하ᄒᆞᄃᆡ 화부인 복이라 ᄒᆞ더니 나히 십ᄉᆞ 셰예 니ᄅᆞ니 혼인

86면

을 너비 구ᄒᆞ더니 태샹경 님슈뵈 운명을 보고 심히 ᄉᆞ랑ᄒᆞ야 승샹ᄃᆞ려 왈 하관이 일즉 명공의 덕은을 닙어 몸이 영귀ᄒᆞ니 그 홍은을 갑플 길히 업더니 이제 녕낭을 보니 심듕의 흠ᄋᆡᄒᆞᆷ을 이긔디 못ᄒᆞ야 더러온 ᄯᆞᆯ이 잇더니 외람히 동상의 결승을 ᄇᆞ라ᄂᆞ이다 승샤이 깃거 아냐 ᄃᆡ왈 녕형의 홍복으로 과거ᄒᆞ믄 텬명이어ᄂᆞᆯ 엇디 이런 말을 ᄒᆞᄂᆞ뇨 일즉 뉴형과 셩형의 녀ᄋᆞ를 나의 슬하의 두니 외인의 시비 니러날 배라 이제 ᄯᅩ 형의 녀ᄋᆞ를 다시 결년ᄒᆞ미 가티 아니ᄒᆞᆫ디라 후의ᄂᆞᆫ 다감ᄒᆞ나 좃디 못ᄒᆞ리로다 님슈뵈 ᄌᆡ삼 근쳥 왈 퇴탁ᄒᆞ시니 감쳥이 념티 상진ᄒᆞ나 녕낭을 ᄋᆡ모ᄒᆞ미 구든디라 녀ᄋᆡ 비록 용뫼 보암 즉디 아니나 ᄉᆞ덕이 겸젼ᄒᆞ야 녕낭을 욕디 아니리니 ᄇᆞ라ᄂᆞ니 믈니티니 마ᄅᆞ쇼셔 승샹은 셩현군ᄌᆡ라 태샹의 말이 근졀ᄒᆞᆷ을 보고 이에 가연히 응윤 왈

그딕 말이 이러ᄒᆞ니 내 엇디 ᄒᆞᆫ ᄌᆞ식을 앗겨 슉녀를 ᄉᆞ양ᄒᆞ리오 태상이 십분 대희ᄒᆞ야 당면ᄒᆞ야 뇌뎡ᄒᆞ니 길식 계유 십여 일은 ᄀᆞ렷ᄂᆞᆫ디라 냥개 혼구를 경졔ᄒᆞ야 날이 다ᄃᆞᄅᆞ매 신낭이 대례를 습녜ᄒᆞ야 태상 집

87면

의 니ᄅᆞ러 홍안지녜를 파ᄒᆞ매 신부를 마자 ᄌᆞ운산의 도라오니 모든 쇼년 녀ᄌᆡ 셩장을 다ᄉᆞ려 좌를 일워시니 화안월빙과 난심혜질이 분벽의 ᄇᆡ이ᄂᆞᆫ딕 냥 신인이 금년화셕의 교ᄇᆡ를 뭇고 폐빅을 드러 구고씌 나아갈 ᄉᆡ ᄀᆞ득ᄒᆞᆫ 사ᄅᆞᆷ이 ᄃᆞ토와 관명ᄒᆞ매 다만 아ᄅᆞᆷ답기의 버서날 ᄲᅮᆫ 아니라 극히 흉ᄒᆞ니 졔인이 ᄒᆞᆫ 번 ᄇᆞ라보매 믄득 놀나온디라 ᄂᆞᆺ치 누로고 거므며 킈 ᄀᆞ장 젹고 허리 퍼디며 웗고 ᄆᆡ사 형용이 고이홀ᄲᅮᆫ 아니라 ᄂᆞᆺ치 큰 혹이 세히나 좌우로 드리워시니 가히 무염의 디난 박식이라 신낭이 ᄒᆞᆫ 번 ᄇᆞ라보고 넉시 ᄯᅱ노니 안ᄉᆡᆨ이 ᄎᆞᆫ 지 ᄀᆞᆺ고 아니 놀나리 업ᄉᆞ딕 홀로 화긔 편염ᄒᆞᄂᆞᆫ 존당과 승상이라 화부인은 다만 실셩뉴톄ᄒᆞ니 소부인이 ᄭᅮ지저 왈 금일이 극ᄒᆞᆫ 경ᄉᆡ어ᄂᆞᆯ 그딕 엇디 이러ᄐᆞᆺ 고이ᄒᆞᆫ 거동을 ᄒᆞᄂᆞ뇨 태부인이 ᄯᅩᄒᆞᆫ 그ᄅᆞᆺ 너기ᄂᆞᆫ디라 화시 잠간 딘뎡ᄒᆞ여 슬프믈 ᄎᆞᄆᆞ니 좌위 묵〃ᄒᆞ야 티하ᄒᆞᄂᆞᆫ 말이 긋첫더니 신뷔 폐빅ᄒᆞᄂᆞᆫ 녜를 ᄆᆞᄎᆞ매 술이 두어 슌 딘 후 소부인 윤부인이 금군취삼을 븟치며 좌의 나 옷기ᄉᆞᆯ 녀믜고 몬져 태부인긔 하례 왈 금일 신부를

88면

로 보니 외뫼 비록 명ᄋᆞ로 층등ᄒᆞ나 셩덕이 툐월ᄒᆞ야 뵈니 진실로 셕일 슉뇨녀로 병구징션ᄒᆞ리로다 태부인이 흔연 쇼왈 진실로 너히 말이 올흔디라 녀ᄌᆞᄂᆞᆫ 덕을 귀히 너기ᄂᆞ니 어이 ᄉᆡᆨ을 취ᄒᆞ리오 냥 부인이 도라 승상ᄃᆞ려 티하ᄒᆞ미 지극 쳔연ᄒᆞ야 기리미 극진ᄒᆞ딕 서의ᄒᆞ미 업ᄉᆞ니 이ᄂᆞᆫ 소윤의 언변이 유여ᄒᆞ미어니와 승샹 혈심 진경은 오직 깃거ᄒᆞ야 졔인의 티하를 ᄉᆞ양티 아니코 희ᄉᆡᆨ이 미우를 동ᄒᆞ니 사ᄅᆞᆷ이 다 고이히 너기더라 셕양의 파연ᄒᆞ매 신부의 슉소를 셩화당의 쳐ᄒᆞ니 이날 신낭이 놀난 혼빅이 구름의 쎠 ᄎᆞ마 신방의 드러가디 못ᄒᆞ야 외당의셔 밤을 디내고 화부인은 침소의 드러와 식음을 폐ᄒᆞ고 톄읍ᄒᆞ니 셕부인이 니ᄅᆞ러 위로ᄒᆞ여 ᄀᆞᆯ오딕 금일 신뷔 비록 아ᄅᆞᆷ답디 아니나 ᄯᅩᄒᆞᆫ 유환ᄒᆞ야 뵈니 이 만힝이라 엇디 불관ᄒᆞᆫ 얼골을 취ᄒᆞ리 잇가 명ᄋᆡ 셩졍이 편협ᄒᆞ니 부인의 거동을 보면 금슬지의 샹홀가 두리노라 화시 텽

필의 믹〃히 탄식 왈 내 일즉 셰샹의 나므로브터 뎌런 흉모를 보디 아냣ᄂᆞ니 이 아히 졔ᄌᆞ 듕 단졍ᄒᆞ니 깁히 익듕ᄒᆞ야 복을 누리과라

89면

ᄒᆞ더니 의외예 우두귀면의 흉인이 나의 텬금 ᄋᆞᄌᆞ의 평싱 어즈러일 근본이 되니 엇디 흔홉디 아니리잇고 셕부인이 ᄯᅩᄒᆞᆫ 운명의 긔모로ᄡᅥ 신부를 비기매 텬디 ᄀᆞᄐᆞ니 비록 위로ᄒᆞ미 은근ᄒᆞ나 심하의 가셕ᄒᆞ더라 명됴의 님시 담장으로 패옥을 그ᄅᆞ고 무식ᄒᆞᆫ 깁옷과 프른 나군을 ᄭᅳ으고 지분을 믈리텨 다만 취환을 ᄡᅱ오고 졔부 항널의 버러셔시니 이ᄣᅢ 위시 등 칠인이 쳥삼 홍쟝으로 봉관을 수기고 옥패를 울니며 금쳔을 ᄢᅵ고 ᄂᆞᆫ 듯ᄒᆞᆫ 엇게와 ᄀᆞᄂᆞᆫ 허리의 혜힐ᄒᆞᆫ 풍치 표연이 션아 ᄀᆞᆺ고 뎔 ᄀᆞᄐᆞᆫ 미뫼 삼츈의 웃는 모란 ᄀᆞᄐᆞ야 표일ᄒᆞ고 한아ᄒᆞ며 늠연ᄒᆞ야 완연히 요디못 ᄀᆞ지 곳거놀 님시는 신부로셔 의샹과 거지 하암젓고 외모와 풍치 흉악ᄒᆞ니 진실로 구텬션녀 운듕의 잇거놀 흑살텬신이 겨ᄐᆡ 시위홈 ᄀᆞᄐᆞ니라 좌위 새로이 애연ᄒᆞᆫᄃᆡ 승샹이 더옥 그 검소ᄒᆞ믈 긔이히 너겨 화ᄒᆞᆫ 안면으로 신부를 나아오라 ᄒᆞ야 무러 ᄀᆞᆯ오ᄃᆡ 그ᄃᆡ 이제 나의 슬하를 님ᄒᆞ니 쟝ᄎᆞᆺ 므ᄉᆞ 일로ᄡᅥ 오ᄋᆞ를 ᄂᆡ조홀다 님시 공경ᄒᆞ야 듯기를 ᄆᆞᆺ고 안셔히 니러 ᄇᆡ샤ᄒᆞ고 공슈ᄒᆞ야 ᄃᆡ왈 쇼쳡이

90면

일즉 ᄇᆡ혼 힝실이 업ᄉᆞᆸ고 아는 녜되 업ᄉᆞ오니 엇디 놉히 무ᄅᆞ시믈 당ᄒᆞ리잇고 연이나 지아비를 셤겨 올흔 일을 힝ᄒᆞ거든 도와 힝ᄒᆞ고 그른 일이어든 듯디 말고 거ᄉᆞᆯᄡᅥ 간ᄒᆞ야 그 ᄆᆞᄋᆞᆷ을 되디 못ᄒᆞ게 ᄒᆞ미 올흔가 ᄒᆞᄂᆞ이다 말ᄉᆞᆷ이 졍대ᄒᆞ고 셩음이 옥을 ᄆᆞᄋᆞᄂᆞᆫ 둧ᄒᆞ니 좌위 서ᄅᆞ 오히려 웃더니 승샹이 다시 무러 ᄀᆞᆯ오ᄃᆡ 지아비ᄂᆞᆫ 소텬이라 비록 그른 일이 이시나 슌죵ᄒᆞ미 가ᄒᆞ거놀 만일 ᄯᅳᆺ을 거ᄉᆞ려 블슌ᄒᆞ면 반ᄃᆞ시 은이 샹ᄒᆞ리니 이런즉 녀ᄌᆞ의 평ᄉᆡᆼ이 불힝이라 엇디 그 ᄆᆞᄋᆞᆷ을 거ᄉᆞ리쟈 ᄒᆞᄂᆞ뇨 님시 념용 ᄃᆡ왈 부〃란 거ᄉᆞᆫ 뎍거ᄒᆞ나 ᄯᅩᄒᆞᆫ 군신 ᄀᆞᄐᆞ니 그 ᄯᅳ들 아당ᄒᆞᄂᆞᆫ 쟈ᄂᆞᆫ 이 간악ᄒᆞᆫ디라 ᄃᆡ언으로 지아비를 간ᄒᆞ야 올흔 도로 향ᄒᆞ면 만힝이오 가뷔 무식ᄒᆞ야 간언을 찰납디 아니코 도로혀 소ᄃᆡᄒᆞᆫ즉 ᄯᅩᄒᆞᆫ 텬쉬라 엇디 그 듕ᄃᆡ를 크게 너겨 교언녕식을 ᄒᆞ야 가부의 허믈을 도으리잇고 승샹이 ᄀᆞᆯ오ᄃᆡ 가ᄒᆞ거니와 다만 지아비 엇디 ᄒᆞ면 그ᄅᆞ고 엇디 ᄒᆞ면 올흐뇨 님시 피셕 왈 남ᄌᆡ 튱효우이와 슈신졔가의 일은 녯 글의 닐

러시니 니ᄅᆞ디 말고 혹 티가의 위의 업고 붕우 의 무신ᄒᆞ며 거관의 탐

91면

남ᄒᆞᆫ 일이 이시매 맛당이 즘〃코 그 뜻을 마치미 불가ᄒᆞ니이다 승샹 왈 다만 녀ᄌᆞ란 거시 샤치ᄒᆞ고 교만ᄒᆞ믄 그ᄅᆞ거니와 신부로 드러와 너모 검박ᄒᆞ믄 과도ᄒᆞ니 그ᄃᆡ 이제 뎌러틋 검소ᄒᆞ니 엇딘 ᄯᅳ디뇨 님시 셕연돈오ᄒᆞ야 돈슈 ᄌᆡ왈 므롯 녀ᄌᆡ 다만 경결ᄒᆞ기를 쥬홀 ᄯᆞᄅᆞᆷ이니 의복을 다ᄃᆞ마 티례ᄒᆞ미 그ᄅᆞ고 비록 신인이나 유싱의 쳬 엇디 샤치ᄒᆞ며 만승의 국모로 존ᄒᆞᆫ 쟈도 고은 깁을 닙디 아닛ᄂᆞ니 잇ᄂᆞᆫ디라 ᄒᆞ믈며 녀염 셔싱의 안해 형차포군이라 엇디 치의를 닙으리잇고 이러모로 밍광이 포군을 닙으매 어디다 ᄒᆞ옵ᄂᆞ니 쳡슈불민이 고인을 앙망티 못ᄒᆞ나 ᄯᅩᄒᆞᆫ 효측고져 ᄒᆞᄂᆞ이다 승샹이 텽파의 대열ᄒᆞ야 블승칭찬 왈 현부ᄂᆞᆫ 가히 당셰예 밍광이라 오ᄋᆡ 냥홍의 덕이 업ᄉᆞ나 그ᄃᆡ 맛당이 ᄂᆡ조를 힘뻐 문호를 빗낼디어다 셜파의 시녀를 명ᄒᆞ여 그 셰뎐ᄒᆞᄂᆞᆫ 남뎐 옥뇨와 녜교 삼 권으로뻐 님시를 샹ᄒᆞ니 님쇼졔 ᄌᆡ비 샤례ᄒᆞ고 물러나매 좌위 흠긔 소공의 ᄯᅳᆺ을 바다 칭찬 왈 진짓 뉵뇨와 밍광이라 ᄒᆞ니 화부인이 십분 ᄂᆡ쇼ᄒᆞ고 운명은 묵〃 참쉭이러라 여러 날이 디나ᄃᆡ 운명을 권유ᄒᆞ

92면

ᄂᆞᆫ 일이 업고 신부 박ᄃᆡᄒᆞ믈 드ᄅᆞ나 근심티 아니ᄃᆡ 홀로 태부인이 ᄌᆞ로 권ᄒᆞᄃᆡ 님시 비록 얼골이 사오나오나 그 ᄒᆡᆼ실은 보긔 슬ᄒᆞᆫ 용모를 ᄀᆞ리오리니 네 맛당이 경ᄃᆡᄒᆞ여 운셩의 고집을 법밧디 말디어다 싱이 홀연 슬허 눈믈을 흘니며 조모 무릅 알ᄑᆡ 기리 ᄭᅮ러 슬픠 고ᄒᆞᄃᆡ 쇼손이 비록 블쵸ᄒᆞ나 부모의 싱휵ᄒᆞ신 은혜를 닙ᄉᆞ와 임의 풍뫼 타인의 디나니 평싱 원ᄒᆞᄂᆞᆫ 바ᄂᆞᆫ 형슈 ᄀᆞᄐᆞ니ᄂᆞᆫ ᄇᆞ라디 못ᄒᆞ나 위슈의 유환풍영ᄒᆞ시미나 ᄇᆞ를 녀ᄌᆞ를 엇고져ᄒᆞ더니 의의예 뎌런 귀형을 만나니 실로 ᄇᆞ라미 긋처디고 심ᄉᆡ 살란ᄒᆞ니 쟝ᄎᆞᆺ 부명의 긔구ᄒᆞ믈 혼ᄒᆞ고 ᄯᅩ 뎌를 제 집의 보내여 그 얼골을 가듕의 업시ᄒᆞ야 실로 놀나오믈 덜고져ᄒᆞᄂᆞ이다 태부인이 경녀ᄒᆞ야 십분 쥰졀이 칙ᄒᆞᄃᆡ 네 ᄌᆞ쇼로 글을 닑어 녜법을 알고 ᄯᅩᄒᆞᆫ 고ᄉᆞ를 박남ᄒᆞ니 엇디 무단히 졍실을 내티려ᄒᆞ미 크게 도리의 가티 아니믈 모ᄅᆞᄂᆞ뇨 뎨 비록 용뫼 용샹ᄒᆞ나 ᄉᆞ덕이 츌뉴ᄒᆞ니 네의 아비와 다ᄆᆞᆺ 내외 경듕ᄒᆞᄂᆞᆫ 배라 엇디 얼골을 나므라 셜움을 기티리오 싱심도 망녕된 ᄯᅳ들 먹디 말나 싱이 다

93면

시 심스를 펴디 못ᄒᆞ야 다만 외당의 머므러 시ᄉᆞ로 죵일ᄒᆞ며 쏘 ᄀᆞ만이 챵녀를 모화 통힝ᄒᆞᄂᆞᆫ 재 ᄉᆞ오인이라 뎨형 뎨쟈의 가련ᄒᆞᆫ 회포를 궁측ᄒᆞ야 ᄒᆞᆫ가지로 긔이고 풍악으로 그 ᄆᆞ음을 위로케 ᄒᆞ니 싱이 더옥 방ᄌᆞᄒᆞ야 듀야 미녀를 ᄢᅵ고 침소의 죵젹을 긋ᄎᆞ니 가듕이 쏘ᄒᆞᆫ 님시를 만난즉 됴히ᄒᆞ고 심쳔을 ᄆᆡᆨ바드며 우으나 님시 죠곰도 개렴티 아냐 몸가지믈 한가히 ᄒᆞ고 품슈를 청고히 ᄒᆞ며 언에 유슌ᄒᆞ고 법되 이셔 일마다 임강을 효측ᄒᆞ고 말마다 마등 ᄀᆞᄐᆞ니 수 오월의 니ᄅᆞ매ᄂᆞᆫ 합개 웃던 거술 도로혀 칭찬ᄒᆞ미 되고 화부인도 잠간 위로ᄒᆞ나 ᄆᆞ양 운명을 보고 님시를 보면 ᄌᆞ연 애들와 혀 ᄎᆞ믈 마디 아니ᄒᆞ더라 광음이 신속ᄒᆞ야 ᄎᆞ시ᄂᆞᆫ 명년 신졍이라 텬해 블힝ᄒᆞ야 태죵황뎨 붕ᄒᆞ신디라 ᄌᆡ위 이십 년이라 칠왕이 ᄋᆡ죠를 텬하의 뎐ᄒᆞ고 즉위ᄒᆞ시니 시위 진종황뎨라 문무 ᄇᆡᆨ관을 다 쟉위를 더으실ᄉᆡ 승샹으로 강능후를 봉ᄒᆞ시니 승샹이 문무로 더브러 쳔츄딘하를 ᄆᆞᆺ고 졔ᄌᆞ로 더브러 집의 도라오매 태부인으로브터 가듕 부녜 다 소복을 닙고 승

94면

샹과 졔싱을 마자 통곡ᄒᆞ야 됴상을 ᄆᆞ차매 승샹이 눈믈을 ᄲᅳ리며 닐오ᄃᆡ 국운이 망극ᄒᆞ야 텬봉지통을 만나니 신민의 슬프믈 측냥ᄒᆞ리잇고 상장의 분부ᄒᆞ길 오래 슬하의 셩뎡을 폐ᄒᆞ오니 영모ᄒᆞ기를 졔어키 어려온디라 수십일간 셩톄 엇더 ᄒᆞ시니잇가 태부인이 휘로 톄읍 왈 션뎨의 붕ᄒᆞ시믄 만인의 블힝이라 슬허ᄒᆞ나 쏘ᄒᆞᆫ ᄒᆞᆯ 일이 업ᄂᆞᆫ디라 오ᄋᆞᄂᆞᆫ 과훼티 말디어다 말숨을 니어 소윤 냥부인과 니셕 이패 년ᄒᆞ야 티위ᄒᆞᆯᄉᆡ 졔싱이 다 묵연 시좌로ᄃᆡ 홀로 운셩의 슬허ᄒᆞ미 ᄒᆞᆫ가지라 쥬뤼 만면ᄒᆞ야 상복이 젓ᄂᆞᆫ디라 셕패 춤디 못ᄒᆞ야 낫ᄃᆞ라 웃고 문왈 샹셔의 과훼ᄒᆞ미 반ᄃᆞ시 명현공쥬로 인ᄒᆞ야 빙악의 졍셩이 각별ᄒᆞ미로다 싱이 졍ᄉᆡᆨ 왈 군신유의ᄂᆞᆫ 오륜의 웃듬이라 인ᄌᆡ 국녹을 먹고 텬은을 닙ᄉᆞ와 은이 부ᄌᆞ 일톄어ᄂᆞᆯ 이제 기셰ᄒᆞ시니 신ᄌᆞ의 망극ᄒᆞᆫ 샹ᄌᆡ라 조모의 희롱ᄒᆞ시미 가쇠로소이다 언에 쥰졀ᄒᆞ고 긔운이 츄텬 ᄀᆞᄐᆞ니 좌위 다 칭찬ᄒᆞ더라 이날 모든 녀ᄌᆡ 다 묵연ᄒᆞᄃᆡ 위형님 삼 인이 국상의 비통ᄒᆞᆫ 셜화를 ᄂᆞ죽이 존구의 표위

95면

ᄒᆞ니 위시는 말솜이 슌〃ᄒᆞ야 뎐연ᄒᆞ고 형시 언담은 ᄋᆡ원ᄒᆞ고 비창ᄒᆞ며 님시의 말솜은 통달ᄒᆞ고 명〃ᄒᆞ니 승샹이 고요히 듯기를 ᄆᆞᄎᆞ매 쳑연히 탄식고 믁〃히 슬허 국은이 블힝ᄒᆞ고 신민의 망극ᄒᆞ믈 니롤식 지극히 셜워ᄒᆞ미 근측ᄒᆞ니 좌위 다 쳑연ᄒᆞ더라 인ᄒᆞ야 승샹이 소션을 나오고 상인으로 ᄌᆞ쳐ᄒᆞ며 졔싱이 감히 다 부인으로 더브러 ᄒᆞᆫ 당의 못디 못ᄒᆞ니 이 다 승샹의 엄슉ᄒᆞᆫ 교훈이라 태부인이 탄식고 닐오ᄃᆡ 경의 고집ᄒᆞ고 슬허ᄒᆞ미 지극ᄒᆞᆫ 상인이라 타일 내 죽으면 반ᄃᆞ시 보젼티 못ᄒᆞ리라 ᄒᆞ시니 승샹이 듯고 드러와 위로ᄒᆞᄃᆡ ᄒᆡᄋᆡ 비록 블민ᄒᆞ나 몸이 엇디 샹ᄒᆞᆯ 줄을 모ᄅᆞ리잇고 션뎨의 셩은을 ᄉᆡᆼ각고 ᄆᆞ음이 망극ᄒᆞ나 ᄎᆞ후로 육즙을 나오고 범ᄉᆞ를 강잉ᄒᆞ리이다 부인이 듯고 깃거ᄒᆞ니 공이 ᄎᆞ후로 졔ᄌᆞ를 권육ᄒᆞ고 각〃 그 부인의 고ᄃᆡ 도라가라 ᄒᆞᄃᆡ 졔싱이 ᄉᆞᄉᆞ로 츄ᄉᆞᄒᆞ고 장ᄉᆞ를 디낸 후 부인의 곳을 ᄎᆞᆺ고 소공은 소찬 긔년의 ᄇᆡᆨ의 삼년ᄒᆞ고 나라 죵졔를 디낸 후 두 부인으로 더브러 서ᄅᆞ 보니라 각셜 운명이 몸이 유싱으로 됴ᄉᆞ의 걸린 일이 업슨디라 안흐로

96면

금슬지락을 긋고 밧그로 챵녀를 모화 우희를 쇼견ᄒᆞ매 일노조차 방탕ᄒᆞ미 극ᄒᆞ더니 일〃은 소부인이 침당의 딜쳐와 딜녀를 모호고 ᄌᆞ가 ᄌᆞ부 쇼녀를 ᄒᆞᆫᄃᆡ 블너 죠용히 한담ᄒᆞᆯ식 소부인이 좌우로 ᄒᆞ야곰 운명의 챵쳡을 블너 드려 우ᄉᆞ며 닐오ᄃᆡ 님시는 뎌 이 녜 엇더 ᄒᆞ야 뵈ᄂᆞ뇨 님시 안셔히 ᄃᆡ왈 쇼쳡의 어린 소견은 아름다와 뵈ᄂᆞ이다 소부인이 대쇼ᄒᆞ고 이 챵으로 ᄒᆞ여곰 잔을 브일식 이 녜 옥비를 ᄎᆞ례로 권ᄒᆞ여 님시긔 니ᄅᆞ매 그 얼골이 흉ᄒᆞ믈 보고 그윽이 우이 너기는디라 잔을 들고 그 알ᄑᆡ 다ᄃᆞ라 입을 ᄀᆞ리오고 우으니 그 방ᄌᆞ 통악ᄒᆞ미 극ᄒᆞᄃᆡ 님시 죠곰도 블평ᄒᆞ미 업서 흔연히 잔을 거후로고 이 챵이 믈너 말셕의 안즌 후 님시 안식을 싁〃히 ᄒᆞ고 시녀 위란을 블러 길오ᄃᆡ 뎌 이 챵이 날을 경히 너기니 네 가히 몬져 잡아 내여가 샹공긔 고ᄒᆞᄃᆡ 쳡이 비록 무상ᄒᆞ나 ᄇᆡᆨ냥으로 취ᄒᆞᆫ 배라 엇디 쳔챵이 ᄃᆡᄒᆞ야 비쇼ᄒᆞ미 이시리오 이는 투기예 간셥디 아니니 만일 쳡이 투긔지심으로 이 거조를 ᄒᆞᆯ딘대 진실로 가쇠오 서의ᄒᆞ려니와 이는 쳔인이 ᄉᆞ족을 업슈이 너긴 죄를 ᄒᆞᆫᄒᆞ야 보내ᄂᆞ니

97면

덧〃혼 법이 이실 거시니 다亽리쇼셔 ᄒᆞ라 시네 승명ᄒᆞ매 ᄯᅩ 다시 분부ᄒᆞᄃᆡ 이리 거별ᄒᆞ야 듯디 아니시면 곡딕이 샹공씌 잇ᄂᆞ니이다 ᄒᆞ라 시ᄋᆡ 이 챵을 ᄭᅳ어 내여 가니 모다 놀나 서ᄅᆞ보며 그 ᄯᅳᆺ을 측냥티 못ᄒᆞ여 ᄒᆞ더니 소부인이 크게 웃고 니러나 듕당의 니ᄅᆞ러 승상을 보고 슈말을 ᄌᆞ시 뎐ᄒᆞ며 닐오ᄃᆡ 아이 샹시 칭찬ᄒᆞ믈 밋디 아니터니 과연 그 녁냥과 식견이 광졍슉연ᄒᆞ야 혼갓 유슌혼 녀ᄌᆡ 아니오 ᄯᅩ 잔약기의 버서난 배라 만일 위시 등은 그 거조를 당ᄒᆞ나 반ᄃᆞ시 ᄌᆞ약ᄒᆞ고 안흐로 머금을 디언뎡 감히 이 경샹을 못홀 거시로ᄃᆡ 님시 이제 챵녀의 주ᄂᆞᆫ 잔은 나의 명이라 ᄒᆞ야 흔연히 먹고 그 웃는 줄을 완〃히 쳐티ᄒᆞ되 엄졍ᄒᆞ니 이 진짓 텰부셩녜오 녀듕군ᄌᆡ라 운명이 쟝ᄎᆞᆺ 그 일을 엇디 다亽리ᄂᆞᆫ고 보미 가ᄒᆞ다 승샹이 텽파의 웃고 왈 위형 낭인은 안졍현털혼 부인어니와 님시ᄂᆞᆫ 진실로 亽군ᄌᆡ의 풍이 잇ᄂᆞ니 엇디 셰쇽 녀ᄌᆞ의 비기리오 명ᄋᆡ 반ᄃᆞ시 일을 그ᄅᆞᆺᄒᆞ야 취졸을 뵈리니 밧비 블너 ᄭᅮ지ᄌᆞ미 올흐니이다 드ᄃᆡ여 텸亽샹냥ᄒᆞ야 이에 샹셔 운셩을 블러 닐

98면

오ᄃᆡ 네 아이 일을 그ᄅᆞᆺ 쳐티ᄒᆞ리니 네 맛당이 가셔 ᄀᆞᄅᆞ치라 샹셰 슈명ᄒᆞ야 ᄡᅳᆯ니 셔당의 나와 운명을 보니 ᄇᆡ야흐로 님시의 이 챵을 잡아 보내믈 고이히 너겨 노식으로 안잣ᄂᆞᆫ디라 운셩이 웃고 닐오ᄃᆡ 우형이 드ᄅᆞ니 현뎨 부인의 투긔를 만나다 ᄒᆞ니 이 챵을 엇디 다亽리고져 ᄒᆞᄂᆞ뇨 답왈 쇼졔 시방 결티 못ᄒᆞ여 ᄒᆞ니 형댱은 ᄀᆞᄅᆞ치쇼셔 샹셰 웃고 닐오ᄃᆡ 녀나믄 말 말고 네 가히 이 챵을 듕타ᄒᆞ여 내티라 명왈 엇디 이럴 리 이시리오 뎨 쇼뎨로 더브러 은의 업거ᄂᆞᆯ 당돌혼 거조를 ᄒᆞ니 졍히 통악이 너기ᄂᆞ이다 샹셰 졍식 왈 네 평일 영오ᄒᆞᄃᆡ 식견이 협쳔ᄒᆞ야 더러틋ᄒᆞ니 가히 애돌온고디라 므ᄅᆞᆺ 부뷔란 거시 셩의 친ᄒᆞ믈 ᄆᆡ자 졍의 둣겁고 소혼즉 원쉬 되니 이제 님싀 널로 더브러 은ᄋᆡ 업亽니 진짓 허명은 부뷔라 실은 외인이라 엇디 므어슬 비로서 이 챵을 투긔ᄒᆞ미 이시리오 다만 그 방자ᄒᆞ므로 샹하 톄면을 졍티고져 네게 보내미 이ᄂᆞᆫ 곳 너의 쳐쳡의 위의 업서 가되 프러디믈 공티ᄒᆞ고 톄면을 ᄀᆞ다ᄃᆞ므미라 네 맛당이 모ᄅᆞᄂᆞᆫ 톄ᄒᆞ고 이 챵을 붉이 다亽리면 님싀 가히 심복ᄒᆞ

99면

미 이시려니와 만일 다ᄉᆞ리디 아닐딘대 타인의 문견도 너의 블명무식ᄒᆞ믈 한심ᄒᆞᆯ 거시오 부인 녀ᄌᆞ의 ᄆᆞ음도 블복ᄒᆞ야 믄득 범ᄉᆞ를 업슈이 너기리니 네 모ᄅᆞ미 명심ᄒᆞ라 대댱뷔 셰샹의 나 엇디 ᄒᆞᆫ 녀ᄌᆞ의 소견을 압두ᄒᆞ야 항복 밧디 못ᄒᆞ고 도로혀 취졸을 뵈리오 운명이 팀음 냥구의 닐ᄋᆞᄃᆡ 형의 말솜이 비록 올흐시나 그 흉뫼 통분ᄒᆞ니 쇼뎨 ᄎᆞ마 그 ᄯᅳᆺ을 맛치리오 출히 조협ᄒᆞᆫ 칙망을 드를 디언뎡 이 챵을 다ᄉᆞ리디 못ᄒᆞᆯ 소이다 샹셰 블연 작ᄉᆡᆨ 왈 내 임의 졍도로 ᄀᆞᄅᆞ치거ᄂᆞᆯ 엇디 젹은 소견을 구ᄐᆞ여 우기ᄂᆞ뇨 내 너ᄃᆞ려 니ᄅᆞ기를 임의 그릇ᄒᆞᆫ디라 내 친히 다ᄉᆞ리리라 크게 소ᄅᆡ 딜러 이 챵을 잡아드리라 ᄒᆞ야 ᄭᅮ지저 왈 너희 등이 비록 팔공ᄌᆞ의 거취를 밧드나 방ᄌᆞ 교만ᄒᆞ야 졍실을 멸시ᄒᆞ니 당〃이 ᄉᆞ죄로ᄃᆡ 오히려 관샤ᄒᆞᄂᆞ니 다시 문뎡의 오디 말나 만일 다시 이 고ᄃᆡ 니ᄅᆞ러 팔공ᄌᆡ로 년통ᄒᆞᆯ딘대 ᄉᆞ죄를 더으리라 셜파의 ᄉᆞ졸을 호령ᄒᆞ야 이 녀를 삼십 여당식 듕타ᄒᆞ야 내티니 위엄이 늠〃ᄒᆞᆫ디라 가인이 이 녀를 ᄂᆞᄂᆞᆫ 듯글ᄀᆞ티 내티니 샹셰 이에

100면

ᄉᆞ매를 ᄯᅥᆯ티고 안흐로 드러가니 ᄉᆡᆼ이 평일 그 형의 강명ᄒᆞ고 엄슉ᄒᆞ믈 두리더니 이날 크게 븟그리고 황공ᄒᆞ야 말을 못ᄒᆞ고 안잣더니 샹졔 드러가 슈말을 야〃긔 고ᄒᆞ니 승샹이 즉시 명을 블너 대칙ᄒᆞ고 ᄯᅩᄒᆞᆫ 쥬부 니홍을 블너 닐오ᄃᆡ 내 그ᄃᆡ를 튱근타ᄒᆞ야 미더 가ᄉᆞ를 맛뎟더니 엇디 졔ᄋᆞ의 ᄯᅳᆺ을 바다 요믈을 가듕의 드리ᄂᆞ뇨 홍이 황공 사죄ᄒᆞ고 믈너나니 ᄎᆞ후로 명이 다시 챵녀를 모호디 못ᄒᆞ고 심회 울〃ᄒᆞ야 디내더니 화부인이 시〃로 ᄉᆡᆼ을 위로ᄒᆞ고 일개 님시의 어딜믈 칭찬ᄒᆞ야 명을 그ᄅᆞ다 ᄒᆞᄂᆞᆫ디라 ᄉᆡᆼ이 심하의 고이히 너겨 ᄉᆡᆼ각ᄒᆞᄃᆡ 흉악ᄒᆞᆫ 인믈이 기리믈 바드니 크게 슈샹ᄒᆞᆫ디라 맛당이 ᄒᆞᆫ 번 드러가 보리라 ᄒᆞ더니 일〃은 님태샹을 가 볼ᄉᆡ 님공의 부쳬 청ᄒᆞ야 은근이 관ᄃᆡᄒᆞ며 듀빅를 ᄂᆞᆯ닐ᄉᆡ 두어 슌의 니ᄅᆞ매 소ᄉᆡᆼ의 빅셜 ᄀᆞᄐᆞᆫ 얼골의 블근 빗치 졈〃ᄒᆞ고 셩안이 몽농ᄒᆞ니 아담ᄒᆞᆫ 풍도와 쳥안ᄒᆞᆫ 미뫼 졀ᄃᆡ 가랑이라 님공이 블승ᄋᆡ경ᄒᆞ야 손을 잡고 흔연 쇼왈 아녜 추용이나 ᄌᆡ덕은 너의 아래잇디 아니리니 냥홍의 덕을 ᄉᆡᆼ각ᄒᆞ야 과도히 박ᄃᆡ티 말나

101면

타일 너의 집을 묽게 ᄒᆞ고 가셩을 니어 다ᄉᆞ릴 쟈는 내 ᄯᆞᆯ이 되리라 ᄉᆡᆼ이 십분 ᄂᆡᆼ쇼ᄒᆞ나 ᄯᅩᄒᆞᆫ 사ᄉᆡᆨᄒᆞ미 가티 아닌디라 거ᄌᆞᆺ 웃고 칭샤ᄒᆞᄂᆞᆫ 언답이 위곡ᄒᆞ고 은근ᄒᆞ니 님공이 ᄯᅩᄒᆞᆫ 화답ᄒᆞ여 졍혀 박ᄃᆡᄒᆞᄂᆞᆫ 일을 아른 톄 아니터라 셕양이 다ᄃᆞᄅᆞ매 ᄉᆡᆼ이 하딕고 도라와 셩뎡을 파ᄒᆞ매 님시의 침당의 니ᄅᆞ니 셩네 ᄒᆞ연디 삼 년의 비로소 처음이라 녀ᄌᆞ의 담연ᄒᆞᆫ ᄆᆞᄋᆞᆷ이 엇디 슈괴티 아니며 놀납디 아니리오마ᄂᆞᆫ 뎌 님시ᄂᆞᆫ 엄연ᄒᆞᆫ 투텰 ᄉᆞ군ᄌᆡ라 ᄉᆡᆼ의 드러오ᄆᆞᆯ 보되 죠곰도 놀라디 아녀 날호여 니러 완〃히 마ᄌᆞ매 ᄉᆡᆼ이 긔운을 춤고 셩안을 ᄂᆞ초와 좌를 뎡ᄒᆞ고 팀음 반향의 소ᄅᆡ를 온유히 ᄒᆞ야 ᄀᆞᆯ오ᄃᆡ ᄉᆡᆼ이 악당의 ᄉᆞ랑ᄒᆞ시ᄆᆞᆯ 닙어 봉디의 즐거오ᄆᆞᆯ 허ᄒᆞ시ᄃᆡ 인ᄉᆡ 혼암ᄒᆞ야 혹공이 반ᄃᆡ 비쵀기를 괴로이 기ᄃᆞ리니 독셔의 여가티 못ᄒᆞ야 ᄲᅧ곰 이 당을 ᄎᆞᆺ디 못ᄒᆞ니 현쳐의 비박히 너기ᄆᆞᆯ 바드리로소이다 님시 단졍히 안자 듯기를 ᄆᆞᄎᆞ매 안셔히 답왈 군ᄌᆞᄂᆞᆫ ᄉᆡᆨ을 귀히 너기고 덕을 쳔히 너길디라 쳡의 블용이 셔시를 ᄇᆞ라디 못ᄒᆞ니 엇디 군ᄌᆞ의 박ᄃᆡ를 고이히 너기리잇고 ᄉᆡᆼ이 텽파의

102면

묵연 브답이러니 홀연 희〃이 웃고 흔연 답왈 현쳐의 말ᄉᆞᆷ이 깁히 ᄉᆡᆼ을 ᄎᆡᆨᄒᆞ미라 엇디 븟그럽디 아니리오 견과를 ᄲᅧᆯ티고 금일노븟터 화락ᄒᆞ미 가티 아니리잇가 님시 졍ᄉᆡᆨ브답이라 ᄉᆡᆼ이 눈을 드러보니 연갑 우희 여러 댱 시권이 노혓거ᄂᆞᆯ 믄득 님공의 ᄌᆡ조잇다 ᄒᆞᄆᆞᆯ ᄉᆡᆼ각고 무러 ᄀᆞᆯ오ᄃᆡ 쇼ᄉᆡᆼ이 일즉 방외예 교우ᄒᆞ미 업ᄂᆞᆫ고로 소견이 모ᄉᆡᆨ더니 이제 드ᄅᆞ니 현쳬 문쟝을 ᄌᆞ허ᄒᆞ야 고인을 압두ᄒᆞᆫ다 ᄒᆞ니 가히 ᄒᆞᆫ나 둘흘 어더 보리잇가 님시 ᄃᆡ왈 규듕의 녀ᄌᆡ 엇디 음영ᄒᆞᄂᆞᆫ ᄌᆡ죄 이시리오 군ᄌᆞᄂᆞᆫ 허탄ᄒᆞᆫ 뎐언을 신텽티 마ᄅᆞ쇼셔 ᄉᆡᆼ이 친히 나아가 연갑을 열고 그 여러 댱 시부를 내여보니 임의 깁 우희 운영이 어ᄅᆡ고 필젹이 뇽새 ᄯᅱ노ᄂᆞᆫ디라 안졍이 몬져 놀라더니 밋ᄂᆞ리 보매 문톄 쇄락ᄒᆞ고 ᄉᆞ의 쳥신ᄒᆞ야 그 진짓 ᄌᆡ죄라 ᄌᆞ가의 문쟝이 비록 툐월ᄒᆞ나 능히 밋디 못ᄒᆞᆯ디라 대경 대희ᄒᆞ야 황망이 셔안을 텨 칭찬 왈 모ᄌᆡ며 모ᄌᆡ라 약난의 직금 되라도 오히려 상좌를 ᄉᆞ양ᄒᆞ리로다 드ᄃᆡ여 필연을 나오혀 여러 댱 글을 ᄎᆞ운ᄒᆞ니 ᄯᅩᄒᆞᆫ 쥬옥과 금쉬로ᄃᆡ 쇼져

103면

의게 밋디 못ᄒᆞ니 ᄉᆡᆼ이 칭찬ᄒᆞ고 흠탄ᄒᆞ며 ᄯᅩᄒᆞᆫ 깃거ᄒᆞ야 ᄎᆞ마 손의 노티 못ᄒᆞ다가 눈을 드러 님시ᄅᆞᆯ 보니 용뫼 비록 흉ᄒᆞ나 좌와의 법되 신듕ᄒᆞ고 ᄒᆡᆼ신의 위덕이 나타나 ᄉᆡᆼ이 어즈러이 칭찬ᄒᆞ고 환희ᄒᆞ야 ᄂᆞᆲ쓰믈 그으기 ᄉᆞᆲ히며 각별 ᄉᆞ양도 아니코 ᄐᆡᆷ운이 졍금ᄒᆞ야 낭목을 기우려 보매 안ᄎᆡ 명셩 ᄀᆞᄐᆞ니 사ᄅᆞᆷ이 ᄇᆞ라보매 그 깁픠ᄅᆞᆯ 탁냥티 못ᄒᆞᆯ디라 ᄉᆡᆼ이 뎌의 침졍ᄒᆞ믈 돈연히 공경ᄒᆞ야 긔운을 ᄀᆞ다듬고 고요히 샹냥ᄒᆞᄃᆡ 뎌의 셩음이 옥쇼 ᄀᆞᆺ고 안ᄎᆡ 별ᄀᆞᄐᆞ며 ᄒᆡᆼ지 엄위 신듕ᄒᆞ니 가히 니ᄅᆞᆫ 바 슉녀로ᄃᆡ 다만 ᄒᆞᆫᄒᆞᄂᆞᆫ 거ᄉᆞᆫ 평쟝ᄒᆞᆫ 얼골 드되디 못ᄒᆞ야 혹이 좌우로 드리워시니 만일 박ᄃᆡᄒᆞᄂᆞᆫ 즉 날로ᄡᅥ 취식ᄒᆞᆫ 필뷔라 ᄒᆞᆯ 거시오 후ᄃᆡ코져 ᄒᆞᆫ 즉 ᄆᆞ음이 블평ᄒᆞ니 진실노 부명이 긔구ᄒᆞ미로다 ᄉᆡᆼ각이 여긔 미ᄎᆞ매 옥면의 화긔 ᄉᆞ라지고 츄파의 누싊 어ᄅᆡ여시니 더옥 빗나고 아ᄅᆞᆷ다와 님시로 비기매 텬디 현격ᄒᆞ니 조믈이 다ᄉᆡᄒᆞ믈 가히 아디 못ᄒᆞ리리라 소ᄉᆡᆼ이 일댱을 번뇌ᄒᆞ다가 고텨 혜오ᄃᆡ 하ᄂᆞᆯ이 날 ᄀᆞᆺᄐᆞᆫ 옥인을 내시고 현마 무염으로 ᄯᅩᆼ신ᄒᆞ게 ᄒᆞ리오 내

104면

젼뎡이 만니라 타일 뇽각을 븟드러 몸이 구텬의 됴회ᄒᆞᆯ딘대 당〃이 졀ᄃᆡ 미인을 어더 평ᄉᆡᆼ ᄒᆞᆫ을 플리라 이리 ᄉᆡᆼ각ᄒᆞ매 잠간 딘뎡ᄒᆞ고 ᄯᅩᄒᆞᆫ 뎌의 셩덕과 문ᄌᆡᄅᆞᆯ 공경ᄒᆞ야 원앙 금니예 나아갓더니 명일 존당과 부모긔 신셩ᄒᆞ매 셕패 웃고 왈 팔낭이 금일 신낭이 되여시니 가히 동상지녜ᄅᆞᆯ 시기미 올흐이다 셕부인이 눈을 드러 쇼왈 셔모ᄂᆞᆫ 츈취 놉프시ᄃᆡ 브즈런이 심ᄒᆞ샤 규찰을 ᄃᆞᆫ니시ᄂᆞ니잇가 엇디 뎌리 잘 아ᄅᆞ시ᄂᆞ니잇고 패 대쇼 왈 내 ᄌᆞ쇼로 득도ᄒᆞ야 밤의 두로 ᄃᆞ녀 몹쁠 낭군ᄂᆡ 자ᄂᆞᆫᄃᆡ 엿드러 뎐ᄒᆞᄂᆞ니 엇디 모ᄅᆞᆯ 일이 이시리오 명은 함쇼ᄒᆞ고 운셩이 쇼왈 밤마다 늘근 귀신이 와 우리ᄅᆞᆯ 저히니 몽압ᄒᆞ더니 셕조모의 녕혼이랏다 만좨 대쇼ᄒᆞ더라 ᄎᆞ후로 일삭의 십여일식 님시의 침소ᄅᆞᆯ ᄎᆞ자 부〃의 졍을 펴고 님시의 셩덕이 합샤ᄅᆞᆯ 풍동ᄒᆞ니 승샹이 지극 ᄉᆞ랑ᄒᆞ고 일개 칭찬ᄒᆞ니 ᄉᆡᆼ의 ᄆᆞ음이 본ᄃᆡ 굿디 못ᄒᆞᆫ고로 ᄯᅩᄒᆞᆫ 공경ᄒᆞ고 후ᄃᆡᄒᆞ나 ᄆᆞ양 그 얼골을 보면 탄식 쳑연ᄒᆞ니 화부인이 십분 가련히 너겨 ᄌᆡ취코댜 ᄠᅳᆺ이 이시ᄃᆡ 감히 니ᄅᆞ디 못ᄒᆞ더라 화셜 진종텬ᄌᆡ

105면

듕츄 졀일을 당ᄒᆞ야 셜쟝션인지ᄒᆞ시니 운슉이 운명으로 더브러 동방 급뎨ᄒᆞ야 계지 청삼으로 혁을 ᄀᆞᆯ와 유가ᄒᆞ고 승상이 경연ᄒᆞ야 태부인긔 뵐ᄉᆡ 만됴 공경이 모다 좌를 일워 즐기며 두 실닉를 블러내니 냥인이 옥ᄀᆞᄐᆞᆫ 얼골의 고졀 드리오고 쥰매ᄒᆞᆫ 풍치예 금포 옥ᄯᅴ를 ᄀᆞ초아 진퇴 유희ᄒᆞ니 아담 표일ᄒᆞ미 더옥 아름다온ᄃᆡ 운경 운희 운셩 운현 ᄉᆞ인이 다 명ᄉᆞ직샹으로 승샹을 밧드러 존경 빅관을 마자 툐월ᄒᆞᆫ 얼골과 츌딘ᄒᆞᆫ 말ᄉᆞᆷ으로 ᄃᆡᄀᆡᆨᄒᆞ매 운희 운현은 냥〃ᄒᆞᆫ 언쇼와 간〃ᄒᆞᆫ 희히로 좌듕의 흥을 돕고 운경과 운셩은 팀졍ᄒᆞᆫ 의논과 범도잇 말ᄉᆞᆷ으로 묵〃ᄒᆞᆫ 위의 사ᄅᆞᆷ이 공경ᄒᆞ고 흠모ᄒᆞ니 ᄒᆞ믈며 승샹의 놉흔 말과 졍ᄒᆞᆫ 거도와 엄ᄒᆞᆫ 위의 ᄉᆞ좌를 경동ᄒᆞ고 상활ᄒᆞᆫ 풍치 졔ᄌᆞ의 쇼년을 우으니 ᄌᆞ식 되엿ᄂᆞᆫ 재 쾌ᄒᆞ고 아비 되엿ᄂᆞᆫ 재 두굿긔올디라 ᄀᆞ득ᄒᆞᆫ 빙긱이 아니 블워ᄒᆞ 리 업서 칙〃히 홍암칭션ᄒᆞᆯ ᄯᆞᄅᆞᆷ이라 술이 반감의 니ᄅᆞ매 소병뷔 옥ᄯᅴ를 도〃고 좌의 나아가 ᄉᆞᆯ오ᄃᆡ 명슉이 뎨 임의 보채이미 극진ᄒᆞᆫ디라 이에 좌의 참예케 ᄒᆞ쇼셔

106면

승샹 구쥰이 쇼왈 병부의 말이 올흐니 ᄲᆞᆯ리 좌의 오ᄅᆞ라 병뷔 빅샤ᄒᆞ고 냥뎨를 블러 좌의 올리니 평쟝 왕공 등이 쇼이 문왈 일즉 뉵소의게 친ᄋᆡ 지챵이 이실 거시로ᄃᆡ 엇디 내여 ᄃᆡ무ᄒᆞᄂᆞᆫ 일이 업ᄂᆞ뇨 승샹은 브답ᄒᆞ고 운경이 ᄃᆡ왈 일즉 모호디 아냐시니 연샹의 엇디 내여올 거시 이시리오 평쟝이 우쇼 왈 다ᄅᆞ 니ᄂᆞᆫ 아디 못ᄒᆞ거니와 소병부ᄂᆞᆫ 청쥐 오 챵이 어ᄃᆡ가니잇고 샹셰 응셩 답왈 청쥐 기녀ᄂᆞᆫ 임의 귀향ᄒᆞ얀디 오라거니와 명공의 긔롱ᄒᆞ시미 가티 아니토소이다 일좨 ᄒᆞᆫ가지로 평쟝을 그ᄅᆞ다 ᄒᆞ더니 좌간의 뉴혹ᄉᆞ 한샹셰 믄득 샹셔의 셕일 거조로ᄡᅥ 셜파ᄒᆞ고 뉴공이 인ᄒᆞ여 강뎡의 형시를 두고 긔이다가 승샹이 알고 티죄ᄒᆞ려ᄒᆞ니 혹ᄉᆞᄡᅴ 미로다가 들려나 당칙ᄒᆞᆫ 시말을 가져 베프니 좌듕이 대쇼ᄒᆞ고 운셩을 긔롱ᄒᆞᄂᆞᆫ디라 ᄉᆡᆼ이 오직 냥구히 듯다가 함쇼 왈 슉부의 말ᄉᆞᆷ이 진실로 니언ᄒᆞ야 사ᄅᆞᆷ이 고디 듯게ᄒᆞ시ᄂᆞᆫ도다 연이나 쇼딜이 밋친 사람이 아니라 엇디 이대도록 허언으로 주작ᄒᆞ야 희롱ᄒᆞ시ᄂᆞ니잇고 혹ᄉᆡ 쇼왈 네 진실로 그 거조를 아닌다 ᄉᆡᆼ이 미쇼

107면

왈 쇼딜이 비록 원울ᄒᆞ나 슉뷔 우기시니 ᄯᅩᄒᆞᆫ 일로조차 호걸의 일홈을 드를가 힝이로소이다 셜파의 태연히 우ᄋᆞ니 인인이 평일 운셩을 극ᄒᆞᆫ 졍딕대신으로 아ᄂᆞᆫ디라 도로혀 뉴공이 긔롱ᄒᆞ려 거즛말을 ᄒᆞ민가 ᄒᆞ더라 이 날 형공이 ᄯᅩᄒᆞᆫ 좌듕의 이셔 그 녀셔의 셕셕ᄒᆞᆫ 긔샹과 늠연ᄒᆞᆫ 풍골이 만좌의 ᄲᅡ혀나니 두굿기고 쾌락ᄒᆞ미 더으더라 죵일 진환ᄒᆞ고 셕일 동녕의 도라가매 졔긱이 흣터디니 승샹이 졔ᄌᆞ로 더브러 ᄂᆡ당의 드러가 모친긔 뵈ᄋᆞᆸ고 화셕 두 부인이 운슉 운명을 나오혀 웃고 닐오ᄃᆡ 너의 형뎨 다 조년 등과ᄒᆞ야 벼ᄉᆞᆯ이 놉고 이제 네 쳥츈의 뇽계를 ᄇᆞᆯ으니 우리 므ᄉᆞᆷ 승복으로 쟝ᄎᆞᆺ이 ᄀᆞᄐᆞᆫ 영화를 보ᄂᆞ뇨 다만 운몽이 과거를 보디 아냐 ᄎᆞ례를 건너시니 이 흠ᄉᆡ로다 니패 쇼왈 냥 부인은 욕심도 듕ᄒᆞ시이다 슬하의 옥 ᄀᆞᄐᆞᆫ 아ᄃᆞᆯ 세식 급뎨ᄒᆞ야 두시고 오히려 낫바ᄒᆞ시ᄂᆞ니잇가 셕부인이 담쇼 왈 운슉은 너모 어린ᄃᆡ 닙신ᄒᆞ고 몽의 이ᄋᆞᄂᆞᆫ ᄲᅡ디니 츅ᄋᆡᄒᆞ디 말고 냥ᄋᆞ와 밧고더면 됴흘낫다 말이

108면

라 엇디 낫바 더 ᄇᆞ라리잇고 소부인이 쇼이 찬왈 셕뎨의 말이 유리ᄒᆞ니 만일 운의 닙신ᄒᆞ면 반ᄃᆞ시 슉ᄋᆞ를 니어 ᄇᆞ라리니 아ᄆᆞ려도 탐이란 말은 면티 못ᄒᆞ리라 셕부인이 낭쇼ᄒᆞ더라 명일의 셩지 ᄂᆞ려 운슉 운명을 한님원의 올리시니 냥인이 임의 옥당의 오ᄅᆞ매 그 쳐ᄌᆞ를 봉관 화리를 주어 영통을 빗낼ᄉᆡ 셩시ᄂᆞᆫ 흔연이 깃거ᄒᆞᄃᆡ 님시 죠곰도 흔〃ᄒᆞ미 업순디라 니패 고이히 너겨 ᄀᆞ만이 문왈 낭군이 금마옥당의 쥬인이 되매 그 빗나미 낭ᄌᆞ씌 밋첫거ᄂᆞᆯ 이제 쇼졔 반분희식이 업ᄉᆞ믄 엇디오 님시 웃고 완완히 닐오ᄃᆡ 가문이 쇠티아냐 화개쥬륜이 곡듕의 몌엿고 옥부 금인이 샹ᄌᆞ의 ᄀᆞ득ᄒᆞ니 ᄒᆞᆫ 낭군이 닙신ᄒᆞ므로 더 빗날 일이 업ᄉᆞᆯ거시오 쇼년 셔싱이 소임이 듕ᄒᆞ니 국은 갑ᄉᆞ올 일이 듕ᄒᆞᆫ디라 헛된 녹만 먹디 못ᄒᆞ야 직임을 촐히매 괴로오미 만흐리니 죠고만 영화로ᄡᅥ 근심을 니ᄌᆞ리잇고 니패 블승칭찬ᄒᆞ고 도라와 존당의 고ᄒᆞ니 승샹이 더옥 거ᄃᆡᄒᆞ더라 운명이 급뎨ᄒᆞ고 후ᄂᆞᆫ 더옥 ᄌᆡ취코져 ᄯᅳᆺ이 ᄇᆞ야ᄃᆡ 감히 발

109면

셜티 못ᄒᆞ고 슉야의 번민ᄒᆞ야 계규를 ᄉᆡᆼ각ᄒᆞ더라

소현셩녹 권지십

1면

화셜 운명이 쇼년 영지로 몸이 령쥐예 올나 옥당을 블으니 명망은 만됴의 진동ᄒᆞ고 문댱은 니두를 압두ᄒᆞ니 인인이 탄복ᄒᆞ야 그 지취를 앙망ᄒᆞ며 구혼ᄒᆞᄂᆞᆫ ᄆᆡ시 문을 드레ᄃᆡ 승상이 허티 아니〃 ᄉᆡᆼ이 심회 울읍ᄒᆞ야 ᄆᆞ양 탄식고 부명의 긔구ᄒᆞ믈 혼ᄒᆞ더니 이히 ᄆᆡᆼ동의 산셔슌안어ᄉᆞ로 나갈ᄉᆡ 승상이 경계 왈 네 소임은 듕ᄒᆞ고 나히 졈으니 맛당이 슉야의 우려ᄒᆞ야 쳥념ᄒᆞ기를 쥬ᄒᆞ고 급흔 셩을 내디 말고 옥ᄉᆞ를 결ᄒᆞ매 공경ᄒᆞ야 쳥쵹을 듯디 말며 의지 업ᄉᆞᆫ 사ᄅᆞᆷ을 보호ᄒᆞ고 풍뉴 쥬육을 베프디 말나 만일 ᄀᆞᄅᆞ치믈 역ᄒᆞ야 챵기를 모호고 잡뉴를 사괴여 어즈러이 실톄ᄒᆞ야 가셩을 더러일딘대 내 눈의

2면

뵈디 말나 소부인이 니어 골오ᄃᆡ ᄆᆞᄅᆞᆺ 사ᄅᆞᆷ을 ᄃᆡᄒᆞ야 어즈럽디 아니나 ᄌᆞ인후덕ᄒᆞ미 군ᄌᆞ의 홀 배니 너모 ᄆᆡ믈이 말디어다 ᄉᆡᆼ이 돈슈 샤례 왈 금일 대인과 슉모의 명교를 져ᄇᆞ리디 아니리이다 드ᄃᆡ여 하딕홀ᄉᆡ 일개 다 섭〃ᄒᆞ야 ᄒᆞ고 화부인은 눈믈을 ᄲᅳ려 니별ᄒᆞ니 ᄉᆡᆼ이 궐하 가 됴셔를 밧ᄌᆞᆸ고 졀월을 거ᄂᆞ려 산셔를 향홀ᄉᆡ 십니의 젼별ᄒᆞ더라 ᄒᆡᆼᄒᆞ야 산셔의 니ᄅᆞ러 도임ᄒᆞ고 공ᄉᆞ를 다ᄉᆞ리매 덕위겸젼ᄒᆞ야 슈월지ᄂᆡ의 교홰 대ᄒᆡᆼᄒᆞ니 사ᄅᆞᆷ이 일즉 운현의 총마어ᄉᆞ적 그 덕을 흠모ᄒᆞ더니 운명의 ᄒᆡᆼᄉᆡ 디〃 아니믈 보고 별명ᄒᆞᄃᆡ 쳥명 냥쇠라 ᄒᆞ더라 광음이 신속ᄒᆞ야 명년 이월의 ᄉᆡᆼ이 안마를 ᄀᆞ초와 두로 슌ᄒᆡᆼᄒᆞ야 안무현의 니ᄅᆞ러 산쉬 졀승ᄒᆞ믈 보고 일을 다ᄉᆞ린 후 추죵ᄒᆡᆼ장을 다 ᄯᅥᆯ티고 유산ᄒᆞ려 ᄒᆞ더

3면

라 각셜 산셔 안무현의 ᄒᆞᆫ 명환이 이시니 셩명은 니원긔라 우인이 쳥고ᄒᆞ고 셩품이 강개ᄒᆞ며 ᄌᆡ명이 특이ᄒᆞ야 조년등과ᄒᆞ야 벼슬이 니부샹셔의 올낫더니 ᄉᆞ히 요란ᄒᆞ고 슉병이 팀노ᄒᆞ니 드ᄃᆡ여 티ᄉᆞᄒᆞ고 고향의 도라와 쳔년을 죵신ᄒᆞ고 부인 녀시 니어 졸ᄒᆞ니 슬하의 오직 독녜 이시니 명은 옥쥐라 시년이 십일 셰니 다른 친족이 업고 오직 부모를 의지ᄒᆞ엿다가 일됴의 늌아지통을 만나니 혈〃 단신이 수쇼 노복으로 더

브러 겨유 부모롤 영장호고 가산이 흐터딘디라 쥬야 슬허 창텬을 우러〃 부모 신녕을 브롤 ᄯᆞ롬이러니 겨유 수일의 도적이 드러 집을 분탕호고 스ᄉᆞ로 웅거호야 굴혈을 삼으니 니쇼졔 겨유 몸을 버서나 시비 츈잉으로 더브러 단신이 의탁홀 딕 업ᄉᆞ니 죽고져 호거놀 츈잉이 겨유 븟드러 구호야 골오딕 이제 듕도의 죽어 노야와 부인 신

4면

녕을 의탁 업시호미 가티 아니〃 녯날 데영은 아븨 죄롤 신원호고 목난이 아비롤 딕신호야 슈자리 사니 사롬의 싱흑지은을 닛고 몸의 괴로오믈 니ᄌᆞ려 긴 명을 긋처 그 졔ᄉᆞ롤 ᄇᆞ리미 지극호 부회라 쇼졔 싱각호야 보쇼셔 니시 슬프믈 딘뎡호고 강잉호야 남복을 닙고 노쥐 서ᄅᆞ 븟드러 갈 고디 업서 통곡 왈 ᄌᆞ쇼로 죰영지족의 ᄌᆞ라나 금누옥당의셔 깁오술 무거워호고 딘미롤 념호더니 이제 싱각 밧긔 이런 난익을 만나 인싱이 죽디 아니호고 도로의 걸식호니 이ᄂᆞᆫ 우흐로 가셩을 더러이고 아래로 ᄌᆞ가의 누명이 〃시리니 결연히 사디 못호리로다 츈잉이 빅단으로 관회호야 이에 호 산 미틱 다ᄃᆞᄅᆞ니 츈풍이 닝담호고 화류 석〃호니 이 인이 참통호야 일댱을 크게 울고 모란 썰기 속의 업듸여 쉬더니 이적의 소슌뮈 유산홀 식 좌우 하

5면

하리롤 다 썰티고 동ᄌᆞ 호나 홀로 거문고롤 가져 조차오라 호고 듁댱을 것거 딥고 초리롤 ᄉᆞ어 유싱의 복식으로 산슈롤 둘너보매 문인의 흥이 놉호니 몸이 가븨얍고 힝뵈 늘나 호 고딕 대[딕]ᄅᆞ매 그윽호 산간의 숑빅이 차아호야 시내예 비최고 빅홰 만발호야 동풍이 화탕호매 비단 댱을 두로 틴돗호매 싱이 반숑 하 셕암의 올나 안자 거문고롤 취호야 일 곡을 ᄐᆞ매 청흥이 비양호니 입으로 송옥의 빅쥬시롤 브ᄅᆞ며 깁히 드러가는 줄을 ᄭᆡ돗디 못호야 오십보롤 디나매 화목 총듕의 호 쇼년이 소건포의로 비겨시니 이 경히 흐린 구롬 속의 블근 돌 굿고 즌흙 가온대 조흔 옥이 무텨심 ᄀᆞᄐᆞ야 광치 녕농호니 소싱이 호 번 ᄇᆞ라보매 ᄆᆞ옴이 뎐도호야 밧비 나아가 읍호야 골오딕 청명절일의 유환호믄 문인의 지긔어

6면

니와 화목총듕의 ᄌᆞ청 션인이 욕닙 누하호믄 므슴 연괴려뇨 기인이 경아호야 눈을

드러보니 훈낫 옥쉬라 단슌호티로셔 학녀쳥을 내여 무루물 보고 셜니 니러나 답례후고 딕왈 쇼싱은 본토인으로 일즉 부모를 니별후고 몸이 죄인이 되엿눈디라 의지홀 고디 업서 낙엽ㄱ티 표령후니 엇디 유완홀 경이 이시리오 존수는 엇던 사룸이시완딕 외로이 〃셔 므어슬 보시누뇨 소싱이 그 슬픈 얼골과 익원훈 말숨을 듯고 십분 흠익후야 문왈 현형의 셩명이 무어시며 또 엇디 의지홀 고디 업다후누뇨 니시 츄연이 슬허 안슈를 쁘리고 다만 니샹셔의 아돌노 도적이 집을 아수니 피화후야 걸식후눈 수연을 주시 뎐후매 싱이 대경후야 년망이 읍후고 골오딕 원니 니샹셔의 공지랏다 혹싱이 아디 뭇후고 셜만후니 쳥죄후누이다 드딕여 동

7면

주를 블너 돗글 펴고 딕좌후야 죠용이 말숨후매 쏘훈 근본을 다 니루고 친익후미 동복 동싱ㄱ트야 이에 닐오딕 현형의 츈취 몃치나후뇨 니시 딕왈 셰샹을 아란디 십 이 년이라 어버이 죽으션디 긔년이니 초긔 머디 아냣누이다 싱왈 혹싱이 이제 긱의 외로이 〃셔 동셔로 아누니 업고 심히 젹막훈디라 현형도 의지홀 딕 업수니 엇디 형뎨로 결약후야 날노 더브러 부듕의 도라가 서루 위로후야 디내다가 훈 가지로 경수의 나아가 과문을 힘뻐 만일 닙신후면 금의환향후미 여반쟝이라 가히 부모의 망녕을 위로후리니 형의 쁘디 엇더후뇨 니시 수양 왈 쇼싱이 명되 긔구후야 이러틋 훈 디경을 볼으니 다시 셰샹의 쯧디 업순디라 비록 존형의 후경은 감격후나 감히 틱의를 밧드디 못후누이다 운명이 다시 근쳥

8면

형을 처음으로 보나 심년 동혹홈도곤 친익후야 서의훈 말을 내엿더니 거졀후물 드루니 블승 슈괴후딕 오히려 춤디 못후눈 바눈 형을 추마 써나디 못후미라 만일 형이 〃실 고디 잇거든 말녀니와 첫 말과 ㄱ트야 무탁홀딘대 쇼뎨의 경을 막디 말나 츈잉이 ㄱ의셔 쇼져의 고집후물 보고 믄득 낫드라 닐오딕 우리는 동셔로 유리후니 만일 샹공이 거두실딘대 은혜 호텬망극이라 엇디 수양후리잇가 소싱이 대희 왈 너는 쳔인이로딕 식견이 원대후도다 니형은 쟝춧 엇디려 후누뇨 쇼졔 민망후야 츄파를 드러 츈잉을 보고 팀음후니 츈잉이 심하의 쥬의 이셔 짐줏 또 닐오딕 우리 낭군의 듀뎨후시믄 상인의로뻐 변화훈 고돌 염후야 출히 걸식홀디언뎡 화려를 보디 아니려 후미니

샹공이 그윽흔 후당의 두어 평안케 ᄒ실

9면

딘대 엇디 가디 아니시리잇고 니시 ᄇ야흐로 츄파를 ᄂ초고 닐오ᄃ ᄎ언은 다 쳔인의 방ᄌᄒ미라 다만 쇼ᄉᆡᆼ이 ᄂᄂ 듯글 ᄀᄐ야 친쳑이 업ᄉ니 경ᄉ도 ᄉ구무친ᄒ니 비록 형의 ᄉ랑ᄒ시믈 감격ᄒ나 만니 힝되 브졀 업서 출히 본향이 [흙]이 될디언뎡 타향 긱혼이 되디 아니려ᄒ미로소이다 ᄉᆡᆼ이 탄식 왈 그ᄃ 년노ᄒ나 일즉 시셔를 닐거 녜의를 알니니 엇디 붕우의 졍[이 이러틋 박ᄒ뇨 내 ᄒ 번 형을 보고 졍의] 둣거오미 슈유불이코져ᄒᄃ 일신이 국ᄉ의 ᄆ이엿고 부뫼 겨시니 감히 임의티 못ᄒ거니와 이제 그ᄃᄂ 무어ᄉ 거리쪄 날을 거졀ᄒᄂ뇨 경ᄉ의 친쳑이 업ᄉ나 내 이시니 엇디 서의ᄒ미 이시리오 내 뜻니 결ᄒ야시니 형은 ᄉ양티 말나 니시 ᄂ렴의 민망ᄒ나 인졍의 거리쪄 강잉ᄒ야 샤례 왈 쇼ᄉᆡᆼ은 박명ᄒ 인ᄉᆡᆼ이어ᄂᆯ 샹공의 어엿비 너기시믈 닙ᄉ오니 은혜 측ᄒ디라 죵신토

10면

록 셩덕을 명심ᄒ리니 삼가 ᄐᆡ교를 밧들니이다 소ᄉᆡᆼ이 십분 대희ᄒ야 동ᄌ로 ᄒ여곰 본부 아역 하리를 불너 도라갈ᄉ 니시 샤례 왈 쇼ᄉᆡᆼ이 몸이 남ᄌ나 쳐신을 ᄋ녀 ᄀ티 ᄒ야 일즉 감히 믈을 ᄐ디 못ᄒ야시니 거러 가리이다 안ᄃ 청파의 년망이 니러나 골오ᄃ 내 일시의 ᄃ현ᄒ믈 일흔디라 ᄯ흔 슈괴ᄒ미 젹으랴 드ᄃ여 ᄌ가의 교ᄌ를 드려 니시를 ᄐ우고 스ᄉ로 화총마의 금안을 ᄀ초와 상마ᄒ야 부듕의 도라오매 디현이 문안ᄒ고 향관 ᄉ태위 서로 보믈 구ᄒ니 ᄉᆡᆼ이 마디 못ᄒ야 ᄃ긱ᄒ매 니시 별샤 깁흔 ᄃ 안둔ᄒ라 분부ᄒ고 친히 가보디 못ᄒ니 심듕의 우민ᄒ여 ᄒ더라 니쇼졔 츈잉으로 더브러 소ᄉᆡᆼ을 ᄯ와 니ᄅ니 샤려ᄒ 찬품과 졍결ᄒ 표딘방새 십샌 호치ᄒᄃ 오직 원녜 무궁ᄒ야 미우를 펴디 아니ᄒ고 뎐〃궁〃ᄒ야 쥬야 번뇌ᄒ니 츈잉이

11면

위로 왈 므릇 일을 시셰를 보아ᄒ리니 엇디 쇽졀 업시 근심을 ᄒ야 타인의 의심을 닐위시니잇가 쇼졔 우연이 탄식고 말을 아니ᄒ더라 삼일 후 소어ᄉ 공복으로 이에 니ᄅ러 서ᄅ 볼 ᄉ 빈쥬로 좌를 뎡ᄒ고 눈을 드러 니ᄉᆡᆼ을 보니 표묘ᄒ 셔ᄐᆡ와 쟈약ᄒ

긔질이 임의 션아의 식을 아엿고 쇄락흔 풍용과 몱근 골격이 ᄉ좌를 비최여 봉안이 아〃ᄒ고 취미 연〃ᄒ며 셤외 뇨〃ᄒ야 셔ᄌ 옥진의 식을 밋디 못홀디라 어ᄉ 십분 흠탄ᄒ야 문왈 누새 츄ᄒ니 형의 긔회 불평ᄒ리로다 니싱이 사례 왈 샹공의 셩덕으로 혈〃흔 상인의 거쳬 샤려ᄒ미 과분ᄒ니 난망지은이로소이다 셜파의 투목으로 어ᄉ를 보니 만일 반악 위가의 환싱홈 곳 아니면 뎍션지풍과 딘평의 미뫼 잇는디라 옥ᄀ튼 흰 늣과 블근 입시울이 딘셰

12면

예 특이ᄒ고 몱근 눈섭과 별 ᄀ튼 눈띄 탈쇽ᄒ니 십분 긔특이 너기더라 냥개 지ᄌ와 가인이 샹ᄃ|ᄒ야 죠용이 셜화를 일워 반일이 되매 더옥 친익ᄒ는 졍이 측냥티 못ᄒ야 소싱이 닐오ᄃ| 형의 풍뉴 긔질과 여화지용이 쇼져의 본 바 처음이라 원컨대 결약ᄒ믈 ᄇ|라노라 공지 황망이 ᄉ양 왈 쇼싱은 이미 천흔 사름이오 샹공은 고명 거족의 됴뎡 듕신이라 엇디 감히 안항이 되리오 어ᄉ ᄃ|왈 서의흔 말을 내엿다가 형의 위쟈ᄒ믈 드ᄅ니 난연ᄒ믈 이긔디 못ᄒ리로다 션대인은 니른 바 텬관 통지오 내의 가친은 틱뎡 삼공이며 쇼뎨는 슌안어ᄉ오 그ᄃ|는 유혹이니 비록 일홈과 벼슬이 다ᄅ나 흔 나라 신해오 ᄉ문일믹이니 셕의 ᄉ마위 닐오ᄃ| ᄉ히지닉 다 형뎨라 ᄒ니 엇디 구〃흔 말을 일워 스ᄉ로 디긔를 늣초리

13면

오 좌우로 ᄒ야곰 향촉과 졔물을 비셜ᄒ고 밍약흔 글을 쓰라ᄒ니 〃싱이 비록 심디 견강ᄒ나 블셔 소싱의게 운아인 사름이 되야 광풍 ᄀ튼 거지와 힝운 ᄀ튼 말이 졍신을 홀난이 믿ᄃ니 뎌 연약흔 니쇼졔 엇디 능히 우기리오 다만 어린 둣ᄒ야 그 지휘대로 글을 쓰고 흔가지로 녜비ᄒ야 형뎨 되니 소싱은 십뉵 셰오 니시는 십이 셰라 츅텬키를 뭋고 어ᄉ 우히 안고 니시 아래 안자 쥬찬을 드리고 술을 부으니 슌비 니싱의게 오매 ᄉ양 왈 쇼뎨 비록 인형의 후의를 감격ᄒ나 몸이 상인이라 엇디 감히 녜법을 건네여 술을 먹으리오 안ᄃ| 쳐연 탄왈 내 셩품이 오활ᄒ야 현뎨로 ᄒ야곰 무식히 너기긔 흔다라 그ᄃ|는 모ᄅ미 허물 말나 드ᄃ|여 다시 권티 아니코 스ᄉ로 브어 ᄉ오 빅의 니ᄅ니 임의 반취ᄒ야 셩안이 몽농ᄒ고 냥협이 도화ᄀ트야 진실노

14면

표묘혼 신션이라 술이 취ᄒᆞ매 ᄌᆡᄌᆞ의 긔운이 호방ᄒᆞ더라 츄파를 드러 니ᄉᆡᆼ을 보니 소건을 수기고 구름 ᄀᆞᄐᆞᆫ 귀ᄐᆡ 옥 ᄀᆞᄐᆞᆫ 얼골과 뭀근 눈씨며 불근 입시울이 아리싸이 졀묘소담ᄒᆞ고 경영쟈약ᄒᆞ니 어ᄉᆡ 더옥 ᄉᆞ랑ᄒᆞ고 항복ᄒᆞ야 문왈 현데의 명을 아디 못ᄒᆞ엿ᄂᆞ니 일즉 무어시라 ᄒᆞ나뇨 ᄉᆡᆼ이 안셔히 닐오ᄃᆡ 쇼뎨의 쳔명은 원경이오 ᄌᆞᄂᆞᆫ 쥬셩이라 ᄒᆞᄂᆞ이다 소ᄉᆡᆼ이 우문 왈 녕대인과 ᄌᆞ당의 츈츄 며치시려뇨 니ᄉᆡᆼ이 홀연 슬허 쥬뤼 옥면의 니음차 ᄃᆡ왈 부모의 년긔 다 ᄉᆞ십 칠 셰로소이다 셜파의 진〃이 늣겨 슬프믈 억졔티 못ᄒᆞ니 ᄋᆡ원혼 경ᄉᆡᆨ과 쳑〃혼 ᄐᆡ되 옥뎐 일지 광풍을 씌엿ᄂᆞᆫ ᄃᆞᆺᄒᆞ니 소ᄉᆡᆼ이 스ᄉᆞ로 뎐도ᄒᆞ믈 ᄭᆡᄃᆞᆺ디 못ᄒᆞ야 상을 밀고 나아가 이에 ᄉᆞ매로 눈물을 스ᄉᆞ며 엇게를 넙혀 위로

15면

왈 내 아은 엇디 과도히 샹회ᄒᆞ야 약[질]을 위티케 ᄒᆞᄂᆞ뇨 텬디간의 사름의 부모 일호니 그ᄃᆡ뿐 아니라 우리 집 양슉모 뉴혹ᄉᆞ 부인도 일〃히 ᄒᆞ야[부친이] 어더다가 젹션ᄒᆞ시고 왕평쟝 부인 가시도 쏘혼 물 우히셔 죽은 거술 구ᄒᆞ야 평쟝과 혼인ᄒᆞ야 이제 두 부인이 우리 집을 친가ᄀᆞ티 ᄒᆞᄂᆞ니 이제 현데ᄂᆞᆫ 더옥 놈ᄌᆞ의 몸이라 내 비록 가친의 인의를 ᄇᆞ라옵디 못ᄒᆞ나 쏘혼 네의게 실신은 아니리니 다만 날을 미ᄃᆞ라 니공ᄌᆡ 어ᄉᆞ의 갓가이 안ᄌᆞ믈 보고 십분 황겁ᄒᆞ니 뉴미를 삥긔고 쥬슌을 여러 샤례ᄒᆞ야 ᄀᆞᆯ오ᄃᆡ 인형의 대덕을 쇼뎨 엇디 니ᄌᆞ리오 다만 경ᄉᆞ의 가셔 혼 간 심당을 어더 쇼뎨의 연약혼 심뎡을 평안케 ᄒᆞ면 이 엇디 큰 혜 아니리오 어ᄉᆡ 말마다 과ᄋᆡᄒᆞ야 언〃이 허락ᄒᆞ더라 날이 져물매 어ᄉᆡ 침소로 도라갓다가 ᄎᆞ후ᄂᆞᆫ 날

16면

마다 이에 와 쇼일ᄒᆞ니 니ᄉᆡᆼ이 비록 민망ᄒᆞ나 그 의긔를 감샤ᄒᆞ야 ᄆᆞᄎᆞᆷ내 형미로 일ᄏᆞᄅᆞ믈 그윽이 ᄉᆡᆼ각더라 소안ᄃᆡ 산셔의 머므런디 칠삭의 됴뎡이 녜부시듕으로 브ᄅᆞ시니 역마로 힝홀ᄉᆡ 니ᄉᆡᆼ은 미양 교ᄌᆞ를 타 힝ᄒᆞ고 슉소의 드러ᄂᆞᆫ 쳔방 빅계로 닷 고 ᄃᆡ셔 자더니 일〃은 긱관의 드러 밤이 갓가오니 금오ᄂᆞᆫ 약목의 ᄂᆞ리고 옥토ᄂᆞᆫ 동녁히 오ᄅᆞ니 상활명녀혼 빗치 포딘의 ᄌᆞ옥ᄒᆞ고 셩광은 만텬ᄒᆞ니 소ᄉᆡᆼ이 좀이 업고 심히 젹막ᄒᆞ야 홀연 ᄉᆡᆼ각ᄒᆞᄃᆡ 니ᄉᆡᆼ이 안치 발월ᄒᆞ고 언ᄉᆡ 농녀ᄒᆞ니 반ᄃᆞ시 ᄌᆡ죄 잇ᄂᆞᆫ

디라 가히 청ᄒᆞ야 ᄉᆞ운ᄒᆞ나 ᄉᆡᆨ 지으미 묘ᄒᆞ다 ᄒᆞ야 이에 시동으로 ᄒᆞ야곰 공ᄌᆞ를 뫼셔오라 ᄒᆞ니 니ᄉᆡᆼ이 마디 못ᄒᆞ야 츈ᄋᆡᆼ으로 더브러 이에 니ᄅᆞ니 소어ᄉᆡ ᄒᆞᆫ 번 ᄇᆞ라보매 니공ᄌᆡ 계슈 ᄀᆞᄂᆞᆯ ᄉᆞ이로 ᄇᆡᆨ의를 붓쳐 월ᄉᆡᆨ을 씌여 안셔이 거러 오ᄂᆞᆫ

17면

양이 완연히 ᄆᆞᄅᆞᆼ션녜 요디의 오ᄅᆞᆷ ᄀᆞᆺ고 ᄃᆡᆨ금 텬손으로 오쟉교의 ᄇᆡ회ᄒᆞᆷ ᄀᆞᄐᆞ야 소담ᄒᆞᆫ 정치와 ᄆᆞᆯ근 풍치며 가ᄇᆡ야온 거ᄅᆞᆷ이 너른 뜰흘 ᄇᆞᆯ와오미 표〃ᄒᆞ야 ᄂᆞᄂᆞᆫ ᄃᆞᆺ 경경ᄒᆞ야 ᄇᆞ치 일ᄃᆞᆺ 약질의 상복이 더옥 소담ᄒᆞᄃᆡ 오히려 [오ᄉᆞᆯ] 이긔디 못ᄒᆞᆯ ᄃᆞᆺᄒᆞ니 소ᄉᆡᆼ이 ᄆᆞ음이 취ᄒᆞ야 정혼이 비양ᄒᆞ야 년망이 당하의 ᄂᆞ려 그 ᄉᆞ매를 잇그러 우어 왈 월ᄉᆡᆨ이 명낭ᄒᆞ니 현뎨를 청ᄒᆞ야 태음의 광명을 찬숑코져 ᄒᆞ더니 이제 너를 보니 무ᄉᆡᆨᄒᆞᆫ 월광을 위ᄒᆞ야 글 짓고져 ᄒᆞ미 가쇠로다 니ᄉᆡᆼ이 십분 경괴ᄒᆞ나 다만 밧긔 연〃ᄒᆞᄃᆡ 안이 텰셕 ᄀᆞᄐᆞᆫ고로 강잉ᄒᆞ야 웃고 왈 형당의 과당ᄒᆞ시ᄆᆞᆯ 드ᄅᆞ니 쇼뎨 붓그려 죽으리로다 어ᄉᆡ 쇼왈 내 엇디 위쟈ᄒᆞ미 이시리오 진졍 소격이라 드ᄃᆡ여 좌를 비겨 필연을 나오고 닐오ᄃᆡ 우형이

18면

널노 더브러 글을 지어 승경을 창화ᄒᆞ미 엇더뇨 공ᄌᆡ 이에 ᄂᆞ죽이 닐오ᄃᆡ 쇼뎨 일즉 나히 어리고 조상 부모ᄒᆞ니 시부 짓기를 아디 못ᄒᆞᄂᆞ니 다만 인형이 지어든 쇼뎨 ᄇᆡ화 ᄎᆞ운ᄒᆞ리이다 어ᄉᆡ 대희ᄒᆞ야 즉시 절구 팔귀를 지어 음영ᄒᆞ니 진실노 금슈 ᄀᆞᄐᆞᆫ 문당이라 쇼제 십분 칭찬ᄒᆞ고 스ᄉᆞ로 화젼을 펴고 셤〃 옥슈로 산호필을 잡으매 붓긋ᄐᆡ 쥬옥이 어ᄅᆡ여 다ᄃᆞᆺᄂᆞᆫ 곳마다 써러뎌 농새 비등ᄒᆞ니 ᄉᆡᆼ이 경황흠ᄋᆡᄒᆞ야 일변으로 닐그며 일변으로 니ᄉᆡᆼ을 집슈 왈 ᄋᆡ뎨의 ᄌᆡ죄 이 ᄀᆞᄐᆞ니 우형으로 ᄒᆞ여곰 더옥 정이 소사나 쟝ᄎᆞᆺ 제어키 어렵도다 아디 못게라 셰샹의 너 ᄀᆞᄐᆞ니 ᄯᅩ 잇ᄂᆞᆫ가 ᄉᆞ마댱경과 반악 두여의 ᄌᆡ뫼라도 네의게ᄂᆞᆫ 일분을 ᄉᆞ양ᄒᆞ리라 니ᄉᆡᆼ이 버슬 ᄀᆞᄐᆞᆫ 눈섭을 ᄈᆡᆼ기고 ᄋᆡᆼ도 ᄀᆞᄐᆞᆫ 쥬슌을 여러 닐오ᄃᆡ 쇼뎨 명되 긔구

19면

ᄒᆞ야 부모를 조상ᄒᆞ고 ᄇᆡ혼 배 쳔누ᄒᆞ니 족히 인형의 가작을 당티 못ᄒᆞᆯ 줄을 스ᄉᆞ로 아ᄅᆞᄃᆡ 졸영을 ᄉᆡᆨ칙ᄒᆞ믄 후의를 막디 못ᄒᆞ미라 형이 과도히 기리시니 도로혀 평안티

아나이다 옥셩이 쇄락ᄒᆞ고 말솜이 정대ᄒᆞ니 ᄉᆡᆼ이 홀연 입으로조차 나는 줄 업시 닐오ᄃᆡ 아룸답고 향염ᄒᆞᆫ 사룸이로다 만일 너 ᄀᆞᆺ툰 안해를 어드면 죽어도 ᄒᆞᆫ이 업ᄉᆞ리로다 니ᄉᆡᆼ이 더옥 슈괴ᄒᆞ야 옥면을 븕히고 데슈단좌러니 홀연 니러나 ᄀᆞᆯ오ᄃᆡ 밤이 깁흐니 혈숙ᄒᆞ고 명일노 뭇기를 원ᄒᆞᄂᆞ이다 ᄉᆡᆼ이 말녀 왈 만니 청공의 일편 부운이 업고 일눈 태음이 계슈의 걸너 ᄉᆞ휘지닉의 블가시니 엇디 좀자기로뼈 ᄋᆡ월지심을 허송ᄒᆞ리오 ᄒᆞ믈며 네 날노 더브러 결의ᄒᆞ연디 오라ᄃᆡ ᄆᆞ양 닷 고ᄃᆡ셔 자니 흥미 업는디라 오날난 동침ᄒᆞ야

20면

자미 올흐니라 니ᄉᆡᆼ이 텽파의 정신이 못디 아냐 힝혀 제 근본을 아는가 두리니 십분 탹급ᄒᆞᆫ디라 오직 유병ᄒᆞᆷ을 칭ᄒᆞ고 몸을 빠혀 도라가고져 ᄒᆞ니 운명은 본ᄃᆡ 문인지〃라 사룸을 사괴매 믄득 다정ᄒᆞᆫ고로 지극히 ᄉᆞ랑ᄒᆞᄃᆡ 뎌의 ᄆᆡ물ᄒᆞᆷ을 보고 나히 어려 겸손ᄒᆞ고 슈괴ᄒᆞ민가 너겨 뎐도히 나아가 옥슈를 잡으며 쇼왈 현데 우형 피ᄒᆞᆷ을 못미출ᄃᆞ시ᄒᆞ니 엇디 고이티 아니리오 그 폴흘 어ᄅᆞ문져 긔뷔 연〃ᄒᆞᆷ을 보고 ᄉᆞ랑ᄒᆞ야 ᄉᆞ매를 밀고 둘 빗치 그 옥비를 보고져 ᄒᆞ야 ᄒᆞᆫ 번 상복을 밀고 보니 굴근 뵈옷 ᄉᆞ이의 눈빗 ᄀᆞᆺ툰 술이 염염히 빗나고 잉도 일믹 ᄋᆡ원히 딧힛고 고온 거술 도으니 소어식 혼비빅산ᄒᆞ야 노하 ᄇᆞ리고 어린ᄃᆞ시 안자 말을 못ᄒᆞ다가 기리 탄식고 묵〃히 데희홀 식 니공지 뎌의 동지를 보매 ᄒᆞᆯ 일이 업는디라 오직 실ᄉᆞ를 고ᄒᆞ야 션쳐코져

21면

쥬의를 뎡ᄒᆞ고 이에 안ᄉᆡᆨ을 졍히ᄒᆞ야 좌를 써나 두 번 절ᄒᆞᆫ 후 소ᄅᆡ를 온화히 ᄒᆞ며 말솜을 ᄌᆞ약히 ᄒᆞ야 ᄀᆞᆯ오ᄃᆡ 금일 현형의 ᄇᆞᆰ히 아ᄅᆞ시믈 당ᄒᆞ야 쇼ᄆᆡ 감히 실상을 아니 고티 못ᄒᆞ리니 즐겨 용납ᄒᆞ리잇가 어식 ᄇᆡ야흐로 정신을 졍ᄒᆞ야 의ᄃᆡ를 슈렴ᄒᆞ고 공경ᄒᆞ야 닐오ᄃᆡ 쇼ᄉᆡᆼ은 홍딘의 필뷔라 황명을 밧ᄌᆞ와 이에 니ᄅᆞ럿더니 의외예 쇼져를 만나니 다만 관표의 디음을 ᄉᆡᆼ각ᄒᆞ고 관뎌의 경식 이실 줄 ᄉᆡᆼ각디 못ᄒᆞ더니 금일 비로소 쇼ᄉᆡᆼ의 불민홈과 쇼져의 희롱ᄒᆞ시믈 문견ᄒᆞ니 쳥컨대 블키 ᄀᆞᄅᆞ쳐 어득ᄒᆞᆷ을 ᄭᆡ돗게 ᄒᆞ쇼셔 니쇼졔 텽파의 안ᄉᆡᆨ을 ᄉᆡᆨ〃히 ᄒᆞ고 빵누를 ᄲᅳ려 왈 쳡슈불민ᄒᆞ나 일즉 대신의 녀지라 규루의 심장ᄒᆞ야 도장 밧글 모ᄅᆞ더니 블힝ᄒᆞ야 하ᄂᆞᆯᄭᅴ 죄를 어더

22면

뉵아의 슬프믈 만나고 또 도적으로뻐 집을 웅거ᄒᆞ야 긔갈 괴로오믈 당ᄒᆞ니 비록 딘평이 다시 살고 뎨갈이 죽디 아냐실디라도 션쳐홀 조각이 업ᄂᆞᆫ디라 만젼지계ᄂᆞᆫ 당〃이 ᄒᆞᆫ 번 죽어야 올호ᄃᆡ 또ᄒᆞᆫ 부모의 후ᄉᆡ 졀멸ᄒᆞ믈 ᄎᆞ마 보디 못ᄒᆞ야 구챠히 기복ᄒᆞ고 투싱ᄒᆞ나 실은 죽을 ᄯᅳ디 급ᄒᆞ더니 힝혀 명텬의 도라보시믈 닙ᄉᆞ와 현형의 셩덕을 닙으니 실상을 고ᄒᆞ고져 ᄒᆞ나 ᄎᆞ마 못ᄒᆞ엿더니 금일 딘졍을 발ᄒᆞ니 비록 외람ᄒᆞ나 형뎨의 결의로뻐 다시 형ᄆᆡ 정을 의탁ᄒᆞ신즉 쇼ᄆᆡ 죵신토록 셩은을 사길분 아니라 디하의 션친이 또ᄒᆞᆫ 함호결초ᄒᆞ미 이시리라 소ᄉᆡᆼ이 다만 깁ᄒᆞᆫ 쥬의 잇ᄂᆞᆫ디라 엇디 즐겨 형ᄆᆡ라 ᄒᆞ리오 오직 흔연 샤례 왈 금일 쇼져의 비회를 듯ᄌᆞ오니 인비셕목이나 혹ᄉᆡᆼ이 엇디 감

23면

격디 아니리오 다만 남녜 칠 셰어든 부동셕ᄒᆞ고 부동식이라 ᄒᆞᄂᆞ니 소ᄉᆡᆼ이 쇼져로 더브러 서ᄅᆞ 타문 녀ᄌᆞ와 남ᄌᆞ로 임의 손을 잇글고 좌를 비겨 셩현의 법도를 어즈러엿ᄂᆞᆫ디라 고텨 ᄀᆞ다ᄃᆞᄆᆞ미 가쇼로오니 그윽이 샹냥컨대 쇼혹ᄉᆡᆼ이 관져의 낙이 업고 쇼졔 도요의 글 읇흐미 업ᄉᆞ니 형뎨의를 고텨 부뷔 되미 가ᄒᆞᆫ디라 소견이 엇더ᄒᆞ시니잇가 쇼졔 블연 졍ᄉᆡᆨᄒᆞ고 ᄎᆞᆫ 칼흘 ᄲᅢ혀 손의 들고 닐오ᄃᆡ 쳡은 드ᄅᆞ니 명공의 부죄 다 도혹을 셥녑ᄒᆞ야 네의를 슈렴ᄒᆞᆫ다 ᄒᆞ거ᄂᆞᆯ 엇디 이대도록 무례지언을 ᄒᆞᄂᆞ뇨 명공이 일분이나 녜를 넘고워 쳡을 경히 너길딘대 쳡이 보ᄂᆞᆫ ᄃᆡ셔 멱 딜너 욕을 면ᄒᆞ리라 소어ᄉᆡ 십분 참안ᄒᆞ야 년망이 샤례 왈 혹ᄉᆡᆼ이 문견이 쳔누ᄒᆞ야 대의를 아디 못ᄒᆞ니 그윽이 븟그리거니와 다만 쇼

24면

ᄉᆡᆼ이 쇼져로뻐 상님의 비기든 아니려니와 금마 옥당의 옥관지녈을 비ᄒᆞ면 혹ᄉᆡᆼ이 비록 비루ᄒᆞ나 일죽 조션 음덕을 문명이 타인의 븟그럽디 아니〃 ᄒᆞᆫ가지로 경ᄉᆞ의 나아가 부모긔 고ᄒᆞ고 뉵녜를 ᄀᆞ초와 맛당ᄒᆞᆫ디라 쇼ᄉᆡᆼ인들 엇디 이 고ᄃᆡ셔 셩친ᄒᆞ쟈 ᄒᆞ리잇고 쇼졔 만일 ᄉᆡᆼ의 ᄯᅳᆺ 곳 조ᄎᆞ려 ᄒᆞ시면 ᄆᆡᆼ약ᄒᆞ야 뎡ᄒᆞ시고 좃디 아니려 ᄒᆞ시면 ᄉᆡᆼ이 또ᄒᆞᆫ 션쳐홀 조각이 〃시리니이다 니시 ᄃᆡ답고져 ᄒᆞ더니 츈잉이 나아와 골오ᄃᆡ 어ᄉᆞ 샹공이 만일 비례를 힝티 아니코 뉵녜를 경대히 ᄒᆞ시면 우리 쇼졔 엇디 감

격디 아니시리잇고 오직 어ᄉᆞ는 졍도로 ᄒᆡᆼᄒᆞ야 녀ᄌᆞ의 ᄆᆞᄋᆞᆷ을 평안케 ᄒᆞ쇼셔 도라 쇼져ᄃᆞ려 왈 아등이 임의 이에 니ᄅᆞ러 소샹공의 은ᄐᆡᆨ을 듕히 닙으니 맛당이 훼신ᄒᆞ야도 갑디 못ᄒᆞᆯ 은의라 노쥐 몸으로ᄡᅥ 그 ᄯᅳ들 조ᄎᆞ미 가ᄒᆞ니 ᄒᆞ믈며 뎨 명문 뎍실

25면

실노 쇼년 직상이오 풍치 슈려ᄒᆞ야 쇼져를 욕디 아니리니 모ᄅᆞ미 고집디 말고 슌히 허락ᄒᆞ야 타일 화촉 하의 보시미 가ᄒᆞ니이다 어ᄉᆡ 대희 왈 너는 쳔인이로ᄃᆡ 디식이 통쾌ᄒᆞ니 가히 호걸이 되염즉 ᄒᆞ도다 쇼져는 운환을 수기고 말을 아니ᄒᆞᆫ대 ᄉᆡᆼ이 고텨 니러 두 번 절ᄒᆞ고 ᄀᆞᆯ오ᄃᆡ 혹ᄉᆡᆼ이 당돌ᄒᆞ나 ᄆᆞᆯ근 거울이 알픠 이시니 엇디 감히 더러온 심ᄉᆞ를 긔이리오 쇼ᄉᆡᆼ이 일즉 불ᄒᆡᆼᄒᆞ야 조강지쳐 님시를 어드니 비록 인물이 현명ᄒᆞ나 긔골이 당셰예 무염이라 기리 ᄒᆞᆫᄒᆞ는 ᄯᅳ디 흉격의 ᄆᆡ쳣더니 금일 쇼져를 보오니 평ᄉᆡᆼ 원이 족ᄒᆞᆫ디라 하늘의 유의ᄒᆞ시미 아니면 이러ᄐᆞᆺ 신긔ᄒᆞ리잇고 쇼졔 만일 구ᄐᆞ야 고집ᄒᆞ야 혹ᄉᆡᆼ을 물니티시면 쇼ᄉᆡᆼ이 참괴ᄒᆞᆷ믈 머금어 평ᄉᆡᆼ 유ᄒᆞᆫ이 되리로

26면

소이다 셜파의 쟝ᄎᆞᆺ 나아오고져 ᄒᆞᄃᆡ ᄯᅩᄒᆞᆫ 감히 못ᄒᆞᄂᆞᆫ디라 쇼졔 그윽이 ᄉᆡᆼ각ᄒᆞ매 소ᄉᆡᆼ의게 볼셔 ᄃᆞᆯ닌 사ᄅᆞᆷ이 되여시니 형셰 ᄒᆞᆯ 일 업ᄉᆞᆫ고로 ᄇᆞ득이 얼골을 [단]엄히 ᄒᆞ고 말ᄉᆞᆷ을 펴 ᄀᆞᆯ오ᄃᆡ 쳡이 명되 긔구ᄒᆞ야 믄득 부낭〃의 ᄒᆡᆼᄉᆞ를 스ᄉᆞ로 ᄒᆡᆼᄒᆞ니 기리 참괴ᄒᆞ나 디경의 다ᄃᆞ라 권도를 ᄃᆡ희거니와 ᄯᅩᄒᆞᆫ 한심ᄒᆞ이다 타일의 군ᄌᆡ 비록 쳡으로ᄡᅥ 집의 두시나 셜만ᄒᆞᆫ 일이 업ᄉᆞ면 쳡이 오직 은혜를 명심ᄒᆞᆯ ᄯᆞᄅᆞᆷ이라 ᄉᆡᆼ이 다시 절ᄒᆞ야 ᄀᆞᆯ오ᄃᆡ 쇼ᄉᆡᆼ이 엇디 감히 쇼져를 경시ᄒᆞ미 이시리잇고 다만 인ᄉᆡ 변녁ᄒᆞᄂᆞ니 금일 쇼져 말ᄉᆞᆷ이 비록 ᄒᆞᆫ연ᄒᆞ나 타일 고티미 이실가 두리ᄂᆞ이다 외람ᄒᆞ나 이 월하를 ᄃᆡᄒᆞ야 ᄆᆡᆼ셰를 굿게ᄒᆞ시면 ᄉᆡᆼ이 ᄇᆡ야흐로 명심ᄒᆞ리로소이다 니쇼졔 졍ᄉᆡᆨ 왈 셕의 오

27면

원이 딘공쥐 여어본다 ᄒᆞ야 혼인을 물니티니 이제 어ᄉᆞ의 ᄒᆡᆼᄉᆡ 고인의 죄를 어덧는디라 다ᄆᆞᆺ 쇼쳡이 명교의 죄인이 될 거시라 오히려 념티를 닛고 군ᄌᆞ의 후의를 감격ᄒᆞ야 임의 평ᄉᆡᆼ을 허락ᄒᆞ엿ᄂᆞ니 엇디 고티미 이시리오 군ᄌᆞ는 다시 어즈러온 말을

긋칠디어다 셜파의 니러 츈잉을 드리고 침소로 도라가니 소싱이 일변 놀나고 일변 깃거ᄒᆞ야 어린듯 ᄒᆞ더라 ᄎᆞ후 니시를 더옥 극진이 거ᄂᆞ려 가되 감히 셜만히 못ᄒᆞ야 오직 공경ᄒᆞ더니 수일 후 경ᄉᆞ의 니ᄅᆞ러 황뎨씌 슉빅ᄒᆞ고 니시ᄃᆞ려 왈 쇼졔 가히 남복으로 우리 집의 가 대인씌 뵈옵고 아직 근본을 니ᄅᆞ디 말나 니시 븟그리믈 씌여 소싱을 ᄯᆞ라 ᄌᆞ운산의 니ᄅᆞ니 어시의 승샹부의셔 운명의 오믈 듯고 반기며 깃거 밧비 블너보고 별닉를 니를 식 싱이

28면

쥬의 취ᄒᆞ야 옥엽을 븕히고 당안을 ᄂᆞ리쪄 결옥ᄒᆞ며 경ᄉᆞ 다ᄉᆞ리던 말숨을 니ᄅᆞ매 일개 새로이 칭찬ᄒᆞ더니 최후의 싱이 피셕ᄒᆞ야 이에 니샹셔의 아들을 어드니 형뎨로 결약ᄒᆞ야 ᄃᆞ려왓노라 ᄒᆞ니 모다 놀나며 슬피 너겨 승샹이 외당의 나와 브ᄅᆞ니 니시 ᄎᆞ마 나아가디 못ᄒᆞᆫ대 츈잉이 ᄀᆞ마니 닐오ᄃᆡ 소승샹은 당셰예 셩인이라 쇼졔 가히 나아가 보시미 가ᄒᆞ고 ᄒᆞ믈며 어ᄉᆞ의 부친이니 엇디 혐의 이시리오 니시 강잉ᄒᆞ야 나아갈ᄉᆡ 셔헌의 다ᄃᆞ라 보니 운명 열 형뎨와 시동이 당샹[당해]의 다 련ᄒᆞ엿고 ᄒᆞᆫ 사ᄅᆞᆷ이 나히 ᄉᆞ십 셰ᄂᆞᆫ ᄒᆞ고 몸의 청포 도포를 닙고 머리의 쇼샹반듁관을 쓰고 허리의 거믄 셰툐씌를 씌여시니 검박ᄒᆞᆫ 의관 가온대 쇄락ᄒᆞᆫ 영긔 발췌ᄒᆞ야 두우의 뽀이고 풍신이 늠연ᄒᆞ며 골격이 소아ᄒᆞ고 얼골이 긔

29면

특ᄒᆞ야 가히 측냥티 못ᄒᆞᆯ디라 이 진짓 경명지긔 어릐엿ᄂᆞᆫ 사ᄅᆞᆷ이라 교위예 안잣다가 날호여 당하의 ᄂᆞ려 마ᄌᆞᆯᄉᆡ 니시 ᄉᆞ양 왈 쇼ᄌᆞᄂᆞᆫ 이 궁향 쳔ᄌᆡ라 엇디 샹국의 이러ᄐᆞᆺ 존ᄃᆡᄒᆞ시믈 당ᄒᆞ리잇고 승샹이 다시 ᄑᆞᆯ흘 드러 왈 빙쥬의 되 그러티 못ᄒᆞ리니 슈ᄌᆞᄂᆞᆫ 과도히 겸손티 말나 드ᄃᆡ여 당의 올나 녜를 필ᄒᆞ매 소싱 십인이 좌우로 갈나 셧다가 ᄯᅩᄒᆞᆫ 일시의 녜를 ᄆᆞ촌 후 좌를 뎡ᄒᆞ고 승샹이 완〃히 한훤을 펴며 ᄒᆞᆫ 번 눈을 드러 니싱을 보니 이 만일 남뎐의 빅벽이 듯글을 삐슴 곳 아니면 진뒤 벽히의셔 솟ᄂᆞᆫ 듯ᄒᆞ야 ᄒᆞᆫ갓 미려ᄒᆞᆯ분 아니라 쟈약 연〃ᄒᆞ야 묘〃경〃ᄒᆞ야 오술 이긔디 못ᄒᆞ니 엇디 셰샹의 이런 남ᄌᆡ 이시리오 심두의 크게 고이히 너겨 믁〃히 샹냥ᄒᆞ매 이 총명은 본ᄃᆡ 과인ᄒᆞᆫ디

30면

라 스스로 싀드르미 블그니 닉렴의 크게 잔잉히 너겨 그 근본을 즈시 뭇고 두어 됴건 한훤을 필흔 후 즉시 북셔당의 쳐소를 뎡흐야 보내고 기리 탄식 왈 가히 가련흐다 니공의 쳔금 녀이 뎌러툿 분주 걸식흐니 이 쪼흔 텬싊라 드듸여 제즈를 블너 경계 왈 니랑이 년긔 어리고 초토의 잇는 사름이라 내 깁흔 방으로 쳐소를 흐야시니 여둥이 맛당이 즈로 가 그 ᄆ음을 슬난히 말나 졔지 슈명흐야 다만 그 쁘들 모르고 부친의 말을 올히 너겨 가디 아니나 운명은 본듸 그 [근]본을 니기 아니 엇디 즐겨 아니 가리오 날로 왕닉흐야 친근 우듸흐니 니시 듀야 침싊 평안티 아니코 즈가 젼뎡이 아모리 될 줄을 아디 못흐야 기리 슬허흐더니 수일 후 승상이 벽운누의 드러와 이에 셕부인으로 흐야곰 그 녀ᄋ 슈빙의

31면

의상을 내여 밀〃히 밧고 졀구 일슈를 지어 즈가 유모를 맛뎌 북셔당의 보내니 셕부인이 극히 고이히 너기나 승상이 니르디 아니〃 다시 뭇디 못흐더라 추시 유랑이 북셔당의 니르러 니시를 보고 봉흔 거술 드려 왈 승샹긔셔 노신으로 흐여곰 슈즈긔 뎐흐라 흐시더이다 니시 년망이 샤례흐고 봉흔 거술 여러 보니 이 흔 불 녀복이라 십분 대경흐야 급히 글을 펴 보믜 필뎍이 쇄락흐고 ᄉ의 쳥신흐니 오직 놀나며 다시 슓히니 곳 저의 근본을 아라 깁히 들과쟈 흔 쁘디라 보기를 뭇고 심신이 아연흐야 반일을 듀뎨흐다가 유랑을 듸흐야 골오듸 삼가 명교 봉힝흐는 쁫들 뎐흐라 유랑이 도라가 승샹긔 고흔 대 승상이 즉시 운명을 구승샹긔 경ᄉ 의논흐라 보내고 친히 운셩으로 더브러 북셔당

32면

의 니르니 츈잉이 마자 방듕의 드러가 니쇼져를 볼시 날호여 문왈 일즉 졸영을 뻐 보내엿더니 아디 못게라 ᄂ지 슬피시냐 쇼졔 샹감흐믈 이긔디 못흐야 눈믈을 드리오고 돈슈 쳥죄 왈 쇼쳡이 명되 비박흐야 쳔신 만고를 격고 겨유 텬일을 보오나 추마 본형을 내디 못흐옵더니 대인의 블그샤미 일월 ᄀ트시니 감히 다시 음양을 변톄티 못흐ᄂ이다 승샹이 쳐연 왈 쇼져의 비원흔 회포를 비록 니르디 아니시나 엇디 모르리오마는 혹싱의게 여러 즈식이 〃셔도 다 방탕흐니 족히 밋브디 아니듸 오직 이 삼지 노

셩흔 긔믹이 잇는고로 드려 왓누니 다만 두려흐는 바는 이 비록 내 집이나 심히 요란흐니 고요홀 고들 어더 쇼져를 안돈흐고져 흐딕 일시의 싱각디 못흐리로다 운셩 왈 강뎡 윤부인

33면

겨신 고디 그윽흐고 안졍흐니 쇼져의 평싱이 무스흐리니 이제 급히 뫼셔다가 두고 어딘 션비를 골히여 혼인흐미 늣디 아니 흐니이다 승샹이 고개 좃고 져근 교즈를 어더 니쇼져를 기장흐야 운셩으로 보내니 샹셰 니시를 드리고 강뎡의 가 윤부인을 보고 젼후 시말을 즈시 고흐고 윤시 십분 경아흐야 쐴니 쳥흐야 보매 그 얼골 풍치 툐셰흐믈 스랑흐고 그 졍스를 슬피 너겨 기리 탄식흐고 즈가 협실의 두어 친녀ㄱ티 흐더라 운셩이 니시를 안돈흐고 도라와 부친씌 고흔 후 일즉 구의예 내디 아냣더니 셕부인이 시녀의 뎐언을 듯고 이에 블너 문왈 드르니 녜 엇던 녀즈를 교즈 틱와 가더라 흐니 긔 엇던 사름인고 샹셰 거즛 놀나 왈 쇼지 셔셕의 가 스부를 뫼셔 죵일흐여습느니 어

34면

드러 조차 허언이 낫더니 잇고 부인이 노왈 내 임의 아는 일이어늘 긔 므슴 대스로 니르디 아닛느뇨 운셩이 딕답고져 홀 적 운명이 드러오니 싱이 이에 그치고 믄득 급히 니러 나가니 셕부인이 [어히]업서 소부인으로 더브러 우어 왈 스나히 즈식의 서의흐미 이 ㄱ투야 므스 일을 승샹과 동심흐야 가지고 날지 긔이는고 흐더라 츳야의 운명이 북셔당의 가니 니쇼졔의 자최 업고 뷘 방이 황냥흐니 대경흐야 즈시 숣히매 동벽샹의 졀구 일슈를 지어 뻐시니 골와시딕 본딕 그딕의 큰 디음을 감격흐나 다만 날업수이 너기믈 상님ㄱ티흐야 시〃로 셜만흔디라 불구의 욕을 어들가 두려 귀틱을 하딕흐고 친쳑을 츳자 가느니 타일 이 은혜는 샤례흐리라 흐엿더라 싱이 견필의 아연흐믈 이긔디 못흐니 머리를 수기고 ㄱ만이 싱각흐딕 니시 비록 친쳑을

35면

츳자 가노라 흐야시나 일즉 스구무친홀와 흐미 여러 번이니 엇디 돌연히 친쳑이 〃시며 셜스 이실디라도 뎨 홀로 닉의 알고 갈 밧긔 결연히 견일을 모르는 거시오 또

부듕인은 반ᄃᆞ시 가ᄂᆞᆫ 줄을 알 거시니 졔형ᄃᆞ려 무ᄅᆞ리라 ᄒᆞ야 십분 탹급ᄒᆞ야 년망이 듁셔당의 니ᄅᆞ니 ᄇᆡᆨ형 운경이 촉샹ᄒᆞ야 티료ᄒᆞᄂᆞᆫ디라 능히 뭇디 못ᄒᆞ고 ᄎᆞ형 운희를 보아 문왈 니원경이 북당의 업ᄉᆞ니 아디 못게라 그 간 고들 아ᄅᆞ시ᄂᆞ니잇가 한님 왈 우형이 수일을 외가의 갓다가 ᄀᆞᆺ 왓ᄂᆞ니 엇디 알니오 운명이 더옥 긴급ᄒᆞ야 두로 무를 ᄉᆡ 무용헌 화계 우히 삼형 운셩이 안자 ᄎᆡ련가를 브ᄅᆞ거ᄂᆞᆯ ᄉᆡᆼ이 나아가 니시의 죵젹을 무ᄅᆞ매 샹셰 완〃히 경식 왈 너ᄂᆞᆫ 어린 아ᄒᆡ라 엇딘 고ᄅᆞ 서의히 소기ᄂᆞ뇨 니ᄉᆡᆼ이 [이시나] 업ᄉᆞ나 내게 무익ᄒᆞ니 네의 혼동을 과연티 아닛노

36면

라 ᄉᆡᆼ이 년망이 ᄃᆡ왈 쇼뎨 엇디 감히 형당을 소기리잇고 실노 니ᄉᆡᆼ의 죵젹이 업더이다 샹셰 냥구케야 닐오ᄃᆡ 단션ᄉᆡᆼ씌 나갓ᄂᆞᆫ가 보라 니ᄉᆡᆼ이 어대를 가실 거시라 그대도록 경망히 구ᄂᆞᆫ다 셜파의 오술 ᄯᅥᆯ티고 니러나 홋거ᄅᆞ며 풍월을 음영ᄒᆞ고 아조 유의티 아니〃 운명이 평일 그 형이 아모 일도 경동ᄒᆞ미 업고 범ᄉᆡ 프러디고 ᄇᆡᆨᄉᆞ를 거리ᄭᅵᄂᆞᆫ 일이 업ᄂᆞᆫ고로 ᄎᆞᄉᆞ도 그러톳 하민가 ᄒᆞ야 다만 물너와 두로 무러보와도 다 모ᄅᆞ노라 ᄒᆞᄂᆞᆫ고로 심녜 울〃ᄒᆞ야 침식을 다 폐ᄒᆞ고 니랑의 죵젹을 듯보와 ᄆᆞᄎᆞᆷ내 아디 못ᄒᆞ니 크게 용녀ᄒᆞ야 쟝ᄎᆞᆺ 병이 발ᄒᆞ게 되엿더라 어시의 승샹이 니쇼져의 죵신ᄉᆞ를 념녀ᄒᆞ야 운셩으로 ᄒᆞ여곰 어딘 션ᄇᆡ를 듯보라ᄒᆞ니 샹셰 명을 니어 ᄂᆞ죽이 쥬ᄒᆞᄃᆡ 쇼ᄌᆡ 그ᄉᆞ이 ᄉᆡᆼ각ᄒᆞ매 니시의 혼인을 다ᄅᆞᆫᄃᆡ 뎡ᄒᆞ미

37면

블가ᄒᆞᆫ디라 이제 팔뎨 뎌를 더브러 동쳑 셕ᄃᆞᆯ의 그 녀진 줄 모를 길히 업습고 임의 아라 본즉 제 평일 님수의 덕을 공경ᄒᆞ고 ᄉᆡᆨ을 흔ᄒᆞ던고로 반ᄃᆞ시 니시의 얼골을 흠앙ᄒᆞ리니 이런즉 엇디 무심ᄒᆞᆯ니 이시리오 ᄯᅩᄒᆞᆫ 무심티 아니ᄒᆞ여신즉 반ᄃᆞ시 녜를 건네여 방ᄌᆞᄒᆞᆫ 일이 이시리니 [만일] 타문의 보낸 즉 샤뎌의 ᄒᆡᆼ지 더옥 블힝ᄒᆞ고 니시 명졀의도 해로오리니 오직 대인은 팔뎨의 둘재 쳐ᄌᆞ로 뎡ᄒᆞ샤 님수로 더브러 운명의 ᄂᆡ조를 닐위게 ᄒᆞ쇼셔 승샹이 믄득 깃거 아냐 날호여 ᄀᆞᆯ오ᄃᆡ 운명의 ᄒᆡᆼ지 경박ᄒᆞ니 반ᄃᆞ시 아라보와신 즉 경대히 ᄃᆞ려와실니 업거니와 니시의 인물이 지극 강녈ᄒᆞ야 진실노 ᄇᆡᆨ희 결부의 뉴로ᄃᆡ 나히 잠간 어려 약ᄒᆞᆫ 긔운이 이시나 타일 나히 ᄎᆞ면 어러온 녀지니 비록 명ᄋᆞ의 ᄇᆡ필이 되염즉

38면

ᄒᆞ나 다만 얼골과 덕이 다 겸젼ᄒᆞ야 님시의 권통을 아ᄉᆞ면 쏘ᄒᆞᆫ 가티 아니코 명의 각별 유의ᄒᆞᄂᆞᆫ 일이 업거ᄂᆞᆯ 내 엇디 ᄌᆞ식으로 ᄒᆞ여곰 부도ᄅᆞᆯ 도으리오 너ᄂᆞᆫ 급히 직ᄉᆞᄅᆞᆯ 퇴ᄒᆞ라 샹셰 텽파의 몸을 구펴 ᄃᆡ왈 명괴 지극 올ᄒᆞ시ᄃᆡ 다만 아희 소견은 요ᄉᆞ이 운명이 니시의 간 곳을 몰나 듀야 졍신 일흔 사ᄅᆞᆷ ᄀᆞᄐᆞ니 그 방탕ᄒᆞᆫ 흔젹이 채 드러나미 쉬올디라 급히 셩녜ᄒᆞ면 인언도 업고 피ᄎᆞ 다 슌편ᄒᆞᆯ ᄃᆞᆺᄒᆞ니 엇디 구ᄐᆞ야 운명의 뎌른 혬과 다졍ᄒᆞᆫ 힝ᄉᆡ 드러난 일이 어즈러온 후 브득이 혼인ᄒᆞ야 님수로 인ᄒᆞ야 풍화ᄅᆞᆯ 구챠히 ᄒᆞ야 부위ᄌᆞ은ᄒᆞᄂᆞᆫ 일을 니ᄌᆞ리잇가 ᄒᆞ믈며 님쉬 니시로 뎍인을 삼은즉 니시 쏘 어디러 서ᄅᆞ 덕을 길워 ᄃᆡ뎝ᄒᆞ면 족히 갈담의 ᄆᆞᆯ근 빗치 이실디라 엇디 쇼졀을 거리ᄭᅵ

39면

리잇고 승샹이 텽파의 우어 ᄀᆞᆯ오ᄃᆡ 오ᄋᆞ의 말이 ᄌᆞ못 유리ᄒᆞᆫ디라 관셰ᄒᆞ야 쳐티ᄒᆞ려니와 쏘ᄒᆞᆫ 니시의 ᄯᅳ들 보리니 일시의 결ᄒᆞᆯ 배 아니라 ᄒᆞ고 즉시 구혼ᄒᆞ야 직샹가 공ᄌᆞ의 글을 바다 가지고 강뎡의 가 윤부인을 본 후 두 당 글을 내야 부인ᄃᆞ려 왈 쇼뎨 니시ᄅᆞᆯ 뎨도코져 ᄒᆞ야 직ᄌᆞ의 글을 어더 와시니 현ᄆᆡ 가히 가져가 니시ᄃᆞ려 우렬을 뎡ᄒᆞ라 ᄒᆞ쇼셔 맛당이 너기ᄂᆞᆫ 글을 뎡ᄒᆞ야 혼인을 뎡ᄒᆞ사이다 윤부인이 칭찬 왈 어디다 그ᄃᆡ의 뎍덕은 쳔ᄌᆡ의 일인이라 금일 니시의 외로오미 졍히 날과 ᄀᆞᄐᆞ니 쳡의 ᄆᆞᄋᆞᆷ이 홀로 쳑감티 아니랴 드ᄃᆡ여 글을 가져 협실의 드러가 니시ᄅᆞᆯ 보고 닐오ᄃᆡ 내 낭ᄌᆞ로 졍이 모녀 ᄀᆞᄐᆞ며 쏘 심ᄉᆡ 방불ᄒᆞᆷ로 각별 유렴ᄒᆞᄂᆞ니 엇디 서ᄅᆞ ᄂᆡ외ᄒᆞᄂᆞᆫ 일이 〃시리오 이제 그ᄃᆡ

40면

부뫼 겨시면 규녀의 ᄐᆡ로ᄡᅥ 혼인을 간셥ᄒᆞ야 의논티 아니려니와 이제 그ᄃᆡ ᄉᆞ구무친ᄒᆞ니 맛당이 죵신ᄉᆞᄅᆞᆯ ᄌᆞ당ᄒᆞᆯ디라 소현셩이 본ᄃᆡ 젹션지의 ᄃᆞᆺ거온고로 시방 그ᄃᆡᄅᆞᆯ 위ᄒᆞ야 구승샹의 필ᄌᆞ 구의와 팔왕의 삼ᄌᆞ 초국공 됴격을 퇴ᄒᆞ니 이 두 사ᄅᆞᆷ이 다 총듄ᄒᆞ고 타월ᄒᆞ며 글 ᄌᆡ죄 ᄒᆞᆫ가지라 오히려 그ᄃᆡ ᄯᅳ들 알고 뎡혼ᄒᆞ려 두 당 시부ᄅᆞᆯ 가져왓ᄂᆞ니 낭ᄌᆞ 가히 ᄀᆞᆯ힐디어다 니시 텽파의 옷기ᄉᆞᆯ 녀ᄆᆡ고 슈렴ᄒᆞ야 ᄀᆞᆯ오ᄃᆡ 쇼쳡은 향촌 외로온 인ᄉᆡᆼ이라 일즉 녜되 업거니와 잠간 드ᄅᆞ니 남녜 칠셰어든 브동셕ᄒᆞ며

브동식이라 ᄒᆞ엿ᄂᆞ니 쳡이 삼싱 죄악이 극ᄒᆞ야 호텬지통을 만나고 도로의 뉴리ᄒᆞ니 임의 그 녀도를 일허 가셩을 더려엿는디라 ᄒᆞᆫ 번 죽으미 본ᄃᆡ 가ᄒᆞᄃᆡ 다만 듀뎨ᄒᆞ야 ᄎᆞ마 결티 못ᄒᆞᄂᆞᆫ 바는 일즉 션인의 후ᄉᆡ 멸

41면

결ᄒᆞ믈 보디 못ᄒᆞ야 브득이 슈괴ᄒᆞᆫ 안면을 강잉ᄒᆞ야 걸식ᄒᆞ더니 소어ᄉᆞ를 만나 ᄒᆞᆫ가지로 도라오니 뎨 비록 신싱의 무이ᄒᆞ미 업ᄉᆞ나 결약 남미ᄒᆞᆯ ᄯᅳ디 돈연ᄒᆞ니 쇼쳡이 약ᄒᆞᆫ 녀지 되야 범ᄉᆡ 십분 두리온디라 브득이 평싱을 허락ᄒᆞ니 이 ᄯᅩᄒᆞᆫ 녜법의 죄를 어덧고 ᄒᆞ믈며 션인의 삼년이 디나디 못ᄒᆞ야시니 혼인을 니를 ᄣᅢ 아니오 쳡이 스ᄉᆞ로 법문의 너른 죄를 붓그려 오직 죵신토록 부인 덕음을 울얼고 부〃의 〃를 그ᄎᆞ려 ᄒᆞᄂᆞ니 비록 조ᄌᆞ건과 니태빅의 ᄌᆡ죄 이실디라도 쳡의 원이 아니로소이다 윤부인이 팀음양구의 닐오ᄃᆡ 낭ᄌᆞ의 말솜이 올흔 ᄃᆞᆺᄒᆞ거니와 엇디 녀지 셰상의 홀노 늘글 재이시리오 ᄯᅩᄒᆞᆫ 삼년 결복을 기ᄃᆞ리믄 가커니와 운명의 구혼ᄒᆞ미 업슨ᄃᆡ ᄌᆞ구ᄒᆞ믄 더옥 불가ᄒᆞᆯ가

42면

ᄒᆞ노라 니시 ᄃᆡ왈 쇼쳡이 미약ᄒᆞᆫ 녀지나 신의를 크게 너기ᄂᆞ니 소싱이 당시ᄒᆞ야 구혼ᄒᆞ미 업ᄉᆞ나 젼일 뎌의 은혜를 ᄌᆞ못 닙고 그 언약을 드럿ᄂᆞ니 비록 뎨 니ᄌᆞ나 쳡은 ᄆᆞ옴 져ᄇᆞ린 사롬이 되디 아니리니 ᄒᆞ믈며 쳡이 다만 소시를 의탁ᄒᆞ고 죵신은 심규의 셔ᄒᆞ미 원이라 다만 죽은 후 무쥬 고혼이 되디 아니만 ᄇᆞ라고 금슐지락을 싱젼은 원티 아닛ᄂᆞ이다 윤부인이 그 ᄯᅳ디 구ᄃᆞ믈 보고 즉시 외당의 나와 승상을 보고 슈말을 ᄌᆞ시 뎐ᄒᆞᆫ대 승상이 쇼왈 이 반ᄃᆞ시 운명이 니시로 더브러 핍박ᄒᆞ야 언약을 구디 뎡ᄒᆞᆫ 연고로 니시 ᄎᆞᆷ아 져ᄇᆞ리디 못ᄒᆞ미니 엇디 긔 귀티 아니리오 설워 혼인을 ᄒᆞ려니와 그제[는] 못ᄒᆞᆯ 거시니 ᄒᆞᆫ 번 ᄆᆞ이 틴 후야 ᄆᆞ옴도 싀훤ᄒᆞ고 그 죄도 ᄃᆡᄒᆞ야 ᄉᆞ셰 공경ᄒᆞᆫ 후 일을 뎡ᄒᆞ리라 윤부인이 말녀 왈 임의 혼인 곳 ᄒᆞ랴 ᄒᆞ면 됴히

43면

ᄒᆞᆯ 거시어늘 구ᄐᆞ야 듕티ᄒᆞ믄 ᄆᆞ솜 ᄯᅳᆺ고 승상이 머리를 흔드러 왈 쇼뎨 다른 일은 개회티 아니되 다만 이런 일의 다ᄃᆞ라는 ᄎᆞ마 즘〃코 잇디 못ᄒᆞ리니 약간 죄를 쥰 후야

내 ᄆᆞ음이 평안ᄒᆞ리로다 윤부인이 무언답이러라 승샹이 부듕의 도라와 모친ᄭᅴ 뵈옵고 젼후 슈말을 일〃히 ᄉᆞᆯ오니 태부인이 놀나며 우어 왈 명ᄋᆞ의 인물이 다졍ᄒᆞ고 호방ᄒᆞ니 일즉 님시의 얼골을 흔ᄒᆞ야 ᄆᆞ양 미인을 구ᄒᆞᄂᆞᆫ ᄯᅳ디 근졀ᄒᆞᄃᆡ 오직 너를 두려 발셜티 아니〃 그 ᄆᆞ음은 관인튼 아니나 ᄯᅩᄒᆞᆫ 잔잉ᄒᆞᆫ디라 니시를 취ᄒᆞ매 방해롭디 아니ᄒᆞ고 ᄌᆞ고로 ᄌᆡᄌᆞ가인의 이런 일이 만ᄒᆞ니 모ᄅᆞ미 변으로 아디 말고 ᄂᆞ즉이 션쳐ᄒᆞ라 승샹이 오직 공경ᄒᆞ야 명을 밧ᄌᆞ오매 신ᄉᆡᆨ을 화평이 ᄒᆞ고 절ᄒᆞ야 ᄀᆞᆯ오ᄃᆡ ᄌᆞ교를 심간의 불기 사겨 닛ᄌᆞᆸ든 아니ᄒᆞ리이다 다만 운명의 ᄒᆡᆼᄉᆞ를

44면

그만ᄒᆞ야 두디 못ᄒᆞ리니 잠간 다ᄉᆞ려지이다 부인이 고개 조으시니 승샹의 믈러 셔헌의 니ᄅᆞ러 운명을 브ᄅᆞ니 ᄉᆡᆼ은 아모란 줄 모ᄅᆞ고 승명ᄒᆞ야 부뎐의 다ᄅᆞ라 ᄒᆞᆫ 번 눈을 드러 야〃를 보매 긔운이 서리 ᄀᆞᆺ고 미우의 ᄎᆞᆫ 비치 ᄆᆡ쳐 엄졍 ᄉᆡᆨ〃ᄒᆞ미 삭풍 녈일 ᄀᆞᄐᆞ니 ᄉᆡᆼ이 십분 황공 숑구ᄒᆞ야 다만 상 아래 ᄭᅮ러 ᄃᆡ답을 일우매 소공이 눈을 ᄂᆞ초고 반향이 디나ᄃᆡ 말을 아니타가 좌우로 ᄒᆞ야곰 운명을 관을 벗기고 계하의 잡아 ᄂᆞ리와 수죄ᄒᆞᄃᆡ 네 황명을 밧ᄌᆞ와 산셔를 가매 졍ᄉᆞ를 다ᄉᆞ리디 아니코 미녀 ᄉᆡᆨ으로 풍화를 샹히오라 ᄒᆞ미러냐 일〃히 고ᄒᆞ라 ᄉᆡᆼ이 돈슈 ᄌᆡ빅 왈 아히 비록 무디ᄒᆞ오나 ᄯᅩᄒᆞᆫ 대인의 ᄉᆡᆼ휵ᄒᆞ신 은혜와 ᄉᆞ부의 ᄀᆞᄅᆞ치[시]믈 밧ᄌᆞ와 일즉 비례물시와 비례물뎡을 삼가옵ᄂᆞ니 비록 ᄉᆞ형의 뉴영 죽이ᄂᆞᆫ 위풍을

45면

ᄇᆞ라디 못ᄒᆞ나 ᄯᅩᄒᆞᆫ 녀ᄉᆡᆨ을 취티 아니ᄒᆞ옵ᄂᆞ니 엇디 감히 풍화를 샹히오ᄂᆞᆫ 일이 〃시리잇가 승샹이 텽파의 시노를 ᄭᅮ지저 매를 들나ᄒᆞ야 네 이제 날 소기믈 업슨 것ᄀᆞ티 ᄒᆞ니 엇디 인ᄌᆞ의 ᄒᆞᆯ 배리오 결ᄒᆞ야 듕댱을 닐위리니 네의 죄ᄂᆞᆫ 네 스ᄉᆞ로 알디니 내 ᄯᅩᄒᆞᆫ 슈고로이 니를 배 아니로다 드ᄃᆡ여 ᄉᆡᆼ[의 말]을 기ᄃᆞ리디 아니코 매 마다 고찰ᄒᆞ야 삼십 댱의 니ᄅᆞ매 시동이 한샹셔의 와시믈 보ᄒᆞ고 샹셰 날호여 드러오다가 놀나 ᄀᆞᆯ오ᄃᆡ 소딜은 옥당 혹ᄉᆡ라 샹통이 늉셩ᄒᆞ미 승어뷔라 엇디 감히 난타ᄒᆞ미 듕ᄃᆡᄒᆞ리오 모ᄅᆞ미 우형의 ᄂᆞᆺ출 보와 셩샹의 ᄉᆞ랑ᄒᆞ시ᄂᆞᆫ 일을 ᄃᆞᆫ념ᄒᆞ야 져기 ᄉᆡᆨ뇌[히]라 승샹이 강잉ᄒᆞ야 ᄉᆡᆼ을 ᄭᅳ어 내티고 한공으로 담쇼ᄒᆞᆯ ᄉᆡ 샹셰 그 연고를 일문 왈 므ᄉᆞᆷ 연고로 그ᄃᆡ ᄋᆞᄌᆞ를 뎌대도록 티ᄂᆞ뇨 듯고져 ᄒᆞ노라

46면

승상이 믄득 가연ᄒᆞ야 실ᄉᆞ를 다 니ᄅᆞ고 탄식 왈 쇼뎨 무상ᄒᆞ야 훈ᄌᆞ의 블엄ᄒᆞᆫ고로 졔ᄋᆞ의 방탕패려ᄒᆞ믈 뎐ᄒᆞ야 만나니 ᄇᆡ야흐로 사ᄅᆞᆷ의 아비되미 어렵도다 한공이 무쟝 대쇼 왈 남ᄌᆞ의 호ᄉᆡᆨ 풍뉴ᄂᆞᆫ 이 대댱부의 ᄒᆞᆯ 배라 엇디 그ᄃᆡ ᄀᆞᄐᆞᆫ 재 고금의 이시리오 내의 뉵재 다 문필과 인물이 놈만ᄒᆞᆫᄃᆡ 쳐쳡을 여러흘 두어시니 엇디 번화코 두굿겁디 아니리오 승샹이 홀연 변ᄉᆡᆨ 왈 이 대신의 ᄒᆞᆯ 말이 아니라 현형의 심디 이 ᄀᆞᄐᆞ믈 모ᄅᆞ닷다 기리 한심ᄒᆞ니 므슴 답언이 이시리오 한공이 그 쥰녈ᄒᆞ믈 보고 무안ᄒᆞ야 ᄂᆡ당으로 드러가 소부인을 보고 닐오ᄃᆡ 그ᄃᆡ 아이 평일 날노ᄡᅥ 인면 슈심으로 아랏던가 참괴ᄒᆞ더이다 드ᄃᆡ여 승샹의 말을 뎐ᄒᆞ니 부인이 ᄂᆡᆼ쇼 왈 사ᄅᆞᆷ의 ᄂᆞᆺ 둣거오미 여ᄎᆞᄒᆞᆫ디라 승샹의 말이 샹셔의 평ᄉᆡᆼ ᄒᆡᆼ실을 븟그럽

47면

게 ᄒᆞ미라 므슴 안면으로 뉵ᄌᆞ의 쳐쳡을 만히 잇다 쟈랑ᄒᆞ시ᄂᆞ뇨 샹셰 무언함쇼분이러라 승샹이 비록 온화ᄒᆞ야 사ᄅᆞᆷ을 ᄉᆞ랑ᄒᆞ고 후ᄃᆡᄒᆞ나 그ᄅᆞᆫ 일이 〃시매 요ᄃᆡ티 아니코 쥰졀이 ᄭᅮ지저 그 허믈을 ᄀᆞᆷ초디 아니ᄃᆡ ᄯᅩᄒᆞᆫ ᄂᆞᆷ ᄃᆞ려ᄂᆞᆫ 그 사ᄅᆞᆷ의 허믈을 다 ᄀᆞᆷ초와 니ᄅᆞ디 아니ᄒᆞ니 이 진짓 군ᄌᆡ라 ᄌᆞ고로 시인이 공경ᄒᆞ고 ᄉᆞ랑ᄒᆞ미 부모 ᄀᆞ티ᄒᆞ고 범ᄉᆞ를 미더ᄒᆞ야 그 ᄭᅮ지ᄌᆞ믈 드ᄅᆞ면 오직 황공ᄒᆞ고 감격ᄒᆞ야 감히 원망티 아니코 도로혀 다ᄒᆡᆼᄒᆞ야 ᄒᆞ더라 ᄎᆞ시의 운명이 당칙을 닙고 셰〃히 샹냥ᄒᆞ매 니시의 일로ᄡᅥ 발각ᄒᆞᆫ 줄 알고 아연 져상ᄒᆞ야 심ᄉᆡ 어린 ᄃᆞᆺᄒᆞ더니 ᄯᅩ 고텨 ᄉᆡᆼ각ᄒᆞ매 도로혀 깃거 닐오ᄃᆡ 니시의 간 고ᄃᆞᆯ 몰나ᄒᆞ더니 그 부친이 아라 겨시니 반ᄃᆞ시 그 거쳐를 아라 계실디라 졔형이 혹 아ᄂᆞᆫ 배 잇ᄂᆞᆫ가 ᄒᆞ야 모ᄃᆞᆫ 형뎨를 만나면 넌ᄌᆞ시 무ᄅᆞᄃᆡ 다 모ᄅᆞᄂᆞᆫ디라

48면

아디 못ᄒᆞ노라 ᄒᆞ고 운셩은 비록 아라시나 더옥 ᄂᆡ도히 ᄒᆞ야 듀야 민망ᄒᆞ야 홀연 유병ᄒᆞᆫ디라 당하 어혈이 플니디 아니〃 화부인이 십분 탹급ᄒᆞ야 오직 셕소 냥 부인으로 더브러 니시의 종젹을 ᄎᆞ자 어더 ᄌᆡ취를 힘ᄡᅳ고져 ᄒᆞ나 존당이 엄졍ᄒᆞ고 승샹이 ᄂᆡ조의 편협ᄒᆞᆫ 말을 텽신티 아닛ᄂᆞᆫ디라 셕부인이 팀졍슉엄ᄒᆞᆫ 소견으로도 승샹을 압두티 못ᄒᆞ니 ᄒᆞ믈며 화부인이 엇디 서의히 드러 운명의 ᄌᆡ취를 니ᄅᆞ리오 쵸조ᄒᆞ믈

머금어 쟝춧 식음을 폐ᄒᆞ니 셕패 이에 위로 왈 팔낭의 병이 비록 듕ᄒᆞ나 또ᄒᆞᆫ 오라디 아냐 회츈ᄒᆞ리니 부인은 과도히 번뇌치 마ᄅᆞ쇼셔 화부인이 미우를 찡기고 탄왈 내 아ᄒᆡ는 인듕 옥쉬어놀 님시의 흉악ᄒᆞᆫ 얼굴이 평싱을 희지으니 엇디 ᄒᆞᆫ흡디 아니리오 니시를 취ᄒᆞ면 일이

49면

슌편ᄒᆞ야 됴흘 거시어늘 므슴 고집으로 니시를 어ᄃᆡ다가 두고 무단히 듕타ᄒᆞ야 무단이 병을 닐위니 엇디 고이티 아니리오 셔모는 ᄇᆞ라건대 승샹긔 근쳥ᄒᆞ야 운명의 지 쥐를 권ᄒᆞ야 뎌 아ᄒᆡ 병이 ᄒᆞ리고 니시를 어더 마자오게 ᄒᆞ쇼셔 말솜을 ᄆᆞᄎᆞ매 뎌 셕파는 이 영웅의 ᄌᆞ손이라 임의 슈셰좋의 디용과 셕슈신의 용ᄆᆡᆼ과 긔습이 잇는고로 안하의 무인ᄒᆞ야 말솜이 활발ᄒᆞ며 긔운이 튱텬ᄒᆞ야 은〃히 쟝좋 여풍이 잇는고로 밧그로 어그럽고 부탕ᄃᆡ나 본심은 텰셕 ᄀᆞᄐᆞ야 구ᄃᆞ미 산히 ᄀᆞᄐᆞ며 지극 유심ᄒᆞᆫ디라 금일 화부인의 말을 듯고 ᄆᆡᆨ〃히 샹냥ᄒᆞ매 심하의 우이 너겨 길게 견집ᄒᆞᆫ 말을 ᄒᆞᆫ즉 너모 박ᄒᆞ고 아닌즉 무미ᄒᆞᆫ디라 다만 호〃히 우ᄉᆞ며 닐오ᄃᆡ 쳡이 또 듕인을 드다가 님부인ᄭᅴ 어댱검을 만나면 ᄆᆡᆨ

50면

발을 브치며 늘근 ᄂᆞᆺ치 칼그ᄐᆡ 놀란 죽엄이 되리니 감히 명을 밧줍디 못ᄒᆞ[ᄂᆞ]이다 셜파의 박장대쇼ᄒᆞ니 화부인이 십분 참괴ᄒᆞ야 말을 못ᄒᆞ더라 승샹이 운명의 병을 짐쟉고 즉시 운셩으로 ᄒᆞ야곰 니시와 셩혼케 ᄒᆞᄃᆡ 범ᄉᆞ를 쥬당ᄒᆞ야 취품[ᄒᆞ고 ᄒᆡᆼ]ᄒᆞ라 운셩 운경으로 더브러 길일을 ᄐᆡᆨᄒᆞ야 범ᄉᆞ를 뎡뎨ᄒᆞ니 수월이 ᄀᆞ렷ᄂᆞᆫ디라 운경이 우으며 닐오ᄃᆡ 부친이 대샤를 쓰샤 팔뎨의 혼인을 이대도록 수이 뎡ᄒᆞ시니 엇디 긔특디 아니리오 우리 드러가 티하ᄒᆞ고 ᄉᆞ지저 니러나게 ᄒᆞ미 엇더뇨 샹셰 칭샤 왈 형댱의 말솜이 ᄌᆞ못 유리ᄒᆞ시니 이제 드러가 보사이다 어ᄉᆡ 올타 ᄒᆞ고 냥인이 셔당 병소의 니ᄅᆞ니 운명이 ᄇᆞ야흐로 괴로이 신음ᄒᆞ며 혼침ᄒᆞ야시니 어ᄉᆡ 나아가 우음을 머금고 소ᄅᆡ를 온화히 ᄒᆞ야 이에 그 손을 잡고 무러 ᄀᆞᆯ

51면

오ᄃᆡ 너의 병이 므ᄉᆞ 일노 이대도록 지리ᄒᆞ뇨 너의 원이 일게 되여시니 과려티 말고

소복ᄒᆞ야 니러나라 ᄉᆡᆼ이 그 형의 위로ᄒᆞ믈 듯고 눈을 ᄯᅳ고 ᄆᆞ음을 뎡ᄒᆞ야 말을 ᄒᆞ고져 ᄒᆞᆯ 적 홀연 보니 삼형 운셩이 안ᄉᆡᆨ을 ᄉᆡᆨ〃이 ᄒᆞ고 닐오ᄃᆡ 형댱은 부졀 업ᄉᆞᆫ 말ᄉᆞᆷ을 마ᄅᆞ쇼셔 쇼뎨의 어린 소견은 운명을 고이히 너기ᄂᆞ니 부친의 저의 죄ᄅᆞᆯ 샤ᄒᆞ시고 임의 혼인을 뎡ᄒᆞ야 그 원을 일우시ᄃᆡ 고집히 칭병ᄒᆞ고 니러나디 아니〃 이ᄂᆞᆫ 대인을 ᄒᆞᆫᄒᆞ미라 극히 한심ᄒᆞ이다 어ᄉᆡ ᄯᅩᄒᆞᆫ 닐오ᄃᆡ 대인이 임의 너의 원을 일워 겨시니 즉시 니러날 거시어ᄂᆞᆯ 므슴 연고로 지금 탁병을 ᄒᆞᄂᆞ뇨 운명이 냥형의 단엄ᄒᆞ믈 보고 블승황괴ᄒᆞ야 묵연냥구의 닐오ᄃᆡ 쇼뎨의 질병은 운수의 ᄃᆞᆯ닌 배라 엇디 대인을 ᄒᆞᆫᄒᆞ야 칭병ᄒᆞ미 이시며

52면

심ᄉᆞ의 구애ᄒᆞ야 ᄉᆡᆼ각ᄂᆞᆫ 배 이시리잇고 냥인이 ᄂᆡᆼ쇼ᄒᆞ고 니러나며 왈 혼긔 십여일은 ᄀᆞᆯ녓ᄂᆞᆫᄃᆡ 신낭재 유병ᄒᆞ니 파혼ᄒᆞᆯ ᄯᆞ름이라 드ᄃᆡ여 ᄂᆡ당으로 드러오다가 님시ᄅᆞᆯ 만나니 오래 우환의 골몰ᄒᆞ야 의샹이 남누ᄒᆞ고 운환이 허트러시니 거동이 더옥 흉참ᄒᆞ야 보기의 놀나오니 냥인이 심하의 차악ᄒᆞ야 ᄉᆡᆼ각ᄒᆞᄃᆡ 운명은 병듕 나금의 ᄡᅧ엿ᄂᆞᆫ 형상이 더옥 긔특ᄒᆞ고 쇄락ᄒᆞ나 님수ᄂᆞᆫ 이러틋 ᄂᆡ도ᄒᆞ니 엇디 남ᄋᆞ의 ᄒᆞᆫ이 업ᄉᆞ리오 ᄒᆞ야 듀뎨ᄒᆞ다가 폴ᄒᆞᆯ 미러 님시로 좌ᄅᆞᆯ 뎡ᄒᆞ고 운명의 병이 듕ᄒᆞ믈 티위ᄒᆞᆯᄉᆡ 님시 ᄃᆡ답이 뎡슌ᄒᆞ고 긔ᄉᆡᆨ이 화려ᄒᆞ니 냥인이 탄복ᄒᆞ며 홀연 운셩이 압ᄒᆞᆯ 향ᄒᆞ야 공슈ᄒᆞ고 닐오ᄃᆡ 팔뎨ᄂᆞᆫ 의ᄉᆡ ᄂᆡ도ᄒᆞᆫ 고ᄃᆡ 도라가 병이 듕ᄒᆞ니 졍히 믜온디라 수〃의 과려ᄒᆞ시미 비록 어[디]ᄅᆞ시나 인졍 밧긴가 ᄒᆞ

53면

ᄂᆞ이다 님시 안셔히 ᄃᆡ왈 남ᄌᆞ의 일쳐일쳡은 셩인이 허믈티 아니시니 엇디 셰샹의 ᄒᆞᆫ 쳐ᄌᆞ로 늘글 재 이시리잇고 존고의 엄졍ᄒᆞ신 교훈이 비록 숑연ᄒᆞ나 낭군이 ᄯᅩᄒᆞᆫ ᄌᆡ취코져ᄒᆞ미 당〃 ᄒᆞᆫ디라 엇디 ᄒᆞᆫᄒᆞ며 ᄯᅩᄒᆞᆫ 지아븨 병을 념녀ᄒᆞ미 엇디 인졍 밧기리오 슉〃의 존언이 아모 ᄯᅳ딘 줄 모ᄅᆞ고 십분 참괴ᄒᆞ이다 운셩 냥인이 서ᄅᆞ 도라보고 운경이 우ᄉᆞ며 ᄀᆞᆯ오ᄃᆡ 쇼ᄉᆡᆼ의 죠고만 혜아림이 존수의 녁냥을 탁냥코져 ᄒᆞ미 당돌외람ᄒᆞ이다 수〃의 셩덕이 여ᄎᆞᄒᆞ시니 션복 〃ᄒᆞᆯ ᄯᆞ름이라 오직 팔뎨의 혼인을 일워 현수의 덕냥의 ᄆᆞᆯ근 빗치 갈담 삼당의 교화ᄅᆞᆯ 다시 보리로소이다 님시 념용 젹ᄉᆡᆨᄒᆞ고 ᄉᆞ양ᄒᆞ야 당티 못ᄒᆞᆯ다 ᄒᆞ더라 운명이 냥형의 말을 드른 후ᄂᆞᆫ 쟝신쟝희ᄒᆞ야 님시

를 보고 진가를 힐문ᄒᆞ니

54면

님시 오직 흔연히 티하 왈 황텬과 후퇴 불기 숣히샤 군ᄌᆞ의 지원이 이러이시니 불구의 뇨됴슉녀를 마즐디니 쳡이 아름다온 사름을 구경홀가 영힝ᄒᆞᄂᆞ니 군ᄌᆞᄂᆞᆫ 수이 [소]복ᄒᆞ야 길일을 신슈ᄒᆞ쇼셔 쳡이 ᄯᅩᄒᆞᆫ 요ᄉᆞ이ᄂᆞᆫ 신낭 신부 티장의 결을 업서이다 싱이 텽파의 심혼이 경동ᄒᆞ고 님시의 셩덕을 감격ᄒᆞ야 우으며 샤례 왈 부인의 덕퇵이 이러틋ᄒᆞ시니 혹싱이 므슴 ᄆᆞ옴으로 감격디 아니리오 내의 티장이나 홀 배어ᄂᆞᆯ 신부의 것지이 다ᄉᆞ리시ᄂᆞ뇨 님시 역 쇼왈 티례ᄒᆞ고 가셔 뎍국 어더오ᄂᆞᆫ 낭군도 믜온 거ᄉᆞᆯ 강잉ᄒᆞ야 빗난 거ᄉᆞᆯ 다ᄉᆞ리거든 치봉 힝녜로 조차 오ᄂᆞᆫ 신뷔 므슴 죄 잇다ᄒᆞ고 의장을 아니ᄒᆞ리오 ᄒᆞ믈며 존당이 시기시니 엇디 거ᄉᆞᆯ니 이시리오 다만 귀톄를 보듕ᄒᆞ야 길일 날 병든 긔식을 두디

55면

마ᄅᆞ쇼셔 셜파의 ᄌᆞ약히 웃고 니러 나가니 소싱이 그 인믈이 쾌단ᄒᆞ고 언에 구챠티 아니믈 보고 ᄯᅩᄒᆞᆫ 우ᄉᆞ며 십분 경복ᄒᆞ더라 일노브터 ᄉᆞ톄와 질고를 더러 병셰 날노 항[채]ᄒᆞ고 길일이 다ᄃᆞ라매 싱이 취셩뎐의 드러가 습녜홀ᄉᆡ 양부인이 관복을 내야 님시로 닙히라 ᄒᆞ시니 님시 이에 나아가 오ᄉᆞᆯ 셤기매 ᄉᆞ긔 타연ᄒᆞ야 임의 ᄆᆞ옴의 거리ᄭᅵᄂᆞᆫ 일이 업ᄉᆞᆫ 돗ᄒᆞ니 좌우 쇼년이 아니 긔특이 너기리 업고 승샹이 긔식이 환희ᄒᆞ야 안면의 흔연ᄒᆞ믈 먹음으니 한샹셔 뉴혹ᄉᆡ 화담 희쇼로 운명을 긔롱ᄒᆞ니 셕패좌의 나 ᄀᆞᆯ오ᄃᆡ 쳡이 금일 님부인의 유화ᄒᆞ신 긔식을 보니 셕일 셩녀를 엇디 족히 귀타ᄒᆞ리오 태부인 왈 님시 온유ᄒᆞᆫ 거동이 셕현부의 셩덕의 디〃 아니〃 이ᄂᆞᆫ 문호의 큰 경ᄉᆡ라 엇디 명ᄋᆞ의 쾌ᄒᆞᆫ 복이리오 실노 소양 이 문 조션의 보조ᄒᆞ신

56면

음덕이라 말을 니어 좌위 일시의 칭ᄒᆞ홀 ᄉᆡ 셕부인은 본ᄃᆡ 팀묵 언희 ᄒᆞᆫ디라 즁인의 담쇼를 [드를 ᄯᆞ름이오 침온정좌ᄒᆞ야 말을 아니되 화소윤 삼부인과 니셕 이패 일시의 담소를] 열매 소윤 냥인의 청화ᄒᆞᆫ 셩음과 뉴ᄀᆞᄐᆞᆫ 말슴이 녀듕 호걸이라 좌위 두 부인의 안면을 울얼고 쥬식을 닛더니 한샹셰 홀연 우ᄉᆞ며 태부인ᄭᅴ 술오ᄃᆡ 금일 악

뫼 셕부인과 님시를 표장ᄒᆞ시고 홀로 쇼셔의 형인을 드ᄂᆞᆺ티 아니시니 쇼셰 그윽이 고이히 너기ᄂᆞ이다 셕부[인]의 셩덕이 비록 긔특ᄒᆞ시나 ᄌᆞ문이 극진이 경ᄃᆡᄒᆞ고 황명으로 브득이 녀시를 취ᄒᆞ니 투긔를 비록 아니나 ᄯᅩᄒᆞᆫ 긔특디 아니[커니]와 가내 부인은 쇼셰 박ᄃᆡ 태심ᄒᆞ고 무단이 ᄌᆡ취ᄒᆞᄃᆡ 죠곰도 ᄒᆞᆫ티 아니ᄒᆞ니 ᄯᅩᄒᆞᆫ 브덕이엿다 ᄒᆞ리잇고 셜파의 만좌 대쇼ᄒᆞ더니 양부인이 다만 흔연이 웃고 샤례 왈 녀ᄋᆡ 비록 패악지되 업ᄉᆞ나 엇디 현셔의 과쟝ᄒᆞ믈 당ᄒᆞ리오 샹셰 ᄯᅩ 웃고 닐오ᄃᆡ 우리 부인은 엇던 연고로 ᄒᆞᆫ 말도 아니시ᄂᆞ뇨

57면

드ᄃᆡ여 뉵ᄌᆞ를 불너 나ᇗ히 안치고 그 여ᄉᆞᆺ 며ᄂᆞ리를 명ᄒᆞ야 부인을 뫼셔 안ᄌᆞ라 ᄒᆞ니 모든 한ᄉᆡᆼ의 늠〃ᄒᆞᆫ 골격과 ᄲᅢ혀난 얼골이 졔소의 디〃 아니코 그 쳐ᄌᆡ 다 툐월ᄒᆞᆫ 녀ᄌᆡ라 한샹셰 술이 취ᄒᆞ고 흥이 놉호니 ᄉᆞᄉᆞ로 깃브믈 것잡디 못ᄒᆞ더니 양부인이 일단 두굿긔오믈 머금어 좌우를 도라보시니 홀노 승샹이 ᄌᆞ가 평상 아래 단졍이 ᄭᅮ러 안잣고 화셕 두 부인도 널니 좌를 일워시니 ᄉᆡᆨ〃ᄒᆞ고 엄졍ᄒᆞ야 슘연이 공경홀 ᄆᆞᄋᆞᆷ이 니러날디라 부인이 십분 흠ᄋᆡᆨᄒᆞᄃᆡ ᄯᅩᄒᆞᆫ 우어 왈 금일 현셔의 환희ᄒᆞ믈 당ᄒᆞ야 경이 홀노 희락이 업ᄉᆞ니 노뫼 일단 흠ᄉᆡᆨ로다 승샹이 샤례 왈 ᄌᆡ ᄆᆞᄋᆞᆷ이 블인ᄒᆞ야 일죽 ᄉᆡᆼ각디ᄒᆞ과이다 드ᄃᆡ여 그 ᄯᅳᆯ들 밧ᄌᆞ와 졔ᄌᆞ녀부를 다 불너 흔연이 우으며 닐오ᄃᆡ 금일 너희 등이 남좌 녀좌를 분ᄒᆞ야 두 인과 내의 겨ᄐᆡ 안ᄌᆞ라

58면

졔뷔 ᄎᆡ의홍샹을 부치며 화셕 냥 존고를 뫼시고 어ᄉᆞ의 형뎨 쳥삼 광슈로 승샹ᄭᅴ 시립ᄒᆞ니 뉴혹ᄉᆡ ᄯᅩᄒᆞᆫ ᄌᆞ녀를 다 블너내여 참예케 ᄒᆞ니 패옥 소ᄅᆡ 어즈럽고 의복이 현황ᄒᆞ니 니셕 이패 십분 창찬ᄒᆞ고 한샹셰 좌우로 술을 가져오라 ᄒᆞ야 옥잔의 부어 양부인ᄭᅴ 드리며 샤례 왈 쇼셰 십 삼의 악모 슬하의 모텸ᄒᆞᄋᆞ니 본ᄃᆡ ᄌᆡ죄 노둔ᄒᆞ고 무신 박힝ᄒᆞ야 부인을 무단히 박ᄃᆡᄒᆞ니 죄 어드미 만호ᄃᆡ 악모의 블근 교홰 부인ᄭᅴ 흘러 ᄆᆞᄎᆞᆷ내 쇼셔의 가ᄉᆞ를 온젼ᄒᆞ고 법도로 다ᄉᆞ려 평안ᄒᆞ게 ᄒᆞ니 이는 악모의 덕ᄐᆡᆨ이니이다 양부인이 다만 칭샤ᄒᆞ고 겸양ᄒᆞ야 조곰도 방약ᄒᆞ미 업ᄉᆞ니 녀셔는 ᄇᆡᆨ년긱이라미 올흔디라 좌위 다 즐겨ᄒᆞᄃᆡ 홀노 소부인이 화려ᄒᆞᆫ 담쇼를 그치고 졍금위좌ᄒᆞ엿더니 한공의 은근ᄒᆞᆫ 말이 근졀ᄒᆞ믈 보고 ᄉᆞᄉᆡᆨ을 표연히 ᄒᆞ고 냥안

59면

을 흘긔여 닐오ᄃᆡ 혼인날 신낭을 길복을 닙히고 안자셔 날이 다 져므러 가ᄂᆞᆫᄃᆡ 므슴 잡담을 ᄒᆞ시ᄂᆞ뇨 셜파의 승샹이 잠쇼ᄒᆞ고 니러나 운명을 ᄃᆞ리고 가기ᄅᆞᆯ ᄌᆡ쵹ᄒᆞ니 한 샹셰 뉴흑ᄉᆡᆨ ᄯᅩᄒᆞᆫ 웃고 니러 ᄒᆞᆫ가지로 강뎡의 가 ᄇᆡᆨ냥으로 니시ᄅᆞᆯ 마자 ᄌᆞ운산의 도라오니 빙ᄀᆡᆨ과 졔쇼년이 단장을 티례ᄒᆞ고 ᄎᆞ례로 좌ᄅᆞᆯ 일우매 냥 신인이 교ᄇᆡ홀ᄉᆡ 니시 약질의 긴 단장을 이긔디 못ᄒᆞ며 션삼 인ᄃᆡ의 슈나샹을 ᄭᅳ으고 옥슈의 칠보션을 드러 교ᄇᆡᄅᆞᆯ ᄆᆞᄎᆞ매 년보ᄅᆞᆯ 두로혀 폐ᄇᆡᆨ을 밧드러 구고ᄭᅴ 나아오니 [ᄆᆞᆯ근] 골격은 취슈의 긔운을 품고 옥 ᄀᆞᄐᆞᆫ 긔보ᄂᆞᆫ 슈경을 사긴 ᄃᆞᆺᄒᆞ야 연〃경영ᄒᆞ고 ᄀᆞᄂᆞᆫ 허리 셰류 일지 광풍의 부치이고 흰 니마흔 ᄇᆡᆨ셜이 엉긔고 나ᄇᆡ 눈셥은 초월이 운듕의 엿보며 프른 머리털과 블근 귀ᄐᆡ 별 ᄀᆞᄐᆞᆫ 안치 낭셩을 거렷ᄂᆞᆫᄃᆞᆺ 쟈약ᄒᆞ고 표

60면

일ᄒᆞ야 ᄂᆞᄂᆞᆫ 봉 ᄀᆞᄐᆞ니 풍ᄎᆡ 한가ᄒᆞ고 녜뫼 유환ᄒᆞ야 진실노 요디 금뫼라도 아ᄅᆞᆷ다오ᄆᆞᆯ 젼쥬티 못ᄒᆞ고 월궁 ᄒᆞᆼ익 븟그러오ᄆᆞᆯ 먹음닐디라 일좨 소ᄅᆡᄅᆞᆯ 니어 칭찬ᄒᆞᄆᆞᆯ 그치디 아니코 부인이 블승희열ᄒᆞ야 미우의 알연ᄒᆞᆫ 우음을 ᄯᅴ엿고 [신]낭의 환희ᄒᆞᆷ과 쾌락ᄒᆞ미 견줄 ᄃᆡ 업서 단슌의 옥치ᄅᆞᆯ 반ᄀᆡᄒᆞ고 슈려ᄒᆞᆫ 양미의 희ᄉᆡᆨ이 뎐도ᄒᆞ니 모든 형뎨 ᄃᆞ토와 티하ᄒᆞᄂᆞᆫ 소ᄅᆡ 귀ᄅᆞᆯ 어즈러이니 ᄉᆡᆼ이 ᄀᆞ장 졍다이 춤아 듕인의 긔롱을 방비ᄒᆞᄃᆡ 오히려 사ᄅᆞᆷ의 티하ᄅᆞᆯ 드른즉 ᄌᆞ연 우음이 소사나고 답언이 도〃ᄒᆞ야 깃브ᄆᆞᆯ ᄀᆞᆷ촐 길히 업ᄉᆞ니 삼형 운셩이 쇼왈 금일 팔뎨의 경샹을 보니 님수의 얼골이 새로이 놀납고 신부의 용안이 더옥 빗난 ᄃᆞᆺᄒᆞ도다 외모의 고화ᄂᆞᆫ 양 수〃ᄂᆞᆫ 의논티 못ᄒᆞ려니와 셩덕의 관인ᄒᆞ믄 님쉬 만히 나으리라 운현 왈 형댱이 엇딘고로 님

61면

수의 ᄌᆡ덕을 니시ᄭᅴ 낫다 ᄒᆞ시ᄂᆞ니잇가 운셩 왈 님쉬 도량이 너ᄅᆞ실 ᄲᅮᆫ아냐 안면의 덕이 ᄀᆞᆷ초엿ᄂᆞ니라 운희 쇼왈 네 말이 고이ᄒᆞ다 얼골의 므슴 덕이 ᄀᆞᆷ초어리오 운셩 왈 님수의 혹 가온대 경뉸티셰 디략을 ᄀᆞᆷ화시니 이 범인이 아니라 셜파의 좌우 쇼년 [녜]ᄌᆡ 입을 ᄀᆞ리와 우음을 ᄎᆞᆷ디 못ᄒᆞ고 셕부인이 샹셔ᄅᆞᆯ ᄭᅮ지저 ᄀᆞᆯ오ᄃᆡ 너희 술을 먹으며 긔롱ᄒᆞ매 셩영당 곳 아니면 못ᄒᆞᆯ 것만 너기니 엇디 이리 방ᄌᆞᄒᆞ뇨 ᄲᆞᆯ니 나가라 샹셰 우ᄉᆞ며 나가니 모든 사ᄅᆞᆷ이 다 웃고 님시ᄅᆞᆯ 도라보ᄃᆡ 님시 죠곰도 개회ᄒᆞ며 어

려워ᄒᆞ미 업서 타연히 담쇼를 일우니 인〃이 탄복ᄒᆞ더라 신뷔 폐빅지녜를 일우고 좌를 뎡ᄒᆞᆫ 후 츄파를 드러 빙긱을 솔피매 다 아름답고 그 듕ᄉᆞ 뉵인이 인셰예 특츌ᄒᆞᆫ 긔질이라 개〃이 션아 ᄀᆞᄐᆞ듸 특츌ᄒᆞᆫ 쟈ᄂᆞᆫ 위시 형시 다 쇄락 찰난ᄒᆞ야 셔ᄌᆞ 태진이라도 자최

62면

를 피ᄒᆞᆯ너라 십분 칭찬ᄒᆞ며 조초 보니 그ᄐᆡ ᄒᆞᆫ 혹 드리온 부인이 검박ᄒᆞᆫ 의샹으로 봉관을 수기고 안자시니 보기의 놀나온디라 극히 고이히 너기듸 아디 못ᄒᆞ야 ᄒᆞ더니 윤부인이 우ᄉᆞ며 왈 낭ᄌᆞᄂᆞᆫ 이 좌듕이 초면이니 오직 친ᄒᆞᆫ 쟈ᄂᆞᆫ 이 좌듕의 쳡 분이라 드듸여 좌우의 버럿ᄂᆞᆫ 녀ᄌᆞ를 다 ᄀᆞᄅᆞ쳐 니ᄅᆞ고 님시를 [ᄀᆞᄅᆞ]쳐 왈 ᄎᆞᄂᆞᆫ 시듕의 원비 님시니 낭ᄌᆞ로 위지덕국이라 ᄒᆞᆫ대 니시 공경ᄒᆞ야 듯고 ᄇᆡ햐흐로 님신 줄 아니라 이날 죵일토록 진환ᄒᆞ고 셕양의 빙긱이 흐터딘 후 신부 슉소를 취봉각의 뎡ᄒᆞ니 니시 드러가 단장 홍샹으로 좌를 일우고 츈잉으로 더브러 가듕의 셩만ᄒᆞ고 사름의 특이ᄒᆞᆷ을 항복ᄒᆞ더니 이윽고 운명이 옥면 셩모의 반취ᄒᆞ야 드러와 니시를 보니 화안 운빙이 녕농 쇄락ᄒᆞ야 광치 측하를 ᄇᆡ의ᄂᆞᆫ디라 반가옴과 다힝ᄒᆞ미 ᄀᆞ즉이 뉴츌ᄒᆞ니 나아가 흔연이 웃고

63면

닐오듸 금일 부인의 덕용을 보니 쇼싱이 므슴 복으로 션아를 듸ᄒᆞ야 평싱 금슬지락을 일울고 불승희힝이로소이다 니시 슈습ᄒᆞ야 말을 아니ᄒᆞᆫ대 싱이 츈졍을 것잡디 못ᄒᆞ야 뎐도히 옥슈를 잡고 희롱 왈 금일 부인이 남장으로 날로 더브러 결약 형데ᄒᆞᆯ 적도곤 붓그리니 긔 엇딘 도리뇨 내 일즉 부인으로 더브러 우비의 즐거오ᄆᆞᆯ 일우디 못ᄒᆞᆯ가 ᄒᆞ야 듀야 용녀ᄒᆞ더니 금일 평싱 ᄒᆞᆫ이 프러디니 죽어도 무ᄒᆞᆫ이라 ᄎᆞ후로 싱즉동듀ᄒᆞ고 ᄉᆞ즉동혈ᄒᆞ며 유ᄌᆞ싱녀ᄒᆞ고 악부 ᄉᆞ당을 창긔ᄒᆞ야 졔ᄉᆞ를 일워 부인의 심회를 위로ᄒᆞ리이다 니시 쳐연히 탄식고 옥 ᄀᆞᄐᆞᆫ 소릐로 온화히 닐너 ᄀᆞᆯ오듸 쳡의 명되 긔귀ᄒᆞ야 뉵아의 슬프ᄆᆞᆯ 만나고 군ᄌᆞ의 후의를 닙으듸 두리오미 몬져 유동ᄒᆞ더니 힝혀 군지 덕의를 두터이 ᄒᆞ야 쳡의 외로온

64면

경스를 슬피시되 홀로 결의홀 쓰디 돈연ᄒᆞ니 녀ᄌᆞ의 나약ᄒᆞ므로뻐 브득이 언약을 뎡ᄒᆞ나 엇디 오늘 날이 〃실 줄 알니오마는 텬되 숣히샤 화쵹 하의 서루 보나 부모를 싱각고 새로이 비창ᄒᆞ니 므솜 말을 일우리오 싱이 텽파의 더옥 과혹ᄒᆞ야 다만 은근이 위로ᄒᆞ고 긔봉을 일ᄏᆞ라 은졍이 비길 딕 업ᄉᆞ니 ᄒᆞᆫ가지로 원앙금니의 나아가고져 ᄒᆞᆫ대 니시 안쇡을 졍히 ᄒᆞ고 구디 ᄉᆞ양 왈 쳡의 불신이 임의 군ᄌᆞ의 시인이 되니 블슌ᄒᆞ미 가티 아니딕 쳡이 도로의 뉴리ᄒᆞ야 사름으로 ᄒᆞ여곰 더러이 너길디라 존문의 드러오나 븟그러오미 ᄀᆞ득ᄒᆞ니 어닉 사름이 [쳡이] 옥이 조코 어름이 몰근 힝실을 알니오 낭군씌 뫼시문 빅년이오 븟그러옴 삐솜도 대식라 ᄇᆞ라ᄂᆞ니 군ᄌᆞᄂᆞᆫ 니기 싱각고 원비 겨시니 뎡침으로 도라가쇼셔 소싱이 아연히 변쇡고 완〃히 닐오딕 부인이 〃엇딘 말고 쇼싱

65면

이 부인 구ᄒᆞ미 쳔신 만고ᄒᆞ야 겨유 텬년을 일웟거놀 엇디 이리 거졀ᄒᆞᄂᆞ뇨 비록 부인의 덕과 졀을 니ᄅᆞ디 아니시나 어닉 사름이 그딕를 ᄂᆞᆺ게 너기며 의심ᄒᆞ리오 ᄇᆞ라ᄂᆞ니 부인은 고집디 말고 ᄒᆞᆫ가지로 동낙ᄒᆞ믈 ᄇᆞ라노라 셜파의 쟝ᄎᆞᆺ 핍박고져 ᄒᆞ니 니시 안쇡을 쉭〃이 ᄒᆞ고 닐오딕 쳡은 비록 잔약ᄒᆞᆫ 녀지나 ᄒᆞᆫ 말이 입의셔 나매 고티디 아닐디니 엇디 부유의 조급ᄒᆞ므로뻐 큰 신원을 폐ᄒᆞ리오 군ᄌᆞᄂᆞᆫ 다시 헛된 셜화를 말디어다 소싱이 보건대 연약 온화ᄒᆞᆫ 긔샹이 변ᄒᆞ야 녈〃ᄒᆞ야 미화의 서리를 씌엿ᄂᆞᆫ ᄃᆞᆺᄒᆞ니 드리미러 말 브티기 어려온디라 졍은이 탹급ᄒᆞ나 감히 발뵈디 못ᄒᆞ야 믹〃히 탄식ᄒᆞ고 닐오딕 싱의 졍은 셕목도 감동홀 거시로딕 부인의 간댱은 셕목도곤 구드니 이 쏘ᄒᆞᆫ 내의 운쉬 긔구ᄒᆞ미라 현마 엇디 ᄒᆞ리오 니시 뎡금 샤왈 쳡의 몸이

66면

임의 군ᄌᆞ씌 쇽ᄒᆞ야시니 젼두의 날이 길거놀 엇디 이러툿 ᄒᆞᄂᆞ뇨 모ᄅᆞ미 군ᄌᆞᄂᆞᆫ 대의를 딕희고 져근 일의 구챠티 마ᄅᆞ쇼셔 싱이 심하의 그 뎡졍ᄒᆞᆫ 소견과 견고ᄒᆞᆫ 긔샹을 더옥 항복ᄒᆞ야 다만 기리 방황ᄒᆞ더니 믄득 원촌의 금계 새빅을 보ᄒᆞ고 경괴 뉸〃ᄒᆞ니 니시 니러나 소안을 졍히 ᄒᆞ고 졍당과 존당의 신셩지네를 일우매 태부인이 그 틱되 긔이ᄒᆞ고 골격이 쳥슈ᄒᆞ믈 ᄉᆞ랑ᄒᆞ고 셕부인이 좌를 ᄀᆞᄅᆞ쳐 님시로 안ᄌᆞ니 봉뫼

오쟉과 무리 지은 듯ᄒᆞ니 운명이 심듕의 더옥 다힝ᄒᆞ야 ᄒᆞ더니 태부인이 날호여 눈을 드러 모든 손부의 울렬을 뎡보더니 문안을 파ᄒᆞᆫ 후 셕패 칭찬 왈 위부인 형부인이 툐츌ᄒᆞ시더니 니쇼져의 션연ᄒᆞ시문 형부인씌 디나도다 [소부인이 쇼왈 셔뫼 사ᄅᆞᆷ 아ᄂᆞᆫ 거울이 ᄇᆞᆯ디 못하도다] 니시 비록 쳥아소담ᄒᆞ나 ᄆᆞᆯ근 거시 과듕ᄒᆞ며 쟈약ᄒᆞ미 부치이니 이 곳 됴비연의 경신ᄒᆞᆫ 식이오 형시ᄂᆞᆫ 식〃 쇄락

67면

ᄒᆞ고 무궁이 흐억ᄒᆞ야 이슬 마즌 곳송이 ᄀᆞᄐᆞ니 이ᄂᆞᆫ 셔ᄌᆞ와 탁문군의 식이라도 브족ᄒᆞᆯ 거시오 니시의 인물은 닝담ᄒᆞ고 온슌ᄒᆞ며 형시 유화ᄒᆞ고 식〃 ᄒᆞ되 ᄯᅩᄒᆞᆫ 상활ᄒᆞ니 니ᄅᆞᆫ 바 형시ᄂᆞᆫ 영웅 ᄀᆞᆺ고 니시ᄂᆞᆫ 군ᄌᆞ ᄀᆞᄐᆞ니 품격 서로 샹격ᄒᆞ나 그 댱쳐와 셔틔ᄅᆞᆯ 취ᄒᆞᆯ딘대 나ᄂᆞᆫ 결연히 형시ᄅᆞᆯ 낫다 ᄒᆞ리로다 태부인이 올타 ᄒᆞ시니 윤부인이 쇼왈 나ᄂᆞᆫ 어인 사ᄅᆞᆷ이완ᄃᆡ 디인지감이 업ᄂᆞᆫ고로 여러 사ᄅᆞᆷ을 보ᄃᆡ 션악 우렬을 아디 못ᄒᆞ니 져〃ᄂᆞᆫ 내 며ᄂᆞ리 션악도 아라두쇼셔 소부인이 쇼왈 아온 간사ᄒᆞ다 그ᄃᆡ의 영오ᄒᆞᆫ 인물과 민쳡ᄒᆞᆫ 긔질이 사ᄅᆞᆷ의 오장을 ᄉᆞ못보니 엇디 오활ᄒᆞᆫ 나의 소견을 구ᄒᆞᄂᆞ뇨 윤부인 왈 져〃ᄂᆞᆫ 녯 글을 보디 아냣ᄂᆞ냐 공지 ᄀᆞᆯ오샤ᄃᆡ 아ᄂᆞᆫ 사ᄅᆞᆷ이 모ᄅᆞᄂᆞᆫ 사ᄅᆞᆷᄃᆞ려 무ᄅᆞ라 ᄒᆞ시고 셔원ᄃᆡᆨ의 ᄌᆡ조와 디혜 방통의 년환계ᄅᆞᆯ 아ᄅᆞᄃᆡ ᄯᅩᄒᆞᆫ 보신지칙 봉초

68면

의게 무러 힝ᄒᆞ고 소견이 다 각〃이라 쇼데의 디인과 뎌〃의 디감이 샹반ᄒᆞ리니 엇디 간사타 ᄒᆞᄂᆞ뇨 부인이 웃고 왈 현뎌의 말이 날을 됴회ᄒᆞ미어니와 노형이 쇼데의게 훈아여속을 다 니ᄅᆞ리니 웃디 말나 드ᄃᆡ여 ᄎᆞ례로 그 네 며ᄂᆞ리 흔단을 니ᄅᆞ니 윤부인이 낭연 대쇼ᄒᆞ고 왈 져〃의 여ᄉᆞᆺ 며ᄂᆞ리ᄂᆞᆫ 엇디 허믈을 니ᄅᆞ디 아닛ᄂᆞ뇨 소부인 왈 내의 뉵뷔 다 현미ᄒᆞ며 슉뇨ᄒᆞ야 나모ᄅᆞᆯ ᄃᆡ 업ᄂᆞ니 므ᄉᆞᆷ 흉을 싀어미라셔 보리오 셕부인이 잠쇼 왈 져〃도 일편되이 다 윤부인 통부들을 참혹히 나모라시고 ᄌᆞ가 며ᄂᆞ리ᄂᆞᆫ 각별 기리시니 공논이 아니로다 모다 대쇼ᄒᆞ고 윤부인이 나아 안자 닐오ᄃᆡ 내 ᄆᆞ음도 인졍이어ᄂᆞᆯ 내 ᄌᆞ식의 허물을 듯고 져〃의 ᄌᆞ식의 몹슬 흔단을 니ᄅᆞ디 아니리오 [드ᄃᆡ여] 그 뉵부의 허믈을 내여 ᄌᆞ〃히 베프니 두 부인의 [뉴]슈 ᄀᆞᄐᆞᆫ 말ᄉᆞᆷ이 단슌옥치 ᄉᆞ이로셔 쇄락히 나 셩음은 옥을 ᄊᆞ리

69면

고 흔단은 도〃히 니러나니 이 또흔 구경흔염즉흐고 팃되 새로이 쇼년의 빗출 감흐니 모든 사름이 소윤 두 부인 안면을 울얼고 어린드시 안잣더니 소부인이 크게 웃고 닐오딕 윤데 금일 나의 쳔금 통부들을 논힉흐니 엇디 애둷디 아니리오 그딕 며누릭 불혜흐므로뼈 엇디 내 며느리를 나모라 흐리오 이러톳 희학흐야 담쇠 즈약흐딕 화셕 냥인은 태부인 면젼이라 다만 소윤의 희롱을 보고 미〃히 우술 뿌르미오 감히 셜화를 펴디 아니 흐더니 좌듕 일인이 나아와 닐오딕 쳡이 모든 부인닉 드토시는 말 긋틱 술올 말이 〃셔이다 모다 보니 이 곳 셕패라 소윤이 흠씌 무러 왈 셔모의 심식 하여오 셕패 날호여 웃고 골오딕 금일 냥 부인이 서르 쇼년 낭즈를 기리고 나모라 흐샤 기리는 쟈는 션아 굿고 나모라 흐는 쟈는 무염 그트시니 이는 서르 희롱이어니와 모든 낭즈내 즈

70면

식이 관졀흐야 곳 굿고 돌 그트나 다 나모를 고디 만코 흠홀 딕 잇거니와 우리 삼위 부인은 실로 긔특흐시니 엇디 희롱 나모라 흐시미리 잇고마는 노쳡으로뼈 식을 의논흐라 흘딘대 삼 위부인의 식으로도 고화를 뎡흐고 나모를 고디 이셔이다 소부인이 쇼왈 셔뫼 므슴 말을 궁구흐야 찬조흐랴 흐시고 긴 셜화를 내시느뇨 시험흐야 우리 흠을 니르쇼셔 이때 태부인은 상샹의 단좌흐야 함쇼무언이오 승샹은 모든 손으를 나호여 가챠흐다가 셕파의 말을 듯고 아히를 누리와 노코 믄득 귀를 기우려 드르니 셕패 뎌 거동을 보고 더옥 대스로이 나아 안자 닐오딕 사름의 식이라 흐는 거슨 빅태 브족흔 괴[디] 업고 범식 다 맛그자야 뎨일 경국식이 되느니 녯날 장강으로브터 오므로 비록 국식이 만흐나 엇디 우리 삼위부인과 굿트리오마는 오히려 삼부인이 흔가지 거시 부족

71면

흐신디라 소부인은 풍영윤틱흐셔 옥 그튼 긔부와 봉황 눈섭이오 그는 명목의 블근 입시울이 금분의 화왕 굿고 윤부인은 긔뷔 믈근 어름 굿고 나뷔 눈섭과 슈정으로 갓근 흰 니오 도화 그튼 냥협이 연〃흐고 즈틱 스랑흐오미 써날 줄을 모룰 틱되시딕 냥안의 엉긔여 발췌흐셔 별 굿고 잠간 그늘고 긴 거시 소부인만 못흐시니 다른 즈틱는

소부인긔 디나시되 냥안의 흐르는 빗치 밋디 못ᄒᆞ고 윤부인은 싁〃 낭졍ᄒᆞ시며 소부인은 엄위ᄒᆞ고 화려ᄒᆞ시되 ᄯᅩᄒᆞᆫ 어위차 니른 바 어딜고 너르시나 소부인 ᄀᆞ ᄋᆞᆸ손 웅당은 결우디 못ᄒᆞ시리니 슈연이나 냥 부인은 거위 뎍쉬되시리이다 셕파의 승샹이 무쟝 대쇼 왈 금일 셔뫼 냥 져〃로ᄡᅥ 한적 창업지쥬로ᄡᅥ 비기시니 엇디 우읍디 아니리오 연이나 냥 져〃는 ᄯᅩᄒᆞᆫ 영웅이 되여겨시이다 좌위 쾌히 웃고 윤부인 왈 셔뫼 말ᄉᆞᆷ을 드

72면

ᄅᆞ니 져〃는 실노 한고조ᄀᆞ티 사오납고 쇼뎨는 어딘 사ᄅᆞᆷ이 되니 실노 의논이 블그셔 져〃의 사오나오ᄆᆞᆯ 아ᄅᆞ시는도다 소부인이 쇼왈 내 어딜므로ᄡᅥ 엇디 이대도록 사오납다 ᄒᆞᄂᆞ뇨 셕파와 니패 닐오ᄃᆡ 부인이 어[디]ᄅᆞ시거니와 궤휼과 밍녈ᄒᆞᆫ 거시 이셔 바로 어[디]ᄅᆞ시든 아니시니이다 소시 대쇼 왈 엇디 화셕은 의논티 아니코 날만 사오납다 ᄒᆞᄂᆞ뇨 셕패 ᄯᅩ 웃고 닐오ᄃᆡ 화부인은 냥졍온슌ᄒᆞ시되 쵸쥰ᄒᆞᆫ 긔운이 ᄀᆞ득ᄒᆞ야 인졍이 젹으시고 ᄌᆞ식도 미화의 아담ᄒᆞᄆᆞᆯ 품슈ᄒᆞ야 겨시나 소윤 두 부인긔 밋디 못ᄒᆞᆯ 배오 우리 셕부인은 버들 눈섭과 눈 ᄀᆞᄐᆞᆫ 보됴개의 구름 구밋과 츄파 냥안이오 잉슌의 호치는 빅옥을 닷근 ᄃᆞᆺᄒᆞ고 쇄락 흐억ᄒᆞ야 화월과 옥이 밋디 못ᄒᆞᆯ ᄌᆞ식이시고 셩질이 유슌ᄒᆞ시며 말ᄉᆞᆷ이 단엄ᄒᆞ고 의논이 공번되여 사ᄅᆞᆷ으로 ᄒᆞ야곰 얼골을 보나 속을 아디 못ᄒᆞ게 ᄒᆞ며 품격이 상셜 ᄀᆞᄐᆞ되 처신이 화열ᄒᆞ

73면

니 그 도량의 팀원ᄒᆞ시미 소부인긔 디나시되 므ᄅᆞ 일을 다 거리ᄭᅵ디 아니며 범ᄉᆞᄅᆞᆯ 간셥디 아냐 타연이 프러 ᄇᆞ리시니 이는 ᄉᆞ군ᄌᆞ의 힝신이니이다 소윤이 쇼왈 셔모의 기리시ᄆᆞᆯ 드ᄅᆞ니 진실로 올커니와 우리는 뎨왕의 비기고 셕시는 사군ᄌᆞ라 비록 아모리 ᄒᆞ야도 우리 웃듬이 되리라 모다 대쇼ᄒᆞ더니 셕패 ᄯᅩ 닐오ᄃᆡ 셕부인은 인믈과 얼골이 승샹긔 디〃 아니시되 승샹은 냥목의 영긔 등인ᄒᆞ실ᄲᅮᆫ 아니 난봉의 ᄀᆞᄂᆞᆫ 눈이라 냥목이 셕부인긔셔 나으시니이다 태부인이 날호여 닐오ᄃᆡ ᄌᆞ식을 기리미 가티 아니커니와 셕파의 말이 진실노 유리ᄒᆞ니라 셕현부의 아ᄅᆞᆷ[대]이 츌딘ᄒᆞ나 경이 봉안과 빅년 고존 ᄃᆞᆺᄒᆞᆫ 귀미츤 밋디 못ᄒᆞ리니 ᄒᆞᆫ갓 얼골ᄲᅮᆫ 아니라 힝실이 투터오니 네 이제 열 아ᄃᆞᆯ을 두어시나 다 낫분고디 만ᄒᆞ며 ᄉᆞ힝이 노셩티 못ᄒᆞ니 군ᄌᆞ의 졍도ᄅᆞᆯ 어

드미 어려올디라 이러므로 경이 비록 십ᄌ를 두어시나 [나의] ᄒᆞᆫ 아들만

74면

긋디 못ᄒᆞ고 다슬 ᄯᆞᆯ이 〃시나 내의 ᄒᆞᆫ 녀ᄋᆞ의 만젼ᄒᆞᆫ 계교와 훤츨ᄒᆞᆫ 힝ᄉᆞ만 못ᄒᆞ리라 승상이 소부인으로 더브러 샤례ᄒᆞ고 소시 졔싱이 물너나 서ᄅᆞ 웃고 왈 조뫼 오늘 슉모와 부친을 기리시고 우리를 나모라시니 비록 올흐신 말솜이시나 우린들 엇디 군직 못되리오 ᄒᆞ고 ᄯᅩᄒᆞᆫ 웃더라 운명이 니시를 어드매 평싱 흔이 프러뎌 일〃은 경히 딘듕ᄒᆞ야 듀야 상ᄃᆡᄒᆞ야 ᄯᅥ날 줄을 모ᄅᆞ니 님시 방듕의 죵젹이 돈졀ᄒᆞᄃᆡ 오직 니시 ᄆᆞ음을 잡아 동낙을 허티 아니〃 셩녜ᄒᆞ연디 십여 일의 냥셩의 합친ᄒᆞ미 업더니 싱이 홀른 모친 슉소의 시측ᄒᆞ엿다가 물너나고져 홀적 니시 화모월ᄐᆡ로 가ᄇᆡ야온 단장을 일우고 드러와 부인의 누으실 자리를 펴고 벼개를 밧드러 방소를 무롤ᄉᆡ 화부인이 십분 통ᄋᆡᄒᆞ야 우어 왈 금일 너히 부뷔 그 [진짓] ᄲᅡᆼ을 만나시니 비견ᄒᆞ야 좌를 일우라 니시 명을 바드매 아미를 수기고 슈괴

75면

ᄒᆞ믈 ᄯᅴ여 듀뎨ᄒᆞ니 ᄋᆡ원ᄒᆞᆫ 경ᄉᆡᆨ과 긔이ᄒᆞᆫ 용뫼 새로이 ᄉᆞ랑ᄒᆞ오니 범인으로ᄡᅥ 닐너도 넉슬 일호려든 ᄒᆞ믈며 소싱의 풍뉴금슬로ᄡᅥ 엇디 능히 졍을 이긔리오 냥미의 깃븐 우움을 머금고 모친ᄭᅴ 주왈 히ᄋᆡ 비록 부모 은ᄐᆡᆨ으로 니시를 취ᄒᆞ야시나 일즉 환우의 낙을 아디 못ᄒᆞ옵ᄂᆞ니 태〃는 엄명을 ᄂᆞ리오샤 쇼ᄌᆞ의 흔을 프ᄅᆞ쇼셔 부인이 쇼이 문왈 므ᄉᆞ 일이뇨 히ᄋᆡ 맛당이 심ᄉᆞ를 실딘무은ᄒᆞ라 싱이 절ᄒᆞ고 술오ᄃᆡ 쇼ᄌᆡ 니시를 취ᄒᆞᆫ 날 맛당이 부뷔 동듀ᄒᆞ미 가ᄒᆞᄃᆡ 니시 젼일 그 미쳔히 ᄃᆞᆫ니던 일 ᄌᆞ협ᄒᆞ야 쇼ᄌᆞ를 거졀ᄒᆞ고 비샹 잉혈을 온젼히ᄒᆞ야 구든 ᄯᅳ들 자랑ᄒᆞ고 ᄆᆞᄎᆞᆷ내 용납디 아니〃 엇디 고이티 아니리오 부인이 텽필의 크게 의아ᄒᆞ야 닐오ᄃᆡ 너의 부뷔 만난디 일슌이 디낫ᄂᆞᆫ디라 신부의 고집ᄒᆞ미 이러틋 홀 줄 싱각ᄒᆞ리오 드ᄃᆡ여 그 녀ᄋᆞ로 ᄒᆞ야곰 니시의 ᄉᆞ매

76면

를 들고 그 쥬표를 내라ᄒᆞ야 ᄒᆞᆫ 번 보고 십분 ᄉᆞ랑ᄒᆞ고 우어 왈 현부는 진실로 긔이ᄒᆞᆫ 집졀이라 사ᄅᆞᆷ의 밋디 못홀 ᄯᅳ디로다 그ᄃᆡ의 놉흔 힝실은 비록 쥬표를 보디 아니

ᄒᆞ나 뉘 모ᄅᆞ리오 나의 ᄋᆞ직 심회 사오나와 ᄒᆞ니 심히 어엿비 너기ᄂᆞ니 그ᄃᆡ는 고집히 ᄉᆞ양 말나 니시 뎨두공슈ᄒᆞ야 감히 말을 못ᄒᆞ더니 부인이 도라가라 ᄒᆞ니 이인이 물러나와 싱이 쇼왈 그ᄃᆡ 오ᄂᆞᆯ 모친 말ᄉᆞᆷ을 니기 듯ᄌᆞ와시니 ᄉᆞ양티 말나 니시 안ᄉᆡᆨ을 화평히 ᄒᆞ고 소ᄅᆡ를 ᄂᆞ족이 ᄒᆞ야 ᄀᆞᆯ오ᄃᆡ 쳥츈이 머럿고 녹발이 ᄇᆡ야히라 엇디 군ᄌᆞ의 조급ᄒᆞ시미 이 ᄀᆞᄐᆞ시뇨 쳡이 비록 셩네를 일워시나 셩인의 ᄉᆞ당을 창ᄀᆡ티 못ᄒᆞ고 사ᄅᆞᆷ이 쳡의 빙옥 ᄀᆞᄐᆞᆫ 졀을 아디 못ᄒᆞ니 듕심의 슈괴ᄒᆞ미 ᄀᆞᆫ졀ᄒᆞᆫ디라 죽으ᄆᆞᆫ 가히 명대로 ᄒᆞ려니와 이는 ᄎᆞ마 듯ᄌᆞᆸ디 못ᄒᆞ리로소이다 싱이 그 ᄀᆞᆫ졀ᄒᆞᆫ 심ᄉᆞ를 슬피 너겨 이에 탄식고 믈너 안자 말을 아니ᄒᆞ더라 명

77면

됴 문안의 화부인이 운명 부〃를 보고 좌듕의 그 일을 셜파ᄒᆞ니 니셕 이패 뎐도히 나아가 니시의 ᄑᆞᆯ흘 내여 쥬표를 보고 크게 놀나며 일시의 칭찬ᄒᆞ니 셕부인이 난언이 잠쇼 왈 쥬표 일ᄉᆞ는 ᄀᆞ장 은밀커ᄂᆞᆯ 엇디 화부인이 듕히 듕 뎍발표양ᄒᆞ시ᄂᆞ뇨 졔인이 다 웃더라 [ᄎᆞ후] 운명이 공역을 모도와 니샹셔의 ᄉᆞ당을 창ᄀᆡ하고 녕위를 봉안ᄒᆞ니 니시의 슬픔과 감격ᄒᆞᆷ을 이긔디 못ᄒᆞ고 부모 졔ᄉᆞ를 소시의 덕으로 ᄆᆞᄎᆞᆷ내 닙으니라 니시 셩덕이 춍혜ᄒᆞ고 우인이 견고ᄒᆞ며 직덕이 겸젼ᄒᆞ야 존당 구고 셤기미 동〃촉〃ᄒᆞ고 필경필계ᄒᆞ야 효힝이 둣겁고 녜되 삼엄ᄒᆞ며 님시로 더브러 화목ᄒᆞ미 그림재 좃듯ᄒᆞ고 ᄉᆞ덕이 온젼ᄒᆞ야 서ᄅᆞ 공경ᄒᆞ니 일개 칭찬ᄒᆞ며 운명이 은졍이 무궁ᄒᆞᄃᆡ 다만 니샹셔 ᄉᆞ당으로 뫼셔와 봉안ᄒᆞ고 즉시 쳥ᄒᆞ야 동낙〃ᄒᆞ미 혐의로온 ᄃᆞᆺᄒᆞ야

78면

오직 팀듕ᄒᆞᆫ ᄠᅳ들 두어 다만 녜와ᄀᆞ티 각팀각와ᄒᆞ야 니시의 ᄆᆞᄋᆞᆷ을 심복게 ᄒᆞ려ᄒᆞ더니 일〃은 승샹과 졔싱이 다 됴당 셜연의 가고 부듕이 고요ᄒᆞ엿ᄂᆞᆫᄃᆡ ᄒᆞᆫ 녀승이 니ᄅᆞ러 뵈와지라 ᄒᆞ니 문니 조당ᄒᆞᆫ대 녀승이 웃고 왈 나는 산동 득도지인이라 양태부인ᄭᅴ ᄉᆞᆯ올 말이 〃셔 왓더니 만일 조당ᄒᆞᆯ딘대 엇디 구ᄐᆞ야 드러가리오 셜파의 도라가고져 ᄒᆞ니 문니 급히 머므ᄅᆞ고 ᄂᆡ당의 신보ᄒᆞᆫ대 태부인이 좌우로 ᄒᆞ야곰 불너드려오니 나히 ᄉᆞ십여 셰는 ᄒᆞ고 쳥개ᄒᆞ야 딘토 듕의 ᄲᅢ혀나니 부인이 ᄒᆞᆫ 번 보시고 돈연히 공경ᄒᆞ야 닐오ᄃᆡ 그ᄃᆡ는 일족 젼의 아ᄅᆞ미 업더니 신근이 ᄎᆞᄌᆞᆯ 어드니 아디 못게

라 므솜 ᄀᄅ치미 잇ᄂ뇨 녀승이 합장ᄒ고 닐오ᄃ 노승은 운슈동의 잇는 녀관이 올러니 요ᄉ이 모양 귀부를 ᄇ라보니 복셩화흠이 ᄀ족ᄒ야 복덕이 여텬ᄒ 긔운이 두우의 ᄲ여시니 크게 긔특ᄒ되 뎜ᄉ

79면

듕의 ᄌ앙이 난분ᄒᆯ 긔운이 섯겨시니 닌동의 이삽ᄂ 쳔ᄒ 졍이 근졀ᄒ야 각별이 비현ᄒ고 존안을 ᄇ라보아 화복을 알외고져ᄒᄂ이다 태부인이 흔이 [ᄉ]좌ᄒ고 ᄀᆯ오ᄃ 날 ᄀᄐ 사름은 셔산 님년ᄒ야 슬하의 여러 ᄌ손을 두어시니 죽어도 무흔이어니와 ᄌ손의게 ᄌ앙이 잇는가 숣혀보라 드ᄃ여 교위를 고텨 노코 단좌ᄒ니 녀승이 냥구히 ᄂᆾ출 우러〃 보다가 믈너 안자 ᄀᆯ오ᄃ 부인의 면치 쇄락ᄒ고 눈섭이 기러 눈 밧긔 나고 입이 잉도 ᄀᄐ시고 안뫼 다 ᄀ족이면 차 슈복이 ᄀᄌ시ᄃ 귀 미티 빅셜을 ᄲᆫ 둣ᄒ고 냥협이 연지를 희미히 베픔 ᄀᄐ시니 너모 슈미 쳥쇄ᄒ시기 만일 초분을 참혹히 굿기시던들 후분의 흠이 업서 금슬이 온젼ᄒ련마는 당쵸 평안ᄒ므로ᄡ 홍안박명을 닐위시고 냥안의 영긔 과인ᄒ시나 깁히 곰초여시니 향슈 빅셰를 디내

80면

실 거시로ᄃ 다만 니마희 믈근 빗치 과듕ᄒ시니 반ᄃ시 ᄌ식이 브족ᄒ시고 인듕 아래로브터 윤틱ᄒ 빗치 과듕ᄒ니 ᄌ손은 번셩ᄒ리로소이다 슈연이나 냥미 ᄉ이의 프른 긔운이 미쳐시니 오라디 아냐 슬하의 샹니지탄을 만나 일년을 우환의 ᄡ여 디내시나 필경은 무ᄉᄒ리이다 태부인이 탄식고 닐오ᄃ 그ᄃ의 말이 자뭇 녕신ᄒ디라 내 과연 ᄌ식이 적고 청츈의 박병을 기텨 슬하의 여러 ᄌ손을 두고 세월[이] 오라나 슬프미 뉵아의 미쳐시니 엇디 부귀 영화를 족히 딘념ᄒ리오 슈연이나 여러 ᄌ손의 다 됴키를 ᄇ라디 못ᄒ니 어ᄂ 아히 굿길고 뵈고져 ᄒ되 나간 ᄶ니 애듧도다 셕부인이 주왈 가히 졔ᄋ의 쳐ᄌ를 뵈면 지아븨 길흉 션악을 분간ᄒ리이다 태부인이 씨ᄃ라 즉시 졔손 졔부를 다 블너 드려보라 ᄒ니 녀승이 닐오ᄃ 다 슈복이 ᄀᆽ고 ᄌ앙이 업다 ᄒ며 형시를 보고 ᄉ러 왈

81면

타일 쳔승지국의 모팀ᄒ야 태임 태ᄉ의 덕을 펴리는 이 녀지 아니오 뉘리오 ᄯ 님시

ᄅᆞᆯ ᄀᆞᄅᆞ쳐 왈 어디다 거츤 돌 속의 뎐국옥이 드럿ᄂᆞᆫ 줄 뉘 알니오 소셩을 빗나게 ᄒᆞ리ᄂᆞᆫ 형시오 소시를 번셩게 ᄒᆞ리ᄂᆞᆫ 님시로다 화셕 냥부인이 다 깃거ᄒᆞ더니 녀승이 다시 닐오ᄃᆡ 형부인이 일 년을 공방을 겻그실 운쉬 이시니 이ᄂᆞᆫ 텬도의 덧〃이 면티 못홀 조각이니 운익의 불니ᄒᆞ미 셕부인 형부인이 ᄀᆞᄐᆞ시고 화부인은 뉵년 공방을 격그샤 단당곡이 니러날 상이나 필경은 ᄯᅩᄒᆞᆫ 무ᄉᆞᄒᆞ리이다 화셕 냥부인이 크게 경혹ᄒᆞ나 셕시ᄂᆞᆫ 본ᄃᆡ 단듕ᄒᆞᆫ 고로 경동티 아니ᄃᆡ 화시 쟝ᄎᆞᆺ 착급ᄒᆞ야 닐오ᄃᆡ ᄉᆞ부의 말로 ᄲᅧ 보건대 가히 신명긔 비러 면홀 일이 〃시랴 [녀승 왈] 이ᄂᆞᆫ 텬쉬니 엇디 공양ᄒᆞ므로 가리오 ᄒᆞ고 졍히 말홀 제 이ᄯᅢ [니시] 그 부친 긔일이라ᄒᆞ야 슉소의 들고 나디 아냣다가 존당의

82면

신승이 와셔 샹보미 긔특다 ᄒᆞ고 ᄯᅩ 태부인의 부ᄅᆞ시ᄂᆞᆫ 명을 인ᄒᆞ야 좌의 다ᄃᆞ라니 녀승이 냥구히 ᄇᆞ라 보고 크게 경하ᄒᆞ야 믁〃히 자탄ᄒᆞᆫ대 듕인이 고이히 너기고 셕부인이 문왈 이 쇼뷔 이러틋 너모 쳥고ᄒᆞ고 슈약ᄒᆞ니 슈골이 아닌가 ᄒᆞᄂᆞ니 그ᄃᆡ 볼기 숣히라 녀승이 팀음 냥구의 탄왈 고이코 고이ᄒᆞ니 졔 쇼년 부인이 남히 뎨삼 뇽녀의 샹의 일층도 다ᄅᆞ미 업ᄉᆞ니 엇디 놀납디 아니며 샹이 어린 옥과 찬 어름 ᄀᆞᄐᆞ야 텬명이 슬피 되여시니 슈ᄒᆞᆫ 일 이십을 너모디 못홀분 아니라 익이 참혹ᄒᆞ야 일년을 굴형의 ᄲᅡ딜 샹이오 귀ᄌᆞ 냥인을 두고 청슌 요절홀 샹이로소이다 만좨 ᄋᆡ연 묵〃ᄒᆞᄃᆡ 니시 죠곰도 개회티 아냐 담쇼를 쟈약히 ᄒᆞ니 모다 그 안졍광ᄃᆡᄒᆞ믈 칭찬ᄒᆞ더라 태부인이 ᄯᅩᄒᆞᆫ 놀나 구원지계를 브ᄅᆞ니 녀승이 닐오ᄃᆡ 뎌 부인이 지아비로 더브러 인연이 젹고

83면

긔질이 단슈ᄒᆞ니 만일 그 가부로 더브러 서로 보디 못ᄒᆞ게 깁히 두고 여러 뎍국을 모도와 통을 ᄂᆞᆫ호고 일변을 가져 증면 진향ᄒᆞ면 익운이 쇼삭ᄒᆞ고 슈 삼십셰를 넘그리이다 만일 니부인의 익이 쇼삭ᄒᆞ면 화부인의 공방 단쟝이 다ᄉᆞᆺ ᄒᆡ를 감ᄒᆞ리니 피ᄎᆡ 다 됴흘 거시오 므릇 물역이 삼ᄇᆡᆨ 냥은 들니이다 태부인과 모든 부인이 물역을 무러 ᄡᅳ고 졍히 의논ᄒᆞ더니 홀연 시비 드러와 보왈 승샹과 모든 샹공ᄂᆡ 도라오시ᄂᆞᆫ 위의 동고의 드러오ᄂᆞ이다 모든 녀ᄌᆡ 다 놀나고 태부인 왈 승샹이 불ᄉᆞ를 구티 아니〃 녀

승을 내여 보내고 물역을 좇초 운슈동으로 보내리니 그ᄃᆡ는 밧비 나가라 녀승이 하ᄃᆡᆨ고 나가더니 경히 협문의셔 병부샹셔 운셩을 만나 밋처 피치 못ᄒᆞ야 ᄒᆞᆫ 편의 츼여 셧더니 져 소샹셔의 눈이 엇디 무심ᄒᆞ[ᄂᆞᆫ 일이 이시]리오 녀승을 보매 크게 고이히 너겨 거름을

84면

머추고 머리를 두로혀 반향을 보다가 자바ᄆᆡ고져 ᄒᆞ나 그 나히 만코 녀승인 줄을 용샤ᄒᆞ야 다만 본톄 아니코 안희 드러오니 블셔 승샹과 형뎨 모닷더라 조모와 두 모친씌 뵈ᄃᆡ 긔ᄉᆡᆨ이 흔연티 아니〃 원ᄂᆡ 승샹과 샹셰 불도를 용납디 아냐 탑뎐의 딘주ᄒᆞ고 모든 즁을 셩ᄂᆡ의 방ᄌᆞ히 ᄃᆞᆫ니디 못ᄒᆞ게 ᄒᆞ고 불도 슝샹ᄒᆞᄂᆞᆫ ᄉᆞ태우를 논박ᄒᆞ며 됴뎡의 계틱ᄒᆞ야부터 공양을 언급ᄒᆞ니 졔싱이 ᄯᅩᄒᆞᆫ 불도 훼방ᄒᆞ미 극ᄒᆞ고 운셩의 〃논되오미 슈하의 ᄃᆞ라들디라 금일 산인의 무리 부듕의 드러오ᄆᆞᆯ 보고 불승통히ᄒᆞ야 분명이 쇼년 녀ᄌᆞ 듕의 ᄉᆞ리 모ᄅᆞᄂᆞᆫ 사ᄅᆞᆷ이 ᄌᆞ작으로 불너 드린가ᄒᆞ야 미우의 노ᄉᆡᆨ이 표동ᄒᆞ야 오라도록 셜화를 아니타가 승샹씌 나아드러 ᄉᆞᆯ오ᄃᆡ 은셩문 ᄃᆡᆨ휜 슈장이 불엄ᄒᆞ고 혼암ᄒᆞ야 외인을 간대로 드리고 지어 산인 요믈을 다 부듕의 드리니 맛당이 듕타ᄒᆞ야 ᄂᆞ리오고 교ᄃᆡ를

85면

신뎜ᄒᆞ여지이다 승샹 왈 므ᄉᆞ 일이 난잡더요 샹셰 드ᄃᆡ여 녀승을 만나 본 셜화를 ᄌᆞ시 고ᄒᆞ고 이 반ᄃᆞ시 가듕의 불민ᄒᆞᆫ 녀ᄌᆡ 불너 드려 집을 망ᄒᆞ이고 대인과 우리 등을 비방을 들리며 불도를 다시 니ᄅᆞ혀ᄂᆞᆫ 긔틀을 ᄒᆞ려 이 거조를 ᄒᆞᄂᆞᆫ소이다 말ᄉᆞᆷ이 엄정늠연ᄒᆞ고 셩음이 ᄆᆡᆼ녈ᄒᆞ니 좌우 쇼년 녀ᄌᆡ 다 공구ᄒᆞ야 서ᄅᆞ 도라보더니 승샹이 텽필의 블연 변ᄉᆡᆨ고 소ᄅᆡ를 엄히ᄒᆞ야 문왈 가히 드린 사ᄅᆞᆷ과 드린 문니를 그저 두리디 못ᄒᆞ리니 ᄎᆞ자내라 말을 니어 졔싱이 논획이 쵸〃히 니러나 소ᄅᆡ를 놉히며 눈을 놉히 ᄡᅧ 각각 부인을 호령ᄒᆞ야 불너 드린 쟈를 무ᄅᆞ니 다 모ᄅᆞ노라 ᄒᆞ더니 셕부인이 날호여 샹셔 등을 ᄭᅮ지저 왈 네 우히 승샹이 겨시고 가듕의 네 부〃와 쳐ᄌᆞ분 아냐 존당과 우리 이시니 엇디 범ᄉᆞ를 ᄉᆞᆲ히[디] 아니코 [말ᄉᆞᆷ을] 간대로 ᄒᆞᄂᆞ뇨 졔싱이 미처

86면

딕답디 못ᄒᆞ야셔 승샹이 닐오딕 엇던 재 녀승을 드런고 알고져 ᄒᆞ니 엇디 다 모ᄅᆞ노라 ᄒᆞᄂᆞ뇨 태부인이 날호여 닐오딕 내 앗가 고요ᄒᆞᆫ 쌔의 녀승이 문밧긔 왓다 ᄒᆞ거놀 블너 보니 샹법이 신묘ᄒᆞᆫ고로 니시를 나모라니 심히 측ᄒᆞᆫ디라 이런고로 운슈동의 가 슈륙ᄒᆞ야 평안코 당슈케ᄒᆞ고져 ᄒᆞ미러니 네의 막음과 졔손의 논힐을 바드니 기리 한심ᄒᆞᆫ디라 불되 비록 패되나 엇디 부인 녀지 공양ᄒᆞ미 비방 바들 연괴이시리오 승샹과 졔싱이 다 놀나 서로 도라보고 승샹이 년망이 ᄭᅮ러 왈 히ᄋᆞ의 무식ᄒᆞᆫ 소견이 ᄌᆞ당의 ᄇᆞᆰ은 교훈을 거ᄉᆞ리미 그ᄅᆞ나 므롯 불되란 거시 부모를 ᄇᆞ리고 인륜을 폐ᄒᆞ며 신톄발브롤 상히와 산듕의 깁히 든 인물이라 요괴로온 거시 이러 드딕여 절곡ᄒᆞ고 음졍이 모ᄃᆞ여 셔긔와 샤리되여 죽은 후 불의 술와 믄득 공양ᄒᆞ고 부톄라ᄒᆞ야 신령으로 일ᄏᆞᄅᆞ

87면

나 요괴롭고 무상ᄒᆞ야 폐륜지인이라 ᄒᆞ믈며 듕국 귀신도 아냐 셔역 오랑캐 신령이라 엇디 ᄎᆞ마 츄존ᄒᆞ미 이시리잇고 ᄌᆞ고로 당적 부혁이 요승을 졔어ᄒᆞ고 샤리를 개티며 셩인이 패되라ᄒᆞ시니 이 엇디 올흔 일이 아니리오 ᄇᆞ라건대 모친은 세 번 샹냥ᄒᆞ샤 슈륙 일ᄉᆞ롤 파ᄒᆞ쇼셔 니시 당슈튼 아니나 삼십오 셰는 죡히 살 거시오 젼두 지앙은 텬명의 둘녀시니 비록 일 년은 굿기나 이십 여년 영귀와 명ᄉᆞ 아ᄃᆞᆯ 둘흘 둘 거시니 이 곳 텬뎡긔쉬라 엇디 요괴로온 신녕의 덕을 ᄇᆞ라리오 이 일은 결연히 가티 아니〃이다 태부인이 비록 올히 너기나 승샹이 ᄯᅳᆺ 거ᄉᆞ리미 금일 처음으로 대단ᄒᆞᆫ디라 이 거동을 보고져 ᄒᆞ야 다시 닐오딕 이 말이 올ᄒᆞ나 신승의 말이 뎡녕ᄒᆞ니 내 임의 허락ᄒᆞ엿ᄂᆞᆫ디라 고티디 못ᄒᆞ리라 승샹이 긔운을 ᄂᆞᄌᆞᆨ이 ᄒᆞ고 미우를 화히ᄒᆞ야 다시 근왈 모친이 만일 니시

88면

의 당슈키를 위ᄒᆞ야 슈륙홀 ᄯᅳᆺ디 겨실딘대 쇼지 ᄌᆞ연 당슈케 ᄒᆞ리니 슈고로이 슈륙을 마ᄅᆞ쇼셔 히ᄋᆞᄂᆞᆫ ᄌᆞ식의 당슈ᄒᆞ믈 깃거홀 거시니 므ᄉᆞ 일노 고집을 ᄒᆞ리오마ᄂᆞᆫ 실로 이는 ᄇᆞ졀 업순 일이니 복원 모친은 쇼ᄌᆞ의 ᄂᆞᆺ출 도라보쇼셔 만일 구ᄐᆞ야 슈륙을 ᄒᆞ실딘대 쇼지 ᄎᆞ마 됴뎡의 ᄃᆞᆫ니디 못홀소이다 ᄒᆞ야 이러ᄐᆞᆺ 간ᄒᆞ미 능히 온화ᄒᆞ

ᄃᆡ 단엄ᄒᆞ야 늠연 묵〃ᄒᆞ니 태부인이 두굿긔오미 듕심의 ᄀᆞ득ᄒᆞ야 다만 미쇼 왈 ᄉᆞ리 여ᄎᆞ홀딘대 내 ᄯᅩᄒᆞᆫ 엇디 불도를 구ᄒᆞ리오 너는 용녀 말나 승샹이 슈명 ᄇᆡ샤ᄒᆞ고 제싱은 어린듯 말을 아니코 승샹을 뫼셔 나간 후 태부인 왈 셕의 공지 닐오샤ᄃᆡ 안연을 내 어린가 너겻더니 이제 보니 ᄒᆡ 어리디 아니토다 ᄒᆞ시니 셩언이 무불개라 경이 평일 말매[대] 텽신 슌죵ᄒᆞ니 내 너모 프러뎌 강명티 아닌가 ᄒᆞ더니 금일 간졍

89면

을 보니 ᄯᅩᄒᆞᆫ 프러디〃 아니토다 드ᄃᆡ여 슈륙 일ᄉᆞ를 파ᄒᆞ니 이 ᄯᅩᄒᆞᆫ 텬명이라 화부인이 십분 의려ᄒᆞ야 니시를 운명과 제곰 두어 ᄒᆞᆫ가지 ᄋᆡ이나 업시코져 ᄒᆞ야 태부인ᄭᅴ 근졀이 알외니 부인이 본ᄃᆡ 쇽셜을 불관이 너기나 녀승의 말을 유리히 너겻ᄂᆞᆫ고로 드ᄃᆡ여 ᄎᆞ일의 운명을 불너 닐오ᄃᆡ 네의 모친이 나히 만코 소쇽이 번다ᄒᆞᆫ디라 ᄆᆡ양 내의 좌아를 슯히디 못ᄒᆞ고 셕현부ᄂᆞᆫ 근ᄂᆡ의 병이 좃고 다ᄉᆞᄒᆞ미 일양이니 노뫼 심히 젹막ᄒᆞᆫ디라 너의 다ᄉᆞᆺ 누의 다 어렷고 네 형들의 쳐지 이시나 ᄃᆡ긱의 슯히ᄂᆞᆫ 일이 만ᄒᆞ니 아사오미 가티 아니ᄃᆡ 오직 네ᄶᅢ 두 부인이 〃시니 님시ᄂᆞᆫ 원비니 가ᄇᆡ이 ᄃᆞ려오미 네게 서의ᄒᆞᆫ고로 니시를 옴겨 협방의 두고 노모의 슈족을 삼고져 ᄒᆞ노라 싱이 년망이 ᄉᆞ러 왈 노뫼 듀당ᄒᆞ실 배니 엇디 쇼ᄌᆞ다려 므ᄅᆞ시리잇고 부인이

90면

웃고 즉시 니시를 취셩뎐 남녁 협실의 옴기고 침구를 가져오라 ᄒᆞ시니 〃시ᄂᆞᆫ 녀승의 말을 드럿ᄂᆞᆫ고로 짐즛 샤례ᄒᆞ고 깃브믈 ᄡᅵ여 이날브터 취셩뎐을 ᄯᅥ나디 아니〃므롯 힝ᄉᆞ의 영오ᄒᆞ고 ᄌᆞ인ᄒᆞ미 능히 셕부인의 교ᄃᆡ를 ᄒᆞᄂᆞᆫ디라 태부인이 극히 ᄉᆞ랑ᄒᆞ야 일시도 ᄯᅥ나디 못ᄒᆞ게 ᄒᆞ시고 운명으로 얼골을 보디 못ᄒᆞ게 ᄒᆞ더라 어시의 운명이 존당 명녕이 니시를 협실의 옴기나 ᄯᅩᄒᆞᆫ 시임ᄒᆞᄂᆞᆫ 일이오 ᄉᆞ침의 모도 무샹ᄒᆞ리라 아랏다가 ᄯᅳᆺ 아닌 얼골 뵈디 아니코 거쥬를 아조 뎡ᄒᆞ믈 보매 아연ᄒᆞ믈 이긔디 못ᄒᆞ야 모친ᄭᅴ 뭇ᄌᆞ오ᄃᆡ ᄒᆡ이 니시를 취ᄒᆞᆫ 후로 ᄒᆞᄅᆞ도 화락디 못ᄒᆞ고 ᄯᅩ 조뫼 므ᄉᆞ일노 니시를 큰 뎐으로 ᄃᆞ려 가시니 실노 ᄒᆡ오로 ᄒᆞ야곰 간댱이 ᄆᆞᄅᆞ게 ᄒᆞᄂᆞᆫ 일이로소이다 화부인이 쇼왈 낸들 존고의 ᄒᆞ시ᄂᆞᆫ 일을 감히 막으리오 네 어미 평일 말솜이 서의ᄒᆞ고

91면

존고의 셜화 편적이 업ᄂᆞ니 나는 못흘 거시니 네 가히 셕소 냥 부인을 브촉ᄒᆞ면 니시를 내여오미 여반장이라 싱이 묵연이 샹냥ᄒᆞ매 조모의 언텽계동ᄒᆞ미 셕부인이라 또 셩식이 유슌ᄒᆞ야 엄혼 긔운이 젹으믈 십분 모의ᄒᆞ야 이에 벽운누의 니ᄅᆞ니 셕부인이 ᄇᆡ야흐로 고요히 안자 소혜랑의 직금도를 어ᄅᆞ만져 음영ᄒᆞ고 ᄎᆞ운흘 의ᄉᆞ를 샹냥커늘 싱이 깃거 안셔히 나아가 공슈 시립ᄒᆞ매 부인이 뎌의 동지를 숫치고 날호여 안ᄌᆞ믈 명혼대 싱이 공경ᄒᆞ야 미셔 안ᄌᆞ니 부인이 치필을 드려 화뎐의 글을 쓰며 문왈 근간 너의 죵적이 벽운누를 긋ᄎᆞ니 아디 못게라 므슴 연괴 잇더냐 싱이 샤례 왈 히ᄋᆡ 요ᄉᆞ이는 몸이 국ᄉᆞ의 분망ᄒᆞ므로 태〃씌 ᄌᆞ로 뵈옵디 못ᄒᆞ오니 하졍의 우려ᄒᆞ미 졀ᄒᆞ더이다 부인이 텽파의 즘〃코 다시 뭇

92면

[는] 말이 업ᄉᆞ니 원ᄂᆡ 셕부인이 평일 흔연혼 비출 여러 담쇠 유슌ᄒᆞ고 긔질이 화열ᄒᆞ나 본ᄃᆡ 엄혼 비치 ᄆᆡ쳐 졸약혼 긔습의 버서난디라 금일 싱의 ᄉᆡᆨ을 아라보고 안ᄉᆡᆨ을 슈렴ᄒᆞ야 말솜을 아니〃 운명의 웅댱 대담이나 엇디 감히 경히 말을 내리오 오직 머뭇거려 냥구ᄒᆞᄃᆡ 능히 니러나디 못ᄒᆞ고 흔갓 거동이 년뎐ᄒᆞ니 부인이 날호여 긔운을 졍히 ᄒᆞ고 ᄉᆡᆨ〃이 닐오ᄃᆡ 네 형상이 반ᄃᆞ시 날ᄃᆞ려 니시의 말을 쳥ᄒᆞ고져 ᄒᆞ니 네 니ᄅᆞ디 아니타 내 엇디 모ᄅᆞ리오 슈연이나 년쇼 미거혼 일이라 죡가는 아니커니와 소부인씌 가셔 경도미거혼 말을 숣디 말나 나는 어미오 여러 형뎨도 골육 동긔니 허물이 업고 소부인도 친뫼나 다ᄅᆞ디 아니시니 허물이 업거니와 한딜 등은 듕표 형뎨로 동긔와 달나 믄득 너의 미거ᄒᆞ믈 우으리니 싱심도 구외예 내디 말나

93면

존당이 네게 두 안해 잇다ᄒᆞ샤 ᄒᆞ나흘 신임ᄒᆞ시니 네 엇디 믄득 ᄎᆞ자내야 힝시 한심ᄒᆞ뇨 셜파의 ᄉᆞ긔 쥰엄ᄒᆞ야 싱의 붓그럽고 황공ᄒᆞ믈 어드니 흔 말도 못ᄒᆞ고 다만 부복ᄒᆞ야 년셩 왈 히ᄋᆞ의 블쵸혼 인시 명교의 득죄ᄒᆞ미 쉽거늘 태〃의 블근 교훈을 밧자와 ᄎᆞ후로 경심계지ᄒᆞ야 허물을 고티고 ᄆᆞ옴을 닷그리니 부인이 뎨두브답ᄒᆞ더라 싱이 무류히 믈너나 ᄎᆞ후 다시 이 긔ᄉᆡᆨ을 두디 아니〃 셕부인의 공경 슈엄ᄒᆞ미 이러틋 ᄒᆞ더라 싱이 일노브터 더옥 니시를 보디 못ᄒᆞ니 심하의 앙〃ᄒᆞ믈 마디아냐 일즉

미우의 근심이 즘겨시니 모든 형뎨 서로 긔롱ᄒᆞ며 태부인도 그 익운을 쇼삭ᄒᆞ랴 짐줏 모ᄅᆞ는 ᄃᆞᆺᄒᆞ니 싱이 더옥 ᄐᆞ급ᄒᆞ고 ᄯᅩ 니시 존당 셩뎡의 참예ᄒᆞ엿다가도 싱을 보면 즉시 피ᄒᆞ야 협실노 드니 모든 사ᄅᆞᆷ이 다 고이히 너기고 승상이 모친ᄭᅴ

94면

그 연고를 뭇ᄌᆞ온 즉 니ᄅᆞ시ᄃᆡ 니시 쥬픠 의연ᄒᆞ야 운명으로 더브러 서ᄅᆞ ᄂᆡ외ᄒᆞ며 슈습ᄒᆞ야 보면 피ᄒᆞᆫ다 ᄒᆞ니 승샹은 그런가 ᄒᆞᄃᆡ 오직 운셩이 밋디 아냐 이에 형시를 힐문 왈 내 일즉 드ᄅᆞ니 존당이 녀승의 말을 인ᄒᆞ야 니시를 곰초신다 ᄒᆞ니 그ᄃᆡ는 니기 알니〃 날을 긔이디 말나 형시 오직 함구불언ᄒᆞᆫ대 샹셰 지삼 핍박ᄒᆞ야 무ᄅᆞ니 형시 졍식 왈 군ᄌᆞ는 이 가듕의 친ᄒᆞ고 쳡은 외인이라 엇디 쳡ᄃᆞ려 무ᄅᆞ시ᄂᆞ뇨 샹셰 이에 쇼영을 보고 노식ᄒᆞ고 위엄을 지어 무러 왈 드ᄅᆞ니 네라셔 녀승을 드려 존당의 뵈고 니부인의 존당의 옴김도 녀승의 말이라 내 부친ᄭᅴ 고ᄒᆞ고 이 죄를 다ᄉᆞ리〃라 영이 텽파의 대경ᄒᆞ야 오직 제 ᄋᆡ미ᄒᆞᆷ을 발명ᄒᆞ매 근본이 표〃히 누셜ᄒᆞ니 샹셰 셰〃히 드ᄅᆞ매 ᄌᆞ가 혜아림과 합당ᄒᆞᆫ디라 크게 노ᄒᆞᆫᄒᆞ야 ᄀᆞᆯ오ᄃᆡ 노뫼 평일 과인경도로 힝

95면

ᄒᆞ샤 일즉 비례를 칙ᄒᆞ시더니 엇디 이런 일이 잇ᄂᆞ뇨 노긔를 억졔티 못ᄒᆞ야 신식이 ᄎᆞᆫ 지 ᄀᆞᄐᆞ야 나가니 쇼영이 십분 경괴ᄒᆞ야 급히 셕파의게 고ᄒᆞᆫ대 셕패 ᄯᅩᄒᆞᆫ 놀나더니 믄득 운셩이 밧긔 가 녀승 드린 문니와 ᄂᆡ당 시ᄋᆞ를 자바내야 ᄎᆞ례로 듕형을 더으니 가듕이 끌는 물 ᄀᆞᄐᆞᆫ디라 셕쇼화 삼 부인이 사ᄅᆞᆷ을 보내여 말니〃 싱이 죽기로 ᄆᆞ음ᄒᆞ야 듯디 아니〃 셕부인이 ᄒᆞᆯ 일이 업서 츄셩뎐의 드러가 슈말을 ᄌᆞ시 주ᄒᆞ고 ᄉᆞᆯ오ᄃᆡ 셩ᄋᆡ 평일 의논이 과도ᄒᆞᆫ고로 불도를 슝샹ᄒᆞ는가 너기고 ᄯᅩ 니시를 협실의 뉴쳐ᄒᆞᆷ도 불가를 미듬인가 ᄒᆞ야 뎐도ᄒᆞ미 여ᄎᆞ하니 존당의 엄틱ᄒᆞ시믈 ᄇᆞ라ᄂᆞ이다 태부인이 듯기를 다 못ᄒᆞ야셔 불연 대로ᄒᆞ야 다만 즘〃코 말을 아니터니 이날 져녁 문안의 승샹과 운셩을 다 등 미러 내티고 보디 아니시니 졔손 졔뷔 불승경

96면

아ᄒᆞ고 셕부인이 ᄯᅩᄒᆞᆫ 샹셔를 ᄭᅮ짓고 보디 아니〃 운셩은 아는 일이라 각별 근심티

아니딗 승샹이 아모 연괸 줄 아디 못ᄒᆞ고 크게 놀나며 두려 감히 다시 뵈오믈 구티 못ᄒᆞ고 셔헌의셔 읍〃히 즐겨 아냐 졔ᄌᆞ를 불너 그 연고를 무ᄅᆞ니 다 모ᄅᆞ노라 ᄒᆞ니 공이 더옥 탹급ᄒᆞ야 앙텬 탄식 왈 소경이 비록 효셩이 업ᄉᆞ나 금일 죄는 싱각디 못ᄒᆞᆫ 배라 날이 쟝춧 져므러가딗 ᄌᆞ안의 뵈올 길히 업ᄉᆞ니 나의 ᄆᆞ음 위〃ᄒᆞ니 여등은 물너가라 드듸여 셕반을 물리티고 근심ᄒᆞ며 념녀ᄒᆞ야 날이 붉도록 ᄌᆞᆷ을 일우디 못ᄒᆞ더니 뉵칠일 후 태부인이 승샹을 브ᄅᆞ니 공이 젼도히 드러가 듕계의셔 청죄ᄒᆞᆫ대 부인이 소릭를 엄히ᄒᆞ야 칙ᄒᆞ딗 네 비록 외로이 편모를 ᄃᆞ리고 빅혼 배 업ᄉᆞ나 ᄯᅩ한 만권 시셔를 닐거시니 ᄉᆞ리를 알니〃 네 일즉 위국인신ᄒᆞ야 긔실 명샹으로 덕

97면

위 힉닉의 딘동ᄒᆞ니 무릇 졍ᄉᆞ를 관딗명졍ᄒᆞ기를 쥬ᄒᆞ고 져근 졀목을 거리씨디 말미 대댱부의 긔샹의 가홀디라 불되 비록 패되나 ᄯᅩᄒᆞᆫ 한 적브터 삼딗를 ᄂᆞ려오니 젼고의 명공 졍인이 만호딗 업시티 못ᄒᆞ여시니 네 이제 블근 졍ᄉᆞ를 ᄉᆞ군보국ᄒᆞ미 올코 므릇 일을 새 법제를 내디 말며 불도를 ᄇᆞ려두어 제 소임을 평안이 ᄒᆞ고 네 심히 슬흘딘대 친압히 슝샹을 아닐 ᄯᆞᄅᆞᆷ이라 엇디 슝샹ᄒᆞᄂᆞᆫ 놈조차 논박ᄒᆞ며 의논을 과도히 ᄒᆞ리오 내 샹시 깃거 아니ᄒᆞ딗 ᄯᅩᄒᆞᆫ 녜 졍도를 잡는 명교를 딕회는 배라 ᄒᆞ야 구ᄐᆞ야 말니디 아니딗 내 쥐티 아니터니 신승이 니ᄅᆞ러 샹 보미 녕험ᄒᆞ니 셩인도 지악은 피ᄒᆞ야 면ᄒᆞ라 ᄒᆞ여시니 셥셰 쳐신의 경권을 ᄀᆞ즉이 ᄒᆞ야도 해롭디 아닌고로 슈륙 일ᄉᆞ를 일우려ᄒᆞ더니 이때 네의 간ᄒᆞ믈 유리타 그치고 니시를 협

98면

실의 옴기믄 쇽셜을 혹ᄒᆞ미 구ᄐᆞ야 아냐 나의 슈쪽ᄀᆞ티 두미러니 운셩이 무슴연고로 닉당시ᄋᆞ를 듕형을 더으고 말슴이 패만ᄒᆞ니 이 엇디 인지리오 내 이러므로 너희 부ᄌᆞ를 통히ᄒᆞ미로다 승샹이 공경ᄒᆞ야 듯ᄌᆞᆸ고 이셩화긔ᄒᆞ야 주왈 히익 비록 어디〃 못ᄒᆞ나 엇디 뎡듕의가 의논을 과도히 ᄒᆞ야 사ᄅᆞᆷ의 고이히 너기믈 바ᄃᆞ리잇고 뎌적의 공신 됴원위 추죵을 ᄃᆞ리고 친히 졀의 가 증명진향ᄒᆞ고 그 쳐지 나가셔 뵈더라ᄒᆞ니 대신의 규듕 풍되 한심ᄒᆞ고 대신의 쳬면이 손샹ᄒᆞ믈 통히ᄒᆞ야 탑뎐 [진]쥬ᄒᆞ고 논힉

ᄒᆞᆫ 후는 인ᄒᆞ야 빅쳑ᄒᆞ미 듕ᄒᆞ더니 본부의셔 슈륙ᄒᆞ면 히ᄋᆞ를 허ᄒᆞᆫ 후의 긔롱을 취홀디라 당초 간ᄒᆞ미오 운셩의 방ᄌᆞᄒᆞ믄 젼혀 모ᄅᆞ니 이 ᄯᅩᄒᆞᆫ 아히 불초ᄒᆞ미로소이다 셜파의 [ᄌᆡ삼] 샤죄ᄒᆞ고 당의 올나 시좌ᄒᆞ매 태부인이 운셩을 불러

99면

크게 수죄ᄒᆞ고 칙왈 너의 등의 ᄉᆡᆼ시 내 손가온대 잇거늘 비록 노혼ᄒᆞ나 네 엇디 감히 날을 압두ᄒᆞ고 내의 ᄉᆞ환시ᄋᆞ를 취품티 아니코 듕타ᄒᆞ니 만홀ᄒᆞᆫ 죄는 용샤키 어려오리라 드ᄃᆡ여 친히 시노를 브ᄅᆞ라 ᄒᆞ야 샹셔를 틱타ᄒᆞ고 셩상이 급ᄒᆞ니 운셩이 조모의 위엄과 열〃ᄒᆞ믈 아는디라 오직 관을 벗고 청죄 왈 쇼손이 감히 조모를 경만히 ᄒᆞ미 아니라 요승이 가ᄂᆡ의 츌입ᄒᆞ면 이는 집을 망홀 징되므로 슈문군ᄉᆞ와 쇼인ᄒᆞ야 드린 시녀를 칙ᄒᆞ옵고 다른 ᄯᅳ디 업더이다 태부인이 더욱 노ᄒᆞ시니 승샹이 날호여 ᄉᆞᆯ오ᄃᆡ 운셩의 죄는 슈ᄉᆞ난쇽이나 저의 급거ᄒᆞᆫ 셩이 불과 의논을 셰오미오 ᄌᆞ당을 업슈이 너기미 아니라 히ᄋᆡ 청컨대 그 방ᄌᆞᄒᆞ믈 다ᄉᆞ리〃이다 부인이 드른체 아니코 이에 시노를 ᄭᅮ지저 운셩을 삼십여 당을 텨 ᄭᅳ어 내티고 졔

100면

손졔부를 물니치시니 쇼년들이 분〃이 퇴ᄒᆞ니 화셕냥인과 소부인이 ᄯᅩᄒᆞᆫ 그 위엄ᄒᆞᆫ 안젼의 오래 시좌ᄒᆞ미 두리운고로 다 물너 즘당 밧긔 ᄃᆡ후ᄒᆞᄃᆡ 승샹이 ᄂᆞᆺ비출 화히 ᄒᆞ고 소ᄅᆡ를 ᄂᆞ즉이ᄒᆞ야 손을 곳고 상하의 ᄭᅮ러안기를 삼경이나 진ᄒᆞᄃᆡ 부인의 ᄉᆞ식이 흔연티 아니시니 이에 침금을 ᄭᆞᆯ고 벼개를 밧드러 방소를 뭇ᄌᆞ온ᄃᆡ 부인이 ᄃᆡ답디 아니ᄒᆞ니 승샹이 이에 두 손을 밧들고 ᄭᅮ러 그 ᄃᆡ답ᄒᆞ시기를 기ᄃᆞ리미 쟝ᄎᆞᆺ 두어 각이 진ᄒᆞ매 부인이 ᄇᆡ야흐로 방소를 니ᄅᆞ시니 공이 혼뎡디네를 파ᄒᆞ고 물너 쟝밧긔 ᄃᆡ숙ᄒᆞᄃᆡ 오술 니븐ᄌᆡ 셔한의 업ᄯᅴ여 자고 ᄉᆡ배 신셩을 파ᄒᆞ매 이러틋 ᄒᆞ야 삼일의 니ᄅᆞ매 부인이 ᄇᆡ야흐로 ᄉᆞ식이 흔연ᄒᆞ야 말숨을 일우매 화평ᄒᆞᆫ디라 소공이 다힝ᄒᆞ믈 가히 알니리라 ᄉᆞ오일 후 샹셔 운셩이 글을 올녀 청죄ᄒᆞ고 드러와 뵈오니 부인이 묵연졍ᄉᆡᆨᄒᆞᆫ대 운셩이 ᄎᆞ후 감히 다시 화

101면

회ᄌᆞ를 노티 못ᄒᆞ고 운명도 니시 내여올 긔틀이 망단ᄒᆞ니 듀야 번뇌ᄒᆞ며 만나 볼 틈

을 엿더니 일〃은 졔쇼년이 후원의 모다 담쇼ᄒᆞ고 즐기더니 다 흐터디고 니시와 위시 ᄶᅥ뎟더니 위시는 운경의 됴참가려ᄒᆞ고 관복 ᄎᆞᄌᆞ믈 인ᄒᆞ야 니러 도라가고 니쇼졔 외로이 곡난을 지혀 뎐애를 ᄇᆞ라보며 툐량ᄒᆞ더니 졍히 운명을 만난디라 ᄉᆡᆼ이 반가오믈 이긔디 못ᄒᆞ야 ᄂᆞ는ᄃᆞ시 ᄃᆞ라와 뎐도히 나군을 붓들고 문왈 금일은 하일이완ᄃᆡ 부인을 만나 옥완화풍을 ᄃᆡᄒᆞᄂᆞ뇨 우리 냥인이 쳔신만고ᄒᆞ야 계유 뎐의 도으믈 닙ᄉᆞ와 월노의 길흘 어덧거늘 부인의 고집을 인ᄒᆞ야 앙금이 무류ᄒᆞ고 금〃이 외로ᄋᆞ나 내의게 들닌사ᄅᆞᆷ이라 ᄒᆞ야 조급히 아니코 부인의 ᄯᅳᆺ을 슌죵터니 ᄉᆡᆼ각디 아닌 요승의 말을 존당이 혹ᄒᆞ샤 부인을 금농의 가두시고 그물을 엄히 티시니 방탕ᄒᆞᆫ 호뎝이 어

102면

ᄂᆡ 곳을 말ᄆᆡ아마 옥화를 ᄎᆞᄌᆞ리오 금일 그ᄃᆡ를 만나시니 비록 존당의 죄를 어들디언뎡 노화보내디 못 ᄒᆞ리라 인ᄒᆞ야 ᄉᆞ모ᄒᆞ는 졍을 니ᄅᆞ고 ᄆᆡᆨ〃히 슬허 쥬뤼옥면의 흐ᄅᆞ니 셕목간장이라도 감동ᄒᆞᆯ디라 ᄒᆞ믈며 뎌의 ᄀᆞ득ᄒᆞᆫ 졍이 다 ᄌᆞ가신샹의 온젼ᄒᆞ야 구〃ᄒᆞ믈 보고 엇디 감격ᄒᆞ미 뎍으리오마는 존녕을 두리고 ᄯᅩᄒᆞᆫ 슈습ᄒᆞ야 다만 졍ᄉᆡᆨ고 닐오ᄃᆡ 군ᄌᆞ의 ᄯᅳᆺ은 광풍혜월 ᄀᆞᄐᆞ야 현군대량이 되리니 엇디 일 녀ᄌᆞ를 ᄉᆞ모ᄒᆞ야 ᄎᆞᆺ니라 죄슈의 형상을 ᄒᆞ리오 낭군은 모ᄅᆞ미 뎐도코 우은 거조를 니ᄅᆞ혀 방인의 긔롱을 듯디 마ᄅᆞ쇼셔 존당이 브ᄅᆞ시는 명이 급ᄒᆞ리니 노ᄒᆞ셔든 ᄲᆞᆯ니가 문안의 참예ᄒᆞ여디이다 ᄉᆡᆼ이 셩안을 ᄂᆞ즉이 ᄒᆞ고 빵슈로 니시의 ᄉᆞ매를 붓들고 니러날 의ᄉᆡ 돈연ᄒᆞ니 〃쇼졔 크게 민망ᄒᆞ야 니해로 근졀이 도라가믈 비러 ᄀᆞᆯ오ᄃᆡ ᄉᆡᆼ이 문

103면

이불텽 왈 내 젼브터 부인의 속안시도 즈즐ᄒᆞ니 결연히 간사ᄒᆞᆫ 말을 취신티 아니리라 니시 ᄒᆞᆯ일업서 이에 거즛 소ᄅᆡ를 화히ᄒᆞ고 ᄃᆡ왈 낭군의 졍이 이러틋 ᄒᆞ시니 쳡이 셕목이 아니라 감동ᄒᆞ미 젹으리오 드ᄃᆡ여 흔연히 깃거ᄒᆞ는 비츨 담쇼로 화답ᄒᆞ니 ᄉᆡᆼ이 심하의 희열ᄒᆞ야 졍ᄉᆞ를 펴며 방심ᄒᆞ엿더니 니시 이에 ᄉᆞ매를 ᄯᅥᆯ치고 곡난을 둘러 댱 ᄉᆞ이로 드러가니 ᄉᆡᆼ이 잉모의 희롱을 졈착ᄒᆞ야 보다가 놀나 급히 ᄯᆞ라가매 홀연 이파를 만나니 감히 니시를 ᄯᆞ로디 못ᄒᆞ고 헛도히 도라와 그 옥안미뫼 뵈는 둣ᄒᆞ야 ᄆᆞ음이 미칠둣ᄒᆞ니 쇽졀업시 풍월을 음영ᄒᆞ야 히수ᄒᆞ더라 님시 평일 운명의 니시 잇디 못 ᄒᆞ야ᄒᆞ믈 보고 위로ᄒᆞ며 니시의 졍ᄉᆡ 외로오믈 슬피 너겨 ᄉᆞ랑ᄒᆞ고 공경ᄒᆞ

믈 형뎨ᄀᆞ티 ᄒᆞ니 일개 칭찬ᄒᆞ더라 이적의 참졍 뎡

104면

챵이 뉵ᄌᆞ삼녀를 두어 댱녀 강션이 ᄌᆞᄉᆡᆨ이 관셰ᄒᆞ고 긔질이 슈려ᄒᆞ니 ᄀᆞᄐᆞᆫ 빵을 ᄀᆞᆯᄒᆡ더니 녜부시듕 소운명의 풍도를 보고 십분 흠ᄋᆡᄒᆞ야 녀셔를 삼고져 ᄒᆞᄃᆡ 인연ᄒᆞ야 결송을 일울 길히 업ᄉᆞ니 졍히 우려ᄒᆞ더니 이ᄣᅴ 진동황뎨 졍궁 댱황휘 승하ᄒᆞ시고 곤위 ᄇᆡ여 옥뎐이 쳐령ᄒᆞ니 ᄌᆡ샹의 ᄯᆞᆯ을 간ᄐᆡᆨᄒᆞ매 소가 녀ᄌᆞ들은 다 유ᄋᆡ라 오직 녜부샹셔 한공의 녀ᄌᆞ와 강뎡 뉴학ᄉᆞ의 녀ᄌᆡ 간ᄐᆡᆨ의 ᄎᆞᆷ수ᄒᆞ엿더니 태혹ᄉᆞ 뉴공이 텬명 인심을 슌ᄒᆞ야 곤위예 쥬ᄒᆞ시니 이 곳 쟝헌명슉황휘라 ᄌᆡ용이 겸젼ᄒᆞ고 덕위 엄졍ᄒᆞ시니 진종이 지국듕ᄃᆡᄒᆞ시고 됴애 흠앙ᄒᆞ며 국법을 조차 부친 뉴혹ᄉᆞ로 동졔왕을 모친 윤시로 왕비 ᄃᆡᆨ쳡을 ᄂᆞ리오시니 함문의 녕광이 ᄀᆞ득ᄒᆞ니 이 다 소현셩의 젹션지공 덕이라 윤부인이 깃브고 다ᄒᆡᆼᄒᆞ며 두려ᄒᆞ야 슉방

105면

의 귀ᄒᆞ믈 누리고 황휘 ᄯᅩᄒᆞᆫ 소가를 모친의 은인을 알고 ᄯᅩᄒᆞᆫ 졀족의 졍으로 일ᄏᆞ라 텬은이 늉셩ᄒᆞ미 새롭더라 뉴혹ᄉᆡ 임의 황친 국쳑이 되니 더욱 소승샹으로 더브러 친ᄋᆡᄒᆞ고 태부인ᄭᅴ 졍셩이 촉촉ᄒᆞ매 미쳣더니 황휘 일즉 후궁 뎡귀로 더브러 말ᄉᆞᆷᄒᆞ셔 ᄌᆞ딜의 수를 무ᄅᆞ실ᄉᆡ 귀비ᄂᆞᆫ 뎡참뎡의 ᄉᆞ촌 ᄆᆡ라 이에 문득 ᄒᆞᆫ 계교를 샹냥ᄒᆞ야 뎨후의 알픠셔 ᄂᆞ족이 외고 왈 신쳡의 족딜 뎡시ᄂᆞᆫ 뎡챵의 녜라 나히 ᄎᆞ도록 군ᄌᆞ를 ᄉᆞ모ᄒᆞ야 가ᄇᆡ야이 뎡혼ᄒᆞᆫ ᄃᆡ 업ᄉᆞᆸ나니 녜부시듕 소운명을 보고 ᄯᅳᆺ을 결ᄒᆞ야 셤기고져 ᄒᆞᄃᆡ 뎌 집 쥬의를 아디 못ᄒᆞ야 평ᄉᆡᆼ을 혼자 늙고져ᄒᆞ니 복원 셩샹[과 낭〃]은 소문의 뎐교ᄒᆞ샤 아화를 빗내고 뎡녀의게 ᄒᆞᆫ이 업게ᄒᆞ쇼셔 뎨 듯고 흔연이 우으며 도라 황후ᄭᅴ 술오ᄃᆡ ᄎᆞᄉᆞᄂᆞᆫ 됴ᄒᆞᆫ 일이라 딤이 현후

106면

로 더브러 쥬댱ᄒᆞ야 듕ᄆᆡ되미 엇더니잇가 휘 미우를 ᄉᆡᆼ긔고 쥬왈 신쳡이 일즉 소가 문듕을 니기 아ᄋᆞᆸᄂᆞ니 일즉 검박ᄒᆞ고 쳥소ᄒᆞ야 가모를 여러흘 뎡티 아니ᄒᆞ고 소현셩으로브터 그 졔ᄌᆡ 다 챵쳡도 업ᄉᆞᆸᄂᆞ니 운명이 임의 결발지쳐와 ᄌᆡ쳐 니시를 ᄀᆞ초 어더시니 ᄯᅩ 엇디 삼쳐를 ᄒᆞᆯ니 이시리오 샹이 쇼왈 현후ᄂᆞᆫ 조ᄇᆡ야온 말ᄉᆞᆷ을 마ᄅᆞ쇼셔

소현셩이 그 둘재부인 셕시 취홀적 고습이 무궁ᄒᆞ더니 그 여풍이 ᄌᆞ손의 ᄂᆞ렷도소이다 드ᄃᆡ여 뎐교를 ᄂᆞ리와 뎡챵의 녀로 운명의 셋재부인을 뎡ᄒᆞ라 ᄒᆞ시니 뎡챵은 깃거ᄒᆞ고 소승샹과 졔ᄉᆡᆼ이 황은을 감격ᄒᆞ나 외람ᄒᆞᆷ물 저허ᄒᆞ더라 즉시 퇴일ᄒᆞ야 혼인홀ᄉᆡ 님시 니시 긔ᄉᆡᆨ이 안연ᄌᆞ약ᄒᆞ야 길복을 서로 도와 다ᄉᆞ리고 죠곰도 시쇽 틔되 업ᄉᆞ니 위시 형시 등이 희롱 왈 낭부인은 병갑을 다ᄉᆞ려 징젼홀 ᄯᅳ디 업서 일〃 한담ᄒᆞ고 병혁을 니젓다가

107면

불의예 강적을 만나시면 ᄀᆞ초디 아닌 무비로 엇디 능히 뎍을 벙으리와드려 ᄒᆞ시ᄂᆞ뇨 님시 완〃이 미쇼 왈 쳡은 병혁을 일삼디 아냐 인의로 화친ᄒᆞ려 ᄒᆞᄂᆞ이다 니시 역 쇼왈 쳡ᄀᆞᄐᆞᆫ 불용은 긔를 디우고 창을 것구로 들며 갑을 버서 항표를 올니고 칭신ᄒᆞ미 가ᄒᆞ니 엇디 병구징션ᄒᆞ미 이시리오 형부인이 낭연쇼 왈 그ᄃᆡᄂᆡ 냥인이 다 쾌ᄒᆞᆫ 말ᄒᆞ거니와 만나면 반ᄃᆞ시 됴티 아니 긔ᄉᆡᆨ이 표동ᄒᆞ리니 님시 잠쇼 왈 뎌적 삼슉〃이 쳡을 별명 지으시ᄃᆡ 혹 가온대 술긔 잇다 ᄒᆞ샤 긔롱 ᄒᆞ시더니 ᄯᅩ 오ᄂᆞᆯ 이 말을 ᄒᆞ야 형져의 긔슈를 밧ᄌᆞᆸᄂᆞ이다 위시 크게 웃고 형시 옥슈를 저어 왈 소샹셔의 말은 내게 간셥디 아니〃 그ᄃᆡᄂᆞᆫ 다시 날ᄃᆞ려 니ᄅᆞ디 말나 좌위 다 웃더라 이러구러 혼긔 갓가왓더니 태부인이 마초와 유병ᄒᆞ야 티료ᄒᆞ시니 승샹이 취셩뎐의 년일 ᄃᆡ슉ᄒᆞ매 니시 침쇄 업ᄂᆞᆫ디라

108면

태부인은 아디 못ᄒᆞ시고 승샹이 그 불안ᄒᆞᆷ물 알고 아에 명ᄒᆞᄃᆡ 요ᄉᆞ이 년일ᄒᆞ야 ᄌᆞ뷔 신고ᄒᆞ더니 금일은 병휘 차도를 어더 겨시니 그ᄃᆡᄂᆡ 다 ᄉᆞ〃집의 도라가고 니시ᄂᆞᆫ 내 ᄃᆡ슉ᄒᆞ려ᄒᆞ니 협실의 잇디 말고 취봉각으로 가 헐슉ᄒᆞ라 ᄒᆞᆫ 소ᄅᆡ 령이나매 자뷔 다 물러나고 니시 ᄯᅩᄒᆞᆫ 감히 거역디 못ᄒᆞ야 침소의 도라와 츈잉으로 더브러 졍히 쉬고져 ᄒᆞ더니 ᄯᅳᆺ 아닌 소ᄉᆡᆼ이 깃븐 우음을 ᄯᅴ여 드러와 웃고 닐오ᄃᆡ 부인이 졀〃이 날을 소기더니 ᄯᅩ 므슴 ᄭᅬ를 ᄒᆞ려ᄒᆞ시ᄂᆞ니잇가 니시 아미를 수기고 닐오ᄃᆡ 젼일은 존명을 승슌ᄒᆞ미오 방ᄌᆞᄒᆞᆫ 일이 아니러이다 ᄉᆡᆼ이 츈잉으로 ᄒᆞ야금 침금을 포셜ᄒᆞ고 이에 상의 오ᄅᆞ매 쇼졔 크게 민망ᄒᆞ야 ᄇᆡᆨ단으로 ᄀᆡ유ᄒᆞ고 쳔단으로 다래여 비러 거졀ᄒᆞᄃᆡ ᄆᆞᄎᆞᆷ내 양취ᄒᆞ며 못듯ᄂᆞᆫ 톄ᄒᆞ야 은졍이 심ᄀᆞᄐᆞ야 ᄡᅳ니 ᄆᆞᄅᆞ녹아 근졀ᄒᆞᆫ ᄆᆞ음

이 운뮝의 뎐도ᄒᆞ니 원앙공취라도 싱의 은졍은 밋디 못

109면

홀러라 니시 비록 남ᄌᆞ의 ᄯᅳ들 거ᄉᆞ리디 못ᄒᆞ나 일념의 붓그럽고 ᄯᅩ 존당 금녕이 잇거ᄂᆞᆯ 이에 와 ᄉᆞ〃로오미 가티 아니타ᄒᆞ야 비록 승샹 명으로 이에 와시나 뎨회 함누ᄒᆞ야 믹〃히 은의를 아디 못ᄒᆞ고 ᄆᆞᄎᆞᆷ내 경을 가탑ᄒᆞ미 업ᄉᆞ니 싱이 박졍타 칙ᄒᆞ더라 이날 니시 ᄒᆞᆫ ᄭᅮᆷ을 어드니 일위 가인이 손의 보검을 들고 쇼져를 향ᄒᆞ야 ᄭᅮ지저 왈 그ᄃᆡ 젼셰에 망령도이 존대ᄒᆞᆫ 톄ᄒᆞ고 날을 압두ᄒᆞ며 남ᄌᆞ를 ᄯᅩᆯ와 귀향가믈 ᄌᆞ원ᄒᆞ고 날ᄃᆞ려 닐오ᄃᆡ 맛망이 십년을 댱부와 긔졀ᄒᆞ야 언약을 져ᄇᆞ리디 아니리라 ᄒᆞ더니 실긔ᄒᆞ미 여ᄎᆞᄒᆞ니 엇디 그ᄃᆡ로ᄡᅧ 평안케 ᄒᆞ리오 드ᄃᆡ여 칼흘 드러 바로 디ᄅᆞ고져 ᄒᆞ니 경히 위급ᄒᆞ엿더니 소싱이 드러오니 그 녀ᄌᆡ 년망이 도라가거ᄂᆞᆯ 쇼졔 이에 놀라 ᄭᆡ드ᄅᆞ니 남가 일몽이오 이경 ᄉᆞ뎜이 되엿더라 싱이 ᄯᅩ ᄒᆞᆫ ᄭᆡ야보니 쇼졔 안면의 경아ᄒᆞᆫ 비치 ᄀᆞ득ᄒᆞ야 냥목의 누싊 어ᄅᆡ여시니 놀나 연고를

110면

무ᄅᆞᆫ대 니시 탄식고 ᄀᆞᆯ오ᄃᆡ 우연히 흉몽을 엇고 몽합ᄒᆞ미라 싱이 위로 왈 몽ᄆᆡ는 허탄ᄒᆞ야 취신티 못ᄒᆞ리니 부인은 의려말나 니시 탄식고 말을 아니터라 취봉각의 십여일은 머물매 싱이 날마다 니ᄅᆞ러 은근ᄒᆞ고 위극ᄒᆞ야 졍이 산ᄒᆡ ᄀᆞᄐᆞ니 니시 민망ᄒᆞ나 홀일이 업서ᄒᆞ며 화부인이 비록 민망ᄒᆞ야 ᄒᆞ나 능히 싱을 금지티 못ᄒᆞ니 가히 어미 되야 약ᄒᆞ미 여ᄎᆞᄒᆞ니 그 엄ᄒᆞᆫ 긔습이 쇼삭ᄒᆞ야 태부인과 샹반ᄒᆞ더라 수십 일 후 태부인이 병셰 차도를 어더 긔운이 여샹ᄒᆞ매 ᄇᆞ야흐로 니시의 취봉각으로 가믈 알고 놀나며 즉시 도로 불러 협실의 머믈우고 승샹을 내여보내시니 일로브터 니시 다시 운명을 피ᄒᆞᆫ디라 싱이 새로이 졍을 졔어티 못ᄒᆞ더라 광음이 신속ᄒᆞ야 운명의 삼춰 길일이 다ᄃᆞᄅᆞ니 존당의 대연을 ᄇᆡ셜ᄒᆞ야 신부를 마ᄌᆞ며 황명을 경아홀ᄉᆡ 운명이 옥안화풍의 길복을 ᄀᆞ초고 금안ᄇᆡᆨ마

111면

로 뎡가의 다ᄃᆞ라 기러기를 뎐ᄒᆞ고 구술뎡 ᄌᆞᄆᆞ기를 ᄆᆞᄎᆞ매 추퐁요긱이 십니의 니어 ᄌᆞ운산의 도라오매 취셩뎐의 포딘을 졍히ᄒᆞ고 두 신인이 합친 교ᄇᆡ를 ᄆᆞᆺ고 폐ᄇᆡᆨ을

밧드러 존당구고긔 녜를 일우니 옥안이 슈려소담ᄒᆞ야 니홰 쳥년의 줌기고 ᄒᆡ당이 이슬 마신듯 ᄒᆞ니 이 진짓 낙포션녀로 일반이라 만좌 ᄃᆞ토와 티하 왈 시듕의 복이 듯거워 삼위 부인이 다 특이ᄒᆞ시니 쏘ᄒᆞᆫ 승샹과 존당 복이로소이다 화부인이 쏘ᄒᆞᆫ 흔연화긔ᄒᆞ고 인〃이 다 깃거ᄒᆞ고 승샹과 양부인이 화긔 ᄉᆞ라디고 도로혀 깃븐 빗치 업ᄉᆞ니 기리던 쟈ᄂᆞᆫ 무언이라 ᄎᆞ일 운명이 뎡시로 더브러 신졍이 흡연ᄒᆞ야 서로 즐기믈 비길ᄃᆡ 업ᄉᆞ나 니시의 ᄋᆡ원코 경결ᄒᆞᆫ 형용을 닛디 못ᄒᆞ야 경〃이 탄식고 ᄒᆞᆫ줌을 일우디 못ᄒᆞ니 신뷔 고이히 너기더라 명일 신뷔 소장을 일워 신셩지녜를 파ᄒᆞ고 동녈노 좌를 일우니 비록 위시의 유

112면

환식〃흠과 형시의 쇄락[흐억]ᄒᆞ〃매 밋디 못ᄒᆞ나 졔부의 디〃 아니〃 화부인이 크게 두굿겨 ᄒᆞ며 태부인이 닐오ᄃᆡ 니시ᄂᆞᆫ 엇디 나오디 아냣ᄂᆞ뇨 시녀로 ᄒᆞ야금 브ᄅᆞ니 시네 도라와 고왈 니쇼졔 ᄇᆡ야흐로 문안의 오랴ᄒᆞ시다가 신의 진쥬 ᄡᅥ러뎌 고치시다가 명을 듯줍고 뎐도히 ᄡᅴ를 ᄡᅵ시고 옥패를 차시더이다 태부인이 쇼왈 쇼뷔 근닉예 몸이 편티 아니ᄃᆡ 강잉ᄒᆞ야 ᄃᆞᆫ니며 놈이 투긔홀가 두려ᄒᆞ니 가히 어엿브고 다름다오미라 승샹과 모든 부인이 쏘ᄒᆞᆫ 그 인ᄌᆞᄒᆞ고 쳥고ᄒᆞ믈 일ᄏᆞᆮ더니 슈[유]의 옥소ᄅᆡ 쳥아ᄒᆞ고 향풍이 동ᄒᆞ며 일위 미인이 션삼인ᄃᆡ예 홍쵸샹을 ᄡᅳ으고 빵관을 수기며 풀쇠를 ᄡᅳ으고 년곳 ᄀᆞᄐᆞᆫ 거름으로 가ᄇᆡ야이 니러 내[애]와 존당과 구고긔 녜를 뭋고 물러셔매 소부인이 〃에 뎡시ᄃᆞ려 왈 뎌ᄂᆞᆫ 곳 운명의 둘재부인이 니시니 피ᄎᆡ 초면이라 녜로보라 뎡시 승명ᄒᆞ야 니러 녜를 일우고 좌를 뎡ᄒᆞ매 눈을 드러 니시를 보

113면

보[2]니 묽고 약ᄒᆞ미 쇼샹쳥빙과 초산형옥 ᄀᆞᆺ고 몸이 ᄀᆞ늘미 ᄂᆞ라날 ᄃᆞᆺᄒᆞ며 ᄂᆞᆫ 봉됴 ᄀᆞ타야 경텹ᄒᆞ고 표일ᄒᆞ미 ᄂᆞ라날 ᄃᆞᆺᄒᆞ며 경약ᄒᆞ미 깁오ᄉᆞᆯ 이기디 못홀 ᄃᆞᆺᄒᆞ나 신댱이 유여ᄒᆞ고 안뫼 윤틱ᄒᆞ며 긔뷔 염〃ᄒᆞ야 흰눈 ᄀᆞᆺ고 잉슌년험의 녹미셩안이 빅홰무식ᄒᆞ고 ᄃᆞᆯ을 ᄀᆞ리오며 팀어 낙안지용이 〃셔 광치 ᄉᆞ좌의 ᄇᆡᄋᆡ니 만일 그 진짓 빵이 형부인 곳아니면 가티 아니코 쳥아ᄒᆞ믄 일분이나 더을디라 뎡시 크게 놀나 머리

---

2) 보 : 반복되었음.

를 수기고 싱각ᄒᆞᄃᆡ 사름의 혈육지신이 엇디 이러틋 ᄒᆞ리오 벅〃이 귀신이 희롱ᄒᆞ미로다 내 임의 뎌ᄀᆞᄐᆞᆫ 뎍국을 어더시니 젼뎡의 방해로오미 젹으리오 이러틋 샹냥ᄒᆞ매 심회 됴티 못ᄒᆞ야 투목으로 졸 슬피고 니시ᄂᆞᆫ 뎡시의 쵸강ᄒᆞ고 영오ᄒᆞ믈 ᄉᆞ랑ᄒᆞ나 일즉 그 얼골을 보매 명〃이 젼일 쑴 가온대 해ᄒᆞ려ᄒᆞ던 녀진줄 ᄭᆡᄃᆞ라 심[혼]이 차악ᄒᆞ믈 이긔

114면

못ᄒᆞᄃᆡ 강잉ᄒᆞ야 긔운을 ᄂᆞ초고 옥셩을 화히ᄒᆞ야 년치를 뭇고 환훤을 일우매 언담이 쳥안ᄒᆞ고 안ᄉᆡᆨ이 ᄌᆞ약ᄒᆞ니 일좌 다 칭복ᄒᆞ며 뎡시 더옥 놀나고 님시 ᄯᅩᄒᆞᆫ 화답을 일워 님시 니시ᄂᆞᆫ 졍셩으로 ᄉᆞ랑ᄒᆞᄃᆡ 뎡시 홀로 외친ᄂᆡ소ᄒᆞ니 님시ᄂᆞᆫ 뎌의 뜻을 참챡ᄒᆞ야 ᄯᅩᄒᆞᆫ 아라 ᄃᆡ뎝ᄒᆞᄃᆡ 홀로 니시ᄂᆞᆫ 더옥 졍셩되고 관곡히 ᄒᆞ니 이러모로ᄡᅥ 익을 만난디라 이 ᄯᅩᄒᆞᆫ 하늘 쓰디라 현마 엇디 ᄒᆞ리오 운명이 삼위부인을 두매 님시 비록 ᄌᆡ덕이 특츌ᄒᆞ나 풍뫼 ᄆᆡ몰ᄒᆞ니 년쇼 풍졍이 강잉ᄒᆞ미 어려온디라 오직 가권을 맛뎌 원위를 존듕ᄒᆞ고 공경ᄒᆞ나 ᄉᆞ〃 졍의ᄂᆞᆫ ᄆᆡᆨ〃ᄒᆞ고 뎡시ᄂᆞᆫ 새로 만난 졍으로 얼골이 아름답고 힝시 영민ᄒᆞ믈 과ᄒᆞ야 졍이 은근ᄒᆞ나 오히려 듕졍이 업서 일[시]의 후홀 ᄯᆞ름이나 오직 니시ᄂᆞᆫ 친당이 업고 졍ᄉᆡ 혈혈ᄒᆞ믈 슬피 너길 분 아니라 어딘 힝ᄉᆞ와 믈근 덕이며

115면

긔화 명월ᄀᆞᄐᆞᆫ 풍용을 년ᄒᆞ야 ᄆᆞ음이 ᄆᆞᄅᆞ녹고 골졀이 감격ᄒᆞ야 평ᄉᆡᆼ의 동낙을 긔약ᄒᆞ고 일 긱 모도믈 경ᄉᆞ로 알거ᄂᆞᆯ 다시 겸ᄒᆞ야 금슬의 듕ᄒᆞᆫ 졍을 긋처 뵈디 아니코 깁히 금초와시니 엇디 ᄆᆞ숨ᄒᆞ리오 평일 두 부인으로 더브러 담쇼 ᄌᆞ약다가도 침상의 오ᄅᆞ면 기리 탄식고 샹ᄉᆞ편을 음영ᄒᆞ야 부〃의 졍을 아디 못홈 ᄀᆞᄐᆞ며 즁회 듕의ᄂᆞᆫ 주목투안ᄒᆞ야 심식 니시ᄭᅴ 도라가시며 두 부인ᄭᅴ 외친 ᄂᆡ소ᄒᆞ미 되고 듀야를 ᄉᆞ려ᄒᆞᄂᆞᆫ디라 님시ᄂᆞᆫ 텬군대량의 통텰ᄒᆞᆫ 녀ᄌᆡ라 ᄉᆡᆼ이 〃ᄀᆞᄐᆞᆷ을 보나 쵸곰도 ᄒᆞᆫ티 아냐 다만 그 부뷔 뎌런 듕졍을 가지고 화락디 못ᄒᆞ믈 앗겨 다만 됴ᄒᆞᆫ 말솜으로 위로ᄒᆞ야 혐의예 거리ᄭᅵ미 업ᄉᆞ니 ᄉᆡᆼ이 ᄯᅩᄒᆞᆫ 감격고 항복ᄒᆞ야 심복의 픔은 뜻을 긔이디 아냐 서로 샹냥ᄒᆞ야 범ᄉᆞ를 힝ᄒᆞᄃᆡ 홀로 뎡시 십분 블평ᄒᆞ야 ᄉᆡᆼ각ᄒᆞᄃᆡ 이제 님시 귀형 괴상으로 실가 통ᄒᆞ매 내의 ᄉᆡᆨ뫼ᄌᆡ예로

116면

소싱의 졍을 온젼ᄒᆞ야 누릴거술 니시의 용광긔질로뻐 내의 우히이셔 또 가부의 툥이 다 뎌고되 도라가고 나믄 의식 내게 오니 사름이 셰샹의 쳐ᄒᆞ야 엇디 일 녀자를 업시 티 못ᄒᆞ리오 흉ᄒᆞᆫ 의식 니러나니 그치 누ᄅᆞ기 어려오ᄃᆡ 다만 저ᄂᆞᆫ ᄀᆺ드러와 친ᄒᆞᆫ 재 업고 니시ᄂᆞᆫ 존당 구고와 형뎨 슉딜이 인심을 두터이 두어 칭찬ᄒᆞᄂᆞᆫ 소ᄅᆡ 귀를 이아 이니 감히 계교를 내디 못ᄒᆞ고 거즛 됴흔 톄ᄒᆞ야 쏘ᄒᆞᆫ 인심을 어드며 싱의 뜻을 아당 ᄒᆞ야 툥을 계교ᄒᆞ매 싱이 남ᄌᆞ의 풍졍이라 신졍이 은근ᄒᆞ야 위곡ᄒᆞ니 일〃은 싱이 술을 취ᄒᆞ고 드러와 뎡시로 더브러 ᄎᆞᆨ ᄒᆞ의셔 말ᄒᆞ더니 뎡시 말노뻐 도〃와 ᄀᆞᆯ오ᄃᆡ 낭군이 근간은 년ᄒᆞ야 쳡의 침소의 오시니 쳡의 ᄆᆞ옴이 불안ᄒᆞᆫ디라 두 부인 침소로 도라가쇼셔 싱이 쇼왈 부인과 ᄒᆞᆨ싱은 황명을 모든배니 엇디 츄ᄉᆞᄒᆞ미 이시리오 슈연 이나 님시ᄂᆞᆫ 조강위로 가권을 맛디고 블셔 두 아돌을 두어시니 엇디

117면

ᄆᆞ양 ᄒᆞᆫ가지로 디닐떠 니시 깁히 드러 날을 피하매 이리 왓더니 그ᄃᆡ 또 거졀ᄒᆞ니 이 어린 운명은 어드러 가리오 뎡시 짐즐 닐오ᄃᆡ 낭군이 엇딘고로 부인을 피ᄒᆞᆫ다 ᄒᆞ시 ᄂᆞ뇨 쳡이 쏘ᄒᆞᆫ 드러완디 오라디 아냐 ᄌᆞ시 모ᄅᆞ나 니부인의 친당이 업고 심히 외로 오신가 시브오니 그 연고를 몰나 의혹ᄒᆞᄂᆞ이다 싱이 홀연 혜풍화기를 일코 탄식 됴 탕ᄒᆞ다가 닐오ᄃᆡ 니시ᄂᆞᆫ 곳 젼임 니부툥지 니공의 쇼녜라 이리〃ᄒᆞ야 만나니 처음은 녀진줄 몰낫다가 최후의 쥬표를 보고 서ᄅᆞ 언약을 일우매 안흐로 두려ᄒᆞ고 밧그로 말솜을 섞〃이ᄒᆞ야 날을 멀니ᄒᆞᄃᆡ 박히 아니며 닝담ᄒᆞᄃᆡ 강〃ᄒᆞ야 수십여 일 동힝의 일죽 ᄒᆞᆫ 돗긔 안치아니코 ᄒᆞᆫ 잔의 술을 마시디 아냐 녜졀이 숨엄ᄒᆞ고 법되 견권ᄒᆞ니 비록 언약을 일워시나 친압홀 계교를 내디 못ᄒᆞ야 공경ᄒᆞ야 ᄃᆞ려오미 하혜미ᄌᆞ를 블 워 아니케 ᄒᆞ믄 내의 박

118면

힝을 녜를 잡으미 아니라 실로 뎌의 빙옥질이 ᄇᆞ아딜가 두리며 엄ᄒᆞᆫ 말과 섞〃ᄒᆞᆫ 의 논을 칙홀가 저허ᄒᆞ미라 이에 니ᄅᆞ매 대인이 은의텬심을 슌ᄒᆞ샤 동상의친을 일우시 니 일셰예 긔봉이라 엇디 고인의 ᄂᆞ존 힝뎍의 비기리오마ᄂᆞᆫ 니시 ᄆᆞᄎᆞᆷ내 도로의 뉴 리ᄒᆞᄆᆞ로뻐 타인의 더러이 너기미 이실가 두려 빙심이 ᄒᆞᆫ 번 뎡ᄒᆞ매 구졍이 경홀디

라 비록 남ᄌᆞ의 픙뉴화경이나 발뵈디 못ᄒᆞ야 니공의 ᄉᆞ당을 창기ᄒᆞ고 녕위를 봉안ᄒᆞ야 제ᄉᆞ를 밧들며 그 ᄆᆞ음을 감동케 ᄒᆞ고 잠간 동낙ᄒᆞᄂᆞᆫ 즐거오믈 어덧더니 조믜 속셜을 굿게 미ᄃᆞ샤 니시를 협실의 옴기시니 뎌ᄂᆞᆫ 정결ᄒᆞᆫ 녀ᄌᆡ라 일호 은ᄋᆡ 뉴렴ᄒᆞ미 업거니와 ᄉᆡᆼ의 ᄆᆞ음은 날노 초조ᄒᆞ야 뎌의 소면월빙과 화풍혜질을 존당의셔 보매 엇디 내의 간댱이 ᄆᆞᄅᆞ디 아니리오 이제 비록 그ᄃᆡ 닉로 화락고 입의 슈륙경댱을 념ᄒᆞ고 금

119면

의를 닙으나 내의 ᄇᆡᆨ년 부인으로 더브러 일실의 쳐ᄒᆞ야 쾌락디 아닌젼은 이 ᄆᆞ음이 경〃뎐〃ᄒᆞ야 억톄키 어렵도다 셜파의 쳑연히 탄식고 눈물 두어 빵이 옥면의 ᄲᅥ러디믈 ᄭᆡ둣디 못ᄒᆞ니 뎡시 ᄉᆡᆼ의 셜화를 듯고 슬허ᄒᆞ믈 보매 니시ᄭᅴ 구든 졍이 산히ᄀᆞᄐᆞ믈 알고 심두의 더옥 깃거 아니ᄃᆡ 강잉ᄒᆞ야 화평ᄒᆞᆫ ᄉᆡᆨ을 짓고 탄식고 닐오ᄃᆡ 낭군은 진실로 유신ᄒᆞᆫ 사ᄅᆞᆷ이로다 존당이 비록 니부인을 굼초시나 운익 곳 디나면 모ᄃᆞ시리니 쇽졀 업ᄉᆞᆫ ᄉᆞ려 마ᄅᆞ쇼셔 ᄉᆡᆼ이 희어 탄식ᄒᆞ야 ᄌᆞ못 즐기디 아니터라 일〃은 뎡시 문안을 못고 듕당의셔 ᄆᆞ든 부인으로 더브러 담쇼ᄒᆞᆯᄉᆡ 니시 바독판을 나오혀 뎡시로 더브러 승부를 ᄃᆞ톨ᄉᆡ 니쇼져의 빙옥ᄀᆞᄐᆞᆫ 셤쉬 바독을 버리매 아미ᄂᆞᆫ ᄂᆞ족ᄒᆞ고 셩안이 ᄀᆞᄂᆞ라시며 쥬슌호치ᄂᆞᆫ 단사의 ᄇᆡᆨ옥을 뭇거 셰온ᄃᆞᆺᄒᆞ야 ᄆᆞᆯ근 소ᄅᆡ와 아담ᄒᆞᆫ 말슴이 셕목도 요동ᄒᆞᆯ디라 아니 사ᄅᆞᆼ ᄒᆞ

120면

ᄒᆞ리[3] 업더라 년ᄒᆞ야 두어 다ᄉᆺ판을 니시 이긔니 뎡시 무류듕의 믄득 긔롱ᄒᆞ야 왈 니졔의 ᄌᆡ죄 이ᄀᆞᄐᆞ시니 낭군의 은ᄋᆡ 각별ᄒᆞ야 간댱이 쵸고ᄒᆞ미 그ᄅᆞ디 아니〃이다 니시 쳥파의 안졍히 ᄀᆞᆯ오ᄃᆡ 현져의 긔롱ᄒᆞ미 쳡의 슈괴ᄒᆞ믈 돕ᄂᆞᆫ디라 다만 함구 브답ᄒᆞ미 가ᄒᆞ도다 뎡시 실언ᄒᆞᆫ 줄 ᄭᆡ다라 믄득 말을 아니코 니시의 본 긔ᄉᆡᆨ이 화열티 못ᄒᆞᆫᄃᆡ 잠간 브쾌ᄒᆞ고 미흔ᄒᆞ야 졍금단좌ᄒᆞ매 ᄂᆡᆼ담ᄒᆞ미 한ᄆᆡᄀᆞᄐᆞ야 드리미러 말브티 어려오니 좌우인이 다 우ᄋᆞ며 한담ᄒᆞ다가 흐터디니라 이적의 님시 ᄯᅩ 아들을 나흐니 임의 삼ᄌᆞ를 두엇ᄂᆞᆫ디라 그 어ᄆᆡ ᄌᆡ조와 아비 얼골을 품슈ᄒᆞ야 개〃히 션인옥

---

3) ᄒᆞ리 : 'ᄒᆞ'는 반복되었음.

동 ᄀᆞᄐᆞ니 사ᄅᆞᆷ마다 복을 칭하ᄒᆞ고 니시ᄂᆞᆫ ᄒᆡ 진ᄒᆞ야가ᄃᆡ 부뷔 [각] ᄂᆞᆺ고ᄃᆡ 쳐ᄒᆞ므로 잉틱ᄒᆞᄂᆞᆫ 경ᄉᆡ 업ᄉᆞ니 ᄉᆡᆼ이 ᄆᆞ양 그 너모 쳥슈ᄒᆞ고 셤약ᄒᆞ야 슈복이 ᄀᆞᆺ디 못ᄒᆞ고 팔ᄌᆞ 박훌가 두려 ᄋᆡ셕ᄒᆞᄂᆞᆫ ᄯᅳᄃᆡ 듕ᄒᆞ야 더옥 ᄌᆞ식이 더ᄃᆡ믈 ᄒᆞᆫ

121면

ᄒᆞ고 슬허ᄒᆞ며 됴셕문안의 그 얼골을 보면 졍신이 산난ᄒᆞ나 오히려 방심ᄒᆞᄃᆡ 만일 보디 못ᄒᆞ면 시녀로ᄡᅥ 평부를 무러 만일 평안ᄒᆞ다 ᄒᆞᆫ즉 ᄇᆡ야흐로 미우를 펴고 담쇼를 여ᄃᆡ 만일 불평타 ᄒᆞᆫ즉 심혼을 다 일코 식음을 폐ᄒᆞ며 블승황〃ᄒᆞ니 졔 형뎨 위로ᄒᆞ며 운셩이 쇼왈 네 거동을 보니 나ᄂᆞᆫ 대당뷔랏다 운경 왈 날로ᄡᅥ 니ᄅᆞᆯ딘대 가마괴 ᄌᆞ웅ᄀᆞᄐᆞ야 분변티 못ᄒᆞ리라 졔쇠 대쇼ᄒᆞ더라 삼츈가졀의 승샹이 잔치를 베퍼 태부인 ᄉᆡᆼ신을 경하ᄒᆞᆯᄉᆡ 태부인이 술이 반감의 승샹이 니러나 모친ᄭᅴ 헌쟉ᄒᆞ고 두 부인이 잔을 들매 화부인의 영아ᄒᆞᆫ ᄌᆞ틔와 셕부인의 ᄀᆞ업ᄉᆞᆫ 명광이 쇼년의 비츌 감ᄒᆞ니 부인이 각별 두긋기며 통ᄋᆡᄒᆞ며 일ᄏᆞ라 쇼왈 현뷔 내 집의 드러와 경의 가모되연디 여러 십년이라 이제 니ᄅᆞ히 힝실이 놉흐니 엇디 아름답디 아니리오 가듕이 평안ᄒᆞ

122면

ᄒᆞ고[4] 샹해 화목ᄒᆞ믄 다 셕현부의 그윽ᄒᆞᆫ 덕이라 밧그로 나타내디 아니ᄒᆞ고 유슌ᄒᆞᆫ 셩덕은 갈담삼당을 ᄃᆡᄒᆞ리니 노모의 희힝ᄒᆞ미 엿디 아니ᄒᆞ여라 냥부인이 돈슈샤례ᄒᆞ고 물너나매 ᄎᆞ례로 졔손졔뷔 쟉을 진헌ᄒᆞ매 졔손의 늠〃ᄒᆞᆫ 골격과 헌아ᄒᆞᆫ 풍치며 졔쇼져의 한가ᄒᆞᆫ 녜모와 아담ᄒᆞᆫ 얼골이 쳔츄의 독보ᄒᆞ니 윤부인이 ᄯᅩᄒᆞᆫ 참예ᄒᆞ엿다가 칭하 왈 금일 모친의 유복ᄒᆞ심과 거〃의 경ᄉᆞ를 쳡이 새로이 션복〃ᄒᆞᄂᆞ이다 소부인이 쇼왈 그ᄃᆡᄂᆞᆫ 쳔승지국의 왕비오 ᄯᅩᆯ은 슉방의 귀ᄒᆞ믈 누리니 그ᄃᆡ의 경ᄉᆞ로ᄡᅥ 엇디 됴고만 경ᄉᆞ를 티하ᄒᆞ리오 윤부인이 탄왈 뎌〃ᄂᆞᆫ 웃디말나 녀ᄋᆡ 곤위예 이시나 슬하 두고 됴모의 ᄌᆞᄋᆡᄒᆞᆷ만 못ᄒᆞ니 나의 부귀로ᄡᅥ 거〃의 고요ᄒᆞᆫ 영화를 불워 아니리오 쇼ᄆᆡ 녀ᄋᆞ의 황후되믈 슉야의 두리더니 텬되 도으샤 태ᄌᆞ를 즉시 나흐시니 ᄆᆞ음이 평안ᄒᆞ나 오히려 방

4) ᄒᆞ고 : 'ᄒᆞ'는 반복되었음.

123면

심티 못ᄒᆞ여라 운셩이 쇼왈 슉모는 친슉질과 다ᄅᆞ미 업ᄉᆞᄃᆡ 진실로 뉴싱 등은 다 쇼딜을 놉으로 일캇고 황후 낭〃과 문언박 부인이 다 죵시 우리를 ᄃᆡᄒᆞ고 아니 보시니 엇디 결친지[의]리 잇고 승샹 왈 윤ᄆᆡ 비록 우리를 칭명 동긔라ᄒᆞ나 너와 뉴딜 등은 다 소ᄒᆞᆫ 배라 엇디 규듕 녀ᄌᆞ 번거히 보리오 ᄒᆞ니 원[ᄅᆡ] 부인은 승샹 은덕을 닛디 못ᄒᆞ고 ᄒᆞᆫ 가듕의 이시매 칭호를 동긔로 ᄒᆞ고 태부인ᄭᅴ 모녀지의로 ᄒᆞ나 그 ᄌᆞ식들의게 다ᄃᆞ라는 골육의친이 아니오 또 태부인ᄭᅴ 양녀로 뇌뎡ᄒᆞ문 셰업ᄉᆞ니 뉴싱 등이 외친 ᄂᆡ소ᄒᆞ야 은인으로 홀디언정 결친의 은근ᄒᆞᆫ 경은 업ᄉᆞ니 소시 졔싱은 본ᄃᆡ 관인ᄒᆞᆫ고로 더옥 극진이 ᄉᆞ촌으로 일ᄏᆞᄅᆞᄃᆡ 뉴황후와 황후의 아오 문언박의 쳬다 소싱 등을 ᄌᆞ란 후는 되ᄒᆞ고 보디 아니터니 황휘 즉위ᄒᆞ신 후는 ᄂᆡ외 족부를 국가의 알외매 더옥 소개 서의ᄒᆞᄃᆡ 윤부인이 졔ᄌᆞ를 엄틱ᄒᆞ

124면

ᄒᆞ고[5] 뉴혹ᄉᆞ를 ᄃᆡᄒᆞ야 ᄆᆡᆼ셰 왈 내 만일 소현셩 곳 아니면 엇디 오늘날이 〃시리오 비록 나라히 막으실디라도 쳡은 종신토록 소승샹 모ᄌᆞ로 결의를 샹히오디 아니리라 ᄒᆞ고 더옥 양부인ᄭᅴ 효셩을 힘ᄡᅳ고 승샹으로 동긔의 경이 둣거오니 뉴공이 ᄯᅩᄒᆞᆫ 감동ᄒᆞ야 녀셔의 도리를 극진이 ᄒᆞᄃᆡ 모든 뉴싱 등은 다만 은인이라 일캇고 일졀 안히 드러와 모든 부인ᄭᅴ 뵈디 아니〃 소공이 그 ᄆᆡ믈ᄒᆞ믈 보고 다만 통가지의로 년질이라 칭ᄒᆞ고 구ᄐᆞ야 친딜로 아니〃 이러므로 뉴싱 등이 소싱으로 더브러 ᄉᆞ촌지의 긋처딘디라 졔쇠 ᄇᆡ은ᄒᆞ다 ᄒᆞᆫ즉 소공이 닐오ᄃᆡ 왕평장부인 가시와 다뭇 평쟝이다 내우덕을 닙으미 윤ᄆᆡᄭᅴ 디나ᄃᆡ 그 ᄌᆞ식으로 더브러 일삭의 ᄒᆞᆫ번 와 보디 아니코 소ᄒᆞᆫ 놈이 되엿ᄂᆞ니 ᄒᆞ믈며 윤ᄆᆡ는 이제ᄭᆞ디 날로 더브러 형ᄆᆡ라 ᄒᆞ고 일삭의 십일은 모친ᄭᅴ 뫼와 디내니 슈은보덕ᄒᆞ미 ᄌᆞ뭇 붉은디라 그 ᄌᆞ식의 다ᄃᆞ라는 은인

125면

으로 우리를 극진이 셤기며 너히로 ᄒᆞᆫ가지로 친ᄋᆡ하니 이 곳 져ᄇᆞ리미 아니라 이제 진짓 ᄉᆞ촌이라 홀딘대 너모 명교를 건너 피ᄎᆞ 고이ᄒᆞ리니 셕의 삼결도원은 만고의

---

5) ᄒᆞ고 : 'ᄒᆞ'는 반복되었음.

구든 뎡밍이로딕 셩을 고티디 아니코 당비의 즈식으로뻐 후쥬의 쳐를 삼으니 친골육도 여러딕예 가면 소ᄒ거든 ᄒ믈며 타문의 소ᄒ므로뻐 명구ᄒᆫ 사ᄅᆷ이 죵신토록 칭형 ᄆᆡ모녀로 일ᄏᆞ른 밧긔 쏘 엇디 그 ᄌ식으로 ᄒ야금 권당이 되라 ᄒ리오 뎨 ᄒ믈며 우리를 망연히 니ᄌ미 아니라 왕닉 샹봉ᄒ미 ᄌᆺ고 서로 친졀ᄒ야 말마다 감격ᄒ믈 일ᄏᆞᆺ고 거동이 형뎨 ᄀᆞᄐᆞ니 엇디 ᄇᆡ은망덕ᄒ다 ᄭᅮ지ᄌ리오 이는 뉴싱 등이 너른거시 뎍고 법제 잡으미 젹으리라 무신무례튼 아니〃 너히는 어즈러온 말을 말나 졔쇠 묵연브답이러니 금일 운셩이 쏘 ᄎᆷ디 못ᄒ야 이 말을 ᄒ니 윤부인이 ᄆ양 븟그리고 졔ᄌ의 고집을 ᄒᆫᄒᄂ니

126면

원닉 뉴시 졔싱 등이 비록 아름다오나 인ᄌᄒᆫ 풍이 업ᄉ므로 소가의 결의 친족지의를 그ᄎ니라 이날 종일토록 진환ᄒ고 셕양의 흐터디니 운명이 셕양의 니시의 용광과 쳥아ᄒᆫ 풍치를 보고 더옥 닛디 못ᄒ미 ᄒᆫ층이 더으니 ᄉ정을 억제치 못ᄒ야 용뫼 날로 수쳑ᄒᆫ ᄃᆺᄒ니 화부인이 도로혀 민망ᄒ야 ᄒ[6] 니시를 내여오고져 ᄒ나 감히 여러가지로 말을 못ᄒ고 역시 용녀ᄒ미 뎍디 아니터니 ᄒᆞᆯ룬 날이 치우므로 한샹셰 셕양 ᄧᅢ예 드러와 태부인ᄭᅴ 문안ᄒ고 승샹으로 더브러 긴 셜화를 펴 부인ᄭᅴ 뫼셔시니 밤이 깁ᄒ딕 물너나디 아니코 인ᄒ야 쥬찬을 드려 쟝ᄎᆺ 새오려 ᄒ는 거동이니 니시 이실 고디 업서 션향당의 가니 모든 쇼고들이 다 어렷는디라 딕뎝ᄒᆞᆯ 녜뫼 업고 심히 서의ᄒᆫ고로 난간머리의 비겨 명월을 ᄇ라보매 심회 슬픈디라 좌우로 인젹이 젹뇨ᄒᆫ딕 쳥풍이 쇼쇄ᄒ야 슈당을 요동

127면

ᄒ고 셤월이 명낭ᄒ야 쥬렴의 비최니 부모를 싱각고 그 존고의 화긔 젹어 이런 외로온 ᄧᅢ예도 감히 뫼셔 자디 못ᄒ믈 ᄀ마니 탄ᄒ고 팔ᄌ 긔구ᄒ믈 슬허 츈잉을 딕ᄒ야 딘〃히 늣겨 익〃히 닐오딕 내 일즉 부모의 일 녀ᄌ로 쳔신 만고를 격고 셩효가문의 〃탁ᄒ니 소시의 은혜 둣터워 부모 졔ᄉ를 니으며 날 딕뎝ᄒ미 너므나 이런 ᄧᅢ의 다ᄃ라는 심히 서의ᄒᆫ디라 쟝ᄎᆺ 어딕가 디닉리오 ᄆ옴의 슬픈 거술 뉴동ᄒ매 뎨어키

6) 불필요한 글자가 들어간 것으로 보임. 원문에 지운 흔적이 보임.

어렵고 뎌 둘은 부모 분묘를 비최는 도다호야 오닉 ㅂ 오는 듯ᄒ니 내 단댱ᄒ미 이러ᄒ고 언머 오라리오 구곡이 믈나 죽으리로다 츈잉이 역시 슬허 왈 존당과 승상이 후딕ᄒ시나 뎡당 화부인이 비록 ᄉ랑ᄒ시나 믹믈ᄒ셔 외친닉소 ᄒ시므로쎠 이리 외로온 쌔도 셕부인 ᄀᄐ시면 쇼졔 엇디 가셔 뫼옵고 밤을 디닉디 못ᄒ리오마는 감히 못ᄒ시니 졀

128면

졀이 쇼져의 팔직 놈과 ᄀᆺ디 못ᄒ시이다 니시 탄왈 존괴 이째 슈침ᄒ실 째니 내 감히 가셔 놀내옵디 못ᄒ미라 엇디 외친닉소 ᄒ시리오 너는 슌셜을 경히 말나ᄒ니 원닉 화부인이 모든 며ᄂ리를 ᄉ랑ᄒ는 듯ᄒ나 긔량이 너ᄅ디 못ᄒ므로쎠 심히 소딕ᄒ야 일족 눕는 자리의셔 보디 아니코 범ᄉ를 티례ᄒ야 딕답ᄒ며 졔부의 모다 뫼시믈 슬히여ᄒ며 긔이는 일이 만ᄒ니 졔뷔 다 서의ᄒ야 공경ᄒ나 ᄆ옴이 젼〃긍〃ᄒ야 디닉고 평안홀 적이 업고 셕부인은 모든 며ᄂ리를 거ᄂ리매 친익ᄒ미 녀ᄋ의 감티 아냐 시〃로 불너 방젹도 시기고 슈션도 ᄀᄅ치며 글도 닑혀 드르며 안젼의셔 잡계도 시겨 고하를 뎡ᄒ야 화긔 ᄀ득ᄒ며 쏘흔 담쇼를 도와 이러ᄐᆺ 즐기딕 죠곰도 녜예 프러딘 가티아니미 업고 졔뷔 두려ᄒ고 경셩되여 므롯일이 친모의 디나게 혜는디라 츈잉이 쏘흔 블워ᄒ야 이날 니시로 더브러 경히 차탄ᄒ더니 싱각디 아닌 소싱이 존당

129면

으로셔 나오다가 션향당 난간 ᄉ이의셔 은〃흔 말소릭 들니믈 보고 거름을 머추워 드ᄅ니 이 곳 니부인의 슬픈 졍시 츈잉으로 더브러 곤측ᄒ믈 보고 새로이 익련ᄒ야 ᄀ마니 거러 뒤흐로 가 니시를 붓들며 왈 부인은 야텬명월의 일개 시비로 더브러 므솜 말을 ᄒᄂ뇨 니시 경동티 아니코 졍식 왈 낭군이 무례ᄒ다 부뷔란거시 비록 친ᄒ나 엇디 그 너모 셜만ᄒ리오 쳡이 쏘흔 녜의로 결발흔 배니 군ᄌ는 쳔딕티 말디어다 싱이 샤례 왈 부인의 지극흔 말숨이 싱의 무식ᄒ믈 붉히미라 ᄎ후 경심계지ᄒ야 삼가리이다 니시 샤례ᄒ고 츈잉을 눈주어 쥬리를 가져오라ᄒ거놀 싱이 쇼왈 부인이 혹 싱 피ᄒ믈 이ᄀ티ᄒ니 ㅂ야흐로 내의 더러 오믈 씌ᄃ라 슈괴ᄒ딕 구챠히 ㅂ라는 배 쇼싱이 부인씌 은혜 잇는 사름이라 비록 염고ᄒ나 잠간 강잉ᄒ야 슈은보덕ᄒ시믈 ㅂ라ᄂ이다 니시 념용경금 왈 쳡이 블

130면

혜ᄒᆞᆫ 긔질로 군의 건즐을 소임ᄒᆞ니 엇디 봉관항녈이 되디 아니리오마ᄂᆞᆫ 구고의 셩은 이 하ᄂᆞᆯ ᄀᆞ타샤 외람ᄒᆞ믈 용납ᄒᆞ시고 군ᄌᆞ의 ᄇᆞᆰ은 덕이 지어 션친씌 미ᄎᆞ시니 이 은혜ᄂᆞᆫ 삼ᄉᆡᆼ의 갑습기 어려온디라 엇디 감히 염탄ᄒᆞ미 이시리잇고 다만 박명ᄒᆞᆫ 사ᄅᆞᆷ의 일은 일마다 슌티아냐 ᄋᆡᆨ운이 듕타ᄒᆞ니 존당이 깁히 근심ᄒᆞ샤 협실의 옴겨 ᄌᆡ익을 막으시니 쳡이 감격ᄒᆞ옴 밧씌 나믄 의ᄉᆡ 이셔 더옥 군ᄌᆞᄅᆞᆯ 뫼셔 녈낙고져 ᄒᆞ므로 원녀ᄅᆞᆯ 깁히 두어 존명을 승슌ᄒᆞ미러니 이러ᄐᆞᆺ 칙ᄒᆞ시니 불승슈괴ᄒᆞ믈 이긔디 못긔니이다 ᄉᆡᆼ이 묵연 냥구의 탄식 왈 부인의 ᄇᆡᆨ벽심당은 가지록 어름이 조코 금이 구둠 ᄀᆞᄐᆞ니 비록 남ᄌᆞ의 풍뉴화ᄉᆡ나 엇디 감히 범ᄒᆞ리오 드ᄃᆡ여 ᄂᆞ족이 심ᄉᆞᄅᆞᆯ 닐너 텰셕간당이라도 농쥰ᄒᆞᆯ ᄃᆞᆺᄒᆞᄃᆡ 니시 다만 옥면을 졍히ᄒᆞ고 소ᄅᆡᄅᆞᆯ 온화히ᄒᆞ야 답언이 화슌ᄒᆞ나 듕졍을 ᄀᆡ티 아니〃 그 텰

131면

셕ᄀᆞ튼 심당이라 ᄉᆡᆼ이 더옥 ᄋᆡ셕ᄒᆞ야 ᄎᆞ마 니러나디 못ᄒᆞ니 니시 민망ᄒᆞ야 대의로 간권ᄒᆞ야 도라가라 ᄒᆞ고 ᄯᅩᄒᆞᆫ 피ᄒᆞᆯ 고ᄃᆞᆯ 엇디 못ᄒᆞ야 ᄒᆞᄂᆞᆫ 거동이 고지 ᄇᆞ람을 만나고 ᄃᆞᆯ이 구룸의 ᄡᅧ엿ᄂᆞᆫ ᄃᆞᆺᄒᆞ야 경녕ᄒᆞᆫ ᄌᆞ틔와 빙뎡ᄒᆞᆫ 풍되 난초의 ᄆᆞᄅᆞ 녹으니 ᄉᆡᆼ이 ᄆᆞ음이 어리고 ᄯᅳ디 녹아 쇽졀업시 일 ᄲᅡᆼ 면목이 쇼져의 신샹의 ᄡᅩ여시니 츈ᄋᆡᆼ이 감격ᄒᆞ믈 이긔디 못ᄒᆞᄃᆡ 니시ᄂᆞᆫ 뉴렴ᄒᆞ미 업서 이에 나샹을 ᄯᅥᆯ티고 취삼을 부쳐 표〃히 거러 안흐로 드러가 셕파의 고ᄃᆡ 가니 셕패 자ᄂᆞᆫ디라 ᄯᅩᄒᆞᆫ 어려히 너겨 문밧긔 안잣더니 한샹셰 승샹으로 더브로 나가[니] 니시 ᄇᆞ야흐로 취셩뎐의 드러가니 부인이 우어 왈 마춤 ᄌᆞ세 셜화ᄒᆞ기로ᄡᅥ 쇼뷔 이실 고디 업서 믈너나가니 가히 샹ᄒᆞᆫ가 놀납도다 니시 피셕ᄒᆞ야 딘념ᄒᆞ시믈 샤례ᄒᆞ고 말을 답ᄒᆞ매 온공ᄒᆞ고 ᄋᆡ원ᄒᆞ니 부인이 더옥 어엿비 너기시더라 이러구러 명년 졍됴일의 승샹이 대궐

132면

의 드러가 딘하ᄅᆞᆯ ᄆᆞᆺ고 졔ᄉᆞ로 더브러 묘당의 나와 공경 ᄇᆡᆨ관으로 더브러 신년 한훤을 필ᄒᆞ고 항은쥬ᄅᆞᆯ 브어 슌ᄇᆡᄅᆞᆯ 돌녀 치위ᄅᆞᆯ 피ᄒᆞ고 파ᄒᆞ야 도라갈ᄉᆡ ᄇᆡᆨ관이 ᄌᆞ딜ᄃᆞ린재 만ᄒᆞ나 승샹의 위엄과 쟉명을 당ᄒᆞ리 업고 운셩 운회 등 뉵쇠 다 일ᄃᆡ 명ᄉᆡ라 청망을 몸의 붓쳐 금안옥뉴로 추종벽뎨ᄅᆞᆯ ᄀᆞᆯ와 부친 뒤히 셔시니 ᄃᆞᆺ글이 ᄒᆡᄅᆞᆯ ᄀᆞ리

오고 션명훈 의복과 표연훈 풍치 만됴듕의 소사나니 팔왕 구쥰 등이 칭찬 왈 뎌의 복은 당적 곽뎡공의 디나니 진실로 셩만후미 장후도다 후고 블워후기를 마디아니후더라 승상이 즈운산의 도라와 모친씌 뵈옵고 졔싱등이 일시의 됴복을 닙은재 셩녈후니 식〃훈 풍용과 늠〃훈 골격이 새롭고 모든 쇼년 녀지 웅작셩식으로 훈 줄로 엇게를 굴와 줄지어 셔시니 화안월빙과 ᄀ는 허리며 눌란 엇게는 현힐훈 풍치며 쇄락훈 긔질이 인뉴의 특츌

133면

후니 태부인이 두굿거오믈 이긔디 못후야 미우의 희식이 녕농후고 낭협의 우음이 현츌후야 닐오시딕 금일 너희 등의 셩만후믈 보니 구천의 도라가 션군을 보오매 니룰 말이 잇고 싱시의 유흔이 업ᄉ리로다 졔손 졔뷔 다 쳐연 샤례홀ᄉ 이쌔 운경 등이 금일 그 부인들의 새 단장과 그 이흔옥틱 새로오믈 보고 ᄀ마니 눈을 드러보딕 운셩은 난원이 이러 부뷔 모든 후는 즁인 듕 식〃후미 승상으로 다ᄅ미 업ᄉ딕 홀로 운명은 심디 굿세디 못후기로뼈 더옥 니시를 닛디 못후야 낭목이 니시 신상의 이시니 모다 서로 보고 우음을 먹음더니 승상이 나간 후 졔싱이 운명을 긔롱 왈 너는 엇디 니부인을 과도히 보아 대인의 고이히 너기시믈 밧ᄂ뇨 싱이 쇼이부답이러니 태부인이 나아오라 후야 계틱 왈 네 모ᄅ미 경박훈 거조를 말고 힝지를 존듕히 가질거시어늘 하고로 힝식 뎐도후미 만코 불구

134면

념티후미 이시니 기리 한심훈디라 불과 수년 후면 너히 부뷔 모ᄃ리니 과려티 말나 싱이 다만 빅샤후고 말이 업더라 이적의 나라히셔 진종황뎨 간신 왕흠약을 젼권후야 임의 언통계죵후시매 쟝ᄎ 위보 동딕의 유산후셔 대뇨의 ᄡ이시니 샤딕이 위틱훈디라 됴뎡의 두어 대신이 딕희엿고 다 님금을 호죵후야 가시니 소승상이 태후 황후와 태즈를 보호후야 왕셩의 이셔 각쳐의 격셔를 뎐후야 근왕후라 후고 일변으로 십만병을 됴발후야 보내고 경히 됴당의셔 경ᄉ를 의논후더니 홀연 보후딕 운남국이 반후야 교지를 티고 드러오니 긔미 심히 급후다 훈대 승상이 탄왈 병잉이 ᄉ방으로 니러나고 쥬샹이 적병의 ᄡ여겨샤 위틱후미 쇼쟝의 급훔ᄀ거늘 운남이 ᄯ 반후야 미친 긔운이 셩후니 엇디 쳐티후리오 구승상이 답왈 쥬샹이 비록 ᄡ여겨시나 삼관 양군매

긔병ᄒᆞ야 구완ᄒᆞ고

135면

팔대왕의 십만 군ᄉᆡ 가시니 승젼ᄒᆞ미 여반장이라 명공은 우려티 말고 우리 냥인 듕ᄒᆞ나히 운남을 티미 가ᄒᆞ다 승샹 왈 형의 말ᄉᆞᆷ이 유리ᄒᆞ나 쇼제 작야의 텬샹을 보니 운남의 왕 긔허 약ᄒᆞ야 가히 근심되디 아니〃 쥬샹이 환국ᄒᆞ신 후의 가셔 티미 늣디 아니ᄒᆞᆫ가 ᄒᆞ노라 구공 왈 불열ᄒᆞ다 고언의 닐오ᄃᆡ 빅골플 제 밧 갈고 목ᄆᆞ를 제 우믈 프면 미처 긔갈을 면티 못ᄒᆞᆫ다 ᄒᆞ니 운남이 비록 무디ᄒᆞ나 그 챵광ᄒᆞᆫ 거시 셩ᄒᆞ야 삼십만 듕을 댱구ᄒᆞ야 드러오니 가히 젹은 도적이 드러오니 아니라 만일 ᄇᆞ려두면 졈〃 셩ᄒᆞ야 일시의 졔어키 어려오리니 쥬샹의 환국ᄒᆞ시믈 기ᄃᆞ리미 심히 머니 맛당이 신속히 긔병ᄒᆞ야 티리니 형은 혜아려보라 소공 왈 이 말이 가ᄒᆞᄃᆡ 삼관의 군매 다 갓고 황셩의 어림군만 이시니 일변으로 격셔를 지어 군을 모도고 일변으로 우리 냥인듕 친히 가 티게 뎡ᄒᆞ리라 구공이 올

136면

타ᄒᆞ니 소공이 졍ᄉᆞ를 파ᄒᆞ고 집의 도라와 모친씌 뵈옵고 그 님년ᄒᆞ야시믈 보매 그 슬하 ᄯᅥ나믈 ᄎᆞ마 못ᄒᆞ야 미우를 찡긔고 듀뎨ᄒᆞ기를 오래ᄒᆞ야 믁〃히 샹냥ᄒᆞ매 국은이 듕ᄒᆞᆫ디라 이에 안ᄉᆡᆨ을 화히ᄒᆞ고 ᄭᅮ러 주왈 히ᄋᆡ 일즉 셩현의 글을 닑어 〃려실적브터 태〃의 블근 교훈을 밧ᄌᆞ오니 효ᄂᆞᆫ ᄇᆡᆨ힝의 근원이오 튱은 일신의 듀셕이라 녯 사ᄅᆞᆷ이 닐오ᄃᆡ 효ᄂᆞᆫ 힘을 다ᄒᆞ고 튱은 죽기를 도라보디 아닛ᄂᆞᆫ다 ᄒᆞ니 깁히 녯 글을 심복으로 사겨 ᄉᆞᆸ더니 이제 나라히 불힝ᄒᆞ야 쥬샹이 뇨적의 ᄡᅵ이시고 운남이 챵광ᄒᆞ야 드러오니 맛당이 가셔 틸디라 구공이 병이 만ᄒᆞ니 뎍을 티다가 대ᄉᆡ 그ᄅᆞᆯ가 두려 쇼지 셜워 인군ᄒᆞ야 도적을 틸디라 집의 이셔ᄂᆞᆫ 모ᄌᆞ졍의 듕ᄒᆞᄃᆡ 몸이 님군을 셤기매 ᄉᆞ졍을 도라보디 못ᄒᆞᆯ디라 모친 슬하를 ᄯᅥ나 쟝ᄎᆞᆺ 오라디 아냐 츌ᄉᆞᄒᆞᆯ디라 쇼ᄌᆞ의 ᄇᆞ효ᄂᆞᆫ 만고의 비ᄒᆞ리 업도소이다 연이나 미친 도

137면

적이 족히 혜아릴 배 아니〃 불가 일년지ᄂᆡ의 개가를 주ᄒᆞ고 도라오리니 모친은 과려티 마ᄅᆞ쇼셔 말ᄉᆞᆷ을 ᄆᆞᄎᆞ매 좌우 ᄀᆞ독ᄒᆞᆫ 사ᄅᆞᆷ이 다 아연대경ᄒᆞ야 면ᄉᆡᆨ이 여토ᄒᆞᄃᆡ

태부인이 죠곰도 경동ᄒᆞ미 업고 ᄂᆞᆺ비출 변티아냐 엄졀이 닐러 ᄀᆞᆯ오ᄃᆡ 군신유의는 오륜지상이라 네 일즉 텬은을 닙ᄉᆞ와 이ᄃᆡ 대신 되고 여러 아들이 다 당녹이 과듕ᄒᆞ니 맛당이 진튱보국ᄒᆞ리니 엇디 ᄉᆞ졍을 도라보리오 ᄒᆞ믈며 네 님[군]긔 허ᄒᆞ매 평일 내게 효를 극진이 ᄒᆞ여시니 국가 위란지시의 튱을 닐윌디니 오ᄋᆞᄂᆞᆫ 부유의 녹〃흔 틔도를 말나 승상이 희연히 공경ᄒᆞ야 명을 밧ᄌᆞᆸ고 이에 ᄯᅳᆺ을 결ᄒᆞ야 구공긔 회보ᄒᆞ고 즉시 쟝슈를 모ᄃᆞ니 삼일 만의 이십만 대군이 소공의 지휘를 바들ᄉᆡ 공이 황후긔 진속ᄒᆞ니 휘 친히 인견ᄒᆞ야 상방검을 주시고 승상을 대도독 졔로 도총병을 ᄒᆞ이샤 빅모황월을 빌

138면

니시니 승상이 샤은ᄒᆞ고 묘당의 ᄃᆡ신을 모도와 구공ᄃᆞ려 닐오ᄃᆡ 됴뎡안히 온 졍ᄉᆡ 다 현형긔 잇ᄂᆞ니 형은 ᄇᆞ라건대 졍ᄉᆞ를 션티ᄒᆞ야 빅셩을 편히ᄒᆞ고 쥬샹의 도라오시믈 기ᄃᆞ려 ᄯᅳ들 진주ᄒᆞ라 구공 왈 ᄉᆞ봉 안히 민을 다ᄉᆞ리믄 형이 쇼뎨를 당부 말고 ᄉᆞ봉 밧긔 뎍국 티믄 쇼뎨 형을 당부티 아니리니 형은 다만 안심ᄒᆞᆯ디어다 드ᄃᆡ여 소공이 일봉 표문을 밧드러 츄밀사 녀운을 주어 왈 타일 쥬샹긔 드려 소경의 변뷔 급ᄒᆞ므로써 하딕 못ᄒᆞ믈 샤죄ᄒᆞ오라 셜파의 이에 ᄌᆞ운산의 도라오니라

소현셩녹 권지십일

1면

화셜 승상이 ᄌᆞ운산의 도라오니 합문 샹ᄒᆡ 다 화긔 쇼연ᄒᆞ야 호읍비치라 승상이 임의 대쟝이 되어시ᄃᆡ 융복을 닙디아냐 다만 쳥건녹포로 병부 금인만 ᄎᆞ고 이에 드러와 모친긔 하딕ᄒᆞᆯᄉᆡ ᄀᆞ마니 눈을 드러 부인 긔ᄉᆡᆨ을 보매 ᄉᆞ긔 타연ᄒᆞ야 일호도 슬픈 비치 업고 흔연이 쇼쟉을 여러 젼송ᄒᆞᆯᄉᆡ 모ᄌᆡ 샹ᄃᆡᄒᆞ야 술을 마시며 담쇼를 ᄌᆞ약히 ᄒᆞ니 니셕 이패 블승 탄복ᄒᆞ며 원별의 슬프믈 니ᄅᆞ더니 홀연 보니 시어ᄉᆞ 운경과 병부샹셔 운셩이 나아와 주왈 대인이 만니 봉딘의 힝ᄒᆞ시니 쇼ᄌᆞ 등이 뒤흘 도차 죠고만 계교로 쳑촌이나 돕습고져 힝군의 가리이다 승상이 텀음냥구의 닐오ᄃᆡ 너히 다 년쇼ᄒᆞ고 혈긔 미뎡ᄒᆞ니 슈토의 샹ᄒᆞ미 쉬올디라 엇디 가ᄇᆞ야이 죵군ᄒᆞ

2면

리오 냥인이 다시 수러 고왈 대인이 타국 젼당의 가시거놀 쇼즈 등은 여러 형뎨로 또 흔 국녹을 먹고 튱효를 다 져부리면 어닉 면목으로 인뉴의 셔리잇고 스싱이 유명이니 엇디 슈토로인흐야 대의를 폐흐리오 대인이 만일 구트야 드려가디 아니실딘대 안젼의셔 죽으믈 원흐누이다 공이 기리 한숨뎌 왈 내 본딕 셔싱으로 젼딘의 드라들믄 국은을 갑흐미오 너히 등의 이러홈도 스리의 올흔디라 내 엇디 아비되여 구트야 막으리오 슈연이나 운경은 긔질이 약흐고 또 집의 뭇아둘이라 가히 업디 못흐리니 삼가 존당을 밧드러 가스를 다스리고 운셩은 긔질이 견강흐니 군듕의 니흔 일이 만흘디니 날을 조차 가게 뎡흐라 운셩이 대희흐야 샤례흐고 운경이 다시 조차가믈 고흔대 공이 허티 아니흐니 어시 눈물을 머금고 물너나다 술이 두어 슌의 니르매 태부인이 술을 브어 승샹을 주고 경계 왈 병긔는 흉긔라 네

3면

뭇당이 군스를 거누려 니른 고딕 츄호도 범티 말고 장졸을 어엿비 너기고 스졸을 티디 말며 나라히 니흔 쟈는 비록 네게 외오나 반드시 샹스를 듕히흐고 사오나온 일이 젹을디라도 벌을 밋비흐야 형벌이 쥰졀흐나 므음 쓰기를 공경히흐고 샹스흐기를 경히흐야 어딜기를 힘쓰딕 프러디게 말며 니른 곳마다 조심흐고 만젼히흐야 몸으로뻐 위엄흔 고졀 붋디 말고 인의로뻐 적을 평정흔 후 도라오면 노뫼 죽어도 흔이 업스려니와 만일 포학으로뻐 이긔고 도라오면 내 결연히 너는 보디 아니리니 오우는 뭇망이 내의 말을 져부리디 말고 조종을 욕디 말나 승샹이 공경흐야 명을 밧고 술을 먹을식 효즈의 지극흔 졍셩이 감동흐니 추마 술을 마시디 못흐야 관을 수기고 유〃흐기를 오래흐다가 잔을 거후로고 니러 하딕흐매 눈물 두어 줄이 금포의 써러디믈 씌둣디 못흐야 골오딕 태〃의 ᄀ르치시믈 삼가 간부의 삭

4면

이리니 일년지닉의 셩톄 일향 평안흐시믈 브라누이다 좌우 제즈제부와 윤소 냥부인이 다 슬프믈 강잉흐엿다가 승샹의 슬허흐믈 보고 일시의 톄뤼 오식 ᄀ득흐여 늣기는 소릭 긋디 아니〃 소공이 홀연 안슈를 거두고 태부인이 칙흐딕 네 이제 원융장이 되어 장춧 눈믈 드리오미 이러틋 셰쇄흐니 엇디 뻐 군하를 직녀흐리오 승샹이 다시

절ᄒᆞ고 조윤 냥미ᄅᆞ 더브러 니별ᄒᆞᆯᄉᆡ 소부인이 다만 무ᄉᆞ히 도라오믈 니ᄅᆞ고 졔손을 ᄎᆞ자 일〃히 안아 가챠ᄒᆞ며 이에 년〃ᄒᆞ야 모젼을 ᄎᆞ마 ᄯᅥ나디 못ᄒᆞ다가 물너 듕당의 나와 시녀로 두 [부]인을 청ᄒᆞ야 니ᄅᆞ매 소공이 ᄑᆞᆯ흘 미러 좌를 니라고 ᄒᆞᆫ번 눈을 드러 그 긔ᄉᆡᆨ을 보매 화부인은 쳥뉘 화ᄉᆡ예 저〃시ᄃᆡ 셕부인은 동지안샹ᄒᆞ야 조곰도 쳑〃ᄒᆞᆫ 비치 업더라 승샹이 날호여 닐오ᄃᆡ 국은이 불힝ᄒᆞ고 님군이 근심의 겨시니 신ᄌᆡ 평안ᄒᆞ믈

5면

엇기 어려온디라 내 평일 디우ᄒᆞ신 덕을 갑ᄉᆞ오샤 만니 젹국의 드러 봉을 ᄃᆞ토매 사ᄅᆞᆷ의 죽기ᄂᆞᆫ 텬명이니 족히 근심ᄒᆞᆯ 배 아니로ᄃᆡ 경병 밍댱이 다 업고 내 ᄯᅩᄒᆞᆫ 군무를 아디 못하니 국가 대ᄉᆞ를 그릇ᄒᆞ야 일가의 환이 〃실가 두립거니와 ᄯᅩᄒᆞᆫ ᄒᆞᆯ일이 업ᄉᆞ니 금일 츌ᄉᆞᄒᆞᄂᆞᆫ 길히라 두 부인은 과려티 말고 오직 존당을 밧드러 심회를 위로ᄒᆞ시긔 ᄒᆞ고 쳑〃ᄒᆞᆫ 빗ᄎᆞ로 태〃의 슬프믈 도〃디 말고 편토록 뫼시면 ᄒᆞᆫ갓 부인ᄂᆡ 덕일 분 아니라 내의 감격ᄒᆞ미 젹디 아니리로다 운셩이 가기랄 구ᄒᆞ니 ᄃᆞ려가ᄂᆞᆫ디라 부ᄌᆡ 샹의ᄒᆞ야 군듕의 외로오미 젹으려니와 셕부인과 형시의 심ᄉᆞᄂᆞᆫ ᄒᆞᆫ층이 더으리로소이다 화부인이 슬픈 눈물이 빵〃ᄒᆞ야 겨유 닐오ᄃᆡ 쳡의 블용으로ᄡᅥ 승샹의 원위를 누리미 본ᄃᆡ 가티 아니ᄃᆡ 공의 은혜를 닙엇더니 블[힝ᄒᆞ야 불]모지디를 향ᄒᆞ시니 쳡의 심간이 ᄇᆞ아디ᄂᆞᆫ ᄃᆞᆺᄒᆞᆫ디라 [만일] 승젼

6면

ᄒᆞᆫ 쇼식을 엇디 못ᄒᆞ오면 죽어 당〃이 승샹의 뒤흘 ᄯᆞᆯ오리라 소공이 ᄒᆞᆯ연 안ᄉᆡᆨ을 변ᄒᆞ더니 셕부인이 옷기솔 녀미고 소ᄅᆡ를 온유히 ᄒᆞ야 ᄀᆞᆯ오ᄃᆡ 남ᄌᆡ 몸을 국가의 허ᄒᆞ매 ᄉᆞ디를 [ᄉᆞ]양티 아닐디니 승샹의 인군ᄒᆞ미 가운의 블힝이나 도라오시ᄂᆞᆫ 날은 금일 슬픈 거시 밧고여 경ᄉᆡ 될ᄶᅵ니 대댱뷔 군융 대원 쉬되여 ᄋᆞ녀ᄌᆞ로 더브러 니별을 거리ᄢᅵ미 ᄯᅩᄒᆞᆫ 셰쇄ᄒᆞ니 ᄇᆞ라건대 군ᄌᆞᄂᆞᆫ 국가 위엄을 비겨 적듕을 [패]ᄒᆞ고 일즉 도라오시믈 원ᄒᆞᄂᆞ이다 존당 감지ᄂᆞᆫ 엇디 군ᄌᆞ의 니ᄅᆞ시믈 기ᄃᆞ리〃오 모ᄅᆞ미 이런 념녀를 마ᄅᆞ쇼셔 승샹이 칭샤 왈 부인의 통쾌ᄒᆞᆫ 말솜을 드ᄅᆞ니 ᄒᆞᆨᄉᆡᆼ의 모칙ᄒᆞᆫ 흉금이 훤츌ᄒᆞᆫ디라 ᄒᆞ믈며 셩ᄋᆡ 디식이 원대ᄒᆞ니 젼딘ᄉᆞ의 가 족히 아비를 구ᄒᆞ고 적을 파ᄒᆞ리니 ᄯᅩ한 부인의 덕이라 ᄒᆞ리라 셕부인이 경ᄉᆡᆨ 단좌ᄒᆞ야 일호 쳑쳑ᄒᆞᆫ 비출 두디

아니코 승샹이 쏘훈 다시 닐는 말이 업서 ᄉ

7면

매를 쩔티고 밧그로 나가며 풀흘 미러 두 부인을 드러가 존당의 시좌ᄒ라 ᄒ더라 졔싱의 야〃를 뚤와가매 빅송훌식 운셩이 홀로 써며 조모와 모든 수〃를 니별ᄒ고 모친끠 하딕ᄒ매 셕부인이 냥안의 쳥뉘 ᄀ득ᄒ야 그 등을 어ᄅ문져 경계 왈 대댱뷔 군명을 밧ᄌ오매 집으로닛고 북 소릭 곳 드ᄅ면 머리 버히기를 닛는다 ᄒᄂ니 너는 야〃를 뫼시고 흉적을 쇼멸ᄒ야 일홈을 빗내라 싱이 위로 왈 쇼지 대인의 위풍을 비겨 ᄆ춤내 무ᄉ히 도라오리니 모친은 념녀 마ᄅ쇼셔 드듸여 침소의 드러가 형시로 더브러 원별을 니룰식 형시 심혼이 아득ᄒ나 ᄆ음을 굿게 ᄎ마 유ᄌ를 품고 싱을 딕ᄒ야 딘듕ᄒ물 니ᄅ니 싱이 비록 대의를 크게 너겨 부친을 뫼셔가나 모친의게 ᄌ개 못아들노이셔 범ᄉ를 셔쳐ᄒ야 시봉ᄒ다가 멀리 가매 셕부인이 좌우 슈족을 일흔 듯ᄒ야ᄒ심과 규리홍안의

8면

쳐참ᄒ믈 딕ᄒ니 ᄆ음이 감챵ᄒ더라 기리 토탕ᄒ야 골오딕 남지 님군의 셩은을 듕히 밧ᄌ오매 규방의 ᄉ졍을 긋고 엄친의 나흐신 은혜를 닙ᄉ오미 ᄌ모의 젓먹이신 졍이 경ᄒ더라 튱효를 딕희여 빅면셔싱이 석자 칼흘 딥고 만군 듕의 죵ᄉᄒ니 엇디 심식 평안ᄒ리오 슈연이나 국녹을 듕슈ᄒ야 대댱뷔 당당이 죽엄이 몰가죽의 빠이믈 어드미 쏘ᄒ 만힝이라 단심이 ᄒ 번 뎡ᄒ매 죽어 디하의 가나 므슴 ᄒ이〃시리오 부인은 님년ᄒ신 조모와 ᄌ친을 어디리 셤겨 나의 도라가는 ᄆ음을 위로ᄒ고 슬하 유티를 거ᄂ려 기리 무양ᄒ쇼셔 형시 텽파의 슬프미 쵸〃히 니러나니 강잉ᄒ야 말솜을 쾌히 ᄒ야 왈 군지 효를 셰워 대인을 뫼셔가니 쳡이 쏘ᄒ 엇디 존고 봉양의 틱만 비출 두어 낭군의 대효를 샹희오리오 군듕을 항ᄒ시며 블길ᄒ 말솜을 ᄒ시고 쳑연ᄒ 비출 두시니 영웅의 긔운이 댜ᄅ고 ᄋ녀의 졍이 긴디라 쳡이

9면

심히 항복디 아닛ᄂ니 오직 군ᄌ는 쳔만 보듕ᄒ야 도라오쇼셔 샹셰 기리 탄왈 나 운셩이 비록 녹〃ᄒ 셔싱이나 일죽 녯 글을 닑어 튱효를 삼가ᄂ니 엇디 ᄋ녀ᄌ의 비편

ᄒᆞ믈 두리오 슈연이나 모친이 여러 아이 이셔도 다 오활ᄒᆞ고 ᄯᅩᄒᆞᆫ 거리센 인물로 져근 의논을 피ᄒᆞ노라 범ᄉᆞ를 보호티 아니리니 나의 방심티 못ᄒᆞᆯ 배라 부인은 모친 좌아를 ᄯᅥ나디 말고 가듕 의논이 잇거든 운현으로 더브러 의논ᄒᆞ야 힝ᄒᆞ면 현이 비록 소견이 과도ᄒᆞ나 인ᄉᆡ 영오ᄒᆞ고 디식이 명쾌ᄒᆞ니 가히 대ᄉᆞ를 쳐ᄒᆞ리라 빅형이 비록 어디ᄅᆞ시고 영오ᄒᆞ시나 강밍ᄒᆞᆫ 긔운이 업고 어룬의 말솜은 우기들 못ᄒᆞ시니 가듕의 대ᄉᆡ 이셔도 반ᄃᆞ시 분변ᄒᆞ미 업ᄉᆞ리니 부인은 오직 조심ᄒᆞ야 존당과 모친을 셤기고 졔수 듕 위부인과 님시 니시ᄂᆞᆫ 친ᄒᆞ나 오직 뎡시 사롬되오미 음악ᄒᆞ니 그ᄃᆡ 모ᄅᆞ미 외친 ᄂᆡ소ᄒᆞ야 ᄌᆞ못 멀니ᄒᆞ고 화

10면

를 엇디 말나 화부인 셤기오믈 ᄯᅩᄒᆞᆫ ᄌᆞ당의 디나게ᄒᆞ야 시비를 브ᄅᆞ디 말디어다 〃쇼 셜화 ᄀᆞᄅᆞ치기를 일댱 셰쇄히ᄒᆞ고 그 ᄋᆞᄌᆞ를 어ᄅᆞ문져 년ᄋᆡᄒᆞ며 ᄯᅩᄒᆞᆫ 부인의 옥슈를 잡고 ᄎᆞ마 ᄯᅥ나디 못ᄒᆞ야ᄒᆞ니 형시 이에 도라가믈 ᄇᆡ야니 샹셰 ᄌᆡ삼 무양ᄒᆞ믈 니ᄅᆞ고 ᄋᆞᄌᆞ의 손을 잇그러 모친 알ᄑᆡ 나아가 눈물을 머금고 모친의 ᄉᆞ매를 븟들고 왈 히ᄋᆡ 야〃를 뫼셔가매 모친 ᄡᅴ 다시 뵈오믈 밋디 못ᄒᆞ리니 태〃ᄂᆞᆫ 불쵸ᄌᆞ를 과려티 마ᄅᆞ시고 셩톄를 안보ᄒᆞ쇼셔 대인이 겨실 적은 화평커니와 대인이 나가시니 가ᄂᆡ 불평ᄒᆞ미 만ᄒᆞ리니 태〃ᄂᆞᆫ 무른 일을 범연히 마ᄅᆞ시고 조심ᄒᆞ시며 모든 아이 년쇼키로 미거ᄒᆞ고 의논이 업ᄉᆞ니 범ᄉᆞ를 솔피시며 운현과 샹의ᄒᆞ시고 졔뎌의 망녕된 말을 ᄡᅳ디 마ᄅᆞ쇼셔 부인이 닐오ᄃᆡ 가듕 ᄉᆞ리ᄂᆞᆫ 존당이 겨시고 내 비록 불민ᄒᆞ나 족

11면

히 아라 ᄒᆞ리니 너ᄂᆞᆫ 이 념녀를 말고 다만 승샹을 뫼셔 개가를 브ᄅᆞ고 도라오믈 원ᄒᆞ노라 샹셰 두 번 절ᄒᆞ야 하딕고 니러 밧그로 나가다가 다시 드러와 모친의 오ᄉᆞᆯ 븟들고 ᄯᅥ나가들 못ᄒᆞ니 부인이 졍ᄉᆡᆨ고 ᄭᅮ지저 ᄲᆞᆯ리 가라 ᄒᆞᆫ대 ᄉᆡᆼ이 눈물을 흘리고 슉모와 졔수를 니별ᄒᆞ고 급〃히 ᄃᆞᆯ려 군듕으로 가니 남문 밧긔 승샹이 댱막을 ᄇᆡ셜ᄒᆞ고 삼군을 분ᄒᆞ야 젼후 ᄃᆡ우를 호령ᄒᆞ고 션봉을 뎡ᄒᆞ야 힝군홀ᄉᆡ 긔치 ᄒᆡ를 ᄀᆞ리오고 죵고소ᄅᆡᄂᆞᆫ 하ᄂᆞᆯ을 흔들며 도창검극은 서리와 눈ᄀᆞᄐᆞ야 탕〃호〃히 군융이 엄졍ᄉᆡᆨ〃ᄒᆞ야 흡〃히 회음후의 위풍과 쥬아부의 호령이 잇ᄂᆞᆫ디라 만됴 ᄇᆡᆨ관이 서ᄅᆞ 도라보아 ᄀᆞᆯ오ᄃᆡ 소현셩이 일즉 ᄆᆞᆫ묵을 졍통ᄒᆞ고 녜법을 셥녑ᄒᆞᆫ 아란디 오라거니와 엇

디 이러틋 원융의 지죄 잇는줄 알니오 가히 션당슈셔는 알려니와 삼쳑지동의 심디는 탁냥키 어렵다ᄒᆞ

12면

믈 금일이야 씌돗과라 ᄒᆞ고 구공이 ᄯᅩᄒᆞᆫ 경복 탄왈 내 일즉 형으로 더브러 닙됴ᄒᆞ연디 이십 여년의 오히려 이ᄀᆞᄐᆞᆫ 지조를 모ᄅᆞ낫다 ᄒᆞᆫ대 소공이 다만 겸양ᄒᆞ야 당티 못ᄒᆞ믈 일캇더라 날이 느ᄌᆞ매 승샹이 명ᄒᆞ야 ᄇᆡᆨ모 황월과 개근 졍동을 셰우고 북을 세번 쳐라 ᄒᆞ매 이에 졀월을 움ᄌᆞ겨 남으로 향홀ᄉᆡ 사ᄅᆞᆷ은 밍호 ᄀᆞᆺ고 ᄆᆞᆯ은 비룡ᄀᆞᄐᆞ야 일딘 ᄇᆞ람으로조차 ᄂᆞᄂᆞᆫ 듯글ᄀᆞ티 힝ᄒᆞ니 ᄇᆡᆨ관이 ᄇᆞ라보고 탄ᄒᆞ기를 냥구히 ᄒᆞ다가 도라올ᄉᆡ 어시의 운셩이 유의를 벗고 급갑홍포의 봉시 투고를 쓰고 ᄇᆡᆨ옥 양지씌를 씌고 손의 칠셩 참요검을 들고 청총 만니운을 ᄐᆞ고 듕군의 힝ᄒᆞ니 영오ᄒᆞᆫ 영치와 ᄲᅡ혀난 영융이 만인 가온대 소사나 은〃히 놉 ᄀᆞᄐᆞ니 참뎡 위공이 탄왈 범이 ᄯᅩ 범을 나흐니 현셩공의 영융으로 운셩을 두매 아비는 공명 ᄀᆞᆺ고 아들은 한신ᄀᆞᄐᆞ야 만고의 비ᄒᆞ리 업도다 ᄒᆞ더라 시에 운

13면

경 등 구인이 야〃를 ᄇᆡ별ᄒᆞ매 승샹이 오직 경계ᄒᆞᄃᆡ 너히 등이 존당을 잘 셤기고 [아들이]아모 일이 〃셔도 맛당이 태〃씌 품ᄒᆞᆫ 후 다ᄉᆞ리고 태〃 결티 아니시거든 내의 도라오믈 기ᄃᆞ려 쳐티ᄒᆞ라 허다 경계를 ᄆᆞᄎᆞ매 졔지 눈물을 머금고 ᄇᆡ별ᄒᆞᆫ 후 도라오니 문뎡이 뇨뎍ᄒᆞ고 물ᄉᆡᆨ이 셔량ᄒᆞ니 졔ᄉᆡᆼ이 눈물을 흘려 슬프믈 이긔디 못ᄒᆞ고 어ᄉᆡ 탄왈 우리 집이 년의 영홰 니러나 복셩화음이 타인의 불워홀 배러니 일됴의 이러틋ᄒᆞ니 엇디 슬프디 아니리오 연이나 믈이 업텀 ᄀᆞᄐᆞ니 ᄒᆞᆫ갓 챵텬의 도으시믈 ᄇᆞ라고 존당과 뫼친을 뫼셔 위로ᄒᆞ야 디낼거시라 운현이 쳥누를 ᄲᅳ려 왈 ᄯᅩᄒᆞᆫ 텬쉬라 대인의 디모와 삼형의 영웅으로ᄡᅥ 엇디 의심되미 이시리오 우리 등이 만일 쳑비ᄒᆞᆫ 비출 둘딘대 조모와 두 모친을 뉘라셔 위로ᄒᆞ리오 드ᄃᆡ여 안슈를 거두고 드러가 취셩뎐의 니ᄅᆞ니 태부인이 소윤화셕 ᄉᆞ위 부인과 모든 쇼년

14면

녀ᄌᆞ로 더브러 안자 슬허ᄒᆞ기를 마디 아니ᄒᆞ시니 졔ᄉᆡᆼ이 오열ᄒᆞᆫ ᄂᆞᆺ빗과 쾌ᄒᆞᆫ 말솜으

로 위로ᄒᆞ기를 극진이 ᄒᆞ니 태부인이 탄식 왈 내 비록 일개[ᄋᆞ]녀ᄌᆞ로 문견이 고로ᄒᆞ나 능모의 복검슐도 항복ᄒᆞ고 셔모의 칙ᄌᆞ지 결항ᄒᆞ믈 흠앙ᄒᆞᄂᆞ니 엇디 녹〃히 슬허ᄒᆞ야 경의 가는 ᄆᆞᄋᆞᆷ을 편티 아니케 ᄒᆞ고 내의 취졸을 현뎌ᄒᆞ리오마는 션군을 여희고 저롤 길러 힝혀 지죄 잇고 힝실이 닐럼즉ᄒᆞ믈 뻐 심두의 희힝ᄒᆞ믈 곰초와 일시 써남도 쳔츄ᄀᆞ티 너기거ᄂᆞᆯ 만니 적소롤 보내고 ᄉᆞ싱 화복을 아디 못ᄒᆞ리니 비록 저 보는 ᄃᆡ 말을 쾌히ᄒᆞ나 본심이 즐거오리오 셜파의 눈물이 비 ᄀᆞᄐᆞ니 좌우 사ᄅᆞᆷ이 탄셩읍하ᄒᆞ믈 그치디 못ᄒᆞᄂᆞᆫ디라 졔싱이 ᄯᅩᄒᆞᆫ ᄂᆞᆺ출 ᄀᆞ리와 울거ᄂᆞᆯ 셕부인이 긔운을 ᄂᆞ족이 ᄒᆞ야 주왈 흉뇌 만ᄒᆞ나 승샹의 디모와 대송 위풍으로 엇디 파적ᄒᆞ믈 근심ᄒᆞ리잇고 ᄒᆞ믈며 긴 날의 이러틋 과회ᄒᆞ실딘대 셩

15면

톄 불평ᄒᆞ시리니 승샹이 도라오매 브희 더으고 위ᄎᆞ미 듕ᄒᆞ리니 업되여 ᄇᆞ라ᄋᆞᆸ기는 관회ᄒᆞ시미 원이로소이다 태부인이 기리 탄식고 좌우인이 ᄇᆡ야흐로 셕부인의 심댱이 텰셕도곤 굿고 의논이 원대ᄒᆞ믈 아니라 ᄎᆞ후로 부듕 ᄂᆡ외예 화긔 쇼연ᄒᆞ고 승샹거쳐ᄒᆞ던 바 ᄂᆡ셔헌 ᄇᆡᆨ 화당이 적〃이 븨여 깁히 즘기엿고 외셔헌 취우각의 ᄇᆡᆨ관이 못디 아냐 잇다감 졔소롤 ᄎᆞᆺ는 명식 빈〃이 왕ᄂᆡ홀 ᄯᆞᄅᆞᆷ이라 모든 부인이 취셩뎐의 뫼셔 디내고 쇼년 녀ᄌᆞ들만 당을 ᄎᆞ자 침소롤 뎡ᄒᆞ엿ᄂᆞᆫ디라 됴셕 문안적 졔싱의 드러오믈 보고 태부인이 더옥 슬허 왈 경이 평일 압셔고 너희 무리 뒤흘 조찻더니 일됴의 인식 이러틋 변ᄒᆞ니 엇디 희홉디 아니리오 소부인이 겨ᄐᆡ셔 [ᄇᆡᆨ]단 위로ᄒᆞ고 셕부인이 슬픈 거ᄉᆞᆯ ᄎᆞ마 부인 식봉과 침금을 ᄀᆞ음 아라 ᄐᆡ만티 아니코 일향 됴흔 비ᄎᆞ로 시봉ᄒᆞ며 ᄃᆡ슉ᄒᆞ니 부인이 그 효의와 셩덕을 감격히 너겨 이

16면

듕ᄒᆞ미 더으고 화부인은 심식 흘난ᄒᆞ고 비회 ᄌᆞ츌ᄒᆞᄆᆞ로뻐 듀야 침당의 드러 됴셕문안밧근 나든니디 아니ᄒᆞ니 태부인이 고이히 너기나 승샹의 듕ᄃᆡᄒᆞ던 배라 방심티 못ᄒᆞ야 ᄆᆡ양 불러 보고 위로ᄒᆞ더라 쟝ᄎᆞᆺ 이십 일의 니ᄅᆞ매 태부인이 졔손 졔부롤 다 불러 안치고 소윤 화셕 ᄉᆞ인을 ᄃᆡᄒᆞ야 닐오ᄃᆡ 내 셕일 션군을 여희여실적 호텬디통을 능히 견ᄃᆡ고 부모의 상ᄉᆞ롤 만나 뉵아지통을 ᄯᅩᄒᆞᆫ 부지ᄒᆞᄃᆡ 오히려 집을 써날 의식 업서니 이제 [경을] 니별ᄒᆞ매 ᄉᆞ별이 아니오 만날 긔흔이 이시ᄃᆡ 시〃로 졍신이 놀라

와 졔어키 어렵고 새벽이면 저의 신셩ᄒᆞᄂᆞᆫ 소릐를 듯ᄂᆞᆫ ᄃᆞᆺᄒᆞ고 날이 어두[오]매 화ᄒᆞᆫ 얼골이 겨ᄐᆡ 이시며 온유ᄒᆞᆫ 거동의 혼뎡ᄒᆞ믈 보ᄂᆞᆫ ᄃᆞᆺᄒᆞᄃᆡ 형영이 요원ᄒᆞ니 사ᄅᆞᆷ으로 ᄒᆞ야곰 견ᄃᆡ디 못ᄒᆞᆯ 배라 이ᄂᆞᆫ 내의 별회의 슬허ᄒᆞ미 션군의 부모의 ᄉᆞ별도곤 슬허 ᄒᆞ미 아니라 내의 나히 쇠로ᄒᆞ고 두ᄅᆞ미 들고디 업서 저만

17면

ᄇᆞ라고 잇다가 일됴의 상니ᄒᆞ믈 ᄎᆞᆷ디 못ᄒᆞ미라 이에 이시매 내 쟝ᄎᆞᆺ 위회ᄒᆞᆯ 길히 업ᄉᆞ니 강뎡 뎡ᄌᆞ의 가 제의 거쳐ᄒᆞ던 자최를 보디 말고 져기 ᄒᆡ수코져 ᄒᆞᄂᆞ니 졔손은 ᄒᆡᆼ니를 출하라 운경이 슈명ᄒᆞ야 거마를 셩비ᄒᆞ매 태부인이 ᄀᆞᆯ오ᄃᆡ 내의 좌와를 ᄉᆞᆯ펴 편히ᄒᆞ리ᄂᆞᆫ 셕현뷔오 내의 ᄆᆞ음을 위로ᄒᆞ리ᄂᆞᆫ 녀ᄋᆡ니 이 냥인은 날을 조차 가고 화시ᄂᆞᆫ 맛당이 졔ᄌᆞ로 더브러 이에 이셔 집을 다ᄉᆞ리고 ᄂᆡ외를 어즈러이 말며 므ᄅᆞ 일을 내의 법졔를 고티디 말고 경의 ᄯᅳ들 니어 ᄌᆞ부를 고로〃 ᄃᆡ졉ᄒᆞ고 비복을 은혜로 ᄃᆡ졉ᄒᆞ야 내의 ᄆᆞ음을 져ᄇᆞ리디 말디어다 화시 쳥누를 ᄲᅮ려 명을 바ᄃᆞ니 부인이 이에 소부인과 셕부인을 ᄃᆞ리고 쟝ᄎᆞᆺ 나갈ᄉᆡ 다시 화부인을 분부 왈 니시의 ᄋᆡ운을 니ᄅᆞ거ᄂᆞᆯ 내 깁히 방비ᄒᆞ매 운명의 ᄆᆞ음이 쵸조ᄒᆞ더니 내 이제 ᄆᆞ음이 셰샹의 거리ᄭᅵ미 업서 강뎡로 가메 니시의 죵젹이 그ᄃᆡ

18면

가히 임의로 쳐티ᄒᆞ야 아모리나ᄒᆞ라 모든 쇼부와 졔손이 다 금슬이 화합ᄒᆞ고 인심이 흡연ᄒᆞᄃᆡ 홀로 명ᄋᆡ 삼쳐를 두어 ᄋᆡ증이 편벽ᄒᆞ니 님시ᄂᆞᆫ 어딘 녀ᄌᆡ어니와 뎡시 심히 투한ᄒᆞ야 가슴 가온대 니검을 ᄀᆞᆷ앗ᄂᆞ니 명ᄋᆡ 뎐도ᄒᆞ나 가히 니시의 외로오믈 ᄉᆞᆲ혀 보호ᄒᆞ라 ᄯᅩ 니셕 이 파를 불러 ᄀᆞᆯ오ᄃᆡ 내 본ᄃᆡ 너희를 ᄃᆞ려가고져ᄒᆞᄃᆡ 가듕의 규뎡ᄒᆞᆯ 사ᄅᆞᆷ이 업ᄂᆞᆫ고로 머므ᄅᆞ ᄋᆞᄂᆞ니 맛당이 용심ᄒᆞ야 화시를 도와 집을 졍히ᄒᆞ고 므ᄅᆞᆺ 뎐도ᄒᆞᆫ 거ᄉᆞᆯ 것딜러 녯 법데를 고티디 말나 이인이 울며 명을 밧ᄌᆞ오매 형시 ᄋᆡ원ᄒᆞᆫ ᄂᆞᆺ비ᄎᆞ로 옷기ᄉᆞᆯ 녀ᄆᆡ고 옥협의 쥬루를 드리워 고왈 쇼쳡이 존당 존고의 은ᄋᆡ를 듕히 밧ᄌᆞ와 일즉 ᄯᅥ나온 적이 업ᄉᆞᆸ나니 금일 ᄒᆡᆼ도의 뒤흘 조차 좌아를 니측 말ᄆᆞᆯ 원ᄒᆞᄂᆞ이다 태부인이 탄왈 쇼부의 졍ᄉᆞᄂᆞᆫ 가히 측냥티 못ᄒᆞ려니와 셕현뷔 나가매 현부의 ᄃᆡ신이 업디 못ᄒᆞ리니 집을 뷔오미 가티 아닌디

19면

아닌디[7]라 ᄉᆞ셰를 보와 션쳐ᄒᆞ고 아직 부듕의 이시라 셕부인이 옥슈를 잡고 청누를 ᄲᅳ려 왈 그ᄃᆡ를 엇디 ᄃᆞ려가고져 아니리오마ᄂᆞᆫ 여러 ᄒᆡᄋᆞ로 고요티 아냐 존당의 번요ᄒᆞ시미 이실가 두립고 그ᄃᆡ조차 가면 사ᄅᆞᆷ이 졍ᄉᆞ를 숣히디 아니코 우리만 존당 통을 닙ᄂᆞᆫ가 ᄒᆞ리니 슌편ᄒᆞᆫ 되 아니라 현뷔 평일 디식이 과인ᄒᆞ고 인ᄉᆡ 명오ᄒᆞ니 엇디 근심ᄒᆞᆯ 배 이시리오 여러 뎨ᄌᆞ로 더브러 됴히 이셔 화부인ᄭᅴ 효셩을 극진이 ᄒᆞ며 위시 님시를 화우ᄒᆞ야 좌와를 ᄀᆞ티ᄒᆞ라 강뎡이 갓가오니 시〃로 근친ᄒᆞ나 방해롭디 아니리라 드ᄃᆡ여 운현 운의 운슉 운필 등을 불러 형시를 후ᄃᆡᄒᆞ고 가ᄉᆞ를 샹의ᄒᆞ라 ᄌᆡ삼 분부ᄒᆞ고 니셕 이파 당부 왈 나의 ᄌᆞ녀 제부ᄂᆞᆫ 다 셔모를 밋나이다 ᄯᅩ 운경 쳐 위시를 불러 태부인이 ᄌᆞ못 대ᄉᆞ를 다 경계ᄒᆞ고 님시를 블러 화목ᄒᆞᆷ믈 니른 후 니시 나아와 뫼셔가믈 쳥ᄒᆞᆫ대 운명이 좌위셔 십분 민망ᄒᆞ야ᄒᆞ니

20면

화부인이 힘ᄲᅥ 머믈워지라ᄒᆞ니 이ᄣᅢ 태부인이 허다 슬픈 거시 오열ᄒᆞ야 만ᄉᆞ를 다 불관이 너기니 ᄒᆞ믈며 그 존괴 두어지라 ᄒᆞ니 엇디 구ᄐᆞ여 ᄃᆞ려가오리오 이에 니ᄅᆞ시ᄃᆡ 그ᄃᆡ 익이 듕타 ᄒᆞ매 깁히 곰초미러니 임의 ᄒᆡ 진ᄒᆞ엿ᄂᆞᆫ디라 ᄌᆡ악도 업ᄉᆞᆯ거시니 ᄒᆞ믈며 내 ᄆᆞ음이 어둑ᄒᆞ니 만ᄉᆡ 다 ᄡᅳ디 업ᄉᆞ니 그ᄃᆡᄂᆞᆫ 이에 이셔 덕을 다ᄉᆞ리고 하ᄂᆞᆯ흘 슌ᄒᆞ라 니시 감히 다시 말을 못ᄒᆞ고 믈러나니 운명이 십분 암희ᄒᆞ야ᄒᆞ더라 이에 양부인이 셕시 소시로 더브러 ᄉᆞ당의 하딕ᄒᆞ고 뎡의 들ᄉᆡ 부인이 ᄇᆡᆨ화뎡을 디나시매 승샹의 거쳐ᄒᆞ엿던 고들 보고 상연히 눈물을 드리워 ᄀᆞᆯ오ᄃᆡ 츈풍이 [화챵]ᄒᆞ고 ᄇᆡᆨ홰 만발ᄒᆞ야 경ᄉᆡᆨ이 의구ᄒᆞᄃᆡ 어엿분 내 아ᄒᆡ로 외로이 타향ᄀᆡᆨ이 되어 젼진듕의 침식이 불안토다 좌위 기읍 뉴톄러라 도라 화부인과 제손 제부를 다시옴 경계ᄒᆞ고 뎡의 드ᄅᆞ시니 한샹셰 호승ᄒᆞ야 강뎡의 니ᄅᆞ매 윤부인이 ᄌᆞ녀를 거ᄂᆞ려 마자

21면

깃브믈 이긔디 못ᄒᆞ며 졍당을 쇄소ᄒᆞ야 방소를 뎡ᄒᆞ고 일로조차 제손이 ᄌᆞ로 왕ᄂᆡᄒᆞ야 ᄃᆞᆫ니 고 소윤셕 삼 부인이 듀야 시측ᄒᆞ야 위로ᄒᆞ고 혹 집의 올라 풍경도 ᄇᆞ라보시

---

7) '아닌디' : 반복되었음.

긔ᄒᆞ니 잠간 관회ᄒᆞ야 ᄃᆡᄂᆡ고 ᄌᆞ운산의셔ᄂᆞᆫ 승샹과 운셩이 츌ᄉᆞᄒᆞ고 태부인이 소셕 이인을 ᄃᆞ려 강뎡으로 가시니 영홰 밧고여 슬픈 거시 되엿ᄂᆞᆫ디라 형시 듀야 창텬의 비러 승뎐ᄒᆞ믈 원ᄒᆞ고 홍안의 ᄌᆞ안을 ᄆᆡᄌᆞ나 ᄯᅩᄒᆞᆫ 여러 ᄒᆡᄋᆞ와 모든 슉〃이 됴셕의 위로ᄒᆞ니 비회를 서리담아 우흐로 화부인을 공경ᄒᆞ야 셤기고 가온대로 뎨ᄉᆞ 슉ᄆᆡ를 화우ᄒᆞ며 아래로 비복을 에엿비 너겨 므ᄅᆞ 일을 녜 법졔를 고티 아니〃 니셕 이패 불승 경복 왈 타일의 소시 풍쇽을 니즐쟈ᄂᆞᆫ ᄎᆞ인이라 ᄒᆞ더라 화부인이 듕권을 임ᄒᆞ야 태부인의 소임대로 ᄒᆞ려ᄒᆞ나 범ᄉᆡ 서위ᄒᆞ고 조ᄇᆞ야ᄋᆞ니 이셕 이패 서로 규졍ᄒᆞᆫ즉 화시 니파ᄂᆞᆫ 심복ᄒᆞ나 셕파ᄂᆞᆫ 부죡히 너겨 ᄯᅩ 가듕 대관의술를 쥐

22면

여 [ᄂᆡ]외를 호령ᄒᆞ고 유여 모를 일도 ᄇᆞᄃᆡ 아라내야 흔단을 일위고 셕파로 셕부인 소쇽은 반ᄃᆞ시 쳘복과 ᄌᆞ뢰 다 ᄇᆞ죡ᄒᆞ야 그 친쇽들과 층등ᄒᆞ미 명ᄇᆡᆨᄒᆞ고 조시 뉴시 셩시 등이 ᄀᆞ마니 원망ᄒᆞᆫ 즉 형시 말려 왈 ᄀᆞᄐᆞᆫ 사ᄅᆞᆷ도 ᄌᆡ리의 고하를 니ᄅᆞ미 비례어ᄂᆞᆯ ᄒᆞ믈며 존고의 ᄒᆞ시ᄂᆞᆫ 배라 부인ᄂᆡᄂᆞᆫ 다만 함구 블언ᄒᆞ미 가ᄒᆞ니라 ᄒᆞ고 ᄯᅩ 됴뎡이 승샹과 샹셔의 녹봉 월포를 별뎐으로 ᄂᆞ리와 쳐ᄌᆞ를 무휼ᄒᆞ시니 형시 밧ᄌᆞ와 반ᄃᆞ시 고듕의 드려 츄호를 불범ᄒᆞ고 다만 ᄌᆞ긔 친뎡의 오ᄂᆞᆫ 거시 이신즉 반ᄃᆞ시 조시 등을 ᄂᆞᆫ화주니 운현 등이 이런 말을 듯고 불승 탄복ᄒᆞ며 각〃 부인을 계틱ᄒᆞ야 말솜을 조심ᄒᆞ라 ᄒᆞ고 오직 불평ᄒᆞᆫ 일을 보나 지극 효도로 셤기며 운경이 텬셩이 인ᄌᆞᄒᆞᆫ디라 그 모친의 맛당티 아니믈 보고 잇다감 간ᄒᆞ야 말리니라 오직 운명이 모친을 다래여 니시를 취봉각의 옴기고 일흔 졍히 딘듕ᄒᆞ야 평싱 ᄒᆞᆫ이

23면

업서ᄒᆞᄃᆡ 홀로 니시 ᄆᆡᆨ〃이 즐겨 아니코 셕파ᄂᆞᆫ 화시의 ᄆᆡ물ᄒᆞ믈 보고 오직 말을 아니코 그 주ᄂᆞᆫ 거슬 츄호를 개[지]디 아니아냐 깁히 녀허 타일 그 박ᄃᆡᄒᆞ던 취졸을 드러내려ᄒᆞ며 시비의 간예티 아니〃 니패 그 긔ᄉᆡᆨ을 보고 말려 왈 범ᄉᆡ 편ᄒᆞ여야 됴흐니 그ᄃᆡᄂᆞᆫ 유심티 말라 셕패 ᄂᆡᆼ쇼 왈 내 비록 명위 ᄂᆞᄌᆞ나 션쳐ᄉᆞ 시인으로 태부인도 날을 멸ᄃᆡ티 아니시거ᄂᆞᆯ 화시 날을 늘근 시비만치도 ᄃᆡ뎝을 아니〃 내 일댱 대젼을 ᄒᆞᆯ 거시[로]ᄃᆡ 이ᄯᅢ ᄡᅡ홈을 ᄒᆞᆯ 시졀이 아니〃 은잉ᄒᆞ거니와 그ᄃᆡᄂᆞᆫ 잡말을 말나 ᄃᆞᄃᆡ여 일회당의 드러 범ᄉᆞ를 간예티 아니ᄃᆡ 화시 죠곰도 두려 아니ᄒᆞ고 오직 운명은 니

시로 열낙ᄒᆞ니 뎡시 십분 불열ᄒᆞ야 그윽이 간계를 ᄉᆡᆼ각ᄒᆞ니 니시의 ᄋᆡᆨ운이 텬쉬라 참혹히 굿기니라 하회를 보면 알거시오 운남 틴 일긔를 몬져 긔록ᄒᆞ믄 말ᄉᆞᆷ의 션후를 ᄎᆞᆯ히미라 아디 못게라 승뷔 엇더 ᄒᆞᆫ고 분ᄒᆡᆨᄒᆞ라 각

24면

셜 좌승샹 겸 구셕 평남 대원슈 졔로 도총병 소경인 진종 함평 뉵년의 남방 운남국이 반ᄒᆞᆷ을 듯고 시임 대신으로 ᄌᆞ원 츌졍ᄒᆞ야 졍병이십만과 명장삼십여원을 통녕ᄒᆞ야 슌이월 초삼일의 긔병홀ᄉᆡ 편쟝 호연긔로 젼부 션봉을 삼고 후장 반셰로 부원슈를 ᄒᆞ이고 졀도ᄉᆞ 조위로 후군 구응ᄉᆞ를 삼아 삼군이 ᄃᆡ우를 졍졔ᄒᆞ야 남으로 향ᄒᆞ매 호령이 엄슉ᄒᆞ고 샹벌이 쥰졀ᄒᆞ니 디나는 길히 츄호를 불범ᄒᆞ매 계견이 놀나디 아니코 초목이 샹티 아니ᄒᆞ며 ᄇᆡᆨ셩 부뢰 단ᄉᆞ호쟝으로 대군을 마ᄌᆞ니 인〃이 탄복ᄒᆞ야 인쟈의 군이라 ᄒᆞ더라 ᄒᆡᆼᄒᆞ야 쟝ᄎᆞᆺ 젼당강의 니ᄅᆞ매 젼션을 됴발ᄒᆞ야 도강홀ᄉᆡ 소공이 ᄒᆡᆼ군 후는 운셩을 좌와의 ᄯᅥ나디 아니터니 이날 ᄯᅩᄒᆞᆫ ᄇᆡ예올나 듕뉴ᄒᆞ매 홀연 대풍이 니러나고 일만 결이나 ᄒᆞᆫ 물결이 뒤누어 흉용ᄒᆞ니 수쳔 쳑 젼 션이 쟝ᄎᆞᆺ 위ᄐᆡᄒᆞᆫ디라 슈듕 졔인이

25면

실ᄉᆡᆨ 황〃ᄒᆞᄃᆡ 홀로 소공이 요동ᄒᆞ미 업ᄉᆞ니 이 므ᄉᆞᆷ 쓰딘고 이ᄣᅢ 젼당강 듕의 슌경야ᄎᆞ 뇽군의 명을 바다 슈졍궁 밧긔 나오니 길히 어둡고 일광이 희미ᄒᆞ며 죵고 소ᄅᆡ 진동ᄒᆞ니 야채 놀라 급히 몸을 소〃와 물결 ᄉᆞ이의 수머 보니 무수ᄒᆞᆫ 군병 젼션이 대강을 덥허 디나는 고ᄃᆡ 징붑과 함셩이 대진ᄒᆞᄂᆞᆫ디라 야채 즉시 슈졍궁의 드러가 젼당군긔 고왈 신이 황명을 밧ᄌᆞ와 슌ᄒᆡᆼᄒᆞ더니 슈듕이 어둡거ᄂᆞᆯ ᄀᆞ마니 나아가 보니 수 업순 ᄇᆡ 물 우흘 덥허 ᄂᆞ리고 ᄯᅩ 징북이 어즈러워 뇽궁을 술난ᄒᆞ니 신이 분완ᄒᆞ와 대왕긔 알외ᄂᆞᆫ이다 왕이 대로ᄒᆞ야 신긔로온 위엄을 발ᄒᆞ매 몸이 만여 댱이나 ᄒᆞᆫ 젹뇽이 되어 풍운뇌뎡을 모라 바로 물결 ᄉᆞ이로 소사 올나 션듕인을 다 잡아 먹으며 ᄇᆡ를 업디ᄅᆞ려 ᄒᆞ니 패풍이 하ᄂᆞᆯ흘 ᄀᆞ리오고 ᄇᆡᆨ낭이 다 딜려 쟝ᄎᆞᆺ 위급ᄒᆞᆫ디라 병부샹셔 운셩이 부친 겨ᄐᆡ 시립ᄒᆞ엿다가 급히 고왈 풍

26면

셰 불일ᄒᆞ니 반ᄃᆞ시 ᄂᆞᆼ신이 불공 소유ᄒᆞ믈 노ᄒᆞ미라 야〃 는 셸리 항축과 졔뎐으로ᄡᅥ 축ᄒᆞ시면 무ᄉᆞᄒᆞ리이다 승샹 왈 아희 알배 아니라 너는 방심ᄒᆞᆯ디어라 언미필의 젼션이 물리여 ᄉᆞ면으로 허여디며 빅낭 ᄉᆞ이로 조차 피빗ᄀᆞᄐᆞᆫ 젹ᄂᆞᆼ이 닌갑을 빗기고 번게ᄀᆞᄐᆞᆫ 눈을 브릅 ᄯᅳ며 여희쥬를 ᄡᅵ고 입을 여러 벽녁ᄀᆞᄐᆞᆫ 소ᄅᆡ를 디ᄅᆞ니 뫼히 믈허디며 바다히 허여디ᄂᆞᆫ ᄃᆞᆺᄒᆞᆫ 셰로 몸이 반은 물 밧긔 나고 요하ᄂᆞᆫ 아래 ᄀᆞᆷ초여 쟝ᄎᆞᆺ 고공을 향ᄒᆞ야 해코져ᄒᆞ니 좌우인이 다 ᄂᆞᆺ출 ᄀᆞ리오고 업더디니 운셩의 장강으로도 상담ᄒᆞ믈 이긔디 못ᄒᆞ거ᄂᆞᆯ 홀로 소공이 안ᄉᆡᆨ이 ᄌᆞ약ᄒᆞ고 좌를 동티 아냐 고셩대매 왈 너ᄂᆞᆫ 이 강 듕의 뭇티인 업튝으로 힝혀 텬은이 너ᄅᆞ샤 너희 형뎨를 다 대하를 ᄃᆡ희여 쟉위 ᄉᆞ희 왕으로 다ᄅᆞ미 업ᄉᆞ니 네 맛당이 조심ᄒᆞ야 ᄡᅡ 흘ᄀᆞᆷ알고 힝인을 슌히 건네미 올커ᄂᆞᆯ 망뎡도이 존ᄃᆡᄒᆞᆫ 톄ᄒᆞ야 강쉬 평안이 사ᄅᆞᆷ을 건넬 적이 업고 ᄣᅢ〃 사오나온 셩을 내여 인민

27면

샹희온 거시 쉬 업ᄉᆞ며 요시졀 구년지슈와 당적 경슈의 해 다 너희 죄로ᄃᆡ 샹졔 일즉 용샤ᄒᆞ미 다 너희 [기]과ᄌᆞ칙ᄒᆞ믈 기ᄃᆞ리시미어ᄂᆞᆯ 가지록 방ᄌᆞᄒᆞ야 내의 군병을 경동ᄒᆞ고 날을 항거ᄒᆞ니 이 죄ᄂᆞᆫ 결연히 용샤티 못ᄒᆞ리라 젼당이 ᄇᆡ야흐로 노긔를 분발ᄒᆞ야 즛디ᄅᆞ려ᄒᆞ다가 승샹의 ᄉᆞ지ᄌᆞ믈 듯고 ᄯᅩ 뎌의 요동티 아니믈 심복ᄒᆞ야 ᄉᆞᆲ혀 보니 공의 ᄂᆞᆺ치 칠셩이 잇고 엇게의 삼틔도 다시며 머리 우희 불근 긔 븟티이고 흰 ᄌᆞ로 태청 녕보도군 계라 ᄒᆞ엿고 ᄐᆞᆫ 빅예 일만 댱이나 ᄒᆞᆫ 옥ᄂᆞᆼ이 서려 젼션을 옹위ᄒᆞ여시니 위풍이 늠〃ᄒᆞ고 긔뫼 앙〃ᄒᆞ니 젼당이 대경ᄒᆞ야 급히 풍우를 거두고 홍포옥ᄯᅴ예 집홀ᄒᆞᆫ 관원이 되어 션샹의 올나 ᄌᆡ비 참신ᄒᆞᆯᄉᆡ 승샹이 경ᄉᆡᆨ고 수죄ᄒᆞ야 칙왈 네 임의 ᄂᆞᆼ신으로 내 힝도를 모ᄅᆞᆯ니 업ᄉᆞᄃᆡ 짐즛 셜만묘시ᄒᆞ미라 ᄃᆞᄃᆡ여 좌우를 도라보니 운셩이 ᄀᆞ의 셧거ᄂᆞᆯ 명ᄒᆞ야 ᄂᆞᆼ

28면

왕을 잡아 ᄭᅮᆯ리고 텰편으로 수빅 당을 텨 그 죄를 ᄇᆞᆰ힌 후 대쇼션칙을 [모]도와 삼군이 징을 그치고 븍을 텨 대강을 딘 남녁 두던의 오ᄅᆞ매 ᄇᆡ야흐로 왕을 노하 보내니 젼당이 빅샤ᄒᆞ고 도라간디라 대쇼군졸이 오히려 모ᄅᆞᄃᆡ 오직 승샹의 호위ᄉᆞ졸이 그

신위를 알고 서르 던호야 칭복호믈 마디 아니터라 힝호야 수월 만의 운남 디계예 니르러 영치를 셰워 안둔호고 비로소 격서를 보내니 국왕 셔영이 승샹 달원과 야률셩을 불러 샹의 왈 송이 고으와 과부를 소겨 텬하를 아스니 불인쟈지국으로 내 경국지병을 니르혀 송 텬하를 터 만니 강산을 두고져호더니 이제 송장이 대군을 거느려 와시니 너히 등이 므슴 소견으로 파뎍호려호느뇨 달원이 주왈 대왕은 근심 마르쇼셔 신의 부하의 냥원 대쟝이 〃시니 만부브당지용이라 신이 십만 군을 거느려 일진의 송군을 즛디르고 송쥬샹을 싱금호야 뎐하의 드리〃이다 언미

29면

필의 군신이 주왈 송딘 격셰 니르럿다 혼대 번왕이 바다 보니 ㄱ와시딕 대송 승샹 대원슈 상방검 대로 도총병 소모는 운남 국왕끠 올니느니 송국이 태조 무덕 황뎨로 삼딕를 느려오매 일즉 귀국의 은혜 흐르미 젹디 아니코 져ㅂ리미 업거놀 므슴 연고로 무단이 ㅂ역호야 군을 모라 대국을 솔난호며 텬명을 항거코져호니 죄악이 관영혼디라 맛당이 삼족을 벌호염즉호딕 힝혀 우리 쥬샹이 [셩휘]인덕호샤 너히 등을 죄를 샤호시고 날로호여곰 경토호라호시니 대병 수십만과 명장 천원을 거느려 이에 니르럿느니 만일 첫 뜻을 두루혀 항복호면 일국의 귀호믈 누리려니와 불연즉 옥셕이 구분호리니 직삼 슯히고 후의 뉘웃디 말나 호엿더라 국왕이 견필의 졔신을 뵈니 달원이 주왈 송국

30면

격셰 심히 무례호니 신이 명일 결젼호리니 회답을 말고 다만 스쟈를 불러 말로 니르쇼셔 왕이 올히 너겨 스를 블러 닐오딕 명일로 셩하의 모드리라 호니 시 드러와 보혼대 좌우 졔장이 분노 왈 운남이 이러틋 방즈호야 원슈의 글을 회답디 아니〃 밍셰호야 이 무례혼 나라흘 즛블으리라 승샹이 쇼왈 너히 등은 쇽졀 업시 혈긔지용을 내디 말나 뎌 반적이 텬위를 항거호니 엇디 날을 두리며 녜모를 모르니 엇디 격셔를 딕답호리오 드딕여 대군을 거느려 북청산 미틔 딘셰를 버리고 뎍을 ㅂ라보니 모든 오랑캐 구름이 모드며 안개 지틋호야 밀〃 층〃이 당샤딘을 티고 위슈대장이 좌하의 냥원장을 거느려 나아오니 거믄 긔에 익즈로 승샹 달원이라 호엿고 좌우 냥장이 다 급갑 홍포를 닙고 위풍이 거룩호니 이는 운남 뎨일 명장 타긔 타농이라 다 무뎍지용이

〃이셔 달원으로 더브러 심복 조애 되엿더니 이날

31면

머리 지어 일필 화총마를 트고 딘샹의 나와 고셩 대매 왈 아국이 본디 봉각을 딕희여 츄호를 불범ᄒᆞ고 교지를 티매 일즉 대송의 간셥디 아니커늘 하고로 솔병변환ᄒᆞ야 툐병ᄒᆞᄂᆞ뇨 송딘샹의 문긔 열니ᄂᆞᆫ 고ᄃᆡ 빅모황월 개ᄌᆞ 청동과 황금 부월이 흘러나와 좌우로 갈나셔고 일륜 불근 수릐예 황표 늒마를 메워 일ᄃᆡ ᄒᆞᆫ 쟝이 미러내니 수릐 가온대 ᄒᆞᆫ 사ᄅᆞᆷ이 금관 도복으로 옥ᄯᅴ를 ᄯᅴ고 손의 우션을 드러시니 이 곳 대원슈 소승샹이라 좌우로 말을 뎐ᄒᆞ야 국왕을 불러 말ᄒᆞ쟈 ᄒᆞᆫ대 국왕이 문무 군신으로 더브러 나와 송딘을 ᄇᆞ라보니 긔치 경졔ᄒᆞ고 ᄃᆡ의 엄졍ᄒᆞ며 딘셰 긔특ᄒᆞ야 가히 대국 위풍을 알거시오 소공의 위모와 풍신이 인듕 뇽이라 크게 놀나 몬져 흠신ᄒᆞᄂᆞᆫ 줄 ᄭᆡ닷디 못ᄒᆞ야 이에 몸을 구펴 읍ᄒᆞ고 왈 쇼국이 일즉 대국을 져ᄇᆞ리디 아냣거ᄂᆞᆯ 원슈 무ᄉᆞᆷ 연고로 수만 니의 오시니잇가 승

32면

샹이 소릐ᄒᆞ야 ᄭᅮ지저 왈 너희 등 적지 녜의를 아디 못ᄒᆞ고 ᄯᅩ 망녕도이 교지국을 텨 대국을 여어보니 텬위 진노ᄒᆞ샤 날을 보내여 겨시니 네 만일 안병속갑ᄒᆞ고 귀항ᄒᆞ면 오히려 남면지락을 온젼ᄒᆞ려니와 불연즉 대군을 모라 셩디를 삭평ᄒᆞ리라 국왕이 대로ᄒᆞ야 좌우를 도라보와 골오ᄃᆡ 뉘 가히 송쟝을 잡아 위엄을 빗낼고 좌군 듕의 일원 대쟝 용츌ᄒᆞ니 곳 타긔라 창을 들고 ᄆᆞᆯ을 ᄂᆞᆯ녀 뎍무양위ᄒᆞᆫ대 송 션봉 호연긔 기산대부를 둘너 냥매 샹교ᄒᆞ야 삼십 여합의 번딘 듕 야률뤼 창을 드러 타긔를 돕고 송딘샹의 조위 나가 호연긔를 조션ᄒᆞ니 번왕이 북을 텨 형셰를 도을ᄉᆡ 번쟝 쟝히 활을 ᄃᆞ릐여 조위 웃녁 엇게를 마치니 몸을 번듸텨 ᄆᆞᆯᄭᅴ ᄯᅥ러디ᄂᆞᆫ디라 송군이 급히 구ᄒᆞ고 호연긔 녁겁 패주ᄒᆞ니 번병이 당구 대진ᄒᆞ거ᄂᆞᆯ 병부샹셔 호위쟝군 운셩이 ᄆᆞᆯ을 잡고 보다가 분긔 돌관ᄒᆞ니 이에 칼흘 딥고 부젼의 고왈 히ᄋᆡ 원컨

33면

대 나가 교젼ᄒᆞ리이다 소공이 경왈 네 이에 빅면셔ᄉᆡᆼ이라 엇디 뎍쟝으로 더브러 징젼ᄒᆞ리오 운셩 왈 히ᄋᆡ ᄌᆞ연 쳐티ᄒᆞ리니 대인은 오직 북을 텨 ᄉᆞ졸을 격녀ᄒᆞ쇼셔 언

필의 몸이 ᄂᆞ라 ᄆᆞᆯ게 올나 바로 뎍딘의 ᄃᆞ라드니 타긔 야률뉴 마자 교봉ᄒᆞᆯ ᄉᆡ 놓이 대히 등의 잇고 호픠 산샹의 외셔 눕쓰ᄂᆞᆫ ᄃᆞᆺᄒᆞ야 ᄒᆞᆫ 번 므ᄅᆞ며 ᄒᆞᆫ 번 합ᄒᆞ야 오십 여 합의 니ᄅᆞ니 번왕이 냥원 장이 뎍을 닛디 못ᄒᆞᄆᆞᆯ 보고 타룡 타호 냥인을 내여 도으니 운셩이 ᄉᆞ당의 녁젼ᄒᆞᄆᆞᆯ 보고 크게 ᄒᆞᆫ 소ᄅᆡ를 디ᄅᆞ며 칼흘 드러 야률뉴를 버혀 냥단의 긋ᄎᆞ니 타긔 등이 대로ᄒᆞ야 운셩을 싸두고 쏘이십 여 합의 니ᄅᆞ니 운셩이 믄득 칼흘 드러 헛고ᄃᆡ 디ᄅᆞ고 양패주ᄒᆞᆫ대 삼당이 ᄯᆞ로거ᄂᆞᆯ 운셩이 ᄀᆞ마니 활을 ᄃᆞ릐여 ᄒᆞᆫ 살히 졍히 타룡의 가슴을 마쳐 등으로 쎼쳐나니 임의 마하의 죽엄이 빗긴디라 타긔 타호 냥인이 감히 ᄯᆞᆯ오디 못ᄒᆞ야 일시의 ᄃᆞ라나거ᄂᆞᆯ 운셩이 ᄆᆞᆯ

34면

을 ᄃᆞᆯ혀 ᄯᆞᆯ오고져하더니 승샹이 일호미 이실가 두려 징을 텨 군을 거두니 이날 번병이 대패ᄒᆞ야 도라가고 승샹이 채칙의 도라와 운셩을 브ᄅᆞ니 임의 두 번쟝의 슈급을 드린대 즁쟝이 교두 칭하 왈 오ᄂᆞᆯ 첫딘의 도적의 예긔를 것거시니 가히 파적ᄒᆞᄆᆞᆯ 근심티 아니리로다 승샹이 삼군을 샹ᄒᆞ고 운셩을 나아오라 ᄒᆞ야 문왈 내 일즉 네의 무예를 아디 못ᄒᆞ더니 금일 딘샹의셔 홀로 ᄉᆞ장을 ᄃᆡ뎍ᄒᆞ니 가히 용뷔라 ᄒᆞᆯ디라 그 아비 아디 못ᄒᆞ미 참괴ᄒᆞᆫ디라 쟝ᄎᆞᆺ 언제 무예를 니겻더뇨 운셩이 년망이 빅복 왈 히ᄋᆡ 일즉 야〃를 긔이미 아니라 어려실적 브졀 업시 권법을 빅화 희롱ᄒᆞ고 뉵도삼냑을 스ᄉᆞ로 보와 그 ᄒᆞ나흘 아오ᄃᆡ ᄡᅳᆯ 고디 업습더니 오ᄂᆞᆯ 분격ᄒᆞᄆᆞᆯ 인ᄒᆞ야 츌딘ᄒᆞ나 이 긔믄 ᄉᆡᆼ각디 아닌배로소이다 승샹 왈 내 일즉 너의 칠검 가ᄇᆡ야이 ᄡᅳ므로벼곰 쟝ᄌᆡ 될가 의심ᄒᆞ더니 무비를 힘ᄡᅳᆫ 즉 무식ᄒᆞᆫ 거시 잇ᄂᆞᆫ고로 엄히 금ᄒᆞ

35면

ᄒᆞ[8]미러니 이런 시졀의 엇디 ᄀᆞᆷ초리오 평일 내 고집던가ᄒᆞᄂᆞ니 아히ᄂᆞᆫ ᄎᆞ후 비록 적봉을 당ᄒᆞ야 무예를 니ᄅᆞ혀나 사ᄅᆞᆷ의게 너모 번거히 말나 샹셰 대희ᄒᆞ야 샤례ᄒᆞ고 믈러나다 수일 후 승샹이 졔쟝을 모도와 샹의 왈 운남이 머러 왕화를 닙디 못ᄒᆞ모로 무식ᄒᆞ기 심ᄒᆞ니 이제 챵광ᄒᆞ야 됴반ᄒᆞ엿다가 ᄒᆞᆫ 딘을 파ᄒᆞ고 믄득 나디 아니믄 반ᄃᆞ시 북쳥산 쇼로〃 조차 우리 냥식 길 긋고 젼후 협공ᄒᆞ려ᄒᆞ미라 내 작야의 텬문을

8) ᄒᆞ : 반복되었음.

보니 삼일 닉예 큰비 와 십일 후 그치리니 졀도ᄉᆞ 조위는 가히 일편 군을 거ᄂᆞ려 젼면 뉴셩국의 ᄆᆡ복ᄒᆞ엿다가 적이 디는 후 믄득 곡구를 막앗다가 삼일 후 적이 디나가리니 가히 반만 디나거든 일시의 티라 호연긔 반셰는 슈만 군을 거ᄂᆞ려 북청산 협노로 조차 쇼셩산 협공의 수멋다가 도적이 우리 냥식길흘 그ᄎᆞ려 [가]다가 반ᄃᆞ시 여긔와 밥지으리니 가히 방비티 아냐셔 일만 군ᄉᆞ를 손의를 노코 일만 군ᄉᆞ로 더브러 일시의 티

36면

라 가히 승젼ᄒᆞ리라 또 부장 셕냥과 됴휘로 팔쳔 군을 거ᄂᆞ려 번영[퇴로]의 ᄆᆡ복ᄒᆞ였다가 번영이 패ᄒᆞ야 제 영채예 도라올 제 소요ᄒᆞ믈 타 채를 텨 아ᄉᆞ려 ᄒᆞ니 즁장이 텽녕ᄒᆞ고 흐터디니 소공이 또 운셩을 불러 ᄀᆞᆯ오ᄃᆡ 네 가히 일만 정병을 거ᄂᆞ려 뉴셩국을 디나 운남셩 밧긔 수멋다가 여ᄎᆞ〃〃ᄒᆞ라 싱이 명을 녕ᄒᆞ야 인군ᄒᆞ야 가다 승샹이 졔군을 분발ᄒᆞ고 우구를 ᄃᆡ령ᄒᆞ니라 각셜 번왕이 대패ᄒᆞ야 도라가 승샹 달원으로 더브러 닐오ᄃᆡ 경이 젼일 송군을 업슈이 너기더니 오늘 딘샹의셔 냥장을 죽이니 아국의 [예]긔 것거딘디라 쟝ᄎᆞᆺ 엇디뻐 물리티리오 달원이 주왈 승부는 병가의 샹ᄉᆡ라 엇디 ᄒᆞᆫ 번 패ᄒᆞ므로 믄득 두겁ᄒᆞ리잇고 송군이 대군을 거ᄂᆞ려 깁히 드러와시니 군냥이 핍ᄒᆞ고 길히 닉디 아니ᄒᆞ리니 가히 ᄀᆞ만이 그 냥초를 그출거시니이다 번왕이 좇기언ᄒᆞ야 즉시 타긔 타호 냥당으로ᄒᆞ야곰 북천산 쇼로〃 가 송 냥식 길흘 긋고 야률셩으로ᄒᆞ야곰

37면

오만 정병을 거ᄂᆞ려 구응ᄒᆞ라 ᄒᆞ다 타호 등이 솔병ᄒᆞ야 가다가 듕노의셔 대우를 만나 의갑을 다 적시고 계유 수플을 의지ᄒᆞ야 둔병ᄒᆞ엿더니 십여 일 만의 ᄇᆡ야흐로 풍위 그치니 쟝ᄎᆞᆺ 군무를 졍졔ᄒᆞ야 쇼셩산하의 다ᄃᆞᄅᆞ니 삼군이 다 주린 빗치 잇거늘 졔군을 명ᄒᆞ야 머므ᄅᆞ고 밥짓더니 믄득 냥하의 함셩이 대딘ᄒᆞ고 고각이 졔명ᄒᆞ며 두쎼 범ᄀᆞ툰 군ᄉᆡ 내ᄃᆞᄅᆞ니 이 졍히 반셰 호연긔라 일만 손의를 흠긔 발ᄒᆞ니 번군이 미처 슈족을 놀니디 못ᄒᆞ야 죽은 거시 태반이라 번장이 급히 ᄆᆞᆯ게 올라 ᄲᅥᆫ거ᄉᆞᆯ 헤티고 ᄃᆞ라나니 이장이 승〃ᄒᆞ야 튜습ᄒᆞ더니 믄득 야률셩을 만나 타긔 등을 구ᄒᆞ야 ᄲᅡ흘ᄉᆡ 번병이 차젼차주ᄒᆞ야 뉴셩곡의 다ᄃᆞᄅᆞ매 졀도ᄉᆞ 조위 대군을 거ᄂᆞ려 냥노로 협공ᄒᆞ

니 번병이 대패ᄒᆞ야 급히 번영의 니ᄅᆞ니 달원이 이긔여 오는가ᄒᆞ야 칙문을 여러 마졸싀 홀연 함셩이 대진ᄒᆞ며 좌는 한긔오 우

38면

의는 마홍 냥쟝이 타긔 등을 ᄯᅩᆯ와 영듕으로 살허드니 번군이 대경ᄒᆞ야 달원이 황망이 ᄆᆞᆯ게 올라 거두어 셩으로 ᄃᆞ라날ᄉᆡ 조위 반셰 등 오쟝이 ᄯᅩᆯ와 듀야를 그치디 아니〃 번군 삼십 만이 다 죽고 나믄 재 수[텬]여긔라 달원이 낙담방혼ᄒᆞ야 번셩을 십니는 두고 셜화산 미티 다ᄃᆞᄅᆞ니 듀병이 급디 아니코 인곤마핍ᄒᆞ야 잠간 쉬고져ᄒᆞ더니 홀연 산곡 ᄉᆞ이로셔 됴번이 니러나고 금괴 졔명ᄒᆞ며 일표 복병이 살츌ᄒᆞ니 달원 등이 대경ᄒᆞ야 황망이 딘셰를 펴고 ᄇᆞ라보니 다만 일ᄃᆡ 경병이 팔문금쇄딘을 티고 ᄇᆞ람이 불근 긔를 뒤이ᄌᆞ니 임의 긔샹의 크게 셩명을 ᄡᅧ시ᄃᆡ 대송 병부샹셔 호위장군 소운셩이라ᄒᆞ엿고 하긔의 일원 대쟝이 머리의 봉시투고를 ᄡᅳ고 몸의는 황금갑의 빅화슈젼표를 ᄡᅧ닙고 옥ᄯᅴ를 ᄯᅴ고 좌하의 쳥총만니운을 ᄐᆞ며 손의 칠셩검을 들고 문긔 그림재 나오니 미목이 쳥월

39면

ᄒᆞ야 빅옥을 갓근 ᄃᆞᆺᄒᆞ고 냥안 츄파는 새박별이 동ᄒᆞ는 ᄃᆞᆺ 단슌 호치 완연이 졀ᄃᆡ 미인이오 ᄀᆞ는 허리와 ᄂᆞᆯ난 엇게 봉황이 나는ᄃᆞᆺ 표연이 텬신이라 번군이 서로 도라보와 간담이 ᄯᅥ러디는 ᄃᆞᆺᄒᆞ더니 운셩이 소ᄅᆡ를 ᄀᆞ[대]ᄃᆞ마 ᄭᅮ지저 왈 너희 등 무디ᄒᆞᆫ 오랑캐 신졀을 닛고 망녕도이 샹국을 범ᄒᆞ니 죄 듀륙을 바들디라 오히려 죽을 줄을 아디 못ᄒᆞ고 감히 항영ᄒᆞ야 ᄃᆡ뎍고져ᄒᆞᄂᆞ냐 달원이 졍신을 ᄀᆞ다ᄃᆞ마 녀셩 왈 승부는 병가의 샹ᄉᆡ라 너희 ᄃᆞ지ᄒᆞᆫ 쟈랑ᄒᆞ나 엇디 ᄆᆞ양 됴ᄒᆞ리오 ᄒᆞ믈며 너는 황구 쇼ᄋᆡ라 ᄌᆞᄆᆞᆺ ᄉᆞ톄를 모ᄅᆞ리니 ᄲᆞᆯ리 물러가라 운셩이 대로ᄒᆞ야 칼흘 빗기고 뎍딘의 ᄃᆞ라드니 타긔 등이 일시의 ᄃᆡ뎍ᄒᆞ야 젼불 수합의 운셩이 손을 드러 비되 번득이는고ᄃᆡ 타긔를 참ᄒᆞ고 타호를 싱금ᄒᆞ야 본딘을 향ᄒᆞ야 더디니 ᄉᆞ졸이 일시의 잡아 ᄆᆡ고 야률셩 달원이 죽기를 무

40면

릅ᄡᅥ 딘을 둘러 ᄃᆞ라나거ᄂᆞᆯ 운셩이 활을 들며 살흘 발ᄒᆞ야 달원의 곡ᄯᅱ를 ᄡᅩ아 입으

로 쎄텨 나가기를 빅보 밧긔ᄒᆞ고 달원이 죽으니 야률셩이 갑을 다 ᄇᆞ리고 ᄃᆞ라나거ᄂᆯ 운셩이 ᄯᆞᆯ오디 아니코 군ᄉᆞᄅᆞᆯ 거두워 본딘으로 도라오니 승샹이 즁쟝의 공을 바들ᄉᆡ 운셩이 달원과 타긔 슈급을 드리고 무ᄉᆡ 타호ᄅᆞᆯ ᄆᆡ야오니 소공이 좌우로ᄒᆞ야곰 ᄆᆡᆫ거ᄉᆞᆯ 그ᄅᆞ고 쥬식을 주어 놀란 거ᄉᆞᆯ 딘뎡ᄒᆞᆫ 후 닐러 ᄀᆞᆯ오ᄃᆡ 네 즐겨 항복ᄒᆞ면 내 군듕의 두고 만일 즐기디 아닐딘대 너ᄅᆞᆯ 믄득 노하 도라보내리라 타회 감격ᄒᆞ믈 이긔디 못ᄒᆞ야 오직 귀항ᄒᆞ믈 원ᄒᆞ니 소공이 대희ᄒᆞ야 생빙으로ᄡᅥ ᄃᆡ뎝ᄒᆞ더니 ᄎᆞ일야의 소공이 쟝듕의셔 자고져ᄒᆞ더니 홀연 사ᄅᆞᆷ의 슬픈 우름소ᄅᆡ 잇거ᄂᆞᆯ 좌우로하여곰 ᄎᆞ자 잡아오니 이 곳 타회라 승샹이 노왈 내 너의 목숨을 죽이디 아니코 샹빙으로 ᄃᆡ뎝ᄒᆞ거ᄂᆞᆯ 므슴 연고로 군듕의셔 통곡

41면

ᄒᆞ야 나의 법졔ᄅᆞᆯ 어즈러이ᄂᆞ뇨 회 복디 읍왈 쇼쟝이 승샹의 살오신 은혜ᄅᆞᆯ 닙ᄉᆞ와 분골쇄신ᄒᆞ나 갑흘 길히 업ᄉᆞ오니 엇디 감히 군듕을 어즈러이리잇고 다만 늘근 어미 나히 팔십이라 쇼쟝이 다른 동싱이 업기로 감지ᄅᆞᆯ 몸소 봉양ᄒᆞ더니 이리 잡혀온 후 노뫼 반ᄃᆞ시 주리고 외로와 죽으리니 영모디졍을 이긔디 못ᄒᆞ야 월하의셔 호곡ᄒᆞ더니 승샹의 법을 범ᄒᆞ니 죄 일만 번 죽엄즉ᄒᆞ이다 승샹이 [청필의] 홀연 감동ᄒᆞ야 눈물을 흘니고 뎐령ᄒᆞ야 황금 오ᄇᆡᆨ금을 주어 타호ᄅᆞᆯ 노하보내니라 회 ᄇᆡ샤ᄒᆞ고 가다 명일 운셩이 당듕의 올라 품ᄒᆞᄃᆡ 번병이 셰 패ᄒᆞ야시니 이 ᄣᆡᄅᆞᆯ 타 셩을 틸거시니이다 승샹이 올히너겨 즉시 삼군을 휘동ᄒᆞ야 번국셩을 ᄡᆞ고 티ᄃᆡ 년일ᄒᆞ야 파티 못ᄒᆞ엿더니 국왕이 야률셩의 패ᄒᆞ믈 듯고 계괴 궁진ᄒᆞ야 ᄌᆞᄀᆡᆨ 냥손긔ᄅᆞᆯ 보내여 송딘듕의 가 소공을 해ᄒᆞ라ᄒᆞ니 손긔 ᄒᆞᆫᄌᆞ로 보검을 품고 ᄀᆞ마니 송영의 니

42면

ᄅᆞ니 이날 소공이 졍히 당듕의셔 병셔ᄅᆞᆯ 보다가 홀연 ᄉᆡᆼ각ᄒᆞᄃᆡ 번즁이 계괴 진ᄒᆞ면 반ᄃᆞ시 간사ᄒᆞᆫ 계뇨로 자ᄀᆡᆨ을 시기리니 가히 방비ᄒᆞᆯ 거시라 졍히 젼령코져ᄒᆞ더니 믄득 운셩이 칼흘 ᄡᅳ으고 급히 드러와 고왈 ᄒᆡᄋᆡ 텬문을 보니 일딘 살긔 영듕의 바로 ᄡᅩ이니 그윽이 ᄒᆡ득건대 적이 ᄌᆞᄀᆡᆨ을 보낼가 두려ᄒᆞᄂᆞ이다 공이 쇼왈 내 졍히 너ᄅᆞᆯ 브ᄅᆞ고져ᄒᆞ더니라 ᄌᆞᄀᆡᆨ이 반ᄃᆞ시 금야의 오리니 오ᄋᆞᄂᆞᆫ 가히 군듕을 소동티 말고 이에 이셔 방비ᄒᆞᆯ 거시라 운셩이 텽녕ᄒᆞ고 갑쥬ᄅᆞᆯ 뎡돈ᄒᆞ며 보검을 드러 당 ᄉᆞ이의 숨

고 승샹은 상 세흘 노코 니불을 다 덥허 사름이 자는 형상을 믄들고 ᄀ만이 긋틱 상의 가 누엇더[니] ᄌ긱이 과연 ᄉ경 ᄣ예 니ᄅ러 보니 당듕의 촉영이 휘황ᄒ고 ᄉ면이 젹연ᄒᆫ딕 세 사름이 누어시니 심듕의 헤오딕 가히 구석의 누엇는 재 소승샹이라ᄒ야 ᄒᆫ번 ᄶ여드러 졍히 칼흘 ᄡ고져ᄒ더니 홀연 등 뒤히 벽녁ᄀ튼 쇼릭나며 ᄌ긱을 잡아 업

43면

디ᄅ고 노흐로ᄡ 결박ᄒ고 북을 ᄒᆫ 번 텨 ᄉ졸을 모흐니 당하의 군졸이 구름ᄀ티 모화 보내 더니를 힐문홀식 ᄌ긱이 흔불니테ᄒ야 다만 우러〃 보니 소공이 교위 우히 단좌ᄒ엿고 졔장과 어림 군이 시위ᄒ야시니 위의 엄숙ᄒᆫ디라 오직 머리롤 두ᄃ리며 번왕의 ᄉ신인 줄 고ᄒᆫ 대 승샹이 명ᄒ야 믹거슬 그ᄅ고 당의 올려 술을 먹이며 닐오딕 네 가히 도라가 국왕ᄃ려 니ᄅ라 우리 대송공이 운남을 져ᄇ리디 아냐시니 너희 등이 항복ᄒ면 젼일 죄롤 샤ᄒ려니와 만일 미흔거슬 귀슌티 아닐딘대 셩이 ᄒᆫ 번 파ᄒ매 옥셕이 구분할 거시니 직삼 슬펴 군용을 거ᄂ려 가히 나와 ᄌ웅을 결ᄒ라 뎐ᄒ고 ᄯ 너의 죄 듕ᄒ딕 내 ᄎ마 죽이디 못ᄒᄂ니 ᄲᆞᆯ리 도라가 만일 다시 ᄌ긱을 ᄒ고져 홀딘대 칼흘 빗내 골고 ᄉ셰롤 숣히고 ᄒ야 다시 잡히디 말나 냥손긔 업딕여 감히 머리를 드디 못ᄒ고 ᄯ 말을 드ᄅ매 십분 감동ᄒ야 빅

44면

빅 샤례ᄒ고 톄읍ᄒ믈 마디 아니며 도라가니 즁냥이 그 관인ᄒᆫ 덕을 칭찬ᄒ더라 ᄌ긱이 도라가 국왕을 보고 슈말을 고ᄒᆫ대 왕이 ᄯᄒᆫ 감격ᄒ야 군신을 모도와 항ᄒ믈 의논ᄒ니 즁장이 다 맛당ᄒ믈 일ᄏ라 왈 대송이 본딕 아국의 부모지국으로 셤견디 오라거놀 승샹 달원으로인ᄒ야 격원ᄒ매 송 쥬장 소경이 디뫼 겸젼ᄒ고 디뫼 겸젼ᄒ고[9] 덕이 두터워 병ᄡ기 귀신이 측냥티 못ᄒ고 기ᄌ 운셩이 한신 경됴의 용이 〃시니 감히 항거티 못홀디라 셩디롤 드려 항복ᄒ면 듀륙을 면ᄒ고 종샤롤 보젼ᄒ리이다 ᄒ는디라 국왕이 이에 ᄯ들 결ᄒ야 항셔를 ᄡ고 항셰롤 세우니 왕의 졍궁 달목왕후 패환은 남히인이라 용뫼 졀셰ᄒ고 녀력이 과인ᄒ야 능히 구뎡을 들고 용밍이 강장ᄒ

9) 디뫼 겸젼ᄒ고 : 반복되었음.

야 만인 뎍이 잇더니 왕의 항ᄒᆞ려ᄒᆞᆷ을 듯고 이에 ᄃᆡᄒᆞ야 ᄀᆞᆯ오ᄃᆡ 송쟝 운셩의 용을 사름마다 니ᄅᆞ나 내 홀로 션복디 아닛ᄂᆞ니 ᄂᆡ일 소경이 드러와 대왕으로

45면

잔치홀 적 쳡이 송쟝으로 더브러 무예를 희롱ᄒᆞ야 만일 날을 당ᄒᆞ리 업술딘대 그 고ᄃᆡ셔 소경을 텨 죽이고 송군을 파ᄒᆞ미 올코 만일 일이 어긜딘대 진졍으로 항복ᄒᆞ미 맛당ᄒᆞᆫ디라 가히 군용을 조비홀 거시라 왕이 올히 너겨 쥰비ᄒᆞ고 즉시 항셔를 송영의 보내니 승샹이 ᄉᆞ를 관ᄃᆡᄒᆞ고 좌우를 명ᄒᆞ야 군ᄉᆞ를 졍졔ᄒᆞ야 호연긔 반셰 마홍됴회로 십만 군을 거ᄂᆞ려 본딘을 딕희여 번인의 반복ᄒᆞᆷ을 방비ᄒᆞ고 기여 즁장과 군ᄉᆞ를 인ᄒᆞ야 번왕의 항복을 밧고 병비ᄒᆞ야 셩의 들ᄉᆡ 항민부뢰 향을 픠오고 길흘 닷가 승샹을 마ᄌᆞ니 소공이 번왕으로 더브러 궁듕의 드러가 왕이 공을 주벽의 안치고 스ᄉᆞᄅᆞ 말셕의 쉴매 승샹이 명ᄒᆞ야 좌를 주고 아름다온 말숨을 무휼ᄒᆞᆷ을 극진이 ᄒᆞ고 녕을 ᄂᆞ리와 군졸이 ᄉᆞ민을 침노티 못ᄒᆞ게ᄒᆞ니 셩듕이 슉연ᄒᆞ더라 이에 운남군인을 ᄎᆞ례로 좌를 주고 셜

46면

연ᄒᆞ야 삼군을 샹홀ᄉᆡ 몬져 송풍뉴로뻐 운남군신을 뵌 후 왕이 본국 풍악으로 연향ᄒᆞ니 빈쥬 다 즐겨 술이 두어 슌의 믄득 보니 번왕의 뒤흐로셔 ᄒᆞᆫ 녀장이 갑쥬를 ᄀᆞ초와 돈연히 셔시니 살긔 만안이어ᄂᆞᆯ 승샹이 문왈 ᄎᆞᄂᆞᆫ 엇던 부인이ᄂᆞ뇨 왕이 돈슈왈 이 쇼국 형퓌라 금일 승샹 위덕을 귀경ᄒᆞ미로소이다 소공이 십분 의혹ᄒᆞ나 ᄯᅩᄒᆞᆫ 권도로뻐 좌를 주고 눈을 드러 보디아니터니 왕후 핑환이 소공의 녜되 숨엄ᄒᆞ고 위풍이 늠열ᄒᆞᆷ을 보고 십분 흠탄ᄒᆞ며 이에 그 용밍을 쟈랑코져ᄒᆞ야 믄득 좌의 나 ᄀᆞᆯ오ᄃᆡ 운남은 본ᄃᆡ 녀장이 셩ᄒᆞ니 만일 송장으로 더브러 용녁을 결워 일시의 ᄌᆞ웅을 결ᄒᆞ미 엇더ᄒᆞ뇨 승샹이 ᄀᆞᆯ오ᄃᆡ 너희 임의 항복ᄒᆞ고 반복ᄒᆞ믄 엇디뇨 핑환 왈 반복ᄒᆞ미 아니라 송딘 듕의 긔특ᄒᆞᆫ 장쉬 잇다ᄒᆞ니 무예를 결워 고하를 의논고져 ᄒᆞ미오 감히 다른

47면

쓰디 아니라 셜파의 뎐하의 ᄂᆞ려 크게 불러 ᄀᆞᆯ오ᄃᆡ 아모나 당ᄒᆞ리 잇거든 나오라 ᄒᆞ

니 좌연셕 일인이 고셩 대매 왈 운남 ᄎᆞ녀는 하등지인이완ᄃᆡ 감히 대국인을 업슈이 너겨 뎍무양위ᄒᆞᄂᆞ뇨 듕인이 보니 기인이 일회 허리오 진납의 뚤히며 신댱이 팔쳑 오촌이오 강용이 졀뉸ᄒᆞ며 미목이 슈려ᄒᆞ야 앙장 표일ᄒᆞ미 즁인의 이목을 경동ᄒᆞ고 무예 삼군의 ᄲᅢ혀나니 이 곳 호위 쟝군 운셩이라 핑환이 노왈 내 드ᄅᆞ애 네 우리 나라 ᄆᆡᆼ장을 다 죽엿다ᄒᆞ니 진짓 영웅일딘대 날로 더브러 결우미 엇더ᄒᆞ뇨 운셩이 십분 대로ᄒᆞ야 봉안을 부ᄅᆞᄯᅳ고 뎐하의 ᄂᆞ리ᄃᆞ라 닐오ᄃᆡ 내 널로 더브러 결우미 더러오나 너의 니ᄅᆞᆫ대로 ᄒᆞ리니 쟝ᄎᆞᆺ 무어슬 결오려ᄒᆞᄂᆞ뇨 핑환 왈 뎐하의 일쳔 근 든 무쇠 솟티이시니 이를 ᄒᆞᆫ 손으로 더러 공듕을 향ᄒᆞ야 더뎌 세 번을 밧고 노ᄒᆞ나 신ᄉᆡᆨ이 변티 아닛ᄂᆞ니 가히 영웅이 되리라 운셩 왈 네 몬져 시험ᄒᆞ라 핑환이 즉

48면

시 솟틀 드러 공듕의 더뎌 밧기를 세슌을 ᄒᆞ고 안ᄉᆡᆨ이 타연ᄒᆞ니 좌위 일시의 칭찬ᄒᆞ거ᄂᆞᆯ 운셩이 즉시 오ᄉᆞᆯ 것고 나아가 솟틀 드러 두루고 공듕의 티텨 발로 뎌기ᄎᆞ기를 수십 번의 니ᄅᆞᄃᆡ 호흡이 쳔촉디 아니코 ᄒᆞᆫ 번도 그릇 티디 아냐 솟과 몸이 아〃히 공듕의 ᄡᅥ시니 보ᄂᆞᆫ 재 상담티 아니리 업더라 운셩이 임의 솟틀 ᄂᆞ리와 노고 핑완을 보와 왈 힘의 고해 엇더ᄒᆞ뇨 환이 ᄀᆞᆯ오ᄃᆡ 그ᄃᆡ 비록 힘이 이시나 능히 활ᄡᅩ기를 ᄒᆞ야 결울소냐 운셩이 본ᄃᆡ ᄇᆡᆨ보쳔양을 압두ᄒᆞᄂᆞᆫ디라 ᄂᆡᆼ쇼ᄒᆞ야 ᄀᆞᆯ오ᄃᆡ 네 ᄆᆞᄋᆞᆷ대로ᄒᆞ라 핑환이 즉시 ᄇᆡᆨ보 밧긔 ᄒᆞᆫ 채를 걸고 채긋틔 버들닙흘 ᄆᆡ고 활을 ᄃᆞ릐여 년ᄒᆞ야 세 사ᄅᆞᆯ 마치니 운셩 왈 엇디 족히 뉴협을 니ᄅᆞ리오 좌우로ᄒᆞ여곰 존자리 ᄂᆞᆯ개를 어더 채 그틔 ᄃᆞᆯ고 삼셕 무긔 쇠활을 ᄃᆞ릐여 다ᄉᆞᆺ ᄉᆞᆯ흘 ᄡᅩ아 다 구슬 ᄢᅦᄃᆞ시 마치니 삼군 듕쟝이 졔셩ᄒᆞ야 칭찬ᄒᆞ고 핑환이 심신이 살난ᄒᆞ니 황망이 복디 왈

49면

쟝군은 진실로 뎐신이라 쇼방 녀인이 디인ᄒᆞᄂᆞᆫ 눈이 업서 범남이 항형ᄒᆞᄂᆞᆫ 죄 쇽기 어렵도소이다 운셩이 조곰도 교긍ᄒᆞᄂᆞᆫ 비ᄎᆞᆯ 두디 아냐 믄득 공경 녜ᄃᆡᄒᆞ며 다시 돗긔 드러 술을 먹을ᄉᆡ 소공이 핑환의 당돌ᄒᆞᆷ을 미안ᄒᆞ야 ᄀᆞᆯ오ᄃᆡ 아국은 본ᄃᆡ 이런 법되 업ᄂᆞ니 녀쟝을 ᄒᆞᆫ 좌의 드리디 못ᄒᆞ리라 핑환이 븟그려 드러가고 번국 군셩이 운셩의 강용을 항복디 아니리 업ᄉᆞ며 승샹ᄭᅴ 티하ᄒᆞ니 공이 ᄀᆞᆯ오ᄃᆡ 돈ᄋᆞ의 엇디 족히 니ᄅᆞ리오 듕국은 디모 지원지ᄉᆡ 수를 아디 못ᄒᆞ고 돈ᄋᆞ ᄀᆞᄐᆞᆫ 쟈ᄂᆞᆫ 술위로 싯고 말로

되여도 혜기 어려오리라 혼대 번인이 다 두려ᄒᆞ더라 죵일 진환ᄒᆞ고 승샹이 졍듕의 안둔ᄒᆞ야 영채를 셰우고 운셩을 블러 샹ᄒᆞ니 샹셰 돈슈샤례ᄒᆞ고 물러 당하의 오니 졀도ᄉᆞ 조위 등이 서로 그 용밍을 칭찬ᄒᆞ고 술을 드려 하례ᄒᆞ야 반취ᄒᆞ매 운셩이 ᄀᆞᆯ오ᄃᆡ 번인이 반복 불신ᄒᆞ니 가히 조심홀디라 술을 그치미 가ᄒᆞ다 드ᄃᆡ

50면

여 흐터뎌 당듕의 니ᄅᆞ매 번후 핑환이 이에 니ᄅᆞ럿거ᄂᆞᆯ 운셩이 대경ᄒᆞ야 문왈 황휘 엇디 이에 니ᄅᆞ럿ᄂᆞ뇨 쳡이 셕샹의셔 군후의 영웅을 블승흠모ᄒᆞ야 이에 니ᄅᆞ럿ᄂᆞ뇨 군휘 가히 운후의 즐거우믈 아는다 운셩이 졍식고 대즐 왈 너는 ᄒᆡ외예 번녜오 나는 듕국 대신이라 서로 ᄃᆡ홈도 더러이 너기ᄂᆞ니 엇디 만고 강샹을 폐ᄒᆞ리오 ᄒᆞ믈며 녀겨집의 힝실이 이러틋ᄒᆞ니 쾌히 참ᄒᆞ야 이 죄를 ᄇᆞᆰ힐거시로ᄃᆡ ᄇᆞ야흐로 냥국이 화긔를 일흘가 두리ᄂᆞ니 ᄲᆞᆯ리 물러가라 긔싀이 엄졍ᄒᆞ니 환이 크게 븟그려 믄득 도라가며 분노ᄒᆞᆷ을 인ᄒᆞ야 소ᄅᆡ 닐러 ᄀᆞᆯ오ᄃᆡ 승샹이 번후를 겁틱ᄒᆞᄃᆡ 쥬쟝이 아디 못ᄒᆞ믄 엇디오 혼대 승샹이 대경ᄒᆞ야 급히 당의 올라 소ᄅᆡᄒᆞ던 쟈를 ᄎᆞ자 핑환을 잡아왜 승샹이 경문 왈 므슨 연고로 왕휘 반야의 니ᄅᆞ러 고이혼 말을 ᄒᆞᄂᆞ뇨 환이 ᄃᆡ왈 앗가 소쟝이 군듕의 드러가 쳡을 ᄃᆞ려내여와 겁틱ᄒᆞ려ᄒᆞ니 졍히 급

51면

혼 가온대 소ᄅᆡ를 ᄒᆞ도소이다 승샹이 텽파의 대로ᄒᆞ야 무ᄉᆞ를 ᄭᅮ지저 운셩을 미러내여 가 버히라혼대 운셩이 크게 불러 ᄀᆞᆯ오ᄃᆡ 대인이 어딘고로 간언 츰텽ᄒᆞ샤 쇼ᄌᆞ를 죽여 번인의 원슈를 갑흐려 ᄒᆞ시ᄂᆞ니잇가 소공이 무러 ᄀᆞᆯ오ᄃᆡ 네 므슴 원민ᄒᆞ미 잇ᄂᆞ뇨 운셩이 슈말을 ᄌᆞ시 고ᄒᆞ고 졔쟝이 일시의 닐러 ᄀᆞᆯ오ᄃᆡ 소쟝군이 우리로 더브러 곳 ᄶᅧ나 당막의 가시니 엇디 이럴니 이시리오 승샹이 ᄇᆞ야흐로 운셩을 노코 핑환을 도라보낼ᄉᆡ 샹셰 분노ᄒᆞ믈 이긔지 못ᄒᆞ야 칼흘 ᄲᅢ혀 ᄆᆡᆼ셰ᄒᆞᄃᆡ 만일 이 발부를 죽이디 못ᄒᆞ면 엇디 이 흔을 플리오 조위 말녀 왈 공이 만일 뎌를 해홀딘대 이븐 쟝녕을 거역ᄒᆞ미오 운남이 다시 반ᄒᆞ야 아둥의 슈고ᄒᆞ미 긔린 썩이 되리라 부원슈 반셰 쇼왈 이곳 그ᄃᆡ의 풍도의 빌미라 눌을 원ᄒᆞ리오 드ᄃᆡ여 권ᄒᆞ야 노를 플고 다시 모다 술을 부어 날을새오다 명됴의 국왕이 닐러 문안ᄒᆞ고 졍히 말ᄒᆞ더니

52면

홀연 운셩이 핑환의 머리를 버혀 모든 딕 드리고 국왕을 딕ᄒᆞ야 슈말을 니ᄅᆞ니 왕이 비록 번인이나 녜의를 아는디라 대참ᄒᆞ야고 죽이믈 맛당타ᄒᆞ니 소공이 담쇼ᄒᆞ고 다만 은근이 위로ᄒᆞ며 핑환을 후장ᄒᆞ라ᄒᆞ고 싱의 쟝녕 거역ᄒᆞ므로 그 벼슬을 삭ᄒᆞ야 빅의로 죵군ᄒᆞ라 ᄒᆞ니 즁인이 그 법녕의 엄ᄒᆞ믈 보고 더옥 칭복 슉연ᄒᆞ더라 승샹이 삼군을 쉬워 틱일ᄒᆞ야 절월을 두루 혈시 운남 군신이 빅니 댱뎡의 와 빅송ᄒᆞ니 승샹이 녜법과 튱효를 ᄀᆞᄅᆞ치고 서로 니별ᄒᆞ니 번인이 다 눈물을 흘니고 승샹의 귀덕을 닛디 아냐 비를 셰오고 싱ᄉᆞ당을 지어 ᄉᆞ시의 졔ᄒᆞ더라 운남을 티고 대공을 일우미 비록 승샹의 디혜와 위모나 운셩의 공녁이라 즁쟝이 그 젼공을 고ᄒᆞ야 힝군시의 다시 녯 벼슬 주나 그 공젹을 티부의 올리디 아니〃 졔군 즁쟝이 다 블쾌ᄒᆞ야ᄒᆞ거늘 승샹 왈 부ᄌᆞ 샹의는 텬니 인졍이라 내 엇디 ᄌᆞ식을

53면

쟈랑ᄒᆞ고 공을 듕히 ᄒᆞ고져 아니리오마는 제 불과 빅면셔싱으로 힝혀 아비를 구ᄒᆞ고 뎍을 딕뎍ᄒᆞ나 엇디 죡히 한마지공이라 ᄒᆞ리오 드딕여 듕인의 말을 쓰디 아니코 운셩의 공을 일캇디 아니〃 모다 앗기믈 마디 아니ᄒᆞ더라 임의 본국으로 향ᄒᆞ매 도라올 ᄆᆞ음이 살ᄀᆞᄐᆞ되 소임이 듕흔고로 ᄒᆞᄅᆞ 빅여리식 힝ᄒᆞ야 믄득 쉬고 군ᄉᆞ를 ᄌᆞᄅᆞ샹ᄒᆞ며 쏘흔 풍경도 유람ᄒᆞ야 힝ᄒᆞ연디 여러 날이로딕 경셩의 니ᄅᆞ디 못ᄒᆞ고 츌뎡ᄒᆞ연디 임의 일년이 진ᄒᆞ고 츈졍월 망간이 되엿더라 직셜 ᄌᆞ운산 승샹 부의셔 양태부인이 소셕 냥인으로더브러 강뎡의 가고 가듕 대쇼일웅ᄉᆞ를 경국부인 화시 총집ᄒᆞ매 가식 살난ᄒᆞ야 법되 업섯더라 어시의 운명이 삼부인으로더브러 일〃 연낙ᄒᆞ나 오직 니시씌 깁흔 졍이 날로 듕ᄒᆞ니 님시는 죠곰도 투긔티 아니딕 뎡시 홀로 앙〃ᄒᆞ야 이에 심복 시녀 취란으로더브러 ᄀᆞ마니 샹의 왈 가

54면

듕의 나의 거리씨는 재 업서시니 죠고만 계교로 딘평의 범증 니간ᄒᆞ던 쐬로써 뎍국을 쓰러 ᄇᆞ리미 가흔디라 너히 등은 무슴 소견이 잇ᄂᆞ뇨 이녜 딕왈 가듕의 사름이 만코 니시 인심을 굿게 어더시니 가히 셜계ᄒᆞ미 어려올가ᄒᆞᄂᆞ이다 뎡시 손을 텨 우어 왈 여등은 아디 못ᄒᆞᄂᆞ냐 이 부듕의 청명공엄흔 쟈는 다맛 승샹과 양부인이라 비록

딘평 졔갈이 싱환ᄒᆞ나 소기디 못ᄒᆞᆯ 거시오 셕소 냥인은 명현 관인ᄒᆞ야 사ᄅᆞᆷ의 츔언을 듯디 아니코 병부 운셩은 영민ᄒᆞ기 과인ᄒᆞ야 ᄉᆞᆷ〃코 ᄃᆞᆫ니며 ᄒᆞᆫ 번 흘긔여 긔식을 스쳐 ᄀᆞ만ᄒᆞᆫ 일을 들텨내고 골격이 강밍ᄒᆞ야 아모 일도 혜디 아니며 제 ᄯᅳᆺ디 의심되면 ᄇᆞᄃᆡ ᄎᆞ자내ᄂᆞᆫ 사ᄅᆞᆷ이라 내 만일 니시를 해ᄒᆞ엿다가 ᄉᆞ긔 패루ᄒᆞ면 엇디 붓그럽디 아니리오 이ᄉᆞ오인의 아니잇기 나의 만힝이라 하ᄂᆞᆯ이 ᄣᅢ를 빌니시ᄂᆞᆫᄃᆡ 어이 ᄎᆞ시를 일흐리오 승시ᄒᆞ야 소뎨ᄒᆞ면 화근이 업ᄉᆞ리라 드ᄃᆡ여 모계를 일우매 승

55면

샹의 가긱 셩영이 본ᄃᆡ 인물이 간교ᄒᆞᆫ디라 뎡시 회로를 ᄒᆞ터 가듕 인심을 사고 ᄯᅩ 금빅을 셩영을 주어 여ᄎᆞ〃ᄒᆞ라ᄒᆞ더니 슬프다 니시의 익운이 다텨오ᄂᆞᆫ디라 이적의 진종이 위부의 ᄡᅡ인거ᄉᆞᆯ 헤치고 도라오실ᄉᆡ 됴뎡이 운경 운현으로 영가ᄒᆞ라ᄒᆞ니 이인이 길ᄒᆞᆯ 나매 부듕의 더옥 긔탄ᄒᆞ리 업ᄂᆞᆫ디라 뎡시 심분 대의ᄒᆞ야 급히 간계를 힝ᄒᆞ다 일〃은 운명이 모든 붕부로 더브러 외당의셔 술먹어 취ᄒᆞ매 셩싱이 홀연 눈믈을 흘니고 기리 한숨디며 샹ᄉᆞ편을 읇프니 운명이 쇼왈 형이 니향ᄒᆞ연디 오라니 ᄉᆞ친지경이 깁프냐 쳑비ᄒᆞ믄 엇디오 셩싱이 묵〃부답이러니 믄득 진취ᄒᆞ야 ᄉᆞ매 가온대 일봉셔 ᄂᆞ려치믈 ᄭᆡ돗디 못ᄒᆞ거ᄂᆞᆯ 소싱이 보니 얼프시 니시의 글시와 ᄀᆞᄐᆞᆫ디라 심분 고이히 너기ᄃᆡ 오히려 밋디 아냐 유의티 아니코 다른 말ᄒᆞ다가 ᄒᆞ터디니 곤ᄒᆞ야 듕당

56면

의 누엇더니 난간 아래 사ᄅᆞᆷ의 ᄀᆞ만ᄒᆞᆫ 말소ᄅᆡ 들니니 ᄂᆞᆯ귀를 기우려 드ᄅᆞ니 니쇼져의 시녀 옥난 ᄆᆡ셤이라 서ᄅᆞ 우으며 왈 샹공이 셜ᄉᆞ 수일을 아니 드러오신들 그 ᄉᆞ이 샹공을 닛고 부녀의 힝실을 ᄇᆞ려 셩싱을 ᄉᆞ통ᄒᆞ리오 과연 사ᄅᆞᆷ의 깁픠를 탁냥티 못ᄒᆞᆫ다 ᄒᆞ니 젼일 쇼졔 그리 졍결ᄒᆞ고 아ᄅᆞᆷ답다 ᄒᆞ더니 엇디 더러온 힝실을 감심ᄒᆞᆯ 줄 알니오 ᄒᆞ거ᄂᆞᆯ 싱이 고이히 너겨 뭇고져ᄒᆞ다가 방해롭다ᄒᆞ야 그치고 ᄎᆞ후로 의심이 〃시ᄃᆡ 은졍이 근졀ᄒᆞ야 굿디 못ᄒᆞ나 일로브터 니시의 은졍이 감ᄒᆞ더라 일〃은 졔형뎨도 업고 츈광이 빗난ᄃᆡ 명현궁 동산의 빅홰 만발ᄒᆞ야시니 셩싱을 쳥ᄒᆞ야 ᄒᆞᆫ가지로 풍경을 완샹ᄒᆞ더니 믄득 셩싱이 수플 ᄉᆞ이의 가 사ᄅᆞᆷ으로 더브러 ᄀᆞ마니 말ᄒᆞ며 그 윽ᄒᆞᆫ 글을 보거ᄂᆞᆯ 싱이 유의ᄒᆞ야 보니 니시의 시녀 옥난이라 소싱이 다만 혜오ᄃᆡ 셩

57면

을 ᄉᆞ통ᄒᆞ민가ᄒᆞ야 불러 희롱 왈 셩형은 눌노 더브러 님하의셔 무ᄉᆞ 일 ᄒᆞᄂᆞ뇨 이 아니 홍낭이 신을 뎐ᄒᆞ미냐 셩ᄉᆡᆼ이 텽필의 거즛놀나 급히 몸을 두로혀 나오고 옥난은 창황이 수머 ᄃᆞ라나니 소ᄉᆡᆼ이 일단 호의 업디 못ᄒᆞ야 이에 셩ᄉᆡᆼ의 ᄉᆞ매ᄅᆞᆯ 잡고 보던 글을 구ᄒᆞ니 셩ᄉᆡᆼ이 평ᄉᆡᆼ 힘을 다ᄒᆞ야 구디 벙으리와 뵈디 아니ᄒᆞ거ᄂᆞᆯ ᄉᆡᆼ이 ᄯᅩᄒᆞᆫ 강텽티 아니코 이날 취봉각의 니ᄅᆞ러 부인을 보니 쇼졔 단의담장으로 셔안을 ᄃᆡᄒᆞ야 녜교ᄅᆞᆯ 닑으니 ᄋᆡ원ᄒᆞᆫ ᄐᆡ도와 졀셰ᄒᆞᆫ 풍치 촉하의 ᄇᆞᄋᆡ니 ᄉᆡᆼ이 새로이 [견]권ᄒᆞ나 시녀의 말을 드ᄅᆞᆫ 후ᄂᆞᆫ 일념의 브족ᄒᆞ미 이셔 팀음ᄒᆞ야 말을 아니코 미우의 ᄀᆞ독ᄒᆞᆫ 노긔 씌여시이 쇼졔 심하의 고이히 너기나 ᄯᅩᄒᆞᆫ 아ᄅᆞᆫ 톄 아니코 이에 상요의 나아갓더니 소ᄉᆡᆼ이 근본을 알녀ᄒᆞ야 명일 ᄯᅩ 셩ᄉᆡᆼ을 쳥ᄒᆞ야 한담ᄒᆞᆯᄉᆡ 셩영이 닐오ᄃᆡ 쇼뎨 요ᄉᆞ이 본향의 도라가랴ᄒᆞ니

58면

ᄉᆞ부씌 다시 뵈ᄋᆞᆸ디 못ᄒᆞᆯ가 슬허ᄒᆞ노라 소ᄉᆡᆼ 왈 형이 일즉 우리로 동쳐 십여 년의 환귀ᄒᆞ믈 니ᄅᆞ디 아니터니 므ᄉᆞᆷ 연고로 홀연이 도라가려ᄒᆞᄂᆞ뇨 영이 기리 탄식고 말을 아니타가 냥구에 닐오ᄃᆡ 쇼졔 심곡의 깁흔 ᄯᅳ들 형이 모ᄅᆞ리니 다만 고향의 도라가ᄂᆞᆫ 날 형을 ᄃᆡᄒᆞ야 이 소유ᄅᆞᆯ 니ᄅᆞ리니 운명이 쇼왈 므ᄉᆞ 일잇고 미리 아디 못ᄒᆞ랴 영이 디류ᄒᆞ다가 나아안ᄌᆞ 닐오ᄃᆡ 그ᄃᆡ 가듕의 니시라ᄒᆞᄂᆞᆫ 시녜 잇ᄂᆞ냐 소ᄉᆡᆼ이 냥구히 혜아리다가 닐오ᄃᆡ 부듕의 시녜 만흐니 그 셩시ᄅᆞᆯ 어이 알리오 슈연이나 형이 엇디ᄲᅧ 뭇ᄂᆞ뇨 영이 ᄌᆡ삼 머뭇겨 ᄇᆞ야흐로 눈믈을 흘리고 탄왈 쇼뎨 일즉 고향의 형픠 잇고 ᄯᅩ 녀ᄉᆡᆨ을 딘념ᄒᆞ미 업더니 금년 졍됴야의 형의 집 시녜로라ᄒᆞ고 ᄒᆞᆫ 미인이 나와 날을 쳥ᄒᆞ야 드러가 그윽ᄒᆞᆫ 난간의셔 졍회ᄅᆞᆯ 니ᄅᆞ더니 ᄎᆞ후로 왕ᄂᆡ 빈〃ᄒᆞ니 내 풍졍으로 무심티 못ᄒᆞ야 서로 져ᄇᆞ리디 못ᄒᆞᆯ 언약이 ᄌᆞ못 굿더니 이에 니

59면

ᄅᆞ러ᄂᆞᆫ 제 마춤 잉ᄐᆡᄒᆞ미 이시니 엇디 나의 골육이 귀티 아니리오마ᄂᆞᆫ 노모의 병환 긔별을 듯고 인ᄌᆡ ᄎᆞ마 뉴련티 못ᄒᆞ야 급히 도라가니 뎨 ᄯᅩᄒᆞᆫ ᄯᆞᆯ와가디라 ᄒᆞ고 여러

번 청ᄒᆞ듸 ᄉᆞ부의 은혜 듕ᄒᆞ시니 시녀를 도적ᄒᆞ야 도망ᄒᆞ미 가티 아닌디라 둘히 졍이 엇디 넌〃티 아니리오 그듸의 청ᄒᆞᄂᆞ니 내 이제 가매 도라올 지속을 뎡티 못ᄒᆞᄂᆞᆫ디라 형은 나의 골육을 어엿비 너겨 싱산ᄒᆞᆫ 후 ᄉᆞ부의 알외고 종냥ᄒᆞ야 ᄌᆞ라거든 아비를 ᄎᆞᆺ게ᄒᆞ라 소싱이 텽파의 문왈 아디 못게라 그 녀직 엇던 사ᄅᆞᆷ인고 힝혀 필젹ᄀᆞ튼 거시나 잇던가 ᄌᆞ시 아랏다가 보호ᄒᆞ리라 셩싀이 가연 응낙ᄒᆞ고 ᄉᆞ매 가온대로셔 두 봉 화젼을 내니 소싱이 ᄒᆞᆫ번 보매 이 곳 니시의 필젹이라 셔ᄉᆞ의 곤〃지상이 ᄎᆞ마 보디 못ᄒᆞᆯ디라 싱이 견필의 크게 분히ᄒᆞ고 ᄯᅩᄒᆞᆫ 븟그려 만면이 벌거ᄒᆞ야 묵연이 탄식고 다만 닐오듸 쇼졔 ᄌᆞ당의 고ᄒᆞ야 시녀 듕의 셩시를 무러

60면

형의게 회보ᄒᆞ리라 영이 지삼 칭샤ᄒᆞ고 도라가니 운명이 심하의 대로ᄒᆞ야 글을 가지고 바로 취봉각의 드러가 니시를 보매 노긔 틍텬ᄒᆞ니 크게 ᄭᅮ지저 왈 음부 니시ᄂᆞᆫ 어ᄂᆞ 면목으로 이에 이셔 나가디 아닛ᄂᆞ뇨 쇼졔 십분이나 경아ᄒᆞ야 ᄂᆞ작이 문왈 쳡이 비록 불민ᄒᆞ나 금일 군ᄌᆞ의 칙언은 감심티 아닛ᄂᆞ니 아디못게라 므ᄉᆞᆷ 연고로 구박ᄒᆞ미 이에 미춧ᄂᆞ뇨 싱이 본듸 셩경이 조급ᄒᆞᆫ디라 셩안이 둥글고 면싀이 ᄎᆞᆫ 직ᄀᆞᄐᆞ야 능히 ᄒᆞᆫ 말도 못ᄒᆞ고 ᄯᅩᄒᆞᆫ 구툑든 못ᄒᆞ야 노긔를 억졔티 못ᄒᆞ니 다만 슈족을 ᄯᅥᆯ며 ᄎᆞᆫ 칼흘 ᄲᅢ혀 난간을 두ᄃᆞ리며 소ᄅᆡ 닐러 봉당 시녀를 다 잡아내여 형댱을 ᄀᆞ초고 ᄎᆞ례로 져워 쇼져의 셩영 ᄉᆞ통ᄒᆞ믈 힐문ᄒᆞ니 경싀이 차아ᄒᆞᆫ디라 쇼졔 뎌 거동을 보매 하늘을 우러〃 ᄒᆞᆫ 갓 탄식ᄒᆞᆯ 분이오 말을 아니터라 소싱이 임의 시녀를 져주어 옥난 믹셤 등의게 다ᄃᆞᄅᆞ매 이녜 울며 거

61면

즛 딕툐 왈 쇼비 등은 당하시연이라 엇디 ᄉᆞ리를 알리잇고 다만 부인이 글월을 주시매 쥬모의 명을 거역디 못ᄒᆞ야 셩싱의게 뎐ᄒᆞᆫ디라 이 밧근 진실로 아디 못ᄒᆞᄂᆞᆫ 배로소이다 싱이 텽파의 분뇌 빅당이나 발ᄒᆞ니 이에 츈잉을 블러 쇼져의 잉틱ᄒᆞ며 아니믈 무ᄅᆞ매 잉이 감히 긔디 못하야 실로ᄡᅥ 니ᄅᆞ니 히틱ᄒᆞ연디 오삭이라 이ᄂᆞᆫ 뎡시 옥난 등과 동심ᄒᆞ야 알고 셩싱의게 뎐ᄒᆞ야 셜계ᄒᆞ나 싱은 쇼져의 잉틱ᄒᆞ믈 모ᄅᆞᄂᆞᆫ고로 이일의 더옥 분명타ᄒᆞ야 졍히 쳐티ᄒᆞᆯ 계교를 샹냥ᄒᆞ더니 니패 [대]ᄃᆞ라 뎌 거동을 보고 블승차악ᄒᆞ니 오직 ᄌᆞ시 무러 듯기를 파ᄒᆞ매 믹〃히 탄식ᄒᆞ며 날호여 ᄀᆞᆯ오듸 우

리 부듕이 붉고 고요ᄒᆞ야 믈 ᄀᆞᆺ고 외 엄ᄒᆞ미 현격ᄒᆞ며 시ᄋᆡ라도 듕문 밧글 나디 못ᄒᆞ거든 더옥 엇디 부인 쇼졔 외당 가ᄀᆡ을 엇디 아ᄅᆞ시리잇고 이 불과 쳔ᄒᆞᆫ 시녀 듕 셩ᄉᆡᆼ을 통간ᄒᆞ미

62면

오 시녀의 툐ᄉᆞᄂᆞᆫ 듕형을 견ᄃᆡ디 못ᄒᆞ미니 낭군은 ᄆᆡᆼ낭ᄒᆞᆫ 말을 신텽ᄒᆞ야 그ᄅᆞᆺ 쇼져를 의심티 마ᄅᆞ쇼셔 ᄉᆡᆼ이 묵연 부답이어ᄂᆞᆯ ᄂᆡ패 ᄯᅩ 다시 말련대 ᄉᆡᆼ이 오히려 유의ᄒᆞᄂᆞᆫ 빗치 업서 밧그로 나가거ᄂᆞᆯ ᄂᆡ패 도라와 셕파ᄅᆞᆯ ᄃᆡᄒᆞ야 눈믈을 ᄲᅳ려 ᄀᆞᆯ오ᄃᆡ 우리 궁듕의 태부인 승샹이 아니 겨시기로인ᄒᆞ야 필경의 이런 일이 나시니 엇디 놀납디 아니리오 셕패 앙텬 탄왈 흥쇠 임의 유명이라 뎌의 모ᄌᆡ 임의 녜도ᄅᆞᆯ ᄇᆞ리고 ᄒᆡᆼᄒᆞᄂᆞᆫ 배 다ᄆᆞᆺ 권도와 패술이라 ᄒᆞ믈며 편협ᄒᆞ야 ᄃᆡ언을 듯디 아니미ᄯᆞᆫ녀 슈신티가의 살란ᄒᆞ믄이 샹ᄉᆡ라 아등은 다만 그 쳐티ᄅᆞᆯ 볼 ᄯᆞᄅᆞᆷ이라 간예ᄒᆞ야 근심ᄒᆞᆯ 배 아니로다 ᄂᆡ패 묵연이러라 어시의 ᄂᆡ쇼져 의외예 쇼쟝의 화ᄅᆞᆯ 만나니 졍신을 어ᄅᆞ문져 ᄉᆡᆼ각ᄒᆞ매 일편단신의 텬단비원이 ᄀᆞ초잇ᄂᆞᆫ디라 앙소 텽텬ᄒᆞ나 알미 업고 좌우로 보매 ᄉᆞ구 무친ᄒᆞ니 다만 ᄒᆞᆫ 번 죽어

63면

유명 텬ᄃᆡ 아래 부모 신녕을 ᄯᆞᆯ오미 원이나 복듕 ᄋᆞ녀를 디녀 일ᄉᆡᆼ 악명을 신원코져 큰 ᄯᅳ들 두어 ᄆᆞ음을 널니고 셜우물 강잉ᄒᆞ야 날이 ᄆᆞᆺ도록 깁지게를 구지 다〃 사ᄅᆞᆷ을 보디 아니ᄒᆞ고 금〃의 ᄲᅡ엿더니 홀연 보니 이 곳 뎡시라 만면의 살긔를 ᄯᅴ여 뎐도히 ᄂᆡᄅᆞ거ᄂᆞᆯ 쇼졔 경아ᄒᆞ야 넌망이 금〃을 헤티고 ᄂᆡ러 마ᄌᆞᆯᄉᆡ 뎡시 옷ᄉᆞ이로셔 서리ᄀᆞᄐᆞᆫ 칼ᄒᆞᆯ ᄲᅢ혀 불분시ᄒᆞ고 바로 쇼져ᄅᆞᆯ 향ᄒᆞ야 ᄃᆡᄅᆞᆯ ᄉᆡ 급ᄒᆞᄃᆡ 마ᄎᆞᆷ 시녜 다 나가고 방문이 구디 닷겨 창졸의 피ᄒᆞ기 어려온디라 졍히 위급ᄒᆞ엿더니 홀연 소ᄉᆡᆼ의 소ᄅᆡ 갓가이셔 나니 뎡시 믄득 칼ᄒᆞᆯ 곰초며 ᄉᆡᆼ이 드러 안ᄌᆞᄃᆡ 미우의 ᄀᆞ득ᄒᆞᆫ 노ᄉᆡᆨ이 현츌ᄒᆞ여시니 이ᄣᅢ ᄂᆡ시 졍신이 홀난 듕 ᄉᆡᆼ을 보매 ᄒᆞᆫᄒᆞ오미 ᄌᆞ츌ᄒᆞ야 삼인이 다 화기 돈연이러니 믄득 시녜 고ᄒᆞᄃᆡ 밧긔 문혹ᄉᆡ 와 겨시이다 운명이 가연히 ᄂᆡ러 나가고 시녜 모ᄃᆞ매 뎡시 ᄯᅩᄒᆞᆫ 모호[뎐도]히 도라가니 쇼졔 그 듯

64면

을 디긔ᄒᆞ고 스ᄉᆞ로 셕일 ᄆᆡᆼ수를 ᄒᆡ득ᄒᆞ매 심하의 탄왈 뎐되 쇼〃ᄒᆞ야 보응이 명〃ᄒᆞ니 내 임의 뎔로 뎐싱의 원슈로 ᄆᆡ자 금셰예 과보를 바드니 엇디 타인을 흔ᄒᆞ리오 일로조차 뎌의 날 해ᄒᆞᄂᆞᆫ 일이 분명ᄒᆞ니 오직 고초를 겻고 원억을 감심ᄒᆞ야 타일 텬일지광을 기ᄃᆞ릴거시라ᄒᆞ야 ᄎᆞᄉᆞ를 구외예 내디 아니터라 운명이 외당의 나와 문언박을 보고 죠용이 한담ᄒᆞ다가 문싱이 간후 혼자 안잣더니 홀연 셩이 드러와 하딕을 고홀ᄉᆡ ᄒᆞᆫ 번 뎌를 보매 심ᄉᆡ 됴티 아냐 한훤을 필ᄒᆞ고 묵연이러니 셩영 왈 형은 나의 졍인을 ᄎᆞᄌᆞ시냐 싱이 믄득 안ᄉᆡᆨ을 변ᄒᆞ고 닐오ᄃᆡ 심히 다ᄉᆞᄒᆞ기로 망연히 니저시니 죠용히 무롤디라 형은 방심홀디어다 셩싱이 츄연 탄식ᄒᆞ야 이에 하딕ᄒᆞ고 나가다가 니시의 시녀 ᄆᆡ셤을 만나니 싱이 반겨 왈 니랑ᄌᆡ 무양ᄒᆞ시냐 내 경히 너를 보고져ᄒᆞ더니라 드ᄃᆡ여 ᄉᆞ매 안흐

65면

로셔 일봉셔를 내여 ᄆᆡ셤을 주니 셤이 급히 바다 안흐로 드러가더니 이윽고 답셔를 내여와 셩영을 주고 닐오ᄃᆡ 쇼졔 슈ᄌᆞ를 보디 못ᄒᆞ야 원별을 슬허ᄒᆞ시ᄃᆡ 가법이 슴엄ᄒᆞ매 경히 나오디 못ᄒᆞ야 일편 셔찰로 회샤ᄒᆞ고 진쥬 금낭으로ᄡᅥ 표졍ᄒᆞ더이다 셩영이 바다 탄식고 이윽[이] ᄆᆡᆨᄆᆡᆨᄒᆞ다가 ᄆᆡ셤을 니별ᄒᆞ야 도라가니 이 형상이 만일 요괴로온 일뉘 동심흠 곳 아니면 엇디 이러틋 공교로오리오 이ᄯᆡ 운명이 난간의 비겨 이 경ᄉᆡᆨ을 탐관ᄒᆞ고 블승대로ᄒᆞ야 바로 니시의 침소의 니ᄅᆞ러 ᄉᆞᆯ리 좌우를 슬퓌니 슬프다 니시 엇디 이 ᄋᆡᆨ을 버서나리오 셩영의 셔간이 니시의 경ᄃᆡ속의 드러시니 소싱이 간인의 작얼[인]줄 어이 알리오 더옥 혹히 미더 분연히 셔간을 가지고 녹운누의 드러가 모친ᄭᅴ 슈말을 ᄌᆞ시 고ᄒᆞ니 부인이 처음은 밋디 아니터니 그 셔간을 보고 나죵을 드ᄅᆞ매 십분 미안ᄒᆞ야 졍ᄉᆡᆨ고 닐오ᄃᆡ 이ᄂᆞᆫ 심샹ᄒᆞᆫ 패괘 아니라 이

66면

일이 ᄀᆞ장 듕대ᄒᆞ니 맛당이 다ᄉᆞ리기를 경히 말라 싱이 흔연히 명을 듯고 좌우를 도라보니 니셕 이패 안잣ᄂᆞᆫ디라 무러 ᄀᆞᆯ오ᄃᆡ 냥조모의 소견은 엇더ᄒᆞ뇨 셕패 기리 우어 왈 날ᄀᆞᄐᆞᆫ 노인이 엇디 ᄂᆞᄆᆡ ᄀᆞ만ᄒᆞᆫ 일을 잘 알니오 니패 ᄃᆡ왈 쳡인들 엇디 소견이 〃시리오 연이나 셩싱이 니ᄅᆞ기를 경됴야의 저를 브ᄅᆞ더라ᄒᆞ니 좌우 문 ᄃᆡᆨ훤 노

즈를 힐문ᄒᆞ야 기야의 왕닉ᄒᆞ던 사름을 사힉ᄒᆞ면 진가를 알리이다 운명이 과연ᄒᆞ야 좌우 협문 딕흰 창두 빅여인을 져주니 취봉각 동산 문딕흰 노즈 영녕이 복툐 왈 쇼복 등이 승샹 엄경을 밧즈와시니 엇디 딕희기를 히틱히 ᄒᆞ리잇가마는 니부인이 듕ᄒᆞᆫ 회뢰를 주시고 문을 여러달나ᄒᆞ시니 쇼복이 감히 거역디 못ᄒᆞ야 명을 좃고 금빅을 바다 타일 본증을 삼아 두엇ᄂᆞ니 일회 나 긔망ᄒᆞ미 이시리잇가 드디여 일봉 은즈를 드리니 오빅 금은ᄒᆞ고 우히 니시의 필젹으로 봉

67면

피를 뻣더라 싱이 이를 보고 더옥 노ᄒᆞ야 쐘니 닉당의 드러와 좌듕의 이 말을 고ᄒᆞ니 화부인이 크게 ᄭᅮ지저 왈 원닉 뎨 도로의 뉴리ᄒᆞ야 힝식이 ᄂᆞᆺ가온대 네 삼쳐를 두어 이증이 고ᄅᆞ디 아니ᄒᆞ니 이를 ᄒᆞᆫᄒᆞ야 이 거죄 이시니 맛당이 죽여 셜ᄒᆞᆫᄒᆞᆯ 거시라 드듸여 졔부졔즈를 모도와 니시의 죄상을 닐러 다ᄉᆞ리믈 의논ᄒᆞᆯᄉᆡ 이때 운경 운현이 도라오디 못ᄒᆞ엿고 운셩이 승상을 ᄯᆞᆯ와 츌경ᄒᆞ여시니 한님 운희 웃듬으로 잇ᄂᆞᆫ디라 본딕 품슈ᄒᆞᆫ 배 견혀 모습이라 ᄯᅩᄒᆞᆫ 니시의 익미ᄒᆞ믈 ᄇᆞᆯ고 ᄒᆞᆫ갓 한심ᄒᆞ야 안잣거ᄂᆞᆯ 운의 운슉 운필은 관을 수기고 면식이 즈샹ᄒᆞ야 다만 슬허ᄒᆞ니 그 가듕이 살난ᄒᆞ야 무힝ᄒᆞ믈 인ᄒᆞ미라 부인이 즈가의 아ᄃᆞᆯ은 다 올히 너기딕 홀로 운의 등의 밋디 아니믈 보고 블연이 작식 왈 내 비록 너히를 나티아냐시나 ᄯᅩᄒᆞᆫ 모즈의지 잇ᄂᆞᆫ디라 엇디 소견을 니ᄅᆞ디 아닛ᄂᆞ뇨 운의ᄂᆞᆫ 이 곳

68면

틈졍명현ᄒᆞᆫ 사름이오 운슉 운필은 다 인약ᄒᆞᆫ고로 비록 익미ᄒᆞ믈 아나 능히 내여 니ᄅᆞ디 못ᄒᆞ고 묵〃 브답이로딕 운의 업듸여 주왈 히ᄋᆞ의 어린 소견은 비록 모친의 믈그 샤믜 밋디 못ᄒᆞ나 일쯕 대인을 뫼와 니기 듯ᄌᆞ오니 니시의 우인이 셕일 녈녀의 디나다 ᄒᆞ시던디라 엇디 이 더러온 일을 ᄒᆞ리잇고 블과 가닉예 블인지쟤 승시ᄒᆞ야 현텰ᄒᆞᆫ 녀즈를 잡으미어ᄂᆞᆯ 운명이 망녕도이 고디 듯고 경박ᄒᆞᆫ 힝ᄉᆞ를ᄒᆞ야 어즈러온 말과 아름답디 아닌 ᄉᆞ젹이 졈〃 니러나 졔가의 관인ᄒᆞ믈 닛고 대신의 규듕 풍교를 샹히오니 일로조차 우리 소문의 놉흔 졀개 믄허뎌 가셩을 욕먹이니 히ᄋᆞ의 어린 소견은 팔뎨를 엄틱ᄒᆞ시고 믹셤 옥난과 영신 등을 ᄉᆞ옥의 가도와두엇다가 대인의 도라오시믈 기ᄃᆞ려 니시의 복듕 ᄋᆞ를 내여 운명으로더브러 합혈ᄒᆞ면 진가를 분변ᄒᆞ면 여반

쟝이리이다 화부인이 블연 변식 왈 이

69면

는 석은 션비 오활흔 소견이라 니시의 죄악이 명〃히 현뎌흐야시니 엇디 사름을 기드리며 슈고로이 합혈흐리오 졔부의 소견은 엇더뇨 댱부 위시 직비 왈 니시의 평일 힝식 츄상 ᄀᆞ트니 비록 노복의 말과 필뎍의 증참이 〃시나 쳡은 그 진짓 일인 줄 아디 못흐옵느니 오직 브라옵기는 오직 어엿비 너기시믈 원이르소이다 추부 강시 듸왈 쳡의 소견은 필젹이 범샹흔 ᄌᆞ쳬 아니〃 타인이 잡는다 흘디라도 뉘 능히 뎌ᄀᆞ티 쓰리잇고 삼뷔 형시 피셕 부복 왈 틱듀이 블힝흐와 이런 변이 〃시니 쳡등의 암믹흔 소견이 엇디 붉기 무르시믈 당흐리잇가 연이나 [셩인이] ᄀᆞ르샤듸 좌위 가히 죽염즉흐여도 죽이디 말며 모든 태위 가히 죽염즉다흐여도 가히 죽이디 말며 텬하 사름이 죽염 즉다흐여도 듯디 말고 오직 내 눈의 친히 본 후 죽이라흐시니 사름은 ᄆᆞ음은 탁냥티 못흘디니 이 도로혀 니

70면

시 의믹흐고 닉도흔 사름이 이런 작용을 흔들 뉘 능히 알니잇고 니시 평일 힝실이 어름ᄀᆞ티 조코 옥ᄀᆞ티 묽으믈 인〃이 아는 배라 엇디 젼일 놉흔 힝젹을 구트야 밋디 아니코 이런 밍낭흔 일을 미드리잇고 흐믈며 시녀와 노복의 입으로조차 나고 허무흔 두어 댱 글로뻐 가비야이 빙거흐미 한심흐온디라 쳥컨대 존고는 니시의 음힝을 친히 보디 아니신 젼은 이런 밍낭흔 말숨을 신텽티 마르쇼셔 ᄉᆞ부 조시 쇼왈 니시를 잡는 재 아니 멀니 잇도다 오부 홍시 뉵부 뉴시 칠부 셩시 등은 서로 도라보며 진가를 아디 못흐여 흐고 팔[부] 님시 졍금 ᄉᆞ빅 왈 쇼쳡은 니시로 명위 뎍국이라흐나 엇디 일호 ᄉᆞ졍과 혐의로뻐 존젼의 은휘흐미 이시리잇고 뎨 평일 덕힝이 견고흐고 위의 쳥고흐야 빅희의 불타 죽음과 반비의 국문 [듸]답디 아니믈 효측흐고 일즉 무단이 당의 누 리미 업ᄉᆞ오니 엇디 가긱을 능

71면

히 알며 쏘흔 셜ᄉᆞ 안들 금빅을 어듸 가 어더 문니를 주고 어듸로 조차 가 셩싱을 ᄎᆞ자 ᄃᆞ려 오리오 더옥 옥난이 명현궁 화원의 가 셩싱으로 더브러 글을 주고 ᄉᆞ셜흐더

라 ᄒᆞ니 더옥 무상ᄒᆞᆫ디라 셩싱은 셜ᄉᆞ 니시를 시녀로 아라 긔이미 업슬디라도 옥난은 낭군을 긔이리니 엇디 구ᄐᆞ야 낭군과 셩싱의 유환ᄒᆞᄂᆞᆫ ᄃᆡ 쏠와가 ᄀᆞ마니 샹통ᄒᆞ리오 이 명빅히 니시를 히ᄒᆞᄂᆞᆫ 재 옥난 등으로 동심ᄒᆞ야 거즛 긔이ᄂᆞᆫ 톄ᄒᆞ야 짐즛 낭군을 알게ᄒᆞ미오 경ᄃᆡ 속의 셩싱의 글을 반ᄃᆞ시 동심ᄒᆞᄂᆞᆫ 시녜 이에 경ᄃᆡ 속의 니시를 몰래 여ᄒᆞ미라 만일 진짓 올흔 일이면 니시 엇디 글을 업시티 아니코 경ᄃᆡ의 더디리오 이러틋 음악 간교ᄒᆞᆫ 일을 디어 존고의 셩춍을 ᄀᆞ리오고 낭군의 노를 도〃니 이 일 지어낸 재 외인이 아니오 ᄯᅩ 귀신이 아니라 다만 이 좌듕의 잇ᄂᆞᆫ가ᄒᆞ니 복원 졍당은 명찰ᄒᆞ쇼셔 뎡시 이에 안식을 졍

72면

히ᄒᆞ고 거즛 탄식ᄒᆞ며 니시의 ᄋᆡᄆᆡᄒᆞᆷ을 지극히 발명ᄒᆞ니 화부인이 듯기를 다ᄒᆞ고 노식 왈 그ᄂᆡ 날로뻐 호남타ᄒᆞ고 니시를 기리니 ᄌᆞ못 ᄉᆞ톄 아니라 만일 다시 방ᄌᆞᄒᆞᆫ 말을 홀딘대 내 ᄯᅩᄒᆞᆫ ᄉᆡ어미 되미 븟그려 죽으리로다 졔뷔 낙〃히 퇴ᄒᆞ니 운명이 〃에 노긔를 먹음어 닐오ᄃᆡ 졔형 졔수의 말숨이 비록 여ᄎᆞᄒᆞ시나 결연히 니시를 사ᄅᆞ디 못ᄒᆞ리니 가히 옥ᄉᆞ를 일울디라 운희 왈 모ᄅᆞ미 강뎡의 가 취품ᄒᆞ고 힝ᄒᆞ라 드ᄃᆡ여 화부인이 운명으로 샹의ᄒᆞ야 봉셔를 닷가 태부인ᄭᅴ 올리니 운명이 모친의 셔간을 가지고 ᄎᆞ일의 강뎡의 니ᄅᆞ니 이적의 태부인이 소윤셕 삼부인으로 더브러 승샹을 ᄉᆞ려ᄒᆞ더니 싱을 보고 반기며 온 연고를 무ᄅᆞ니 싱이 이에 ᄉᆞ매 가온대로셔 모친의 샹셔를 올리고 ᄉᆞ연을 주ᄒᆞᆫᄃᆡ 태부인이 화시의 글 보기를 뭋고 그 셔식 혼암ᄒᆞ며 비아ᄒᆞᆷ을 보고 다만 묵〃 낭구의 싱

73면

이 조모의 긔식을 빳티고 낭듕으로 조차 니시와 셩싱의 셔간을 내여 드리고 의심 업ᄉᆞᆫ줄을 고ᄒᆞ니 부인이 노왈 내 너의 모ᄌᆞ를 사ᄅᆞᆷ만 너겻더니 진실로 인면슈심이라 내의 법졔를 어즈러이고 소시 쳥덕을 샹히오니 사ᄅᆞᆷ의 인물로ᄒᆞ여곰 짐쟉ᄒᆞ여 알배니 니시의 우인이 네 어미 밋츨 배 아니니 엇디 도로혀 의심ᄒᆞ미 이시리오 가듕의 경과 내 업기로 너히 모ᄌᆡ 부ᄂᆡ를 살난ᄒᆞ야 견융의 집이 되엇ᄂᆞᆫ디라 엇디 한심티 아니리오 나ᄂᆞᆫ 본ᄃᆡ 이런 더러온 글을 보디 아닛ᄂᆞ니 엇디 가져왓ᄂᆞ뇨 좌우로ᄒᆞ여곰 불을 가져다가 셔간을 ᄉᆞᆯ오니 싱이 참안황공ᄒᆞ야 감히 말을 못ᄒᆞ고 묵연히 니럿더니

소부인이 믁〃히 탄왈 그 즈식을 듸ᄒᆞ야 부모의 흔단을 니ᄅᆞ미 가티 아니커니와 너희 모친이 범식 이러틋ᄒᆞ니 가히 어룬되오미 어렵도다 셕부인 왈 이 엇디 화부인의 타시리잇고 운명이 조급ᄒᆞ고 혼암ᄒᆞ야

74면

의리를 모ᄅᆞ미라 니시 엇디 이런 사ᄅᆞᆷ이리오 네 모ᄅᆞ미 지삼 싊히고 급거히 말라 윤부인이 다만 낭〃이 우ᄉᆞ니 싱이 도로혀 붓그려 냥구 후 하딕을 고ᄒᆞ고 인ᄒᆞ야 뭇ᄌᆞ오듸 ᄎᆞᄉᆞ를 쟝ᄎᆞᆺ 엇디ᄒᆞ리잇고 부인이 냥구 후 닐오듸 가히 네 어미ᄃᆞ려 뎐ᄒᆞ라 니시는 이럴 니 업ᄉᆞ니 간인이 드러 잡으미라 모ᄅᆞ미 아모 일이 〃셔도 ᄇᆞ려 두고 고디듯디 말며 ᄯᅩᄒᆞᆫ 범ᄉᆞ를 짐작ᄒᆞ야 급히 말고 일마다 두호ᄒᆞ라 내 ᄯᅩᄒᆞᆫ 오라디 아냐 드러갈 거시오 경이 칠팔 삭 휘면 도라오리니 ᄌᆞ연 쳐티ᄒᆞ미 이시리니 ᄌᆞ단티 말라 니ᄅᆞ라 싱이 ᄌᆞ못 불쾌ᄒᆞ나 강잉ᄒᆞ야 명을 바드매 부인이 다시 닐오듸 네 ᄌᆞ유로 셩이 급ᄒᆞ니 이 늠아의 쳬골이 아니라 ᄒᆞᄆᆞᆯ며 니시의 고집ᄒᆞ고 쳥고ᄒᆞᆷ은 네 ᄯᅩᄒᆞᆫ 다는배라 일됴의 ᄒᆞᆫ 말의 고디 들어 부〃의 졍을 긋ᄎᆞ미 더옥 무식ᄒᆞᆫ디라 내 말을 닛디 말고 간언을 물니리며 분노ᄒᆞ미 이시나 ᄯᅩᄒᆞᆫ 강잉ᄒᆞ야 잇다가 내의 도라가 쳬티ᄒᆞᆷ을

75면

기ᄃᆞ리라 싱이 부복 슈명ᄒᆞ고 물러 ᄌᆞ운산의 니ᄅᆞ러 모친을 보고 슈미지언을 일〃히 고ᄒᆞ니 화시 쳥필의 믄득 변식 브답이러니 돌연히 뉭쇼ᄒᆞ야 ᄀᆞᆯ오듸 존괴 샹시도 이중이 일편되샤 셕시만 ᄉᆞ랑ᄒᆞ시고 셕시 ᄯᅩᄒᆞᆫ 틈을 미더 ᄌᆞ득ᄒᆞ여 스ᄉᆞ로 존고 감지를 밧드러 효셩 잇는 톄ᄒᆞ더니 이제 존고를 뫼셔 강뎡의 가 내 흔단으로 오로 츰소ᄒᆞᄆᆞ로 맛당티 아니게 너겨 계시다가 너ᄃᆞ려 칙ᄒᆞ시낫다 니시는 내의 슈듕의 이시니 엇디 존고를 기ᄃᆞ리리오 드듸여 일댱을 분노ᄒᆞ야 소셕 냥인을 ᄉᆞ짓고 태부인을 원망ᄒᆞ니 싱이 간왈 니시의 죄상은 니ᄅᆞ디 말려니와 모친이 엇디 조모를 원망ᄒᆞ시며 숙모와 셕부인을 [닛]바 ᄒᆞ시ᄂᆞ니잇고 ᄇᆞ라건대 브졀 업ᄉᆞᆫ 말ᄉᆞᆷ을 ᄒᆞ샤 듕인의 디쇼를 니ᄅᆞ디 마ᄅᆞ쇼셔 화시 ᄇᆞ야흐로 노긔를 긋치니 이러굴세 니패 난간 밧긔셔 듯고 블승 통ᄒᆞᆫᄒᆞ야 급히 일희당의 니ᄅᆞ러 셕파ᄃᆞ려 ᄎᆞ언을 다 뎐ᄒᆞ고

76면

탄ᄒᆞ야 ᄀᆞᆯ오ᄃᆡ 셕소 냥부인의 유슌우공ᄒᆞ시믄 니ᄅᆞ도 말고 우리 태부인의 공경엄숙ᄒᆞ시므로뻐 일호 편벽ᄒᆞ미 업ᄉᆞᄃᆡ 화시 뎌러ᄐᆞᆺ 원망ᄒᆞ니 실로 사름되오미 어렵도다 셕패 다만 웃고 말을 아니터라 화시ᄂᆞᆫ ᄎᆞ후 셕부인 ᄉᆞ쇽 박ᄃᆡᄒᆞ미 뎐의셔 더ᄒᆞ[고] 니시를 불러 쳔단 수죄ᄒᆞ야 운명으로 ᄒᆞ여곰 후원 심희당의 가도라ᄒᆞ니 싱이 크게 깃거 오직 모명을 승슌ᄒᆞ매 친히 니시의 당듕의 가 만단 능욕ᄒᆞ고 시녀를 ᄭᅮ지저 니시를 후원으로 ᄃᆞ려가라ᄒᆞᆫ 후 그 시녀를 다앗고 두디 아니〃 오직 츈잉이 울며 죽기를 그음ᄒᆞ야 니시를 뫼셔갈ᄉᆡ 슬픈 눈물이 빵〃ᄒᆞ야 후원으로 가매 샹게 먼디라 츈잉이 흰 보흘 어더 니시의 ᄂᆞᆺ출 ᄀᆞ리오고 노쥐 븟드러 ᄒᆞᆫ 번 니ᄅᆞ매 두 번 업더디니 경식이 차악ᄒᆞ야 ᄎᆞ마 보디 못ᄒᆞᆯ디라 모든 쇼년이 다 쳥누를 ᄲᅳ리며 ᄎᆞ마 보디 못ᄒᆞ야 ᄉᆞ매로 ᄂᆞᆺ츨 ᄀᆞ리오고 각〃 헤여디니 님시 이에 그 나믄 의복 두어 가지

77면

를 뎜검ᄒᆞ야 ᄀᆞ만이 보내니 마츰 화부인이 보고 ᄉᆞ이의셔 아사 보내디 아니코 님시를 불러 크게 ᄭᅮ지저 왈 니시ᄂᆞᆫ 이 음난ᄒᆞᆫ 쳔녜라 그 목숨 사롬도 죡ᄒᆞ니 그ᄃᆡ 만일 뎌의 의복과 ᄌᆞ뢰를 념녀ᄒᆞᆯ딘대 내 눈의 뵈디 말라 님시 그읏이 그 편협ᄒᆞᆷ을 기탄ᄒᆞ고 이에 묵연이 탄ᄒᆞ니 졔 소싱 등은 혹 그 죄라ᄒᆞ며 혹 ᄋᆡᄆᆡ타ᄒᆞ야 의논이 분〃ᄒᆞᄃᆡ 홀로 운희 일언도 아니코 기리 방황ᄒᆞ야 셔당으로 나가니라 운명이 니시를 후원 쇼당의 가도고 밧그로 문을 구디 ᄌᆞ문 후 ᄉᆞ매를 ᄯᅥᆯ티고 도라와 님시를 보니 님시 다만 믁〃ᄒᆞ야 말이 업ᄂᆞᆫ디라 싱이 다만 니시의 죄상을 닐러 분을 억졔티 못ᄒᆞᄃᆡ 님시 ᄆᆞ춤내 일언도 아니코 뎡시ᄂᆞᆫ 십분 대희ᄒᆞ야 것ᄎᆞ로 니시를 슬프믈 니ᄅᆞ고 냥션ᄒᆞᆫ 톄ᄒᆞ니 싱이 심히 어디리 너겨 은ᄋᆡ 날로 듕ᄒᆞ고 화부인이 ᄯᅩᄒᆞᆫ ᄉᆞ랑ᄒᆞ며 형시 등을 날로 박ᄃᆡᄒᆞᄃᆡ 형시 등

78면

이 온냥ᄒᆞ고 효셩이 츌졍ᄒᆞ야 죠곰도 불슌ᄒᆞ미 업ᄉᆞᄃᆡ 홀로 견ᄃᆡ디 못ᄒᆞᄂᆞᆫ 바 셕부인 삼녀라 삼쇼졔 다 나히 어리고 부모를 그리ᄂᆞᆫ ᄆᆞ옴의 ᄀᆡ한이 ᄌᆞ〃니 이에 셔간을 닷가 모친긔 보내여 조차 가지라ᄒᆞᆫ대 셕부인이 녀ᄋᆞ의 글을 보고 심하의 잔잉ᄒᆞ며 그 경식을 보디 아냐셔 스ᄉᆞ로 짐쟉ᄒᆞ니 셔의ᄒᆞ미 만ᄒᆞᆫ 줄을 아나 다만 ᄉᆞ톄의 가티

아닌고로 십분 〈경을 춥고 답셔를 지어 보내되 네의 부친이 틈을 딕희매 내 쏘흔 효를 세우려 님년 조모를 뫼셔 이에 오매 너희 등을 싱각흐매 젹은 배 아니라 모녀의 혈〃흔 졍을 긋고 평안이 〃시믈 미드믄 이 본디 너희 잇는 고디 오히려 동싱과 니셕냥 셔뫼 겨시고 흐물며 내 업〈나 당의 네 모친이 겨시니 이 가히 친싱즈녀로 간격이 업는디라 너희는 날을 싱각디 말고 오직 화부인을 뫼시면 가히 서의흔 거시 젹으리니 모른미 슬허 말고 됴히 이시라 흐엿더

79면

라 삼쇼제 서로 븟듯고 눈물을 흘리니 형시 위시 등이 지삼 위로흐고 혹 잡계와 셔로 시름을 닛더라 화부인이 니시를 가돈 후 강뎡의 취품홀 쓰디 돈연흐니 운희 운몽 등이 샹의흐야 조뫼 니시의 일을 텨치홀 거시니 즈단티 말라흐야 겨신 거술 일됴의 잡아 가도고 취품도 아니시니 쟝ᄎ 큰 일이 나리로다 흐더니 믄득 강뎡의셔 태부인 슈찰이 니르러 화시를 주니 가온 대〈 셔티홀 법도와 니시 보호홀 일을 닐러 만일 다른 일이 〃셔도 내게 취품흔 후 힝흐라 흔 셜홰오 쏘 니셕 이파를 분부흐야 화시를 규정흐고 니시를 보호흐라 흐엿는디라 화부인이 심두의 즈가를 브죡히 너기민가흐야 조급흔 노긔 불연흐니 답셔를 일우매 불공흔 말이 만코 니시 이믜홀니 업〈매 잡아 가도왓노라흐고 니셕 이패 흔가지로 샹셔흐야 니시의 가도이던 경샹과 화부인의 원망흐던 졍유를 ᄀ초 뻐 보내니 태부인이 보기를 뭇고 평싱

80면

처엄으로 크게 우어 골오디 화시의 힝실이 이러툿 무상흐니 엇디 한심티 아니리오 셜파의 셔간을 거두워 낭듕의 녀코 다만 타연히 다른 말숨을 일우디 그 〈연을 소셕드려도 니르디 아니시니 냥부인이 아모연괸줄 모른더라 운경 운현이 영가흐야 국도의 도라와 운경은 니부 샹셔를 흐고 운현은 동평쟝〈를 흐야 바로 강뎡의 가 태부인끠 뵈옵고 오래 써낫던 졍유를 알왼 후 승샹의 도라오미 긔흔 이 머러시믈 우려흐야 반일을 말숨흐매 태부인이 운경드려 왈 네 어미 십분 날을 헐쁘려 셔간을 늘려 그 방죵흐미 심흔디라 엇디 식부의 되리오 네 맛당이 도라가 네 어믜 무힝 ᄀ른치라 운경이 텽파의 십분 경아흐야 연고를 뭇즈온대 부인이 다만 닐오디 그 죄를 스〈로 알디라흐신대 샹셰 밧비 하딕고 운현으로 더브러 즈운산의 드러와 모친끠 뵈옵고 일개

크게 반겨 한원을 필훈 후 샹셰 누족이 뭇즈오딕 태〃 존당의 무숨 글월을 후야

81면

겨시더니잇고 화부인 왈 셔간을 근간 년후야 후엿거니와 네 엇디 아는다 샹셰 다시 문왈 무슨 일로 셔간을 후시더니잇고 부인이 드딕여 니시의 일로뻐 일댱을 셜파후고 셔수를 외와 니루대 샹셰 듯기를 채 못후야셔 통곡후야 골오딕 우리 집의 엇디 이런 변이 잇누뇨 대인과 조뫼 아니 겨시기로뻐 빅식 프러딤도 슬프거늘 규듕의 더러온 말을 지어 만고 강샹을 물흐티고 인륜지 대변을 닐위니 엇디 추마 사룸의 드럼즉훈 배리오 가닉예 요인이 이셔 모친을 업슈이 너겨 이런 밍낭훈 일을 지어내니 이 불과 아는 사룸의 일이라 시녀는 무단이 니수를 해티 못후리니 반드시 져믄 부인닉 싀투 지심으로 혹 주식도 새오고 통셰도 써려 이 거죄 나시니 가히 내 쳐즈의 시비로브터 졔수의 시비를 듕형을 더어 져주면 추식 현져후리이다 언미필의 화부인이 대로 대즐 왈 니시 역텬무도후고 음난 대악후야 강샹을 더러이니

82면

기죄 블용뒤로딕 목숨을 샤후고 후원의 안티홈도 관뎐이라 너는 두미를 모루고 불민훈 말을 내니 어닉 사룸이 공연이 니시를 해후리오 존고와 승샹이 업기로 사오나온 내 집을 어즈러이니 너히 등이 모희후야 죽일디어다 샹셰 울며 다시 간왈 히익 모친을 시비후미 아니라 니시의 인물이 음난홀니 만무후니 사룸으로후야곰 고디 듯디 아닐 배오 혼갓 모친을 불명이 너기리니 이 결연히 니시를 가도디 못후리이다 옥난 믹셤과 영신 등은 다 간험훈 쳔인이라 엇디 그 말을 취신후며 쏘 니시를 가도고 삼인은 노하 두어시니 이 므솜 법되니잇고 도라 운희 등을 쑤지저 왈 너히 등이 엇디 경도로 태〃씌 간티 아니코 가환을 니루혀뇨 운현이 탄왈 추형으로브터 모든 형뎨 다 옷 닙힌 남기로다 운희 블연 즐왈 네 엇디 날을 욕후누뇨 운현이 수매를 쩔티고 밧그로 나가 옥난 믹셤과 영신 등을 칼메워 옥희 가도고 운명을 쑤지저 왈 네 맛당이 니시를 다수리나 법

83면

도를 힝후고 비례엿 말을 내디 말미 올커늘 경박히 챵셜후야 인〃이 의논후딕 아모

의 며ᄂᆞ리오 아모의 안해 힝실이 여ᄎᆞᄒᆞ다ᄒᆞ면 뎌 니시ᄂᆞᆫ 니ᄅᆞ도 말려니와 우리 대인의게 누덕을 기티오며 븟그러오미 엇더뇨 우리 소시 청덕과 가풍 더로이믄 오직 네의 죄니 어ᄂᆞ 면목으로 타일 부친긔 뵈오며 쳔양 하의 조션을 ᄃᆡᄒᆞ리오 네 스ᄉᆞ로 ᄌᆞ득ᄒᆞ야 졍실을 구박ᄒᆞ고 조모의 ᄀᆞᄅᆞ치시믈 밧줍디 아니코 모친을 ᄎᆞᆨᄒᆞ야 존당의 샹셔 ᄉᆞ연이 십분 태만ᄒᆞ니 이 ᄯᅩᄒᆞᆫ 모친긔 실덕ᄒᆞᆫ ᄇᆞ효ᄅᆞᆯ 네 스ᄉᆞ로 어더 ᄃᆞ[리]미라 븟그럽디 아니냐 운명이 평일 운셩 운현을 심히 ᄀᆡ탄ᄒᆞ고 두리던고로 오직 니시의 그 분명ᄒᆞᆫ 죄목을 니ᄅᆞ더니 샹셰 ᄯᅩᄒᆞᆫ 나와 일당을 대칙ᄒᆞ니 싱이 ᄀᆞ장 민망ᄒᆞ야 좌우로 죄를 밀워 보내더니 화부인이 존당의 [미안ᄒᆞ여ᄒᆞᆫ다ᄒᆞ]믈 듯고 이에 다시 글을 올녀 발명ᄒᆞ고 ᄉᆞ톄를 올히 힝ᄒᆞᄂᆞᆫ고로 태부인이 츰언을 듯고 미안ᄒᆞ여 ᄒᆞᆫ

84면

다ᄒᆞ]며 ᄯᅩᄒᆞᆫ 가ᄉᆞᄅᆞᆯ ᄇᆞ리고 친뎡의 가 됴 셕시로 ᄃᆡ신을 ᄒᆞ쇼셔ᄒᆞ야 블만ᄒᆞᆫ ᄉᆞ연과 블통ᄒᆞᆫ 언에 십분 무례ᄒᆞ니 태부인이 보기를 ᄆᆞᆺ고 완〃히 쇼왈 차녀의 조만ᄒᆞ고 무힝ᄒᆞ미 이ᄀᆞᄐᆞ냐 소부인이 크게 ᄭᅮ지저 왈 제 엇디 감히 태〃를 무단이 경멸ᄒᆞ야 이ᄀᆞ티 방ᄌᆞᄒᆞ리오 내 맛당이 친히 가 므ᄉᆞᆷ 연고로 모친긔 이런 말로 견집ᄒᆞᄂᆞᆫ고 무ᄅᆞ리라 양부인이 쇼왈 녀ᄋᆞᄂᆞᆫ 노ᄒᆞ야 말라 화시의 일은 내 니기 아ᄂᆞ니 처음의 내 이리 오므로브터 셕시를 ᄃᆞ려오니 블평ᄒᆞᆫ 의식 ᄒᆞᆫ 가지오 니시의 일로 나와 다ᄆᆞᆺ 너히 다 그ᄅᆞ다 ᄒᆞ고 내 ᄯᅩ 일당 혼암ᄒᆞ믈 ᄭᅮ지ᄌᆞ니 일로 츅노ᄒᆞ미 둘히오 운경을 ᄃᆡᄒᆞ야 수죄니 분노ᄒᆞ미 세히오 절로ᄒᆞ여곰 사ᄅᆞᆷ을 규졍ᄒᆞ라ᄒᆞ더면 즐길거ᄉᆞᆯ 니셕 냥인으로 규졍ᄒᆞ며 도우라ᄒᆞ니 저를 낫비 너기민가 노ᄒᆞ야ᄒᆞ고 ᄯᅩ 경이 나가고 내 이리와 이셔 범ᄉᆞᄅᆞᆯ 프러ᄇᆞ려 그 쟝듕의 이시니 모든 교오ᄒᆞᆫ ᄀᆡ운이 니러나 ᄌᆞ득ᄒᆞᄃᆡ 내 이

85면

제 여러 ᄌᆞ녀와 졔부를 ᄶᅧ시니 존괴라도 졔어티 못ᄒᆞ리라 ᄒᆞ야 믄득 내 말을 됴롱ᄒᆞ고 년ᄒᆞ야 샹셔를 지어 방죵ᄒᆞ니 극히 통히ᄒᆞᄃᆡ 내 ᄯᅩᄒᆞᆫ 죡수티 못ᄒᆞ리니 ᄑᆞ리를 노ᄒᆞ야 칼흘 ᄲᅢ히매 엇디 ᄇᆞ졀 업디 아니리오 내 ᄒᆞᆫ 번 ᄯᅳᆺ 곳 두로혀면 화시 비록 황후의 위엄과 셰력이라도 내의 며ᄂᆞ리라 제 엇디 감히 날을 항거ᄒᆞ리오 쾌히 내티고 그 ᄌᆞ녀를 내무ᄅᆞ미 샹계로ᄃᆡ 다만 제 손의 ᄂᆞᆺ출 보고 그 이십여 년 자ᄋᆡ지졍으로 도라보미라 잠간 그 두어 줄 글을 닐위므로 그ᄅᆞ믈 니ᄅᆞ고 범ᄉᆞᄅᆞᆯ 스러ᄇᆞ려 평안케ᄒᆞ며

며의 ᄆᆞ음을 스ᄉᆞ로 기과케ᄒᆞ리니 엇디 슈고로이 가셔 ᄊᆞ지ᄌᆞ리오 소부인이 탄복 묵연이러니 부인이 [필]찰을 나와 글을 지어 보내고 좌우를 도라보시니 소부인이 업거늘 무ᄅᆞ니 시녜 고왈 소부인이 앗가 금덩을 지촉ᄒᆞ야 ᄌᆞ운산으로 가셔이다 태부인이 우어 왈 녀ᄋᆡ 평일 팀듕ᄒᆞᄃᆡ 엇디 이리 총디 못ᄒᆞᄂᆞ뇨 ᄒᆞ더라 어시의 양부

86면

인 셔간이 몬져 소부의 니ᄅᆞ니 화부인이 바다보니 ᄒᆞ여시ᄃᆡ 년ᄒᆞ야 슈셔를 보니 그 가온대 ᄉᆞ의 심히 무례하니 한심ᄒᆞ도다 녀ᄂᆞ 셜화란 니ᄅᆞ디 말고 니시의 죄패 범샹티 아니ᄒᆞ나 그 실상은 ᄆᆡ얌의 허믈ᄀᆞᄐᆞ야 니시 ᄋᆡᄆᆡᄒᆞ미 명빅ᄒᆞ거늘 ᄉᆞ리를 불명히 ᄒᆞ고 집을 어즈러이니 내 임의 혼암ᄒᆞ믈 ᄊᆞ지ᄌᆞ미 못ᄒᆞᆯ 배 아니라 엇디 감히 셔ᄉᆞ를 긔롱ᄒᆞ야 너모 셜만ᄒᆞ리오 내 또 그ᄃᆡ 가ᄉᆞ를 다ᄉᆞ리디 못ᄒᆞᆯ 줄 처음브터 니기 알고 임의 니셕 냥녀로 그ᄃᆡ를 도으라ᄒᆞ여시니 그ᄃᆡ 만일 싀어믜 말을 드롤딘대 니셕을 헐 쁘려 외친 ᄂᆡ소ᄒᆞ고 ᄒᆞᆫ 말도 듯디 아니리오 이졔 믄득 날을 원망ᄒᆞᄃᆡ 일편되고 춤소를 드럿다ᄒᆞ니 이 그ᄃᆡ의 도리 아니라 그 싀어미를 억탁ᄒᆞ야 원망ᄒᆞ고 비록 덕국이나 그 ᄋᆡᄆᆡᄒᆞᆫ 거ᄉᆞᆯ 주작ᄒᆞ미 심히 사ᄅᆞᆷ의 힝ᄉᆡ 아니라 내 집이 비록 무힝ᄒᆞ고 그ᄃᆡ 지아비 멀리 가시나 내 ᄯᅩᄒᆞᆫ 사라시니 엇디 화녀의

87면

의10) 경시ᄒᆞ믈 바ᄃᆞ리오 그ᄃᆡ 임의 내의 ᄀᆞᄅᆞ치믈 괴로와ᄒᆞᆯ딘대 맛당이 믈러 갈 ᄯᆞ름이라 네 이제 ᄌᆞ녀를 승셰ᄒᆞ야 날을 블경ᄒᆞ미 너의 도리 아니라 내 아희 집의 잇디 아니나 그ᄃᆡᄂᆞᆫ 경의 쳬라 그 평[일] 호불이 내 손의 이시니 너모 방ᄌᆞᄒᆞ미 스ᄉᆞ로 해로올가 ᄒᆞᄂᆞ니 슬프다 사ᄅᆞᆷ의 긔과티 아니미 이 ᄀᆞᄐᆞ니 네 인면 슈심인 줄 금일이야 ᄭᆡ돗과라 경이 평일 너를 박ᄃᆡᄒᆞ미 업고 님힝의 효의로써 부ᄒᆞ니 인비 셕묵이라도 감동ᄒᆞᆯ 거시로ᄃᆡ 수월지ᄂᆡ예 잇고 도로혀 날을 됴롱ᄒᆞ니 등됴ᄒᆞ고 듼듕ᄒᆞᆫ 지아비도 빅반ᄒᆞ야 [니ᄌᆞ니] 태산의 디난 히ᄀᆞᄐᆞᆫ 싀어미 혜디 아니믄 무샹ᄉᆡ로다 임의 셕시를 ᄃᆞ려오다 노ᄒᆞ야 가ᄉᆞ를 셕시를 맛디라ᄒᆞ믄 이 곳 투악이라 내 또 뭇ᄂᆞ니 그ᄃᆡ 평일 내의 좌아 ᄉᆞᆲ히믄 능히 셕시 ᄀᆞᆺ더냐 내 비록 편ᄋᆡ 편증이 〃실디라도 슬하의 며ᄂᆞ리

---

10) 의 : 반복되었음.

면 가히 원망티 못ᄒᆞ려든 네 이제

88면

일시의 조븐 셩을 내여 날을 곤칙ᄒᆞ며 편싀다 됴희ᄒᆞ니 이 네의 ᄒᆞ염즉 ᄒᆞᆫ 배 아니라 ᄯᅩᄒᆞᆫ 가ᄉᆞ 일ᄉᆞᄂᆞᆫ 내 셕시를 잘못ᄒᆞᆯ가 못 맛디미 아니라 네 비록 혼암ᄒᆞ나 경의 원비라 이슌ᄒᆞ기로ᄡᅥ 너를 맛디미러니 이제 가ᄉᆞ를 셕시를 맛뎌디라ᄒᆞ니 만일 너 곳 원위예 이시면 셕시로 총집ᄒᆞ미 내 집 법도를 어즈러이미라 오직 냥젼ᄒᆞᆯ 도를 샹냥ᄒᆞ야 가ᄉᆞ를 셕시를 맛딜딘대 네 샹원위를 [아오로] 셕시를 주고 운셩을 승뎍ᄒᆞ야 당ᄌᆞ를 삼고 법도를 셰온 후 가ᄉᆞ[를 주]리니 만일 가ᄉᆞ 다ᄉᆞ리미 괴롭고 견집ᄒᆞᆫ 말을 ᄒᆞᆯ딘대 내 ᄯᅩ 구ᄐᆞ야 너를 맛디리오 ᄲᆞᆯ리 원비 딕쳡을 이리 보내고 물러 네 집으로 간 후 [ᄌᆞ]녀를 쳐티ᄒᆞᆯ 거시로ᄃᆡ 오히려 짐쟉ᄒᆞᄂᆞᆫ 배 이시니 심ᄉᆞ를 ᄌᆞ시 회보ᄒᆞ라 ᄒᆞ엿더라 화시 견필의 븟그러 보고 황공ᄒᆞ며 후회ᄒᆞ야 아모리 ᄒᆞᆯ 줄 모ᄅᆞ더니 믄득 좌위 분〃ᄒᆞ며 한 샹셔 부인의 오시믈

89면

고ᄒᆞ니 모다 놀라며 일시의 마자 듕당의 니ᄅᆞ니 소부인이 미우의 ᄠᅳᆨ 다가 노긔로 표연히 드러와 좌를 일우고 졔딜졔딜부를 다 불러 안티고 니셕 파를 쳥ᄒᆞ야 ᄎᆞ례로 안즌 후 작싀고 닐오ᄃᆡ 위시 등은 ᄌᆞ뷔오 운경 등은 아ᄃᆞᆯ이라 내 ᄎᆞ마 ᄃᆡ인 ᄌᆞ녀ᄒᆞ야 니ᄅᆞ든 못ᄒᆞᆯ 거시니 두 셔모를 ᄃᆡᄒᆞ야 화시의 말을 니ᄅᆞ리니 화시 ᄯᅩᄒᆞᆫ 이목이 〃시니 텽관ᄒᆞᆯ디어다 당초의 내 아이 지취ᄒᆞ매 셕시 일즉 힝ᄉᆞ의 뇨됴ᄒᆞ미 화시의 미출 배 아니로ᄃᆡ 오뎨 죠곰도 일편되미 업고 도로혀 경듕ᄒᆞ미 조강을 웃듬을 ᄒᆞ고 우리 모친이 젼후 취졸을 곰초시고 익듕ᄒᆞ시미 화셕을 층등티 아니믄 졔딜빅 ᄯᅩᄒᆞᆫ 본증이라 일편되다ᄒᆞ야 원망ᄒᆞ미 텰골ᄒᆞ리오 비록 모친이 편싀ᄒᆞ실디라도 화시 경의 쳐로 이실딘대 감히 글로ᄡᅥ 존고를 면칙디 못ᄒᆞ리니 내 ᄒᆞᆫ 번 샹셔 ᄉᆞ의를 보매 기리 한심ᄒᆞ야 ᄉᆡᆼ각건대

90면

화시 경의 쳐로 이셔ᄂᆞᆫ 이리 아니리니 반ᄃᆞ시 우리 집을 비반ᄒᆞ엿ᄂᆞᆫ가 ᄒᆞ야 이에 니ᄅᆞ러 보고져ᄒᆞ미로다 셜파의 화부인이 알픠 노핫던 상을 박ᄎᆞ고 닐오ᄃᆡ 부인이 비록

존듕ᄒᆞ나 사ᄅᆞᆷ 능욕ᄒᆞ미 이러ᄐᆞᆺ 심ᄒᆞ뇨 쳡이 ᄯᅩᄒᆞᆫ 시녀 아니라 엇디 부인으로 더브러 니ᄅᆞᆯ 말이 업ᄉᆞ리오 내 젼후의 그ᄅᆞᆺ 한 일이 업ᄉᆞᄃᆡ 존당이 무고히 ᄎᆡᆨᄒᆞ시니 원민ᄒᆞᆫ 경을 알외미라 샹셔의 므슴 말로 근ᄎᆡᆨᄒᆞ미 잇더뇨 소부인이 봉안을 ᄂᆞ초고 ᄂᆡᆼ쇼왈 그ᄃᆡ 셔모로브터 날을 욕ᄒᆞ고 오히려 족디 못ᄒᆞ야 모친ᄭᅴ 욕이 니ᄅᆞ니 그칠거를 다 범ᄒᆞ엿ᄂᆞᆫ디라 ᄀᆡ과ᄒᆞᆯ 줄을 모ᄅᆞ고 날로 더브러 결오고져ᄒᆞ나 내 아모리 약ᄒᆞ나 그ᄃᆡᄭᅴ 굴ᄒᆞᆯ리 업ᄉᆞ니 협쳔ᄒᆞᆫ 비출 내디 말라 그ᄃᆡ 비록 진시의 효셩이 업ᄉᆞ나 경이 나간지 일년도 못ᄒᆞ야 지아ᄇᆡ 부탁을 닛고 싀어미를 욕ᄒᆞ고 쇼고를 면ᄎᆡᆨᄒᆞ랴 내 엇디 존듕ᄒᆞ리오 존

91면

듕ᄒᆞ염 즉ᄒᆞᆫ 존당도 불경ᄒᆞ니 날ᄀᆞᄐᆞᆫ 쇼고ᄂᆞᆫ 듯글ᄀᆞ티 너기려니와 그ᄃᆡ 힝ᄉᆞ를 한심ᄒᆞ여ᄒᆞ니 이ᄌᆡ 그ᄅᆞᄉᆞᆯ 박ᄎᆞ고 급ᄒᆞᆫ 노를 발ᄒᆞ니 내 비록 피폐ᄒᆞ나 그ᄃᆡ의 힝실이 하쳔마도 못ᄒᆞ니 타일 어ᄂᆞ 면목으로 태〃와 경을 보려ᄒᆞᄂᆞ뇨 그ᄃᆡ 나히 비록 ᄉᆞ십이 디나시나 ᄌᆞ못 아ᄂᆞᆫ 녜되 업도다 내 임의 화평쟝 ᄯᆞᆯ은 티디 못ᄒᆞ나 그 어믜 죄로 그 아ᄃᆞᆯ이야 엇디 못티리오 내 ᄯᅩᄒᆞᆫ 브졀 업ᄉᆞᆫ 셩을 내미 아니라 모친ᄭᅴ 불공ᄒᆞ믈 니ᄅᆞ미라 좌우를 ᄭᅮ지저 샹셔 등 오인을 다 잡아ᄂᆞ리와 즐지 왈 너히 등이 비록 아비 멀리 가시나 그 덧ᄉᆞ이 조모를 능멸ᄒᆞ야 셔ᄉᆞ를 패만히 ᄒᆞᄃᆡ 능히 ᄀᆞᄅᆞ치디 아니〃 이 엇디 사ᄅᆞᆷ의 ᄒᆞᆯ [배]리오 내 임의 네 아비와 다ᄅᆞ미 업고 너히 등이 내 친ᄌᆞ로 일반이라 엇디 다ᄉᆞ리디 못ᄒᆞ리오 드ᄃᆡ여 오인을 ᄎᆞ례로 이십 당식 텨 내티고 좌셕의셔 일당을 셜판ᄒᆞ야 화부인을 ᄭᅮ지ᄌᆞ미 녈〃 단엄ᄒᆞ야 드ᄅᆞ매 보발이 숑

92면

연ᄒᆞᆫ디라 좌우 쇼년들이 서로 도라보며 호읍을 ᄀᆞᆷ초와 뫼시고 화부인이 ᄯᅩᄒᆞᆫ 노긔 븝밧티나 소시의 엄위ᄒᆞᆫ 위의와 뉴슈ᄀᆞᄐᆞᆫ 언ᄉᆞ의 훈아여 ᄒᆞᆫ갓 속으로 뫼오미 칼흘 숨긴 ᄃᆞᆺᄒᆞ야 ᄒᆞ더니 소부인이 쾌히 ᄭᅮ짓기를 다ᄒᆞ고 니시의 말과 셕시 ᄌᆞ녀의 서위ᄒᆞ믄 ᄆᆞᄎᆞᆷ내 모ᄅᆞᄂᆞᆫ 톄ᄒᆞ야 ᄉᆞ매를 ᄯᅥᆯ티고 니러나 뎐을 둘러보고 일희당의 니ᄅᆞ러 두 셔모로 말ᄉᆞᆷᄒᆞᆯ시 니셕 이패 반기며 슬허ᄒᆞ고 별ᄂᆡ를 니ᄅᆞ며 소부인이 니ᄅᆞ매 부듕ᄂᆡ외 다 ᄀᆡ탄ᄒᆞ고 두려ᄒᆞ야 믄득 차환 시녀 등이 다 힝실을 출ᄒᆞ니 셕파 등이 입을 ᄀᆞ리와 우ᄋᆞ며 젼일 경샹과 니시의 일을 뎐ᄒᆞ니 소부인이 다만 목묵ᄒᆞ야 시비를 일

우디 아니ᄒᆞ니 대개 화시를 비록 ᄭᅮ지ᄌᆞ나 타인으로 더브러 시비는 아니려ᄒᆞ미니 일단 경딕ᄒᆞᆫ 문풍이라 오직 찬품과 범ᄉᆞ를 시녀를 졀졔ᄒᆞ야 호령ᄒᆞ고 ᄎᆞ일 머므러 딜쳐 딜녀 등과 두 셔모로 말솜ᄒᆞ더라 어시의 화부인

93면

이 노긔를 억졔티 못ᄒᆞ야 침소의셔 소부인을 ᄭᅮ짓더니 샹셰 당칙을 견ᄃᆡ여 드러와 조모의 글을 보고 눈물을 흘리며 모친을 간ᄒᆞᄃᆡ 조뫼 평일 편벽ᄒᆞ실디라도 모친이 원망을 이러톳 못ᄒᆞ시려든 ᄒᆞ믈며 공번되고 ᄌᆞ랑ᄒᆞ시미 층등티 아니시고 듕히 너기시믄 도로혀 모친을 더ᄒᆞ시거ᄂᆞᆯ 감격ᄒᆞ믈 닛고 이러톳 ᄒᆞ시니 조뫼 엇디 노티 아니시며 슉모의 칙ᄒᆞ시미 그ᄅᆞ리오 이제 답셔를 잘ᄒᆞ샤 청죄ᄒᆞ시면 일이 무ᄉᆞᄒᆞ려니와 일회나 그릇ᄒᆞᆯ딘대 존당이 엇디 요ᄃᆡᄒᆞ시미 이시리잇고 모친은 ᄇᆞ라건대 소부인ᄭᅴ 샤죄ᄒᆞ신 후 구원지계를 쳥ᄒᆞ야 ᄉᆞ의를 샹의ᄒᆞ시면 됴흔 계괴 이시리이다 화시 노왈 소시 날을 석은 플ᄀᆞ티ᄒᆞ니 그ᄅᆞᄒᆞ야 계교를 무ᄅᆞ리오 저 아니타 샹셔 ᄉᆞ연 못ᄒᆞ랴 샹셰 탄왈 모친이 엇디 아디 못ᄒᆞ시뇨 모친은 아모리 ᄒᆞ셔도 ᄉᆞ의를 잘 못ᄒᆞ시고 그 ᄯᅳ들 마텨 ᄃᆡ답을 아냐셔 큰 일이 나리니 우

94면

리 등도 므릇 시부와 가ᄉᆞ 샹소의는 닉으려니와 이 셔ᄉᆞ의 언〃히 곤졀ᄒᆞ고 ᄌᆞ〃히 존당 노를 플고 ᄯᅳᆺ들 맛치믄 슉모의 ᄇᆞ라디 못ᄒᆞᆯ디라 슉뫼 일시의 즐칙ᄒᆞ시나 본셩이 관인ᄒᆞ신디라 모친이 샤죄 곳 ᄒᆞ시면 반ᄃᆞ시 노를 그치고 ᄀᆞᄅᆞ치시리니 일이 ᄀᆞ장 슌편ᄒᆞᆯ 거거[11]시오 슉뫼 비록 우리를 티시고 모친을 ᄭᅮ지ᄌᆞ시나 지극 졍직ᄒᆞ시고 ᄌᆞ인ᄒᆞ샤 이 ᄉᆞ연을 ᄀᆞᄅᆞ치신 후라도 흔단을 보디 아니시고 ᄯᅩᄒᆞᆫ 남ᄃᆞ려도 챵셜ᄒᆞ야 쟈랑티 아니시리니 이는 슉뫼 녀듕 군ᄌᆞ시라 엇디 모친이 슉모ᄀᆞᄐᆞ신 쇼고를 경멸ᄒᆞ며 ᄯᅩᄒᆞᆫ 낫바ᄒᆞ야 그 평일 감격ᄒᆞᆫ 덕틱을 모ᄅᆞ시ᄂᆞ니잇고 모친은 세 번 ᄉᆡᆼ각ᄒᆞ샤 슉모ᄭᅴ 비ᄅᆞ쇼셔 화시 ᄇᆞ야흐로 ᄭᆡᄃᆞ라 이에 일희당의 니ᄅᆞ니 소부인이 긔운을 단엄히 ᄒᆞ고 본톄 아니ᄒᆞ거ᄂᆞᆯ 화시 ᄌᆞ못 슈괴ᄒᆞ야 머믓거리다가 나아가 향젼 고왈 쳡의 블민ᄒᆞ고 조급ᄒᆞᆫ 셩은 져〃의 ᄇᆞᆰ히 아ᄅᆞ시는 배라 ᄆᆞ양 허믈과 노를 ᄌᆞ칙ᄒᆞ다가도 집

11) 거 : 반복되었음.

95면

심이 젹어 존당과 져〃긔 죄를 어드미 만흐딕 실로 참괴흔디라 비록 일만 번 뉘우춘들 쏘흔 눌을 흔흐리오 오직 브라기는 져져의 관셔흐시믈 브라느이다 소부인이 정식 왈 그딕 엇디 사룸의게 청죄흐리오 화시 다시 비러 두어 슌의 니르니 소부인이 브야흐로 잠간 노긔를 그치고 화평흔 수식으로 별닉를 니르더니 화부인이 이에 누즉이 골오딕 쳡이 이제 존고의게 슈칙을 밧즈오매 구트여 므음의 노흐며 원망흐미 아니로딕 말숨이 서의흐므로뻐 므양 수연이 셜만흐니 스스로 민망흐야 흐옵느니 져〃의 은덕을 닙수와 샹셔를 フ르치시미 원이로소이다 소부인이 텽파의 닐오딕 이 엇디 구트야 사룸의 フ르치므로 존당을 공경흐리오 심화 즉 긔화흐느니 속의 이시매 거추로 발흐니 그딕 만일 원망된 쯧 곳 두디 아니면 즈연 말숨이 무힝티 아니리라 화시 묵연이러니 이윽고 샹셰 드러와 슉모를 딕흐야 익결흐믈 마디 아니〃 소시 브야흐

96면

로 초를 일워 화시 알픠 더지고 닐오딕 딜으는 드르라 우리 등은 평싱 사룸을 평안쾌쟈흐고 사룸의 허믈을 덥허주딕 도로혀 원망흐니 거 아니 가쇼로오냐 샹셰 면식이 벌거흐야 감히 딕답디 못흐더라 명일 소부인이 도라가딕 죵시 니시의 일을 뭇디 아니코 두 셔모드려 가듕 형셰를 무르미 업시 도라가니 니셕 이패 서르 칭찬흐야 골오딕 사룸의 팀듕흐고 어위추미 이 フ트니 녀듕 셩인 군직라 엇디 흔갓 온슌 녀직리오 흐더라 어시의 태부인이 화시의 답셔를 보니 셔왈 쇼쳡 쳔식부 화쥬옥은 돈슈 빅비흐고 삼가 일 봉셔를 닷가 존고 탑하의 고흐느이다 쇼쳡이 일즉 듕년의 슬하의 모텸흐와 너비 フ르치심과 두터이 어엿비 너기시믈 즈와 셩은이 하늘 곳수오니 어린 므음의 우러오미 믄득 친싱수므フ트야 두리오미 프러디고 믄득 방즈흐며 이릭흐야 젼혀 힝실을 이저브

97면

브[12]리오딕 오히려 혼암흐야 그룻흐믈 씨돗디 못흐옵나니 붉히 칙흐신 엄교를 밧즈오매 비로소 죄를 스스로 혜아리니 만수 유경이라 오직 머리를 조와 피 눈물을 흘려

12) 브 : 반복되었음.

존당 덕음을 빅반ᄒᆞ고 지아뷔 니ᄅᆞ던 말을 져ᄇᆞ리믈 후회ᄒᆞ오나 밋디 못ᄒᆞ올디라 친히 가싀를 지고 오슬 버서 당하의 ᄃᆡ죄코져ᄒᆞᄃᆡ 쏘ᄒᆞᆫ 당돌ᄒᆞᆫ듯 ᄒᆞ오니 오직 샹셔를 닷가 하졍을 알외고 업데여 죄를 기ᄃᆞ리옵ᄂᆞ니 엇디 감히 쳔ᄒᆞᆫ 심ᄉᆞ를 알외여 쳡의 죄를 더으리잇고 슈연이나 초의 두 셔모로ᄡᅧ 과렴ᄒᆞ신 덕을 닙ᄉᆞ오니 듕심의 희힝ᄒᆞ와 가ᄉᆞ를 규졍ᄒᆞ믈 기ᄃᆞ리오ᄃᆡ 셔뫼 년노다병ᄒᆞ와 능히 여젼티 못ᄒᆞᄋᆞ니 쇼쳡이 ᄌᆞ로 쳥ᄒᆞ야 총임ᄒᆞ미 미안ᄒᆞ와 오직 암ᄆᆡᄒᆞᆫ 속연의 혜아리ᄃᆡ 맛당이 쳡이 범ᄉᆞ를 다ᄉᆞ려 셔모를 밧들디니 엇디 감히 셔모로ᄡᅧ 쳡을 밧들게ᄒᆞ리오ᄒᆞ야 대쇼ᄉᆞ의 일즉 쳥ᄒᆞ야 참예티 못ᄒᆞ게 ᄒᆞ믄 젼혀

98면

불안ᄒᆞ여 ᄒᆞᆫ 연괴러니 금일 ᄉᆡᆼ각ᄒᆞ니 이 쏘ᄒᆞᆫ 죄로소이다 지어 츔언을 드ᄅᆞ시다ᄒᆞ믄 혹 왕니의 시녜 허언을 알외민가ᄒᆞ와 블민ᄒᆞᆫ 셩을 닐위오니 진실로 이 죄는 도망키 어려온디라 엇디 감히 슌셜을 놀려 발명ᄒᆞ미 이시리오 다만 셕시는 쳡으로 더브러 동표 져ᄆᆡᄀᆞ티 ᄒᆞ던디라 ᄒᆞ믈며 존당 통ᄋᆡ와 지아비 ᄃᆡ뎝이 일양이니 쇼쳡이 비록 대악의 투뷔오나 엇디 ᄎᆞ마 이런 시졀의 싀투지심을 내리잇고마는 말이 셜만ᄒᆞ야 혐의예 촉범ᄒᆞ니 오직 존당의 ᄇᆞᆰ히 숣피시믈 ᄇᆞ라ᄂᆞ이다 가ᄉᆞ의 말ᄉᆞᆷ은 인식 암ᄆᆡᄒᆞ야 가ᄉᆞ 셰우믈 불엄ᄒᆞ니 오직 슉야의 우려ᄒᆞ는 배 죄를 어들가 두리옵고 쏘ᄒᆞᆫ 수월디나도록 존안을 뵈옵디 못ᄒᆞ오니 이 불민ᄒᆞᆫ 졍셩이 비록 박ᄒᆞ오나 ᄉᆞ려ᄒᆞ오미 듕ᄒᆞ와 잠간 셕시로 ᄃᆡ신ᄒᆞ고 나아가 일슌을 시측ᄒᆞ와 하졍을 위로코져 알외오미오ᄃᆡ 말ᄉᆞᆷ이 모호ᄒᆞ야 간폐를

99면

ᄉᆞ못디 못ᄒᆞ오니 이 쏘ᄒᆞᆫ 쳡의 죄로소이다 필연을 님ᄒᆞ와 심신이 황〃 숑늄ᄒᆞ오니 부복ᄃᆡ죄라 ᄒᆞ엿더라 보기를 ᄆᆞᆺᄎᆞ매 믄득 소부인이 드러와 녜를 일우고 야간 평부를 믓ᄌᆞ온대 태부인이 쇼왈 너는 엇디 그리도록 뎐도ᄒᆞ야 니ᄅᆞ도 아니코 가뇨 소시 ᄃᆡ왈 심졍이 분격ᄒᆞ니 능히 ᄎᆞᆷ기 어려워 급히 가셔 일댱을 ᄭᅮ짓고 졔딜을 난타ᄒᆞ이다 인ᄒᆞ야 슈말을 고ᄒᆞ고 거즛 모ᄅᆞ는 톄ᄒᆞ야 믓ᄌᆞ오ᄃᆡ 화시의 샹셰 왓더니잇가 부인이 내여 주어 왈 앗가 와시ᄃᆡ 심히 공슌ᄒᆞ니 ᄇᆞ야흐로 며ᄂᆞ린 줄 ᄭᆡ돗과라 소부인이 ᄒᆞᆫ번 ᄂᆞ리보고 우ᄋᆞ며 ᄉᆞᆯ오ᄃᆡ 셔싀 심히 후회ᄒᆞ야 뉘웃첫ᄂᆞ이다 태부인이 고개 좃고

인ᄒᆞ야 ᄀᆞᆯ오ᄃᆡ 내 저의 며ᄂᆞ리 ᄀᆞᆺ기를 보고 ᄀᆞᄅᆞ치니 믄득 괴로와ᄒᆞ니 이 엇디 사ᄅᆞᆷ의 ᄒᆞ올 배리오 드ᄃᆡ여 일로조차 다시 칙ᄒᆞᄂᆞᆫ 말이 업스나 졔손을 보고 가ᄉᆞ를 뭇디 아니시니 졔ᄉᆡᆼ이 일로조차 샹의

100면

왈 야〃를 ᄉᆡᆼ각ᄒᆞ시고 심ᄉᆡ 불안ᄒᆞ여ᄒᆞ시니 맛당이 가듕 번거ᄒᆞᆫ ᄉᆞ젹을 알외디 말고 그 ᄆᆞᄋᆞᆷ을 한가ᄒᆞ시긔ᄒᆞ리라 ᄒᆞ야 ᄎᆞ후 니시를 후원의 가도와 편히 잇다 뎐ᄒᆞ고 범ᄉᆞ를 긔여 니ᄅᆞ디 아니〃 태부인이 ᄯᅩ 화시를 노ᄒᆞ야 니시를 구오ᄒᆞ야 말을 아니코 홀로 셕부인이 닛디 못ᄒᆞ야 샹〃 ᄌᆞ녀를 계틱ᄒᆞ야 보호ᄒᆞ라[ᄒᆞ]니 졔ᄉᆡᆼ이 모명을 밧ᄌᆞ와 운명을 말니며 화시를 간ᄒᆞ야 니시를 두호ᄒᆞᄂᆞᆫ 배 만터라 ᄎᆞ셜 화부인이 소부인을 니별ᄒᆞ고 존당의 글을 올닌 후 ᄉᆡᆼ각ᄒᆞ니 근심이 니시로 비로섯ᄂᆞᆫ디라 심하의 더옥 믜이너겨 이에 악〃히 즐욕ᄒᆞ며 ᄉᆡᆼ을 명ᄒᆞ야 니샹셔의 ᄉᆞ당을 불디ᄅᆞ고 신위를 씨티라ᄒᆞ니 ᄉᆡᆼ이 ᄇᆡ야흐로 니시를 믜워ᄒᆞ나 이 일의 다ᄃᆞ라ᄂᆞᆫ 듀졔ᄒᆞᄂᆞᆫ 배 잇더니 운경 운희 등이 대의를 것딜러 간ᄒᆞ니 비로소 의논이 그치다 화부인이 운현을 미안ᄒᆞ야 길게 견집ᄒᆞᆫ 말로 ᄭᅮ지ᄌᆞ니 운현이 애ᄃᆞᆯ나 드러가

101면

발명코져ᄒᆞᆫ대 운의 말려 왈 아등이 불민ᄒᆞ야 모친이 노ᄒᆞ시니 오직 우리 몸을 조심ᄒᆞᆯ ᄯᆞᄅᆞᆷ이라 엇디 괴로이 간ᄌᆡᆼᄒᆞ야 불우히 기ᄅᆞᆷ을 어드리오 드ᄃᆡ여 ᄎᆞ후로 형뎨 입을 봉ᄒᆞ야 이에 니시를 구호티 아니터라 운명이 일〃은 취봉각의 니ᄅᆞ러 보니 포단 경물이 완연ᄒᆞ니 믄득 니시의 옥용화풍이 버럿ᄂᆞᆫ ᄃᆞᆺᄒᆞ니 ᄆᆞᄋᆞᆷ이 블안ᄒᆞ야 ᄆᆡᆨ〃히 탄식ᄒᆞ고 풍월을 읇허 샹ᄉᆞ지졍을 브티더니 본ᄃᆡ 뎡시의 잇ᄂᆞᆫ 고디 머디 아닌디라 ᄉᆡᆼ의 뷘 당의셔 ᄇᆡ회ᄒᆞ며 쳑연ᄒᆞ믈 보고 크게 아쳐ᄒᆞ야 이에 ᄒᆞᆫ 계교를 내여 시노 쇼의를 브촉ᄒᆞᄃᆡ 네 만일 니시를 죽일딘대 내 반ᄃᆞ시 샹을 듕히 ᄒᆞ리라 쇼의 슈명ᄒᆞ야 ᄎᆞ야의 칼흘 품고 뎐도히 후원의 가니 쟝원이 고활ᄒᆞ고 녹문이 차아ᄒᆞ야 [ᄂᆞ]ᄂᆞᆫ 새라도 담을 넘기 어려온디라 두로 방황ᄒᆞ다가 ᄂᆞ즌 ᄃᆡ를 ᄀᆞᆯ히여 오롤ᄉᆡ 이ᄣᅢ 운명이 심ᄉᆡ 됴티 아냐 월광을 ᄯᅴ여 후원의 니

102면

ᄅᆞ러 다만 보니 심희당 남쟝의 ᄒᆞᆫ 사ᄅᆞᆷ이 ᄀᆡ여 오ᄅᆞ거ᄂᆞᆯ 밧비 나아 ᄉᆞᆲ히니 이 곳 시노 쇼의라 급히 블러 ᄀᆞᆯ오ᄃᆡ 네 엇디 이에 니ᄅᆞ럿ᄂᆞ뇨 쇼의 황공경황ᄒᆞ야 ᄂᆞ리거ᄂᆞᆯ 잡아다가 시노ᄅᆞᆯ 블러 드러가던 일을 져조니 쇼의 뎡시로 심복이라 오직 제 죽을 줄을 알고 복툐ᄒᆞᄃᆡ 쇼인이 무단이 월댱ᄒᆞ미 아니라 오직 니부인이 쇼인을 브ᄅᆞ시니 마디 못ᄒᆞ야 드러가더니이다 ᄉᆡᆼ이 십분 대로ᄒᆞ야 쇼의ᄅᆞᆯ 가도고 모든 형뎨ᄅᆞᆯ ᄎᆞ자 이 말을 니ᄅᆞ고 쳐티ᄒᆞ믈ᄅᆞᆯ 무ᄅᆞᆫ대 평쟝이 블연 작ᄉᆡᆨᄒᆞ야 ᄀᆞᆯ오ᄃᆡ 네 엇디 날을 형이라ᄒᆞ야[무ᄅᆞ리오] 네 쳐ᄌᆞ로ᄒᆞ야 우리 ᄀᆞ장 괴로와ᄒᆞᄂᆞ니 네 ᄉᆞᄉᆞ로 네 안해ᄅᆞᆯ 네 다ᄉᆞ리디 엇디 괴로이 뭇ᄂᆞ뇨 셜파의 ᄉᆡᄀᆡ 블연ᄒᆞ니 ᄉᆡᆼ이 무류히 퇴ᄒᆞ야 모친ᄭᅴ 고ᄒᆞᆫ대 화부인이 더옥 ᄒᆞᆫᄒᆞ야 이에 닐오ᄃᆡ 가히 쟝획이 십인으로ᄒᆞ야곰 심희당을 슌시ᄒᆞ라

103면

ᄒᆞ니 ᄉᆡᆼ이 슈명ᄒᆞ야 좌우로ᄒᆞ여곰 쟝획을 불러 슌시ᄒᆞ라 ᄒᆞ니 일로조차 도로혀 니시의 구완병이 되니 셕의 조죄 됴운을 당판교의셔 잡으려ᄒᆞ고 쏘디 말라ᄒᆞ므로 ᄌᆞ룡이 버서나니 뎡시 니시ᄅᆞᆯ 해ᄒᆞ다가 도로혀 보호ᄒᆞ미러라 일로브터 가듕 인〃이 다 블승흠[〃]ᄒᆞ고 화시의 조급ᄒᆞᆫ 노와 경도ᄒᆞᆫ 호령이 ᄉᆞᆨ야의 긋디 아냐 가듕 시녀 죄예 나아가미 무궁ᄒᆞ고 ᄌᆞ뷔 티칙ᄒᆞ믈 ᄌᆞᄅᆞ바드니 ᄒᆞ믈며 운현 등과 형부인 등은 ᄆᆞ양 뎍국의 ᄌᆞ녜라 기리 혐의로와 외ᄃᆡᄒᆞ니 운현 등이 가지록 효의ᄅᆞᆯ 힘쓰고 형시 뎨ᄉᆞ로 더브러 셤기믈 친고의 감티 아냐 공경ᄒᆞ고 졍셩되나 ᄆᆞ양 ᄂᆡ렴은 두려ᄒᆞ더니 ᄒᆞᄅᆞᆯ 형시 난두의 비겨 혜풍 소월을 툐량ᄒᆞ며 승샹의 덕음과 셕부인의 ᄌᆞ랑ᄒᆞ던 일을 ᄉᆡᆼ각고 심회ᄅᆞᆯ 측냥티 못ᄒᆞᄂᆞᆫᄃᆡ 샹셔의 은근ᄒᆞᆫ 말ᄉᆞᆷ과 화ᄒᆞᆫ ᄀᆡ샹이 이목의 버럿거ᄂᆞᆯ ᄋᆞᄌᆞᄂᆞᆫ 아비ᄅᆞᆯ 브ᄅᆞ고 쳥풍

104면

은 ᄉᆞᆲ〃ᄒᆞ야 ᄃᆞᆯ을 부러 창텬의 오ᄅᆞ니 범시 서의ᄒᆞ고 두리오믈 이긔디 못ᄒᆞ며 샹셔 곳 이시면 가듕이 이대도록디 아니코 ᄌᆞ가의 괴로오미 업ᄉᆞᆯ 줄을 ᄉᆡᆼ각ᄒᆞ매 간댱이 돌〃ᄒᆞ야 오장을 버히ᄂᆞᆫ ᄃᆞᆺᄒᆞ고 쥬루ᄂᆞᆫ 빵〃ᄒᆞ야 나샹의 니음차 오ᄌᆞ의 머리ᄅᆞᆯ 쓰다ᄃᆞ마 늣겨 왈 네 어미 젼ᄉᆡᆼ의 무ᄉᆞᆷ 죄로 오년 단댱을 디ᄂᆡ고 ᄯᅩ 다시 이런 디경을 디

닉ᄂᆞ뇨 범ᄉᆞ 의식거쳐ᄂᆞᆫ 니ᄅᆞ도 말고 가듕의 흉ᄒᆞᆫ 말은 날로 니러나니 ᄂᆞᄆᆡ 일ᄏᆞᆺ디 아냐 내 몸의 당ᄒᆞᆫ ᄃᆞᆺ 축〃ᄒᆞ고 두리오미 심연 츈빙 드딤ᄀᆞᆺᄒᆞ니 아디못게라 어ᄂᆡ 시절의 존당 구고를 ᄆᆡ와 녜ᄀᆞ티 즐기고 네 부친이 평안이 도라오ᄂᆞᆫ 긔별을 드ᄅᆞ면 죽어도 ᄒᆞᆫ이 업ᄉᆞ리로다 셜파의 소혀란의 녕운셰봉구면ᄒᆞ니 히월년〃됴득텬이라 ᄒᆞᄂᆞᆫ 글귀를 외와 기리 탄식고 졍신이 황홀ᄒᆞ야 잠간 좀을 드니 홀연 일인이 알ᄑᆡ 나아와 ᄀᆞᆯ오ᄃᆡ 부인이 니별ᄒᆞ므로 무양ᄒᆞ냐 내

105면

몸이 공을 일우나 번후로 인ᄒᆞ야 대인ᄭᅴ 죄를 어더시니 다시 보기 어려올가 ᄒᆞ노라 형시 놀라 눈을 드러보니 이 곳 소병뷔라 몸의 늉복을 닙고 일신을 결박ᄒᆞ야 굴헝의 ᄲᅡ딘 형상이 급ᄒᆞ니 부인이 년망이 나아가 뭇고져 홀적 믄득 샹셰 ᄉᆞᄉᆞ로 뷘 노흘 긋고 니러셔며 왈 부인은 모ᄅᆞ미 념티 말디어다 드ᄃᆡ여 원비를 늘혀 형시의 엇게를 븟들거ᄂᆞᆯ 심신이 경동ᄒᆞ야 ᄭᆡᄃᆞ라니 남가의 일몽이라 부인이 크게 의혹ᄒᆞ야 어린ᄃᆞ시 안잣다가 길흉을 알 길히 업서 급히 조부인 당의 니ᄅᆞ니 조시 마자 ᄀᆞᆯ오ᄃᆡ 쇼뎨 졍히 모란뎡을 ᄉᆡᆼ각더니 져〃의 ᄎᆞᄌᆞ시믈 어드니 영힝ᄒᆞ나 거만ᄒᆞ믈 황괴ᄒᆞ여이다 형시 기리 한숨 디고 왈 형뎨 왕닉ᄒᆞ미 샹시라 엇디 겸양ᄒᆞ미 이시리오 드ᄃᆡ여 좌를 일우고 조시 형시를 보매 신ᄉᆡᆨ이 경황ᄒᆞ고 츄파의 누쉬 ᄆᆡ쳐시니 놀라 문왈 져〃의 심

106면

ᄉᆡ야 측냥이 〃시리잇고 슈연이나 금일 새로이 슬허ᄒᆞ시니 졍당의 슈칙을 드ᄅᆞ시니잇가 형시 팀음냥구의 탄식 왈 우형이 비록 편협ᄒᆞ나 ᄯᅩᄒᆞᆫ 의리를 아ᄂᆞ니 엇디 감히 졍당 슈칙을 듯고 함누ᄒᆞ야 불안ᄒᆞᆫ 빗출 내리오 오직 듕졍의 경혹ᄒᆞᆫ 의ᄉᆡ 극ᄒᆞ니 안ᄉᆡᆨ이 몬져 달라 부인이 고이히 너기ᄂᆞᆫ도다 조시 ᄯᅩᄒᆞᆫ 쳑연ᄒᆞ야 연고를 무ᄅᆞ니 형시 이에 몽듕ᄉᆞ를 니ᄅᆞ고 왈 평쟝이 졈복이 신긔ᄒᆞ시니 몽듕 길흉을 알고져 ᄒᆞ노라 언미필의 평쟝 운현이 드러와 ᄉᆞ〃를 보고 십분 공경ᄒᆞ야 좌를 일우고 그 딜ᄋᆞ ᄉᆞ인을 나호혀 온화히 우어 왈 이 아히들이 형이 겨실 적 심히 브즈런ᄒᆞ야 글을 닑더니 요ᄉᆞ이ᄂᆞᆫ 일졀 글도 아니코 희학만ᄒᆞ니 ᄀᆞ장 괘심ᄒᆞᆫ디라 존수ᄭᅴ 알외ᄂᆞ니 엄히 계틱ᄒᆞ쇼셔 형부인이 잠간 웃고 화답ᄒᆞᆫ 후 조부인이 몽ᄉᆞ를 니른 후 평쟝이 ᄯᅩᄒᆞᆫ 놀라 이윽이 샹냥타가 ᄉᆞ매 안히

107면

셔 훈 졈과를 엇고 미우의 희식이 녕농ᄒᆞ야 하례 왈 수〃의 몽식 크게 길ᄒᆞ니 형과 대인의 도라오시미 의심 업ᄉᆞ이다 결박훈 재 굴형의 ᄲᅡ디면 불샹홀 거시로ᄃᆡ 스ᄉᆞ로 노흘 긋고 니러나니 반ᄃᆞ시 군듕의 죠고만 익을 어더 즉시 노히시미오 졈식 대길ᄒᆞ니 과려티 마ᄅᆞ쇼셔 형시 ᄇᆡ야흐로 ᄆᆞ옴이 평안ᄒᆞ야 죠용이 말ᄉᆞᆷᄒᆞ더니 조시 홀연 탄왈 니랑지 강샹죄인이 되여 후원의 안티ᄒᆞ니 엇디 차홉디 아니리오 드ᄃᆡ여 가듕 형셰와 시녀 등의 무례ᄒᆞ믈 니ᄅᆞ매 평쟝이 믄득 ᄂᆞᆺ출 븕히고 말을 아니ᄒᆞ더니 이에 형시의 ᄋᆞ지 닙은 오시 그 졀 복이 아니믈 보고 다만 의편이 브죡ᄒᆞ야 딜ᄋᆡ 버ᄉᆞ민가 ᄒᆞ야 ᄉᆞ디 시녀 난의를 블러 쳥사 두필을 고듕의 가 내여오라ᄒᆞ니 난의 고왈 졍당 부인이 허티 아니시면 엇디ᄒᆞ리잇고 평쟝이 대로ᄒᆞ야 창을 열고 즐왈 모친이 엇디 내 쓰려ᄒᆞ고 사 두필을 내여와돈 막으실리 이시리

108면

오 너히 등은 쳔인이 가권을 쥐여 미월의 의편을 네 가졋ᄂᆞ니 어디 이대록 무상ᄒᆞ뇨 삼형의 월포라도 그 쳐지 은영을 닙디 못ᄒᆞ랴 형시 조시 등이 평쟝의 셩내믈 보고 급히 말려 왈 샹공이 엇딘 연고로 일시지긔를 발ᄒᆞ야 지리의 시비를 브ᄅᆞ뇨 형시 날호여 웃고 ᄂᆞ족이 닐오ᄃᆡ 돌마다 의편을 바다 ᄲᅧ시니 엇디 시녜 도적ᄒᆞ미 이시리잇고 ᄋᆞ지 금일 치워ᄒᆞ므로ᄡᅥ 오슬 밧고와 닙혓ᄂᆞ니 슉〃은 과려티 마ᄅᆞ쇼셔 평쟝이 [비로소] 노를 긋치고 기리 탄식고 이에 관을 수기고 업데여 반향이 디난 후 쳑연히 슬허 눈믈을 흘녀 왈 가듕 형셰 이러틋ᄒᆞ니 엇디 ᄆᆞ음이 타연ᄒᆞ리잇고 수〃의 간고ᄒᆞ시믈 쇼싱 등이 보호티 못ᄒᆞ니 타일 삼형긔 뵈올 ᄂᆞᆺ치 업도소이다 시녀의 방자ᄒᆞ미 더옥 통히ᄒᆞᆫ디라 엇디 일분이나 지리를 혐의하야 니ᄅᆞᄂᆞᆫ 배리오 형시 아미를 수기고 말ᄉᆞᆷ을 화히ᄒᆞ야 간고ᄒᆞᆫ 일이 업세라ᄒᆞ고 운현의 념녀ᄒᆞᆷ믈 샤례ᄒᆞ니 평쟝이

109면

묵〃 탄식이라 형시 즉시 침소의 도라가다가 난의ᄂᆞᆫ 화부인 심복이라 평쟝의 수지ᄌᆞᆷ 듯고 ᄎᆞ야의 뎡당긔 가 화시를 보고 슈말을 고ᄒᆞᆫ대 태반이나 주작ᄒᆞ야 뎐ᄒᆞ니 부인이 드ᄅᆞ매 노긔를 억졔티 못ᄒᆞ야 명일 운경ᄃᆞ려 난의 뎐어를 니ᄅᆞ고 운현을 수지저 왈 제 날을 죽이라ᄒᆞ더라 ᄒᆞ니 내 쏘ᄒᆞᆫ 홀 말이 〃시리라ᄒᆞ며 쏘 형시를 불러 어

즈러이 즐칙ᄒᆞ니 ᄂᆡ외 진동ᄒᆞᄂᆞᆫ디라 샹셰 감히 간티 못ᄒᆞ고 물러 외당의 나와 경히 근심ᄒᆞ고 념녀ᄒᆞ야 심신이 불안ᄒᆞ야ᄒᆞ더니 믄득 [믈러나] 됴참ᄒᆞ고 드러오ᄃᆡ 술을 만히 취ᄒᆞ엿거ᄂᆞᆯ 샹셰 미우를 찡그리고 너는 브졀 업ᄉᆞᆫ [망녕된] 말을 ᄒᆞ야 가듕을 어즈러이ᄂᆞ뇨 평쟝이 취흥ᄒᆞ야 옥ᄯᅴ를 버서 후리티고 사모를 볘고 누으며 왈 쇼졔 므ᄉᆞ 일을 ᄒᆞ야 어즈럽게 ᄒᆞ더니잇고 운의 졍ᄉᆡᆨ 왈 형이 평일 슉믹을 분변ᄒᆞ시더니 므슴 연고로 인뉸의 큰 말을 지어 명교의 죄인이 되ᄂᆞ뇨 평쟝

110면

이 눈을 놉히 ᄯᅳ고 ᄭᅮ지저 왈 오뎨 엇디 고이ᄒᆞᆫ 말을 ᄒᆞ뇨 내 므슴 큰 말을 ᄒᆞ엿더냐 운경이 슈말을 ᄌᆞ시 뎐ᄒᆞ고 왈 네 만일 그 말을 ᄒᆞ야실딘대 엇디 인ᄌᆞ의 도리〃오 평쟝이 [청파의] 크게 놀라 니러 안자 ᄀᆞᆯ오ᄃᆡ 쇼뎨 비록 무상ᄒᆞ나 엇디 감히 모친을 ᄌᆡ리로 원망ᄒᆞ미 이시리오 이ᄂᆞᆫ 결연히 그저 잇디 못ᄒᆞ리니 내 맛당이 드러가 신셜ᄒᆞ라 운경 운희 등 모든 형뎨 일시의 말려 왈 모친이 ᄇᆡ야흐로 노ᄒᆞ시니 촉범ᄒᆞ야 말슴 ᄒᆞ미 그ᄅᆞ고 ᄒᆞ믈며 네 술을 과취ᄒᆞ여시니 드러가디 못ᄒᆞ리라 평쟝이 듯디 아니ᄒᆞ고 우겨 드러갈ᄉᆡ 운명 운슉이 붓드러 말리니 평쟝이 ᄲᅳ리텨 왈 내 ᄉᆞᄉᆞ로 당ᄒᆞ리니 네 엇디 괴로이 막ᄂᆞ뇨 드ᄃᆡ여 의관을 고티고 바로 녹운누의 올라가니 부인이 노긔 표연ᄒᆞ여 형시를 만단 수죄 왈 그ᄃᆡ 운현의게 하라 내의 허물을 주작ᄒᆞ고 현이 ᄯᅩᄒᆞᆫ 날로ᄡᅥ 운셩의 녹봉월포를 겁탈ᄒᆞ고 그ᄃᆡ

111면

주ᄂᆞᆫ 의편을 도적ᄒᆞᆫ다 ᄒᆞ니 아모리 피폐ᄒᆞᆫ ᄉᆡ어미나 그러티 못ᄒᆞ리라 ᄒᆞ야 슈칙ᄒᆞᄂᆞᆫ 말이 긋디 아니ᄃᆡ 형시 다만 피셕ᄒᆞ야 듯ᄌᆞ올 분이오 감히 ᄃᆡ변티 못ᄒᆞ거ᄂᆞᆯ 평쟝이 안ᄉᆡᆨ을 졍히ᄒᆞ고 드러가 시좌ᄒᆞ니 졔수 졔믹 다 모닷더라 화시 운현을 보매 블연 작ᄉᆡᆨ이어ᄂᆞᆯ 평쟝이 날호여 뭇ᄌᆞ오ᄃᆡ 형쉬 므슴 일로 져러톳 칙을 밧ᄌᆞᆸᄂᆞ뇨 화부인이 대로 대즐 왈 네 아모리 벼슬이 이품의 오ᄅᆞ고 내의 친ᄌᆡ 아니나 ᄯᅩᄒᆞᆫ 네 어믜 동녈이오 네 아비 내티디 아냐시니 어미라홀[디]라 엇디 날을 도적이라 ᄭᅮ짓ᄂᆞᆫ다 평쟝이 웃고 왈 모친이 니ᄅᆞ디 아니시라 쇼ᄌᆡ 엇디 모ᄌᆞ지의를 모ᄅᆞ리잇가 다만 쇼ᄌᆡ 뎌 말 ᄒᆞᆯ 적 뉘 드럿ᄂᆞ니잇가 부인이 더옥 노왈 내 ᄉᆞᄉᆞ로 드른 배라 엇디 발명ᄒᆞ기를 잘 ᄒᆞ리오 평쟝이 닐오ᄃᆡ 모친이 드럿노라ᄒᆞ시니 이ᄂᆞᆫ 쇼ᄌᆞ 등이 ᄇᆡ다른 ᄌᆞ식이므로 민

ᄌᆞ 계모의 일ᄀᆞᄐᆞ야 명빅히 쇼ᄌᆞ 등을 죽이랴 ᄒᆞ시

112면

미로소이다 부인이 크게 분노ᄒᆞ야 셔안을 티며 왈 네 진실로 술을 ᄃᆡ러ᄐᆞᆺ 취ᄒᆞ고 내 안젼의셔 날을 능욕ᄒᆞ며 불공ᄒᆞᆫ 말을 ᄒᆞᆯ다 다 평쟝이 오직 년ᄒᆞ야 우으며 왈 ᄒᆡᄋᆡ 엇디 감히 텬디간의 닙ᄒᆞ야 인륜의 츙수ᄒᆞ며 ᄎᆞ마 모친을 욕ᄒᆞ리잇고 태태 우리 모친을 혐의ᄒᆞ샤 그 벌이 지어 우리 등의게 ᄂᆞ려 조만의 약그ᄅᆞ술 붓들디라 두리온 밧긔 ᄆᆡ야ᄒᆞᆸᄂᆞᆫ 바는 모친이 쇠년의 계시거ᄂᆞᆯ 이제 어룬의 ᄐᆡ를 아니시고 쇼년의 두긔를 ᄒᆞ샤 뎍국의 ᄌᆞ식이라ᄒᆞ고 깁히 견집ᄒᆞ야 ᄒᆡᄋᆞ의 ᄋᆡᄆᆡ한 말을 잡아 ᄉᆞ지[로] 보내시니 이 태〃의 ᄒᆞ셤즉 ᄒᆞᆫ 배리잇고 죄ᄂᆞᆫ 명빅히 닙고 죽을 제 죽을디라도 ᄒᆞᆯ 말은 ᄎᆞᆷ디 못ᄒᆞᄂᆞ이다 부인이 즐왈 내 너를 잡으미 아니라 네 어제 난의를 불러 날을 수죄ᄒᆞ여시니 내 너를 칙디 못ᄒᆞ랴 평쟝이 오슬 녀ᄆᆡ고 나아가 ᄉᆞᆯ오ᄃᆡ 난의ᄂᆞᆫ 모친이 우리를 ᄉᆞ랑티 아니시므로 ᄎᆞᆷ소오오미라 어미 ᄌᆞ식을

113면

친ᄋᆡᄒᆞᆯ딘대 엇던 담 큰 시예 ᄎᆞᆷ간을 일위리오 쾌히 난의를 불러 무ᄅᆞ실 거시니이다 드ᄃᆡ여 난의를 불러 안젼의셔 힐문ᄒᆞ니 난의 감히 긔이디 못ᄒᆞ야 ᄃᆡ고 왈 ᄉᆞ샹공이 쇼비를 여ᄎᆞ〃 칙ᄒᆞ시니 분노ᄒᆞ기로뻐 부인ᄭᅴ 보태여 알외니이다 ᄒᆞᆫ대 화부인이 묵연이라 평쟝이 물러 업데여 ᄉᆞᆯ오ᄃᆡ 모친은 ᄒᆡᄋᆞ 등을 ᄉᆞ랑티 [아니]시고 시녀의 말로뻐 미안ᄒᆞ여 ᄒᆞ시나 ᄒᆡᄋᆞᄂᆞᆫ 죽기를 도라보디 아냐 ᄃᆡ언으로 올리ᄋᆞᆸᄂᆞ니 쇼ᄌᆡ 술을 먹어시나 취티 아냣고 ᄯᅩᄒᆞᆫ 속의 업ᄉᆞᆫ 말이 것치 나디 아니리니 오직 진졍으로 고ᄒᆞᆸᄂᆞ니 우리 등이 야〃를 ᄯᅥ나고 모친과 조모를 니별ᄒᆞ야 ᄇᆞ라고 우러ᄂᆞᆫ 배 모친이오 밋고 듕히 의지ᄒᆞᆫ 배 모친이니 비록 친ᄉᆡᆼ이 아니온들 잔잉티 아니리잇고 더옥 형부인은 삼형이 나가시고 외로이 너기시니 모친이 각별 두호ᄒᆞ고 어엿비 너기샤 무릇 범ᄉᆞ를 각별 딘념ᄒᆞ시면 엇디 셩덕의 아름다오미 아니리잇

114면

고마ᄂᆞᆫ 실로 저즌 죄 업시 믜워ᄒᆞ샤 ᄆᆡ월의 필빅 ᄎᆡᆨ단을 긋ᄎᆞ시니 우리 집 부녜 ᄉᆞ지 업서 다 고를 울렬고 잇ᄂᆞᆫᄃᆡ 긋처 아니 주니 더 형쉬 아니 슬프고 외로오니잇가 쇼ᄌᆞ

등의 쳐ᄌᆞ[는] 비록 현슌빅결의 오술 넙으나 족히 잔잉티 아니ᄒᆞ니이다 모친이 의편을 아니 주시므로 형쉬 주려 간고ᄒᆞ야 죽으실 니는 업고 인〃이 블샹ᄒᆞ야 모친의 실덕ᄒᆞ믈 우으리니 엇디 브졀 업디 아니리잇고 뭇줍ᄂᆞ니 고듕의 ᄌᆡ물이 업ᄂᆞ니잇가 비록 우리 등은 주디 아니시나 형수란 무휼ᄒᆞ시믈 원ᄒᆞᄂᆞ이다 화부인이 심듕의 믜오미 극ᄒᆞ나 평쟝이 안ᄉᆡᆨ이 쥰졀ᄒᆞ고 말ᄉᆞᆷ이 온화ᄒᆞ여 강딕ᄒᆞ야 위엄으로 것디를 길히 업고 말마다 유리ᄒᆞ니 능히 두로 ᄊᆞ리[디] 못ᄒᆞ야 노를 먹음고 묵연 브답[이]어늘 평쟝이 이에 ᄉᆞ리로 고간ᄒᆞ기를 두어 슌의 니ᄅᆞ니 화부인이 ᄇᆡ야흐로 노긔를 긋치고 도로혀 우워 왈 내 시녀의 말을 듯고 너를 의심ᄒᆞ

115면

미 실로 그론디라 ᄯᅩᄒᆞᆫ 형시의 ᄆᆡ월 의편은 ᄆᆞ양 닛고 주디 아니ᄒᆞ더니 ᄎᆞ후 명심ᄒᆞ미 이시리니 엇디 투긔ᄒᆞᄂᆞᆫ ᄯᅳ디리오 평쟝이 ᄇᆡ샤ᄒᆞ고 ᄉᆞᆯ오ᄃᆡ 난의 모친 셩덕을 ᄀᆞ리와 방ᄌᆞ히 ᄒᆡᄋᆞ를 춤소ᄒᆞ니 크게 샹하 톄면이 이저뎟ᄂᆞᆫ디라 그 죄를 샤티 못ᄒᆞ리니 다ᄉᆞ려지이다 부인이 듯디 아니커늘 평쟝이 다시 고왈 모친이 만일 허티 아니실딘대 난의 방ᄌᆞᄒᆞ미 더으리니 결연히 그저 두디 못ᄒᆞ리이다 드ᄃᆡ여 ᄉᆞ매를 ᄯᅥᆯ티고 니러 외당의 니ᄅᆞ러 난희를 잡아 내여 형댱을 ᄀᆞ초고 좌우로 ᄒᆞ야곰 결박ᄒᆞᆫ 후 평쟝이 노긔 대발ᄒᆞ야 냥안이 둥그러ᄒᆞ고 모발이 돌관ᄒᆞ야 셔안을 티며 진묵 즐왈 너 긔셴인은 불과 당하의 시네라 엇디 감히 긴 혀를 놀려 날을 모함ᄒᆞ야 모친긔 알외여 뉸긔를 살란히 ᄒᆞᄂᆞ뇨 셜패[의] ᄉᆞ졸을 호령ᄒᆞ야 큰 매를 ᄃᆞᆯ히여 고찰ᄒᆞ니 일쟝의 피육이 ᄡᅥ러디고 셩혈이 님디ᄒᆞ야 칠십여당의 니ᄅᆞ매

116면

난의 임의 당하의 죽으니 모든 형뎨 일시의 니ᄅᆞ러 말려 ᄉᆞᆯ오ᄃᆡ 우리 집이 일즉 조부로브터 삼ᄃᆡ의 니ᄅᆞᄃᆡ 노복 시녀를 죽인 일이 업ᄂᆞ니 ᄒᆞ믈며 난의ᄂᆞᆫ 부듕의 머리 지은 재라 네 엇디 취품도 아니코 죽이ᄂᆞ뇨 평쟝이 본ᄃᆡ 사ᄅᆞᆷ을 향ᄒᆞ야 회ᄒᆡᄒᆞ고 낭졍ᄒᆞᆫ 듯ᄒᆞ야 일즉 부듕 샹하의 셩내여 뵌 일이 업ᄉᆞ나 본졍의 모지ᄅᆞ미 국ᄒᆞᆫᄃᆡ 난의 춤소를 분ᄒᆡᄒᆞ야 죽이려 뎡ᄒᆞ엿ᄂᆞᆫ디라 형뎨의 말리믈 보고 노를 한층식 도〃와 일빅당의 니ᄅᆞ러ᄂᆞᆫ 죽은 거ᄉᆞᆯ 오히려 쥭디 못ᄒᆞ야 이에 그 혀를 버혀 즁인을 뵈여 춤언ᄒᆞᆫ 죄를 쇽ᄒᆞ고 시신을 ᄭᅳ어 내틴 후 ᄉᆞ매로 ᄂᆞᆺ출 덥고 누어 반일만 의계유 노를 딘뎡ᄒᆞ

고 신식이 평안ᄒᆞ야 의관을 고티고 드러가 화부인ᄭᅴ 난의 죽이믈 고ᄒᆞᆫ대 부인이 놀란 혼빅이 하늘의 오ᄅᆞᄂᆞᆫ 듯ᄒᆞ야 묵연이 말을 아니터라 ᄎᆞ후로 가듕 닉외 숙연ᄒᆞ야 감히 간언을 못ᄒᆞ고 화부인

117면

이 ᄯᅩᄒᆞᆫ 평장을 슬히 너겨 형시와 그 ᄌᆞ숀을 후ᄃᆡᄒᆞ니 형시 등이 감격ᄒᆞ야 ᄒᆞ며 조시 평쟝을 ᄃᆡᄒᆞ야 ᄀᆞᆯ오ᄃᆡ 군ᄌᆡ 난의를 당살ᄒᆞ고 졍당 ᄯᅳ들 거ᄉᆞ리니 두리건대 환이 이실가 ᄒᆞ노라 현이 졍식 왈 사오나온 시녀를 죽이미 엇디 환이 〃시리오 므릇 부모 셤기오미 그ᄅᆞ신 일이 잇거든 안젼의셔 딕언으로 죽도록 간ᄒᆞᆯ 배라 물러나매 봉양ᄒᆞ며 깃거ᄒᆞ실 일을 싱각ᄒᆞᆯ디니 엇디 부뫼 해ᄒᆞ실가 두려ᄒᆞ며 의심ᄒᆞ야 믄득 모ᄌᆡ 닉외 지심을 두리오 부인의 말이 이러ᄐᆞᆺᄒᆞ니 내 깁히 한심ᄒᆞ야 ᄒᆞ노라 조시 참안 묵연이라 현의 우인이 졍대ᄒᆞ므로ᄡᅧ 조시 화부인을 의심ᄒᆞ민가 너겨 칙ᄒᆞ니라 각셜 니시 심희당의 가티여 봄이 진ᄒᆞ고 녀름이 되니 일싱 악명을 슬허ᄒᆞ야 구슬ᄀᆞᄐᆞᆫ 눈물이 화안을 적시고 원억ᄒᆞᆫ 구곡의 ᄆᆡ쳐시니 츈잉으로 더브러 톄읍 분이라 일월이 여류ᄒᆞ야 칠월 망후의 일개 남ᄋᆞ를 싱

118면

ᄒᆞ니 잉은 크게 깃거ᄒᆞᄃᆡ 니시 더옥 슬허 왈 이 아ᄒᆡ 만고 죄인이라 무어시 ᄡᅳ리오 잉왈 부인이 엇디 이런 말ᄉᆞᆷ을 ᄒᆞ시ᄂᆞ뇨 공ᄌᆡ 나 겨시니 타일 존당과 승샹이 모도샤 샹공으로 합혈ᄒᆞ야 신셜ᄒᆞ시면 부인의 ᄋᆡᄆᆡᄒᆞᆷ도 버ᄉᆞ시고 공ᄌᆞᄂᆞᆫ 더옥 빗나시리니 엇디 젼뎡의 방해로오리잇고 니시 탄식ᄒᆞ더라 ᄎᆞ시 텬긔 셩열이라 니시 산후의 약물이 업고 ᄯᅩ 풍셰로 막디 못ᄒᆞ므로ᄡᅧ 옥ᄀᆞᄐᆞᆫ 약질이 위틱ᄒᆞ니 ᄉᆞ싱의 경긱의 이셔 츈잉ᄃᆞ려 왈 내 팔ᄌᆡ 긔구ᄒᆞ야 뉵아의 슬픈 거ᄉᆞᆯ 만나고 다시 [강]샹의 죄인이 되여 함뎡의 ᄲᅡ디니 우흐로 가셩을 욕먹이고 아래로 ᄌᆞ가의 븟그러옴을 무릅ᄡᅧ 버ᄉᆞᆯ 길이 업ᄉᆞ니 죽어 디하의 가나 조션 신녕ᄭᅴ 뵈올 ᄂᆞᆺ치 업고 사라셔 부모 졔ᄉᆞ를 니어 향촉을 베플 길히 긋처디니 인륜의 브회 용납디 못ᄒᆞ리니 셰샹의 날ᄀᆞᄐᆞᆫ 사ᄅᆞᆷ이 어ᄃᆡ ᄯᅩ 이시리오 다만 혈〃ᄒᆞᆫ 심ᄉᆞ의 대인의 ᄇᆞᆰ

119면

은 쳐티와 너른 덕틱으로뻐 다ᄉᆞ리시믈 밧ᄌᆞ오면 비록 죽으나 흔이 업술디라 슉야의 도라오시믈 기ᄃᆞ리더니 이제 원슈의 ᄌᆞ식으로 말미아마 내 병이 싱도를 엇디 못ᄒᆞ게 되니 이 원을 프디 못ᄒᆞ면 죽어도 눈을 곰디 못흘디라 잉아 이를 엇디ᄒᆞ리오 내 죽은 후 유ᄌᆞ를 기ᄅᆞ며 대인의 도라오시믈 기ᄃᆞ려 내의 셜운 ᄯᅳ들 진쥬ᄒᆞ라 셜파의 진〃이 늣겨 옥ᄀᆞ툰 냥협의 구슬ᄀᆞ툰 눈물이 방〃ᄒᆞ니 츈잉이 실셩 뉴톄ᄒᆞ고 이에 뎐도히 밧긔 나와 슌나ᄒᆞᄂᆞᆫ 시노 듕의 제의 친족 원셩이라 ᄒᆞᄂᆞᆫ 거시 잇거ᄂᆞᆯ 잉이 문틈으로 불러 울며 닐오ᄃᆡ 내 근간 주리믈 견ᄃᆡ디 못ᄒᆞ니 그ᄃᆡ 친쳑의 졍을 도라보아 미빅과 즙물을 ᄌᆞ뢰ᄒᆞ라 드ᄃᆡ여 ᄰᅧᆺ던 지환을 버서주고 왈 노쥬 몸의 닙은 것 밧긔 가져온 거시 업고 오시 업서 하 졀박ᄒᆞ니 사 두어 필을 ᄆᆡ매ᄒᆞ야 달라 원셩이 불샹이 너겨 [즉시]구ᄒᆞᄂᆞᆫ 대로 ᄒᆞ야 주니 잉이 칭샤ᄒᆞ고 식음을 ᄀᆞ초

120면

아 니시를 구호ᄒᆞᄃᆡ 병셰 낫디 아니〃 잉이 망극ᄒᆞ야 다시 문틈의 가 원셩을 블러 닐오ᄃᆡ 내 불의예 복통이 급ᄒᆞ니 약을 지어주ᄃᆡ 비밀히ᄒᆞ라 ᄒᆞ고 드ᄃᆡ여 약명을 니ᄅᆞ니 원셩이 즉시 나가 약 다ᄉᆞᆺ 복을 지어주니 잉이 달혀 부인을 구호ᄒᆞ며 니시의 히산ᄒᆞ믈 ᄌᆞᆼ시 원셩ᄃᆞ려도 긔이고 니ᄅᆞ디 아니〃 잉은 원ᄂᆡ 영오ᄒᆞᆫ고로 소싱이 드ᄅᆞ면 ᄋᆞᄌᆞ를 죽이려 흘디라 ᄌᆞᆼ시 구외예 내디 아니코 약믈과 식음 은닝을 마초와 부인을 보호ᄒᆞ고 위로ᄒᆞ며 됴양과 셕월을 ᄃᆡᄒᆞ면 톄읍ᄒᆞ야 쇼져의 명을 비니 쥬공의 셩왕위ᄒᆞᆫ 졍셩이라도 이에 더으디 못흘디라 신기의 감동ᄒᆞᆫ 배 되여 니시 졈〃 차도를 어더 옥ᄀᆞ툰 방신이 여샹ᄒᆞ매 원셩이 주던 깁으로 노쥬 오슬 ᄒᆞ야 닙고 간고를 겻그며 ᄒᆞᄅᆞ ᄒᆞᆫ ᄢᅢ 식굼으로 드리는 밥을 울얼고 명을 니으니 가히 슬프고 괴로오믈 알리러라 이ᄢᅢ 운명이 니시를 가도고 춤언이 년쇽ᄒᆞ니 기리

121면

믜워ᄒᆞ야 주려 죽게 음식을 주디 말라ᄒᆞᄃᆡ 홀로 님시 ᄌᆞ로 간ᄒᆞ고 말려 식믈을 공급ᄒᆞ더니 원셩의 약 지어주믈 보니 만하 뎐파ᄒᆞ야 싱의 귀예 가니 싱이 의심ᄒᆞ야 원셩을 잡아 힐문ᄒᆞ니 셩이 황겁ᄒᆞ야 다만 닐오ᄃᆡ 쇼복의 ᄉᆞ촌 누의 츈잉이 복통으로뻐 약을 어더지라 ᄒᆞ거ᄂᆞᆯ 지어 주미오 다른 연고ᄂᆞᆫ 아디 못ᄒᆞ로소이다 싱이 ᄯᅩ 문왈 그

약 일홈이 무엇고 셩이 올흔 대로 딕답ᄒᆞ니 원셩은 묘리를 모ᄅᆞ나 소싱은 약니를 깁히 아니 ᄀᆞ마니 싱각ᄒᆞ딕 이 약은 산부의 먹을 배라 반ᄃᆞ시 니시 히산ᄒᆞ야 약을 구ᄒᆞ미로다 니시ᄂᆞᆫ 족히 임의로 죽이디 못ᄒᆞ려니와 그 ᄌᆞ식은 내의 골육이 아니〃 만일 사라나면 낭ᄌᆞ를 길러 환을 보미라 이제 죽여 후환을 긋ᄎᆞ리라 인ᄒᆞ야 젼일 셩싱의 거동과 셔간을 싱각ᄒᆞ니 크게 통ᄒᆞᆫᄒᆞ야 이에 듕당의 니ᄅᆞ러 칼흘 ᄀᆞᆯ거ᄂᆞᆯ 님시 무러 왈 샹공의

122면

칼 ᄀᆞᄅᆞᆫ 엇디 급ᄒᆞ뇨 싱이 딕답디 아니코 의관을 고티고 칼흘 ᄎᆞ고 나거ᄂᆞᆯ 님시 십분 의아ᄒᆞ야 급히 일의당의 니ᄅᆞ러 셕파ᄃᆞ려 왈 군ᄌᆡ 앗가 ᄯᅩ 무삼 참소를 드럿는가 노ᄉᆡᆨ을 씌여 칼흘 ᄎᆞ고 후원으로 가니 그 ᄯᅳ디 됴티 아닌디라 만일 조모 곳 아니면 그 환을 프디 못ᄒᆞ리니 급히 가 구ᄒᆞ쇼셔 셕패 근간은 역졍ᄒᆞ야 들고 나디 아니ᄒᆞ더니 이 말을 듯고 태부인이 니시를 보호ᄒᆞ라ᄒᆞ엿던 일을 싱각ᄒᆞ야 년망이 후원으로 가며 시녀로 모든 샹공들을 쳥ᄒᆞ라ᄒᆞ며 심희당의 니ᄅᆞ니 불셔 문을 열고 운명이 드러갓ᄂᆞᆫ디라 셕패 ᄐᆞᆨ급ᄒᆞᆷ을 이긔디 못ᄒᆞ야 보〃 뎐경ᄒᆞ야 드리ᄃᆞᄅᆞ니 니시 츈잉으로 더브러 난간의 독좌 타연이오 싱은 간딕 업ᄉᆞ니 셕패 문왈 낭군이 어딕 겨시뇨 츈잉이 울며 ᄀᆞᆯ오딕 공ᄌᆞ를 죽이려 방듕의 드러겨시이다 셕패 대경ᄒᆞ야 소릭 디ᄅᆞ며 ᄃᆞ라드니 싱이 원ᄂᆡ 바로 방듕의 드러와 아희

123면

를 ᄎᆞᄌᆞ니 유의 좀을 깁히 드러시므로ᄡᅥ ᄂᆞᆺ출 덥허 누여시니 창졸혀 보니 못ᄒᆞ야 두ᄅᆞ엇노라ᄒᆞ니 셕패 드러와 쇼릭ᄒᆞ므로 ᄋᆞ지 ᄭᆡ야 우롬이 급ᄒᆞ니 싱이 ᄇᆡ야흐로 알고 죽이려 ᄒᆞᆫ대 셕패 급히 안고 막으며 ᄭᅮ지저 왈 그딕 엇디 부ᄌᆞ 텬뉸을 모ᄅᆞ고 이러ᄐᆞᆺ 무식ᄒᆞ뇨 싱왈 조뫼 아디 못ᄒᆞᄂᆞᆫ도다 이 곳 내 ᄌᆞ식이 아니라 만일 죽이디 아닐딘대 뎌 아희 반ᄃᆞ시 날을 해ᄒᆞ리니 엇디 조모ᄂᆞᆫ 싱각디 못ᄒᆞ시ᄂᆞ뇨 셕패 왈 불연ᄒᆞ다 그딕 ᄌᆞ쇼로 유셔를 니닑어 의리를 알리니 평일 승샹이 니시 ᄉᆞ랑ᄒᆞ시믄 그딕도 아ᄂᆞᆫ 배라 비록 그딕 쳐ᄌᆡ나 ᄆᆞ음으로 못ᄒᆞᆯ 거시니 조급ᄒᆞᆫ 셩을 내디 말고 이 아희 모ᄌᆞ를 머믈웟다가 승샹이 오셔든 명빅히 이 소유를 고ᄒᆞ고 졍대히 다ᄉᆞ리미 가ᄒᆞ니 엇디 칼흘 들고 가듕을 횡힝ᄒᆞ야 미친 사ᄅᆞᆷ의 형샹을 ᄒᆞ리오 싱이 노를 이긔디 못ᄒᆞ더니

믄득 보니 여듧 형뎨 일시의 드러와 운경이 졍싀고 망녕되믈 숫지즈

124면

며 운현 운의 등은 묵〃 ᄒᆞ야 말을 아니타가 우으며 됴희ᄒᆞ야 골오ᄃᆡ 팔뎨는 골육을 무단이 죽이려ᄒᆞ니 가히 당뷔로다 엇디 ᄒᆞᆫ갓 유ᄋᆞ ᄲᅮᆫ 죽이리오 니부인을 죽여야 네 일홈이 빗나리라 운경이 도라 숫지저 왈 너히는 셩급ᄒᆞᆫ 아ᄒᆡ를 도〃믄 엇디오 평쟝 등이 일시의 대쇼ᄒᆞ고 운경을 ᄭᅳ어내여 ᄃᆞ리고 나간 후 셕패 니시를 ᄃᆡᄒᆞ야 기리 슬허 왈 부인의 원억ᄒᆞ시믈 뉘 능히 모ᄅᆞ리오마는 낭군이 연애예 ᄲᅡ딘 사ᄅᆞᆷ이 되엿고 화부인이 뎡시를 통이ᄒᆞ며 춤언의 즘겨시니 우리 토셜홀 길히 업고 존당이 ᄯᅩᄒᆞᆫ 화부인의 불명을 통ᄒᆞᆫᄒᆞ샤 범ᄉᆞ를 ᄇᆞ려두어시니 부인의 신셜홀 날은 오직 승상을 기ᄃᆞ리로소이다 쳔만 ᄯᅳᆺ 밧긔 슌산ᄒᆞ고 공ᄌᆞ를 두어 겨시니 타일 영광이 빗나리니 부인은 빙옥 방신을 보듕ᄒᆞ쇼셔 니시 비폐슈셩의 쳐황오열ᄒᆞ니 오직 눈물을 먹음고 소ᄅᆡ를 숨겨 졍을 펴 골

125면

골[13]오ᄃᆡ 쳡의 힝실이 박ᄒᆞ므로ᄡᅥ 참혹ᄒᆞᆫ 누명을 어드니 그 스ᄉᆞ로 맛당ᄒᆞᆫ디라 눌을 ᄒᆞᆫᄒᆞ리오 다만 쳡이 평일 뎡 낭ᄌᆞ로 지은 원슈 업ᄉᆞᄃᆡ 사ᄅᆞᆷ 해ᄒᆞ미 이에 미ᄎᆞ니 오직 원억ᄒᆞ믈 창텬의 고ᄒᆞ나 알오미 업더니 조모의 도라보시믈 닙고 ᄂᆞ지 위로ᄒᆞ시믈 드ᄅᆞ니 삼싱의 은혜 갑기 어렵도다 셕패 참혹ᄒᆞ믈 이긔디 못ᄒᆞ야 서로 년〃ᄒᆞ기를 반향의 비로소 도라오니 화부인이 노싀 왈 셔모는 가히 다ᄉᆞᄒᆞ다 뎌 니시를 ᄃᆞ리고 므슴 말을 ᄒᆞ시뇨 셕패 ᄂᆡᆼ쇼 왈 내의 ᄒᆞᆫ 말을 므슴 대ᄉᆞ라 부인ᄭᅴ 외와 바티리오 부인 왈 사오나온 니가로 더브러 우리 모ᄌᆞ를 ᄡᅬᄒᆞ던가 니ᄅᆞ미로소이다 셕패 그 말이 됴티 아니믈 보고 결우디 아니려 다만 ᄌᆞ약히 웃고 침소의 도라와 손으로 ᄀᆞᄅᆞ쳐 숫지저 왈 내 만일 독보로 ᄒᆞ여곰 환을 아니 어더주면 엇디 용녈티 아니리오 니패 어히 업서 다만 웃고 말리더라 이적의 운남 긔별이

13) 골 : 반복되었음.

126면

니르러 승샹의 평안홈과 승쳡호믈 뎐호니 일가 샹하의 깃거호는 소릐 진동호야 영힝호믄 니르도 말고 됴뎡이 또훈 공젹을 공경호샤 은영을 [별뎐으로] 누리와 양 태부인씌 문안호시고 그 쳐즈를 무휼호시니 새로온 영광과 화긔 합문의 됴요호며 모든 쇼년 녀직 칙복을 슈렴호고 미모를 다스려 마즈믈 신슈호니 부듕이 화려호고 즐거온 긔운이 츈풍이 무르녹으듸 홀로 니시 심당의 가티여 원민훈 졍을 품고 눈물로 디내니 비환이 샹반호고 뎡시는 승샹의 도라오믈 드르매 크게 놀라 골오듸 만일 ᄎ인의 부즈 곳 아니면 내 엇디 능히 보젼호리오 쌜리 니시를 다시 즈긱으로 죽이라 홀거시니 가히 더듸디 못홀 거시라호고 ᄀ마니 심녹 노즈 댱긔를 불러 금빅을 만히 주고 계교를 ᄀ르치니 댱긔 인젹 업순 후 심희당의 니르러 슌경 군ᄉ 자는 양을 보고 졍히 담을 넘고져 홀

127면

적 마춤 운명이 심난호야 오술 닙고 두로 거러 취셩뎐 뒤흐로 드러 동산을 브라보니 일인이 담을 넘고져 호거늘 싱이 또훈 젼일을 싱각고 소릐딜러 도적이 〃시니 잡으라 훈대 슌경호던 장획이 일시의 니러나 잡아믜여 외당의 가 져주워 무르니 또훈 닐오듸 니부인이 부르시므로 가더니이다 호나 가슴 속의 늘란 칼흘 곰초와시니 싱이 반신 반의호야 옥의 가도고 ᄆ음을 뎡티 못호여호더니 뎡시 년호야 계교를 일워 되디 못호고 승샹의 도라오믈 드르매 기리 탄왈 이 곳 텬명이라 호더라

소현성록 연작 가계도 소씨 가문

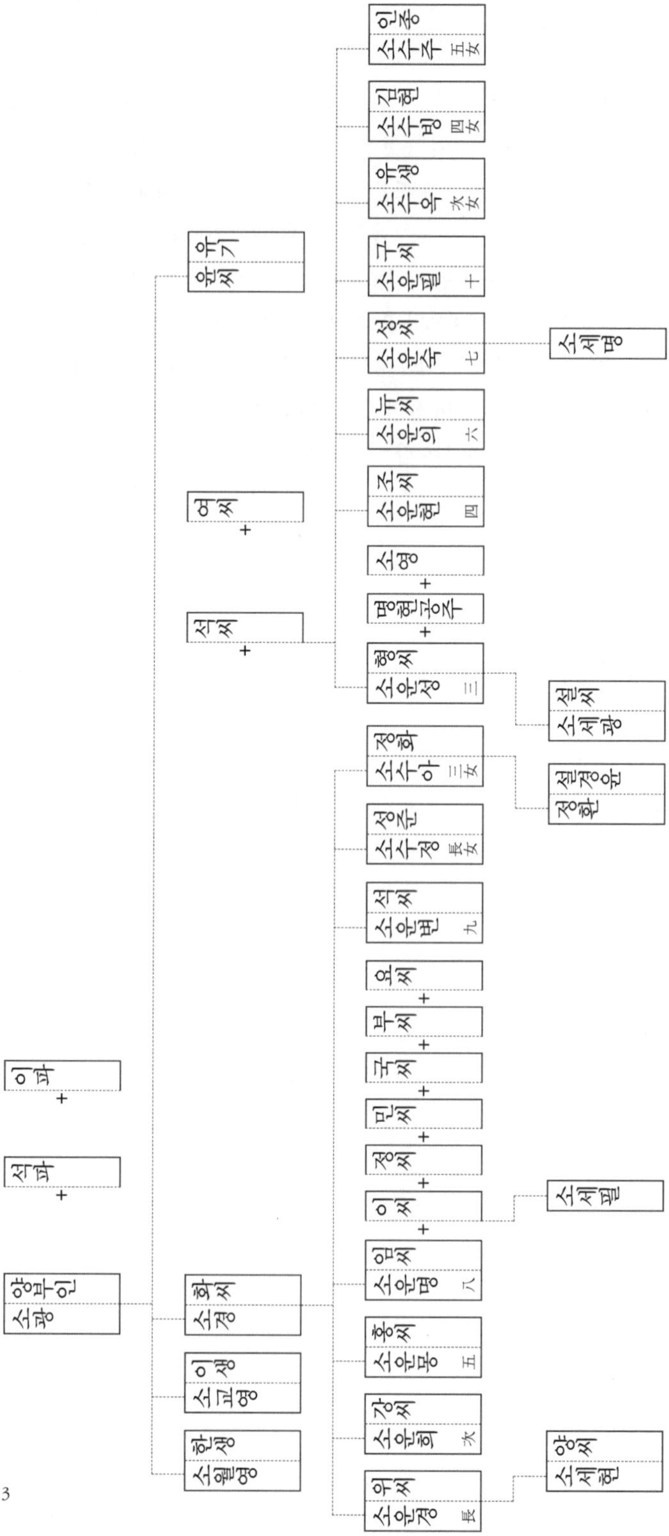